浙江文献集成

主　编　刘正伟　薛玉琴
本卷主编　王荣辰　庄慧琳

夏丏尊全集

第四卷　教科书（开明国文讲义）

浙江大学出版社
ZHEJIANG UNIVERSITY PRESS

开明书店同人及家属合影（三排左四为夏丏尊）（1932）

发起成立开明中学讲义社，出版《开明中学讲义》（1932）

与叶圣陶编选《开明活页文选》（1932）

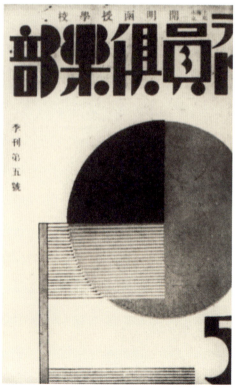

发起创立开明函授学校，出版《社员俱乐部》季刊（1933）

讲演稿《文学的力量》收入《上海市教育局无线电播音演讲集》（1933）

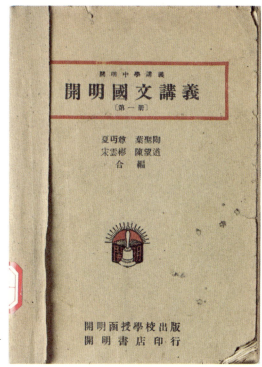

与叶圣陶、宋云彬、陈望道合编的《开明国文讲义》由开明书店出版（1934）

参与签署文艺界同人为团结御侮与言论
自由宣言（1936）

开明书店旧址（1936）

本卷说明

　　本卷收录夏丏尊与叶圣陶、宋云彬、陈望道合编的《开明国文讲义》（共三册）。《开明国文讲义》各章连载于 1932 年至 1933 年间的《开明中学讲义》（开明中学讲义社发行，后改由开明函授学校发行）上，1934 年11 月由开明书店首次结集出版，以后多次重印、再版。

编辑例言

一、这部讲义里的文章的选录,第一、二两册注重在文章的类别和写作的技术方面,第三册注重在文学史的了解方面,通体阅读之后,就可以得到关于国文科的全部知识。

二、每篇选文的后面附有解题、作者传略以及语释。解题述说那篇文章的来历和其他相关的事项;作者传略述说作者的生平;语释解明文章里的难词、难句。在阅读选文的时候,顺次地看这些后附的部分,就可以充分理解,毫无遗憾。

三、在第一、二两册里,每隔开四篇选文有一篇文话,用谈话式的体裁,述说关于文章的写作、欣赏种种方面的项目,比较起寻常的"读书法""作文法"来,又活泼,又精密,读了自然会发生兴味,得到实益。在第三册里,每隔开三篇选文有一篇文学史话,注重文学的时代和社会的背境,并不琐屑地作对于文家和文篇的叙述,不像一般文学史那样枯燥呆板,读了自然会穷源知委,明瞭大概。文话、文学史话又和选文互相照应:前者阐发后者,后者印证前者。参合起来看,所得当然更多。

四、在第一、二两册里,每隔开四篇选文有一篇关于文法的讲话。文法完了之后,接着讲修辞。这两部分注重理解和实用,竭力避免机械的术语和过细的分析,务使读者修习之后,对于语言、文字的规律具有扼要的概念,并且养成正确地、精当地发表的习惯。

五、文话、文法等的后面附着练习的题目,有的是属于测验性质的,有的是待读者自己去发展思考能力的,逐一练习过后,不但对于选文和讲话可以有进一步的理解,并且可以左右逢源,发见独自的心得。

总 目

开明国文讲义

第一册

夏丏尊、叶圣陶、宋云彬、陈望道合编，
《开明国文讲义》（第一册），开明书店，
民国廿三年十一月初版

目　录

文　选

文 话

文　法

文　选

一、我的舱房

孙福熙

　　走到房门口,认清确是 308 号。还未拨开门帏,我想,这是我的房,我将在此过三十余日不知是快活还是惨淡的生活。

　　夏帽一顶,手杖和阳伞一束,放在床上。皮箱放在床下。这是我的床,在初上船时匆匆认定而将物件随便放着的。

　　在床上距离二尺余之处又是一个床,我在地上竖起脚尖刚刚可以望见这床中也有东西放着,可见夜间这床上也是有人来睡的。旁边又是这样叠置的两床。这四个床大约占全房间的一半,而这小房间将装置这四个床的主人的物品与他们的行动与他们的言语❶。

　　一个圆形窗子,玻璃极厚,而且有两个极粗大的螺旋,以备紧闭。这就是告诉我们风大的时候浪要泼到窗子的。窗下就是救生带,赭色的布中包着砖形的软木八大块,有布带可以挂在颈上并系在腰间。每人有这样的一条,说不定有一日是要用的。

　　板壁上一面大镜,下有洗盆一,有自来水管,并且盆中有塞子可以拿去任浊水自己流去的。然而面盆是要两人合用的了,不知我与怎样的人合用哩。

　　面盆之上,大镜旁边,有四只玻杯,与一瓶清水,各放在一个铜托中。每个托有六个细指,当放入玻杯时,细条略略放开,而且,因为弹簧的作用,立即紧紧的攫住,与手指握住一样。问起为什么要这样握住的缘故,我立刻想见大风浪时的情状了。

　　天花板下一盏电灯,一把电扇,他们的开闭机关两个并放在门旁。

---

　　❶　[将装置这四个床的主人的……行动与他们的言语] 这四个床的主人将在这里行动谈说。

门的左右各有一攀,均有弹簧。以备门开着时不因船的摆动而自己开闭或发一丫之声。右旁的攀是长的,门大开时用的,左旁的是短的,专让就寝时略开以通空气的。

每两床旁的地板上有两个小柜,中置小便盆。我是不用便器的,然而我计算,倘若我呕吐了,我可以拿他作痰盂。

一切器物我都打量过了,他们虽然不免带有凶残或悲惨的表示,然而事在人为,他们将亲密的陪伴我,使我从法国到中国,使我离开一班敬爱的人而去亲近另一班,而且将随时给我乐趣,到了三十余日之后,他们也是我不忍离去的好友了。

孙福熙,字春台,现代浙江绍兴人。著有《山野掇拾》《归航》《北京乎》《春城》等书。

二、画　记

韩　愈

杂❶古今人物小画共一卷:

骑而立者五人;骑而被甲载兵❷立者十人;一人骑执大旗前立;骑而被甲载兵行且下牵❸者十人;骑且负❹者二人;骑执器者二人;骑拥田犬❺者一人;骑而牵者二人;骑而驱❻者三人;执羁靮❼立者二人;骑而下

---

❶ 〔杂〕混合在一起。

❷ 〔被甲载兵〕被,穿着。甲,古代战时保护身体抵挡兵器的衣服。载,这里作带着。兵,兵器。

❸ 〔下牵〕下马牵马。

❹ 〔负〕背着东西。

❺ 〔拥田犬〕拥,抱着。田,和畋猎的畋相同。田犬,猎犬。

❻ 〔驱〕跑着,赶着。

❼ 〔羁靮〕羁,音ㄐㄧ,马头的勒。靮,音ㄉㄧ,缰绳。

倚马臂隼❶而立者一人；骑而驱涉❷者二人；徒而驱牧❸者二人；坐而指使者一人；甲胄手弓矢铁钺植❹者七人；甲胄执帜❺植者十人；负者七人；偃寝❻休者二人；甲胄坐睡❼者一人；方❽涉者一人；坐而脱足❾者一人；寒附火❿者一人；杂执器物役⓫者八人；奉壶矢⓬者一人；舍而具食⓭者十有一人；挹且注⓮者四人；牛牵⓯者二人；驴驱者四人；一人杖而负者；妇人以孺子载⓰而可见者六人，载而上下⓱者三人；孺子戏者九人：凡人之事三十有二，为人大小百二十有三，而莫有⓲同者焉。

马大者九四：于马之中，又有上者，下者，行者，牵者⓳，涉者，陆者⓴，

---

❶ ［臂隼］隼，音ㄓㄨㄣ，又名鹘（ㄍㄨ），善飞的猛禽，可用来打猎。臂隼，臂膀上带着隼。

❷ ［涉］在水里走。

❸ ［徒而驱牧］徒，步行。牧，看管牲畜。

❹ ［甲胄手弓矢铁钺植］胄，音ㄓㄡ，古代战时戴的帽子，用来保护头部，抵挡兵器。手，拿着。矢，箭。铁，音ㄈㄨ，斧。钺，音ㄩㄝ，大斧。植，直立着。

❺ ［帜］旗。

❻ ［偃寝］仰卧。

❼ ［坐睡］坐在那里打瞌睡。

❽ ［方］刚正要。

❾ ［脱足］脱足上的鞋袜。

❿ ［寒附火］因为冷，靠近火旁取暖。

⓫ ［役］当差使。

⓬ ［奉壶矢］奉，同捧。古代有一种游戏叫做投壶，在远处放一个瓶一般的壶，参加游戏的人依次将矢投去，投进壶内的便是胜利。这里的壶矢就是这种游戏的用具。

⓭ ［舍而具食］舍，音ㄕㄜ，屋子，这里是处在屋子里。具食，预备食物。

⓮ ［挹且注］挹，舀水。注，倒水。挹且注，从这里舀了水倒到那里。

⓯ ［牛牵］即牵牛，古文中有这种倒装句法。下"驴驱"同例。

⓰ ［以孺子载］孺子，孩子。以孺子载，带着孩子坐在车上。

⓱ ［载而上下］要乘车而上车，已乘车而下车。

⓲ ［莫有］没有。

⓳ ［牵者］被牵着的。

⓴ ［陆者］从水上陆的。

翘者❶顾者❷,鸣者,寝者,讹者❸,立者,人立者❹,龁者❺,饮者,溲者❻,陟者❼,降者,痒❽磨树者,嘘者❾,嗅者,喜相戏者,怒相踶啮❿者,秣者⓫,骑者⓬,骤者⓭,走者,载服物⓮者,载狐兔者:凡马之事二十有七,为马大小八十有三,而莫有同者焉。

牛大小十一头;橐驼⓯三头;驴如橐驼之数而加其一焉⓰,隼一;犬羊狐兔麋⓱鹿共三十;帏车三两⓲;杂兵器弓矢旌旗刀剑矛楯弓服矢房⓳甲胄之属,瓶盂簦笠筐筥锜釜⓴饮食服用之器,壶矢博弈㉑之具,二百五十有一:皆曲极其妙㉒。

---

❶ 〔翘者〕翘,音くl幺,抬起。翘者,抬起头的。

❷ 〔顾者〕回头看的。

❸ 〔讹者〕讹,音兀ㄛ,同吪,被惊醒而动讹者,被惊醒而活动起来的。

❹ 〔人立者〕前两足提起,身体像人一般立着的。

❺ 〔龁者〕龁,音厂ㄜ,咬。龁者,咬着什么东西的。

❻ 〔溲者〕溲,音ㄙㄡ,小便。溲者,正在那里小便的。

❼ 〔陟者〕陟,音ㄓ上升。陟者,上升高处的。

❽ 〔痒〕同瘍。

❾ 〔嘘者〕嘘,吹气。嘘者,在那里吹气的。

❿ 〔踶啮〕踶,音ㄊl,同踢。啮,音ㄏlㄝ,咬。

⓫ 〔秣者〕秣,音ㄇㄛ,喂草料。秣者,吃草料的。

⓬ 〔骑者〕被人骑的。

⓭ 〔骤者〕骤,音ㄓㄡ,马快跑。骤者,奔跑着的。

⓮ 〔服物〕一切服用的东西。

⓯ 〔橐驼〕音ㄊㄜ ㄊㄛ,通常称骆驼。

⓰ 〔驴如橐驼之数而加其一焉〕橐驼三头,驴多一头,共计四头。

⓱ 〔麋〕音ㄇl,和鹿同类的动物。

⓲ 〔帏车三两〕帏,音ㄓㄢ毡。帏车,有弓形毡篷的车。两,同辆。

⓳ 〔旌旗刀剑矛楯弓服矢房〕旌,音ㄗlㄥ,长形的旗。矛,音ㄇㄡ,兵器,长杆,一端有刃。楯,音 dùn,古代战时用来掩护自己抵挡刀箭的器具。弓服,藏弓的袋。矢房,藏箭的袋。

⓴ 〔瓶盂簦笠筐筥锜釜〕簦,音ㄉㄥ,有柄的笠。笠,用竹编成用来盖物的器具;用竹编成的雨帽也称笠。筐,音ㄎㄨㄤ,盛物的方形竹器。筥,音ㄐㄩ,盛米的圆形竹器。锜,音ㄐl,有三足的釜。釜,音ㄈㄨ,烹饪用的器具。

㉑ 〔博弈〕下棋。

㉒ 〔曲极其妙〕委曲精细,神妙到了极点。

　　贞元❶甲戌年，余在京师❷，甚无事。同居有独孤生申叔❸者，始得此画，而与余弹棋❹。余幸胜而获焉。意甚惜之，以为非一工人之所能运思❺，盖蕝❻集众工人之所长耳。虽百金不愿易❼也。明年，出京师，至河阳❽，与二三客论画品格❾，因出而观之。座有赵侍御者❿，君子人⓫也，见之，戚然若有感然⓬。少而进⓭曰："噫！余之手摹⓮也，亡之且二十年⓯矣。余少时常有志乎兹事⓰，得国本⓱，绝人事⓲而摹得之。游闽中而丧焉⓳，居闲处独⓴，时往来余怀㉑也，以其始为之劳而夙好之笃也㉒。令虽遇之，力不能为已。且命工人存其大都焉㉓。"余既甚爱之，又

---

❶　[贞元] 唐德宗年号（公元 785—804）。

❷　[京师] 首都。

❸　[独孤生申叔] 独孤，姓。申叔，名。生，古时对人的通称，如现在的"君"。

❹　[弹棋] 古代的游戏，今已失传，大概与下棋相类的。

❺　[运思] 运用心思来作画。

❻　[蕝] 同丛，聚集。

❼　[易] 交换。

❽　[河阳] 县名，地在今河南省。

❾　[品格] 本来是批评人才高下所分的等级，这里指画的高下优劣。

❿　[座有赵侍御者] 座，集会的席间。侍御，官名。

⓫　[君子人] 极有修养的人。

⓬　[戚然若有感然] 戚然，悲愁的样子。若，好像。有感然，有所感触的样子。

⓭　[少而进] 少，过了一会。进，开始发言。

⓮　[手摹] 亲手照样本摹下来的。

⓯　[亡之且二十年] 亡，失去。且，将近。

⓰　[兹事] 兹，这件，指绘画的事。

⓱　[国本] 国字表示珍贵无比世间少有的意思，如"国士""国手"等都是。国本，可贵的不易得到的画本。

⓲　[绝人事] 放弃了一切人事。

⓳　[游闽中而丧焉] 闽，音ㄇㄧㄣ。闽中，今福建省地。丧，失去。

⓴　[居闲处独] 闲空着，独个儿在那里。

㉑　[时往来余怀] 怀，胸怀。时往来余怀，那幅画常常闯进我的胸怀，引我想念。

㉒　[以其始为之劳而夙好之笃也] 以，因为。始，当初。为之劳，画那幅画很辛苦。夙，音ㄙㄨ，早昔。好之笃，欢喜那幅画很切。

㉓　[且命工人存其大都焉] 大都，大概的模样。这句是说将吩咐工人依据了这幅画摹下一个大概的模样。

感赵君之事,因以赠之,而记其人物之形状与数,而时观之,以自释❶焉。

韩愈(公元 768—824),字退之,唐昌黎人。曾举进士,做过吏部侍郎等官,因谏迎佛骨,被贬为潮州刺史。从魏晋到他以前,文章多偏重词句的美丽,成一种"骈文",而缺少内容。他便起来提倡散文,矫正这种风气。所以他在中国文学史上的地位很重要。著作有《韩昌黎集》。

> 文　话

一、记述文

说话作文都为着实际的需要。心里蓄着怎样的意思,就说怎样的话,作怎样的文。

我们自己觉知了一个或多数的人或物,更想叫别人知道,倘若那人或物就在别人眼前,就非常容易,只消指点一下罢了。但是,倘若那人或物并不在别人眼前,我们就得用语言或文字来告诉别人。为着这种需要写成的文字叫做"记述文"。

《我的舱房》和《画记》都是记述文。两篇的作者所以作这两篇文字,一个要叫别人知道舱房的布置,一个要叫别人知道画幅的内容,可是舱房和画幅并不在别人眼前,他们就写成文字来告诉别人。

目的既在叫别人知道,对于写作的手段就得讲究。手段的高下,人各不同;能使别人看过文字之后,知道所讲的人或物和作者一样清楚,这篇文字自然是好的。反过来,别人看过文字之后,对于所讲的人或物依然茫无所知,这篇文字一定是坏的了。我们要讲究一切写作的手段,就只在达到写作的目的。谁愿意让自己的工作成为徒劳的呢?

我们看不论什么东西时,一瞬间就把整个东西看在眼里;譬如看一

---

❶　［自释］自己安慰排遣。

个舱房，看一幅画，眼光所注，整个舱房、整幅的画都看到了。但是用语言文字把不论什么东西告诉别人时，情形就不同。一句话语往往不能把整个东西说尽；必须许多话语联缀起来，方才告诉得明白；只消看《我的舱房》和《画记》，每篇都用了几百字。这里联缀的工夫很关重要。如果联缀得当，那就是不坏的记事文了；因为东西是显现在作者眼前的，作者只需看认清楚，必不致把黑说作白，把方说作圆，作者显出他的工夫的地方，就在乎怎样把述说那东西的许多话语联缀起来，使看到这篇文字的人虽非亲眼看见，也能知道那东西。

　　试看《我的舱房》这篇文字。第一节说"认清确是 308 号"，说"这是我的房"，就舱房全体而言。第二节讲"我的床"。第三节讲其他的床。第四节讲靠窗的部分。第五、第六节讲靠板壁的部分。第七节讲门及门旁。第八节讲床旁的小柜。只有末节不讲什么器物，是看过了一切器物以后的感想。

　　再看《画记》这篇文字。开头说"杂古今人物小画共一卷"，就画幅全体而言。第二节记述情状各异的许多的人，末了结计总数。第三节记述情状各异的许多的马，末了结计总数。第四节记述动物、器具，都结计总数。——末节且留待以后说。

　　据前面的分析，可见把整个东西分清部分，逐步述说，是讲究联缀工夫的着手办法。舱房的布置自然成床位、靠窗、靠板壁、门等几部分，作者就依据这个，分节述说。画幅上人最多，马也不少，作者就把人和马归聚成两部分，各作一节述说，更把其余的动物、器具纳入另外的一节。这样，才使看到文字的人逐步明晓，结果知道了所讲的东西的全体。假若随便乱说，毫无条理，这部分一句，那部分一句，就使看到文字的人眼花缭乱，对于所讲的东西认识不清：这就达不到写作的目的。

　　把整个东西分部分，分法不止一个。但作记述文时，必先决定采用其中的一个。

　　《我的舱房》开头一节说舱房的全体，《画记》开头一句说画幅的全体。如果都不要，行么？这样，看到文字的人便将迷惑，床位、窗、板壁等属于那个房间的呢，多少人多少马在什么地方停留呢。惟有开头讲明白了,看到文字的人才知道讲的是什么,毫不迷惑。

到这里,可知记述文大概的格局是:开头提出所讲的人或讲明物的品目,统说全体,随后分部述说。这实在是非常自然的,我们平时仔细看认不论什么东西,经过情形就是这般。前面说过,"我们看不论什么东西时,一瞬间就把整个东西看在眼里",要知道这样的看在眼里,只是笼统地知道有这么一些东西而已。若要知道这些东西的详细情状,那就非仔细看认不可。要仔细看认,就得由我们的意思,把东西分成几部分来看,看过一部分,再看一部分。这正和记述文的分部述说相同。我们要知道记述文该怎样分部述说,只消问自己对于东西是怎样分部看认的。

《画记》一文,自来被认为记述文的名篇。画幅上东西非常繁多,经作者归理清楚,记述下来,读者便能明晓一切东西的情状,这是好处。只是一切东西在画面上的位置不能从这篇文字知道;还有这幅画是什么彩色的也没有提及。这两点未尝不可记明,不过要记就得变更联缀的方法。作者并非没有本领另取一个联缀的方法,只因他不注意于这两点,所以写成现在这样子。记述一件东西往往把有些部分舍去不讲。取用什么,舍去什么,全凭作者的意趣。但是,如果所取太简单或者太零乱,使读者对于这件东西模糊难明,那就是坏的记述文了。

这篇非常朴素,差不多记帐一般。第二节记人,怎样的多少人,怎样的多少人,末了有个总计;第三节记马,怎样的,怎样的,末了也有个总计。这样,记述文的责任已尽。倘若对画面人物再加上许多描摹的话,自然是可以的;不过不加也并不嫌缺少什么。所以这篇可作记述文的模范。

篇中记述人和马的状态,都用极少的字,最少只有一字,读者要活现地想见那些状态,必须精确地了解每个字的意义,更须想到古文和今语的不同:古文这样说,今语又该怎样说?古文说"饮者",为什么今语须说"喝水的"?

像"牛牵者""驴驱者"那样的说法,虽然并非讲不通,可是太拗强了,现在就是作古文也不必仿效。

第四节不说"驴四头"而说"驴如橐驼之数而加其一焉",意在使文法变化。不过有了变化的好处,同时来了累赘的坏处;用了十一个字,无非说明驴四头而已。

一篇文字摆在面前,要理会得它的好处,更要看得出它的坏处,这样研究文字,才有真实的益处。

练习 试自拟一题(一个或多数的人或物)作一篇记述文,依着自己对于该题材分部看认的次第分部述说。

三、美猴王(节选《西游记》)

吴承恩

东胜神洲❶海外有一国土,名曰傲来国,国近大海。海中有一座名山唤为花果山。那山顶上有一块仙石,自开辟以来❷,每受天真地秀,日精月华❸,感之既久,遂有灵通之意,内育仙胎。一日迸裂❹,产一石卵,似圆球样大。因见风,化作一个石猴,五官俱备,四肢皆全。

那猴在山中却会行走跳跃,食草木,饮涧泉,采山花,觅树果,与猿鹤为伴,麋鹿为群,夜宿石崖,朝游峰洞:真是山中无甲子❺,寒尽不知年。一朝天气炎热,与群猴避暑,都在松阴之下顽耍了一会,却去那山涧中洗澡。见那股涧水奔流,真个是滔滔不竭。

众猴都道:"这股水不知是那里来的水。我们今日趁闲,顺涧边往上溜头寻看源流耍子去耶!"喊一声,众猴一齐跑来,顺涧爬山,直至源流之处。乃是一股瀑布飞泉。众猴拍手称扬道:"好水! 好水! 那一个有本

---

❶ 〔东胜神洲〕佛经里所说四大部洲之一。

❷ 〔自开辟以来〕从宇宙当初开天辟地以来。

❸ 〔天真地秀,日精月华〕天地日月的灵气,这是从前人的一种想象。

❹ 〔迸裂〕迸音ㄅㄥˋ,破裂了四散分开。

❺ 〔山中无甲子〕从前阴历的年、月、日、时,都用甲、乙、丙、丁、戊、己、庚、辛、壬、癸十个天干和子、丑、寅、卯、辰、巳、午、未、申、酉、戌、亥十二个地支配合成甲子、乙丑、……等六十个"甲子"来记录。"山中无甲子"就是说在山中生活没有年月可分。

事的,钻进去寻个源头,出来不伤身体者,我等即拜他为王。"连呼了三声,忽见丛杂中跳出一个石猴,高叫道:"我进去! 我进去!"

好猴! 你看他瞑目❶蹲身,将身一纵,径❷跳入瀑布泉中。忽睁眼抬头观看,那里边却无水无波,明明朗朗的一座铁板桥。桥下之水冲贯于石窍❸之间,倒挂流出去,遮闭了桥门。又上桥头再看,却似人家住处一般,好个所在。看罢多时,跳过桥左右观看。只见正当中有一石碣❹,碣上镌❺着"花果山福地,水帘洞洞天"。石猴喜不自胜❻,复瞑目蹲身,跳出水外,打了两个呵欠道:"大造化!❼ 大造化!"众猴围住问道:"里面怎么样? 水有多深?"石猴道:"没水,没水,原来是一座铁板桥。桥那边是一座天造地设的❽家当。"众猴道:"怎见得是个家当?"石猴笑道:"这股水乃是桥下冲贯石窍,倒挂下来,遮闭门户的。桥边有花有树,乃是一座石房。房内有石锅、石灶、石碗、石盆、石床、石凳。中间一块石碣,上镌着'花果山福地,水帘洞洞天'。真个是我们安身之处。我们都进去住,也省得受老天之气。"众猴听得,个个欢喜。都道:"你还先走,带我们进去。"石猴却又瞑目蹲身,往里一跳。众猴随后也都进去了。跳过桥头,一个个抢盆,夺碗,占灶,争床,搬过来,移过去;正是猴性顽劣,再无一个定时,只搬得力倦神疲方止。石猴端坐上面道:"列位啊,'人而无信,不知其可❾'。你们才说有本事进得来,出得去,不伤身体者,就拜他为王。我如今寻了这一个洞天,与列位安眠稳睡,各享成家之福,何不拜我为王?"众猴听说,即拱服礼拜❿,都称"千岁⓫大王"! 自此石猴高登王位,

❶ 〔瞑目〕瞑音ㄇㄧㄥˊ,闭着眼。

❷ 〔径〕音ㄐㄧㄥˋ,直捷。

❸ 〔窍〕音ㄑㄧㄠˋ,孔穴。

❹ 〔碣〕和碑相仿,也是石做的,方的叫碑,圆的叫碣。

❺ 〔镌〕音ㄗㄨㄢ,雕刻。

❻ 〔喜不自胜〕高兴得自己支持不住。

❼ 〔大造化〕很大的天幸。

❽ 〔天造地设的〕自然生就的。

❾ 〔人而无信,不知其可〕这是《论语》上的话,一个人说话倘若没有信实,就不知怎样才好。

❿ 〔拱服礼拜〕拱手表示佩服,对石猴行敬礼。

⓫ 〔千岁〕祝贺人长寿。

将"石"字隐了,遂称"美猴王"。

《西游记》现时通行的一百回本,里面写唐三藏取经的故事。作者吴承恩(约公元一五一○——五八○),字汝忠,别号射阳山人,嘉靖(明朝第十一代皇帝世宗的年号)岁贡生,做过县丞的官。著有《射阳存稿》(已失传)和《西游记》。

四、小雨点

陈衡哲

小雨点的家在一个紫山上面的云里。有一天,他正同着他的哥哥姊姊在屋子里游玩,忽然外面来了一阵风,把他卷到了屋外去。

小雨点着了急,伸直了喉咙叫道:"风伯伯,快点放了我呀!"

风伯伯一些也不睬,只管吹着他向地下卷去。小雨点吓得闭了眼睛,连气也不敢出。后来他觉得风伯伯去了,才慢慢的把眼睛睁开,向四围看了一看,只见自己正挂在一个红胸鸟的翅膀上呢! 那个红胸鸟此时正扑着他的翅膀,好像要飞上天去的光景。小雨点不禁拍手叫道:"好了,好了! 他就要把我带回我的家去了。"

谁知道那个红胸鸟把他的翅膀扑得太利害了,竟把小雨点掀了下来❶。

小雨点看见自己跌在一个草叶上面,他便爬了起来,两只手掩了眼睛,呜呜咽咽的哭起来了。他正哭着,忽然听见有一个声音叫着他说道:"小雨点,小雨点,不要哭了,到我这里来罢。"

小雨点依着声音的来处看去,只见一个泥沼❷在那里叫他去哩。他心里喜欢,便从那个草地上面一交滚了下来,向着那泥沼跑去。他跑到了那里,把那泥沼看了一看,不觉掀着鼻子说道:"好龌龊呵!"

---

❶ ［掀了下来］掀音ㄒㄧㄢ,高举起了推了下来。

❷ ［泥沼］沼音ㄓㄠ,低凹的蓄着水的地方。

泥沼把手放在他的嘴上说道："听呀！"

此时小雨点忽听见有流水的声自远渐渐的近了来。泥沼便对小雨点说："这是涧❶水哥哥，他到河伯伯那里去，现在凑巧走过这里。我们何不也同他一路去呢？"

于是小雨点跟了泥沼，去会见了涧水哥哥，一同到河伯伯那里去。

小雨点见了河伯伯，觉得自己很小，便问他道："河伯伯，我为什么这样小？"

河伯伯笑着答道："好孩予，这不打紧，我小的时候也和你一样。"

小雨点又说道："大河伯伯，你现在到那里去？"

泥沼和涧水哥哥也同声说道："不错，不错！大河伯伯，你现在到那里去？"

河伯伯道："我到海公公那里去，就永远住在他那里了。"

小雨点和泥沼和涧水哥哥都同声说道："好伯伯，你能告诉我们，海公公是怎么一个样子吗？"

河伯伯道："海公公吗？他是再要慈爱没有的了。他见了什么东西都要请他去住在他的家里。"

小雨点道："他也请像我一样的小雨点吗？"

河伯伯道："只要你愿意，他一定请你的。你可知道他小的时候也是一个小雨点吗？"

他们四个一路上有谈有笑，倒也很快活。隔了两天，居然到了海公公的宫里去。只见海公公掀着雪白的胡子笑着迎了出来。他见了小雨点十分喜欢，问了他好多的话。小雨点心里也觉得快活，那天竟没有想到家里。可是到了第二天，又想回去了。他便拉着海公公的胡子说："海公公，你肯送我回家去吗？"

海公公说："好孩子，你要回去，也没有什么不可以。但你须要耐心些才是。"

海公公的房子是一个又大又深的宫。小雨点在他的底下住了两天。

---

❶ ［涧］音ㄐㄧㄢ，两山中间低处流着水的地方。

到了第三天,他正一人哭着,想回家去,忽听见海公公在屋面上叫他。小雨点跟着那声音升了上去。只见白云紫山,可不是他的家吗?他见了喜得手舞脚蹈的说道:"看呀,看呀!海公公,那不是我的家吗?"

海公公摩着他的头说道:"好孩子,我是留不住你的了,只好让你回去吧。"

小雨点也很不忍心离开这样慈爱的海公公。不过他要回家的心太利害了,所以只得含着眼泪辞别了海公公,向天上升去。

说也希奇,此刻小雨点只觉得他的身子一刻大似一刻。不一会,他已升得很高。他心里喜欢,说道:"今晚我一定可以到家了,好不快活呵!"。

到了下午,他升到了一个高山的顶上,觉得有些疲倦。他向下一看,只见有一朵小小的青莲花睡在一堆泥土的旁边。他便对自己说:"我今天升得也够了,不如休息一刻再说罢。"

说了这个,他便向着那青莲花进行。忽然他身子又缩小起来。他着了慌,再睁眼仔细一看,阿呀!他不在花瓣上,又在那里呢!他此时不觉又哭起来了。

他正哭着,忽听见那青莲花叫着他的名字,说道:"小雨点,不要哭了,请你快来救救我的命罢。"

小雨点听了很希奇,不由得止了哭,把那青莲花细细的看了一看。只见她清秀之中显出十分干枯苍白。青莲花此时又接着说道:"我差不多要死了,请你救救我的命罢。"

小雨点听了,心里很不忍,便答道:"极愿极愿!但是我可不知道应该怎样的救你。"

青莲花道:"听着呵!我为的是欠少了一点水,所以差不多要死。你若愿意救我的命,你须让我把你吸到我的液管里去。"

小雨点吓了一大跳。竟回答不出话来。

青莲花道:"小雨点,不要害怕,你将来终究要回家去的,不过现在冒一冒险罢了。你愿意吗?"

小雨点听了,心里安了些。把青莲花看了一看,不由得又疼又爱。他想了一想,便壮着胆说道:"青莲花,我为了你的缘故,现在情愿冒这个险了。"

青莲花十分感激,果真的把小雨点吸到了她的液管里去。不到一会,她那干枯苍白的皮肤忽然变为美丽丰满。她在风中颤着,向四处瞧望。忽见有个小女孩走过她的身旁。她便把她身上的香味送到那女孩的鼻子里,说道:"女孩子,看我好不美丽。为什么不把我戴在你的发上呢?"

那女孩子果真把她折了,戴在她自己的发上。

但是到了晚上,那女孩子忽然又不喜欢这个青莲花了。她便把她从发里取了下来,丢在她爹爹的园里。

青莲花知道她这次真要死了。她又想到了温柔的小雨点,心里很痛苦,不由得叫道:"小雨点,小雨点!"

小雨点本来没有死,不过睡着罢了。此刻听了青莲花的声音,便醒了过来,说道:"我在什么地方呢?"

青莲花答道:"你在我的液管里。"

小雨点听到这里,才慢慢的把往事记了起来。他叹着气说道:"青莲花,你自己又在那里?"

青莲花便把她的经历一一的告诉了小雨点。她又说道:"小雨点,现在我可真的要死了。

小雨点着了急,说道:"青莲花,青莲花! 快快的不要死,我愿意再让你把我吸到液管里去。"

青莲花叹了一口气,说道:"痴孩子,现在是没有用的了。况且你已经在我的液管里,我又怎样能再吸你呢? 但是,小雨点,你不必失望,因为我明年春间仍要复活的。你若想念我,应该重来看我啊! 再会了。"

小雨点哭着叫道:"青莲花,青莲花! 快快不要死呀!"

但是青莲花已经不听见他了。小雨点一面哭着,一面看去,好不希奇:他那里在什么青莲花的液管里,他不是明明在一个死池旁边的草上吗? 他把死池看了一看,央❶着说道:"泥沼哥哥……"

死池恶狠狠的说道:"我不是泥沼,我是死池。"

小雨点便道:"死池哥哥,你能把我送到海公公家里去吗?"

---

❶ 〔央〕恳求。

死池哼着鼻子，说道："我从来没有听见过这个地方。"

小雨点听了，知道没望了，不由得又哭了起来。他哭得好不伤心，死池听了，也有些不忍，便问道："你要到海公公家里去做什么？"

小雨点答道："我要他送我回家去。"

死池皱着眉毛，想了一想，说道："你可知道，你不必到海公公家也可以回家去的吗？"

小雨点听了，快活得跳了起来，说道："死池哥哥，你的话真吗？你肯告诉我，怎样的回家去呢？"

死池道："你且等着，待太阳公公来了，便知道了。"

小雨点不敢再问，只得睡在草上，静待了一夜。明朝太阳公公来了，果然的把小雨点送回了家去。小雨点见了他的哥哥姊姊，自然喜欢得说不出话来。他又把他在地上的经历一一告诉了他们。后来他还约了他们，要在明年春间，同他们到地上去看那复活的青莲花哩。

陈衡哲，女作家，湖南人。曾留学美国，研究历史。回国后任北京大学教授。著有《西洋史》和小说集《小雨点》等。

文　法

一、词性的辨认

一篇文章由若干句子连结而成，一句句子由若干字连结而成。但这所谓字并非只是一个一个的单字，例如：

（甲）我将在此过三十余日不知是快活还是惨淡的生活。（《我的舱房》）

（乙）座有赵侍御者，君子人也。（《画记》）

（甲）句共有二十一字，（乙）句共有十字，这许多字有若干在句中不能独立,必须合看才有一定的意义。如"三十余日""快活""赵侍御""君子"
等,皆须合起来看才有一定的意义,否则不是意义不明,就是别一意义
了。这种在句中可以独立分析的单位叫做词。就上二例说,(甲)句共有
十五个词,(乙)句共有七个词,如下:

　　(甲)我 将 在 此 过 三十余日 不知 是 快活 还是 惨淡 的 生活。

　　(乙)座 有 赵侍御 者,君子 人 也。

一句之中字数不一定就是词数,故严密地说,句不是由字连结而成,乃是
由词连结而成的。

　　词通常分为九种,称为九品词,如下:

　　一、名词　名词就是事物的名称,事物不论有形无形,凡是我们所能
用五官接触用心念忆的,都可用名词来表出。例如:

　　阳伞　床　盆　人物　牛　马　画　河阳　赵侍御　人事
品格　花果山

　　二、代名词　代名词用以代替名词,事物原各有名称,但有时事物即在
当前不须区别,或在言说时已提出于先,皆可别用代名词以省繁复。例如:

　　　　小雨点的家在一个紫山上面的云里。有一天,他正同着他的哥
　　　　哥姊姊在屋子里游玩,忽然外面来了一阵风,把他卷到了屋外去。
　　(《小雨点》)

三个"他"字都是代小雨点的。又如:

　　　　"今虽遇之,力不能为已,且命工人存其大都焉。"(《画记》)

"之""其"都是代画的。

　　三、动词　动词用以表示事物的动作,事物的动作有自动与他动之
别,凡动作不以他事物为目的者曰自动,以他事物为目的者曰他动。因
了自动与他动,动词亦有自动词与他动词二种。例如:

　　　　那猴在山中却会行走跳跃,食草木,饮涧泉,采山花,觅树果,与
　　　　猿鹤为伴,麋鹿为群,夜宿石崖,朝游峰洞。(《美猴王》)

"行走""跳跃""宿""游"等动作不以他事物为目的,皆自动词;"食""饮"
"采""觅""为"皆有事物为其动作的目的,(如食以草木为目的物,饮以涧
泉为目的物,为以伴与群为目的物)故为他动词。

四、形容词　形容词用以修饰名词。例如：

　　　　软木　　小画　　明年　　大海　　名山

五、副词　副词用以修饰动词、形容词。例如《我的舱房》中

　　　　旁边又有这样叠置的两床。（又字副动词有字，叠字副动词置
　　　字）

　　　　一个圆形的窗子，玻璃极厚。（极字副形容词厚字）

副词不但用以修饰动词与形容词，且可以修饰别的副词，例如《画记》中。

　　　　余既甚爱之，又感赵君之事，因以赠之。（甚字副爱字，既字又
　　　副甚字）

六、介词　介词用以介绍名词或代名词与他词相结合。有前介词与
后介词两种。在名词后者曰后介词；在名词前者曰前介词。例如：

　　　　这是我的房。（《我的舱房》）

　　　　噫，余之手摹也。（《画记》）

"的"字介绍代名词"我"与"房"相结合，"之"字介绍代名词"余"与"手摹"
相结合。皆在其所介绍代名词之后，故为后介词。后介词只有"的""之"
二字，语体用"的"，文言用"之"。

　　　前介词字数很多。例如：

　　　　皮箱放在床下。（《我的舱房》）

　　　　明年出京师，至河阳，与二三客论画品格。（《画记》）

　　　　风伯伯一些也不睬，只管吹着他向地下卷去。（《小雨点》）

　　　　自此石猴高登王位，将石字隐了，遂称美猴王。（《美猴王》）

"在"字介绍名词"床下"，"与"字介绍名词"二三客"，"向"字介绍名词"地
下"，"自"字介绍代名词"此"，将"字介绍名词"石"字，都用在名词、代名
词之前，故为前介词。

七、接续词　接续词用以接文中相待之词或句。例如：

　　　　夏帽一顶，阳伞和手杖一束，放在床上。（《我的舱房》）

　　　　骑而立者五人。（《画记》）

　　　　海公公的房子是一个又大又深的宫。（《小雨点》）

"和"字接"阳伞""手杖"二名词，"而"字接"骑""立"二动词，"又"字接

"大""深"二形容词。以上是接词的接续词。

明年,出京师,至河阳,与二三客论画品格,因出而观之。(《画记》)

海公公说:"好孩子,你若回去也没有甚么不可以,但你须要耐心些才是。"(《小雨点》)

"因"字上下各是句,"因"字接之;"但"字上下各是句,"但"字接之。以上是接句的接续词。

八、助词　助词用以传达语气,常摆在句末。例如:

座有赵侍御者,君子人也。(《画记》)

今虽遇之,力不能为已。(《画记》)

海公公,你肯送我回去吗?(《小雨点》)

我今天升得也够了,不如休息一刻再说罢。(《小雨点》)

九、感叹词　感叹词是情感的自然流露,常摆在句首。例如:

噫! 余之手摹也,亡之且二十年矣。(《画记》)

此外如:

唉,事情糟了。

哟,你不知道吗?

呜呼哀哉!

嗟乎,师道之不行也久矣。

在句首的都是感叹词。

以上已就九种的词类分别说明了。词虽共有九种,但某词的属于何类,完全因其与他词的关系而定。同一个词,因了用法可有种种不同的性质。试以"手"字为例:

小雨点看见自己跌在一个草叶上面,……两只手掩了眼睛……(《小雨点》)　　"手"是名词

手工业　　　　"手"是形容词

人手一编　　　"手"是动词

手摹　　　　　"手"是副词

此外如"臂"字原是名词,但在"骑而下倚马臂隼而立者一人"句中是动词

了。"甲胄坐睡者一人"句中之"甲胄"属副词性质,在别处或用作名词。"一个圆形的窗子"中的"圆"是形容词,但在"不能自圆其说"句中是动词,在"在纸上用铅笔画圆"句中是名词了。这样,同一的词因了用法,性质上会有种种的变化。词性的辨认是非常要紧的事。

练习一　试就下文分出九种品词来:

燕子去了,有再来的时候;杨柳枯了,有再青的时候;桃花谢了,有再开的时候;但是,聪明的,你告诉我,我们的日子为什么一去不复返呢?是有人偷了他们吧:那是谁? 又藏在何处呢? 是他们自己逃走了吧:现在又到了那里呢?

练习二　下列各组句子中各有同一的字,其词性同否?

(甲) { 彼此议论很久。/ 议论少发为是。}　　(乙) { 山高月小。/ 货物山积。}

(丙) { 白其事于官。/ 白雪之白犹白玉之白。}　　(丙) { 善人不出恶言。/ 见善勇为,嫉恶如仇。/ 王君善作文,恶运动。}

文　选

五、王熙凤(节选《红楼梦》)

曹雪芹

一语未休,只听后院中有笑声说:"我来迟了,不曾迎接远客。"黛玉思忖❶道:"这些人个个皆是敛声屏气如此❷。这来者是谁,这样放诞❸

---

❶　[思忖] 心里暗自思量推究。

❷　[敛声屏气如此] 这般地收敛着声音抑制住呼吸,很静默的。

❸　[放诞] 放肆无拘束,不检点。

无礼……"心下想时，只见一群媳妇丫环拥着一个丽人从后房进来。这个人打扮与姑娘们不同，彩绣辉煌，恍若❶神妃仙子。头上戴着金丝八宝攒珠髻❷，绾❸着朝阳五凤挂珠钗，项上戴着赤金盘螭❹缨络圈，身上穿着缕金❺百蝶穿花大红云缎窄背袄，外罩五彩刻丝石青银鼠褂，下着翡翠撒花洋绉裙，一双丹凤三角眼，两弯柳叶掉梢眉，身量苗条❻，体格风骚，粉面含春威不露，丹唇未启笑先闻。黛玉连忙起身接见。贾母笑道："你不认得他。他是我们这里有名的一个泼辣货❼，南京所谓辣子，你只叫他凤辣子就是了。"黛玉正不知以何称呼，众姊妹都忙告诉黛玉道："这是琏嫂子。"黛玉虽不曾识面，听见他母亲说过，大舅贾赦之子贾琏娶的就是二舅母王氏之内侄女❽，自幼假充男儿教养的，学名叫做王熙凤；黛玉忙陪笑见礼，以嫂呼之。这熙凤携着黛玉的手上下细细打量了一回❾，便仍送至贾母身边坐下，因笑道："天下真有这样标致❿人物，我今日才算见了。况且这通身的气派⓫，竟不像老祖宗的外孙女，竟是个嫡亲的孙女。怨不得老祖宗天天口头心头一刻不忘，……只可怜我这妹妹这样命苦，怎么姑妈偏就去世了。"说着，便用手帕拭泪。贾母笑道："我才好了，你倒来招我。你妹妹远路才来，身子又弱，也才劝住了。快休再题前话。"这熙凤听了，忙转悲为喜道："正是呢，我一见了妹妹，一心都在他身上，又是欢喜，又是伤心，竟忘记了老祖宗，该打该打！"又忙携黛玉之手，问："妹妹几岁了？可也上过学？现在吃什么药？在这里不要想家。要什么吃的，什么顽的，只管告诉我。丫头老婆们不好，也只管告

❶　［恍若］仿佛。

❷　［头上戴着金丝八宝攒珠髻］头上戴了一个金线穿着珠宝做成的髻。

❸　［绾］音ㄨㄢ，插。

❹　［螭］音ㄔ，中国旧说是一种像龙而色黄没有角的动物。这里是首饰上的雕刻。

❺　［缕金］用金线盘成。

❻　［苗条］细小有风致。

❼　［泼辣货］很利害放纵不顾一切的角色。

❽　［内侄女］女子出嫁后，她母家的弟兄的女儿。

❾　［细细打量了一回］仔细地注意看了一番。

❿　［标致］美丽漂亮。

⓫　［气派］神气派头。

诉我。"一面又问婆子们："林姑娘的行李东西可搬进来了？带了几个人来？你们赶早打扫两间下房，让他们去歇歇。"说话时，已摆了茶果上来。熙凤亲为捧茶捧果。又见二舅母问他月钱❶放完了不曾。熙凤道："月钱也放完了。刚才带了人到后楼上找缎子，找了半日，也没见昨日太太说的那样。想是太太记错了。"王夫人道："有没有什么要紧。"因又说道："倒是我先料着了，知道妹妹这两日到的，我已预备下了，等太太回去过了目好送来。"王夫人一笑，点头不语。

《红楼梦》又名《石头记》，是一部描写一个大家庭由盛而衰的生活的小说。现在最流行的有一百二十回。据胡适的考证（见《胡适文存》），作者曹雪芹，名霑（ㄓㄢ），祖先是汉人而投于满族的。他的祖父和父亲都做过江宁织造的官。原来很繁荣，不知为了什么后来却衰败了。所以他的境遇也就很坏，不过四十多岁便死去〔公元一七一九（？）——一七六四〕。原书他只写到八十回，后四十回是别人续成的。

这一段是从第三回节下来的，这一回写林黛玉初到贾府的事。她的外祖母正和她谈着话，就听到她的表嫂王熙凤走了来。

六、卖汽水的人

周作人

我的间壁有一个卖汽水的人。在般若堂❷院子里左边的一角，有两间房屋，一间作为我的厨房，里边的一间便是这卖汽水的人住着。

一到夏天，来游西山❸的人很多，汽水的生意很好。从汽水厂用一块钱一打去贩来，很贵的卖给客人；倘若有点认识，或是善于还价的人，

---

❶　〔月钱〕每月照定数分发的钱。

❷　〔般若堂〕佛殿名。"般若"是佛经上的用语，当智慧解，又有脱离妄想，归到清净的意思。

❸　〔西山〕在北平西城外。

一瓶两角钱也就够了，否则❶要卖三、四角不等❷。礼拜日游客多的时候，可以卖到十五六元，一天里差不多有十元的利益。这个卖汽水的掌柜本来是一个开着煤铺的泥水匠，有一天到寺里来作工，忽然想到在这里来卖汽水，生意一定不错，于是开张起来。自己因为店务及工作很忙碌，所以用了一个伙计替他看守，他不过偶然过来巡阅❸一回罢了。

伙计本是没有工钱的，火食和必要的零用由掌柜供给。

我到此地来了以后，伙计也换了好几个了，近来在这里的是一个姓秦的二十岁上下的少年，体格很好，微黑的圆脸，略略觉得有点狡狯❹，但也有天真烂漫❺的地方。

卖汽水的地方是在塔下，普通称作塔院。寺的后边的广场当中，筑起一座几十丈高的方台，上面又竖着五枝石塔，所谓塔院便是这高台的上边。从我的住房到塔院底下，也须走过五六十级的台阶，但是分作四五段，所以还可以上去；至于塔院的台阶总有二百多级，而且很峻急❻，看了也要目眩❼，心想这一定是不行罢，没有一回想到要上去过。

塔院下面有许多大树，很是凉快，时常同了丰一到那里看石牌，随便散步。

有一天，正在碑亭外走着，秦也从底下上来了。一只长圆形的柳条篮套在左腕上，右手拿着一串连着枝叶的樱桃似的果实。见了丰一他突然伸出那只手，大声说道，"这个送你。"丰一跳着走去，也大声问道，

"这是什么？"

"郁李❽。"

---

❶ ［否则］不然那就……。

❷ ［不等］不一定，不相同。

❸ ［巡阅］往来察看。

❹ ［狡狯］狯音ㄍㄨㄞ，不诚实，喜欢弄手脚。

❺ ［天真烂漫］像小孩子一样，没有存心，很直率而又活泼。

❻ ［峻急］峻音ㄐㄩㄣ，台阶很陡，每级相隔又很近。

❼ ［目眩］眩音ㄒㄩㄢ，眼睛昏花。

❽ ［郁李］郁音ㄩ，郁李是一种紫红色，味酸的水果。

"那里拿来的？"

"你不用管。你拿去好了。"他说着，在狡狯的脸上现出亲和的微笑，将果实交给丰一了。他嘴里动着，好像正吃着这果实。我们拣了一颗红的吃了，有李子的气味，却是很酸。丰一还想问他什么话，秦已经跳到台阶底下，说着"一，二，三，"便两三级当作一步，走了上去，不久就进了塔院第一个的石的穹门❶，随即不见了。

这已经是半月以前的事情了。丰一因为学校将要开学，也回到家里去了。

昨天的上午，掌柜的侄子飘然❷的来了。他突然对秦说，要收店了，叫他明天早上回去。这事情太鹘突❸，大家都觉得奇怪，后来仔细一打听，才知道因为掌柜知道了秦的作弊，派他的侄子来查办❹的。三四角钱卖掉的汽水，都登了两角的帐，余下的都没收了，存放在一个和尚那里，这件事情不知道有谁用了电话告诉了掌柜了。侄子来了之后，不知道又在那里打听了许多话，说秦买怎样的好东西吃，半月里吸了几盒的香烟，于是证据确凿❺，终于决定把他赶走了。

秦自然不愿意出去，非常的颓唐❻，说了许多辩解，但是没有效。到了今天早上，平常起的很早的秦还是睡着，侄子把他叫醒，他说是头痛，不肯起来。然而这也是无益的了，不到三十分钟的工夫，秦悄然的出了般若堂去了。

我正在有那大的黑铜的弥勒菩萨坐着的门外散步。秦从我的前面走过，肩上搭着被囊，一边的手里提了盛着一点点的日用品的那一只柳条篮。从对面来的一个寺里的佃户❼见了他问道，

"那里去呢？"

---

❶　［穹门］上方成弧形的门。
❷　［飘然］很随便好像没有一点心事的神气。
❸　［鹘突］突然，来得没有根源，出人意外。
❹　［查办］调查办理。
❺　［确凿］的确，确实。
❻　［颓唐］颓音ㄊㄨㄟˊ，失意灰心，不能振作。
❼　［佃户］佃音ㄉ丨ㄢˋ，租种别人的田亩的人。

"回北京去!"他用了高兴的声音回答,故意的想隐藏过他的忧郁的心情。

我觉得非常的寂寥。那时在塔院下所见的浮着亲和的微笑的狡狯似的面貌,不觉又清清楚楚的再现在我的心眼的前面了。我立住了,暂时望着他彳亍❶的走下那长的石阶去的寂寞的后影。

周作人字启明,浙江绍兴人,曾留学日本,任北京大学教授多年,翻译很多;著作有《雨天的书》《自己的园地》《欧洲文学史》等。

文　话

二、叙述文

我们自己知道了一事情,更想叫别人知道,为着这种需要写成的文字叫做"叙述文"。

记述文告诉别人一些东西,叙述文告诉别人一些事情;记述文是静的,单说东西在空间的情状,叙述文是动的,列叙事情经过时间逐渐进行的步骤;记述文好比一幅相片,叙述文好比一套电影片;这是记述文和叙述文的分别。

《美猴王》、《小雨点》、《王熙凤》、《卖汽水的人》都是叙述文。这四篇的作者所以作这四篇文字,一个要叫别人知道美猴王出世为王的事情,一个要叫别人知道小雨点出外游历的事情,一个要叫别人知道王熙凤出来迎客的事情,一个要叫别人知道姓秦的来而又去的事情,这除了口讲之外,当然只有写成文字来告诉别人。

一篇叙述文,别人看过之后,对于事情的经过完全知道了,这篇文字

---

❶ ［彳亍］彳音彳,亍音ㄔㄨ,左一脚右一脚地没有一定的方向慢慢地走。

便是好的。其他门类的文字也是这般；总之，能达到写作的目的的文字便是好的。

以前说过，作记述文要讲究怎样把话语连缀起来的工夫；其实作任何门类的文字都得讲究这一层。关于叙述文的联缀有个绝好的依傍，那就是事情本身的进行次第。事情的进行有段落，这正好依据了来规定文字的段落；事情的进行有缓急，这正好依据了来规定文势的缓急。试将《卖汽水的人》为例。在事情本身，秦把果实给丰一是一个段落，丰一回家是一个段落，掌柜发觉秦的作弊是一个段落，秦从般若堂出来是一个段落，作者看秦走去又是一个段落；作者就依据这些规定文字的段落，连次第都不变更。又，秦把果实给丰一，在全件事情中是弛缓的部分，而掌柜发觉秦的作弊，却是紧急的部分；作者就依据这层，把前一部分写得弛缓，把后一部分写得紧急。

作叙述文也可以不依据事情本身的进行次第，这以后再讲；现在我们先记着，依据事情本身的进行次第，是作叙述文最普通、最自然的方法。

三、记述文叙述文的混合

请翻出《画记》来看。《画记》记述一件东西（一幅画），从第一节到第四节都为着这个目的。所以是记述文。但是，末节怎样呢？末节讲到得画、赠画、作记，这明明是一件事情的进行次第。所以是叙述文。再看《卖汽水的人》。《卖汽水的人》述说一件事情（姓秦的来而又去），当然是叙述文。但是开头讲卖汽水的人和他的住所，接着讲汽水的买卖，接着讲姓秦的状貌，接着讲塔院，这些却是人和东西而不是事情；便是在秦把果实给丰一这一段事情中，"一只长圆形的柳条篮套在左腕上，右手拿着一串连着枝叶的樱桃似的果实"，"有李子的气味，却是很酸"，讲到的都是东西而不是事情：所以这些部分是记述文。——若再看其他文篇，便将发现同样的混合的情形。

可见纯粹的记述文和叙述文很少的,二者常常混和在一起。我们假若逐句逐节地看,便觉忽而记述,忽而叙述,难以断定这篇文字到底属何门类。但是就全篇统观,便极易分辨。讲一些东西的,虽然有叙述文混和在内,仍是记述文;讲一些事情的,虽然有记述文混合在内,仍是叙述文。通常把文字归类就是这样着手的。

这里应附带说明的,就是把文字归类不能只看题目。像《画记》,题目写明"记"字,实际确是记述文,那是名实相符的。但是,像"运动会记","远足记",讲到开运动会、远足某处的事情,实在是叙述文。如果只看题目,见有"记"字,便说是记述文,那就上当了。

为什么纯粹的记述文和叙述文很少呢?仍取《画记》来讲。《画记》如果删去末节,也并不感得缺少什么,因为前面几节已经把画面的一切说明白了。所以论起理来,末节可要可不要。但是论到作者的心思,他若没有得画、赠画的一段经过,也就不会有这篇文字,这段经过很关重要,他怎肯丢掉不写?他要写,记述文里便混入叙述文了。一般记述文讲一些东西,往往讲到这些东西的来历、存亡、等等,这些部分大概是叙述文。

再取《卖汽水的人》来讲。秦把果实给丰一这段事情的进行是这样的:秦从底下上来,见了丰一他伸出手,说"这个送你"。如果文字就照这样写,也没有什么不合,因为事情的本身便是这样的。所以论起理来,"一只长圆形的……"这一句可要可不要。但是论到事实,若不把秦带着的东西交代明白,下面说"这个送你"的"这个"便不能使别人知道是什么东西。作叙述文的目的在使别人清楚地知道一些事情,作者怎肯丢掉与事情有关照的东西不写?他要写,叙述文里便混入记述文了。一般叙述文讲一些事情,往往讲到与事情有关照的东西,这些部分大概是记述文。再说一个譬喻,更易明白。电影片告诉别人一些事情的经过,刻刻在那里变动;但是有时插入一段"特写",把某件东西放得很大,并不变动,让别人看个仔细。那刻刻变动的部分犹如叙述文,"特写"的部分犹如记述文。

到这里,记述文叙述文常常混和在一起的道理可以明白了。那就是：无论讲一些东西或事情，在我们心理的自然情势上，常须二者兼用，方能讲得满自己的意，也满别人的意。

四、描写

试取《我的舱房》一篇来看。这是记述文。若叫几个作者同作这题目，各人对于舱房的看法未必相同，作成的文字也未必相同。可是，他们若说到床，一定同样地说四个床大约占全房间的一半；他们若说到救生带，一定同样地说赭色的布中包着砖形的软木八大块。再取《卖汽水的人》一篇来看。第四节讲到那姓秦的，述说他的状貌，是记述文。作者说他的"微黑的圆脸略略觉得有点狡狯，但也有天真烂漫的地方"。如果别人看见了那姓秦的，是否也同样地说，就很难说定，也许说他的脸显出一种真诚的态度，也许说他的脸颇有一种勇武的气概，这在没有见过那姓秦的而只读到文字的人都只好承认。同样是记述文，为什么前者的说法有一定，后者的说法没一定呢？

又试取《王熙凤》一篇来看，这是叙述文。且不要把它作小说看，只算真有王熙凤这样一个人，她出来迎客，作者就把这一回事写成这样一篇文字。若叫别人叙述这一回事，必然也要说到她怎样出来，怎样和客人及其他的人攀谈；决不会绝然不同，说她独自在房内做针线或者算什么帐目。但是，作叙述文并不一定要把事情的经过一丝不遗地写下来，往往取用了若干部分，就舍去其余的部分。（这一层以后再详说）这一取一舍中间，几个作者叙述同一的事情会写成各不相同的文字。即就王熙凤与别人攀谈这一点说，《红楼梦》的作者写成现在这样子，而在另一作者，也许以为有些对话无关重要，竟舍去不写。叙述同一事情的几篇叙述文，为什么大纲必然相同，而部分的取舍并没一定呢？

回答前面的两个问题并不难。舱房里的物件是摆定在那里的；王熙凤出来迎客的事情是已经发生的。作者要作记述文、叙述文，就非受它们的限制不可；床有四个，你不能改说两个，王出来迎客，你不能改说做针线或者算什么帐目。至于秦的脸狡狯或是真诚或是勇武,那是由别人看出来的,在秦总是这样一个脸。作者作记述文,并不受秦的脸的限制,只就自己看出来的说就是,觉得他的脸怎样便怎样说。再说作者所以要叙述王出来迎客的事情,除了告诉别人有这件事情之外,总还存着些别的意思,譬如说,想藉此表示王的性情品格。这所谓"别的意思"也不受事情的限制,作者规定材料的取舍就依据这个。说到这里,可以归结一下:存在东西、事情本身的材料,作者必须照实写下来,这样,文字才见得正确;至于作者对于东西、事情的感觉,那就依感觉到的写下来,这样,文字才见得生动、有意义。

记述文、叙述文写下了存在东西、事情本身的材料之外,更能写出作者对于该东西、该事情的感觉的,这称为具有描写的工夫。所以,"微黑的圆脸,略略觉得有点狡狯,但也有天真烂漫的地方,"这写出作者对于秦的脸的感觉,是具有描写工夫的记述文;《卖汽水的人》全篇以及《王熙凤》,同样写出一个人的性情品格,这性情品格是两位作者感觉到的,故两篇都是具有描写工夫的叙述文。

五、拟人的写作法

试取《小雨点》一篇来看。这篇叙述水循环升沈的经过。假若老实说水,本也没有什么不可。不过这样就同自然科书籍的文字相仿佛,别人读了以后只能知道水有这样的经过,却不会感觉什么情趣。现在作者对于水有这样的经过先感觉到情趣,她把小雨点看作一个可爱的孩子,同时把风、红胸鸟、泥沼、涧水、等等都看作人,它们像人一样活动,像人一样说话;于是她必须作一篇具有描写工夫的叙述文方才满意。而在看到这篇文字的人,除了知道水有这样的经过以外,就从开头到末尾一直感觉到一种情趣。这样把东西看作人来着手描写的方法叫做"拟人的写作法"。

人常常根据自己看待事物。看见急急的流水,心里想,"水为着什么这样匆匆地跑去?"这就把水看作人了,因为人有急事便匆匆地跑去,而水无所谓事，也无所谓"跑"。可见拟人法在我们心理上是很自然的。夜里看见圆圆的月儿，对别人说，"你看，月儿含着笑意呢！"这又把月儿看作人了，因为月儿本来不是个面孔，实在无所谓笑。别人听了这句话，便想起平时看见的笑脸，与月儿对比，觉得月儿真个像在那里笑了。于是说话的人与听话的人的情趣归于一致。可见拟人法在情趣的传染上是很有效的。

文字中用到拟人法的地方颇不少。《小雨点》全篇用拟人的写作法。《美猴王》亦然；讲猴子的事情，却取了与讲人事同样的讲法。有些寓言、故事也通体用拟人的写作法。

《王熙凤》和《卖汽水的人》同是注重在描写一个人的性情品格的叙述文。我们要看两位作者怎样着手描写。

在着手描写之前，作者对于那人的性情品格必已有所觉知。王熙凤这个人是作者创造出来的，她的性情品格当然也由作者创造；姓秦的是实有的人，当作者写《卖汽水的人》的时候，对于他的性情品格已觉知不少；这是不容疑惑的。前一位作者就依据创造停当的，后一位作者就依据觉知得来的，着手作描写的工夫。材料的取舍也就有了标准。凡可以描写出那人的性情品格的都有用；否则便是无关紧要的材料，不妨舍去。

《王熙凤》的作者创造王熙凤这个人，给与她活泼、机警、干练、好胜等特性。他叙述她出来迎客，处处着力在表示她的特性。开头记她的打扮，就使人知道她是一个很爱修饰的人。又从贾母口里说出了对于她的评语"泼辣货"，就使人知道她又是一个十分干练的人。以下他让她在场面上活动。先是她替黛玉的境况悲伤；一听到贾母责备，立刻"转悲为喜"，说着使人开颜的辩解话；一转便转到对于黛玉的诸般体贴；随又叙起放月钱，找缎子；最后她说已经预备下了衣料，等一会送来，仍归结到体贴黛玉；这样，使读到这篇文字的人宛如看见一个活泼、机警、干练、好胜的妇人，并且听到她的伶俐的口吻。

《卖汽水的人》的作者对于秦的性格的觉知，正如他说秦的脸一样，是"略略觉得有点狡狯，但也有天真烂漫的地方"。他作这篇文字始终在这一点上用力描写。他讲到秦卖汽水作弊，作弊被发觉后"说了许多辩解"，动身时"用了高兴的声音"回答别人说"回北京去！"这些地方都描写出秦的狡狯。但是他又讲到秦把果实送给丰一，活泼地走上台阶去，后来知道不能留在那里了，还"说是头痛,不肯起来,"这些地方就描写出秦的天真烂漫。由作者的描写,读到这篇文字的人虽然没有遇见秦,却认识了他。

练习　试自拟一题(一些事情)作一篇叙述文,依着事情进行的次第顺次叙述。

文　选

七、人造丝

近来市上有一种人造丝,可作天然丝的代用品,非常流行。用人工的方法制造绢丝,欧洲❶学者早已着手试验,总是不能成功。直到一八八三年,法国有一个学者发明一种方法:加压力于硝化纤维素❷的溶液,使它从细管的小孔压出,凝固后便成为丝。自此成功后,他的原理至今被应用着。

人造丝以植物纤维的纤维素为原料。所以棉花、纸屑、草蒿、木材等都是人造丝的重要原料。试想,从纸屑、草藁可以制造绢丝,科学的力量多么可惊呵!

人造丝的成分和真丝不同,它不是动物性的,不过是由化学工业方法做成的;虽和天然丝相似,并不是同样的东西。

人造丝和天然丝的区别,第一是它的光泽比天然丝闪烁夺目。它的实质非常脆弱,容易因折叠而破裂,触手的感觉也不见佳。此外,人造丝不能捻成细丝;放置过久,便有变质之虑。惟因价廉和美观,加以一般人

---

❶　[欧洲] 欧罗巴洲(Europe)的省称,世界五大洲之一。东接亚细亚,西达大西洋,成一大半岛形,面积三百八十七万方里,海岸线长约五万里。

❷　[硝化纤维素] 纤维素为植物的主要成分,凡细胞膜皆由此而成。棉花及麻差不多全是纤维素。把棉花浸于浓硝酸与硫酸的混合液中,便成一种有机化合物,名为"硝化纤维素"。

对于衣料的耐久一层不甚措意，所以它的销路很大。并且，人造丝的种种的缺点现正逐渐改良，自当成为蚕丝业的劲敌。

八、文明与奢侈

蔡元培

读人类进化之历史：昔也穴居而野处，今则有完善之宫室；昔也饮血茹毛❶，食鸟兽之肉而寝其皮，今则有烹饪裁缝之术；昔也束薪而为炬，陶❷土而为灯，而今则行之以煤气及电力；昔也椎轮❸之车，刳木之舟❹，为小距离❺之交通，而今则汽车及汽舟，无远弗届❻；其他一切应用之物，昔粗而今精，昔单简而今复杂：大都如是。故以今较昔，器物之价值，百倍者有之，千倍者有之，甚而万倍、亿倍者亦有之；一若昔节俭而今奢侈，奢侈之度随文明而俱进。是以厌疾奢侈者，至于并一切物质文明而屏弃之，如法之卢梭❼，俄之托尔斯泰❽是也。

虽然，文明之与奢侈，固若是其密接而不可离乎？是不然。文明者，利用厚生❾之普及于人人者也。敷道如砥❿，夫人而行之⓫；漉⓬水使洁，夫人而饮之；广衢之灯，夫人而利其明；公园之音乐，夫人而聆其音；普及

---

❶ ［茹毛］生食鸟兽。

❷ ［陶］把土制为瓦器。

❸ ［椎轮］没有辐的车轮。

❹ ［刳术之舟］古人制造简陋，把一段木剖开，刳空了心，便算是一只船了。

❺ ［小距离］距离不远。

❻ ［无远弗届］无论怎样远没有不能到达的。

❼ ［卢梭］J. J. Roussau，法国的哲学家。生于公元一七一二，死于一七七八。所著书以《民约论》为最有名。

❽ ［托尔斯泰］L. N . Tolstoy，俄国小说家。生于公元一八二八年，死于一九一〇年。他的小说译成中文的很多。

❾ ［利用厚生］语本《尚书》。利用是说器物之便于利用。厚生是说丰富人类的生活。

❿ ［敷道如砥］砥，平的石。这是说把道路铺得很平。

⓫ ［夫人而行之］犹言"大家可以走"。夫，音扶（ㄈㄨ）。

⓬ ［漉］音ㄌㄨ。滤水。

教育,平民大学,夫人而可以受之;藏书楼之书,其数巨万,夫人而可以读之;博物院之美术品,其价不赀❶,夫人而可以赏鉴之:夫是以谓之文明。且此等设施,或以卫生,或以益智,或以进德,其所生之效力,有百千万亿于所费者。故所费虽多,而不得以奢侈论。

奢侈者,一人之费逾于普通人所费之均数,而又不生何等之善果,或转以发生恶影响;如《吕氏春秋》❷所谓"出则以车,入则以辇❸,务以自佚❹,命之曰招蹷之机❺;肥酒厚肉,务以自强,命之曰烂肠之食,"是也。此等恶习,本酋长❻时代所留遗。在普通生活低度之时,凡所谓峻宇,❼雕墙❽,玉杯,象箸❾,长夜之饮,游畋❿之乐,其超越均数之费者何限。普通生活既渐高其度,即有贵族豪富以穷奢极侈著,而其超越均数之度,决不如酋长时代之甚。故知文明益进,则奢侈益杀⓫。谓今日之文明尚未能剿灭奢侈,则可;以奢侈为文明之产物,则大不可者也。吾人当详观文明与奢侈之别,尚其前者而戒其后者,则折衷⓬之道也。

蔡元培字鹤卿,改字鹤庼,一字子民,现代浙江绍兴人。清进士,官翰林院编修,后辞官归里,从事教育事业。国民政府成立后,历任要职。

---

❶ [不赀]赀可作"量"字解。不赀,言其数多至无量。

❷ [《吕氏春秋》]书名。旧题秦吕不韦撰,然考之《史记》,实是不韦的宾客们所编撰的。

❸ [辇]用人挽的车子。

❹ [佚]与"逸"通,放荡的意思。

❺ [命之曰招蹷之机]称它做招跌交的机械。

❻ [酋长]上古游牧时代,聚族而居,每族有酋长,平时管理这一族的事务,战争时做这一族的魁帅。

❼ [峻宇]高大的屋。

❽ [雕墙]雕砌得很工致的墙。

❾ [象箸]象牙的筷。

❿ [游畋]游荡田猎。

⓫ [杀]音ㄕㄞˋ,减削。

⓬ [折衷]不偏于任何方面。

文　法

二、短语

　　用两个以上的词连接起来能表出一完全的意思的叫做句，不能表出完全的意思的叫做短语。句与短语的分别全在意思的完全与否，和字数之多少无关。例如：

　　　　我们读书。　　　　　　（句）

　　　　我们平常读书的时候，（短语）

　　短语共有三种：

　　（一）形容词短语　　用后介词"的"或"之"介绍某词加在名词之上时，自"的""之"以上，全部称为形容词短语。例如：

　　　　我的间壁（《卖汽水的人》）

　　　　卖汽水的人（《卖汽水的人》）

　　　　余之手摹也（《画记》）

　　　　大舅贾赦之子（《王熙凤》）

"我的""卖汽水的""余之""大舅贾赦之"对于下面的名词都有修饰的作用，其性质等于形容词，故叫做形容词短语。

　　（二）名词短语　　形容词短语下加名词，全体叫做名词短语。就上例来说：

（形容词短语）	（名词短语）
我的间壁	我的间壁
卖汽水的人	卖汽水的人
余之手摹地	余之手摹也
大舅贾赦之子	大舅贾赦之子

名词"间壁""人""手摹""子"经过形容词短语修饰，变为"我的间壁""卖汽水的人""余之手摹""大舅贾赦之子"，仍是名词性质，故叫做名词短语。

(三)副词短语　副词短语由前介词合名词或名词短语构成。例如：

妇人<u>以孺子</u>载而可见者六人。(《画记》)

"河伯伯,我<u>为什么</u>这样小?"(《小雨点》)

只见一群媳妇丫环拥着一个丽人<u>从后房</u>进来。(《王熙凤》)

<u>在般若堂院子里左边的一角</u>有两间房屋。(《卖汽水的人》)

<u>用人工的方法</u>制造绢丝。(《人造丝》)

"以孺子""为什么""从后房""在般若堂院子里左边的一角""用人工的方法"都对于以下的动词或形容词有修饰的作用,等于副词,故叫做副词短语。

以上三种短语虽由两个以上的词构成,但其性质实等于一个词。形容词短语等于形容词,名词短语等于名词,副词短语等于副词。各种短语,有时字数甚多,构造极复杂。例如《卖汽水的人》中:

<u>那时在塔院下所见的浮着亲和的微笑的狡狯似的</u>面貌。　(形容词短语)

我立住了,暂时望着<u>他彳亍的走下那长的石阶去的寂寞的后影</u>。　(名词短语)

我正<u>在有那大的黑铜的弥勒菩萨坐着的门外</u>散步。　(副词短语)

无论如何冗长繁复,都不妨认作一个词,如果是形容词短语就作一个形容词来看,如果是名词短语就作一个名词来看,如果是副词短语就作一个副词来看。能够这样看,一句之中字数虽多,成分可以归并,句的构造也就容易弄得清楚了。

三、句的种类与构造

句的种类可由两方面来区分:

(甲)从性质上分类,可得下面四种:

(一)叙述句　就某事物直述的叫叙述句,有肯定、否定二种。

这是琏嫂子。（《王熙凤》）　　　　　　　　（肯定）

这个人打扮与姑娘们不同。（《王熙凤》）（否定）

（二）疑问句　有疑而问的叫疑问句。

这是什么？那里拿来的？（《卖汽水的人》）

妹妹几岁了？可也上过学？现在吃什么药？（《王熙凤》）

（三）命令句　表示命令或希求之意的叫命令句。

风伯伯,快点放了我呀!（《小雨点》）

快休再提前话!（《王熙凤》）。

（四）感叹句　表示感叹之意的叫感叹句。

噫! 余之手摹也。（《画记》）

　（乙）从繁简上分类,可得下面二种:

（一）单句　句中不再含句的叫单句。

你不认得他。（《王熙凤》）

他是我们这里有名的一个泼辣货。（《王熙凤》）

（二）复句　表面虽为一句,其中尚有句可分的叫复句。

只见“一群媳妇丫环拥着一个丽人从后房进来”。（《王熙凤》）

“食鸟兽之肉”而“寝其皮”。（《文明与奢侈》）

故知“文明益进”则“奢侈益杀”。（《文明与奢侈》）

上三例中第一第二例引号以内都是完全的句。第三例则句中更含复句。

　　以上已把句的种类说明白了,以下就讲句的构造。

　　复句由单句而成,故单句是句的基本。一句单句由二部分构成,一为事物,二为该事物的动作或情况。我们要说话时,首先在心中浮起的就是事物,其次是该事物的动作、情况,否则无从述说了。前者叫做主辞,后者叫做宾辞。主辞与宾辞为句的二大骨干。例如:

$$\frac{\text{侄子}}{\text{主}}\ \frac{\text{来}}{\text{宾}}。$$

$$\frac{\text{秦}}{\text{主}}\ \frac{\text{拿果实}}{\text{宾}}。$$

主辞必为名词,宾辞常为动词。第一例“侄子”是主辞,“来”是宾辞,因为“来”字是自动词,故不必复带动作的目的,意义已明白。第二例“秦”是主辞,

"拿"字为他动词,须兼带动作的目的物,故此句的宾辞为"拿果实"三字。

宾辞为自动词时,原不必复带动作的目的,但动词有完全与不完全之别,不完全自动词意义不完全,必须再加他词。例如:

我　是死池。(《小雨点》)
主　　　宾

"是"即不完全自动词,如果但说"我是"意义不明白,故下复带一名词"死池",这名词在文法上叫做补足语。(补足语不必限于名词,详后。)

上数例虽是最简单的句式,但句的骨干实已具备。如果再用别词附加上去,就可成较复杂的句子。例如《卖汽水的人》中:

掌柜的侄子　飘然的来了。
　　主　　　宾

秦　右手拿着一串连着枝叶的樱桃似的果实。
　主　　　　　宾

第一例用形容词短语"掌柜的"来修饰"侄子",用副词"飘然的"("的"或作地)来修饰"来",再于"来"下加助词"了",至于骨干,仍是"侄子来"而已。第二例主辞仍只一秦字,于动词"拿"字下加助动词"着",上再用副词"右手"修饰,于"果实"上用形容词"一串"及"连着枝叶的""樱桃似的"二形容词短语修饰,其骨干实仍不过"秦拿果实"而已。

由此可知句的骨干原很简单,普通的句子看似繁重,其实只是在骨干上附加了许多肉而已。就句的骨干说,主辞是名词,宾辞是动词或再带动作目的的名词与补足语,名词上所能附加的常为形容词或形容词短语,动词上所能附加的常为副词或副词短语。对于一句句子,如果能分别看出那一部分是主辞,那一部分是宾辞,那几个字是骨干,那几个字是附加词,句子的构造就能彻底明白,而句的意义也就可正确解释了。

一句单句由主辞与宾辞二部构成,但整篇的文章所用的常系复句,并非全由单句集合成就。如果逐句检查起来,常有不完全的。其中省去主辞的尤多。例如:

"余少时常有志乎兹事,(余)得国本,(余)绝人事而摹得之。"(《画记》)

秦自然不愿意出去,(秦)非常的颓唐,(秦)说了许多辩解。

（《卖汽水的人》）

照理第一例应不止一个"余"字，第二例应不止一个"秦"字的。可是实际却只留了开始的一个，其余都略去了。

练习一　试把下列各句区分为主辞宾辞二大部分：

海公公的房子是一个又大又深的宫。

他正同他的哥哥姊姊在屋子里游玩。

平常起的很早的秦还是睡着。

练习二　试把下列各句删去其附加部分，但留其骨干：

他在狡狯的脸上现出亲和的微笑。

那时在塔院下所见的浮着亲和的微笑的狡狯似的面貌，不觉又清清楚楚的再现在我的心眼的前面了。

练习三　就句的骨干说，下文中略去主辞的地方共有多少？试一一补入。

那猴在山中却会行走跳跃，食草木，饮涧泉，采山花，觅树果，与猿鹤为伴，麋鹿为群，夜宿石崖，朝游峰洞：真是"山中无甲子，寒尽不知年。"

一朝天气炎热，与群猴避暑，都在松阴之下顽耍了一会，却去那山涧中洗澡。见那股涧水奔流，真个是滔滔不竭。

文　选

九、最苦与最乐

梁启超

人生甚么事最苦呢？贫吗？不是。失意吗？不是。老吗，死吗？都不是。我说人生最苦的事莫苦于身上背着一种未来的责任。人若能知足，虽贫不苦；若能安分（不多作分外希望），虽失意不苦；老，病，死乃人生难免的事,达观的人❶看得很平常,也不算什么苦。独是凡人生在世间一天,便有一天应该做的事,该做的事没有做完,便像是有几千斤重担子压在肩头,再苦是没有的了。为甚么呢?因为受那良心责备不过,要逃躲也没处逃躲呀。

答应人办一件事没有办,欠了人的钱没有还,受了人的恩惠没有报答,得罪了人没有赔礼,这就连这个人的面也几乎不敢见他;纵然不见他的面,睡里梦里都象有他的影子来缠着我。为甚么呢?因为觉得对不住他呀,因为自己对于他的责任还没有解除呀。不独是对于一个人如此,就是对于家庭,对于社会,对于国家,乃至对于自己,都是如此。凡属我受过他好处的人,我对于他便有了责任。凡属我应该做的事,而且力量能够做得到的,我对于这件事便有了责任。凡属我自己打主意要做一件事,便是现在的自己和将来的自己立了一种契约❷,便是自己对于自己加一层责任。有了这责任,那良心便时时刻刻监督在后头,一日应尽的责任没有尽,到夜里头便是过的苦痛日子;一生应尽的责任没有尽,便死也是带着苦痛往坟墓里去。这种苦痛却比不得普通的贫、病、老、死,可以达观排解得来。所以我说人生没有苦痛便罢,若有痛苦,当然没有比这个加重的了。

翻过来看,甚么事最快乐呢?自然责任完了,算是人生第一件乐事。古语说得好,"如释重负❸",俗语亦说是"心上一块石头落了地",人到这个时候,那种轻松愉快,直是不可以言语形容。责任越重大,负责的日子越久长。到责任完了时,海阔天空❹,心安理得❺,那快乐还要加几倍哩。大抵❻天下事从苦中得来的乐才算真乐。人生须知道有负责任的苦处,

----

❶ 〔达观的人〕凡事看得开,不受境遇的拘束,无论喜、怒、哀、乐都能冷静地放开去。这种人叫作达观的人。

❷ 〔契约〕两个人以上彼此同意,对于一件事订立的共同遵守的条件,叫做契约。

❸ 〔如释重负〕好像放下了背着的重东西一般。

❹ 〔海阔天空〕像海一般的开阔,像天一般的空旷,没有一点阻碍或拘束。

❺ 〔心安理得〕自己心里没有什么不合理的事来扰乱,非常安静。

❻ 〔大抵〕大概。

才能知道有尽责任的乐处。这种苦乐循环❶,便是这有活力的人间一种趣味。却是不尽责任,受良心责备,这些苦都是自己找来的。一翻过来,处处尽责任,便处处快乐;时时尽责任,便时时快乐。快乐之权,操之在己❷。孔子所以说"无入而不自得❸",正是这种作用。

然则为什么孟子❹又说"君子有终身之忧❺"呢?因为越是圣贤豪杰,他负的责任越是重大;而且他常要把种种责任来揽在身上,肩头的担子从来没有放下的时节。曾子❻还说哩:"任重而道远,死而后已,不亦远乎❼!"那仁人志士的忧民、忧国,那诸圣诸佛的悲天、悯❽人,虽说他是一辈子感受苦痛,也都可以。但是他日日在那里尽责任,便日日在那里得苦中真乐,所以他到底还是乐不是苦呀。

有人说:"既然这苦是从负责任而生的,我若是将责任卸却❾,岂不是就永远没有苦了吗?"这却不然,责任是要解除了才没有,并不是卸了就没有。人生若能永远像两三岁小孩,本来没有责任,那就本来没有苦。到了长成,责任自然压在你的头上,如何能躲?不过有大小的分别罢了。尽得大的责任,就得大快乐;尽得小的责任,就得小快乐。你若是要躲,倒是自投苦海,永远不能解除了。

梁启超(公元 1873—1929),字卓如,号任公,别号饮冰室主人,广东新会

---

❶ 〔苦乐循环〕苦了以后有乐,乐的后面跟着的是苦,苦乐总是相随着的,没有起点,也没有终点,像圆环一般。

❷ 〔快乐之权操之在己〕享受快乐的权柄是握在自己的手里的,只要肯尽责任,责任尽时便可得到快乐。

❸ 〔无入而不自得〕无论走到那里,没有不舒服安心;这是孔子的话,出在《中庸》里面。

❹ 〔孟子〕姓孟名轲,战国时邹人,是子思(名伋,孔子孙子)的学生,著书七篇,叫《孟子》。在儒家中,他是孔子以后的第一个人物,主张行仁义,反对当时的武力主义。

❺ 〔君子有终身之忧〕君子(见《画记》)肯负责任,事情总是做不完的,但又不肯放下,所以不能有一天的安闲。

❻ 〔曾子〕姓曾名参,字子舆,孔子的学生,春秋时武城(现属山东省)人。

❼ 〔任重而道远……〕一个人背了很沉重的担子向远处走去,一直走到死的时候才放得下,不是很远了吗?

❽ 〔悯〕音ㄇㄧㄣˇ,怜惜。

❾ 〔卸却〕卸音ㄒㄧㄝˋ,放下,推脱。

人。当光绪(清第九代皇帝德宗)时,因为谋变法失败,逃到日本。先办《清议报》,后办《新民丛报》,鼓吹君主立宪。民国成立后,他也做过几次政治活动,但大都失败,只有反对袁世凯做皇帝和反对张勋复辟(拥护宣统复做皇帝)有相当成功。在后几年,专门从事于讲学。他的著作很多,有《饮冰室文集》,《清代学术概论》,《中国历史研究法》,《饮冰室诗话》,《陶渊明》,《诗圣杜甫》,《欧游心影录》等。

一〇、机器促进大同说

吴敬恒

仗着先代的遗产,或倚靠垄断❶的资本,号称富人。牺牲了无量数的同胞,使他们少衣缺食,暴露奔走,方供给得几个人能够衣是必需温厚,食是必需鲜洁,居是必需轩敞,乘是必需飞速。惟其这样,所以凡是温厚、鲜洁、轩敞、飞速的东西,都被有道的朋友看做可以伤气,看做可以痛心。而对了制造温厚、鲜洁、轩敞、飞速各样东西的器具,——尤其好像多余,不该有在世上。古代若周朝的老聃❷,近世若俄国的托尔斯泰,一班主持消极道德的贤哲,他们论调偏激起来,似乎必要剖了斗,折了衡❸,毁坏了机器,世界才会正当。

我亦以为耕着田而食,凿着井而饮,天地可算庐舍,鹿豕可算朋友,羲皇以前的人世❹,未尝没有至乐。但是人类的祖先,仅仅块然的一条小兽,演到成了猴子,尚不知道耕,亦不知道凿,庐舍的思想也没有,朋友的往来也极少。自从变了野人,慢慢地将演成羲皇,食就忽然要耕了,饮就忽然要凿了,庐舍没有,庐舍的思想有了,朋友不多,朋友的往来多了。

---

❶ [垄断]冈陇的断而高者叫做"垄断"。《孟子》里有这样几句话:"有贱丈夫焉,必求垄断而登之,以左右望而罔市利。"后人对于工于谋利,攘夺大多数人的利益以为己有的,便叫做"垄断"。

❷ [老聃]姓李,名耳,字聃,古书上都称他老聃。他的生卒年月已不甚可考,孔子曾见到他。他所著的书,就是《老子》。

❸ [剖了斗折了衡]《老子》里有这样的话:"剖斗折衡而民不争。"

❹ [羲皇以前的人世]犹言"上古之世",羲皇指上古的伏羲氏。

这也算得会多事了。为甚么要这样忙法？不才区区是答不上来；恐怕就是一等有道的朋友，也统是答不上来。

　　然而若照在下信口开河❶，卤莽灭裂❷的回答起来，如果我们单从人类抽象地着想，把他要耕、要凿、要庐舍、要朋友的欲望扩充着讲解，他实在是一种不怕烦恼的动物。定要仗着劳动，而且定要仗着工具替代他的劳动。不耕，做到耕；不凿，做到凿；没有庐舍，做成庐舍；没有朋友，结起朋友。而且衣是必定要做到最温厚，食是必定要做到最鲜洁，居处是必定要做到最轩敞，往来是必定要做到最飞速。而且希望制造那温厚、鲜洁、轩敞、飞速种种东西的工具，必定要做到最精良，愈可以替代他的劳动。由替代一分，至于替代得十分，替代到人类不要劳动，止让工具劳动，乃为愈满足。列位如不信，试就他的耕着看：最初是用一枝树干，叫做耒耜，后来他用铁犁了。又就他的凿着看：最初是用一片火石，冒称斧头，后来他用铁锹了。这就是叫老聃与托尔斯泰两位先生去耕凿，虽决不愿上美国去购办耕田机器，也必定采用铁犁、铁锹，决不再用木耒、石斧的。由此看来，仗着最精良的机器替代劳动，把温厚、鲜洁、轩敞、飞速的东西制造得完备，叫人类统统享受，是人类所希望。有道的朋友忿激了，要人人返到耕田、凿井的地位，不替穷人去争富人的享用，却拉富人去尝穷人的滋味。这未免是癞狗下水，拉鳖猫也下水，变成吃砒霜药老虎的局面了。若问享用是什么东西，难道桎梏于温厚、鲜洁，轩敞、飞速的东西里的人物，必定是快活过耕田、凿井的么？这我可回答的，一定未必。然我又有疑向，难道耕田、凿井的一定快活过于蠕动喙息❸的么？不才区区是答不上来，恐怕就是一等有道的朋友，也统是答不上来。

　　所以世间梦想大同世界的，就有两种：一种是爱好天然，让他一团茅草乱蓬蓬，使山川草木疏落有致；在清风明月之下，结起茅屋，耕田凿井，做着羲皇之梦。这种空气，自然清高的境界，在下也十分赞成。然而到

---

❶　［信口开河］不加思索,滔滔不绝的讲话。

❷　［卤莽灭裂］粗率苟简。

❸　［蠕动喙息］虫行蠕蠕而动,故称虫类为"蠕动"。兽类有口能呼吸,故称兽类为"喙息"。喙,音ㄏㄨㄟˋ,语本《史记·匈奴传》。

了狂风苦雨,连绵旬月,我庐、我田、我井漂荡无存;否则蓬蓬乱草之中,蚊蝇跳蚤,叫苦连天,毒蛇猛兽,惊心动魄,就不免有些踌躇了。所以在周朝井田❶阛阓❷已经修治的世界,在俄国城郭宫室尤较美备的人境,偶然有我们几位别致朋友,快活著村庄生活,自然好像羲皇已经接近,浮生❸大有可乐,若真正是羲皇以前那种耕田凿井的大同世界,恐怕只是片面的。

又有一种是重视物质文明。以为到了大同世界,凡是劳动都归机器,要求人工的部分极少。每人每日止要作工两小时,便已各尽所能。于是在每天余下的二十二小时内,睡觉八小时,快乐六小时,用心思去读书发明八小时。在这二十二小时睡觉、快乐、使用心思之中,凡有对于温厚、鲜洁、轩敞、飞速等条件的享用东西,应有尽有,任人各取所需。到那时候,人人高尚、纯洁、优美。屋舍皆精致幽雅,道路尽是宽广九出,繁植花木,珍禽奇兽豢养相当之地。合全世界无一荒秽颓败之区,几如一大园林。彼时人类的形体,头大如五石瓠,因用脑极多之故。支体皆纤细柔妙,因行远、升高、入地,皆有现成机器遍设于道路,所需手足劳动甚少之故。这并不是乌托邦❹的理想,凡有今时机器较精良之国,差不多有几分已经实现。这明明白白是机器的效力。

可惜机器的力量毕竟单薄。那单薄机器的力量,又被所谓富人占了。仍役许多人工劳动,帮助那单薄机器,专门为少数人觅得温厚、鲜洁、轩敞、飞速等的享用。于是一若机器无与于人类全体幸福。但是这少数人占据机器,又是别一问题。多数对于少数为正当之革命,推翻其占据之组织,凡我们有道朋友的书报中,已此处彼处讲个不尽。在下现在也无须羼杂别讲。我现在所要说的,是那占据机器的富人,固是我劳动人的魔鬼,若机器自身,毕竟是我们人类减少劳动的天使。我们人类

---

❶ ［井田］相传周朝的制度,以地方一里画为九区,形如井字,中为公田,其外八家各受一区为私田,所以叫做"井田"。

❷ ［阛阓］阛(ㄏㄨㄢ),市垣,阓(ㄎㄨㄟ),市之外门;这两字即指市场。

❸ ［浮生］人生世上,浮动无定,故称生活为"浮生"。

❹ ［乌托邦］假想的国名,即无所在之意。英人谟亚(T. More)作寓意小说,描写乌托邦是一个普通选举的共和国,各种制度无不美备。

有发明机器的能力,自然有那一日我们不用劳动,但请机器劳动。故我劳动家,一方面对于占机器的富人,为继续正当之反抗;一方面又须帮助机器改良。机器改良发达,至于不需人工之时,即使彼时对于富人占据之革命,未能完全奏功,而工人既无工可食,切肤之灾愈甚,其革命必非常剧烈。所谓置之死地而后生,机器公有之日子,即在最后一天。否则如今日机器力量单薄,需我们劳动之处还多,则虽反抗时起,止要加几个工钱,便安然无事。甚而至于仇视机器,一若我们一种人类,应该劳动如牛马,止需多给草料,便已满足也者。这种直觉的状态,未免太可怜了!况且惟其止有劳动的精力,没有机器的智识,一到抵抗之时,但能毁器加值,便结不起劳动组合。也仗机器,为吾工人作劳动替代,得公平的衣食了。

故总括一句:便是说机器是替代人类劳动。机器到力量充分,可代人工之时,乃为全般人类制造温厚、鲜洁、轩敞、飞速等享用的东西,绰绰有余。断没有人类尚需用着手足劳动,博些草具,苟延性命也。

吴敬恒,字稚晖,现代江苏无锡人。

文　话

六、解说文

要把自己所觉知的东西和事情告诉别人。写成的文字便是"记述文"和"叙述文",前面已经说过。除开这些,我们还有别种实际上的需要,不得不说话或作文。譬如有人问你:"大家说帝国主义应该打倒,到底帝国主义四个字包含些什么意义呢?"你就得把帝国主义是什么详细地解说给他听。为着这种需要写成的文字叫做"解说文。"

记述文、叙述文所写是对于事物的觉知,解说文所写是对于事物的了解，这是很扼要的区别。读罢记述文、叙述文，往往说："仿佛亲见某东西了"，"仿佛亲历某事件了"。而读罢解说文，却说："这才了解了某事物。""仿佛亲见"、"仿佛亲历"不能说得到了知识，惟有"了解"才得到了知识。故解说文是传授知识的文字。凡教科书、讲义录、说明书等都是解说文。

《人造丝》和《文明与奢侈》都是解说文。《人造丝》的第一节，说明人造丝的功用、发明经过和制造方法；第二节说明人造丝的原料；第三、四两节说明人造丝和天然丝的不同。我们看罢这一篇，就了解了人造丝的各方面，得到了关于人造丝的知识。《文明与奢侈》的第一节，说明今昔文明的悬殊和厌疾奢侈的由来；第二节说明文明是什么；第三节说明奢侈是什么，并及何者宜尚，何者宜戒。我们看罢这一篇，就了解了文明和奢侈的意义，得到了观世立身的知识。

"文明"和"奢侈"都是抽象名词（就是说，它们虽然是名词，但并不是看得见指得出的东西，而是存在我们心里头的两个意象），不能用记述文把它们记述是很明白的；而"人造丝"明明是一件东西，为什么《人造丝》这一篇不属记述文呢？如果有人这样问，他便忽略了前面所讲的"很扼要的区别"了。本来，对于一件东西，可以作记述文，也可以作解说文，全视作者的意趣而定。倘若作者面前有一束人造丝，光彩耀目，纠结得非常好看，作者看了，执笔把自己所觉知的写下来；这当然是记述文。但这里的一篇《人造丝》却不然，文中并非讲一束人造丝，乃就一般的人造丝立说，所说又全属对于人造丝的了解；怎么能把它归属于记述文呢？

解说文的目的既在传授知识，使人了解，故解说文的基本方式是"某某是什么"、"某某是怎样的"。本讲义（文法一）说"名词就是事物的名称"，便是"某某是什么"的方式；小学教科书里说"饭是米煮成的"，便是"某某是怎样的"的方式。若把繁复的解说文着手分析，便得若干要旨，它们的方式也正同于基本方式。如《文明与奢侈》的第一节，共二百余字，约举要旨，便是"昔时的生活是怎样的"、"今时的生活是怎样的"、"今时昔时生话的比较是怎样的"。故繁复的解说文只是简单的解说文的集合和引申。

要解说"某某是什么"，而对于这"什么"不甚了了，要解说"某某是怎样的"，而对于这"怎样的"不大清楚，那当然写不出明白正确的解说文。明白正确的解说文必须导源于丰富的知识，再加上写作的技术，才写得成。

七、议论文

我们需要说话或作文的处所还多着呢。譬如日本对我国多方逼迫，你以为非对他们宣战不可，就得发表你的必须宣战的主张；如果有人说宣战是不可能的，你又得驳斥他的不能宣战的谬误。为着这种需要写成的文字叫做"议论文"。

说"要宣战"，或者说"并非不能宣战"，决非记述文或叙述文是不言而喻的。但是，为什么不是解说文呢？解说文的目的在使人了解你所了解的；"要宣战"和"并非不能宣战"，不是你所了解的么？回答是这样的："要宣战"诚然是你所了解的，但当你告诉别人时，你不只想使人了解，并且想使人信从，而后者的成分尤多；等到听见人说宣战是不可能的，你坚持你的主张，对他说并非不可能，那更非把他说得信服不可。试看解说文，有使人信从的目的么？却是没有的。譬如那篇《人造丝》，仅仅告诉人人造丝是什么；既不劝人采用人造丝，也不戒人不要用人造丝，根本就不希望看这篇文字的人信从什么东西。到这里，就可知道议论文是发表主张，使人信从的文字。

《最苦与最乐》和《机器促进大同说》都是议论文。《最苦与最乐》主张"不尽责任是最苦的事，尽责任是最乐的事"，目的在鼓励大家尽责任。《机器促进大同说》主张"改良机器可以促进大同"，目的在鼓励劳工研究机器。

根据上面所说，可知议论文必须有个主张。没有主张，根本就不用写议论文。又因要使人信从，不致被认为独断，单拿出主张来是不够的，还须给与证明。若更有容易引起疑问之点，便逐一剖析解答，务使人完全信服而止。即将《最苦与最乐》一文为例,这篇的主张是"不尽责任是最苦的事,尽责任是最乐的事",前已说过。倘若单把这主张对人说,人不免要问:"为什么呢?"问到为什么,便是尚不肯信从的表示。作者为使人必然信从起见,在第一节里提出"该做的事没有做完""再苦是没有的了"之后,第二节里对这意见便作证明。他说任事未办,欠钱未还,受恩未报,开罪未谢,就不敢见人,心里非常难过;他说对于家庭,对于社会,对于国家,对于自己,负了责任而不能尽,便受良心责备,痛苦永难消除;把这些例子归结起来,自可见"人生没有苦痛便罢,若有苦痛,当然没有比这个加重的了"。反转来,便足证明尽责任是最乐的事,正不必多说——这就来了第三节的第一句。说到这地步,人就觉得这意见确有道理,并非独断;但或许还有疑问,肯尽责任的仁人志士等为什么常是悲愁呢?自始就把责任卸却岂不更安适呢?这两个疑问确在情理之中,若不解答,人的信念还是不能坚定。所以末两节就解答这两个疑问,使人明白"那仁人志士的忧民忧国,那诸圣诸佛的悲天悯人","到底还是乐不是苦","你若是要躲,倒是自投苦海,永远不能解除了"。疑念既解,信念自坚。于是作者鼓励大家尽责任的目的得以达到。——到这里,议论文的要项是什么已可明白,便是:确定主张之外,还须立证释疑,以坚定人的信念。

然而"确定主张"和"立证、释疑"都只是方法上的话。若问那种主张应该取,那种证明可以应用,那种疑念必得解释,便须从整个的生活经验中去求解答了。

练习一 前面讲过"记述文叙述文的混和",说纯粹的记述文、叙述文很少,二者常常混和在一起。现在讲了解说文和议论文,与记述文、叙述文合起来,共是四种文体。学者可留心观察,这四者是否有互相混和的现象。如果有,可指出一些来。

练习二 试就"函授讲义"这一题,作一篇解说文。

文　选

一一、寓楼

叶绍钧

　　振之回到寓所，走上楼梯，取出锁钥来开那扇白木的门。门呀……地开了，他所有的世界便完全显现。靠右墙是一个床铺，白色的被帐成为灰色的了。床下可以看见一个破的籐箱。对面是一个红釉的书架子，堆着一些书籍杂志。沿窗一张方桌子，笔、砚、盂、碗、书本、纸张，乃至煤油炉、洗面盆，都要在上面占一个位置，再没有空隙可以留出来了。对桌子是一张籐椅子，它的靠背已经折断了，这可见它的主人困倦的时候常把它当作卧榻用的。此外没有别的东西了；然而绝不觉得宽空，若是要在里面回旋，不消两步就得转身了。墙上挂着四条石印的刘石庵❶的屏条，枯焦的纸色倒与湿痕斑驳的墙壁很相调和，旁边用画图钉钉着两张褪了色的红枫叶，还是去秋振之游苏州天平山❷时检回来的。

　　一种闷郁霉蒸的气味直刺他的嗅官，使他急于去开那两扇仅有的窗。热风随即吹送进来，带着许多的煤屑，打在脸上颇觉得不好过。他看桌面时，一切器物都匀匀地铺上一层煤屑了。原来前面偏左是一家洗衣作，矗起的烟囱里不息地喷出煤烟来；这两扇窗间的缝很阔，木板上又有好几条裂缝，煤屑随时可以飞进来了。

　　叶绍钧，字圣陶，现代江苏吴县人。长篇小说有《倪焕之》，短篇小说有《未厌集》等，童话有《稻草人》等。

---

❶　[刘石庵] 名墉，字崇如，石庵是他的号。清诸城人。善书，名满天下。

❷　[苏州天平山] 清苏州府治吴县，民国废府留县，即今江苏吴县，但一般人还是称着"苏州"的旧名。天平山在吴县西，巍然特高，群峰环拱，为苏州有名胜地。

一二、宋九贤遗像记

宋 濂

濂溪周子❶颜玉洁❷；额以下渐广，至颧❸而微收，然颐❹下丰腴。修❺目，末微耸；须疏朗，微长，颊上稍有髯。三山帽❻，后有带。紫衣，褒袖❼，缘以皂白❽，内服缘亦如之。白裳❾，无缘。舄赤色❿。袖而立，清明高远，不可测其端倪⓫。

程子⓬，色微苍，甚莹⓭。貌长，微有颧。眉目清峻，气象粹夷⓮。髯四垂过领。袍土黄色，无缘。内服领以白皂。缁帽⓯，檐高；白履。和气充浃，望之崇深。

伊川程子⓰貌劲实，颧微收，色黄而淡。目有棱角；髯白而稍短，在颊者尤短，而翩翩若飞动。帽、袍与履，咸如明道。俨而立，刚方庄重，凛然不可犯。

---

❶ ［濂溪周子］周敦颐，字茂叔，营道人。他是宋代理学的开山祖。所住的地方叫做濂溪，后人称他为濂溪先生。

❷ ［颜玉洁］容貌白皙。

❸ ［颧］颊骨。

❹ ［颐］面颊。

❺ ［修］长。

❻ ［三山帽］亦称"三山冠"。黄一正，《事物绀珠》："三山冠，椰子冠，皆道冠也。"

❼ ［褒袖］大袖。

❽ ［缘以皂白］用黑白两色镶边。

❾ ［白裳］白色的下裙。

❿ ［舄赤色］鞋子是红色的，舄，音昔（ㄒㄧ）。

⓫ ［不可测其端倪］犹言"莫测高深"。端倪，是头绪边际的意思。

⓬ ［程子］程颢，字伯淳，洛阳人。他是周敦颐的弟子，世称明道先生。

⓭ ［莹］光洁。

⓮ ［粹夷］纯粹和平。

⓯ ［缁帽］黑色的帽子。

⓰ ［伊川程子］程颐，字正叔，颢的弟弟，也是周敦颐的弟子。他住在河南嵩县西北耙楼山麓，那里是伊川所经过的地方，所以人家称他为伊川先生。

康节邵子❶色微紫,广颡❷。身颀然❸。有颧特然,其下臞❹骨爽而神清。须长过领。内服皂领;帽有翼围之;袍缁;履如伊川。耸肩,低袖手,立而睨视❺。坦而庄,和而能恭。

横渠张子❻,面圆;目以下微满而后收,色黄。须少短,微浓。衣帽类康节,履亦如之。高拱正立。气质刚毅,德盛而貌严。

温国公司马子❼,色黄,貌癯,目峻,准❽直。须疏而微长,半白,在耳下者亦半垂。耳轮❾阔,微向面。幅巾❿深衣⓫,大带加组⓬,方履黑质,白绚,缲纯綦⓭。前微下而张拱,指露袪⓮外。有至诚一德不以富贵动其心之意。

晦庵朱子⓯,貌长而丰,色红润。发白者半。目小而秀,末修类鱼尾。望之若英特⓰,而温煦之气可掬。须少而疏,亦强半⓱白。鼻与两颧

---

❶ ［康节邵子］邵雍,字尧夫,范阳人,寓居洛阳。他和程子同时,也是有名的理学家。卒谥康节先生。

❷ ［颡］额。

❸ ［颀然］长貌。颀,音祈（ㄑㄧ）。

❹ ［臞］瘦。

❺ ［睨视］斜看。

❻ ［横渠张子］张载,字子厚,郿人。与程子同时,住在郿县的横渠镇,人称他为横渠先生。

❼ ［温国公司马子］司马光字君实,夏县人。官至宰相,卒赠太师、温国公,后人称他为司马温公。

❽ ［准］音拙（ㄓㄨㄛ）,鼻子。

❾ ［耳轮］耳的最外部,即外耳。

❿ ［幅巾］用缣全幅向后幞发,叫做"幅巾",俗亦称"幞头"。

⓫ ［深衣］古代制服。衣裳相连,被体深邃,所以叫做"深衣"。

⓬ ［大带加组］组,丝的条带也,用以蔽膝,下广二尺,上广一尺,共颈五寸,垂于大带之下。

⓭ ［白绚缲纯綦］绚（ㄐㄩ）,鞋头以绦为鼻,像现在的鞋梁。缲（ㄧ）,鞋底相接之缝,把绦缀在里面,像现在的嵌条。纯,用绦做口缘,像现在的缘口。綦,系鞋子的带。

⓮ ［袪］音ㄑㄩ,袖子。

⓯ ［晦庵朱子］朱熹,字元晦,后改字仲晦,婺源人。宋代理学到他而集大成。他尝创草堂于建阳的云谷,题名晦庵,故后人又称他为朱晦庵。

⓰ ［英特］有英俊特出的气概。

⓱ ［强半］过半。

微齇❶，齇微红。右列黑子七，如北斗❷状，五大二小；五在眉目傍，一在颧外，一在唇下。须侧，耳微耸，毫生窍前。冠缁布冠，巾以纱。御上衣下裳❸皆白，以皂缘之；裳则否。束缁带，蹑❹方履，履如温公。拱手立，舒而能恭。

南轩张子❺姿貌恢伟，眉目耸秀，白而润。颔❻下少须，神采煜然❼。椰冠❽，纱巾，道服，青皂缘，系以绦❾，履白。坦怀明白，使人望而敬之。

东莱吕子❿，形貌丰伟，颜色温粹。眉厚而秀，髭浅而直。衣道服，皂缘，冠幅巾，蹑皂履。望之似严毅，就之如入春风⓫中。

金华⓬宋濂曰："天生九贤，盖将以兴斯道⓭也；今九京不可作矣⓮。濂寤寐思之，而无以寄其遐情，辄因世传家庙像影，参以诸家所载，作《九贤遗像记》。时而观之，则夫道德冲和之容，俨然于心目之间，至欲执鞭从之，有不可得。於戏⓯，九贤亦夫人哉⓰！"

宋濂，字景濂，浦江人。元末隐居东明山著书。明初做江南儒学提举，累官

❶　[齇]音（ㄓㄚ），鼻发红斑，俗称"酒糟鼻"。
❷　[北斗]星座名。共有七星。
❸　[御上衣下裳]穿着上面是衣下面是裳的寻常服装。
❹　[蹑]践踏，这里是穿鞋的意思。
❺　[南轩张子]张栻，字敬夫，绵竹人，迁居衡阳。学者称他为南轩先生。
❻　[颔]下巴。
❼　[煜然]光照耀貌。煜，音育（ㄩ）。
❽　[椰冠]亦称"椰子冠"。
❾　[绦]与"绦"同，编丝绳。
❿　[东莱吕子]吕祖谦，字伯恭，金华人。他和朱熹、张栻齐名，称为"东南三贤"。所著有《东莱集》，学者称他为东莱先生。
⓫　[春风]春风和煦，发育万物，所以拿来譬喻吕子的态度。
⓬　[金华]府名。明浦江属金华府。
⓭　[斯道]谓儒家的道理。
⓮　[今九京不可作矣]九京，坟墓的别称。《礼记》："以从先大夫于九京也。"《春秋》晋卿大夫的墓地在九原，京字系"原"字之误，后世因称墓地为"九原"，或承《礼记》之误作"九京"。这里是说："现在都埋葬在坟墓里不能复活了。"
⓯　[於戏]同"呜呼"。
⓰　[九贤亦夫人哉]九贤也是人呀。这意思是说自己也是人，应当勉力追随九贤。

至翰林学士承旨。他是明初有名的散文作家。今存有《宋学士全集》。

四、名词代名词在句中的位置

名词代名词在句中有几种一定的位置，这位置叫做格。如下：

（一）主格　名词代名词在句中用作主辞的叫主格。例如：

君子有终身之忧（《最苦与最乐》）

我们不用劳动，但请机器劳动。（《机器促进大同说》）

我想：这是我的房，我将在此过三十余日不知是快活还是惨淡的生活。（《我的舱房》）

（二）目的格　目的格有两种。

（甲）他动词的目的格　他动词必带动作的目的事物，表示这事物的名词代名词即为他动词的目的格。例如：

读人类进化之历史（《文明与奢侈》）

仗着先代的遗产或倚靠垄断的资本号称富人。（《机器促进大同说》）

机器促进大同。（同上）

（乙）前介词的目的格　前介词常在名词代名词之前，为前介词所介之名词代名词叫做前介词的目的格。例如：

在清风明月之下，结起茅屋，耕田凿井，做着羲皇之梦。（《机器促进大同说》）

河伯伯，我为甚么这样小。（《小雨点》）

墙上挂着四条石印的刘石庵屏条，枯焦的纸色倒与湿痕斑驳的墙壁很相调和。（《寓楼》）

对桌子是一张藤椅子，它的靠背已经折断了，这可见它的主人

困倦的时候常把它当作卧榻用的。(同上)

(三)补足格　名词代名词放在不完全自动词之下,当作补足语用以表述主格或目的格为何物者叫做补足格。例如:

那占据机器的富人固是我劳动人的魔鬼若机器自身毕竟是我们人类减少劳动的天使(《机器促进大同说》)

这是我的房(《我的舱房》)

十尺曰丈

二十四小时为一日

(以上为表述主格的补足语)

那一个有本事的钻进去寻个源头出来不伤身体者我等即拜他为王(《美猴王》)

上海人称玩耍叫"白相"。

(以上为表述目的格的补足语)

(四)修饰格　名词代名词直接或带后介词连接于他名词之上时,在上位的名词代名词对于下面的名词,有所有及形容的作用,这叫做修饰格。例如:

我庐我田我井漂荡无存(《机器促进大同说》)

对桌子是一张藤椅子它的靠背已经折断了这可见它的主人困倦的时候常把它当作卧榻用的(《寓楼》)

余既甚爱之又感赵君之事(《画记》)

(以上表所有之意)

花果山　风伯伯　海公公

又有一种是重视物质文明。(《机器促进大同说》)

床下可以看见一个破的滕箱,对面是一个红釉的书架子……。(《寓楼》)

取出锁钥来开那扇白木的门(同上)

止有劳动的精力没有机器的知识。(《机器促进大同说》)

在清风明月之下结起茅屋耕田凿井做着羲皇之梦。(《机器促进大同说》)

（以上表形容之意）

练习一　下文中加直线之名词代名词各为何格？试——辨认。

有道的朋友忿激了，要人人返到耕田、凿井的地位，不替穷人去争富人的享用，却拉富人去尝穷人的滋味。这未免是癞狗下水，拉瘈猫也下水，变成吃砒霜药老虎的局面了。（《机器促进大同说》）

练习二　试用下列诸名词造出各种格的句子来。

森林　　这个

飞艇　　我们

文　选

一三、王三姑娘的死（节选《儒林外史》）

吴敬梓

王先生走了二十里，到了女婿家。看见女婿果然病重，医生在那里看，用着药总不见效。一连过了几天，女婿竟不在了。王玉辉大哭了一场。见女儿哭的天愁地惨，候着丈夫入过殓，出来拜公婆和父亲道："父亲在上，我一个大姊姊死了丈夫，在家累着父亲养活；而今我又死了丈夫，难道又要父亲养活不成？父亲是寒士❶，也养活不来这许多女儿。"王玉辉道："你如今要怎样？"三姑娘道："我而今辞别公婆父亲，也便寻一条死路，跟着丈夫一处去了。"公婆两个听见这句话，惊得泪下如雨，说道："我儿，你气疯了。自古蝼蚁尚且贪生，你怎么讲出这样话来？你生是我家人，死是我家鬼，我做公婆的怎的不养活你，要你父亲养活。快不要如此。"三姑娘道："爹妈也老了，我做媳妇的不能孝顺爹妈，反累爹妈，

---

❶　［寒士］贫寒的读书人。

我心里不安。只是由着我到这条路上去罢。只是我死还有几天工夫,要求父亲到家替母亲说了,请母亲到这里来,我当面别一别,这是要紧的。"王玉辉道:"亲家❶,我仔细想来,我这小女要殉节的真切,倒也由着他行罢。自古心去意难留。"因向女儿道:"我儿,你既如此,这是青史❷上留名的事,我难道反拦阻你;你竟是这样做罢。我今日就回家去叫你母亲来,和你作别。"亲家再三不肯。王玉辉执意❸,一径来到家里,把这话向老孺人❹说了。老孺人道:"你怎的越老越呆了! 一个女儿要死,你该劝他,怎么倒叫他死,这是怎么话说?"王玉辉道:"这样事你们是不晓得的。"老孺人听见,痛哭流涕,连忙叫了轿子,去劝女儿了。

王玉辉在家,依旧看书写字,候女儿信息。

老孺人劝女儿那里劝得转。一般每日梳洗,陪着母亲坐,只是茶饭全然不吃。母亲和婆婆着实劝着,千方百计,总不肯吃。饿到六天上,不能起床。母亲看着,伤心惨目,痛入心脾,也就病倒了。抬了回来,在家睡着。

又过了三天,二更天气,几把火把几个人来打门,报道:"三姑娘饿了八日,在今日午时去世了。"老孺人听见,哭死了过去;灌醒回来,大哭不止。王玉辉走到床面前,说道:"你这老人家真是个呆子。三女儿他而今已是成了仙了,你哭他怎的? 他这死的好,则怕我将来不能像他这一个好题目死哩。"因仰天大笑道:"死的好! 死的好!"大笑着走出房门去了。

《儒林外史》,清吴敬梓所著的小说。敬梓字敏轩,一字文木,全椒人。他生在一个很阔的世家,家产很富;但他瞧不起金钱,不久就成了一个贫士。后来他穷得不堪,至于几天不能得一饱。那时清朝开博学鸿词科,安徽巡抚荐他应试,他不肯去。后来死在扬州。所著的诗文集都不曾付刻,只有《儒林外史》流传世间。这篇是节选《儒林外史》第四十八回中写王玉辉的女儿三姑娘殉夫那一件事。

---

❶ [亲家]男女两姻家的称呼。

❷ [青史]古时候没有纸,把字写在竹简上;但须先把竹的青皮削去,方才写得上字,叫做"削青";因此,就把纪事的历史叫做"青史"。这里是说历史上留名。

❸ [执意]固执自己的意见。

❹ [孺人]本是妻的通称。明清时,职官七品以下,妻封孺人。这里指王玉辉的妻。

一四、赤壁之战（节选《资治通鉴》）

司马光

初，鲁肃❶闻刘表❷卒，言于孙权❸曰："荆州❹与国邻接，江山险固，沃野❺万里，士民殷富❻，若据而有之，此帝王之资也。今刘表新亡，二子不协❼，军中诸将，各有彼此❽。刘备❾天下枭雄❿，与操有隙⓫，寄寓于表⓬，表恶其能而不能用也。若备与彼协心，上下齐同，则宜抚安，与结盟好。如有离违，宜别图之，以济大事。肃请得奉命吊表二子，并慰劳其军中用事者。及说备使抚表众，同心一意，共治曹操⓭，备必喜而从命。如其克谐⓮，天下可定也。今不速往，恐为操所先。"权即遣肃行。到夏

---

❶ ［鲁肃］字子敬，东城人。

❷ ［刘表］字景升，高平人。荆州刺史。那年八月病死。

❸ ［孙权］字仲谋，富春人。继他的哥哥孙策之后，占据江东。后来建国称帝，国号吴，历史上称他吴大帝。

❹ ［荆州］今湖南湖北及四川东南部、贵州东北部、广西之全县、广东之连县，皆古荆州地。后汉荆州刺史治汉寿。刘表据荆州，徙治襄阳，就是今湖北的襄阳县。

❺ ［沃野］肥沃的田野。

❻ ［殷富］殷实富有。

❼ ［二子不协］刘表死了，他的小儿子琮，继续做荆州刺史；大儿子琦，本在做江夏太守，为不得继承，非常愤慨；二人因此不和。

❽ ［军中诸将各有彼此］这是说：军中诸将，有附琮的，也有附琦的。

❾ ［刘备］字玄德，涿县人。他是三国蜀的开国之主，历史上称他为蜀先主。

❿ ［枭雄］枭是猛鸷的鸟，所以称雄桀的人为"枭雄"。

⓫ ［与操有隙］刘备前曾归附过曹操，为和献帝的丈人董承等谋杀操，给操发觉了，因此和操有了怨隙。

⓬ ［寄寓于表］刘备谋刺曹操不成，便在徐州起兵讨操，却几次被操打败，失去了地盘，所以寄寓在刘表那里。

⓭ ［曹操］小字阿瞒。本姓夏侯，他父亲做宦官曹腾的养子，因此就姓了曹家的姓。他当时做献帝的丞相，但大权都在他手里，皇帝不过徒有虚名而已。

⓮ ［克谐］能够成功。

口❶,闻操已向荆州,晨夜兼道。比至南郡❷,而琮已降,备南走❸。肃径迎之,与备会于当阳❹长坂❺。肃宣权旨,论天下事埶❻,致殷勤之意。且问备曰:"豫州❼今欲何至?"备曰:"与苍梧❽太守❾吴巨有旧❿,欲往投之。"肃曰:孙讨虏⓫聪明仁惠,敬贤礼士;江表⓬英豪,咸归附之;已据有六郡,兵精粮多,足以立事。今为君计,莫若遣腹心⓭自结于东,以共济世业。而欲投吴巨,巨是凡人⓮,偏在远郡,行将为人所并,岂足托乎?"备甚悦。肃又谓诸葛亮⓯曰:"我,子瑜友也。"即共定交。子瑜者,亮兄瑾也,避乱江东⓰,为孙权长史⓱。备用肃计,进住鄂县⓲之樊口⓳。

　　曹操自江陵将顺江东下⓴。诸葛亮谓刘备曰:"事急矣,请奉命求救于孙将军。"遂与鲁肃俱诣孙权。亮见权于柴桑㉑,说权曰:"海内大乱,

----

❶　[夏口]那时候的夏口城,就在现今湖北武昌县地方,在长江南岸。后人或以为即今汉口,那便在长江北岸了,是错的。

❷　[比至南郡]刚刚到了南郡。南郡,包括现在湖北省的东南北一带地及中部的一部分。治所在江陵,就是现在的江陵县。

❸　[备南走]刘备在荆州,刘表给他些兵,叫他屯扎在樊城。樊城在襄阳之北,隔着一条汉水,为南北用兵必争之地。刘琮既投降了曹操,操便向襄阳进兵,樊城适当其冲,所以刘备便向南面逃遁。

❹　[当阳]县名。今湖北当阳县。

❺　[长坂]在当阳东北。

❻　[埶]同"势"。

❼　[豫州]刘备前做豫州刺史,所以鲁肃称他"豫州"。

❽　[苍梧]郡名。今广西苍梧县。

❾　[太守]官名,是一郡的长官。

❿　[有旧]有交谊。

⓫　[孙讨虏]孙权为讨虏将军,所以称他"孙讨虏"。

⓬　[江表]江之外,即大江以南。

⓭　[腹心]所以喻最亲密的人。

⓮　[凡人]平凡的人。

⓯　[诸葛亮]字孔明,阳都人。隐于隆中,刘备曾三次去请他,他就佐备成霸业。

⓰　[江东]长江以东的地方。

⓱　[长史]官名。汉朝的相府及后汉的三公府,都置长史。那时孙权的府里也置长史。

⓲　[鄂县]今湖北鄂城县。

⓳　[樊口]在鄂城县西北五里。

⓴　[顺江东下]顺着长江东下。

㉑　[柴桑]县名。故城在今江西九江县西南。

将军起兵江东，刘豫州收众汉南❶，与曹操共争天下。今操芟夷❷大难，略已平矣。遂破荆州，威震四海。英雄无用武之地，故豫州遁逃至此，愿将军量力而处之。若能以吴越❸之众，与中国❹抗衡❺，不如早与之绝。若不能，何不按兵束甲，北面❻而事之。今将军外托服从之名，而内怀犹豫❼之计，事急而不断，祸至无日矣。"权曰："苟如君言，刘豫州何不遂事之乎？"亮曰："田横❽，齐之壮士耳；犹守义不辱。况刘豫州王室之胄❾，英才盖世，众士慕仰，若水之归海。若事之不济，此乃天也，安能复为之下乎？"权勃然❿曰："吾不能举全吴之地，十万之众，受制于人。吾计决矣，非刘豫州莫可以当曹操者。然豫州新败之后，安能抗此难乎？"亮曰："豫州军虽败于长坂⓫，今战士还者及关羽⓬水军精甲万人，刘琦合江夏⓭战士，亦不下万人。曹操之众，远来疲敝，闻追豫州，轻骑一日一夜行三百余里。此所谓'强弩之末埶不能穿鲁缟⓮'者也。故兵法忌之，曰：'必蹶上将军⓯'。且北方之人，不习水战；又荆州之民附操者，逼兵

---

❶　[汉南] 汉水之南。

❷　[芟夷] 芟，音ㄕㄢ。把草刈去叫芟夷。这里是说"削平大难"。

❸　[吴越] 泛指现在的浙江江苏。

❹　[中国] 是指中原而言。今河南及山东西部，河北山西之南部，陕西东部，皆古所谓中原之地。

❺　[抗衡] 相敌不相下。

❻　[北面] 古时臣子见皇帝北向，所以称臣服于人的为"北面"。

❼　[犹豫] 疑惑不决。

❽　[田横] 本是战国齐的王族，楚汉相争时，他自立为齐王。汉已灭楚，他带了他的徒属五百人亡入海岛中，汉高祖派人去招他，他就坐了很快的马车到洛阳，但在没有到洛阳四十里的地方，他就自杀了，伴他去的两个人和留在海岛上的五百人，也都自杀了。

❾　[王室之胄] 后嗣子孙叫做"胄"。刘备自称汉中山靖王胜的后代子孙。

❿　[勃然] 震怒貌。

⓫　[败于长坂] 刘备从樊城南走，部众还有十多万，曹操因为江陵有军实，怕被刘备占据，便选精骑五千，一日一夜走三百里，追到长坂，备兵败，和诸葛亮等逃到夏口。

⓬　[关羽] 字云长，解人。和刘备亲若兄弟。

⓭　[江夏] 郡名。故城在今湖北黄冈县西北。

⓮　[强弩之末势不能穿鲁缟] 弩，弓之有臂者，设机括以发矢。缟，生绢。古时候鲁国人所织的生绢最轻细。这是一句成语，《战国策》和《史记》里边，都载有这句话。

⓯　[必蹶上将军]《兵法》里有这样一句话："百里而趋利者，蹶上将。"

埶耳，非心服也。今将军诚能命猛将，统兵数万，与豫州协规❶同力，破操军必矣。操军破，必北还。如此，则荆吴之势强，鼎足❷之形成矣。成败之机，在于今日。"权大悦，与其群下谋之。

是时曹操遗权书曰："近者奉辞伐罪❸，旌麾❹南指，刘琮束手。今治水军八十万众，方与将军会猎于吴。"权以示臣下，莫不响震失色。长史张昭❺等曰："曹公，豺虎也；挟天子以征四方，动以朝廷为辞。今日拒之，事更不顺。且将军大埶可以拒操者，长江也，今操得荆州，奄有其地❻。刘表治水军，蒙冲❼斗舰，乃以千数。操悉浮以沿江，兼有步兵，水陆俱下。此为长江之险已与我共之矣，而埶力众寡又不可论。愚谓大计不如迎之。"鲁肃独不言。权起更衣❽，肃追于宇下❾。权知其意，执肃手曰："卿欲何言？"肃曰："向察众人之议，专欲误将军，不足与图大事。今肃可迎操耳，如将军不可也。何以言之？今肃迎操，操当以肃还付乡党❿，品其名位，犹不失下曹从事⓫，乘犊车⓬，从吏卒，交游士林⓭，累官故不失州郡也⓮。将军迎操，欲安所归乎？愿早定大计，莫用众人之议也。"权叹息曰："诸人持议，甚失孤⓯望。今卿廓开大计，正与孤同。"时

---

❶ ［协规］协同规划。

❷ ［鼎足］鼎有三足，故以喻三分天下。

❸ ［奉辞伐罪］奉了皇帝的命令，讨伐有罪。

❹ ［旌麾］行军时用以指挥的旗帜。

❺ ［张昭］字子布，彭城人。

❻ ［奄有其地］奄，覆盖的意思。这是说：曹操把荆州的地方统统都占有了。

❼ ［蒙冲］战舰。用生牛皮蒙舰覆背，前后左右有弩窗矛穴。

❽ ［更衣］如厕的雅称。

❾ ［宇下］檐下。

❿ ［乡党］犹言"乡里"。古时以万二千五百家为乡，五百家为党。

⓫ ［下曹从事］官署中分科办事，叫做"曹"。从事，佐吏之称。下曹从事，诸科佐吏之最下级者。

⓬ ［犊车］牛车。古时贵人不乘牛车。

⓭ ［士林］犹言士类。

⓮ ［累官故不失州郡也］这是说：从下曹从事渐渐的迁升起来，也还不失为一州一郡的长官。

⓯ ［孤］古时王侯自称为"孤"，是表示谦虚的意思。

周瑜❶受使❷至番阳❸，肃劝权召瑜还。瑜至，谓权曰："操虽托名汉相，其实汉贼也。将军以神武雄才，兼仗父兄❹之烈，割据江东，地方数千里，兵精足用，英雄乐业，当横行天下，为汉家除残去秽。况操自送死，而可迎之邪？请为将军筹之：今北土未平，马超❺韩遂❻尚在关西❼，为操后患。而操舍鞍马，仗舟楫，与吴越争衡。今又盛寒，马无藁草，驱中国士众，远涉江湖之间，不习水土，必生疾病：此数者，用兵之患也，而操皆冒行之。将军禽操，宜在今日。瑜请得精兵数万人，进住夏口，保为将军破之。"权曰："老贼欲废汉自立久矣，徒忌二袁❽吕布❾刘表与孤耳。今数雄已灭，惟孤尚存，孤与老贼，势不两立。君言当击，甚与孤合，此天以君授孤也。"因拔刀斫前奏案，曰："诸将吏敢复有言当迎操者，与此案同！"乃罢会。是夜，瑜复见权曰："诸人徒见操书言水步八十万，而各恐慑，不复料其虚实，便开此议，甚无谓也。今以实校之：彼所将中国人不过十五六万，且已久疲。所得表众，亦极七八万耳，尚怀狐疑❿。夫以疲病之卒，御狐疑之众，众数虽多，甚未足畏。瑜得精兵五万，自足制之，愿将军勿虑！"权抚其背曰："公瑾，卿言至此，甚合孤心。子布元表⓫诸人，各顾妻子，挟持私虑，深失所望。独卿与子敬，与孤同耳，此天以卿二人赞孤也。五万兵难卒⓬合，已选三万人，船粮战具俱办。卿与子敬程

---

❶　[周瑜]字公瑾，舒人。

❷　[受使]受命出使。

❸　[番阳]县名。今江西鄱阳县。番，音如夊ㄛ。

❹　[父兄]孙权的父名坚，字文台。兄名策，字伯符。

❺　[马超]字孟起，陇西人。

❻　[韩遂]字文约，金城人。那时候凉州的地方，被他和马超割据着。

❼　[关西]函古关以西，就是现在陕西甘肃二省的地方。

❽　[二袁]袁绍和袁术。绍字本初，汝阳人。据河北，建安五年（公元二〇〇）被曹操打败，过了两月就死了。术字公路，绍从弟。据寿春，称帝，建安二年（一九七）被刘备打败，后二年死在寿春。

❾　[吕布]字奉先，九原人。尝据濮阳及下邳，兵败，为曹操所杀。

❿　[狐疑]狐性多疑，所以疑惑不定叫做"狐疑"。

⓫　[元表]当时参预谋划的，有庐陵人秦松，字文表。元表的"元"字，或许是"文"字之误。

⓬　[卒]与"猝"同，急遽貌。

公❶，便在前发；孤当续发人众，多载资粮，为卿后援。卿能办之者诚快，邂逅不如意，便还就孤❷，孤当与孟德决之。"遂以周瑜程普为左右督，将兵与备并力逆❸操；以鲁肃为赞军校尉❹，助画方略。

刘备在樊口，日遣逻吏❺于水次候望权军。吏望见瑜船，驰往白备。备遣人慰劳之。瑜曰："有军任，不可得委署❻，傥能屈威❼，诚副其所望。"备乃乘单舸❽往见瑜曰："今拒曹公，深为得计。战卒有几？"瑜曰："三万人。"备曰："恨少。"瑜曰："此自足用，豫州但观瑜破之。"备欲呼鲁肃等共会语。瑜曰："受命不得妄委署，若欲见子敬，可别过之。"备深愧喜。

进与操遇于赤壁。时操军众已有疾疫，初一交战，操军不利，引次江北。瑜等在南岸。瑜部将黄盖❾曰："今寇众我寡，难于持久。操军方连船舰，首尾相接，可烧而走也。"乃取蒙冲斗舰十艘，载燥荻枯柴，灌油其中，裹以帷幕，上建旌旗，豫备走舸❿，系于其尾。先以书遗操，诈云欲降。时东南风急，盖以十舰最著前，中江举帆，余船以次俱进。操军吏士皆出营立观，指言盖降。去北军二里余，同时发火，火烈风猛，船往如箭，烧尽北船，延及岸上营落。顷之，烟炎张天，人马烧溺死者甚众。瑜等率轻锐继其后，靁⓫鼓大震，北军大坏。操引军从华容⓬道步走，遇泥泞⓭，道不通，天又大风，悉使羸兵负草填之，骑乃得过。羸兵为人马所蹈藉，

---

❶ [程公] 即程普；字德谋，土垠人。时江东诸将，普年最长，所以尊称他为"程公"。

❷ [卿能办之者诚快，邂逅不如意，便还就孤] 不期而会，叫做"邂逅"。这是说：你能办得了，当然很好；倘碰得不好便回到我这里来。

❸ [逆] 和"迎"字意义相同。曹操兵顺江东下，周瑜的兵和刘备的兵联合了上去迎敌。

❹ [赞军校尉] 校尉本是武职的官称，因为参赞军谋，所以叫做"赞军校尉"。

❺ [逻吏] 巡卒。

❻ [有军任不可得委署] 委署，弃置。这是说：行军的责任重大，不可弃置了跑来见你。

❼ [傥能屈威] 傥，即"倘"字。这是说：你倘然够自屈其威来见我。

❽ [舸] 大船。

❾ [黄盖] 字公覆，泉陵人。

❿ [走舸] 快船。

⓫ [靁] 古"雷"字，与"擂"同。

⓬ [华容] 县名。故城在今湖北监利县西北。

⓭ [泥泞] 泥地积水之处。

陷泥中死者甚众。刘备周瑜水陆并进，追操至南郡。时操军兼以饥疫，死者太半。操乃留征南将军曹仁❶，横野将军徐晃❷守江陵，折冲将军乐进❸守襄阳，引军北还。

　　赤壁之战发生于汉献帝建安十三年（公元二〇八年）的冬天，这次战争的结果：曹操失败了逃回北方，刘备却乘势取得现在湖南省的地盘，而孙权的基础，也日渐巩固；三分天下的局势，从此便渐渐形成了。

　　《资治通鉴》，宋司马光等奉敕撰。从开始到完成，费了十九年的工夫（公元一〇六五——一〇八四）。全书凡二百九十四卷。把从战国到五代一千三百六十二年的事情，按着年代记下来；中国的"编年史"，要算这一部最伟大了。

文　话

八、四种文体的混和

　　我们在前面曾讲起"记述文叙述文的混和"，说"纯粹的记述文和叙述文很少的，二者常常混和在一起"。现在我们又讲过了解说文和议论文，合记述文和叙述文，共是四种文体；根本地分析，文体也只有这四种。这四种文体常常混和在一篇文字里，纯粹的记述文、叙述文、解说文、议论文都很少见。譬如《王三姑娘的死》一篇中，就兼备四体的文句。"王先生走了二十里，到了女婿家"，是叙述事情的文句，属叙述文。"看见女婿果然病重，医生在那里看，用着药总不见效"是记载病人病况的文句，属记述文。王三姑娘"出来拜公婆和父亲"时所说的话，是发表一个主张的文句，属议论文。"我儿，你既如此，这是青史上留名的事"，是说明"什

---

❶　［曹仁］字子孝，操从弟。

❷　［徐晃］字公明，河东人。

❸　［乐进］字文谦，卫国人。

么是什么"的文句,属解说文。但这样看法是把一篇文字解析开来了。若不解析开来,而就全篇统看,那么只消依据作者的写作目的,以定该篇的应属何体。这意思前在讲"记述文叙述的混和"时已经说明,现在重提,不过表明四种文体的识别都是这样而已。我们就《王三姑娘的死》全篇统看,就知作者的写作目的在把王三姑娘寻死的事情告诉别人,所以,这是一篇叙述文。此外,不论篇中包含那一体的文句,若全篇的写作目的在讲述一些东西,那便是记述文;在说明"什么是什么",那便是解说文;在发表一些主张,那便是议论文。

记述文和叙述文常相混合的所以然之故,前面已有详说,这里不必再讲。解说文、议论文为什么会与记述文,叙述文混和一起呢?原来解说文为求说理明显起见,常须举例,所举的例不是东西,便是事情;那些讲到东西或事情的文句自不得不是记述文或叙述文。议论文为使对方确信起见,极重取证,取证不出"物证""事证"二类;那些讲到物证、事证的文句又不得不是记述文或叙述文。有些记述文,记述一些东西,连带说及制造的原理及使用的利弊等等,这就包含了解说文、议论文了。叙述文中常不免插入人物的谈话,那些谈话多半是说理与立论,这就包含了解说文、议论文了。

就上边所说的看来,可见四体的混和是说话、作文的通常现象,这种现象根源于我们心理的自然情势。在说话、作文的当时,我们只打算怎样说、怎样写才能达到目的,才能表白自己所要表白的,又使人家完全明晓、领受;至于所说、所写属于那一体,那是无所制限的,并且也无法制限。到我们研究文字写作方法的时候,为各种方便起见,自不得不分体讨论,以期详尽。这意思也是必须明瞭的。

九、叙述文的主人公与场面

我们又读过两篇叙述文了,就是《王三姑娘的死》和《赤壁之战》。叙述文叙述事情,事情由若干人物有所活动而成;故叙述文中少不了人物及其活动。《王三姑娘的死》一篇中，有王玉辉、他的夫人、他的女儿、女儿的公婆、打门报死信的一批人物，以及他们的活动；《赤壁之战》一篇中，人物更多，活动更繁。若干有所活动的人物里头，有处于主要的地位的，有处于宾从的地位的。处于主要地位的人物就是活动得最多、支持那事情的人物，假若没有了他，也就没有那事情了。处于宾从地位的人物却不然，他只在那事情中间充一个"配角"，使事情得以延续、发展。我们称处于主要地位的人物为"主人公"。《王三姑娘的死》一篇的主人公便是王三姑娘，那是不言而喻的。一篇文字又并不限定只有一个主人公。在事情的延续、发展中，几个人有同度的活动，处同等的重要地位，那就同样是主人公。试看《赤壁之战》，"顺江东下"的虽是曹操，但曹操在这篇中，活动并不多，故不是主人公。而鲁肃的劝说孙权、刘备，诸葛亮的劝说孙权，孙权的决志抗曹，周瑜的定策应战，都是极关重要的活动；故鲁肃、诸葛亮、孙权、周瑜都可认为这篇中的主人公。

写作叙述文时，宜先认定在这被叙述的事情中间，谁是主人公。认定之后下笔，对于主人公的言论、行动宜着力叙述，使不失他的主人公的地位。叙述文固然以事情为张本，尽可依据事情本身的进行次第，从事叙述（这在"文话二"曾经讲起，是叙述方法的一种，不是唯一的方法）；但叙述文决非把事情完全抄录下来，对于人物及其活动不能不有所轻重、取舍，或者舍去那些不重要的，便足以显出主人公及其活动的重要性来。如《赤壁之战》中写刘备和鲁肃、周瑜谈话都极简略，就因为刘备不是重要人物而鲁肃、周瑜是主人公的缘故。

若干人物有所活动，不能不在某一个境界中；譬如两个人谈话，不在路上，便在家里，不在办事室，便在游息所，若说什么地方都不在，那是不能想象的事。人物有所活动又必占时间；譬如你到朋友家去商量一件事，费了半点钟，这半点钟便是访友这一项活动所占的时间。在某一个境界中，占若干连续的时间，若干人物有所活动，我们称为"一个场面"。我国的旧剧里，一个人独唱独白或者几个人对唱对白，从登场到下场是一个场面；也有并不下场，只在台上来回走几趟，表示从此处到彼处的，这就是另换一个场面。西洋流入的新剧那就用分幕的方法，每一幕所表演的,限定为某一个境界,某一段时间内所发生的事情。这样的一幕正相当于我们所说的"一个场面"。

头绪较繁复的叙述文常须转换场面,换一句说,就是不止一个场面。试取《王三姑娘的死》一篇来看,就有五个场面:开头到王玉辉回家是一个场面;王玉辉在家与老孺人对话是一个场面;王玉辉在家候信息是一个场面;老孺人劝女儿到病倒回家是一个场面;末节得知死信是一个场面。不妨再取《王熙凤》一篇来看;篇中的境界是贾母的房,时间是黛玉初到贾家时;故全篇只是一个场面。

场面的转换必须提点清楚,否则便难使人明晓。譬如《王三姑娘的死》一篇中,第一场面到第二场面是顺转的,故用"一径来到家里"一语点明;第三场面、第四场面都是另起的,故一用"王玉辉在家",一用"老孺人劝女儿"来提醒。若缺少了这等语句,岂不使人糊涂起来?写作叙述文缺少这等语句固是不大会有的事,但提点得不清楚,也就与缺少无异。怎样才算清楚呢?须境界与时间非常确定,让人物在其间活动,得以完成一个场面,才算清楚。

练习　试据《卖汽水的人》,除去它的记述的部分,作一篇简短的叙述文,所含场面须与原文同。

文　选

一五、康桥的早晨

徐志摩

静极了,这朝来水溶溶的大道,只远处牛奶车的铃声,点缀这周遭的沈默。顺着这大道走去,走到尽头,再转入林子里的小径,往烟雾浓密处走去，头顶是交枝的榆荫，透露着漠楞楞❶的曙色；再往前走去，走尽这林子，当前是平坦的原野，望见了村舍，初青的麦田，更远三两个馒形的小山，掩住了一条通道。天边是露茫茫的，尖尖的黑影是近村的教寺。听，那晓钟和缓的清音，这一带是此邦中部的平原，地形像是海里的轻波，默沉沉的起伏；山岭是望不见的，有的是常青的草原与沃腴的田壤。登那土阜上望去，康桥❷只是一带茂林，拥戴着几处娉婷的尖阁。妩媚的康河也望不见踪迹，你只能循着那锦带似的林木，想象那一流清浅。村舍与树林是这地盘上的棋子，有村舍处有佳荫，有佳荫处有村舍。这早起是看炊烟的时辰：朝雾渐渐的升起，揭开了这灰苍的天幕（最好是微霞后的光景），远近的炊烟，成丝的，成缕的，成卷的，轻快的，迟重的，浓灰的，淡青的，惨白的，在静定的朝气里渐渐的上腾，渐渐的不见，仿佛是朝来人们的祈祷❸，参差的翳入了天听。朝阳是难得见的，这初春的天气❹。但它来时是起早人莫大的愉快。顷刻间这田野添深了颜色，一层轻纱似的金粉，糁上了这草，这树，这通道，这庄舍。顷刻间这周遭弥漫了清晨富丽的温柔。顷刻间你的心怀也分润了白天诞生的光荣。"春！"这胜利的晴空，仿佛在你的耳边私语。"春！"你那快乐的灵魂，也仿佛在那里回响。

　　康桥，Cambridge 之译名，亦译剑桥，在英国伦敦东北约六十里。其地有剑桥大学，名闻世界。

　　徐志摩，名章垿，海宁人。曾肄业北京大学，留学欧美。以诗及散文名于时。一九三一年冬，因乘飞机失事，死于京平道中。所著有《志摩的诗》，《巴黎的鳞爪》等。

---

❶　［漠楞楞］模糊不清貌。楞，音ㄌㄥ。
❷　［康河］原名 Cam River，有名的剑桥大学正临康河。
❸　［朝来人们的祈祷］基督教徒每日清晨祈祷上帝。
❹　［朝阳是难得见的，这初春的天气］伦敦冬季及春初多雾，所以难得见朝晨的太阳。

一六、荷塘月色

朱自清

沿着荷塘，是一条曲折的小煤屑路。这是一条幽僻的路；白天也少人走，夜晚更加寂寞。荷塘四面，长着许多树，蓊蓊郁郁❶的。路的一旁，是些杨柳，和一些不知道名字的树。没有月光的晚上，这路上阴森森的，有些怕人。今晚却很好。虽然，月光也还是淡淡的。

路上只我一个人，背着手踱着。这一片天地好像是我的；我也像超出了平常的自己，到了另一世界里。我爱热闹，也爱冷静；爱群居，也爱独处。像今晚上，一个人在这苍茫的月下，什么都可以想，什么都可以不想，便觉是个自由的人。白天里一定要做的事，一定要说的话，现在都可不理。这是独处的妙处；我且受用这无边❷的荷香月色好了。

曲曲折折的荷塘上面，弥望的是田田❸的叶子。叶子出水很高，像亭亭的舞女的裙。层层的叶子中间，零星地点缀着些白花，有袅娜地开着的，有羞涩地打着朵儿的；正如一粒粒的明珠，又如碧天里的星星，又如刚出浴的美人。微风过处，送来缕缕清香，仿佛远处高楼上渺茫的歌声似的。这时候叶子与花也有一丝的颤动，像闪电般，霎时传过荷塘的那边去了。叶子本是肩并肩密密地挨着，这便宛然有了一道凝碧的波痕。叶子底下是脉脉的流水，遮住了，不能见一些颜色；而叶子却更见风致了。

月光如流水一般，静静地泻在这一片叶子和花上。薄薄的青雾浮起在荷塘里。叶子和花仿佛在牛乳中洗过一样；又像笼着轻纱的梦。虽然是满月，天上却有一层淡淡的云，所以不能朗照；但我以为这恰是到了好处——酣眠固不可少，小睡也别有风味的。月光是隔了树照过来的，高

---

❶　［蓊蓊郁郁］形容树木的茂盛。

❷　［无边］无限的意思。

❸　［田田］古人形容许多莲叶浮出在水面上的形状，往往用田田二字；例如《江南曲》："江南可采莲，莲叶何田田。"

处丛生的灌木，落下参差的斑驳的黑影，峭楞楞如鬼一般；弯弯的杨柳的稀疏的倩影，却又像是画在荷叶上。塘中的月色并不均匀；但光与影有着和谐的旋律❶，如梵婀玲❷上奏着的名曲。

荷塘的四面，远远近近、高高低低都是树，而杨柳最多。这些树将一片荷塘重重围住；只在小路一旁，漏着几段空隙，像是特为月光留下的。树色一例是阴阴的，乍看像一团烟雾；但杨柳的风姿，便在烟雾里也辨得出。树梢上隐隐约约的是一带远山，只有些大意罢了。树缝里也漏着一两点路灯光，没精打彩的，是渴睡人的眼。这时候最热闹的，要数树上的蝉声与水里的蛙声；但热闹是他们的，我什么也没有。

朱自清，字佩弦，现代绍兴人。所著有《背影》，《踪迹》等。

文　法

五、诸格的变式

以上四格，是名词代名词在句中最正常的位置，可是实际上每格都尚有种种的变式，以下逐一加以说明。

（一）主格的变式

（甲）主格重叠　　主格重叠时，其一常为代名词，因为主辞重说，当然不必叠用原名了。又此种变式，多见之于二人对话相呼而语的时候。例如：

我们人类有发明机器的能力。（《机器促进大同说》）

小雨点又说道："大河伯伯，你现在到那里去？"（《小雨点》）

我儿，你既如此，这是青史上留名的事，我难道反拦阻你？（《王三姑娘的死》）

---

❶　［旋律］乐曲拿单一的声音，上下变动而进行，能够唤起一种感情的，叫做"旋律"。

❷　［梵婀玲］西洋乐器 Violin 之译音。

公瑾,卿言至此,甚合孤心。(《赤壁之战》)

(乙)主格虚缺　无主格之句,其性质不外三种,(一)命令句;(二)表普泛真理的言句;(三)句中动词为"有"字时(注意以上三种的句子,并非必无主格,不过亦有无主格的而已)。例如:

立正! 开步走!　　　　　(命令)

不劳动则不得食。　　　　(真理)

今有一人。　　　　　　　(动词为"有"字)

(注意)今字为副词非主格

(丙)主格倒置　主格倒置的例,文言文常可在感叹句中见到,白话文则因了习惯说法,也有把主格倒置者。例如:

大哉孔子══孔子大哉(感叹句)

响雷了══雷响了

到齐了吗? 客人。══客人到齐了吗?

(二)目的格的变式

(甲)他动词目的格的倒置　目的格的倒置有三种方式:(一)白话文中用"把"字或"将"字作目的格介词的时候;(二)文言文的否定句,其目的格为代名词的时候;(三)文言文中目的格为疑问性的代名词的时候。例如:

把这话向老孀人说了══向老孀人说了这话(《王三姑娘的死》)

这些树将一片荷塘重重围住══这些树重重围住一片荷塘(《荷塘月色》)

不我弃也══不弃我也

未之有也══未有之也

予谁欺? 欺天乎? ══予欺谁? 欺天乎?

卿欲何言? ══卿欲言何? (《赤壁之战》)

(乙)他动词目的格的先行　他动词的目的格有独立在前者。例如:

酒,我不喝══我不喝酒。

这样事你们是不晓得的══你们是不晓得这样事的。(《王三

姑娘的死》）

快乐之权操之在我══操快乐之权在我（《最苦与最乐》）

（丙）前介词目的格省略前介词　前介词目的格原须有前介词，但常有省略仅存目的格者，例如：

（由）床下可以看见一个破的藤箱。（《寓楼》）

这是一条幽僻的路，（在）白天也少人走，（在）夜晚更加寂寞。（《荷塘月色》）

子瑜者亮兄瑾也，避乱（于）江东，为孙权长史，备用肃计，进住（于）鄂县之樊口。（《赤壁之战》）

（丁）前介词目的格的倒置　文言文中遇前介词的目的格为代名的"是""所"或疑问性代名词时，前介词常在目的格之后。例如：

是以厌奢侈者至于并一切物质文明而屏弃之。（是以══以是）（《文明与奢侈》）

所以世间梦想大同的就有两种。（"所"与"之"通，说详下节。所以══以之）（《机器促进大同说》）

今肃可迎操耳，如将军不可也。何以言之？（何以══以何）（《赤壁之战》）

谁与嬉游。（谁与══谁）

何为其然也。（何为══为何）

（戊）前介词目的格的省略　文言文中，前介词目的格如果为代名词"之"字，常有省略者。因"之"字为代名词，用"之"字时，在其先或后必有本名词，故省略了意义仍能明白的。例如：

金华宋濂曰：天生九贤，盖将以（之）与斯道也。（之字指九贤）（《宋九贤遗像记》）

曹操遗权书……权以（之）示臣下，莫不响震失色。（之指书）（《赤壁之战》）

向察众人之议，专欲误将军，不足与（之）图大事。（之指众人）（《赤壁之战》）

（三）补足格的变式　用补足的句式有两种格式：一是表述主格的，

一是表述目的格的。如下：

  （A）十尺曰<u>丈</u>。（丈字表述主格十尺）

  （B）我等即拜他为<u>王</u>。（王字表述目的格他）（《美猴王》）

ＡＢ二式各有不完全自动词（为、曰即不完全自动词之最普通者，白话文中最多用的不完全自动词为"是"字），Ｂ式则兼有不完全他动词（拜字在这里是不完全他动词）。此种句子有好几种变式可举。

（甲）省略不完全自动词 在Ａ式省略不完全自动词时，常于句末加"也"字。例如：

  我子瑜友也。══我为子瑜友（《赤壁之战》）

  一日二十四小时══一日为二十四小时

  咫尺千里。══咫尺如千里

  （以上Ａ式）

  杂古今人物小画共一卷══杂古今人物小画共为一卷（《画记》）

  操虽托名汉相══操虽托名为汉相（《赤壁之战》）

  他骂我呆子══他骂我是呆子

  （以上Ｂ式）

（乙）省略其他的成分 除省略不完全自动词外尚有其他的变式，但这只Ｂ式有之。例如：

  天做棺材盖，地做棺材底。（略不完全他动词）

  聘李某为经理，王某为协理。（次句略不完全他动词）

  未能升学，认（之）为恨事。（略目的格）

  见人之父，视（之）若己父。（略目的格）

（四）修饰格的变式

修饰格含有形容及所有两种作用，变式惟于表示所有关系时见之。

修饰格有重叠复见者，例如：

  蒸汽机关，它的功用甚大══蒸汽机关的功用甚大，

这种用法在文言文中常用"其"字表出之。例如：

  今操得荆州，奄有<u>其</u>地══奄有荆州之地（《赤壁之战》）

濂窘窬寐思之，而无以寄其遐思＝＝无以寄濂之遐思（《宋九贤遗像记》）

练习一　下列各句中之名词代名词如有位置属变式者试改为寻常位置。

家庭，谁没有？

走吧，朋友。

这情形你何从知道。

圣人之言不吾欺也。

练习二　下列各句中如有省略成分，试补入之。

墙上挂着四幅石印的刘石庵的屏条。

海内大乱，将军起兵江东，刘豫州收众汉南。

酒肉朋友，不能与共患难。

一诺千金。

功名利禄，视如浮云。

英尺，一尺十二吋。

马蹄可以践霜雪。

文　选

一七、雕刻

蔡元培

音乐、建筑皆足以表示人生观❶；而表示之最直接者为雕刻。雕刻

---

❶　［人生观］人们对于自己生活的见解或观察，是各随自己的环境、品质而不同的：有对人生作乐观的，也有作悲观的；前者叫做"乐天观"，后者叫做"厌世观"。这样的观察，便是"人生观"。

者，以木、石、金、土之属刻之、范❶之，为种种人物之象者也。其所取材，率❷在历史之事实、现今之风俗，即有推本❸神话、宗教者，亦犹是人生观之代表云尔❹。

雕刻之术大别为二类。一浅雕、凸雕之属，象不离璞❺，仅以坼鄂起伏❻之文写示之者也。如山东嘉祥之汉武梁祠画象❼，及山西大同之北魏造象❽等属之。一具体之造象❾，雕刻之工面面俱到者也。如商武乙为偶人以象天神❿，秦始皇铸金人十二⓫，及后世一切神祠、佛寺之象皆属之。

雕刻之精者：一曰匀称，各部分之长、短、肥、瘠互相比例，不违天然之状态也。二曰致密，琢磨之工无懈可击⓬也。三曰浑成，无斧凿痕也。

---

❶ ［范］本作"笵"，是模式的意思。模式各因其品质而不同：用土做模式的叫做"型"，用金做的叫做"镕"，用竹做的叫做"范"。现在都用"范"字来包括，所以有"模范""范型"等名称。这里是用为动词。

❷ ［率］"大略"或"大概"的意思。

❸ ［推本］追求来源的意思。

❹ ［云尔］语末助辞。和语体文结句的"啦"字差不多。

❺ ［象不离璞］璞是未经雕琢的玉。"象不离璞"是说雕刻的象，并不脱离背景而独立，仍连缀在未凿的底版之上。

❻ ［坼鄂起伏］圭璧雕刻的一面，线画隆起的纹，叫做"坼鄂"。"起伏"是凹凸不平的意思。

❼ ［汉武梁祠画象］在山东嘉祥县的武宅山上。那地方有汉朝的从事（官名）武氏墓；墓前有石室，四壁刻古代的帝王、忠臣、义士、孝子、贤妇的象，旁边各识小字；也有刻着赞文的，共三石，每石分五层。武氏是谁，起初没有人知道，清人黄易访得残石，加以考证，知道是武斑的墓。

❽ ［北魏造象］晋时拓跋珪自立为代王，国号魏，史称北魏（亦称后魏。起公元三八六年，终五三四年）。建都平城，就是现在山西的大同县。魏朝的祖先，本有凿石为庙的风气，雕刻技术向来擅长，因此每一皇帝即位，便在都城近处的山冈建造石窟，就山岩雕刻佛象，年代愈久，雕刻愈多，遂成为中国有名的佛教艺术。现在山西大同县西三十里武周山云冈村的石窟，最为著名。

❾ ［具体之造象］大体具备叫做"具体"。"具体之造象"，就是离璞独立，纯粹立体的造象。

❿ ［商武乙为偶人以象天神］旧时传说，商朝的王叫做武乙的，曾用土木塑为人形，称做"天神"。其详可参看《史记》的《殷本纪》。

⓫ ［秦始皇铸金人十二］秦始皇统一中国后，收天下的兵器，铸成金人十二，重各一千石，放在宫廷里。其详可参看《史记》的《秦始皇本纪》。金，金属的通称，并不专指黄金。

⓬ ［无懈可击］兵家行阵，布置周密，没有一处松懈可以使敌人乘虚而入的，叫做"无懈可击"。这里是形容雕工精致周密，没有破绽。

四曰生动,仪态万方❶,合于力学❷之公例,神情活现,合于心理学❸之公例也。

　　我国之以雕刻名者,为晋之戴逵❹。尝刻一佛象,自隐帐中,听人臧否❺,随而改之。如是者十年,厥❻工方就。然其像不传。其后以塑象名者,唐有杨惠之❼,元有刘元❽。西方则古代希腊❾之雕刻优美绝伦❿;而十五世纪⓫以来,意、法、德、英诸国亦复名家辈出。吾人试一游巴黎⓬之鲁佛尔⓭及卢克逊堡⓮博物院,则希腊及法国之雕刻术可略见一斑⓯矣。

---

　　❶　[仪态万方]后汉张衡作《同声歌》,有"素女为我师,仪态盈万方"之句,本是形容女子的庄严。现在用来比拟事物,有庄严繁复,不可形容的意思。

　　❷　[力学]物理学的一科。凡物变更其位置,叫做"运动";运动的原因由于力。所以论运动的原因者,叫做"力学"。

　　❸　[心理学]研究人心的感觉、情意、欲望等各种现象之学,叫做"心理学"。

　　❹　[戴逵]字安道,晋铚县人,迁居剡县。他是一个艺术家,雕刻之外,还能写字、画画、弹琴。当时有一个武陵王闻得他善弹琴,便派人去请他,他当派来的人面前,把琴摔破了,说道:"戴安道不是做王门伶人的!"

　　❺　[臧否]犹言"可否",是批评好坏的意思。读为ㄗㄤ ㄆㄧˇ。

　　❻　[厥]与"其"同。

　　❼　[杨惠之]唐朝开元(玄宗年号。公元七一三年至七四一年)时人。他和吴道玄同拜张僧繇为师,学画佛象,因为吴道玄的画名在他之上,他就改学塑象,便成了有名的塑象家。

　　❽　[刘元]字秉元,元宝坻人。初为道士,后做官至秘书卿。以善塑佛象得名。

　　❾　[希腊]Hellas,罗马(Rome)称为厄力西(Greece),今欧洲南部的立宪王国。它的建国在公元前十五世纪。前五六世纪为全盛时代,文艺非常兴盛。到前一四六年属于罗马。一二〇四年被委尼斯(Venice)征服。四五六年入于土耳其(Turkey),一八二九年,离土耳其而独立。

　　❿　[绝伦]伦,是"类"或"比"的意思。绝伦,等于说"无比"。

　　⓫　[十五世纪]欧美各国,以一百年为一世纪。十五世纪,是指公元一四〇一年至一五〇〇年之时期。

　　⓬　[巴黎](Paris),法国的首都。

　　⓭　[鲁佛尔](Musée du Louvre),巴黎的博物院。建筑于一二〇四年,至一八四八年始完成。收藏美术品很丰富,可以说是全世界最大的博物院。

　　⓮　[卢克逊堡]Musée du Luxembourd,也是巴黎的博物院。建筑于一六一五年,至一六二〇年才完成。专收藏现存美术家的作品。

　　⓯　[一斑]从管中窥豹,只见一处的斑文;但亦可由一处而推及全体。所以略见大概,便叫做"一斑"。

相传越王勾践尝以金铸范蠡之象❶,是为我国铸造肖象❷之始。然后世鲜用之。西方则自罗马❸时竞尚雕铸肖象,至今未沫❹。或以石,或以铜,无不面目逼真❺焉。

我国尚仪式❻,而西人尚自然。故我国造象,自如来❼袒胸、观音❽赤足仍印度旧式外,鲜不具冠服者。西方则自希腊以来,喜为倮❾象;其为骨骼之修广❿,筋肉之张弛⓫,悉以解剖术⓬为准。作者固不能不先有所研究,观者亦得为练达身体之一助焉。

十八、新生活

胡　适

那样的生活可以叫做新生活呢?

我想来想去,只用一句话,新生活就是有意思的生活。

你听了,必定又要问我,有意思的生活又是什么样子的生活呢?

我且先说一两件实在的事情做个样子;你就明白我的意思了。

---

❶　[越王勾践尝以金铸范蠡之象]春秋时,范蠡佐越王勾践灭吴。吴国既灭,范蠡就航海而去,不知所终。勾践很想念他,用金铸成范蠡的像,以作纪念。事载《吴越春秋》。

❷　[肖象]用图画或雕刻的技术,所留下特定的人的形容的,叫做"肖象"。

❸　[罗马]欧洲的古国。地在现在的意大利。建国于公元前七五三年。公元一四五三年,为土耳其所灭。

❹　[未沫]等于说"未已"。

❺　[逼真]很像真的样子。

❻　[仪式]好像俗语说的"架子"。

❼　[如来]佛号。《金刚经》说:"无所从来,亦无所去,故名如来。"

❽　[观音]菩萨名。本名观世音,唐人避唐太宗讳,遂简称"观音"。《法华经》说:"苦恼众生,一心称名;菩萨即是观其声音,皆得解脱,以是名观世音。"

❾　[倮]同"裸",赤体。

❿　[修广]长阔。

⓫　[张弛]紧张放松。

⓬　[解剖术]即研究生物体内部的解剖学。人体解剖尤为专门之学;分生理的解剖与病理的解剖。这里所说的解剖,实是身体组织。

前天你没有事做,闲的不耐烦了,你跑到街上一个小酒店里,打了四两白干❶,喝完了,又要四两,再添上四两。喝得大醉了,同张大哥吵了一回嘴❷,几乎打起架来。后来李四哥来把你拉开,你气忿忿的又要四两白干,喝得人事不知,幸亏李四哥把你扶回去睡了。昨儿早上,你酒醒了,大嫂子❸把前天的事告诉你,你懊悔得很,自己埋怨自己:"昨儿为什么要喝那么多酒呢? 可不是糊涂么?"

你赶上张大哥家去,作了许多揖,赔了许多不是,自己怪自己糊涂,请张大哥大包涵❹。正说时,李四哥也来了,王三哥也来了。他们三缺一,要你陪他们打牌。你坐下来,打了二十圈牌,输了一百多吊钱❺。你回得家来,大嫂子怪你不该赌博,你懊恼得很,自己怪自己道:"是呵,我为什么要陪他们打牌呢? 可不是糊涂吗?"

诸位,像这样子的生活,叫做糊涂生活,糊涂生活便是没有意思的生活。你做完了这种生活,回头一想,我为什么要这样干呢? 你自己也回不出究竟为什么。

诸位,凡是自己说不出"为什么这样做",都是没有意思的生活。

反过来说,凡是自己能说得出"为什么这样做"的事,都可以说是有意思的生活。

生活的"为什么"就是生活的意思。

人同畜生的分别,就在这个"为什么"上。你到万牲园❻里去看那白熊。一天到晚摆来摆去不肯歇。那就是没有意思的生活。我们做了人,应该不要学那些畜生的生活。畜生的生活只是糊涂,只是胡混,只是不晓得自己为什么如此做。一个人的做事,应该件件回得一个"为什么"。

我为什么要干这个? 为什么不干那个? 能回答得出,方才算是一个人的生活。

---

❶ 〔白干〕用高粱做的酒。北方人最喜欢喝。
❷ 〔吵嘴〕就是南方人所说的"相骂"。
❸ 〔大嫂子〕北方人对朋友的妻的称呼。
❹ 〔包涵〕是容忍的意思。自己得罪了人,请对方原谅不计较,便说"请你多包涵些"。
❺ 〔吊〕北方人称一百钱为一吊。
❻ 〔万牲园〕在北平西直门外。一名珊贝子花园,亦称三贝子花园。

我们希望中国人都能做这种有意思的生活。其实这种新生活并不难,只消时时刻刻问自己为什么这样做,为什么不这样做,就是我所说的新生活了。

诸位,千万不要说"为什么"这三个字是很容易的小事。你打今天起,每做一件事,便问一个为什么,为什么不把辫子剪了,为什么不把大姑娘的小脚放了,为什么大嫂子脸上搽那么多的脂粉,为什么出棺材要用那么多叫化子,为什么娶媳妇也用那么多叫化子,为什么骂人要骂他的爸妈。为什么这个,为什么那个,——你试办一两天,你就觉得这三个字的趣味真是无穷无尽,这三个字的功用也无穷无尽。

诸位,我们恭恭敬敬的请你来试试这种新生活。

胡适,字适之,现代安徽绩溪人。他留学美国多年,受西洋"实验派哲学"的影响很深。所著有《中国哲学史大纲》、《白话文学史》,其他散作也很多,大都收在《胡适文存》中。

文 话

一〇、写境

前面曾经说过,"记述文、叙述文所写是对于事物的觉知,解说文所写是对于事物的了解"。又说:"议论文是发表主张,使人信从的文字。"传达自己所了解的,发表自己所主张的,都是知识方面,理性方面的事。而记叙自己所觉知的,却大部是直觉方面,感情方面的事。四种文体显然分为两部,它们的心理的来源是各不相同的。

前面又曾经说过,要把解说文,议论文写得明白正确,周妥适当,必须导源于丰富的知识和生活经验。所以写作解说文、议论文,其进境不得不与年龄和学力的增长相并行。若是不曾研究过关于雕刻的一切的,决不能作《雕刻》那样的解说文。若是不曾担过责任、做过事务的,决不能作《最苦与最乐》那样的议论文。但是，导源于直觉方面、感情方面的记述文、叙述文，却不很受年龄和学力的限制；不识字，提不起笔来，当然没有办法，如果略有写作技能的话，年龄轻一点、学力差一点的人也可以写成很好的记述文、叙述文。因为在感觉方面只论深切不深切，而年龄轻、学力差的人，其感觉有时也会很深切的。小孩子对于父母兄妹，往往说出一些"至性语"，引动成人的赞叹。若是写录下来，不就是很好的文字么？

　　我们练习写作，应该有个次第。就上面所说的看，可知先当偏重于记述文、叙述文，然后及到解说文、议论文。前者只须求其深切；本讲义（文话四）所说"存在东西、事情本身的材料，作者必须照实写下来"便是"切"，"依感觉到的写下来"便是"深"，都不是秘奥难以达到的境界。至于后者，必依赖着知识和经验的累积，这却不是一朝一夕的事了。可是我们看到许多青年所写的记述文、叙述文，往往犯着空泛的毛病，尤甚的是记述文记不清楚一件东西，叙述文叙不明白一件事情。这两种文体在实际生活上应用最繁，若不能写得像个样子，简直是一种重大的缺憾。希望读者多加注意，先把记述文、叙述文写好来。

　　最近我们读过《康桥的早晨》和《荷塘月色》两篇写景文字，写景文字当然是记述文，不必细说。趁这机会，这一则文话就讲"写境"。为什么不说"写景"而说"写境"呢？景字带着风景佳胜的意味，又似偏于自然界方面，不及境字包括得广阔，凡是围绕在我们四周的都在其内。在实际生活上，我们要写风景佳胜的境界，也要写鄙陋不堪的境界；要写山水清幽属于自然界的境界，也要写人事纷纭属于繁复社会的境界。对于一条龌龊残败的小巷，一个聚集着数千万人的大会场，我们也有记述的需要。我们岂止要记述山水胜景呢？所以这里标举"写境"两字。

　　写境的第一要义是决定取舍。整个的境界包围着我们，仔细点认，有数不清的东西或人物，表显着各不相同的状态。这就是我们以前说过的"存在东西本身的材料"。若说把那些材料悉数记述，一件一个都不漏，那是无论如何办不到的。只有先做一番取舍的工夫，要的要，不要的不要，才可下笔。要不要又把什么做标准呢？作者写一篇文字，一定有一个目的，凡是可以作为达到目的的帮助的，那就要，与达到目的并没关系的，那就不要；把写作目的做取舍标准，实是非常自然的事。空说似乎没有把握，我们且就例子来看。

《康桥的早晨》写着大道、铃声、小径、原野、村舍，麦田、小山、炊烟等等，材料是多极了，但并不曾写尽了周围的一切。这天早晨，岂没有像作者一样怀着兴致的人出来欣赏春晓景色的么？而作者绝不写遇见一个人。也许是真的没有遇见人，所以他不写，然而还有可以指出的：这天早晨，岂没有一只鸟儿在林野间飞翔、鸣啭的么？可以推想而知，那是一定有的。而文字中绝不提及，至少鸟儿这一项材料被作者所"舍"了。他为什么要"舍"鸟儿这一项材料呢？这是有理由可以解说的。作者的写作目的在写出春晓的静趣，写出对于春的感觉，感觉又纯属"视觉"方面的。所以他专写眼里所看到的景物，只有"远处牛奶车的铃声"是例外；他写一切景物又都用"静物写生"的手法，便是写那袅动的炊烟，也只用"渐渐的上腾，渐渐的不见"两语，使人感到静寂之极。如果写了飞翔、鸣转的鸟儿，那就羼入了活动的东西，"听觉"方面的材料了，虽也没有什么大害处，但总觉与写作目的不甚相适应。假若写作目的变换，作者要写出"听觉"方面的春的感觉，那么，鸟儿便是无论如何不容放过的材料，而现在这篇文字里所"取"的材料，说不定有好多项要被"舍"了。

写境的第二要义是写自己所感觉的；说得仔细一点，就是对于围绕自己的境界，耳朵怎样听得就怎样写，眼睛怎样看见就怎样写，内心怎样感念就怎样写。切不可这样想：当前的是春晓的郊野，以前有什么人什么人也曾写过记述春晓的郊野的文字的；因而便想借用其中的一两句甚至一两节。犯着这样的毛病的有那不高明的新闻记者，记述任何会场的情景，总是"到者数百人，某某某某演说，发挥颇为详尽"；还有那不肯多用一点心的小学生，你叫他写春景，他提起笔来就是一个"桃红柳绿"。这样，"到者数百人……"成为记述会场的公式，"桃红柳绿"成为记述春景的公式，记述文里倘若填满了一些公式，作者又何必多一番写录的工夫呢！抛弃那些公式，只算没有读过一篇记述会场、记述春景的文字；完全信用自己的耳、目、心思，按照感觉到的来写，这才真个是写作文字，写作自己的并不假借的文字。

《康桥的早晨》和《荷塘月色》都是能充分写出自己的感觉的，每一回描写，每一个比拟，每一处表现，没有假借，没有依傍，全从作者与境界直接交涉"而来。试看"妩媚的康河也望不见踪迹，你只能循着那锦带似的林木，想像那一流清浅"；再看"月光如流水一般，静静地泻在这一片叶子和花上"；你一定赞赏它们的刻划入妙，感到深长的兴味。倘若进一步问，这些语句何以会见得佳胜呢？那就因为作者感得到又写得出之故。"感得到"原是不成问题的，只要将身临境，总会有所感到，只有多少、深浅的不同罢了。这就剩下"写得出"的问题。如果能屏弃公式，不用人家现成的写法，便开了"径写所感"的门。这时候但求文字没毛病，表达得明白，其成为佳篇是无疑的。

关于写境，这里举出两个要义而止，其他留待以后再谈。

柳宗元《至小丘西小石潭记》有"谭西南而望，斗折蛇行，明灭可见，其岸势犬牙差互，不可知其源"，描写远去的河流，神妙之极；我们身临平野，远望河流，常常见到此景，独柳氏感得到，写得出。"只能循着那锦带似的林木，想像那一流清浅"，被作者说破了，我们就觉得这样的境界也曾遇见过，独作者感得到，写得出。试问后者因袭着前者么？谁也知道并不的。二者同样是作者与境界"直接交涉"的结果，故同样是绝妙的文字。

题材是同类的（都是远去的河流），因为所感互异，写成文字就各不相同，但同样可以成为妙文；这是写境应直写所感的绝妙凭证。

练习　假如记述群众大会场的情况，写作目的在表出会场中的热烈空气，试问那一些材料是你预备取的？

文　选

一九、背影

朱自清

我与父亲不相见已二年余了，我最不能忘记的是他的背影。

那年冬天，祖母死了，父亲的差使❶也交卸了，正是祸不单行的日子。我从北京❷到徐州❸打算跟着父亲奔丧回家。到徐州见着父亲，看见满院狼藉❹的东西，又想起祖母，不禁簌簌❺地流下眼泪。父亲说，"事已如此，不必难过，好在天无绝人之路！"

回家变卖典质，父亲还了亏空；又借钱办了丧事。这些日子，家中光景很是惨澹，一半为了丧事，一半为了父亲赋闲❻。丧事完毕，父亲要到南京❼谋事，我也要回北京念书，我们便同行。

到南京时，有朋友约去游逛，勾留了一日；第二日上午便须渡江到浦口❽，下午上车北去。父亲因为事忙，本已说定不送我，叫旅馆里一个熟识的茶房陪我同去。他再三嘱咐茶房，甚是仔细。但他终于不放心，怕茶房不妥帖；颇踌躇❾了一会。其实我那年已二十岁，北京已来往过两三次，是没有什么要紧的了。他踌躇了一会，终于决定还是自己送我去。我两三回劝他不必去；他只说："不要紧，他们去不好！"

我们过了江，进了车站。我买票，他忙着照看行李。行李太多了，得

---

❶　〔差使〕在机关里服务的，叫做"当差使"。

❷　〔北京〕现在北平的旧称。

❸　〔徐州〕清徐州府治今江苏铜山县。民国废府留县，但一般人还是称着"徐州"的旧名。

❹　〔狼藉〕散乱不整理。

❺　〔簌簌〕读为ㄙㄨㄙㄨ。泪流不止的样子。

❻　〔赋闲〕失职无事，叫做"赋闲"。

❼　〔南京〕现在国民政府首都的旧称。

❽　〔浦口〕在江苏江浦县东北二十五里。民国元年，自辟为商埠。

❾　〔踌躇〕不决的样子。

向脚夫行些小费❶才可过去。他便又忙着和他们讲价钱。我那时真是聪明过分，总觉他说话不大漂亮，非自己插嘴不可，但他终于讲定了价钱；就送我上车。他给我拣定了靠车门的一张椅子；我将他给我做的紫毛大衣铺好坐位。他嘱我路上小心，夜里要警醒些，不要受凉。又嘱托茶房好好照应我。我心里暗笑他的迂；他们只认得钱，托他们只是白托！而且我这样大年纪的人，难道还不能料理自己么？唉，我现在想想，那时真是太聪明了！

　　我说道，"爸爸，你走吧。"他望车外看了看，说："我买几个橘子去。你就在此地，不要走动。"我看那边月台❷的栅栏外有几个卖东西的等着顾客。走到那边月台，须穿过铁道，须跳下去又爬上去。父亲是一个胖子，走过去自然要费事些。我本来要去的，他不肯，只好让他去。我看见他戴着黑布小帽，穿着黑布大马褂，深青布棉袍，蹒跚❸地走到铁道边，慢慢探身下去，尚不大难。可是他穿过铁道，要爬上那边月台，就不容易了。他用两手攀着上面，两脚再向上缩；他肥胖的身子向左微倾，显出努力的样子。这时我看见他的背影，我的泪很快地流下来了。我赶紧拭干了泪，怕他看见，也怕别人看见。我再向外看时，他已抱了朱红的橘子望回走了。过铁道时，他先将橘子散放在地上，自己慢慢爬下，再抱起橘子走。到这边时，我赶紧去搀❹他。他和我走到车上，将橘子一股脑儿❺放在我的皮大衣上。于是扑扑衣上的泥土，心里狠轻松似的。过一会说，"我走了；到那边来信！"我望着他走出去。他走了几步，回头看见我，说，"进去吧，里边没人。"等他的背影混入来来往往的人里，再找不着了，我便进来坐下，我的眼泪又来了。

　　近几年来，父亲和我都是东奔西走，家中光景是一日不如一日。他少年出外谋生，独立支持，做了许多大事。那知老境却如此颓唐❻！他

---

❶　〔行些小费〕行，使用的意思。在规定应纳的费用之外再付出的钱，叫做"小费"。
❷　〔月台〕火车停车的地方都有月台。
❸　〔蹒跚〕行走时不很便捷的样子。
❹　〔搀〕扶。
❺　〔一股脑儿〕俗语，犹言"统统"。
❻　〔颓唐〕心情与境遇都不愉快满足之状。

触目伤怀,自然情不能自已。情郁于中,自然要发之于外;家庭琐屑便往往触他之怒。他待我渐渐不同往日,但最近两年的不见,他终于忘却我的不好,只是惦❶记着我,惦记着我的儿子。我北来后,他写了一信给我,信中说道,"我身体平安,惟膀子疼痛利害,举箸提笔,诸多不便,大约大去❷之期不远矣。"我读到此处,在晶莹的泪光中,又看见那肥胖的、青布棉袍黑布马褂的背影。唉!我不知何时再能与他相见!

二○、先妣事略

归有光

先妣❸周孺人❹,弘治元年❺二月十一日生。年十六来归。逾年❻生女淑静,淑静者大姊也。期❼而生有光。又期而生女子:殇一人❽,期而不育者一人❾。又逾年,生有尚,妊十二月❿。逾年,生淑顺。一岁,又生有功。

有功之生也,孺人比乳⓫他子加健。然数颦蹙顾诸婢曰⓬:"吾为多

---

❶ 〔惦〕读为ㄉㄧㄢ。很厉害的牵记。

❷ 〔大去〕去而不再返,叫做"大去",就是死。

❸ 〔先妣〕是已经死了的母亲的称谓。《礼记》里说:"生曰父、曰母;死曰考、曰妣。"所以称已死的母亲为"先妣"。

❹ 〔孺人〕明清时职官妻七品以下封孺人。

❺ 〔弘治元年〕弘治,明孝宗年号。弘治元年,是公元一四八八年。

❻ 〔逾年〕隔一年。

❼ 〔期〕一周年。

❽ 〔殇一人〕一个产出来就死了。

❾ 〔期而不育者一人〕小孩子不能抚养长大,叫做"不育"。这是说:一个满了周岁也死了。

❿ 〔妊十二月〕怀了十二个月的胎。

⓫ 〔乳〕动词,哺乳的简称。

⓬ 〔数颦蹙顾诸婢曰〕常常皱着眉头对那些婢女说。

子苦！"老妪以杯水盛二螺进，曰："饮此后，妊不数矣❶。"孺人举之尽❷，喑❸不能言。

正德八年❹五月二十三日，孺人卒。诸儿见家人泣，则随之泣，然犹以为母寝也，伤哉！于是家人延画工画，出二子命之曰："鼻以上画有光，鼻以下画大姊，"以二子肖❺母也。

孺人讳❻桂。外曾祖❼讳明；外祖❽讳行，太学生❾；母何氏。世居吴家桥，去县城东南三十里；由千墩浦而南，直港并小桥以东，居人环聚，尽周氏也。外祖与其三兄皆以赀雄❿，敦尚⓫简实；与人妁妁⓬说村中语，见子弟甥侄无不爱。

孺人之⓭吴家桥，则治木绵；入城，则缉纑⓮，灯火荧荧⓯，每至夜分⓰。外祖不二日使人问遗⓱。孺人不忧米盐，乃劳苦若不谋夕⓲。冬月炉火炭屑，使婢子为团，累累暴阶下⓳。室靡⓴弃物；家无闲人。儿女

---

❶　[妊不数矣] 不常常怀孕了。

❷　[举之尽] 拿起来完全吃下去。

❸　[喑] 失音。

❹　[正德八年] 正德，明武宗年号。正德八年，当公元一五一三年。

❺　[肖] 很像。

❻　[讳]《礼记》里说："卒哭乃讳。"所以从前人对已死的人不称名而称讳。

❼　[外曾祖] 母亲的祖父。

❽　[外祖] 母亲的父。

❾　[太学生] 明朝制度，诸生品学兼优的，或举人会试不第的，都可以入国子监读书。国子监等于汉朝的太学，所以入国子监读书的称"太学生"。但从景泰四年(公元一四五三)以后，纳粟入官的亦可取得太学生的资格了。

❿　[以赀雄] 以多财称雄。

⓫　[敦尚] 和"崇尚"的意思差不多。

⓬　[妁妁] 和蔼可亲的样子。

⓭　[之] 与"至"同。

⓮　[缉纑] 缉，接麻；纑，布缕。苏州一带称接麻的手工做"接绩"。绩，读ㄗㄧ。

⓯　[荧荧] 形容灯光的明亮不熄。

⓰　[夜分] 夜半。

⓱　[问遗] 亲友相馈赠，叫做"问遗"。

⓲　[乃劳苦若不谋夕] 她勤劳辛苦的样子，几乎像过了早上不晓得晚上怎样的人。

⓳　[累累暴阶下] 暴，与"曝"同。这是说：把炭团一个个堆在阶前晒着。

⓴　[靡] 没有。

大者攀衣,小者乳抱❶,手中纫缀❷不辍。户内洒然❸。遇僮奴有恩;虽至棰楚❹,皆不忍有后言。吴家桥岁致❺鱼蟹饼饵,率人人得食。家中人闻吴家桥人至,皆喜。有光七岁,与从兄❻有嘉入学;每阴风细雨,从兄辄留,有光意恋恋❼,不得留也。孺人中夜觉寝❽,促有光暗诵《孝经》❾,即熟读,无一字龃龉❿,乃喜。

　　孺人卒,母何孺人亦卒。周氏家有羊狗之痾⓫,舅母卒,四姨⓬归顾氏,又卒,死三十人而定;惟外祖与二舅存。

　　孺人死十一年,大姊归王三接,孺人所许聘者也。十二年,有光补学官弟子⓭。十六年而有妇⓮;孺人所聘者也。期而抱女。抚爱之,益念孺人,中夜与其妇泣。追惟⓯一二,仿佛如昨,余则茫然矣。世乃有无母之人,天乎痛哉!

　　归有光字熙甫,明昆山人。他九岁就能做文章,但考试每不利,到晚年才成进士。官至南京太常寺丞。尝讲学于嘉定的安亭江上,学者称他为震川先生。所著有《震川集》。明朝从李梦阳、何景明等提倡摹仿秦汉文体以后,一般文人有意学古,所做文章,大都音调艰涩,不易诵读。有光对于当时流行的伪

---

❶　[乳抱] 在她怀中吸乳。

❷　[纫缀] 补缀破绽的衣服。

❸　[洒然] 清洁不扰杂的样子。

❹　[棰楚] 用杖来责打。

❺　[致] 馈赠。

❻　[从兄] 伯父或叔父的儿子,年纪比自己大的,称为"从兄"。

❼　[恋恋] 依依不舍的样子。

❽　[中夜觉寝] 半夜里醒来。

❾　[《孝经》] 此书出于汉朝,记孔子告曾参孝道的话,凡十八章。

❿　[龃龉] 不顺口。读为ㄗㄨˇㄩˇ。

⓫　[羊狗之痾] 痾读为ㄜ,怪异的病。羊狗之痾这句话,是从《汉书·五行志》上来的,大概是指由羊狗染疫而蔓延及于人的传染病。

⓬　[姨] 母亲的姊妹称"姨"。

⓭　[补学官弟子] 科举时代童生经学使考试及格,取入县学者,叫做"生员",俗称"秀才";故一般人又称新取之生员为"入学"。补学官弟子,就是"入学"的意思。

⓮　[妇] 自己的妻称"妇"。

⓯　[追惟] 追想。

古文体很不满意，所以他做的文章，反覆条畅，没有摹秦仿汉的恶习。

六、有特性的文言代名词

前两讲已把名词代名词在句中的位置说过了。代名词原是代替名词的，其资格与名词一样，照理代名词的在句中的位置，应与名词一样。可是实际上文言代名词却有许多例外。上回所讲的变式（见文法五《诸格的变式》），有大半就有关于文言代名词的。这里要把有特性的文言代名词分别提出讲述，先试就文言代名词全体来列一个表。

不论文言与语体，代名词在性质上可分为"人称""指示""疑问"三种，如下表：

	人称代名词	指标代名词	疑问代名词
文言	吾　我　予　余 尔　而　汝　子　若 乃　　其 彼　　之	彼 此　斯　兹　是 之　诸　焉　者　所 其　厥	谁　　孰 何　奚　恶　焉　曷 胡
语体	我 你 他　她	这　这个　这里 它　（的） 那　那个　那里	谁 那个　那里 什么

由这表看来，可知文言的代名词比语体的复杂得多。这些文言代名词对于初学者，有几个非先加说明不可。

(1)"之"　之字在文言中有下列各种用法：

(甲)雕刻<u>之</u>术大别为二类。（之，介词）（《雕刻》）

(乙)孺人<u>之</u>吴家桥（之，动词）（《先妣事略》）

(丙)<u>之</u>子于归，宜其家人（之，代名词）（《诗经》）

（丁）雕刻者以木土金石之属刻之范之（之，代名词）（《雕刻》）

（丙）（丁）二例中加记号的"之"字，才是代名词。"之"字仅用作他动词前介词的目的格及修饰格，主格及补足格都不用。

（2）"所" "所"字和"之"性质全同，不过只用作他动词及前介词的目的格，他格都不能用。"所"字作目的格时，常倒置于他动词或前介词之先。例如：

今不速往，恐为操所先（先读去声，他动词，所先＝＝先之）（《赤壁之战》）

此所谓强弩之末势不能穿鲁缟也（所谓＝＝谓之）（同上）

代名词照例有先行辞。（即其所代的本名词）"所"字之先行辞有在先者有在后者。例如：

大姊归王三接，孺人所许聘者也。（所字即指王三接，先行辞在所字之先）（《先妣事略》）

彼所得中国人不过十五六万，……所得表众，亦极七八万耳。（所字指中国人指表众，先行辞俱在所字之后）（《赤壁之战》）

（3）"焉" 焉字有助词与代名词两种。例如：

凡人之事三十有二，为人大小百二十有三，而莫有同者焉。（《画记》）

牛大小十一头，橐驼三头；驴如橐驼之数而加其一焉。（同上）

西方则自罗马时竞尚雕铸肖像至今未沫。或以石，或以铜，无不面目逼真焉。（《雕刻》）

上面的"焉"，"焉"字为助词，姑且放开不说。这里所要说的是代名词的"焉"字。"焉"字在代名词中又有指示的与疑问的二种，指示代名词的"焉"字，与"之"字性质亦相通，凡用代名词"焉"字的地方可以换入"之"或"所"字。例如：

余幸胜而获焉（获焉＝＝获之）（《画记》）

众好之必察焉（察焉＝＝察之）（《论语》）

下流之人众毁归焉（归焉＝＝归之＝＝所归）

焉字只用作目的格，作前介词目的格时常略前介词。疑问代名词之

"焉"字常倒置于动词之前。例如：

借问采薪者此人皆<u>焉</u>如（如动词。焉如＝＝到何处）（《归园田居》）

(4)"诸"　诸字亦有不属代名词的。如：

<u>诸</u>儿见家人泣，则随之泣。（《先妣事略》）

<u>诸</u>人持议甚失孤望。（《赤壁之战》）

十五世纪以来意法德英<u>诸</u>国亦复名家辈出。（《雕刻》）

上例"诸"字皆形容词，应该别论。这里所要说的是代名词的"诸"字。代名词的"诸"字，与"之"字同系，是"之于"或"之乎"的合体。有时解作"之于"有时解作"之乎"。例如：

有<u>诸</u>己而后责<u>诸</u>人（诸＝＝之于）（《论语》）❶

汤放桀，武王伐纣，有<u>诸</u>？（诸＝＝之乎）（《孟子》）

(5)"者"　者字不能单用，常与他词合成名词。文言中名词短语略去介词与介词后的名词，用"者"字填充，就成"○○者"的形式。这"者"字的性质，和语体中的"的"字很相似。语体中常有把"的"字下的名词略去，单留"○○的"的形式的。（因此，的字有时可认作代名词。）例如：

老的（人）老了，小的（人）还小。＝＝老者老矣，幼者尚幼。

大姊归王三接孺人所许聘者也＝＝是孺人所许聘的（人）。

在诸君所读过的文章中，《画记》是用"者"字最多的。摘举一节如下：

马大者九四：于马之中，又有上者，下者，行者，牵者，涉者，陆者，翘者，顾者，鸣者，寝者，讹者，立者，人立者，齕者，饮者，溲者，陟者，降者，痒磨树者，嘘者，嗅者，喜相戏者，怒相踶啮者，秣者，骑者，骤者，走者，载服物者，载狐兔者：凡马之事二十有七，为马大小八十有三，而莫有同者焉。

者字不能单用，所以者字的格须与上文所接合的部分连看，才可分别。

---

❶　出处应为《大学》——编者注

儿女大者攀衣,小者乳抱(主格)(《先妣事略》)

肃请得奉命吊表二子,并慰劳其军中用事者(他动词目的格)(《赤壁之战》)

士为知己者死女为悦己者容(前介词目的格)(《报任少卿书》❶)

一,浅雕、凸雕之属,象不离璞,仅以圻鄂起伏之文写示之者也……,具体之造象,雕刻之工面面俱到者也(补足格,略不完全自动词)(《雕刻》)

子食于有丧者之侧,未尝饱也。(修饰格)(《论语》)

臣愿得笑臣者头。(修饰格)(《史记·平原君传》)

"者"字又有一种用法,直置于主辞之下,好像特别把主辞提起,等宾辞来说明的样子。例如:

子瑜者亮兄瑾也。(《赤壁之战》)

淑静者大姊也。(《先妣事略》)

这种句子,下面的宾辞常为补足格。在这种句法中,"者"字往往上下联用。例如:

文明者利用厚生之普及于人人者也。(《文明与奢侈》)

(6)"其" 其字无论指人指物只有修饰格用之。用前介词"之"造成的名词短语,常略去"之"字以上的部分,用"其"字代入。例如:

外祖与其三兄皆以赀雄══外祖与外祖之三兄皆以赀雄。(《先妣事略》)

食鸟兽之肉而寝其皮══食鸟兽之肉而寝鸟兽之皮(《文明与奢侈》)

和其字同类者,尚有"厥"字,"厥"字用法和"其"字全同,例如:

如是者十年,厥工方就。(《雕刻》)

"其"字除修饰格外,在感叹句与疑问句中又有一种特别用法,例如:

越十年生聚十年教训,二十年之外,吴其为沼乎!(《左传》)

---

❶ 出处应为《史记·刺客列传》——编者注

其然，岂其然乎？（《论语》）

这样的"其"字并无修饰格的意味，近乎虚字性质，自当别论。

以上已把重要的文言代名词逐字解释过了，文言代名词的格，有许多是属于变格的。（例如目的格有倒置于他动词或介词之前者见前节）而且有许多字，格不完备，并不各格都可用。为避烦计，列一表于下，某字有某格的，就列入某格项下，否则从略。

主格	目的格 他动词的	目的格 前介词的	补足格	修饰格
余若斯孰 予子是 我汝此谁 吾尔而彼者	余若所 予子之斯 我汝此所 吾尔彼是者	余焉何 予若之谁奚恶 我子此斯所何胡 吾汝彼是者孰曷	余谁 予子者 我汝此 吾尔彼何	余若厥者 予子其兹 我汝乃此斯何 吾尔而彼其谁

练习　下列各句代名词，是代什么的？试一一指出，且说明其格。

(1)荆州与国邻接，江山险固，沃野万里，士民殷富，若据而有之，此帝王之资也。（《赤壁之战》）

(2)与苍梧太守吴巨有旧，欲往投之。（同上）

(3)肃请得奉命吊表二子，并慰其军中用事者。（同上）

(4)广衢之灯，夫人而利其明；公园之音乐，夫人而聆其音。（《文明与奢侈》）

(5)此等恶习本酋长时代所遗留。（同上）

(6)庄列所载称惊犹鬼神者良多。（《核舟记》）

文　选

二一、核舟记

魏学洢

明有奇巧人曰王叔远，能以径寸之木，为宫室器皿人物以至鸟兽木石，罔不❶因势象形，各具情态。尝贻❷余核舟一，盖"大苏泛赤壁❸"云。

舟首尾长约八分有奇❹，高可二黍许❺。中轩敞❻者为舱，箬篷覆之。旁开小窗，左右各四，共八扇。启窗而观，雕栏相望焉。闭之，则右刻"山高月小，水落石出❼"，左刻"清风徐来，水波不兴❽"，石青糁之❾。

船头坐三人，中峨冠❿而多髯者为东坡⓫，佛印⓬居右，鲁直⓭居左。苏黄共阅一手卷⓮。东坡右手执卷端，左手抚鲁直背；鲁直左手执卷末，右手指卷如有所语。东坡现右足，鲁直现左足，身各微侧。其两膝相比

---

❶ ［罔不］无不。

❷ ［贻］馈赠。

❸ ［大苏泛赤壁］宋朝，苏轼是苏洵的大儿子，和他的弟弟苏辙，都以文章著名；人称轼为"大苏"，辙为"小苏"。轼尝与客泛游赤壁，著有《前后赤壁赋》。赤壁，已见《赤壁之战》注。但苏轼所游的赤壁，在湖北黄冈城外，俗称赤鼻矶，并不是曹操兵败的赤壁，苏轼是误会的。

❹ ［有奇］有零。

❺ ［高可二黍许］有两颗黄米子那样的高。

❻ ［轩敞］开畅貌。

❼ ［山高月小，水落石出］苏轼《后赤壁赋》中语。

❽ ［清风徐来，水波不兴］苏轼《前赤壁赋》中语。

❾ ［石青糁之］石青是一种颜料，产于南海，色青翠，经久不变，画家多用之。用细屑的东西洒在平面上叫做"糁"。把石青糁在刻纹里，那字就变成青翠色了。

❿ ［峨冠］高冠。

⓫ ［东坡］苏轼号东坡居士。

⓬ ［佛印］宋时金山寺里的和尚，名了元，和苏轼很要好。

⓭ ［鲁直］黄庭坚字鲁直，号山谷道人，分宁人。他和苏轼都以诗名，时号"苏黄"。

⓮ ［手卷］画轴横幅之长者。不能悬挂，只可舒卷，所以叫做"手卷"。

者,各隐卷底衣褶中。佛印绝类弥勒❶,袒胸露乳,矫首❷昂视,神情与苏黄不属❸。卧右膝❹,诎❺右臂支船,而竖其左膝。左臂挂念珠倚之,珠可历历数也。

舟尾横卧一楫❻。楫左右舟子各一人,居右者椎髻❼仰面,左手倚一衡木❽。右手攀右趾若啸呼状。居左者右手执蒲葵扇,左手抚炉。炉上有壶。其人视端容寂❾,若听茶声然。

其船背稍夷❿,则题名其上,文曰"天启壬戌⓫秋日,虞山⓬王毅叔远甫⓭刻",细若蚊足,钩画了了,其色墨。又用篆章⓮一,文曰"初平山人",其色丹⓯。

通计一舟。为人五;为窗八;为箬篷,为楫,为炉,为壶,为手卷,为念珠各一;对联题名并篆文,为字共三十有四;而计其长,曾不盈寸⓰。盖简⓱桃核修狭⓲者为之。

魏子⓳详瞩⓴既毕,诧曰:"嘻,技亦灵怪矣哉!《庄》《列》所载称惊犹

---

❶　［绝类弥勒］很像那弥勒佛。弥勒佛,现在寺院的大门口供的便是。

❷　［矫首］举头。

❸　［不属］不连贯。

❹　［卧右膝］右膝横着。

❺　［诎］与"屈"同。

❻　［楫］与"楫"同。俗名桨。

❼　［椎髻］最简便的髻,样子和椎一般。

❽　［衡木］横木。

❾　［视端容寂］正视不旁看,容色很静穆;像俗语说的"一般正经"。

❿　［夷］平。

⓫　［天启壬戌］天启,明熹宗年号。壬戌,是天启二年,当公元一六二二年。

⓬　［虞山］在江苏常熟县。

⓭　［叔远甫］表字叫做"甫",所以问人家的字称"台甫"。"叔远甫",就是表明他的字是叔远。

⓮　［篆章］刻着篆文的图章。

⓯　［丹］朱色。

⓰　［曾不盈寸］还不满一寸。

⓱　［简］拣选。

⓲　［修狭］长而狭。

⓳　［魏子］作者自称。

⓴　［详瞩］细细的看。

鬼神者良多❶,然谁有游削于不寸之质而须麋了然者❷？假有人焉举我言以复于我❸,亦必疑其诳,乃今亲睹之。繇❹斯以观,棘刺之端,未必不可为母猴也❺。嘻,技亦灵怪矣哉!"

　　魏学洢,字子敬,明嘉善人。父魏大中,在京里做官,为得罪宦官魏忠贤,被杀。他扶父柩南归,痛父冤死,早夜哭泣,不久也就死了。所以他不但是文章家,并且是一个孝子。所著有《茅檐集》。

二二、乌篷船

周作人

子荣❻君:

　　接到手书,知道你要到我的故乡❼去,叫我给你一点什么指导。老实说,我的故乡,真正觉得可怀恋的地方,并不是那里;但是因为在那里生长,住过十多年,究竟知道一点情形,所以写这一封信告诉你。

　　我所要告诉你的,并不是那里的风土人情,那是写不尽的,但是你到那里一看也就会明白的,不必啰唆❽地多讲。我要说的是一种很有趣的

---

　　❶　［《庄》《列》所载称惊犹鬼神者良多］《庄子》和《列子》书里所载着的各种善技术的人,使人惊奇,以为是鬼斧神工,不是人力所能做到者也很多。(如《庄子·养生主篇》所载的庖丁解牛,和《列子·汤问篇》所载偃师能用草木胶漆造成能歌舞的美人,皆是)

　　❷　［然谁有游削于不寸之质而须麋了然者］然而那里有能在不到一寸的物质上面,任意刻削,而须眉毕露的。游削,就是任意刻削的意思。须麋,与"须眉"同。

　　❸　［假有人焉举我言以复于我］假使有人把我的话再来向我讲。

　　❹　［繇］与"由"同。

　　❺　［棘刺之端未必不可为母猴也］棘,小枣丛生者,木坚色赤,刺粗而长者叫做"马棘",色白者叫做"白棘";棘刺就是白棘。《韩非子·外储说篇》载有宋人、韩人都自称能以棘刺之端为母猴,燕王相信他们,后来才知道都是说诳欺骗的。这里是说:"桃核可以刻成像这样的一只舟,那么,棘刺的尖端上,未始不可刻成一只母猴咧。"

　　❻　［子荣］是作者的朋友。

　　❼　［我的故乡］是指浙江的绍兴。

　　❽　［啰唆］读为 ㄌㄛ ㄙㄨ 。说话多。

东西,这便是船。你在家乡平常总坐人力车、电车、或是汽车,但在我的故乡那里这些都没有,除了在城内或山上是用轿子以外,普通代步都是用船。船有两种,普通坐的都是"乌篷船",白篷的大抵作航船用,坐夜航船到西陵❶去也有特别的风趣,但是你总不便坐,所以我也就可以不说了。乌篷船大的为"四明瓦"(Sy-menngoa),小的为脚划船(划读如 uoa)亦称小船。但是最适用的还是在这中间的"三道",亦即三明瓦。篷是半圆形的,用竹片编成,中夹竹箬,上涂黑油;在两扇"定篷❷"之间放着一扇遮阳,也是半圆的,木作格子,嵌着一片片的小鱼鳞,径约一寸,颇有点透明,略似玻璃而坚韧耐用,这就称为明瓦。三明瓦者谓其中舱有两道,后舱有一道明瓦也。船尾用橹,大抵两支,船首有竹篙,用以定船。船头着眉目,状如老虎,但似在微笑,颇滑稽而不可怕,唯白篷船则无之。三道船篷之高大约可以使你直立,舱宽可以放下一顶方桌,四个人坐着打马将❸,——这个恐怕你也学会了罢? 小船则真是一叶扁舟,坐在船底席上,篷顶离你的头有两三寸,你的两手可以阁❹在左右的舷上,还把手都露出在外边。在这种船里仿佛是在水面上坐,靠近田岸去时泥土便和你的眼鼻接近,而且遇着风浪,或是坐得少不小心,就会船底朝天,发生危险,但是也颇有趣味,是水乡的一种特色。不过你总可以不必去坐,最好还是坐那三道船罢。

你如坐船出去,可是不能像坐电车的那样性急,立刻盼望走到。倘若出城,走三四十里路,(我们那里的里程是很短,一里才及英哩❺三分之一),来回总要预备一天。你坐在船上,应该是游山的态度,看看四周

---

❶　[西陵] 今名西兴,在钱塘江东岸。
❷　[定篷] 船篷固定不能掀起的,叫做"定篷"。
❸　[马将] 博戏的一种,现在很流行,也叫做"麻将"。
❹　[阁] 同"搁"。
❺　[英哩] 一英哩约合我国二·七九三九五里。

物色，随处可见的山，岸旁的乌桕❶、河边的红蓼❷和白苹❸、渔舍，各式各样的桥，困倦的时候睡在舱中拿出随笔来看，或者冲一碗清茶喝喝。偏门❹外的鉴湖❺一带，贺家池❻、壶觞❼左近，我都是喜欢的，或者往娄公埠❽骑驴去游兰亭❾，（但我劝你还是步行，骑驴或者于你很不相宜）到得暮色苍然的时候进城上都挂着薜荔❿的东门来，倒是颇有趣味的事。倘若路上不平静，你往杭州⓫去时可于下午开船，黄昏时候的景色正最好看，只可惜这一带地方的名字都忘记了。夜间睡在舱中，听水声橹声、来往船只的招呼声、以及乡间的犬吠鸡鸣，也都很有意思。雇一只船到乡下去看庙戏⓬，可以了解中国旧戏的真趣味，而且在船上行动自如，要看就看，要睡就睡，要喝酒就喝酒，我觉得也可以算是理想的行乐法。只可惜讲维新以来这些演剧与迎会⓭都已禁止，中产阶级⓮的低能人别在

---

❶ ［乌桕］落叶亚乔木。高约二丈；叶卵形，端尖；夏月开小花，黄白色；秋末实熟。收其子制油，可为肥皂及蜡烛之原料。

❷ ［红蓼］一年生草。多生于水边。叶味辛香，古人用以调味，后人但用为观赏品。种类甚多，花带红色的叫做红蓼。

❸ ［白苹］隐花植物。生于浅水。四叶合成一叶，如田字，故又名"田字草"。茎细长，入于地中。叶柄甚长。近根处有极坚之囊状物，大如豆，中生胞子。

❹ ［偏门］即常禧门，是绍兴西南面的城门。

❺ ［鉴湖］在绍兴南三里。一名镜蝴，又名长湖，又名庆湖。总纳县境三十六河之水。宋熙宁后，湖渐废为田。

❻ ［贺家池］离偏门约七八里。唐玄宗赐贺知章镜湖剡州一曲，就是这地方，所以称为"贺家池"。

❼ ［壶觞］村落名。离偏门约十余里。

❽ ［娄公埠］出偏门十余里。到兰亭从娄公埠上岸。

❾ ［兰亭］在绍兴西南二十七里。晋王羲之和许多朋友在这里修禊，羲之有《兰亭集序》，以记其事。

❿ ［薜荔］亦名木莲。常绿灌木。茎长数尺。叶椭圆。花细，隐于花托中。实上锐下平如杯，内空色红，曝干捣碎，可做凉粉。

⓫ ［杭州］今浙江杭县，为清杭州府治。但一般人还是称着旧名。

⓬ ［庙戏］在神庙里做戏，叫做"庙戏"。

⓭ ［迎会］用着旌幡、斧钺等威仪，杂以箫鼓、杂戏把神迎出来，叫做"迎会"，亦称"赛会"。

⓮ ［中产阶级］介于资产阶级与无产阶级之间的，叫做"中产阶级"，亦可称"小资产阶级"。

"布业会馆❶"等处建起"海式❷"的戏场来,请大家买票看上海的猫儿戏❸。这些地方你千万不要去。——你到我那故乡,恐怕没有一个人认得,我又因为教书不能陪你去玩,坐夜船,谈闲天,实在抱歉而且惆怅,川岛❹君夫妇现在称山❺下,本来可以给你介绍,但是你到那里的时候他们恐怕已经离开故乡了。初寒,善自珍重,不尽。十五年一月十八日夜,于北京。

周作人字启明,又字岂明。原籍绍兴,但他住在北平久了,所以自称北平人。他是现代有名的散文作家。所著有《自己的园地》、《雨天的书》、《谈龙集》、《谈虎集》等。

文　话

一一、抒怀

这一则文话标题是"抒怀",讲到一些抒写情怀的文字的写作。我们有时遭遇事故,一往情深,不能自己。情怀比较感觉复杂且深至,其与知识、理性异科,却和感觉相同。单纯的情怀是没法抒写的,抒怀须依附于叙事;一方面叙事,一方面即所以抒写内在的情怀。

《背影》和《先妣事略》都是抒怀的文字。前一篇的作者对于他的父亲,后一篇的作者对于他的母亲,都抱着深厚的爱的情怀。这种情怀用什么方法抒写呢? 自不得不托于叙事。在叙述车站送别的场面上,在叙述母亲毕生的历史上,两个作者畅适地抒写了他们的情怀。假若不托于

---

❶　[布业会馆] 在绍兴城内的花巷地方。内设戏馆、书场、茶楼、酒肆等,和上海的游戏场差不多。

❷　[海式]"上海式"的简称。

❸　[猫儿戏] 女子演的京戏。

❹　[川岛] 也是作者的朋友。

❺　[称山] 在绍兴的道墟村。俗称"青山"。

叙事,试问更有何法可以达到他们的目的? 单单说"可爱可感念的父亲呀!""可爱可感念的母亲呀!"那是重叠写上一百句、一千句也不相干的,复杂、深至的情怀,岂是简单的一语所能抒写的呢?

作抒怀文字的要义大致和写境相同。抒怀须托于叙事,被叙的事是材料,对于种种材料,事实上不能完全收用,当然要有所取舍,取舍以有关于所抒的情怀与否为标准;这是一层。直写自己的情怀,越亲切越可贵,不要依傍现成的写法,不要使用那被人家说得烂熟了以致令人生厌的语句;这是又一层。

试将《背影》一篇作为实例来看。作者的父亲平时对作者谈话,岂可计数,而篇中引用的竟只有寥寥的几句,现悉数钞录在这里。

　　1."事已如此,不必难过,好在天无绝人之路!"

　　2."不要紧,他们去不好!"

　　3."我买几个橘子去。你就在此地,不要走动。"

　　4."我走了;到那边来信!"

　　5."进去吧,里边没人。"

　　6.信中的话:"我身体平安,惟膀子疼痛利害,举箸提笔,诸多不便,大约大去之期不远矣。"

这些话语对于达到抒怀这一个目的都极有用处,所以作者取用了,叙入他的文字里。试想,逢到了母亲的丧事,又交卸了差使,正值极顶痛苦的时光,但对于簌簌下泪的儿子,却劝他"不必难过",爱子之心何等深切。2至5四句都是车站送别时说的话,儿子是二十岁的人,"北京已来往过两三次"了,却定要亲自送他,欲别不别,叮嘱再四,好像对待一个八九岁的小孩子,父性的自然流露何等真挚。爱子之心这样深切、父性流露这样真挚的父亲,其如何可爱、如何可怀念已不必多说,单单叙述他的这几句话,爱慕、怀念之情便充分抒写出来了。又加上信中的话,可爱、可怀念的父亲而在感叹自己的衰颓,儿子对他的爱慕、怀念自然越加深浓,更可不言而喻。善于取用材料,对于写作抒怀文字原来有这样的效用。

再看买票上车和买橘子的两节。在买票上车这一节里,作者直写当时对于父亲的言动感得"不漂亮","暗笑他的迂"。这样的直写,效果非常之大，"不漂亮"和"迂"，正是父亲时时处处当心着作者的表现。末了只加上"唉，我现在想想，那时真是太聪明了！"一句，便把无限的感激之情抒写了出来。在买橘子的一节里，作者把父亲怎样穿过铁道、跳下去、爬上去、以及买了橘子艰苦地爬回来的一切动作细致地叙述着，这又是多么拙钝的举措，然而这里边蕴蓄着深厚的爱，就化而为神圣的、伟大的了。在作者自己一方面，却只叙述了两次的流泪，更没别的话。临到这样的场面，又有什么话可说呢？不特当时无话可说，作者每一次回忆起这一个场面时，将永远无话可说。所以，不说什么，单叙两次的流泪，正是直写感情的切当手法。

在实际生活上，需要作抒怀文字的时机很多，试从"决定取舍"和"直抒感情"这两点着手，看写下来的成绩如何。

《先妣事略》是一篇模范的抒怀文字。作者列叙母亲的琐事，显出她的完美的人格，从而抒写他的爱慕的情怀。叙事简而淡，用绘画来比方，可说是简笔的白描。"鼻以上画有光，鼻以下画大姊"，看来似是寻常语，然而与"然犹以为母寝也"同样是用叙述表达哀情，仔细玩味，必能辨知其胜处。试想死者在床，孩子却认为寻常就寝，同时孩子被牵引着作为写照的"模特儿"，此情此境，其何能堪！

叙述治木棉，缉纑，使婢子作炭团，这些都是具体的事实。具体的事实列举难尽，故又用"室靡弃物，家无闲人"两语，包括家政的井然有条。作叙述文，这样的方法应知利用。

"世乃有无母之人"，若从理性方面想，直是可笑的话。但作者竟把它写下来，仿佛说世间不应当有无母之人；我们读了，非特不觉得它可笑，还要说这是从心的深处喷吐出来的"至性语"。可见抒怀文字的心理的来源自异，不能与诉诸理性的解说文、议论文相提并论的。六朝时有一首恋歌道：

打杀长鸣鸡，弹去乌臼鸟，

愿得连冥不复曙，一年都一晓。

可说是痴绝的话，然而正是深情的诗。随便附记于此，供读者分解。

练习　作一篇抒怀的文字，题自定。

文　选

二三、归园田居

陶　潜

少无适俗韵❶,性本爱丘山。误落尘网❷中,一去三十年。羁鸟恋旧林❸,池鱼思故渊❹。开荒南野际❺,守拙❻归园田。方宅十余亩,草屋八九间。榆柳荫❼后檐,桃李罗❽堂前。暖暖❾远人村,依依墟里烟❿。狗吠深巷中,鸡鸣桑树颠。户庭无尘杂,虚室⓫有余闲。久在樊笼⓬里,复得返自然。

野外罕人事⓭,穷巷寡轮鞅⓮。白日掩荆扉⓯,虚室绝尘想⓰。时复墟曲中,披草共来往。相见无杂言,但道桑麻长。桑麻日已长,我土日已广。常恐霜霰⓱至,零落同草莽。

---

❶ 〔适俗韵〕韵,丰度,犹言"态度"。适俗韵,适合于世俗的态度。
❷ 〔尘网〕尘,尘俗;仙佛之称人世,隐士之称宦途,都叫做"尘"。"尘网"就是世俗的束缚。
❸ 〔羁鸟恋旧林〕羁旅在别处的鸟,依依不舍于旧时栖息的树林。
❹ 〔池鱼思故渊〕住池塘里的鱼,常常想回到旧时的渊里去。
❺ 〔开荒南野际〕在南面平野的地方开荒。
❻ 〔守拙〕守拙的对面就是取巧。凡不愿投机取巧,和世俗竞争的,就叫做"守拙"。
❼ 〔荫〕遮蔽。
❽ 〔罗〕罗列。
❾ 〔暖暖〕昏昧貌。这里是形容远望人家的村落不很分明的样子。
❿ 〔依依墟里烟〕墟里,就是村落。依依,是形容远望人家村落里的炊烟。一缕一缕从烟突中喷出来的神气。
⓫ 〔虚室〕没有多大陈设的屋子。
⓬ 〔樊笼〕畜鸟的笼。
⓭ 〔罕人事〕少有和人家往来应酬等事情。
⓮ 〔穷巷寡轮鞅〕穷巷,深僻的巷。寡,少。鞅,系在马颈上的革,所以负轭者;读为丨尢。
⓯ 〔白日掩荆扉〕白日,犹"白天"。掩,关闭。荆扉,犹言"柴门";以柴为门,极言其朴陋。
⓰ 〔尘想〕世俗的念头,如功名、利欲等。
⓱ 〔霰〕雪珠;读为ㄙㄧㄢ。

种豆南山❶下，草盛豆苗稀。晨兴理荒秽❷，带月荷锄归❸。道狭草木长，夕露沾我衣。衣沾不足惜，但使愿无违❹。

久去山泽游，浪莽❺林野娱。试携子侄辈，披榛步荒墟❻。徘徊❼丘垄❽间，依依❾昔人居。井灶有遗处，桑竹残朽株。借问❿采薪者⓫，"此人皆焉如⓬"？薪者向我言，"死没无复余"。"一世异朝市⓭"，此语真不虚。人生似幻化，终当归空无。

怅怅独策还⓮，崎岖历榛曲⓯。山涧⓰清且浅，遇以濯我足。漉我新熟酒，只鸡招近局⓱。日入室中暗，荆薪代明烛。懽⓲来苦夕短，已复至天旭⓳。

陶潜，一名渊明，字元亮，晋浔阳人。他曾做彭泽令，有一天，郡守派属官到县考察，照例县官要整衣束带，恭恭敬敬去接见。他就大不高兴，叹道："我怎能为五斗米的俸禄，弯着腰去见那乡里小儿。"即日便丢官回转家乡。从此他便在家里饮酒赋诗，啸傲自在。刘宋元嘉中（当公元四二七年）病死。后人称他为

---

❶ ［南山］据《太平寰宇记》，南山即柴桑山。在今九江县西南九十里。

❷ ［晨兴理荒秽］早上起来清理田里的杂草。

❸ ［带月荷锄归］一直到月亮上了，才荷着锄带着月光回家。

❹ ［但使愿无违］但教不违背我一向的志愿。

❺ ［浪莽］广大貌。

❻ ［荒墟］荒芜没人居的旧村落。

❼ ［徘徊］往复流连。

❽ ［丘垄］坟墓。

❾ ［依依］恋恋不舍的样子。

❿ ［借问］找人去问，叫做"借问"。例如唐杜牧诗："借问酒家何处有。"

⓫ ［采薪者］刘柴的，即樵夫。

⓬ ［此人皆焉如］此地人都到那里去了。

⓭ ［一世异朝市］这是一句成语，意思是说，一代一代的朝市不同。

⓮ ［怅怅独策还］很无聊的一个人骑了马回来。

⓯ ［崎岖历榛曲］经过了许多高低不平荒芜曲折的路。

⓰ ［涧］山夹水叫做"涧"。

⓱ ［漉我新熟酒只鸡招近局］把我的新熟的酒漉清了，又宰了一只鸡，招呼邻近的人来吃。局，一本作"属"。

⓲ ［懽］同"欢"。

⓳ ［天旭］天亮。

靖节先生。他的作品，冲穆淡远，而妙造自然，没有一点做作，是中国最有名的自然派诗人。今存有《陶渊明集》。

二四、赤壁怀古〔念奴娇〕

苏　轼

大江东去❶，浪淘尽千古风流人物❷。故垒❸西边，人道是三国周郎赤壁❹。乱石穿空，惊涛拍岸；卷起千堆雪❺。江山如画，一时多少豪杰。

遥想公瑾❻当年：小乔初嫁了❼，雄姿英发❽。羽扇纶巾❾，谈笑间樯橹灰飞烟灭❿。故国神游⓫，多情应笑我早生华发⓬。人生如梦，一尊还酹江月⓭。

赤壁，已见前《赤壁之战》注。

---

❶　［大江东去］大江，就是长江。东去，水向东面流去。

❷　［浪淘尽千古风流人物］长江的浪，把古来的风流人物都淘汰光了。风流，是倜傥不群的意思。

❸　［故垒］旧时的营墙。

❹　［三国周郎赤壁］东汉亡后，魏蜀吴三国分立，号为三国。时代在公元二二〇年至二八〇年之间。但赤壁之战，则在公元二〇八年，还没有入于三国时代。周郎就是周瑜，当时因为他年纪轻，所以吴中人称他为周郎。详见前《赤壁之战》。

❺　［卷起千堆雪］这一句是形容那长江的浪花。

❻　［公瑾］周瑜的字。

❼　［小乔］周瑜从孙策攻皖，得太尉（官名）乔玄的两个女儿，都很美貌，孙策就纳了那大的，周瑜纳了那小的，大的就叫做大乔，小的叫做小乔。

❽　［雄姿英发］说周瑜当时的英雄气概非常发皇。

❾　［羽扇纶巾］纶，读如关（ㄍㄨㄢ）。羽扇，用鸟羽制的扇。纶巾，丝绶做的巾。三国时诸葛亮尝服纶巾，执羽扇，以指挥军事。所以后人用羽扇纶巾来形容儒将风流。

❿　［谈笑间樯橹灰飞烟灭］樯，桅杆。这是说周瑜用火攻曹操军事，详见前《赤壁之战》。

⓫　［故国神游］形不动而神至其处，叫做"神游"。这是说现在游赤壁，仿佛是在游周郎和曹操当时的赤壁一样。

⓬　［华发］发中白。

⓭　［一尊还酹江月］把一杯酒倒在江里，请那映在江心里的月亮喝。尊与"樽"同。

《念奴娇》，词牌名。从前有人填了一首词，题目叫做《念奴娇》，后人就依着他的格调去填，就把这"念奴娇"三字当作词牌了。

苏轼字子瞻，宋眉州人。嘉祐进士。曾入史馆，因和王安石议论不合，贬为黄州刺史。筑室东坡，自号东坡居士。后召还，官至翰林学士、兵部尚书。他工于做文章，诗、词、书、画均有名。所著有《东坡全集》。

文　法

七、动词的自与他及其完全与不完全

1. 自动词与他动词　动词原是表事物的动作的。事物的动作，有自动与他动之分，因之动词在性质上亦有自动词与他动词之分。这在本讲义第一节《词性的辨认》中亦说过的了。

自动词与他动词的区别，在于目的格有无。他动词须带目的格，自动词不须带目的格。例如：

　　鸟飞　（飞字为自动词，不须目的格）

　　猫捕鼠（捕字为他动词，鼠字就是目的格）

因为飞只是飞，而捕却非有所捕的目的物不可的缘故。

但要注意，所谓自动词与他动词，只是大概的区别，一个动词，因了用法，可以为自动词也可以为他动词的。试看下例：

　　风吹雨打　　（吹自动词）

　　客有吹洞箫者（吹他动词）

　　彗星现　　　　　　（现自动词）

　　东坡现右足鲁直现左足（现他动词）

自动词不带目的格，但文中常有名词紧接于自动词之下，如目的格者，例如"居"为自动词，不必带目的格，而《核舟记》云：

　　佛印居右鲁直居左。

居字下紧接左右二名词。看去好像目的格，其实不然。这左右二字

原是"于右""于左"之略,"于右""于左"为副词短语,略去介词"于"字,结果就剩了名词了。这样的例,文言文中很多,如:

> 狗吠(于)深巷中,鸡鸣(于)桑树颠(《归园田居》)
>
> 尝刻一佛像,自隐(于)帐中听人臧否(《雕刻》)
>
> 其两膝相比者,各隐(于)卷底衣褶中(《核舟记》)

2.完全动词与不完全动词　动词的完全与不完全,因其须带补足语与否而定。须带补足语者为不完全动词。不完全动词有自动与他动两种。

(甲)不完全自动词　自动词在句中作宾辞时,须带补足语然后意就完足者为不完全自动词。不完全自动词的普通的如下:

> 是,非,像,……　　　　(语体)
>
> 为,曰,如,犹,即……　　(文言)

上面的诸字,都是不完全自动词,用作宾辞时,都要带补足语。例如:

> 父亲是一个胖子(《背影》)
>
> 江山如画,人生如梦(《赤壁怀古》)
>
> 我国之以雕刻名者为晋之戴逵(《雕刻》)
>
> 船头着眉目,状如老虎(《乌篷船》)

(乙)不完全他动词　他动词带了目的格作句中的宾辞时,再须带补足语然后意义完足者,叫做不完全他动词。补足语原是置于不完全自动词之后的,故不完全他动词带补足语,常兼带不完全自动词。例如:

> 诸位千万不要说"为什么"这三个字是很容易的小事。(《新生活》)

"说"是他动词,"为什么"这三个字为目的格,可是文义不完全,必须在下面再带"很容易的小事"及"是"字才意义完全。这样的句子,除主辞外其中原有四个成分。如下:

主辞	他动词	目的格	自动词	补足语
我	托	你	做	代表
他	骂	我	是	小人
你	道	这	是	什么
赵高	指	鹿	为	马
我	以	战争	为	儿戏

这四种成分，有略其自动词或目的格的，例如：

甲 { 他叫我（做）老哥（略自动词）
　　 我认你（为）朋友（同上）

乙 { 父亲的兄弟叫（他们）做叔伯（略目的格）
　　 人道（此）是三国周郎赤壁（同上）

如上式的"叫做"与"认为"，其联在一处原是略去了目的格的结果。可是习惯上实际已经独立成为一个动词的样子；普通称为复合动词。这种动词很不少，下面所举的都是常见的：

　　以为　认作　认为　视如　唤作　称为　谓为　道是　托做

八、不完全动词的补足语

不完全动词，不论是自动词或他动词，都须带补足语，已如上述。前次讲名词代名词的位置时曾有补足格一项，所谓补足格者就是把名词代名词来作不完全动词的补足语。其实，不完全动词的补足语，不仅名词代名词可做，还有用形容词来做的，用名词或代名词的时候叫做名词补足语，用形容词的时候叫做形容词补足语。例如：

　　这些日子，家中光景很是惨淡。（《背影》）

惨澹是形容词，这里却置在不完全动词"是"之下作补足语了。以形容词为补足语时，不完全自动词往往省略（不略者反不常见）。例如：

　　荆州与国邻接，江山险固。……士民殷富（《赤壁之战》）

温国公司马子色<u>黄</u>,貌<u>癯</u>,目<u>峻</u>,准<u>直</u>(《宋九贤遗像记》)

记得公瑾当年小乔初嫁了雄姿<u>英发</u>(《念奴娇》)

灯火<u>荧荧</u>……户内<u>洒然</u>(《先妣事略》)

补足语除名词代名词及形容词外,还有用句来做的。例如:

此为"<u>长江之险已与我共之</u>"矣(《赤壁之战》)

家中光景是"<u>一日不如一日</u>"(《背影》)

以句为不完全他动词的补足语时,句的主辞常省略;因为这时主辞是和上面的目的格同一的。例如:

他请我<u>吃饭</u>(主辞就是我)

大家骂卖国贼<u>没有良心</u>(主辞就是卖国贼)

主人请客人<u>坐</u>(主辞就是客人)

练习

1. 下列各文中有相同的动词试区别其完全不完全。

盖简桃核修狭者<u>为</u>之(《核舟记》)

峨冠而多髯者<u>为</u>东坡(同上)

2. 下列各句中有补足语否? 如有,试指出。

又用篆章一,文曰初平山人,其色丹。(《核舟记》)

伊川程子,貌劲实,颧微收,色黄而淡,目有棱角。(《宋九贤遗像记》)

种豆南山下,草盛豆苗稀。(《归园田居》)

文　选

二五、七绝七首

杜　甫

岐王宅里寻常见❶，崔九堂前几度闻❷。正是江南❸好风景，落花时节又逢君。——《江南逢李龟年❹》

江月去人只数尺，风灯照夜欲三更。沙头宿鹭联拳静❺，船尾跳鱼拨剌❻鸣。——《漫成一绝❼》

二月已破三月来❽，渐老逢春能几回！莫思身外无穷事，且尽生前有限杯❾。——《漫兴❿绝句九首》（录三首）

---

❶　[岐王宅里寻常见] 唐睿宗的儿子李范，封岐王。这是说：在岐王的宅子里常常碰到的。

❷　[崔九堂前几度闻] 唐安喜人崔湜的弟弟崔涤，排行第九，故称为崔九。崔涤一向和唐玄宗很亲密，玄宗教他做秘书监；在宫里自由出入，是一个受皇帝宠幸的臣子。这是说：在崔涤的堂前，几次听到过李龟年唱的曲子。

❸　[江南] 长江以南的地方，称为江南。

❹　[李龟年] 唐玄宗的乐工。他很受唐玄宗的宠幸；自从安禄山造反以后，便流落在江南。

❺　[沙头宿鹭联拳静] 水旁之地叫做沙。鹭，水鸟名。一名鹭鸶，羽纯白，亦称白鹭。颈和脚都很长；脚青色；嘴长两三寸；头有白毛颇长；肩背胸部亦生长毛；栖息水边，捕食鱼类。联拳，屈曲貌；形容鹭的静宿。

❻　[拨剌] 鱼跳上水面时的声音。

❼　[漫成一绝] 随意写成的诗，叫做"漫成"。一绝，是绝句一首的省称。

❽　[二月已破三月来] 破是破残的意思。这是说：二月已经快过完，三月就在眼前了。

❾　[杯] 指酒杯。

❿　[《漫兴》] 随意趁着兴子写的诗，叫做"漫兴"。

糁径杨花铺白毡❶,点溪荷叶叠青钱❷。笋根稚子无人见❸,沙上凫雏❹傍母眠。——同上

肠断江村欲尽头❺,杖藜徐步立芳洲❻。颠狂柳絮❼随风去,轻薄桃花逐水流。——同上

巢燕养雏浑去尽❽,江花结子已无多。黄衫❾年少来宜数❿,不见堂前东逝波⓫。——《少年行⓬二首》(录一首)

前年渝州杀刺史,今年开州杀刺史⓭;群盗相随剧虎狼⓮,食人更肯留妻子?——《三绝句》⓯(录一首)

诗有"绝句"一体:四句为一首,或用平韵,或用仄韵。每句五个字的叫做"五绝";每句七个字的叫做"七绝"。

---

❶ [糁径杨花铺白毡]糁音ㄙㄢ,洒布的意思。径是小路。这是说:落下来的杨花,洒布在路旁,像铺了一块白毡。

❷ [点溪荷叶叠青钱]荷叶在溪水上面,像叠着青钱一般。

❸ [笋根稚子无人见]旧注都说稚子就是指着笋。或以为稚当作"雉";雉性本善伏,而雉子更幼小,所以伏在笋根边,也不会被人发现。照字面看来,稚子和下句的"凫雏"相对,似以改作"雉子"为是。

❹ [凫雏]凫,鸟名。状似鸭而小,俗称野鸭。常栖息在湖泽中。鸟之子都叫做雏。

❺ [肠断江村欲尽头]在江村的尽头远望,触景生感,不觉有些凄惶起来,所以说"肠断"。

❻ [杖藜徐步立芳洲]杖,持杖。藜,用藜茎做的杖。生满花草的水边称为芳洲,例如唐崔灏诗:"芳草萋萋鹦鹉洲。"这是说:携着藜杖慢慢地走到水边去立着闲眺。

❼ [柳絮]柳花结实以后,其种子上带有丛毛,随风堕落,飞散如絮,故称柳絮。

❽ [浑去尽]浑,助词。浑去尽,是说完全去光了。

❾ [黄衫]是唐朝时候少年人穿的华服。

❿ [数]读为入声,作频数解。

⓫ [东逝波]水波不断地向东流去;所以拿来譬喻时间的过去之速,并且一去不复回。

⓬ [《少年行》]行,是古乐府体的一种。但这首是七绝,并不是乐府体,因为中有"黄衫年少来宜数"之句,就题为《少年行》。

⓭ [前年渝州杀刺史今年开州杀刺史]渝州,今四川巴县。开州,今四川开县。刺史,是一州的长官。唐朝以州统县,所以唐朝的刺史,和清朝的知府一样,和民国十六年以前的道尹差不多。唐自安禄山造反以后,蜀中到处都是盗匪,常常有攻杀刺史的事情,但因道路阻隔,消息不通,所以盗杀渝开两州刺史事,正史上没有记载。又这首诗押的是仄声韵。开头两句都是平平平平仄仄仄,和寻常七绝的句法不同,可以说是变体。

⓮ [剧虎狼]剧,作"甚"解。剧虎狼,是说甚于虎狼。

⓯ [《三绝句》]题名《三绝句》,就是三首绝句诗;但这里只选一首。

杜甫（712—770）字子美，唐襄阳人，居杜陵。早年家里很贫，奔波吴越齐鲁之间。玄宗时，他献《三大礼赋》，玄宗叫他做右卫率府胄曹，那是一个闲曹小官。肃宗时，他做左拾遗，因事被罢黜；不久就起用他做工部员外郎；所以后人称他为杜拾遗，或杜工部。他是唐朝的大诗人；和李白齐名，人称"李杜"。

二六、词四首

辛弃疾

菩萨蛮❶ 书江西造口❷壁

郁孤台❸下清江水，中间多少行人泪。西北望长安❹，可怜无数山。青山遮不住，毕竟东流去。江晚正愁余，山深闻鹧鸪❺。

南歌子❻ 山中夜坐

世事从头减，秋怀澈底清。夜深犹送枕边声，试问清溪，底事❼未能平？月到愁边白，鸡先远处鸣。是中无有利和名，因甚山前未晓有人行？

生查子❽ 有觅词者为赋❾

去年燕子来，绣户深深处，花径得泥归，都把琴书污。　　今年燕子来，谁听呢喃❿语？不见卷帘人，一阵黄昏雨。

---

❶ 〔《菩萨蛮》〕唐朝有女蛮国入贡，那使者的打扮像菩萨，人家都叫他"菩萨蛮"，当时的优伶就制成《菩萨蛮》一曲；后人依曲填词，便成为词牌名。

❷ 〔造口〕今名皂口镇，在江西万安县西南六十里，有皂口溪水从此流入赣江。宋高宗初年，金人追隆祐太后到造口，就是这个地方。

❸ 〔郁孤台〕在江西赣县西南，即贺兰山，隆阜郁然孤起，故又名郁孤台。赣江经郁孤台北流入万安县。

❹ 〔长安〕"长安"是京都的代替辞，宋室初都汴梁，今河南开封县。

❺ 〔鹧鸪〕鸟名。形似鹑，稍大。其鸣声好像在说"行不得也哥哥"。

❻ 〔《南歌子》〕也是唐人制的曲名，后人依曲填词，有单调变调之分，这首是变调。

❼ 〔底事〕何事。

❽ 〔《生查子》〕也是唐人制的曲名，后人依曲填词，便成为词牌名。

❾ 〔有觅词者为赋〕作诗称"赋诗"，填词亦可称"赋词"。这是说：有人来索我的词，特地替他填一首。

❿ 〔呢喃〕燕语声。

水调歌头❶ 醉 吟

四坐且勿语,听我醉中吟❷。池塘春草未歇,高树变鸣禽❸,鸿雁初飞江上❹,蟋蟀还来床下❺,时序百年心❻。谁要卿料理,山水有清音❼。

欢多少,歌长短,酒浅深,而今已不如昔,后定不如今。闲处直须行乐,良夜更教秉烛❽,高会❾惜分阴。白发短如许,黄菊倩谁簪❿?

辛弃疾(公元1140—1207)字幼安,号稼轩,宋历城人。宋朝南渡以后,他做承务郎,累迁至枢密都承旨,事迹详《宋史》本传。所著有《稼轩长短句》十二卷。词从苏轼开创了新境界,到辛弃疾,这一派才发展到最高的顶峰。他有的是豪壮的热情,高旷的胸怀,加以丰饶多态的人生遭历,所以写出来的词,竟使我们不容易选取一两个形容词来称说他的风格。在文学进展的一点上看,他是苏轼的继承者,但同时是完成苏轼的使命者,所以他的词比苏轼更为美备。

---

❶ [《水调歌头》]唐朝的大曲有歌头,后人截取歌头,另填新词,便造成了这个词牌名。

❷ [四坐且勿语听我醉中吟]这一首词大都运用现成的语句,而加以变化。这两句是仿晋陆机《吴趋行》"四座并清听,听我歌《吴趋》"。

❸ [池塘春草未歇高树变鸣禽]这两句是用刘宋谢灵运《登池上楼》诗,"池塘生春草,园柳变鸣禽"的成句而加以变化。高树变鸣禽,是说各种的鸟,先后飞来到高树上叫。

❹ [鸿雁初飞江上]鸿雁于秋天飞来江南,所以《礼记·月令》说:"季秋之月,鸿雁来宾。"

❺ [蟋蟀还来床下]《诗·豳风·七月》篇说:"十月蟋蟀入我床下。"

❻ [时序百年心]这是用唐杜甫《春日江村》诗中的成句。时序,就是节令,百年,犹言一生;譬如"百年心事有谁知",就是"一生心事有谁知"。这首词从"池塘春草未歇"到"蟋蟀还来床下",是写春夏秋冬四季节令的变换;"时序百年心",是说因节令的变换引起平生的感触。

❼ [谁要卿料理山木有清音]卿,对人的称谓。料理,犹言照料;如《世说新语》说:"汝若为选官,当好料理此人";又如《晋书·王徽之传》记桓冲对徽之说:"卿在府日久,比当相料理。""山水有清音",是引用晋左思《招隐诗》中的成句。这两句的意思,在说明他寄情于山水之间,用不到旁人替他照料世俗间的事情。

❽ [良夜更教秉烛]《古诗》:"昼短苦夜长,何不秉烛游!"秉烛,犹言"持烛"。

❾ [高会]盛会。

❿ [黄菊倩谁簪]请人家代做事情叫"倩"。簪,插戴。当时风俗,每于阴历的九月九日,头上插了菊花去登高,见《乾淳岁时记》。

文　话

一二、诗和词

最近我们读了一些诗和词，这一次谈话就把"诗和词"作题目。

"什么是'诗'呢？"想来有许多人要这样问。这个问题不是一句简括的话能够回答的；有许多人给诗立下定义，说诗是什么东西，或者说怎样的东西叫做诗，但是他们都不免有着漏洞。现在我们不想给诗立下定义，只简略地描摹出"诗"和"文"不同的情形。领悟了这个不同的情形，自己再去潜心体会，那就会一次比一次了解诗这样东西了。

"诗"和"文"不同之点，最显著的在各语字数的均等与否，诗是均等的，文是不均等的（诗中有些歌、行等，以及近时流行的新体诗的一部分，各语字数并不均等，文中有些骈文，各语字数绝对均等，但一般地看，总是诗均等而文不均等）。如《归园田居》各首每语都是五字，《七绝七首》每语都是七字。此外有每语四字的，《诗经》里大部分都是。又有三字、六字的。不过五字、七字的最为通常。

其次，诗的特殊之点是"押韵"（只有近时流行的新体诗的一部分是不押韵的）。押韵通常在偶数语的末一字，如《归园田居》的第一首，押韵的是"山""年""渊""田""间""前""烟""颠""闲""然"，都是偶数语的末一字。《江南逢李龟年》的"闻"和"君"，《漫成一绝》的"更"和"鸣"，也是偶数语的末一字。《漫兴》第一首除了偶数语末一字"回""杯"之外，还有第一语末一字"来"也押韵，这处所是可押可不押的，第二、第四语末一字却非押不可。

什么叫做"韵"呢？现在说起来是很容易明白的。许多的字，凡韵母相同的称为同韵字。如山（ㄕㄢ）、年（ㄋㄧㄢ）、渊（ㄩㄢ）、田（ㄊㄧㄢ）、间（ㄐㄧㄢ）、前（ㄑㄧㄢ）、烟（ㄧㄢ）、颠（ㄉㄧㄢ）、闲（ㄒㄧㄢ）、然（ㄖㄢ）十个字，它们的韵母都是ㄢ，所以它们是同韵字。又如鞅（ㄧㄤ）、想（ㄒㄧㄤ）、往

（ㄨㄤ）、长（ㄓㄤ）、广（ㄨㄤ）、莽（ㄇㄤ）六个字，它们的韵母都是ㄤ，所以它们是同韵字。依此类推，什么字和什么字同韵，只须口头辨别，便可了然。至此，什么叫做"押韵"也可不言而喻。押韵，不就是说把一些同韵字用在一定的处所（通常是偶数语末）么？

字数均等和押韵极有便利之处。分开来说，在吟咏的人方面便于上口，便于记忆，在听受的人方面便于领会，也便于记忆。试听各处流行的民歌大多数是字数均等的押韵的，小孩也欢喜吟唱字数均等的押韵的歌辞，就可领悟诗所以要字数均等和押韵的道理。不但我国如此，便是外国的诗也有同样的情形。可见这样的要求是出于人类声音、语言之自然的。

为便于上口、便于领会、便于记忆计，字数均等和押韵之外，还有一个要求，便是"音节和谐"这是照顾到每一语的每一字去了，不比押韵只限于语末的一字。一语里的各个字如果声调不同，错综地排列着。那一语便是音节和谐的。试吟咏

> 岐王宅里寻常见，
> 崔九堂前几度闻。
>
> 正是江南好风景，
> 落花时节又逢君。

谁都会感觉它的音节和谐。但是，试验"溪西鸡齐啼"一语，那就感觉它拗强而急促，几乎不能认为上得口的语句。这无非因为这一语五个字声调相同，韵母又相同，音节上绝无错综变化，故而也无所谓和谐。

又，我们说一句话，有自然的顿挫，如说"我这里有一本红封面的书"，依自然的顿挫是"我这里——有——一本——红封面的书"；如果说作"我这——里有一——本红封——面——的书"，那就不合自然的顿挫，别人就听不明白了。诗的每一语里，当然也有顿挫。因为字数有限，所以顿挫有定；假如逸出定则，就失却音节的和谐了。大概五字语的顿挫是"××——××——×"、"××——×——××"，七字语的顿挫是"××——××——×——×"、"××——××——×——××"，试把读过的几首诗的每一语吟咏，就可辨知。任取一语，改易它的顿挫，使

不合于定则，上口时就觉拗强难读。如"少无——适俗——韵"，若改为"少小时——不俗"，"岐王——宅里——寻常——见"，若改为"在——岐王家——常遇见"，还能够吟咏么？所以，"少小时不俗"、"在岐王家常遇见"那样的语句是不能入诗的，依它们的顿挫，音节太不和谐了。

到这里，读者或许要想，凡各语字数均等、押韵、音节和谐的文字，大概总是诗了。其实未必。从前私塾里有一种启蒙课本叫做《神童诗》，开头四句道："天子重英豪，文章教尔曹。万般皆下品，惟有读书高。"以上面的几个条件论，可说无一不合。但是这不能算诗，只是一种宣传用的歌诀。又如"四角号码"的《笔画歌》，"一横二垂三点捺，点下带横变零头；又四插五方块六，七角八八小是九。"也颇合于条件。但是这也不能算诗，只是一种传习用的歌诀。歌诀须便于上口、便于领会、便于记忆，故与诗同其形式。我们要记着有许多的文字是与诗同其形式的，然而它们并不是诗。

那末，诗的所以为诗当然还有别的要点了。

试看《归园田居》的第一首。开头四语说自己不谐于尘俗；五、六两语说鸟和鱼尚恋故居，言外的意思是人尤其切盼归居园田；七至十二六语说决意归去和园田的布置；十三至十六四语说园田的景物；末四语说田园生括的闲适之趣：这些语句是集中于一点的，换句话说，这些语句是由一个灵魂统摄着的，那就是作者的畅然自适的情怀。语句譬如颜料，画家用颜料描写出胸中的感兴，诗人用语句发抒出蕴蓄的情怀。虽说发抒，但说出来的又往往不及不说出来的那样多，说了一部分，留着其他的部分叫人去想。就如"暧暧远人村，依依墟里烟"两语，只十个字罢了，试凝神细想，便觉气象万千；田野的平远，村舍的丛集，林木的蓊翳，人物的出没，这些不是都会想起来的么？作者身处这境界之中，对境生情，胸中将如何畅然自适，不是也会想起来的么？再试看《江南逢李龟年》。一、二两语说从前的会遇；三、四两语说现在相逢的时与地：这些语句被作者的欣喜而又惆怅的情怀统摄着。其中不说出来而想得出来的意思也不少；地点是风景佳胜的江南，时令是春光老去的落花时节，对手是盛时常得会遇而现在流落江南的歌人，感今怀昔，欣喜与惆怅杂糅，执手殷勤，迥异于寻常的知交,这些不都是言外的意思么?诗和抒怀文相近而并非同一的东西,就在于诗的每一语纯为发抒某种情怀而存在;并且,它常含着不说出来的"言外意",留给人家去想。

现在设一个浅近的例,以说明作诗的动机。某天,某地方有群众的大集会,我去参加。群众的情形怎样,会场的秩序怎样,谁当众演说,说的什么话,群众对谁的话最满意,有怎样的表示,对于这些,我都看得清楚,记得明白:这样的时候,我可以作一篇叙述文,把这些写录下来,给人家看。但是,如果当开会的时候,我听见群众的呼号有海涛涌起的气势,我看见全场的举起的手摇动着有如海涛的鼓荡,我深深感动,觉得自己是"群众之海"里的一滴水,自己与别人是分不开来的一个整体了:这样的时候,我就想作诗,我要把这时候的情怀发抒出来,我要把它吟咏。我也许不记会场的景物和演说辞的内容,而单把海涛的动荡与呼啸做材料。这样的作法是绝对容许的;因为诗是"每一语纯为发抒某种情怀而存在的",又是"常含着不说出来的'言外意'的"一种文字。

我们再讲"词"。"什么是'词'呢?"回答这问题只须简单的一句话,"'词'就是'诗'。"从前人曾有许多分辨"词"和"诗"的话,但都是很难捉摸的、近于玄妙的,我们可以不讲。二者间显著的分别只是体裁的不同。诗通常是各语字数均等的,如前面所说;词却大多数是不均等的。每一词调的最初原来编有曲谱,可以歌唱。后人填词,不依曲谱,只依旧词的字数和各字的声调,旧词各语字数不均等,新词也就照样地不均等;词又称"长短句",就是为此。除了这一点,押韵,音节和谐,词都和诗相同。

现在举一例,以明词和诗只是体裁上有所不同。唐杜牧的《清明》道:

> 清明时节雨纷纷,
> 路上行人欲断魂。
> 借问酒家何处有?
> 牧童遥指杏花村。

这里各句字数均等,我们说这是诗。但是有人更改它的句读,成为

清明时节雨，

纷纷路上行人

——欲断魂！

借问酒家何处？

有牧童遥指杏花村。

这不就是词了么？（这里是说它腔调像词，并不是说它合于某一词调。）

辛弃疾《书江西造口壁》一词，读者或许觉得他的意义难以捉摸，现在简略地讲述一下。这首词作于造口。宋朝南渡初，金人追隆祐太后的御舟，到江西造口，不及而还；这在注释里已经讲过。岂但隆祐太后而已，为避金人的侵略，人民仓皇南渡经过这里的，自也不在少数。作者想到避难者颠沛流离的情形，"家国之感"便一发而不可遏止，这就是写作这首词的动机。他说，江水里头大概有许多眼泪，是颠沛流离的"行人"掉下来的吧。行人来到这里，为困顿而掉泪，也为伤感而掉泪，也许一江的水全是眼泪吧。在这里向西北眺望长安（这"长安"是京都的代替辞，宋朝南渡以前的京都是汴梁，就是现在河南开封县），可怜只看见云山重叠；虽然明知道无数的山以外有长安在那里，但是望都望不见，莫说回到那里去了。行人这样想时，恐怕更要流泪不止吧。青山遮不住江水，江水毕竟东流而去；犹如造口江岸留不住行客，行客毕竟南向奔窜，各自去寻避难之所。此情此景，已够怅惘，又正是傍晚时候，暮色渐合，更动愁怀，而山深处又传来鹧鸪的鸣声，寂寞凄凉，谁还受得住呢！——这词里没有"呜呼""噫嘻"等字眼，也没有"国难临头""民族危机"等语句；但当时仓皇南渡的"行人"看到了，一定被引起甚深的同感，不自禁地说："的确有这样的感触，被作者完全表现出来了；"就是时代不同的我们，只要知道当时的史实，看到这词也会起"心的共鸣"。诗词具有感染性，其感染以详知作者当时的环境与心情而加强，于此可见。

练习　读了辛弃疾词四首，把自己的感想写下来。

文　选

二七、致胡适书（关于《我的儿子》）

汪长禄

　　昨天上午我同太虚和尚❶访问先生，谈起许多佛教历史和宗派❷的话，耽阁了一点多钟的工夫，几乎超过先生平日见客时间的规则五倍以上，实在抱歉的很。后来我和太虚匆匆出门，各自分途去了。晚边回寓，我在桌子上偶然翻到最近《每周评论》的文艺那一栏，上面题目是"我的儿子"四个字，下面署了一个"适"字，大约是先生做的。这种议论我从前在《新潮》、《新青年》各报上面已经领教多次，不过昨日因为见了先生，加上"叔度汪汪❸"的印象，应该格外注意一番。我就不免有些意见，提起笔来写成一封白话信，送给先生，还求指教指教。

　　大作说："树本无心结子，我也无恩于你。"这和孔融❹所说的"父之于子当有何亲……""子之于母亦复奚为……"差不多同一样的口气。我且不去管他。下文说的"但是你既来了，我不能不养你教你，那是我对人道的义务，并不是待你的恩谊。"这就是做父母一方面的说法。换一方面说，做儿子的也可模仿同样口气说道："但是我既来了，你不能不养我教我，那是你对人道的义务，并不是待我的恩谊。"那么两方面凑泊起来，简直是亲子的关系，一方面变成了跛形的义务者，他一方面变成了跛形的权利者，实在未免太不平等了。平心而论，旧时代的见解，好端端生在社

---

　　❶　［太虚和尚］现在有名的佛教徒。俗姓吕，浙江崇德人。

　　❷　［宗派］宗教的派别。譬如佛教里面有禅宗、律宗、净土宗等等派别。

　　❸　［叔度汪汪］后汉慎阳人黄宪，字叔度。郭泰尝说："叔度汪汪若千顷波，澄之不清，淆之不浊。"

　　❹　［孔融］字文举，后汉人。他是孔子的后裔。献帝时做北海相，后被曹操所杀。孔融尝说："父之于子，当有何亲，论其本意，实为情欲〈发〉耳。子之于母，亦复奚为，譬如寄物瓶中，出则离矣。"曹操杀他时，把这几句话也列在罪状中。

会一个人，前途何等遥远，责任何等重大，为父母的单希望他做他俩的儿子，固然不对。但是照先生的主张，竟把一般做儿子的抬举起来，看做一个"白吃不回帐"的主顾，那又未免太"矫枉过正❶"吧。

现在我且丢却亲子的关系不谈，先设一个譬喻来说。假如有位朋友留我在他家里住上若干年，并且供给我的衣食，后来又帮助我的学费，一直到我能够独立生活，他才放手。虽然这位朋友发了一个大愿，立心做个大施主，并不希望我些须报答，难道我自问良心能够就是这么拱拱手同他离开便算了吗？我以为亲子的关系，无论怎样改革，总比朋友较深一层。就是同朋友一样平等看待，果然有个鲍叔❷再世，把我看做管仲❸一般，也不能够说"不是待我的恩谊"吧。

大作结尾说道："我要你做一个堂堂的人，不要你做我的孝顺儿子。"这话我倒并不十分反对。但是我以为应该加上一个字，可以这么说："我要你做一个堂堂的人，不单要你做我的孝顺儿子。"为什么要加上这一个字呢？因为儿子孝顺父母，也是做人的一种信条，和那"悌弟❹""信友""爱群"等等是同样重要的。旧时代学说把一切善行都归纳在"孝"字里面，诚然流弊百出。但一定要把"孝"字"驱逐出境"，划在做人事业范围以外，好像人做了孝子，便不能够做一个堂堂的人。换一句话，就是人若要做一个堂堂的人，便非打定主意做一个不孝之子不可。总而言之，先生把"孝"字看得与人的信条立在相反的地位。我以为"孝"字虽然没有"万能"的本领，但总还够得上和那做人的信条凑在一起，何必如此"雷厉风行❺"，硬要把他"驱逐出境"呢？

---

　　❶　[矫枉过正] 枉，邪曲。邪曲的东西想方法使他正直，叫做"矫枉"。但矫枉过了正直的度数，便又邪曲了。所以不得其中的，便称为"矫枉过正"。

　　❷　[鲍叔] 春秋齐大夫鲍叔牙；亦简称鲍叔。他和管仲很要好，把管仲荐给桓公。管仲尝说："生我者父母，知我者鲍子。"

　　❸　[管仲] 字仲父，春秋齐桓公的贤相。

　　❹　[悌弟] 兄弟间互相敬爱。

　　❺　[雷厉风行] 雷厉，疾猛的意思。凡作事猛进不已，就叫做"雷厉风行"。

　　前月我在一个地方谈起北京的新思潮❶，便联想到先生个人身上。有一位是先生的贵同乡，当时插嘴说道："现在一般人都把胡适之看做洪水猛兽一样，其实适之这个人旧道德并不坏。"说罢，并且引起事实为证。我自然是很相信的。照这位贵同乡的说话推测起来，先生平日对于父母当然不肯做那"孝"字反面的行为，是决无疑义了。我怕的是一般根底浅薄的青年，动辄抄袭名人一两句话，敢于扯起幌子❷，便"肆无忌惮❸"起来。打个比方，有人昨天看见《每周评论》上先生的大作，也便可以说道："胡先生教我做一个堂堂的人，万不可做父母的孝顺儿子。"久而久之，社会上布满了这种议论，那么任凭父母老病冻饿以至于死，却可以不去管他了。我也知道先生的本意无非看见旧式家庭过于"束缚驰骤❹"，急急地要替他调换空气，不知不觉言之太过，那也难怪。从前朱晦庵❺说得好，"教学者如扶醉人"，现在的中国人真算是大多数醉倒了。先生可怜他们，当下告奋勇，使一股大劲，把他从东边扶起。我怕是用力太猛，保不住又要跌向西边去。那不是和没有扶起一样吗？万一不幸，连性命都要送掉，那又向谁叫冤呢？

　　我很盼望先生有空闲的时候，再把那"我的父母"四个字做个题目，细细的想一番。把做儿子的对于父母应该怎样报答的话，（我以为一方面做父母的儿子，同时在他方面仍不妨做社会上一个人。）也得咏叹几

----

　　❶　［北京的新思潮］北京，今称北平。自五四运动以后，青年对于中国旧有的文化，根本怀疑起来，主张创造新文化来代替旧文化。这种反对旧文化创造新文化的思想和行动，成为不可遏制的潮流，就叫做新思潮。当时因为北京是首都，有国立的北京大学，所以努力于新文化运动的智识分子，都聚集在北京；出版物如《新青年》、《新潮》、《每周评论》，或在北京编辑，或在北京出版，北京就成为新思潮的发源地。

　　❷　［扯起幌子］幌子，就是酒店的招子。北方人把事物专饰外观的，叫做"扯幌子"或称"装幌子"。

　　❸　［肆无忌惮］放肆无顾忌。

　　❹　［束缚驰骤］束缚他不许奔放，含有束缚他活动的天性的意思。

　　❺　［朱晦庵］就是宋朝的朱熹，见《宋九贤遗像记》注。

句❶，"恰如分际❷"，"彼此兼顾"，那才免得发生许多流弊。

　　民国八年，胡适做了一首诗，题为《我的儿子》，在北京的《每周评论》上发表。那首诗是：——

　　　　我实在不要儿子，儿子自己来了。"无后主义"的招牌，于今挂不起来了。

　　　　譬如树上开花，花落偶然结果。那果便是你，那树便是我。树本无心结子，我也无恩于你。

　　　　但是你既来了，我不能不养你教你，那是我对人道的义务，并不是待你的恩谊。

　　　　将来你长大时，莫忘了我怎样教训儿子：我要你做一个堂堂的人，不要你做我的孝顺的儿子。

他的朋友汪长禄见了，很不以为然，就写了一封信和他辩论。胡适也有一封回信。这两封辩论的信，后来都收入《胡适文存》（第一集）中。

二八、答汪长禄书（关于《我的儿子》）

胡　适

　　前天同太虚和尚谈论，我得益不少。别后又承先生给我这封很诚恳的信，感谢之至。

　　"父母于子无恩"的话，从王充❸孔融以来，也很久了。从前有人说我曾提倡这话，我实在不能承认。直到今年我自己生了一个儿子，我才

---

　　❶　［咏叹几句］就是说，写几句诗。因为《诗序》里有过这样的话："诗者，志之所之（同至）也。在心为志，发言为诗。情动于中而形于言；言之不足故嗟叹之，嗟叹之不足，故永（同咏）歌之；永歌之不足，不知手之舞之、足之蹈之也。"

　　❷　［恰如分际］在一定的范围里发表他最适当的意见，既不过分，亦无不及，便是这里所说的"恰如分际"。

　　❸　［王充］字仲任，后汉上虞人。所著有《论衡》三十卷。《论衡》的《物势篇》里有这样的话："夫天地合气，人偶自生也，犹夫妇合气，子则自生也。夫妻合气，非当时欲得生子，情欲（今作慾）动而合，合而生子矣。"

想到这个问题上去。我想这个孩子自己并不曾自由主张要生在我家，我们做父母的不曾得他的同意，就糊里糊涂的给了他一条生命。况且我们也并不曾有意送给他这条生命。我们既无意，如何能居功？如何能自以为有恩于他？他既无意求生，我们生了他，我们对他只有抱歉，更不能"市恩❶"了。我们糊里糊涂的替社会上添了一个人，这个人将来一生的苦乐祸福，这个人将来在社会上的功罪，我们应该负一部分的责任。说得偏激一点，我们生一个儿子，就好比替他种下了祸根，又替社会种下了祸根。他也许养成坏习惯，做一个短命浪子；他也许更堕落下去，做一个军阀派的走狗。所以我们"教他养他"，只是我们自己减轻罪过的法子，只是我们种下祸根之后自己补过弥缝的法子。这可以说是恩典吗？

我所说的，是从做父母的一方面设想的，是从我个人对于我自己的儿子设想的，所以我的题目是"我的儿子"。我的意思是要我这个儿子晓得我对他只有抱歉，决不居功，决不市恩。至于我的儿子将来怎样待我，那是他自己的事。我决不期望他报答我的恩，因为我已宣言无恩于他。

先生说我把一般做儿子的抬举起来，看做一个"白吃不还帐"的主顾。这是先生误会我的地方。我的意思却同这个相反。我想把一般的做父母的抬高起来，叫他们不要把自己看做一种"放高利债"的债主。

先生又怪我把"孝"字驱逐出境。我要问先生，现在"孝子"两个字究竟还有什么意义？现在的人死了父母都称"孝子"，孝子就是居父母丧的儿子，（古书称为"主人"，）无论怎样忤逆不孝的人，一穿上麻衣，带上高梁冠❷，拿着哭丧棒，人家就称他做"孝子"。

我的意思以为古人把一切做人的道理都包在孝字里，故战阵无勇，莅官不敬等等都是不孝❸。这种学说，先生也承认他流弊百出。所以我要我的儿子做一个堂堂的人，不要他做我的孝顺儿子。我的意想，以为"一个堂堂的人"决不至于做打爹骂娘的事，决不至于对他的父母毫无感情。

---

❶ ［市恩］见好与人，犹俗语说的"讨好"。

❷ ［高梁冠］帽子上的横脊叫做梁。高梁冠，丧帽。

❸ ［战阵无勇莅官不敬等等都是不孝］《礼记·祭义》篇曾子说："居处不庄，非孝也；事君不忠，非孝也；莅官不敬，非孝也；朋友不信，非孝也；战阵无勇，非孝也。"涖与莅同字。阵字古但作陈。

但是我不赞成把"儿子孝顺父母"列为一种"信条"。易卜生的《群鬼》❶里有一段话很可研究：(《新潮》第五号页八五一)

(孟代牧师)你忘了没有，一个孩子应该爱敬他的父母？

(阿尔文夫人)我们不要讲得这样宽泛，应该说："欧士华应该爱敬阿尔文先生(欧士华之父)吗？"

这是说，"一个孩子应该爱敬他的父母"是耶教一种信条❷，但是有时未必适用。即如阿尔文一生纵淫，死于花柳毒，还把遗毒传给他的儿子欧士华，后来欧士华毒发而死。请问欧士华应该孝顺阿尔文吗？若照中国古代的伦理观念❸自然不成问题。但是在今日可不能不成为问题了。假如我染着花柳毒，生下儿子又聋又瞎，终身残废，他应该爱敬我吗？又假如我把我的儿子应得的遗产都拿去赌输了，使他衣食不能完全，教育不能得着，他应该爱敬我吗？又假如我卖国卖主义，做了一国一世的大罪人，他应该爱敬我吗？

至于先生说的，恐怕有人扯起幌子，说，"胡先生教我做一个堂堂的人，万不可做父母的孝顺儿子。"这是他自己错了。我的诗是发表我生平第一次做老子的感想，我并不曾教训人家的儿子！

总之，我只说了我自己承认对儿子无恩，至于儿子将来对我作何感想，那是他自己的事，我不管了。

---

❶ ［易卜生的群鬼］Ibsen Henrik(1828—1906)挪威有名的戏剧作家。《群鬼》是易卜生作的剧本，原名为 Ghosts。全剧分三幕。叙述一个寡妇叫做阿尔文夫人的，住在挪威的一个乡村里，她的丈夫阿尔文，十年以前已经去世了。阿尔文在世时，非常放荡。有过一次，她为阿尔文行为荒唐，背着他逃到她曾经恋慕过的孟代牧师那里。孟代牧师教训她一顿，劝她回去。从此以后，她尽做妻子的职务，服从她丈夫的命令。后来她生下一个儿子，名叫欧士华。她恐怕儿子在家里学了父亲的坏榜样，所以到了七岁，便把他送到巴黎去。她丈夫死后，她特地捐了许多钱，造一所孤儿院，作她亡夫的纪念。她叫欧士华回来参预孤儿院落成的典礼。谁知欧士华从胎里得了他父亲的梅毒的遗传，变成一种腐脑症，回家没几天，遗传病发作，脑子坏了，竟成为疯子。

❷ ［一个孩子应该爱敬他的父母是耶教的一种信条］基督教亦称耶稣教，简称耶教。耶教的摩西十诫第五戒，就说，"当孝敬父母"。

❸ ［伦理观念］对于人伦道德的观念。

先生又要我做"我的父母"的诗。我对于这个题目,也曾有诗❶,载在《每周评论》第一期和《新潮》第二期里。

文　法

九、主要动词与散动词

每个句子,必有动词。带补足语的句子,原有无动词的,但这只是略去不完全自动词的结果,并非真正无动词,例如:

一丈十尺＝＝＝一丈是十尺(名词补足语)

山高月小＝＝＝山是高的,月是小的(形容词补足语)

在原则上,句子须有动词作骨干才完全。一句之中,往往有许多动词的,例如:

糁径杨花铺白毡,(杜甫《漫兴绝句》)

点溪荷叶叠青钱,(同上)

我的诗是发表我生平第一次做父亲的感想。(胡适《答汪长禄书》)

----

❶ 〔我对于这个题目也曾有诗〕这是指他做的《十二月一日奔丧到家》的那首诗。那首诗后来收在《尝试集》里,现在照录在下面:

往日归来,才望见竹竿尖,才望见吾村,便心头乱跳,遥知前面,老亲望我,含泪相迎。

"来了? 好呀!"——更无别话,说尽心头欢喜悲酸无限情。

偷回首,揩干眼泪,招呼茶饭,款待归人。

今朝,——

依旧竹竿尖,依旧溪桥,——

只少了我的心头狂跳! ——

何消说一世深恩未报!

何消说十年来的家庭梦想,都一一云散烟销! ——

只今日到家时,更何处能寻他那一声"好呀,来了!"

第一第二两句各有两动词，第三例有四动词。但实则每句只有一个动词是主要的，其余都不是真正的动词，叫做散动词。例如第一例"铺"字是主要动词，第二例"叠"字是主要动词，"糁径杨花""点溪荷叶"等于"糁径的杨花""点溪的荷叶"，"糁"与"点"各带了名词作"杨花""荷叶"的形容词了。虽原为动词，但在句中已失去其动词的资格。至于第三例，主要动词只是一个"是"字，"是"字以下全体是句，是"是"字的补足语。"发表""做""感想"，都是散动词。

由此可知，除带补足语的句子有时可略去动词外，普通的句子，必须有一个主要动词。散动词的数目并无限制，至于主要动词只许有一个。在句子的构造上，主要动词与散动词分别不清的时候，对于句子就无从理解。所谓不通的句子，大概都犯主要动词与散动词夹杂不清的毛病的。例如：

　　日人确有备战（此句不可通）

　　日人确有战备（此句通）

　　日人确备战（此句亦通）

第一例"有""备""战"三个动词，地位平等，分不出哪个是主要动词，哪个是散动词，所以不可通。第二例主要动词为"有"，"战备"可解作"战争的准备"是"有"的目的格，便可通了。第三例"备"字是主要动词，"备"什么呢？"备""战"，"战"字是"备"的目的格，所以也可通。

造句子时，须把主要动词认定。不使与散动词含混；解释文章时，须注意于句中动词的位置，辨别出主要动词来。这样，文字就不至不通，读书时就也意义明瞭了。无论任何难解的文章，只要能辨出其主要动词所在，文意就自然明白。例如下面所举的文字，在文字形式上是颇难解的，今为指出每句的主要动词，就也不难读了吧。

　　道隐于小成，言隐于荣华；故有儒墨之是非，以是其所非，而非其所是。（《庄子·齐物论》）

　　故天下皆知求其所不知，而莫知求其所已知者。（《庄子·胠箧》）

　　印度人在会议前所行的那规则森然严肃而又轻快的跳舞，实能导引集团发生会议经过上所必需的认真深沈的情调。（《苏俄十年

间的文学研究》陈雪帆译）

一〇、授动与被动

动词是主辞所发出的动作，例如我们说：

　　人来（自动词）

　　猫捕鼠（他动词）

的时候，"来"是"人"所发出的动作，"捕"是"猫"所发出的动作。这都叫做授动。

动词可用作授动式，还可用作被动式。所谓被动者，乃从受到动作的事物立言。我们对于猫捕鼠一事，可有两种的说法如下：

　　（A）猫捕鼠

　　（B）鼠被猫捕

（A）句就动作主体的猫立言，是授动文，（B）句就受到动作的鼠立言，是被动文。被动式通常只限于他动词，因他动词必带目的格，目的格就是受到动作的事物的缘故。

授动文欲改为被动文，须将原文的目的格提到主格的地位，有两种格式：

　　（甲）用被性助动词于动词之上。被性助动词常用的文言为"被""见"二字，白话为"被""找""给""挨"等字。例如：

　　鼠见杀于猫。
　　学生被责于教师。⎫（文言）

　　李成虎正在田上耕泥被萧山县密警捕去。（《李成虎小传》）

　　他身上的衣服和带去的棉被多被牢卒剥夺了。（同上）

　　可惜机器的力量毕竟单薄，那单薄机器的力量又被所谓富人占了。（《机器促进大同说》）⎫（　白

　　话）

　　同是用被性助动词造被动式的文句，文言与白话的方法不同。文言于动词下带一副词短语以"于"字介授动文的原主格（如上例的"于猫""于教师"），白话文则将被性助动词放在授动文的原主格（即授动文的主格，就上例说，如"萧山县警""牢卒""富人"是。）之前。

　　这类被动文，上面所举的都是完全的例。实际上有时有省略的时候。文言的被动文，有两种省略法，例如：

　　　　劳心者治人，劳力者（被）治于人。（《孟子》）（略被性助动词）

　　　　宋教仁被暗杀。（于袁世凯）（略副词短语）

　　白话文的被动文，有把被性助动词及原主格全行略去者，例如下：

　　　　某家昨夜被抢，强盗如数（被）（警察）捉住。

　　　　文章（被）（我）写好了。

　　　　德国（给）（协约国）打败了。

　　（乙）以"为""所"关联放入句中，成被动文。这种句式，只有文言文用之。白话文很少见。例：

　　　　鼠为猫所捕。

　　　　德国为协约国所败。

　　　　今不速往，恐为操所先。（《赤壁之战》）

　　此种句式，亦有省略法，例如：

　　　　不为酒（所）困。（《论语》）（略所字）

　　　　三民主义（为）吾党所宗。（略为字）

　　被动文以授动文的目的格为主格，照理只有他动词可以构成被动，自动词是不能成被动的。可是，自动词因了某种情形，也有构成被动的可能。自动词原无目的格，但其动作的结果如果有影响于别的事物的时候，对于别的事物，就有被动的意味。例如：

　　　　把这犯人好好看住，别给逃走。（"逃走"是自动词）

　　　　被父亲一死，我就不能升学了。（"死"是自动词）

"犯人的逃走"，在管犯人的官吏，是有利害关系的；"父亲的死"，对于儿子的求学，是有重大影响的：故可以这么说。

练习一　试摘出下文各句的主要动词来：

这个卖汽水的掌柜本来是一个开着煤铺的泥水匠。(《卖汽水的人》)

一个堂堂的人决不至于做打爹骂娘的事。(胡适《答汪长禄书》)

臣闻骐骥盛壮之时，一日而驰千里，至其衰老，驽马先之。(《荆轲传》)

衙前农民协会决议还租"三折"了。(《李成虎小传》)

练习二　将下面的被动文改为授动文，授动文改为被动文。

现在一般人都把胡适之看做洪水猛兽。(《致胡适书》)

^他打折了腿了。(《孔乙己》)

秦将王翦破赵虏赵王。(《荆轲传》)

他身上的衣服和带去的棉被多被牢卒剥夺了。(《李成虎小传》)

文　选

二九、李成虎小传

玄　庐

　　李成虎于一八五四年生在浙江萧山东乡衙前村农家，生时正是太平天国❶洪秀全定都南京❷下令解放奴婢禁止娼妾第二年。他有一个同胞兄弟叫做成蛟，比他小三岁。他底父亲叫做李发，在他幼时就死了。成

---

　　❶　[太平天国]清道光三十年(一八五〇)，洪秀全在广西桂平的金田村起兵，明年(咸丰元年)攻陷永安，建国号为太平天国，自称天王。

　　❷　[洪秀全定都南京]洪秀全，广东花县人。他相信基督教，取基督教的教旨，自创一教，名为"上帝教"，教会叫做"三点会"，广西一带的百姓很相信他。道光二十七年到二十八年，广西大饥荒，土匪蜂起，地主阶级设团练以自卫，就和上帝教中人起了冲突，教徒们亦团结以相抵抗，但官厅一味袒护地主阶级，曾把洪秀全拘禁起来。过了几年，洪秀全就起兵。咸丰三年，攻陷南京，定为国都。

虎同弟成蛟,都是他母亲在兵乱中讨饭养活的。

　　成虎和他底❶弟成蛟同在患难中长大,同理他父亲底农业,后来都娶了亲,一家很亲爱的。成虎三十八岁时,(一八九一)生了一个女儿;四十八岁时,(一九〇一)生了一个男儿,名叫张保;五十四岁时,(一九〇七)又生了一个女儿。他底弟因为没有子女,领了一个别家的男孩子做儿子,成虎就大不高兴他弟弟的行为;后来看到那领来的侄子,也能很勤奋地帮做农作,于是才回复他和成蛟的友爱。

　　成虎一生最悲痛的事,便是从战乱中乳养他的母亲一直和他劳动到死;成虎一生最信仰的人,便是和他表同情的玄庐。玄庐和成虎同村,平时很少会面,一九二一年四月间,成蛟因为有人收去他弟兄俩底菜子不给价,托他田主转托玄庐代讨这笔帐,无如收菜子的,因生意蚀本,亏欠了许多家种菜子的农人底钱,分文也还不出;成蛟既托了玄庐,于是被赊去菜子帐的都来托玄庐,成虎因此,三天两头和玄庐会面,而会面时又正遇着一班都是同村或邻村的农人,大家谈起累年作农苦况来,于是玄庐发起了组织农民协会底动议。不多几日,因为欠菜子帐的实在没钱还,而各家租赁的田上都急得等施肥料要钱,玄庐便拿了一笔钱出来,如数给了他们;给钱时,玄庐对他们说:"这笔钱本来不是我的,还是你们种我底田的还来的租,就是你们农人自己的血汗,现在只好算农人帮助农人,不好算我帮助你们。"一般照帐分钱的都一注注高高兴兴地分了去,独成虎捧着四十块钱伤起心来,两眼注视着钱,眼泪就跟着滴到钱上,哽咽地说了一声"我看得这注钱心痛"。

　　一九二一,一〇,一八,衙前农民协会第一次开大会了;成虎这天很兴奋地一早到街上招呼赴市的农人,说:"今天有三先生(衙前农民,都叫玄庐为三先生)演讲,我是听过他几次的,他底话句句不错,大家都该去听听。"那天玄庐演说的,是农民有组织团体的必要,在听众赞叹声中,成虎却笼着生掌钉疮的左手,目灼灼地一声也不响。有时立起身来,用严重的态度维持听众秩序。

---

❶ 〔底〕用在两个名词中间的介词。

此后，附近几十里农民，渐渐地有点通消息了，接连在山北、塘头等处，开了几次演说会，听众也骤增了，农民协会筹备会底计划也发动了。同年十一月二十四日衙前农民协会居然筹备完成，发布宣言和章程了。李成虎便当选为委员，又被选为议事员。

衙前农民协会既成立，绍兴、萧山各处相应而起的八十多村，纷纷向衙前农民协会索取章程，而衙前所印刷的几千份章程，早就散布完了，无以应别处的需要；每天总有几百人，聚到衙前来索取章程，而且要求见三先生底面。其时章程正在再版，玄庐又在浙议会出席，李成虎连日对他们说："你们要章程，章程已经去印了，我们印好就分送给你们。你们要会见三先生，以为这件事是三先生发起的，其实这件事正是我们自己身上的事，并不是三先生一人底事，你们只要一村村自去团结，团结好了再说话，用不着发哄！"

衙前农民协会决议还租成数"三折"了，于是各处同声相应"还三折"，田主们登时大起恐慌，于是大地主联结起来勾通官吏，小地主四出侦查农民协会底状况。

绍兴庆场农人发生打伤田主的事实了。这就是萧、绍一般地主和文武官吏得到的唯一证据，他们便要照这个证据来宣告农民协会死刑。

十二月十八日，各村农民协会开联合会于衙前东岳庙，李成虎在街上招待各村赴会的代表，刚到了一百三十多人时，驻扎绍兴的陆军旅部专轮开到一连，协同同时开到的警察、警备队，将东岳庙包围；捕去了项家村农民协会代表陈晋生，以及衙前龙泉阁书报社底管理员，又捕去联合会打算除名的单和澜；此外受枪刺击伤的农民三人，搜去各村农民协会委员名册。

从此以后，凡在各村农民协会名册上有名的，都东逃西窜。成虎底儿子对他说："别人进农民协会，依旧得闲做工，独你把身子都送给协会了吗？怎么你整天价连饭都忙到没工夫吃？现在事体败了，你还是避避开罢！"成虎说："你懂什么？这正是我该做的。大不了，头落地就完了，怕什么？"

十二月二十七，李成虎正在田上耙泥，被萧山县密警捕去。他被捕时,有人从田上唤他到家的,他看见来的是要捕他的人,他把锄头一放,鞋袜一穿,团围身一系,毡帽一戴,烟管一提,说:"去便去,有什么!"五尺多高老健的身躯,爽爽荡荡同着差役下船去了。

成虎到县时,县知事庄纶仪问他在农民协会的么。他说:"我是衙前农民协会底议事员,我是主张组织农民协会的,我是还三折租的提议者,怎么?"知事庄纶仪说:"好,好!好一个农民协会议事员,我赏你两副脚镣!来!钉上镣,收监去……哼!本县送你到省,还要你底性命!哼!"李成虎入狱了。

一九二二,一,二四,他底儿子张保,到狱里去探望他,他病了,闭眼不作声,许久,他微微张开眼看他底儿子,说:"其余没有人了么?"他说了这一句话,从此就把农民组织团体的事交与现在世界上一般的农民了!这是同日下午两点钟的事。

成虎死后,县知事庄纶仪要他儿子盖指摹具结领尸,他身上的衣服和带的棉被,多被牢卒剥夺了,他尸身回到衙前,只剩一套空壳破棉袄裤,迎接他的只是嘿然无声雨点似的愤泪,酸泪,血泪。

他生平没有照过相,剑龙❶在尸床上写了一张下来,使世界上留他一个为多数幸福而牺牲者最后的影子。

"其余没有人了么?"他在二月一号上衙前凤凰山长休息去了!

玄庐姓沈,名定一,字剑侯,玄庐是他的号,浙江萧山人。他在清朝曾做过知县,入民国后,被举为浙江省议会议长。民国十三年国民党改组,他就加入了国民党。他是一个大地主,但很表同情于农民运动。他曾在上海办《星期评论》,颇表同情于马克思一派的学说,但后来又反对了。民国十九年,在他的故乡萧山衙前村被人暗杀。

---

❶　[剑龙]玄庐的儿子。

三〇、荆轲传（节选《史记·刺客列传》）

司马迁

荆轲者，卫❶人也，其先乃齐❷人。徙于卫，卫人谓之庆卿；而之❸燕，燕人谓之荆卿。荆卿好读书击剑，以术说卫元君❹，卫元君不用。其后秦❺伐魏❻，置东郡❼，徙卫元君之支属于野王❽。

荆轲尝游过榆次❾，与盖聂论剑，盖聂怒而目之。荆轲出，人或言复召荆卿，盖聂曰："曩者吾与论剑有不称者，吾目之。试往，是宜去，不敢留❿。"使使往之主人⓫，荆卿则已驾而去榆次矣。使者还报；盖聂曰："固去也，吾曩者目摄之。⓬"

荆轲游于邯郸⓭，鲁句践⓮与荆轲博，争道⓯。鲁句践怒而叱之；荆

---

❶ ［卫］国名。周封康叔于卫；最盛时，有今河北濮阳县以西至河南汲县、沁阳县各地。战国末年，卫国土地削小，只剩濮阳一带的地方了。

❷ ［齐］国名。周封太公于齐；战国时为其臣田氏所篡，有今山东益都以西至历城聊城之间，北至河北景沧诸县，东南至海各地。

❸ ［之］作"至"字解。

❹ ［卫元君］卫国第四十一代的国主。那时候卫已贬号称"君"。当时卫国介于秦、魏之间，卫元君是魏国的女婿，他仗着魏国的势力做卫君。

❺ ［秦］国名。周封伯益之后于秦，战国时为强国，有现在陕西省的地方。

❻ ［魏］国名。春秋时晋封毕万于魏，其后列为侯国，有今河南北部山西西南部的地方。

❼ ［东郡］今河北大名县、山东聊城县一带，及山东长清县以西的地方。治濮阳，就是卫国的国都。

❽ ［野王］今河南沁阳县。

❾ ［榆次］今山西榆次县。

❿ ［是宜去不敢留］这是说，荆轲该早走了，决不敢再留在这里。

⓫ ［使使往之主人］派一使者到荆轲的逆旅主人那里去。

⓬ ［固去也吾曩者目摄之］曩者犹言"前者"。摄与"慑"通，威吓的意思。这是说：他不敢不去的，因为吾前次曾怒目威吓他。

⓭ ［邯郸］音ㄏㄢ ㄉㄢ。当时是赵国的国都。故城在今河北邯郸县西南十里，俗称为赵王城。

⓮ ［鲁句践］句，读为"勾"。姓鲁，名勾践。

⓯ ［争道］这是在赌博时大家争先的意思。

轲嘿❶而逃去,遂不复会。

荆轲既至燕,爱燕之狗屠❷及善击筑❸者高渐离。荆轲嗜酒,日与狗屠及高渐离饮于燕市。酒酣以往❹,高渐离击筑,荆轲和而歌于市中,相乐也,已而相泣;旁若无人者。荆轲虽游于酒人乎❺!然其为人,沈深❻好书;其所游诸侯❼,尽与其贤豪长者相结。其之❽燕,燕之处士❾田光先生亦善待之;知其非庸人也。

居顷之❿,会燕太子丹质秦,亡归燕⓫。燕太子丹者,故尝质于赵⓬,而秦王政生于赵⓭,其少时与丹驩⓮。及政立为秦王而丹质于秦。秦王之遇燕太子丹不善,故丹怨而亡归。归而求为报秦王者,国小,力不能。其后秦日出兵山东以伐齐、楚⓯、三晋⓰,稍蚕食⓱诸侯,且至于燕。燕君臣皆恐祸之至。太子丹患之,问其傅⓲鞠武。武对曰:"秦地遍天下,威

---

❶　[嘿]与"默"同。

❷　[狗屠]以杀狗为业者。

❸　[筑]古乐器,今已失传。据《格致镜原》所载,筑的形状象琴,十三弦,项细,肩圆。

❹　[酒酣以往]饮酒微醉以后。

❺　[荆轲虽游于酒人乎]荆轲虽然和那些喝酒的人在一起放荡呵!

❻　[沈深]沈着深刻。沈读为ㄔㄣ。

❼　[诸侯]封建时代的国君,称为诸侯。这里是说所游的侯国。

❽　[之]作"至"字解。

❾　[处士]隐居不仕的人。

❿　[居顷之]住了有一些时候。

⓫　[会太子丹质秦亡归燕]刚刚碰巧叫做"会"。太子丹,燕王喜的儿子。战国时弱国怕强国侵伐,往往派遣太子或贵臣去做质信。逃回来叫做"亡归"。

⓬　[故尝质于赵]从前曾经质在赵国。

⓭　[秦王政生于赵]秦王政就是后来的秦始皇。秦王政的父亲庄襄王子楚,质在赵国,有阳翟地方的大商人吕不韦,把一个已经怀孕的歌女送给他,就生了秦王政。

⓮　[与丹驩]和丹很要好。驩与欢同。

⓯　[楚]国名。周封熊绎于楚。春秋战国时,有今两湖、两江、浙江及河南南部的地方。

⓰　[三晋]春秋时,赵、魏、韩三氏仕晋为卿,其后分晋,各自立国,是为"三晋"。有今山西、河南、及河北西南部的地方。

⓱　[蚕食]拿蚕的食叶来比喻侵蚀他国的土地。

⓲　[傅]即太傅,傅导太子的官。

胁韩、魏、赵氏,北有甘泉谷口❶之固,南有泾渭之沃❷,擅巴汉之饶❸,右陇蜀之山❹,左关殽之险❺,民众而士厉,兵革❻有余。意有所出,则长城之南,易水以北❼,未有所定也。奈何以见陵❽之怨,欲批其逆鳞❾哉!"丹曰:"然则何由?"对曰:"请入图之。❿"

居有间⓫,燕将樊於期得罪于秦王,亡之燕⓬,太子受而舍之⓭。鞠武谏曰:"不可。夫以秦王之暴而积怒于燕,足为寒心⓮。又况闻樊将军之所在乎?是谓委肉当饿虎之蹊⓯也,祸必不振⓰矣。虽有管晏⓱,不能为之谋也。愿太子疾遣樊将军入匈奴以灭口⓲。请西约三晋,南联齐

❶ [甘泉谷口]甘泉,山名。在今陕西淳化县西北。谷口,地名。在陕西泾阳县西北。

❷ [南有泾渭之沃]泾渭,两水名。泾水源出甘肃化平县西南大关山麓,东流至泾川县,入陕西,东南流经长武、邠县、醴泉、泾阳、高陵,入于渭。渭水源出甘肃渭源县西北鸟鼠山,东南流至清水县,入陕西境,北纳泾水,东入黄河。秦都咸阳,在泾渭之北;秦王政元年(公元前二四六),凿泾水为渠,灌溉田野。因此秦国愈富饶;所以这里说"南有泾渭之沃"。

❸ [擅巴汉之饶]据而有之叫做"擅"。今四川巴中及陕西汉中一带,在当时为富饶之区。

❹ [右陇蜀之山]泛指咸阳以西陇蜀一带的山险。

❺ [左关殽之险]指咸阳以东的函谷关及殽山等险要。

❻ [兵革]兵器甲胄。

❼ [长城之南易水以北]易水,源出河北易县西,东流至定兴县西南,合于拒马河。燕国在长城之南,易水之北。

❽ [见陵]犹说"见欺"。就是被人欺侮。

❾ [批其逆鳞]古时传说,龙的喉下有逆鳞,倘人用手批着他的逆鳞,他就会动怒杀人(见《韩非子》)。所以这里用来比喻秦国强暴,不可抵抗。

❿ [请入图之]等我进去慢慢地想法。

⓫ [居有间]过了一些时候。

⓬ [亡之燕]逃到燕国。

⓭ [受而舍之]收容了他,给他馆舍住。

⓮ [足为寒心]这是说:这桩事的前途很危险,想起来连心血都会冷的。

⓯ [委肉当饿虎之蹊]把肉放在饿虎所经过的地方。

⓰ [不振]不可救。振,就是救的意思。

⓱ [管晏]管仲、晏婴,都是春秋时齐国的贤臣。

⓲ [疾遣樊将军入匈奴以灭口]赶快把樊将军遣到匈奴去,以灭去秦国的口实。匈奴,北狄之一种,当时据有内外蒙古。

楚，北购于单于❶，其后迺❷可图也。"太子曰："太傅之计，旷日弥久❸，心惾然恐不能须臾❹。且非独于此也，夫樊将军穷困于天下，归身于丹，丹终不以迫于强秦而弃所哀怜之交，置之匈奴。是固丹命卒之时也，愿太傅更虑之❺。"鞠武曰："夫行危欲求安，造祸而求福，计浅而怨深，连结一人之后交，不顾国家之大害，此所谓资怨而助祸矣。夫以鸿毛燎于炉炭之上，必无事矣。且以雕鸷❻之秦，行怨暴之怒，岂足道哉？燕有田光先生，其为人智深而勇沈❼，可与谋。"太子曰："愿因太傅而得交于田先生可乎？"鞠武曰："敬诺。"

　　出见田先生，道太子愿图国事于先生也。田光曰："敬奉教。"乃造焉❽。太子逢迎❾，却行为导❿，跪而𧝬席⓫。田光坐定，左右无人，太子避席⓬而请曰："燕秦不两立，愿先生留意也。"田光曰："臣闻骐骥⓭盛壮之时，一日而驰千里；至其衰老，驽马⓮先之。今太子闻光盛壮之时，不知臣精已消亡矣。虽然，光不敢以图国事，所善荆卿可使也。"太子曰："愿因先生得结交于荆卿可乎？"田光曰："敬诺。"即起趋出。太子送至门，戒曰："丹所报先生所言者，国之大事也。愿先生勿泄也！"田光俛⓯而笑曰："诺。"

---

❶　[北购于单于]匈奴的王称单于。这是说：和北方的匈奴联合起来。购与"媾"通，就是联合的意思。

❷　[迺]与"乃"同。

❸　[旷日弥久]旷废时日，而且太久长了。

❹　[心惾然恐不能须臾]我心里很烦闷，怕一刻都不能等待呢。惾，读为"昏"。

❺　[更虑之]再替我想一下。

❻　[雕鸷]都是凶猛的鸟。

❼　[勇沈]勇敢沈着。沈，音彳ㄣ。

❽　[乃造焉]就到太子那里去。

❾　[逢迎]接待的意思。

❿　[却行为导]一退一却地走着，做客人的引导。

⓫　[跪而𧝬席]𧝬，拂拭。古人席地而坐。所以先跪着把席拂拭了，然后请客坐。

⓬　[避席]古人铺席于地，各人坐一席，对人表示敬意时，起立避原位，叫做"避席"。

⓭　[骐骥]良马名。

⓮　[驽马]下劣的马。

⓯　[俛]与"俯"同。

　　偻行❶见荆卿曰："光与子相善,燕国莫不知。今太子闻光壮盛之时,不知吾形已不逮也。幸而教之曰:'燕秦不两立,愿先生留意也。'光窃不自外,言足下于太子也❷。愿足下过太子于宫❸。"荆轲曰："谨奉教。"田光曰："吾闻之,长者为行,不使人疑之。今太子告光曰:'所言者国之大事也,愿先生勿泄。'是太子疑光也。夫为行而使人疑之,非节侠也❹。"欲自杀以激荆卿,曰："愿足下急过太子,言光已死,明不言也。"因遂自刎而死。荆轲遂见太子,言田光已死,致光之言。太子再拜而跪,膝行流涕,有顷而后言曰："丹所以诫田先生毋言者,欲以成大事之谋也。今田先生以死明不言,岂丹之心哉!"

　　荆轲坐定,太子避席顿首曰："田先生不知丹之不肖,使得至前,敢有所道,此天之所以哀燕而不弃其孤❺也。今秦有贪利之心,而欲不可足也,非尽天下之地,臣海内之王者,其意不厌。今秦已虏韩王,尽纳其地;又举兵南伐楚,北临赵。王翦❻将❼数十万之众距漳邺❽,而李信出太原❾云中❿。赵不能支⓫秦,必入臣⓬;入臣则祸至燕。燕小弱,数困于兵;今计举国不足以当秦。诸侯服秦,莫敢合从⓭。丹之私计愚,以为:

----

❶　［偻行］弯着背走。

❷　［光窃不自外言足下于太子也］足下是称人的敬辞,现在书信中还通用着。这里是说:我不自以为是局外人,就把你介绍给太子了。

❸　［愿足下过太子于宫］希望你到太子宫里走一遭。

❹　［非节侠也］不是有节操的侠客。

❺　［孤］古无父称"孤"。但当时太子丹的父亲燕王喜尚在,不应称孤。此孤字当作孤立无助解。

❻　［王翦］秦国的名将。

❼　［将］率领的意思。

❽　［漳邺］指今河南临漳县一带地。漳水在河南临漳县境;古邺地亦在今河南临漳县。

❾　［太原］秦郡名。今山西中部及东部之地。

❿　［云中］秦郡名。统阴山以南;今山西的左云、怀仁、右玉以北,绥远旧绥远道各县及蒙古鄂尔多斯左翼、喀尔喀右翼、四子部落各旗,皆其地。

⓫　［不能支］无力抵抗。

⓬　［必入臣］这是说:赵不能抵抗秦,则必臣服于秦。

⓭　［合从］战国时,苏秦主张燕、赵、韩、魏、齐、楚同盟拒秦,叫做"合从"。从,读为纵横之"纵"。合南北叫做"纵",联东西叫做"横";当时又有张仪主张联六国以事秦,一纵一横,就叫做"合纵连横"。

诚得天下之勇士使于秦，窥以重利❶，秦王贪，其势必得所愿矣。诚得劫❷秦王使悉反诸侯侵地，若曹沫之与齐桓公❸，则大善矣。则❹不可，因而刺杀之。彼秦大将擅兵于外，而内有乱，则君臣相疑，以其间，诸侯得合从，其破秦必矣。此丹之上愿❺，而不知所委命❻，惟荆卿留意焉。"久之，荆轲曰："此国之大事也；臣驽下，恐不足任使。"太子前顿首固请毋让，然后许诺。于是尊荆卿为上卿❼，舍上舍❽，太子日造门下，供太牢❾具；异物间进，车骑美女，恣荆轲所欲，以顺适其意。

久之，荆轲未有行意。秦将王翦破赵，虏赵王，尽收入其地；进兵北略地至燕南界。太子丹恐惧，乃请荆轲曰："秦兵旦暮渡易水，则虽欲长侍足下，岂可得哉？"荆轲曰："微太子言，臣愿谒之❿。今行而无信⓫，则秦未可亲也。夫樊将军，秦王购之金千斤，邑万家。诚得樊将军首与燕督亢⓬之地图，奉献秦王，秦王必说⓭见臣；臣乃得有以报。"太子曰："樊将军穷困来归丹，丹不忍以己之私而伤长者之意，愿足下更虑之！"

荆轲知太子不忍，乃遂私见樊於期曰："秦之遇将军，可谓深矣。父母宗族，皆为戮没。今闻购⓮将军首金千斤、邑万家，将奈何？"於期仰天太息流涕曰："於期每念之，常痛于骨髓，顾计不知所出耳。"荆轲曰："今有一言可以解燕国之患，报将军之仇者，何如？"於期乃前曰："为之奈

---

❶　［窥以重利］把重利去诱惑他。

❷　［劫］用威吓的手段强迫人承认条件叫做"劫"。

❸　［曹沫之与齐垣公］春秋时，鲁将曹沫与齐师战，三次都失败，后齐鲁开和平会议，曹沫在会议席上持匕首劫齐桓公，桓公就当场允许把占领的鲁地都还给鲁国。

❹　［则］作"即"字解。

❺　［上愿］最高的希望。

❻　［不知所委命］不晓得可以委托哪一个。

❼　［尊荆卿为上卿］尊荆轲为上客。

❽　［舍上舍］把最上等的馆舍给他住。

❾　［太牢］牛羊豕三牲，称为"太牢"。

❿　［微太子言臣愿谒之］即使没有你的话，我也要来拜谒你了。

⓫　［信］信物。

⓬　［督亢］燕国最肥美的地方，就是现在河北涿县东南的督亢坡。

⓭　［说］与"悦"同。

⓮　［购］犹现在说的"悬赏缉拿"。

何?"荆轲曰:"愿得将军之首以献秦王,秦王必喜而见臣。臣左手把其袖,右手揕其胸❶;然则将军之仇报,而燕见陵之愧除矣。将军岂有意乎?"樊於期偏袒搤捥❷而进曰:"此臣之日夜切齿腐心❸也,乃今得闻教。"遂自刭❹。太子闻之,驰往伏尸而哭,极哀。既已不可奈何,乃遂盛樊於期首函封之。

于是太子豫求天下之利匕首❺,得赵人徐夫人❻匕首,取之百金;使工以药淬之❼,以试人,血濡缕❽,人无不立死者。乃装为遣荆卿。

燕国有勇士秦舞阳,年十三杀人,人不敢忤视❾。乃令秦舞阳为副。荆轲有所待,欲与俱。其人居远未来,而为治行❿。顷之,未发⓫,太子迟之,疑其改悔,乃复请曰:"日已尽矣,荆卿岂有意哉?丹请得先遣秦舞阳。"荆轲怒,叱太子曰:"何太子之遣!往而不反者竖子也⓬。且提一匕首,入不测之强秦,仆所以留者,待吾客与俱。今太子迟之,请辞决矣。"遂发。

太子及宾客知其事者,皆白衣冠以送之,至易水之上。既祖取道⓭;

---

❶ [揕其匈]揕,"扰"之借字。作刺击解。匈,同"胸"。

❷ [偏袒搤捥]袒露一臂,用左手坚握着右臂的下端,表示愤怒坚决的意思。搤捥,与"扼腕"同。

❸ [切齿腐心]愤恨得咬紧牙齿,几乎连心都快要腐烂了。一说,腐读为"拊",腐心,就是椎胸。切齿椎胸,都是愤恨达于极点时的表示。

❹ [自刭]自己用刀割颈,叫做"自刭"。

❺ [匕首]最短的剑,其首如匕,所以叫做"匕首"。

❻ [徐夫人]徐姓,夫人名。

❼ [使工以药淬之]使工人用毒药染在匕首上。

❽ [血濡缕]血出仅足以沾濡丝缕。

❾ [人不敢忤视]人家不敢用不顺的眼光去看他。

❿ [治行]整理行装。

⓫ [顷之未发]等待了一回,还没有动身。

⓬ [何太子之遣往而不反者竖子也]竖子,犹言"小子"、"童子",此指秦舞阳。这两句的意思是说:为什么太子要这样打发!这竖子少不更事,如果打发他去,那决定是一去不回的。

⓭ [既祖取道]饯行叫做"祖"。这里是说:已经饯了行,将取道入秦。

高渐离击筑，荆轲和而歌，为变徵之声❶；士皆垂泪涕泣。又前而为歌曰："风萧萧兮易水寒；壮士一去兮不复还。"复为羽声慷慨❷，士皆瞋目，发尽上指冠❸。于是荆轲就车而去，终已不顾。

遂至秦，持千金之资币物，厚遗秦王宠臣中庶子❹蒙嘉。嘉为先言于秦王曰："燕王诚振怖大王之威，不敢举兵以逆军吏，愿举国为内臣，比诸侯之列，给贡职如郡县❺，而得奉守先王之宗庙。恐惧不敢自陈，谨斩樊於期之头及献燕督亢之地图函封。燕王拜送于庭，使使闻大王。唯大王命之！"秦王闻之，大喜，乃朝服设九宾❻，见燕使者咸阳宫❼。

荆轲奉❽樊於期头函❾，而秦舞阳奉地图匣以次进。至陛❿，秦舞阳色变振恐，群臣怪之。荆轲顾笑舞阳，前谢曰："北番蛮夷之鄙人，未尝见天子，故振慑⓫。愿大王少假借之，使得毕使于前⓬。"秦王谓轲曰："取舞阳所持地图！"轲既取图，奏之。秦王发图，图穷⓭而匕首见。因左手把秦王之袖，而右手持匕首揕之。未至身，秦王惊，自引而起⓮，袖绝。拔

----

❶　［变徵之声］五声宫与商，商与角，徵与羽，相去各一律；至角与徵，羽与宫，相去乃二律；相去一律，那音节很和缓；相去二律，那音节便远了；所以角徵之间，近徵收一声，比徵音稍低，使叫做"变徵"。变徵之声很凄凉。

❷　［羽声慷慨］羽五音之一，其声悲壮。慷慨，悲壮激昂貌。

❸　［发尽上指冠］形容盛怒时的神气。

❹　［中庶子］官名。掌教诸侯卿大夫的庶子。

❺　［给贡职如郡县］贡职，犹言"贡献"。这是说：燕国愿臣服于秦，纳贡献和郡县一样。

❻　［设九宾］古时朝会大典，则设九宾。九宾，就是王畿以外的九服——侯服、甸服、男服、采服、卫服、蛮服、夷服、镇服、蕃服——派来的使者。但当时的秦国那里会有九宾呢？这是做《史记》的有意夸饰，形容秦王召见荆轲时的特别铺张。

❼　［咸阳宫］秦孝公迁都咸阳后所建，在今陕西长安县东。

❽　［奉］读为"捧"。

❾　［函］匣子。

❿　［陛］阶。

⓫　［振慑］恐惧貌。慑音ㄒㄧ。

⓬　［愿大王少假借之使得毕使于前］希望大王宽恕他一些，使他能在大王前尽了使者的任务。

⓭　［图穷］当时秦王把地图揭开来看；图穷，就是说，把地图揭到末了。

⓮　［自引而起］自己跳了起来。

剑,剑长,操其室❶。时惶急,剑坚故,不可立拔❷。荆轲逐秦王,秦王环柱而走。群臣皆愕,卒起不意,尽失其度❸。而秦法:群臣侍殿上者,不得持尺寸之兵❹,诸郎中执兵皆陈殿下❺,非有诏❻召不得上。方急时,不及诏下兵,以故荆轲乃逐秦王,而卒惶急无以击轲,而以手共搏之❼。是时,侍医夏无且以其所奉药囊提荆轲也❽。秦王方环柱走,卒惶急不知所为。左右乃曰:"王负剑!❾"负剑,遂拔以击荆轲,断其左股。荆轲废,乃引其匕首以擿❿秦王,不中,中铜柱。秦王复击轲,轲被八创。轲自知事不就,倚柱而笑,箕踞⓫以骂曰:"事所以不成者,以欲生劫之,必得约契以报太子也⓬。"于是左右既前杀轲⓭,秦王不怡⓮者良久。已而论功,赏群臣及当坐者⓯各有差⓰,而赐夏无且黄金二百镒⓱。曰:"无且爱我,乃以药囊提荆轲也。"

----

❶　[剑长操其室]操,作捏字解。刀剑壳子叫做"室"。这是说:秦王想拔剑,剑很长,用一手先捏着他的壳子。

❷　[时惶急剑坚故不可立拔]那时候心里又十分惶急,竟不能立刻把剑拔出来。

❸　[卒起不意尽失其度]卒,音ㄘㄨ;仓卒的意思。这是说,事起仓卒,许多臣子都料不到有这意外的变故,全失了常态。

❹　[兵]兵器。

❺　[诸郎中执兵皆陈殿下]郎中,宿卫之官。这是说,侍卫们所带的兵器都放在殿下。

❻　[诏]皇帝的命令叫做"诏"。

❼　[而以手共搏之]大家举空手来打荆轲。

❽　[侍医夏无且以其所奉药囊提荆轲也]侍医,侍奉在皇帝左右的医生。且字读为ㄐㄩ。夏无且把所捧的药囊来投击荆轲。

❾　[负剑]把剑负在背上拔。

❿　[擿]与掷同。

⓫　[箕踞]古人席地而坐,无椅凳之类;坐时两足向后,两膝跪着,便是表示恭敬的样子。若两足向前,则手揉膝,形如箕状,便叫做"箕踞",这便是傲慢不恭敬的样子。

⓬　[事所以不成者以欲生劫之必得约契以报太子也]我所以不能成功,只因为想要留着你的生命,用威吓手段得到你的契约,好去回报太子。

⓭　[于是左右既前杀荆轲]于是侍卫们便上前把荆轲杀了。

⓮　[不怡]心里不爽快。

⓯　[当坐者]应当被牵连有罪的。

⓰　[各有差]各有差等;就是赏赐和惩罚各有多少轻重之不同。

⓱　[镒]二十四两为一镒。

于是秦王大怒，益发兵诣赵，诏王翦军以伐燕。十月而拔蓟城❶。燕王喜太子丹等，尽率其精兵东保于辽东❷。秦将李信追击燕王急，代王嘉❸乃遗燕王喜书曰："秦所以尤追燕急者，以太子丹故也。今王诚杀丹献之秦王，秦王必解，而社稷幸得血食❹。"其后李信追丹，丹匿衍水❺中。燕王乃使使斩太子丹，欲献之秦，秦复进兵攻之。后五年，秦卒灭燕❻，虏燕王喜。

其明年，秦并天下，立号为皇帝。于是秦逐太子丹荆轲之客，皆亡。高渐离变名姓，为人庸保❼，匿作于宋子❽。久之，作苦；闻共家堂上客击筑，彷徨❾不能去。每出言曰："彼有善有不善。"从者以告其主，曰："彼庸乃知音，窃言是非。"家大人❿召使前击筑，一坐⓫称善，赐酒。而高渐离念久隐，畏约无穷时⓬；乃退，出其装匣中筑与其善衣，更容貌而前。举坐客皆惊，下与抗礼⓭，以为上客⓮，使击筑而歌，客无不流涕而去者。宋子传客之⓯。闻于秦始皇，秦始皇召见。人有识者，乃曰："高渐离

---

❶　[拔蓟城] 把城头攻下来叫做"拔"。蓟故城在今河南大兴县西南。

❷　[辽东] 今辽宁东南境。

❸　[代王嘉] 公元前二一三年，秦灭赵，赵公子嘉自立为代王，屯兵上谷（今察哈尔省怀来县），和燕合兵抗秦。

❹　[社稷幸得血食] 社稷，土谷之神；古诸侯建国，必立社稷。古取血脊（肠间的脂肪叫做脊）以祭，故称享祭为"血食"。又古时灭掉一国，便把这一国的社稷废掉。社稷幸得血食，就是说国家侥幸不被灭掉。

❺　[衍水] 现在辽宁的太子河。

❻　[后五年秦卒灭燕] 公元前二二七年荆轲刺秦王，明年，燕杀太子丹，至公元前二二二年秦灭燕，距太子丹的被杀刚五年。

❼　[庸保] 庸，与"佣"同。佣保，就是现在所谓"雇工"。

❽　[宋子] 县名。故城在今河北赵县北二十五里。

❾　[彷徨] 犹言徘徊；依依不能舍的样子。

❿　[家大人] 一家的尊长。

⓫　[一坐] 满坐的宾客。

⓬　[畏约无穷时] 畏约，犹言畏缩；不敢出头露面的意思。无穷时，犹言无尽时。

⓭　[下与抗礼] 下堂来和他行平等的相见礼。

⓮　[上客] 上等的宾客。

⓯　[传客之] 轮流请他做宾客。

也。"秦皇帝惜❶"其善击筑,重赦之❷,乃矐其目❸。使击筑,未尝不称善,稍益近之。高渐离乃以铅置筑中,复进得近,举筑扑始皇帝,不中。于是遂诛高渐离,终身不复近诸侯之人。

鲁句践已闻荆轲之刺秦王;私曰❹:"嗟乎惜哉!其不讲于刺剑之术也!甚矣吾不知人也!曩者吾叱之,彼乃以我为非人也❺。"

《史记》,汉司马迁撰。司马迁字子长,左冯翊夏阳人,生于龙门(在汉左冯翊夏阳县北;今山西河津县、陕西韩城县之间)。他的父亲司马谈,做太史令。谈死,他继承父亲遗业,着手编撰《史记》。后为救李陵事触武帝之怒,下狱,受腐刑。受刑以后,武帝又叫他做中书令。那时候他已一变而为宦官,精神上感到十分的苦痛,但他仍含耻忍辱,努力把《史记》编撰成书。《史记》凡一百三十卷,分本记、年表、书、世家、列传五种体例。这篇是从《刺客列传》里节选的。

> 文 话

一三、辩论

最近读了两篇议论文,一是《致胡适书》,一是《致汪长禄书》,顺便再来讲一点关于议论文的话。像这两篇议论文,与一般的议论文有点儿不同。一般的议论文并不对固定的某人说话,凡是阅读文字的人就是作者要同他说话的对象。譬如你作一篇主张对日宣战的文字,你就是对看到这篇文字的任何人说话。现在这两篇议论文,作者要同他说话的对象却是固定的,《致胡适书》是专对胡适说话,《致汪长禄书》是专对汪长禄说

---

❶ 〔惜〕作"爱"字解。
❷ 〔重赦之〕特别饶赦他。
❸ 〔矐其目〕矐,音ㄏㄛˋ。弄瞎他的眼睛。
❹ 〔私曰〕私下里对人说。
❺ 〔彼乃以我为非人也〕犹言,彼乃以我为非其人也,这里省去一"其"字。

话。说得更切当一点，这样的议论可以称为"辩论"。辩论是根据自己的主张，就对方的意见加以剖析、讨论，并使对方信从的一种行为。这与一般议论文的自己设立疑难自己给与解答有点儿相同；不过，自己设立疑难，不出自己的思想范围，人家来相辩论，那就方面更广，或许出乎意外也未可知。在实际生活上，我们常常碰到需要辩论的时机；即使不为着读文和作文，也该对于辩论这事情留心才是。

一般人辩论，往往忘记了辩论的本旨，单靠一腔意气，专想折服对方。辩论的本旨原来在求一个是非：甲要同乙辩论，并不因为对方是乙的缘故，却因为乙的意见，在甲认为不甚妥当的缘故。这样说来，辩论不该离开对方的意见而别生枝节是显然可知的。但是，人心常不能平静无所偏倚，或为着私人的利害，或为着识力的短浅，虽不能捉住对方意见的缺漏，也觉得非同他辩论一番不可。这就不得不蔓延到歪斜的方向去。如与人辩论哲学上的问题，却列举对方作官时的劣迹，大骂一顿；与人辩论知行难易的学说，却说对方在小学里就是劣等生，在中学、大学里又留过多少回的班：这样的事情是我们时常见到的。如果辩论的目的在乎快意，那自然无妨如此。如果不在快意而在求一个是非，那末，这样地干简直是南辕北辙。即使对方的意见确然不对，你并不从正面把它辩正，又怎么会产生出对的意见来？对方对于你的胡闹的辩论，绝对不肯心折是当然的；旁人听了这样的辩论或者看了这样的辩论文字，也会觉得徒乱人意，毫无实际。所以，论到效果可说等于零。我们倘若同人家辩论，最须切戒的就是不要犯了这样的恶习。我们要认清辩论的本旨在求一个是非，除了根据自己的主张，就对方的意见剖析、讨论之外，不应发表多余的意思，吐露不必要的话语。

试看我们说起的两篇议论文，就是能够守着这样的范围的。两个作者各有自己的主张：《致胡适书》的作者主张亲子关系"总比朋友较深一层"，孝字"总还够得上和那做人的信条凑在一起"；《致汪长禄书》的作者主张对于儿子"只有抱歉，决不居功，决不市恩"，不要把"儿子孝顺父母列为一种信条"。自己方面的主张这样，对方的主张却是那样，他们就通信辩论起来，两人都不牵连到题外的枝节：一个就儿子方面说，以为父母对儿子爱护抚育，极费心力，儿子对父母自宜感激深恩，致其厚爱；又一个就父母方面说，以为父母对儿子教养偶有不慎，便使儿子终身吃亏，并使社会也受到影响，所以只有小心谨慎，求免于过失，深恩是无论如何说不到的；一个说孝顺父母和做一个堂堂的人并不冲突，不妨认为做人的一种信条；又一个说孝顺父母和做一个堂堂的人固然不冲突，但如果列为信条，就仿佛说对于荒唐的父母也得孝顺，这是大有流弊的。这样正规地辩论，结果，彼此当可得到进一步的了解，只因观点不同，所以持论互异；倘若互换观点，就儿子方面说的改为就父母方面说，就父母方面说的改为就儿子方面说，主张恐怕要和论敌相同吧。我们在旁读了这两封信，的确曾起了这样的想头。

正规地辩论的文字可以使对方瞭解，由反驳转而为信从，最低限度也可以把自己的主张伸说得更明白一点。随便瞎扯的辩论文却只能引起人家的嗤笑与厌恶，实际效果是一点也没有的。

练习　如果与人家辩论而失败了，自己的主张确已被证明绝无成立的理由，这当儿应该怎样（这里不单就作文的事情说，乃就日常生活说）？

文　选

三一、孔乙己

鲁　迅

鲁镇❶的酒店的格局，是和别处不同的：都是当街一个曲尺形的大柜台，柜里面预备着热水，可以随时温酒。做工的人，傍午、傍晚散了工，每每花四文铜钱，买一碗酒，——这是二十多年前的事，现在每碗要涨到

---

❶　［鲁镇］是作者假设的地名。

十文，——靠柜外站着，热热的喝了休息；倘肯多花一文，便可以买一碟盐煮笋，或者茴香豆❶，做下酒物了。如果出了十几文，那就能买一样荤菜；但这些顾客，多是短衣帮，大抵没有这样阔绰。只有穿长衫的，才踱进店面隔壁的房子里，要酒要菜，慢慢地坐喝。

我从十二岁起，便在镇口的咸亨酒店里当伙计，掌柜说，样子太傻，怕侍候不了长衫主顾，就在外面做点事罢。外面的短衣主顾，虽然容易说话，但唠唠叨叨缠夹不清的也很不少。他们往往要亲眼看着黄酒从坛子里舀出，看过壶子底里有水没有，又亲看将壶子放在热水里，然后放心；在这严重监督之下，羼水也很为难。所以过了几天，掌柜又说我干不了这事。幸亏荐头的情面大，辞退不得，便改为专管温酒的一种无聊职务了。

我从此便整天的站在柜台里，专管我的职务。虽然没有什么失职，但总觉有些单调，有些无聊。掌柜是一副凶脸孔，主顾也没有好声气，教人活泼不得；只有孔乙己到店，才可以笑几声，所以至今还记得。

孔乙己是站着喝酒而穿长衫的唯一的人。他身材很高大；青白脸色，皱纹间时常夹些伤痕；一部乱蓬蓬的花白的胡子。穿的虽然是长衫，可是又脏又破，似乎十多年没有补，也没有洗。他对人说话，总是满口之乎者也，教人半懂不懂的。因为他姓孔，别人便从描红纸上的"上大人孔乙己"这半懂不懂的话里，替他取下一个绰号，叫作孔乙己。孔乙己一到店，所有喝酒的人便都看着他笑，有的叫道，"孔乙己，你脸上又添上新伤疤了！"他不回答，对柜里说，"温两碗酒，要一碟茴香豆。"便排出九文大钱。他们又故意的高声嚷道，"你一定又偷了人家的东西了！"孔乙己睁大眼睛说，"你怎么这样凭空污人清白……""什么清白？我前天亲眼见你偷了何家的书，吊着打。"孔乙己便涨红了脸，额上的青筋条条绽出，争辩道，"窃书不能算偷……窃书！读书人的事，能算偷么！"接连便是难懂

---

❶ ［茴香豆］加茴香煮熟的豆。茴香即莳萝，俗称"小茴香"。一年生草；高二兰尺；叶细如丝；夏开小黄花；瓣内曲；实椭圆微扁；子大如黍粒，黑褐色，气味香辣，用以调味，也可入药。本产于波斯，今广东有之。

的话,什么"君子固穷❶"什么"者乎"之类,引得众人都哄笑起来:店内外充满了快活的空气。

听人家背地里谈论,孔乙己原来也读过书,但终于没有进学❷,又不会营生;于是愈过愈穷,弄到将要讨饭了。幸而写得一笔好字,便替人家抄抄书,换一碗饭吃。可惜他又有一样坏脾气,便是好喝懒做。坐不到几天,便连人和书籍纸张笔砚,一齐失踪。如是几次,叫他抄书的人也没有了。孔乙己没有法,便免不了偶然做些偷窃的事。但他在我们店里,品行却比别人都好,就是从不拖欠;虽然间或没有现钱,暂时记在粉板上,但不出一月,定然还清,从粉板上拭去了孔乙己的名字。

孔乙己喝过半碗酒,涨红的脸色渐渐复了原,旁人便又问道,"孔乙己,你当真认识字么?"孔乙己看着问他的人,显出不屑置辩的神气。他们便接说道,"你怎的连半个秀才❸也捞不到呢?"孔乙己立刻显出颓唐❹不安模样,脸上笼上了一层灰色,嘴里说些话;这回可是全是之乎者也之类,一些不懂了。在这时候,众人也都哄笑起来:店内充满了快活的空气。

在这些时候,我可以附和着笑,掌柜是决不责备的。而且掌柜见了孔乙己,也每每这样问他,引人发笑。孔乙己自己知道不能和他们谈天,便只好向孩子说话。有一回对我说道,"你读过书么?"我略略点一点头。他说,"读过书,……我便考你一考。茴香的茴字,怎么写的?"我想,讨饭一样的人,也配考我么? 便回过脸去,不再理会。孔乙己等了许久,很恳切的说道,"不能写罢? ……我教给你,记着? 这些字应该记着。将来做掌柜的时候,写帐要用。"我暗想我和掌柜的等级还很远呢,而且我们掌柜也从不将茴香豆上帐;又好笑,又不耐烦,懒懒的答他道:"谁要你教,不是草头底下一个来回的回字么?"孔乙己显出极高兴的样子,将两个指头的长指甲敲着柜台,点头说:"对呀对呀! ……回字有四样写法,你知

---

❶ 〔君子固穷〕这是《论语》里载孔子在陈绝粮时说的话。

❷ 〔进学〕科举时代凡小考录取入府县学肄业的,叫做进学。

❸ 〔秀才〕小考录取入县学的生员叫做秀才。

❹ 〔颓唐〕丧气貌。

道么?"我愈不耐烦了,努着嘴走远。孔乙己刚用指甲蘸了酒,想在柜上写字,见我毫不热心,便又叹一口气,显出极惋惜的样子。

有几回,邻舍孩子听得笑声,也赶热闹,围住了孔乙己。他便给他们茴香豆吃,一人一颗。孩子吃完豆,仍然不散,眼睛都望着碟子。孔乙己着了慌,伸开五指将碟子罩住,弯腰下去说道:"不多了,我已经不多了。"直起身又看一看豆,自己摇头说:"不多不多!多乎哉?不多也❶。"于是这一群孩子都在笑声里走散了。

孔乙己是这样的使人快活,可是没有他,别人也便这么过。

有一天,大约是中秋前的两三天,掌柜正在慢慢的结账,取下粉板,忽然说:"孔乙己长久没有来了。还欠十九个钱呢!"我才也觉得他的确长久没有来了。一个喝酒的人说道:"他怎么会来? ……他打折了腿了。"掌柜说,"哦!""他总仍旧是偷。这一回,是自己发昏,竟偷到丁举人❷家里去了。他家的东西,偷得的么?""后来怎么样?""怎么样?先写服辩❸,后来是打,打了大半夜,再打折了腿。""后来呢?""后来打折了腿了。""打折了怎样呢?""怎样? ……谁晓得?许是死了。"掌柜也不再问,仍然慢慢的算他的账。

中秋过后,秋风是一天凉比一天,看看将近初冬;我整天的靠着火,也须穿上棉袄了。一天的下半天,没有一个顾客,我正合了眼坐着。忽然间听得一个声音,"温一碗酒。"这声音虽然极低,却很耳熟。看时又全没有人,站起来向外一望,那孔乙己便在柜台下对了门槛坐着。他脸上黑而且瘦,已经不成样子;穿一件破夹袄,盘着两腿,下面垫一个蒲包,用草绳在肩上挂住;见了我,又说道,"温一碗酒。"掌柜也伸出头去,一面说,"孔乙己么?你还欠十九个钱呢!"孔乙己很颓唐的仰面答道,"这……下回还清罢。这一回是现钱,酒要好,"掌柜仍然同平常一样,笑着对他说,"孔乙己,你又偷了东西了!"但他这回却不十分分辩,单说了一句"不要取笑!""取笑?要是不偷,怎么会打断腿?"孔乙己低声说道,"跌

---

❶　［多乎哉不多也］这是套《论语·子罕章》孔子说"君子多乎哉,不多也"的口气。

❷　［举人］科举时乡试中试,叫做"举人"。

❸　［服辩］做错了事情,被人家拿着把柄,无法申辩,只得依着对方的意思,写下下次不敢再犯的书面凭据,叫做"服辩"。

断,跌,跌……"他的眼色,很像恳求掌柜,不要再提。此时已经聚集了几个人,便和掌柜都笑了。我温了酒,端出去,放在门槛上。他从破衣袋里摸出四文大钱,放在我手里,见他满手是泥,原来他便用这手走来的。不一会,他喝完酒,便又在旁人的说笑声中,坐着用这手慢慢走去了。

自此以后,又长久没有看见孔乙己。到了年关,掌柜取下粉板说:"孔乙己还欠十九个钱呢!"到第二年的端午,又说:"孔乙己还欠十九个钱呢!"到中秋是可没有说,再到年关也没有看见他。

我到现在终于没有见——大约孔乙己的确死了。

从前私塾里的小学生开始练习写字,是在印着红字的纸上依样描画的;那纸上印的便是"上大人孔乙己"等二十余字,所以"上大人孔乙己",差不多大家从小就念熟了的。这篇小说的主角姓孔,人家因为他说起话来,满口之乎者也,教人半懂不懂,便把这半懂不懂的"孔乙己"三字,替他取起一个绰号。

鲁迅姓周,名树人,现代浙江绍兴人,鲁迅是他的笔名。他曾在北京教育部任职多年,历任北京大学、厦门大学、广州中山大学等校教授。所作小说,大都是描写辛亥革命前后的时代背景。所著小说集有《呐喊》《彷徨》等。

三二、大泽乡

M D

算来已经是整整的七天七夜了,这秋季的淋雨❶还是索索地下着。昨夜起,又添了大风。呼呼地吹得帐幕像要倒坍下来似的震摇。偶尔风势稍杀,呜呜地象远处的悲笳❷,那时候,那时候,被盖住了的猖獗的雨声便又突然抬头,腾腾地宛然是军鼓催人上战场。

中间还夹着一些异样的声浪:是尖锐的,凄厉的,有曲折抑扬,是几个音符组成的人们说话似的声浪。这也是两三天前和大风大雨一同来

---

❶ [淋雨]淋,亦可写作"霖"。大雨不停,叫做"淋雨"。

❷ [悲笳]笳,本是胡人所用的乐器,当时用为军乐。笳的声音很悲,所以称为"悲笳"。

的，据说是狐狸的哀嗥。

军营早已移到小丘上。九百戍卒算是还能够困一堆干燥的稻草，只这便是那两位终天醉成泥猫的颠顸❶军官的唯一韬略❷。

军官呢，本来也许不是那样颠顸的家伙。纵然说不上身经大小百余战，但是他们的祖若❸父，却是当年铁骑营中的悍将，十个年头的纵横奋战扫荡了韩、赵、魏、楚、燕、齐❹，给秦王政❺挣得了统一的天下；他们在母亲肚子里早已听惯了鼙鼓❻的声音，他们又在戎马仓皇❼中长大，他们是将门之后，富农世家，披坚执锐❽作军人是他们的专有权，他们平时带领的部卒和他们一样是富农的子弟，或许竟是同村的儿郎，他们中间有阶级的意识作联络。然而现在，他们却只能带着原是"闾左贫民❾"的戍卒九百，是向来没有当兵权利的"闾左贫民"，他们富农素所奴视的"闾左贫民"，没有一点共同阶级意识的"部下"！

落在这样生疏的甚至还有些敌意的环境中的他们俩，恰又逢到这样闷损人的秋霖❿，不知不觉便成为酒糊涂；说是"泥猫"，实在已是耗子⓫们所不怕的"泥猫"。

半夜酒醒，听到那样胡笳似的风鸣，军鼓似的雨响，又感得砭骨似的秋夜的寒冷，这两位富农之子的军官恍惚觉得已在万里平沙的漠北的边疆。闻说他们此去的目的地叫做什么渔阳⓬。渔阳？好一个顺口的名

---

❶　[颠顸]音ㄉㄢ ㄏㄢ。不明事理。

❷　[韬略]古时兵书有《六韬》《三略》，故称用兵的谋略为"韬略"。

❸　[若]与"及"字同。

❹　[十个年头的纵横奋战扫荡了韩赵魏楚燕齐]秦始皇十七年（公元前二三〇）灭韩，十九年灭赵，二十二年灭魏，二十四年灭楚，二十五年灭燕，二十六年灭齐，刚刚十个年头。

❺　[秦王政]即秦始皇。

❻　[鼙鼓]行军时用的鼓。

❼　[戎马仓皇]戎马，犹言"兵马"。仓皇，匆促纷乱之貌。

❽　[披坚执锐]披着甲胄，执着兵器。

❾　[闾左贫民]闾左，闾门之左。秦制，豪家贵族居闾右，贫民奴隶居闾左。

❿　[闷损人的秋霖]使人感觉着烦闷的秋雨。

⓫　[耗子]北方人称鼠为耗子。

⓬　[渔阳]秦郡名，在今河北密云县西南。

儿！知否是大将军蒙恬❶统带三十万儿郎到过的地方？三十万雄兵都不曾回来，知否是化作了那边的青磷蔓草哟！

想不得！酒后的愁思，愈抽愈长。官中的命令是八月杪❷到达防地，即今已是八月向尽，却仅到这大泽乡；而又是淫淫❸秋雨阻道。误了期么？有军法！

听说昨天从鱼肚子里发见一方素帛，朱书三个字：陈胜王❹！

陈胜？两屯长之一是叫做陈胜呀。一个长大的汉子，总算是"闾左贫民"中间少有的堂堂仪表。"王？"怎么讲？

突然一切愁思都断了线。两军官脸色变白，在凄暗的灯火下抬起头来，互找着对方的眼光。压倒了呜咽的风声，腾腾的雨闹，从远远的不知何处的高空闯来了尖厉的哀嗥。使你窒息，使你心停止跳跃，使你血液凝冻，是近来每夜有的狐狸叫❺，然而今番的是魔鬼的狐狸叫，是要撕碎你的心那样的哀嗥。断断续续地，是哭，是诉，是吆喝。分明还辨得出字眼儿的呀。

"说是'大楚兴❻'罗？"

"又说'陈胜王！'"

面面觑着的两军官的僵硬的舌头怯生生地吐出这么几个字。宿酒醒了，陈胜的相貌在两位军官的病酒的红眼睛前闪动。是一张多少有点皱纹的太阳晒得焦黑的贫农的面孔。也是这次新编入伍，看他生得高大，这才拔充了屯长。敢是有几斤蛮力？不懂兵法。

想来陈胜倒不是怎样可怕，可怕的是那雨呀！雨使他们不能赶路，雨使他们给养缺乏；天哪，再是七日七夜的雨，他们九百多人只好饿死

---

❶ ［蒙恬］秦朝的名将，尝带三十万兵北伐匈奴。

❷ ［杪］木的末端叫做"杪"，所以凡尽头都称杪，如"岁杪""月杪"。

❸ ［淫淫］雨不止貌。

❹ ［陈胜王］陈胜用素帛写"陈胜王"三字，放在鱼的腹中，戍卒们买鱼烹食，发见鱼腹中有这样一方素帛，大家奇怪起来。

❺ ［是近来每夜有的狐狸叫］陈胜又教吴广到附近的丛祠里，夜里点了一盏鬼火一般的灯笼，在那里学着狐狸哀嗥的声音，断断续续地喊出"大楚兴""陈胜王"等字眼，借以煽惑戍卒们。

❻ ［大楚兴］楚国有一个名将叫项燕，被秦将王翦所杀，楚人很哀怜他，或以为他是逃走了的，还没有死；陈胜打算冒着楚将项燕的名义起兵造反，所以用这个口号。

了。在饿死的威吓下，光景是什么事都干得出来的罢？

第二天还是淋雨。躲在自己帐里的两位军官简直不敢走动，到处可以碰着怀恨的狞视。营里早就把鱼鳖代替了米粮。虽然是一样的装饱了肚子，但吃得太多的鱼鳖的兵士们好像性格也变成鱼鳖去了。没有先前那么温顺，那么沉着。骚动和怨嗟充满了每个营房。

"怎么好？走是走不得，守在这里让水来淹死！"

"整天吃鱼要生病的哪！"

"木柴也没有了。今天烧身子下面垫的稻草，明天烧什么？吃生鱼吧？我们不是水獭。"

"听说到渔阳还有两三千里呢？"

"到了渔阳还不是一个死！"

死！这有力的符咒把各人的眼睛睁大了。该他们死？为什么？是军法。因为不是他们所定的军法所以该他们死哟！便算作没有这该死的军法，到了渔阳，打败了匈奴，毕竟于他们有什么好处？他们自己本来也是被征服的六国的老百姓，祖国给与他们的是连年的战争和徭役，固然说不上什么恩泽，可是他们在祖国里究竟算是"自由市民"，现在想来，却又深悔当年不曾替祖国出力打仗，以至被掳为奴，唤作什么"闾左贫民"，成年价替强秦的那些享有"自由市民"一切权利义务的富农阶级挣家私了。到渔阳去，也还不是捍卫了奴视他们的富农阶级的国家，也还不是替军官那样的富农阶级挣家私，也还不是拼着自己的穷骨头硬教那些向南方发展求活路的匈奴降而为像他们一样的被榨取的"闾左贫民"么？

从来不曾明晰地显现在他们意识中的这些思想，现在却因为阻雨久屯，因为每天只吃得鱼，因为没有了木柴，更因为昨夜的狐狸的怪鸣，便像潮气一般渗透了九百戍卒的心胸。

鱼肚子里素帛上写的字，夜半风声中狐狸的人一样话语的鸣嗥，确也使这九百人觉得诧异。然而仅仅是诧异罢了。没有幻想。奉一个什么人为"王"那样事的味儿，他们早已尝得够了。一切他们的期望是挣断身上的镣索。他们很古怪地确信着挣断这镣索的日子已经到了。不是前年的事么：东郡地方天降一块石头❶，上面七个字分明是"始皇帝死而地分！"平舒华山之阴，素车白马献璧的神人不是也说"明年祖龙当死"吗❷？当死者，既已死了，"地分"，应验该就在目前罢！

想起自己有地自己耕的快乐，这些现做了戍卒的"闾左贫民"便觉到只有为了土地的缘故才值得冒险拼命。什么"陈胜王"，他们不关心；如果照例得有一个"王"，那么这"王"一定不应当是从前那样的"王"，一定得首先分给他们土地，让他们自己有地自己耕。

风还是虎虎地吹着，雨还是腾腾地下着。比这风雨更汹涌的，是九百戍卒的鼓噪，现在是一阵紧一阵地送进两位军官的帐幕。

觉得是太不像样，他们两位慢慢地踱出帐幕来，打算试一试他们的"泥猫"的威灵了。

他们摆出照例的巡视营帐的态度来。这两位的不意的露脸居然发生了不意的效果，鼓噪声像退落的潮水似的一点一点低下去了。代替了嘴巴，戍卒们现在是用眼睛。两位军官成了眼光的靶子。可不是表示敬意的什么"注目礼"，而是憎恨的、嘲笑的，"看你怎么办！"本来未始不准备着接受一些什么"要求"，什么"诉说"，或竟是什么"请示进止"，——总之，为了切望减少孤独之感便是"当面顶撞"也可以欢迎的他们俩，却只得到了冷淡和更孤独。他们不是两位长官在自己部下的营帐内巡视，他们简直是到了异邦，到了敌营，到了只有闪着可怖的眼光的丘墟中。

是黄河一样的深恨横断了部下的九百人和他们俩！没有一点精神上的联系。九百人有痛苦，有要求，有期望，可是绝对不愿向他们俩声诉。

最后，两位军官站在营外小丘顶颠，装作瞭望地势。

---

❶　[东郡地方天降一块石头] 秦始皇三十六年（公元前二一一），有流星坠在东郡地方（流星坠地，便是一块石头了）。有人在石头上刻"始皇帝死而地分"七个字，见《史记·秦始皇本纪》。东郡，今河北大名、濮阳及山东聊城一带地。

❷　[平舒华山之阴素车白马献璧的神人不是也说明年祖龙当死吗] 《史记·秦始皇本纪》说："（三十六年）秋，使者从关东夜过华阴平舒道，有人持璧遮使者曰：'为我遗镐池君。'因言曰：'今年祖龙死。'使者问其故，忽不见。"明年，始皇崩。平舒在陕西华阴县西北。山北为阴，平舒地在华山之阴。祖就是"始"。龙是皇帝的象征；祖龙就是"始皇帝"的隐语。

　　大泽乡简直成为"大泽"了。白茫茫的水面耸露出几簇茅屋，三两个村夫就在门前支起了鱼网。更有些水柳的垂条，卖弄风骚地吻着水波。刚露出一个白头的芦花若不胜情似的在水面颤抖着。天空是铅色；雨点有簪子那样粗；好一幅江村烟雨图呵。心神不属地看着的两位军官猛觉得有些异样的味儿兜上心窝来了。是凄凉，也是悲壮！未必全是痴呆的他们俩，从刚才这回的巡视看出自己的地位是在"死线"上，"死"这有力的符咒在他们灵魂里发动了另一种的力量；他们祖若父血液中的阶级性突然发酵了。他们不能束手困在这荒岛样的小丘上让奴隶们的复仇的洪水❶来将他们淹死，他们必得试一试最后的挣扎！

　　"看出来么，不是我们死，便是他们灭亡！"

　　"先斩两屯长？"

　　"即无奈何，九百人一齐坑哟！"

　　先开口的那位军官突然将右臂一挥，用重浊的坚决的声调说了。

　　"谁，给我们掘坑？"

　　不是异议，却是商量进行手续，声音是凶悍中带沉着。

　　"这茫茫的一片水便是坑？"

　　跟着这答语，下意识地对脚下那片大水望了一眼，军官之一是得意地微笑了；然而笑影过后，阴森更甚。拿眼睃着他的同伴，发怒似的咬着嘴唇，然后轻声问：

　　"我们有多少心腹？"

　　呵，呵，心腹？从来是带惯了子弟兵的这两位，今番却没有一个心腹。战国时代❷作了秦国的基本武力的富农阶级出身的军人，年来早就不够分配；实在是大将军蒙恬带去的人太多了。甚至象"屯长"那样的下级兵官也不得不用阶级不同的"闾左贫民"里的人了。这事件的危险性现在却提出在这两位可怜的军官前要求一个解答。

---

　　❶　［洪水］这篇中洪水两字都用以形容奴隶们起来反抗时的危脸性，并不是指当时久雨积成的大水。

　　❷　［战国时代］公元前四〇三年，韩、赵、魏三家分晋，与秦、楚、齐、燕共为七国，从此到秦并六国，其间都是战国时代。

"皇帝不该征发❶贱奴们来当兵的!"

被问住了拿不出回答来的那位军官恨恨地说,顿然感到祖若父当日的黄金时代已成过去,永远成为过去了。

"何尝不是呵! 自从商君变法❷以来,我们祖宗是世世代代执干戈捍卫社稷❸的;作军人是光荣的职务,岂容"闾左"的贱奴们染指! 始皇帝宾天❹后,法度就乱了。叫贱奴们也来执干戈,都是贼臣赵高❺的主意哪! 赵高,他父母也是贱奴!"

"咳,'倒持太阿,授人以柄❻;'——这就是!"

因为是在大泽乡的小丘上,这两位军官敢于非议朝政了。然而话一多,勇敢乐观的气分就愈少。风是刮得更大了。总有七分湿的牛皮甲,本来,就冰人,此时则竟是彻骨的寒冷。忍着冻默然相对,仰起脸来让凉雨洒去了无赖的悲哀罢! 乡关在何处? 云山渺远,在那儿西天,该就是咸阳罢? 不知咸阳城里此时怎样了呵! 羽林军❼还是前朝百战的儿郎。但是"闾左"的贱奴们的洪水太大了,太大了,咸阳城不免终究要变成大泽乡罢!

回到自己帐幕内的两位军官仍和出去时一样地苦闷空虚,嗒然若丧❽。他们这阶级的将要没落的黑影,顽固地罩在他们脸上。孤立、危

---

❶ 〔征发〕征集夫役及军需品,叫做征发。这里是说聚集贫民去当兵。

❷ 〔商君变法〕商君即商鞅,因封于商,故称商君。秦孝公用商鞅,定变法之令。详可看《史记》卷六十七《商君列传》。

❸ 〔社稷〕见前《荆轲传》注。古时灭国则变置其社稷,故以社稷二字为国家的代称。

❹ 〔宾天〕不敢直说皇帝死,所以用"宾天"两字来替代。

❺ 〔赵高〕赵高,秦始皇时做车府令,始皇崩,赵高秘不发丧,伪造始皇的诏书,杀始皇的长子扶苏,而立少子胡亥,是为二世皇帝。赵高自为丞相,大权都在他手里。赵高本是宦者,出身微贱,所以下面说:"赵高,他父母也是贱奴!"

❻ 〔倒持太阿授人以柄〕太阿,剑名,把剑倒捏,便是授人以柄。柄作权柄解,这是一句双关的成语。

❼ 〔羽林军〕皇帝的卫兵。按羽林军的名称起于汉武帝时,在秦朝是没有的,作者偶然记差了。

❽ 〔嗒然若丧〕颓唐丧气的样子。《庄子·齐物论》篇说:"南郭子綦隐机而坐,仰天而嘘,嗒焉似丧其偶。"

殆、一场拼死括的恶斗，已是不成问题的铁案❶，问题是他们怎样先下手给敌人一个不意的致命伤。

——先斩两屯长？

——还有九百人呢？

——那，权且算作多少有一半人数是可以威胁利诱的罢？

——收缴了兵器，放起一把火罢？

当这样的意念再在两位军官的对射的目光中闪着的时候，帐外突然传来了这么不成体统的嚷闹：

"守在这里是饿死……到了渔阳……误期……也是死……大家干罢，才可以不死……将官么……让他们醉死！"

接着是一阵哄笑，再接着便是嘈嘈杂杂听不清的话响。

两军官的脸色全变了，嘴唇有些抖颤。交换了又一次的眼色，咬嘴唇，又剔起眉毛，统治阶级的武装者的他们俩全身都涨满了杀气了，然而好像还没有十分决定怎么开始应付，却是陡地一阵夹雨的狂风揭开了帐门，将这两位太早地并且不意地暴露在嚷闹的群众的眼前了。面对面的斗争再没有拖延缓和的可能！也是被这天公的多事微微一怔的群众们朝着帐内看了。是站着的满脸通红怒眉睁目的两个人。但只是"两个"人！

"军中不许高声！左右！拿下扰乱营房的人！"

拔出剑来的军官大声吆喝，冲着屯长之一叫做吴广的走过来了。

回答是几乎要震坍营帐那样的群众的怒吼声。也有兵器在手的"贱奴"们今番不复驯顺！像野熊一般跳起来的吴广早抢得军官手里的剑，照准这长官拦腰一挥。剩下的一位被发狂似的部下攒住，歪牵了的嘴巴只泄出半声哼。

地下火爆发了❷！从营帐到营帐，响应着"贱奴"们挣断铁链的巨声。从乡村到乡村，从郡县到郡县；秦皇帝的全统治区域都感受到这大泽乡的地下火爆发的剧震。即今便是被压迫的贫农要翻身！他们的洪

---

❶ ［铁案］事情确凿，无可翻易，叫做"铁案"。

❷ ［地下火爆发了］奴隶们郁积已久的忿火，一旦爆发，就像地下火爆发一般。

水将冲毁了始皇帝的一切贪官污吏，一切严刑峻法！

风是凯歌❶：雨是进攻的战鼓，弥漫了大泽乡的秋潦❷是义举的檄文；从乡村到乡村，郡县到郡县；他们九百人将尽了历史的使命，将燃起一切茅屋中郁积已久的忿火！

始皇帝死而地分！

大泽乡，在安徽宿县南。秦二世皇帝元年（公元前二〇九），发闾左贫民（注详后）九百人戍守渔阳；屯在大泽乡地方，预备出发，刚刚碰着大雨，道路不通，预算等天晴出发，到得渔阳，已经过应该赶到的期限了。照军法，过期到的，都要处死刑。当时里面有两个屯长叫做陈胜吴广的，便私下商量道："现在我们逃到别处，也是免不了一死，造反，即使失败，也不过是一个死，同样死，还是造反而死的好。"于是陈胜吴广便把那带领戍卒的军官杀了，在大泽乡起兵造反。不久，四方都响应起来，秦朝就此灭亡。《史记》有《陈涉世家》，把这桩事记得很详尽。这篇小说，就是描写陈胜吴广在大泽乡起义的情形，所以题名《大泽乡》。

ＭＤ是这篇小说作者笔名的英文简写。大概作者不愿意把真姓名写出来时，便用这种简写的方法。

文　法

一一、助动词

前节曾提及助动词"见""被"二字，所谓助动词者，对于普通动词而言。普通动词均有一定的动作可指，助动词自身并无一定动作，只是帮助别的动词，使其语气明了。语势完全而已。依其性质，可分为下列几类。

---

❶　［凯歌］军行得胜时所唱的歌。
❷　［秋潦］秋天的大雨。

甲．表被动　见前节。

乙．表意想　如"欲"，"要"，"想"，"打算"等都是。例：

　　事所以不成以欲生劫之必得约契以报太子也。（《荆轲传》）

　　他们两位慢慢地踱出帐幕来，打算试一试他们的"泥猫"的威灵
了。（《大泽乡》）

丙．表可能　如"能"，"能够"，"够"，"可"，"可以"，"会"，"足"，"足
以"，等都是。例：

　　此国之大事也，臣驽下，恐不足任使。（《荆轲传》）

　　倘肯多花一文便可以买一碟盐煮笋或者茴香豆作下酒物了。
如果出了十几文，那就能买一样荤菜。（《孔乙己》）

丁．表该当　如"当"，"宜"，"须"，"应"，"应该"，"须要"，"须得"，
"得"，"务须"，等都是。例：

　　他的话句句不错，大家都该去听听。（《李成虎小传》）

　　一个儿子应该爱敬他的父母。（胡适《答汪长禄书》）

　　是宜去，不敢留。（《荆轲传》）

戊．表必然　如"必"，"定"，"必定"，"一定"，"决"，"决定"，"决计"，
"断"，"准"，"一准"，"不免"，"未免"，等都是。例：

　　赵不能支秦必入臣。（《荆轲传》）

　　你一定又偷了人家的东西了。（《孔乙己》）

己．表或然　如"恐"，"恐怕"，"怕"，"许"，"也许"，"或许"，等都
是。例：

　　样子太傻，怕侍候不了长衫主顾。（《孔乙己》）

　　他们平时带领的部卒和他们一样是富农的子弟或许竟是同村
的儿郎。（《大泽乡》）

　　臣驽下，恐不足任使。（《荆轲传》）

庚．表趋势　这唯白话文有之；如"去"，"来"二字是。例：

　　他们不能束手困在这荒岛样的小丘上，让奴隶们的复仇的洪
水，来将他们淹死。（《大泽乡》）

　　那么任凭父母老病冻饿以至于死，也可不去管他了。（《汪长禄

致胡适书》)

辛. 表时间　有"了","着"二字。"了"表示动作的完成,"着"表示动作的连续。通常放在动词之后。例:

　　做工的人傍午傍晚放了工,每每花四文铜钱买一碗酒靠柜外站着热热的喝了休息。(《孔乙己》)

　　到了渔阳误期也是死。(《大泽乡》)

　　风还是虎虎地吹着,雨还是腾腾地下着。(同上)

[注意1.]"了"字亦有作助词用的,但这助动词的"了"与助词的"了"性质全异。助词的"了",常放在句末,而助动词的"了",常紧接动词。试看下例:

　　吃了饭了。(上"了"为助动词,下"了"为助词)

　　客人到了长久了。(同上)

苏州土话中有"子""哉"二字,都可译作"了"字,而意义的区别却很明显。助动词的"了"相当于"子",助词的"了"相当于"哉"。试比较辨认:

　　吃了饭了══吃子饭哉。

　　客人来了长久了══客人来子长久哉。

[注意2.]表完成的助动词,尚有"起来""下去"两个。这都是表动作完成的开始的。例如:

　　在这时候众人也都哄笑起来。(开始哄笑)(《孔乙己》)

　　于是大地主联结起来勾通官吏。(开始联结)(《李成虎小传》)

　　鼓噪声像退落的潮水似的一点一点低下去了(开始低)(《大泽乡》)

这"起来"与"下去"有时还有分拆的用法,如下:

　　大家谈起累年作农苦况来══大家把累年作农苦况谈起来。(《李成虎小传》)

　　发起风来了══风发起来了。

　　我坐下椅子去══我在椅子上坐下去。

又有单用"来""去"二字表示动作完成的开始的。例如:

据你说来══据你说起来。

好好干去══好好干下去。

上面所述各种助动词中,"了""着"是用在动词之后的,别的都用在动词之前。其实别的助动词尽有用在动词之后的。例如:

怎么好? 走是走不得。(《大泽乡》)

秦兵且渡易水则虽欲长侍足下,岂可得哉。(《荆轲传》)

愿因先生得结交于荆卿可乎。(同上)

彼秦大将擅兵于外……诸侯得合从破秦必矣。(同上)

直到今年我自己生了一个儿子我才想到这问题上去。(胡适《答汪长禄书》)

五尺多高老健的身躯爽爽荡荡,同着差役下船去了。(《李成虎小传》)

想来陈胜倒不是怎样可怕。(《大泽乡》)

他们摆出照例的巡视营帐的态度来。(同上)

文言助动词之后,往往直附前介词"为"、"与"、"以",等字,这种前介词原与"之"字合成副词短语,(如"为之""与之""以上")略去"之"字,结果遂只留介词,且与助动词合在一处了。例:

今计举国不足以(之)当秦。(《荆轲传》)

向察众人之议,专欲误将军,不足与(之)图大事。(《赤壁之战》)

丹所以诚田先生毋言者,欲以(之)成大事之谋也。(《荆轲传》)

夫以秦王之暴而积怒于燕,可为(之)寒心。(同上)

燕有田光先生,其为人知深而勇沈可与(之)谋。(同上)

今有一言可以(之)解燕国之患报将军之仇者,则何如。(同上)

练习一　下列各句中,如有助动词,试指出。

老贼欲废汉自立久矣。(《赤壁之战》)

今肃可迎操耳如将军不可也。(同上)

今将军诚能命猛将统兵数万与豫州协规同力破操军必矣。(同上)

幸亏荐头情面大辞退不得。（《孔乙己》）

提起笔来写成一封白话信送给先生。（汪长禄《致胡适书》）

竟把一般做儿子的抬举起来。（同上）

前月我在一个地方谈起北京的新思潮。（同上）

练习二　动作的完成，有现在未来过去三种。下面各句，都用"了"字表示着动作的完成，有属于现在的，也有属于未来或过去的，试分别指出。

大学毕了业，再结婚不迟。

等医生赶到，病人已断了气了。

方才来了一个客人。

我们是吃了饭来的。

那时你着了一件白短衫正从门外进来。

等钱用完了再想法。

文　选

三三、作了父亲

谢六逸

"抱着小西瓜上了楼梯"，"小手在打拳了"，妻怀孕到第八个月时，我们常常这样说笑。妻以喜悦的心情，每日织着小绒线衣。她对于等一个婴儿的出产，虽不免疑惧，但一想到不久摇篮里将有一个胖而白的乖乖，她的母性的爱是很能克制那疑惧的。有时做活计❶太久了，她从疲倦里也曾低微地叹息，朝着我苦笑。除此之外，她不因身体的累坠，而有什么不平。在我是第一次做父亲，对于生产这事，脑里时时涌现出奇异的幻

---

❶　［活计］女子在家庭里做的工作，像织布、缝衣等等俗称"活计"。

想，交杂着恐怖与怜惜。将来妻临盆❶时，这小小的家庭，没有一个年老的人足以托靠，母亲远在千里，岳母又不住在一处，我越想越害怕起来，怕那挣扎与呻吟的声音。不出两个月，那新鲜的生命，将从小小的土地里迸裂出来，妻将受着有生以来的剧痛，使我暗中流泪。我在妻的怀孕时期的前半，为了工作的关系，曾离开了家，在旅中唯一的安慰妻的法术，就是像新闻特派员似的写了长篇通信寄回。写信时像写小说一样地描写着，写满了近十页的稿纸，意思是使她接着我的一封信，可以慢慢地看过半天或一天。忖度那信要看完时，接着又写第二封信寄去。过了两个礼拜，我必借故跑回家来一次。到妻怀孕的第七个月时，我索性硬着头皮辞职回家来了。回来以后，我搜集了不少的关于妊娠知识的外国文书籍，例如"孕妇的知识"，"初产的心得"之类。依照书里的指示，对妻唠叨❷着必须这么那么的。我怕妻不肯信我这临时医生的话，要说什么时必定先提一句"书里说的……，""书里说的……要用一块布来包着肚皮，""书里说的……，"这样可以使妻不至于提出异议。后来说多了，我的话还没有出口，妻就抢先说："又是书里说的么？"我们是常常说笑，并且希望肚里的是一个女孩子，但是我暗中仍是异常的感伤，我的恐怖似乎比妻厉害些。我每天默念着，希望妻能够安产，小孩不管怎样都行。真是"日月如梭❸"，到了十月二十六日（一九二七年）的上午四时，天还没有亮，我听着妻叫看护妇的声音，我醒了。她对我说，有了生产的征候。我的心跳着，赶快到岳母家里去。这时街上的空气很清新，女工三三两两的谈笑走着，卖蔬菜的行贩正结队赶路，但我犹如在山中追逐鹿子的猎人，无心瞻望四围的景色。我通知了岳母，又去请以前约定好了的医生。回到家里，阵痛❹还没有开始。过了一刻，医生来了，据说最快还须等到今天夜里，并吩咐不要性急。下午三时以后，"阵痛"攻击我的

---

❶ ［临盆］旧法，女子分娩时用脚盆一类的东西来盛受那新生下来的婴儿，所以俗称分娩为"临盆"。

❷ ［唠叨］音ㄌㄠ ㄊㄠ，多说话。

❸ ［日月如梭］这是一句成语，说日子的过去，和织布时梭的往来一般快。

❹ ［阵痛］阵，次数；例如"一阵风"，"一阵雨"。女子分娩前，腹部必作若干次剧痛，称为"阵痛"。

妻子,大约是十分钟一次。我跑去打了五次电话,跑得满头是汗。唉唉,这是劳康❶(Laocoon)的苦闷的第一声了。妻自幼是养育在富裕的家庭里,但自从随着我含辛茹苦之后,一切劳作苦痛都习惯了。她的腹部虽是剧痛,她却撑持着下床步行,不愿呻吟一声。岳母用言语安慰她,我只有坐在房后的浴室流着泪。这一夜医生宿在家里,等候到翌日的下午五时,妻舍弃了无可衡量的血液与精神,为这条小小的生命苦斗着,经验了有生以来的神圣的灾难,于是我们有了一向希望着的女孩子了。"人生恋爱多忧患,不恋爱亦忧患多❷",是一点不差的。我们的静寂的家庭,自此以后,增加了新鲜的力量,同时,使我们手忙脚乱起来。最苦的是母亲❸,日夜忙着哺乳,一会儿褓褓❹,一会儿洗浴。又因为素性酷爱清洁,卧在床上也得指点女佣洒扫;又须顾虑着每日的饮食。弥月❺以后,肌肉瘦削了不少,以前的衣服,穿在身上,宽松了许多;脸上泛着的红色,只有在浴后才可以得见。在这时,我最怕看我妻的后影。妻的专长是钢琴(Piano)和英语,出了学校,对于自己所学的,没有放弃,现在可不行了。那些 Maiden's Prayer❻,Lohengrin❼ 的调子是没有多弹奏的余裕了。我本来也想使自己的日常生活近于理想一点,就是起床,运动,思考,读书,著述,散步的生活,但是孩子来了,一切的理想都被打碎了。我们的实际生活,不能不随着改变了。每天非听啼声不可,非忍受着一切麻烦的琐事不可了。女孩子是有了,可是还没有名字,照着通例,总是叫她做毛头(头发是那么的黑而长),但妻说照这样叫下去不行,必须请祖母给她起一个名字。我赶快写信去禀告在家乡的母亲。过了许久,便接着了母亲亲笔写成的回信,信里附着一张长方形的红纸,用工楷的字体,写着

---

❶ 〔劳康〕Laocoon 的音译。希腊神话中人物。他的雕刻像有蛇缠身,象征父性的烦恼。

❷ 〔人生恋爱多忧患不恋爱亦忧患多〕这两句似出于作者自造;但日本菊池宽所作的长篇小说常有此种境界。

❸ 〔最苦的是母亲〕这母亲是指那婴儿的母亲,即作者的妻。

❹ 〔褓褓〕本是婴儿用的袄被;但这里作为动词用。

❺ 〔弥月〕诞生后刚满一月。

❻ 〔Maiden's Prayer〕意译为"处女的祈祷",西洋名曲之一。

❼ 〔Lohengrin〕德国音乐家瓦格纳(Wagner)所作歌剧之一。现在结婚仪式中新夫妇人礼堂时所奏之乐,即此歌剧中的一段。

几行字。上面是"祖母年近六旬，为孙女题字，乳名宝珠，学名开志。"在旁边注着两行小字，是"吾家字派为二十字：天光开庆典，祖荫永新昭，学士经书裕，名家信义超。"这些尊重家名的传统习俗，我是忘记得干干净净了，可是我还记得这是祖父在日所规定的，足敷二十代人之用。我的父亲是"天"字一辈，我是"光"字，所以祖母替孙女起名，一定要有一个"开"字的。我们接到祖母的信时，十分的欢喜感激。并且这个名字，我们是很中意。别人为女孩子起名，多喜欢用"淑""芬""贞""兰"等含有分辨性别的字，"开志"这个名称，看不出有故意区分性别之意，所以我们很欢喜。有了名字，可是我们已经叫惯她做毛毛或是宝宝了，"开志"的名称，不过是偶然一用。宝宝到了第七个月时，真是可爱，她的面貌的轮廓渐渐清晰起来了。细长而弯的眉毛，漆黑的眼珠，修而柔的眼毛，还有鼻子，像她的母亲；嘴的轮廓，肤色，笑涡像父亲。志贺直哉❶氏在《到网走去》一篇小说里，说孩子能将不同的父母的相貌，融合为一，觉得惊奇，在我也有同感。到了第十三个月，因为奶妈的奶不足，我们便替她离了乳，到了今天，她的年岁是整整的三十七个月了。这其间，她会开口叫妈妈，叫阿爸，她会讲许多话，会唱几首歌，我写这篇短文时，她是在我的身边聒噪了。宝宝的笑声啼声就是我们的"神"，我们的宗教。她的睡颜，她的唇、颊、头发、小手，使我们感到这是"智慧"的神。她有许多玩具，满满的装在小竹箱里。我们的家距淞沪火车路线❷很近，她看惯了火车的奔驰，听惯了火车的笛声，火车变成了她的崇拜物。在我的观察，她以为火车是最神奇的东西，为什么跑得这样快，为什么头上有两只大眼睛，为什么发怒似的叫号。她崇拜火车，爱慕火车。崇拜爱慕的结果，把我的书从书架上搬下来，选出厚而且巨的，如大字典之类做火车头，其他的小型的书当车身，苹果两个权做火车眼睛。在许多玩具之中，她顶喜欢的是"车"的一类。她有了三轮的脚踏车，小汽车，装糖果的小电车，日本人做的人力车的模型，独轮车的模型。除了玩具，她最喜欢模仿父亲看书或

---

❶ ［志贺直哉］现代日本小说家，生于一八八三年。他所著的小说《到网走去》，经周作人译成华文，收入《现代日本小说集》（商务书馆出版）。

❷ ［淞沪火车路线］从上海开到吴淞的火车路线。

看报，画报是她的爱人，尤其是东京《读卖新闻》❶附刊的漫画❷。她一个人睡在藤椅上，成一个"大"字形，两手举起报纸，嘴里叽里咕噜，不知念些什么，看去她是十分的欢喜。在最近，她每天对母亲唠叨着说："毛毛长长大大（杜杜）了，好去读书了。"她有了幼稚园读本，有了儿童画报，有了不碎石板和石笔，这些东西安放的位置，偶然被女佣移动一下，她就大声地叫喊。宝宝又爱散步，在秋天，总是每天两次，由我牵着小手到公园去，天寒了，午饭后，领着在并木道❸旁闲踱着，她的嘴里温❹着歌，路上散着黄色的落叶，日光从树梢筛在地上，一个大黑影和一个小黑影一高一低的彳亍着，于是我觉得这里也有"人生"。宝宝自己有她的歌，在二十五个月以后，便自作自唱起来。她的歌，我都记在日记里。例如："乌乌乌乌火车，叮当叮当电车。"（在我们的屋后，有火车走过，她与火车最熟。有一天同母亲到百货店里去了回来，便独语似地念出这两句。）"鸟鸟飞，鸟鸟飞，鸟鸟飞飞。"（到外祖母家去，见小娘舅养着的金丝雀逃走了，回来便这么唱。）"洋团团是要困困了，毛毛唱唱侬。"（母亲唱歌催她睡觉，她照样去催眠洋团团。）到了今年（一九三○年），宝宝的智慧又进一步了。夏天买了叫叫虫来，挂在树枝上，一连几天都没有叫，我们说这叫叫虫不会叫了。宝宝听了就唱着："叫叫虫，不会叫，买得来，啥用场❺。"见了木匠来家里修门，唱的是："木匠师父交关好❻，是我好朋友；做出物事交关好，是我好朋友。"夜里睡觉时，脱了衣服，口里念着："耶稣慈悲，牧师❼听我，夜里保护我困觉，亚门❽！"（这是母亲教的，但无什么宗教的意味。有时白昼也大声的唱着，自己拍着小手。）宝宝的智慧是一天比一天增进了，这使我们担心着将来的教育问题。在我个人，是怀疑

---

❶ ［东京《读卖新闻》］东京，日本的国都。《读卖新闻》，在东京出版的一种日报，现在还照常出版。

❷ ［漫画］不限定题材，一时兴到而画成的画。倘用文字来比拟，漫画好像"随笔"。

❸ ［并木道］两旁种着树的人行道。

❹ ［温］复习。

❺ ［啥用场］有什么用。

❻ ［交关好］就是说"甚好"或"非常好"。交关，上海一带的土话。

❼ ［牧师］耶稣教的传教师。西名为 Pastor。

❽ ［亚门］Amen 的音译。其意思是"心愿如此"。耶教徒祈祷时常常念的。

国内的一切学校教育的，宝宝现在是三十七个月了。附近虽有幼稚园，经我们去参观以后，便不放心送她进去。将来长大时，在上海地方，我们也不会知道哪一所女子中学是优良的。听人说，甚至于有借办女子学校为名，而与政客官僚结纳，替他们介绍一两个女学生，因此募款自肥的。教会办的女子学校更不行，平时拿"耶稣"来骗人，记得几句死板板的英语。他们的宗旨不外是想培养"名媛❶"，预备在"时装展览会"里，穿上所谓"时装"，替富商大贾们做"衣架子"（比以 manéquin girl❷ 为职业的还要无自觉）。继而她们的芳容在上海的乌七八糟❸的"画报"上登载出来，大概就会有达官贵人、欧美博士之流来跪着求婚的。接着就是举行"文明结婚❹"仪式，请"局长""要人"们来证婚，来宾有千人之众。汽车，金刚石，锦绣断送了一生。在教会❺女校毕业出来的人，大多数以这条"出路"为她们的最高的理想。上海的女子教育我是根本地摈斥的。再说，像我们这一阶级的人，能否供应一个女孩子多念几年书，也没有把握。所以我们对于自己的女孩子的教育计划，是想由我们自己的力量，将她培养成为一个"自由人"，成为一个强健耐劳的女性。我们想就孩子的年龄（四岁到二十五岁），分做五个教育时期。按期把识字，写字（毛笔与钢笔），儿歌，童话，儿童剧，运动（特别注重），作文，散文，小说，诗歌，数学，阅报，自然科学与社会科学的常识，历史地理的知识，筋肉劳动（特别注重），各国革命史，人类劳动史，外国语言文字，专门技能的学习（特别注重，但以筋肉劳动者为限，使她能在农村或工厂生活）等等教她。过了二十五年，她可以到社会的漩涡里去冲击了。假使我有一天能够脱离这 salary man 的生活❻，也许我还能做一个打铁的工人。到了那时，我

---

❶ ［名媛］有名的美女子。

❷ ［Manéquin girl］Manéquin，本是指画家、雕刻家的人体模型，或洋服店里的胸体模型。近来欧美的大商店，往往用女子招徕主顾，例如出售衣服的商店，雇用美貌女子，当着主顾试穿各种时式的衣服，使他们随意选择，或竟穿了时式衣服坐在橱窗里做招牌，凡以此为职业的女子，就称为 Manéquin girl。

❸ ［乌七八糟］杂乱无次序的意思，也是上海一带的土话。

❹ ［文明结婚］结婚不用旧时的仪式，俗称"文明结婚"。

❺ ［教会］耶稣教徒聚集的团体。

❻ ［Salary man 的生活］靠月薪维持生活的叫做"Salary man 的生活"。

更能将我的手腕磨炼得粗厚些。靠着我的双腕,使我们的宝宝在精神和肉体两方面都健全地养育起来,让她做一个"自由人",做一个"勇者",我们的宝宝呀!

谢六逸,现代贵州贵阳人。日本早稻田大学本科毕业。现为上海复旦大学教授。所著有《茶话集》、《水沫集》、《日本文学》、《农民文学》、《神话学》等。

三四、牵牛花

叶绍钧

手种牵牛花接连有三四年了。水门汀❶地没法下种,种在十来个瓦盆里。泥是今年又明年反复着用的,无从取得新的来加入。曾与铁路轨道旁边种地的那个北方人商量,愿出钱向他买一点,他不肯。

从城隍庙❷的花店买了一包过磷酸骨粉❸搀和在每一盆泥里,这算代替了新泥。

瓦盆排列在墙脚,从墙头垂下十条麻线,每两条距离七八寸,让牵牛的藤蔓缠绕上去。这是今年的新计划,往年是把瓦盆摆在三尺光景高的木架子上的。这样,藤蔓很容易爬到了墙头;随后长出来的互相纠缠着,因自身的重量倒垂下来,但末梢的嫩条便又蛇头一般仰起向上伸,与别组的嫩条纠缠,待不胜重量时便重演那老把戏;因此,墙头往往堆积着繁密的叶和花,与墙腰的部分不相称。今年从墙脚爬起,沿墙多了三尺光景的路程,或者会好一点;而且,这就将有一垛完全是叶和花的墙。

---

❶ ［水门汀］Cement 译音的。一种建筑材料,以黏土与苛性石灰相和,烧成硬块,再用机器磨成粉末,用时加入细沙,以水拌匀,干后就坚硬和石一般。

❷ ［城隍庙］亦称邑庙。向在上海县城内。(上海县城拆除已久,现在的民国路、中华路,就是从前的城址。)庙内有东西二园;东园的假山,颇有名;西园是明允庵豫园旧址。园中摊肆林立,每天游客很多。

❸ ［过磷酸骨粉］骨灰的主成分为磷酸钙,不溶于水;加硫酸于骨灰,则成过磷酸钙及硫酸钙的混合物,作粉末状,易溶于水,可作肥料,俗称过磷酸骨粉。

　　藤蔓从两瓣子叶中间引伸出来以后，不到一个月工夫，爬得最快的几株将要齐墙头了。每一个叶柄处生一个花苞，像谷粒那样大，便转黄萎去。据几年来的经验，知道起头的一批花苞是开不出来的；到后来发育更见旺盛，新的叶蔓比近根部的肥大，那时的花苞才开得成。

　　今年的叶格外绿，绿得鲜明；又格外厚，仿佛丝绒裁剪成的。这自是过磷酸骨粉的功效。他日花开，可以推知将比往年的盛大。

　　但兴趣并不专在看花。

　　种了这小东西，庭中就成为系人心情的所在，早上才起，工毕回来，不觉总要在那里小立一会儿。那藤蔓缠着麻线卷上去，嫩绿的头看似静止的，并不动弹；实际却无时不回旋向上，在先朝这边，停一歇再看，它便朝那边了。前一晚只是菉豆❶般大一粒的嫩头，早起看时，便已透出二三寸长的新条，缀着一两张满被细白绒毛的小叶子，叶柄处是仅能辨认形状的小花苞，而末梢又有了菉豆般大一粒的嫩头。有时认着墙上的斑驳痕想，明天未必便爬到那里吧；但出乎意外，明晨已爬到了斑驳痕之上；好努力的一夜工夫！"生之力"不可得见；在这样小立静观的当儿，却默契了"生之力"了。渐渐地，浑忘意想，复何言说，只呆对着这一墙绿叶。

　　即使没有花，兴趣未尝短少；何况他日开花，将比往年的盛大呢？

　　牵牛花，一年生的蔓草。叶有三尖，互生。夏日开花，花色不一，花冠像漏斗；早刻花开，受着日光便萎了。

---

　　❶　[菉豆] 亦称"绿豆"，谷类，很像赤小豆，茎高尺余，秋季开小花，实绿褐色，可作食品。

文　话

一四、小说

　　最近我们读了《孔乙己》和《大泽乡》两篇，这两篇都是小说。小说，这个名称颇有引人的力量，一般的人都欢喜看小说。什么是小说呢？不妨在此简略地谈谈。

　　小说所叙的必然是一件或者一串的事情，就文体论，自是叙述文。小说里必然有一个或者多数的人物，做事情的发动者、支持者和完成者。这不用详细指说，读者只消翻检《孔乙己》和《大泽乡》，自己就可以寻到证明。

　　这样说时，或许有人要问："那么，小说和传记不就是同类的东西么？像《李成虎传》和《荆轲传》，里边也有人物，也有事情，为什么不称为小说呢？"

　　回答这问题并不难。传记的材料是被事实所限定的；必须传记中人有过这回事，起过这样想头，方才可以写入传记。小说的材料却是悉凭作者取舍的；有的小说完全由想象构成，便是用事实作蓝本的小说，也尽可搀入想象的成分。所以，从材料的来源说，小说和传记就显然不同。

　　若再根究这不同的所以然，就得说到写作目的的不同。传记，看字面就可以知道，目的在把其人其事记录下来；故非"传真求信"不可。小说的目的却在表达出作者所见于人生的、社会的某种意义；故任何材料得以自由驱遣。用绘画来比方，传记犹之写生法，务求妙肖，小说犹之写意法，意在笔外。

　　《李成虎传》目的在记录李成虎，《荆轲传》目的在记录荆轲，所以这两篇不是小说而是传记：现在已很明白了。那么，《孔乙己》和《大泽乡》既是小说，两位作者所见于人生的、社会的意义是什么呢？《孔乙己》是怜悯这个被侮辱的人么？《大泽乡》是同情于那些"闾左贫民"么？如果这样想，就浅看了这两篇了。读书而无所成，颓唐到偷人家的东西，却又说"君子固穷"；对于自己的知书识字，不乏矜夸的意思；在被打折了腿之后，仍旧耽着一碗酒的享乐，同时给自己辩解说，"跌断，跌，跌……"，这些里边蕴蓄着深浓的人生味。作者感到了这人生味，引起了用文字来把它把捉住的感兴，于是写下这篇《孔乙己》。另一位作者呢，他从《大泽乡》这个故事里悟出了阶级不同的军官和"闾左贫民"在秋雨的征途中所起的不同的心理变化，引起了用文字来把它把捉住的感兴，于是写下这篇《大泽乡》。

李成虎和荆轲的故事也未尝不可作小说，如果作者从他们的故事里有什么意义见到的话；若仅只把其人其事记录下来，让人家知道世间有其人其事象《李成虎传》和《荆轲传》的样子，那就是传记——前面已经说过了。

常常有人这样说："某事新奇可喜，某事变幻曲折，都是绝好的小说材料。"这表示他们对于小说抱着一种不正确的见解。他们以为小说的任务就是记录事情，故认新奇可喜、变幻曲折的事情为小说的好材料。有一些作者犯着同样的错误，他们说："我这小说完全依据事实，并非凭空造作的。"取他们的小说来看，只是叙述文而已。

必须叙述文里含着作者所见于人生的、社会的某种意义（主要在'含着'，明白说出与否倒没有关系），方才是小说。至于材料，真实的故事也好，虚构的故事也好，只消表达得出那所谓某种意义——这里，真实的故事并不特别可贵。

小说大概可分为两种。其一用归纳的方法，就是作用先从现实里去看出意义来，然后，或者就把现实的事情、人物记录下来，使人家看了，也看出作者所看出的那点意义，或者另造事情、人物，作为材料，使那点意义格外明显。《孔乙己》就是此种。又其一用演绎的方法，就是作者先有了一种意义，然后创造事情、人物来寄托它，使人家看了，也悟出作者所见到的那点意义。《大泽乡》就是此种。

关于小说的写作有所谓"写实主义"，一般的误会就从这名词引起。其实写实主义并非照录故事，作成一些叙述文的意思；乃是把所以寄托意义的事情和人物写得如同真实的一般，使人家不起"不切实际"的感觉。

作者所看出的、悟到的意义，有的是读者平日也曾经验过，但并不清楚地留存在意识里的；及被作者提明，有如搔着了痒处，寻得了故物，欣快无穷。有的是读者平日虽不曾经验过，但一经提及，便能深切地理解的；所谓"一见如故"，正可以形容读了这种小说以后的欣快。所以，小说的作者和读者由所见于人生的、社会的某种意义而发生关联；一边作，一边读，都是严肃认真的事。有些人不明白这一点，把写作小说看做游戏的事，拿起一本小说来读的时候，又说"我借此消遣消遣"：其作不好，读不好是当然的。

现在青年颇欢喜作小说，他们作成了小说，自己发布刊物，或者投到报社、杂志社去。但是，大多数的小说仅是叙述文而已。有志作小说的人首先应该自问："我这小说不仅是叙述文么？"更可以换一句话自问："我这小说除了记叙一些事情、人物之外还有自己的什么意义含着在、寄托着在里头么？"能够这样，至少不会把自己的一篇叙述文误称作小说了。

至于所见的意义的深浅、广狭，那是因各个作者的经验、识力而不同的。各人的生活互异（包括物质生活和精神生活），各人可就自己所见的意义写作小说。技法自也各有不同；把各种技法排比起来，就成"小说法程"之类的书籍。但看了"小说法程"不一定作得好小说。作者当写作的时候，若能注意于"怎样才能把自己所见的意义表达出来？"便比较接近成功之门了。

练习　试自认定拟表达某种意义，作小说一篇。

文　选

三五、闻歌有感

夏丏尊

"一来忙，开出窗门亮汪汪；二来忙，梳头洗面落厨房；三来忙，年老公婆送茶汤；四来忙，打扮孩儿进书房❶；五来忙，丈夫出门要衣裳；六来忙，女儿出嫁要嫁妆；七来忙，讨个媳妇❷成成双；八来忙，外孙剃头要衣装；九来忙，捻了数珠❸进庵堂；十来忙，一双空手见阎王。"

十一岁的阿吉和六岁的阿满又在唱这俗谣了。阿满有时弄错了顺序，阿吉给伊订正，妻坐在旁边也陪着伊们唱。一壁拍着阿满，诱伊睡熟。

这俗谣是我近来在伊们口上时常听到的，每次听到，每次惆怅，特别在那夏夜的月下，我的惆怅更甚。据说，把这俗谣输入到我家来的，是前年一个老寡妇的女佣。那女佣的从何处听来，是不得而知了。

几年前，我读了莫泊三❹的《一生》❺，在女主人公的一生的经过，感到不可言说的女性的世界苦。好好的一个女子，从嫁人，生子，一步一步地陷入到"死"的口里去，因了时势和国土，其内容也许有若干的不同，但总逃不出那自然替伊们预先设好了平板的铸型一步。怪不得贾宝玉❻在姊妹嫁人的时候要哭了。

---

❶　［书房］私塾的俗称。

❷　［讨个媳妇］俗称娶媳妇为"讨媳妇"。

❸　［数珠］念佛时用以计数的珠，亦称"念珠"。

❹　［莫泊三］Guy de Maupassant，（1805—1893）法国小说家。他是一个写实主义的作家，和佐拉齐名。

❺　［《一生》］原名 Une Vie（1883）。书中叙一女子，在未嫁以前，抱着无限希望，后来却平平淡淡地过了一生。

❻　［贾宝玉］清曹雪芹所著小说《红楼梦》中的人物。

《一生》现在早已不读,并且连书也已散失不在手头了,可是那女性的世界苦的印象,仍深深地潜存在我心里,每于见到将结婚或是结婚了的女子,将有儿女或是已有了儿女的女子,总不觉要部分地复活。特别地每次听到这俗谣的时候,竟要全体复活起来。这俗谣竟是中国女性的"一生!"是中国女性一生的铸型!

我的祖母,我的母亲,已和一般女性一样都规规矩矩地忙了一生,经过了这些平板的阶段,陷到死的口里去了!我的妹子,只忙了前几段,以二十七岁的年纪,从第五段一直跳过到第十段,见阎王去了!我的妻正在一段一段地向这方向走着!再过几年,眼见得现在唱这歌的阿吉和阿满也要钻入这铸型去!

记得,有一次,我那气概不可一世的从妹❶对我大发挥其毕生志愿时,我冷笑了说:

"别做梦罢!你们反正是要替孩子抹尿屎的!"

从妹那时对于我的愤怒,至今还记得。后来伊结婚了,再后来,伊生子了,眼见伊一步一步地踏上这阶段去!什么"经济独立","出洋求学"等等,在现在的伊,也已如春梦浮云,一过便无痕迹。我每见了伊那种憔悴的面容,及管家婆❷的像煞有介事❸的神情,几乎要忍不住下泪,可是伊却反不觉甚么。原来"家"的铁笼,已把伊的野性驯伏了!

易卜生❹在《海得加勃勒》❺中,借了海得的身子,曾表示过反对这桎梏的精神。苏特曼❻在《故乡》❼中也曾借了玛格娜的一生,描写过不甘被这铁笼所牢缚的野性。无论世间难得有这许多的海得、玛格娜样的新

---

❶ 〔从妹〕伯父或叔父的女儿,年纪比自己为轻的,称为"从妹"。

❷ 〔管家婆〕主妇的俗称。

❸ 〔像煞有介事〕苏州一带俗语,其意思和"俨然"二字差不多。

❹ 〔易卜生〕见前《答汪长禄书》注。

❺ 〔《海得加勃勒》〕易卜生所作的剧本,原名 *Hedda Gabler*(1890)。剧中写一女子名海得,一心想做些超越尘俗的事情,可是理想与现实终究隔离太远,结果还只以一死了事。

❻ 〔苏特曼〕Hermann Sudermann(1857—1928)德国的剧作家小说家。

❼ 〔《故乡》〕原名 *Heimate*(1893)。是苏特曼所作的剧本。剧中写一退职军官的女儿玛格娜,因反对由他父亲作主订婚,便离开家庭,投身为歌伶。后来经人调解,又回家和她父亲同居,但她父亲还是像从前那样顽固,父女两人的性质意见根本不同,结果是她父亲气得中风死了。

妇女，即使个个都是，结果只是造成了第三性的女子，在社会看来也是一种悲剧。国内近来已有了不少不甘为人妻的"老密斯❶"，和不愿为人母的新式夫人。女性的第三性化，似已在中国的上流社会流行开始了！如果给托尔斯泰❷或爱伦开伊女史❸见了，不知将怎样叹息啊！

　　贤妻良母主义，虽为世间一部分所诟病，但女性是免不掉为妻与为母的。说女性于为妻与为母以外还有为人的事则可以，说女性既为了人就无须为妻为母，决不成话。既须为妻为母，就有贤与良的理想的要求，所不同的只是贤与良的内容解释罢了。可是无论把贤与良的内容怎样解释，免不掉是一个重大的牺牲，逃不出一个"忙"字！

　　自然所加给女性的担负，真是严酷，《创世记》中上帝对于第一对男女亚当夏娃的罚，似乎待女性的比待男性的苛了许多❹。难道真是因为女性先受了蛇的诱惑的缘故吗？抑是女性真由男性的肋骨造成，根本上地位价值不及男性？

　　中馈❺，缝纫，奉夫，哺乳，教养……忙煞了不知多少的女性。在个人自觉不发达的旧式女性，一向沉没在自然的盲目的性意识里，千辛万苦，大半于无意识中经过着，比较地不成问题。所最成问题的是个人自觉已经发展的新女性。个人主义已在新女性的心里占着势力了，而性的生活及其结果，在性质上与个人主义却绝对矛盾。这性与个人主义的冲突，就是构成女性世界苦的本质。故愈是个人自觉发达的新女性，其在

---

　　❶　[老密斯]西洋人称未出嫁的女子为 Miss。老密斯，是指年纪已老还没有嫁人的女子。

　　❷　[托尔斯泰]见前《文明与奢侈》注。托尔斯泰所著的《幸福与家庭》，描写恋爱与结婚，正和那些"不甘为人妻""不敢为人母"的人的主张相反。

　　❸　[爱伦开伊女史]中国一向称知书识字的妇女为"女史"，是尊美之辞。Miss Ellen Key（1849—1924），瑞典的女思想家。她初主张妇女解放，但后来却退出了妇女解放运动的潮流，而竭力主张母性之高尚。所著有《爱情与结婚》等书。

　　❹　[《创世记》中上帝对于第一对男女亚当夏娃的罚似乎女性比男性苛了许多]《创世记》是《旧约》圣书的首卷，记上帝开辟天地，创造万物。据说上帝先用尘土造成一男子，名叫亚当。又取下亚当的肋骨，造成一个女子，名叫夏娃。后来夏娃受了蛇的诱惑，违背了上帝的吩咐，上帝对夏娃说："我必多多加增你怀胎的苦楚，你生儿女必多受苦楚。你必恋慕你的丈夫，你丈夫必管辖你。"当时亚当听了夏娃的话，也违背上帝的吩咐，但上帝对亚当的处罚，只说"你必终身劳苦，……你必汗流满面才得糊口，直到你归了土。"详可看《创世记》第二章第三章。

　　❺　[中馈]妇人在家所处理的饮食之事，称为"中馈"。语本《易经》"无攸遂，在中馈"。

运命上所感到的苦痛也应愈强。国内现状沈滞麻木如此,离所谓"儿童公育","母性拥护"等种种梦想的设施,还是很远很远,无论在口上笔上说得如何好听,女性在事实上还逃不掉家庭的牢狱。今后觉醒的女性,在这条满了铁蒺藜❶的长路上,将甚样去挣扎啊!

叫新女性把个人的自觉抑没了来学那旧式女性的盲目的生活,减却自己苦痛吗?社会上大部分的人们,也许都在这样想。甚么"女子教育应以实用为主",甚么"新式女子不及旧式女子的能操家政❷"等种种的呼声,都是这思想的表示。但我们断不能赞成此说,旧式女性因少个人的自觉,千辛万苦,都于无意识中经过,所感到的苦痛,不及新女性的强烈,这种生活,自然是自然的,可是与普通的生活界有何两样!如果旧式女性的生活可以赞美,那末动物的生活该更可赞美了。况且旧式女性也未始不感到苦痛,这俗谣中所谓"忙",不都是以旧式女性为立场的吗?

一切问题不在事实上,而在对于事实的解释上,女性的要为妻为母是事实,这事实所给于女性的特别麻烦,因了知识的进步及社会的改良,自然可除去若干,但断不能除去净尽。不,因了人类欲望的增加,也许还要在别方面增加现在所没有的麻烦。说将来的女性可以无苦地为妻为母,究是梦想。

我不但不希望新女性把个人的自觉抑没,宁希望新女性把这才萌芽的个人的自觉发展强烈起来,认为妻为母是自己的事,把家庭的经营,儿女的养育,当作实现自己的材料,一洗从来被动的屈辱的态度。为母固然是神圣的职务,为妻是为母的预备,也是神圣的职务,为母为妻的麻烦,不是奴隶的劳动,乃是自己实现的手段,应该自己觉得光荣优越的。

"我有男子所不能做的养小孩的本领!"

这是斯德林堡❸某作中女主人公反抗丈夫时所说的话。斯德林堡

---

❶ [铁蒺藜]古时军用的障碍物。以铁为三角物,有尖刺如蒺藜,用绳连贯成串,布于敌来要路,使人马不得驰骋。

❷ [操家政]管理家务。

❸ [斯德林堡]August Strindberg(1849—1912),瑞典的歌曲家、小说家。他是一个"女性的厌恶者",他的著作中极力反对或讽刺妇女解放运动。所著小说有《红屋》(*The Red Room*)等,剧本有《父亲》(*The Father*)等。

一般被称为女性憎恶者,但这句话,却足为女性吐气的,我们的新女性,应有这自觉的优越感才好。

苦乐不一定在外部的环境,自己内部的态度常占着大部分的势力。有花草癖的富翁,不但不以晨夕浇灌为苦,反以为乐,而在园丁却是苦役。这分别全由于自己的与非自己的上面,如果新女性不彻底自觉,认为妻为母都不是为己,是替男子作嫁,那末即使社会改进到如何的地步,女性面前也只有苦,永无可乐的了。

心机一转,一切都会变样。《海上夫人》❶中爱丽姐因丈夫梵格尔许伊自决去留,说"这样一来,一切事都变了样了!"就一变了从前的态度,留在梵格尔家里,死心塌地做后妻,做继母。这段例话,通常认为自由恋爱的好结果,我却要引了作为心机一转的例。梵格尔在这以前,并非不爱爱丽姐,可是为妻为母的事,在爱丽姐的心里,总是非常黯淡。后来一转念间,就"一切都变了样了!"所谓"烦恼即菩提❷",并不定是宗教上的玄谈啊!

妇女解放的声浪,在国内响了好几年了。但大半都是由男子主唱,且大半只是对于外部的制度上加以攻击。我以为真正妇女问题的解决,要靠妇女自己设法,好像劳动问题应由劳动者自己解决一样。而且单从外部的制度下攻击,不从妇女自己的态度上谋改变,总是不十分有效的。老实说:女性的敌,就在女性自身!如果女性真已自己觉到自己的地位并不劣于男性,且重要于男性,为妻,产儿,养育,是神圣光荣的事务,不是奴隶的役使,自然会向国家社会要求承认自己的地位价值,一切问题,应早经不成问题了的。唯其女性无自觉,把自己神圣的奉仕,认作屈辱

---

❶　[《海上夫人》]易卜生所作的剧本,原名 *The Lady from the Sea*(1888)。剧中写一女子爱丽姐,是个看守灯塔人的女儿,她和父亲常居海滨,所以市镇里的人都称她为"海上夫人"。她先和一个海船上的水手发生恋爱,且已订有婚约,后来那水手因犯罪逃走,她便嫁给市镇里的一个医生名叫梵格尔的做后妻。这不是爱丽姐所愿意的;所以她到梵格尔家以后,便觉不自由,不舒适,天天想着那水手。梵格尔只是用种种方法来娱悦她,安慰她,总不许她自由。直到后来那水手从海外归来接爱丽坦的时候,梵格尔才允许她自决去留。可是,这样一来,爱丽姐的心完全改变了:她终于拒绝了那水手,用自己的自由意志选择了梵格尔。

❷　[菩提]佛家称洞明真谛,到觉悟的境界为"菩提",亦称"正觉"。

的奴隶的勾当,才致陷入现在的堕落的地位。

有人说,女性现在的堕落,是男性多年来所驯致的。这话当然也不能反对。但我以为无论男性如何强暴,女性真自觉了,也就无法抗衡。但看娜拉啊!真有娜拉的自觉和决心,无论谁做了哈尔茂,亦无可奈何。娜拉的在以前未能脱除傀儡衣装,并不是由于哈尔茂的压迫,乃是娜拉自身还缺少自觉和决心的缘故。"小松鼠","小鸟儿"等玩弄的称呼,在某一意义上,可以说是娜拉❶所甘心乐受,自己要求哈尔茂叫伊的啊!

正在为妻为母和将为妻为母的女性啊!你们正"忙"着,或者快要"忙"了。你们在现在及较近的未来,要想不"忙",是不可能的。你们既"忙"了,不要再因"忙"反屈辱了自己,要在这"忙"里发挥自己,实现自己,显出自己的优越,使国家社会及你们对手的男性,在这"忙"里认识你们的价值,承认你们的地位!

夏丏尊,现代浙江上虞人。本社社长。他所作的散文甚多,但并未搜辑成集。

三六、剪网

丰子恺

大娘舅❷白相❸了大世界❹回来。把两包良乡栗子❺在桌子上一放,躺在藤椅子里,脸上现出欢乐的疲倦,摇摇头说:

---

❶ 〔娜拉〕易卜生的剧本 *Doll's House*(1879),写一女子娜拉,初为救她丈夫之故,犯了假冒签字的罪,她丈夫哈尔茂知道了,却完全不能原谅她。因此她看穿了男子的自私心,看穿了家庭的黑幕。后来这件事和平的过去,她丈夫又同从前一样,用对付小鸟玩偶似的手段去对待她,敷衍她,然而这时候,她已经变了一个人了。她离开了哈尔茂,要做一个独立的人,不愿再做家庭的傀儡了。

❷ 〔大娘舅〕对于母亲的长兄的称呼。

❸ 〔白相〕南方人称游玩为"白相"。

❹ 〔大世界〕上海的游戏场。

❺ 〔良乡栗子〕河北良乡县所产的栗子。

　　"上海地方白相真开心！京戏❶，新戏❷，影戏，大鼓❸，说书❹，变戏法，甚么都有；吃茶，吃酒，吃菜，吃点心，由你自选；还有电梯，飞船，飞轮，跑冰……老虎，狮子，孔雀，大蛇……真是无奇不有！唉，白相真开心，但是一想起铜钱就不开心。上海地方用铜钱真容易！倘然白相不要铜钱，哈哈哈哈……"

　　我也陪他"哈哈哈哈……"

　　大娘舅的话真有道理！"白相真开心，但是一想起铜钱就不开心，"这种情形我也常常经验。我每逢坐船，乘车，买物，不想起钱的时候总觉得人生很有意义，对于制造者的工人与提供者的商人很可感谢。但是一想起钱的一种交换条件，就减杀了一大半的趣味。教书也是如此：同一班青年或儿童一起研究，为一班青年或儿童讲一点学问，何等有意义，何等欢喜！但是听到命令式的上课铃与下课铃，做到军队式的"点名"，想到商贾式的"薪水"，精神就不快起来，对于"上课"的一事就厌恶起来。这与大娘舅的白相大世界情形完全相同。所以我佩服大娘舅的话有道理，陪他一个"哈哈哈哈……"。

　　原来"价钱"的一种东西，容易使人限制又减小事物的意义。譬如像大娘舅所说："共和厅❺里的一壶茶要两角钱，看一看狮子要二十个铜板❻。"规定了事物的代价，这事物的意义就被限制，似乎吃共和厅里的

---

❶　[京戏]就是"皮黄戏"。戏剧中的西皮二黄，本为鄂调。其后石门、桐城、休宁那些地方的人，仿鄂调而变通之，创为"微调"。清盛时，安徽人在北京做官的很多，乡音流入，北京人模仿学习，日有进步，音节的调和圆贯，出安徽人之上，南方人就称之为"京调"。唱着京调的戏，就叫做"京戏"。

❷　[新戏]民国初年，盛行一种专重对白与布景的"白话戏"，当时人称之为"新戏"或"文明戏"。但后来因为剧本的取材太滥，演员的流品太杂，新戏的本身价值堕落，不为社会所重视。现在上海各游戏场中，尚在搬演这类"新戏"。

❸　[大鼓]北方人唱的鼓词，因为唱的时候除弦子外又用鼓及简以为节拍，所以又叫做"大鼓"。有北平天津及山东的分别：北平、天津人唱的称为"京音大鼓"，山东人唱的称为"梨花大鼓"。

❹　[说书]从前有些江湖贸食之徒，在神庙、茶肆讲说故事，俗称"说书"。现在的游戏场中，也设"书场"，藉以吸引听众。又说书有大小的分别：用三弦弹唱的，俗称"说小书"；专用口说的，俗称"说大书"。

❺　[共和厅]上海大世界里面的正厅。

❻　[铜板]铜元的俗称。

一壶茶等于吃两只角子,看狮子不外乎是看二十个铜板了。然而实际共和厅里的茶对于饮者的我,与狮子对于看者的我,趣味决不止这样简单。所以倘用估价钱的眼光来看事物,所见的世间就只有钱的一种东西,而更无别的意义,于是一切事物的意义就被减小了。"价钱",就是使了物与钱发生关系。可知世间其他一切的"关系",都是足以妨碍事物的本身的存在的真意义的。故我们倘要认识事物的本身的存在的真意义,就非撤去其对于世间的一切关系不可。

大娘舅一定能够常常不想起铜钱而白相大世界,所以能这样开心而赞美。然而他只是撤去"价钱"的一种关系而已。倘能常常不想起世间一切的关系而在这世界里做人,其一生一定更多欢慰。对于世间的麦浪❶,不要想起是面包的原料;对于盘中的橘子,不要想起是解渴的水果;对于路上的乞丐,不要想起是讨钱的穷人;对于目前的风景,不要想起是某镇某村的郊野。倘能有这种看法,其人在世间就象大娘舅白相大世界一样,能常常开心而赞美了。

我仿佛看见这世间有一个极大而极复杂的网。大大小小的一切事物,都被牢结在这网中,所以我想把握某一种事物的时候,总要牵动无数的线,带出无数的别的事物来,使得本物不能孤独地明晰地显现在我的眼前,因之永远不能看见世界的真相。大娘舅在大世界里,只将其与"钱"相结的一根线剪断,已能得到满足而归来,所以我想找把快剪刀,把这个网尽行剪破,然后来认识这世界的真相。

艺术,宗教,就是我想找求来剪破这"世网"的剪刀罢!

人世间的种种束缚,叫做"世网"或"尘网"。这篇题目叫《剪网》,就是要剪破世网的意思。

丰子恺,现代浙江崇德人。他是一个艺术家,同时又是一个宗教的信仰者。所著有《西洋美术史》、《西洋画派十二讲》、《西洋名画巡礼》、《子恺漫画》、《缘缘堂随笔》等。

---

❶ 〔麦浪〕麦因风起伏如浪纹,就叫做"麦浪"。

文　法

一二、形容词的性质种类及其在句中的用途

　　形容词是用以修饰名词（或代名词）的。名词之先，附加了一个词而全体仍不失其名词性时，那附加的词，就是这名词的形容词。例如：

　　人　（名词）

　　圣人　（名词）

　　古圣人　（名词）

　　上例之中，"圣"为"人"的形容词，"古"又为"圣人"的形容词。凡名词一经形容，范围就被限制。"人"原包括一切人类，说"圣人"时，愚人就被排除了。"圣人"原不分今古，说"古圣人"时，现今的圣人就不在内了。

　　形容词与名词结合的方式有二，一是直加，二是带后介词"的"或"之"。带"的"或"之"时，全体就成名词短语，其性质仍与名词同。例如：

　　妻以喜悦的心情每日织着小绒线衣（《作了父亲》）

　　棘刺之端未必不可为母猴也（《核舟记》）

　　带后介词"的""之"与否，有两种理由可举。一是语调的关系。

　　句子在语调上有宜于单数的，有宜于偶数的，"的""之"的用否可以调节。一是为使关系明白起见。中国的语言文字无语尾变化，某字属何种词性，全要视其与他词关系如何而定。名词上附加形容词，如关系稍复杂，尤有误解之虑，用"的""之"标明，就不会误解了。除此以外，似无别的理由可寻。例如：

　　王道　（如果说作"王之道"就很不顺耳了）。

　　先王之道　（如果说作"先王道"也就不顺耳了）。

　　友人的儿子　（如果无"的"字，友人与儿子的关系就不明了）。

　　治国之道　（如果无"之"字，治国与道的关系就不明了）。

　　除上述顾虑以外，"之""的"的用否，尽可随意，实际上这种的例很

多。如：

> 恻隐之心＝＝＝恻隐心
>
> 新的生命＝＝＝新生命

凡附加于名词而全体仍不失名词性者都是形容词。形容词有好几个种类，如下：

小西瓜	（单字的）
新鲜的生命	（双字同义）
公私之辨	（双字相对）
小小的家庭	（双字重叠）
绒线衣	（名词）
我国	（代名词）
甚么地方	（代名词）
呻吟的声音	（动词）
未来的希望	（动词带副词）
读书的方法	（动词带目的格）
我听见"妻叫看护妇"的声音	（完全的句）

形容词是修饰名词，附加于名词之上的，故凡句中有名词处皆可用形容词。名词有几种位置，（即所谓格）形容词随了名词就也可有几种用途。

形容词除用以修饰句中的一切名词之外，尚有一个很重要的用途，即在句中作补足语。这就是所谓形容词补足语。补足语常在不完全自动词"为""是"等字之后。这种不完全自动词常有被略去的。（参照第八节）例如：

> 今年的叶格外绿（《牵牛花》）（略不完全自动词）
>
> 自然所加给女性的担负真是严酷（《闻歌有感》）（不略不完全自动词）

带形容词补足语的句子，如果那形容词是有他动词的，文句就往往有被动性质。例如：

> 泥是今年又明年反覆着用的（《牵牛花》）

这俗谣是我近来在伊们口上时常<u>听到</u>的（《闻歌有感》）

补足语，有补足主格的与补足目的格的两种，（参照第八节）上面所述的形容词补足语，都是补足主格的，此外还有补足目的格的形容词补足语。例如：

你骂我<u>糊涂</u>。

医生说这毛病<u>危险</u>。

一三、形容词的比较法

普通的形容词，如"长""短""大""小"之类，是修饰名词，示事物的性状的。事物的性状可以彼此相同，例如"白"字可用之于纸，也可用之于玉，同一的性状有深浅高下的不同。因此，形容词可有比较法。形容词的比较法有三：

（甲）平比 二同性状的事物相比，彼此平等的叫平比。文言用"如""若""犹"等字表出，语体用"像……一样""……得和……似的""……得象……一般"等语表出。例：

君子之交淡<u>若</u>水（淡） （文言）

这玉白<u>得像</u>雪<u>一样</u>（白） （语体）

一种事物有各种的性状，两物相比，必指同一性状而言。例如"淡"只是交的性状之一，（交又可有久暂、好坏等等性状，）上例只从"淡"上相比。"白"只是玉的性状之一，（玉尚可有坚、贵等等性状，）上例只从"白"上相比。照理，上节有"淡""白"字，下节也应该有"淡""白"字，只因相比的必为同一性状，故下节的"淡""白"字就可省了。

上例是同性状的事物两两相比，略其一端的性状词的。在平比的句式中，尚有把两端的性状词全都略去，只以两名词（事物）相比的句式。这种句式，只有在所比的性状不言自明的时候才可用。例：

月光<u>如</u>昼。 （以"明"相比）

门庭如市。　　　　　　　　（以"热闹"相比）

年华像流水一般。　　　　　（以"速"相比）

他们两人像兄弟似的。　　　（以"亲爱"相比）

（乙）差比　两种事物就同一性状相比，其性状有相差时，叫做差比。文言文用"于"字来表出，语体文用"比"字来表出。例：

苛政猛于虎。

命比纸薄。

差比可以平比的形式表出之。否定的平比式，实际等于差比。例如：

苛政猛于虎（差比）　　虎不如苛政之猛。（平比）

命比纸薄（差比）　　　纸不如命之薄。（平比）

（丙）极比　三种以上的事物，就同一性状相比，其中有一事物达于至极时，叫做极比。文言与语体，都用"最"字表出。例：

孔子弟子，曾参最少。

今年入伏以来昨日最热。

极比式有一个重要的条件，就是须限定范围。平空说"曾参最少"，"昨日最热"是不许可的。必须有"孔子弟子""今年入伏以来"等的限定语才可通。

极比式亦可用平比式或差比表出。例如：

孔子弟子皆不如曾参年少。（平比）

今年入伏以来，没有热于昨日的。（差比）

练习一　试就名词各格附加形容词造例。

练习二　下二文有被动性，试改为授动文。

泥是今年又明年反复着用的。

这俗谣是我近日来在伊们口上时常听到的。

练习三　试补出下列平比文的性状词来。

江山如画。

马路如虎口。

三七、科学的起源

王星拱

科学的起源，不是偶然发见的，因为人类是有理性的动物，有种种心理的根据，可以发生科学。现在我们把这些心理数出如下：

（一）惊奇　人类都有惊奇的心理，我们看见一物，必讶问这是什么东西；遇见一桩事，必问这是什么道理。这种种惊奇的心理，就是科学的起源。最初的人类，看见天然界中日月山川草木鸟兽各种不同的现象，首先要辨识这些现象的不同，然后要解释这些现象的道理。把这个心理往前发展，就是科学的进步。但是有一班哲学❶家说：惊奇的心理，只能创造宗教，不能创造科学，因为人类到惊奇不能解释的时候，就把神来解释，那心上就圆满了。我觉得人类有惊奇的心理的时候，总想得个理性的解释，如果想了多少法子，还不能解释，方才归依宗教。所以惊奇的心理，对于科学的起源，总有一部分的潜力。

（二）求真　无论何人，总想明白万事万物的真理，人类的心理，总是信真实而不信假伪的。就是迷信糊涂的人相信假伪的，他的心上是把假伪当作真实；如果有人叫他明明白白的知道他所信的是假伪的，另外还有个真实的，决没有不"舍其所信而信之"的，亚拉伯❷成语曰，"不知其不知，才叫做愚。"若是能叫他知其不知，他便不是愚了。就是有心作伪的人的心中，仍然有个求真的趋向。罗司金❸（Ruskin）说："求真的渴

---

❶　［哲学］Philosophy，研究宇宙万有的原则原理的学科。哲学与科学相对。科学究其所当然，哲学研究其所以然；科学重实证，哲学尚理想。

❷　［亚拉伯］Arabia，地名。亚细亚西南部波斯湾红海间的半岛。北界亚洲土耳其，面积百二十六万方哩，内有土耳其领土十七万三百方哩，此外都是独立的部落。

❸　［罗司金］Ruskin John（1819－1900）英国的美术批评家。

望,仍然存在于有心作伪的人的心中。"这话深有意思。例如点金化学家❶说铜钱可变为金,这个学说盛行一千年,但是自十七世纪❷;有人证明他是假的,也就没有人相信了。又如星卜命相之流❸,他的心上何曾不知道他所说都是骗人的,不过因衣食名声,不得不说诳话罢了,但是有一派悲观的哲学家,以为"人爱欺骗",就是假伪。这话我还未敢深信。因为人所以爱欺骗的缘故,还是由于"外铄❹"的,不是由于天性的自然。

（三）美感　美感,无论是物质的,是精神的,都是人类所共有的。物质的美,是外界的可以感触器官的美。精神的美,是心理上的异中求同综合的判断。然而精神的美,常常隐在物质的美的后头。科学家以为天然界是美的,因为天然界各部分的秩序,是恰恰支配的得当,不是紊乱冲突的,这是物质的美。我们把异中的同点综合起来,成了理论定律,用他去推论,审度,判断,也是不紊乱的,不冲突的,这就是精神的美。这物质的美感和精神的美感,最初的人类也有的。考古学家查得冰川时代的洞居人类在灰石上所刻的毛象的图像❺,有写实的意思。试问那样野蛮人类,为什么要图像呢?是因为他们有物质的美感的缘故。最初人类解释现象界的繁复,也想用一种综合的方法成一种有系统的理论,是因为他们有精神的美感的缘故。科学家何以尽心竭力研究科学呢?因为科学中间有和一的美❻。所以科学的起源和他的进步,美感也是一个主要的原因。

（四）致用　这里要分两层来说。在太古的时候,这个想致用的心

---

❶　［点金化学家］公元四世纪左右,希腊有提倡炼金术（Alchemy）的,据说能把贱金属炼成黄金;后来盛行于欧洲。后人称提倡这种学说的人为"点金化学家"。

❷　［十七世纪］西洋以一百年为一世纪,从耶稣纪元算起:耶稣纪元一千六百年到一千七百年之间,就是十七世纪。

❸　［星卜命相之流］指那些星相家及拆字算命之流。

❹　［外铄］犹言受外来的影响。语本《孟子·告子篇》"非由外铄我也"。

❺　［冰川时代的洞居人类在灰石上所刻毛象的图像］冰川时代亦称"冰河时期",约在二万多年前,那时候欧亚美洲北部为冰河所淹。据说那时候已有人类,以游牧为生,猎得的多是毛象、野马、驯鹿之类。并且已经懂得在灰石上刻着毛象等等的图像。这些雕刻的图像,现在还保存于西班牙、法兰西等处因开掘而发见的洞穴中（详可看《汉译世界史讲》第九章）。

❻　［和一的美］即指上面所说的不紊乱、不冲突,有秩序而谐和的美。

理，对于科学的发生，或者有很大的潜力；因为那个时候的人类，穴居野处，茹毛饮血，渐渐觉得天然界中所有天然的器具，实在是不够用的，才想拿这些天然的材料，制造一番，来供给他们饮食起居的日用。但是我们现在的科学，是在文艺复兴❶的时候重行出世的。当十五六七世纪的时候，那些科学家，像加里里约❷、牛敦❸并不是为致用而研究科学的。一直到了近来五六十年间，才有许多科学家，特意的为致用来研究科学。所以致用这一层，在中古期的科学降生，没有什么力量。不过近来的科学的进步，致用也是一个很重要的主动。

（五）好善　人有好善恶恶的本能。卢骚❹说："我们不知道什么是绝对的善恶"，这话不错，但是我们心里总有个比较的善恶。这个比较，是从辨别得来。科学是辨别的武器，不是糊里糊涂的把前人所说的善恶就当作善恶。必定要明明白白的研究出一个真理来。如果要能辨别善恶，来做行为的标准，必定要发达科学。

（六）求简　宇宙万象，繁复不同。古时人类已经提出一个纲领来，研究宇宙的真理。因为对于繁复的东西，若是没有简约的方法，简直是对付不了，理不出一个头绪来。所以科学之唯一的方法，就是简约。至于星卜命相各种邪说，都是故作繁难，不要使人家懂得清楚的。因为如果人家懂得清楚，他的本身就不能存在了。古代点金化学家，也是如此。他教人家点金的方法，故意用颠倒错乱的数目，来蒙蔽人家。人家学过，仍然不懂。倘人来问他，他便答道，"你下次就可以稍为清楚些了"。所以这些邪说，是科学的仇敌。科学是从繁复之中，用简约的方法，理出头绪出来，刚刚合我们心坎儿上所要懂得的。譬如我们有书一架，各色不

---

❶　［文艺复兴］中世纪初，日耳曼蛮族侵入欧洲，西罗马帝国灭亡，古代希腊、罗马的文化，衰微达于极点；到十一世纪，渐渐复兴，至十四世纪而极盛。在此时期，历虫上称为文艺复兴时期。

❷　［加里里约］Galilei Galileo(1564—1642)义大利的数学家及科学家。和培根、哥白尼辈，均为自然科学的先驱者。

❸　［牛敦］Newton, Sir Issac(1642—1727)，英国的数学自然科学大家。他尝发见微分法，与莱布尼兹不谋而合。又尝研究光线，开后来光学之基。而论其学术上的功业，要以发见引力一事为最著。

❹　［卢骚］Rousseau Jean Jacgues(1712—1778)，法国哲学家。他主张自然主义，与福禄特尔齐名。其言论思想，实为法国大革命的先驱。所著以《民约论》、《忏悔录》等最有名。

同,若有人把他编成目录,叫我们可以随时取阅,不费时力,我们必定感激他。科学就是替我们在天然界这个大书架上,用简约的方法,理出一个目录来,我们怎得不感激科学呢!

以一定的对象,为研究的范围,而于其间求统一确实的知识者,叫做"科学"(Science)。以研究自然界的现象为对象的,叫做"自然科学"。以研究社会上一切现象为对象的,叫做"社会科学"。本篇原名《科学的起原和效果》,这里只节录"科学的起原"一段,故改题为《科学的起原》。

王星拱字抚五,现代安徽人。曾任北大教授。所著有《科学方法论》、《科学概论》等。

三八、一般与特殊

刘叔琴

如果我们可以用极概括的话来表示思想的轮廓,那么,下面的一段话,须得预先交待清楚。就是:

社会问题中最大的问题,就在乎怎样才能够提高大多数人底生活标准;文化运动中最要的运动,就在乎拼命去提高大多数人底知识标准。

这话在实际上确实是个难问题,或许竟是人类所永远追求不尽的理想境界。可是理论方面底答案,那倒简单得很,可以一句话包括无遗地说:

要使特殊的一般化,同时也要使一般的特殊化!

社会问题的解决应该如此,文化运动的进行也应该如此。知识阶级应该努力在第一点,实际运动者应该努力在第二点。化学之前有炼金术❶，天文学之前有占星术❷，这是谁都知道的事情。由石斧❸，骨锥❹，独木舟❺，而杠杆❻，滑车❼，起重机❽，飞行机，这不是物理学❾底由来吗？由自己夸耀❿，两性竞争，服饰，美装，而美术，而文学，这不是艺术⓫

---

❶　［化学之前有炼金术］科学家研究物质组成的变化，叫做"化学"。西名为 Chemistry。炼金术已见上篇"点金化学家"注。中国古代的方士，亦有炼丹砂为黄金的企图，魏伯阳的《周易参同契》上记载得极详细。

❷　［天文学之前有占星术］研究天体的组织及天体运转大小位置的学科，叫做"天文学"。西名为 Astronomy。在科学未发达以前，希腊、罗马盛行一种占星术（Astrology）。大约是就星的大小位置来占候人事吉凶。公元十七世纪流入欧洲，后来渐渐进步，由迷信的占星术，一变而为科学的天文学，所以天文学亦称"星学"。中国古代亦有占星术，如《汉书・艺文志》所载《泰一杂子星》二十八卷、《汉五星彗客行事占验》八卷等，都是讲占星术的书。

❸　［石斧］用石头磨治而成的斧。人类在未发明铜器以前，都用石器的。

❹　［骨锥］用兽骨做成的锥。

❺　［独木舟］古人未懂造舟的方法，用整段木头剖开，把中心刳空，便成独木舟。

❻　［杠杆］西名为 Lever，即坚硬不能挠屈的杆，为力学中的助力器械。

❼　［滑车］西名为 Pulley。以木或金属制圆轮，中作圆孔，贯以圆滑之轴，轮能绕轴而转，圆滑无碍，所以叫做"滑车"。有"定滑车"与"动滑车"的分别：其轴装置于不能移动的物体上，使滑车全体定而不动，仅其轮能绕轴而转的，叫做"定滑车"。共轴装置于可移动的物体上，使滑车全体可以移动，其轮亦绕轴而转的，叫做"动滑车"。动滑车用以起重，可省力二分之一。若将动滑车数个连用，则省力尤多，叫做"连滑车"。

❽　［起重机］西名为 Crane。上置滑车，下设轮轴，以绳索系重物，随意引之上下左右。船埠用此最多。

❾　［物理学］研究物体状态变化（即力、热、声、光、磁、电诸现象）的学科，叫做"物理学"。西名为 Physics。

❿　［自己夸耀］据生物学者的研究，动物中的雄性为求雌性的爱，往往用种种方法，夸耀他自己的美。如鸟类中的雄性，往往用它的美丽的羽毛，婉转的歌喉，去引诱雌性，便是自己夸耀的一例。

⓫　［艺术］西名为 Art。普通总括在审美上有价值的一切作品如文学、音乐、绘画、演剧、建筑、雕刻、舞蹈等而言。

底由来吗？由自然崇拜❶，而祖先崇拜❷，而精神崇拜❸，这不是宗教底由来吗？"有"者，私之始也。由最初自然的占领，而互相尊重私有财产，这不是几千年来法律的精义与道德的极致吗？从前——大约两百多年以前——刘继庄❹说的"圣人六经❺之教，原本人情"这一段话，颇能够道出这里面的消息来。他说：

"余观世之小人，未有不好唱歌、看戏者，此天性中之《诗》与《乐》也；未有不喜看小说、听说书者，此天性中之《书》与《春秋》也；未有不信占卜、祀鬼神者，此天性中之《易》与《礼》也。"

的确，所谓六经者，只是一般人天性中所有的好唱歌、看戏、喜听说书、看小说、信占卜、祀鬼神底特殊化而已。从可知一切具有特殊性的学问，以及所以代表学问的特殊性的概念：真、善、美、圣，甚至于中国圣人的所谓《礼》、《乐》、《诗》、《书》、《春秋》、《易》，无一不是一般生活的特殊化。生活有了这些特殊化，它的标准才见提高，它的深度才见增进。全部世界科学史、人生哲学❻史、艺术史、宗教史，它们所指示我们的，就是这一点。这是千万年来无量数人们所曾经努力的成绩，也是人们对付一般的唯一的方法。

地上如果有天国可以建设，我想那唯一的工程师便是学问，而这工程师所采用的唯一的方法，便是使一般特殊化而已。把一般都找出个道理来，都弄成功一种学问：这就是一般的特殊化。

---

❶ ［自然崇拜］人类在未开化，或半开化的时代，知识幼稚，思想简单，对于自然界的现象不能了解，便由畏惧而崇拜，如波斯教的拜火，图腾教（Totemism）的崇拜树木鸟兽，都是。

❷ ［祖先崇拜］从原始的自然崇拜，再进一步而相信人类的灵魂不灭，死后还能给生人以祸害或幸福；又相信人类的幸福，都是他祖先所创造；为崇德报功及求祖宗保佑起见，遂产生了祖先崇拜的风俗。

❸ ［精神崇拜］由原始的迷信，再加上一点哲学的意味，便发生精神崇拜。所谓精神，对于物质而言；换句话，就是理想。如佛教徒以涅槃为人生最高理想，耶教徒以天国为人生最高理想；他们都看轻世界上一切物质生活，而想求得美满的精神生活，这便是所谓"精神崇拜"。

❹ ［刘继庄］名献廷，一字君贤，清大兴人。所著有《广阳杂记》。

❺ ［六经］《礼》、《乐》、《易》、《诗》、《书》、《春秋》，是为六经。《乐经》久亡，现在只剩五经。

❻ ［人生哲学］西名为 Philosophy of life。以道德、宗教、艺术等等及人间普遍生活之要求为根据点，而研究人生之目的及意义的哲学。

一切都是生活的过程，一切都是生活的产物。而这产物只有在再变做生活的养分时才有意义，才有价值。譬如稻米是人种出来的，再去养活人们。学问不是从学问本身产生出来，像音不是从音本身产生出来，色不是从色本身产生出来的一样。生活产生学问，学问再去滋养生活。我们固然希冀一切生活都会变成学问，都会不绝地向深化；但我们尤其希望各种学问都会去滋养一切人们的生活，都会不绝地向外普及。现代的学问，现代的文化，是千万年来无量数的人们在地上所建设的伊甸园❶、所创立的象牙塔❷，万万不应该只由少数人独占独享，须得开放起来给大多数人共住共享。这样，才见得它是个地上的天国。这个开放的手续便是使特殊的一般化。

一般的特殊化，是生活或文化本身的提高。特殊的一般化，是使大多数人生活或文化的提高。这是一般的人们所应该努力的目标。

刘叔琴，现代浙江鄞县人。日本东京高等师范毕业。译著有《民众世界史要》、《社会成立史》等。

文　话

一五、小品文

这一回我们来讲"小品文"。小品文的名称原从它篇幅短少得来，仿佛说这是小东西而已。小品文可以记述人、物，可以叙述事情，可以解说理法，可以议论事物，也可以写境、抒怀：有什么要写，就提起笔来，到无

---

❶　[伊甸园] Eden，亚当与夏娃最初所住的园，亦称"乐园"。详可看《旧约·创世纪》第二章。

❷　[象牙塔] lvorytower，语本法国批评家圣白夫。凡是爱慕艺术生活，不满足于物质文明所创造的实利生活，想得到一特别的理想的天地，隐身其中，把现代的生活，一切忘掉，另营自我的理想生活，这样的天地就叫做"象牙塔"。

可写了，就此搁笔，即仅有数十字也不以为意，是纯任自然，记录片段的意思、情感的一种文字。《作了父亲》和《牵牛花》都是小品文。前者篇幅虽不能算短少，就文体论，是记述文和叙述文的糅合，（中间也有议论文，如末后论教育计划的一段）但在纯任自然地抒写作了父亲以后的感想这一点上它是小品文。后者是记述文，却并非仅仅记述牵牛花，中间流露着作者默契"生之力"的情怀，故是小品文。

这样说来，我们读过的文篇中，不是有好几篇是小品文么？是的。像《卖汽水的人》，作者自己原来题"西山小品"的；他如《康桥的早晨》、《荷塘月色》、《背影》，也都是小品文。绘画中有所谓"速写"的一法，把当前的景物用简略的笔画记录在纸面上，却并非草率从事，一样也注意到构图、用笔等条件。这速写画正可以比文字中的小品文。读者试凝神辨认，上面提及的几篇不都是速写画一般的文字么？

在长篇的文字里或者整部的作品里，常常包含着好些小品文；这就是说，从其中抽出某一段来，不管它和前后文的关系，单看它本身，便是一篇独立的小品文。如《赤壁之战》中的

> 时东南风急，盖以十舰最著前，中江举帆，余船以次俱进。操军吏士皆出营立观，指言盖降。去北军二里余，同时发火，火烈风猛，船往如箭，烧尽北船，延及岸上营落。顷之，烟炎张天，人马烧溺死者甚众。

就可认为一篇小品文。

有一些学生往往说："我很想作文，可惜没有题目。"这句话自然从有了"命题作文"的习惯而来的；向来作文先由先生命题，故自觉没有材料作文时，就说"没有题目"了。作文的材料岂是世间罕有的珍宝，这样难得的么？我们生活一天，就有一天的见闻，一天的思想、情感，把这些发表于口头，便是说话，书写在纸上，便是文字。世间决没有一批专供作文的材料；作文的材料就在我们的日常生活里头。作文也不是一桩特殊的事情，作文正同说话一样，是被包在生活里的一个项目。你若把作文看做特殊的事情，又想从不知什么地方去寻取作文的材料，那就只好永久搁笔了。你若已经有了这样的癖性，想要纠正过来，养成容易作文的习

惯，最好从试作小品文入手。你可以把每天的见闻，每天的思想、情感"形之于笔墨"，或者作日记，或者同家属、朋友通信，或者就是作笔记；那些材料并不一定连贯，你就分开来写，一句话也行，数十字也行，纯任自然，意尽而止。这样，你将见到作文的材料"俯拾即是"，只有须选择删弃，决不会"踏破铁鞋无觅处"；你更将见到作文也就是生活，决非生活的点缀。

同时，试作小品文对于作文练习也有好多益处。图画学生学画人体，先画一手一足，学画山水，先画一树一石。小品文和长篇文字的比例，正如一手一足和人体、一树一石和山水一般。故作小品文可为作长篇文字的准备。又，小品文篇幅既短少，自不能容纳巨大繁复的材料。对于细小简单的材料要有所说、有所写，必然观察到、思考到、感觉到精微的地方去。故作小品文可增进观察力、思考力和感觉力——这不仅在写作上，在什么方面都是很有益的。又，对于细小简单的材料有所说、有所写，自然不会像藤蔓一样向四处乱爬，必定要拣那扼要的、精炼的方式表达出来。故作小品文可使文字趋于简炼。又，小品文既以日常生活为材料，那就取之不竭；篇幅又短少，无需长时间的研摩，而成篇时却比较容易像个样儿。惟其像个样儿，就不惮继续习作，以期再尝成功的喜悦。故作小品文可养成作文的兴味。

读者如发心习作小品文，请随时留心自己的所见所闻，随时留心自己的思想、情感。平时对于那些以为决非作文材料，轻轻放过了；却想寻另外的材料，于是叹息着喊"没有"。现在一留心，就会觉得这也是，那也是，一支笔差不多来不及写。但是，如果可能的话，最好尽量地写下来。反正是习作，写的即使是无谓的东西也无妨。从这里，你会不知不觉地长进，起初对于许多材料无从抉择，后来渐渐知道那一宗材料值得写，那一宗材料可以毫不顾惜地放过了；起初觉得见、闻、思、感是一事，提笔作文又是一事，后来渐渐觉得两方接近，几乎完全一致了——这就是说怎样见、闻、思、感就怎样写。这样，作文对于你便有了真实的用处。

暂时不必希望作一篇博大的论文、一部繁复的小说。先努力于小品文的写作吧。遇见一个人物，要能用文字捉住他的外形或内心；参与一个集会,要能用文字速写它的经过和会场空气;游览一处景物,要能用文字表达自己所得的印象——说起来是很多的。这些都作得很好时,博大的论文和繁复的小说也不难着手了。

练习　试从任何长篇文字里摘出小品文来。

文　选

三九、谈动

朱光潜

朋友:

从屡次来信看,你的心境近来似乎很不宁静。烦恼究竟是一种暮气,是一种病态,你还是一个十八九岁的青年,就这样颓唐沮丧❶,我实在替你担忧。

一般人欢喜谈玄。你说烦恼,他便从《哲学辞典》里拖出"厌世主义","悲观哲学"等等堂哉皇哉的字样来叙你的病由。我不知道你感觉如何,我自己从前仿佛也尝过烦恼的况味,我只觉得忧来无方,不但人莫之知,连我自己也莫名其妙,哪里有所谓哲学与人生观!我也些微领过哲学家的教训。在心气和平时,我景仰希腊廊下派哲学者❷,相信人生当皈依❸自然,不当存有嗔喜贪恋;我景仰托尔斯泰,相信人生之美在

---

❶　[颓唐沮丧]颓废不振作。

❷　[希腊廊下派哲学者]希腊已见前《雕刻》注。廊下派,音译亦作斯多噶学派(英文 Stoic School)创始于居伯罗人芝诺(Zeno)。共思想以伦理、宗教为中坚。此派的开创,约在公元前三一〇年的时候,而流行于希腊、罗马间,历五六百年弗绝。芝诺尝讲学于斯多亚(Stoa),有门弟子甚多。斯多亚,是彩廊的意思,因为芝诺常坐廊下讲学,所以有廊下派的名称。

❸　[皈依]身心归向。皈和"归"字同,但佛经内归依两字均作"皈依"。

宥❶与爱；我景仰白朗宁❷，相信世间有丑才能有美，不完全乃真完全。然而外感偶来，心波立涌，拿天大的哲学，也抵挡不住，这固然是由于缺乏修养，但是青年们有几个修养到"不动心"的地步呢？从前长辈们往往拿"应该不应该"的大道理向我说法。他们说，像我这样一个青年应该活泼泼的，不应该暮气沈沈的，应该努力做学问，不应该把自己的忧乐放在心头。谢谢罢，请留着这副"应该"的方剂，将来患烦恼的人还多呢！

　　朋友，我们都不过是自然的奴隶。要征服自然，只得服从自然。违反自然，烦恼才乘虚而入。要排解烦闷，也须得使你的自然冲动有机会发泄。人生来好动，好发展，好创造。能动，能发展，能创造，便是顺从自然，便能享受快乐。不动，不发展，不创造，便是摧残生机，便不免感觉烦恼。这种事实在流行语中就可以见出，我们感觉快乐时说"舒畅"，感觉不快乐时说"抑郁"。这两个字样可以用作形容词，也可以用作动词。用作形容词时，它们描写快或不快的状态，用作动词时，我们可以说它们说明快或不快的原因。你感觉烦恼，因为你的生机被抑郁；你要想快乐，须得使你的生机能舒畅、能宣泄。流行语中又有"闲愁"的字样，闲人大半易于发愁，就因为闲时生机静止而不舒畅。青年人比老年人易于发愁些，因为青年人的生机比较强旺。小孩子们的生机也很强旺，然而不知道愁苦，因为他们时时刻刻的游戏，所以他们的生机不至于被抑郁。小孩子们偶而不很乐意，便放声大哭，哭过了气就消去。成人们感觉烦恼时也还要拘礼节，哪能由你放声大哭？吃黄连苦在心头，所以愈觉其苦。哥德❸少时因失恋而想自杀，幸而他的文机动了，埋头两礼拜著成一部

---

❶　[宥]宽恕。

❷　[白朗宁] Robert Browning，(1812—1889)英国的诗人。他和丁尼生(Tennyson)并称为维多利亚王朝的二大诗人。他小时候差不多没有受过正规的学校教育。在十二三岁时，诗才已异常发达。后来和女诗人依利萨伯·巴列德(Barrett Elizabeth)结婚，偕同游历意大利等处。一八六一年，他的妻死了。一八六八年到一八六九年，他的大著作《指环与诗本》出版，就成了第一流的诗人。

❸　[哥德] Goethe Johann Wolfgang von(1749—1832)德国诗人。他少年时代曾因恋爱失败而想自杀，后来把他的经历写成一小说，就是有名的《少年维特之烦恼》。

《维特之烦恼》❶，书成了，他的气也泄了，自杀的念头也打消了。你发愁时并不一定要著书，你就读几篇哀歌，听一幕悲剧，借酒浇愁，也可以大畅胸怀。从前我很疑惑何以剧情愈悲而读之愈觉其快意，近来才悟得这个泄与郁的道理。

　　总之，愁生于郁，解愁的方法在泄，郁由于静止，求泄的方法在动。从前儒家讲心性的话，从近代心理学眼光看，都很粗疏，只有孟子的"尽性"一个主张❷，含义非常深广。一切道德学说都不免肤浅，如果不从"尽性"的基点出发。如果把"尽性"两字懂得透彻，我以为生活目的在此，生活方法也就在此。人性固然是复杂的，可是人是动物，基本性不外乎动。从动的中间我们可以寻出无限快慰。这个道理我可以拿两件小事来印证：从前我住在家里，自己的书房总欢喜自己打扫。每看到书籍纷乱，灰尘满地，你亲自去洒扫一过，霎时间混浊的世界变成明窗净几，此时悠然就坐，游目骋怀❸，乃觉有不可言喻的快慰。再比方你自己是欢喜打网球的，当你起劲打球时，你还记得天地间有所谓烦恼么？

　　你大约记得晋人陶士行❹的故事。他老来罢官闲居，找不得事做，便去搬砖：晨间把一百块砖由斋里搬到斋外，暮间把一百块砖由斋外搬到斋里。人问其故，他说，"吾方致力中原❺，过尔优逸，恐不堪事"。他又常对人说，"大禹圣人，乃惜寸阴，至于吾人，当惜分阴。"其实惜阴何必定要搬砖，不过他老先生还很苗壮❻，藉这个玩艺儿多活动活动，免得抑

---

　　❶　［《维特之烦恼》］原名 *Leiden des jungen Wertters*（1774）这篇小说，可以说是哥德以其自身恋爱的经验为主的自叙传。出版不久，便有二十余国的译文。这书所给与当代的影响很大，有不少青年居然学着这书中的主人公维特的因悲观而自杀。
　　❷　［孟子尽性的一个主张］例如《尽心篇》说，"尽其心者，知其性也。"
　　❸　［游目骋怀］观赏景物，开拓胸怀。
　　❹　［陶士行］名侃，晋寻阳人，原籍鄱阳。他搬砖头的事情，在做广州刺史时，并不是"老来罢官闲居"的时候，这里是作者记错了。详可看《晋书》卷六十六《陶侃传》。
　　❺　［吾方致力中原］致力犹言尽力。晋以中原与江左并称，专指黄河下游而言。当时五胡乱华，中原为外族所据。所以陶侃这样说。按他这几句话是在做荆州刺史时候说的，这里是作者记错了。
　　❻　［苗壮］苗，音ㄓㄨㄤ，草初生貌。不论植物动物，当他生机勃勃正当壮盛的时候都叫做"苗壮"。语本《孟子·万章下》："牛羊苗壮长而已矣。"

郁无聊罢了。

朋友，闲愁最苦！愁来愁去，人生还是那么样一个人生，世界也还是那么样一个世界。假如把自己看得伟大，你对于烦恼当有"不屑"的看待；假如把自己看得渺小，你对于烦恼当有"不值得"的看待；我劝你多打网球，多弹钢琴，多栽花，多搬砖弄瓦。假如你不欢喜这些玩艺儿，你就谈谈笑笑，跑跑跳跳，也是好的。就在此祝你

谈谈笑笑，

跑跑跳跳！

朱光潜，现代安徽桐城县人。所著有《变态心理学》、《给青年的十二封信》等。本篇就是他给青年的十二封信之一。

四〇、致史可法书

多尔衮

予向在沈阳❶，即知燕京❷物望❸，咸推司马❹。后入关破贼，得与都人士相接，识介弟于❺清班❻。曾托其手泐❼平安，拳致衷绪❽，未审❾以何时得达。

---

❶ ［沈阳］今辽宁县名。清太祖从辽阳迁都于此，称为盛京，后置奉天府，定为陪都，治承德县。民国废府，改省名为奉天，以承德为沈阳。国民政府又改奉天省为辽宁省。

❷ ［燕京］即北京（今北平）。因其地为古之燕国，故亦称燕京。

❸ ［物望］众所仰望。物，本有群、类的意思。

❹ ［司马］《周礼》夏官大司马掌军旅之事，所以后人称兵部尚书为司马。

❺ ［介弟］称人之弟的敬辞。语本《左传》"寡君之贵介弟也"。此指史可法弟史可程。可程初降李自成，清兵入关，又投降清朝。

❻ ［清班］清贵的官班。

❼ ［手泐］手书。泐，音ㄌㄜ。

❽ ［拳致衷绪］拳，是诚恳的意思，例如《礼记·中庸》"得一善则拳拳服膺"。衷绪，心中的情绪。

❾ ［未审］未知。

比闻道路纷纷❶，多谓金陵有自立者❷。夫君父之雠，不共戴天❸。《春秋》之义，有贼不讨，则故君不得书葬，新君不得书即位❹。所以防乱臣贼子，法至严也。闯贼李自成❺，称兵犯阙❻，荼毒❼君亲。中国臣民，不闻加遗一矢。平西王吴三桂❽，界在东陲❾，独效包胥之哭❿。朝廷感其忠义，念累世之夙好⓫，弃近日之小嫌，爰整貔貅⓬，驱除狗鼠⓭。入京之日，首崇怀宗⓮帝后谥号，卜葬山陵，悉如典礼。亲郡王将军以下，一仍故封，不加改削。勋戚文武诸臣，咸在朝列，恩礼有加。耕市不惊，秋毫⓯无扰。方拟秋高气爽，遣将西征，传檄江南，连兵河朔⓰，陈师鞠

---

❶　［比闻道路纷纷］就是说，近来听得道路传说纷纷，这里省去"传说"二字。

❷　［金陵有自立者］金陵今江宁县旧名。此指南京拥立福王。

❸　［君父之雠不共戴天］《礼记·曲礼》："父之雠，勿与共戴天，"言不与雠人共戴一天，必杀之而后已。

❹　［春秋之义有贼不讨则故君不得书葬新君不得书即位］《春秋》隐公十一年："冬十月壬辰公薨。"《公羊传》云："何以不书葬？隐之也。何隐尔？弑也。弑则何以不书葬？《春秋》君弑贼不讨，不书葬，以为无臣子也。"又《春秋》庄公元年："春王正月。"《公羊传》云："何以不言即位？《春秋》君弑，子不言即位。君弑，则子何以不言即位？隐之也。孰隐？隐子也。"按鲁隐公之死，为桓公所弑；鲁桓公之死，则为齐国所诱杀。庄公是桓公的嗣子。

❺　［闯贼李自成］李自成，陕西米脂人。初从他的舅舅高迎祥为裨将，迎祥死，部下推他做闯王，声势日盛，遂称王于西安，进陷北京，明庄烈帝自缢死。清兵入关，自成向西奔逃，在九宫山为村民所困，自缢死。

❻　［称兵犯阙］称兵，犹言"举兵"。犯阙，侵犯皇帝的官阙。

❼　［荼毒］苦菜与毒虫。喻毒害。荼，音ㄊㄨˊ。

❽　［平西王吴三桂］吴三桂字长白，高邮人。明末为总兵镇守山海关。李自成破北京，三桂引清兵入关，破自成，封平西王。

❾　［东陲］东面的边疆。

❿　［包胥之哭］春秋时，楚平王杀伍奢，伍奢的儿子伍员奔吴。后引吴兵伐楚，攻入楚都。楚大夫申包胥到秦国讨救兵，秦哀公不，包胥哭了七天七夜，秦哀公乃发兵救楚。

⓫　［累世之夙好］几世以来的旧好。

⓬　［貔貅］音ㄆㄧˊㄒㄧㄡ，本猛兽名，后人多用以称军队，言其勇猛如貔貅一般。

⓭　［狗鼠］指李自成的军队。

⓮　［怀宗］清朝谥崇祯皇帝为怀宗，后又改谥为庄烈帝。

⓯　［秋毫］鸟兽之毛，至秋更生，细而末锐，叫做"秋毫"，故喻事物之细微者亦称秋毫。

⓰　［河朔］犹言"河北"。

旅❶，戮力❷同心，报乃❸君国之仇，彰我朝廷之德。岂意南州❹诸君子，苟安旦夕，弗审事机，聊慕虚名，顿忘实害。予甚惑之。

国家之抚定燕京，乃得之于闯贼，非取之于明朝也。贼毁明朝之庙主，辱及先人。我国家不惮征缮❺之劳，悉索敝赋❻，代为雪耻。孝子仁人，当如何感恩图报。兹乃乘逆寇稽诛❼，王师暂息，遂欲雄据江南，坐享渔人之利❽。揆诸情理，岂可谓平？将以为天堑不能飞渡❾，投鞭不足断流❿耶？

夫闯贼但为明朝祟⓫耳，未尝得罪于我国家也。徒以薄海⓬同仇，特伸大义。今若拥号称尊，便是天有二日⓭，俨为劲敌⓮。予将简西行之锐卒，转斾东征⓯；且拟释彼重诛⓰，命为前导。夫以中华全力，受困潢

———————

❶　[陈师鞠旅] 语本《诗·采芑》篇。鞠，告也。犹今言"誓师"。

❷　[戮力] 并力。戮本作"勠"。

❸　[乃] 作"汝"字解。

❹　[南州] 南方诸州；犹言"南方"。

❺　[征缮] 征收军饷，缮治甲兵，为战事之预备。语本《左传》（僖公十五年）。

❻　[悉索敝赋] 用尽了所有的财力。语本《左传》（襄公八年）。

❼　[逆寇稽诛] 逆寇，指李自成。稽诛，谓暂时留着，还没有把他杀掉。

❽　[渔人之利]《战国策》苏代为燕说赵惠王有"鹬蚌相争，渔人得利"的寓言。

❾　[天堑不能飞渡] 公元五八九年，隋文帝伐陈，兵将渡江，陈朝的臣子孔范说："长江天堑，古来恨隔，敌军岂能飞渡。"见《南史·孔范传》。天堑，天然的坑堑，言其险要。

❿　[投鞭断流] 公元三八二年，前秦主苻坚将南攻东晋，召群臣会议。石越说："晋有长江之险，未宜动师。"苻坚说："以吾之众旅，投鞭于江，足断其流。"见《晋书·苻坚载记》。

⓫　[祟] 音 ㄙㄨㄟˋ，祸患。

⓬　[薄海]《书·益稷》"外薄四海"这是薄海一辞的来源，其义和"四海""海内"差不多。

⓭　[天有二日]《礼记》上说："天无二日，土无二王。"多尔衮据此，以为南都拥立福王，便是天有二日了。

⓮　[劲敌] 同"劲敌"。

⓯　[予将简西行之锐卒转斾东征] 简，简阅。斾，军旗。当时李自成的军队向西溃退，清兵追击。这是说，我将要简选西行的锐卒，转而向东方征讨了。

⓰　[释彼重诛] 宽恕他的应该被诛戮的重罪。彼，指李自成。

池❶，而欲以江左❷一隅，兼支❸大国。胜负之数，无待蓍龟❹矣。

予闻"君子之爱人也以德，细人则以姑息❺"。诸君子果识时知命，笃念故主，厚爱贤王，宜劝令削号归藩，永绥福禄。朝廷当待以虞宾❻，统承礼物；带砺山河❼，位在诸王侯上。庶不负朝廷伸义讨贼，兴灭继绝❽之初心。至南州群彦❾，翩然来仪❿，则尔公尔侯，列爵分土，有平西王之典例在。惟执事⓫实图利之！

挽近⓬士大夫，好高树名义而不顾国家之急。每有大事，辄同筑舍⓭。昔宋人议论未定，兵已渡河⓮，可为殷鉴⓯。先生领袖名流，主持

---

❶ ［潢池］语本《汉书·龚遂传》"故使陛下赤子，盗弄陛下之兵于潢池中耳。"言海滨群盗为寇，无异幼儿私窃兵器，戏弄于池塘之畔。

❷ ［江左］谓长江以东之地，即今江苏等处。因为从江北看起来，江东在左面，江西在右面，故称江东为江左，江西为江右。

❸ ［支］抵御。

❹ ［无待蓍龟］蓍，音尸，草名，古时取其茎为占筮之用。又古时用龟以卜。无待蓍龟，犹言"无待占卜"。

❺ ［君子之爱人也以德细人则以姑息］《礼·檀弓》记曾子临死时的话。细人，犹言"小人"。姑息，姑谓妇人，息谓小儿，言以妇人小儿待之，不多加责备。一说，姑息是苟且偷目前之安的意思。

❻ ［虞宾］相传唐尧把天下让给虞舜，舜待尧之子丹朱以宾位，故称"虞宾"。语本《书·益稷》篇。

❼ ［带砺山河］《史记·高祖功臣侯年表序》"封爵之誓曰：使河如带，泰山若厉，国以永宁，爰及苗裔。"言使黄河小如衣带，泰山小如厉石，而封国始灭；决不会有共事的。砺，与厉通。

❽ ［兴灭继绝］兴灭国，继绝世。语本《论语·尧曰》篇。

❾ ［群彦］犹言"群贤"。

❿ ［来仪］《书·益稷》"凤皇来仪"。"来仪"犹言"来归"。（仅有来字意，见《方言》二。）

⓫ ［执事］称人的敬辞。

⓬ ［挽近］同"晚近"。

⓭ ［筑舍］《诗·小雅·小旻》："如彼筑室于道谋，是用不溃于成。"喻人不能自己决断，而与不相关的路人商量，人人得持异论，所以不能成事。筑舍犹言"筑室"。

⓮ ［宋人议论未定兵已渡河］北宋末年，金人入寇，太原、真定的咽喉已失，而朝臣犹在议论三镇守的利害，所以金人对宋朝的使者说："待你们议论定时，我们的兵已渡过黄河了。"不久，金兵果渡黄河，进围汴京。

⓯ ［殷鉴］《诗·大雅·荡》："殷鉴不远，在夏后之世。"言殷人灭夏而代之，殷之子孙，欲以灭亡为戒，不必诸远，即在夏后之世。故凡以前事为鉴戒者，称为"殷鉴"。

至计❶。必能深惟❷终始,宁忍随俗浮沈？取舍从违,应早审定。兵行在即,可西可东。南国安危,在此一举。愿诸君子同以讨贼为心,毋贪一身瞬息❸之荣,而重故国无穷之祸,为乱臣贼子所笑,余实有厚望焉！

　　记有之："惟善人能受尽言❹。"敢布腹心,伫闻明教。江天在望,延跂❺为劳。书不宣意❻。

　　史可法字宪之,大兴籍,祥符人。明崇祯进士。公元一六四四年,李自成破北京,清兵入关。福王即位南京,可法任兵部尚书大学士,督师扬州。多尔衮给他这封信,劝他投降清朝。但可法给他回信说,"法处今日,鞠躬致命,克尽臣节,所以报也。"很坚决的拒绝他的劝诱。后来清兵南下,可法被执,终于不屈而死。这封信据说是范文程代多尔衮起稿的。文程字宪斗,号辉岳,沈阳人。仕清官至秘书院大学士。清初的诏诰,大都出自他的手笔。多尔衮,清世祖的叔父,封睿亲王。破李自成,定北京,迎世祖入关。世祖年幼,他摄行政治,称摄政王。

文　法

一四、关于数字

　　数字常附加于名词,作形容词之用。因其与名词的关系较复杂,故在述形容词之后,提出特别讲解。

　　（甲）计数　用以计事物的个数与量数,这类数字,其附加于名词的

---

❶　[至计]犹言"大计"。
❷　[深惟]深思。
❸　[瞬息]目一动谓之瞬,呼吸一次叫做息;瞬息是时间极短的意思。
❹　[惟善人能受尽言]《国语·周语》单子对鲁侯的话。
❺　[延跂]跂与"企"同。延颈企足,等待的意思。
❻　[书不宣意]信里没有把意思宣泄净尽。

样式有二,一是直加,二是带了名词的别称附加。所谓别称者,即事物的计算上的称呼,如牛以头计,米以石计,纸以张计,马以匹计。匹为马的别称,张为纸的别称,石为米的别称,头为牛的别称。例:

　　一人　　　两马　　　六君子　　　(直加)

　　八匹马　三个人　十杯酒　　(带别称)

上面所举,都是数字用在名词之前的,数字又可附加在名词之后,或直加,或带别称。例:

　　隼一,犬羊狐兔麋共三十(直加)　(《画记》)

　　牛大小十一头橐驼十头　(带别称)(《画记》)

数字带了别称与名词相连结,有时竟有只列别称而反略去本名词者。如:

　　读破万卷。(书)

　　一家(之人)赖我维持。

　　不远千里(路)而来。

　　万钟(粟)于我何有哉!

无形的事物名及人名地名通常不能加数字,如仁,义,为无形名词,诸葛亮,上海,为人地名,皆不能加数字。因仁,义,只是一种性质,无法计数。至于诸葛亮、上海,则系专指一人一地者,也无法用数目算的。可是,实际上对于无形名词与人地名却有加数字的例,如:

　　殷有三仁焉(三仁＝＝三个仁人)

　　时局如此即有三个诸葛亮也无济于事(三个诸葛亮＝＝三个像诸葛亮的人)

　　纽约有四个上海的大(四个上海＝＝四个像上海的地方)

这样用法,并非不合理,因为"仁"不能计算,而"仁人"是有数目可计的。古今虽只一个诸葛亮,全世界虽只一个上海,而像诸葛亮的人,像上海的地方,则不妨有几个。换言之,无形名词与人地名在性质上不能加数字,加了数字而用的时候,已经不是无形名词与人地名了。

十以上的数字附加于名词时,在文言文,间有用"有"字把大数与小数隔开者。("有"即"又"之意)例:

凡人之事三十有二，为人大小百二十有三。（《画记》）

凡马之事二十有七，为马大小八十有三。　（《画记》）

（乙）序数　数字不用以计数量，只用以计次第者，叫做序数。例如：

中华民国二十一年。（实际是一年，只是第二十一年之意）

三姑娘饿了八日。（实际是一位姑娘，只是排行第三之意）

序数与计数意义大异，却又容易混同，为明晰起见，从来常用"第"字表出序数。例如：

宝宝到了第七个月时真是可爱。（《作了父亲》）

王某是村中第三个富人。

用了"第"字，就不会混同了，但实际上不用"第"字的很多，须就文字的性质，特别注意辨认。

（丙）分数　把一事物分为若干份，用数字表出其比例的成分者，叫做分数。如"三分之一""六十分之十五"都是分数的表出法。表示分数的法式，大概分母在前，分子在后，中间更插入一"之"字，使彼此隔开。分母的数目之下，恒带分字。例如：

中国面积占亚洲四分之一。

上海关税占全中国三分之一。

这"分"字与"之"字，有省略者，例如：

青年找不到职业者十之八九。　（略分字）

万一前途发生障碍将怎样？　（略分字与之字）

分数是一个空洞的比例，所谓"几分之几"者，究竟是甚么的东西的"几分之几"呢？上面所举诸例，单位的事物皆明白不会误解。（如亚洲四分之一，是以亚洲为单位的。青年找不到职业者十之八九，是以十人为单位的。）如果仅列分数，恐误解时，便须标出单位。例如：

长一英寸三分之一。（单位在数字前）

距离五分之一里。　（单位在数字后）

练习一　试举出无形名词与人地名加数字的例来。

练习二　试就下列的诸数字辨别其意义的异同。

三年之丧　　民国三年

五嫂　　　　五伦

四子皆夭　　四子名某,很聪明

文　选

四一、长恨歌

白居易

汉皇重色思倾国❶,御宇多年求不得❷。杨家有女初长成,养在深闺人未识。天生丽质难自弃,一朝选在君王侧。回眸一笑百媚生,六宫粉黛无颜色❸。

春寒赐浴华清池❹,温泉水滑洗凝脂❺,侍儿扶起娇无力,始是新承恩泽时。云鬓花颜金步摇❻,芙蓉帐❼暖度春宵。春宵苦短日高起,从此君王不早朝。承欢侍寝无闲暇,春从春游夜专夜。后宫佳丽三千人❽,

---

❶　[汉皇重色思倾国]汉皇,指唐玄宗。汉李延年尝作歌云:"北方有佳人,绝世而独立;一顾倾人城,再顾倾人国。"后人遂用"倾国"两字形容美貌的女子。

❷　[御宇多年求不得]君临天下,谓之"御宇"。这是说,做了多年皇帝,还求不到他理想中的美貌女子。

❸　[六宫粉黛无颜色]六宫,妃嫔所居之处。古时女子,粉以傅面,黛以画眉。这句的意思,是说杨妃貌美,她入宫以后,许多妃嫔都减色了。

❹　[华清池]陕西临潼县南骊山上有温泉,唐高宗于此建汤泉宫,玄宗改为华清宫,修治温泉为浴池。安禄山乱后,皇帝不复游幸,台殿多圮废。五代时改为灵泉观,赐给道士们居住。

❺　[凝脂]形容杨妃的皮肤。

❻　[云鬓花颜金步摇]云鬓,形容两鬓蓬松。花颜,形容面貌美丽。金步摇,是古代妇人的首饰。用金丝宛转屈曲作成花枝,插鬓后,走路时随步摇动,故名"金步摇"。

❼　[芙蓉帐]芙蓉本花名,颜色美丽,故借以作帐子的名称。

❽　[后宫佳丽三千人]后宫,谓妃嫔所居。佳丽三千人,盛言妃嫔之众多。

三千宠爱在一身,金屋妆成娇侍夜❶,玉楼❷宴罢醉和春。姊妹弟兄皆列土❸,可怜❹光彩生门户。遂令天下父母心,不重生男重生女。

　　骊宫❺高处入青云,仙乐风飘处处闻。缓歌慢舞凝丝竹❻,尽日君王看不足。渔阳鞞鼓动地来❼,惊破《霓裳羽衣曲》❽。九重城阙烟尘生❾,千乘万骑西南行❿。翠华⓫摇摇行复止,西出都门百余里⓬,六军不发无奈何⓭,宛转蛾眉马前死⓮。花钿委地无人收,翠翘金雀玉搔头⓯。君王掩面救不得,回看血泪相和流。

---

　　❶　[金屋妆成娇侍夜]《汉武故事》载:"武帝年数岁,长公主抱,问曰:'儿欲得妇否?'曰:'欲得。'指女阿娇:'好否?'笑曰:'若得阿娇? 当以金屋贮之。'"因此"金屋贮阿娇"遂为后人习用的典故,但这里的"娇"字系副词。

　　❷　[玉楼]前人往往用"玉""琼"等字形容建筑物的壮丽,如"玉楼""琼台"等,都是。

　　❸　[姊妹弟兄皆列土]分土地以封臣下,谓之"列土"。按杨妃姊妹三人,并有才貌,玄宗称之为姨:长曰大姨,封韩国夫人;三姨封虢国夫人;八姨封秦国夫人。又她的族兄,除杨国忠官至宰相外,杨铦官至鸿胪卿,杨锜官至侍御史。姊妹弟兄都因她而贵显,故居易这样说。

　　❹　[可怜]此可怜作可爱或可羡解。

　　❺　[骊宫]华清宫在骊山,故亦称骊宫。

　　❻　[缓歌慢舞凝丝竹]徐声引调谓之"凝"。丝竹,乐器之总称,丝谓琴瑟之类,竹指箫管之属。这是说,当缓歌慢舞时,配以和缓的音乐。

　　❼　[渔阳鞞鼓动地来]渔阳,唐郡名,今河北蓟县、平谷一带地。鞞鼓亦作"鼙鼓",战阵所用的鼓。按安禄山从渔阳发难,进陷潼关。

　　❽　[《霓裳羽衣曲》]本婆罗门曲,自西凉传入中国。其调今已失传。

　　❾　[九重城阙烟尘生]《楚辞》:"君之门兮九重。"后人因谓人君所居为"九重"。此句写安禄山兵逼京师。

　　❿　[千乘万骑西南行]此句写唐玄宗奔蜀。蜀在长安西南。

　　⓫　[翠华]天子旌旗,用翠羽为饰,故称"翠华"。

　　⓬　[西出都门百余里]到了马嵬驿地方,离长安已有百余里。

　　⓭　[六军不发无奈何]《周礼》里说:"凡制军,万有二千五百人为军,王六军,大国三军,次国二军,小国一军。"所以后人称皇帝的军为"六军"。按当时军士不肯前进,要求杀杨国忠、杨贵妃,玄宗虽爱杨妃,然亦无可奈何,只得依允了。

　　⓮　[宛转娥眉马前死]《诗·卫风·硕人》"螓首蛾眉。"蚕蛾的触须,细而长曲,故以比美人之眉,后遂用为美人的代名词。此句写杨妃之死。

　　⓯　[花钿委地无人收翠翘金雀玉搔头]花钿、金雀、搔头,都是妇人的首饰。金雀以翠羽为饰的,叫做"翠翘金雀"。用玉做的搔头,叫做"玉搔头"。委,就是弃。这两句是说,杨妃死后,她的首饰弃在地上,无人收拾。

黄埃散漫风萧索,云栈萦纡登剑阁❶。蛾眉山下少行人❷,旌旗无光日色薄。蜀江水碧蜀山青❸,圣主朝朝暮暮情,行宫见月伤心色❹,夜雨闻铃肠断声❺。天旋地转回龙驭❻,到此踌躇不能去❼,马嵬坡下泥土中,不见玉颜空死处❽。

君臣相顾尽沾衣❾,东望都门信马归❿,归来池苑皆依旧,太液芙蓉未央柳⓫。芙蓉如面柳如眉⓬,对此如何不泪垂!春风桃李花开日,秋雨梧桐叶落时。西宫南内⓭多秋草,落叶满阶红不扫。梨园弟子白发新⓮,

---

❶　[云栈萦纡登剑阁]剑阁即大小剑山,在四川剑阁县北。《水经注》云:"小剑戍(即小剑山)去大剑山三十里,连山绝险,飞阁通衢,谓之剑阁,"那地方山路很险,在险绝之处,傍山架木,以通行人,称为"栈道"。在陕西褒城县北接凤县东北,统名"连云栈"。萦纡,形容栈道的曲屈回绕。

❷　[蛾眉山下少行人]蛾眉山本名峨嵋山,亦作峨眉山,因两山相对如蛾眉,故又称蛾眉山,在四川峨眉县西南。按峨眉山在四川西南隅,玄宗从陕西幸蜀,无经过峨眉山之理,所以前人如俞樾等,都说居易太疏忽了。

❸　[蜀江水碧蜀山青]蜀即今四川。蜀江蜀山,泛指四川的山水。

❹　[行宫见月伤心色]皇帝巡幸所居的宫叫"行宫"。这是说,在行宫里看见月亮,那月色在他看来是一种伤心之色。

❺　[夜雨闻铃肠断声]雨夜里听得铃声,这铃声在他听来是一种断肠之声,按《太真外传》云:"上(指玄宗)至斜谷口,属霖雨弥旬,于栈道中闻铃声,隔山相应。上既悼念贵妃,因采其声为《雨零铃曲》,以寄恨焉。"

❻　[天旋地转回龙驭]皇帝的车驾称为"龙驭"。这是写安禄山的乱事平定,玄宗自蜀还都。

❼　[到此踌躇不能去]到此,是到马嵬驿。踌躇,和"徘徊"、"旁徨"等的意思相同。

❽　[马嵬坡下泥土中不见玉颜空死处]马嵬坡即马嵬驿,在陕西兴平县西二十五里,今曰马嵬镇。按《新唐书·后妃传》云:"帝不得已,与妃诀,引而去,缢路祠下,裹尸以紫茵,瘗道侧。……帝至自蜀,道过其所,使祭之。……遣中使者具棺他葬。启视,故香囊犹在,中人以献,帝视之凄感流涕。"

❾　[沾衣]谓眼泪泪沾湿了衣服。

❿　[东望都门信马归]信有随便的意思,如随便走去叫做"信步",随手做去叫做"信手"。这里是说,由那马随便的、慢慢的东向都门归来。

⓫　[太液芙蓉未央柳]太液池在大明宫中。(大明宫在今陕西长安县东)。未央宫汉时所筑,唐时在禁苑中。

⓬　[芙蓉如面柳如眉]芙蓉花的美丽像杨妃的面,柳叶的狭长像杨妃的眉。

⓭　[西宫南内]玄宗先居西宫,自蜀还后,被权相李辅国逼处西内。西宫即西内,亦名太极宫,在今陕西长安县北。南内即南宫亦称兴庆宫,当在今陕西长安县南。

⓮　[梨园弟子白发新]玄宗当选坐部伎(玄宗分乐为二部:堂下立奏的,谓之立部伎;堂上坐奏的,谓之坐部伎)子弟三百,教于梨园,声有误者,帝必觉而正之,号"皇帝梨园弟子";宫女数百,亦称梨园弟子,居宜春北院(见《新唐书·礼乐志》)。这就是说,那些梨园弟子已新添了几茎白发了。

椒房阿监青蛾老❶。夕殿萤飞思悄然❷，孤灯挑尽未成眠，迟迟钟鼓初长夜，耿耿星河欲曙天❸。鸳鸯瓦❹冷霜华重，翡翠衾❺寒谁与共？悠悠生死别经年，魂魄不曾来入梦。

临邛方士鸿都客❻，能以精诚致魂魄。为感君王展转思，遂教方士殷勤觅。排空驭气奔如电，升天入地求之遍，上穷碧落下黄泉❼，两处茫茫皆不见。忽闻海上有仙山，山在虚无缥渺间。楼殿玲珑五云❽起，其间绰约❾多仙子。中有一人字太真❿，雪肤花貌参差是⓫。金阙西厢叩玉扃⓬，转教小玉报双成⓭。闻道汉家⓮天子使，九华帐⓯里梦魂惊。揽

----

❶　[椒房阿监青蛾老]汉未央宫在椒房殿，皇后所居。阿监就是太监。青蛾亦作"青娥"本指年青的女子。这是说，宫里的太监，宫女年纪都已老大了。

❷　[夕殿萤飞思悄然]夕殿萤飞，是说殿中向晚时，萤火虫在那里乱飞，形容景象的萧索。悄然，凄怆忧闷貌。

❸　[迟迟钟鼓初长夜耿耿星河欲曙天]古人击钟打鼓以报时刻。耿耿，微明貌。星河亦称"天河"，当晴夜天空，现有灰白色之带，弯环如河，由无数微光之恒星集合而成，夏秋之交最明显。天将晓叫做"曙"。这两句是写愁思的人一夜无眠的景况。

❹　[鸳鸯瓦]三国魏文帝梦两瓦落地为鸳鸯，后因通称瓦之成偶者为"鸳鸯瓦"。

❺　[翡翠衾]翡翠鸟的毛羽很美丽，所以拿来作衾的名称。

❻　[临邛方士鸿都客]临邛县在蜀郡，即今四川邛徕县。方士，方术之士。方术如求神仙、烧金丹、及禁咒祈禳之类。汉灵帝置鸿都门学士。这方士从四川来京师，所以说"临邛方士鸿都客"。

❼　[上穷碧落下黄泉]道家称天空为"碧落"。黄泉，犹言地下，语本《左传》隐公元年"不及黄泉无相见也"。

❽　[五云]五色云。

❾　[绰约]美好貌。《庄子·逍遥游篇》作"淖约"。

❿　[中有一人名太真]一本作"中有一人名玉妃"。杨妃本名玉环，号太真。

⓫　[雪肤花貌参差是]参差，读为ㄘㄣ ㄘ。这里作"仿佛"解。这是说，雪一般的皮肤，花一般的面貌，仿佛像是杨妃。

⓬　[金阙西厢叩玉扃]叩，叩门。扃，门户的通称。金阙，玉扃，都是写仙人居处的富丽。

⓭　[转教小玉报双成]相传吴王夫差小女紫玉，恋童子韩重，欲嫁之，不得，气结而死。后重往吊，玉形见，重欲拥之，如烟而没（见《搜神记》）。小玉即指夫差女紫玉。如《本事诗》云"吴姬小玉飞作烟"注："小玉，夫差女名。"又相传西王母的侍女名董双成，善吹笙（见《汉武内传》）。这里是写杨妃已成仙，所以用两个仙女的名字来代替杨妃和她的侍女。

⓮　[汉家]犹言"唐朝"，因为作者在当时不便直写"唐朝"，故以汉字代之。

⓯　[九华帐]古人以华彩为宫室及器物的装饰，谓之"九华"，九，所以极言其繁多。如台有"九华台"，宫有"九华宫"，帐有"九华帐"。

衣推枕起徘徊，珠箔银钩迤逦开❶。云鬓半偏新睡觉，花冠不整下堂来。风吹仙袂飘飘举，犹似霓裳羽衣舞❷，玉容寂寞泪阑干❸，梨花一枝春带雨❹。含情凝睇❺谢君王："一别音容两渺茫。昭阳殿❻里恩爱绝，蓬莱宫❼中日月长。回头下望人寰❽处，不见长安❾见尘雾。唯将旧物表深情，钿合金钗寄将去❿。钗留一股合一扇⓫，钗擘黄金合分钿。但教心似金钿坚，天上人间会相见。"临别殷勤重寄词，词中有誓两心知，七月七日长生殿⓬，夜半无人私语时。"在天愿作比翼鸟⓭，在地愿为连理枝⓮。"天长地久有时尽，此恨绵绵无绝期。

　　唐玄宗宠爱贵妃杨氏，任用妃兄杨国忠为宰相。时边将安禄山，拥有重兵，蓄意造反。杨国忠和安禄山本有意见，屡次对玄宗说安禄山必反，玄宗不信，他便故意和安禄山作难。天宝十四载（公元七五五），安禄山以讨杨国忠为名，兴兵造反。那时候，唐朝太平已久，兵备废弛，一月之内，安禄山连陷河北、

---

❶　［珠箔银钩迤逦开］箔，帘箔。钩，帘钩。迤逦，连延貌。

❷　［霓裳羽衣舞］《霓裳羽衣曲》本来是舞曲，一面奏曲，一面舞蹈，就叫做霓裳羽衣舞。杨妃在宫中常作《霓裳羽衣》之舞，据说这曲调和舞容，越到后来越缓慢，前面所说的"缓歌慢舞凝丝竹"，就是写当时歌舞的情形。

❸　［玉容寂寞泪阑干］玉容寂寞，是说他面容很凄惨。泪阑干，犹言涕泪纵横。阑干，就是纵横的意思。

❹　［梨花一枝春带雨］这句是把梨花着雨的情形，形容她的悲伤憔悴。

❺　［凝睇］目光定着不大活动的样子，和"流盼"的意思刚相反。

❻　［昭阳殿］杨妃生时常居昭阳殿。

❼　［蓬莱宫］蓬莱，本仙岛名，所以仙人所居的宫称为蓬莱宫。

❽　［人寰］犹言"人世""人间"。

❾　［长安］唐都长安，即今陕西长安县。

❿　［唯将旧物表深情钿合金钗寄将去］据说玄宗与杨妃定情之夕，给他钿合金钗，以为永久相爱的证物。钿合，是金饰的盒子。

⓫　［钗留一股合一扇］把金钗留下一股，盒子留下一扇。钗以黄金为之，盒以螺钿为之，各分其半，所以下句说"钗擘黄金合分钿"。

⓬　［七月七日长生殿］阴历的七月七日，相传为牵牛织女两星相会的时期，当时民间及宫庭中例于夜半焚香庭中，陈设瓜果，号为"乞巧"。长生殿在华清宫中（据《唐会要》）。据说玄宗避暑华清宫，尝与杨妃在长生殿乞巧。清洪昇作传奇，演杨妃入宫以至死蜀本末，就定名为《长生殿》。

⓭　［比翼鸟］相传南方有一种鸟，两翼相比，不比不飞，名为鹣鹣。见《尔雅·释鸟》。

⓮　［连理枝］两树合为一枝叫做"连理枝"。

河南,攻入洛阳。明年,安禄山自称大燕皇帝,攻破潼关。玄宗出奔蜀,行至马嵬驿,兵士突然哗变,要求玄宗杀杨国忠及杨贵妃,玄宗无法,只得依允。后玄宗传位给太子李亨,是为肃宗。肃宗把安禄山讨平,迎玄宗回京,尊为太上皇,迁居太极宫。玄宗经这番变故后,意态消极,又常常思念杨妃,没有几年,就郁郁而死了。这桩事给唐朝人以很深的印象。白居易就应用这故事写成《长恨歌》。白居易的朋友陈鸿又作《长恨传》,今附录于后,以资参考。

      开元中,泰阶平,四海无事。玄宗在位岁久,倦于旰食宵衣,政无大小,始委于右丞相,稍深居游宴,以声色自娱。

      先是,元献皇后、武淑妃皆有宠,相次即世。宫中虽良家子千数,无可悦目者,上心忽忽不乐。

      时每岁十月,驾幸华清宫,内外命妇,熠耀景从,浴日余波,赐以汤沐,春风灵液,澹荡其间。上心油然,若有所遇,顾左右前后,粉色如土。诏高力士潜搜外宫,得弘农杨玄琰女于寿邸,既笄矣。鬓发腻理,纤秾中度,举止闲冶,如汉武帝李夫人。别疏汤泉,诏赐藻莹。既出水,体弱力微,若不任罗绮,光彩焕发,转动照人。上甚悦。进见之日,奏《霓裳羽衣曲》以导之;定情之夕,授金钗钿合以固之。又命戴步摇,垂金珰。明年,册为贵妃,半后服用。由是冶其容,敏其词,婉娈万态,以中上意。上益嬖焉。

      时省风九州,泥金五岳,骊山雪夜,上阳春朝,与上行同辇,居同室,宴专席,寝专房。虽有三夫人、九嫔、二十七世妇、八十一御妻暨后宫才人、乐府妓女,使天子无顾盼意。自是六宫无复进幸者。非徒殊艳尤态致是,盖才智明慧,善巧便佞,先意希旨,有不可形容者。叔父昆弟皆列位清贵,爵为通侯。姊妹封国夫人,富埒王室,车服邸第,与大长宫主侔矣。而恩泽势力,则又过之。出入禁门不问,京师长吏为之侧目。故当时谣咏有云:"生女勿悲酸,生男勿喜欢。"又曰:"男不封侯女作妃,看女却为门上楣。"其人心羡慕如此。

      天宝末,兄国忠盗丞相位,愚弄国柄。及安禄山引兵向阙,以讨杨氏为词。潼关不守,翠华南幸,出咸阳,道次马嵬亭。六军徘徊,持戟不进。从官郎吏伏上马前,请诛晁错以谢天下。国忠奉氂缨盘水。死于道周,左右之意未快。上问之,当时敢言者,请以贵妃塞天下怨。上知不免,而不忍见其死,反袂掩面,使牵之而去。仓皇展转,竟就绝于尺组之下。

      既而玄宗狩成都,肃宗受禅灵武。明年,大赦改元,大驾还都。尊玄宗为太上皇,就养南宫。自南宫迁于西内。时移事去,乐尽悲来。每至春之日,冬之夜,池莲夏开,宫槐秋落,梨园弟子,玉琯发音,闻《霓裳羽衣》一声,则天颜不怡,左右觑歘。三载一意,其念不衰。求之梦魂,杳不能得。

适有道士自蜀来,知上皇心念杨妃如是,自言有李少君之术。玄宗大喜,命致其神。方士乃竭其术以索之,不至。又能游神驭气,出天界没地府以求之,不见。又旁求四虚上下,东极大海,跨蓬壶。见最高仙山,上多楼阁,西厢下有洞户,东向,阖其门,署曰"玉妃太真院"。方士抽簪叩扉,有双鬟童女,出应其门。方士造次未及言,而双鬟复入。俄有碧衣侍女又至,诘其所从。方士因称唐天子使者,且致其命。碧衣云:"玉妃方寝,请少待之。"于时云海沈沈,洞天日晓,琼户重阖,悄然无声。方士屏息敛足,拱手门下。久之,而碧衣延入,且曰:"玉妃出。"见一人冠金莲,披紫绡,佩红玉,曳凤舄,左右侍者七八人,揖方士问皇帝安否,次问天宝十四载已还事。言讫悯然,指碧衣取金钗钿合,各折其半,授使者曰:"为我谢太上皇,谨献是物,寻旧好也。"方士受辞与信,将行,色有不足。玉妃固征其意。复前跪致词:"请当时一事,不为他人闻者,验于太上皇。不然,恐钿合金钗,负新垣平之诈也。"王妃茫然退立,若有所思。徐而言曰:"昔天宝十载,侍辇避暑于骊山宫。秋七月,牵牛织女相见之夕,秦人风俗,是夜张锦绣,陈饮食,树瓜果,焚香于庭,号为乞巧。宫掖间尤尚之。时夜殆半,休侍卫于东西厢,独侍上。上凭肩而立,固仰天感牛女事,密相誓心,愿世世为夫妇。言毕,执手各呜咽。此独君王知之耳。"因自悲曰:"由此一念,又不得居此。复堕下界,且结后缘。或为天,或为人,决再相见,好合如旧。"因言:"太上皇亦不久人间,幸惟自安,无自苦耳。"使者还奏太上皇,皇心震悼,日日不豫。其年夏四月,南宫宴驾。

元和元年冬十二月,太原白乐天自校书郎尉于盩厔。鸿与琅邪王质夫家于是邑,暇日相携游仙游寺,语及此事,相与感叹。质夫举酒于乐天前曰:"夫希代之事,非遇出世之才润色之,则与时消没,不闻于世。乐天,深于诗,多于情者也。试为歌之。如何?"乐天因为《长恨歌》。意者不但感其事,亦欲惩尤物,窒乱阶,垂于将来者也。歌既成,使鸿传焉。世所不闻者,予非开元遗民,不得知。世所知者,有《玄宗本纪》在。今但传《长恨歌》云尔。

白居易(七七二—八四六)字乐天,唐下邽人。元和间举进士,迁左拾遗,贬江州司马,后召还,官至刑部尚书。晚年放情于诗酒,号醉吟先生。居香山,又称香山居士,所著有《白氏长庆集》。他的诗深厚丽密,而平易近人。相传他每作成一诗,必念给一个老妪听,问她懂否;懂便写下来,不懂再做过(见《墨客挥犀》)。这个故事虽未必可靠,却很可看出前人已公认他的诗平易近人,没有什么难解的地方。

四二、陌上桑

日出东南隅,照我秦氏楼。秦氏有好女,自名为罗敷。罗敷善蚕桑,采桑城南隅。青丝为笼系❶,桂枝为笼钩。头上倭堕髻❷,耳中明月珠❸;缃绮❹为下裙,紫绮为上襦❺。行者见罗敷,下担捋髭须。少年见罗敷,脱帽著帩头❻。耕者忘其犁,锄者忘其锄;来归相怨怒❼,但坐观罗敷❽。

使君❾从南来,五马立踟蹰❿。使君遣吏往,问"是谁家姝"。

"秦氏有好女,自名为罗敷。"

"罗敷年几何?"

"二十尚不足,十五颇有余。"

---

❶ ［笼系］笼,就是桑篮。笼系,桑篮上的络绳。

❷ ［倭堕髻］倭堕亦作"鬌鬌"。状如堆云而下坠的发髻。

❸ ［耳中明月珠］耳中,犹言"耳上",因上句有"头上"字样,故变文以避复。珠,是用珠为饰的耳环。明月两字是形容那珠环的光彩。

❹ ［缃绮］淡黄色的细绫。

❺ ［上襦］襦,即今之短袄。"上襦"与上"下裙"相对成文,谓上身穿着紫绫的短袄。

❻ ［帩头］通作"绡头",亦名"绡纱"。古人男子亦束发,绡头,所以束发使上者。

❼ ［来归相怨怒］回来互相埋怨。

❽ ［但坐观罗敷］只因为看罗敷看出了神的缘故。坐,作"因为"解。

❾ ［使君］汉时称太守为"府君",刺史为"使君";又奉命出使者亦称使君。但此使君未必确指刺史或太守。

❿ ［五马立踟蹰］五马承上句"使君"而言。汉制,太守驷马而已;其有加秩中二千石者乃右骖,故以"五马"为太守美称(据潘子贞《诗话》)。或谓汉太守比州长,御五马,故云(程氏《演繁露》)。但这些话都是拘迂之谈。五马,大概是泛指仪从而言,不必引经据典去穿凿附会。踟蹰,犹言"徘徊",行不进貌。

使君谢❶罗敷:"宁可共载不❷?"

罗敷前致词:"使君一何愚!使君自有妇,罗敷自有夫。——

"东方千余骑,夫婿居上头。何用识夫婿,白马从骊驹❸。青丝系马尾,黄金络马头。腰中鹿卢剑❹,可值千万余。十五府小史❺,二十朝大夫❻,三十侍中郎❼,四十专城居❽。为人洁白皙,鬑鬑❾颇有须。盈盈公府步❿,冉冉府中趋⓫。坐中数千人,皆言夫婿殊⓬。"

这篇是汉朝有名的艳歌。它的异名甚多:一名《采桑》,一名《罗敷艳歌行》;亦有截取首句名为《日出东南隅行》,或省作《日出行》。崔豹《古今注》云:"《陌上桑》者,出秦氏女子。秦氏,邯郸人。有女名罗敷,为邑人王仁妻。王仁后为赵王家令,罗敷出采桑于陌上,赵王登台,见而悦之,因置酒欲夺焉。罗敷巧弹筝,乃作《陌上桑》之歌以自明。赵王乃止。"崔豹的话,与本篇所述的事实不相类,未足为据。要之,本篇的作者姓名,早已失传;观篇中用"使君""五马"等名词,可断定为汉朝人的作品。

---

❶ [谢]犹今言"请求"。

❷ [宁可共载不]可以同车而去否?

❸ [何用识夫婿白马从骊驹]用什么标记来认识我的丈夫呢,只消看骑着白马,而后面有许多骑着黑马的人随从着的就是。

❹ [鹿卢剑]古长剑以玉作井鹿卢形,上刻木作山形,如莲花初生未敷时,今大剑木首其状如此(《汉书·隽不疑传》晋灼注)。

❺ [十五府小史]十五岁在州郡府里做小官。小史犹言"小吏",古吏史二字往往通用。

❻ [二十朝大夫]二十岁就入朝中做大夫。

❼ [三十侍中郎]三十岁便升为侍中郎。侍中郎即侍中,在汉时本为加官,分掌乘舆及服物,与中官俱止禁中,为天子亲近之官。

❽ [四十专城居]四十岁便专居一城,为方面大员(如州牧、太守之类)。

❾ [鬑鬑]微有髭貌。

❿ [盈盈公府步]盈盈,轻步貌。公府,指州牧、太守的公署,非必专指京师的三公府。

⓫ [冉冉府中趋]冉冉,缓行貌。按此句与上句都是说她的丈夫从容缓步,完全是一个贵官的身分。

⓬ [皆言夫婿殊]都说我的丈夫特别漂亮。殊,就是特别漂亮的意思。

文 话

一六、叙事诗

以前我们说过，"诗的每一语纯为发抒某种情怀而存在；并且，它常含着不说出来的'言外意'，留给人家去想。"从这里，可见诗是主观的、发抒的文字；换一句说，就是诗所写的全是作者自己一方面的材料。用这一句去范围我们读过的诗，差不多没有错儿；我们读过了陶潜和杜甫的几首诗，又读过了苏轼和辛弃疾的几首词（我们曾经说过"词就是诗"，二者从质地上讲实是同样的东西，显著的分别只是体裁的不同罢了），那些材料都是作者自己一方面的。

现在读到的两首诗，《长恨歌》和《陌上桑》，可不同了。这两首诗的材料并不是作者自己一方面的；前者是唐玄宗和杨氏离合悲欢的故事，后者是罗敷采桑、答人问话的故事，原来都与作者不相关涉的。再看两位作者的态度，他们对于所写的材料似乎没有什么意见或感动（至少他们没有把自己的意见或感动透露出来）。他们只处于旁人的地位，把故事叙述出来就是。这样客观的、叙述的诗，我们称它做"叙事诗"。

既然有叙事诗，对于我们以前读到的那些诗也不妨加上形容语；因为那些诗是发抒作者的某种情怀的，可以称它做"抒怀诗"。

到这里，读者或许要想，叙事诗便是用诗体写成的叙述文。这样想固然大致不错，但是，叙事诗与叙述文的分别，决不只在各语字数均等、偶数语押韵、语句音节和谐那些形式上面。我们把《长恨传》附录在《长恨歌》的后面，意在请读者取来对比，一篇是叙事诗，一篇是叙述文，除了形式以外，它们还有什么不同的所在。这里姑约略举出一些，作为例子，留下其余的让大家自己去玩索。

　　试看《长恨传》中叙述杨氏家属都靠着她而贵显起来的一段：

　　　　叔父昆弟皆列位清贵，爵为通侯。姊妹封国夫人，富埒王室，车服邸第，与大长公主侔矣。而恩泽势力，则又过之。出入禁门不问，京师长吏为之侧目。故当时谣咏有云："生女勿悲酸，生男勿喜欢。"又曰："男不封侯女作妃，看女却为门上楣。"其人心美慕如此。

这些话说得很明白，不论谁看了都能知道杨氏的家属贵显到怎样程度，当时人对于他们的羡慕强烈到怎样程度。但是，除了知道这些，再不能从这一段文字得到什么了。在《长恨歌》中，叙述同样的材料只有

　　　　姊妹弟兄皆列土，可怜光彩生门户，遂今天下父母心，不重生男重生女。

四语，简略得多；可是，颇有"留给人家去想"的余地。"光彩生门户"是一种印象的摹拟，读了这摹拟语，杨氏家属的气势赫耀，服用奢华，差不多都可以想像而得。又在上边加上"可怜"二字，更传出杨家的每一个人的满足、欢喜、骄矜、恣肆的心情。而"不重生男重生女"一语，比较《长恨传》所引"当时谣咏"说得含混；可是两者的意义都已包容在内，只消加以想像，自然便能理会。——是同样的材料，叙述文的《长恨传》明白详尽，单教人"知道"事情，叙事诗的《长恨歌》却用印象的摹拟，含混的叙述。教人知道了事情之后还得去"想"；这耐人想的一点是一切诗的重要质素，叙事诗赖有它才成其为诗。

　　再试看《长恨传》中叙述玄宗回来之后独居寡欢的一段：

　　　　时移事去，乐尽悲来。每至春之日，冬之夜，池莲夏开，宫槐秋落，梨园弟子，玉琯发音，闻《霓裳羽衣》一声，则天颜不怡，左右觑欷。三载一意，其念不衰。求之梦魂，杳不能得。

这些话说得也很明白，玄宗回来之后是这样地无聊。但是，除了知道玄宗这样地无聊，我们再不能从这一段文字感到什么了。在《长恨歌》中，叙述同样的材料却有：

　　　　归来池苑皆依旧，太液芙蓉未央柳。芙蓉如面柳如眉，对此如何不泪垂！春风桃李花开日，秋雨梧桐叶落时。西宫南内多秋草，

> 落叶满阶红不扫。梨园弟子白发新，椒房阿监青娥老。夕殿萤飞思
> 悄然，孤灯挑尽未成眠，迟迟钟鼓初长夜，耿耿星河欲曙天。鸳鸯瓦
> 冷霜华重，翡翠衾寒谁与共，悠悠生死别经年，魂魄不曾来入梦。

这些语句，就比较具体得多，说"芙蓉如面柳如眉"，说"桃李花开"、"梧桐叶落"，说"梨园子弟白发新，椒房阿监青娥老"，说"夕殿萤飞"，"挑灯不眠"，"钟鼓初长"，"星河欲曙"，"鸳鸯瓦冷"，"枕衾谁共"，都描出一个有轮廓、有色彩的真实境界，教读者"感得"诗中主人翁所感得的惆怅的心情；这教人"感得"的一点也是一切诗的重要质素，叙事诗赖有它才成其为诗。

若再看《陌上桑》，它描写罗敷的打扮都是具体的：

> 青丝为笼系，桂枝为笼钩；头上倭堕髻，耳中明月珠；缃绮为下
> 裙，紫绮为上襦。

我们读了这数语，罗敷的华贵就可以想见。下面叙述旁人看见了罗敷忘形、出神的情形，竟描出一个热闹的场面：

> 行者见罗敷，下担捋髭须；少年见罗敷，脱帽著帩头；耕者忘其
> 犁；锄者忘其锄；来归相怨怒，但坐观罗敷。

在这场面上，被说到的那些人都是生动的。我们读了这数语，可以"感得"大家争看美人儿的热狂空气。由于这等处所，故《陌上桑》是一首好的叙事诗。

假若并没有留着教人想的部分，也没有教人感得什么的部分，而单用诗体叙述一些事情，那只是诗体的叙述文而已，称为叙事诗是不切当的。

练习　试把《陌上桑》翻译做叙述文。

四三、绿

朱自清

　　我第二次到仙岩❶的时候，我惊诧于梅雨潭的绿了❷。

　　梅雨潭是一个瀑布潭。仙岩有三个瀑布，梅雨瀑最低。走到山边，便听见花花花花的声音，抬起头，镶在两条湿湿的黑边儿里的，一带白而发亮的水便呈现于眼前了。我们先到梅雨亭。梅雨亭正对着那条瀑布；坐在亭边，不必仰头，便可见它的全体了。亭下深深的，便是梅雨潭。这个亭踞在突出的一角的岩石上，上下都空空儿的；仿佛一只苍鹰展着翼翅浮在天宇中一般。三面都是山，像半个环儿拥着；人如在井底了。这是一个秋季的薄阴的天气。微微的云在我们顶上流着；岩面与草丛都从润湿中透出几分油油的绿意。而瀑布也似乎分外的响了。那瀑布从上面下来，仿佛已被扯成大小的几绺；不复是一幅整齐而平滑的布。岩上有许多棱角；瀑流经过时，作急剧的撞击，便飞花碎玉般乱溅着了。那溅着的水花，晶莹而多芒；远望去，像一朵朵小小的白梅，微雨似的纷纷落着。据说，这就是梅雨潭之所以得名。但我觉得说像杨花，格外确切些。轻风起来时，点点随风飘散，那更是杨花了。——这是偶然有几点送入我们温暖的怀里，便倏的钻了进去，再也寻它不着。

　　梅雨潭闪闪的绿色招引着我们；我们开始追捉她那离合的神光了。揪着草，攀着乱石，小心探身下去，又鞠躬过了一个石穹门，便到了汪汪一碧的潭边了。瀑布在襟袖之间；但我的心中已没有瀑布了。我的心随

---

　　❶　[仙岩] 作者自注："山名。瑞安的胜迹。"按仙岩山在浙江瑞安县东北四十五里。当大罗山之阳。巅有黄帝池，广二十余亩；水分八派，注为溪潭，高下相属。道书以为第二十六福地。宋朝的陈傅良读书于此。又朱熹尝游此山，题"溪山第一"四字。

　　❷　[我惊诧于梅雨潭的绿了] 作者自注："第一次去时，没有觉着惊诧。"

潭水的绿而摇荡。那醉人的绿呀！仿佛一张极大极大的荷叶铺着，满是奇异的绿呀。我想张开两臂抱住她；但这是怎样一个妄想呀。——站在水边，望到那面，居然觉着有些远呢！这平铺着，厚积着的绿，着实可爱，她松松的皱缬着，像少妇拖着的裙幅；她轻轻的摆弄着，像跳动的初恋的处女的心；她滑滑的明亮着，像涂了"明油❶"一般，有鸡蛋清那样软，那样嫩，令人想着所曾触过的最嫩的皮肤；她又不杂些儿尘滓，宛然一块温润的碧玉，只清清的一色。——但你却看不透她！我曾见过北京十刹海❷拂地的绿杨，脱不了鹅黄的底子，似乎太淡了。我又曾见过杭州虎跑寺❸近旁高峻而深密的"绿壁"，丛叠着无穷的碧草与绿叶的，那又似乎太浓了。其余呢，西湖的波太明了，秦淮河的也太暗了。可爱的，我将什么来比拟你呢？我怎么比拟得出呢？大约潭是很深的，故能蕴蓄着这样奇异的绿；仿佛蔚蓝的天融了一块在里面似的，这才这般的鲜润呀。——那醉人的绿呀！我若能裁你以为带，我将赠给那轻盈的舞女；她必能临风飘举。我若能挹你以为眼，我将赠给那善歌的盲妹；她必明眸善睐❹了。我舍不得你；我怎舍得你呢？我用手拍着你，抚摩着你，如同一个十二三岁的小姑娘。我又掬你入口，便是吻着她了。我送你一个名字，我从此叫你"女儿绿"，好么？

　　我第二次到仙岩的时候，我不禁惊诧于梅雨潭的绿了。

四四、浴池速写

M D

　　沿池子的水面，伸出五个人头。

---

　　❶　〔明油〕一种发光的油类，亦称"亮油"。
　　❷　〔北京十刹海〕北京，今北平的旧称。十刹海，湖名。在北平地安门外，广数里，南至旧皇城，西至德胜门。岸多垂杨，夏日莲花甚盛。
　　❸　〔杭州虎跑寺〕杭州，今浙江杭县的旧称。虎跑寺在杭县大慈山。建于唐朝，名广福院，宋朝才改名虎跑寺。寺外有虎跑泉，相传唐时释性空居此，苦无水，有二虎跑地，泉水涌出，故名。
　　❹　〔明眸善睐〕语本三国魏曹植《洛神赋》。形容美人眼目的流利生动。

　　因为池子是圆的,所以差不多是等距离地排列着的五个人头便构成了半规形的"步哨线❶",正对着池子的白石岸旁的冷水龙头❷。这是个擦得耀眼的紫铜质的大家伙,虽然关着嘴,可是那转柄的节缝中却蚩蚩地飞进出两道银线一样的细水,斜射上去约有半尺高,然后乱纷纷地落下来,像是些极细的珠子。

　　五岁光景的一对女孩子就坐在这个冷水龙头旁边的白石池岸上,正对着我们五个人头。水蒸气把她们俩的脸儿熏得红喷喷地,头上的水打湿了的短发是墨黑黑地,肥胖的小身体又是白生生地。她们俩像是孪生❸的姊妹。坐在左边的一个的肥白的小手里拿着个橙黄色透明体的肥皂盒子;她就用这小小的东西舀水来浇自己的胸脯。右边的一个呢,捧了一条和她的身体差不多长短的毛巾,在她的两股中间揉摩。

　　虽是这么幼小的两个,却已有大人的风度,然而多么妩媚❹。

　　这样想着,我侧过脸去看我左边的一个人头。这是满腮长着黑森森的胡子根的中年汉子的强壮的头。他挺起了眼睛往上瞧,似乎颇有心事。

　　我再向右边看。最近的一个正把滴水的毛巾盖在脸上,很艰辛地喘气。再过去是三角脸的青年,将后颈枕在池子的石岸上,似乎已经入睡。更过去是一张肥胖的圆脸,毫无表情地浮在水面,很像个足球。

　　忽然那边的矿泉❺水池里豁剌剌一片水响,冒出个黄脸大汉来,胸前有一丛黑毛。他晃着头,似乎想出来,却又蹲了下去。

　　大概是惊异着那边还有人,两个小女孩子都转过头去了。拿肥皂盒的一个的小脸儿正受着冷水龙头逃出来的水珠。她似乎觉得有些痒罢,她慢慢地举起手来搔了几下,便又很正经地舀起水来浇胸脯。

------

　　❶　[步哨线] 军中用步兵一名或二三名任警戒瞭望者名为"步哨"。其所布置一带之线,叫做"步哨线"。

　　❷　[龙头] 俗称机关为"龙头",例如"自来水龙头"。

　　❸　[孪生] 即双生儿。

　　❹　[妩媚] 恣态可爱。

　　❺　[矿泉] 泉水中溶解矿物质甚多者,谓之"矿泉"。其水温度稍高,多见于火山附近之处,亦称"温泉"。

速写，本来是绘画上的一种名称；是在最短的时间里把所感受外界的印象写下来，和精细描写的不同。这篇文章是写在浴池中所感到的一时的印象，如实简洁，不拘细琐，很像画家的速写法，故题名为《浴池速写》。

文　法

一五、副词的用途及其种类

形容词是名词（或代名词）的修饰语，副词是动词形容词的修饰语。同样的一个字，修饰名词时就成形容词，修饰动词或形容词时就成副词。例如：

　　回眸一笑百媚生（一，副词。修饰动词"笑"。）（《长恨歌》）
　　中有一人名玉妃（一，形容词。修饰名词"人"。）（同上）
　　一别音容两渺茫（两，副词。修饰形容词"渺茫"。）（同上）
　　词中有誓两心如（两，形容词，修饰名词"心"。）（同上）

副词除用以修饰动词形容词外，又可以修饰别的副词。换句话说，就是副词可以叠用。例如：

　　我又曾见过杭州虎跑寺近旁高峻而深密的绿壁。（"曾"字修饰动词"见"，"又"字再修饰副词"曾"）（《绿》）
　　来归相怨怒，但坐观罗敷。（"坐"字修饰动词"观"字，"但"字又修饰"坐"字）（《陌上桑》）

和副词同性质的尚有副词短语，副词短语由前介词与名词（或代名词）连合而成，其作用性质完全与副词相等，也可以作副词看。例如：

　　使君从南来，五马立踟蹰。（"从南"修饰动词"来"）（《陌上桑》）
　　微微的云在我们顶上流着。（"在我们顶上"修饰动词"流"）（《绿》）
　　月到愁边白，鸡先远处鸣。（"到愁边"修饰形容词"白"）（辛弃

疾《南歌子》）

副词短语修饰动词形容词的时候,往往有略去前介词,只剩名词者。这种省略的用例极多,宜注意。例如:

> 日出(于)<u>东南隅</u>。(《陌上桑》)
>
> 采桑(于)<u>城南隅</u>。(同上)
>
> (向)<u>西</u>出都门百余<u>里</u>。(《长恨歌》)
>
> 宛转蛾眉(在)<u>马前</u>死。(同上)
>
> 我(于)<u>第二次</u>到仙岩的时候。(《绿》)

副词的种类甚多,分类的方法也可有许多。现在只扼要地分为下列几类:

(甲)表时间,例如:

> 杨家有女<u>初</u>长成。
>
> 魂魄<u>不曾</u>来入梦。
>
> <u>始</u>是亲承恩泽时。

(乙)表地点方向,例如:

> <u>上</u>穷碧落<u>下</u>黄泉。
>
> <u>中</u>有一人字太真。
>
> 回头<u>下</u>望人寰处。
>
> 千乘万骑<u>西南</u>行。

(丙)表状态,例如:

> 侍儿扶起娇<u>无力</u>
>
> 春宵苦短日<u>高</u>起。
>
> 云鬓半偏新睡觉。

(丁)表程量,例如:

> 姊妹弟兄<u>皆</u>列土。
>
> 君臣相顾<u>尽</u>沾衣。

(戊)表疑问,例如:

> 对此<u>如何</u>不泪垂。(以上皆见《长恨歌》)
>
> 使君<u>一何</u>愚。(《陌上桑》)

（己）表否定，例如：

　　<u>不</u>见长安见尘雾。（《长恨歌》）

　　孤灯挑尽<u>未</u>成眠。（同上）

上面所举的大都是文言的例，语体文让读者自己类推，为避烦计，不再彼此对列了。

副词有时带有特种的字，看去好像语尾似的。对于普通副词，这叫做带字副词。语体文中副词的带"的"字，（或"地"）"般"字，就是其一例。例如：

　　岩上有许多棱角，瀑布经过时作急剧的撞击，便飞花碎玉<u>般</u>乱溅着了。（《绿》）

　　远望去，像一朵朵小小的白梅微雨似<u>的</u>（"的"或作""地"）纷纷落着。（同上）

至于文言副词所带的字，有下面几个：

（甲）带然字，例如：

　　俨而立，端方庄重，凛<u>然</u>不可犯。（《宋九贤遗像记》）

　　权勃<u>然</u>曰，吾不能举全吴之地，十万之众，受制于人。（《赤壁之战》）

（乙）带尔字，例如：

　　莞<u>尔</u>有笑容

　　夫子莞<u>尔</u>而笑曰。（《论语》）

　　子路率<u>尔</u>而对曰。（同上）

（丙）带乎字，例如：

　　郁郁<u>乎</u>文哉。（《论语》）

　　他确<u>乎</u>有特别本领。

（丁）带焉字，例如：

　　潸<u>焉</u>流涕。

　　揣揣<u>焉</u>恐生命之不保。

练习一　下文中如有副词,试一一指出

1.清风徐来,水波不兴。(《核舟记》)

2.岐王宅里寻常见,崔九堂前几度闻。正是江南好风景,落花时节又逢君。(《江南逢李龟年》)

3.近几年来,父亲和我都是东奔西走。(《背影》)

练习二　下列各组文句中,有着同一的词,试辨认其那个是副词,那个非副词。

A {
不要和<u>小</u>人一般见识。
并不是我<u>小</u>看你。
}

B {
天下<u>那里</u>有这样便宜的事情?
你今天到<u>那里</u>去?
}

C {
<u>这样</u>的事情三岁小儿都会干。
话不应该<u>这样</u>说。
}

文　选

四五、一个朋友

叶绍钧

我有一位朋友,他的儿子今天结婚。我去扰了他家的喜酒,喝的醉了! 不! 我没有喝的醉!

他家的酒真好,是陈❶了三十年的花雕❷,呷在嘴里滋味浓厚而微涩,——这个要内行家❸才能扼要地辨别出来,——委实是好酒。

---

❶　[陈]新之对,所以贮藏多年的酒叫做"陈酒"。

❷　[花雕]绍兴酒名。凡行销远地的绍兴酒,常选贮藏已久的陈酒。并在坛子外面加以彩色画,就把这一类酒称为"花雕"。

❸　[内行家]对于某事情有经验的人。

他们玩的把戏真有趣！真有趣！一对小新人面对面站着，在一阵沸天震地的拍手声里，他们俩鞠上三个大躬。他们俩都是迷惘的，惊恐的，瞪视的眼光，好像已被猫儿威吓住的老鼠。……不像，像屠夫刀下的牺牛。我想：你们怕和陌生的人对面站着么？何不啼着，哭着，娇央着，婉求着你们的爹爹妈妈，给你们换个熟识的，知心的人站在对面呢？

我想的晚了，他们俩的躬已鞠过了！我又何必去想他。

那些宾客的议论真多。做了乌鸦，总要哑哑地叫，不然，就不成其为乌鸦了。他们有几个称赞我那朋友有福分，今天已是喝他令郎的喜酒了。有几个满口地说些"珠璧交辉❶""鸾凤和鸣❷"的成语。还有几个被挤在一群宾客的背后，经人丛的缝里端想着那一对小新人，似羡似叹地说，"这是稀有的事！"

我没有开口。

那几个说我那位朋友有福分的，他们的话若是有理，今天的新人何不先结了婚再吃乳浆？那几个熟读成语辞典的，只知搬弄着矿物动物的名词，不知他们究竟比拟些什么！

"这是稀有的事"这句话却有些意思。

然而也不见得是稀有。"稀有"两字不妥。哈！哈！我错认在这里批改学生的文稿了。

我那位朋友结婚的时候，我也去扰他的喜酒，也喝的烂醉，今天一样的醉。这是十四年前的事，——或者是十三年？记不清楚了。当时行礼的景象，宾客的谈话，却还印在我脑子里，一切和今天差不多。今天竟把当年的故事重新搬演❸了一回。我去道贺作宾客，也算是个配角❹呢。

我还记得那位朋友结婚之后，我曾问他：

"可有的什么新感觉？"

❶　[珠璧交辉]这句是通常祝贺人家新婚的成语。意思是说新郎新妇像珠和玉一般的交相辉映。

❷　[鸾凤和鸣]这句也是通常祝贺人家新婚的成语。鸾，凤鸟之属。意思是说新郎新妇像鸾和凤一般的此唱彼和。

❸　[搬演]戏剧中的装扮故事。

❹　[配角]戏剧中有"主角"和"配角"的分别：饰主要人物的是主角，饰其他人物的是配角。

他的答语很是有趣：

"我吃，喝，玩耍，都依旧；快意的地方依旧；不如意的地方也依旧；只有卧榻上多了一个人，是我新鲜的境遇。"

我又问他：

"你那新夫人的性情和思想如何？"

他的答语更有趣：

"我不是伊❶，怎能知道那些呢？"

他自然不知道。他除了唯一的感觉"新鲜的境遇"而外那里还知道别的。我真傻气，将那些去问他。当时我便转了词锋道：

"伊快乐么？"

"伊快乐呀！伊理妆的时候，微微地，浅浅地，对着镜里的伊笑。伊见我进内室，故意将脸儿转向别的地方，两颗乌黑的，灵活的，动人的眼睛却暗地偷觑❷着我；那时伊颧颊间总含着无限的庆幸，满足，恋爱的意思。伊和女伴商量修饰，议论风生，足以使大家心折❸。伊又喜欢"叉麻雀"，下半天和上半夜的功夫都消磨在这一件事上。你道伊还有不快乐的一秒么！"

后来他们夫妻俩有了小孩子了——便是今天的新郎。他们俩遭逢了这个，欢喜的非常，但是说不出为什么欢喜。……我又傻了，觉得欢喜，欢喜便是了，要说出什么来？这个欢喜还普及到他俩的族人和戚友，因为这事也满足了彼等对于他们俩的期望。然而他们俩先前并没有豫计。论到这事，谁能有豫计？那一家立过豫算表？原来我喝的醉了！

他们俩生了儿子，生活上丝毫没有变更。他吃，喝，玩耍，依然如故。伊对着镜里的伊笑，偷觑着他得意，谈论修饰，"叉麻雀"也依然如故。

小孩子吸的，是一个卖了儿子，夺了儿子的权利换饭吃的妇人的乳浆。他醒的时候，睡眠的时候，都在伊的怀抱里。不到几个月，他小小的庞儿会笑了，小手似乎会招人了。

---

❶ ［伊］"他"字的女性，现在通作"她"字。

❷ ［偷觑］偷看。觑，俗写作"觑"。

❸ ［心折］心服。

他们俩看了，觉得他很好玩，是以前不曾有过的新鲜玩意儿。一个便从乳母手里抱过来和他接个吻，一个不住地抚摩他的小面庞。他觉得小身体没有平时抱的舒服，不由得哭了起来。他们俩没趣，又没法止住他的哭，便教乳母快快抱开去。

"我们不要看他的哭脸！"

那小孩子到了七八岁，他们俩便送他进个学校。他学些什么，他们俩总不问。受教育原是孩子的事，那用父母过问呢！

今天的新郎还兼个高等小学肄业的头衔！他的同学有许多也来道喜。他们活动的天性没有一处地方，一刻工夫不流露，刚才竟把礼堂当作球场踢起球来。然而对那做新郎的同学总现出凝视，猜想的神情，好像他满身被着神秘似的。

我想今天最乐意的要算我那位朋友了。他不只是说话，便咳一声嗽也柔和到十二分；弯了腰，执了壶，替宾客斟酒，几乎要把酒杯敬到嘴边了。他听了人家的祝贺语，眉花眼笑地答谢道：

"我有什么福分？不过干了今天这一桩事，我对小儿总算尽了责任了。将来把这份微薄的家产交付与他，教他好好地守着，我便可无负祖先。"

我忽然想起，譬如我那位朋友死了，我替他撰家传，应当怎样地叙述？有了！简简括括只消说一句话："他无意中生了个儿子；还把儿子撒在自己的模型里。"呀！谀墓之文❶那有这等体例！原来我喝醉了！

四六、打　拳

鲁　迅

近来很有许多人，在那里竭力提倡打拳。记得先前也曾有过一回，

---

❶　［谀墓之文］替人家做墓志铭或家传等，不根据死者平生事实来叙述，一味誉扬赞美的，便叫做"谀墓之文"。

但那时提倡的,是满清王公大臣❶,现在却是民国的教育家,位分略有不同。至于他们的宗旨,是一是二,局外人便不得而知。

现在那班教育家,把"九天玄女传与轩辕黄帝,轩辕黄帝传与尼姑❷"的老方法,改称"新武术",又是"中国式体操",叫青年去练习。听说其中好处甚多,重要的举出两种来,是:——

一、用在体育上。据说中国人学了外国体操,不见效验;所以须改习本国式体操(即打拳)才行。依我想来:两手拿着外国铜锤或木棍,把手脚左伸右伸的,大约于筋肉发达上,也该有点"效验",无如竟不见效验!那自然只好改途去练"武松脱铐❸"那些把戏了。这或者因为中国人生理上与外国人不同的缘故。

二、用在军事上,中国人会打拳,外国人不会打拳:有一天见面对打,中国人得胜,是不消说的了。即使不把外国人"板油❹扯下",只消一阵"乌龙扫地❺"也便一齐扫倒,从此不能爬起。无如现在打仗,总用枪炮。枪炮这件东西,中国虽然"古时也已有过",可是此刻没有了,藤牌操法❻,又不练习,怎能御得枪炮? 我想:(他们不曾说明,这是我的"管窥蠡测❼")打拳打下去,总可达到"枪炮打不进"的程度(即内功❽)。这件

---

❶ [那时提倡的是满清王公大臣]清光绪二十五年(一八九九),山东一带的秘密会党,以传习拳棒相号召,谓能以咒语避枪炮炮弹,明年,起事于天津,号为义和团(亦称义和拳),提出"扶清灭洋"的口号,当时满清的王公大臣都相信义和团真有法术,竭力提倡,蔓延直隶、山东、山西各省,拆毁教堂铁路,并围攻各国驻京的公使馆,遂召八国联军之祸。

❷ [九天玄女传与轩辕黄帝,轩辕黄帝传与尼姑]当时义和团中人是这样说。九天玄女,上古的神女。相传黄帝与蚩尤战,玄女授之以兵法。今《六壬》、《遁甲》诸书,相传为九天玄女所授。黄帝,中国古代(约当公元前二六九七一二五九七)的帝王。轩辕是他的姓。

❸ [武松脱铐]武松是《水浒传》里的一个英雄。铐,就是"手铐",用以束缚犯罪人的手的。"武松脱铐",是从前拳术的一种,动作方式,大概是练习怎样脱去手铐的方法。

❹ [板油]人体腹网膜等处所储藏的脂肪,俗称"板油"。

❺ [乌龙扫地]也是从前拳术的一种动作方式,大概是向下横扫,以便打倒敌人。

❻ [藤牌操法]藤牌,"盾"之俗称,战阵时用以防御敌人兵器。从前有藤牌兵队,其兵士一手持藤牌,以防御敌人的刀枪;一手执兵器,以杀敌陷阵;练习这种战术的就叫做"藤牌操法"。

❼ [管窥蠡测]管中窥豹,可见一班,(详见文选十七《雕刻》篇"一班"注。)是以小见大的意思。以蠡测海,是以浅测深的意思。蠡,瓢瓢之属。

❽ [内功]旧时武术有"外功"与"内功"之分:外功是练习拳棒,内功则重在运气。

事从前已经试过一次，在一千九百年❶。可惜那一回真是名誉的完全失败了。且看这一回如何。

　　这篇是鲁迅的随感录，初载《新青年》，后来收在《热风》里。因为讲的是打拳，所以替他加上一个题目——《打拳》。

　　鲁迅是现代作家周树人的笔名。他是浙江绍兴人。从前曾做过教育部签事。历任北京大学、厦门大学、广州中山大学等校教授。所著有《呐喊》《彷徨》《热风》《坟》《华盖集》《华盖续集》《野草》《而已集》《早花夕拾》及《中国小说史略》等。

文　话

一七、劝诱与讽刺

　　现在想就《谈动》和《致史可法书》两篇来谈谈。这两篇论形式都是书信；论文体该是什么呢？《谈动》这篇里有一个主张，就是"解愁的方法在泄"，"求泄的方法在动"；《致史可法书》这篇里也有一个主张，就是劝对方"识时知命，笃念故主，厚爱贤王"，"劝令削号归藩，永绥福禄"。自己具有主张，希望读者信从，不是议论文么？不错，这两篇确然是议论文。但是，这两篇议论文与一般的议论文有点儿不同；一般的议论文并不对固定的某人说话，而《谈动》的对象只是感到烦恼的某青年，《致史可法书》的对象只是史可法。并且，这两篇的论点都是存在对象身上的；因为某青年感到烦恼，作者才对他说解愁、求泄的法门；因为史可法督师杨州，准备抗清，另一个作者才对他讲"识时知命"的话儿；这不比先前读过

---

❶　［在一千九百年］就是指清光绪二十六年义和团之乱。按义和团之乱，北京被八国联军攻破，清德宗和慈禧太后逃往西安，后来向各国请和，杀祸首载勋等，赔款四百五十兆两（即所谓"庚子赔款"）。所以下面说"可惜那一回真是名誉的完全失败了"。

的《最苦与最乐》和《机器促进大同说》那样，论点是由作者自己选定的。更进一层，这两篇的态度也值得注意：言辞之间流荡着情感；处处替对方打算，惟恐不够周密。这样的议论文，可以加上"劝诱的"一个形容词，使它同一般的议论文有着区别。这是说它不单靠严正的理论折服别人，而设身处地，为对方着想，"劝诱"对方依从持论人的主张。这"诱"字并不含什么不好的意味，相当于"引导"或"启迪"，就是"循循善诱"的"诱"字。

对别人致劝诱犹如医生诊病。一要剖析对方所持见解的不合，并探求所以致此的根源，这好比医生的诊断；二要发表自己的主张，这好比医生的开方。如果剖析得精密，探求得确当，对方自当恍然醒悟，放弃了所持的见解。这当儿，你更给他你自己的一个主张，他既放弃了旧的，自然容易接受新的。他一接受，你就达到劝诱的目的了。

就把《谈动》一篇为例，约略讲它的进展的顺序。这篇的第二节里就给与对方不少的同情；作者说那种"忧来无方"、什么都"抵挡不住"的况味也曾尝过，那不是"应该不应该的大道理"所能克服的，这样说时就使对方安了心，知道所谓烦恼原是青年常有的病，而现在写信来劝慰的人决非捧着"应该不应该的大道理"的。要劝诱别人最紧要的是排除对方信从上的障碍。说是青年常有的病，便可知不会特加责备；说并不捧着"应该不应该的大道理"，便可知劝慰完全出于关切的好意：这样的劝慰不是谁都很乐于信从的么？第三节里说"能动，能发展，能创造，便是顺从自然，便能享受快乐；不动，不发展，不创造，便是摧残生机，不免感觉烦恼"；以下更引"闲人大半易于发愁"、"青年人比老年人易于发愁些"、"小孩子们……不知道愁苦"作证：这就剖析出快乐和烦恼的质素，探求到快乐和烦恼的根源。对方既在那里烦恼，他的病因当然由于"生机被抑郁"，解救的方法无疑地是求宣泄了。于是第四节里就提出了"求泄的方法在动"——这是作者的主张，也是作者开给对方的药方。除引一些日常经验（整理书房、起劲打球）外，更在第五节里举古人的事作证。末节说"能动"的人对于烦恼宜如何看待，并且列举打球、弹琴等项目，给"动"字作具体的注脚。全篇里有斥责烦恼的话语么？没有。有"应该不应该的大道理"么？没有。读下去只像面对着无所不谈的好友，听他谈体贴入微的衷肠话：这是劝诱文字的魔力，一般的议论文所不具的。靠着这魔力，其效果当然更大。

现在，请看另外一篇议论文，《打拳》。这篇的主张是什么？就是不赞成民国的教育家提倡打拳。读者或许要说："统看全篇，并不见有'不赞成'的字样呀。"不错，"不赞成"的字样的确没有，但是你得用头脑去想，作者说这一番话究竟为着什么；想的结果，你就领会到作者所不曾明言的主张了。

议论文的主要点在提出自己的主张，这一篇却把主张藏了起来，并不明言，是什么缘故呢？你如果这样怀疑，我们先得请你看这一篇说话的态度。在第一节里说"至于他们的宗旨是一是二，局外人便不得而知，"这并非真个不知，却是知而不说；只看次节说"把……的老方法改称……，叫青年去练习"，便可明白。次节讲到其中好处，上面加上个"听说"，表示这是提倡者的见解，与作者全不相干。第三节说学体操该有点效验，"无如竟不见效验，那自然只好改途……了"，这是作者所悬揣的提倡者的理论；在这里暗示着提倡者的错误：体操所以不见效验，"或者因为中国人生理上与外国人不同的缘故"，而实际中国人与外国人生理上并无不同，那末体操的不见效验该是不曾认真练习的缘故，提倡者见不及此，便想改途，其错误可不言而喻了。第四节说在军事上，会打拳的可以战胜不会打拳的，这是提倡者的信念，"无如现在打仗总用枪炮"，怎么办呢？作者悬揣提倡者的希望，却在"达到枪炮打不进的程度"；在这里又暗示着提倡者的荒谬：这明明同一千九百年那一次满清王公大臣提倡打拳一模一样，顺他们的口气说是"可惜那一回……失败了"，用正面的口气说不就是"决无不失败之理"么？——到这里，可见这一篇说话的态度与旁的议论文全不相同：知而不说，不直指而用暗示，顺着对方的口气说反面的话，这些都不是一般的议论文所取的态度。这样的议论文，可以加上"讽刺的"一个形容词，使它同一般的议论文有着区别。这是说它全然避去了针对的辩驳，而用讽刺的言辞促起对方的反省，使对方依从持论人的主张。那些提倡打拳的教育家，看了这一篇，如果觉悟自己的宗旨与满清王公大臣的"二而一"，体操不见效验不就是体操不好，打拳用在军事上更属笑话，那就会同作者一样，他们也不想提倡打拳了。讽刺文字的主张就寄托在它的态度上；所以这一篇里不见有"不赞成民国的教育家提倡打拳"的话。

讽刺文字既把主张寄托在它的态度上，而要使态度不改样地表达出来，必须在语调上留意。你若是存心不说明，而人家读下去，以为你并未有这样存心；你若是利用暗示，而人家感觉不到你所暗示的；你若是在那里说反面的话，而人家只当你所说的是正面的话；那一定是你的语调失败了。试就《打拳》一篇，玩味"位分略有不同"、"局外人便不得而知"、"把九天玄女……的老方法改称新武术"、"听说其中好处甚多"、"无如……那自然只好……这或者因为……"、"是不消说的了"、"无如……"、"中国虽然……可是……"、"总可达到……"、"可惜那一回……"等语调，便可知讽刺文字应该怎样才可达到它的目的。

劝诱文字与讽刺文字正相反对：劝诱文字是热的，讽刺文字是冷的；劝诱文字多方替对方打算，讽刺文字好像绝不把对方放在心上。但是，二者的目的却相同，同样的期望对方依从持论人的主张。

练习 《一个朋友》是一篇"讽刺的"小说，试说明作者所不曾说出来的意见是什么。

文 选

四七、黔之驴

柳宗元

黔无驴，有好事者船载以入，至则无可用，放之山下。虎见之，庞然大物也，以为神，蔽林间窥之；稍出近之，慭慭然❶莫相知。他日驴一鸣，虎大骇远遁，以为且噬己也，甚恐。然往来视之，觉无异能者；益习其声❷，又近出前后，终不敢搏。稍近益狎❸，荡倚冲冒❹，驴不胜怒，蹄之。虎因喜，计之曰，技止此耳。因跳踉大㘎❺，断其喉，尽其肉，乃去。噫！形之庞也类有德❻，声之宏也类有能❼。向不出其技，虎虽猛，疑畏卒不敢取。今若是焉，悲夫！

　　唐柳宗元著《三戒》，分三篇：一、《临江之麋》，二、《黔之驴》，三、《永某氏之鼠》。其自序云：“吾恒恶世之人不推己之本，而乘物以逞：或依势以干非类，出技以怒强，窃时以肆暴；然卒迫于祸。有客谭麋、驴、鼠三物，似其事作《三戒》。”现在把第一篇《临江之麋》删去，本篇就是《三戒》中的第二篇。黔，今贵州省，以古黔中得名。

　　柳宗元（七七三—八一九）字子厚，唐河东人。由进士累官监察御史，后因党争被贬为永州司马，徙柳州。他的文章和韩愈齐名，人称韩文雄奇，柳文古雅。今存有《柳河东集》。

---

❶　[慭慭然] 谨敬貌。慭，音〡ㄣ。

❷　[益习其声] 更加听惯了它的声音。

❸　[狎] 玩弄轻慢。

❹　[荡倚冲冒] 荡，动荡。倚，身体贴近。冲，冲过去。冒，追前去。

❺　[跳踉大㘎] 跳踉，足乱动的样子。㘎，同“唊”。

❻　[形之庞也类有德] 形体庞大，看去像有德的。按“德”字的意义甚多，这里的“德”字，和《礼记·大学》“富润屋，德润身，心广体胖”的“德”字意义相同。言显见于外者必有实于内；那驴子外体庞大，则其内容必充实。

❼　[声之宏也类有能] 声音宏亮，好像有些技能的。

四八、永某氏之鼠

柳宗元

永有某氏者，畏日❶，拘忌异甚。以为己生岁直子❷，鼠子神也❸，因爱鼠，不畜猫犬，禁僮❹勿击鼠，仓廪疱厨，悉以恣❺鼠不问。由是鼠相告，皆来某氏，饱食而无祸。某氏室无完器，椸❻无完衣，饮食大率鼠之余也；昼累累与人兼行，夜则窃啮斗暴，其声万状，不可以寝；终不厌。数岁，某氏徙居他州，后人来居，鼠为态如故。其人曰："是阴类恶物也，盗暴尤甚，且何以至是乎哉！"假五六猫，阖门，撤瓦，灌穴，购僮罗捕之，杀鼠如丘，弃之隐处，臭数月乃已。呜呼！彼以其饱食无祸为可恒也哉！

永，永州，就是现在湖南的零陵县。这是柳宗元《三戒》的第三篇，详前篇注。

---

❶ ［畏日］畏，畏忌。日，卜筮占候时日。这是说，他相信卜筮占候，有种种拘忌。

❷ ［生岁直子］旧时用天干（甲、乙 丙、丁、戊、巳、庚、辛、壬、癸）地支（子、丑、寅、卯、辰、巳、午、未、申、酉、戌、亥）相配合以记年数，例如某年为"甲子"，则下一年为"乙丑"以此循环推算。这是说，他生的一年刚刚是"子"年。

❸ ［鼠子神也］旧时以动物十二种分配十二地支：子属鼠，丑属牛，寅属虎，卯属兔，辰属龙，巳属蛇，午属马，未属羊，申属猴，酉属鸡，戌属犬，亥属豕。

❹ ［僮］僮仆。

❺ ［恣］放纵。

❻ ［椸］音移（l），衣架。

文　法

一六、副词的位置

副词是用以修饰动词形容词（或他副词）的，照理应放在所修饰的动词形容词之上，如：

大江<u>东</u>去。（《赤壁怀古》）

你怎的<u>越老越呆</u>了。（《王三姑娘的死》）

"东"修饰"去"，"越"修饰"老""呆"，"怎的"又修饰"越老越呆"，都各紧接在所修饰的词上。这是最普通的式样。

副词又有放在所修饰的词后面的，如：

我身体平安，惟膀子疼痛<u>利害</u>。（《背影》）

孺人举之<u>尽</u>，喑不能言。（《先妣事略》）

升天入地求之<u>遍</u>。（《长恨歌》）

春寒赐浴<u>华清池</u>。（同上）

得赵人徐夫人匕首取之<u>百金</u>。（《荆轲传》）

永有某氏者，畏日，拘忌<u>异甚</u>。（《永某氏之鼠》）

以上数例，副词的位置，皆在所修饰的词之后。这种式样，无论文言语体皆常有。语体文中，副词在用于动词的形容词之后时，常插入的字（或得字），例如：

他高兴的<u>很</u>＝＝他很高兴。

这孩子聪明的<u>极</u>＝＝这孩子极聪明。

你居然糊涂的<u>如此</u>。＝＝你居然如此糊涂。

工人在工场工作的<u>起劲</u>。＝＝工人在工场中起劲工作。

副词的位置，除紧接在其所修饰的词的前后者外，尚有用在句之顶首，独立在前，与其所修饰的词远隔者。例如：

<u>一九二二，一，二四</u>，他的儿子张保到狱里去探望他。＝＝他的

儿子张保于一九二二,一,二四,到狱里去探望他。(《李成虎小传》)

甚矣吾衰也,久矣乎吾不复梦见周公。══吾衰甚矣,吾久不复梦见周公矣。(《论语》)

有几回,邻舍孩子听得笑声,也赶热闹围住了孔乙己。══邻舍孩子听得笑声,有几回也赶热闹围住了孔乙己。(《孔乙己》)

副词的位置,大略有上面的三种,如果副词为副词短语时,尚有置于句尾,与所修饰的词远隔者。例如:

你这主张,是行不通的,在现代经济制度之下(甲)══你这主张,在现代经济制度之下是行不通的(乙)══在现代经济制度之下,你这主张,是行不通的。(丙)

(乙)(丙)二式原是一向有的,(甲)式近来才通用,完全是倒装句法,可谓是欧化的结果。近来外国文字的翻译大盛,文字渐有欧化的趋势。这就是一例。

副词的位置虽可有种种的变化,但在初学者,最稳当的是用在所修饰的词的直前或直后。其余的式样,一不小心,就会文意不明,引起误解的。

一七、副词与助词的呼应

有许多副词,用在句中的时候,句末常须带相当的助词,那副词与助词有彼此联络的关系,好像一呼一应似的。这叫做呼应。在文法上,词的呼应有两种,一是接续词的呼应,一是副词与助词的呼应。

副词的呼应,可分为下列几种。

(甲)时间上的呼应。时间有过去未来现在的分别。上面如果有什么时间的副词,下面亦该用相应的助词,否则语气就不顺达。例如:

你来时他早已走了

年已七十矣。

你的毛病就会全愈罢

　　　　时正民国二十一年八月也

（乙）疑问的呼应。上面如果用疑问副词，下面就该用疑问助词作结。例如：

　　　　秦兵旦暮渡易水，则虽欲长侍足下，<u>岂</u>可得<u>哉</u>？（《荆轲传》）

　　　　<u>何必</u>如此雷厉风行，硬要把他驱逐出境<u>呢</u>？（《致胡适书》）

　　　　我<u>为什么</u>要陪他们打牌<u>呢</u>？<u>可</u>不是糊涂<u>吗</u>？

　　　　我这样大年纪的人，<u>难道</u>还不能料理自己<u>吗</u>？（《背影》）

（丙）程量上的呼应。上面所用的副词如果是限定的，下面亦该用限定的助词。例如：

　　　　此<u>独</u>君王知之<u>耳</u>（《长恨歌传》）

　　　　今<u>但</u>传长恨歌云<u>尔</u>（同上）

　　　　我那首诗<u>只</u>是发表我个人的感想<u>罢了</u>。

　　　　你如此惊慌，<u>徒</u>使事情弄糟<u>而已</u>。

　　这种呼应，实际上往往有略去其一的。例如：

　　　　食人<u>岂</u>肯留妻子？（略疑问助词）（《杜甫七绝》）

　　　　这可以说是恩典<u>吗</u>？（略疑问副词）（《答汪长禄书》）

　　　　秦之遇将军，可谓深<u>矣</u>。（略过去副词）（《荆轲传》）

　　　　这件事从前<u>已经</u>试过一次。（略过去助词）（《打拳》）

　　两种词互相呼应，既有了一定的程式，结果省略其一，读者自会补足，也便不至于文意不明了。

　　练习一　副词在句中有几种位置？试一一造例。

　　练习二　试就下文的括弧中补入相当的词。

　　你难道不知道这消息（　　）？

　　我们（　　）是小百姓罢了。

　　他已于今年署假毕业（　　）。

　　客人快会到齐（　　）。

文　选

四九、运河与扬子江

陈衡哲

扬子江与运河相遇于十字路口❶。

河：你从那里来？

江：我从蜀山❷来。

河：听说蜀山险峻，峭岩如壁，尖石如刀，你是怎样来的？

江：我是把他们凿穿了，打平了，奋斗着下来的。

河：哈哈！

江：你笑什么？

河：我笑你的谎说得太希奇了。看呵！似你这样软弱的身体，微细的流动，也能与蜀山奋斗吗？

江：但我却曾奋斗过来的。况且我从前并不是这个样子。我这软弱的生命，便是那个奋斗的纪念。

河：真的吗？可怜的江！那你又何苦奋斗呢？

江：何苦奋斗？我为的是要造命呀！

河：造命？我不懂。

江：你难道不曾造过命吗？

河：我的生命是人们给我的。

江：你以为心足吗？

河：何故不心足？

---

❶　［十字路口］道路正交的口子，可以四去，形如"十"字，俗称"十字路口"。扬子江和运河在镇江、瓜州间交流着，恰也成一十字口，所以这里就借用了。

❷　［蜀山］泛指四川的山。旧说扬子江源出岷山；故一般人便以岷江为江源。这里的蜀山，就是泛指这一带的山岭。

江：我不羡妒你。

河：可怜的苦儿！你竟没有人来替你造一个命吗？

江：我不希罕那个。

河：可怪！你以为你此刻的生命胜过我吗？

江：人们赐给你的命！

河：这又有什么相干？我不是与你一样的活着吗？

江：你不懂得生命的意义。你的命，成也由人；毁也由人；我的命却是无人能毁的。

河：谁又要来毁我呢？

江：这个你可作不得主。

河：我不在乎那个。

江：最好最好！快乐的奴隶，固然比不得辛苦的主人，但总远胜于怨尤的奴隶呵！再会了，河！我祝你永远心足，永远快乐！

于是扬子江与运河作别，且唱且向东海❶流去。

奋斗的辛苦呵！筋断骨折。

奋斗的悲痛呵！心摧❷肺裂。

奋斗的快乐呵！打倒了阻力，羞退了讥笑，征服了疑惑。

痛苦的安慰，愉悦的悲伤，从火山的烈焰中，采取生命的真谛❸！

泪是酸的，血是红的，生命的奋斗是澈底的！

生命的奋斗是澈底的，奋斗来的生命是美丽的！

运河亦称运粮河。南起浙江的杭县，经过江苏、山东两省，直达河北的天津县。长凡二二一〇里，为世界人工所成的最长的水道。扬子江即大江，亦称长江。源出青海巴颜喀喇山南麓，东流经西康、云南、四川、湖北、河南、江西、安徽诸省，至江苏崇明县入海。长凡九九六〇里，为我国最长的大川。这篇是对

---

❶　［东海］在黄海之南。按扬子江的终点在东海、黄海之间。

❷　［心摧］心被摧折，就是伤心之意。例如宋司马光诗："空使寸心摧。"

❸　［真谛］语出佛家，对"俗谛"而言。如谓世间法为俗谛，出世间法为真谛。这里作"真实的意义"解。

话体的叙述文。作者借运河与扬子江的问答,写出她对于人生的见解。

五〇、齐桓晋文之事章(节选《孟子》)

孟 子

齐宣王❶问曰:"齐桓晋文❷之事,可得闻乎?"

孟子对曰:"仲尼之徒无道桓文之事者,❸是以后世无传焉,臣未之闻也❹。无以,则王乎❺?"

曰:"德何如则可以王矣?"

曰:"保民而王❻,莫之能御也。"

曰:"若寡人❼者,可以保民乎哉?"

曰:"可。"

曰:"何由知吾可也?"

曰:"臣闻之胡龁❽曰,王坐于堂上,有牵牛而过堂下者,王见之,曰:'牛何之❾?'对曰:'将以衅钟。❿'王曰:'舍之;吾不忍其觳觫⓫;若无罪

---

❶ 〔齐宣王〕姓田,名辟疆。春秋齐大夫田完之后。自田和篡齐,四传到他,以诸侯僭称王。在位十九年(公元前三三二—三一四)。

❷ 〔齐桓晋文〕齐桓即齐桓公,(公元前六八五—六四三),春秋齐第十五代国主,名小白。晋文即晋文公(公元前六三五—六二八),春秋晋第二十四代国主,名重耳。春秋五霸,第一是齐桓公,第二便是晋文公。

❸ 〔仲尼之徒无道桓文之事者〕仲尼,孔子字。徒,门徒。儒家主张王道,而齐桓、晋文所行的是霸道,所以仲尼的门徒,不屑讲到桓文的事业。

❹ 〔臣未之闻也〕臣,孟子对齐宣王自称。未之闻也,犹言"未闻之也"。这"之"字在文法上是他动词目的格的倒置。

❺ 〔无以则王乎〕无以,犹言"不得已"或"要不然"。王,读为去声,王天下之道,即王者所行之正道,对于"霸道"而言。这是说,"齐桓、晋文之事我不知道,不得已(或要不然),我就讲些王天下的道理吧。"

❻ 〔保民而王〕爱护百姓而行王道。

❼ 〔寡人〕当时诸侯王自称的谦辞。

❽ 〔胡龁〕齐宣王的近臣。

❾ 〔牛何之〕牛到哪里去。

❿ 〔衅钟〕古时新铸钟成,必杀牲取血以涂其衅隙,就叫做"衅钟"。

⓫ 〔觳觫〕音ㄏㄨ ㄙㄨ,恐惧的样子。

而就死地。'对曰：'然则废衅钟与？'曰：'何可废也？以羊易之。'不识有诸❶？"

曰："有之。"

曰："是心足以王矣。百姓皆以王为爱❷也，臣固知王之不忍也。"

王曰："然。诚有百姓者❸；齐国虽褊小❹，吾何爱一牛？即不忍其觳觫❺；若无罪而就死地，故以羊易之也。"

曰："王无异于百姓之以王为爱也❻！以小易大，彼恶知之❼！王若隐其无罪而就死地，则牛羊何择焉❽。"

王笑曰："是诚何心哉！我非爱其财而易之以羊也；宜乎百姓之谓我爱也❾！"

曰："无伤也❿！是乃仁术也，见牛未见羊也。君子之于禽兽也，见其生，不忍见其死；闻其声，不忍食其肉；是以君子远庖厨也。"

王说，曰："《诗》云：'他人有心，予忖度之⓫。'夫子⓬之谓也。夫我乃行之；反而求之，不得吾心。夫子言之，于我心有戚戚焉⓭。此心之所以

———————————

❶　［不识有诸］不知道有没有这回事？

❷　［爱］作吝惜解。

❸　［诚有百姓者］确有些百姓以为我是吝惜一只牛。

❹　［褊小］地方狭小。

❺　［即不忍其觳觫］就是为了不忍见它那种恐惧的样子。

❻　［王无异于百姓之以王为爱也］你不要怪百姓以为你是吝惜。

❼　［以小易大彼恶知之］百姓只见你拿一只小的羊去代替那只大的牛，你这一片苦心，他们那里知道。

❽　［王若隐其无罪而就死地则牛羊何择焉］你如果怜惜没有罪而被宰杀，那么，牛和羊有什么分别。隐，是痛惜的意思。

❾　［王笑曰是诚何心哉我非爱其财而易之以羊也宜乎百姓之谓我爱也］齐宣王无以自解，便笑道："我真不懂是什么一种心理！但我当时的动机，实在不是为牛的价值比羊的价值大，才把它掉换的。据你说来，牛羊同样的无罪，那我这桩事真做得没有意思，宜乎百姓要说我是吝惜钱财了。"

❿　［无伤也］不要紧的。

⓫　［诗云他人有心予忖度之］《诗·小雅·巧言》之篇。意思是说，人家的心理我会揣度得到的。

⓬　［夫子］齐宣王对孟子的尊称。

⓭　［夫我乃行之反而求之不得吾心夫子言之于我心有戚戚焉］我做了这桩事，反求本心，一无所得，现在经你说破，我倒有点心动了，戚戚，据前人注释，都说是心动的样子。

合于王者何也?"

曰:"有复于王者❶,曰:'吾力足以举百钧❷,而不足以举一羽;明足以察秋毫之末❸,而不见舆薪❹。'则王许之乎❺?"

曰:"否"。

"今恩足以及禽兽,而功不至于百姓者,独何与❻? 然则一羽之不举,为不用力焉;舆薪之不见,为不用明焉;百姓之不见保,为不用恩焉。故王之不王,不为也,非不能也。"

曰:"不为者与不能者之形何以异❼?"

曰:"挟太山以超北海❽,语人曰:'我不能,'是诚不能也。为长者折枝❾,语人曰:'我不能。'是不为也,非不能也。故王之不王,非挟太山以超北海之类也;王之不王,是折枝之类也。"

"老吾老,以及人之老;幼吾幼,以及人之幼❿;天下可运于掌⓫。《诗》云:'刑于寡妻,至于兄弟,以御于家邦⓬。'言举斯心加诸彼而已。故推恩,足以保四海;不推恩,无以保妻子。古之人所以大过人者无他焉,善推其所为而已矣。今恩足以及禽兽,而功不至于百姓者,独何与?"

---

❶ [有复于王者]有人对你说。

❷ [百钧]三十斤为一钧,百钧,就是三千斤。

❸ [秋毫之末]鸟兽之毛,至秋更生,细而末锐。秋毫之末,所以喻细小难见。

❹ [舆薪]一车子的柴。所以喻大而易见。

❺ [则王许之乎]那你会相信吗?

❻ [独何与]这是什么缘故?

❼ [不为者与不能者之形何以异]不为和不能的区别在哪里?

❽ [挟太山以超北海]太山即泰山。北海,就是现在的渤海。这是说挟了泰山以跳过渤海。

❾ [为长者折枝]枝与"肢"同。为长者折枝,就是替长者按摩。(朱熹释为"以长者之命,折草术之枝",望文生义,是不对的。)

❿ [老吾老以及人之老幼吾幼以及人之幼]老,动词,敬事长老的意思。吾老,指自己的父兄。人之老,指人家的父兄。幼,亦动词,爱护幼小的意思。吾幼,指自己的子弟。人之幼,指人家的子弟。

⓫ [天下可运于掌]言如能推己及人,则治天下如转之掌上那么容易。

⓬ [诗云刑于寡妻至于兄弟以御于家邦]《诗·大雅·思齐》之篇。刑,含有礼法的意思。言夫妻之间先用礼法相交接,推而至于兄弟之间,更扩充之以治一家一国。

"权，然后知轻重❶；度，然后知长短❷。物皆然，心为甚。王请度之！"

"抑王兴甲兵，危士臣❸，构怨❹于诸侯，然后快于心与？"

王曰："否，吾何快于是！将以求吾所大欲❺也。"

曰："王之所大欲，可得闻与？"

王笑而不言。

曰："为肥甘❻不足于口与？轻暖❼不足于体与？抑为采色❽不足视于目与？声音不足听于耳与？便嬖❾不足使令于前与？王之诸臣皆足以供之，而王岂为是哉？"

曰："否，吾不为是也。"

曰："然则王之所大欲可知已：欲辟土地❿，朝秦楚⓫莅中国⓬，而抚四夷也。以若所为，求若所欲，犹缘木而求鱼也⓭。"

王曰："若是其甚与？"

曰："殆有甚焉！缘木求鱼，虽不得鱼，无后灾。以若所为，求若所欲，尽心力而为之，后必有灾。"

曰："可得闻与？"

---

❶　［权然后知轻重］权，称锤。有了称锤，然后可以知道轻重。

❷　［度然后知长短］度，丈尺，有了丈尺，然后可以知道长短。

❸　［危士臣］士臣，犹言"将士"，使将士们冒了危险去打仗，所以说"危士臣"。

❹　［构怨］结怨。

❺　［大欲］最大的欲望。

❻　［肥甘］美味的饮食。

❼　［轻暖］轻便而温暖的衣服。

❽　［采色］华美悦目的外饰。

❾　［便嬖］近习嬖幸之人。

❿　［辟土地］开拓疆土。

⓫　［朝秦楚］秦、楚都是当时的大国。朝秦楚，是说要秦、楚都来朝见。

⓬　［莅中国］君临中国。中国，指中原而言。

⓭　［犹缘木而求鱼也］鱼栖于水，缘木求之，则终不可得，所以喻劳而无功。

曰：“邹人与楚人战❶，则王以为孰胜？”

曰：“楚人胜。”

曰：“然则小固不可以敌大，寡固不可以敌众，弱固不可以敌强。海内之地，方千里者九，齐集有其一。以一服八，何以异于邹敌楚哉！盖亦反其本矣❷。”

“今王发政施仁，使天下仕者皆欲立于王之朝，耕者皆欲耕于王之野，商贾皆欲藏于王之市，行旅皆欲出于王之涂，天下之欲疾其君者皆欲赴愬于王❸。其若是，孰能御之！”

王曰：“吾惛❹不能进于是矣。愿夫子辅吾志，明以教我。我虽不敏，请尝试之。”

曰：“无恒产❺而有恒心者，惟士为能。若民，则无恒产，因无恒心。苟无恒心，放辟邪侈，无不为已。及陷于罪，然后从而刑之，是罔民❻也。焉有仁人在位，罔民而可为也❼！”

“是故明君制民之产，必使仰足以事父母，俯足以畜妻子；乐岁❽终身饱，凶年免于死亡。然后驱而之善❾，故民之从之也轻❿。”

“今也制民之产，仰不足以事父母，俯不足以畜妻子；乐岁终身苦，凶

---

❶ 〔邹人与楚人战〕邹是当时的小国；今山东邹县东南二十六里有邹城，即当时的邹国的都城。楚是当时的大国；今湖南、湖北、安徽、江苏、浙江及四川巫山以东，广西苍梧以北，陕西洵阳以南，在战国时皆为楚国。所以邹人与楚人战，万无可胜之理。

❷ 〔盖亦反共本矣〕盖，发语辞。这是说，“亦应当反求其本哩！”所谓“本”就是下面所说“发政施仁”等等。

❸ 〔赴愬与王〕到你这里来告诉，愬，与“诉”同。

❹ 〔惛〕情思昏乱。

❺ 〔恒产〕产业之可以历久者，如田宅之类。

❻ 〔是罔民也〕是犹张了罗网以网百姓。罔，与“网”同。

❼ 〔焉有仁人在位罔民而可为也〕哪有仁民爱物的国主，而可以做这种像张罗网以网民的事情。

❽ 〔乐岁〕对“凶年”而言，犹言富年。

❾ 〔然后驱而之善〕然后教导百姓，使他们走到“善”的一途。

❿ 〔轻〕轻易。

年不免于死亡。此惟救死而恐不赡，奚暇治礼义哉❶！"

"王欲行之，则盍❷反其本矣：

五亩之宅，树之以桑；五十者可以衣帛矣。鸡豚狗彘之畜，无失其时❸；七十者可以食肉矣。百亩之田，勿夺其时❹；八口之家可以无饥矣。谨庠序❺之教，申之以孝悌❻之义；颁白❼者不负戴❽于道路矣。老者衣帛食肉，黎民❾不饥不寒，然而不王者，未之有也！"

这是《孟子·梁惠王》章的第六节。因齐宣王以齐桓、晋文之事问孟子，引出孟子一大段讲"王道"的议论。这里面所讲的王道，就是孟子的政治主张，同时也可以说是儒家的政治主张。

孟子（公元前三七二—二八九）名轲，战国邹人。他是孔子的三传弟子，为孔子以后的儒家的大师。今所传有《孟子》七篇。

----

❶ ［此惟救死而恐不赡奚暇治礼义哉］民无常产，一年的收入，养活还怕不够，哪里有功夫讲究礼义。

❷ ［盍］何不。

❸ ［鸡豚狗彘之畜无失其时］畜，畜养。鸡，豚、狗，彘的生育有一定的时期，在这时期里，不加宰杀，便叫做"无失其时"。

❹ ［百亩之田勿夺其时］言一家受田百亩，春耕、夏耘、秋收，在这时期里，不要叫百姓服劳役，使他们得尽力耕作。

❺ ［庠序］乡学的名称。

❻ ［孝悌］善事父母为孝，善事兄长为悌。

❼ ［颁白］头发半白叫做"颁白"。亦作"斑白"。

❽ ［负戴］负于背，戴于首，都是劳役的事情。

❾ ［黎民］犹言"众民"即百姓。一说，黎，黑色，黎民犹言"黔首"，因为头发大家是黑的。（也有人说，当时百姓以黑巾覆首，故称"黔首"或"黎民"。）

文 话

一八、寓言

上一次文话谈及劝诱文字与讽刺文字，说它们的目的相同，无非期望对方依从持论人的主张。除开这两类文字，特供教训他人、劝导他人应用的文字形式尚有"寓言"；最近读到的《黔之驴》和《永某氏之鼠》便是寓言的例子。

一篇寓言总是一个故事，或属于人，或属于动物，或属于无生物。所以就文体论，寓言是叙述文。但寓言不只叙述一个故事而已，它叙述一个故事必含着教训的、劝导的意味；无论它讲到的是动物或无生物，总寄托着关涉到人生的教条。换一句说，寓言叙述一个故事，其目的并不在叙述这一个故事，而在借这一个故事表达作者所要教训他人、劝导他人的教条。故事譬之于躯体，教条譬之于精神，精神从躯体的活动表现出来，人家看了躯体的活动便认识那不可见的精神，这就是寓言。

试看《黔之驴》和《永某氏之鼠》，这两篇叙述的都是属于动物的故事。作者写作这两篇的目的单单在叙述一匹驴和一群鼠的故事么？谁也知道不然的。作者特意造作这两个故事，目的原在表达他的教条。在前一个故事里，他对虚有其表、毫没实力的人致训戒；在后一个故事里，他对偶得凭藉、饱食醋嬉的人致警告。倘若换一个形式，不用什么故事来寓意，那就是两篇议论文，一篇的主张是"虚声夺人不足恃"，另一篇的主张是"饱食醋嬉不得长久"。可是作者不想用议论文的形式，他爱作寓言，就成了我们读到的这两篇。胸中有了写作的材料（就是意思和情感），用什么形式把它表达出来，本来是作者的自由呀。

虽然这样说，寓言在教训上、劝导上的作用却不可忽视。你要教训他人、劝导他人，总希望他人容纳你的教训和劝导；但是，你若摆起一副"我来教训你，劝导你了"的架子，脸孔是庄严得令人害怕，话语是每一句就是一番大道理，这样的时候，你的希望未必就能够达到。或许你的态度太严厉了，引起了对方的反感；或许你的话语太直率、太沈重了，伤害了对方的自尊心；到了这地步，对方的"容纳的门"便关起来了，任你有车载斗量的善言美意，他只报答你一个不接受。这样，岂不是你枉有了教训他人、劝导他人的存心？高妙的教训与劝导常使对方不觉得在那里受教训、受劝导；因此，对方的容纳就好像是自己的发见，并非由于被动，没有一点儿勉强。应用寓言的形式就有这样的好处。它讲的是另外的人或动物或无生物，与被教训、被劝导的对方全不相干；并且是故事，当然没有枯燥的训言和难堪的斥责：这就使对方开了"容纳的门"，怀着亲和的心情去接近它。只要一接近，对方就不知不觉在那里受教训、受劝导了；因为动物的一句话就是教训与劝导，无生物的一个动作就是教训与劝导，乃至整个故事，羊怎样得到成功，狐狸怎样终于失败，也莫不是教训与劝导。我人的思想活动是常常利用类推法的；寓言中的故事如此，类推到人事方面，在相同的情境中应该怎样，不是随即会想起来的么？在这想起来的当儿，作寓言的人便达到了他的希望——他把一些东西授给他人，而他人已经伸出手来接受了。到这里，可见寓言的作用在暗示，教训与劝导全不直率地照样地表达，却使它化了装在读者眼前活动；寓言的心理上的根据是类推，把教训与劝导留下来，作为类推的答案，让读者自己去发见。

写作一篇寓言必须注意的是：（一）故事的本身，（二）教训与劝导的意旨，（三）故事中人或物的性格。故事须要简单明白，除必要的行动和话语外，背景的详细叙述、形态神情的工致描写都是不必要的。因为这样才能使读者专心一意去审察故事的始末和经过，不致分散到旁的地方去。试看《黔之驴》，它只简要地叙述驴的来历和驴与虎的交涉，并不牵连到旁的枝节，便是一个例子。教训与劝导的意旨须非常明白、亲切地编织入所叙述的故事里，不可惝恍迷离。务使每一个读者都能作同样的类推，得到同样的理解。试看《黔之驴》，叙述中全注重在驴的虚有其表而毫没实力，及被虎看破，明白它"技止此耳"，终于做了虎的牺牲；那末虚有其表的人将怎么下场，不是谁都能够悟出的么？故事中人或物的性格须顾及他们固有的特性，这些特性且须为大家所公认的。譬如讲到动物，狐狸常是狡猾的，兔子常是怯弱的，狮子常是勇猛的，狼常是残忍的；这因为这些动物的特性本来如此，大家都知道的。假若颠倒过来，说兔子勇猛，狮子怯弱，就引不起读者的真实之感了。试看《黔之驴》叙驴的"鸣"，叙驴的"蹄之"，都是驴的常态，为一般人所熟知的。

德国寓言作家莱森曾经作一则很有趣的寓言：

驴对伊索说："以后你作寓言讲到我的时候，请你让我说些聪明的、有意识的话。"

伊索大叫道："从你的嘴里说些有意识的话么？那末，世人将怎样想呢？——世人将称你作道德家而称我作驴了！"

（伊索是希腊的寓言大家，生当公元前620—560年顷。）

这可以说是模范的东西。论故事本身，是简到无可再简的了，只有驴和伊索的对话。论所含意旨，这是很明显的一个教训，说作寓言必须顾及人或物的特性。论人物的性格，那末伊索是寓言大家，让他谈论作寓言的事情，可说是最能扼住要点了。

在专制政治的时代，在言论不自由的国度里，寓言的形式常被言论家所采用。因为这样可以避免祸患，同时又能达到教训与劝导的目的。在给儿童看的读物里，也常常可以看到寓言。因为寓言有暗示的作用，其教育上的效果比正面的教训来得大。

练习　试作寓言一则。

文　选

五一、三弦

沈尹默

中午时候，
火一样的太阳，
没法去遮拦，
让他直晒在长街上。
静悄悄少人行路；
只有悠悠风来，
吹动路旁杨树。
谁家破大门里，
半院子绿茸茸细草，
都浮着闪闪的金光。
旁边有一段低低的土墙，
挡住了个弹三弦的人，
却不能隔断那三弦鼓荡的声浪。
门外坐着一个穿破衣裳的老年人，
双手抱着头，
他不声不响。

三弦即三弦琴。以算命为业的盲人，往往弹着三弦琴在街上找寻主顾。这首诗是借那弹三弦琴的人，写出一个幽静的境界来。

沈尹默，现代浙江吴兴人。曾任北京大学教授。这首诗他在北平时候做的。

五二、再别康桥

徐志摩

轻轻的我走了，
正如我轻轻的来；
我轻轻的招手，
作别西天的云彩。

那河畔的金柳，
是夕阳中的新娘；
波光里的艳影，
在我心头荡漾。

软泥生的青荇，
油油的在水底招摇：
在康河的柔波里，
我甘心做一条水草！

那榆荫下的一潭，
不是清泉,是天上虹
揉碎在浮藻间，
沈淀着彩虹似的梦。

寻梦？撑一支长篙，
向青草更青处漫溯，
满载一船星辉，
在星辉斑斓里放歌。

但我不能放歌，
悄悄是别离的笙箫；
夏虫也为我沈默，

沈默是今晚的康桥!

悄悄的我走了,
正如我悄悄的来;
我挥一挥衣袖,
不带走一片云彩。

文 法

一八、前介词与名词的关系

前介词是放在名词(代名词)之前与名词(代名词)合成副词短语的。副词短语的性质等于副词,对于动词或形容词有修饰或限制的作用。对于一动作,(动词所表示的)附说怎样动作的是副词,附说动作的时地原因工具对手等等的是副词短语。对于一性状,(形容词所表示的)附说其程度怎样的是副词,附说其比较范围等等的是副词短语。故前介词所介的名词,在动词必是表示时地原因工具及对手者,在形容词必是表示比较及范围者。

(甲)对于动词所用的前介词。

一、时地:在,从,自,自从,于,(乎),当,临,到,至,及……

例:王坐于堂上。(《齐桓晋文之事》)

我从前并不是这个样子。(《运河与扬子江》)

二、原因:因,为,因为,以,用……

例:吾为多子苦。(《先妣事略》)

成虎因此三天两头和玄庐会面。(《李成虎小传》)

三、工具:用,以,把,将,拿,仗,……

例:以一服八。(《齐桓晋文之事》)

要用一块布来包着肚皮。(《作了父亲》)

四、对手:与,和,同,对,对于,为,被,替,任,给,帮,……

　　例:与二三客论画品格。(《画记》)

　　　　为长者折枝。(《齐桓晋文之事》)

(乙)对于形容词所用的前介词。

一、比较:比,较,比较,于,如,同,和,与,像,……

　　例:他日花开,可以推知将比往年的(花)盛大。(《牵牛花》)

　　　　这与大娘舅的白相大世界情形完全不同。(《剪网》)

二、范围:于,在,除外……

　　例:除校长外,他的权力最大。

　　　　在中国的商埠之中,上海最繁华。

前介词以放在名词(代名词)之前为原则,但有倒置在名词之后者,倒置的条件有下列几项。

(甲)文言文中前介词介疑问代名词时,前介词恒倒置在后。例如:

　　翡翠衾寒谁与共。(《长恨歌》)

　　何以言之。(《赤壁之战》)

　　何由知吾可也。(《齐桓晋文之事》)

(乙)"以"字介代名词"所""是"二字时,恒倒置;例如:

　　是以后世无传焉。(《齐桓晋文之事》)

　　是以君子远庖厨也。(同上)

　　古之人所以大过人者无他焉。(同上)

　　此心之所以合于王者何也?(同上)

(丙)在文言文中"以"字介名词时,亦有倒置在名词之后者;例如:

　　太子及宾客知其事者,皆白衣冠以送之,至易水之上。(《荆轲传》)

　　诗以道志,书以道事,礼以道行,乐以道和,易以道阴阳,春秋以道名分。(《庄子·天下篇》)

前介词原是介绍名词(代名词)的,但在文言中,如果所介的名词是代名词"之"字,则有把"之"字省略者。因"之"字为指示代名词,其前必有本名词(即先行词),省略了亦不致误解的。这种例以"为""与""以"三字为最多。例如：

> 若备与彼协心，上下齐同，则宜抚安，与（之）结盟好。如有离违，宜别图之，以（之）济大事。（《赤壁之战》）

> 得赵人徐夫人匕首，取之百金，使工以药淬之，以（之）试人，血濡缕，无不立死者。（《荆轲传》）

> 世风日坏，可为（之）寒心。

"把""将"两个介词，是白话中常用的，这两字有种种的用法，最普通的用法是：

> 奸商把日本货冒充国货。

> 外国人将中国原料制造商品。

但有许多地方，"把""将"二字会把句中的目的格提到动词之前，有"把"或"将"字的句子，其构造与普通句式不同。例如：

> 我将钱用完。＝＝我用完了钱。

> 你太把我轻视。＝＝你太轻视我。

动词的目的格原应放在动词之后，可是因为用"把"或"将"的缘故，习惯上就常在前面了。此外，"把"与"将"两字，还有好几种奇异的用法。略举数例如下：

> 他这一番话，把我说得无话可说。

> 我把书读将起来。

> 一拳头打将过去。

此种"将"字的变用，常和"来""去"二字有关联，是可注意的事。

练习一　下列各组句中，都用着相同的字，试辨认那个是前介词，那个不是？

甲 {
贞元甲戌年余在京师。
我在书桌上写字。
}

乙 {
他今日到杭州去。
我还是上星期到上海的。
}

丙 {
吾与尔言。
富与贵人之所欲也。
}

练习二　下列各文句中,"以"字所介者为那一部分? 试用直线划出,如有省略所介的词者,试补入。

以若所为,求若所欲,犹缘木而求鱼也。

挟太山以超北海。

是心足以王矣。

以一服八,何以异于邹敌楚哉?

开明国文讲义

第二册

夏丏尊、叶圣陶、宋云彬、陈望道合编，
《开明国文讲义》（第二册），开明书店，
民国廿三年十一月初版

目　录

文　选

文 话

文 法

修 辞

文 选

五三、留侯论

苏 轼

古之所谓豪杰之士，必有过人之节，人情有所不能忍者。匹夫见辱，拔剑而起，挺身而斗，此不足为勇也。天下有大勇者，卒然❶临之而不惊，无故加之而不怒，此其所挟持者甚大，而其志甚远也。

夫子房❷受书于圯上❸之老人也，其事甚怪；然亦安知其非秦之世，有隐君子者出而试之。观其所以微见其意者，皆圣贤相与警戒之义。而世不察，以为鬼物，亦已过矣。且其意不在书。

当韩之亡❹，秦之方盛也，以刀锯鼎镬待天下之士❺，其平居无事夷灭❻者不可胜数❼，虽有贲、育，无所获施❽。夫持法太急者，其锋不可犯，而其势未可乘。子房不忍忿忿之心，以匹夫之力，而逞于一击之间；当此之时，子房之不死者，其间不能容发，盖亦危矣。千金之子，不死于盗贼❾，何哉？其身之可爱，而盗贼之不足以死也❿。子房以盖世之才，

---

❶ ［卒然］卒，读为猝。卒然，犹言"突然"。

❷ ［子房］张良字。

❸ ［圯上］即桥上，下邳人说桥字的音如圯，今江苏邳县南有杞桥，相传即张良受书处。

❹ ［韩之亡］战国时，晋大夫韩氏与赵魏分晋，有今河南中部及山西泽潞之地。公元前二三〇年，为秦内史胜所灭。

❺ ［以刀锯鼎镬待天下之士］从前刑罚极惨酷，除杀头外，甚有锯手足或放在鼎镬里烹的。这句的意思，是说用杀戮手段对待士大夫。

❻ ［夷灭］诛灭。

❼ ［不可胜数］数都数不清。

❽ ［虽有贲育无所获施］孟贲、夏育，都是古代的勇士。这是说，虽有孟贲、夏育也没有办法。

❾ ［千金之子不死于盗贼］这句的意思是说，富家子弟的身体是可宝贵的，不致当盗贼而死。

❿ ［而盗贼之不足以死也］犹言当盗贼而死，在千金之子是不值得的。

不为伊尹、太公❶之谋,而特出于荆轲、聂政❷之计,以侥幸于不死,此圯上老人所为深惜者也。是故倨傲鲜腆而深折之❸。彼其能有所忍也,然后可以就大事❹,故曰"孺子可教也"。

　　楚庄王伐郑,郑伯肉袒牵羊以迎❺;庄王曰:"其主能下人,必能信用其民矣,"遂舍之。勾践之困于会稽,而归臣妾于吴者,三年而不倦❻。且夫有报人之志,而不能下人者,是匹夫之刚也。夫老人者,以为子房才有余,而忧其度量之不足,故深折其少年刚锐之气,使之忍小忿而就大谋。何则?非有平生之素❼,卒然相遇于草野之间,而命以仆妾之役,油然❽而不怪者,此固秦皇❾之所不能惊,而项籍❿之所不能怒也。

　　观夫高祖⓫之所以胜,项籍之所以败者,在能忍与不能忍之间而已矣。项籍唯不能忍,是以百战百胜,而轻用其锋;高祖忍之,养其全锋,而

----

❶　[伊尹太公]伊尹,是商朝的贤相。太公即吕尚。是辅周武王定天下的功臣。

❷　[荆轲聂政]荆轲,已见前《荆轲传》。聂政,战国轵人。严仲子与韩相侠累有仇,使聂政去行刺,聂政因为有老母在,不肯答应,后来他母亲死了,就替严仲子把侠累暗杀。详见《史记·刺客列传》。

❸　[倨傲鲜腆而深折之]鲜腆,是没有礼貌的意思。这是说,用倨傲没有礼貌的神气,把他深深地折辱一下。

❹　[彼其能有所忍也然后可以就大事]他能够忍耐,然后可以成大事。彼其,犹言"彼"或"其",两字重复用,只作一个字解释,在古书上有先列,例如《左传》昭公三年,"彼其发短而心长"。

❺　[楚庄王伐郑郑伯肉袒牵羊以迎]楚庄王,名旅,春秋楚第二十二代国主。郑伯即郑襄公,名坚,春秋郑第十一代国主。去上衣,露肢体,叫做"肉袒"。郑伯肉袒牵羊,大概是表示情愿服从楚王,做楚王的奴隶的意思。按楚庄王伐郑,事在鲁宣公十二年,当公元前五九七年。

❻　[勾践之困于会稽而归臣妾于吴者三年而不倦]勾践,春秋越国的国主。吴王阖闾,就被勾践所败,受伤而死。阖闾的儿子夫差继续做国王,立志报仇,就在鲁哀公元年(公元前四九四)大败越兵,把越国的会稽城围住,勾践向吴王乞和,吴王饶赦了他。于是勾践和他的臣子范蠡就到吴国去做奴隶,三年才得放回。(见《国语》及《吴越春秋》)勾践回国以后,卧薪尝胆,立志复仇,终于把吴国灭掉。

❼　[非有平生之素]素,是交谊的意思。这是说,一向并不是有交情的。

❽　[油然]不以为意的样子。

❾　[秦皇]即秦始皇。

❿　[项籍]字羽,下相人。秦朝末年和他的叔父项梁在吴中起兵,响应陈涉。后项梁战死,他就带领了项梁的军队,大败秦兵,自立为西楚霸王。后被刘邦(汉高祖)打败,死于垓下。

⓫　[高祖]即汉高祖。姓刘名邦,字季,沛人。秦末受义帝命伐秦,后来打败项籍,统一天下。

待其敝，此子房教之也。当淮阴破齐而欲自王，高祖发怒，见于词色❶，由是观之，犹有刚强不能忍之气，非子房其谁全之？

太史公❷疑子房以为魁梧❸奇伟，而其状貌乃如妇人女子，不称乎其志气。呜呼！此其所以为子房欤？

汉张良封留侯。《史记·留侯世家》云：

留侯张良者，其先韩人也。……秦灭韩，良年少，未宦事韩。韩破，良家僮三百人，弟死不葬，悉以家财求客刺秦王，为韩报仇：以大父、父五世相韩故。……得力士，为铁椎重百二十斤。秦皇帝东游，良与客狙击秦皇帝博浪沙中，误中副车。秦皇帝大怒，大索天下，求贼甚急：为张良故也。良乃更姓名，亡匿下邳。良尝闲，从容步游下邳圯上。有一老父，衣褐，至良所，直堕其履圯下，顾谓良曰："孺子，下取履！"良愕然，欲殴之，为其老，强忍下取履。父曰："履我！"良业为取履，因长跪履之。父以足受笑而去。良殊大惊，随目之。父去里所复还，曰："孺子可教矣。复五日，平明，与我会此。"良因怪之，跪曰："诺"。五日，平明，良往，父已先在，怒曰："与老人期，后，何也？"去，曰："后五日复早来。"五日，良夜未半往，有顷，父亦来，喜曰："当如是。"出一编书，曰："读此则为王者师矣。后十年兴。十三年，孺子见我济北谷城山下，黄石即我矣。"遂去，无他言。不复见。旦日视其书，乃太公《兵法》也。良因异之，常习诵读之。……后十三年，过济北，果见谷城山下黄石，取而葆祠之。留侯死，并葬黄石冢，每上冢伏腊，祠黄石。

这篇文章便是就这段故事加以申论。

苏轼（公元一〇三六——一一〇一）字子瞻，宋眉山人。嘉祐进士。英宗时直史馆。神宗时与王安石议论不合，贬黄州。筑室东坡，号东坡居士。哲宗时召

---

❶ ［当淮阴破齐而欲自王高祖发怒见于词色］淮阴，即淮阴侯韩信。当刘邦和项籍相持不下的时候，韩信受刘邦的命令，打破齐国，派人来向刘邦要求封他为齐王，刘邦非常动怒，张良劝刘邦暂时隐忍，答应他的要求。

❷ ［太史公］即司马迁，《史记》的著者。当时司马迁做太史令的官，故自称"太史公"。按《史记·留侯世家》后面有这样一段论赞"余以为其人计魁梧奇伟，至见其图，状貌如妇人好女。盖孔子曰：'以貌取人，失之子羽，'留侯亦云。"

❸ ［魁梧］体貌壮大的样子。

还,官至翰林学士、兵部尚书。卒谥文忠。他为唐宋八大家之一,其文章以纵横奔放著名。今存有《苏文忠全集》。(参看《核舟记》"大苏"条注。)

五四、读书

胡 适

"读书"这个题,似乎很平常,也很容易。然而我却觉得这个题目很不好讲。据我所知,"读书"可以有三种说法:

(一)要读何书 关于这个问题,《京报副刊》❶上已经登了许多时候的"青年必读书❷";但是这个问题,殊不易解决,因为个人的见解不同,个性不同。各人所选只能代表各人的嗜好,没有多大的标准作用。所以我不讲这一类的问题。

(二)读书的功用 从前有人作"读书乐❸",说什么"书中自有千钟粟,书中自有黄金屋,书中自有颜如玉,"现在我们不说这些话了。要说,读书是求智识,智识就是权力。这些话都是大家会说的,所以我也不必讲。

(三)读书的方法 我今天是要想根据个人所经验,同诸位谈谈读书的方法。我的第一句话是很平常的,就是说,读书有两个要素:

第一要精,

第二要博。

现在先说什么叫"精"。

我们小的时候读书,差不多每个小孩都有一条书签,上面写十个字。

---

❶ [《京报副刊》]民国十三年创刊于北平,每日随《京报》附送,由孙伏园主编。民国十五年《京报》被封,副刊亦停版。

❷ [青年必读书]《京报副刊》的主编者曾提出"那几种书是青年所必须读的"这一个问题,当时有许多人发表意见,并开列书目,络续在《京报副刊》发表。

❸ [从前有人作《读书乐》]相传宋真宗曾作《劝学篇》(这里说《读书乐》,作者记错了)说:"富家不用买良田,书中自有千钟粟。安居不用架高屋,书中自有黄金屋。娶妻莫恨无良媒,书中有女颜如玉。出门莫恨无人随,书中车马多如簇。男儿欲遂平生志,五经劝向窗前读。"

这十个字最普遍的就是"读书三到：眼到，口到，心到。"现在这种书签虽不用，三到的读书法却依然存在。不过我以为读书三到是不够的；须有四到，是："眼到，口到，心到，手到。"我就拿它来说一说。

眼到是要个个字认得，不可随便放过。这句话起初看去似乎很容易，其实很不容易。读中国书时，每个字的一笔一画都不放过。近人费许多功夫在校勘学上，都因古人忽略一笔一画而已。读外国书要把 A，B，C，D……等字母弄得清清楚楚。所以说这是很难的。如有人翻译英文，把 Port 看作 Pork，把 oats 看作 oaks，于是葡萄酒一变而为猪肉，小草变成了大树❶。说起来这种例子很多，这都是眼睛不精细的结果。书是文字做成的，不肯仔细认字，就不必读书。眼到对于读书的关系很大，一时眼不到，贻害很大，并且眼到能养成好习惯，养成不苟且的人格。

口到是一句一句要念出来。前人说口到是要念到烂熟背得出来。我们现在虽不提倡背书，但有几类的书，仍旧有熟读的必要；如心爱的诗歌，如精彩的文章，熟读多些，于自己的作品上也有良好的影响。读此外的书，虽不须念熟，也要一句一句念出来，中国书如此，外国书更要如此。念书的功用能使我们格外明了每一句的构造，句中各部分的关系。往往一遍念不通，要念两遍以上，方才能明白的。读好的小说尚且要如此，何况读关于思想学问的书呢？

心到是每章每句每字意义如何？何以如是？这样用心考究。但是用心不是叫人枯坐冥想，是要靠外面的设备及思想的方法的帮助。要做到这一点，须要有几个条件：

（一）字典，辞典，参考书等等工具要完备。这几样工具虽不能办到，也当到图书馆去看。我个人的意见是奉劝大家，当衣服，卖田地，至少要置备一点好的工具。比如买一本《韦氏大字典》❷，胜于请几个先生。这种先生终身跟着你，终身享受不尽。

（二）要做文法上的分析。用文法的知识，作文法上的分析，要懂得文法构造，方才懂得它的意义。

---

❶　［小草变成了大树］小草指 oats 即雀麦。大树指 oaks 即橡树。

❷　［《韦氏大字典》］英国韦勃斯脱所著的字典，原名为 *Webster's New International Dictionary*。

（三）有时要比较参考，有时要融会贯通，方能了解。不可但看字面。一个字往往有许多意义，读者容易上当。例如 turn 这字：

作外动字❶解有十五解，

作内动字❷解有十三解，

作名词解有二十六解，

共五十四解❸，而成语不算。

又如 strike：

作外动字解要有三十一解，

作内动字解有十六解，

作名词解有十八解，

共六十五解❹。

又如 go 字最容易了，然而这个字：

作内动字解有二十二解，

作外动字解有三解，

作名词解有九解，

共三十四解❺。

以上是英文字须要加以考究的例。英文字典是完备的；但是某一字在某一句究竟用第几个意义呢？这就非比较上下文，或贯串全篇，不能懂了。

中文较英文更难，现在举几个例：

祭文中第一句"维某年月日"之"维"字，究作何解？字典上说它是虚字。《诗经》里"维"字有二百多，必需细细比较研究，然后知道这个字有种种意义。

又《诗经》之"于"字，"之子于归""凤凰于飞"等句，"于"字究作何解？非仔细考究是不懂的。又"言"字人人知道，但在《诗经》中就发生问题，

---

❶ ［外动字］即本讲义中所称的"他动词"。

❷ ［内动字］即本讲义中所称的"自动词"。

❸ ［共五十四解］见《韦氏大字典》页 2217—2218。

❹ ［共六十五解］见《韦氏大字典》页 2085。

❺ ［共三十四解］见《韦氏大字典》页 924。

必须比较，然后知"言"字为联接字❶。诸如此例甚多，中国古书很难读，古字典又不适用，非是用比较归纳的研究方法，我们如何懂得呢？

总之，读书要会疑，忽略过去，不会有问题，便没有进益。

宋儒张载说❷："读书先要会疑。于不疑处有疑，方是进矣。"他又说："在可疑而不疑者，不曾学。学则须疑。"又说："学贵心悟，守旧无功。"

宋儒程颐说："学原于思❸。"

这样看起来，读书要求心到；不要怕疑难，只怕没有疑难。工具要完备，思想要精密，就不怕疑难了。

现在要说手到。手到就是要劳动劳动你的贵手。读书单靠眼到，口到，心到，还不够的；必须还得自己动手，才有所得。例如：

(1)标点分段，是要动手的。

(2)翻查字典及参考书，是要动手的。

(3)做读书札记是是要动手的。札记又可分四类：

    (a)抄录备忘。

    (b)作提要，节要。

    (c)自己记录心得。张载说："心中苟有所开，即便札记。不则还塞之矣❹。"

    (d)参考诸书，融会贯通，作有系统的著作。

手到的功用。我常说：发表是吸收智识和思想的绝纱的方法。吸收进来的智识思想，无论是看书来的，或是听讲来的，都只是模糊零碎，都算不得我们自己的东西。自己必须做一番手脚，或做提要，或做说明，或做讨论，自己重新组织过，申叙过，用自己的语言记述过，——那种智识

---

❶　［言字为联接字］言字作联接字"而"字解者，如"受言藏之"，"驱马悠悠，言至于漕"，"静言思之"等等，其例甚多，详可看《胡适文存·诗三百篇言字解》。

❷　［宋儒张载说］张载，已见前《宋九贤遗像记》注，下面所引张载的话，载《宋元学案》卷十八。

❸　［学原于思］《宋元学案》卷十五作"学莫贵于思"。

❹　［心中苟有所开即便札记不则还塞之矣］《宋元学案》卷十八作"心中苟有开，即便札记；不思则塞之矣"。这里省去一"思"字，便和原意有点不同了。

思想方才可算是你自己的了。

我可以举一个例。你也会说"进化"，他也会谈"进化"，但你对于"进化"这个观念的见解未必是很正确的，未必是很清楚的；也许只是一种"道听途说"，也许只是一种时髦的口号。这种知识算不得知识，更算不得是"你的"知识。假使你听了我句话，不服气，今晚回去就去遍翻各种书籍，仔细研究进化论的科学上的根据；假使你翻了几天书之后，发愤动手，把你研究所得写成一篇读书札记；假使你真动手写了这么一篇"我为什么相信进化论"的札记，列举了

（一）生物学❶上的证据，

（二）比较解剖学❷上的证据，

（三）比较胚胎学❸上的证据，

（四）地质学❹和古生物学❺上的证据，

（五）考古学❻上的证据。

（六）社会学❼和人类学❽上的证据。

到这个时候，你所关于"进化论"的知识，经过了一番组织安排，经过了自己的去取叙述，这时候这些知识方才可算是你自己的了。所以我说，发表是吸收的利器；又可以说，手到是心到的法门。

至于动手标点，动手翻字典，动手查书，都是极要紧的读书秘诀，诸位千万不要轻轻放过。内中自己动手翻书一项尤为要紧。我记得前几

---

❶ ［生物学］研究动植物的起源、成长、构造、机能分布等的学科。西名为 biology。

❷ ［比较解剖学］研究各种动物体内各器官位置、形状、构造，而比较其异同的学科。西名为 comparative anatomy。

❸ ［比较胚胎学］研究各种动植物的胚胎的发生及成长而比较其异同的学科。西名为 comparative embryology。

❹ ［地质学］研究地球之历史及生命等的学科。西名为 geology。

❺ ［古生物学］就化石而研究古代生物状况的学科。西名为 paleontology。

❻ ［考古学］就遗迹古物而研究古代事物文化的学科。西名为 archeology。

❼ ［社会学］研究社会的起源、发达、变迁及生活现象的学科。西名为 sociology。

❽ ［人类学］研究人类的全部的科学，或为生理的，或为心理的，或为历史的，或为地理的。西名为 anthropology。

年我曾劝顾颉刚❶先生标点姚际恒的《古今伪书考》❷。当初我知道他的生活困难，希望他标点一部书付印，卖几个钱。那部书是很薄的一本，我以为他一两个星期就可以标点完了。那知顾先生一去半年，还不曾交卷。原来他于每条引的书，都去翻查原书，仔细校对注明出处，注明原书卷第，注明删节之处。他动手半年之后，来对我说，《古今伪书考》不必付印了，他现在要编辑一部疑古的丛书，叫做"辨伪丛刊"。我很赞成他这个计划，让他去动手。他动手了一两年之后，更进步了，又超过那"辨伪丛刊"的计划了，他要自己创作了。他前年以来，对于中国古史，做了许多辨伪的文字；他眼前的成绩早已超过崔述❸了，更不要说姚际恒了。顾先生将来在中国史学界的贡献一定不可限量，但我们要知道他成功的最大原因是他的手到的工夫勤而且精。我们可以说，没有动手不勤快而能读书的，没有手不到而能成学者的。

第二要讲什么叫"博"。

什么书都要读，就是博。古人说："开卷有益❹"，我也主张这个意思，所以说读书第一要精，第二要博。我们主张"博"有两个意思：

第一，为预备参考资料计，不可不博。

第二，为做一个有用的人计，不可不博。

第一，为预备参考资料计。

在座的人，大多数是戴眼镜的。诸位为什么要戴眼镜？岂不是因为戴了眼镜，从前看不见的，现在看得见了；从前很小的，现在看得很大了；从前看不分明的，现在看得清楚分明了？王荆公❺说得最好：

---

❶ 〔顾颉刚〕现代江苏吴县人。曾任北京大学教授，所辑著有《古史辨》等。

❷ 〔姚际恒的《古今伪书考》〕姚际恒字善夫，清徽州人。所著除《古今伪书考》外，尚有《诗经通论》《庸言录》等。《古今伪书考》凡四卷，用考证方法，断定《尚书传》等凡九十四种，皆为后人托名伪作之书。

❸ 〔崔述〕字武承，号东壁，清大名人。他为清代有名的考证学者，所著书三十余种，尤以《考信录》一书为最有名。

❹ 〔开卷有益〕宋太宗的话，见《宋实录》。

❺ 〔王荆公〕就是宋朝的王安石。安石字介甫，号半山，临川人。因封荆国公，故称王荆公。他是宋朝有名的宰相，得宋神宗的信任，曾创行"青苗钱""保甲制"等新法。下面所引的话，见于《临川集》卷七十三。

世人不见全经久矣。读经而已，则不足以知经。故某自百家诸子之书❶，至于《难经》❷《素问》❸《本草》❹诸小说，无所不读；农夫女工，无所不问；然后于经为能知其大体而无疑。盖后世学者与先王之时异矣；不如是，不足以尽圣人故也。……致其知而后读，以有所去取，故异学不能乱也。惟其不能乱，故能有所去取者，所以明吾道❺而已。（答曾子固❻）

他说："致其知而后读。"又说"读经而已，则不足以知经。"即如《墨子》一书在一百年前，清朝的学者懂得此书还不多。到了近来，有人知道光学❼，几何学❸力学，工程学❾……等，一看《墨子》，才知道其中有许多部分是必须用这些科学的知识方才能懂的。后来有人知道了论理学❿心理学……等，懂得《墨子》更多了。读别种书愈多，《墨子》愈懂得多。

所以我们也说，读一书而已，则不足以知一书。多读书，然后可以专读一书。譬如读《诗经》，你若先读了北大出版的《歌谣周刊》，便觉得《诗经》好懂的多了；你若先读过社会学，人类学，你懂得更多了；你若先读过文字学⓫，古音韵学⓬，你懂得更多了；你若读过考古学，比较宗教学⓭

---

❶ 〔百家诸子之书〕犹言诸家所著的书，别于儒家的经典而言。按《汉书·艺文志》载诸子书凡百八十九家，后人举成数而言，但称"百家"。

❷ 〔《难经》〕古医书名。相传为周期的秦越人所撰。凡二卷。

❸ 〔《素问》〕是中国最古的医书。凡二十四卷。记黄帝与其臣岐伯问答的话。大概是周秦间人著的。

❹ 〔《本草》〕药书名。凡五十二卷，所载药物有三百六十五味，分上、中、下三品。相传为神农氏所作，其实始于后汉，因为书中所载郡县，都是汉时地名。

❺ 〔吾道〕指儒家之道。

❻ 〔曾子固〕宋曾巩字子固，南丰人。

❼ 〔光学〕研究关于光的学科。西名为 optics。

❸ 〔几何学〕就物质的形状大小位置而研究其真理的学科。西名为 geometry。

❾ 〔工程学〕研究物质的机械性质，以运用于建筑物及机器的一种学科。西名为 engineering。

❿ 〔论理学〕根据思想的法则而研究论述事物方法的学科。西名为 logic。

⓫ 〔文字学〕研究文字的起源，构造及其变化的学科。

⓬ 〔古音韵学〕关于研究古代语言文字的声韵方面的学科。

⓭ 〔比较宗教学〕以科学方法研究宗教的起源、成长，及各种宗教间的相互关系的学科。西名为 comparative religion。

等，你懂得的更多了。你要想读佛家唯识宗❶的书吗？最好多读点论理学，心理学，比较宗教学，变态心理学❷。无论读什么书总要多配几副好眼镜。

你们记得达尔文❸研究生物进化的故事吗？达尔文研究生物演变的现状，前后凡三十多年，积了无数材料，想不出一个简单贯串的说明。有一天他无意中读马尔萨斯❹的《人口论》，忽然大悟生存竞争的原则，于是得着物竞天择❺的道理，遂成一部破天荒的名著，给后世思想界打开一个新纪元。

所以要博学者，只是要加添参考的材料，要使我们读书时容易得"暗示"；遇着疑难时，东一个暗示，西一个暗示，就不至于呆读死书了。这叫做"致其知而后读"。

第二，为做人计。

专工一技一艺的人，只知一样，除此之外，一无所知。这一类的人，影响于社会很少。好有一比，比一根旗竿，只是一根孤拐，孤单可怜。

又有些人广泛博览，而一无所专长，虽可以到处受一班浅人的欢迎，其实也是一种废物。这一类人，也好有一比，比一张很大的薄纸，禁不起风吹雨打。

在社会上，这两种人都是没有什么大影响，为个人计，也很少乐趣。

理想中的学者，既能博大，又能精深。精深的方面，是他的专门学问。博大的方面，是他的旁搜博览。博大要几乎无所不知，精深要几乎惟他独尊，无人能及。他用他的专门学问做中心，次及于直接相关的各

---

❶　[唯识宗]印度大乘佛教的一派，后来流行于中国及日本，在印度别称为瑜伽宗。

❷　[变态心理学]专就异常的精神作用而加以研究的一种学科。有团体的与个人的之分别；团体的变态心理学，是以"群众运动""恐慌"等为研究题目的。个人的变态心理学，可细分为四目：（一）有生理的缺陷者，如盲哑聋之类；（二）精神作用之杰出者，如天才之类；（三）精神作用的暂时的障碍，如"催眠状态""幻觉""错觉"等是；（四）精神作用的永久障碍，如精神病是。西名为 abnormal psychology。

❸　[达尔文]Charles Robert Darwin，英国的生物学家。生于一八〇九年，死于一八八二年。

❹　[马尔萨斯]Thomas Robert Malthus 英国的经济学家。生于一七六六年，死于一八三四年，所著以《人口论》为最著名。

❺　[物竞天择]万物互相竞争，优胜者能得生存，好像被自然选中了似的。

种学问,次及于间接相关的各种学问,次及于不很相关的各种学问,以次及毫不相关的各种泛览。这样的学者,也有一比,比埃及的金字三角塔❶。那金字塔高四百八十英尺,底边各边长七百六十四英尺❷。塔的最高度代表最精深的专门学问;从此点以次递减,代表那旁收博览的各种相关或不相关的学问。塔底的面积代表博大的范围,精深的造诣,博大的同情心。这样的人,对社会是极有用的人才,对自己也能充分享受人生的趣味。宋儒程颢说的好❸:

> 须是大其心使开阔;譬如为九层之台,须大做脚始得。

博学正所以"大其心使开阔"。我曾把这番意思编成两句粗浅的口号,现在拿出来贡献给诸位朋友,作为读书的目标:

> 为学要如金字塔,
> 要能广大要能高。

文　话

一九、新体诗

我们现在通用语体文;学校里的课本,报章、杂志的文字,文艺的、学术的著作,用语体文写的占着不少的成数。这不过是最近十几年的事。当初提倡的人称这个运动为"新文学运动",其实是不很切当的。写语体文自有种种的便利,但是用语体文写的不一定就是"文学",怎能总括地称为"新文学"? 据实定名,还是说"语体文运动"比较妥当。这个运动是

---

❶　[埃及的金字三角塔] 埃及(Egypt),国名。在非洲东岸,名义上仍为土耳其属国。建国在公元前四千年间,至公元前二五○○年,文化已甚发达。金字塔建于古代王墓之上,因形如汉文的金字,故译为金字塔,今其遗迹尚存。

❷　[英尺] 一英尺等于 0.3047945 公尺,合中国营造尺九寸五分余。

❸　[宋儒程颢说的好] 程颢,见前《宋九贤遗像记》注。下面所引的话,见《宋元学案》卷十三。

我国近年来的一件大事。用了语体写文字，便能直接地表达思想与情感，不用经过一番翻译的工夫，这是好处。用了语体写文字，可以脱离古文里那些陈旧见解、腐烂格套的羁绊，而新鲜地、活泼地表达自己的思想与情感，这是更深一层的好处。文字本来是一种工具，新的工具常能完成新的、进步的制作。从今以后，语体文将更广遍地通用是无疑的；除了拘执、昏暗的人，谁也不会否认语体文的高度的价值。

在"语体文运动"当中也主张作语体诗。像语体文从古文解放出来一样，语体诗也企图从各体的旧诗和词解放出来。最大多数的各体旧诗各语字数均等，语体诗的各语字数却不一定要均等；旧诗和词必须押韵，语体诗却不一定要押韵。这就是说，旧诗和词的形式的部分，在语体诗都不很重视；语体诗犹如卸去了衣服和饰品的裸体，这裸体就是诗的意境。这样一体的诗在以前是没有的，所以称为"新体诗"。

我们试读抄录在下面的题作《到家了》的新体诗；

　　　卖硬面饽饽的，

　　　在深夜尖风底下，

　　　这样慢慢地吆唤着。

　　　我一听到，知道"到家了！" ——俞平伯

这是很好的意境，生动而深至，谁曾经在深夜里到达北平的车站带着旅行的倦意回到寓所的，就会承认这真是一首好诗。再试读抄录在下面的题作《应该》的新体诗：

　　　他也许爱我，——也许还爱我，——

　　　但他总劝我莫再爱他。

　　　他常常怪我；

　　　这一天他眼泪汪汪的望着我，

　　　说道："你如何还想着我？

　　　想着我你又如何能对他。

　　　你要是当真爱我，

　　　你应该把爱我的心爱他，

　　　你应该把待我的情待他。"

......

他的话句句都不错，——

上帝帮我！

我"应该"这样做！——胡适

这也是很好的意境，真挚而缠绵，恋爱着的双方的无可奈何的心情都含蕴在里边了。用这些意境固然也可以作旧诗或词，但作起来就得受形式上的拘束，每语的字数哩，规定处所的押韵哩，都须照顾到才行。在照顾到这些的当儿，难免增损意境、改变意境去迁就；倒不如不管这些形式，而依照意境的原样写下来，只须意境是"诗的"，那便是诗了。主张新体诗的人就凭这样的论据来写他们的新体诗。

最近选在讲义里的《三弦》和《再别康桥》都是新体诗。这两首却是押韵的。新体诗不一定押韵，前面已经说过。如果押韵呢，也用现代的韵，就是口头叶韵的韵。从前"元"字和"门"字同韵，作诗、词可以押在一首里；现在口头辨别起来，"元"字是（ㄩㄢ），"门"字是（ㄇㄣ），绝对不同韵，新体诗就不用它们押韵了。

《三弦》写的是静境，用图画来比方，犹如"静物写生"。太阳晒着的长街，轻风吹动的杨树，土墙里面的三弦声，双手抱头的老年人，由这些材料构成一幅绝美的图画。《再别康桥》写的是留连景物、依依不舍的情怀。"我甘心做一条水草，"但是终于不免"悄悄的我走了，"是怎样的怅惘呢！

胡适《谈新诗》一篇中谈及《三弦》的自然音节，现在把这一节钞录在此，以供参考：

"这首诗从见解意境上和音节上看来，都可算是新诗中一首最完全的诗。看他第二段'旁边'以下一长句中，旁边是双声；有一是双声；段、低、低、的、土、挡、弹、的、断、荡、的，十一个都是双声。这十一个字都是'端透定'（D，T）的字，模写三弦的声响，又把'挡''弹''断''荡'四个阳声的字和七个阴声的双声字（段、低、低、的、土、的、的）参错夹用，更显出三弦的抑扬顿挫。"

（注）两个字发声部位相同，称为"双声字"。如"旁""边"两字都

是重唇音,便是双声字。

从前没有注音符号,拼音用三十六个字作为字母。"端透定"是其中的三个,相当于现在拼音符号的"ㄉ""ㄊ"。

练习　试取任何意境作新体诗。

文　选

五五、子路曾皙冉有公西华侍坐章

论　语

子路,曾皙,冉有,公西华侍坐❶。

子曰:"以吾一日长乎尔,毋吾以也❷。居则曰,'不吾知也❸。'如或知尔,则何以哉❹?"

子路率尔❺而对曰:"千乘之国❻,摄❼乎大国之间,加之以师旅❽,因

---

❶　[子路曾皙冉有公西华侍坐]子路姓仲名由,卞人。曾皙名点,武城人。冉有本姓冉名求,字子有,故亦称冉有,鲁人。公西华姓公西名赤,字子华,故亦称公西华,鲁人。古时席地而坐,时孔子坐在中间,他的门弟子坐在旁边,故称"侍坐"。

❷　[以吾一日长乎尔毋吾以也]这是说,"你们侍我,因为我年纪比你们稍为大一点;现在我有话要问你们,不要因为我比你们年长,就不肯把你们的意见在我面前尽量发挥",用"一日"两字是孔子的谦逊,意思是说我只稍长于你们。

❸　[居则曰不吾知也]你们平时常说人家不知道你们的才能。

❹　[如或知尔则何以哉]假使有人知道了你们的才能,预备用你们,那么,你们将用什么去应付呢?

❺　[率尔]急遽貌。孔子弟子中,子路的性子最爽直,所以他就不加思索的先把意见发表了。

❻　[千乘之国]古时诸侯封地百里,出车千乘,所以称诸侯之国为"千乘之国"。

❼　[摄]迫近的意思。

❽　[师旅]古制,二千五百人为师,五百人为旅,因以为军旅的通称。这里是指战争用兵而言。

之以饥馑❶。由❷也为之，比及三年❸，可使有勇，且知方也❹。"夫子哂❺之。

"求❻，尔何如？"

对曰："方六七十，如五六十❼，求也为之，比及三年，可使足民❽。如其礼乐，以俟君子。❾"

"赤❿，尔何如？"

对曰："非曰能之，愿学焉⓫。宗庙之事，如会同⓬，端章甫⓭，愿为小相焉⓮。"

"点⓯，尔何如？"

鼓瑟希，铿尔，舍瑟而作⓰。

对曰："异乎三子者之撰⓱。"

---

❶ ［因之以饥馑］再加之以荒年。谷不熟叫做"饥"，菜不熟叫做"馑"，并合起来，就是年岁荒歉的意思。

❷ ［由］是子路的名。

❸ ［比及三年］大概三年光景。

❹ ［可使有勇且知方也］可以使这一国的人民都有勇气，并且懂得应该怎样做一个好人的道理。

❺ ［哂］微笑。

❻ ［求］冉有的名。

❼ ［方六七十如五六十］有六七十里或五六十里地方的小国。

❽ ［可使足民］可使百姓足衣足食。

❾ ［如其礼乐以俟君子］至于礼乐教化，则须待比我能力强的君子来提倡了。

❿ ［赤］公西华的名。

⓫ ［非曰能之愿学焉］我不敢说能够做什么，但愿有机会学习而已。

⓬ ［宗庙之事如会同］宗庙之事，指祭天地、祀祖先等事。如，作"或"字解。会同，指诸侯朝见天子或互相聘问等事。

⓭ ［端章甫］端，玄端，古时诸侯所穿的礼服。章甫，即缁布冠，古时的礼帽。

⓮ ［愿为小相焉］古时行祭礼或朝会时都有摈相以掌赞礼等事，摈相有上摈、承摈、绍摈之别。公西华自己逊让，说愿在祭祀或朝会的衣冠场中，做个小小的摈相。

⓯ ［点］曾皙的名。

⓰ ［鼓瑟希铿尔舍瑟而作］瑟，古乐器。本为五十弦，后改为二十五弦，弦各有柱，可上下移动，以定声之清浊高下。曲将终了的尾声叫做"希"。铿，瑟声终止时的声音。舍，作"置"字解。作，起立。这时侯曾皙鼓瑟将终，孔子问到他，便"铿"的一声停止了鼓瑟，把瑟放下，立起来回答。

⓱ ［异乎三子者之撰］我所要讲的和他们三人所陈说者不同。

子曰："何伤乎，亦各言其志也❶。"

曰："莫春❷者，春服既成，冠者❸五六人，童子六七人，浴乎沂❹，风乎舞雩❺，咏而归❻。"

夫子喟然叹曰："吾与点也❼！"

三子者出，曾皙后。

曾皙曰："夫三子者之言何如？"

子曰："亦各言其志也已矣。"

曰："夫子何哂由也？"

曰："为国以礼；其言不让，是故哂之❽。"

"唯求则非邦也与❾？"

"安见方六七十，如五六十，而非邦也者！"

"唯赤则非邦也与？"

"宗庙会同，非诸侯而何❿！ 赤也为之小，孰能为之大⓫！"

此为《论语·先进》章之一节。记孔子闲居，子路等四弟子侍坐，因使各言其志，以观其器能。全节结构，颇有点像近代的独幕剧。（参阅文话）

《论语》，书名。是孔子门人对于孔子言行的记录。因传授不同，有《鲁论

---

❶ ［何伤乎亦各言其志也］那有什么要紧，原不过各人谈谈自己的志趣而已。

❷ ［莫春］莫，读如"暮"。每一个节令到快过完的时候就叫做"暮"，例如三月称"暮春"，九月则称"暮秋"。

❸ ［冠者］古男子年二十而冠，称为成人，别于童子而言。

❹ ［沂］沂，水名。出山东邹县西北，西流经曲阜，合洙水，入于泗水。当时孔子和其弟子们都在曲阜，故指近郊的水流言之。

❺ ［风乎舞雩］雩，音山，古时求雨，必使童男女舞蹈，叫做"舞雩"。舞雩之处，有坛墠树木，可以休息，所以曾皙假想在沂水里漩了浴回来，在舞雩的地方乘风凉。

❻ ［咏而归］唱着诗歌而回来。

❼ ［吾与点也］与，有"赞成"之意，这句话若用现代语来讲，便是："我是站在曾点一边的。"

❽ ［为国以礼其言不让是故哂之］他想得一国而治之以礼，但这话说得太率直不知逊让，所以我笑他。

❾ ［唯求则非邦也与］邦，与"国"同。曾皙以冉求亦想得国而治之，所以这样问。

❿ ［宗庙会同非诸侯而何］祭祀朝会难道不是诸侯之事吗？

⓫ ［赤也为之小孰能为之大］这是孔子说明公西赤的话是谦逊之词，其实公西赤而只能为小相，那一个能做大相呢。

语》、《齐论语》及《古文论语》的分别。今所通行者是《鲁论语》。

五六、北京的空气

西　林

"北京穷得精光，大家还是舍不得走。我因为去年盖了几间破屋，用不着出房租，每月只须有三十块钱，就够我这一个不爱穿，不爱吃，不爱应酬的花❶了。门房里，厨房里，和其他的一切家务，统由一位赵先生担任。他比主人慷慨，你放心的来吧。"

这是一九二六年北京学校闹欠薪，内务部❷出卖皇城❸砖瓦、天坛❹古柏的时候，一个北京的穷教书匠写给上海的朋友的一封信。

"北京东四桂花胡同六号江鱼特快到慎❺。"

这是中秋节前，一个上海朋友打向北京朋友的一个极经济的电报。

以上的这一信一电。固多少带有时代和地域的背景，然实与正文无关。不过我们既想把相隔数千里的两个朋友拉到一块做戏去，不能不把他们的聚合叙出一个源委来。

这戏的发生，是在那"鱼"后的第三日。时刻是中秋节后，北方所特有的一个清凉优美的月夜。这几间破屋的主人陪了他的朋友，从一家饭馆回家。那

---

❶　［花］花费，即消费的意思。

❷　［内务部］官署名。等于现在的内政部。

❸　［皇城］在北平城中，从前北平的城称京城，京城里面又有皇城，皇城里面又有紫禁城，皇帝就住在紫禁城里。皇城的正南门，今称中华门。

❹　［天坛］在北平正阳门外。为皇帝祀天之所。

❺　［北京东四桂花胡同六号江鱼特快到慎］北方称巷为"胡同"，亦作"衕衕"。打电报为省费起见，用《诗韵》的韵目来代替日期，例如诗韵分一东、二冬、三江、四支、五微、六鱼、……就用东字代表一日，冬字代表二日，……鱼字代表六日。这个简单的电报，意思是"北京东四桂花胡同六号门牌江先生，我准于六日趁特别快车到北京。——慎。"

饭馆的名字,似乎是西长安街上许多"春"中之一"春❶"。（目前北京昔日之穷教员,都一变而为收入最丰的阔人;然而据说这长安街上的许多"春",却都已一一先后关闭了,此亦可为教书匠绝非社会中坚人物之一旁证。）他们因为多吃了一点东西,想略走几步。不想受了那凉风与月色的引诱,竟直从饭馆走到家门。那时已经十点三刻,正值我们开幕的时候。

幕起之后,我们看到的只是一间黑暗的屋子。正苦用目力想辨识屋中陈设的时候,我们听到一个电铃的声音。一会,房门推开,电灯转明,我们看见屋中的一切;同时看见走进屋来的两人。那位身体较胖,穿着整齐洋服的,我们一望而知其为由上海来的客人。大约因为身体较胖,又不惯于走路,他眼见得很疲倦了。进屋之后,将大衣帽子挂到一架衣架上,即刻就在一张沙发❷躺下。大有再也不想起来的神情。

另一位穿的是中国衣服,当然是主人了。他进来之后,从桌上拿起了一堆等着拆封的邮件,坐到一张椅上拆看。头上留着帽子。

客人:糟糕❸,今天吃多了。

主人:不要紧,多坐一会儿睡觉就是了。（摸出一个表来看一看。）

客人:几点?

主人:十点五十分。

客人:我们走了有半个多钟头。从饭馆到家,总有五里多路吧?

主人:（心不在焉的）总有吧。（又拆开一封信）——累❹了吧?

客人:还好。（似乎要证明"还好",他站起身,走到一个面南的窗边。）——北京的月亮真好。

主人:北京什么都好,——上海有这样的饭吃吗?有这样的路走吗?有这样的建筑吗?有这样的空气吗?

客人:空气,唉,空气是不用钱买的,北京的空气可不贱。连睡觉的时候都算在里头,我想总花到我五分洋钱一口吧!（坐回到

---

❶　[西长安街上许多春中之一春]北平西长安街饭馆的招牌,大都有一"春"字。

❷　[沙发]Sofa 的音译,一种外国式大椅子,有靠背和软褥。

❸　[糟糕]北方俗语,犹言"不行"或"糟透了"。

❹　[累]困乏疲倦的意思。

沙发。)

主人：空气是不用钱买，你可以尽量的呼吸，不错，不过这种自由的
　　　呼吸，学术、文化的空气，你花了钱还没有地方可以买到。(一
　　　张传单，飞进了一个字纸篓里去。)——北京不但建筑是世界第
　　　一，人物也是全国所特有。士，农，工，商，倡，优，吏，卒，铺子
　　　里的掌柜，馆子里的伙计，街上的巡警，家里的老妈子❶，听
　　　差❷——尤其是与你有密切关系的听差——没有一样不比别
　　　处强。(帽子挂上了衣架。)就连叫化子和外国人，一到了北京，
　　　都变斯文了。

有密切关系的听差(老赵)推门走进。他是一个未走模型的北方老；但是
一个毫无模型的听差。他同时又聪明又傻气。比方说，主人不在家时，他爱坐
在大门外的门槛上观望。等到远远看见主人回来的时候。他即刻走进，把门
关上，等主人压铃之后，方才重新开门，这是聪明，还是傻气？他身上穿的一件
青布长衫，约有三十岁的光景。恐怕还没有结婚。这时他手里拿着一个茶盘，
里面放着一把青花茶壶，几只同花的杯子。他把茶壶茶杯放到桌上，手提了茶
盘，毫无做作的向那主人的客人说：

老赵：板桥的李先生看您来了。我说您没在家，问您什么时候回
　　　来，我说您今晚有饭局，他说明天九点再来，请您在家候
　　　一候。
客人：噢。他没有说别的什么吗？
老赵：没有。
主人：咖啡买了没有？
老赵：买了。
主人：下午有谁来了没有？

---

❶ ［老妈子］女佣的俗称。
❷ ［听差］北方称男佣为"听差"。

老赵：没有。四点钟的时候，张太太带了少爷小姐洗澡❶来了。少
　　　爷小姐在院子里玩了一会儿。

主人：噢。（他把看过的信，放到书桌的一个屉子里。从书桌走回，倒茶。
　　　老赵走出。）

客人：怎么？你这里开澡堂子❷吗？

主人：澡堂子？岂但澡堂子。咖啡馆，烟酒铺，洗澡堂子，公共阅报
　　　室，没有结婚，无太太可陪的人的俱乐部，结婚过久，陪太太
　　　陪得太多了的人的逋逃所❸。

客人：（笑）我是来干么的？

主人：你？你是来呼吸空气的。

客人：五分钱一口的学术空气，哈哈。

　　老赵拿着一扎包裹，几张帐单走进。包裹里的内容，和帐单上记载，等一
会我们就有机会知道。

主人：（进茶。）喝茶。

客人：多谢！（动了一下，又复倒下。）

老赵：（拆开了那扎包裹，拿着一筒咖啡，向着客人。）您看这是您说的牌
　　　子不是？

客人：（坐了起来。对北京的听差，不得不格外客气一点。）啊，对了。

老赵：您要烧一点试试吗？

客人：谢谢你，不用。今天太晚了，明天再试吧。

主人：（喝了一口茶。）哪儿买的？

老赵：（极有趣似的。）吓！这牌子可找了好几家呢。您说那家可没
　　　有❹。他拿出一个新牌子来，我看那样子不像，我说，您这牌

---

❶　［洗澡］洗浴。

❷　［澡堂子］即南方所称的浴室。

❸　［逋逃所］逃亡所归之处。

❹　［您说那家可没有］你所说的那家铺子却是没有。

子对吗，他说外面牌子不同，里面可是一样，我说那哪儿成？——回来，在市场❶的里面可买着了。（收回了桌上的包裹。）

主人：你到了东安市场吉祥园❷听戏去没有？

老赵：没——有。——哪儿呢……上回碰到头里的一个熟人，硬拉了去。……

主人：（向着对面的朋友。）老赵从前在吉祥园做过事，他去听戏不用花钱的。等几时有好戏的时候，要他请你好了。

老赵：您——厄。（侧了一侧头。捧了包裹走出。）

客人：（站到桌前。一手取了茶碟，一手取了茶杯，慢慢的喝茶。顺眼看到老赵留下的帐单。显然的有甚么引起了他的注意。把茶杯放到茶碟，顺手取了帐单。）七日。面包❸，一吊五百❹；鸡子十个，九吊四百；垫洋车❺，六吊七百；水果，大洋一元二毛❻。（以上第一页）——八日。面包，一吊五百；取灯❼一打，两吊两百；手纸❽一卷，大洋二毛二；垫洋车，三吊；垫陈先生洋车，小洋六毛。（以上第二页）——九日。面包，一吊五百；咖啡一筒，大洋一元五毛；方糖两磅，大洋四毛四分；牛油一磅，大洋一元三毛；牛奶六罐，大洋九毛六分。——三日共用大洋五元四毛二分，小洋六毛，铜子二十五吊五百。共合大洋六元八毛七分。加三日菜洋三元，共大洋九元八角七分。领上洋十元。除收下欠洋一毛三分。（以上第三一长页）——清楚得很，字写得好极了。失敬之至。（放回帐单。）

---

❶ ［市场］指北平的东安市场。

❷ ［吉祥园］北平有名的戏园子。

❸ ［面包］即麺包。

❹ ［一吊五百］即一百五十个铜元，合钱一千五百文。

❺ ［洋车］即人力车。

❻ ［二毛］小银圆二枚。

❼ ［取灯］北平人呼火柴为"取灯儿"。

❽ ［手纸］即用以拭粪的毛纸。

主人：(走去看了一看帐单。)这不是他自己写的。

客人：不是他自己写的？(主人摇了一摇头。)谁写的？

主人：这是他的书记写的。

客人：书记？他用了书记？谁是他的书记？

主人：马路对面的那位测字先生。

客人：啊哈。——唉，我看老赵很好，为什么他们说他要不得？

主人：本来很好。(残茶倒进了痰盂。)——谁说不好？他最大的好处
　　　是爱面子，爱交朋友，最慷慨。旁人家是主人教听差的应该
　　　怎样的小器，他是听差教主人应该怎样的大方。(倒了第二杯
　　　茶，加满了客人的杯子。)

客人：多谢。——他们说你回去的时候，他弄了好些人来住你的，
　　　吃你的，是真的吗？

主人：没有好些人。只是他的舅舅、舅母和一个表姐。不过从这一
　　　点你看不出他的好处来。家里有人做伙❶的时候，木匠，瓦
　　　匠，油匠，请客的时候，人家的老妈子，洋车夫，过年过节的时
　　　候，铺子里的收帐的，一到了这里，就都是他的好朋友。只要
　　　人家稍微帮他一点忙，他就即刻请他们吃饭。

客人：(好笑起来。)是他请吃饭，还是你请吃饭？

主人：你总脱不了商人的气息。饭菜值得甚么，人情可贵，饭菜是
　　　我的，人情是他的。——他们说他偷我的东西，真冤枉，我有
　　　甚么可以偷？台凳桌椅有数的，衣服连自己都不够穿；一年
　　　以来，手上就没有存到五十块钱。他至多桌上摸几个铜子
　　　儿。其余可偷的东西，米，煤，酒，烟，如是而已。——啊，说
　　　到烟，今天我可把烟忘买了。不过罐子里剩下的，大概还可
　　　以把我们度到明天吧。(他摸出一个烟斗来，预备抽烟。)烟斗
　　　在大衣袋里吗？

客人：谢谢，我自己拿去。(走向衣架。)

---

❶　［做伙］"做工"。

主人：(打开桌上放着的烟罐,伸进手去。)吓唉！奇怪！(拿侧了罐子又望了一望。)岂有此理！

客人：怎么？(带了烟斗走回。)

主人：这罐子里的烟你拿了没有？

客人：没有。怎么？没有了么？

主人：吓,这家伙真笨！偷东西这样偷法的！——老赵！

客人：算了吧。

主人：我们就剩下这一点儿,他那儿很多,他不应该再拿我们的。(老赵走进。)这罐子里的烟你搁哪儿去了？

老赵：噢,李先生倒去了。他看您剩下一点儿,想不拿,我说不碍事儿,您自家买去了。——您忘了吗？

主人：(再也没有想到会得到这样的一个回答。一肚子的气,无从发作。半响)好了。(老赵走出。)

客人：(自在得很。)所以天下的冤枉的事多得很。一个人不宜神经过敏。(一面说,一面裁了一条纸擦净他的烟斗。)

主人：(真受了天下冤枉之一。)神经过敏,那天我雇车回来,没有车钱,我走到他房里去找铜子儿;桌上放着我的一个破烟斗,难为他已经用布扎得好好的;架上一个旧烟罐子,里头,装了足足的有大半罐子的烟在里头。

客人：真的吗？(坐了起来。)你说偷烟,我以为你说笑话,原来……你拿回来没有？

主人：拿回来？当然没有！难道他就不会自己花钱买烟抽吗？也许是他的呢？——一个人不宜神经过敏,对不对？

客人：对呀。不过现在没有烟抽怎么办？肚子里的东西,似乎还一点没有消化。——买到香烟吗？

主人：这时候到哪儿买去？

客人：(说笑话。)擦清了烟斗没有烟抽多难过,教老赵请客好不好？

主人：好。

客人：也许他的烟也抽完了。

主人：那除非他比我还抽得厉害。

客人：(装得很正经的口气。)唉，真的问他去要一点儿来好不好？(他站了起来。)

主人：(向他看了一看，他点了一点头。)不要胡闹啊。

客人：(进一步。)你不是说他很慷慨吗？我想他一定肯的。如果他不肯，那我就说你前天还看见他架上有半罐子。(走去开门。)

主人：(急了。)莫莫！

客人：(不管。)老赵！

可怜的失主，犯了罪似的躲到书桌边，装做寻找东西，真的罪犯走进。

客人：唉，老赵，现在还买到烟吗？

老赵：这时小铺子都关门了。

客人：噢，——好了。那么明天再说吧。

老赵：您还有别的事吗？

客人：(向主人)你没有别的事吧？(得不到回答。)好了。没有别的事。(老赵走出。主人走回。)把你吓坏了吧！(他重新躺下，难怪他得意。)

主人：(半晌。打了败仗吐唾沫。)我今晚抽烟抽得很多。难过的是你。

客人：(也毫不客气起来。)是的。北京的生活，如此艰难，一个从上海来的人，第一，就不该吃这么多的东西；第二，他应该自己多带几罐子烟来。(空气僵得很。他站起身，拍了一拍肚子。)不要紧，走动走动就好了。(他走动起来。)

主人：(他捡起一张报纸，坐在椅上看报。面上似乎不甚快乐。一会，忽然兴奋起来，好像触动了一个灵机，面上现出得意的神气，站起身，但又复坐下。他有了主意。)老赵！(继续看报，老赵走进。)把桌上收拾一下。(说完，他放下报纸，走出屋子，关好了门。)

老赵把桌上的茶具拿开，把桌布上的灰尘抖了，重新铺上。把烟灰碟中的烟灰，倒入痰盂。把茶具，烟罐，灰碟等照旧放好。收拾刚完，主人走进。

主人：（打开门，让老赵走出。关上门。走到桌边。从衣袋中摸出一块手
　　　绢。打开烟罐，把手绢中所包的东西，放进烟罐。）诺，请，抽，烟。

客人：甚么？（走来一看，不信任他的眼睛。又摸出一把，送到鼻边。）真
　　　的烟！——哪儿弄来的？

主人：（不客气先装了一斗。）哪儿弄来的？从听差的房里偷来的！

客人：喔！！

主人：把你吓坏了吧！

这一次，的确是他非常的得意，对方无话可说，只摇了一摇头。这是他们
一拳还了一脚，空气和平了。从两人的嘴里，同时喷出烟来。看他们的神情，大
有非抽完罐中所有的烟不肯睡觉的样子。我们没有吃多东西，可不能久侯了。
只好无礼的把幕拉下，告罪告退。

北京，今改称北平。这是独幕剧。剧中人止有主人客人和一个听差，时间
也很短，但全剧却充满了幽默（Humour）的情趣。

西林姓丁名燮林，字巽甫，现代江苏泰兴人。西林是他的笔名。英国伯明
罕大学理科硕士，曾任北京大学物理学教授。又长文学，所著剧本有《一只马
蜂》等，汇编为《西林独幕剧》。本篇就是从《西林独幕剧》中选下来的。

文　法

一九、后介词"之"与"的"

后介词只"之"与"的"二字，文言用"之"，白话用"的"。

后介词放在名词（代名词）之后，与名词合成形容词短语。形容词短
语功用等于形容词。形容词为名词的修饰语，故后介词的前后，应该都
是名词，前后二名词加后介词就成名词短语。名词短语中，前后名词的
关系有所有与形容两种性质。

(甲)所有,例如:

　　仲尼之徒,无道桓文之事者。(《齐桓晋文之事》)

　　大娘舅的话真有道理。(《剪网》)

(乙)形容,例如:

　　千乘之国。(《子路曾皙冉有公西华侍坐》)

　　十一岁的阿吉和六岁的阿满又在唱这俗谣了。(《闻歌有感》)

(甲)例前名词对于后名词有所关系,(乙)例则并无所有关系,前名词对于后名词只具形容的功用而已。其实所有与形容,在修饰的一点上,地位相等,故所有亦即是形容的一种方式。

后介词的前后都为名词(代名词),这是最基本的样式,可是在实际上后介词的前后,有不是真正的名词者,此种用例很多。

(甲)在介词以前的非真正的名词。例:

　　往往几个平常的字有许多解法。(《读书》)

　　夫以疲病之卒御狐疑之众,众数虽多,甚不足畏。(《赤壁之战》)

(在介词之前者为形容词或自动词加副词)

　　解愁的方法在泄。(《谈动》)

　　嗟乎惜哉其不讲于刺剑之术也。(《荆轲传》)

(在介词之前者为他动词带目的格)

　　艺术,宗教,就是我想找求来剪破这世网的剪刀吧。(《剪网》)

　　非挟太山以超北海之类也。(《齐桓晋文之事》)

(在介词之前者为句子)

(乙)在介词以后的非真正名词。例:

　　顷刻间这周遭弥漫了清晨富丽的温柔,顷刻间你的心怀也分润了白天诞生的光荣。(《康桥的早晨》)

　　王君为人勤奋,其待人之厚,律己之严,都足为青年之模范。

(在介词之后者皆形容词)

　　国家之抚定燕京,乃得之于闯贼,非取之于明朝也。平西王吴三桂,界在东陲,独效包胥之哭。(《致史可法书》)

新式女子不及旧式女子的能操家政。(《闻歌有感》)

(在介词之后者是动词他动词则带目的格)

由上面各例看来,后介词的前后,都有不放真正的名词的。有的放着形容词,有的放着动词。这种形容词与动词,都应作无形名词看,因为虽非名词,实际上已转含了名词性了。

白话文中的"的"字,常有略去其下的名词者,而在文言中的"之"则不能省略。这是很当注意的。例如:

新的叶蔓比近根部的(叶蔓)肥大。(《牵牛花》)

你们反正是要替孩子抹尿屎的(人)。(《闻歌有感》)

第一例因上段有真名词(叶蔓)而略,第二例因真名词(人)不会误解而略。此外古来习用的例不少。

我做媳妇的(人)不能孝顺爹妈,反累爹妈,我心里不安。(《王三姑娘的死》)

我做公婆的(人)怎的不养活你。(同上)

白话文中用"的"的地方很多。但有许多"的"字并非介词,切须分别清楚,不要混同。例如:

我从此便整天的站在柜台里。(《孔乙己》)

孔乙己是这样的使人快活。(同上)

这种"的"字是副词语尾,不是介词,有许多人把这"的"写作"地"字,以示区别。

因仰天大笑道,死的好,死的好!(《王三姑娘的死》)

我这小女要殉节的真切,倒也由着他去吧。(同上)

这种"的"字,都是"得"字的意思,是助动词,不是介词。若为明白计,也应写作"得"字,以免混淆。

"的"字表示所有关系时。常有写作"底"字,以示区别者。例如:

社会问题中最大的问题,就在乎怎样才能够提高大多数人底生活标准。(《一般与特殊》)

文化运动中最要的运动,就在乎拼命去提高大多人底知识标准。(同上)

把副词语尾的"的"字写成"地",所有关系"的"写成"底",十年前文字界曾有过此倾向,至现在尚未一致。因此,我们对于"的"字的性质须随处留意辨认。

练习　"的"字可分写为"的""得""地""底",试就下文分别换填。
你的母亲几岁了。
这是我的疏忽。
车飞快的行驶。
十月十日的那一天。
日子一日一日的过去。
我昨天喝的醉了。
这是到上海去的轮船。

文　选

五七、五律四首

王　维

寒山转苍翠,秋水日潺湲❶。倚仗柴门外,临风听暮蝉。渡头余落日,墟里上孤烟。复值接舆❷醉,狂歌五柳❸前。

---

❶　[潺湲]音ㄔㄢ ㄩㄢ,水流的样子。
❷　[接舆]春秋楚国的一个隐士。孔子在楚国,颇有做官的意思,接舆便乘孔子出游时唱着歌在他面前走过。那歌辞道:"凤兮凤兮,何德之衰! 往者不可谏,来者犹可追。已而已而,今之从政者殆而!"意思是劝孔子不要做官。孔子下车来想和他交谈,他却逃走了。《论语》上记述这桩故事,称他为"楚狂接舆"。这里"接舆"系隐居的代言。
❸　[五柳]陶渊明门前有五柳树。自称五柳先生。这里犹如说歌啸于门前。

——《辋川❶闲居赠裴秀才迪❷》

空山新雨后，天气晚来秋。明月松间照，清泉石上流。竹喧归浣女❸，莲动下渔舟❹。随意春芳歇❺，王孙❻自可留。

——《山居秋暝》❼

清川带长薄❽，车马去闲闲。流水如有意，暮禽相与还。荒城临古渡，落日满秋山。迢递❾嵩高❿下，归来且闭关⓫。

——《归嵩山作》

风劲角弓⓬鸣，将军猎渭城⓭。草枯鹰⓮眼疾，雪尽马蹄轻。忽过新丰⓯市，还归细柳营⓰。回看射雕处，千里暮云平。

——《观猎》

---

❶　[辋川] 在陕西蓝田县的辋谷川口，风景甚好，王维在这地方置有别墅，常常和裴迪等在那里饮酒吟诗。

❷　[裴秀才迪] 裴迪，关中人。初和王维同住在终南山，天宝乱后，他到蜀州去做刺史。他和杜甫也是极要好的朋友。唐朝考试，有明经、进士、秀才等科，凡应秀才考试及格的便称为秀才。

❸　[竹喧归浣女] 听竹林里的一阵喧闹声，知道在溪边洗浣衣服的妇女们回来了。

❹　[莲动下渔舟] 看池子里的莲叶动摇，知道有人正在把渔舟放下去。

❺　[随意春芳歇] 芳，芳草。这是说，春草自然而然的枯萎了。

❻　[王孙] 贵人之子的通称。这里是泛指游人。

❼　[山居秋暝] 这首诗是写山中秋夜的情景，故题为《山居秋暝》。秋暝，犹言"秋夜"。

❽　[长薄] 草木丛生叫做"薄"。陆机《挽歌》："按辔遵长薄。"长薄，当指很长的草地而言。

❾　[迢递] 同"迢遥"，道路绵长貌。

❿　[嵩高] 山名。五岳之一，在河南登封县北。

⓫　[闭关] 同"闭门"。

⓬　[角弓] 以角饰弓，叫做"角弓"。

⓭　[渭城] 在今陕西长安县附近，本是秦朝的都城。

⓮　[鹰] 一种凶猛的鸟，其嘴钩曲而很强硬，足趾都有钩爪很有力；猎人往往养着他去捉禽鸟。

⓯　[新丰] 汉县名，唐废。故城在今陕西临潼县东北。

⓰　[细柳营] 汉周亚夫屯兵细柳，故地在今陕西咸阳县西南。

诗有一定的格律者,叫做"律诗"。每句五个字的叫做"五律",每句七个字的叫做"七律"。每首八句;中间的四句,须用对偶。

王维(699—759)字摩诘,唐太原人。唐肃宗时,他做尚书右丞的官,故后世又称他为王右丞。他在唐朝的开元、天宝年间,是一位最有名的诗人。其诗幽闲古澹,很像陶渊明。又能画画,宋朝的苏轼说他"诗中有画,画中有诗。"今存有《王右丞集》。

五八、七律四首

陆　游

吾道非邪来旷野❶,江涛如此欲何之。起随乌鹊初翻后❷,宿及牛羊欲下时❸。风力渐添帆力健,橹声常杂雁声悲。晚来又入淮南❹路,红树青山合有诗。

——《望江道中》

莫笑农家腊酒浑,丰年留客足鸡豚。山重水复疑无路,柳暗花明又一村。箫歌追随春社❺近,衣冠简朴古风存。从今若许闲乘月,挂杖无时夜叩门。

——《游西山村》❻

---

❶　［吾道非邪来旷野］孔子在陈,被困绝粮,他对门弟子说:"《诗》云,匪兕匪虎,率彼旷野。吾道非耶? 吾何为于此?"按陆游为主张定都建康,(今江苏江宁县)触宋孝宗之怒,就命他做建康府通判,不久又改为隆兴府(今江西南昌县)通判。这首诗是他由建康府改判隆兴府时在望江(今安徽望江县)道中做的,所以他借孔子的话来发挥自己的感慨。

❷　［起随乌鹊初翻后］早上乌鹊初飞的时候就起身了。

❸　［宿及牛羊欲下时］旁晚牛羊将下山的时候就睡觉了。《诗・王风・君子于役》云:"日之夕矣,羊牛下来",即此语所本。

❹　［淮南］淮水以南的地方。今湖北江以北汉水以东及江苏安徽江以北淮以南之地都是。

❺　［春社］古时节候名,在立春后第五戊日。

❻　［《游西山村》］这首诗是他从南昌免官回家以后做的,西山村当是他的家乡附近的地方。

局促常悲类楚囚❶，迁流还叹学齐优❷。江声不尽英雄恨，天意无私草木秋。万里羁愁添白发，一帆寒食过黄州❸。君看赤壁终陈迹❹，生子何须似仲谋❺！

——《黄州》

世味年来薄似纱，谁令骑马客京华❻。小楼一夜听春雨，深巷明朝卖杏花。矮纸斜行闲作草❼，晴窗细乳试分茶❽，素衣莫起风尘叹，犹及清明可到家。

——《临安❾春雨初霁》

五言律诗的成立时代，约在唐朝嗣圣（公元六八四）以后的七十几年间，接着七言律诗也盛行起来。这里所选的四首是宋朝人的作品，风格又和唐朝人不同。

陆游（1110—1209）字务观，宋山阴人。宋孝宗时授夔州刺史，官至宝谟阁

---

❶ ［楚囚］《左传》："晋侯观于军府，见钟仪，曰：南冠而絷者谁也？有司对曰：郑人所献楚囚也。"后人遂把"楚囚"二字为处境困迫的代称。

❷ ［迁流还叹学齐优］孔子为鲁相，齐人把女乐送给鲁君，孔子遂辞而去，周游列国，所以《史记·乐书》说"仲尼不能与齐优遂客于鲁"。这里就引用了这个典故，意思是说，我去故乡而迁流异地，倒好像孔子为了齐优而周游列国了。但这句意思是不完全的，在作者也许为"齐优"二字刚好与"楚囚"相对，就此引用了。

❸ ［一帆寒食过黄州］清明节的前一日为寒食节（亦有作清明前二日的，见《荆楚岁时记》）。黄州，今湖北黄冈县。作者自免职回家后，过了几时又被任命为夔州（今四川奉节县）通判。这首诗是他泝江入蜀路过黄州时候做的。

❹ ［君看赤壁终陈迹］你看赤壁终于成为陈迹了。按汉末孙权将周瑜大破曹操于赤壁，其地在今嘉鱼县东北江滨，宋苏轼误以今黄冈县城外的赤鼻矶为周郎赤壁，曾作前后《赤壁赋》，这里作者路过黄州，而感叹赤壁之已为陈迹，其误正和苏轼相同。

❺ ［生子何须似仲谋］仲谋，孙权的字。曹操尝说："生子当如孙仲谋。"

❻ ［谁令骑马客京华］南宋都临安，故称临安为京华。按作者从四川罢官回来后，曾在江西做过官，不久即回山阴故乡，此时又被召至临安，而不久又回山阴，所以这里说，"谁令骑马客京华"，而末句又说"犹及清明可到家"。

❼ ［矮纸斜行闲作草］在短纸上随便写着歪斜的草书。

❽ ［晴窗细乳试分茶］前人饮茶，必经煎煮。茶煎后泡沫浮凝水面，称为"乳雾"（见宋徽宗《茶论》）或"乳面"（见宋襄《茶录》）。这里的"细乳"，当指煎茶时泛起的细泡沫而言。分茶，辩别茶品的高下。

❾ ［临安］南宋改杭州为临安府，建为首都，即今浙江杭县。

待制。他因为在四川做过官，很爱蜀道风土，故题他生平所作的诗为《剑南诗稿》。他的诗自成一家，后人摹仿他的很多，就称为"剑南派"。他为人放达，自号放翁。但他生当宋室南渡以后，眼看北方被金国占据，没有恢复的希望，所以他的诗以感慨之作居多。

文　话

二〇、对话和戏剧

两个人相见，或是究问一件事情，或是探讨一宗事理，总不免你问我答，你发端我引伸，到双方无可再说才歇。叙述文中往往包含着记录这些话语的部分，这部分称为"对话"。这两个字的意义很明白，就是说两个人（或者几个人）相对谈话而已。

最近我们读到的两篇文字，《运河与扬子江》和《齐桓晋文之事章》，却全篇是对话了。这因为值得写下来的就只有对话，所以不再在对话之外加什么枝叶。作文本来是无所不可的，用什么方式最适于当前的需要就用什么方式，这是作者所有的权利。

记录对话是比较容易的事。按照谈话者发言的顺序，依次记录，不漏失要点，就可以了。若更能传出谈话者发言时的神态，使读者恍如亲见亲闻，那便是很好的文字了。

但是取对话形式的文字不全从实生活中记录下来的，如《运河与扬子江》，明明出于作者的假托。作者为什么要假托运河与扬子江这一场对话呢？无非要表白"生命的奋斗是彻底的，奋斗来的生命是美丽的"这一个意思。就把这两句告诉人家不就行了么？行自然也行；不过这就像贴出两张标语给人家看了。标语固然有激刺的力量，但是没有周至深长的意味，要教人家透彻地解悟是不够的。生命的奋斗是怎样的情状？奋斗来的生命是怎样地可贵？都得描摹给人家听，人家才会透彻地解悟。对于这一层，作者不取寻常的描叙的手法，却用能奋斗的扬子江与不能奋斗的运河的对话传达出来。这样，惮于奋斗，不懂"造命"的话统可让运河来说，藉以反衬扬子江所说的正面意义。而扬子江叙述它的经历，申说它的志愿，正给奋斗的情状与可贵的程度作周至深长的说明。人家循诵终篇，自然低回咏叹，感悟到运河那样的生命实在是卑卑不足道的，须得像扬子江那样，生命才有意义。——这可见在表白一种意思上，文字取对话形式确有便利之处：正面反面并列，两相比较可以增强正面的力量；利用问答，凡细微曲折之点无不可以达出；神情生动，比较偏于理智的解说文、议论文容易动人。古今来的文篇中，颇有一些假托的对话；那些作者就因为它有这几项便利，所以乐于用它。

作假托的对话就不比记录真实的对话，你得先定下一个纲要。什么意思由谁说？什么意思该在前，什么意思该在后？必要的一些枝节该插在什么地方？这些都先行规定。规定这些时所依据的标准自然是充分表白你的意思，凡不足以表白你的意思的就不是好的、适当的布置。废话当然一句也不用说。而谈话者的神态也得在文字中间传出；你若善于想象，你就会把假托人物的口吻写得同真实人物的一样。

对话像《运河与扬子江》那样缮写是非常明白的，谁说的话上面就标明谁的名字，而且另行写起。像《齐桓晋文之事章》，是印入讲义时才改成现在这形式的，在《孟子》里，原是一连写下去的。这就靠一个"曰"字来分清楚两人所说的话；前一个"曰"字下是孟子说的话，后一个"曰"字下便是齐宣王说的话了。但是也不一定，昔人作文有时把这样的"曰"字省去。试看第二九九页，齐宣王回答了一个"否"字，下面"今恩足以及禽兽……"是孟子的话了，照例该加一个"曰"字，而竟不加。虽是不加，而我们仍能知道这是孟子的话，不是齐宣王的话，这由于辨别语意和语气的缘故。能够辨别语意和语气，即使读不分行写而且省去"某某曰"的对话，也不致把甲的话误认为乙的话了。

对话形式的文字里，加入记叙举动、神情的文字，这就是戏剧的雏型。在一篇戏剧里，各个人物不单要说话，而且要动作。在舞台上表演的时候，演员就依据这些写定的话语说话，依据这些写定的动作活动。我们最近读过的《子路曾皙冉有公西华侍坐章》，原是一篇叙述文；但也可以说它是戏剧的雏形，因为它大部分是对话，小部分是记叙举动、神情的文字，依据着它来表演，并不觉得缺少什么了。试把它改写成戏剧的形式，就更见明白。

（子路、曾晳、冉有、公西华侍坐。）

子（曰）以吾一日长乎，毋吾以也。居则曰，"不吾知也"。如或知尔，则何以哉？

子路（率尔而对曰）千乘之国，摄乎大国之间，加之以师旅，因之以饥馑。由也为之，比及三年，可使有勇，且知方也。

（夫子哂之。）

［子］求，尔何知？

［冉有］（对曰）方六七十，如五六十，求也为之，比及三年，可使足民。如其礼乐，以俟君子。

［子］赤，尔何如？

［公西华］（对曰）非曰能之，愿学焉。宗庙之事，如会同，端章甫，愿为小相焉。

［子］点，尔何如？

［曾晳］（鼓瑟希，铿尔，舍瑟而作。对曰）异乎三子者之撰。

子（曰）何伤乎，亦各言其志也。

［曾晳］（曰）莫春者，春服既成，冠者五六人，童子六七人，浴乎沂，风乎舞雩。咏而归。

夫子（喟然叹曰）吾与点也！

（三子者出，曾晳后。）

曾晳（曰）夫三子者之言何如？

子（曰）亦各言其志也已矣。

［曾晳］（曰）夫子何哂由也？

［子］（曰）为国以礼；其言不让，是故哂之。

［曾晳］唯求则非邦也与？

［子］安见方六七十，如五六十，而非邦也者！

［曾晳］唯赤则非邦也与？

［子］宗庙会同，非诸侯而何！赤也为之小，孰能为之大！

注：──［　　］内的文字，均原文所无。

这并且像一篇独幕剧呢。什么叫做独幕剧，不妨约略说说。我们看过从前的所谓"京戏"现在的所谓"平剧"，凡是一出戏总包含着好多场面，譬如两国交锋的戏，这方面调兵遣将是一个场面，那方面调兵遣将又是一个场面，双方在山前交战是一个场面，双方在山后交战又是一个场面，这不是独幕剧。独幕剧只可有一个场面，换句话说，剧中人物只可在一个境界中活动。而且整个故事须占连续的一段时间，不得忽而今天，忽而明天，忽而前年，忽而今年。《子路曾晳冉有公西华侍坐章》中几个人物始终在一个境界中活动，这个境界就是孔子的起居之所。这一番对话占着连续的一段时间，从孔子发问起，到三子走出，曾晳与孔子问答止，中间并没有时间的间隔，像通俗小说中所谓"一宵无话，已到来朝"的情形。所以这一篇具备独幕剧的形式的条件。

到这里，读者必将问：独幕剧为什么要有这些形式的条件呢？回答是很简单的，无非要使观者起真实之感而已。像"平剧"那样，对白的一部份是歌唱的，一出戏的场面是忽而室内，忽而城上，忽而山前，忽而舟中的，时间是占到几天或几年的，这无论如何引不起观者的真实之感。要使观者觉得看戏像看真实的人生故事一样，只有把戏剧编成人生故事中的一段（不是源源本本地叙明整个故事），而且须是一个场面，才属可能。独幕剧的形式的条件就根据这上边来的。

那末，《子路曾晳冉有公西华侍坐章》就是戏剧么？不，前面说过只是戏剧的雏型而已。它除了记录孔子与弟子的一番问答而外，别无其他，所以还是叙述文。而戏剧却和小说一样，其目的在表达出作者所见于人生的、社会的某种意义。如《北京的空气》便是戏剧了，因为它表达出一九二六年北京知识分子在穷困中的生活情况。

读罢《子路曾晳冉有公西华侍坐章》，读者或许要问：孔子为什么赞成曾晳的话呢？大概"三子者"的志愿都属于事业功名方面，独曾晳描摹出一个人我双方俱畅然自适的理想境界；在这理想境界中的"冠者五六人，童子六七人"，比较子路所说的"有勇""知方"之民，比较冉有所说的富足之民，比较公西华所说的礼仪之民，生活意义自然充富得多；这可见曾晳不但要给与人家物质上的享受，行为上的训练，他并且要教化人家，使过意义极端充富的生活。因此，孔子就觉得他的志愿最可赞许了。

练习　试作太阳与月亮的对话。

文　选

五九、莫斯科印象记(节选)

胡愈之

莫斯科这个城市，第一次见于历史记载，还不过是八百年前的事。但到了十四世纪初年，莫斯科已成为东西行旅的要道，部族征战的重镇。东方蒙古的游猎部落❶，西方大俄罗斯、立陶宛的封建贵族❷，都在这大平原上杀来杀去。一三〇〇年，俄罗斯❸人的祖先，在莫斯克伐河(Moskva)左岸小山用泥土木料，建造了一个堡垒，预备给各地避兵祸的难民，在这里躲掩。这堡垒后来就叫克列姆林(Kreml 或 Kremlin)。"克列姆林"在俄文便是城寨堡垒的意思。后来莫斯科城市逐渐扩大，克列姆林也经数次改建，成为城市守卫的中心。一八一二年拿破仑大帝占

---

❶　［蒙古的游猎部落］蒙古本为今外蒙古斡难河（即黑龙江上流的一支）源不尔罕山的游牧民族，其后酋长铁木真并吞各部，自称成吉思汗，势渐强盛。成吉思汗死，其子窝阔台嗣为大汗。俄罗斯自十一世纪时行封建制，分裂为数十小国，日事内哄。一二三七年，窝阔台派他的儿子赤都西征，攻入莫斯科。

❷　［西方大俄罗斯立陶宛的封建贵族］公元十三世纪时，俄国内部尚未统一，西方大俄罗斯人种(Great Rusiana)及波罗的海滨的立陶宛人种(Litlmaniars)屡相侵犯，莫斯科成为战斗中心地。至十六世纪末，莫斯科方为俄罗斯首都。

❸　［俄罗斯］Russia 的音译。我国旧时译为罗刹，日本译为露西亚。

领莫斯科❶,曾在克列姆林设起宝座,可是不到几天,便被俄罗斯农民赶跑。想不到这八百年来酋长、贵族、帝王、教会争战掠夺的城寨,却成了普罗列太里亚❷的统治中心,世界革命❸的大本营。历史便是这样地开着玩笑的啊!

现在的克列姆林是苏维埃社会主义共和国联邦❹政府和俄罗斯苏维埃社会主义共和国❺政府的所在地,所以警卫非常森严,平常人是不容易有机会进去。我因了 V. O. K. S. 的介绍,方得进去看看旧俄皇教堂博物馆。同去的还有一对美国人夫妇。我们在大门口等候的很久。看着那些进里面去的,都是长着满脸大胡子,著着褴褛不堪的旧皮外套,腿上染满泥土的大汉,据说都是从高加索❻、克里米亚❼、滨海省❽等远处来的农民代表或工人代表。在别的国家里,这些人连进县知事衙门里去都要被攃走的,现在却可以在全苏维埃联邦的中央政府里自由出入。反

---

❶ 〔拿破仑大帝占领莫斯科〕拿破仑(Napoleon Bonaparte),法国皇帝。生于1769年,死于1821年。他于1794年侵略意大利,破奥地利,据埃及、威望日著。1799年归国,组织新政府。1804年称帝。1812年,亲征俄罗斯至莫斯科,俄人用坚壁清野法以困之,法军无从得粮食乃还军。后为英国所败,流于圣海伦岛而死。

❷ 〔普罗列太里亚〕Proletarians 的音译。亦可译作"无产阶级"。和普罗列太里亚对立的阶级,便是布尔乔亚(Bourgeois 的音译,亦可亦为"资产阶级")。苏联是无产阶级专政的国家。

❸ 〔世界革命〕全世界弱小民族脱离强大民族支配的民族革命,无产阶级脱离有产阶级支配的社会革命,同时并进,打倒以资本主义为经济的要素、以国民主义为政治的要素的帝国主义,这便是"世界革命"。

❹ 〔苏维埃社会主义共和国联邦〕苏维埃为 Soviet 的音译,即"委员会"的意思。一九一七年俄罗斯大革命爆发,帝国政府颠覆,在大俄罗斯统治下的异民族,纷起独立。其后列宁等建设苏维埃政府,对内建设以社会主义为标的,对外则以民族自决为号召。于是曾经一时分离的异民族,又重新隶属于苏维埃政体之下,组成一大联邦,即所谓苏维埃社会主义共和国联邦(Union of Soviet Socialist Republics),简称苏联。是以苏维埃为政治中心,奉行社会主义诸共和国所组织而成的联邦。

❺ 〔俄罗斯苏维埃社会主义共和国〕现在加入苏维埃联邦组织的共有七国,俄罗斯苏维埃社会主义共和国,便是苏联中七个国家之一,简称苏俄。

❻ 〔高加索〕Caucasus 本俄国的一个州,今为高加索苏维埃社会主义共和国。

❼ 〔克里米亚〕Crimea,苏联南部的半岛。

❽ 〔滨海省〕Maritime 即沿海州,亦译为东海滨,旧为俄领西伯利亚极东之一省,其南与我国接界,自俄国革命后,此地属于远东共和国,今并合于苏维埃俄罗斯。

之，我在伦敦的唐宁街❶（首相府所在地），巴黎的 Palais Royal（国务院所在地）一带所看见坐着汽车进出，穿戴着燕尾服❷大礼帽的"绅士先生"们，却没有权利进克列姆林了。

克林姆林是一个五角形的城寨，面积大约有一百英庙，高据莫斯科城市的中心。周围建筑着砖石砌成的高城墙，绕城约有中国四五里路。共有五座城门（但平时只有一门开着），每座城门上面都有一座城楼，高可望见莫斯科全市。五座城楼全是著名的古建筑物。克列姆林里面最著名的是几所大教堂。其中最古的是东方式建筑的乌斯宾斯奇大教堂（Uspenskiy Cathedral），为前俄皇、俄国总主教、莫斯科主教登位之地。又勃拉哥维斯千克大教堂（Blagovye chensk Cathedral）则为俄皇作礼拜并行大婚典礼的教堂，藏有名画甚多。希腊正教❸向为俄国国教，其历代宝器及总主教墓，都在这城墙之内。所以克列姆林向为俄国圣地，革命以前，进克列姆林城门，须一律脱冒，和紫禁城下马❹一样的情形。现在已把一部分的宫殿教堂改为博物馆。我去参观时，有两个教堂内部，正在搭着高架，从事修理。据说为了留作后代的参考纪念，政府对于这些宗教遗迹，不但不去毁坏，而且还费了许多钱，去修理保存。

在西欧的时候，常听到教会的宣传，说苏联对于宗教尽力摧残。许多教堂都被拆毁，教士被枪杀，去年罗马教皇❺还居然为了此事提出抗议，檄告全世界，大有欲重兴神圣战争❻之意。据我在莫斯科所见，许多教堂还开着。不过到教堂去作礼拜的，只有那些老妇人，青年人是没有一个进教堂去了。有的教堂因为再没有人去作祷告，经附近的工会决定，改设工人俱乐部或学校，这是事实。但说把一切教堂都拆毁，以目前

---

❶ ［唐宁街］Downing Street。

❷ ［燕尾服］男子的大礼服，前短齐腹，后长齐膝关节，后下端开如燕尾，故名。

❸ ［希腊正教］Orthodox 为基督教之一派，公元十一世纪与罗马教会分离而成。其仪式与天主教颇异，不认罗马教皇有教权，行于希腊、俄罗斯等处。

❹ ［紫禁城下马］旧北京的紫禁城为皇帝所居，官员至此，例须下马。

❺ ［罗马教皇］天主教的教长。本来权力很大，于宗教外兼管政治，从 1870 年后，其领地全归于意大利皇，于是教皇仅管理宗教之事，不能干预政事了。

❻ ［神圣战争］即指欧洲人欲于回教属地夺回耶路撒冷圣地的战役，亦称"十字军"，自公元十二世纪中叶至十三世纪，凡七次。

苏联之居屋缺乏,布尔希维克党❶决不如此傻气。至于教会财产归为国有,教士不能不劳动而得食,这也是事实。但宗教信仰依然许人民自由,政府并不干涉。不过革命后的青年受新式学校教育和文化宣传的影响,都已变了无神论者。"神圣俄罗斯"的招牌是已不能再挂上了。

　　从克列姆林出来,便去看列宁❷墓。列宁墓背靠着克列姆林城墙前面,就是每年五一节❸和十月革命❹节举行劳动者大示威的有名历史纪念地红场。

　　在我的想象中,以为列宁墓应该是一座巍峨❺的建筑物。全世界的无产阶级的领导者,应该埋葬在像麦加的回教堂❻那样巨大的殿堂里,至少也应有像巴黎 lnvalides 内拿破仑墓那样的规模,方才可供全世界平民大众的凭吊。但我走到红场前面时,便大大地失望。原来这列宁墓不过是一座低矮的构成派的建筑物。外表颇和巴黎国葬院(Pantheon)相类似,但只有四分之一的高大,雕饰和一切苏联新建筑物相同,是非常

---

❶　[布尔希维克党]Bolshevik,亦译为多数派。一八九七年,俄国社会民主党正式成立后,以讨论政策问题,党员分为两派,甲派主张无产阶级专政,乙派则主张地方分权制,力持有产阶级的调和论;两派互争的结果,党员赞成甲派之说者较多,称为多数派,即所谓布尔希维克。属于乙派者称为少数派,亦名孟雪维克(Menshevik)。一九一七年大革命告成以后,布尔希维克党又改名为共产党。

❷　[列宁]Lenin Vladimirilich 俄国十月革命的领袖,亦为共产党领袖,曾被选为苏维埃政府的委员长。生于一八七〇年,卒于一九二五年。生平著作极多,对马克思主义多所阐发及补充。人称为"列宁主义"。

❸　[五一节]为工人运动的一大纪念日。西名为 May day。起源于一八八六年,当时美国支加哥(Chicago)某农场工具的工人起而要求工作八小时制,全支加哥的工人同时加入,实行罢工。因当局实行压迫,工人被惨杀的极多。三年后巴黎开第二国际(The Second International)大会时定五月一日为全世界工人的斗争日,全世界工人均于是日游行示威。苏联是无产阶级专政的国家,所以对于这个纪念日特别举行隆重的典礼。

❹　[十月革命]一九一七年三月,俄国革命勃发,俄皇尼古拉第二(Nicholas)退位。后来布尔希维克党不满意于临时政府首领克伦斯基,在十月中再起革命,推翻克伦斯基政府,组织苏维埃政府,推列宁为人民委员会主席。这一次革命,是普罗列太里亚夺取政权的革命,因为在十月中爆发,所以称为"十月革命"。

❺　[巍峨]高大庄严的样子。

❻　[麦加的回教堂]回教主穆罕默德生于阿拉伯的麦加城(Mecca),今其地有教堂,规模极大。

单纯。和墓后的克林姆林城墙，左旁的高大而华丽的城楼相比较，更显出这建筑物的谦卑。不过整个的气概，却是雄壮而朴素。墓的前门宽不过二三尺。来参观的人在门前排着单人的队伍，鱼贯❶而入。进了门便向左转弯，踏着磁砖砌成的石阶，走下墓道，正中便是棺木。棺木下层是铜制的，上层是一个玻璃罩。列宁的遗骸露出半身。颈部和右臂靠在枕上和被上。玻璃罩内面有反光镜的装置，所以状貌看的很清楚。观众绕着足前经过，全屋静寂无声。随后从右旁偏门走出门外。据说，每天列宁墓开放的时间，参观的人是和流水般来往不绝的。

墓门上面砌着列宁的名字。墓内却没有半个字，连一切图画雕刻的装饰全没有。

我是在巴黎所演的电影里第一次看见过列宁。他从办公处缓步出外，头戴着工人小帽，右手夹着一个皮夹，一边在和一个老年的教授谈话。使我吃惊的是他那种谦卑的模样。身躯和腿比常人短小。但广阔的肩头，高耸的额部，英锐的目光，显出他是一个非常的人。这次看到他的遗骸，使我也有同样的印象，只是两眼半闭着，已经不能反射出锐利沉着的光芒了。

列宁墓两旁，数十丈长的石阶，据说下面是埋葬着数百革命的献身者的遗骸。但现在是被一尺余厚的白雪掩盖着，看不出一些踪迹。

在苏维埃国家，英雄主义与个人崇拜是不存在了。但阶级斗争的战士❷，仍然有着他们的"不朽"！

莫斯科（Moscow）在俄国的中部，当窝瓦河（R. Volgu）顿河（R. Don）尼褒河（R. Dnieper）之冲要，占波罗的海（Baltic）白海（White Sea）黑海（Black Sea）里海（Caspian Sea）之中央，有铁路东通亚洲，南达黑海、里海，西至波罗的海，西南联中欧诸国，为交通的中心。本为俄罗斯旧都，彼得大帝时迁都于圣彼得堡（今

---

❶ 〔鱼贯〕言相续而进，如鱼之一贯。

❷ 〔阶级斗争的战士〕阶级与阶级之间所起的斗争，叫做"阶级斗争"。其方式因时代而不同。在现在资本主义社会中，便是资产阶级与无产阶级间所起的利害冲突，即所谓"劳资斗争"。俄国革命，是无产阶级起来推翻一向处于统治阶级地位的皇帝、贵族、资本家，所以称那些参加革命的人为"阶级斗争的战士"。

称列宁格勒）。今俄罗斯苏维埃社会主义共和国政府，为团结内部起见，复迁都于此；亦即苏维埃联邦政府的所在地。作者欧游归来。道经莫斯科，在莫斯科住了一个星期，回国以后，把在莫斯科所得的印象，写成《莫斯科印象记》。这里节选了《克列姆林》及《列宁墓》两节。

胡愈之，现代浙江上虞人。曾留学法国。现主编《东方杂志》。所著除《莫斯科印象记》外，尚有《图腾主义》等。

六〇、普陀纪游

蒋维乔

今岁南中苦热，立秋后犹未稍减。余久欲作普陀之游，适袁君观澜❶自京❷归，观澜喜山水，为余旧日游山伴侣，因告之曰，"盍作普游？"观澜欣然。后告庄君百俞❸，百俞亦乐从。吕君天洲善摄影术，百俞邀之携摄影器以往。四人于阳历八月八日午后三时，同上招商局❹之江天船，五时开行。出吴淞口❺后，海风吹来，炎暑顿消，令人意爽。舟循大戢山❻而南，行于内海，波平浪静。四人晚膳毕，倚舷远眺，杂谈间作。十时后就寝。船票分二次购买，沪❼至甬❽官舱人各一圆，甬至普海程较沪至甬为近，而反人各二圆：盖江天船每岁惟阴历六月观音诞辰❾，逢星期六直开普陀四次，余则不往，仅至甬而止，故昂其值以取利也。

---

❶　［袁观澜］字希涛，江苏宝山人。民国十九年病死。

❷　［京］指北京，即今北平。

❸　［庄百俞］名俞，现代江苏武进人。曾任上海商务印书馆编辑。

❹　［招商局］吾国的大汽船公司，创始于清同治十一年（公元一八七二）后购英商旗昌洋行的船舶码头，基础始定。初以官款为资本，后入商股，改为官督商办，但最近已收回国有了。

❺　［吴淞口］吴淞江会黄浦江入海之口，扬子江之咽喉，江防最重要的地方。旧有炮台，一二八之役，被日人轰毁殆尽。

❻　［大戢山］在江苏南汇县东约六十里的海中。其南有小戢山，与之对峙。

❼　［沪］上海东北有沪渎，故俗称上海为沪。

❽　［甬］浙江鄞县东北有甬江，故俗称今鄞县为甬。

❾　［观音诞辰］阴历六月十九相传为观音诞辰。

九日。晴。上午四时一刻，入浙之甬江❶口，过镇海，五时抵宁波❷，停一时许，卸货物后，复开行。循舟山列岛❸东南行，两旁岛屿，星罗棋布，海道窄狭处，仅如内河耳。十一时半抵普陀，各寺多遣有接客者在船，余等择定长生庵，唤接客者至，以行李界之。舟泊港内，离岸约里许，以划船登岸，人各予以小洋一枚。遂乘兜子，自南道头入山，皆琢石甃成孔道，既阔且平，所谓"妙庄严路"也。道旁多古木，交叉垂荫，翠嶂摩空，碧浪拍岸，风景殊胜。行五六里，过普济禅寺。复东循玉堂街行，带山映海，翠霭银涛，令人应接不暇❹。复行五六里，至长生庵。普陀分前后两山，是庵适处其间。余等稍憩，即在寺午膳，寺僧接待颇殷，素肴亦适口。午后二时半，徒步出游，至法雨禅寺。普陀前后二山，各有大丛林❺一，前山名普济，后山即法雨，皆清初奉敕修建❻者。寺在锦屏山下，山环若列屏。有青玉涧，自山绕流寺前，环抱若带，碧石精莹，掩映清流，水石相触处，声淙淙然，普陀溪流稀少，此殆为冠矣。寺内规模宏大，有天王、九龙、大雄诸殿。后有藏经阁，旁有精寮❼，游客亦可栖止。殿中有玉观世音一尊，高五尺余，妙相庄严，令人起敬。四时，往游海滨之千步沙。沙在东海滨，自几宝至飞沙岙❽口，约长五里许。循山行为玉堂街，沿海行即千步沙。普陀四周海港为海浪挟沙所积，日久成滩，所在皆是，而以千步沙为最长。玉堂街高于千步沙十数丈，而旧时纯为积沙。今已生草

---

❶ ［甬江］在浙江鄞县东北。其上流出四明山，汇溪间之水，引流东北，至鄞县合奉化、慈溪二江，东流至镇海县东入海。江口有蛟门岛，东对舟山群岛，江流甚急，可通巨舶者，惟鄞县以东而已。

❷ ［宁波］鄞县旧为宁波府治，故一般人仍以宁波称之。

❸ ［舟山列岛］舟山即今浙江定海县治，其旁小岛罗列，称舟山群岛。清道光二十一年（一八四一）曾被英国海军所占据，后虽以地还我，有不得割让他国之约。实为东海中舰队屯煤避风的要港。

❹ ［应接不暇］《世说新语》："从山阴道上行，山川自相映发，使人应接不暇。"

❺ ［大丛林］僧徒聚居之处叫做丛林。这里用为大寺院的代称。

❻ ［奉敕修建］奉了皇帝的诏书而修理或建造的。

❼ ［精寮］精致的僧舍。

❽ ［岙］读音与奥同。

木,成为陆地,沧桑之变❶,于兹可见一斑。千步沙之胜在观潮,潮拍岸时,来如飞瀑,止如曳练,时时不息;遇大风则震撼激荡,惊心动魄,诡异不可名状,实山中之伟观。西人来游者,多在此为海水浴。余等并坐岩石,静听潮声,至夕阳西下,缓步归庵。七时晚膳毕,洗浴更衣,九时后就寝。夜半枕畔闻海潮拍岸声,寺僧起而诵经声,潮音梵呗❷,相间并作,明月一轮,光照床前,此时令人万念俱寂。

十日。晴。余等预计尽一日之长,遍游前后诸山。晨七时起身。八时,四人均乘兜子出游。自法雨寺之西,向北行,迤逦❸登白华顶。磴道❹整齐,愈上愈陡,道旁縆以铁栏❺。行至半途,见数巨石矗立,下两石如敨,上一石高耸云表,峻险怪特,危而不堕,上题曰“云扶石”,下题曰“海天佛国”。再上,磴道益峻,自山麓至此行五里余,历石磴七百余级,方达白华顶,亦名佛顶山,普陀之最高处也。顶有灯塔,俗呼为“天灯”。由顶俯视,普陀全岛在目。东南望朱家尖、落伽山,如扁舟浮于海上。西南望莲花洋❻如带,小岛历落散布其中。白华顶后尚有一峰,其高亚❼于白华,俗并称为佛顶,慧济禅林在焉。下山赴梵音洞,循锦屏山麓行,越飞沙岙,岙形如岭,纯为流沙,履之没踝,自东至西,亘三里,阔百余丈,相传昔为浅海,后飞沙日积,渐成丘阜,高处至三五丈,因风崇卑,其形无定,寸草不生,亦奇观也。自佛顶行十二三里,方至梵音洞。洞在普陀极东尽处,为峭壁裂罅所成,高三四十丈,两崖如门,洞然深广,海潮冲入,澎湃作声,故名。午后一时,回长生庵午膳。二时半,复乘兜子赴前山普济禅寺。寺在灵鹫峰下,其规模宏大,一如法雨。殿中供玉观世音,亦与法雨同。寺前有莲花池,广十余亩,东西各有桥,筑桥成堤,分池为三,东

---

❶　[沧桑之变] 沧桑,道家语,沧海桑田之合称。《神仙传》记麻姑云:“接侍以来,已见东海三为桑田。”

❷　[梵呗] 僧徒朗声赞唱经典,叫做“梵呗”。呗,音败(ㄅㄞˋ)。

❸　[迤逦] 旁行曲折貌。

❹　[磴道] 山岩上的石级。

❺　[縆以铁拦] 大索叫做“縆”,这里用作动词,读音(与亘字同)。这是说,两旁用大的铁索遮拦着。

❻　[莲花洋] 在定海县的东面。《清一统志》:“定海县四面皆濒海,东为莲花洋。”

❼　[亚] 次。

西二池,俱盛产莲花,今则池水淤浅,苹藻丛生,时正夏秋之交,已仅有残荷数茎矣。寺僧每岁放鱼鳖其中,故亦名放生池。寺左有香街,长里余,普陀市肆,惟此而已。全山悉为僧人;此外佣工及市商,其数甚少。商于是者,亦例不许携眷属。其任防御者有僧团,设局于普济寺。教育则有僧教育会之化雨小学校。殆所谓"僧自治"者耶?复循寺而西,历磐陀、梅岑诸峰。约三里余,至灵石庵。庵内有磐陀石,石纵横可十余丈,如鲸鱼之首。其下另有一石,周广百丈,高身锐顶,磐陀托焉;旁空中倚,而不敧侧,其上平坦,可容百人,梯而登,可以望海,庵之所以名也。自庵而西,不及半里,有二龟听法石,一蹲伏于石顶,一缘石匍匐而上,昂首延颈,筋脉尽露,形状酷肖。再下为观音洞,洞殊小,外砌以墙,中供观音,至此已为普陀极西尽处矣。四时后,折而东行,过白华岭,约十余里,至紫竹林。山中石剖之俱白质黑章,旧志谓作花竹草木状,今缔观❶之,实为海藻遗迹;盖是岛旧为海底,故海藻没于其中而成化石也。而以紫竹林为最多,故名。其下有潮音洞,亦为山石裂罅所成。从崖至洞脚,高二三十丈;洞门有二,奔涛冲入,吰嗡作大声,飞沫溅十余丈;与梵音洞南北相对,均为普陀胜处。然梵音峭而深,由上俯窥,不见其底,惟闻潮声;潮音则洞前岩石齿齿,可登而观潮;一隐一显,为状各殊。六时后,日已西沉,遂各乘兜子而归。是日遍历前后诸山,然于前山诸胜未能畅游也。兜子一乘,用舆夫两名。价有定例:游前山诸胜,给小洋六角,游后山亦然,若只游山中一处,及码头上下,则给三角。余等一日游前后山,故给以十二角,外酌给以酒资。兜子钱均寺僧代付,临行时并算,酒资则游客自理之。

　　十一日。晴。是日预备回沪,顾海船在午后四时方开,遂决以上午补游前山。晨七时,四人各乘兜子出,改道由灵鹫峰后行,路皆小径,树林夹之,过高冈,可以左右望海。约二三里,至梅岑峰。上有梅福庵,下有梅福丹井。相传汉梅福❷隐修于此,今观其井,仅道旁一石穴耳。复

---

❶ 〔缔观〕细细的看。

❷ 〔梅福〕汉寿春人。小时候就在京里读书,通《尚书》及《穀梁春秋》。后为南昌尉。王莽专政,他去家出走。后来传说他入山修道成仙。

折而东，欲观不二石。志书所载两石相去丈许，形状宛似，故名"不二"。今则为圆通庵僧人筑为墙基，只露不二石三大字于外。"裁圆方竹杖❶，漆煞断纹琴❷"，其圆通僧人之谓矣。下山，至西天法界，俗呼为西天门，两石对峙，上有巨石覆之，中豁如门，西石尤耸峭，题曰"振衣濯足"。复下，至磐陀庵。内有甘露池，为半圆形，水波澄碧，游鱼可数。复往观普济寺南太子塔。塔为元代诸王为孚中禅师所建，高九丈六尺，用太湖美石琢成，凡五层，各层四面俱镌佛像，今上层已圮矣。折回香街，购土物数事。复乘兜子至僧教育分会，内设化雨学校。专教七岁至十六岁之寺僧，时方暑假，无可参观。遂至几宝岭观仙人井。井为泉水涌成，前邻大海，上覆石窟，窟内寒气侵人，取井水尝之，味甚清冽；朝山者多以瓶贮归，以为大悲法水，可疗痼疾云。复至朝阳洞，洞在几宝岭尽处，而临东海，观日出者多登焉。十二时回长生庵，午膳毕，整备行装。四人共住三日，付寺僧房饭资共十六圆，赏仆人四圆。一时半，乘兜子出山，为时尚早，途遇风景佳处，则止而游览。是行共得摄影三十余片，至无量庵前，道旁古木森列，后有山景，四人乃于此合摄一影，名曰"普陀游侣"。过白华山，有巨石高三丈余，兀立山麓，上镌"白华山"三大字，字直径可丈许。山前有森林，东望南天门石矶入海处，景状佳绝。三时抵码头，至慈云庵稍憩。四时三刻，以划子渡登定海轮船，舱位颇宽敞，自普至甬，每人船费小洋十角，饭资另给。五时开行，六时至舟山之沈家门镇，停轮过夜。余与观澜、天洲，登岸游览，街市极短，陈列者多鱼虾海物，腥臭不可闻，产盐极富，色白价廉，每斤三文耳。回船晚膳，九时就寝。

　　十二日。晴。晨五时半开行；七时至舟山，停一时许，复开行；八时三刻抵镇海之穿山，略停片刻，九时十分开行；十时三刻，人甬江口。自

---

　　❶　[裁圆方竹杖]《续竹谱》："方竹生岭南，大者如巾筒，小者如界方。"又《珊瑚钩诗话》："李卫公镇南，甘露寺僧道行孤高，公赠以方竹杖；公之所宝也。及公再来，问杖无恙否。僧对曰：'已规圆漆之矣。'嗟愧弥日。"

　　❷　[漆煞断纹琴]古琴以断纹为贵，愈古则断纹愈多，有所谓"蛇腹断""梅花断"等名目（见赵希鹄《洞天清录》）。把断纹琴漆煞和把方竹杖裁圆，都是杀风景的事情。

口外望招宝金鸡二山❶,屹立如门,炮台数十座,罗列其间,形势雄壮,前日入口在夜半,未及览也。十一时至镇海,停二十分开行。十二时二十分到宁波。雇夫搬行李至江天轮船,每挑一角。择定官舱两间,安置毕,遂登岸,饭于江滨之颐福园。饭毕,进城一游。三时半回船,四时开行。晚膳后,八时即睡。

十三日。晴。晨三时进吴淞口,抵码头,天尚未明,余等在船盥洗毕,四时登岸,抵家甫昧爽❷也。

普陀,山名。在浙江定海县东海中。梵名补陀洛迦华,即小白华的意思。又名梅岑山,相传汉朝的梅福曾隐居于此,故名。气候温和,风景奇突,为中国有名的佛教胜地。

蒋维乔字竹庄,现代江苏武进人。历任国立东南大学及上海光华大学等校教授。所作游记甚多,散见于各杂志、报章。

文 法

二〇、词与句的接续

一个词可以依其性质用之于句中的各部,但也有两个词合起来用在句中同一部分的。一句句子,固然可以独立,但也有上下两句互相关系而结成一串的。要使词与词或句与句结合,全靠有接续词。接续词有接词的与接句的两种。

(甲)词与词的接续 两句语调相等的句子,把它合成一句说的时候,就用接续词把句中的对待的词连接起来。例如:

---

❶ [招宝金鸡二山]招宝山在镇海县东北二里,本名候涛山,因从前外国人入朝进贡都停船于此,故改今名。金鸡山在镇海县东八里,与招宝山相对峙。

❷ [昧爽]天将明未明之时,叫做"昧爽"。

正在为妻为母<u>和</u>将为妻为母的女性啊！你们正忙着,<u>或者</u>快要忙了。(《闻歌有感》)

这二句文字,如果细分起来,可得下面四句。

正在为妻为母的女性啊！

将为妻为母的女性啊！

你们正忙着。

你们快要忙了。

可是因为用了接续词"和"与"或者",就把繁复的部分省去,只成了两句了。

词与词的接续,其样式有对等的与陪从的两种。例如:

荆卿既至燕,爱燕之屠狗<u>及</u>善击筑者高渐离。(《荆轲传》)

诚得樊将军首<u>与</u>燕督亢之地图奉献秦王,秦王必说见臣。(同上)

成虎<u>同</u>弟成蛟都是他母亲在兵乱中讨饭养大的。(《李成虎小传》)

你那新夫人的性情<u>和</u>思想如何?(《一个朋友》)

原来价钱的一种东西,容易使人限止<u>又</u>减小事物的意义。(《剪网》)

自南道头入山皆琢石砌成孔道既阔<u>且</u>平。(《普陀纪游》)

我又曾见过杭州虎跑寺近旁的高峻<u>而</u>深密的绿壁。(《绿》)

(以上皆对等的接续)

荆轲嘿<u>而</u>逃去,遂不复会。(《荆轲传》)

折<u>而</u>东行,过白华岭。(《普陀纪游》)

吕君善摄影术……携摄影机<u>以</u>往。(《普陀纪游》)

楚庄王伐郑,郑伯肉袒牵羊<u>以</u>迎。(《留侯论》)

(以上陪从的接续)

在对等的接续的时候,接续词前后的词可以彼此换置。例如:

我<u>和</u>你是朋友━━你和我是朋友。

可是陪从的接续就不然了。陪从的接续,在接续词前面的词,对于接续词后面的词，只具修饰的功用，并不彼此对等的。前部对于后部，可当作副词看。

（乙）句与句的接续　句与句的接续，亦有对等的与陪从的两种，对等的接续是两句独立的句相接，陪从的接续，在前的一部或为词，或为句，大概不能独立，只具衬托或修饰的功用而已。试以"而"字为例：

> 晚近士大夫好高树名义而不顾国家之急。（对等）（《致史可法书》）
>
> 臣闻骐骥少壮之时，一日而行千里。（陪从）（《荆轲传》）

句与句的对等的接续，因其上下句的关系，又有好几种分别，如下：

（1）平接　把相偶而平等的二句，用接续词结合起来，成为一句。这叫平接。平接的接续词，文言常用"而"字，白话文则于"而"字以外，更用"又""也"等字。白话文用"又""也"，常前后分列，不一定在二句的中央。例如：

> 造祸而求福，计浅而怨深，……此所谓资怨而助祸矣。（《荆轲传》）
>
> 他又聪明又富裕。
>
> 你也不好，他也不好。

（2）承接　上下两句用接续词结合成一句，上面一句是原因，下面一句是当然的结果时，叫承接。承接的接续词，文言文常用"故""乃""则""而"等字，白话中用"所以""因此""因而"等字。例如：

> 秦王之遇燕太子丹不善，故丹怨而亡归。（《荆轲传》）
>
> 一死一生，乃见交情。
>
> 彼秦大将擅兵于外，而内有乱，则君臣相疑。（同上）
>
> 月晕而知风，础润而知雨。
>
> 我们生一个儿子，就好比替他种下了祸根，又替社会种下了祸根。……所以我们教他养他只是我们自己减轻罪过的法子。（《答汪长禄书》）
>
> 昨日病了，因而没有如约来看你。

（3）转接　转接与承接相反，上句为原因下句为反对的结果。表示转接的接续词，文言文为"然""而""但""顾"等字，白话中为"然而""但是""但""可是,"却是""却""只是""不过"等字。这些接续词,意思有强有弱,如"然"较"但"强,"但是"较"可是"强。例:

荆轲虽游于酒人乎,然其为人沈深好书。(《荆轲传》)

申至甬,官舱人各一圆。甬至普,海程较沪至甬为近,而反人各二圆。(《普陀纪游》)

於期每念之,常痛于骨髓,顾计不知所出耳。(《荆轲传》)

这是稀有的事,……然而也不见得是稀有。(《一个朋友》)

我有什么福分,不过干了今天这一桩事,我对小儿总算尽了责任了。(同上)

孔乙己没有法,便免不了偶然做些偷窃的事,但他在我们店里品行却比别人都好,就是从来不拖欠。(《孔乙己》)

孔乙己是这样的使人快活,可是没有他,别人也便这么过。(同上)

这声音虽然极低,却很耳熟。(同上)

(4)选接 把两句相对的文句结在一处,表出商量的态度,含有选择的余地的叫选接。这类接续词,文言文中常用的为"抑"字,白话中常用"还是""或者""否则"或用"是……是""不是……便是""非……则"等关联的词类。例:

夫子之至于是邦也必闻其政。求之欤抑与之欤。(《论语》)

你来看我,否则我来看你。

不是我们死,便是他们灭亡。(《大泽乡》)

至于他们的宗旨是一是二,局外人便不得而知。(《打拳》)

(5)进接 上下二句子,连结在一处,下句有进一层的意义的叫进接。文言文中表示进接的接续词为"况""矧"二字,白话中则用"况且""何况"等字。例:

将军以神雄才……当横行天下为汉家除残去秽,况操自送死而可迎之耶?(《赤壁之战》)

我们做父母的不曾得他的同意就糊里糊涂的,给了他一条生命,况且我们也不曾有意送给他这条生命。(《答汪长禄书》)

即使没有花，兴趣未尝短少，何况他日花开将比往年的盛大呢？（《牵牛花》）

（6）递接　所连结的二句之间有步骤或时间的顺序者，叫递接。这类接续词，文言文中常见的为"则""遂""乃""于是""然后""而后"等字，白话中常见的为"便""才""这才""就"等字。例如：

黔无驴，有好事者船载以入，至则无可用，放之山下。（《黔之驴》）

樊於期偏袒扼腕而进曰，此臣之日夜切齿腐心也，乃今得闻教，遂自刭。……乃遂盛樊於期首函封之。（《荆轲传》）

其明年，秦并天下，立号为皇帝，于是秦逐太子丹荆轲之客皆亡。（同上）

彼其能有所忍也，然后可以就大事。（《留侯论》）

致其知而后读。（《读书》）

他们俩没趣，又没法止住他的哭，便教乳母快快抱开去。（《一个朋友》）

守在这里是饿死，到了渔阳误期也是死，大家干罢，才可以不死。（《大泽乡》）

仿佛蔚蓝的天融了一片在里面似的，这才这般的鲜润呀。（《绿》）

你欢喜这幅画，就送给你吧。

（7）顶接　这种接续法和上面各种不同，不是句与句的接续，乃是段与段的接续。常把接续词放在句首，与前段相连结。有时或放在全文开端，作发语用。这种接续词文言文中常见者为"夫""且夫""且""盖"等字，白话中有"却说""原来"等。例如：

夫子房受书于圯上之老人也，其事甚怪。（《留侯论》）

且夫有报人之心而不能下人者是匹夫之勇也。（同上）

是阴类恶物也，盗暴尤甚，且何以至是乎哉。（《永某氏之鼠》）

却说这里刘官人一觉至三更方醒……（《错斩崔宁》）

原来价钱的一种东西，容易使人限制又减小事物的意义。（《剪

网》)

以上所说都是句的对等的接续。以下再说句的陪从的接续。两句句子，连成一处，有主句与附属句可分时，就成陪从的接续。（词的陪从的接续，已见前）这时主句是本旨，附属句只是衬托主句的东西。因了附属句的性质，句的陪从的接续，就有好几种式样。

（1）假接　于说本旨之前先做一假设。这时假设的一部分为附属句。文言文中常用"苟""如""若""使""倘""诚""果""向"等字，白话则用"倘""倘然""假如""如果""要是"等字，通常皆在句首。例：

如或知尔，则何以哉？（《公西华侍坐》）

今若拥号称尊，便是天有二日，俨为劲敌。（《致史可法书》）

向不出其技，虎虽猛，疑畏卒不敢取。（《黔之驴》）

假如把自己看得伟大，你对于烦恼当有不屑的看待。假如把自己看得渺小，你对于烦恼，当有不值得的看待。（《谈动》）

倘肯多花一文，便可以买一碟盐笋或者茴香豆。（《孔乙己》）

要是不偷，怎么会打断腿？（同上）

（2）纵接　于说明本旨时，故先放松一步，使本旨更显出明确。这时所宽放的一部分为附属句。文言文中常用"纵""虽""即"（古籍中常作"则"）等字表出此种关系，白话中则用"即使""就使"等字。例：

虽有管晏，不能为之谋也。（《荆轲传》）

则（即）不可，因而刺杀之。（同上）

纵江东父老怜而王我，我何面目见之。（《项羽本纪》）

即使不把外国人板油扯下，只消一阵乌龙扫地，也便一齐扫倒，从此不能爬起。（《打拳》）

（3）撇接　于说述本旨时，同时附说相对事件，结果仍把它撇去，使本旨愈加明白。这时附说的相对事件为附属句。欲表示此种关系，只一个接续词是不够的。文言文中常把"与其"与"不如""孰若""宁""毋宁"等字关联了用。白话中亦沿用此些关联的。唯"宁"改作"宁可"或"还是"，不如改作"倒不如""还不如"而已。例：

与其人负我，不如我负人。

与其不自由，毋宁死。

与其这样说，宁可那样说。

与其将来纠缠，倒不如现在就罢休。

练习一 试依下列条件，用白话造适当的例：

(1)词与词的对等的接续。

(2)词与词的陪从的接续。

(3)句与句成平接。

(4)句与句成承接。

(5)句与句成转接。

练习二 下列句中诸"而"字，各是甚么接法？试指出。

乡间生活安而廉。

夫子莞尔而笑。

温故而知新。

价廉而物美。

众人皆醉而我独醒。

文 选

六一、为幽州牧与彭宠书

朱 浮

盖❶闻智者顺时而谋，愚者逆理而动。常窃悲京城太叔❷以不知足

---

❶ ［盖］发语词。

❷ ［京城太叔］春秋时，郑武公妻姜氏生庄公及共叔段，姜氏爱共叔段，欲立他为后，但是郑武公不允许。庄公即位后，封共叔段于京，称为京城太叔。共叔段至京，整备甲兵，想用武力夺取庄公的位置，庄公遂出兵伐共叔段，段兵败，出奔于共。事详《左传》隐公元年。

而无贤辅,卒自弃于郑也。

伯通以名字典郡❶,有佐命❷之功。临民亲职,爱惜仓库,而浮秉征伐之任,欲权时❸救急;二者皆为国耳❹。即疑浮相谮❺,何不诣阙自陈❻,而为灭族❼之计乎?

朝廷❽之于伯通,恩亦厚矣:委以大郡,任以威武❾,事有柱石❿之寄,情同子孙之亲。匹夫媵母,尚能致命一飧⓫,岂有身带三绶⓬,职典大邦,而不顾恩义,生心外叛者乎?伯通与吏民语,何以为颜?行步拜起,何以为容?坐卧念之,何以为心?引镜窥景,何以施眉目⓭?举盾建功,

---

❶ 〔以名字典郡〕名字,谓名字显著,即是声誉远扬的意思。典,典守。这是说,你以极有声望的人而典守一郡。

❷ 〔佐命〕古时以为创业的君主是受天命而为天子的,所以辅佐他开创基业的称为"佐命"。

❸ 〔权时〕犹言暂时。

❹ 〔二者皆为国耳〕这句是总结上文。意思是说,在你是临民亲职,爱惜仓库;在我是当征伐的重任,所以不得不招致许多名士来共同谋划,原为一时救急之计;我和你原来都是替国家打算,并没有什么私心。

❺ 〔即疑浮相谮〕即使疑心我说你的坏话。

❻ 〔何不诣阙自陈〕何不到皇帝那里去自己辩白。诣阙,是说到皇帝的宫阙之下。

❼ 〔灭族〕古时侯犯了谋反等大罪,全族被诛,故称"灭族"。

❽ 〔朝廷〕古时臣下不敢直说皇帝的名字,但言朝廷。

❾ 〔任以威武〕光武赐彭宠以大将军名号所以这样说。

❿ 〔柱石〕喻大臣负国家的重任,如梁之有柱,承柱有石。

⓫ 〔匹夫媵母尚能致命一飧〕春秋时,晋国的赵盾在首山打猎,碰见一个叫做灵辄的,已经三天没有吃饭了,他就给他些饭与肉。后来晋灵公要杀赵盾,而灵辄恰在晋灵公那里做卫士,就乘机把赵盾救出。(事详《左传》宣公二年)又战国时,楚王伐中山,中山君兵败逃奔他国,在路上有二个人带兵器跟着保护他。中山君觉得奇怪,问他们为什么这样。那二人回答道:"从前我们的父亲,曾经饿得快要死了,蒙你把饭给他吃。他临终时对我说,倘中山君有什么危急的事情时,你们应该去救他的。所以现在我们来保护你。"(事详《战国策》)这里所说"匹夫……尚能致命于一飧",即指此二事而言。媵母事未详。

⓬ 〔身带三绶〕绶,即丝缕,所以承受印环者。一个官职有一个官职的印绶,彭宠一身兼三职(渔阳太守,建忠侯、大将军),所以说"身带三绶"。

⓭ 〔引镜窥景何以施眉目〕景,同"影"。这是说,你倘用镜子自照,把面目放到什么地方去。

何以为人❶? 惜乎! 弃休令之嘉名❷,造枭鸱❸之逆谋,捐传叶之庆祚❹,招破败之重灾,高论尧舜之道,不忍桀纣之性。生为世笑,死为愚鬼,不亦哀乎!

伯通与耿侠游❺,俱起佐命,同被国恩,侠游谦让,屡有降挹❻之言,而伯通自伐❼,以为功高天下。往时辽东❽有豕,生子白头,异而献之。行至河东❾,见群豕皆白,怀惭而还。若以子❿之功高论于朝廷,则为辽东豕也。今乃愚妄自比六国⓫。六国之时,其势各盛,廓土数千里,胜兵将百万,故能据国相持,多历年所。今天下几里? 列郡几城? 奈何以区区渔阳而结怨天子? 此犹河滨之民,捧土以塞孟津⓬,多见其不知量也。

方今天下适定,海内愿安,士无贤不肖,皆乐立名于世,而伯通独中

---

❶ 　[举厝建功何以为人]像这种措置,这样建树,试问你怎样做人,举厝,犹言"措置"。建功,建立事功。

❷ 　[弃休令之嘉名]休、令、嘉,都是美好的意思。如名誉很好,称为"令名",亦可称"休名"或"嘉名"。

❸ 　[枭鸱]即鸱枭。旧时传说,鸱枭长大了,就要吃它的母亲。所以后人把臣子对君父谋逆,比之以鸱枭。

❹ 　[捐传叶之庆祚]捐,捐弃。传叶,犹言"传世"或"传代"。庆祚,犹言"福祉",或"福禄"之类。

❺ 　[耿侠游]名况,茂陵人。初为上谷太守,和彭宠一同去归附光武帝的,所以说"共起佐命"。

❻ 　[降挹]谦逊。

❼ 　[自伐]自称其功。《尚书·孔安国传》:"自功曰伐。"

❽ 　[辽东]泛指辽河以东之地。

❾ 　[河东]泛指黄河以东之地。

❿ 　[子]犹白话中的"你"。

⓫ 　[自比六国]自比于战国时函谷关以东的楚齐燕韩赵魏六国。

⓬ 　[河滨之民捧土以塞孟津]河,黄河。孟津,今称河阳渡,在河南孟县南。黄河自孟津而上,多循山麓行,至孟津,地平土疏。河势渐涨,故黄河溃溢之患自孟津始。

风狂走❶，自捐盛时。内听娇妇之失计，外信谗邪之谀言❷，长为群后恶法❸，永为功臣鉴戒，岂不误哉！

定海内者无私仇❹，勿以前事自疑。愿留意顾老母少弟。凡举事无为亲厚者所痛，而为见仇者所快！

彭宠字伯通，后汉宛人。更始时为渔阳（今河北密云县）太守，后归光武帝，仍为原官，加封建忠侯，赐号大将军。他自以为劳苦功高，但光武帝对他却不甚满意。后来光武帝正式即皇帝位，对于他没有什么加赏，使他心里非常不快。时朱浮为幽州牧。（幽州治蓟，即今河北蓟县；汉制，每州置州牧一人，每郡置太守一人。渔阳属幽州，所以名分上彭宠是朱浮的属官。）年少有才能，颇思有所作为，便敦聘州中的名人宿儒，以为僚属；又命诸郡把仓中的积谷，发出一部分给被敦聘的人的家属，以为赡养之费。彭宠以为天下未定，不宜多置官属，更不宜糜费仓谷，使军士的粮食受到影响，便不奉他的命令。朱浮年少气盛，见他不奉命令，便密奏光武帝，说他"多聚兵谷，意计难量。"彭宠本来早已内怀不平，听到了朱浮有这样的密奏，大为愤怒，索性发兵攻击朱浮。朱浮因此写了这封信去责劝他。这封信载在《后汉书·朱浮传》。梁昭明太子收入《文选》，加上这个"《为幽州牧与彭宠书》"的标题，意思是说，朱浮做幽州牧时寄给彭宠的信。

朱浮字叔元，后汉萧人。年少有才能。从光武为偏将军，拜幽州牧，遂平定北边。后因和渔阳太守彭宠发生意见，入为执金吾，后拜大司空，封新息侯。明帝永平中，被人诬告，赐死。

---

❶ ［中风狂走］状如发了疯的在那里狂奔乱走。

❷ ［内听娇妇之失计外信谗邪之谀言］娇妇，《后汉书》作"骄妇"，指彭宠的妻。按光武帝接到了朱浮的密奏，便召彭宠进京。彭宠的妻劝他不要进京，以为渔阳大郡，兵马众多，怎的被上官一参奏，就把这样的好地方丢掉。彭宠又和他所亲信的僚属商议，僚属们也都怨恨朱浮，劝他不要进京，索性发兵把朱浮赶走了再说（事详《东观汉记》）。

❸ ［长为群后恶法］群后，犹言"诸侯们"。《书·舜典》："班瑞于群后"，后即诸侯。因为彭宠封建忠侯，所以朱浮说他这种举动，将永为诸侯违抗天子命令的恶例。

❹ ［定海内者无私仇］凡能平定天下的人，不会计较什么私仇的。意思是劝他停止军事行动，不要以为光武帝会计较私仇，治他以叛逆之罪，而一意孤行到底。

六二、自祭文

陶　潜

　　岁惟丁卯❶，律中无射❷。天寒夜长，风气萧索。鸿雁于征❸，草木黄落。陶子将辞逆旅❹之馆，永归于本宅❺。故人凄其❻相悲，同祖行❼于今夕。羞以嘉蔬❽，荐以清酌❾。候颜已冥❿，聆音愈漠⓫。呜呼哀哉！

　　茫茫大块⓬，悠悠高旻⓭。是生万物，余得为人。自余为人，逢运之贫。箪瓢⓮屡罄，絺绤⓯冬陈。含欢谷汲⓰，行歌负薪⓱。翳翳柴门，事吾

---

❶　[丁卯] 南朝宋文帝元嘉四年，岁在丁卯，当公元四二七年。陶潜就在这一年死的。

❷　[律中无射] 无射，十二律之一。古以十二律分配十二月，《礼·月令》云："季秋之月，律中无射。"季秋，即阴历的九月。射，音夜（ㄧㄝ）。

❸　[鸿雁于征] 鸿雁于九月来南方，《礼·月令》云："九月鸿雁来宾。"远行叫做"征"，如《诗·小雅·鸿雁》云："之子于征。"于，语助辞。

❹　[逆旅] 即客舍，犹今俗称的旅馆。

❺　[本宅] 他以为人生在世，如寄宿逆旅，死去便如返归本宅。

❻　[凄其] 犹言"凄然"。

❼　[祖行] 送行之祭叫做"祖"（见《汉书·刘屈氂传》颜注）。这是说，他的朋友，设祭送行。

❽　[羞以嘉蔬] 羞作"进"字解。嘉蔬，美好的蔬菜。

❾　[荐以清酌] 荐作"献"字解，酒叫做"清酌"。（见《礼记·曲礼》）

❿　[候颜已冥] 面色看上去已经晦暗无光采了。

⓫　[聆音愈漠] 声音听上去更加微弱了。

⓬　[茫茫大块] 茫茫，广大貌。大块，本统天地而言，如《庄子·太宗师篇》"大块载我以形，劳我以生。"但这里以"大块"对"高旻"，是专指大地而言。

⓭　[悠悠高旻] 悠悠，渺邈无期貌。例如《诗·黍离》篇，"悠悠苍天"。高旻，犹言"高天"。

⓮　[箪瓢] 盛饭的竹器叫做"箪"。挹水及盛酒浆的器叫做"瓢"。

⓯　[絺绤] 细葛布叫做"絺"；粗葛布叫做"绤"。

⓰　[谷汲] 到山谷里去汲水。

⓱　[行歌负薪]《汉书·朱买臣传》："独行歌道中，负薪墓间"，即此语所本。按"含欢谷汲，行歌负薪"，无非写他一向安贫乐道而已。

宵晨❶。春秋代谢，有务中园❷。载耘载耔，迺育迺繁❸。欣以素牍，和以七弦❹。冬曝其日，夏濯其泉。勤靡余劳❺，心有常闲，乐天委分❻，以至百年。惟此百年，夫人❼爱之。惧彼无成，愒日惜时❽。存为世珍，没亦见思❾。嗟我独迈，曾是异兹❿。宠非己荣，涅岂我缁⓫。捽兀⓬穷庐，酣饮赋诗。识运知命，畴能罔眷⓭。余今斯化，可以无憾。寿涉百龄，身慕肥遁⓮。从老得终，奚所复恋。寒署逾迈，亡既异存。外姻晨来，良友宵奔。葬之中野，以安其魂。窅窅⓯我行，萧萧⓰墓门。奢耻宋臣，俭笑

---

❶ ［翳翳柴门事吾宵晨］翳翳，隐蔽之貌。这是说，在很隐蔽的柴门之内，一天到晚做我自己的事情。

❷ ［春秋代谢有务中园］春往而夏来，夏往而秋来，往者已谢而来者相代。所以叫做春秋代谢。这是说，在春秋之季。有事于园圃之中。

❸ ［载耘载耔迺育迺繁］载，语助词。迺与"乃"同。除草叫做"耘"。培植苗本叫做"耔"。这是说，在园里或者削草，或者培植苗本；而种下去的苗本，看它渐渐发育，渐渐繁盛了。

❹ ［欣以素牍和以七弦］素牍，指书而言。七弦，即七弦琴。这是说，有时候看看书，以资欣赏。有时候弹弹琴，以调和情绪。（按梁昭明太子《陶渊明传》云："渊明不解音律，而蓄无弦琴一张，每酒适，辄抚弄以寄其意。"）

❺ ［勤靡余劳］勤于所事，没有余剩的劳力。

❻ ［乐天委分］视世界人生为美善快乐，顺随着自己的地位，不去强求什么富贵。

❼ ［夫人］夫，音扶（ㄈㄨ）。夫人，犹言"人人"。

❽ ［愒日惜时］愒音剀（ㄎㄞ），贪爱的意思。愒日惜时，就是把时间看得很重要，不肯轻轻放过。

❾ ［存为世珍没亦见思］存在时为世人所宝贵，死亡后为世人所想念。按自"惧彼无成"句至此，写一般喜以功名自著于世俗的人。

❿ ［嗟我独迈曾是异兹］独迈，犹言"独往"。曾是犹言"乃是"。这是说，我却独往独来，倒和一般人不同。

⓫ ［宠非己荣涅岂我缁］受宠不是自身的荣耀，受污辱难道是我的污点。以黑物染之叫做"涅"，引申为受污辱之意。缁，黑色，引申为染污点之意。

⓬ ［捽兀］独居无所动于中的样子。

⓭ ［识运知命畴能罔眷］按这二句照字面解。是识运知命者，谁能无所留恋。但这样讲是讲不通的。正因为识运知命，所以能无所留恋。也许原意是说："虽然识运知命，谁能无所留恋"，或"除非识运知命，谁能无所留恋"。畴作"谁"字解。罔眷，就是无所留恋的意思。

⓮ ［肥遁］宽裕自得而有退步的意思。《易·遁卦》："上九，肥遁无不利。"

⓯ ［窅窅］深远貌。音杳（ㄧㄠ）。

⓰ ［萧萧］深静貌。

王孙❶。廓兮已灭,慨焉已遐。不封不树❷,日月遂过。匪贵前誉,孰重后歌❸。人生实难,死如之何。呜呼哀哉！

　　刘宋元嘉四年（四七二）,陶潜六十三岁,年老患疟疾,自己知道不久于人世,便做了这篇《自祭文》。他以为人生在世,如寄宿逆旅,终有回老家的一天；所以他生了病,既不服药,又不祷告,一任自然,大有视死如归之概。这篇文章里,一句也没有提到妻子田宅等等,可以想见他的胸怀高旷。至于像他这种乐天安命的人生观,是否正确,那我们可以置之不论；反正我们是欣赏他文字的美妙,并不是佩服他人生观的正确。

文　话

二一、对偶

　　我国文字一字一音,说话、作文为求语句的谐和起见,往往注意到字数上去。字数适当,说起来、念起来就谐和一点。大部分的诗歌每语字数均等,就由于这个道理。每语字数均等就是每语音数均等,这样的诗歌吟唱起来,差不多先就有了谐和的及格分数了。

　　因为一字一音,语言文字中又发生了"对偶"的现象。什么叫做"对偶"呢？简单说来,上下两语字数相同,而意义对称,上一语的第一字与下一语的第一字词性属于同类,顺次下去。第二字与第二字,第三字与第三字,一直到末一字与末一字,词性也属于同类：这就是"对偶"。试举

---

　　❶　[奢耻宋臣俭笑王孙]《礼记·檀弓》上："昔者夫子（即孔子）居于宋,见桓司马,自为石椁,三年而不成。夫子曰：'若此其靡也,死不如速朽之愈也。'"又《汉书·杨王孙传》："及病且终,先令其子曰：'吾欲裸葬,以反吾真,必无易吾意！'死则为布囊,入地七尺,既下,从足引脱其囊,以身亲土。"这里两句的意思,是说他死后埋葬,既不必像宋臣那样奢,也不必如王孙那样俭。

　　❷　[不封不树]不封土为坟,不种树以为标识。

　　❸　[匪贵前誉孰重后歌]既不贵生前的名誉,更孰重死后的歌颂。

一例,如"智者顺时而谋,愚者逆理而动"便是。

我国语音,现在分为阴平、阳平、上、去四声(这是指标准国音说)。从前却分为平、上、去、入四声(现在除北方人外,仍能发入声)。上、去、入三声又统称为"仄声",与平声对待。平声平易,仄声逼仄,我们只要在舌唇上试验,便可以辨别它们的异趣。因为这一层,有一些对偶又加上了一个条件;前面讲过的是两语字数上的对偶、文法上的对偶,现在更要讲声音上的对偶。上一语第一字是平声,下一语第一字便用仄声,这样相对,一直到末一字,以求声音的错综。试举一例,如"竹喧归浣女,莲动下渔舟"便是。

对偶的现象,在古来的文字里,或多或少有得发见。如《为幽州牧与彭宠书》和《自祭文》,就可以找出好些对偶的语句。通体是对偶的则称为"骈文"。骈字本是两马相并的意思,用来称一种文字的形式,所以表示"吐语必双,遣词皆偶"。六朝及唐初,骈文最盛,当时人简直以为这是文章的正格。骈文的语序和腔调同语言相差得很远,可说是一种人工的东西。

试看《自祭文》,这还是骈文未曾形成以前的作品,里边有一个特征,就是大多数是四字语。魏晋六朝的时候,颇有并不通体对偶,而多四字语的文篇。为什么用四字语呢?这也是音节上的关系。每语四音,讽诵起来有匀调之美。如果再加上押韵,就和诗歌差不多了(《自祭文》就是押韵的,请读者自己去辨认)。这样的四字语在文法上不一定是一句或者一个短语,有些只是讽诵起来可以在那里透一透气而已。如"乐天委分以至百年",在"分"字的地方,依文法讲是不断的,但讽诵到那里不妨透一透气。又如"寒山远火明灭林外,深巷寒犬吠声如豹","寒山远火"与"深巷寒犬"都只是一个名词语,依文法点句也是不断的,认它们为四字语,也不过讽诵时在那里透一透气罢了。

文法上的对偶和声音上的对偶用到诗里去,就成为"律诗"。律诗完成于唐朝。有五言的,有七言的,每首都是八语。第三、四语第五、六语必须对偶,第一、二语第七、八语就不一定。试看最近读过的王维的五律和陆游的七律,第三、四语第五、六语都是对偶的。关于押韵,除双数语必须押韵外，第一语可押可不押。如王维的四首，前三首的第一语都不押韵，而第四首第一语的"鸣"字就押韵了。陆游的四首，惟第一首第一语的"野"字不押韵。关于声音的对偶，大概五律每语的第一第三字，七律每语的第一第三第五字，可以随便，其余就非谨严不可，仄必对平，平必对仄。如"空山新雨后，天气晚来秋"，是"平平平仄仄，平仄仄平平"，除第一字外，余均相对，这就因为第一字不妨随便的缘故。每语平仄的次第，五言则第二字平就第四字仄，第二字仄就第四字平；七言则第二字平就第四字仄、第六字平，第二字仄就第四字平、第六字仄：这无非取其错综而已。而第三语的第二字必与第二语的第二字同声，第五语与第四语，第七语与第六语，亦然。现在录诗一首，逐字注声，请读者按照上面所说的自己去玩索。

> 世味年来薄似纱，谁令骑马客京华。
> （仄仄平平仄仄平 平平仄仄仄平平）
> 小楼一夜听春雨，深巷明朝卖杏花。
> （仄平仄仄平平仄 平仄平平仄仄平）
> 矮纸斜行闲作草，晴窗细乳试分茶。
> （仄仄平平平仄仄 平平仄仄仄平平）
> 素衣莫起风尘叹，犹及清明可到家。
> （仄平仄仄平平仄 平仄平平仄仄平）

律诗中的语句逸出这些规矩的，称为"拗句"。如王维第一首第一语就是拗句。此语第二字"山"是平声，依常规第四字就得用仄声，而现在的"苍"字却是平声，这就逸出规矩了。

　　练习　读王维诗书所感。

文 选

六三、虬髯客传

杜光庭

　　隋炀帝❶之幸江都❷也，命司空杨素❸守西京❹。素骄贵，又以时乱，天下之权重望崇者，莫我若也，奢贵自奉，礼异人臣。每公卿入言，宾客上谒，未尝不踞床而见，令美人捧出。侍婢罗列，颇僭于上。末年愈甚，无复知所负荷，有扶危持颠❺之心。

　　一日，卫公李靖❻以布衣❼上谒，献奇策，素亦踞见。公前揖曰："天下方乱，英雄竞起。公为帝室重臣，须以收罗豪杰为心，不宜踞见宾客。"素敛容❽而起，谢公，与语，大悦，收其策而退。

　　当公之骋辩❾也，一妓有殊色❿，执红拂，立于前，独目公。公既去，而执拂者临轩指吏曰⓫："问去者处士第几？住何处⓬？"公具以对⓭。妓

━━━━━━━━━━

　　❶　[隋炀帝] 名广，隋文帝的第二子。他即位以后，几次巡幸江都。后来见天下已乱，便无心北归，被宇文化及所弑。

　　❷　[江都] 隋郡名，即今江苏江都县。

　　❸　[司空杨素] 司空，官名，汉以后为三公之一，参议国家大事。杨素字处道，华阴人。

　　❹　[西京] 隋文帝造新都于龙首山，名大兴城，迁都之，即今陕西省城。炀帝以洛阳为东京，故称大兴城为西京。

　　❺　[扶危持颠] 对于时局，危要扶得他安，颠要扶得他稳。

　　❻　[卫公李靖] 李靖字药师，三原人，佐唐高祖定天下，太宗朝以功封卫国公，故称卫公。

　　❼　[布衣] 没有官职的平民。

　　❽　[敛容] 把面容做得很庄矜的样子。

　　❾　[骋辩] 骋，奔放的意思。对人家毫无拘束的滔滔辩论，叫做"骋辩"。

　　❿　[殊色] 面貌特别漂亮。

　　⓫　[执拂者临轩指吏曰] 那个执着红拂的人走到廊檐下指着那府中的属吏说。

　　⓬　[问去者处士第几住何处] 问问出去的那位处士，他辈行第几，住在何处。凡隐居不做官的读书人，称为处士。

　　⓭　[具以对] 统统对她讲了。

诵而去。

公归逆旅❶。其夜五更初，忽闻叩门而声低者，公起问焉。乃紫衣戴帽人，杖揭一囊。公问谁。曰："妾，杨家之红拂妓也。"公遽延入。脱衣去帽，乃十八九佳丽人也。素面画衣❷而拜。公惊答拜。曰："妾侍杨司空久，阅天下之人多矣，无如公者。丝萝❸非独生，愿托乔木❹，故来奔耳。"公曰："杨司空权重京师，如何？"曰："彼尸居余气❺，不足畏也。诸妓知其无成，去者众矣。彼亦不甚逐❻也。计之详矣。幸无疑焉。"问其姓。曰"张。"问其伯仲之次。曰："最长。"观其肌肤，仪状，言词，气性，真天人❼也。公不自意获之，愈喜愈惧，瞬息万虑不安。而窥户者无停屦。数日，亦闻追讨之声，意亦非峻❽。乃雄服乘马，排闼❾而去，将归太原❿。

行次灵石⓫旅舍，既设床，炉中烹肉且熟。张氏以发长委地，立梳床前。公方刷马。忽有一人，中形⓬赤髯而虬⓭，乘蹇驴⓮而来。投革囊⓯于炉前，取枕欹卧⓰，看张梳头。公怒甚，未决，犹刷马。张熟视⓱其面，

---

❶　〔逆旅〕客舍。

❷　〔素面画衣〕素面，面上不施脂粉。画衣，即绣花的衣。

❸　〔丝萝〕兔丝与女萝，都须依附他种植物而生。

❹　〔乔木〕枝干高大的树木。

❺　〔尸居余气〕本是晋朝李胜对曹爽说的话（《晋书·宣帝纪》）。意思是说，他已经和尸骸差不多，止多一口气。

❻　〔逐〕追求的意思。

❼　〔天人〕形容美丽的女子，谓非人间所有。

❽　〔意亦非峻〕峻，峻刻，即严厉之意。这是说，追讨的意思也并不十分严厉。

❾　〔排闼〕推开门。

❿　〔太原〕隋县名，即今山西太原县。

⓫　〔灵石〕隋县名，即今山西灵石县。

⓬　〔中形〕身材的长短适中。

⓭　〔赤髯而虬〕髯色赤而屈曲如虬。

⓮　〔蹇驴〕跛驴。

⓯　〔革囊〕皮袋。

⓰　〔欹卧〕斜睡着。

⓱　〔熟视〕细细的看。

一手握发，一手映身摇示公❶，令勿怒。急急梳头毕，敛衽❷前问其姓。卧客答曰："姓张。"对曰："妾亦姓张，合是妹。"遽拜之。问第几。曰："第三。"因问妹第几。曰："最长"。遂喜曰："今多幸逢一妹。"张氏遂呼"李郎且来见三兄！"公骤拜之。遂环坐。曰："煮者何肉？"曰："羊肉，计已熟矣。"客曰："饥。"公出市胡饼❸，客抽腰间匕首，切肉共食。食竟，余肉乱切送驴前食之，甚速。客曰："观李郎之行，贫士也。何以。致斯异人？"曰："靖虽贫，亦有心者焉。他人见问，故不言。兄之问，则不隐耳。"具言其由。曰："然则将何之？"曰："将避地太原。"曰："然吾故非君所致也❹。"曰："有酒乎❺？"曰："主人西，则酒肆也。"公取酒一斗。既巡❻，客曰："吾有少下酒物，李郎能同之乎？"曰："不敢。"于是开革囊，取一人头并心肝。却头囊中，以匕首切心肝，共食之。曰："此人天下负心者，衔❼之十年，今始获之。吾憾释矣。"又曰："观李郎仪形器宇❽，真丈夫也。亦闻太原有异人乎？"曰："尝识一人，愚谓之真人❾也。其余，将帅而已。"曰："何姓？"曰："靖之同姓。"曰："年几？"曰："仅二十。"曰："今何为？"曰："州将之子❿。"曰："似矣⓫。亦须见之，李郎能致吾一见乎⓬？"曰："靖之友刘文静⓭者，与之狎⓮。因文静见之可也。然兄何为？"曰：

---

❶ ［一手映身摇示公］一只手放在身体背后对着李靖摇手示意。

❷ ［敛衽］古女子行敬礼时敛起衣襟，故称"敛衽"。

❸ ［胡饼］即今之烧饼(见《名义考》)。

❹ ［曰然吾故非君所致也］那客人说，"对了！所以吾以为那样美丽的女子不是你自己所能招致的。"

❺ ［曰有酒乎］这句话还是那客人问的。下面的"曰"字才是李靖的回答。

❻ ［巡］把酒酌了一遍叫做"巡"。

❼ ［衔］怀恨的意思。

❽ ［器宇］人的品貌。

❾ ［真人］别于"凡人"而言。

❿ ［州将之子］唐太宗李世民的父亲李渊(唐高祖)时为太原留守，故说他是"州将之子"。

⓫ ［似矣］有点对了。

⓬ ［李郎能致吾一见乎］李郎能招致来使我一见吗？

⓭ ［刘文静］字肇仁，武功人。隋末为晋阳令，和李世民很要好，后来共同定起兵计划。

⓮ ［狎］很接近很亲昵的意思。

"望气者❶言太原有奇气，使访之。李郎明发❷，何日到太原？"靖计之日。曰："达之明日日方曙，候我于汾阳桥❸。"言讫，乘驴而去，其行若飞，回顾已失。公与张氏且惊且喜，久之，曰："烈士不欺人。固无畏。"促鞭而行。

　　及期，入太原。果复相见。大喜，偕诣刘氏。诈谓文静曰："以善相者思见郎君❹，请迎之。"文静素奇其人，一旦闻有客善相，遽致使迎之。使回而至❺，不衫不履，裼裘❻而来，神气扬扬，貌与常异。虬髯默居末坐，见之心死，余数杯，招靖曰："真天子也！"公以告刘，刘益喜，自负。既出，而虬髯曰："吾得十八九矣。然须道兄见❼。李郎宜与一妹复入京，某日午时，访我于马行❽东酒楼下。下有此驴及瘦驴，即我与道兄俱在其上矣。到即登焉。"又别而去，公与张氏复应之。

　　及期访焉，宛见二乘，揽衣登楼，虬髯与一道士方对饮，见公惊喜，召坐。围饮十数巡，曰："楼下柜中有钱十万。择一深隐处驻一妹❾。某日复会我于汾阳桥。"如期至，即道士与虬髯已到矣。俱谒文静。时方奕棋，揖而话心焉。文静飞书迎文皇❿看棋。道士对奕，虬髯与公傍侍焉。俄而文皇到来，精采惊人，长揖而坐。神气清朗，满坐风生，顾盼炜如⓫也。道士一见惨然，下棋子曰："此局全输矣！于此失却局哉！救无路矣！复奚言！"罢奕而请去。既出，谓虬髯曰："此世界非公世界，他方可也。勉之，勿以为念。"因共入京。

---

❶　[望气者] 从前有些方士能望云气以预言未来事，就是这里所称的"望气者"。

❷　[明发] 明天动身。

❸　[汾阳桥] 在太原城东。

❹　[郎君] 指李世民。

❺　[使回而至] 使者回来，李世民也到了。

❻　[裼裘] 古人于裘外都加正服，把两袖微卷起以露裘之美者，叫做"裼裘"。

❼　[吾得十八九矣然须道兄见] 吾已经看到了十之八九然而还须请道兄一见。

❽　[马行] 当是西京的街名。

❾　[择一深隐处驻一妹] 择一隐僻的地方安置一妹。

❿　[文皇] 唐太宗初谥文皇帝，故这里称他为"文皇"。

⓫　[顾盼炜如] 犹言"视瞻不凡"。炜如，盛大貌。

虬髯曰:"计李郎之程,某日方到。到之明日,可与一妹同诣某坊曲❶小宅相访。李郎相从一妹,悬然如磬❷,欲令新妇祗谒❸,兼议从容❹,无前却也。"言毕,吁嗟而去。

公策马而归。即到京,遂与张氏同往。乃一小版门子,叩之,有应者,拜曰:"三郎令候李郎一娘子久矣。"延入重门,门愈壮。婢四十人,罗列廷前,奴二十人,引公入东厅。厅之陈设,穷极珍异,箱中妆奁冠镜首饰之盛,非人间之物。巾栉妆饰毕,请更衣,衣又珍异。既毕,传云:"三郎来!"乃虬髯纱帽裼裘而来,亦有龙虎之状❺,欢然相见。催其妻出拜,盖亦天人耳。遂延中堂,陈设盘筵之盛,虽王公家不侔❻也。四人对馔讫,陈女乐二十人,列奏于前,似从天降,非人间之曲。食毕,行酒。家人自东堂舁出二十床,各以锦绣帕覆之。既陈,尽去其帕,乃文簿钥匙耳。虬髯曰:"此尽宝货泉贝❼之数。吾之所有,悉以充赠。何者?欲于此世界求事,当龙战❽三二十载,建少功业。今既有主,住亦何为?太原李氏,真英主也。三五年内,即当太平。李郎以奇特之才,辅清平之主,竭心尽善,必极人臣。一妹以天人之姿,蕴不世之艺,从夫之贵,荣及轩裳❾。非一妹不能识李郎,非李郎不能荣一妹。圣贤起陆之渐❿,际会如期;虎啸风生,龙吟云萃⓫,固非偶然也。持余之赠,以佐真主,赞功业

❶ [坊曲] 唐制,妓女所居叫做"坊曲"。这里作街坊里巷解。

❷ [悬然如磬] 磬与罄同。《国语·周语》:"室如悬磬。"(《左传》作"室如悬罄")器中空谓之"罄",悬罄,谓如悬一空器,喻家中贫乏,一无所有。这里作"悬然如磬",语气小变而意思相同。

❸ [欲令新妇祗谒] 新妇,指虬髯客的妻。祗谒,犹言"拜见"。

❹ [兼议从容] 从读为(ちㄨㄥ)。从容,作"举动"解,例如《楚辞》"孰知余之从容"。这里的意思是说略为商量我们今后的举动。

❺ [龙虎之状] 形容他的动作状态的不凡。例如《南史·宋高祖纪》:"刘裕龙行虎步视瞻不凡,恐必不为人下。"

❻ [侔] 相等的意思。

❼ [泉贝] 钱币的别称。

❽ [龙战] 《易·乾卦》"龙战于野,其血玄黄。"后因谓群雄割据之际为"龙战"。

❾ [轩裳] 犹言"车服"。

❿ [圣贤起陆之渐] 《黄庭经》:"天发杀机,龙蛇起陆。"古时传说,龙在平时潜伏在水里,一有机会便起陆飞升了。所以把圣贤的乘时而起,比以龙之起陆。渐,含有"端倪"的意思。

⓫ [虎啸风生龙吟云萃] 《易·坤卦》:"云从龙,风从虎",后人遂拿来比喻圣主之得贤臣。

也,勉之哉! 此后十年,当东南数千里外有异事,是吾得事之秋也。一妹与李郎可沥酒东南相贺。"因命家童列拜,曰:"李郎一妹,是汝主也!"言讫,与其妻从一奴,乘马而去。数步,遂不复见。公据其宅,乃为豪家,得以助文皇缔构之资,遂匡天下❶。

贞观十年❷,公以左仆射平章事❸。适南蛮❹入奏曰:"有海船千艘,甲兵十万,入扶余国❺,杀其主自立。国已定矣。"公心知虬髯得知事也。归告张氏,具衣拜贺,沥酒东南祝拜之。乃知真人之兴也,非英雄所冀。况非英雄乎? 人臣之谬思乱者,乃螳臂之拒走轮❻耳。我皇家垂福万叶,岂虚然哉。或曰:"卫公之兵法,半乃虬髯所传耳。"

　　我国短篇小说,自唐宋以来,分为两大系:一为"传奇系",一为"平话系"。传奇体创始于唐,平话体创始于宋。这篇是唐朝有名的传奇小说,记虬髯客遇唐太宗(李世民)事。全篇把"历史的"人物和"非历史的"人物,穿插夹混,叫人看了好像真有这些人物和事实一般。这便是传奇小说的长处。虬,音求(ㄑ丨ㄡ),有角的小龙。这里因为那侠客的胡子盘屈如虬,所以称他为虬髯客。

　　杜光庭字宾圣。唐末括苍人。先在五台山学道,后来避乱入蜀,在西蜀主王建那里做官,赐号广成先生。最后隐居青城山,自号东瀛子。死的时候年纪已经八十五岁了。所著书甚多,今惟《录异记》流传。(此篇载《太平广记》及《唐代丛书》)。《唐代丛书》题张说作,鲁迅的《中国小说史略》则断定为杜光庭所作。按文中以扶余国在我国东南,这是没有地理常识者的话,张说在唐朝做过宰

---

❶ 〔匡天下〕就是平定天下的意思。《论语·宪问》:"一匡天下。"

❷ 〔贞观十年〕贞观,唐太宗的年号。贞观十年,当公元六三六年。

❸ 〔左仆射平章事〕官名。唐制,尚书省置左右仆射,掌佐天子议大政。射,音夜(丨ㄝ)。又唐时以尚书、中书、门下三省的长官为宰相,又以其官隆重,不常置,以仆射等官兼摄,称为"同中书门下平章事",省称"平章事",即参预军国大事的意思。

❹ 〔南蛮〕从前的人以为我们中国居天下之中,其余都是些蛮夷之邦,所以有"东夷""北狄""西戎""南蛮"等名词。

❺ 〔扶余国〕一作"夫余",国名。据杜佑《通典》说"在长城之北,去玄菟千里,南与高句骊、东与挹娄、西与鲜卑接界。"考其地当在今辽宁的昌图、洮南以北及蒙古科尔沁诸旗一带。然本文上言"南蛮入奏",似乎扶余国又在南方了,这是作者没有地理常识之故。

❻ 〔螳臂之拒走轮〕相传齐庄公出猎,有螳螂奋臂当车(见《庄子·天地篇》及《韩诗外传》)。后人遂用这个典故来比喻作事之不自量力者。

相,决不至浅识到如此！此篇的作者当然是杜光庭而非张说。)

六四、错斩崔宁（选自《京本通俗小说》）

聪明伶俐自天生,懵懂痴呆未必真。

嫉妒每因眉睫浅,戈矛时起笑谈深❶。

九曲黄河心较险❷,十重铁甲面堪憎❸。

时因酒色亡国家,几见诗书误好人?

这首诗单表为人难处:只因世路窄狭,人心叵测❹,大道既远,人情万端,熙熙攘攘❺,都为利来;蚩蚩蠢蠢❻,皆纳祸去。持身保家,万千反复。所以古人云:"颦有为颦,笑有为笑❼。颦笑之间,最宜谨慎。"这回书单说一个官人❽,只因酒后一时戏笑之言,遂至杀身破家,陷了几条性

---

❶ [嫉妒每因眉睫浅戈矛时起笑谈深] 这两句的意思是说,往往有因眉目间小小的表情而引起嫉妒,或因谈笑时不知谨慎就闹出乱子。戈,矛,都是争斗时用的武器,这里用作"争执"或"闹乱子"的代言。"深"字为对上面的"浅"字并押韵起见而加上去的。大概当时做这些通俗小说的人,做诗是不高明的。

❷ [九曲黄河心较险] 黄河自发源地曲曲折折的流入大海,所以从前有"九曲黄河"的俗语。这是说,人心险诈,往往不肯以直道待人,较之九曲黄河还要利害。

❸ [十重铁甲面堪憎] 这是说,人的真面目,好像穿上十重铁甲,不易窥测,实在是可怕的。

❹ [叵测] 犹言"不可测"。叵,音颇(夂ㄛˇ)。

❺ [熙熙攘攘] 往来不停的样子。《史记·货殖传》:"天下熙熙,皆为利来,天下攘攘,皆为利往。"

❻ [蚩蚩蠢蠢] 形容一般人的愚蠢无知。

❼ [颦有为颦笑有为笑] 颦,犹俗言"皱眉头"。这两句大概是当时很流行的格言,所以元明人所作的戏曲中还常常引用(例如《琵琶记·闲瞶私情》)。意思是说,颦须有为而颦,笑须有为而笑,不可随便。

❽ [官人] 人之有官职者称为"官人",但到后来平常人也冒此称,如宋周密《武林旧事》载有善下棋的金四官人、善说书的陈三官人,都是。

命。且先引下了一个故事来，权做个得胜头回❶。我朝元丰年间，有一个少年举子❷，姓魏名鹏举，字冲霄，年方一十八岁，娶得一个如花似玉的浑家❸，未及一月，只因春榜❹动，选场开，魏生别了妻子，收拾行囊，上京应取。临别时，浑家分付丈夫："得官不得官，早早回来；休抛闪了恩爱夫妻。"魏生答道："功名二字，是俺本领前程，不索❺贤卿忧虑。"别后登程到京，果然一举成名，榜上一甲❻第九名。除授京职，到差甚是华艳动人，少不得修了一封家书，差人接取家眷入京。书上先叙了寒温及得官的事；后却写下一行道："是我在京中早晚无人照管，已讨了一个小老婆，专候夫人到京，同享荣华。"家人收拾书程，一径到家，见了夫人，称说贺喜，因取家书呈上。夫人拆开看了，见是如此如此，这般这般，便对家人道："官人直恁负恩❼，甫能得官，便娶了二夫人。"家人便道："小人在京，并没见有此事，想是官人戏谑之言。夫人到京便知端的❽，休得忧虑。"夫人道："恁地说❾，我也罢了。"却因人舟未便，一面收拾起身，一面寻觅便人，先寄封平安家信到京中去。那寄书人到了京中，寻问新科魏进士寓所，下了家书，管待酒饭，自回，不题。却说❿魏生接书，拆开来看了，并无一句闲言闲语，只说道："你在京中娶了一个小老婆；我在家中也嫁了一个小老公，早晚同赴京师也。"魏生见了，也知道夫人取笑的说话，全

---

❶　［得胜头回］凡话本其上半必先有一段引子，叫做"得胜头回"。因为说书人开讲时，往往因听众未齐，须慢慢地说到正文，故或用诗词，或用故事，以作开场的引子。至何以叫做"得胜头回"，则有两说：鲁迅以为"头回犹云前回；听说话者多军民，故冠以吉语曰得胜"（《中国小说史略》）。胡适以为本来说书人开讲之前，听众未齐到，必须打鼓开场，《得胜令》是常用的鼓调，《得胜令》又名《得胜回头》，转为《得胜头回》。后来说书人先说故事作引子，也权做个得胜头回。（《宋人话本八种序"）。

❷　［举子］被举应试的士子，称为"举子"。

❸　［浑家］妻的俗称。

❹　［春榜］当时考试进士，例在春季，故称考试进士的榜为"春榜"。

❺　［不索］是当时的口语，含有"不必"或"不劳"之意。

❻　［一甲］当时进士的等第分三甲，各依等第赐出身及除授官职。

❼　［直恁负恩］竟这样的负恩。恁，音（ㄖㄣ），作"这样"解。

❽　［端的］这两字当时语文中常用之，意义不一，这里作"端详"或"底细"解。

❾　［恁地说］这样的说。

❿　［却说］话本中常用的套语，凡开头叙述人物或中间另述他事时，每用此两字作为冒头。

不在意。未及收好,外面报说有个同年❶相访。京邸寓中,不比在家宽转;那人又是相厚的同年,又晓得魏生并无家眷在内,直至里面坐下。叙了些寒温❷。魏生起身去解手,那同年偶翻桌上书帖,看见了这封家书,写得好笑,故意朗诵起来。魏生措手不及,通红了脸,说道:"这是没理的事。因是小弟戏谑了他,他便取笑写来的。"那同年呵呵大笑道:"这节事却是取笑不得的。"别了就去。那人也是一个少年,喜谈乐道,把这封家书一节,顷刻间遍传京邸。也有一班妒忌魏生少年登高科的,将这桩事,只当做风闻言事的一个小小新闻,奏上一本,说这魏生少年不检,不宜居清要之职❸,降处外任。魏生懊恨无及。后来毕竟做官蹭蹬❹不起,把锦片也似一段美前程等闲放过去了。这便是一句戏言,撒漫❺了一个美官。今日再说一个官人❻,也只为酒后一时戏言,断送了堂堂七尺之躯;连累二三个人,枉屈害了性命。却是为着甚的? 有诗为证:

> 世路崎岖实可哀,傍人笑口等闲开。
>
> 白云本是无心物,又被狂风引出来。

却说高宗❼时,建都临安,繁华富贵,不减那汴京❽故国。去那城中箭桥左侧,有个官人姓刘名贵,字君荐。祖上原是有根基的人家;到得君荐手中,却是时乖运蹇,先前读书,后来看看不济,却去改业做生意。便是半路上出家的一般,买卖行中一发不是本等伎俩,又把本钱消折去了。渐渐大房改换小房,赁得两三间房子,与同浑家王氏,年少齐眉❾。后因没

---

❶ 〔同年〕同科的进士,称为"同年"。

❷ 〔叙了些寒温〕宾主相见时,讲讲天气的冷暖,以为应酬,叫做"叙寒温"。

❸ 〔清要之职〕高贵的官职。

❹ 〔蹭蹬〕音ㄘㄥˋㄉㄥˋ,失势貌。

❺ 〔撒漫〕当时的口语。犹言"丢去"。

❻ 〔今日再说一个官人〕从这句起才入正文。上面一段故事,便是所谓"得胜头回"。

❼ 〔高宗〕宋朝第十代皇帝。时徽宗和钦宗都被金国所房,他在建康即皇帝位,后复南迁避敌,定都临安。历史上从他起称为"南宋"。

❽ 〔汴京〕北宋都汴梁,故称汴京。即今河南开封县。

❾ 〔齐眉〕《后汉书·梁鸿传》:"鸿与妻隐居霸陵山中,妻为具食,不敢于鸿前仰视,举案(案即古椀字)齐眉。"后人遂谓夫妇相敬以礼为"齐眉"。

有子嗣,娶下一个小娘子❶,姓陈,——是陈卖糕的女儿。——家中都呼为二姐。这也是先前不十分穷薄的时候做下的勾当。至亲三口,并无闲杂人在家。那刘君荐极是为人和气,乡里见爱,都称他:"刘官人,你是一时运限不好,如此落寞❷。再过几时,定有个亨通的日子。"说便是这般说,那得有些些好处? 只是在家纳闷,无可奈何。却说一日闲坐家中,只见丈人家里的老王,年近七旬,走来对刘官人道:"家间老员外❸生日,特令老汉接取官人娘子去走一遭。"刘官人便道:"便是我日逐愁闷过日子,连那泰山❹的寿诞也都忘了!"便同浑家王氏,收拾随身衣服,打叠个包儿,交与老王背了。分付二姐看守家中:"今日晚了,不能转回;明晚须索来家。"说了就去。离城二十余里,到了丈人王员外家,叙了寒温。当日坐间客众,丈人女婿,不好十分叙述许多穷相。到得客散,留在客房里歇宿。直到天明,丈人却来与女婿攀话,说道:"姐夫,你须不是这等算计。'坐吃山空,立吃地陷。''咽喉深似海,日月快如梭。'你须计较一个常便❺。我女儿嫁了你一生,也指望丰衣足食,不成只是这等就罢了。"刘官人叹了一口气道:"是! 泰山在上,道不得个'上山擒虎易,开口告人难,'如今的时势,再有谁似泰山这般怜念我的? 只索❻守困。若去求人,便是劳而无功。"丈人便道:"这也难怪你说! 老汉却是看你们不过,今日赍助你些少本钱,胡乱去开个柴米店,赚得些利息来过日子,却不好么?"刘官人道:"感蒙泰山恩顾,可知是好。"当下吃了午饭,丈人取出十

---

❶ [小娘子]妾的俗称。

❷ [落寞]处境困难,十分无聊的形容词。

❸ [员外]旧时额外之官,谓之"员外"。那些额外官大都可以用钱捐纳的,所以旧小说中通称有钱人家的主人为员外,并不限于有官职者。

❹ [泰山]妻父的别称。相传唐玄宗封禅泰山,张说做封禅使,张说的女婿郑镒本做九品官,靠了张说的力量升迁为五品官,玄宗问他为什么郑镒迁擢得这样快,他没有话可对,有人代他对答道:"这是泰山的力量!"因此后人就称妻的父亲为"泰山"。一说,泰山有丈人峰所以女婿称丈人为"泰山"。又一说,汉时祭山川,大山川有岳山,小山川有岳崎山,岳而有崎,则泰山可以称妇翁,盖由"崎"与"婿"之误。

❺ [常便]犹言"日常生活的办法"。

❻ [只索]犹言"只好"或"只得"。

五贯❶钱来,付与刘官人道:"姐丈,且将这些钱去收拾起店面。开张有日,我便再应付你十贯。你妻子且留在此过几日,待有了开店日子,老汉亲送女儿到你家,就来与你作贺。意下如何?"刘官人谢了又谢。驮了钱一径出门,到得城中,天色却早晚了。却撞着一个相识,顺路在他家门首经过。那人也要做经纪的人,就与他商量一会,可知是好。便去敲那人门时,里面有人应诺,出来相揖,便问:"老兄下顾,有何见教?"刘官人一一说知就里❷。那人便道:"小弟闲在家中,老兄用得着时,便来相帮。"刘官人道:"如此甚好。"当下说了些生意的勾当,那人便留刘官人在家,现成杯盘,吃了三杯两盏。刘官人酒量不济,便觉有些朦胧起来。抽身❸作别,便道:"今日相扰,明早就烦老兄过寒家❹计议生理❺。"那人又送刘官人至路口,作别回家,不在话下。若是说话的同年生,并肩长,拦腰抱住,把臂拖回,也不见得受这般灾晦,却教刘官人死得不如:

　　　　《五代史》李存孝❻,《汉书》中彭越❼。

却说刘官人驮了钱,一步一步捱到家中敲门,已是点灯时分。小娘子二姐,独自在家,没一些事做,守得天黑,闭了门,在灯下打瞌睡。刘官人打门,他哪里便听见?敲了半响❽,方才知觉,答应一声"来了!"起身开了门。刘官人进去,到了房中,二姐替刘官人接了钱,放在桌上,便问:"官

---

　　❶ [十五贯]一千文钱为一贯;十五贯,计钱一万五千。胡适说:"崔宁冤枉被杀,起于十五贯钱,后来'十五贯'也成了侦探小说的一个'母题',如昆曲有况太守的《十五贯》,便是一例。"(《宋人话本八种序》。)

　　❷ [一一说知就里]把其中的情形,一一都告诉了他。

　　❸ [抽身]犹言起身。

　　❹ [寒家]谓贫寒之家,对人自谦之词。

　　❺ [生理]做生意的道理。

　　❻ [《五代史》李存孝]《五代史》有《新》《旧》两种,《旧五代史》一百五十卷,为宋仁宗时薛居正所撰,仁宗时,欧阳修以其繁猥失实,重加修定,成《新五代史》七十五卷。《旧五代史》后来散佚了,现在《二十四史》所存的《旧五代史》,是从《永乐大典》及其他书里补辑而成,已非薛氏原本,李存孝本姓安,名敬思,飞狐人。他先为五代后唐太祖(李克用)的部将,赐姓李。后来因为叛附梁通赵,被后唐太祖所杀。

　　❼ [《汉书》中彭越]《汉书》一百二十卷,汉班固撰。彭越,初事项羽,后率兵归汉,封梁王,因为有人告他谋反,被杀。

　　❽ [半响]犹言"一歇"或"片刻"。

人何处挪移这项钱来？却是甚用？"那刘官人一来有了几分酒；二来怪他开得门迟了；且戏言吓他一吓。便道："说出来，又恐你见怪，不说时，又须通你得知。只是我一时无奈，没计可施，只得把你典❶与一个客人。又因舍不得你，只典得十五贯钱。若是我有些好处，加利赎你回来，若是照前这般不顺溜，只索罢了！"那小娘子听了，欲待不信，又见十五贯钱堆在面前；欲待信来，他平白与我没半句言语，大娘子又过得好，怎么便下得这等狠心辣手？疑狐❷不决，只得再问道："虽然如此，也须通知我爹娘一声。"刘官人道："若是通知你爹娘，此事断然不成。你明日且到了人家，我慢慢央人与你爹娘说通，他也须怪我不得。"小娘子又问："官人今日在何处吃酒来？"刘官人道："便是把你典与人，写了文书，吃他的酒才来的。"小娘子又问："大姐姐如何不来？"刘官人道："他因不忍见你分离，待得你明日出了门才来。这也是我没计奈何，一言为定。"说罢，暗地忍不住笑；不脱衣裳，睡在床上，不觉睡去了。那小娘子好生摆脱不下："不知他卖我与甚色样人家？我须先去爹娘家里说知。就是他明日有人要我，寻到我家，也须有个下落。"沉吟了一会，却把这十五贯钱，一垛儿堆在刘官人脚后边。趁他酒醉，轻轻的收拾了随身衣服，款款的开了门出去，拽上了门，却去左边一个相熟的邻舍叫做朱三老儿家里，与朱三妈借宿了一夜。说道："丈夫今日无端卖我，我须先去与爹娘说知。烦你明日对他说一声，既有了主顾，可同我丈夫到爹娘家中来讨个分晓，也须有个下落。"那邻舍道："小娘子说得有理。你只顾自去，我便与刘官人说知就里。"过了一宵，小娘子作别去了，不题。正是：

鳌鱼脱却金钩去，摆尾摇头再不回。

放下一头。却说这里刘官人一觉直至三更方醒，见桌上灯犹未灭，小娘子不在身边，只道他还在厨下收拾家火❸，便唤二姐讨茶吃。叫了一回，没人答应，却待挣扎起来，酒尚未醒，不觉又睡了去。不想却有一个做不

---

❶　[典] 抵押。

❷　[疑狐] 与"狐疑"同，疑惑不决貌。

❸　[家火] 犹言"家具"。

是的❶，日间赌输了钱，没处出豁❷，夜间出来掏摸些东西，却好到刘官人门首，因是小娘子出去了，门儿拽上不关，那贼略推一推，豁地开了。捏手捏脚，直到房中，并无一人知觉。到得床前，灯火尚明，周围看时，并无一物可取。摸到床上，见一人朝着里床睡去，脚后却有一堆青钱。便去取了几贯。不想惊觉了刘官人，起来喝道："你须不尽道理！我从丈人家借办得几贯钱来养身活命，不争❸你偷了我的去，却是怎的计结❹?"那人也不回话，照面一拳。刘官人侧身躲过，便起身与这人相持。那人见刘官人手脚活动，便拔步出房。刘官人不舍，抢出门来，一径赶到厨房里，恰待声张邻舍，起来捉贼。那人急了，正好没出豁；却见明晃晃一把劈柴斧头，正在手边。也是人急计生，被他掉起一斧，正中刘官人面门，扑地倒了。又复一斧，研倒一边。眼见得刘官人不活了，呜呼哀哉，伏惟尚飨❺！那人便道："一不做，二不休。却是你来赶我，不是我来寻你索命。"翻身入房，取了十五贯钱，扯条单被包裹得停当，拽扎得爽俐，出门拽上了门就走。不题。次早邻舍起来，见刘官人家门也不开，并无人声息，叫道："刘官人！失晓了！"里面没人答应。捱将进去，只见门也不关。直到里面见刘官人劈死在地。他家大娘子两日前已自往娘家去了；小娘子如何不见？免不得声张起来。却有昨夜小娘子借宿的邻家朱三老儿说道："娘子昨夜黄昏时到我家宿歇，说道刘官人无端卖了他，他一径先到爹娘家里去了。教我对刘官人说，既有了主顾，可同到他爹娘家中，也讨得个分晓。今一面着人去追他转来，便有下落；一面着人去报他大娘子到来，再作区处。"众人都道："说得是。"先着人去到王老员外家报了凶信。老员外与女儿大哭起来，对那人道；"昨日好端端出门，老汉赠他十五贯钱，教他将来作本，如何便恁的被人杀了？"那去的人道："好教老员外大娘子得知：昨日刘官人归时，已是昏黑，吃得半酣，我们都不晓

---

❶　［做不是的］就是做贼的。

❷　［没处出豁］出豁两字是俗语，意思是说没有地方想法子。

❸　［不争］这两字宋元人所作的小说戏曲中常用之，意思和"不成"或"难道"差不多。

❹　［计结］犹言"计较"。

❺　［呜呼哀哉伏惟尚飨］这两句是祭文中常用的收束语，所以拿来形容刘官人的死。

得他有钱没钱,归迟归早。只是今早刘官人家门儿半开,众人推将进去,只见刘官人杀死在地;十五贯钱一文也不见;小娘子也不见踪迹。声张起来,却有左邻朱三老儿出来,说道他家小娘子昨夜黄昏时分借宿他家。小娘子说道刘官人无端把他典与人了。小娘子要对爹娘说一声,住了一宵,今日径自去了。如今众人计议,一面来报大娘子与员外;一面着人去追小娘子。若是半路里追不着的时节,直到他爹娘家中,好歹追他转来,问个明白。老员外与大娘子须索❶去走一遭,与刘官人执命。"老员外与大娘子急急收拾起身,管待来人酒饭;三步做一步,赶入城中,不题。却说那小娘子清早出了邻舍人家,挨上路去,行不上一二里,早是脚疼走不动,坐在路旁。却见一个后生❷,头带万字头巾❸,身穿直缝宽衫,背上驮了一个搭膊,里面却是铜钱;脚下丝鞋净袜,一直走上前来。到了小娘子面前,看了一看,虽然没有十二分颜色,却也明眉皓齿,莲脸生春,秋波送媚,好生动人! 正是:

野花偏艳目,村酒醉人多。

那后生放下搭膊,向前深深作揖:"小娘子独行无伴,却是往那里去的?"小娘子还了万福❹道:"是奴家❺要往爹娘家去。因走不上,权歇在此。"因问:"哥哥是何处来? 今要往何方去?"那后生叉手不离方寸❻:"小人是村里人,因往城中卖了丝帐,讨得些钱,要往褚家堂那边去的。"小娘子道:"告哥哥则个。奴家爹娘也在褚家堂左侧,若得哥哥带挈奴家同走一程,可知是好。"那后生道:"有何不可,既如此说,小人情愿伏侍小娘子前去。"两个厮赶着一路❼,正行,行不到二三里田地。只见后面两个人,脚不点地赶上前来,赶得汗流气喘,衣服拽开,连叫:"前面小娘子慢走,我

---

❶ 〔须索〕犹言"须得"。

❷ 〔后生〕年轻的男子。

❸ 〔万字头巾〕卍字式的头巾。

❹ 〔还了万福〕古人相揖时,口有颂词,谓之唱喏,妇人多称"万福",故俗亦谓检衽曰万福。

❺ 〔奴家〕古时比较没有身分的女子自称"奴家",若贵妇人则谦称"妾身"。

❻ 〔叉手不离方寸〕古时对人以叉着手为恭敬。叉手不离方寸,是说手叉在相当的地位。

❼ 〔两个厮赶着一路〕犹言两个人同在一路走。

却有话说知。"小娘子与那后生看见赶得跷蹊❶，都立住了脚。后面两个赶到跟前，见了小娘子与那后生，不容分说，一家扯了一个，说道："你们干得好事！却走往哪里去？"小娘子吃了一惊，举眼看时，却是两家邻舍。——就是小娘子昨夜借宿的主人。小娘子便道："昨夜也须告过公公得知，丈夫无端卖我，我自去对爹娘说知。今日赶来，却有何说？"朱三老道："我不管闲帐，只是你家里有杀人公事，你须回去对理。"小娘子道："丈夫卖我，昨日钱已驮在家中，有甚杀人公事？我只是不去。"朱三老道："好自在性儿！你若真个不去，……"叫起地方："有杀人贼在此，烦为一捉。不然，须要连累我们；你这里地方也不得清净。"那个后生见不是话头，便对小娘子道："既如此说，小娘子只索回去。小人自家去休。"那两个赶来的邻舍，齐叫起来，说道："若是没有你在此便罢；既然你与小娘子同行同止，你须也去不得。"那后生道："却又古怪❷！我自半路遇见小娘子，偶然伴他行一程，路途上有甚皂丝麻线❸，要勒掯❹我同去？"朱三老道："他家有了杀人公事，不争放你去了，却打没对头官司。"当下怎容小娘子和那后生做主？看的人渐渐立满，都道："后生！你去不得。你日间不作亏心事，半夜敲门不吃惊，便去何妨？"那赶来的邻舍道："你若不去，便是心虚；我们却和你罢休不得。"四个人只得厮挽着一路转来，到得刘官人门首，好一场热闹！小娘子入去看时，只见刘官人斧劈倒在地死了；床上十五贯钱，分文也不见。开了口合不得，伸了舌缩不上去。那后生也慌了，便道："我恁的晦气！没来由和那小娘子同走一程，却做了干连❺人。"众人都和闹着，正在那里分豁不开，只见王老员外和女儿一步一颠走回家来，见了女婿尸身，哭了一场，便对小娘子道："你却如何杀了丈夫，劫了十五贯钱逃走出去？今日天理昭然，有何理说？"小娘子道："十五贯钱委是有的，只是丈夫昨晚回来，说是无计奈何，将奴家典与他

---

❶ ［跷蹊］和"离奇"意思差不多。
❷ ［古怪］奇怪。
❸ ［皂丝麻线］犹"瓜葛"或"牵缠"之意。
❹ ［勒掯］犹言强迫。
❺ ［干连］被牵连在内。

人，典得十五贯身价在此，说过今日便要奴家到他家去。奴家因不知典与甚色样人家，先去与爹娘说知。故此趁夜深了，将这十五贯钱，一垛儿堆在他脚后边，拽上门，到朱三老家住了一宵，今日自去爹娘家里说知。我去之时，也曾央朱三老对我丈夫说，既然有了主儿。便同到我爹娘家里来交割。却不知因甚杀死在此？"那大娘子道："可又来！我的父亲昨日明明把十五贯钱与他驮来，作本养赡妻小，他岂有哄你说是典来身价之理？这是你两日因独自在家，勾搭上了人；又见家中好生不济，无心守耐；又见了十五贯钱；一时见财起意，杀死丈夫，劫了钱，又使见识往邻舍家借宿一夜，却与汉子通同计较，一处逃走。现今你跟着一个男子同走，却有何理说，抵赖得过？"众人齐声道："大娘子之言，真是有理。"又对那后生道："后生！你却如何与小娘子谋杀亲夫？却暗暗约定在僻静处等候，一同去逃奔他方，却是如何计结？"那人道："小人自姓崔名宁，与那小娘子无半面之识，小人昨晚入城卖得几贯丝钱在这里，因路上遇见小娘子，小人偶然问起往那里去的，却独自一个行走。小娘子说起是与小人同路，以此作伴同行。却不知前后因依❶。"众人那里肯听他分说；搜索他搭膊中，恰好是十五贯钱，一文也不多，一文也不少。众人齐发起喊来道："是天网恢恢，疏而不漏❷。你却与小娘子杀了人，拐了钱财，盗了妇女，同往他乡。却连累我地方邻里打没头官司！"当下大娘子结扭了小娘子，王老员外结扭了崔宁，四邻舍都是证见，一哄都入临安府中来。那府尹❸听得有杀人公事，即便升堂，便叫一干人犯逐一从头说来。先是王老员外上去告说："相公在上。小人是本府村庄人氏，年近六旬，只生一女，先年嫁与本府城中刘贵为妻；后因无子，娶了陈氏为妾，呼为二姐。一向三口在家过活，并无片言。只因前日是老汉生日，差人接取女儿女婿到家住了一夜，次日因见女婿家中全无活计，养赡不起，把十五贯钱与女婿作本开店养身，却有二姐在家看守，到得昨夜，女婿到家时分，不知

---

❶　［前后因依］犹言"前后因由"。

❷　［天网恢恢疏而不漏］语本《老子》。意思是说，上天张着网，网眼虽疏，却不会使犯罪的人漏网的。

❸　［府尹］南宋改杭州为临安府，建为首都，以皇太子领府尹事，设少尹一人，受理人民诉讼。

因甚缘故,将女婿斧劈死了;二姐却与一个后生名唤崔宁,一同逃走,被人追捉到来。望相公可怜见老汉的女婿身死不明,奸夫淫妇,赃证见在,伏乞相公明断!"府尹听得如此如此,便叫:"陈氏上来!你却如何通同奸夫杀死了亲夫,劫了钱与人一同逃走?是何理说?"二姐告道:"小妇人嫁与刘贵,虽是个小老婆,却也得他看承得好;大娘子又贤慧;却如何肯起这片歹心? 只是昨晚丈夫回来,吃得半酣,驮了十五贯钱进门,小妇人问他来历,丈夫说道因养赡不周,将小妇人典于他人,典得十五贯身价在此,又不通我爹娘得知,明日就要小妇人到他家去,小妇人慌了,连夜出门,走到邻舍家里借宿一宵,今早一径先往爹娘家去。教他对丈夫说:既然卖我有了主顾,可到我爹妈家里来交割。才走得到半路,却见昨夜借宿的邻家赶来,捉住小妇人回来。却不知丈夫杀死的根由。"那府尹喝道:"胡说! 这十五贯钱,分明是他丈人与女婿的。你却说是典你的身价,眼见的没巴臂❶的说话了。况且妇人家如何黑夜行走? 定是脱身之计。这桩事须不是你一个妇人家做的;一定有奸夫帮你谋财害命。你却从实说来!"那小娘子正待分说,只见几家邻舍,一齐跪上去告道:"相公的言语,委是青天! 他家小娘子昨夜果然借宿在左邻第二家的,今早他自去了。小的们见他丈夫杀死,一面着人去赶,赶到半路,却见小娘子和那一个后生同走,苦死不肯回来。小的们勉强捉他转来;却又一面着人去接他大娘子与他丈人,到时,说昨日有十五贯钱付与女婿做生理的,今者女婿已死,这钱不知从何而去? 再三问那小娘子时,说道他出门时,将这钱一垛儿堆在床上。却去搜那后生身边,十五贯钱分文不少。却不是小娘子与那后生通同谋杀! 赃证分明,却如何赖得过?"府尹听他们言言有理,就唤那后生上来道:"帝辇之下❷,怎容你这等胡行! 你却如何谋了他小老婆? 劫了十五贯钱? 杀死他亲夫? 今日同往何处? 从实招来!"那后生道:"小人姓崔名宁,是乡村人氏。昨日往城中卖了丝,卖得这十五贯钱。今日偶然路上撞著这小娘子,并不知他姓甚名谁,那里晓

---

❶ 〔没巴臂〕巴臂,当因与"把柄"二字音同而误,意思和"没根据"差不多。

❷ 〔帝辇之下〕皇帝的车子称为辇。所以后人称京师为"辇下",例如杜甫诗"辇下唯能忆兄弟"。

得他家杀人公事。"府尹大怒喝道："胡说！世间不信有这等巧事，他家失去了十五贯钱，你却卖的丝恰好也是十五贯钱，这分明是支吾的说话了。况且他妻莫爱，他马莫骑，你既与那妇人没甚首尾❶，却如何与他同行同宿？你这等玩皮赖骨，不打如何肯招？"当下众人将那崔宁与小娘子死去活来，拷打一顿。那边王老员外与女儿并一干邻伍❷人等，口口声声咬他二人；府尹也巴不得了结这段公案。拷讯一回，可怜崔宁和小娘子受刑不过，只得屈招了，说是一时见财起意，杀死亲夫，劫了十五贯钱同奸夫逃走是实。左邻右舍都指画了十字❸。将两人大枷枷了，送入死囚牢里。将这十五贯钱给还原主。——也只好奉与衙门中人做使用也还不够哩！府尹叠成文案，奏过朝廷。部覆申详❹，到下圣旨❺，说崔宁不合奸骗人妻，谋财害命，依律处斩；陈氏不合通同奸夫杀死亲夫，大逆不道，凌迟❻示众。当下读了招状，大牢内取出二人来，当厅判一个"斩"字，一个"剐"字，押赴市曹行刑示众。两人浑身是口，也难分说。正是：

哑子漫尝黄蘗味，难将苦口对人言。

看官听说：这段公事，果然是小娘子与那崔宁谋财害命的时节，他两人须连夜逃走他方，怎的还去邻舍人家借宿一宵？明早又走到爹妈家去，却被人捉住了？这段冤枉，仔细可以推详出来。谁想问官胡涂，只图了事，不想捶楚之下，何求不得，冥冥之中，积了阴骘❼，远在儿孙近在身，他两个冤魂也须放你不过。所以做官的切不可率意断狱，任情用刑；也要求个公平明允。道不得个"死者不可复生，断者不可复续。"可胜叹哉！闲话休提。却说那刘大娘子到得家中，设个灵位守孝。过日，父亲王老员

---

❶　［没甚首尾］没有什么关系的意思。

❷　［邻伍］周制每邻五家，五家为伍，故称邻近人家为"邻伍"。

❸　［指画了十字］在供字上画一"十"字，以代签字。

❹　［部复申详］申详，是把案由详细呈报上司的意思。这是说，这桩案子呈报上司之后，部里的复文已经来了。

❺　［到下圣旨］皇帝的上谕称"圣旨"。从前人犯执行死刑，须经皇帝勾决。所以处决人犯，须奉圣旨而行。

❻　［凌迟］一种残酷的刑罚。行刑时，先断绝犯人的支体，最后再割断他的咽喉。

❼　［阴骘］从前人相信因果报应，以为人做了善事或恶事，冥冥之中就定下了福或祸的报应，便是这里所称的"阴骘"。

外劝他转身，大娘子说到："不要说起三年之久，也须到小祥❶之后。"父亲应允自去。光阴迅速，大娘子在家巴巴结结，将近一年。父亲见他守不过，便叫家里老王接他来，说："叫大娘子收拾回家，与刘官人做了周年，转了身去吧。"大娘子没计奈何，细思父言，亦是有理；收拾了包裹，与老王背了，与邻舍家作别，暂去再来。一路出城，正值秋天，一阵乌风猛雨，只得落路往一所林子去躲。不想走错了路，正是：

> 猪羊走入屠宰家，一脚脚来寻死路。

走入林子里去，只听他林子背后大喝一声："我乃静山大王在此。行人住脚，须把买路钱❷与我。"大娘子和那老王吃那一惊不小，只见跳出一个人来：

> 头带干红凹面巾，身穿一领旧战袍，腰间红绢搭膊裹肚。脚下蹬一双乌皮皂靴。手执一把朴刀❸。

舞刀前来。那老王该死，便道："你这剪径的毛团！我须是认得你。做这老性命着与你兑了吧！"一头撞去，被他闪过空；老人家用力猛了，扑地便倒。那人大怒道："这牛子好生无礼！"连搠一两刀，血流在地，眼见得老王养不大了。那刘大娘子见他凶猛，料道脱身不得；心生一计，叫做脱空计。拍手叫道："杀得好！"那人便住了手，睁圆怪眼，喝道："这是你甚么人？"那大娘子虚心假意的答道："奴家不幸，丧了丈夫；却被媒人哄诱，嫁了这个老儿，只会吃饭，今日却得大王杀了，也替奴家除了一害。"那人见大娘子如此小心，又生得几分颜色，便问道："你肯跟我做个压寨夫人❹么？"大娘子寻思，无计可施，便道："情愿伏侍大王。"那人回嗔作喜，收拾了刀杖，将老王尸首撩入涧中；领了刘大娘子到一所庄院前来，甚是委曲。只见大王向那地上拾些土块，抛向屋上去，里面便有人出来开门。到得草堂之上，分付杀羊备酒，与刘大娘子成亲。两口儿且是说得着。正是：

---

❶ ［小祥］丧礼周年之祭。

❷ ［买路钱］强盗拦路行动，强迫过路人将财帛留下后，放他过去，叫做"买路钱"。

❸ ［朴刀］其形与《三才图会》的"手刀"略同，为当时常用的武器。

❹ ［压寨夫人］强盗的妻叫做"压寨夫人"。

明知不是伴，事急且相随。

　　不想那大王自得了刘大娘子之后，不上半年，连起了几注大财，家间也丰富了。大娘子甚是有识见，早晚用好言语劝他："自古道：'瓦罐不离井上破，将军难免阵中亡。'你我两人，下半世也够吃用了，只管做这没天理的勾当，终须不是个好结果。却不道是'梁园虽好，不是久恋之家'❶。不若改行从善，做个小小经纪，也得过养身活命。"那大王早晚被他劝转，果然回心转意，把这门道路撇了；却去城市间，赁下一处房屋，开了一个杂货店。遇闲暇的日子，也时常去寺院中念佛赴斋，忽一日在家闲坐，对那大娘子道："我虽是个剪径❷的出身，却也晓得冤各有头，债各有主。每日间只是吓骗人东西，将来过日子。后来得有了你，一向不大顺溜，今已改行从善。闲来追思既往，正会枉杀了两个人，又冤陷了两个人，时常挂念，思欲做些功德超度他们，一向不曾对你说知。"大娘子便道："如何枉杀了两个人？"那大王道："一个是你的丈夫，前日在林子里的时节，他来撞我，我却杀了他。他须是个老人家，与我往日无仇；如今又谋了他老婆；他死也是不肯甘心的。"大娘子道："不恁的❸时，我却哪得与你厮守？这也是往事，休题了。"又问："杀那一个又是甚人？"那大王道："说起杀这个人，一发天理上放不过去。——且又带累了两个人，无辜偿命。是一年前，也是赌输了，身边并无一文，夜间便去掏摸些东西。不想到一家门首，见他门也不闩，推进去时，里面无一人。摸到门里，只见一人醉倒在床；脚后却有一堆铜钱。便去摸他几贯，正待要走，却惊醒了那人，起来说道：'这是我丈人家与我做本钱的，不争你偷去了，一家人口都是饿死。'起身抢出房门，正待声张起来。是我一时见他不是话头，却好一把劈柴斧头在我脚边，这叫做人急计生，掉起斧来，喝一声道：'不是我，便是你。'两斧劈倒。却去房中将十五贯钱尽数取了。后来打听得他，却连累了他家小老婆，与那一个后生，唤做崔宁，冤枉了他谋财害命，双双受

───────────────

　　❶　［梁园虽好不是久恋之家］汉时梁孝王对于宫室园圃建筑布置都极讲究，以便招致宾客，唐李白诗"十载梁园客"，就是借用这个故事。这两句是当时流行的俗语。

　　❷　［剪径］盗匪之邀劫行旅者。俗语又叫做"截短路"。

　　❸　［恁的］这样。

了国家刑法。我虽是做了一世的强人,只有这两桩人命是天理人心打不过去的;早晚还要超度他也是该的。"那大娘子听说,暗暗的叫苦:"原来我的丈夫也给这厮❶杀了!又连累我家二姐与那个后生无辜受戮。思量起来,是我不合当初做弄他两人偿命。料他两人阴司中也须放我不过。"当下权且欢天喜地,并无他说。明日捉个空,便一径到临安府前叫起屈来。那时换了一个新任府尹,才得半月,正值升厅,左右提将那叫屈的妇人进来。刘大娘子到于阶下,放声大哭;哭罢,将那大王前后所为怎的杀了我丈夫刘贵,问官不肯推详,含糊了事,却将二姐与崔宁朦胧偿命;后来又怎的杀了老王,奸骗了奴家,今日天理昭然,一一是他亲口招承,伏乞相公高抬明镜,昭雪前冤!说罢又哭。府尹见他情词可悯,即着人去捉那静山大王到来,用刑拷讯,与大娘子口词一些不差。即时问成死罪,奏过官里。待六十日限满,倒下圣旨来;勘❷得静山大王谋财害命,连累无辜,准律杀一家非死罪三人者斩加等决不待时;原问官断狱失情,削职为民;崔宁与陈氏枉死可怜,有司访其家,量行优恤;王氏既系强徒威逼成亲,又能伸雪夫冤,着将贼人家产一半没入官,一半给与王氏,养赡终身。刘大娘子当日往法场上看决了静山大王;又取其头去祭献亡夫,并小娘子及崔宁,大哭一场。将这一半家私舍入尼姑庵中,自己朝夕看经念佛,追荐亡魂,尽老百年而终,有诗为证:

善恶无分总丧躯,只因戏语酿灾危。

劝君出语须诚实,口舌从来是祸基。

这篇是平话体小说,其产生年代约在宋朝南渡以后(约当公元十三世纪)。当时有所谓"说话人",像现在上海、苏州一带的说大书者。这些小说便是当时说话人的话本。后来就演变为"章回小说"。

《京本通俗小说》是江东老蟫(缪荃孙的别号)把元人的写本影印的,共计七篇。后来商务印书馆用活字排印,并加标点,仍名《京本通俗小说》。上海亚

---

❶ 〔这厮〕凡给使贱股的人叫做"厮养",故俗以"厮"为詈骂之辞。这厮,犹言"这下贱的东西"。

❷ 〔勘〕细细把犯罪的情由加以推审,叫做"勘"。

东图书馆于原有七篇之外加上叶德辉刻印的《金虏海陵荒淫》一篇，改称《宋人话本八种》，排印行世。这篇是从商务印书馆本中选出。为便于阅读，其中有些减笔俗字已经改正了。

二一、接续词的呼应

文句的词与词有先后互相呼应者，本讲义第十七节中所述之副词与助词的呼应，即其一种。在接续词，这呼应的关系，尤值得注意。接续词的呼应可分下列两种：

（一）接续词与接续词相呼应 两个先后自成呼应的时候很多。今举其最常见的几种样式如下：

（1）与其……$\left\{\begin{array}{l}宁、毋宁\\不如\\熟如\end{array}\right.$ （文言） 与其……$\left\{\begin{array}{l}宁可\\不如\end{array}\right.$（白话）

例：与其不自由毋宁死。

与其这样说，宁可那样说。

二例中"与其"与"毋宁""宁可"的呼应很是显然。凡是两字相呼应的时候，通常可省略其中之一，这理由已在上面第十七节中论副词与助词的呼应时说过了。上面的二例，如果在不会误解的时候，不妨简说如下：

不自由，毋宁死。

这样说，宁可那样说。

就是把上面的"与其"略去了。先后呼应的二字中，省略的时候，应略去那里一个？要看情形如何，不能一定。有该省略前面的，也有该省略后面的。（有时有双方俱省略的。）

$$
(2)\ \left.\begin{array}{l}诚\\向\\若\\苟\end{array}\right\}\cdots\cdots则(文言)\qquad \left.\begin{array}{l}如果\\倘\end{array}\right\}\cdots\cdots\left\{\begin{array}{l}就\\那么(白话)\\便\end{array}\right.
$$

例：若备与彼协心，上下齐同，<u>则</u>宜抚安，与结盟好。（《赤壁之战》）

<u>诚</u>得劫秦王使悉反诸侯侵地，<u>若</u>曹沫之与齐桓公则大善矣。（《荆轲传》）

<u>如果</u>我们可以用极概括的话来表示思想的轮廓，<u>那么</u>下面一段话须得预先交代清楚。（《一般与特殊》）

省略呼应的例如下：

<u>向</u>不出其技(<u>则</u>)虎虽猛，疑畏卒不敢取。（《黔之驴》）

(<u>苟</u>)秦兵旦渡易水，<u>则</u>虽欲长侍足下，岂可得哉？（《荆轲传》）

吾方致力中原(<u>若</u>)过尔优逸，(<u>则</u>)恐不堪事。（《谈动》）

女性的第三性化似已在中国的上流社会流行开始了，如果给托尔斯泰或爱伦开伊女孩子史见了，(<u>那么</u>)不知将怎样叹息啊。（《闻歌有感》）

小孩子们(<u>如果</u>)偶尔不很乐意便放声大哭。（《谈动》）

$$
(3)\ 虽\cdots\cdots\left\{\begin{array}{l}但\\然\end{array}\right.(文言)\qquad \left.\begin{array}{l}虽\\虽然\end{array}\right\}\cdots\cdots\left\{\begin{array}{l}但\\可是(白话)\\却\end{array}\right.
$$

例：荆轲<u>虽</u>游于酒人乎，<u>然</u>其为人沈深好书。（《荆轲传》）

穿的<u>虽然</u>是长衫，<u>可是</u>又脏又破。（《孔乙己》）

<u>虽然</u>间或没有现钱，暂时记在粉板上，<u>但</u>不出一月定然还清。（《孔乙己》）

<u>虽</u>是这么幼小的两个，<u>却</u>已有大人的风度。（《浴池速写》）

省略呼应的例如下：

操<u>虽</u>托名汉相(<u>但</u>)其实汉贼也。（《赤壁之战》）

九百人(虽然)有痛苦,有要求,有期望,可是绝对不愿向他们俩声诉。(《大泽乡》)

(二)接续词与别的词相呼应　别的词与接续词相呼应者,大概是副词与前介词。

(1) 纵 ⎱……⎰ 犹
　　虽 ⎰ ⎱ 亦(文言)
　　　　　　　必

即使 ⎱……⎰ 还
虽然 ⎰ ⎱ 也(白话)
　　　　　仍

例:为公众而死,虽死犹生。

刻苦自励者纵遇困难必能战胜。

即使有困难,我也不怕。

先生虽然解释得很明白,学生仍听不懂。

省略呼应的例如下:

陈设盘筵之盛虽王公家(亦)不侔也。(《虬髯客传》)

虽有管晏,(亦)不能为之谋也。(《荆轲传》)

即使没有花,兴趣(也)未尝短少。(《牵牛花》)

(2) 尚 ⎱……况(文言)
　　犹 ⎰

也 ⎱……⎰ 况且
尚且 ⎰ ⎱ 何况 (白话)

例:田横,齐之壮士耳;犹守义不辱。况刘豫州王室之胄,……(《赤壁之战》)

即使没有花,兴趣(也)未尝短少;何况他日开花将比往年的盛大呢?(《牵牛花》)

读好的小说尚且要如此,何况读关于思想学问的书呢?(《读书》)

省略呼应的例如下:

匹夫(犹)不可狙,况国乎?(《左传》)

他困难到这步田地,朋友尚且要帮忙,(何况)你和他是兄弟,难道可以袖手旁观吗?

(3)以——而(文言)

例:夫以秦王之暴而积怒于燕,足为寒心。(《荆轲传》)

丹不忍以己之私而伤长者之意。（同上）

以匹夫之力而逞于一击之间。（《留侯论》）

省略呼应的例如下：

以若所为（而）求若所欲，犹缘木而求鱼也。（《齐桓晋文之事》）

夫以鸿毛（而）燎于炉炭之上必无事矣。（《荆轲传》）

（以）人役而耻为役，犹（以）弓人而耻为弓，（以）矢人（而）耻为矢也。（《孟子》）

练习一　下列各句中，如有呼应之处，试用直线标出。

与其求有功，不如求无过。

他如果上午来，我们就下午走。

虽百金亦不易也。

困兽犹斗，况国乎？

病已至此，虽扁鹊复生，亦无法挽回矣。

苟有可以效劳之处则当竭力相助。

练习二　下列各句中，如有省略呼应者，试补入。

欲速则不达，见小利则大事不成。

他读书不多，可是见解并不差。

这样的事，三岁小孩都知道，何况你们都是大人，会不明白吗？

如斯无纪律之军队而欲对敌人作战，难矣。

积财与子孙，不如积德与子孙。

大病新愈，读书过多，恐有碍健康。

文　选

六五、释三九上

汪　中

　　一奇，二偶，一二不可以为数；二乘一则为三❶，故三者，数之成也。积而至十，则复归于一；十不可以为数，故九者，数之终也。于是先王之制礼，凡一二之所不能尽者，则以三为之节，"三加"❷"三推"❸之属是也；三之所不能尽者，则以九为之节，"九章"❹"九命"❺之属是也：此制度之实数也。因而生人之措辞，凡一二之所不能尽者，则约之三以见其多；三之所不能尽者，则约之九以见其极多：此言语之虚数也。

　　实数可稽也，虚数不可执也。何以知其然也？

　　《易》"近利市三倍❻"，《诗》"如贾三倍❼"，《论语》"焉往而不三

---

　　❶　［二乘一则为三］乘作"加"字解。

　　❷　［三加］古男子二十而冠，行加冠之礼，自天子至士皆三次加冠，所以《仪礼》《冠义》及《礼·郊特牲》都说"三加弥尊"。

　　❸　［三推］古代皇帝为提倡农业，例于阴历正月，行耕耤之礼，皇帝亲持田器，把泥土推动三下。所以《礼·月令》说："孟春之月，……天子亲戴耒耜，帅三公九卿，躬耕帝耤；天子三推，三公五推，卿、诸侯九推。"

　　❹　［九章］章，是衣服上的文采。古时天子冕服九章：一龙，二山，三华虫，四火，五宗彝，六藻，七粉米，八黼，九黻。（据《周礼》春官司服郑注。）

　　❺　［九命］周代官秩，自一命至九命凡九等，见《周礼》春官典命。

　　❻　［近利市三倍］《易·说卦》："为近利市三倍"。今人谓营业获利多者为"利市三倍"，本此。

　　❼　［如贾三倍］见《诗·大雅·瞻卬》。贾，音古（ㄍㄨ）。这句的意义与"利市三倍"略同。

黜❶"，《春秋传》❷"三折肱为良医❸"——《楚辞》❹作"九折肱❺"——：此不必限以三也。《论语》"季文子三思而后行❻"，"雌雉三嗅而作❼"，《孟子》"陈仲子食李三咽❽"：此不可知其为三也。《论语》"子文三仕而三已❾"，《史记》"管仲三仕三见逐于君❿"，"三战三走⓫"，"田忌三战三胜⓬"，"范蠡三致千金⓭"：此不必其果为三也。故知三者，虚数也。

---

❶ ［焉往而不三黜］《论语·微子》："柳下惠为士师，三黜。人曰：'子未可以去乎？'曰：'直道而事人，焉往而不三黜；枉道而事人，何必去父母之邦！'"按：贬官叫做"黜"。柳下惠，春秋鲁人。士师，主察狱讼的官。

❷ ［《春秋传》］《春秋左氏传》的简称。又称《左传》。

❸ ［三折肱为良医］《左传》定公十三年："三折肱知为良医"。按：肱为臂之第二节，就是从肘至腕的地方。这句说三折肱则与医家接触多，自己也就知道怎样做良医了。后人谓经验宏富为"三折肱"，本此。

❹ ［《楚辞》］汉刘向辑集屈原宋玉等所作的赋，名为《楚辞》。今存王逸《楚辞章句》及朱嘉《楚辞集注》。

❺ ［九折肱］《楚辞·惜诵》："九折臂而成医兮，吾至今乃知其信然。"此作"九折肱"是作者记错了。

❻ ［季文子三思而后行］见《论语·公冶长》。按季文子即季孙意如，春秋鲁大夫。

❼ ［雌雉三嗅而作］《论语·乡党》："'曰山梁雌雉，时哉！时哉！'子路共之，三嗅而作。"雉，俗称野鸡。子路，孔子弟子。朱熹《集注》引邢氏曰："梁，桥也。时哉，言雉之饮啄得其时。子路不达，以为时物而共（同供）具之，孔子不食，三嗅其气而起。"一说，嗅，当作"臭"，是鸟张两翅的意思。其为拱执之意。言子路捉住了雌雉，那雌雉张了几张翅翼，便飞去了。

❽ ［陈仲子食李三咽］《孟子·滕文公》下篇："陈仲子，岂不成廉士哉！居于陵，三日不食，耳无闻，目无见也；井上有李，螬食实者过半矣。匍匐往将食之，三咽，然后耳有闻，目有见。"按陈仲子，战国齐人。（《列女传》作楚人。）

❾ ［子文三仕而已］《论语·公冶长》："令尹子文三仕为令尹，无喜色，三已之，无愠色。"按：令尹子文，春秋楚大夫，姓斗，名谷于菟（赵岐注云，姓斗，名谷，字于菟），子文是他的字。因仕为令尹，故称令尹子文。令尹，官名，楚执政者之称。三已，谓三次罢官。

❿ ［管仲三仕三见逐于君］《史记·管晏列传》："吾尝三仕三见逐于君，鲍叔不以我为不肖，知我不遭时也。"按：管仲名夷吾，春秋齐桓公之贤相，与鲍叔牙为友。

⓫ ［三战三走］又："我尝三战三走，鲍叔不以我为怯，知我有老母也。"

⓬ ［田忌三战三胜］《史记·田敬仲完世家》："公何不令人操千金卜于市，曰：我田忌之人也。吾三战而三胜，声威天下，欲为大事，亦吉乎？不吉乎？"按：田忌，战国齐之名将。

⓭ ［范蠡三致千金］范蠡，春秋楚人。仕越，与越王勾践共灭吴，遂浮海入齐，变姓名为鸱夷子皮，后居陶，自号陶朱公。史称其尝三致千金，再分散之。见《史记·货殖传》。

《楚辞》"虽九死其犹未悔❶"：此不能有九也。《诗》"九十其仪❷"，《史记》"若九牛之亡一毛❸"，又"肠一日而九回❹"：此不必限以九也。《孙子》❺"善守者藏于九地之下，善攻者动于九天之上"：此不可以言九也，故知九者，虚数也。

推之十、百、千、万，固亦如此。故学古者，通其言语，则不胶其文字矣。

汪中著《述学》内外篇，本文见内篇。原分上中下三篇，这是上篇。

汪中字容甫，一字颂父，清江都人。他家里很穷，而事母极孝，因为母亲年纪老了，竟不应考试，也不想做官。他研究经学，宗法汉儒；做文章也取法汉、魏、六朝。那时候名流学者，侨寓扬州的很多，他对人家说："扬州一府，通者三人，不通者三人。通者王念孙、刘台拱与他自己，不通者程音芳、任大椿、顾九苞。"有一位当地的绅士去见他，请他批评。他说："你不在不通之列。"那个绅士很高兴。他却慢慢地接着说："你再读书三十年，或者可以望不通了。"其诙谐大都如此。所著有《广陵通典》、《周官征文》、《左氏释疑》等，而以《述学》内外篇最有名。

---

❶　［虽九死其犹未悔］见《楚辞·离骚》。

❷　［九十其仪］《诗·豳风·东山》，"亲结其离，九十其仪。"按：九十其仪，据郑笺说是女子临嫁时父母再三叮嘱她的意思。

❸　［若九牛之亡一毛］见《汉书·司马迁传》报任安书。这里说《史记》是作者记错了。

❹　［肠一日而九回］见《楚辞·离骚》。

❺　［《孙子》］书名，周孙武撰，一卷，共十三篇，兵家书之传于今者，以此为最古。按：下面所引的话，见《孙子·形篇》。

六六、高下相形例

俞　樾

　　昭十三年❶:"子产、子太叔相郑伯以会❷。子产以幄幕九张行❸,子太叔以四十,既而悔之,每舍损焉❹。及会亦如之❺。癸酉退朝❻,子产命外仆速张于除❼。子太叔止之,使待明日。及夕,子产闻其未张也,使速往,乃无所张矣❽。"注❾曰:"《传》言子产每事敏于太叔。"按:子产与子太叔皆郑国贤大夫,传者欲言子产之敏,乃极言子太叔之不敏,此高下相形之例也。《礼记·檀弓篇》❿:"曾子袭裘⓫而吊,子游⓬裼裘而吊,曾子指子游而示人曰:"夫夫也⓭,为习于礼者,如之何其裼裘而吊也?"主人

---

　　❶　[昭十三年]《春秋左氏传》鲁昭公十三年的省称。鲁昭公名裯,春秋鲁第二十四代国主。昭十三年,当公元前五二九年。

　　❷　[子产子太叔相郑伯以会]子产姓公孙名侨;子太叔姓游名吉;二人都是郑国的大夫。郑伯即郑定公,春秋郑第十六代国主。按:是年七月,诸侯会于平丘,子产和子太叔跟了郑伯去赴会。

　　❸　[子产以幄幕九张行]子产带了九张幄幕走。幄幕,就是布做的篷帐。

　　❹　[既而悔之每舍损焉]后来他懊悔了,觉得四十张幄幕太多,便随时舍弃减少。

　　❺　[及会亦如之]到了会盟时,他和子产一样只剩九张了。

　　❻　[癸酉退朝]癸酉,就是那年七月的癸酉日。这一次会盟,是晋国做盟主,所以大家在正式会盟的前一天先朝见晋侯。退朝,就是朝见了晋侯退出来。

　　❼　[子产命外仆速张于除]外仆,给事于外之人,犹今之低级随员。新治的场地预备开会的叫做"除"。当时预备于次日开会,所以场地已经布置好,子产便叫那些低级随员,赶紧在场地上张起幄幕来。

　　❽　[使速往乃无所张矣]子产叫他们赶紧去张幄幕,但时候太晚,场地上已给别国张满了幄幕,没有空地方了。

　　❾　[注]《左传》有晋杜预的注。

　　❿　[《礼记·檀弓篇》]《檀弓》,《礼记》篇名。专记孔门及时人杂事,其性质略如《韩非子》之《内外解说》。

　　⓫　[袭裘]古人于裘外皆加正服,寻常都两袖微卷起以露其裘之美,叫做"裼裘"。临吊则下其所卷之袖,就叫做"袭裘"。

　　⓬　[子游]姓言名偃,孔子弟子,列于文学之科。

　　⓭　[夫夫也]上"夫"字音扶,下"夫"字音肤。夫夫也,犹俗言"这个人"。

既小敛❶，袒括发❷，子游趋而出，袭裘带经❸而入，曾子曰："我过矣！我过矣！夫夫是也❹"。按：曾子子游皆圣门高弟，记人欲言子游之知礼，乃先言曾子之不知礼，亦高下相形之例也。后世记载之家，但有簿领而无文章❺，莫窥斯秘❻；于是读古人之书，亦不得其抑扬之妙，徒泥❼字句以求之，往往失其义矣。

《孟子·离娄篇》❽："曾子养曾皙❾，必有酒肉；将彻，必请所与❿；问有余，必曰有。曾皙死，曾元养曾子⓫，必有酒肉；将彻，不请所与；问有余，曰亡矣，将以复进也⓬。"此亦举曾元之养口体以形曾子之养志⓭，学者不可泥乎其词。

此篇选自《古书疑义举例》。《古书疑义举例》为清俞樾所著。他因为现代人读古书，每多疑义，所以分别举例以说明之，使后人习知其例，有所依据。前后共分七卷，举例八十有八。后来刘师培等续有增补。使读古书的人，得到不少助益。

---

❶　[小敛]替死者加上敛衣，叫做"小敛"。死者入棺，叫做"大敛"。

❷　[袒括发]卷袖袒露左臂，叫做"袒"。不用笄缅而束发为髻，叫做"括发"。按：袒括发，古时丧礼用之。

❸　[经]丧服所用的麻。

❹　[我过矣我过矣夫夫是也]我错了，我错了，他是对的。按：古时吊丧之礼，在主人未变服以前，吊客应着吉服；主人既变服，吊客才袭裘带经。当子游去吊他的朋友的时候，不知道已经小敛了没有，所以他着吉服而入，到了死者已小敛，主人袒括发，他就跑到外面换了丧服再进去，是子游知礼，而曾子倒是不知礼了，所以曾子自己承认批评错误。

❺　[但有簿领而无文章]但记事实而没有修辞功夫。

❻　[莫窥斯秘]不懂得其中的秘诀。

❼　[泥]拘泥。

❽　[《离娄篇》]离娄，本人名，相传谓古之明目者。《孟子》这一篇开始说"离娄之明，公输子之巧"，所以就称为《离娄篇》。

❾　[曾子养曾皙]曾子奉养其父曾皙。

❿　[将彻必请所与]将要彻去的时候，必请问他父亲，你想把这些酒肉给哪一个吃呢。

⓫　[曾元养曾子]曾元奉养他父亲曾子。

⓬　[曰亡矣将以复进也]说没有了，预备再把那些酒肉给他父亲吃。亡，同"无"。

⓭　[此亦举曾元之养口体以形曾子之养志]按《孟子》下文云："此所谓养口体者也。若曾子则可谓养志也。事亲若曾子者可也。"意思是说，曾子处处顺从他父亲的意志，而曾元则不知顺亲意，但为养口体而已。事亲之道像曾子那样，可以说是孝了。

俞樾字荫甫，号曲园居士，清德清人。道光进士，官编修。居吴门，以著书自娱。所著以《群经平议》《诸子平议》及《古书疑义举例》等最有名，今存有《春在堂全集》，那些著作都收在全集里面。

文　话

二二、演绎法与归纳法

最近我们读了一篇《释三九》。这是什么体的文字呢？不用思索，便可回答，这是一篇议论文；因为它表白一个论断，就是：

　　生人之措辞，凡一二之所不能尽者，则约之三以见其多；三之所不能尽者，则约之九以见其极多；此言语之虚数也。

这个论断不是凭空想出来的。作者先从"制度之实数"想起，见到"一二之所不能尽者，则以三为之节"，"三之所不能尽者，则以九为之节"。其次他想，关于用数，实指虚指该是同样情形的，三言其多，九言其极多。言语中言三言九，都只是表示多的意思——所以是数。他要证明这个见解的不误，便找了许多用三用九的语句，归聚在一起。看了这些语句，谁都会想到"怎么恰是三恰是九，而不是二、四和八、十呢？实指决不会这样，这只是表示多的虚数罢了"。于是这一篇议论文的论断站得住，立得稳，得到大众的承认。

我们日常生活中，时时在那里下论断，立主张。下论断立主张不是凭空的，总有它的根据，总依从着自然的思想方法。基本思想方法有两种，在《释三九》一篇里都用到的，下面分开来说。

这篇文字的作者想定了"关于用数，三言其多，九言其极多；"从而对于言语的用三用九下论断，说"凡一二之所不能尽者，则约之三以见其多；三之所不能尽者，则约之九以见其极多。"这是根据了范围较广遍的原理来论证范围较狭窄的事物，叫做"演绎法"。"三言其多，九言其极多"统指"用数"，把制度的用数和言语的用数都包括在内，所以说它是

"范围较广遍的原理"。单是言语的用数,那就把制度的用数除外了,所以说它是"范围较狭窄的事物"。

作者读了《易》"近利市三倍",而想"此不必其果为三也",又读了《诗》"如贾三倍",而想"此不必其果为三也",又读了以下的许多语句,而都想"此不必其果为三也",于是知道言语中的三只是表示多的虚数。依同样的思想方法,他又知道言语中的九也只是表示多的虚数。这是根据了个别的事实来论证广遍的原理的论法,叫做"归纳法"。"近利市三倍"不必果为三,"肠一日而九回"不必限以九,这些都是"个别的事实"。最后得到的结论"三者虚数也""九者虚数也"便是"广遍的原理"。

每一篇议论文,无非错综地运用这两种方法而构成的。要作得出水平线以上的议论文,当然要对于这两种方法加以注意。详细地讨论到这两种方法,那是"论理学"的事情,在这里,我们只好略为说一点大概。

演绎法最基本的形式通常称为"三段论式"。例如:

　　各种功课都可以自修,——大前提

　　国文是一种功课,——小前提

　　故国文可以自修。——结论

"大前提""小前提"和"结论"都是论理学上的名称。照这样的顺序排列,也是论理学上的方式。若在言语或文字里,顺序就常有变更,并不一定。试将上式做例,可变为以下的数式:

　　各种功课都可以自修的,(大)国文当然可以自修,(结)因为国文也是一种功课。(小)

　　国文既是一种功课,(小)一切功课都可以自修,(大)国文也就可以自修了。(结)

　　国文既是一种功课,(小)就可以自修,(结)因为各种功课都可以自修的。(大)

　　国文可以自修,(结)因为各种功课都可以自修,(大)而国文也是一种功课。(小)

　　国文可以自修的,(结)它是一种功课,(小)各种功课没有不可以自修的。(大)

在言语或文字里，不但排列的顺序常有变更，又常有省略"大前提"或"小前提"或"结论"的。例如：

> 各种功课都可以自修，国文也是一种功课呀。（省略结论）
>
> 国文既是一种功课，岂不可以自修吗？（省略大前提）
>
> 各种功课都可以自修，国文当然可以自修了。（省略小前提）

照这样说，人家也就能够明白，所以把可省的部分省去了。

演绎法的结论全以大小两前提作基础。如果两个前提中有一个立脚不稳（就是不合理不确当），所得的结论就难叫人相信。如说：

> 自学的人都是学问家，
>
> 某君是自学的人，
>
> 所以某君是学问家。

这里的大前提实在很靠不住；自学的人固然有成为学问家的，但并不个个成为学问家，所以说"都是"是不合理的。因此，立在这不合理的基础上面的结论"某君是学问家"虽然不就被否认，也不会就被承认。某君也许真个是学问家，但须得从别的方面证明。单看上面的论证，谁能相信他是学问家呢？又如说：

> 学问家往往是刻苦为学的人，
>
> 某君是刻苦为学的人，
>
> 所以某君是学问家。

这里是小前提靠不住了。大前提说"学问家往往是刻苦为学的人"，可见也有些学问家并不是刻苦为学的人。并且，从这一语上，怎么看得出成为学问家不再需要其他的条件呢？而小前提这样说法，简直以为"刻苦为学"是成为学问家的唯一条件。那末，所得的结论当然不是确说了。某君到底是学问家不是，在不曾从别的方面证明以前，人家还是不能知道。

不过，所谓合理，所谓确当，都是相对的而不是绝对的。所以论辩的双方彼此结论相反，而检查他们的论式的各段，却同样地没有谬误；这样的事实也是常见的。然而各段无误究竟是论证的必要条件，如果连这个条件都不具备，那就没有发议论的资格了。

演绎法的前提原是结论的根据,假若有一个前提容易引起疑问,不能就被承认,那就须用别的三段论式来把这个前提证明。例如下面的三段论式:

生活须有知识,——大前提

我们要生活,——小前提

所以我们须有知识。——结论

倘若恐怕有人对于这个大前提会发生疑问,就再来一个三段论式:

人类行动思维全靠着知识;——大前提

生活是行动思维的总称,——小前提

所以生活须有知识,——结论

复杂的议论文往往是许多三段论式的堆积;这个三段论式的前提就是那个三段论式的结论,而其结论又是另一个三段论式的前提。那当然不全是死板的正规的三段论式,省略一段的常居多数,但仔细研索,把省略的补上,就可以见到许多的三段论式了。

归纳法根据了个别的事实来论证广遍的原理,那个别的事实不但要搜集得多,并且要没有反例。如《释三九》所举言语中用三用九的例,可谓很多的了;这中间有把三九用作实数的么? 没有;除举这些例以外,尚有类似的成语,把三九用作实数的么? 也想不起来;这就是没有反例。

归纳法更有一个应守的条件,就是:要有明确的因果关系。言语中"三倍""三黜"等既然不是真个"三","九死""九牛"等既然不是真个"九",这些"三""九"当然是虚数了:这里因果关系非常明确。倘若你看见某甲营投机事业成了富翁,某乙、某丙、某丁营投机事业也成了富翁,就用归纳法得到一个结论:"凡营投机事业的都可以成富翁",这就不稳当了,因为营投机事业与成为富翁并没有必然的因果关系。并且,反例也不少呢,某丁、某戊、某己都因营投机事业失败,弄得"贫无立锥"了。所以,这个论证是完全不合条件的。

不过,反例的有无和经验的广狭有关。在现在的经验范围以内,好像没有反例了,他日经验范围扩大,便发见不少的反例:这是并不稀罕的事。所以,归纳法所得结论未必是"必然的"。别人还可以有辩驳的余地,也由于此。因果关系的认识也因经验、知识而不同。如古人认天象变异与人间苦难有因果关系,议论文里用到这类的论证不知有了多少;但是,现代的我们看来,不值一笑了。又,因果关系常是很复杂的,若把它简单化了,认为某因必有某果,这样的结论也是容易引起辩论的。

练习　试把下列语句补足成三段论式:

人非圣人,谁能无过。

打倒帝国主义是我国的出路。

试用归纳法论证"健康为成功之母"。

文　选

六七、秋　思

马致远

[双调❶夜行船❷]百岁光阴如梦蝶❸,重回首往事堪嗟。昨日春来,今朝花谢,急罚盏夜筵灯灭❹。

---

❶　[双调]词曲分许多宫调,以表示其声音的高下,和西洋乐谱的 C 调 D 调等同理。双调是宫调之一。

❷　[《夜行船》]曲调有各种名色,叫做"曲牌",用以表示音节,像现在的乐谱。《夜行船》,是曲牌之一。

❸　[梦蝶]《庄子·齐物论》:"昔者庄周梦为胡蝶,栩栩然胡蝶也。……俄然觉,则蘧蘧然周也。不知周之梦为胡蝶与? 胡蝶之梦为周与?"按:元曲无入声,这里的"蝶"字和下面的"穴""杰""别""竭""绝"等字,是入声作平声,"阙""说""铁""雪""拙""缺""贴""歇""彻""血""节"等字,是入声作上声;"灭""月""叶"等字,是入声作去声。

❹　[急罚盏夜筵灯灭]这句是说行乐当及时。急罚盏,是催促赶快喝酒的意思。夜筵灯灭,是说灯便要灭,筵便要散。

［乔木查❶］秦宫汉阙，做衰草牛羊野。不恁渔樵无话说❷。纵荒坟横断碑，不辨龙蛇❸。

［庆宣和❹］投至狐踪与兔穴，多少豪杰❺！鼎足三分半腰折，魏耶？晋耶？❻

［落梅风❼］天教富，不待奢❽。无多时好天良夜。看钱奴❾硬将心似铁，空辜负锦堂风月。

［风入松］眼前红日又西斜，疾似下坡车。晓来清镜添白雪。上床和鞋履相别。莫笑鸠巢计拙❿，葫芦提一就装呆⓫。

［拨不断⓬］利名竭，是非绝。红尘不向门外惹，绿树偏宜屋角遮，青山正补墙头缺，竹篱茅舍。

---

❶　［《乔木查》］曲牌名。一名《银汉浮槎》。

❷　［不恁渔樵无话说］恁，即"如此"的俗言。渔夫樵子，往往喜说前朝兴亡。这里是说，倘不是秦宫汉阙都变做了衰草牛羊野，那渔樵也无话可说了。

❸　［纵荒坟横断碑不辨龙蛇］即使荒坟里横着几块断碑，也不能辨认字迹了。龙蛇，指碑上的字迹。

❹　［《庆宣和》］曲牌名。

❺　［投至狐踪与兔穴多少豪杰］从前有许多辅佐帝王的英雄豪杰，到后来只剩几个荒坟，为狐兔的穴窟，所以他说，到了只剩狐踪与兔穴的时候，从前的多少豪杰都没有了。投至，犹言"及至"或"到了"。

❻　［鼎足三分半腰折魏耶晋耶］三国时魏、蜀、吴三分中国，后来蜀、吴先后被魏所灭，而魏又被司马氏所篡，改国号为晋。

❼　［《落梅风》］曲牌名。一名《寿阳曲》。（曲有南北之分，南曲引子亦有《落梅风》，句法与此不同）。

❽　［天教富不待奢］奢与"赊"通，宋元人的小说戏曲中常常用赊字，意思和求字差不多。这句的意思是说，天教你富时不必待你去求的。（《乐府新声》里把这句改为"天教你富莫太奢"，那把奢字作奢侈之奢解，便与下面的语气不合了。）

❾　［看钱奴］吝惜钱财的富翁。犹言"守财奴"。

❿　［鸠巢计拙］鸠不会做巢，占据他鸟的巢以为己有；但它虽不会做巢，却也安居在巢里，所以《禽经》说"鸠拙而安"。

⓫　［葫芦提一就装呆］葫芦提，亦作"葫芦蹄"，元曲中常用之。《演繁露》又作"鹘鸰啼"，说就是"俳优以为鹘突者也"。大概是当时优伶所用的一种道具，用以象征糊涂者。这是说，我一向糊里糊涂，假装痴呆。

⓬　［《拨不断》］曲牌名。一名《续断弦》。

［离亭宴歇❶］蛩吟❷一觉才宁贴，鸡鸣万事无休歇。争名利何年是彻：密匝匝蚁排兵，乱纷纷蜂酿蜜，闹穰穰蝇争血。裴公绿野堂❸，陶令白莲社❹。爱秋来那些：和露摘黄花，带霜烹紫蟹，煮酒烧红叶。人生有限杯，几个登高节❺。嘱咐俺顽童记者❻：便北海探吾来，道东篱醉了也❼。

　　这是元朝人做的散曲。散曲有"小令"与"套数"之分：小令大概用一个曲牌填成，而没有尾声的；套数是合若干曲牌成为一套，而有尾声的。又小令虽用一个曲牌，但可以联续填下去，且不限于一韵；套数合若干曲牌而成，但必须一韵到底。这篇在散曲中属于"套数"一类（详《文话》二十三）。

　　马致远号东篱，元大都人。曾做江浙行省务官。其生卒年月不可考。他是元朝有名的戏曲作家。所作散曲，有小令一百四首，套数十七首（见《东篱乐府》）；杂剧有《汉宫秋》等十四本。《太和正音谱》把他列在第一人，说他的作品，典雅清丽，如朝阳鸣凤。明周德清《中原音韵序》中，亦有"自关（汉卿）、郑（廷玉）、白（朴）、马，一新制作"的话。可见他的作品，一向被人推重的。

---

　　❶　［《离亭宴歇》］《离亭宴》，曲牌名。套数须用尾声，而曲中煞尾亦叫做"歇"。这是用《离亭宴》带尾声，所以叫做《离亭宴歇》。

　　❷　［蛩吟］蟋蟀的鸣声。

　　❸　［裴公绿野堂］唐裴度封晋公，故称他"裴公"。裴度是唐朝有名的宰相，他罢官以后，在东都造一别墅，名绿野堂，和白居易在里面饮酒赋诗，不问世事。

　　❹　［陶令白莲社］晋朝的高僧慧远，和他的同志慧永、慧持及诸名士结白莲社于庐山，就是现在的东林寺。陶令即陶渊明，因为他做过彭泽令，所以称他为"陶令"。按：陶渊明隐居浔阳，和白莲社中人相往还。

　　❺　［登高节］阴历九月初九，为登高节。相传东汉费长房令桓景于九月九日，登高避祸。（见《续齐谐记》）是为重九登高之始。

　　❻　［嘱咐俺顽童记者］吩咐我的顽皮的僮子叫他记着。

　　❼　［便北海探吾来道东篱醉了也］汉孔融为北海相，所以人称他为孔北海或北海。孔融好客，尝说："座上客常满，樽中酒不空，吾无忧矣。"这里是说，就是有孔北海那样的人来探我。你可以回答说"东篱早已醉了"。

六八、哀江南（《桃花扇·余韵》）

孔尚任

［北新水令❶］山松野草带花挑，猛抬头秣陵❷重到。残军留废垒❸，瘦马卧空壕❹。村郭萧条，城对著夕阳道。

［驻马听❺］野火频烧❻，护墓长楸❼多半焦。田羊群跑，守陵阿监❽几时逃？鸽翎❾蝠粪满堂抛，枯枝败叶当阶罩，谁祭扫？牧儿打碎龙碑帽❿。

［沉醉东风⓫］横白玉八根柱倒⓬，堕红泥半堵墙高⓭。碎玻璃瓦片多，烂翡翠轩窗棂少⓮，舞丹墀燕雀常朝⓯。直入宫门一路蒿。住几个乞儿

---

❶　［《北新水令》］《新水令》，曲牌名。因为这一套是北曲，所以加上一"北"字。又曲里引用的牌子，都有一定的宫调。这套曲子和前面那篇《秋思》一样，属双调。

❷　［秣陵］秦置秣陵县，汉因之，故治在今江苏江宁县东南六十里秣陵桥东北。后人就称今江宁为秣陵。

❸　［垒］军垒，即今营墙。

❹　［壕］城壕，就是城下的池。

❺　［《驻马听》］曲牌名。

❻　［野火频烧］野火常常在那里烧。

❼　［楸］落叶乔木。干直上耸，至高处分枝。叶如桐，三尖或五尖。夏开黄绿色细花，结实成荚，长尺余，下垂，熟则裂开。

❽　［守陵阿监］皇帝的坟叫做"陵"。守陵阿监，就是管坟的太监。按：明太祖坟在江宁城东北钟山。

❾　［鸽翎］鸽子身上脱下来的羽毛。

❿　［龙碑帽］御制的碑，其碑额上都雕有龙纹，所以叫做"龙碑帽"。

⓫　［《沉醉东风》］曲牌名。按《南曲》亦有《沉醉东风》的牌子，与此不同。

⓬　［横白玉八根柱倒］那宫里的八根白玉石的柱都横倒了。

⓭　［堕红泥半堵墙高］那堵红泥高墙也堕坏了，只剩下半堵。

⓮　［烂翡翠轩窗棂少］像翡翠那样的轩棂窗格烂得快要没有了。

⓯　［舞丹墀燕雀常朝］宫殿阶上之地叫做"墀"。涂以红漆，故称"丹墀"。古时臣下朝见皇帝，有"再拜""舞踏"等仪节。这是说，宫殿坍了，皇帝也没有了，只有些燕雀常常在丹墀之上跳跃，像从前臣子朝见皇帝一般。

饿莩❶。

[折桂令❷]问秦淮旧日窗寮❸,破纸迎风,坏槛当潮。目断魂消。当年粉黛,何处笙箫❹?罢灯船端阳不闹❺,收酒旗重九无聊❻。白鸟飘飘,绿水滔滔。嫩黄花有些蝶飞,新红叶无个人瞧。

[沽美酒❼]你记得跨青溪半里桥,旧红板没一条:秋水长天人过少。冷清清的落照❽,剩一树柳弯腰。

[太平令❾]行到那旧院门,何用轻敲;也不怕小犬哞哞。无非是枯井颓巢,不过些砖苔砌草。手种的花条柳梢,尽意儿采樵。这黑灰是谁家厨灶?

[离亭宴最歇犯煞❿]俺曾见金陵⓫玉殿莺啼晓,秦淮水榭⓬花开早,谁知容易冰消!眼看他起朱楼⓭,眼看他宴宾客,眼看他楼塌了!这青苔碧瓦堆,俺曾睡风流觉。将五十年兴亡看饱。那乌衣巷不姓王⓮,莫愁湖⓯

---

❶ [饿莩]饿死的人叫做"饿莩"。但这里是指饿得不像样子的乞丐而言。莩,音ㄆㄧㄠ;一作"殍"。

❷ [《折桂令》]曲牌名。按:《折桂令》别名甚多,句法亦各不同,此为最通行的十二句八韵之一体。

❸ [问秦淮旧日窗寮]秦淮,水名。源出江苏溧水县,西北流贯江宁城,又西北入大江。秦时所凿,故名。秦淮河一带,旧时妓院甚多;窗寮,与"门户"相当,即指妓院而言。

❹ [当年粉黛何处笙箫]当年那些粉白黛绿的女子,现在都不见了,更从何处去听笙箫之声。

❺ [罢灯船端阳不闹]旧时秦淮河里多妓船,每逢端阳节,都挂了彩灯,在湖心荡漾着,非常热闹;现在到了端阳,灯船也没有了。

❻ [收酒旗重九无聊]从前当重九日,大家登高饮酒,非常热闹;现在酒亦没有了,酒旗收起了,所以虽逢重九节也非常无聊。

❼ [《沽美酒》]曲牌名。

❽ [落照]落日的光辉。

❾ [《太平令》]曲牌名。

❿ [《离亭宴最歇犯煞》]就是《离亭宴》带煞尾的意思,和《秋思》的《离亭宴歇》差不多。

⓫ [金陵]今江苏江宁县战国时为楚金陵邑,唐武德中亦置金陵县于此;五代杨吴时置金陵府于此;所以后人就称今江宁为金陵。

⓬ [水榭]指临秦淮河一带临水的房屋。

⓭ [朱楼]即红楼,旧时豪贵人家多建红楼。

⓮ [那乌衣巷不姓王]乌衣巷,在今江宁县城内。晋时贵族如王谢诸家,多居此巷。

⓯ [莫愁湖]在江宁县三山门外。明时为徐中山园。

鬼夜哭，凤凰台❶栖枭鸟。残山梦最真，旧境丢难掉。不信这舆图换稿。诌一套《哀江南》，放悲声唱到老。

　　这篇是《桃花扇》传奇的末一折《余韵》中的一套北曲。传奇是由杂剧转变而来，分若干折，每折中南北曲可以并用（详《文话》二十三）。《桃花扇》，清孔尚任作。记明朝末年侯方域与名妓李香君的悲欢离和。《余韵》为全书的末一折，记明亡后侯方域与李香君已遁入深山修道，而门客如柳敬亭、苏昆生辈，也都隐于渔樵。一天，柳苏二人正在饮酒谈心，恰好来了一位他们二人所素来认识的老赞礼，大家谈起旧事，不胜悲伤。于是那樵夫（即苏昆生）就唱这套《哀江南》曲，唱得大家都哭起来了。而《桃花扇》全书，就此结束。

　　孔尚任字聘之，自号云亭山人，清曲阜人。康熙间授国子监博士累官户部员外郎。他博学有文名，通音律。生平著作甚多，除《桃花扇》外，有《阙里新志》、《岸塘文集》、《湖海诗集》等。

文　法

二二、语气的表出

　　言语于意义以外，还有神情。言语的神情，叫做语气。表现语气的词叫助词。

　　助词普通用在句末，但亦有用在句的中部的时候，故助词因了位置，可分助句的与助词的二种。例如：

　　　　挟泰山以超北海，语人曰我不能，是诚不能<u>也</u>。

　　　　乐岁终身饱，凶年免于死亡，然后驱而之善，故民之从之<u>也</u>轻。（《齐桓晋文之事》）

　　　　孔乙己还欠十九个钱<u>呢</u>。（《孔乙己》）

---

❶　［凤凰台］在江宁县南。

军官呢,本来也许不是那样颠顶的家伙。(《大泽乡》)

掌柜也伸出头去,一面说,孔乙己么? 你还欠十九个钱呢。

孔乙己,你当真识字么?(《孔乙己》)

从心理上辨别,我们的言语中语气不外下面几种。

(一)决定的语气。

(二)商祈的语气。

(三)疑问的语气。

(四)感叹的语气。

因此之故,助词亦可大别为这四种。

(一)决定助词　决定助词最习见者如下:

(甲)也、焉		(甲)呢、哩、啰	
(乙)矣(已)	(文言)	(乙)了(啦、咯、唎)	(白话)
(丙)耳、而已		(丙)罢了(罢啦、罢唎)	

例(甲):

荆轲者卫人也。(《荆轲传》)

光不敢以图国事,所善荆卿可使也。(同上)

古人之所以大过人者无他焉,善推其所为而已矣。

夫子言之于我心有戚戚焉。(《齐桓晋文之事》)

“也”与“焉”同为决定助词,“焉”字较“也”字口气轻些。“也”“焉”的分别很难辨,读古书时须随处留心。

“焉”字除用作助词外,尚有代名词与疑问副词的用法。说均详前。

为比较计,再示例于下,《齐桓晋文之事章》云:

王曰,若是其甚与? 曰,殆有甚焉。(代名词,解作“于此”或“于彼”)

焉有仁人在位,罔民而可为也。(疑问副词)

白话中与“也”字相当的字,原要推“是”字。“是”与“的”关联用之,可以作“也”字的翻译。但“是”字明明为不完全自动词,“的”字在本讲义已编入介词和形容词语尾,这里不再列入,只把“呢”“哩”“啰”等字认作决定助词。例:

我们现在正在国难中呢。

他还在做梦哩。

我是你的朋友啰。

例（乙）：

是心足以王矣。（《齐桓晋文之事》）

五亩之宅，树墙下以桑，五十者可以衣帛矣。（同上）

然则王之所大欲可知已。（同上）

今天吃多了。（《北京的空气》）

这时小铺子都关门了。（同上）

你到这时候还不起床，怎么啦。

我昨天此刻已经回来咧。

"矣"与"了"都是表示事件完成的助词，"已"与"矣"通，"啦""咯""咧"与"了"音相近，亦通。

例（丙）：

夫闯贼但为明朝崇耳，未尝得罪于我国家也。（《致史可法书》）

於期每念之，常痛于骨髓，顾计不知所出耳。（《荆轲传》）

诗云：刑于寡妻，至于兄弟，以御于家邦，言举斯心加诸彼而已。

（《齐桓晋文之事》）

读经而已，则不足以知经。（《读书》）

其实惜阴何必定要搬砖，不过他老先生还很茁壮，藉这个玩艺儿多活动活动，免得抑郁无聊罢了。（《谈动》）

你这样焦急毫无益处，徒然损害自己的身体罢咧。

（二）商祈助词　商是商量，祈是希求，（或命令）言说一件事情，不加决定，征求对手的人同意，或希求对手的人做某事的时候，都用商祈助词表出。这类助词文言白话都并不多。

与（欤）、也与 }
乎 　　　（文言）　　罢（吧）——（白话）

例：

呜呼，此其所以为子房欤。（《留侯论》）

仲尼之徒无道桓文之事者……未之闻也。无以，则王<u>乎</u>。（《齐桓晋文之事》）

二十年之后，吴其为沼<u>乎</u>。（《左传》）

从饭馆到家，总有五里多路<u>罢</u>。（《北京的空气》）（商量）

总有<u>罢</u>，——累了<u>罢</u>。（《北京的空气》）（商量）

收缴了兵器放起一把火<u>罢</u>。（《大泽乡》）（祈求）

别做梦<u>罢</u>，你们反正是替孩子抹尿屎的。（《闻歌有感》）（祈求）

"与""乎"普通用疑问助词（见下）。但上面诸例，绝无疑问意味，实与白话中的"罢"字作用相同。此外"夫""诸"二字，有时亦有此种用法。"夫""乎"通，"诸"为"之乎"之合音，（详代名词中）其实都就是"乎"字。

（三）疑问助词　疑问助词之习用的如下：

$$\left.\begin{matrix} 乎 & 诸 \\ 与（欤） \\ 耶（邪） \\ 哉 \end{matrix}\right\}（文言） \quad \left.\begin{matrix} 么（吗） \\ 呢 \end{matrix}\right\}（白话）$$

疑问句有两种性质，一是明明有疑而问，一是本无疑而故意反问。例如：

齐桓晋文之事可得闻<u>乎</u>？（《齐桓晋文之事》）（有疑而问）

王之诸臣皆足以供之而王岂为是<u>哉</u>？（同上）（无疑反问）

你还有别的事<u>么</u>？（《北京的空气》）（有疑而问）

难道他就不会自己花钱买烟抽<u>么</u>？（同上）（无疑反问）

无疑反问的句子，普通皆有否定副词或疑问副词在先，因为说话者本无疑义，故意运用疑问口吻，当然非加否定的或疑问的字面不可了。一切疑问助词，都可有这两种用法。

例：

北京甚么都好，——上海有这样的饭吃<u>么</u>？有这样的路走<u>么</u>？（《北京的空气》）

你们记得达尔文研究生物进化的故事<u>么</u>？（《读书》）

谁又要来毁我<u>呢</u>？（《运河与扬子江》）

中国古书很难读，古字典又不适用，非是用比较归纳的研究方法，我们如何懂得呢？（《读书》）

有复于王者，曰：吾力足以举百钧，而不足以举一羽，明足以察秋毫之末，而不见舆薪，则王许之乎？（《齐桓晋文之事》）

不识有诸？曰有之。（同上）

王之所大欲可得闻与？（同上）

将以为天堑不能飞渡，投鞭不足断流耶？（《致史可法书》）

如或知尔，则何以哉？（《子路曾晳冉有公西华侍坐章》）

文言疑问助词各有特殊神情。"乎"字口吻最直捷，"与"字较轻，"耶"字有摇曳情味，"哉"字则含反问的神情。读书时当随处辨认。

白话疑问助词"么"与"呢"，用法大有分别。我们说疑问的语句时如果内容单纯的，用"么"。内容有两种以上，答者有选择作答的余地的，用"呢"。例如：

今天是十五日么？

今天是不是十五日呢？

今天是什么日子呢？

你去么？

你去不去呢？

叫谁去呢？

你住在上海么？

你住在上海，还是住在苏州呢？

你为什么不住在上海呢？

(四)感叹助词　感叹助词之习用者如下，

哉
　　（文言）
夫

啊
　　（白话）
呀（哟）

例：

世乃有无母之人，天乎痛哉！（《先妣事略》）

向不出其技，虎虽猛，疑畏卒不敢取，今若是焉，悲夫！（《黔之驴》）

女性在事实上还逃不掉家庭的牢狱。今后觉醒的女性，在这条

满了铁蒺藜的长途上,将怎样去挣扎啊!(《闻歌有感》)

那醉人的绿呀! 仿佛一张极大极大的荷叶铺着,满是奇异的绿呀。(《绿》)

即无奈何,九百人一齐坑哟!(《大泽乡》)

练习　下列各组文句中,用着同一的字,试一一辨认,指出其性质来。

> 向不出其技,虎虽猛,疑畏卒不敢取,今若是焉,悲夫!
> 然则一羽之不举,为不用力焉,舆薪之不见,为不用明焉,百姓之不见保,为不用恩焉。

> 呜呼哀哉。
> 岂不大可惜哉。

> 你年纪已经不小了呢。
> 叫我们向那里谋生活呢。

> 明天怕要下雨罢。
> 请你帮帮忙罢。

文　选

六九、子恺漫画序

夏丏尊

新近因了某种因缘,和方外友❶弘一和尚❷(在家时姓李,字叔同)聚

---

❶　[方外友]方外,犹言"世外",语本《庄子·徐无鬼》"彼游方之外者也"。因为和尚和世俗绝缘,所以与和尚交游,称为"方外友"。

❷　[弘一和尚]俗姓李,名息,字叔同,浙江平湖人。他曾留学日本,在未出家以前,是一个文学家、艺术家,于文学、戏剧、音乐、绘画、书法、金石,无不精到。出家以后,竭力阐扬佛教的净土宗、律宗,为现代高僧。

居了好几日。和尚未出家时，曾是国内艺术界的先辈，披剃❶以后，专心念佛，见人也但劝念佛，不消说，艺术上的话是不谈起了的。可是我在这几日的观察中，却深深地受到了艺术的刺激。

他这次从温州来宁波，原豫备到了南京再往安徽九华山❷去的。因为江浙开战❸，交通有阻，就在宁波暂止，挂褡❹于七塔寺。我得知就去望他。云水堂中住着四五十个游方僧❺。铺有两层，是统舱式的。他住在下层，见了我笑容招呼，和我在廊下板凳上坐了，说：

"到宁波三日了。前两日是住在某某旅馆（小旅馆）里的。"

"那家旅馆不十分清爽罢。"我说。

"很好！臭虫也不多，不过两三只。主人非常待我客气呢！"

他又和我说了些在轮船统舱中茶房怎样待他和善，在此地挂褡怎样舒服等等的话。

我惘然❻了。继而邀他明日同往白马湖❼去小住❽几日，他初说再看机会，及我坚请，他也就欣然答应。

行李很是简单，铺盖竟是用粉破的席子包的。到了白马湖后，在春社❾里替他打扫了房间，他就自己打开铺盖，先把粉破的席子丁宁❿珍重地铺在床上，摊开了被，再把衣服卷了几件作枕。拿出黑而且破得不堪的毛巾走到湖边洗面去。

"这手巾太破了，替你换一条好吗？"我忍不住了。

---

❶ ［披剃］初出家做和尚叫做"披剃"，意思是说披上僧衣，剃去头发。

❷ ［九华山］在安徽青阳县西南四十里；亦名九子山；上有九峰，如莲花削成。

❸ ［江浙开战］民国十三年，江苏督军齐燮元与浙江军务善后督办卢永祥，为争夺上海地盘，发生战争，世称"齐卢之战"。

❹ ［挂褡］和尚投寺寄宿，叫做"挂褡"。

❺ ［游方僧］云游四方的和尚。亦称"游脚僧"。

❻ ［惘然］心中如有所失的样子。

❼ ［白马湖］在浙江上虞县西北夏盖湖南，一名渔浦湖，三面皆山，三十六涧之水，悉汇于此。

❽ ［小住］犹言"暂住"。

❾ ［春社］白马湖有春晖中学，为已故富翁陈春澜捐资创办，他的故旧为纪念他起见，特立春社。

❿ ［丁宁］慎重仔细的意思。

"那里！还好用的,和新的也差不多。"他把那破手巾珍重地张开来给我看,表示还不十分破旧。

他是过午不食了的。第二日未到午,我送了饭和两碗素菜去(他坚说只要一碗的,我勉强再加了一碗),在旁坐了陪他。碗里所有的原只是些莱菔白菜之类,可是在他却几乎要变色而作的盛馔❶,丁宁喜悦地把饭划入口里,郑重地用箸夹起一块莱菔来的那种了不得的神情,我见了几乎要下欢惭愧之泪了!

第二日,有另一位朋友送了四样菜来斋❷他,我也同席。其中有一碗咸得非常的,我说:

"这太咸了!"

"好的! 咸的也有咸的滋味,也好的!"

我家和他寄寓的春社相隔有一段路,第三日,他说饭不必送去,可以自己来吃,且笑说乞食是出家人的本等的话。

"那末逢天雨仍替你送去罢。"

"不要紧! 天雨,我有木屐哩!"他说出木屐二字时,神情上竟俨然是一种了不得的法宝。我总还有些不安。他又说:

"每日走些路,也是一种很好的运动。"

我也无法反对了。

在他,世间竟没有不好的东西,一切都好,小旅馆好,统舱好,挂褡好,粉破的席子好,破旧的手巾好,白菜好,莱菔好,咸苦的蔬菜好,跑路好,什么都有味,什么都了不得。

这是何等的风光啊! 宗教上的话且不说,琐屑的日常生活到此境界,不是所谓生活的艺术化了吗? 人家说他在受苦,我却要说他是享乐。我当见他吃莱菔白菜时那种愉悦丁宁的光景,我想:莱菔白菜的全滋味,真滋味,怕要算他才能如实尝得的了。对于一切事物,不为因袭的成见

---

❶ ［变色而作的盛馔］语本《论语·乡党》"有盛馔必变色而作"。意思是说,见有丰盛的馔肴,便变色而起。

❷ ［斋］请和尚吃叫做"斋"。

所缚,都还他一个本来面目,如实观照❶领略,这才是真解脱❷,真享乐。

艺术的生活,原是观照享乐的生活。在这一点上,艺术和宗教实有同一的归趋。凡为实利或成见所束缚,不能把日常生活咀嚼玩味的,都是与艺术无缘的人们。真的艺术,不限在诗里,也不限在画里,到处都有,随时可得。能把他捕捉了用文字表现的是诗人,用形及五彩表现的是画家。不会做诗,不会作画,也不要紧,只要对于日常生活有观照玩味的能力,无论谁何,都能有权去享受艺术之神的恩宠。否则虽自号为诗人画家,仍是俗物。

与和尚数日相聚,深深地感到这点,自怜囫囵吞枣地过了大半生,平日吃饭着衣,何曾尝到过真的滋味! 乘船坐车,看山行路,何曾领略到真的情景! 虽然愿从今留意,但是去日苦多,又因自幼未曾经过好好的艺术教养,即使自己有这个心,何尝有十分把握! 言之怃然❸!

正怃然间,子恺来要我序他的漫画集。记得:子恺的画这类画,实由于我的怂恿❹。在这三年中,子恺实画了不少,集中所收的不过数十分之一。其中含有两种性质,一是写古诗词名句的,一是写日常生活的断片的。古诗词名句,原是古人观照的结果,子恺不过再来用画表出一次,至于写日常生活的断片的部分,全是子恺自己观照的表现。前者是翻译,后者是创作了。画的好歹且不谈,子恺年少于我,对于生活,有这样的咀嚼玩味的能力,和我相较,不能不羡子恺是幸福者!

子恺为和尚未出家时画弟子,我序子恺画集,恰因当前所感,并述及了和尚近事,这是甚么不可思议的缘啊! 南无阿弥陀佛!

《子恺漫画》,为丰子恺所作,上海开明书店出版。按:丰子恺曾肄业浙江第一师范,做序的夏丏尊和序中所称述的弘一和尚,都是他受业的老师。

---

❶ ［观照］体验事物时如实领略,没有什么好恶的辨别,利害的打算,就叫做"观照"。

❷ ［解脱］佛家语。意思是:此心自在,解除一切尘累。

❸ ［怃然］怅惘的样子。

❹ ［怂恿］劝诱的意思。

七〇、日知录序

潘 耒

有通儒之学，有俗儒之学。学者，将以明体适用❶也。综贯百家❷，上下千载，详考其得失之故，而断于之心，笔之于书，朝章❸、国典❹、民风、土俗，元元本本，无不洞悉，其术足以匡世❺，其言足以救世，是谓通儒之学。若夫雕琢词章❻，缀辑故实❼，或高谈而不根❽，或剿说❾而无当，深浅不同，同为俗学而已矣。

自宋迄元，人尚实学。若郑渔仲❿王伯厚⓫，魏鹤山⓬马贵与⓭之流，著述具在，皆博极古今，通达治体，曷尝有空疏无本之学哉！明代人才辈出，而学问远不如古。自其少时，鼓箧⓮读书，规模次第，已大失古人之

---

❶ ［明体适用］凡理法之见于行事者叫做"用"，其所包含的原理叫做"体"。明体适用，就是明白原理，适于世用的意思。

❷ ［百家］《史记·贾谊传》："贾生年少，颇通诸子百家之书。"后人因称诸子书为"诸子百家"，或简称"百家"。所谓"百家"者，举成数而言，并不一定是一百家。

❸ ［朝章］朝廷的典章。

❹ ［国典］国家的文物制度。

❺ ［匡世］救世。

❻ ［雕琢词章］雕琢，是修饰文字的意思。词章，是指诗赋杂文之属。

❼ ［故实］犹言"掌故"。

❽ ［不根］没有根据的话。

❾ ［剿说］剿袭他人之说。

❿ ［郑渔仲］郑樵字渔仲，宋莆田人。官至枢密院编修。居浃漈山，学者称浃漈先生。所著有《通志》二百卷。

⓫ ［王伯厚］王应麟字伯厚，宋庆元人。官至礼部尚书。所著有《困学纪闻》、《玉海》等。

⓬ ［魏鹤山］魏了翁字华父，宋蒲江人。庆元进士，历仕于朝。尝谪靖州，筑室白鹤山下，因自号鹤山。所著有《鹤山全集》一百九卷。

⓭ ［马贵与］马端临字贵与，宋乐平人。任为承事郎。宋亡，隐居教授乡里。所著有《文献通考》三百四十八卷，又有《大学集传》等书。

⓮ ［鼓箧］发箧以出书籍，叫做"鼓箧"。语本《礼学记》。

意。名成年长,虽欲学而无及。间有豪隽之士,不安于固陋,而思崭然❶自见者,又或采其华而弃其实,识其小而遗其大。若唐荆川❷、杨用修❸,王弇州❹,郑端简❺,号称博通者,可屈指数,然其人去古人有间❻矣。

　　昆山顾宁人❼先生,生长世族❽,少负绝异之资。潜心古学,九经❾诸史,略能背诵。尤留心当世之故,实录奏报❿,手自抄节,经世要务,一一讲求。当明末年,奋欲有所自树,而迄不得试,穷约⓫以老。然忧天悯人⓬之志,未尝少衰。事关民生国命者,必穷源溯本,讨论其所以然。足迹半天下⓭,所至交其贤豪长者,考其山川风俗,疾苦利病,如指诸掌。精力绝人,无他嗜好,自少至老,未尝一日废书。出必载书籍以随,旅店少休,披寻搜讨,常无倦色。有一疑义,反复参考,必归于至当。有一独见,援古证今,必畅其说而后止。当代文人,才士甚多,然语学问,必敛

───────────

❶　［崭然］高峻貌,引申为出人头地或露头角之意。

❷　［唐荆川］唐顺之字应德,明武进人,学者称荆川先生。嘉靖中会试第一,官至右金都御史。他很博学,又善文章,为明中叶有名的文章大家。所著有《荆川集》。

❸　［杨用修］杨慎字用修,号升庵,明新都人。登正德间廷试第一,授修撰;世宗时,充经筵讲官。后以事削籍,遣戍云南永昌卫。他著述很多,诗文外杂著至一百余种。

❹　［王弇州］王世贞字元美,自号凤洲,又号弇州山人,明太仓人。嘉靖进士,官至刑部尚书。他的诗文与李攀龙齐名,时称"王李"。所著有《弇州山人》《四部稿》等。

❺　［郑端简］郑晓字窒甫,明海盐人。嘉靖进士,官至兵部尚书。以忤严嵩,落职归。卒谥端简。他通晓经术,又很熟悉朝章国典。所著有《禹贡图说》《吾学编》及文集等。

❻　［有间］有分别。

❼　［昆山顾宁人］昆山即今江苏昆山县。顾炎武初名绛,字宁人,后改名炎武,自署蒋山佣,学者称亭林先生。

❽　［世族］犹言"世家",就是世世代代做官的人家。

❾　［九经］《周礼》《仪礼》《礼记》《左传》《公羊传》《穀梁传》《易》《诗》《书》,共称九经。一说,《易》《诗》《书》《礼》《春秋》《孝经》《论语》《孟子》《周礼》为九经。

❿　［实录奏报］实录,史体名称,专记帝王一人之事迹的。明清都设有实录馆,以记皇帝的言动。奏报,即臣下的奏章报告等。

⓫　［穷约］穷困。

⓬　［忧天悯人］就是忧时的意思。

⓭　［足迹半天下］古来交通不便,不能及远,所以常称中国为"天下"。这是说,他足迹所到的地方差不多有半个中国。

衽❶推顾先生。凡制度典礼不能明者,必质诸先生;坠文轶事❷有不知者,必征诸先生。先生手画口诵,探原竟委❸,人人各得其意而去。天下无贤不肖,皆知先生为通儒也。

先生著书不一种,此《日知录》,则其稽古有得,随时札记,久而类次成书者。凡经义、史学、官方、吏治、财赋、典礼、舆地、艺文之属,一一疏通其源流,考正其谬误。至于叹礼教之衰迟,伤风俗之颓败,则古称先❹,规切时弊,尤为深切著明。学博而识精,理到而辞达,是书也,意惟宋元名儒能为之,明三百年❺来殆未有也。耒少从先生游,尝手授是书,先生没,复从其家求得手稿,校勘再三,缮写成帙❻,鸠工❼刻之以行世。

呜呼!先生非一世之人,此书非一世之书也。魏司马朗复井田之议,至易代而后行❽;元虞集京东水利之策,至异世而见用❾。立言不为一时,录中固已言之矣,异日有整顿民物之责者,读是书而憬然觉悟,采用其说,见诸施行,于世道人心,实非小补。如第以考据之精详,文辞之博辨,叹服而称述焉,则非先生所以著此书之意也。

---

❶ 〔敛衽〕敛其衣襟;肃敬之意。

❷ 〔坠文轶事〕犹言"遗闻逸事"。

❸ 〔探原竟委〕原委,犹言"本末"。探原竟委就是穷究其本末的意思。

❹ 〔则古称先〕以古代为法则,而所称述的大都是先贤遗法。

❺ 〔明三百年〕明自公元一三六八年朱元璋建国,至公元一六四三年灭亡,凡二百七十六年,此云三百年,是举成数而言。

❻ 〔帙〕古人之书,都为卷子,以囊盛之,叫做"帙"。

❼ 〔鸠工〕犹言"聚工"。鸠是聚集的意思。

❽ 〔魏司马朗复井田之议至易代而后行〕司马朗字伯达,三国魏温人。后汉末为丞相主簿,建议复古井田制,虽未施行,然至拓跋魏孝文帝时,遂普行均田之法。

❾ 〔元虞集京东水利之策至异世而见用〕虞集字伯生,号道园,元仁寿人。官至奎章阁侍书学士。著有《道园学古录》五十卷。他曾上条陈说:"京师之东,濒海数千里,……海潮日至,淤为沃壤。用浙人之法,筑堤捍水为田,听富民欲得官者,合其众,分授以地,官定其畔以为限;能以万夫耕者,授以万夫之田,为万夫之长,千夫百夫亦如之,察其惰者而易之。一年,勿征也;二年,勿征也;三年,视其成,以地之高下,定额于朝廷,以次渐征之;五年,有积蓄,命以官,就所储给以禄;十年,佩之符印,得以传子孙,如军官之法。则东南民兵数万,可以近卫京师,外御岛夷,远宽东南海运以纾民疲,遂富民得官之志而获其用,江海游食盗贼之类,皆有所归。"这条陈未被采用。后来明朝于要害之地设卫、所,大小联比以成军,其军都世籍,有事出战,无事垦田。其办法几乎全袭虞集的条陈,所以说"至异世而见用"。

《日知录》是明末清初的顾炎武所撰，凡三十二卷。顾炎武的学问，博赡而能贯通。他这部书是读书有得，随时纪录的札记；经三十年而后成，其精审可知。而做这篇序的潘耒，是他的受业门生，所以说得非常确当，和寻常为应酬而做的序文不同。

潘耒字次耕，号稼堂，晚号止止居士，吴江人。师事顾炎武。长于音韵学及史学，兼工诗文。清康熙中以博学鸿儒征，试授检讨，纂修《明史》，充日讲起居注官，坐浮躁降调归。所著有《类音》、《晶暗历金》、《遂初堂诗文集》。顾炎武所著《日知录》，是他出资刊印的。

文　话

二三、曲

最近我们读过马致远的《秋思》和《桃花扇》里的《哀江南》，这二者都是"曲"。从本质上说曲和词一样，都是诗的范围以内的东西。诗有纯粹抒写情怀的；也有叙事而抒写情怀的；词和曲差不多是纯粹抒写情怀的；直到形成了戏剧的形式，曲才担负了与叙事诗同样的职务。若就形式来说，诗的条件比较少；形式条件最多的律诗和绝句，也只有押韵、语数有定、平仄声调协数端而已。词和曲除这数端外，还须顾到音乐的条件。抒写怎样的一种情怀应该用哪一个宫调的词牌、曲牌来作词、作曲，在当初的作者是必须顾到的。犹之现在给歌曲作谱的音乐家在着手之先，必须审酌该歌曲的情调，然后决定用 C 调、G 调还是 F 调。词和曲本来是文学和音乐混合的艺术品啊。

作词、作曲究竟是怎样的情形，请设一个浅显的譬喻来说明。我国有一支乐谱叫作《梅花三弄》，俗名叫作《三六》，是流行得很广遍的，略微能弄丝竹的人总知道它。这里有一个人想作歌，写月夜的景色，就按照《梅花三弄》的谱，这个歌唱起来是《梅花三弄》的调子。另外有一个人也想作歌，写离别的情怀，就按照《梅花三弄》的谱，这个歌唱起来也是《梅花三弄》的调子。两个歌调子相同,但题目各别,内容互异。词牌如《菩萨蛮》,曲牌如《夜行船》,犹如这里所说的《梅花三弄》。辛弃疾《菩萨蛮》的调子作"书江西造口壁"的词,马致远用《夜行船》的调子作"秋思"的曲,另外还有许多人用《菩萨蛮》、《夜行船》的调子作他们的词和曲,这正同大家可用《梅花三弄》的谱作歌一样。这样说来,作词、作曲是怎样的一种勾当不是很容易明白了么?

但是要知道,这样地作词是词的乐谱尚未失传以前,懂得音律的人作词的情形;这样地作曲是懂得音律的人作曲的情形。到词的乐谱失传了以后,到曲的乐谱不复普遍地流行于社会间了之后,一般人作词、作曲就不是这般情形了。他们不管《菩萨蛮》的第一个音是 do 还是 re,《夜行船》的第一个音是 mi 还是 fa,只取一首现成的词或曲做标准,一一依照着它着手。它全首多少司,各句多少字,就也作多少句,各司多少字;它第一字是平声就也用平声字放在句首,第二字是上声就也用上声字放在第二;它什么地方押韵就也在什么地方押韵,什么地方对偶就也在什么地方对偶,什么地方重叠就也在什么地方重叠。至于怎样来歌唱他们所作的词或曲,他们却并不知道,因为他们所依据的原不是"乐谱"呀。这情形还请设一个譬喻来说明。我们假定《梅花三弄》的乐谱现已经失传了,或者虽未失传而我们并不熟习,但是我们知道有一首《月夜歌》是用《梅花三弄》的乐谱作成的,就依据了《月夜歌》的字数、四声、押韵等等作成一首新的歌,譬如说是《雪朝》吧;说《雪朝》用的就是《梅花三弄》的调子,当然可通;可是《雪朝》这首歌应该怎么唱,我们并不知道;《雪朝》实际上只是一首仿模《月夜歌》的形式的唱不来的歌儿罢了。离开了音乐的条件而作词、作曲,情形就是这样子。

到这地步,作词、曲与作诗就很少区别了;若说词、曲有各种形式上的条件,那末,律诗和绝句不是也有形式上的条件么?换一句说,就是:把词、曲称为另一体的诗也未尝不可,因为它们的本质原是相同的。

以下略说曲的体制。

一个曲牌的曲叫做"小令"。一个曲牌是曲的单位,犹之现在按谱作歌，必须取全谱，不能割裂了谱的一部分算数。假若作曲者情思丰富。不能把它包含在一首曲里，而按照同一的曲牌多作几首，或者几首同用一韵，或者每首各用一韵，这仍是小令。好像在一个题目之下作四首七律，就体制讲，还是称七律，四首同一首原是没有关系的。

　　两个以上曲牌相联的叫做"散套"。这就是说，散套所用的是一种复合的乐谱。相联的数个曲牌通常须是同一宫调的，照现在的说法，就是各个曲牌不是都属 C 调，便是都属 G 调或者 F 调等。全首用韵，必一韵到底。又有"尾声"，以示全套的乐律已经完毕。——这只就普通情形而言。此外也有把宫调不同的曲牌联成的散套，也有不用尾声的散套。唯一韵到底一项却没有例外。

　　到这里，《秋思》和《哀江南》二者都是散套，这是不言而喻的了。

　　小令也得举例以见一斑。现在就把曲牌名《天净沙》、也题作《秋思》的一首抄录在这里，这一首有人说也是马致远的作品，但也有人说它出自无名作家之手。

　　　　枯藤老树昏鸦，小桥流水平沙，古道西风瘦马，夕阳西下，断肠人在天涯！

　　小令和散套统称"散曲"，以和"戏曲"相对待。犹如文章中有"散文"，以和"韵文"相对待。戏曲所用也就是那些曲牌，也是数个曲牌那么联缀起来，实际与散套无异。所以，说得明白点，就是：非戏剧的成套的曲称为散曲，戏剧中的曲则称为戏曲。而小令当然不适宜用入戏剧，故也称为散曲。我们这讲义里的《秋思》当然是散曲；而《哀江南》虽然出于戏剧《桃花扇》里头，但这算是戏剧中人物的作品与题诗填词一样，故也是散曲。

　　曲演化而为戏剧，是非常自然的事情。请再设一个譬喻。我们平时熟习了许多的曲调，一个个都能吹弹。有一次我们要举行一个同乐会，游艺节目中有一项是歌剧。我们就依据熟习的那些曲调编成歌词，又加入一些对白，这样，一幕歌剧就成功了。到这时候，本来是随便歌唱的曲调不就成为戏曲了么？宋元时曲演化而为戏剧，就是这样的情形。

宋时戏剧称为"杂剧"，因为歌唱与滑稽、杂耍、舞蹈混合，所以名称上有这个"杂"字。到元时杂剧差不多有了一定的体制。大都每一种杂剧限于四折，照现在说起来，就是四幕。每折里的曲牌限于一个宫调，又限于由一个剧中人歌唱。要看例子，现在最容易购求的有《元曲选》一书，商务印书馆有翻印本。

宋元时又有一种"南戏"，也是综合旧曲而成的。它的体制与杂剧不同。南戏的一幕称为"一出"，一出中不以一宫调的曲为限，也有一出重复用一曲到底的。又，曲原有南北之分，杂剧所用的是北曲，自从元人作散曲创南北合套的规模，南戏中就不单用南曲，也有用南北合套的了。并且，南戏一出中的曲不限定由一个剧中人歌唱；这个人唱一曲，那个人接唱一曲，有时几个人合唱一曲。南戏全部又不限定出数，视所演故事的繁简而多少，多的至数十出。到明清时，一般称南戏为"传奇"，与北曲的"杂剧"相对待。像《桃花扇》，就是一部传奇。

元曲的唱法，早已失传。明魏良辅创立"昆腔"，给《琵琶记》传奇点板，以后定乐谱的人就奉为模范。所以传奇中虽有北曲，那腔调究竟保存了元曲的几分之几，实在无从知道。像《桃花扇》这部传奇，在当时是非常风行的，或者仅仅歌唱，或者登场表演，它的乐调就属于"昆腔"的系统。"唱昆腔"现在还是有闲阶级的一种好尚，江浙许多比较殷富的城镇以及北平，结社唱昆腔的数目很不少。他们所唱的戏曲是明清各传奇中的一出或数出。

练习　马致远《秋思》散套是怎样的一派思想？这派思想和现代人生适应么？

文　选

七一、座右铭

崔　瑗

无道人之短，无说己之长。

施人慎勿念，受施慎勿忘。

世誉不足慕，唯人为纪纲❶。

隐心而后动❷，谤议庸何伤。

无使名过实，守愚圣所臧❸。

在涅贵不缁❹，暧暧内含光❺。

柔弱生之徒，老氏诫刚强❻。

行行❼鄙夫志，悠悠故难量❽。

慎言节饮食，知足胜不祥。

行之苟有恒，久久自芬芳。

---

❶　[世誉不足慕唯人为纪纲] 世俗的名誉不足羡慕，能够表现人之所以为人最是重要。按：人，一本作"仁"。古"人"与"仁"通。若解作，只有仁是做人的根本法则，亦通。纪纲本是纲上的总绳，故含有根本的、重要的、主脑的……意思。

❷　[隐心而后动] 隐，忖度的意思。凡做事先在心里忖度一下，觉得这桩事是应该做的，然后去做，就叫做"隐心而后动"。

❸　[守愚圣所臧] 臧，含有许可或称善的意思。孔子说："聪明睿智，守之以愚。"(见《孔子家语》) 孔子是圣人，所以说"守愚圣所臧"。

❹　[在涅贵不缁] "涅而不缁"，《论语》所载孔子的话。这句的意思，是说，处污俗之世，贵在不为世俗所染。

❺　[暧暧内含光] 暧暧，昏昧貌。"星之昭昭，不如月之暧暧"，《晏子春秋》所载孔子的话。这句的意思是教人不要专讲究外貌，要力求内容的充实。

❻　[柔弱生之徒老氏诫刚强]《老子》："人生也柔弱，其死也坚强；万物草木生也柔脆，其死也枯槁：故坚强者死之徒，柔弱者生之徒也。"又说："柔弱胜刚强。"

❼　[行行] 刚强貌。《论语》："子路行行如也。"行，读如杭(ㄏㄤ)。

❽　[悠悠故难量] 悠悠，对行行而言。这是说，外貌悠悠然的人，原来难以度量的。

为文字以刻于器,或以自警,或称述功德,使可称名,永久不忘者,叫做"铭"。后遂成为文体之一。凡记训戒之文字于所坐之处以自警者,就叫做《座右铭》。

崔瑗字子玉,后汉安平人。少从贾逵学,遂通天官历数及《京房易传》。尝为报兄仇杀人,亡命在外,逢大赦,才得返家。后举茂才,为汲令,迁济北相。所著赋、碑、铭、箴凡数十篇。

七二、五箴(并序)

曾国藩

少不自立,荏苒❶遂泊❷今兹;盖古人学成之年❸,而吾碌碌❹尚如斯也。不其戚矣❺!继是以往,人事日纷,德慧日损,下流之赴,抑又可知。夫疢疾所以益智❻,逸豫所以亡身❼。仆以中才而履安顺❽,将欲刻苦而自振拔,谅哉其难之欤❾!作五箴以自创❿云。

立 志 箴

煌煌先哲,彼不犹人⓫?藐焉小子⓬,亦父母之身。聪明福禄,予我

---

❶ 〔荏苒〕音ㄖㄣˇ ㄖㄢˇ,时间的展转,含有虚度光阴的意思。

❷ 〔泊〕音(ㄐㄧ)。作"及"或"到"解。

❸ 〔古人学成之年〕古人以三十岁为学成之年。《论语·为政》,"吾十有五而志于学,三十而立。"何晏《集解》:"有所成也。"

❹ 〔碌碌〕凡庸貌。

❺ 〔不其戚矣〕岂不可悲呢。

❻ 〔疢疾所以益智〕《孟子·尽心》:"人之有德慧术智者,恒存乎疢疾。"注:"疢疾,犹灾患也。"疢,音趁(ㄔㄣ)。

❼ 〔逸豫所以亡身〕逸豫,安乐的意思。逸豫亡身这句话,前人常常引用,例如《五代史·伶官传序》:"忧劳可以兴国,逸豫可以亡身。"

❽ 〔仆以中才而履安顺〕仆,自谦之辞。中才,中人之才,才能平常的意思。履,指所蹈履的境界而言。这句的意思是说,我以中人之才而处安顺的境地。

❾ 〔谅哉其难之欤〕谅哉犹言"信哉"。这句翻为白话,便是"真的不容易呵!"

❿ 〔自创〕自己惩戒。

⓫ 〔煌煌先哲彼不犹人〕煌煌,光明貌。这是说,那些煌煌先哲,他们不同样是人吗?

⓬ 〔藐焉小子〕藐,小貌。这是作者自谦之辞。

者厚哉❶！弃天而佚❷，是及凶灾。积悔累千，其终也已❸！往者不可追，请从今始。荷道以躬❹，舆之以言❺。一息尚存，永矢弗谖❻。

居 敬 箴

天地定位，二五胚胎❼；鼎焉作配，实曰三才❽。俨恪斋明，以凝女命❾。女之不庄，伐生戕性。谁人可慢？何事可弛？弛事者无成，慢人者反尔❿。纵彼不反，亦长吾骄。人则下女，天罚昭昭⓫。

主 静 箴

斋宿日观，天鸡一鸣；万籁俱息，但闻钟声⓬。后有毒蛇，前有猛虎；

---

❶　[聪明福禄予我者厚哉]意思是说，人之智慧福德，都受之于天，而天所给予作者的独厚。所以下面说"弃天而佚，是及凶灾"。

❷　[佚]贪图安乐的意思。

❸　[积悔累千其终也已]一个人如果把悔恨之事累积盈千，那就完了。

❹　[荷道以躬]用我自己的身体来担荷道义。

❺　[舆之以言]载而行之叫做"舆"。舆之以言，用文辞来表达他所担荷的道义，就是"文以载道"的意思。

❻　[永矢弗谖]语本《诗·考槃》。永远不忘记的意思。矢，犹言"誓"。忘记叫做"谖"，音宣（ㄒㄩㄢ）。

❼　[天地定位二五胚胎]天地定位，语本《易·说卦》。又《易·系辞》："天数五，地数五。"二五胚胎，就是天地相交而生万物的意思。按：这是古人的素朴的宇宙观。

❽　[鼎焉作配实曰三才]天、地、人为三才，见《易·系辞传》。鼎是三足；天地加人为三才，故说像鼎足那样配合。

❾　[俨恪斋明以凝女命]俨恪，庄敬貌；《礼·祭义》："俨威俨恪"。斋明，整齐严明的意思；《礼·中庸》："齐（古齐与斋通）明盛服。"凝，是"定"的意思。女，同"汝"；下同。

❿　[慢人者反尔]你欺慢人，人家反过来也欺慢你。

⓫　[人则下女天罚昭昭]人家即使对你谦下，而上天却很明白要赐罚的。

⓬　[斋宿日观天鸡一鸣万籁俱息但闻钟声]古人于祭祀之前，必先斋戒越宿，以齐一心志。泰山顶有日观峰。应劭《汉官仪》说："泰山东南山顶，名曰日观。鸡一鸣时，见日始欲出，长三丈许，因以名焉。"空虚地方所发出来的声音叫做"籁"，例如《庄子·齐物论》里有所谓"天籁""地籁""人籁"等。一切声音都没有了，叫做"万籁俱息"。按：这四句是写静的境界。

神定不慑,谁敢予侮❶! 岂伊避人? 日对三军❷。我虑则一,彼纷不纷❸。驰骛半生,曾不自主;今其老矣,殆扰扰以终古❹。

谨 言 箴

巧语悦人,自扰其身;闲言送日❺,亦搅女神。解人不夸,夸者不解。道听途说❻,智笑愚骇:骇者终明,谓女贾欺❼。笑者鄙女,虽矢犹疑❽。尤悔既丛,铭以自攻❾。铭而复蹈,嗟女既耄❿。

有 恒 箴

自吾识字,百历及兹⓫;二十有八载,则一无知。曩者所忻,阅时而鄙⓬;故者既抛,新者旋徙⓭。德业之不常,日为物迁⓮;尔之再食,曾未

---

❶ [后有毒蛇前有猛虎神定不慑谁敢予侮]这四句是写主静的工夫。人能主静,则精神镇定,什么东西都不能打动他了。

❷ [岂伊避人日对三军]我的所谓"主静",难道要借此以避人世吗? 我对于人生看得十分严重,天天像三军对阵时一般,不敢有丝毫的苟且或放松。伊,语助词。古天子六军,诸侯三军,后来"三军"二字遂为军队之通称。

❸ [我虑则一彼纷不纷]我的心思专一了,任外界怎样纷扰,我也不觉得纷扰了。

❹ [驰骛半生曾不自主今其老矣殆扰扰以终古]这四句是警戒自己的话。驰骛,马的奔走,引申为心神不定之意。终古,犹言"终结"。

❺ [闲言送日]谈谈闲天,把日子虚度过去。

❻ [道听途说]在路上听来的话,不考虑这句的真实与谬妄,就在路上照样传说开去,叫做"道听途说"。语本《论语·阳货》"道听而途说,德之弃也"。

❼ [贾欺]即"售欺",有意欺骗人的意思,贾,音古(ㄍㄨ)。

❽ [虽矢犹疑]你虽对他赌咒,他还是不相信。

❾ [尤悔既丛铭以自攻]尤悔,就是言行方面的过失。《论语·为政》:"言寡尤,行寡悔。"这是说,尤悔既丛集一身,便作铭以攻责。按:铭与箴文体相类,故往往箴铭并称。

❿ [铭而复蹈嗟女既耄]做了铭以后你还要犯那些过失,咳! 那你已经老了,不中用了!

⓫ [百历及兹]不少的经历到了现在。

⓬ [曩者所忻阅时而鄙]一句所欣赏的,过了几时又鄙弃了。

⓭ [故者既抛新者旋徙]旧的既经抛了,新的不久又见异思迁了。

⓮ [日为物迁]物,外物,对内心而言。这是说,日为外物所诱而见异思迁。

闻或愆❶。黍黍之增，久乃盈斗❷。天君司命，敢告马走❸。

　　箴，规戒的意思。古时臣下每作箴辞以戒王，（见《左传》襄公四年"官箴王阙"注）后遂成为文体之一。如晋张华有《女史箴》，宋程颐有视、听、言、动四箴。这篇是作者写来规戒自己的；因为分立志、居敬、主静、谨言、有恒五项，故总名《五箴》。

　　曾国藩字伯涵，号涤笙，清湘乡人。道光进士，授检讨。太平天国之乱，他适丁忧在乡，督办团练，编制乡勇，连复沿江各地，封毅勇侯，为同治中兴功臣第一。以大学士任两江总督，卒于官，谥文正。他对于学问上的见解，以为义理、考据、词章三者，阙一不可。所作古文，亦为当世所推重。著书百数十卷，称《曾文正公全集》。

文　法

二三、助词的合用

　　把两个以上的助词连结起来用在句末，可以使言语的神情愈表出得周到复杂。助词的合用，文言较白话为多。其结合的方式，不外下列二种。

　　（甲）同性质的助词相结合　把同性质的助词叠用在一处，可以使语气表出得格外周到。例如：

　　　　已矣　赐也始可与言诗<u>已矣</u>。（《论语》）

────────

❶　〔尔之再食曾未闻或愆〕你一顿两顿的吃，却不曾听见你愆过期。

❷　〔黍黍之增久乃盈斗〕黍是细小的东西，但增积起来，可以盈斗。以喻人之知识德业，全靠有恒心才能成就。

❸　〔天君司命敢告马走〕心为天君，见《荀子·天论》。马走，自称之谦辞；例如司马迁报任安书："太史公，牛马走。"这是说，命是心所主宰的只要此心有恒，不见物思迁，那德业自会成就的。敢把这个道理告诉我自己。

　　而已耳　　至于举世非之,力行而不惑者则千百年乃一人而已
耳。(韩愈《伯夷颂》)

　　乎哉　　且何以至是乎哉。(《永某氏之鼠》)

上面各例,都是叠用着同性质的助词的,若略去其一,原也无妨,叠用了
语气较为厚重。

　　此类的合用法,白话中殊少见。因为白话的助词,本较文言简单,同
是疑问助词,文言有"乎""哉""耶""与"诸字,而白话却只一个"么"字,
("呢"本来也与"么"同为疑问助词,但用法与"么"绝不同,说已见前。)无
法叠起来连用的。

　　(乙)异性质的助词相结合　　把异性质的助词叠用在一处,可以使语
气表出得复杂。例如:

　　也与　　唯求则非邦也与?(《子路曾皙冉有公西华侍坐》)

　　也哉　　彼以其饱食无祸为可恒也哉?(《永某氏之鼠》)

　　也耶　　畴昔之夜飞鸣而过我者非子也耶。(苏轼《赤壁赋》)

　　也已　　可谓好学也已。(《论语》)

　　也已矣　　亦各言其志也已矣。(《子路曾皙冉有公西华侍坐》)

　　矣哉　　嘻,技亦灵怪矣哉!(《核舟记》)

　　矣乎　　父母其顺矣乎。(《论语》)

　　而已矣　　古之人所以大过人者无他焉,善推其所为而已矣。
(《齐桓晋文之事》)

上面各例中所叠用的助词性质前后不同,前一个把句子暂为结束,再用
后一个把全句再来结束。例如"也与"合用时,"也"字先把句子作肯定的
结束,然后再以疑问的"与"字结束全句。二者之中,后者较前者为重要。
句的性质,因后者而定。后者如属疑问助词,整句就属疑问句,后者如属
感叹助词,整句就属感叹句。

　　这类的叠用法,白话中也可常常见到。例如:

　　了吧　　把你吓坏了吧。(《北京的空气》)

　　了么　　怎么?没有了么?(《同上》)

　　了啊　　他已不在这里了啊。

了呢　今天是二月十五了呢。

练习　试用下列各合用助词造例。

也与？（疑问句）　也与！（感叹句）

矣乎？（疑问句）　矣乎！（感叹句）

了呢。（决定句）　了呢！（感叹句）

二四、独立的感叹词

感叹的语气可用感叹助词表出，已如前述。但尚有一种专表感叹的感叹词。这类感叹词，只是一种声音的标号，在语言中历史最古，人类不能说话时，感叹词早已就有的了。动物的呼叫，婴孩的咿唔，都可认为感叹词。因为感叹词只是一种声音的标号，而且是最原始的语言，故各国语言中，声音大概相差不远，只是标出的符号不同而已。

我国的感叹词，文言所用的与白话所用的虽不同，然实则只是古今写法上的变化，其实是一种东西。普通习见的感叹词如下：

（甲）文言中的感叹词

　　呜呼（於戏）　　於戏！九贤亦夫人哉！（《宋九贤遗像记》）

　　噫（吁）　　　　噫！余之手摹也！（《画记》）

　　噫嘻　　　　　　噫嘻！事急矣！

　　嗟乎　　　　　　嗟乎！惜哉，其不讲于刺剑之术也！（《荆轲传》）

　　恶（乌）　　　　恶！是何言与！（《孟子》）

　　唉　　　　　　　唉！竖子不足与谋，夺项王天下者必沛公也！

（《史记·项羽本纪》）

　　咄　　　　　　　咄！尔何知！

　　唯　　　　　　　子曰，吾道一以贯之。曾子曰，唯！（《论语》）

（乙）白话中的感叹词

　　啊　　　啊！原来如此！

呀　　呀! 马来了!

咦　　咦! 你也在这里!

唔　　唔! 不错!

哼　　哼! 看你怎么样!

呸　　呸! 你配讲这话!

啐　　啐! 休得胡说!

唅　　唅! 朋友,你到那里去?

啊呀　啊呀! 事情糟了!

咦呀　咦呀! 这是我的不是!

上面这几个是最习见的感叹词。白话中因了写法读法的不同,尚有许多字类。但其实并只是写法与读法的不同而已。根本就只是这几个。

感叹词的用途如果细分起来,可得下面的几种:

(一)表惊讶或赞叹——呜呼、噫、啊、呀、啊呀、咦

(二)表伤感或痛惜——呜呼、噫、嗟乎

(三)表欢笑或讥嘲——咄、啊、呀、啐、呸

(四)表愤怒或鄙斥——恶、咄、呸、哼、啐

(五)表呼问或应答——唯、唔、唅

感叹词在句中是独立的,通常放在句的头上,与句子不相关系。亦有独立在句末者。例如:

> 虽然,以国士而论,豫让固不足当矣,彼朝为仇敌,暮为君臣,腼然而自得者,又让之罪人也。噫!(方孝儒《豫让论》)

> 我赏你两副脚镣,来,钉上镣,收监去,……哼! 本县送你到省还要你的命! 哼!(《李成虎小传》)

练习　试用下列各感叹词造例。(依照所注条件。)

呜呼 { (1)(伤感的)
　　　(2)(赞叹的)

呀 { (1)(欢悦的)
　　 (2)(惊讶的)

啊 $\begin{cases}（1）（欢悦的）\\（2）（赞叹的）\end{cases}$

（文法完，以后接排修辞）

文　选

七三、蚕儿和蚂蚁

叶绍钧

撒，撒，撒，像秋天的细雨声。所有的蚕儿都在那里吃桑叶。他们也不辨辨滋味。只顾咬，只顾吞，好像他们生到世间来，惟有吃桑叶一件大事。

一会儿桑叶剩了些脉络，蚕儿的灰白色的身体完全显露，构成个蠕动的使人肉麻的平面。于是饲蚕人又把大批桑叶盖上去。撒，撒，撒的声音又响起来，而且更响一点，像一阵秋风吹过，送来紧急的雨声。

有一条蚕，蹲在竹器的边缘，昂起胸部，抬起头，一动不动，他独个儿不吃桑叶。他将要入眠❶了么？他吃得太饱了么？不，他正在那里思想。看他那副神气，就像个沈默深思的思想家。

什么事情只要能想，到底会弄明白的。

他开头想自己生到世间来究竟为什么的，是不是专为吃桑叶这一件大事。他查考祖先的历史，看他们遇到些什么。祖先是吃罢桑叶作成茧，被投到沸滚的汤里；人们捞起那丝来制成光彩的衣裳。他便明白蚕儿生到世间来，惟一大事是作茧。吃桑叶并不是大事，只是一种方便。不吃桑叶作不成茧，为要作茧故而先吃桑叶。想到这里，他灰心极了；辛辛苦苦一世工作，却为着那全不相干的"人"！他再不想吃桑叶了，只是昂起胸部，抬起头，一动不动。

---

❶　[入眠]指蚕的蜕变，蚕自初生至作茧时，必蜕皮数次。当蜕皮时，不食不动，其状如眠，故叫做"蚕眠"。首次蜕皮叫初眠，二次叫二眠，三次叫三眠，末次叫大眠。

又一批新桑叶盖到蠕动的使人肉麻的平面上，急雨似的声响又播散开来。独有他看都不看一看。

近旁有个细微的声音招呼他道："朋友，又是一顿新鲜的大餐来了。你吃呀，客气会吃亏的。"

他不屑回转头去，骂道："你们这班饿鬼似的东西，只晓得吃呀吃呀！我饱得很，太饱了，不想吃。"

"你在什么地方吃到了更鲜美的东西么？"一句话才说罢，那发问的小嘴连忙沿着桑叶的边缘一上一下地咬嚼。

"更鲜美的东西！你们不能离开了口腹的事情而思想的么？使我饱的是厌恶，是很深的厌恶。"

"你厌恶什么？"

"我厌恶工作。没有比工作更可厌的了，从今以后，我决意永不工作。刚才作成一个歌儿，唱给你听听。"

> 什么叫作工作！
> 没意思，没道理，
> 毫无所得，白费气力。
>
> 我们不要工作，
> 看看天，望望地，
> 直到老死：落得省力。

但是同他对话的那条蚕儿不等听罢他的新歌儿，就爬到另一张桑叶的背面去了。其余的蚕儿全没留心到有一位朋友不吃桑叶的事。

> 什么叫作工作！
> 没意思，没道理。……

他一壁唱，一壁离开竹器的边缘。既已决意永不工作，那何妨离开作工的场所；这些只晓得吃什么也不明白的同伴又实在使他看着生气；他从木架子爬下，一对对的脚移动得很快，这时他觉着离开越快越好。一口气爬到室外的地面，听不见同伴的吃叶声了，他才停了脚；重又昂起胸部，抬起头，开头过那"看看天，望望地"的"不要工作"的日子。

忽然像针刺似的，尾部觉着一阵痛，身体不自主地扭曲一下。他连忙回头看，原来是一个蚂蚁。

那蚂蚁自言自语道，"不想还是活的。"

"你以为我是死的么？"

"你像掉在地上的枯树枝一段，我以为至少僵了三天了。"

"你说我的身体干瘦么？"

"不错。你既然还是活的，为什么身体这样干瘦呢？"

"你知道我决心不吃东西了么？"

"你碰到什么倒楣❶的事情了，要想自杀，把自己饿死？"

"我厌恶工作。我看穿了吃东西只是关于工作的一种方便，所以不再想吃东西。小朋友，我有一个新编的歌儿，唱给你听听。"

蚂蚁听蚕儿有气没力唱他的宣传歌，忍不住笑起来，说道，"哪里来的怪思想！你说不要工作，就差不多说不要你的生命，不要你的种族呢。"

蚕儿呆呆地看了蚂蚁一眼，叹息道："生命和种族，在我说来，也没有什么意思。滚沸的汤！一丝一缕完全被抽去！我想到这些，只见前面一团黑。"

"生了耳朵从没有听见过。你说出这样的话来，大概是工作太多，神经有点昏乱了。我唱一个我们的歌给你听听，让你清醒一下吧。"

"你也有歌儿？"

"我们个个都能唱歌。唱歌是我们的精神的开花。"

蚂蚁用触角❷一动一动地按着拍，他唱出下面的歌儿：——

　　我们赞美工作。

　　工作便是生命。

　　它给我们丰富的报酬，

　　它使我们热烈地高兴。

　　我们全群繁荣，

---

❶　［倒楣］江浙一带的俗语，就是"不幸"的意思。

❷　［触角］动物学名词，节足动物如虾、蟹、蜈蚣、及各种昆虫及软体动物的感觉器官。

　　　　我们各个欣幸。

　　　　工作！工作！——

　　　　我们永远的歌声。

　　蚂蚁唱罢,哈哈大笑,又仰起头胸部,摆动着脚,舞蹈起来。一壁问道,"怎样？我们这歌比你那倒楣的歌儿光明得多吧？"

　　蚕儿揣想那小东西一定也是什么都不知道的,同那些死守在竹器里吃桑叶的同伴们一模一样；不然,就想不透他这一团高兴从那里来的。他问道,"难道没有一镬滚沸的汤等候在你们前面么？"

　　蚂蚁摇摇头,"我们喜爱冷饮,那边池荡里的清水是我们的饮料。"

　　"不是说这个,没有'人'来抽你们的丝么？"

　　"什么叫做'人',我不懂。"

　　蚕儿感到表白心意的困难。停顿了一会,转换话头问道："难道你们的工作不是白做的么？"

　　"你问这个么？"蚂蚁觉得惊奇,"世间那里会有白做的工作？"

　　"我的意思正和你相反,世间那里会有不白做的工作！"

　　"你不相信,只消看我们。我们的工作完全不是白做的,一丝一毫的气力都贡献给全群,增加全群的福利。"

　　"我想像不来如你所说那样的事。我只知道全群的结果是做煮毙的僵尸。"

　　蚂蚁微觉不耐烦,"顽固的先生,同你说不明白的了。只有请你亲眼看见我们的生活情形,才会使你相信我的话不是骗你。我此刻还有工作,要去找寻食物,不能陪你同去。带了这封介绍书去吧。"说着,伸出前足,授过介绍书,这在人类,是要用了最好的显微镜才看得清的。

　　蚕儿接了介绍书,懒懒地说道,"谢谢你。我反正不想工作,停留在这里同到你们那里去看看都是一样的。"

　　他们分别了。蚂蚁匆匆地跑去,跑过一段路停住脚,向四围探视,换个方向,又匆匆地跑去。蚕儿是不要不紧地爬行,好像每一个环节❶移

_____

　　❶　[环节]指蚕体的一节。

前一步都要停顿好久似的。

蚕儿爬行虽然慢，终于到了蚂蚁的国土。他把介绍书递给门前的守卫，就得到很优厚的招待。他们让他参观一切的工作，运粮食，开道路，造房屋，管孩子；又引他参观一切的地方，隧道❶，会堂，育儿室，储藏室。他如在另一天地间，只见他们起劲，努力，忙碌，欢快，真个工作就是他们的生命。最后他们开会款待他，齐声合唱先前那蚂蚁唱给他听的那个歌儿。

蚕儿听到末了的"工作，工作！——我们永远的歌声。"忍不住滴下眼泪。他这才相信世间真有不是白做的工作，蚂蚁们的赞美工作确然有道理的。

从此他又明白自己厌恶工作同蚂蚁赞美工作都有原由，彼此情境不同，对于工作的意念也就不同了。——什么事情只要能想，到底会弄明白的，何况他是一条思想家似的蚕儿。

七四、西风

陈衡哲

有一天，正是初秋的时候，西风正静静的在红枫谷中睡觉，忽然被一阵喧嚷的声音闹醒，接着又听见四面飞跑的脚步声。西风揉一揉眼睛，伸首向外一看，只见涧里的秋水，正横冲直撞的在那里乱跳，还有天上的薄云，和谷边的红叶，也夹着那淡黄的蝴蝶，在谷中乱扑乱飞。他们看见了西风，一齐叫道："快起来吧！月亮儿忽然不见了，我们找了这些时还不曾找着呢。你今天可曾见她吗？"

这时候西风才知道他们所闹的什么一件事。月亮儿不见了吗？在西风看来，这也算不得什么奇事。在这个红枫谷里，月亮儿和西风的交情，算是最密切的了，他们俩中间还有什么事是瞒着的呢？红枫谷里的

---

❶　［隧道］地下的道路。

居民,大概是不大喜欢到下面的世界上去的,他们至多一年去一次,有时也竟不去;唯有月亮儿却最恋恋那个下面的世界。西风虽然与她很投机,但却不甚赞成她的这个尘世观念。他曾常常劝她留在谷里,与兄弟姊妹们玩耍,不必去做那些俗人们的玩具。

做玩具吗? 月亮儿听了,不由得生起气来了。她对西风说道:"我正是因为下面的世界太恶浊了,住在那里的人们,只有下降的机会,没有上升的希望,所以我宁愿牺牲了红枫谷里的快乐,常常下去看看他们,想利用我这一点的爱力,去洗涤洗涤他们的心胸,并且去陪伴陪伴那比较高尚一点的人们的孤寂。我这一点悲天悯人的苦心,别人不知道也就罢了,你如何也不知道呵!"

西风听了这一番话,方才明白月亮儿恋恋下界的缘故,心中不胜惭愧,正不知道说些什么是好;忽然听得一阵笛声,从谷外飘来。西风懂不得那笛声的意思,但觉得他包含着无限思慕之忧,凄凉幽怨,听了不由得心里又是安慰,又是痛苦。月亮儿却是认得那笛声的,她知道下界的那位少年,又在想她了。她凝神听了一会,不觉潸然泪下,便对西风说道,"你听呀! 这个叫唤是何等的凄怨呵! 那吹笛的是一位高尚的少年,他正想着我呢。我此时若不亟去伴慰他的寂寞,恐怕他又要被尘世的毒气所熏染了;你说我还能忍心不去吗?"

西风虽然舍不得月亮儿,但也不便阻止她,只得问道:"你此去约须几时才得回来呢?"月亮儿道:"此刻世上的人们,因为天气初凉,尘氛❶渐减,所以想我去的心,比往常更为恳切。我此去或者有一二十天的耽搁,或者更久些,也说不定。"他们正说着,那笛声吹得更加悲切了。月亮儿此时也顾不得西风的恋恋和抱怨——其实她又何尝舍得他——匆匆的说了一声"再会",径自去了。

西风心里纳闷,又觉得有些寂寞,便把两手抱着头,倒在一株桂花树的根边睡着了。却不提防那一群的兄弟姊妹们,因为找不到月亮儿,又把他吵醒。

---

❶ [尘氛]尘俗之气。

于是西风便对他们说道："月亮儿不见了，也是常事，你们又何必大惊小怪呢？"他们答道："是呵，往常她不见了，倒也没有什么要紧，可是这一次却是很不幸呀！因为我们正想去聚集了这谷中的居民，做一个迎秋大会；月亮儿是这谷里的头等角色，少了她，我们这个会还做得成吗？"

西风见他们着急得可怜，便把月亮儿临走时的一番话，告诉了他们，并且说道："她此去既有一二十天的耽搁，你们何不趁此也到下界去游玩游玩呢？"

这一句话却把他们提醒了，只见那薄云向那淡黄的蝴蝶，招了一招手儿，立刻就不见了。桂花树边，山石底下的秋虫，也爬了出来，吱吱的叫着，往谷外跳去。涧里的秋水，看见大家行动，忍不住也骨都骨都向着下界奔流。只有那些红叶们，虽然竭力的挣扎，要想同他们飞去，却总是飞不起来。他们只得央求西风，来把他们送一送；但是西风说道："那下界的人恨着我哩，我也与他们清浊异气，有些不愿去。诸位请自便罢，恕不奉送了。"西风一面说着，一面带着一肚子的愁思，向他所住的芙蓉穴走去。

那穴里有几百株芙蓉，此时开得正盛。芙蓉林里有一张石床，床的四周栽着菊花和秋海棠，床上却厚厚的铺了一层丹桂花。他们看见西风回来了，便一个个放出他的幽香来欢迎他。西风很无聊的在那石床上躺了下来，仰首望去，只见天高气清，明星灿烂，只独少了一个月亮儿。西风思念了一阵，不觉朦胧❶睡去；忽见月亮儿在云里探出头来，向他微笑。西风心里喜欢，却是说不出话来。但是，看呵！月亮儿已经降下来了。她把身子斜倚在一株梧桐树边，说道："还不醒来吗，西风？世上的人想着你呢，尤其是一个少年的女子；她说道：'若没有西风，那还成什么秋天呢？就是那个月亮儿，也要带上三分俗气了。'听呵！听呵！她又在那里叫你了。"

西风此时已经醒了过来，当月亮儿说话时，他恍惚听见有一阵轻幽的歌声，从桂花香中透过来。他再听时，只听得唱道：

---

❶　［朦胧］月色迷糊貌，引申为模糊不清之意。

西风兮西风，

为我吹绿叶兮使成黄；

西风兮西风，

为我驱去盛夏之繁光，

为我澄清秋水兮，

为我吹来薜荔❶之幽香。

红尘混浊不可以居兮，

仰高天而怅望；

愿身如自由之鸟兮，

旁云雾而翱翔；

愿身为凄冷之西风兮，

携魂梦以回故乡。

西风觉得这个歌声，和上次的笛声一样，竟把他深藏心底的哀怨欢乐，一一的叫了出来；而且这个歌声的力量，似乎比那笛声还要利害些。此时他竟把月亮儿都忘了，兀自呆呆的听着。隔了好一会，他才记起了月亮儿，但是她已经不见了，只有那歌声的余韵，还在他的心中缠着。

此时西风对于下界的厌恶心，不觉已变为思慕心。他暗想道："我已经有好几年不曾到下界去了，容许人们对于我的观念，已经改变了罢。我何不再去走一趟呢？又好看看月亮儿，又好认识认识那位古怪的女子。"但他忽然又想到了红叶们方才对他的要求，和他自己的拒绝，不觉有点不好意思，他对自己说道："我该用些什么话来对付他们呢？"

他一路想着，不觉已经走出了他的芙蓉穴。忽见穴的两旁，站满了红黄的落叶，他们正向穴口观望，悲嗟叹息，此时见西风走了出来，不觉齐声欢呼，一拥上前，把他围住，苦苦的要求他，仍把他们带到下界去。

西风见了这个情形，又惊又喜，便立刻答应了他们的要求。只听呼吼一声，霎时间，红叶与黄叶，漫空弥谷，蹁跹❷回翔，转展的直向下界飞去了。

---

❶ ［薜荔］常绿灌木，蔓生。茎长数尺；叶椭圆；花细，隐于花托中；实上锐下平如杯，内空色红，曝干捣碎，可作凉粉。

❷ ［蹁跹］盘旋飞舞貌。

西风把叶儿们送到了人间，正在徘徊观望，想去找找月亮儿，忽见方才从红枫谷里流下的涧水，正停住在一个田畔，凝思不动。他看见了西风，不觉喜逐颜开，对西风道：

"西风哥，你看我可笑不可笑呢？我自从到了下界之后，竟停住不能再流了。你肯把我推动一下吗？"

西风于是走近涧边，只把那涧水轻轻的一推，说也奇怪，那涧水便如复活了一样，跳跃欢欣，奔流向大河去了。

但西风因心中挂念着月亮儿，此时不免又抬头向天上张望。猛然间，只见那从红枫谷里飞下来的白云，正呆呆的挂在半天里，愁眉不展的在那里发急呢。

"怎么！"西风不觉好笑的发问，"你也不中用了吗？"

白云涨红了脸，迟疑了半晌，才答道："惭愧惭愧！我们红枫谷里的居民，除了蝴蝶之外，一到下界，便都像了这里的人民，成为废物了。"

于是西风纵身一跃，腾入了白云深处，他向白云吹了一口气，只见纤云片片，轻盈皎洁，立刻荡漾于青天碧山之间，回复了他们活泼的原状。

西风叹了一口气，便在一满挂薜荔的岩下，坐了下来。他此时不暇再想那少女和月亮儿了，他只觉得白云红叶们的可怜；他的心竟为着他的没有自主能力的同伴，充满了无限的悲哀。

他正这么的感慨着，忽听得月亮儿的声音，在他的背后说道：

"西风西风！你怎么忘了那个少女呢？"

西风抬头看时，只见月亮儿正露着半个面孔，在一个梧桐树枝上，向他窥看。她又说道：

"那位少女正在哭泣呢，我们去罢！"

于是西风站了起来，携了月亮儿的手，径向那位少女的住处行去。

"呵，呵！这个牢笼！"他们走近少女时，只听得她这样的悲叹。"我不能再忍了，西风，西风，来把我吹了去罢！"

西风和月亮儿走到少女的跟前，说道："姑娘为何这般伤心呀！西风来了呵！"

少女听得西风到了，不觉挥泪欲笑。她向他们两个上下打量了一

会,说道:

"听说你们都是从红枫谷中来的,真的吗?"

他们点点头。

那少女又道:"闻说红枫谷中十分美丽,十分自由,也是真的吗?"

月亮儿道:"不错,是真的。我们的谷里,冬天有白云,春天有红花,夏天更是绿树成荫,鲜明圆润。但谷中最可爱的时候,却要算是秋天了。"

西风忍不住插嘴说道:"那秋天的红枫谷啊! 秋天如镜,秋花缤纷❶,山果累累,点缀着幽山旷野。蝴蝶儿,黄叶儿,红叶儿,他们终日的蹁跹飞舞。……"

那少女亟问道:"你们便住在这些地方吗?"

西风指着月亮儿道:"她住的地方叫桂宫,我住的是一个芙蓉穴,蝴蝶和秋虫儿住的地方叫做蓼花塘,涧水儿的家是在薜荔谷,红叶和黄叶的家在野菊圃。这些地方都是属于红枫谷的,独有那白云是随处翱翔,不拘拘于一个地方。"

那少女听了,不觉浑身颤动,和触了电气一般,她含泪说道:"阿呀,这就是我的老家呵! 我日夜所梦想的,便是这个地方,却不料他就是你们的红枫谷。"于是她便央求他们,把她带回那个谷里去。

西风不忍拒绝她的苦求,只得答应了。月亮儿因为她在下界的责任,还不曾完结,只得让西风同了少女先去。

此时西风就对少女说道:"你愿化成像我一样的气质呢,还是愿意保存了你原有的形状,预备重回故乡?"

那少女道:"自然愿化为像你一样的气质,因为除了红枫谷,我还有什么故乡呀!"

于是西风便把那位少女化成和自己一样的气质,携着她的手,慢慢的腾到红枫谷中来。那位久受尘世束缚的少女,此刻忽然化为轻微的气质,不觉乐得手舞足蹈。她深深的吸了一口气,但觉得天空地阔,四无阻

---

❶ ［缤纷］形容花的繁盛和美丽。

碍，飘飘逸逸，如笼鸟还林，涸鱼得水，好不自由。西风也明白少女的情绪，他不禁叹道："想不到那下界地方，是这样缺乏自由和美丽的呵！"

从此以后，那少女便在红枫谷里住下。她终日与谷中的居民嬉戏，真好像回到了自己的老家一样。居民之中，她最喜欢的，除了西风以外，却要算是那枫树上的叶儿了。她觉得他们是秋光的最好代表，凡是秋天的声音颜色，诗情梦境，都很完全的藏在那长不盈寸的小小红叶之中。她有时和他们在空山之中，扑飞赛跑；有时把他们携回卧室，插入瓶中，放入杯里，挂在壁间，藏在床内。她常笑对她的朋友说道："看呵，这么多的枫叶！我差不多要做这个谷里的王后了！"

她又喜欢在那暮色苍茫❶，万籁悄寂的时候，独坐在路旁的一块石头上，看苹果一个个的从树上落下，落到那铺满了野菊花的地上去。谷内的松鼠很多，起初他们是很怕她的，但不久也就和她相熟了；他们常常抱着偷来的榛子儿，走到她的面前来，对着她剥食。那块石头的右边，是一条小涧，涧边开着许多木芙蓉，有红的，也有白的；他们常映着那淡弱的夕阳，在水中荡漾。那少女置身在这样丰盛清丽的秋色之中，常常忘了时刻；直待到那涧水里的芙蓉影子，渐渐成为模糊一团，星光渐渐在水面上闪烁起来，她才恍然于夜色已深，只得快快的回家去了。

西风自从经过了这一件事，也由一个厌世者变为一个悯世者了。他见那少女在谷中那样的快乐，不觉被她感动得几乎下泪。他此时才明白，他自己是怎样的一个自由使者，怎样的一个幸福的贡献者了。他知道下界的人民，是十分需要他的帮助的，于是他便年年到下界去一次，给他们带一点自由和美感去。有时他遇着了深厌尘世的人，他便径把他们带到红枫谷里来，叫他们去过和那少女一样的美丽生活。

这是为什么每年到了秋天，西风便来拜访我们的原因，因为在不曾遇到那位要求自由的少女以前，他是不常到我们这个下界来的。

---

❶　[苍茫] 形容黄昏时天色的模糊不清。

文　话

二四、文篇组织的形式

说一番话,写一篇文字,从第一句到末一句,成为一个完整的组织;每一句都是这个组织里头的一分子,缺少不得,如果缺少了,组织就失掉了完整——说得明白点,就是这一番话或者这一篇文字有了阙漏、不充分的地方。

然而组织的单位却是一节,或者说一个段落,而不是一句。繁复的物态,错综的事故,头绪纷多的解释和讨论,这些往往不是一句话说得尽的;必须这样说,那样说,把许多句话积集起来,才能说出一点什么东西来。妇人家刺绣,不是大家看见过的么?她们的一针一针地刺绣,起初看来不知是什么东西;但是积集了若干针的成绩,一张叶子成功了,再积集若干针的成绩,一片花瓣成功了。她们的一针犹如我们这里所说的一句,她们的一张叶子、一片花瓣犹如我们这里所说的一节,或者说一个段落。看一幅花绣的组织,不说这一针怎样,那一针怎样,却说这一张叶子怎样,那一片花瓣怎样;一番说话、一篇文字,其组织的单位是一节而不是一句,便是同样的道理。

口说一番话的时候,到一节完了,语气就停顿一下;这是很自然的,用不着特地留意,因为我们从小学习语言、使用语言,这个习惯早已养成了。写一篇文字的时候,现在通行每节另行写起,上一节与下一节中间的空白纸面,仿佛代替了语气的停顿。从前人缮写文篇是并不这样的,但段落当然仍可以画分;我们这讲义里选读的古文,不是画分得同现代文一样了么?

把"节"认为单位,来看文篇的组织,看许多节怎样地配列,看前一节与后一节怎样地发生关系,这是了解一篇文字的扼要手段。而写作之先,也得规定了文篇的组织,从首节到末节怎样的连串,主要的意义布置在那一节，然后动笔挥写，才不至像跑野马一样，不知所之。因此，文篇组织颇有讨究一下的必要。

文篇组织，如果仔细讨究起来，有许多的形式。现在我们只能根据了"心理的自然"略说几种重要的；换一句说，那些矫揉造作的无谓的形式，我们都不去管它了。

直进式 这是逐步逐步进行，一直到底的一种形式。也不用什么外加的冒头和结尾，也不用什么插入的承接和转折，只是老老实实从头说到尾，到学校就说从家里一路行去，直到学校，登山就说从山脚一路上去，直到山顶，记一天就从早上说起，直到临睡，记一月就从初一说起，直到月底。什么接触在先就写在前头，什么发生在后就写在后头。看见什么就写什么，听见什么就写什么。是单纯地导源于"心里的自然"的一种组织法。

我们可举很早就读过了的一篇《小雨点》做例子。这一篇叙述小雨点遇见风伯伯，遇见红胸鸟，遇见泥沼，遇见河伯伯，遇见海公公，遇见青莲花，遇见死池，遇见太阳公公，又回到家里，完全依照事情经过的先后；事情完了，文篇也就完结，并不加上议论似的结尾：这便是"直进式"的组织。

"直进式"的组织如果用图来表示，便是

首——　　——　　——　　——　　——尾

散列式 这一式并列地记叙一些散漫的事物，这些事物并没有什么联锁的关系，好像彼此不相干的，再增加一两项固然无妨，就是减少一两项也不要紧；但是在隐隐之间，却有言外的什么东西把它们维系着，读者细心阅读就会体会到这东西，而作者所以要记叙这些事物，也正因为体会到了这东西。小品文里，常有用"印象的描写法"，在一篇中间写这个、写那个的，粗看似乎是一串各各独立的札记，然而细心阅读之后，就会觉到这许多散漫的事物是被一个印象统摄着的。试看下面题作《春》的一篇文字：

> 太阳光从窗外射进来。在光当中，看得见极细的尘屑在那里浮动。一股暖气熏得我周身舒服；过了一会儿，竟觉得热烘烘了。

一阵清香拂过我的鼻头边。摆在桌上的一盆兰花有三朵开了。碧绿的花瓣、白地红斑、舌头一般的花蕊,怪有趣的。兰叶的影子描在墙头上,就同画幅上画着的一般。

我走到庭前。看见阶石旁边的一个泥洞里出来三个蚂蚁。它们慢慢地前进,走了一段便停一停,仿佛在那里探路。又有一个蚂蚁出来了。它独自爬上阶石,在太阳光中急速地前进。

什么地方传来蜂儿嗡嗡的声音? 我抬起头来寻,寻不见。可是听到了这声音,就仿佛看见了红红白白、如山如海的花。

大门外细细的柳条上,不知什么时候染上了嫩黄色。仔细看去,说它黄也不对,竟是异样可爱的绿。轻轻的风把柳条的下梢一顺地托起,一会儿便又默默地垂下了。

柳树下的池塘里,鱼儿好快乐呀! 成群地游到这边,游到那边。白云、青空以及柳树的影子,都在水中轻轻地荡漾。一幅活动的画图!

这一篇里写太阳光、兰花、蚂蚁、蜂飞声、柳丝、池塘原是各各独立的,可是在"春的印象"这一点上却统一了。

"散列式"的组织如果用图来表示,便是

首括式　这一式的文字,开头就揭露总括全体的大纲,以下都是对于这大纲的阐发、疏解或证明。我们说一番话,写一篇文字,必然有所以要说、要写的主旨;一开场就把主旨拿出来,是很合于"心理的自然"的。

试看本讲义文选第十八篇《新生活》,开头就说明"新生活就是有意思的生活";以下"先说一两件实在的事情做个样子",这些"是没有意思的生活";然后说"生活的'为什么'就是生活的意思","这三个字的趣味真是无穷无尽,这三个字的功用也无穷无尽":在后的许多文字无非对于"新生活就是有意思的生活"这句话作疏解的工夫罢了。这便是"首括式"。

"首括式"的组织如果用图来表示，便是

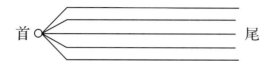

尾括式　这一式刚同"首括式"相反，是把总括全体的大纲放在结末的。在前是层层的阐发、疏解或证明，"水到渠成"，然后揭出主旨。这同样地合于"心理的自然"。

试看本讲义文选第三十五篇《闻歌有感》，先写"闻歌"，次写读了《一生》的感想，次写"从妹"的嫁前与嫁后，次写"女性的第三性化"，次写"自然所加给女性的担负"，次写"一切问题……在对于事实的解释上"，次引《海上夫人》中的主人翁为例，末了才揭出作者的主旨，希望女性"要在这'忙'里发挥自己，实现自己，显出自己的优越，使国家社会及你们对手的男性在这'忙'里认识你们的价值，承认你们的地位"：以前连篇累牍的话，无非给这末了的一节话作引子，作陪衬。这便是"尾括式"。

"尾括式"的组织如果用图来表示，便是

双括式　这是开头就揭示大纲，末了又重言申明，举大纲作结束的一种形式。在演说会场里一个人登台演说，往往先提出他的主旨是什么什么，于是层层推阐、辩证，到末了说"所以我主张什么什么"。论文用这种形式的也不少。先揭示大纲，所以引起人家的注意；末了重言申明，所以结束篇中的种种论辩；这也是从"心理的自然"出发的。

试看本讲义文选第五十四篇《读书》，讲读书的方法，开头就说"第一要精，第二要博"，接着把怎样能"精"，怎样能"博"说了一大套，末了结束道："为学要如金字塔，要能广大要能高，"仍是"第一要精，第二要博"的意思。这便是"双括式"。

"双括式"的组织如果用图来表示，便是

以上五种形式差不多是最基本的。其他形式好像与它们不同,但只是有所变化而已,简约起来,还是与它们一样。譬如有些叙述文,叙述一件事情的经过,在中间回叙到前面去,然后再行接上,成为

首 ——～～～—— ～～～—— —— 尾

的形式。这实在与"直进式"相仿,不过多一些追叙罢了。

练习　试自拟一题,按照"双括式"规定全篇组织的大要。

文　选

七五、水仙

李　渔

水仙一花,予之命也。予有四命,各司一时:春以水仙、兰花❶为命,夏以莲❷为命,秋以秋海棠❸为命,冬以蜡梅❹为命。无此四花,是无命

---

❶ [兰花]常绿多年生草。俗称"草兰"。多生浙东,故又名"瓯兰"。叶长尺许,细而尖,有平行脉,由根丛生。春日开花,淡黄绿色,瓣上有细紫点;无紫点者叫做"素心兰":都是一茎一花,幽香清远。种类甚多,其一茎数花者为蕙,俗称"蕙兰"。别有一种至秋始开,亦一茎数花,因产于福建,故名"建兰"。

❷ [莲]即荷花,本来指其实而言,后多通用,如荷花称莲花,荷叶称莲叶。地下根茎颇肥大;叶圆,高出水上,大者径二尺许;花甚大,有白红诸色。

❸ [秋海棠]多年生草。茎色微红,高二尺许。叶为心脏形,端尖,中肋之两侧,成不等形。秋开单性花,色粉红。雌雄同株,茎味酸。

❹ [蜡梅]落叶灌木。叶为长卵形,对生。冬时开花,外黄,内略带紫色。原名"黄梅"。本非梅种,以其与梅同时,香气又有些相像,花瓣像捻蜡所成,故称为"蜡梅"。

也。一季缺一花,是夺予一季之命也。水仙以秣陵❶为最。予之家于秣陵,非家秣陵,家于水仙之乡也。记丙午❷之春,先以度岁无资,衣囊质尽,迨水仙开时,则为强弩之末❸,索一钱不得矣,欲购无资。家人曰:"请已之,一年不看此花,亦非怪事。"予曰:"汝欲夺吾命乎?宁短一岁之寿,勿减一岁之花。且予自他乡冒雪而归,就水仙也;不看水仙,是何异于不返金陵❹仍在他乡卒岁❺乎?"家人不能止,听予质簪珥购之❻。予之钟爱❼此花,非痂癖❽也。其色,其香,其茎,其叶,无一不异群葩❾;而予更取其善媚。妇人中之面如桃❿,腰如柳⓫,丰如牡丹、芍药⓬,而瘦比秋菊、海棠者,在在有之;若水仙之澹而多姿,不动不摇而能作态者,吾实未之见也。以水仙二字呼之,可谓摹写殆尽。使吾得见命名者,必颡然下拜⓭。

　　不特金陵水仙,为天下第一;其植此花而售与人者,亦能司造物⓮之权,欲其早则早,命之迟则迟;购者欲于某日开,则某日必开,未尝先后一日;及此花将谢,又以迟者继之:盖以下种之先后为先后也。至买就之

---

❶ ［秣陵］注见《哀江南》。

❷ ［丙午］按:李渔于清康熙间流寓金陵,康熙五年岁次丙午,当公元一六六六年。

❸ ［强弩之末］注见《赤壁之战》。

❹ ［金陵］注见《哀江南》。

❺ ［卒岁］就是"度年",俗称"过年"。

❻ ［听予质簪珥购之］任其便叫做"听"。以物典押贷钱叫做"质"。女子的首饰叫做"簪"。女子的耳环叫做"珥"。这是说,听我拿簪珥去典押了钱来买水仙。

❼ ［钟爱］钟,含有聚集的意思。把爱集中于某一人或某一物,叫做"钟爱"。

❽ ［痂癖］疮生处肉干蜕者叫做"痂"。嗜好成习惯性者叫做"癖"。《南史·刘邕传》:"邕性嗜食疮痂,以为味似鳆鱼。"所以后人称人有特嗜者谓之"痂癖"。

❾ ［葩］读如巴。与"花"字相当。

❿ ［面如桃］女子面上涂胭脂,其色如桃花。

⓫ ［腰如柳］柳丝细长下垂,迎风飘荡,所以前人往往用"柳腰"二字以形容女子腰身之婀娜苗条者。

⓬ ［丰如牡丹芍药］牡丹,落叶灌木,是吾国的特产。茎高二尺许。叶为复叶,分裂甚深。夏开白花,径三四寸,有重瓣单瓣之别,色有红白紫等数种。芍药,多年生草,高一二尺,叶为复叶,小叶往往为极深之三裂。初夏开花,大而美艳,色有红白紫等数种。按:古无牡丹之名,统称芍药,自唐以来,始分为二。牡丹,芍药的花,大而美艳,故用以形容女子面部丰满、容色美丽者。

⓭ ［颡然下拜］倾倒叫做"颡"。这句的意思,是说他对于替水仙取名的人佩服到极点,假使见了他,一定要不知不觉地倒身下拜了。

⓮ ［造物］犹言"造化",即"天"之代称。

时,给盆与石而使之种,又能随手布置即成图画,皆文人雅士所不及也。岂此等末技亦由天授非人力耶?

水仙,多年生草,高尺许。叶细长,有并行脉,丛生。花茎生于叶丛之间,花为伞形,色白带黄,有香气,别有金黄色杯状之副冠。用磁盆盛水,填以石子,植此花其中,可作案头清供。本篇选自《笠翁偶集》(《笠翁全集》的一部分)。读者可见当时士大夫的闲情逸致。

李渔字谪凡,居杭州西湖,自号湖上笠翁,清兰溪人。(因为他住在西湖上,所以有人说他是钱塘人;又因为他曾寓居金陵,便有人说他是江南人;其实都是错的。)他生平著述甚多,今存有《笠翁全集》。又善作曲,别有十种曲行世。

七六、闲情记趣

沈 复

余忆童稚时,能张目对日,明察秋毫,见藐小微物,必细察其纹理,故时有物外之趣。夏蚊成雷❶,私拟作群鹤舞空。心之所向,则或千或百果然鹤也。昂首观之,项为之强。又留蚊于素帐❷中,徐喷以烟。使其冲烟飞鸣,作青云白鹤观,果如鹤唳❸云端,怡然称快。于土墙凹凸处,花台小草丛杂处,常蹲❹其身,使与台齐;定神细观,以丛草为林,以虫蚁为兽,以土砾凸者为丘,凹者为壑,神游其中,怡然自得。一日,见二虫斗草间,观之正浓。忽有庞然大物拔山倒树而来,盖一癞虾蟆❺也,舌一吐而二虫尽为所吞。余年幼方出神,不觉呀然惊恐。神定,捉虾蟆,鞭数十,驱之别院。年长思之,二虫之斗,盖图奸不从也。古语云"奸近杀",

---

❶ [夏蚊成雷]夏天傍晚时,蚊虫群飞成阵,其声如雷,故称"蚊雷",亦称"蚊阵"。

❷ [素帐]白色的帐子。

❸ [鹤唳]鸟鸣叫做"唳"。鹤唳,即鹤鸣。

❹ [蹲]把身子蹲下,便是踞。

❺ [癞虾蟆]虾蟆,蛙属。似蟾蜍而小。居陂泽中。体暗褐色,背有黑点。因为它的背上满生赘疣,其状如癞,所以俗称"癞虾蟆"。

虫亦然耶？贪此生涯，卵为蚯蚓❶所哈，（吴❷俗呼阳曰卵）肿不能便，捉
鸭开口哈之❸，婢妪偶释手，鸭颠其颈作吞噬状，惊而大哭，传为语柄。
此皆幼时闲情也。

及长，爱花成癖，喜剪盆树。识张兰坡，始精剪枝养节之法，继悟接
花❹垒石之法。花以兰为最，取其幽香韵致也，而瓣品之稍堪入谱者不
可多得。兰坡临终时，赠余荷瓣素心春兰一盆，皆肩平心阔，茎细瓣净，
可以入谱者。余珍如拱璧❺。值余幕游于外❻，芸❼能亲为灌溉，花叶颇
茂。不二年，一旦忽萎死。起根视之，皆白如玉，且兰芽勃然，初不可解，
以为无福消受，浩叹而已。事后始悉有人欲分不允，故用滚汤灌杀也。
从此誓不植兰。次取杜鹃❽，虽无香而色可久玩，且易剪裁，以芸借枝怜
叶，不忍畅剪，故难成树。其他盆玩皆然。惟每年篱东菊绽❾，秋兴成
癖。喜摘插瓶，不爱盆玩。非盆玩不足观，以家无园圃，不能自植；货于
市者❿，俱丛杂无致⓫，故不取耳。其插花朵，数宜单，不宜双。每瓶取一
种不取二色。瓶口取阔大不取窄小，阔大者舒展。不拘自五七花至三四
十花，必于瓶口中一丛怒起，以不散漫，不挤轧，不靠瓶口为妙；所谓"起
把宜紧"也。或亭亭玉立，或飞舞横斜。花取参差，间以花蕊，以免飞钹

---

❶　[蚯蚓] 蠕形动物。亦名"曲蟮"。

❷　[吴] 今江苏。后汉为吴郡地，故俗称江苏为吴。

❸　[捉鸭开口哈之] 小儿阳物忽肿涨，俗以为乃受蚯蚓哈气所致。而鸭喜食蚯蚓，故使鸭开口哈气以治之。

❹　[接花] 就是接花木。取甲木有芽的枝条，接于乙木之干，不久甲乙两木的接合处互相粘连，液汁亦互相流通，乃合成一体，继续生长，其目的在使品质变易，而且容易发育。

❺　[珍如拱璧] 大璧叫做"拱璧"。珍如拱璧，言其爱重之至。

❻　[幕游于外] 在外面当幕僚。按：古时军旅出征，居无常所，以幕帟为府署，称为"幕府"。军中所用参谋、书记之属，称为"幕友"或"幕僚"。后世凡行政官所延文案、书记等，统称"幕友"或"幕僚"，不复专指军府中的僚属了。

❼　[芸] 作者的妻，据《闺房记乐》所述，芸姓陈，字淑珍。

❽　[杜鹃] 常绿灌木。高三四尺。叶椭圆深绿。茎叶皆有毛。夏日开红紫花，也有白色的；花冠为漏斗状，边缘五裂甚深。每于杜鹃啼时盛开，故名。

❾　[绽] 花含苞将开叫做"绽"。

❿　[货于市者] 从市场上买来的。

⓫　[致] 意态。

耍盘❶之病。叶取不乱，梗取不强。用针宜藏，针长宁断之，毋令针针露梗；所谓"瓶口宜清"也。视桌之大小，一桌三瓶至七瓶而止，多则眉目不分，即同市井之菊屏矣。几之高低，自三四寸至二尺五六寸而止，必须参差高下互相照应，以气势联络为上。若中高两低，后高前低，成排对列，又犯俗所谓"锦灰堆"矣。或密或疏，或进或出，全在会心者得画意乃可。若盆、碗、盘、洗❷，用漂青❸、松香❹、榆皮面❺和油，先熬以稻灰收成胶，以铜片按钉向上，将膏火化粘铜片于盘、碗、盆、洗中。俟冷，将花用铁丝扎把，插于钉上，宜斜偏取势，不可居中，更宜枝疏叶清，不可拥挤；然后加水，用碗沙少许掩铜片，使观者疑丛花生于碗底方妙。若以木本花果插瓶，剪裁之法，（不能色色自觅，倩人攀折者每不合意）必先执在手中，横斜以观其势，反侧以取其态。相定之后，剪去杂枝，以疏瘦古怪为佳，再思其梗如何入瓶，或折或曲，插入瓶口，方免背叶侧花之患。若一枝到手，先拘定其梗之直者插瓶中，势必枝乱梗强，花侧叶背，既难取态，更无韵致矣。折梗打曲之法，锯其梗之半而嵌以砖石，则直者曲矣。如患梗倒，敲一二钉笐❻之，即枫叶❼竹枝，乱草荆棘，均堪入选。或绿竹一竿配以枸杞❽数粒，几茎细草伴以荆棘两枝，苟位置得宜，另有世外之趣❾。若新栽花木，不妨歪斜取势，听其叶侧，一年后枝叶自能向上。如树树直栽，即难取势矣。至剪裁盆树，先取根露鸡爪者，左右剪成三节，然后起

---

❶　[飞钹耍盘]钹，乐器。范铜二片，其中隆起如浮沤，穿孔以绵带贯之，两片合击而出声，其大者谓之"铙"，俗称"铙钹"。盘即盆子。钹与盘形如花朵；飞钹耍盘，所以形容花朵之散乱。

❷　[洗]古盥洗器，形圆如盘而深。

❸　[漂青]疑"沥青"之误。按：沥青为石油蒸馏时所余之粘油，经久凝固而成，得热易溶。这里用沥青、松香、榆皮面和油煎熬成胶，正取其有粘性，且得热易溶，入水不化耳。

❹　[松香]松根分泄的液汁，入土不朽，叫做"松脂"，俗称"松香"，性粘而易燃。

❺　[榆皮面]榆皮有滑汁，《本草》说："古人春取榆火，今人采其白皮为榆面，水调，和以香剂，粘滑胜于胶漆。"

❻　[笐]与"管"字同，约束之意。

❼　[枫叶]枫叶到了秋天，颜色变成深红，鲜艳可爱。唐杜牧诗云："停车坐爱枫林晚，霜叶红于二月花。"

❽　[枸杞]落叶小灌木，一作枸檵，高三尺余。叶为长椭圆形，互生。夏日叶腋开小花，花冠淡紫，实卵形而尖，色红，可入药，名枸杞子。

❾　[世外之趣]不同于流俗的趣味。

枝。一枝一节，七枝到顶，或九枝到顶。枝忌对节如肩臂，节忌臃肿如鹤膝。须盘旋出枝，不可光留左右，以避赤胸露背之病。又不可前后直出。有名双起三起者，一根而起两三树也。如根无爪形，便成插树，故不取。然一树剪成，至少得三四十年。余生平仅见吾乡万翁名彩章者，一生剪成数树。又在扬州❶商家见有虞山❷游客携送黄杨❸、翠柏❹各一盆，惜乎明珠暗投❺。余未见其可也。若留枝盘如宝塔，扎枝曲如蚯蚓者，便成匠气❻矣。点缀盆中花石，小景可以入画，大景可以入神。一瓯清茗，神能趋入其中，方可供幽斋❼之玩。种水仙无灵壁石❽，余尝以炭之有石意者代之。黄芽菜❾心，其白如玉，取大小五七枝，用沙土植长方盆内，以炭代石，黑白分明，颇有意思。以此类推，幽趣无穷，难以枚举。如石菖蒲❿结子，用冷米汤同嚼喷炭上，置阴湿地，能长细菖蒲；随意移养盆碗中，茸茸⓫可爱。以老莲子磨薄两头，入蛋壳使鸡翼之，俟雏成取出。用久年燕巢泥加天门冬⓬十分之二，捣烂拌匀，植于小器中，灌以河水，晒以朝阳；花发大如酒杯，叶缩如碗口，亭亭⓭可爱。

　　若夫园亭楼阁，套室回廊，叠石成山，栽花取势，又在大中见小，小中

---

❶　［扬州］府名，民国废，今江苏江都县，即其旧治。按：那时候扬州多盐商。

❷　［虞山］在今江苏常熟县西北。

❸　［黄杨］常绿小灌木，茎高二尺许。叶为卵形，质厚而柔软。春初开淡黄色小花。其材甚坚致，可制木梳及印版之属。

❹　［翠柏］柏树中的桧柏、扁柏、侧柏之类，都可以盆栽作玩赏。因其色苍翠，所以称为"翠柏"。

❺　［明珠暗投］把明珠投在暗处，以喻用雅物赠给俗人。

❻　［匠气］犹言"俗气"。

❼　［幽斋］幽静的居室。

❽　［灵壁石］今安徽灵璧县有磬石，俗呼灵壁石。

❾　［黄芽菜］蔬类植物，为菘之变种，经人工之培养而成。叶与柄皆扁阔，层层包裹，全体成圆柱形，顶端成球形，叶淡黄色，原产于山东胶州，通称胶菜，又有外叶青而内黄者，产于浙西，味较胶州产者略逊。

❿　［石菖蒲］即细叶菖蒲。高尺余，叶纤细。一般人常以瓦盆栽之，置案头以供玩赏。

⓫　［茸茸］细草丛生貌。

⓬　［天门冬］多年生蔓草，随处有之。其茎缠络他物，叶作鳞片状。由叶腋生绿色小枝，弯曲如针，俗呼为叶。夏开细白花，亦有黄紫者。块根入药。

⓭　［亭亭］挺秀貌。

见大,虚中有实,实中有虚,或散或露,或浅或深,不仅在周回曲折四字,又不在地广石多徒烦工费。或掘地堆土成山,间以块石,杂以花草,篱用梅编,墙以藤引,则无山而成山矣。大中见小者,散漫处植易长之竹,编易茂之梅以屏之。小中见大者,窄院之墙宜凹凸其形,饰以绿色,引以藤蔓,嵌大石,凿字作碑记形。推窗如临石壁,便觉峻峭无穷。虚中有实者,或山穷水尽处,一折而豁然开郎,或轩阁设厨处,一开而可通别院。实中有虚者,开门于不通之院,映以竹石,如有实无也。设矮栏于墙头,如上有月台,而实虚也。贫士屋少人多,当仿吾乡太平船后梢之位置,再加转移其间。台级为床,前后借凑,可作三榻,间以板而裱以纸,则前后上下皆越绝。譬之如行长路,即不觉其窄矣。余夫妇侨寓❶扬州时,曾仿此法,屋仅两椽,上下卧房,厨灶客座皆越绝,而绰然❷有余。芸曾笑曰:"位置虽精,终非富贵家气象也。"是诚然欤?

余扫墓❸山中,检有峦纹可观之石。归与芸商曰:"用油灰叠宣州❹石于白石盆,取色匀也。本山黄石虽古朴,亦用油灰,则黄白相间,凿痕毕露,将奈何?"芸曰,"择石之顽劣者,捣末于灰痕处,乘湿糁之,干或色同也。"乃如其言,用宜兴窑❺长方盆叠起一峰,偏于左而凸于右,背作横方纹,如云林石法❻,巉岩凹凸,若临江石矶❼状。虚一角,用河泥种千瓣

---

❶ 〔侨寓〕旅居。

❷ 〔绰然〕绰然,宽裕貌。《礼·坊记》:"绰绰有余。"

❸ 〔扫墓〕即墓祭。向例于每岁寒食节及霜降节,具酒馔拜祭祖先的坟墓,并扫除坟上的荆草,故称"扫墓"。

❹ 〔宣州〕今安徽宣城县,就是唐朝的宣州,此仍其旧称。

❺ 〔宜兴窑〕今江苏省宜兴县所出的窑器。

❻ 〔云林石法〕倪瓒字元镇,号云林,元末明初的无锡人。善画山水,其皴法独具一格,人称为"云林石法"。

❼ 〔临江石矶〕江中的石山叫做"矶"。临江石矶,就是突出于江中的石山,如采石矶、燕子矶之类。

白萍❶。石上植茑萝❷，俗呼云松。经营数日乃成。至深秋，茑萝蔓延满山，如藤萝之悬石壁。花开正红色。白萍亦透水大放。红白相间，神游其中，如登蓬岛❸。置之檐下与芸品题：此处宜设水阁，此处宜立茅亭，此处宜凿六字曰“落花流水之间”，此可以居，此可以钓，此可以眺；胸中丘壑❹若将移居者然。一夕，猫奴争食自檐而堕，连盆与架顷刻碎之。余叹曰：“即此小经营，尚干造物忌❺耶！”两人不禁泪落。

　　静室焚香，闲中雅趣。芸尝以沉速等香❻，于饭镬蒸透，在炉上设一铜丝架，离火半寸许，徐徐烘之；其香幽韵而无烟。佛手❼忌醉鼻嗅，嗅则易烂。木瓜❽忌出汗，汗出，用水洗之。惟香橼❾无忌。佛手木瓜亦有供法，不能笔宣。每有人将供妥者随手取嗅，随手置之，即不知供法者也。

　　余闲居，案头瓶花不绝。芸曰，“子之插花能备风、晴、雨、露，可谓精妙入神；而画中有草虫一法，盍仿而效之。”余曰，“虫踯躅❿不受制，焉能

---

❶　［千瓣白萍］即睡莲。多年生草。生于水中，叶为卵形而阔，叶脚有深缺刻。秋初开花，重瓣色白。其花自未刻以后即闭，故有此称。按千瓣即重瓣；睡莲花色白，又象萍草那样生于水中，所以又称之为“千瓣白萍”。

❷　［茑萝］一年生蔓草。茎细长，卷络于他物。叶羽状分裂，裂片如丝。夏日开红花，花管为长管状，边缘五裂。庭院栽之为观赏品。

❸　［蓬岛］仙山。

❹　［胸中丘壑］土阜叫做“丘”，低下之地叫做“壑”。胸有丘壑，是说一丘一壑，都已在心中布置停当。

❺　［干造物忌］干，冒犯的意思。造物，天之代称。干造物忌，犹言“犯天忌”。

❻　［沉速等香］沉香有二说：一说杂木所成，取各种香木，先断其根，以其材浸水多年，皮干朽腐，而木心与枝节不坏，质坚色黑，入水沉者，都叫做“沉香”。一说瑞香科植物，其材可为香料者，亦叫做“沉香”；为常绿亚乔木，高数丈，叶为箭镞形，互生，花色白，成伞形花序。速香，据叶庭珪《香谱》说：“速香出真腊者为上。伐树去木而取香者，谓之‘生速’。木腐而香存者，谓之‘熟速’。其树木之半存者谓之暂香。黄而熟者谓之‘黄熟’。”

❼　［佛手］即佛手柑。常绿灌木，产于闽广，叶椭圆，锯齿甚细，叶腋有刺。春开白花，夏末实熟，皮黄如柚，形长，上端分歧十余，如手指。清香袭人。蜜渍可食。

❽　［木瓜］落叶灌木。干高六七尺，叶为长椭圆形。至春，先叶后花，花分红白色，颇美艳。实形椭圆，色黄，蒂间别有重蒂如乳状，香气颇佳。味涩而酸，蜜渍可食。

❾　［香橼］与佛手柑同种，惟香橼的形状是圆的。

❿　［踯躅］音业 业乂。跳跃貌。

仿效?"芸曰,"有一法,恐作俑❶罪过耳。"余曰,"试言之。"曰,"虫死色不变。觅螳螂、蝉、蝶之属,以针刺死,用细丝扣虫项系花草间,整其足,或抱梗,或踏叶,宛然如生,不亦善乎?"余喜,如其法行之,见者无不称绝。求之闺中,今恐未必有此会心❷者矣。

　　余与芸寄居锡山❸华氏,时华夫人以两女从芸识字。乡居院旷,夏日逼人。芸教其家,作活花屏法甚妙。每屏一扇,用木梢二枝约长四五寸,作矮条凳式,虚其中,横四档,宽一尺许,四角凿圆眼,插竹编方眼。屏约高六七尺,用砂盆种扁豆❹置屏中,盘延屏上,两人可移动。多编数屏,随意遮拦,恍若绿阴满窗,透风蔽日,纡回曲折,随时可更;故曰活花屏。有此一法,即一切藤木香草随地可用。此真乡居之良法也。

　　友人鲁半舫名璋,字春山,善写松柏或梅菊,工隶书,兼工铁笔。余寄居其家之萧爽楼,一年有半。楼共五椽,东向,余居其三。晦明风雨,可以远眺。庭中木犀❺一株,清香撩人。有廊有厢,地极幽静。移居时,有一仆一妪,并挈其小女来。仆能成衣,妪能纺绩,于是芸绣,妪绩,仆则成衣,以供薪水。余素爱客,小酌必行令❻。芸善不费之烹庖,瓜蔬鱼虾一经芸手,便有意外味。同人知余贫,每出杖头钱❼,作竟日叙。余又好洁,地无纤尘,且无拘束,不嫌放纵。时有杨补凡名昌绪,善人物写真;袁少迂名沛,工山水;王星澜名岩,工花卉翎毛;爱萧爽楼幽雅,皆携画具

---

　　❶　〔作俑〕俑,古时殉葬所用之木偶。《孟子》:"始作俑者其无后乎。"后人遂用"作俑"二字以喻凡事之开端不善者。

　　❷　〔会心〕犹言"领悟"。

　　❸　〔锡山〕在今江苏无锡县西,即惠山的支麓。

　　❹　〔扁豆〕藊豆的通称。谷类植物。蔓生篱落间。叶为复叶,颇阔,有细毛。春暮开白花,为蝶形花冠。夏间结实成荚,形扁而阔,嫩时可与荚同食。子有白、黑、褐等色,黑者别称鹊豆,亦可食。

　　❺　〔木犀〕一名"岩桂"。常绿亚乔木。庭院多栽植之。叶为椭圆形,对生,秋日叶腋发生小花,花冠下部连合,色有黄有白。俗称"桂花",香气甚浓厚。

　　❻　〔小酌必行令〕小酌犹言"小饮",别于大宴会而言。行令,饮酒时游戏之事,以一人为令官,饮者皆听其号令,违者有罚。

　　❼　〔杖头钱〕沽酒之钱。《世说新语》:"阮宣子常步行,以百钱挂杖头,至店便独醉酣畅。"

来，余则从之学画。写草篆，镌图章，加以润笔❶，交芸备茶酒供客。终日品诗论画而已。更有夏淡安、揖山两昆季，并缪山音、知白两昆季❷，及蒋韵香、陆橘香、周啸霞、郭小愚、华杏帆、张闲酎诸君子，如梁上之燕，自去自来。芸则拔钗沽酒，不动声色，良辰美景，不放轻过。今则天各一方❸，风流云散❹，兼之玉碎香埋❺，不堪回首矣！

萧爽楼有四忌：谈官宦升迁，公廨时事，八股时文❻，看牌掷色❼；有犯必罚酒五斤。有四取：慷慨豪爽，风流蕴藉❽，落拓不羁❾，澄静缄默。长夏无事，考对为会。每会八人，每人各携青蚨❿二百。先拈阄⓫，得第一者为主考⓬，关防⓭别座；第二者为誊录，亦就座；余作举子⓮，各于誊录处取纸一条，盖用印章。主考出五七言各一句，刻香为限⓯，行立构思，不准交头私语。对就后投入一匣，方许就座。各人交卷毕，誊录启

---

❶　［润笔］《隋书·郑译传》：译复爵沛国公，位上柱国，上令李德林作诏书，高颎戏谓译曰："笔干。"答曰："出为方牧，杖策言归，不得一钱，何以'润笔'。"上大笑。后人因称酬人书画及文字之资为"润笔"。

❷　［昆季］即兄弟。

❸　［天各一方］谓各居一方，即离别远隔之意。

❹　［风流云散］以风之流动，云之涣散，喻人之离散。

❺　［玉碎香埋］前人常以此四字喻女子之死。谓像玉之碎，如香之埋于土中。按：据作者自述，他的妻芸于清嘉庆八年（一八〇三）死于扬州。此玉碎香埋，即指其妻之死。

❻　［八股时文］明清时用八股文试士。其文体有一定的格式，中间几段文字须两两相对，如人之有股，所以称为"八股"。又八股文专为应试而作，与"古文"不同，故称之为"时文"。

❼　［看牌掷色］苏州一带称打牌为"看牌"。掷色，就是掷骰子。

❽　［风流蕴藉］此指人的品格而言。凡为人通脱而又温雅有含蓄者，叫做"风流蕴藉"。

❾　［落拓不羁］为人脱落，不拘拘于世俗的小节，叫做"落拓不羁"。

❿　［青蚨］《搜神记》："南方有虫，名青蚨，大如蚕子，取其子，母即飞来，以母血涂钱八十一文，每市物，或先用母钱，或先用子钱，皆复飞归，轮转无已。"后因称钱为青蚨。

⓫　［拈阄］通俗取决之法，于事有难决定者，暗书于纸，随意拈出，视其所书以为定，叫做"拈阄"。阄音鸠（ㄐ一又）。

⓬　［主考］明、清之制，凡值各省乡试之期，朝廷简派考官，分赴各省，考试士子文字。正考官称为"正主考"，副考官称为"副主考"。其襄阅试卷者为"同考官"。

⓭　［关防］关隘有守兵处叫做"关防"。引申为严密防守之意。故防弊亦称关防。

⓮　［举子］被举应试的士子称为"举子"。

⓯　［刻香为限］燃香一支，限定燃到若干为止，叫做"刻香为限"。刻字本有限制的意思，如限日亦可称刻日。

匣,并录一册,转呈主考,以杜徇私。十六对中取七言三联,五言三联。六联中取第一者即为后任主考,第二者为誊录。每人有两联不取者罚钱二十文,取一联者免罚十文,过限者倍罚。一场,主考得香钱百文。一日可十场,积钱千文,酒资大畅矣。惟芸议为官卷❶,准坐而构思。

杨补凡为余夫妇写载花小影,神情确肖。是夜月色颇佳,兰影上粉墙,别有幽致。星澜醉后兴发,曰:"补凡能为君写真,我能为花图影。"余笑曰,"花影能如人影否?"星澜取素纸铺于墙,即就兰影,用墨浓淡图之。日间取视,虽不成画,而花叶萧疏,自有月下之趣。芸甚宝之。各有题咏。

苏城有南园、北园二处,菜花黄时,苦无酒家小饮;携盒而往,对花冷饮,殊无意味。或议就近觅饮者,或议看花归饮者,终不如对花热饮为快。众议未定。芸笑曰,"明日但各出杖头钱,自我担炉火来。"众笑曰,"诺。"众去,余问曰,"卿果自往乎?"芸曰,"非也。妾见市中卖馄饨者,其担锅灶无不备,盍雇之而往。妾先烹调端整,到彼处再一下锅。茶酒两便。"余曰,"酒菜固便矣,茶乏烹具。"芸曰,"携一砂罐去,以铁叉串罐柄,去其锅,悬于行灶中,加柴火煎茶,不亦便乎?"余鼓掌称善。街头有鲍姓者,卖馄饨为业,以百钱雇其担,约以明日午后,鲍欣然允诺。明日看花者至,余告以故,众咸叹服。饭后同往,并带席垫,至南园,择柳阴下团坐。先烹茗,饮毕,然后暖酒烹肴。是时风和日丽,遍地黄金❷,青衫红袖❸,越阡度陌❹,蝶蜂乱飞,令人不饮自醉。既而酒肴俱熟,坐地大嚼。担者颇不俗,拉与同饮。游人见之莫不羡为奇想。杯盘狼藉❺,各已陶然❻,或坐或卧,或歌或啸。红日将颓,余思粥,担者即为买米煮之,果腹

---

❶ 〔官卷〕清制:凡军官文四品,外官文三品,武官二品以上,及翰詹科道各官,其子孙同胞兄弟及同胞兄弟之子应试者,其卷别编官字号,叫做"官卷",取中另有定额。

❷ 〔遍地黄金〕菜花色黄,在田野间盛开时,如遍地黄金一般。

❸ 〔青衫红袖〕古时男子常衣青衫,例如唐白居易《琵琶行》"江州司马青衫湿"。女子衣袖常作红色。例如《青箱记》引魏仲先语"若得时将红袖拂,也应胜似碧纱笼。"此云"青衫红袖",犹俗言"男男女女"。

❹ 〔越阡度陌〕田间小路叫做"阡陌"。这是说在阡陌间来来往往。

❺ 〔狼藉〕注见《背影》。

❻ 〔陶然〕微醉貌。

而归。芸问曰，"今日之游乐乎？"众曰，"非夫人之力不及此。"大笑而散。

　　贫士起居服食，以及器皿房舍，宜省俭而雅洁。省俭之法，曰"就事论事。"余爱小饮，不喜多菜。芸为置一梅花盒，用二寸白磁深碟六只，中置一只，外置五只，用灰漆就，其形如梅花。底盖均起凹楞，盖之上有柄如花蒂，置之案头，如一朵墨梅覆桌；启盖视之，如菜装于花瓣中。一盒六色，二三知己可以随意取食。食完再添。另做矮边圆盘一只，以便放杯箸酒壶之类，随处可摆，移掇亦便。即食物省俭之一端也。余之小帽领袜皆芸自做。衣之破者移东补西，必整必洁，色取暗淡以免垢迹，既可出客，又可家常。此又服饰省俭之一端也。初至萧爽楼中嫌其暗，以白纸糊壁，遂亮。夏月楼下去窗，无栏干，觉空洞无遮蔽。芸曰，"有旧竹帘在，何不以帘代栏？"余曰，"如何？"芸曰，"用竹数根黝黑色，一竖一横留出走路。截半帘搭在横竹上，垂至地，高与桌齐。中竖短竹四根，用麻线扎定，然后于横竹搭帘处，寻旧黑布条。连横竹裹缝之。既可遮栏饰观，又不费钱。"此就事论事之一法也。以此推之，古人所谓竹头木屑皆有用❶，良有以也。

　　夏月荷花开时，晚含而晓放。芸用小纱囊撮茶叶少许，置花心。明早取出，烹天泉水❷泡之，香韵尤绝。

　　此篇选自《浮生六记》。《浮生六记》为清沈复所著，计分《闺房记乐》、《闲情记趣》、《坎坷记愁》、《浪游记快》、《中山记历》、《养生记道》六篇，今只存四篇，其五六两篇已佚。本篇写其闲居时的情趣，故名《闲情记趣》。

　　沈复（一七六三——？）字三白，清苏州人。能画，习幕及商，他的卒年己无可考，当在嘉庆十二年（一八〇七）以后。其著作仅存《浮生六记》中的四记。近人俞平伯曾为之标点印行，并作《浮生六记》年表附于后。

---

❶　［竹头木屑皆有用］晋朝陶侃的话。详见《晋书·陶侃传》。
❷　［天泉水］即平时贮藏着的屋溜水，俗称"天落水"。

修　辞

一、文法和修辞

　　我们已经学过文法，现在再要学习修辞。到底文法和修辞的不同处在那里？这个问题近来颇有人引用孟子的话来解答。以为孟子说过"能与人规矩，不能与人巧，"只要将文法和修辞凑了上去，说"有所谓修辞之学，即巧之事也；又有所谓文法，即规矩之事。"(见《中国国文法》序)问题便解决了。

　　其实不是这样。文法也有所谓规矩所谓巧，修辞也有所谓规矩所谓巧。规矩是组织上的事，巧是运用上的事。就组织而言，便有所谓规矩。譬如文法告诉我们，他动词可以用作授动式，也可以用作被动式。如(A)猫捕鼠，(B)鼠被猫捕。要由授动式改为被动式，须将原文的目的格提到主格的地位，再加一个被动性的助词"被"。这便是文法上的所谓规矩。但由运用上来说，我们说话总要从这两式之中择出一式来说，例如或说"猫捕鼠"或说"鼠被猫捕"，不会两式同时并用。即使并用，也得把这两式分个先后，到底孰先孰后，也得要有一点选择的能力。如果选择得当，那也便是所谓巧。巧不能从文法上除开，正如文法的运用不能从文法上除开，走或跳不能从脚上除开。我们不能因为生理学上不讲开正步，随意走，或跳迦洛柏舞，跳华尔兹舞，便说脚上没有所谓走所谓跳，同样也不能因为文法上不说巧，便说文法上没有所谓巧。在修辞上也有同样的情形。引用孟子的话来解答文法和修辞的区别，实际并不能解答文法和修辞的区别。

二、文法和修辞的区别

　　文法和修辞的区别，简单地说起来，可说是在：文法是研究语言成素

本身的各种关系,修辞是研究用语言来表示意思,语言和意思之间的各种关系。例如《我的舱房》里的这一句:

　　这小房间将装置这四个床的主人的物品和他们的行动与他们的言语。

文法将会告诉我们,"这四个床的主人的物品"和"他们的行动"并"他们的言语"都是名词短语,这三个短语在句中的位置是同等的,即所谓格是一样的,在这三个短语中间隔着的"和"和"与"便是连接这样同等相连的词语的接续词。这样告诉过后,我们对于语言的成素和成素的关系如已明了,文法的职务便算完了,文法便不再想说什么了。文法给我们的重大贡献是使我们能够分析语言,把语言析成几个成素而且看出这几个成素之间的关系。使我们对于语言不致再像以先那样囫囵吞枣。有了这种贡献过后,语言本身的关系上面是应该没有疑问了。但是语言和意思之间却不一定就没有疑问。例如刚才引的这一句,或许就会有人问:"这四个床的主人的物品"是可以装置的,"他们的行动"却怎样装置呢?"他们的言语"更怎样装置呢? 倘有这样的问题起来时,我们便要有修辞学来解答。因为修辞学所研究的正是这种语言对于意思的"适用"问题。像这问题,修辞学就会告我们,这叫做拈连辞。是当甲乙两项连说时,趁便借用适用于甲项说话的词语来表现乙项观念的一种修辞方法。修辞方法有时不能照字直解,应当以意逆志。例如这里所谓"这小房间将装置……他们的行动与他们的言语",意思就是说"他们将在这小房间里行动言语"。就应当作这样的意思解。

　　像这样不能照字直解的时候固然需要修辞学来解答,但我们在适用上会发生的疑问并不限于这样不能照字直解的地方。例如《画记》的这一段中:

　　骑而立者五人;骑而被甲载兵立者十人;一人骑执大旗前立;骑而被甲载兵行且下牵者十人;……

"一人骑执大旗前立"一小句,本来可以仿照它的前后各小句的样式,写作"骑而执大旗前立者一人",为什么不仿照那样式写成一样? 又如同篇下列一段中:

> 舍而具食者十有一人；挹目注者四人；牛牵者二人；驴驱者四
> 人；<u>一人杖而负者</u>；妇人以孺子载而可见者六人；……

"一人杖而负者"实际不及写作"杖而负者一人"更自然，更与上下文协和，又为什么不那样写？再如同篇的这一段中：

> 牛大小十一头；橐驼三头；驴如橐驼之数而加其一焉；……

所谓"驴如橐驼之数而加其一焉"实际便是说"驴四头"，又为什么不直说"驴四头"，却要说比三头橐驼多一头？像这些地方，虽然字句并非不可直解，但把它们给前后相类意思的表现法去一比较，也都可以发生疑问。这种疑问也是语言适用上的疑问。就是修辞上的疑问。我们一定要把它们问出一个所以然来，就是所谓规矩来，才可断定他偏不那样说那样写偏要这样说这样写的这个"偏"偏得好不好，就是所谓巧不巧。譬如这里的几个问题，如果提出来问，修辞学就会告诉我们，他所以偏不那样说那样写偏要这样说这样写，并无别的理由，只不过要使说话有变化，不呆板。因为这篇里面记的东西很多，像"骑而立者五人"这一段中，"凡人之事三十有二"这一句以前的三十二个小句所记的便有一百二十三人做的三十二件事。这三十二件事固然一律可以用"……者×人"一个式子来说，但说者以为这样太像记帐了。故中间特别把"骑执大旗前立"和"杖而负者"两小句变换了位次插在中间。使三十二句不致连排只是一个样式。不致教人看了，觉得句法单调，呆板，不活泼，没有气势。这种变法，在修辞学里叫做错综。是专为避免单调平板用的。错综的方式有好几种。像这样变换语次的，是一种，叫做交蹉语次法。像"驴如橐驼之数而加其一焉"那一句那样，为与前后"橐驼三头"等句立异，故意伸长句身的，又是一种，叫做伸缩文身法。这样方法虽有小别，理由却是一样。就是要使句法有变化，不呆板。这样理由明白过后，若要批判，也便可以施行批判。例如我们可以说这里两个交蹉语次法是用得好的，因为用了之后可以避免呆板的坏处，却不曾有别的坏处发生；这里一个伸缩文身法却是用得坏的，因为用了之后有了变化的好处，同时来了累赘的坏处。——总之修辞是研究语言的适用的。适用上也有约略有定的方式，就是所谓规矩。也像文法一样，先要明白了规矩之后，才能批判某一处用得好或是用得坏。

文 选

七七、诗品(六则)

司空图

冲 淡

素处以默,妙机其微❶。饮之太和❷,独鹤与飞❸。犹之惠风❹,荏苒❺在衣。阅音修篁,美曰载归❻。遇之匪❼深,即之愈稀。脱有形似,握手已违❽。

自 然

俯拾即是,不取诸邻。俱道适往,著手成春❾。如逢花开,如瞻岁新。真与❿不夺,强得易贫。幽人空山,过雨采苹。薄言情悟,悠悠天钧⓫。

---

❶ 〔素处以默妙机其微〕平居淡素,守以沈默,其发露之机甚为微妙,不落迹象。

❷ 〔饮之太和〕阴阳会合,冲和之气,叫做"太和"。饮之太和,极言其冲淡。

❸ 〔独鹤与飞〕鹤在禽类中最为冲淡,今又与独鹤同飞,其冲淡可知。

❹ 〔惠风〕风之和缓者。

❺ 〔荏苒〕和风吹拂之貌。

❻ 〔阅音修篁美曰载归〕听音亦可称"阅音",如看画亦可称读画。修篁,即修竹。曰与载皆语助辞。美曰载归,是说听了美妙的竹声而归。

❼ 〔匪〕与"非"同。

❽ 〔脱有形似握手已违〕形似,对妙机而言,就是迹象的意思。这是说,一落迹象,那一握手之间就不对了。

❾ 〔著手成春〕此"春"字殊难诠释。举例来说,犹如画家在一幅素纸上随便画上几笔便成一幅好画,这也可说是著手成春。

❿ 〔真与〕对"强得"而言,是出诸自然并不强求的意思。

⓫ 〔薄言情悟悠悠天钧〕薄言,发语辞,如《诗》"薄言采之"。情悟,犹言默契或觉到。悠悠,无尽貌。天钧,语本《庄子·齐物论》,"而休乎天钧"。《庄子》的所谓天钧,是受大自然陶冶之意。这两句是说与大自然相默契。

疏 野

惟性所宅❶,真取弗羁❷。拾物自当,与率为期❸。筑室松下,脱帽看诗。但知旦暮,不辨何时。倘然❹适意,岂必有为。若其天放❺,如是得之。

清 奇

娟娟❻群松,下有漪流❼。晴雪满汀❽,隔溪渔舟。可人❾如玉,步屧❿寻幽。载瞻载止⓫,空碧悠悠⓬。神出古异,淡不可收。如月之曙,如气之秋。

委 曲

登彼太行,翠绕羊肠⓭。杳霭流玉⓮,悠悠⓯花香。力之于时⓰,声之于羌⓱。似往已回,如幽匪藏⓲。水理漩洑⓳,鹏风翱翔⓴。道不自器,与

---

❶ 〔惟性所宅〕宅,安居之意。言随性所安。

❷ 〔真取弗羁〕言任其天真,弗受拘束。

❸ 〔拾物自当与率为期〕任取一物,即自当意。但教合乎真率的标准。

❹ 〔倘然〕徜徉自适之貌。

❺ 〔天放〕《庄子·马蹄》:"彼民有常性,织而衣,耕而食,是为同德。一而不党,命曰天放。"天放,即无拘束之意。

❻ 〔娟娟〕清奇貌。

❼ 〔漪流〕水波如锦纹曰"漪"。漪流,有微波的流水。

❽ 〔汀〕水际的平地。

❾ 〔可人〕可爱可亲或可取的人。

❿ 〔屧〕与"屐"通,履之泛称。

⓫ 〔载瞻载止〕载,语助辞。言常常在那里停步眺望。

⓬ 〔空碧悠悠〕空碧,指天空。悠悠,广漠无际貌。

⓭ 〔登彼太行翠绕羊肠〕太行,山名,在今山西界。翠,指那苍翠的山色。凡山路之萦曲险峻者称为"羊肠",太行山上有羊肠坂。

⓮ 〔杳霭流玉〕杳霭,云雾遮遏貌。流玉,即流水。

⓯ 〔悠悠〕不尽貌。

⓰ 〔力之于时〕言用力亦随时间而不同,例如农夫力田,春耕夏耘,各随时间为转移。

⓱ 〔声之于羌〕羌,疑指羌笛,羌笛之声清越委婉。

⓲ 〔似往已回如幽匪藏〕有如路径,好像是一直去的,但已经回转来了;又看去像很幽深的,但实际上却又不隐藏。总是形容委曲的境界。

⓳ 〔水理漩洑〕水理,即水之波纹。漩洑,回环往复之貌。

⓴ 〔鹏风翱翔〕鹏鸟在空中乘风盘旋。《庄子·逍遥游》称鹏鸟乘风扶摇而上,即此语所本。

之圆方❶。

旷　达

生者百岁，相去几何？欢乐苦短，忧愁实多。何如尊❷酒，日往烟萝❸！花覆茆檐，疏雨相过。倒酒既尽，杖藜行歌❹。孰不有古，南山峨峨❺。

诗有各种不同之境界，随人随时随地而异。唐司空图著《诗品》一卷，分雄浑、冲淡、纤秾、沈著、高古、典雅、洗炼、劲健、绮丽、自然、含蓄、豪放、精神、缜密、疏野、清奇、委曲、实境、悲慨、形容、超诣、飘逸、旷达、流动等二十四品，各按其品，以四言韵语十二句描写之。这里只选冲淡、自然……等六则。

司空图（八三七—九〇八）字表圣，唐虞乡人。咸通末进士。僖宗时知制诰为中书舍人，不久即解职去。晚年隐居中条山之王官谷，自号耐辱居士。朱全忠篡唐，召他做官，力辞不赴。及全忠称帝，唐哀宗被弑，他不食呕血死。所著有《司空表圣集》十卷。《诗品》二十四则别行于世。

七八、词品（六则）

郭　麐

幽　秀

千岩巉巉❻，一壑深美。路转峰回，忽见流水。幽鸟不鸣，白云时

---

❶　［道不自器与之圆方］言如大道之通融万物，不以一器自拘，惟因事物之或圆或方而与之圆方。

❷　［尊］与"樽"同。

❸　［日往烟萝］萝蔓生，所以加上一个"烟"字以形容之。日往烟萝，意思是说天天到那些幽静的地方去饮酒寻乐。

❹　［杖藜行歌］柱了藜杖在那里歌唱。

❺　［孰不有古南山峨峨］南山，即终南山。峨峨，巍然高耸貌。言人生孰无死而作古的时候，只有那巍然高耸的南山才终古如此。

❻　［巉巉］高峻貌。

起。此去人间，不知几里。时逢疏花，娟❶若处子。嫣然❷一笑，目成❸而已。

高 超

行云在空，明月在中。潇潇秋雨，泠泠❹好风。即之愈远，寻之无踪。孤鹤独唳，其声清雄。众首俯视，莫穷其通。回顾薮泽，翩哉蜚鸿❺。

雄 放

海潮东来，气吞江湖。快马斫阵，登高一呼。如波轩然❻，蛟龙牙须❼。如怒鹘起，下盘浮图❽。千里万里，山奔雷驱。元气不死，乃与之俱。

清 脆

美人满堂，金石丝簧❾。忽击玉磬，远闻清扬。韵不在短，亦不在长。哀家一梨❿，口为芳香。芭蕉洒雨，芙蓉拒霜。如气之秋，如冰之光。

神 韵

杂花欲放，细柳初丝⓫；上有好鸟，微风拂之。明月未上，美人来迟。

---

❶ ［娟］幽秀貌。

❷ ［嫣然］巧笑貌。

❸ ［目成］以目通意叫做"目成"，语本《楚辞》。

❹ ［泠泠］风和貌。

❺ ［翩哉蜚鸿］翩哉，鸟疾飞貌。蜚与"飞"同。

❻ ［轩然］大波貌。

❼ ［须］与"鬚"同。

❽ ［如怒鹘起下盘浮图］鹘，是一种凶猛的鸟。浮图即宝塔。如鹘之怒起而飞，下望浮图盘旋，所以极言其雄放。

❾ ［丝簧］丝，琴瑟之类。簧，笙竽之属。

❿ ［哀家一梨］《世说》："桓南郡每见人不快，辄嗔曰：'君得哀家梨，颇复蒸食否？'"注："旧说，秣陵有哀仲家梨甚美，大如升，入口消释。"因此后人便用"哀家梨"三字来形容清脆。

⓫ ［细柳初丝］柳条细长如丝，故称柳初发条为"初丝"。

却扇一顾❶，群妍皆媸❷。其秀在骨，非铅非脂❸。渺渺若愁，依依相思。

含　蓄

好风东来，幽鸟如哢❹。阳春在中，万象皆动❺。一花未开，众绿入梦。口多微词❻，如怨如讽。如闻玉管❼，快作数弄❽。望之邈然，鹤背云重❾。

自唐司空图作《诗品》后，有模仿他的体裁作"文品""赋品"等等。清郭麐亦仿《诗品》体撰《词品》，分幽秀、高超、雄放、委曲、清脆、神韵、感慨、奇丽、含蓄、通峭、秾艳、名隽等十二品。这里只选他六则。郭麐字祥伯，号频伽，清吴江人。嘉庆间贡生。长于诗及古文。善饮酒，醉后画竹石，别有风致。晚年侨居嘉善以终。所著有《金石例补》、《灵芬馆全集》。

文　话

二五、文字的品格

最近我们选读了司空图的《诗品》六首，郭麐的《词品》六首。"品"是

---

　❶　［却扇一顾］古时女子常以扇障面，如何逊《看新妇》诗云："如何花烛夜，轻扇掩红妆。"却扇一顾，谓除掉了扇子一回顾。

　❷　［群妍皆媸］美好曰"妍"，丑恶曰"媸"。言群妍与美人相形之下，都见得难看了。

　❸　［非铅非脂］铅即粉，言她的美秀出自天生，不是用脂粉涂饰出来的。

　❹　［哢］音弄。鸟的歌声。

　❺　［阳春在中万象皆动］在初春的时侯，万象已动，但并未十分感觉到春的到来，所以说"阳春在中"。例如下面所说"一花未开，众绿入梦"，显然没有到万花齐放的境界，这境界最为含蓄不尽。

　❻　［微词］说话说得有含蓄不十分显露，叫做"微词"。

　❼　［玉管］管，古乐器名，其制已失传，大约如箫笛之类。玉管即玉所制之管。

　❽　［弄］吹乐器叫做"弄"，如吹箫亦称"弄箫"。

　❾　［望之邈然鹤背云重］邈然，渺远貌。鹤在有云的天空中飞翔时，远望起来，好像它背上压着重重的云，这境界也是含蓄之至。

什么呢？就是品格。我们接触许多的人，觉得他们表现于言语、行动间的各不相同：有的人豪放不羁，有的人拘谨自守，有的人热情充溢，有的人逸趣横生：总括起来说，就是他们各有各的品格。人所禀的气质是各异的，所处的环境又不能尽同，所受的教育（包括狭义的学校教育和广义的社会教育以及从人群中得来的习染而言）也大同而小异，这些合并起来，便成为各不相同的品格。我们分辨出这个人与那个人，不单从他们的声音与笑貌，有时也根据他们的品格。譬如人家说某一件事是张三做的，我们却说不见得吧，因为做这件事不合于张三的品格。又如我们听见人家传说一番话，我们便说这好像是李四的话呀，因为它合于李四的品格。可见我们认识某人之所以为某人，除声音、笑貌而外，还在他的品格。又可见品格是差不多可以代表一个人的，即使这个人不在我们眼前，在我们的意念中，也可以把他的品格钩摹出来。

有一句大家熟习的话叫做"言为心声"。心里怎么想，口里就怎么说，这确是非常自然的事。谁的心都是看不见的，但听了说话就会知道了心，因为说话是"心声"呀。把说话写到纸面便是文字，所以文字也是"心声"。人既有各自的品格，那末作为"心声"的文字当然也有各自的品格：这是不待解释的。

在写作技术尚未达到纯熟地步的人，往往心里怎么想时，笔底下未必就能怎么写；他不能自由指挥他的笔，他的笔便把他的"心声"打了折扣，或者竟改变了原样。因此，要从他的文字中间看出什么品格来是不容易的。但是当他的写作技术达到了纯熟地步的时候，怎么想固然就怎么写了，并且在一个字、一句短句等细微之处，也显露出他的品格来；人家一看，就会知道这是他的文字，决不是你的或者我的。古今文家的文字各有各的品格，司马迁决不同于司马光，鲁迅决不同于朱自清，其原由就在此。

文字的品格既导源于人的品格，所以是自然成功而很难强致的。在一些把写作文字当作游戏事件的人，他们常常抛开了自己，学这个，学那个，希望练成别人的文字里所具有的品格。他们所得到的报酬多数是失败。其实，即使成功了，又有什么意思？在文学史上，仿效的、学步的文家通常是被轻视的。至于一般并不想做文家的人，他们写作文字完全为着应付实际的需要。有意见要发表，才写一篇论文，有情意要传达，才写一封书信，又何必装模作样，仿效别人的文字里所具有的品格呢？丢开了仿效的心思，惟求写作技术达到纯熟地步，那时候，即使是不想做文家的人，写成的文字也会具有独自的品格的。

别人的文字里所具有的品格既无关于我们的写作，那末这一则文话谈"文字的品格"做什么呢？回答是：供我们鉴赏文字时作为参考。请仍将人的品格作譬喻。我们固然不能同别人交换品格，或者取别人的品格据为己有，可是我们应该能够识别各人的品格。某人是豪放不羁的，某人是拘谨自守的，某人是热情充溢的，某人是逸趣横生的，……体会得愈多，"知人"的能力也愈广。这不是很有益处的事情么？我们要懂得一点文字的品格，情形正与此相同。司空图作《诗品》，郭麐作《词品》，他们犹如告诉人家说，在许多人中间，有怎样怎样不同的若干种品格罢了。

然而他们说的是诗、词，就可以借来指说各体的文字么？回答是：可以的。因为无论散文或韵文，它们同样是"心声"，它们的品格同样导源于人的品格，所以论诗、词的品格的《诗品》、《词品》也可以用来谈散文。《诗品》原来有二十四品，《词品》原来有十二品，我们从它们中间各选了比较重要的六品。其实文字的品格又何止二十四品与十二品，司空图与郭麐也只说了他们所体会到的罢了。

说明一种品格，普通用形容词或者形容语；如说某人"豪放"，便是用形容词，若说某人"豪放不羁"，便是用形容语了。但是什么叫做"豪放"和"豪放不羁"呢？这当然可以用许多话来解释；然而总不及一句话也不解释，却指一个"豪放不羁"的人给人家看来得容易使人家明白。因为你的豪放"和"豪放不羁"原是从印象得来的，而指一个"豪放不羁"的人给人家看，正是叫人家得到同样印象的最妥当的办法。你接触了这个人的言语、行动，觉得他有"豪放"的品格；你要说明"豪放"和豪放不羁"。便说像这个人的品格就是；人家一接触他的言语、行动，也就心领神会，不烦解释了。

因此,《诗品》、《词品》里指说文字的品格都不纯用解释,却描写出许多的境界来。如《冲淡》里的"犹之惠风,荏苒在衣",《自然》里的"如逢花开,如瞻岁新",《疏野》里的"筑室松下,脱帽看诗",《清奇》里的"娟娟群松,下有漪流",《委曲》里的"登彼太行,翠绕羊肠",《旷达》里的"倒酒既尽,杖藜行歌",《幽秀》里的"千岩巉巉,一壑深美",《高超》里的"行云在空,明月在中",《雄放》里的"海潮东来,气吞江湖",《清脆》里的"美人满堂,金石丝簧",《神韵》里的"明月未上,美人来迟",《含蓄》里的"一花未开,众绿入梦";这些境界都给你一个明白、深刻的印象。根据了这些印象去体会"冲淡""自然"……,就不止认识一些形容词了;再去看其他的文字,仿佛遇见了"犹之惠风,荏苒在衣","如逢花开,如瞻岁新"……的境界,便知道这篇有"冲淡"的品格,那篇有"自然"的品格……。鉴赏的能力于是进一步了。

现在试举出一些文字来,指说它们具有那一种品格,以便再看别的文字时,得据以类推。

如陶潜的《归园田居》,语句是朴素的,意境是闲适的。"暧暧远人村,依依墟里烟","户庭无尘杂,虚室有余闲","相见无杂言,但道桑麻长","晨兴理荒秽,带月荷锄归"等语,看来都很平常,但细细玩味,却有无穷的妙趣。把这几首诗通体讽诵,便觉得像对着一幅简笔的淡墨山水画,这样看有意味,那样看也有意味,但那意味又几乎难以言说。这就是具有"冲淡"的品格的。

如王维《辋川闲居赠裴秀才迪》,"倚杖柴门外,临风听暮蝉。渡头余落日,墟里上孤烟"。真所谓"俯拾即是",把当前的情景摄入诗中。但是这种印象又何等地勾人凝想啊!这就是具有"自然"的品格的。

如周作人《乌篷船》,说的是乌篷船的体制,坐乌篷船的趣味,以及怎样玩赏绍兴的景物,一种恣情适意的神态,表露在字里行间。所谓"倘然适意,岂必有为",就是指这样的意境而言。所以这一篇是具有"疏野"的品格的。

要体会文字中"清奇"的品格,我们可以翻出朱自清的《荷塘月色》来。那篇写荷叶与荷花,写池面上的月光,写池周围的景色,真是描绘出了一个神奇的境界。试与《诗品》中所谓"娟娟群松，下有漪流。晴雪满汀，隔溪渔舟。可人如玉，步屧寻幽。载瞻载止，空碧悠悠。"的境界对比。就会知道虽非同境，却是同类的东西。

要体会文字中的"委曲"的品格，我们可以翻出ＭＤ的《大泽乡》来。这一篇叙述被困在霪雨中的军官和兵士的故事，不是颇合于《诗品》所说的"似往已回，如幽匪藏"么？

如马致远的《秋思》就有"旷达"的品格。不求名利，不愁世苦，只因人生无常，但期及时行乐；末了的"分付俺顽童记者，便北海探吾来，道东篱醉了也"，一种达观玩世的神态活跃纸上。这种封建时代地主阶级的人生观，在今日原是绝对要不得的。但是我们无妨知道从前人中有怀着这样一种人生观的；而研究文学时，尤必须知道从前的文学被这种人生观支配，达到怎样的程度。

细读《康桥的早晨》和《绿》，就知道什么是"幽秀"。玩味《子路曾皙冉有公西华侍坐章》，就知道什么是"高超"。讽吟《望江道中》、《黄州》两首七律，注意"吾道非邪来旷野，江涛如此欲何之"，"江声不尽英雄恨，天意无私草木秋"等语，就知道什么是"雄放"。若诵《醉吟》（《水调歌头》）的词，就知道什么是"清脆"。《书江西造口壁》（《菩萨蛮》)是"感慨"，《背影》也近于"感慨"。《先妣事略》语多不尽，便是"含蓄"。

练习　除这里提及的以外，试就读过的文篇中，指出它们的品格，近于我们所举的十二品者。

文　选

七九、小园赋

庚　信

　　若夫❶一枝之上，巢父❷得安巢之所；一壶之中，壶公❸有容身之地。况乎管宁藜床，虽穿而可坐❹；嵇康锻灶❺，既暖而堪眠。岂必连闼洞房，南阳樊重之第❻；绿墀青琐，西汉王根之宅❼？余有数亩敝庐，寂寞人外，聊以拟伏腊❽，聊以避风霜。虽复晏婴近市，不求朝夕之利❾；潘岳面城，

---

❶　[若夫]发语辞。夫，音扶(ㄈㄨ)。

❷　[巢父]相传尧时有隐君子许由，夏常居巢，冬则穴处，故一号巢父。父，音甫(ㄈㄨ)。

❸　[壶公]《神仙传》："壶公常悬一壶空屋上，日入之后，公跳入壶中，人莫能见，惟费长房楼上见之，知非凡人也。"按：本篇开首四句，无非是说明虽一枝之上，一壶之中，也可以坐卧游息，不必有高堂大厦而已。

❹　[管宁藜床虽穿而可坐]管宁字幼安，三国魏朱虚人。《高士传》说他"常坐一木榻，积五十年未尝箕踞，榻上当膝皆穿。"按：古人坐时跪其两膝，两足向后，所以管宁那只坐了五十年的木榻，当膝的地方都穿了。（若两足向前，以手据膝，则形状像箕一般，就称为"箕踞"。那时不规则的坐法。）藜床，是指一种质朴的木榻。

❺　[嵇康锻灶]嵇康字叔夜，三国魏谯郡人。《文士传》说他"性绝巧，能锻铁"。锻灶，就是炼铁的灶。

❻　[连闼洞房南阳樊重之第]《后汉书·樊宏传》："樊宏，南阳湖人。父重，其所起庐舍，皆有重堂高阁，陂池灌注。"连闼洞房，就是门户房屋相通连的意思。

❼　[绿墀青琐西汉王根之宅]王根字稚卿，元城人。汉元帝王皇后的庶弟。封曲阳侯，官至骠骑将军。《汉书·元后传》说他"骄奢僭上，赤墀青琐。"按：阶上之地叫做"墀"。琐，就是窗格子。用红色涂漆阶上之地叫做"赤墀"。用青色涂漆窗格子叫做"青琐"。从前皇帝的宫室才有这体制，臣下的私宅，不应当这样的。又，赤墀这里作"绿墀"，和《汉书》不同。

❽　[聊以拟伏腊]伏日在夏，腊日在冬，所以伏腊就是寒暑的意思。"拟伏腊"与下"避风霜"相对，那拟字便含有躲避及抵挡的意思。

❾　[虽复晏婴近市不求朝夕之利]晏婴字平仲，春秋齐国的贤相。《左传》昭公三年："景公欲更晏子之宅，曰：'子之宅近市，湫溢嚣尘，不可以居，请更诸爽垲者。'辞曰：'君之先臣容焉，臣不足以嗣之，于臣奢矣；且小人近市，朝夕得所求，小人之利也。'"

且适闲居之乐❶。况乃黄鹤戒露，非有意于轮轩❷；爰居避风，本无情于钟鼓❸。陆机则兄弟同居❹，韩康则舅甥不别❺，蜗角蚊睫❻，又足相容者也。

　　尔乃窟室徘徊，聊同凿坏❼。桐间露落，柳下风来。琴号珠柱❽，书名玉杯❾。有棠梨而无馆，足酸枣而非台❿。犹得敧侧⓫八九丈，纵横数十步。榆柳两三行，梨桃百余树。拨蒙密兮见窗，行敧斜兮得路。蝉有

---

❶　［潘岳面城且适闲居之乐］潘岳字安仁，晋中牟人。他著《闲居赋》，中有"退而闲居于洛之埃"及"陪京泝伊，面郊后市"的话。洛水在洛阳城南，所以他的住宅是面对洛阳城的。

❷　［黄鹤戒露非有意于轮轩］旧说相传，鹤性机警，至八月白露降，便高鸣以相警戒。移徙其所宿处，以防意外（见《埤雅》。又《左传》闵公二年："卫懿公好鹤，鹤有乘轩者焉。"这里就运用了这个故事。意思是说，黄鹤怕受拘束，所以白露降就高鸣相警戒。它决不愿意乘着轮轩，受人宦养。以喻北朝强迫他做宫，实非出自他的本意。

❸　［爰居避风本无情于钟鼓］爰居，海鸟名。《国语·鲁语》："爰居止于鲁东门之外三日，命国人祭之。展禽曰：'今兹海其有灾乎？夫广川之鸟，皆知避其灾。'是岁，海多大风，冬暖。"又《左传》文公十三年："臧文仲祀爰居。"钟鼓，皆古祭祀时所用乐器。这是说，爰居之来，原为避海风，并不想受人们的祭祀。寓意和上两句相同。

❹　［陆机则兄弟同居］陆机字士衡，晋吴郡人。太康末年，和他的弟弟陆云（字士龙）同入洛阳。有人见他们兄弟俩同住参佐廨中，三间瓦屋，机住西间，云住东间（见《世说新语》）。

❺　［韩康则舅甥不别］韩康即韩康伯。韩康伯名伯，晋长社人。他是殷浩之甥，殷浩一向很赏识他。后来殷浩因事被流放，伯随至徙所，过了一年才回都，浩送至渚侧，口吟曹颜远诗云："富贵他人合，贫贱亲戚离"，因而泣下（见《晋书·殷浩传》）。按庾信本吴人，流寓长安，心怀故乡，所以引陆机、韩康二人在羁旅时的情况以自比。

❻　［蜗角蚊睫］《庄子·则阳》："有国于蜗之左角曰触氏，有国于蜗之右角曰蛮氏，相与争地而战，伏尸数万，逐北旬有五日而后反。"《晏子春秋》外篇："东海有虫，巢于蚊睫，飞乳去来，而蚊不为惊。"按：蜗角蚊睫，都极言其小。

❼　［尔乃窟室徘徊聊同凿坏］《左传》襄公三十年："郑伯有耆酒，为窟室而夜饮酒击钟焉。"《淮南子·齐俗》："颜阖，鲁君欲相见而不肯，使人以币先焉，凿坏而遁之。"按：尔乃，发语辞。窟室，即地窟。屋后墙叫做"坏"。（《淮南子》作阫，阫与坏同。）这是说他一向喜欢喝些酒，不问政治，原是凿坏而遁的一流人物。

❽　［琴号珠柱］琴有柱，以珠饰之，故称"珠柱"。

❾　［书名玉杯］汉董仲舒所著书，有《玉杯》、《繁露》、《清明》、《竹林》之类（见《汉书·董仲舒传》）。

❿　［有棠梨而无馆足酸枣而非台］汉甘泉宫有棠梨馆。酸枣，县名，故城在今河南延津县北，相传其地有韩王望气台。这里是说他小园中但有梨枣而无台观。

⓫　［敧侧］不整齐貌。

翳兮不惊，雉无罗兮何惧。草树混淆，枝格相交。山为簣覆，地有堂坳❶。藏狸并窟，乳鹊重巢❷。连珠细茵❸，长柄寒匏❹；可以疗饥，可以栖迟❺。欹区❻兮狭室，穿漏兮茅茨❼；檐直倚而妨帽，户平行而碍眉❽。坐帐无鹤❾，支床有龟❿。鸟多闲暇，花随四时。心则历陵枯木，发则睢阳乱丝⓫。非夏日而可畏，异秋天而可悲⓬。一寸二寸之鱼，三竿两竿之

---

❶ ［山为簣覆地有堂坳］盛土的竹器叫做"簣"。地注下处叫做"堂坳"。（见《庄子·逍遥游》）。这是说园基极小，任其自然而成山水。

❷ ［藏狸并窟乳鹊重巢］狸，善伏之兽，俗所谓"野猫"。因其善于躲藏，故称"藏狸"。窟，兽穴。乳鹊，即小鹊。这是说他的小园里有兽窟，有鸟巢。

❸ ［连珠细茵］细草连贯如珠，像铺着茵席一般。一说，"言其草实可食，历历如贯珠也。"（见倪璠《庾子山集注》。）

❹ ［长柄寒匏］《世说新语》："陆士衡诣刘道真，刘无他言，惟问东吴有长柄壶芦得种来否。"按：匏又称壶芦，蔬类植物，属葫芦科，其实长大，首尾粗细略同。又一种上部细长，一端圆大者，叫做"悬匏"，老熟者剖之为瓢，用以舀茶酒，俗称"茶酒瓢"。

❺ ［可以疗饥可以栖迟］言己在小园，并鸟兽以栖迟，有植物以疗饥，本来不想求什么富贵。

❻ ［欹区］歪斜貌。欹同"敧"。

❼ ［茅茨］用茅草盖屋，叫做"茅茨"。

❽ ［檐直倚而妨帽户平行而碍眉］这是说他的园小而处所亦极狭陋。妨帽，碍眉，形容其处所之低。

❾ ［坐帐无鹤］《神仙传》："介象字元则，会稽人也。吴王征至武昌，甚尊敬之，称为介君；令立宅，供帐皆是绮绣，遗黄金千镒，从象学隐形之术。后告言病，帝以美梨一奁赐象，象食之，须臾便死，帝埋葬之。以日中死，晡时已到建邺，所赐梨付苑吏种之。吏后以表闻，先主即发棺视之，惟一符耳。帝思之，与立庙，时时躬往祭之，常有白鹤来集座上，迟回复去。"坐帐无鹤，意思是说他自己没有介象那般仙术可还建邺。（按那时候梁都建邺，而作者被北朝所留，所以思归故国。）

❿ ［支床有龟］《史记》褚先生补《龟策列传》："南方老人用龟支床足，行二十余岁，老人死，移床，龟尚不死。"这是说他久羁长安，倒像那支床之龟了。

⓫ ［心则历陵枯木发则睢阳乱丝］历陵地名，（在今江西德安县东）汉属豫章郡。《宋书·五行志》："永嘉六年七月，豫章郡有樟树久枯，是日，忽更荣茂。"历陵枯木，即豫章枯树。睢阳亦地名，（在今安徽盱眙县西）就是春秋时宋国的地方。《吕氏春秋》："墨子见染素丝者而叹。"墨子是宋国人，故云"睢阳丝乱"。这两句的意思是说，心灰如槁木，发白象乱丝。（乱丝言蓬头；白发其色如素丝。）

⓬ ［非夏日而可畏异秋天而可悲］夏日炎热，故可畏。秋气萧索，故可悲。今非夏日而亦畏怖，非秋天而亦悲伤，则其平日之毫无乐趣可知。

竹。云气荫于丛蓍❶，金精养于秋菊❷。枣酸梨酢❸，桃楲❹李薁❺。落叶半床，狂花满屋。名为野人之家，是谓愚公之谷❻。

　　试偃息于茂林，乃久羡于抽簪❼。虽有门而长闭，实无水而恒沈❽。三春负锄相识❾，五月披裘见寻❿。问葛洪之药性⓫，访京房之卜林⓬。草无忘忧之意，花无长乐之心⓭。鸟何事而逐酒，鱼何情而听琴⓮。加以

――――――――

❶　［云气荫于丛蓍］蓍，蒿属，丛生，古取其茎以为占筮之用。《史记》褚先生补《龟策列传》："闻蓍生满百者，其下必有神龟守之，其上必有云气覆之。"

❷　［金精养于秋菊］《玉函方》："甘菊，九月上寅日采，名曰金精。"

❸　［酢］音措（ㄘㄨ），味酸而带咸叫做"酢"。

❹　［楲］音思（ㄙ），山桃。《尔雅·释木》："楲，山桃。"注："实如桃而小，不解核。"疏："生山中者名山桃。"

❺　［薁］音郁。即郁李。参看前《一个卖汽水的人》注。

❻　［名为野人之家是为愚公之谷］《后汉书·逸民传》："桓帝延熹中，幸竟陵，过云梦，临沔水，百姓莫不睹者，汉阴父老独耕不辍，张温异之，下道百步，自与言，父老曰：'我野人耳，不达斯语。'"《说苑》："齐桓公出猎，逐鹿而走入山谷之中，见一老公而问之：'是为何谷？'对曰：'愚公之谷。'桓公曰：'何故？'对曰：'以臣名之。'桓公曰：'今视公之仪状，非愚人也。何以为公名？'对曰：'臣请陈之。臣故畜牸牛，生子而大，卖之而买驹，少年曰，牛不生马，遂持驹去，傍邻闻之，以臣为愚，故名此谷为愚公之谷。'"按：野人之家，愚公之谷，无非是说隐士之居而已。

❼　［抽簪］簪，首笄；古时束发，用簪连冠于发，使冠不坠。若隐士则往往散发不冠。抽簪，就是隐居的意思。

❽　［实无水而恒沈］《庄子·则阳》："与世违而心不屑与之俱，是陆沈者也。"郭象注："人中隐者，譬无水而沈，曰陆沈。"沈，音陈（ㄔㄣ）。

❾　［三春负锄相识］倪璠注引皇甫谧《高士传》："林类者，魏人也。年且百岁，底春，披裘拾遗穗于故畦，并歌并进。孔子适卫，望之于野，顾谓弟子曰：'彼叟可言者。'子贡请行，逆之陇端。"按：《高士传》所载，只说在春天披裘拾穗，并无负锄字样，或他书另有负锄相识故事，待考。

❿　［五月披裘见寻］《高士传》："披裘公者，吴人也。延陵季子出游，见道中有遗金，顾披裘公曰：'取彼金投镰！'公嗔目拂而言曰：'何子处之高而视人之卑？五月披裘而负薪，岂取金者哉！'季子大惊，既谢，而问姓名。公曰：'吾子皮相之士，何足语姓名也。'"

⓫　［问葛洪之药性］葛洪字稚川，晋句容人。著有《抱朴子》内外篇，内篇多讲方药神仙及却病延年之法。

⓬　［访京房之卜林］京房字君明，汉顿丘人。研究《易经》，长于占卜之术。

⓭　［草无忘忧之意花无长乐之心］萱草，一名"忘忧草"。紫华，一名"长乐花"（见傅咸《紫华赋序》）。这是说他在长安即境伤怀，看园中花草都含着忧愁。

⓮　［鸟何事而逐酒鱼何情而听琴］《庄子·至乐》："昔者海鸟止于鲁郊，鲁侯御而觞之庙，鸟眩视悲忧，不敢饮一杯，三日而死。"《韩诗外传》："昔伯牙鼓琴而渊鱼出听。"这是说他自己宜如飞鸟之栖深林，游鱼之潜重渊，今乃失其故性，实非本意。

寒暑异令，乖违德性❶。崔骃以不乐损年❷，吴质以长愁养病❸。镇宅神以薶石❹，厌山精而照镜❺。屡动庄舄之吟❻，几行魏颗之命❼。薄晚闲闺，老幼相携❽；蓬头王霸之子❾，椎髻梁鸿之妻❿。爒麦两瓮，寒菜一

---

❶ ［寒暑异令乖违德性］他以南方人而侨居北方，南北气候不同；加以在北朝做官，也和他的本性不合，所以这样说。

❷ ［崔骃以不乐损年］崔骃字亭伯，东汉安平人。窦宪为车骑将军，辟他为掾属。他见窦宪骄横不法，屡进规谏，不为窦宪所纳，反借端出他为长岑长，因此郁郁不乐而死。

❸ ［吴质以长愁养病］吴质字季重，三国魏济阴人。《魏略》："吴质与徐干等并见友于太子，二十二年，魏大疫，诸人多死，故太子与质书，质报之曰：'质已四十二矣；白发生鬓，所虑日深，不复若平日之时也。但欲保身勅行，不蹈有过之地，以为知己之累耳。游宴之欢，难可再遇，盛年一过，实不可追。'"

❹ ［镇宅神以薶石］薶即"埋"字。《淮南·毕万术》："埋石四隅家无鬼。"又《急就篇》："石敢当。"颜师古注："敢当，言所当无敌也。"按现在还有人在住宅的对面埋石书"石敢当"三字，即其遗意。

❺ ［厌山精而照镜］《抱朴子·登涉》："万物之老者，其精能假托人形以眩惑人目，而常试人，惟不能于镜中易其真形耳。是以古之入山道士，皆以明镜九寸已上悬于背后，则老魅不敢近人。"厌，就是镇压的意思。

❻ ［屡动庄舄之吟］《史记·陈轸传》："昔越人庄舄，仕楚执珪，有顷而病。楚王曰：'舄，故越之鄙细人也。今仕楚执珪，富贵矣，亦思越否？'对曰：'凡人之思故在其病也。彼思越则越声，不思越则楚声。'人往听之，犹尚越声也。"此以庄舄之仕楚而犹作越吟，喻己之仕北而常思南归。

❼ ［几行魏颗之命］《左传》宣公十五年："初，魏武子有嬖妾，无子，武子疾，命颗曰：'必嫁是。'疾甚，则曰：'必以为殉。'及卒，颗嫁之，曰：'疾病则乱，吾从其治也。'"这是说他去梁仕魏，常常思念故国，疾病至于昏乱。

❽ ［薄晚闲闺老幼相携］薄晚，犹言"旁晚"。这是说他一家老小都在长安。

❾ ［蓬头王霸之子］后汉太原人王霸，立志不做官，他的妻也和他志同道合。霸和同乡人令狐子伯，向有交情，后来令狐子伯做了楚国国相，子伯的儿子也做了官。子伯命他的儿子送信给王霸。王霸的儿子方在田里耕作，闻来贵客来，便放了耒耜来见客，他见来客衣服华贵，车马仆从又很多，自己是一个农夫，不觉惭愧起来，连头都不能仰视。王霸见了这种样子，也颇有惭色，客人去后，他就卧着不起。他的妻问他为什么。他说："我见子伯的儿子，衣貌齐整，举止大方，而我的儿子则蓬头赤足，不懂礼貌，见了客人头都仰不起来，不觉使我爽然如有所失。"他的妻道："你一向不慕富贵，现在子伯的富贵，那里及得来你的清高，怎的忘了你一向的志操，而以儿子的举动粗野为可耻！"王霸听了，笑道："原来如此！"从此他就决意做一个隐士了。（见《后汉书·逸民传》。）

❿ ［椎髻梁鸿之妻］梁鸿字伯鸾，后汉平陵人。娶同县孟姓女为妻。初结婚时，他的妻很讲究服饰，他竟不去理她。他的妻换了布衣服，把头发随便束成一个椎一般的髻，梁鸿见了，大为高兴，说："这才真配做梁鸿的妻子！"（见《后汉书·逸民传》。）

畦。风骚骚❶而树急，天惨惨❷而云低。聚空仓而雀噪❸，惊懒妇而蝉嘶❹。昔旱滥于吹嘘❺，藉《文言》之庆余❻。门有通德，家承赐书❼。或陪玄武之观，时参凤凰之虚❽。观受釐于宣室，赋《长杨》于直庐❾。

遂乃山崩川竭，冰碎瓦裂；大盗潜移，长离永灭❿。摧直辔于三危，碎平途于九折⓫。荆轲有寒水之悲，苏武有秋风之别⓬。关山则风月凄

---

❶ ［骚骚］风声。

❷ ［惨惨］天昏暗貌。

❸ ［聚空仓而雀噪］汉苏伯玉《盘中诗》："空仓雀常苦饥。"即此语所本。

❹ ［惊懒妇而蝉嘶］崔豹《古今注》："蟪蛄一名吟蛁，秋初生，得寒则鸣。一云，南齐呼为懒妇。"宋均说："促织，蟋蟀也。立秋，女功急，故趣（同催促之促）之。据此，惊懒妇者乃蟋蟀而非蝉。这里却说"蝉嘶"，可见前人用典，往往随意变化，不为古人所尼。

❺ ［昔旱滥于吹嘘］此句以下，写他从前在梁朝做官时的情形。《韩非子·内储说》："齐宣王使吹竽必三百人，南郭处士请为王吹竽，廪食与三百人等，宣王死，湣王立，好一一听之，处士逃。"后人因谓无才而居其位为"滥竽充数"。这里是说他从前在梁朝做过官，但亦不过滥竽充数而已。

❻ ［藉《文言》之庆余］《文言》，《易》十翼之一，专释《乾》《坤》二卦的卦义者，相传为孔子所作。《易·乾卦·文言》："积善之家必有余庆。"这里是说他在梁朝做官，靠着祖先的余德。

❼ ［门有通德家承赐书］后汉郑玄，北海高密人。孔融为北海相，对郑玄很敬重，特命高密县为立一乡，称郑公乡，其闾门号通德门（见《后汉书·郑玄传》）。《汉书·叙传》："班彪字叔皮，与仲兄嗣，共游学，家有赐书，内足于财，好古之士，自远方至。"这是说，他的祖先在梁朝，也像汉朝的郑氏、班氏一样有名声。

❽ ［或陪玄武之观时参凤凰之虚］汉未央宫北有玄武观。又汉宫殿有凤凰殿。虚，与"墟"同。

❾ ［观受釐于宣室赋《长杨》于直庐］釐，音僖，祭余之肉。宣室，汉未央宫前的正室。《汉书·贾谊传》："文帝思贾谊，征之，至，入则上方受釐坐宣室。"又汉扬雄常受命作《长杨赋》。直庐，直宿所止之庐。按《北史》庾信本传："父肩吾，为梁太子中庶子，掌管记，……及信并为抄撰学士，父子在东宫，出入禁闼，恩礼莫与比隆。"从"或陪玄武之观"句起至此，皆写当时受梁朝优遇的情形。

❿ ［遂乃山崩川竭冰碎瓦裂大盗潜移长离永灭］梁武帝太清二年（公元五四八）魏降将侯景作乱，攻陷台城，帝饿死。其后元帝迁都江陵。这四句就是写侯景之乱。山崩川竭，亡国之征，见《史记·周本纪》。冰碎瓦裂，是指当时的局势如瓦解冰裂一般。大盗，指侯景。潜移，谓侯景潜位称帝，转移了梁朝的国祚。长离永灭，当是指梁武帝的饿死。

⓫ ［摧直辔于三危碎平途于九折］三危，山名。在今甘肃敦煌县南。三峰耸峙，如危欲堕，故名。九折坂，在今四川荣经县西邛崃山。山路艰险，登者回曲九折，故名。按：三危九折本险地，而直辔以往，视若平途，致遭摧碎。指梁武帝纳侯景之降，以致有此乱事。

⓬ ［荆轲有寒水之悲苏武有秋风之别］荆轲入秦，燕太子丹饯之易水，高渐离击筑歌"风萧萧兮易水寒"，见前《荆轲传》。苏武字长卿，汉杜陵人。武帝时奉命出使匈奴，被匈奴拘留，在匈奴住了二十年才回国。这两句是比喻他出使魏国，身留长安。

怆,陇水则肝肠断绝❶。龟言此地之寒❷,鹤讶今年之雪❸。百龄兮倏忽,光华兮已晚❹。不雪雁门之蹄❺,先念鸿陆之远❻。非淮海兮可变,非金丹兮能转❼。不暴骨于龙门,终低头于马坂❽。谅天造兮昧昧,嗟生民兮浑浑❾。

赋是文体的一种。因为文中用韵,所以一向多说是"古诗之流"。它的形质,也随时代而不同,约可分为四种:从屈(原)、宋(玉)到两汉,大都铺张扬厉,而文句不必对偶,称为"古赋";三国到六朝,渐尚俳偶,时有对句,称为"俳赋";入唐而后,以诗赋取士,作赋的渐由俳句而变为很工整对句,称为"律赋";宋人

---

❶ 〔关山则风月凄怆陇水则肝肠断绝〕古乐府有《关山月》。《秦川记》:"陇西郡陇山,其上悬岩吐溜,于中岭泉淳,因名万石泉。北人升此而歌,有云:陇头流水,鸣声幽咽,遥望秦川,肝肠断绝。"这两句说他身在长安,常有乡关之思。

❷ 〔龟言此地之寒〕《水经注》引车频《秦书》说:"苻坚建元十二年,高陆县民穿井得龟,大二尺六寸,背文负八卦古字,坚以石为池,养之十六年而死,取其骨以问吉凶,名为'客龟'。"大卜佐高梦龟言:'我将归江南,不遇死于秦。'"这是说他身羁长安,如客龟一般。又他常想归江南,不欲客死异地,也和那客龟一样。

❸ 〔鹤讶今年之雪〕《异苑》:"晋太康二年,冬大寒,南州人见二白鹤语于桥下曰:'今兹寒不减尧崩年也。'于是飞去。"按梁元帝承圣三年(公元五五四)十一月,西魏陷江陵,元帝出降,十二月,被杀。此以元帝死比之尧崩;而江陵陷落及元帝被杀都在冬季,故云"鹤讶今年之雪。"

❹ 〔百龄兮倏忽光华兮已晚〕倏忽,言光阴过去之速。光华,犹言"年华",这是说他壮年遭丧乱,光阴倏忽,遂成暮齿。

❺ 〔不雪雁门之蹄〕汉段会宗为西域都护。三年职满,为沛郡太守,徙雁门太守,数年,坐法免,后复为西域都护,他的朋友谷永给他信说:"愿吾子因循旧贯,毋求奇功,终更亟还,亦足以复雁门之蹄。"见《汉书·段会宗传》。雪,洗雪。蹄,音崎(く|),遭遇不偶的意思。段会宗为雁门太守,坐法免官,所以说"雁门之蹄"。不雪雁门之蹄,就是说他自己的遭时不遇。

❻ 〔先念鸿陆之远〕《易·渐卦》九三爻辞:"鸿渐于陆,征夫不复。"这是说他自己远征不复返。

❼ 〔非淮海兮可变非金丹兮能转〕古来相传,雀入大海变为蛤,雉入淮水变为蜃。又古时道家炼金丹,有一转至九转之法,见《抱朴子》。这是说他虽在北朝做官,但还是心向南朝,不像雀雉一入淮海,便变为蜃蛤;亦不象金丹之药,一经洪炉烧炼,可转变他的性质。

❽ 〔不暴骨于龙门终低头于马坂〕《三秦记》:"龙门山在河东界,禹凿山断门一里余,黄河自中流下,两岸不通车马。鱼登者化为龙,不登者,点额暴腮而返。"《战国荒》"昔骐骥驾盐车上吴坂,迁延负辕而不敢进,遭伯乐而鸣之,知伯乐知己。"这两句是比喻他不能死节,终低着头做北朝的官。

❾ 〔谅天造兮昧昧嗟生民兮浑浑〕《易·屯卦》:"天造草昧。"天造,犹言"天道"。昧昧,渺茫貌。浑浑,昏昧无知貌。这是说,天道渺茫,非人所能知。

承韩(愈)、柳(宗元)古文运动之后,遂以散体的议论文用韵作赋,既和俳赋、律赋不同,又和古赋有别,就称为"文赋"。(按:所谓古赋、俳赋……等等名称,都是后人所加,在当时并无这种名称。)这篇是属于俳赋一类,但对句渐工,实已开律赋之端。作者本为南朝梁人,后因奉使至西魏,被西魏所强留,就留在北朝做官,但他心里却很不愿意。这篇赋是他借题发挥,前半写小园景物,后半写留恋乡关,带有极浓厚的感伤气分。

庾信(513—581)字子山,南北朝新野人。初仕南朝梁,奉命使西魏,被留不遣;周明帝、武帝都好文学,所以很优礼他,官至骠骑大将军开府仪同三司,后人就称他为庾开府。今存有《庾开府集》。他的文章,以艳丽见长;与徐陵齐名,世称"徐庾体"。

八〇、前赤壁赋

苏　轼

　　壬戌❶之秋,七月既望❷,苏子❸与客泛舟游于赤壁之下。清风徐来,水波不兴。举酒属客❹,诵明月之诗,歌窈窕之章❺。少焉,月出于东山之上,徘徊于斗牛❻之间。白露横江,水光接天。纵一苇之所如❼,凌万顷之茫然❽。浩浩乎如冯虚御风❾而不知其所止,飘飘乎如遗世独立

---

❶ 〔壬戌〕宋神宗元丰四年,当公元一〇八一年。

❷ 〔七月既望〕阴历十五日叫做"望"。既望,就是十六日。按:元丰四年七月十六日,正当公元一〇八一年八月二十三日(依陈垣《中西回史日历》推算)。

❸ 〔苏子〕苏轼自称。

❹ 〔举酒属客〕举起酒杯,邀客共饮。

❺ 〔诵明月之诗歌窈窕之章〕《诗·陈风·月出》篇首章云:"月出皎兮,佼人僚兮,舒窈纠兮,劳心悄兮。"窈纠与窈窕声近,当时所歌,即《月出》的首章。

❻ 〔斗牛〕两星名。斗即北斗星;牛即牵牛星。

❼ 〔纵一苇之所如〕一苇,喻小舟。言任这只小舟荡漾开去。

❽ 〔凌万顷之茫然〕万顷,喻江面之广阔。这是说,放着一苇似的小舟,在那茫然无际的大江里浮泛着。

❾ 〔浩浩乎如冯虚御风〕浩浩,广大貌。冯,与"凭"同。言乘小舟游大江,如凭虚乘风而行。

羽化而登仙❶。

　　于是饮酒乐甚,扣舷而歌之❷。歌曰:"桂棹兮兰桨❸,击空明兮泝流光❹。渺渺兮予怀❺,望美人兮天一方❻。"客有吹洞箫❼者,倚歌而和之,其声呜呜然:如怨,如慕,如泣,如诉;余音袅袅❽,不绝如缕❾;舞幽壑之潜蛟❿,泣孤舟之嫠妇⓫。

　　苏子愀然⓬正襟危坐⓭而问客曰:"何为其然也?"

　　客曰:"月明星稀,乌鹊南飞⓮,此非曹孟德⓯之诗乎?西望夏口,东望武昌⓰;山川相缪,郁乎苍苍⓱。此非孟德之困于周郎⓲者乎?方其破

---

❶　[飘飘乎如遗世独立羽化而登仙] 飘飘,高举貌。世称成仙为"羽化",谓其飞升变化,像生了羽翼一般。这是说,在那大江之中,飘飘然像遗弃世俗而成了神仙一般。

❷　[扣舷而歌之] 敲着船边而歌。

❸　[桂棹兮兰桨] "桂"与"兰"皆名词作形容词,犹帐称"芙蓉帐",帘称"珠帘"。

❹　[击空明兮泝流光] 月映水中,谓之"空明"。逆流而上叫做"泝"。流光,就是指那水中流动的月光。这是说,把棹桨击着那流动的水里的月光泝流而上。

❺　[渺渺兮予怀] 这渺渺两字和前面《词品》里所说的"渺渺若愁"的渺渺差不多。渺渺兮予怀,正是他一种说不出的心怀。

❻　[望美人兮天一方] 古人往往用"美人"两字写其心情的寄托所在,屈原的《离骚》中常常用之。望美人兮天一方,无非说他心怀辽阔,寄托深远而已。

❼　[洞箫] 古箫管皆比竹而成,其下有底,无底则称"洞箫"。今通常单管之箫,管底开豁者为"洞箫"。

❽　[袅袅] 音鸟(ㄋㄧㄠˇ),余音不绝叫做"袅袅"。

❾　[不绝如缕] 丝缕纤细,易于断绝。不绝如缕,喻其声之凄婉欲绝。

❿　[舞幽壑之潜蛟] 幽壑,即深壑。这是说,箫声宛转,像潜伏在深壑中的蛟龙起舞一般。

⓫　[泣孤舟之嫠妇] 嫠,音离(ㄌㄧˊ)。嫠妇即寡妇。言箫声凄婉,如孤舟嫠妇之啜泣。

⓬　[愀然] 伤感貌。

⓭　[危坐] 肃然正坐。

⓮　[月明星稀乌鹊南飞] 曹操《短歌行》云:"月明星稀,乌鹊南飞,绕树三匝,无枝可依。"

⓯　[曹孟德] 曹操字孟德。

⓰　[西望夏口东望武昌] 夏口,见前《赤壁之战》注。武昌,即今湖北鄂城县。按:夏口即今之武昌,黄冈在今武昌与鄂城之间,故在赤鼻矶可以西望夏口东望武昌。

⓱　[山川相缪郁乎苍苍] 言山与川相缪结,远望苍苍茫茫,不甚亲切。

⓲　[周郎] 即指周瑜,见《赤壁怀古》注。

荆州，下江陵❶，顺流而东也，舳舻千里❷，旌旗蔽空，酾酒临江，横槊❸赋诗。固一世之雄也，而今安在哉！况吾与子渔樵于江渚之上，侣鱼虾而友麋鹿；驾一叶之扁舟，举匏尊❹以相属。寄蜉蝣于天地❺，渺沧海之一粟❻。哀吾生之须臾❼，羡长江之无穷；挟飞仙以遨游，抱明月而长终。知不可乎骤得，托遗响于悲风。"

苏子曰："客亦知夫水与月乎？逝者如斯，而未尝往也❽；盈虚者如彼，而卒莫消长也❾。盖将自其变者而观之，则天地曾不能以一瞬；自其不变者而观之，则物与我皆无尽也。而又何羡乎！且夫天地之间，物各有主。苟非吾之所有，虽一毫而莫取。惟江上之清风，与山间之明月；耳得之而为声，目遇之而成色。取之无禁，用之不竭。是造物者之无尽藏也，而吾与子之所共适。"

客喜而笑，洗盏更酌。肴核❿既尽，杯盘狼藉。相与枕藉⓫乎舟中，不知东方之既白。

后汉末，周瑜大破曹操军于赤壁（见前《赤壁之战》）。这一次战争的结果，就渐渐形成了魏、蜀、吴三分中国的局面，所以赤壁之战为后人所艳称。宋苏轼因二次游赤壁，作前、后《赤壁赋》以寄慨。然湖北所谓"赤壁"者凡有四处：

---

❶　［破荆州下江陵］见《赤壁之战》。

❷　［舳舻千里］方长之船叫做"舳舻"；一说，船首叫做"舳"，船尾叫做"舻"；总之，舳舻即船之代称。舳舻千里，极言曹操顺江而下时战船之多。

❸　［槊］与"矟"同。矛长丈八叫做"槊"。

❹　［匏尊］以匏为酒樽，叫做"匏尊"。

❺　［寄蜉蝣于天地］蜉蝣，虫名。夏秋之交，近水而飞，往往数小时即死，故有朝生暮死之说。此谓人生在世，如蜉蝣之寄生于天地，极言其生命之短促。

❻　［渺沧海之一粟］沧海，大海。言人在世界上，其渺小等于大海中的一粒粟。

❼　［须臾］很少的时间叫做"须臾"。

❽　［逝者如斯而未尝往也］斯与"此"同，指水而言。言水虽这样日夜不停的向东流去，但江中的水依旧在着。

❾　［盈虚者如彼而卒莫消长也］虚，亏缺的意思。彼，指月而言。言月虽有时盈满，有时亏缺，但月还是月，倒底他的本身并没有消长。

❿　［肴核］肴与"殽"同。肴核，即指当前盛菜蔬的碗盏。

⓫　［枕藉］纵横相枕而卧。

一、在嘉鱼县东北江滨；一、在黄冈县城外，俗名赤鼻矶；一、在武昌县东南七十里，又名赤矶，亦名赤圻；一、在汉阳县沌口之临漳山，有峰名乌林，俗亦称之为赤壁。周瑜破曹军处乃嘉鱼县东北之赤壁，而苏轼所游者则为黄冈县城外之赤鼻矶，当时他误会了，以为这就是周瑜大破曹军处，按：本篇乃是有韵之散文，虽名为"赋"，与庾信的《小园赋》等大不相同，可以归入"文赋"一类。

修　辞

三、语言的适用法

语言的适用法有两大类。第一类是将意思简单明白地说出便算的。例如

$$2+2=4$$

我们只要说二加二等于四便算了。我们自己不会动感情，别人想必也是不会动感情，这是无论在什么情境之下都是一样的，我们不必替它张扬，也无庸替它隐讳，而且也无法替它张扬隐讳。像这样的时候语言只要能够随着意思如实地说出，便好。若要努力，也只求其字字有用，字字明确，没有字语上的错误，没有文法上的错误。像这样的时侯说话的条件极其简单，只要没有毛病便好。所谓努力，也只是消极地要他没有毛病的努力。像这样时候的修辞，修辞学上就叫做消极修辞。

消极修辞是字字如实的，结果用这种方法说出的话也就可以字字如实去解。例如数学讲义的字句，便是这样的。在数学讲义里说二加二等于四，就是四，不会是别的，也不能说作别的。

但是还有一类，却有时会是别的，而且可以说作别的。即就数字来说，也有这种情形。例如《美猴王》一篇里

众猴听说，即拱服礼拜，都称千岁大王。

一句里的"千岁"的"千"字，便是这样的。"千岁"是一个祝颂辞，意思只是表明极久，并不一定要呆呆板板地把"千"字解作"千"。即把"千岁"解

作"万岁也未尝不可。若以现在祝颂的习惯来说，"万岁"倒比"千岁"通行些。

这种时候适用语言，便不像只要质直说来便算时候那样简单。这一面仍要顾到意思，仍旧要把意思说得使人懂，一面又要把语言表现得恰恰适合当时的内外情境。遇到情境非常特别或非常复杂的时候，为了适合它起见只得把意思略略变了相，或把语言略略改了样。于是意思之间或语言之间或语言和意思之间便有不尽可解或不可呆解的异状出现。这类异状，在论学的说话中是少见的。因为讲学必得严定界说，老实说话。活动的是理知作用。理知是气度严冷，毫不迁就的。说话上自然很少顾念情境的地方。然而那也只限于讲那抽象的东西，例如数学，尤其是数学中的代数，几何之类。其余便不能严格如此。至于文学，那就更其不用说了。"情境"如何，可以说是说者所最关心的问题。所谓文学，照现在最正确的社会科学说起来，实际与科学并没有本质上的区别，所不同的不过是说话的方法不同罢了。科学用的是抽象的说法，文学用的是形象的说法。用形象的表现方法说话时，最要紧的是把一个情境活描出来，从那情境中去说动人。结果说话便往往是与情境有连系的。说的人是与情境连系起来在那里说，看的或听的人也要与情境连系起来去看他或听他的话，才能透过情境看到或听到他心里所要写所要说的真意思真声音。当这时候适用语言，便不止是消极的单求语言没有毛病就算的，是积极地想要从语言中活现出情境来，或藉情境去说动人的。像这样的积极适用语言，修辞学上就叫做积极修辞。

凡是适用语言，一定不出这消极适用和积极适用两大类，所以用修辞学上的术语说起来，可以说修辞一定不出消极修辞和积极修辞两大类。修辞学所研究的，就是这消极修辞和积极修辞上所有的问题和条理。

四、修辞和修辞学

修辞和修辞学不同。修辞是语言的适用；修辞学是语言的适用的认识。

我们认识一样现象，当初多只是断片的，部分的，表面的。往往不知道它的底里，也不知道它和别的现象的关系，因此容易看错。就是做《史记》的司马迁那样的大才也不能免。例如吴王夫差要伍子胥死。子胥将死的时候说了一句周周折折的话：

树吾墓槚，槚可材也，吴其亡乎？（《左传》哀公十一年）

这译成现在的话便是：

替我坟上栽些槚树，槚树可以做东西，想必吴（已经）亡了罢。

意思是说吴不久要亡的，而司马迁在《史记·吴太伯世家》那一篇里面却把他改成了

树吾墓上以梓，令可为器。

这译成现在的话便是

替我坟上栽些梓树，让他可以做东西。

我们一看便可以知道两句的意思很不相同。为什么会这样不同呢？原来是他把"槚可材也"，只做了点表面的观察，把它当做质实的话，当它主意是在那里说做东西，因此就把它译成了"令可为器"这句话，这样一译再搬回去便和"吴其亡乎"再也不会接气了。这便是看错的一例。除了看错之外因为认识不精也容易蛮反对，蛮破坏，像劳动运动才起来时把机器认做仇敌，胡乱破坏机器一样。例如现在把"五月四日"节成"五四"，九月十八日节成"九一八"，差不多谁也不反对了，但以前却曾有人竭力的反对过。那便是蛮破坏的一例。

像这样表面的部分的认识，我们叫做感性的认识。感性的认识还不知道现象的底细，不知道一个现象和别的现象的关系。照例不能叫做"学"。

普通凡是叫做什么"学"的都是第二个阶段的认识。这第二个阶段的认识，名叫论理的认识。论理的认识是把第一阶段的认识搜集起来，做整个的综合的观察。这样观察之后，我们可以看穿现象的底里，看穿各个现象之间的关系。这底里或关系便是所谓条理。有了条理再去观察各个具体的现象或具体的问题，现象便容易明白得多，问题也便容易

解决得多了。这才可以称为"学"。

　　我们如果真的要研究修辞学，照理应该把前说两大类修辞中所有的问题和条理尽数提出来做综合的说述。但我们在这里不预备这样。因为这样恐怕牵涉的事项太多，头绪太繁，引不起诸君向学的兴趣。我们这里只想把修辞做一点谈话式的讲述。就是例，我们也想尽量采取这部讲义的文选里，你们已经读过的。这样可以省得我们再加注解。有时还可以使诸君从这里悟得这条注解和别条注解中间所含的关系，得到融会贯通的乐趣。这在诸君，也是很方便的。又所讲也想以积极修辞一类为限。因为这类更其需要有条理的说述。也比较的可以引起诸君研究的兴趣。不过总之只是谈话式的说述不能把所有的情形尽量给诸君讲。如果有人想尽量知道，应该再去读大部头的修辞学的专书。这种专书，中国现在已经有了，而且很多。你们如果不知道那一部比较的正确充实，可以写信问校长，要求他介绍一部给你们看。

　　文　选

八一、除肉刑诏

汉文帝

　　制诏御史❶：盖闻有虞氏之时，画衣冠异章服以为戮，而民弗犯❷，何

---

　　❶　［制诏御史］皇帝的话叫做"制"。诏。动词，作"告语"解。御史，官名。周时掌赞书而授法令，秦汉并为亲近之职。其长官叫做"御史大夫"，次曰"御史中丞"。官署叫做"御史府"。当时更改法令等事属御史府，所以这道诏书下给御史府。

　　❷　［盖闻有虞氏之时画衣冠异章服以为戮而民弗犯］盖，顶接连词（详本讲义文法）。有虞氏即帝舜有虞氏。画读为"划"，区别的意思。以，古字作"㠯"。相传尧舜时定制，凡人民犯法，不加诛戮，但区别其衣冠服饰，使人家见了就知道他犯什么罪；但当时的百姓都以犯法为可耻，相戒弗犯。按：有虞氏画衣冠异章以为戮，正史都不载。惟宋罗泌所著的《路史·陶唐氏纪》中有"画衣冠异章服之戮，……上刑赭衣不纯。中加杂屦，下加墨幪，以居州里"云云。《路史》所纪上古之事，多依纬书及道书，不足征信。但上述的传说，相沿已久，不过诏书属之有虞氏（舜），而《路史》则属之陶唐氏（尧），微有不同。

治之至也。今法有肉刑三❶，而奸❷不止，其咎安在❸？非乃朕德之薄而教不明与❹？吾甚自愧。故夫训道不纯而愚民陷焉❺。《诗》曰："恺弟君子，民之父母❻。"今人有过，教未施而刑已加焉，或欲改行为善，而道亡繇至❼，朕甚怜之。夫刑至断支体、刻肌肤，终身不息❽，何其刑之痛而不德也！岂称❾为民父母之意哉？其除肉刑，有以易之❿！及令罪人各以轻重不亡逃有年而免⓫。具为令⓬！

古时有墨（刺字于额，用墨染成黑色）、劓（割鼻）、剕（刖足）、宫（去势）等刑罚，叫做"肉刑"。又，古时上命其下都叫做"诏"。秦汉以后惟皇帝的上谕才可称"诏"。汉文帝十三年（公元前一六七），齐国的太仓令（官名）淳于意有罪，当受肉刑，押解至京师。淳于意没有儿子，只有五个女儿。当他被逮捕将解至京师的时候，骂他的女儿们道："我生了你们这班女孩子，缓急之际一无所用。"他的小女儿缇萦就跟他到京里，上书皇帝，说"妾父为吏，齐中皆称其廉平。今坐法（犹言犯法）当刑。妾伤夫死者不可复生，刑者不可复属（属联续之意。言受

---

❶ 〔肉刑三〕即指墨、劓、剕三刑，宫刑不在内。

❷ 〔奸〕指作奸犯法之人。

❸ 〔其咎安在〕这过处在什么地方。

❹ 〔非乃朕德之薄而教不明与〕莫非是我的德行太薄而政教不明之故吗？按：朕，与"我"同。古贵贱皆称"朕"，自秦始皇规定"天子自称曰朕"，后遂定为皇帝之自称。与，读为"欤"，疑问辞。

❺ 〔故夫训道不纯而愚民陷焉〕所以训导之方不纯粹，而使愚民多自陷于法网。夫，音扶，语助辞。道，与"导"同。

❻ 〔恺弟君子民之父母〕《诗·大雅·泂酌》之篇。恺弟，音凯地（ㄎㄞˇ ㄉㄧˋ），和乐易简之貌。言君子有和乐易简之德，则其下尊之如父，亲之如母。

❼ 〔或欲改行为善而道亡繇至〕或有欲改行为善的，但没有可以到改行为善之路。亡，同"无"。繇，同"由"。

❽ 〔终身不息〕言被犯之人一生一世觉得不安。息作"安"字解，见《广雅·释诂》。唐颜师古注："息，生也，"似觉未妥。

❾ 〔称〕犹言"适合"。

❿ 〔有以易之〕按当时丞相张苍、御史大夫冯敬议更换肉刑的方法，把墨刑改为做苦工，劓刑改为笞三百，剕刑则当斩左足者改为笞五百，当斩右足者改为处死刑。受笞刑的，笞数既多，往往致死。而当斩右足的又改为死刑；所以《汉书·刑法志》说："是后外有轻刑之名而内实杀人。"

⓫ 〔及令罪人各以轻重不亡逃有年而免〕又令：凡罪犯视其罪之轻重，其不逃亡者，满刑期后得免为庶人。（按：庶人犹言平民。）

⓬ 〔具为令〕言这上谕中所说的话，统统作为法令。

了割鼻、刖足等刑，身体残废，不能再联续起来了）。妾愿没入为官婢（即没入官家为奴婢），以赎父刑罪，使得自新。"文帝见了她的请求书，十分感动，索性下一道诏书，把肉刑废止（见《汉书·刑法志》）。但据唐贾公彦《周礼疏》说，汉文所废止的只有墨、劓、剕三刑，宫刑一直到隋朝才废止。

汉文帝刘恒，高祖中子。初封代王。周勃平诸吕之乱，迎立他做皇帝。在位二十三年（公元前一七九—前一五五）。班固说他"专务以德化民；是以海内殷富，兴于礼义，断狱数百，几致刑措。"他在中国史上不愧为一个仁慈恭俭的好皇帝。

八二、求贤令

魏武帝

令：自古受命及中兴之君❶，曷尝不得贤人君子与之共治天下者乎？及其得贤也，曾不出闾巷❷，岂幸相遇哉，上之人不求之耳。今天下尚未定，此特求贤之急时也。孟公绰为赵魏老则优，不可以为滕薛大夫❸。若必廉士而后可用，则齐桓其何以霸世❹？今天下得无有被褐怀玉而钓

---

❶ ［自古受命及中兴之君］从前的人以为皇帝受命于天，所以推翻一个皇朝称为革命，而创立某一个皇朝的君主称为受命之君（例如汉高祖）。又，当某一皇朝十分衰乱的时候，忽有一个雄才大略的君主把这皇朝重兴起来，这一个君主就被称为中兴之君（例如后汉光武帝）。

❷ ［曾不出闾巷］闾巷，同"里巷"，犹言乡里之间。这是说，他们所得的贤人君子，乃不出乡里之间。

❸ ［孟公绰为赵魏老则优不可以为滕薛大夫］《论语·宪问章》所载孔子的话。孟公绰，春秋鲁大夫。赵氏魏氏，都是春秋时晋国执政的权臣。当时列国的卿大夫都有家臣；家臣之长称"老"。才有余谓之"优"。滕、薛，春秋时两小国。孟公绰廉静寡欲，而缺乏办事的才能，所以请他做一个家臣之长，则德高望重，绰有余裕，若请他做小国的大夫，则大夫须处理国政，而国小政繁，他的才具便不够应付了。此言人之才具，各有所长，亦各有所短，故当量才使用，不可专重德行名望。

❹ ［若必廉士而后可用则齐桓其何以霸世］春秋时齐桓公因得管仲为相，称霸于当世。然管仲未事齐桓公之前，曾与其友鲍叔共同经商，分派余利时，管仲竟欺鲍叔，自己多分了若干（见《史记·管晏列传》），可见他并不是一个廉士。若必廉士才可录用，则管仲便无资格，齐桓公怎能因任用管仲之故而称霸于当世呢？

于渭滨者乎❶；又得无有盗嫂受金❷而未遇无知者乎？二三子❸其佐我明扬仄陋❹，唯才是举，吾得而用之。

　　从前皇帝的上谕称"诏"，此外凡上官对下属的文告称"令"。曹操这道命令发于汉献帝建安十五年（公元二一〇），那时他名义上虽是丞相，但这道命令的措辞，俨然是皇帝的口气了。又，从来皇帝下诏求贤，总是征求所谓敦朴有道或孝廉方正之士，而曹操却申明"唯才是举"，不必限于所谓"廉士"，可见他有意选拔真才，和借求贤以粉饰太平或笼络士大夫者不同。但只论才具不讲品性，其结果使放诞浮伪的人得以乘机进身，而士风亦因此大坏。魏晋间士大夫大都放诞成习，不切实际，虽原因很多，像曹操那样"唯才是举"的求贤方法，不能不说有相当的坏影响。

　　曹操仕汉，封魏王。他死后，其子曹丕受汉禅为皇帝，改国号为魏，追尊他为太祖武皇帝，史称魏武帝。

文　话

二六、用典

　　试翻看文选第六十二篇陶潜的《自祭文》，中有"奢耻宋臣，俭笑王

---

　　❶　[今天下得无有被褐怀玉而钓于渭滨者乎]　被褐怀玉，语本《老子》"知我者希，则我者贵，是以圣人被褐怀玉。"褐，贱者之服。身怀宝玉而着贱者之服，喻怀才不求世知或怀才不遇。周吕尚初钓于渭滨，文王出猎，遇见了他，载与俱归，后为武王之师，佐武王克殷有功。这是说，现在天下有没有怀才不遇而像吕尚那样还在渭滨钓鱼的人。

　　❷　[盗嫂受金]　与人私奸叫做"盗"。汉陈平出身贫贱，后遇刘邦，刘邦命他为亚将，有人在刘邦面前说他从前曾经与他的嫂嫂奸通，又私下受将士的贿赂，但刘邦始终信任他，他替刘邦规画军事，常出奇计，终做了汉朝开国的功臣。

　　❸　[二三子]　不专指一人，故称"二三子"，犹语体文说"你们"。

　　❹　[明扬仄陋]《书·尧典》："明明扬仄陋。"《疏》："汝当明举其明德之人于僻隐鄙陋之处。"这里引用《尧典》而省一明字。

孙"两语。如果我们不知道"宋臣"和"王孙"的故事是怎么一回事，对于这两语就不能明白了解。至多只能猜想"宋臣"大概是一个非常奢侈的人，而"王孙"必然是一个绝顶俭朴的人罢了。在作者的陶潜，他是知道这两个人的故事的；他知道宋桓司马"自为石椁，三年而不成"，为孔子所讥；他知道汉杨王孙命儿子把他裸葬，"以身亲土"：就借这两个故事来表白自己身后的料理，不奢不俭，只须随便敷衍过去就算了的意思。像这样子不把意思直捷说出，却借了故事来表达，叫做"用事"。

"用事"是语言、文字中常有的现象。譬如，二十年九月十八日夜间。日本军队突然攻击沈阳，把它占领了。其后他们在我国各地逞凶示威，我们口头或者笔下便说"说不定'九一八事件'要重演一回"，不直捷说他们更想占领地方，却说"九一八事件"要重演，这也是"用事"。

假若桓司马和杨王孙的故事是没有人知道的，陶潜就不会说"奢耻宋臣，俭笑王孙"了；假若"九一八事件"是没有人知道的，我们就不会说"说不定'九一八事件'要重演"了：说话用事，是以听话的对方知道这个故事为条件的；作文用事，是以读文的对方知道这个故事为条件的。

用事来说，比较直截地说含义丰富，印象明显。陶潜若单把不俭不奢的意思造成两语，原也未尝不可；现在却用事来说，使人家想起三年不成的石椁，想起孔子所说的"死不如速朽之愈也"，因而觉得这样的奢真是可耻的奢；又使人家想起"吾欲裸葬"的遗嘱，想起到后还要除去的布囊，因而觉得这样的俭真是可笑的俭。故事的内容原是人家所知道的，用了故事，人家虽只读得一两语，然而可以从这上边体会出丰富的含义，感受到明显的印象。这比较仅仅述说，效果来得大，"用事"的理由就在此。

试再翻看文选第二十六，辛弃疾的《醉吟》一首词。同"语释"对比，就知道这首词的各语都是从现成语句脱胎而来的。像这样子不自造语句，却把现成语句变化了一点来用，或竟照样地用，叫做"用语"。

"用语"也是语言、文字中常有的现象。如不说"拿你的主张驳你自己"，却说"以子之矛，攻子之盾"；不说"你怎样加害，我怎样报复"，却说"将眼还眼，将牙还牙"；这虽然和上节所称辛词的情形不类，但运用现成语句是相同的,所以也是"用语"。

如果我们不知道辛词里的各语脱胎于从前的什么语句,读这一首词时,也还能够明白它的意思;不过知道了某语出于某人的某语,就把某人的作品的神味同时体会到,因而见得更堪咀嚼。像"以子之矛,攻子之盾"之类,如果我们不知道它们的来源,单就字面揣摩,也还能够明白说的是什么;然而知道了它们的来源,就会领受到当初说出这些话来时的情趣,与单只解悟这是"拿你的主张驳你自己"等等者不同。从写作的人一方面说,这不是收到更大的效果么?"用语"的理由就在此。

"用语"同"用事"一样,也以听话、读文的对方知道所用语的来源为条件。对方如果不知道,更大的效果当然无从收到;有一些现成语句并且是单看字面很难揣摩的,那反不如老老实实,用自己的说法来说好得多了。

"用事"、"用语"作用相同,同是语言、文字中常有的现象,合起来说叫做"用典"。

文字中间,骈文和韵文比较多"用典"。这因为骈文和韵文每语有字数的限制,用自造的语句来说,往往嫌字数太多,装纳不下;于是取"用典"的办法,希望把少数的字表达多量的意思。骈文和韵文又大多讲对偶,自造新语来对偶,不如"用典"的省事,因此趋向到"用典"的途径去。这样,就与日常说话、写文时偶然不自觉地"用典"情形不同。这是故意要"用典",将"用典"的办法来凑成篇幅。这其间难免把不适切的"典"滥用进去。因而非但不能教读者觉得含义丰富,印象显明,并且使读者迷离惝恍,无从捉摸。我们试取昔人的有一些骈文和韵文来看,把其中所用"事"的始末都弄明了,所用"语"的来源都查清楚了,还是不能瞭解全篇的意旨;这就因为那些作者太顾到"用典",竟忘记了自己到底要说什么话了。

从前文人还有一种坏习惯,叫做"用僻典"。"僻典"指一些极隐僻的故事,"罕见书"中的成语而言。凡是大家习见习闻的都避而不用,必须"僻典"才用入文字中去。别人看见了这样的文字,只能像猜谜一样地猜,大概是什么意思吧;猜得对不对,除了作者谁知道。从作者一方面说，这样地写作只是一种"独乐"的游戏，与所以要写作的本意显然是违背的。

从前人还有一种文字技巧上的夸耀，叫做"无一语无来历"。这一语是用的成语，那一语是从什么人的一语脱化出来的，总之，全篇各语完全不是杜撰自制的；这算是了不得的工夫。其实"人同此心，心同此理"，说几句话，写几句文字，也不过大同小异的几种方式而已，要求语语与人家不同，句句都出于自制，原是不可能的事。但是，要求语语有来历，又何必呢？如果能够增大效果的话，自然无妨"用典"；若与增大效果并没关系，单为求其"有来历"而"用典"，这除了表示作者记诵丰富以外，还有什么意思？

在"语体文运动"的时候，颇有人排斥"用典"。现代人写的语体文的确比从前人的文字少"用典"了，然而也不是绝对不"用典"，如文选三三《作了父亲》中有"这是劳康的苦闷的第一声了"一语，文选三八《一般与特殊》中有"是千万年来无量数的人们在地上所建设的伊甸园、所创立的象牙塔"一语，"劳康"、"伊甸国"、"象牙塔"都是"用典"呀。这样"用典"是极自然的，非故意的，与从前人硬堆强砌者不同，故对于读者，能收"含义丰富，印象明显"的效果。若把"劳康"改为"父性"，"伊甸园"改做"乐土"，"象牙塔"改做"隐居的理想境界"，两者之间表达得充分与不充分的差异，是谁都辨得出来的。

再说文化水准较低的人，他们未尝读过什么书，但是他们也有习知的故事和习闻的成语，在一群关系密切的人中间，又往往有外间所不知而他们一群所共晓的故事和成语，他们平常谈话，就往往借用这些故事和成语，这也是"用典"呀。

所以，要绝对不"用典"是办不到的。我们写作的时候，消极的方面，不宜硬要"用典"，致意义都表达不明白；积极的方面，最好能够增大效果的时候，方才"用典"。当然，读我们文字的对方的知识范围是应该估量的，如果出乎对方的知识范围，便是能够增大效果，也还不宜"用典"。

至于读别人的文字，要知道他所用"事"的故事、所用"语"的来源，应该多多检查辞书。大概除了"僻典"以外，普通辞书总可以教导我们的。

练习　试就读过的各篇文字中举出"用典"的处所,并指明何者为"用事",何者为"用语"。

文　选

八三、奉天请罢琼林大盈二库状

陆　贽

右臣闻❶:作法于凉,其弊犹贪❷;作法于贪,弊将安救。示人以义,其患犹私;示人以私,患必难弭❸。故圣人之立教也,贱货而尊让,远利而尚廉;天子不问有无❹,诸侯不言多少❺,百乘之室不畜聚敛之臣❻。夫岂皆能忘其欲贿之心哉! 诚惧贿之生人心而开祸端,伤风教而乱邦家耳。是以务鸠敛❼而厚其帑楼❽之积者,匹夫❾之富也;务散发而收其兆庶❿之心者,天子之富也。天子所作,与天同方:生之长之而不恃其为⓫,

---

❶　[右臣闻]从前臣下奏章,例须开具官衔姓名于右,下面另行起列叙事实或意见。所以"臣闻……"之上加上一个"右"字,即指右面所开具的官衔姓名而言。

❷　[作法于凉其弊犹贪]此引《左传》昭公四年浑罕的话。注:"凉,薄也。"按:求无厌足叫做"贪",凉为贪之反,即不爱财货崇尚俭约的意思。这是说,在上者不爱财货,以俭约示人,而流弊所及,还不能免于贪欲奢侈之风。

❸　[示人以义其患犹私示人以私患必难弭]言为人上者以重义不重利做榜样,其下尚不能免于私积财货之患;若为人上者先崇聚私货,则其患必难消弭了。

❹　[天子不问有无]做皇帝的不顾到私财的有无。

❺　[诸侯不言多少]为诸侯的不讲到私财的多少。

❻　[百乘之室不畜聚敛之臣]周制,大夫地方千里,出兵车百乘,故称大夫为百乘之室。聚敛,犹今言"搜括"。这是说,大夫之家不用那些专讲搜括财货的家臣。

❼　[鸠敛]与"聚敛"同。

❽　[帑楼]帑,楼,都是贮藏财物的东西。这里两字连用,便作"库藏"解。帑,音倘(ㄊㄤ)。

❾　[匹夫]平民。

❿　[兆庶]犹言"百姓"。

⓫　[生之长之而不恃其为]天的生长万物,任其自然,并不矜夸他自己的作为。

成之收之而不私其有；付物以道，混然忘情；取之不为贪，散之不为费；以言乎体则博大❶，以言乎术则精微❷；亦何必挠废公方❸，崇聚私货，降至尊而代有司之守❹，辱万乘以效匹夫之藏！亏法失人，诱奸聚怨❺，以私制事，岂不过哉！

今之琼林大盈，自古悉无其制。传诸耆旧❻之说，皆云创自开元❼。贵臣贪权，饰巧求媚❽，乃言"郡邑贡赋所用，盍各区分；税赋当委之有司以给经用❾，贡献宜归乎天子以奉私求；"玄宗悦之，新是二库。荡心侈欲，萌柢于兹；迨乎失邦，终以饵寇❿。记曰："货悖而入，必悖而出⓫。"岂非其明效欤！

陛下⓬嗣位之初，务遵理道⓭：敦行约俭，斥远贪饕⓮。虽内库旧藏，

---

❶　［以言乎体则博大］说到他的本体实在博大得很。

❷　［以言乎术则精微］说到方法又是精微之至。

❸　［挠废公方］屈曲谓之"挠"。方即法。挠废公方，犹言"枉法"。

❹　［降至尊而代有司之守］至尊谓天子。有司指官吏；官吏各有职司，故称"有司"。专制时代诸方贡献的物品，设官掌管，例如周有太府，掌府藏会计；秦汉时有司农少府；梁以后有太府卿，皆掌帑藏财物。这是说，帑藏财物本设有专官，今天子自设府库以藏贡献之物，是降低了皇帝的地位去代官吏的职守了。

❺　［诱奸聚怨］引导人家犯法叫做"诱奸"。把众怨丛集于一身叫做"聚怨"。

❻　［耆旧］犹言"老辈"。

❼　［开元］唐玄宗第一年号（公元七一三—七四一）。

❽　［饰巧求媚］虚饰巧诈以求媚于人主。

❾　［经用］经常的费用。

❿　［迨乎失邦终以饵寇］这两句是玄宗晚年因贪欲侈奢，终酿成"天宝之乱"。按：钓者诱鱼之食叫做"饵"，引申为引诱之意。饵寇，犹言"引寇"。

⓫　［记曰货悖而入必悖而出］记述经义或解释经典之书皆可称"记"。此指《礼记》而言。《礼·大学》云："货悖而入者亦悖而出。"言不合理而得来的财货，一定不会永远保存的。

⓬　［陛下］从前人臣称皇帝为"陛下"。陛即殿阶。汉蔡邕《独断》说，"群臣与至尊言，不敢指斥，故呼在陛下者而告之。"

⓭　［理道］即"治道"。因唐高祖名治，唐人避讳，凡遇"治"字都以"理"字代之。

⓮　［饕］音滔（ㄊㄠ），就是贪的意思。

未归太府❶；而诸方曲献，不入禁闱❷；清风肃然，海内丕变❸。议者咸谓汉文却马❹，晋武焚裘❺之事，复见于当今。近以寇逆乱常❻，銮舆外幸❼，既属忧危之运，宜增儆励之诚❽。臣昨奉使军营，出由行殿❾，忽睹右廊之下，榜列二库之名；愯然❿若惊，不识所以。何则？天衢尚梗⓫，师旅方殷⓬；疮痛呻吟之声，噢咻⓭未息；忠勤战守之效，赏赉⓮未行。而诸道贡珍，遂私别库；万目所视，孰能忍怀！窃揣军情，或生觖望⓯。试询

----

❶ ［虽内库旧藏未归太府］唐置太府卿，掌帑藏财物。旧制：天下金帛都藏于左藏（唐置左右藏，分贮天下财赋贡品，并各设官以管理之），由太府每年分四季造册报告，比部（官名）再审查其出入。后因京师多豪将，取求无节，乃把那些金帛都移藏大盈内库，使宦官管理。从此国家的公赋一变而为人君的私藏，专掌帑藏财物的太府，也无从调查其多少，校核其增减了。直到德宗即位还是如此，所以陆贽这样说。

❷ ［诸方曲献不入禁闱］诸方曲献，犹言各方的贡献。天子所居，门闱有禁，故称"禁闱"。按：《通鉴》大历十四年，"德宗即位，诏罢四方贡献之不急者。……先是诸国屡献驯象凡四十有二，上（指德宗）曰：'象费刍养而违物性，将安用之！'命纵于荆山之阳；及豹貀斗鸡猎犬之类悉纵之。又出宫女数百人。于是中外皆悦。"

❸ ［海内丕变］古人以为中国四境都有海环绕，故称中国为"海内"。海内丕变，言中国的风气为之大变。

❹ ［汉文却马］汉文帝时有献千里马者，文帝说，"皇帝出去的时候，前有鸾旗，后有车马，一天至多走三五十里路，假使我骑着这千里马，一个人跑到什么地方去？"于是把千里马还给那进献的人。详见《汉书·贾捐之传》。

❺ ［晋武焚裘］晋武帝时，有人献雉头裘，武帝以为奇伎异服，典礼所禁，便在殿前焚毁，并下令以后如再有人献这类异服，治以应得之罪。详见《晋书·武帝纪》。

❻ ［寇逆乱常］寇逆，指朱泚等。常，典法。

❼ ［銮舆外幸］銮，马系之铃。皇帝所乘之车有銮铃，故称"銮舆"。又皇帝到什么地方称为"幸"。这是指德宗逃奔奉天。

❽ ［既属忧危之运宜增儆励之诚］《书·君牙》："心之忧危，若蹈虎尾，涉于春冰。"这里就根据《尚书》的话而加以变化。

❾ ［行殿］天子巡幸所在的宫殿称"行殿"。

❿ ［愯然］惊愕貌。愯音㧐（ㄐㄩㄥˇ）。

⓫ ［天衢尚梗］京师辇毂之地谓之"天衢"。梗，道路阻塞的意思。当时乱兵据京师，德宗在奉天，至京师的道路还阻塞未通。

⓬ ［师旅方殷］古制，二千五百人为师，五百人为旅，因以为军旅之通称。师旅之殷，犹言"军事正紧急"。

⓭ ［噢咻］音郁休（ㄩ ㄒㄧㄡ）。疾痛呻吟之声。

⓮ ［赏赉］与"赏赐"同。赉，音来（ㄌㄞ）。

⓯ ［觖望］因不满意而生的怨望。

候馆之吏❶，兼采道路之言，果如所虞，积憾已甚：或岔形谤讟❷，或丑肆讴谣❸；颇含思乱之情，亦有悔忠之意。是知甿❹俗昏鄙，识昧高卑❺，不可以尊极临❻，而可以诚义感。

　　顷者六师初降❼；百物无储。外扞❽凶徒，内防危堞❾，昼夜不息，迨将五旬❿，冻馁交侵，死伤相枕，毕命同力，竟夷大艰⓫。良以陛下不厚其身，不私其欲；绝甘以同卒伍⓬，辍食以啖功劳⓭。无猛制而人不携⓮，怀所感也；无厚赏而人不怨，悉所无也⓯。今者攻围已解，衣食已丰，而谣讟方兴，军情稍阻。岂不以勇夫恒性，嗜货矜功；其患难既与之同忧，而好乐不与之同利，苟异恬默，能无怨咨⓰！此理之常，固不足怪。记曰："财散则民聚，财聚则民散⓱。"岂非其殷鉴⓲欤！众怒难任⓳，蓄怨终

---

❶　［候馆之吏］《周礼·地官》："凡国野之道，五十里有市，市有候馆。"候馆之吏，犹如清代司驿站之事的驿丞一般。

❷　［谤讟］诽谤怨痛的话。讟，音独。

❸　［丑肆讴谣］散布一种不堪听闻的谣言。

❹　［甿］本作"氓"。唐人避太宗（李世民）讳，把氓字改为甿。氓，即愚蠢的百姓。

❺　［识昧高卑］智识愚昧，不知高下。

❻　［不可以尊极临］不可用上面的势力去镇压他们。

❼　［六师初降］天子之行必有六师以为护卫。陆贽不敢指明说德宗从京师出奔奉天，所以婉转其辞说"六师初降"。降读本音，不读投降之"降"。

❽　［扞］堵御与抵抗。

❾　［危堞］犹言"危城"。

❿　［迨将五旬］快近五十天了，按：当时朱泚发兵围奉天，形势很紧迫。

⓫　［毕命同力竟夷大艰］大家拼命的抵抗，竟把大难平了。按：此指当时城中将士尽力抵抗及李怀光等带兵救应，解奉天之围。

⓬　［绝甘以同卒伍］屏绝那些甘旨供奉，与士卒同劳苦。

⓭　［辍食以啖功劳］停止自己美好的饮食以赐劳苦功高的将士们。

⓮　［无猛制而人不携］即无严刑峻法而人不怀贰心。制，即法。不携，即不起贰心之意。

⓯　［悉所无也］知道皇帝并无什么私藏。

⓰　［苟异恬默能无怨咨］苟不是恬淡沈默的人，怎能没有怨望的话。

⓱　［财散则民聚财聚则民散］见《礼记·大学》。

⓲　［殷鉴］《诗·大雅·荡》："殷鉴不远，在夏后之世。"言殷人灭夏而代之。殷之子孙，欲以灭亡为戒，不必求诸远，即在夏后之世。后遂称以前事为鉴戒曰"殷鉴"。

⓳　［众怒难任］众怒最难担当。

泄❶。其患岂徒人散而已,亦将虑有构奸鼓乱❷,干纪❸而强取者焉。

夫国家作事,以公共为心者,人必乐而从之;以私奉为心者,人必咈❹而叛之。故燕昭筑金台❺,天下称其贤;殷纣作玉杯❻,百代传其恶;盖为人与为己殊❼也。周文之囿百里,时患其尚小;齐宣之囿四十里,时病其太大❽:盖同利与专利异也。为人上者,当辨察兹理,洒濯其心❾,奉三无私以壹有众❿;人或不率⓫,于是用刑。然则宣其利而禁其私,天子所恃以理天下之具也。舍此不务而壅利⓬行私,欲人无贪,不可得已。今兹二库,珍币所归;不领度支⓭,是行私也,不给经费,非宣利也。物情离怨,不亦宜乎!

智者因危而建安,明者矫失⓮而成德。以陛下天姿英圣,傥加之见

---

❶ 〔蓄怨终泄〕积着的怨恨终有一天要发泄的。

❷ 〔构奸鼓乱〕构结奸党,鼓动乱事。

❸ 〔干纪〕干犯法纪。

❹ 〔咈〕音佛(ㄈㄨˊ)。违戾的意思。

❺ 〔燕昭筑金台〕战国时燕昭王立黄金台以招贤士,台址在今河北易县,然地方人士,好为增饰,故北平、定兴、徐水等地都有黄金台。

❻ 〔殷纣作玉杯〕相传殷纣穷奢极欲,作象箸玉杯。

❼ 〔殊〕不同。

❽ 〔周文之囿百里……时病其太大〕《孟子·梁惠王下》:"齐宣王问曰:'文王之囿方七十里,有诸?'孟子对曰:'于传有之。'曰:'若是其大乎?'曰:'民犹以为小也。'曰:'寡人之囿方四十里,民犹以为大,何也?'曰:'文王之囿方七十里,刍荛者往焉,雉兔者往焉,与民同之,民以为小,不亦宜乎!臣始至于境,问国之大禁,然后敢入。臣闻郊关之内有囿方四十里,杀其麋鹿者如杀人之罪,则是方四十里为阱于国中,民以为大,不亦宜乎!'"这里作"周文之囿方百里",盖举成数而言。

❾ 〔洒濯其心〕《左传》襄公二十一年:"在上位者,洒濯其心,壹以待人,轨度其信,可明征也,而后可以治人。"

❿ 〔奉三无私以壹有众〕《礼·孔子闲居》:"天无私覆,地无私载,日月无私照,奉此三者以劳天下,此之谓三无私。"有,助辞。以壹有众,犹言"以统御民众"。

⓫ 〔率〕遵循。

⓬ 〔壅利〕对"宣利"而言。谓货利为一己所拥有,不散发于众人。

⓭ 〔珍币所归不领度支〕度支,官名,掌天下财赋出入,岁计所出而支调之,故名"度支"。唐开元以前,事归尚书省,财赋出入,皆归户部,别置度支郎中,属户部。中叶以后,因用兵岁出浩繁,别设度支使等,专司财用出纳,皆命大臣兼领,户部反成虚设。这是说,天下财赋,皆为天子私藏,不归度支所支配。

⓮ 〔矫失〕矫正过失。

善必迁,是将化蓄怨为衔恩,反过差为至当。促殄遗孽❶,永垂鸿名,易如转规❷,指顾可致❸。然事有未可知者,但在陛下行与否耳。能则安,否则危,能则成德,否则失道;此乃必定之理也。愿陛下慎之惜之!

　　陛下诚能近想重围之殷忧❹,追戒平居❺之专欲;器用取给,不在过丰;衣食所安,必以分下。凡在二库货贿,尽令出赐有功,坦然布怀,与众同欲。是后纳贡必归有司,每获珍华,先给军赏;瑰异纤丽❻,一无上供。推赤心于其腹中,降殊恩❼于其望外。将卒慕陛下必信之赏,人思建功;兆庶悦陛下改过之诚,孰不归德! 如此,则乱必靖,贼必平。徐驾六龙,旋复都邑❽,兴行坠典,整缉棼纲❾;乘舆有旧仪❿,郡国有恒赋⓫,天子之贵,岂当忧贫! 是乃散其小储而成其大储也,损其小宝而固其大宝也。举一事而众美具,行之又何疑焉! 悋少失多,廉贾不处⓬;溺近迷远,中人所非⓭。况乎大圣应机,固当不俟终日⓮,不胜管窥愿效⓯之至! 谨陈冒⓰以闻。谨奏。

---

❶ ［促殄遗孽］遗孽,指当时叛乱的军阀。促殄遗孽,谓可以使那叛乱的军阀早日消灭。

❷ ［转规］规,正圆之器。转规即转圆。

❸ ［指顾可致］一指点,一顾盼之间就可以成功的。

❹ ［殷忧］《诗·北门》:"忧心殷殷。"注:"殷本作慇,通作隐,慇慇然痛也。"

❺ ［平居］犹言"平时"。

❻ ［瑰异纤丽］指那些奇异的珍宝,纤巧美丽的物品。

❼ ［殊恩］特别的恩典。

❽ ［徐驾六龙旋复都邑］古时皇帝的车子用六马驾驶。《周礼》:"马八尺以上曰龙,"故六马称六龙。这两句的意思是说,慢慢的驾起六马,还归京师。

❾ ［兴行坠典整缉棼纲］把已坠的法典,纷乱的纪纲,重兴起来,整理起来。

❿ ［乘舆有旧仪］乘舆指皇帝。《独断》:"天子至尊,臣下不敢渎言之,故托言乘舆。"乘舆有旧仪,谓皇帝自有皇帝的体制。

⓫ ［郡国有恒赋］郡国自有经常的贡赋。

⓬ ［悋少失多廉贾不处］悋与"吝"同。廉贾对贪贾而言,就是不贪小利的商人。《史记·货殖传》:"廉贾三之,贪贾五之。"这是说,贪少失多的事情,连眼光稍为远大点的商贾也不肯做的。

⓭ ［溺近迷远中人所非］沈溺于眼前的小利,而迷昧了未来的远害,即中材之人,亦知其非是。

⓮ ［不俟终日］言大圣人随机应变,知过立改,就是一天的光阴也不肯留待的。

⓯ ［管窥愿效］管窥,谓以竹管窥天,喻所见之小(语本《庄子·秋水》)。这是说愿效管窥之见。

⓰ ［陈冒］冒昧陈请。

奉天,县名,故城在今陕西乾县。文之叙述事实而以上陈者叫做"状"。唐德宗建中四年(公元七八三),发泾原兵讨叛将李希烈,泾原兵过京师,为赏赐太薄,突然叛变。德宗奔奉天。乱兵推朱泚为主,朱泚自称秦帝,出兵追德宗,围奉天,幸赖河中节度使李怀光带兵救应,才得解围。奉天之围既解,天下贡奉稍至,帝于行宫庑下置琼林大盈二库,别藏诸道贡献之物。陆贽不以为然,上疏净谏。德宗看了他的奏疏,立刻把这两库取消。

陆贽(759—805)字敬舆,唐嘉兴人。年十八第进士,中博学宏辞。德宗时为翰林学士,转考功郎中。朱泚之乱,随德宗至奉天,迁谏议大夫。后还京,累官至中书侍郎、同门下平章事。为裴延龄所谗,几遭祸,赖阳城等上疏营救,乃贬忠州别驾。顺宗立,召还,但诏书未到他已经死了。谥宣,世称陆宣公。今存有《陆宣公奏议》四卷,及他在忠州时所集古今验方若干卷。他最长于表奏诏救一类的文章,能以深挚的情感,雄畅的辞辩,施用于表奏诏救的固定体制中。当德宗在奉天的时候,所下诏书,都出自他的手笔,恳切动人,虽当时的武夫悍将,读了都为之感泣。其奏议亦都恺切陈辞,为后世所宗。

八四、三习一弊疏

孙嘉淦

臣一介❶庸愚,学识浅陋,荷蒙风纪重任❷,日夜悚惶,思竭愚夫之千虑❸,仰赞高深于万一。而数月以来,捧读上谕,仁心仁政,恺切周详,凡臣民之心所欲而口不敢言者,皆已行之矣。事无可言,所欲言者,皇上之心而已。我皇上之心,仁孝诚敬加以明恕,岂复尚有可议;而臣犹欲有言者,正于心无不纯政无不善之中而有所虑焉,故过计而预防之也。

---

❶ [一介]介,古与"个"通,一介犹言"一个"。例如《书·秦誓》"如有一介臣",《礼·大学》作"若有一个臣"。

❷ [荷蒙风纪重任]清制,都察院置左都御史满汉各一人,掌察核官当,整饬纲纪。时孙嘉淦为左都御史,所以这样说。

❸ [愚夫之千虑]《史记·淮阴侯列传》广武君曰:"智者千虑,必有一失,愚者千虑,必有一得,故狂夫之言,圣人择焉。"这里就运用这典故。

今夫治乱之循环,如阴阳之运行,坤阴极盛而阳生,乾阳极盛而阴始❶,事当极盛之际,必有阴伏之机。其机藏于至微,人不能觉,而及其既著,遂积重而不可返。此其间有三习焉,不可不慎戒也。主德清则臣心服而颂,仁政多则民身受而感,出一言而盈廷❷称圣,发一令而四海讴歌❸。在臣民原非献谀,然而人君之耳则熟于此矣。耳与誉化❹,匪誉则逆❺。故始而匡拂❻者拒,继而木讷❼者厌,久而颂扬之不工者亦绌矣;是谓耳习于所闻则喜谀而恶直。上愈智则下愈愚,上愈能则下愈畏,趋跄谄胁❽,顾盼而皆然,免冠叩首,应声而即是,在臣工❾以为尽礼,然而人君之目则熟于此矣。目与媚化,匪媚则触。故始而倨野❿者斥,继而严惮者疏,久而便辟⓫之不巧者亦忤矣:是谓目习于所见,则喜柔而恶刚。敬求天下之士,见之多而以为无奇也,则高己而卑人。慎办天下之务,阅之久而以为无难也,则雄才而易事⓬。质之人而不闻其所短,返之己而不见其所过,于是乎意之所欲,信以为不逾,令之所发,概期于必行矣:是谓心习于所是则喜从而恶违。

三习既成,乃生一弊。何谓一弊?喜小人而厌君子是也。今夫进君子而退小人,岂独三代⓭以上知之哉,虽叔季⓮之主,临政愿治,孰不思用

---

❶ 〔坤阴极盛而阳生乾阳极盛而阴始〕古以"乾""坤"代表"阳""阴",谓阴阳运行,阴极生阳,阳极生阴,不仅天体如此,人事亦然。《易经》中说阴阳运行的道理最详。

❷ 〔盈廷〕满这个朝廷。

❸ 〔四海讴歌〕古人以为中国四境都有海环绕,故称中国为海内,外国为海外。四海,犹今言"中外"。讴歌,即歌功颂德之意。

❹ 〔耳与誉化〕谓耳中常常听到赞美颂扬之声,不觉与之同化。

❺ 〔匪誉则逆〕匪,与"非"同。言不是赞美颂扬之声便觉得逆耳了。

❻ 〔匡拂〕拂,与"弼"同。匡拂,即纠正辅佐的意思。

❼ 〔木讷〕质朴钝迟而无口才者叫做"木讷"。语本《论语·子路》章"刚毅木讷近仁"。

❽ 〔趋跄谄胁〕往来奔走,竦体强笑;即伺候人家意旨,有意做出种种谄媚的情状的意思。

❾ 〔臣工〕即官吏。《诗·臣工》:"嗟嗟臣工。"

❿ 〔倨野〕敖岸疏野,指不十分讲究礼貌的人。

⓫ 〔便辟〕用种种轻巧的方法以博人家的欢心与宠幸者,叫做"便辟"。

⓬ 〔雄才而易事〕以自己为雄才而把一切事情看得轻易。

⓭ 〔三代〕谓夏、商、周。

⓮ 〔叔季〕犹言"末世"。

君子。且自智之君，各贤其臣，孰不以为吾所用者必君子而决非小人。乃卒于小人进而君子退者，无他，用才而不用德故也。德者君子之所独，才则小人与君子共之而且胜焉。语言奏对，君子讷而小人佞谀，则与耳习投矣。奔走周旋❶，君子拙而小人便辟，则与目习投矣。即课事考劳❷，君子孤行其意而耻于言功；小人巧于迎合而工于显勤，则与心习又投矣。小人挟其所长以善投，人君溺于所习而不觉，审听之而其言入耳，谛观之而其貌悦目，历试之而其才称乎心也，于是乎小人不约而自合，君子不逐而自离。夫至于小人合而君子离，其患岂可胜言哉！而揆厥所由❸，皆三习为之蔽焉。治乱之机，千古一辙，可考而知也。我皇上圣明首出，无微不照，登庸耆硕❹，贤才汇升❺，岂惟并无此弊，亦并未有此习。然臣正及其未习也而言之，设其习既成，则有知之而不敢言，抑或言之而不见听者矣。今欲预除三习，永杜一弊，不在乎外，惟在乎心。故臣愿言皇上之心也。

语曰："人非圣人，孰能无过，"此浅言也。夫圣人岂无过哉？惟圣人而后能知过，惟圣人而后能改过。孔子曰，"五十以学《易》，可以无大过矣❻。"大过且有，小过可知也。圣人在下，过在一身，圣人在上，过在一世，《书》曰，"百姓有过，在予一人❼"是也。文王之民无冻馁，而犹视以为如伤，惟文王知其伤也。文王之《易》贯天人，而犹望道而未见❽，惟文王知其未见也。贤人之过，贤人知之，庸人不知；圣人之过，圣人知之，贤

---

❶ ［奔走周旋］即供奔走而伺候左右的意思。

❷ ［课事考劳］凡定有程式而试验稽核之，叫做"课"。课事考劳，即试其办事能力考其办事成绩之意。

❸ ［揆厥所由］犹言"推求其原由"。

❹ ［登庸耆硕］录用年高博学之士。

❺ ［贤才汇升］以类相从叫做"汇"。这是说，有贤才的人都升登高位。

❻ ［五十以学《易》可以无大过矣］见《论语·述而》章。《易》指《易经》。

❼ ［百姓有过在予一人］见《书·泰誓》。

❽ ［文王之民无冻馁而犹视以为如伤……文王之《易》贯天人而犹望道而未见］史称周文王时家给人足，民无冻馁。又文王演《周易》之八卦为六十四卦，故称之为"《易》贯天人"。又《孟子·离娄》下："文王视民如伤，望道而未之见。"朱熹注："民已安矣，而视之犹若伤；道已至矣，而望之犹若未见，盖圣人之爱民深，而求道切如此，不自满足，终日乾乾之心也。"

人不知；欲望人之绳愆纠谬❶而及于所不知，难已。故望皇上之圣心自懔之也。危微之辨精，而后知执中难允❷；怀保之愿宏，而后知民隐难周❸。谨几存诚❹，返之己而真知其不足；老安少怀❺，验之世而实见其未能，夫而后❻歉然❼不敢以自是。不敢自是之意流贯于用人行政之间，夫而后知谏诤切磋❽者爱我良深，而谀悦为容❾者愚己而陷之阱也。耳目之习除，而便辟、善柔、便佞之态，一见而若浼❿。取舍之极定，而嗜好、宴安、功利之说，无缘以相投，夫而后治臻于郅隆，化成于久道⓫也。不然，而自是之根不拔，则虽敛心为慎，慎之久而觉其无过，则谓可以少宽；励志为勤，勤之久而觉其有功，则谓可以稍慰。夫贤良辅弼⓬，海宇升平，人君之心稍慰而欲少自宽，似亦无害于天下。而不知此念一转，则嗜好、宴安、功利之说渐入耳而不烦，而便辟、善柔、便佞者亦熟视而不见其可憎，久而习焉，忽不自知而为其所中，则黑白可以转色，而东西可以易位，所谓机伏于至微而势成于不可返者，此之谓也。是岂可不慎戒而

---

❶　［绳愆纠谬］语本《书·冏命》。谓纠正人的过失。

❷　［危微之辨精而后知执中难允］《书·大禹谟》："人心惟危，道心惟微，惟精惟一，允执厥中。"谓人心道心之间最为精微，惟守其中道，无过与不及，是为得之。这是说，危微之理辨得精确，然后知执中之难于得当。

❸　［怀保之愿宏而后知民隐难周］怀保，怀安百姓保护老幼之意。民隐，谓民间的疾苦。这是说，心中愈想保护百姓，愈觉得民生疾苦的情形难以知道得周到。

❹　［谨几存诚］几，即今言"动机"。例如《易·系辞》下传："几者动之微，吉之先见者也。"谨几，谓凡事当谨慎于发动之时。存诚，语本《易》乾卦"闲邪存其诚"。闲，防御之意。谓防邪念须先存其诚。

❺　［老安少怀］《论语·公冶长》："老者安之，少者怀之。"言老者养之以安，少者怀之以恩。

❻　［夫而后］夫，发语辞。夫而后，犹言"而后"，"然后"。

❼　［歉然］不自满足之意。歉音坎（ㄎㄢ）。

❽　［谏诤切磋］以言止人之失叫做"谏诤"。切磋本治骨角之事；治骨角者，既以刀锯切之，复以炉锡磋之，始成完美之器；故以喻君臣间或朋友间之商榷规谏而受其益者。

❾　［谀悦为容］用巧言悦色以博人主的欢心者，叫做谀悦为容。

❿　［浼］音每（ㄇㄟ）。意思与"污"字相当。

⓫　［治臻于郅隆化成于久道］臻，犹言"至"。郅隆，犹言"隆盛"。这是说，治化可以隆盛而恒久。

⓬　［辅弼］左辅右弼，即宰相之类。

预防之哉！《书》曰，"满招损，谦受益❶。"又曰，"德日新，万邦惟怀。志自满，九族乃离❷。"《大学》言见贤而不能举，见不贤而不能退，至于好恶拂人之性，而推所由失，皆因于骄泰❸。满与骄泰者，自是之谓也。由此观之，治乱之机转于君子小人之进退，进退之机握于人君一心之敬肆❹。能知非则心不期敬而自敬，不见过则心不期肆而自肆。敬者君子之招而治之本，肆者小人之媒而乱之阶❺也。然则沿流溯源，约言蔽义，惟望我皇上时时事事，常存不敢自是之心，而天德王道举不外于此矣。语曰，"狂夫之言，而圣人择焉，"臣幸生圣世，昌言不讳，故敢竭其狂瞽❻，伏惟皇上包容而垂察焉，则天下幸甚。

　　这是清朝乾隆初年（一七三六）一封有名的奏疏。那时候清朝的国势正盛，乾隆帝承雍正帝余烈，初登大位，颇思有所作为。御史孙嘉淦上疏，以为人主当国势隆盛之际，须预防三种习染，永杜一种弊端。原疏说理透澈，文字条畅，不但可以箴砭人主，更可以做臣下章奏的模范，所以为当世及后代所传诵。

　　孙嘉淦（1683—1753）字锡公，号懿斋，清太原人。康熙进士。乾隆初，为左都御史，屡官至吏部尚书、协办大学士。卒谥文定。所著除奏疏外尚有《春秋义》等。他是一个理学家，在野以诚实感乡里，在朝以直声震天下，为清朝一代不可多得的好官。

---

❶　［满招损谦受益］见《书·大禹谟》。人之骄盈自足者叫做"满"。

❷　［德日新万邦惟怀志自满九族乃离］语本《书·仲虺之诰》。言人君之德行日新，则侯国感服。人君志得意满，则亲族叛离。

❸　［《大学》言……皆因于骄泰］《大学》本《礼记》之一篇，宋以后特别把这篇提出作为四子书之一。《大学》云："见圣而不能举，见不善而不能退，退而不能远，过也。好人之所恶，恶人之所好，是为拂人之性，灾必逮夫身。是故君子有大道，必忠信以得之，骄泰以失之。"骄泰，骄奢安逸之意。

❹　［肆］对"敬"而言，即放肆而不自谨慎之意。

❺　［乱之阶］祸乱的阶梯。语本《诗·小雅·节南山》"无拳无勇，职为乱阶"。

❻　［狂瞽］谓狂言瞽说，相承用为书疏中自谦之词。

修　辞

五、引用

　　现在我们可以把《文选》上用过的修辞方式里面一些略为常用的说一说。

　　有一种常用的方式是引用。这种方式是引用前人的成语来替自己的话或者证实自己的话的。引来代替多半是为省便，省得自己造句，有时还可以利用成语的关连的情境烘托自己所要表现的繁复意思，省得详加说明。但也有时是为借重成语的信用，说出来比较容易得人信任。像那用来证实，就多半是为借重的缘故。

　　这种引用方式无论古文今文都是常用。不过因为古人今人的社会意识不同，引用的对象自然不能完全一律。在四书五经流行的时代，人们借重常在经书，每逢引用，常用"诗云""子曰"开头。而今思想已变，这种公式已经衰落。人们引用已不常用"诗云子曰"开头，而且有人把所谓"诗云子曰"来作攻击的目标。一见"诗云子曰"的引用，便以为陈腐可笑了。其实开口"诗云子曰"的所以可笑，并不在乎陈腐，在乎他们辨别事理不精，一味盲信诗书，以为只要说诗书说过，便连非常不切现实的话，也当看作权威，叫人信任。因此随你说什么，都要来这么一两句的"诗云子曰"，而于当前具体的事理，倒不细意推求，从实剖说，甚至说得极其荒谬，以致渐在人们眼前形成了一种"诗云子曰"简直和那可笑分析不开的印象。所谓"爱之，适以害之"。这种不好印象的形式，其实责任不在诗书，而在引用诗书的人。就在引用的人乱引乱用。

　　乱引乱用是用引用这一种修辞方式最容易犯而又最要戒除的一种毛病。如果乱引乱用，"诗云子曰"，固然可笑，就是"达尔文说"，"萧伯纳道"也并不见得就不可笑。反之，是自己有一定的见地，自己的话有真实的内容，所引用的话又的确是和自己所说的话相得益彰的，那又并不一定要拘拘地避去所谓"诗云子曰"的形式。因为能够那样，就的确是说者在引用成语，不是成语在引用说者，就是引用经书也并没有什么可加非议，何况比之经书更为关切现实的书：

我们且看《文选》中的引用怎样：

1. 石猴端坐上面道，"列位啊，'<u>人而无信，不知其可</u>。'你们才说有本事进得来，出得去，不伤身体者，就拜他为王。我如今寻了这个洞天，与列位安眠稳睡，各享成家之福，何不拜我为王？"（《美猴王》）

2. 甚么事最快乐呢？自然责任完了，算是人生第一件乐事。古语说得好，"<u>如释重负</u>"，俗语也说是"<u>心上一块石头落了地</u>"。人到这个时候，那种轻松愉快，真是不可以言语形容。（《最苦与最乐》）

3. 古代若周朝的老聃，近代若俄国的托尔斯泰，一班主持消极道德的贤哲。他们论调偏激起来，似乎必要<u>剖了斗折了衡</u>，毁坏了机器，世界才会正当。（《机器促进大同说》）

4. 机器改良发达，至于不需人工之时，即使彼时对于富人占据之革命，未能完全奏功，而工人既无工可做，切肤之灾愈甚，其革命必非常剧烈。所谓<u>置之死地而后生</u>，机器公有之日子，即在最后一天。（同上）

5. 曹操之众，远来疲敝，闻追豫州，轻骑一日一夜行三百余里。此所谓"<u>强弩之末势不能穿鲁缟</u>"者也。故兵法忌之，曰："<u>必蹶上将军</u>。"（《赤壁之战》）

这里凡用直线标明的都是引用成语的，在修辞学上都叫做引用辞。如"人而无信，不知其可"，引用《论语》；"如释重负"，引用《穀梁传》；"剖了斗折了衡"，引用《老子》；"置之死地而后生"，引用《史记·淮阴侯传》；"强弩之末势不能穿鲁缟"，引用《战国策》等书；"必蹶上将军"，引用兵法；"心上一块石头落了地"，引用俗语。引的方法有的完全依照原语，如《穀梁传》昭公二十九年有"昭公出奔，民如释重负"的话，这里仍用"如释重负"四字，丝毫未曾改动；有的并不完全依照原文，如《史记·淮阴侯传》原文为"陷之死地而后生，置之亡地而后存"，这里却说"置之死地而后生"，又如"剖了斗折了衡"比《老子》原文多了两个"了"字，而"人而无信，不知其可"却比《论语》原文少了一个"也"字。这些不全依照原文的引用，在要查对原文，知道它的确实意思的人看来固然不方便，但在做文章的人或文章本身却有极大的方便。因为这样比较容易使所引用的文句和自己说的别的话连贯调和。如"人而无信，不知其可"，这里是用来做大前提的，虽然仍用一个"也"字也并没有甚么不可以，但总似乎不如略去一个"也"字更为有力，又如"剖斗折衡"，不加两个"了"字，固然也行，但总不如加了两个"了"字像白话些，同前后的白话文调和些。所以这里就在一句上省了一个"也"字而在另外的一句上却加了两个"了"字。像这种略为加减文字的小事，向来是随说者作者自便的。

　　引用时所认为大事的是要所引用的句意与所说的意思切合，而且可以加增语言的力量。即如第一句，如不用引用辞，就要说"列位啊，你们不要把自己说过不算数，那是不应该的。⋯⋯"这样便比较的费事，而又无力。至少在熟读《论语》的人看来是如此。故当人人熟读《论语》。并且信任《论语》的时候，便要引用《论语》来代替自己的话。所谓"置之死地而后生"及所谓"强弩之末势不能穿鲁缟"等，引来证实的话，用法也是如此。也是利用人们记得清楚听来有力的成语来充实自己的话。万一所引用的句子人竟记不清或者所引用的句子人竟看不懂，那就不但失了引用的效力，反而会发生相反的效果。叫人觉得艰深，觉得枯燥乏味。那就用引用辞还不如不用引用辞来得好。

　　所以引用也有好处，也有坏处，必得斟酌情境来用。

六、拟人和拟物

　　还有一种常用的方式是拟人。这种方式是把非人的东西看作人来说，就是把物来比拟人，所以叫做拟人。何以要把物来比拟人？《文话》中已经说过，就是根据我们自然的心理。我们心理当以极大的兴味观察事物时，往往会发生一种物我交融的情趣。会把人看作物，也会把物看作人。拟人便是把物看作人的一种表现法。

这种表现法上有轻轻重重各种不同的比拟法。粗枝大叶地分起来，可以分做两级。第一级是轻浅的拟人，或者单把物的称呼改作人的称呼，如把钱叫做"孔方兄"，把笔叫做"管城子"之类，或者单把物的形状看作人的形状，如下面所引的"告诉"：

> 一个圆形窗子，玻璃极厚，而且有两个极粗大的螺旋，以备紧
> 闭。这就是告诉我们风大的时候浪要泼到窗子的。(《我的舱房》)

第二级是深重的拟人，不但把物作人叫，把物作人看，而且教物作人的言语行动。如《小雨点》里的小雨点，便是一例。

两种之中浅的比较的用得多，深的比较的用得少。因为浅的拟人只是部分的拟人，比较地容易用得自然，深的拟人是完全的拟人，比较的不容易用得自然。又因为浅的拟人，不必怎样具体化，所以就是抽象的论文中也可以用，深的拟人必须比较的具体化，所以只有比较具体的文字如寓言、故事之类才可以用。所以实际上就浅的拟人比较的用得多，深的拟人比较的用得少。

拟物是把人来比拟物的表现法。在方法上是和拟人相反的，但心理上却和拟人法同出于一源，即同是发生在物我交融的时候。物我交融，便不再分物我。讲物便会将我去比物，而有所谓拟人；讲我，也便会将物来比我，而有所谓拟物。如：

> 羁鸟恋旧林，池鱼思故渊。(《归园田居》)

便是把人比做羁鸟、池鱼，便是用的拟物法。这种拟物法更其少有全篇完全用它的，即如《归园田居》也不过用来表示思恋故旧园田的部分罢了。原因当然也在不容易用得自然。

文　选

八五、鹤林玉露（三则）

罗大经

诗家喻愁

诗家有以山喻愁者：杜少陵❶云，"忧端如山来，澒洞❷不可掇"；赵嘏❸云，"夕阳楼上山重叠，未抵春愁一倍多"是也。有以水喻愁者：李颀❹云，"请量东海水，看取浅深愁"；李后主❺云，"问君都❻有几多愁，恰似一江春水向东流"；秦少游❼云，"落红万点愁如海"是也。贺方回❽云："试问闲愁知几许，一川烟草，满城风絮，梅子黄时雨。"盖以三者比之愁多也，尤为新奇。兼兴中有比❾，意味更长。

住山僧

有僧住山，或谋攘之，僧乃挂草鞋❿一双于方丈⓫前，题诗云："方丈

---

❶　[杜少陵]唐杜甫自称少陵野老，故后人称他为杜少陵。

❷　[澒洞]山势相连貌。澒，音汞（ㄨㄥˇ）。

❸　[赵嘏]字承祐，唐山阳人。会昌进士。工诗。杜牧最爱其"长笛一声人倚楼"之句，人因称之为"赵倚楼"。官渭南尉，所著名《渭南集》。嘏，音古（ㄍㄨˇ）。

❹　[李颀]唐东川人。开元进士，调新乡县尉。有诗文若干传于世。

❺　[李后主]名煜，字重光，南唐第三代国主。南唐为宋所灭，他受封为陇西郡公。善作词，今有词集行世。

❻　[都]今所传后主词都字作"能"。

❼　[秦少游]秦观字少游，一字太虚，宋高邮人。元祐初，苏轼荐举他贤良方正，除太学博士，累迁国史院编修官，后坐党案贬官。工诗文。所著有《淮海集》，后人因称他为"秦淮海"。

❽　[贺方回]贺铸字方回，宋卫州人。元祐中任通直郎，通判泗州，又倅太平州，后来退居吴下，日以校书为事。工词曲，所著有《东山乐府》《庆湖遗老集》。

❾　[兴中有比]诗有六义，一曰"风"，二曰"雅"，三曰"颂"，四曰"赋"，五曰"比"，六曰"兴"。先言他物以引起所咏之事者叫做"兴"。借他物以譬喻之者叫做"比"。

❿　[草鞋]草鞋。

⓫　[方丈]住持（僧寺之主持者）所居之室叫做"方丈"。

前头挂草鞋，流行坎止任安排❶，老僧脚底从来阔，未必枯骸就此埋。"余谓士大夫去就亦当如此。杨诚斋❷立朝时，计料自京还家之裹费❸，贮以一箧，钥而置之卧所，戒家人不许市一物，恐累归担，日日如促装❹者。余又闻昔有京尹❺（忘其名），不携家❻，唯弊箧一担，每晨起，则撤帐卷❼席，食毕则洗钵收箸，以拄杖❽撑弊箧于厅事之前，常若逆旅人❾将行者，故击搏豪强❿，拒绝宦寺⓫，悉无所畏。余曩在太学⓬，尝馆于一贵人之门；一日，命市薪六百券⓭，有卒微哂⓮，谓其徒曰："朝士今日不知明日事，乃买柴六百贯⓯耶！"余因窃叹士大夫之见有不如此卒者多矣。

山 静 日 长

唐子西⓰诗云："山静似太古，日长如小年。"余家深山之中，每春夏之交，苍藓盈阶，落花满径，门无剥啄⓱，松影参差，禽声上下，午睡初足，旋汲山泉，拾松枝，煮苦茗啜之。随意读《周易》、《国风》⓲、《左氏传》⓳、

---

❶　［流行坎止任安排］坎止，即流行之反。流行为动，坎止为静，犹言动静任安排。

❷　［杨诚斋］杨万里字廷秀，宋吉水人。绍兴进士，累官宝宝文阁待制。他的书室名诚斋，人因称他为诚斋先生。

❸　［裹费］《孟子·梁惠王》下："《诗》云，'乃积乃仓，乃裹糇粮，……'故居者有积仓，行者有裹粮也。"裹费，即路费，今称"盘缠"。

❹　［促装］整理行装预备出发。

❺　［京尹］京师地方之长官。

❻　［不携家］不带家眷。

❼　［卷］同"捲"。

❽　［拄杖］本谓扶杖，后亦称杖曰拄杖，犹俗称"拐杖"。

❾　［逆旅人］寄宿在旅馆里的人。

❿　［击搏豪强］对于豪家贵族有犯法者毫不容情地加以制裁，就叫做"击搏豪强"。

⓫　［拒绝宦寺］对于宦官有请托等事概加拒绝。

⓬　［余曩在太学］我从前在太学里的时候。太学即明清时代的国子监，犹今之国立大学。

⓭　［六百券］宋时行钞法。这里说"六百券"，下面说"六百贯"，即每券值钱一贯。

⓮　［有卒微哂］有一仆人在那里微笑。

⓯　［贯］千钱谓之一贯。

⓰　［唐子西］唐庚字子西，宋丹棱人。第进士，为宗子博士，终承议郎。工诗文，所著有《眉山文集》。

⓱　［剥啄］叩门声。

⓲　［《国风》］《诗经》中《周南》、《召南》至《豳风》各篇，都称《国风》。

⓳　［《左氏传》］即《春秋左氏传》，省称《左传》。

《离骚》❶、《太史公书》❷及陶杜诗❸、韩苏文❹数篇。从容步山径，抚松竹，与麛犊共偃息于长林丰草间❺，坐弄流泉，漱齿濯足。既归竹窗下，则山妻稚子作笋蕨❻，供麦饭，欣然一饱。弄笔窗间，随大小作数十字。展所藏法帖❼、墨迹、画卷❽纵观之。兴到则吟小诗，或草《玉露》一两段。再烹苦茗一杯。出步溪边，邂逅❾园翁溪友，问桑麻❿，说秔稻⓫，量晴校雨⓬，探节数时⓭，相与剧谈一饷⓮。归而倚杖柴门，则夕阳在山，紫绿万状，变幻顷刻，恍可人目⓯；牛背笛声，两两来归⓰，而月印前溪矣。味子西此句，可谓妙绝。然此句妙矣，识其妙者盖少。彼牵黄臂苍⓱，驰猎于声利之场⓲者，但见衮衮马头尘，匆匆驹隙影耳⓳，乌知⓴此句之妙哉！人能真知此妙，则东坡所谓"无事此静坐，一日是两日，若活七十年，便是

---

❶　［《离骚》］战国时屈原所著。

❷　［《太史公书》］即《史记》。

❸　［陶杜诗］陶潜、杜甫的诗。

❹　［韩苏文］韩愈、苏轼的文。

❺　［与麛犊共偃息于长林丰草间］小鹿叫做"麛"，音迷（ㄇㄧ）。小牛叫做"犊"，音读（ㄉㄨ）。这是说，和那些小鹿小牛一起在草木茂盛的地方休息着。

❻　［蕨］羊齿类植物。地下茎甚长，春时出嫩叶，其端卷曲如拳，后成复叶，长三四尺。叶嫩时可食。

❼　［法帖］可供临摹的字帖。

❽　［画卷］装潢成手卷的画。

❾　［邂逅］不期而遇叫做"邂逅"。音懈垢（ㄒㄧㄝ ㄍㄡ）。

❿　［问桑麻］问问田园里桑麻的情形。

⓫　［说秔稻］讲讲早稻晚稻的情形。秔俗作"粳"。

⓬　［量晴校雨］谈谈天时的晴雨。

⓭　［探节数时］讲些什么节令快要来了，现在已经是什么时候了。

⓮　［相与剧谈一饷］大家很高兴地谈了一阵。一顿饭的工夫叫做"一饷"。

⓯　［恍可人目］旁晚时天空的种种变态，恍恍惚惚地非常好看。

⓰　［牛背笛声两两来归］那些牧童骑在牛背上吹着短笛，三三两两的归来了。

⓱　［牵黄臂苍］黄，黄犬。苍，苍鹰。打猎的人，往往手里牵着狗，臂上带着鹰，以便追逐禽兽。

⓲　［驰猎于声利之场］人之追求声色货利，犹猎人之追逐禽兽，故指一般追求声色货利者为"驰猎于声利之场"。

⓳　［但见衮衮马头尘匆匆驹隙影耳］衮衮，灰尘粉起貌。马之少壮者为"驹"。古人以"白驹过隙"喻光阴之速。这是说，那些追逐于声利之场的，只驰骛了一生，没有领略山林静趣的机会。

⓴　［乌知］那里知道。

百四十",所得不已多乎!

《鹤林玉露》是宋人罗大经所作的笔记。据他的自序说：

> 余闲居无营,日与客清谈鹤林之下,或欣然会心,或慨然兴怀,辄令童子笔之,久而成编,因曰《鹤林玉露》:盖"清谈玉露蕃",杜少陵之句云尔。

全书凡十八卷,三百余则,这里只选三则。

罗大经字景纶,宋庐陵人。《吉水县志》称其为宝庆二年(公元一二二六)进士。他在《鹤林玉露》中自称为容州法曹。容州即今广西容县,可知他以进士服官岭南。其他事迹,已无可考。

八六、萝庵游赏小志(三则)

李慈铭

甲辰❶九月,司马公❷挈至州山❸吴氏园看菊花。主人吴百台者,少极窭❹,贩卖饼饵为生,嗣为关吏佣❺,以勤谨为吏所爱,竟得代其职,积资几百万金。老而归营居墅,园亭极其华美。喜宾客,延礼文士。莳花❻酿酒;尤好种菊,畜园丁数人专司之,购求佳种,不远千里,花时则设重锦幔❼,许人纵观,有能诗者,即出佳楮求品题,侑以美酒。是时年几

---

❶ [甲辰]道光二十四年,岁次早辰。当公元一八四四年。

❷ [司马公]《周礼》大司马之属有军司马、舆司马等,春秋晋作三军,每军别置司马,其后唐制节度使皆有行军司马,又于每州各置司马一人,后世因称府州同知为司马,犹知府称太守,知县称太令之类。此司马公系作者称其父亲,因为他父亲的官衔是一个同知。

❸ [州山]在浙江绍兴县西北。据《萝庵小志》第六节说:"州山之得名,以此地四山回合,如一小州。……秋湖在州山、柯山之间。"考柯山在绍兴县西南,秋湖在绍兴县西,则州山当在绍兴县西北。

❹ [窭]贫穷。本作"窭"。

❺ [嗣为关吏佣]关吏,当时厘卡上的司事。嗣为官吏佣,说他后来去做司事的仆役,即巡丁、扦手之类。

❻ [莳花]种花。

❼ [重锦幔]几重的锦幔。

八十矣；长斋❶奉佛，间亦为五七字句❷。闻司马公至，屣履出迎❸，清谈娓娓❹。园中厅事四面环合，其庭皆广十余亩，列花四庭中，重金叠紫❺，高出檐外，计至数十万花，多罕觏❻之本，盆盎❼清洁，蔽以绛缦❽，围以锦栏，地衣皆以红锦，华丽绝尘，浓薰❾喷鼻，如唐宋时洛阳人家赏牡丹❿也。尔时曾以二绝句纪之，久已删去不复记。丁未⓫九月，再侍司马公往访，则主人已没，菊种尽枯，破瓮杂篱落间，无复问老圃秋色⓬者矣。司马公赋诗云："黄垆⓭人已远，秋色为谁来！"

　　甲辰十月，侍司马公游兰亭⓮。山水秀发，朗然玉映⓯，有王谢子弟清华蕴藉⓰之观，乃知右军所取者，其风流相似也⓱。其时馆亭已圮⓲，

---

❶　［长斋］长期的素食。

❷　［间亦为五七字句］有时也做做五言七言的诗句。

❸　［屣履出迎］拖了鞋子出来欢迎。极言其喜悦匆遽也。

❹　［娓娓］说话不倦貌。

❺　［重金叠紫］说他把各种颜色不同的花重叠陈列起来。金，紫，都是说花的颜色。

❻　［罕觏］少见。

❼　［盎］就是盆。

❽　［绛缦］红色的幔。

❾　［浓薰］浓郁的香气。

❿　［唐宋时洛阳人家赏牡丹］唐宋时，洛阳牡丹最盛，宋欧阳修有《洛阳牡丹记》。当花盛开时，洛阳人家往往招致宾客，任人观赏。

⓫　［丁未］道光二十七年，当公元一八四七年。

⓬　［老圃秋色］老圃，指种菊花的人。菊花于秋天开花，故称秋色。

⓭　［黄垆］《世说》："王戎过黄公酒垆，谓客曰：'吾与嵇叔夜、阮嗣宗酣饮此垆，自嵇、阮亡后，视此虽近，邈若山河。'"后来"黄垆"二字就成为伤亡感旧之词。

⓮　［兰亭］在浙江绍兴县西南二十七里。其地有兰渚，亭在渚中，故名。晋永和九年三月三日，王羲之与太原人孙统、孙绰，广汉人王彬之，陈郡人谢安，高平人郄昙，太原人王蕴、释支遁，并其子凝之、徽之等四十一人，修祓禊之礼于此。羲之作《兰亭集序》。

⓯　［朗然玉映］谓山水清朗，如玉之有光辉。

⓰　［王谢子弟清华蕴藉］六朝王、谢世为贵族，所以其子弟大都清华蕴藉。清华，即清秀华贵之意。蕴藉，亦作"酝藉"，温雅有含蓄之意。

⓱　［乃知右军所取者其风流相似也］晋王羲之为右军将军，故后人称之为右军。这是说，这才知道王羲之之所以有取于兰亭者，因为兰亭地方山水秀发，和他的品格相同之故。

⓲　［圮］坍败。

竹圃亦就荒,惟林木翛翛❶,拂风荫水,犹觉晋人吐属❷去今不远耳。予时赋诗云:"佳禊未追三月事❸,名山如见六朝人。"司马公称赏之,遍示坐客。下山时,司马公见予骑驴回辔紫笯❹,有自得之趣,指谓客曰:"此子在驴背上颇有诗意❺。"

丁巳❻二月既望后二日,偕社友数辈游南镇❼。时春事初盛,正平生着屐❽时矣。午刻抵禹庙❾下,小憩❿碑庑间;灵诡所区⓫,金碧森动⓬,辵阶肃象⓭,郝绎摄观⓮。即上会稽山⓯,谒镇祠⓰;香火渐稀,游迹盖寡,不禁相顾忾⓱叹。吾乡山水,富及寰中⓲,而民俗勤俭,不事游宴;稍作点

---

❶ [翛翛]音宵(ㄒㄧㄠ)。林木深蔽貌。

❷ [晋人吐属]晋人尚清谈,故谈吐之间大都幽默而有含蓄。吐属,即谈吐之意。

❸ [佳禊未追三月事]禊,被禊,除恶祭名,于水边灌濯以祓妖邪,古因以为游戏之事。上巳为春禊,七月十四日为秋禊。《西京杂记》载汉高祖与戚夫人,正月上辰,出百子池边,灌濯以祓妖祥,三月上巳,张乐于流水,就是所谓被禊。王羲之与其友于三月三日上巳节修禊于兰亭,传为佳话。佳禊未追三月事,言他诞生已晚,未及遣随王羲之等在兰亭胜地,修被禊佳事。

❹ [回辔紫笯]形容他一手持驴辔,左右引动着,一手执驴鞭,宛转扬击着。"笯",与"策"同,就是马鞭。

❺ [在驴背上颇有诗意]从前诗人,往往以骑驴吟诗传为佳话,如唐贾岛得"僧敲月下门"之句,想把敲字改为推字,便在驴背上以手作推敲之势,一时传为美谈。又如《全唐诗话》载郑綮善作诗,或问相国近作诗否,他说:"诗思在灞桥风雪中驴子上,此何以得之。"又如宋苏轼诗:"雪中骑驴孟浩然,皱眉吟诗肩耸山。"所以这里说他骑在驴背上颇有诗意。

❻ [丁巳]咸丰七年,当公元一八五七年。

❼ [南镇]即南镇庙,在绍兴县南十三里,祀会稽山神。按:古代帝王,封大山为一方之镇,南镇会稽山,东镇沂山,北镇医无闾,西镇霍山,会稽为南镇,故称南镇庙。

❽ [屐]音剧。屦之泛称。此指游山时所着之麻屐、草屐等。

❾ [禹庙]旧在山阴县涂山南麓,宋元以来都祀禹于此,明以后改祀于会稽山陵。

❿ [小憩]暂时休息一下,叫做"小憩"。

⓫ [灵诡所区]灵诡,犹言"神秘"。言这是神秘的地方。

⓬ [金碧森动]这是说,那神秘的殿堂,金碧辉煌,十分森严。森动,含有森严与生动之意。

⓭ [辵阶肃象]辵音逴(ㄔㄨㄛˋ),乍行乍止貌。这是说,慢慢的历阶而上,很肃敬地瞻拜那神像。

⓮ [郝绎摄观]郝疑"赫"字之误(此文选自进步书局石印《小说大观》本,疑传写有误)。赫绎,盛大貌。这是说看那神像威严盛大,不禁神为之摄。

⓯ [会稽山]在绍兴县东南十三里。

⓰ [镇祠]即南镇庙。

⓱ [忾]同"慨"。

⓲ [寰中]凡言境域之大者,通称曰"寰"。寰中,寰宇之中,犹言"域中"。

缀，惟禹穴❶及兰亭，去城稍远，地亦稍僻，游者罕及之。禹庙既接武❷镇
祠，又与垆峰❸连壤，祷大士❹者无不假道于此：往往篮舆簇花❺，宝马击
镫❻，佩环筇屐❼，错杂于溪声谷吹中。观放翁❽《禹庙诗》，"十里烟波明
月夜，万人歌吹早莺天❾。花如上苑❿常成市，酒似新烹不值钱，"盖唐、
宋已然矣。二十年来，渐即寥落。然珠帘雀舫⓫，翠管银罂⓬，自东郭南
门直际覆釜山⓭下，夺路据津，无间烟水⓮；而红亭松竹间，茶樯酿户⓯，
饼师脍娘⓰，列坐侍客。下至陈百戏⓱，谈九流⓲，卖寓花⓳、寓草、寓人物

---

❶　［禹穴］在绍兴县东南十五里之委宛山。

❷　［接武］武，足迹。后者之足，蹑前者之迹，叫做"接武"。引申为相近之意。

❸　［垆峰］即香炉峰。在今绍兴县东十五里。

❹　［大士］即观世音菩萨。

❺　［篮舆簇花］篮舆，即游山时所乘之竹轿。篮舆簇花，是说那些竹轿装饰得花团锦簇。

❻　［宝马击镫］马鞍两旁足所踏者叫做"镫"。宝马击镫，言游人骑马游山，以镫击马腹，使其
疾驰。

❼　［佩环筇屐］环，耳环指环之类。筇，游山时所拄的杖。佩环筇屐，指插载首饰及着屐拄杖
的男女游客。

❽　［放翁］宋陆游自号放翁。

❾　［早莺天］莺为春时之鸟，故早莺天犹言"早春天"。

❿　［上苑］帝王之园囿称"上苑"。例如《唐书·苏良嗣传》："高宗遣宦者采怪竹江南，将莳上
苑。"

⓫　［珠帘雀舫］舫，船之通称。雀舫，犹言"画舫"。珠帘雀舫，是挂着帘子装饰得极美丽的游
船。

⓬　［翠管银罂］管，箫笛之类。罂，瓶盎之属。翠与银皆形容词，犹帘称珠帘，舫称雀舫。这
是说，游船中有箫笛之类的乐器，有瓶盎之类的陈设。

⓭　［覆釜山］会稽山有石状如覆釜，故亦名覆釜山，见顾野王《舆地志》。釜与"釜"同。

⓮　［夺路据津无间烟水］烟水，指江湖中，犹言"烟波"。这是说，自东郭南门一直到覆釜山下
的旱路水道，都被游客所占据了。盖极写游客之盛。

⓯　［茶樯酿户］帆船之柱叫做"樯"。这里的茶樯，当指临时搭盖棚屋以售茶者。酿户即酒
家。

⓰　［饼师脍娘］饼师，卖糕饼的人。脍娘，任烹调的女子，即厨娘。

⓱　［陈百戏］变戏法玩杂耍之类。

⓲　［谈九流］相面、算命、测字之类。

⓳　［寓花］像真的花。

者，百货岔涌❶，地不容趾。有众中喟然❷摇首，谓今昔顿殊❸者，则一二白发人也。自烽烟满江上❹，聚军百万，仰食浙人，吾越❺遂承其敝，加赋横征，殆无虚月，又因之以旱蝗贼盗，民力竭矣。遂令胜地萧寥，曩观阒寂❻，农桑未起，士女闭门；而喟然今昔者，俯仰之间❼，已属之我曹❽矣。白塔朱楼之地，其有沧桑相吊❾者乎？

萝庵在浙江绍兴之柯山，清李慈铭曾在庵中养病，其后客居京师，追怀旧游，著《萝庵游赏小志》若干则。他的自序说：

> 柯山下俯鉴湖，湖之南有山特起，高与柯等，而土沃多桃李，广长俱不及半里，特深秀浓致。山半有石垒起，人凿级为路，亘山之腹而坳焉。有僧寺临其上，则萝庵焉。庵屋不过十余间，后有竹圃，大数十亩，竹之隙，可以窥山后诸村。寺僧善种花，牡丹高十余尺，山茶一树，林木蓊茂，盖一山之胜者也。予于咸丰甲寅（一八五四）之春，养疴于庵之黄叶院，山中之景之色之声，无不餍也，朝暮晴雨之变，无不悉也，是可以名平生之赏矣。同治壬戌（一八六二），客居京师，涕泪幽忧中，间取昔来游赏之事，一一志之。冀假虚沤以沫枯鱼，设寓食以起饿隶。后有览者，不其悲乎！……

所以他于追述旧游之际，随处流露他的伤感气分。全书约六十则，这里只选录三则。

李慈铭（1829—1894）字㤅伯，号莼客，清会稽人。光绪进士，官至山西道监察御史。他在同、光时是一个有名的诗文作家。生平著作甚多，已刊的有《湖塘林馆骈体文钞》、《白华绛跗阁诗初集》、《越缦堂日记钞》、《萝庵游赏小志》等。

---

❶ ［岔涌］三叉路口叫做"岔"。岔涌，犹言"凑集"。

❷ ［喟然］叹息貌。

❸ ［顿殊］顿然不同。

❹ ［烽烟满江上］古时有寇警则举烽火，后人遂以烽烟二字代寇警。按：这是指太平天国之乱，当时长江一带都被寇警，故云然。

❺ ［越］今绍兴为古越国，故称绍兴为越。

❻ ［曩观阒寂］从前那样的盛况现在是静寂不可再见了。

❼ ［俯仰之间］一俯首一仰视之间，极言时间之速。

❽ ［我曹］我辈。

❾ ［沧桑相吊］沧桑，道家语，沧海桑田之合称。《神仙传》："麻姑云：'接待以来，已见东海三为沧田。'"世人因以喻时势变易之速。沧桑相吊，谓时移世变以后，抚今追昔，互相慨叹。

文 话

二七、文字的分类

自来我国对于文字的分类，剖析得非常繁复。

梁萧统编辑《文选》，把所收的文字分为以下各类：

赋 诗 骚 七 诏 册 令 教 文 表 上书 启 弹
事 笺 奏记 书 檄 对问 设论 辞 序 颂 赞 符命
史论 史述赞 论 连珠 箴 诔 哀 碑文 墓志 行状 吊
文 祭文

大概做分类的工夫，有三点必须注意：一要包举，二要对等，三要正确。所分各类总合拢来，能够包括该事物的全部，决没有丝毫遗漏，便是"包举"；所分各类性质上彼此平等，决不能以此属彼，便是"对等"；所分各类有互排性，决不能彼此含混，便是"正确"。若把这三点作标准，来看《文选》的分类，便可知它是很杂乱、琐碎的。如"表"和"上书"同是臣属写给君主的启事，"笺"和"书"同是友朋间往来的信札，只因缮钞题目有了分别，或写"表"，或写"上书"，或写"笺"，或写"书"，《文选》就依据了题目分做四类。倘若从前还有人把写给君主的启事题作"献书"，把友朋间往来的信札题作"简"，不是于上面这些类目以外，更得加上"献书"和"简"么？这样的分法是尽量可以加增类目的。反过来说，就是上面这些类目不能包括文字的全部。又如"赋""骚"等是文字的一种体式，"吊文""祭文"等名目却只说明这些是作什么用处的文字，犹如中国人、英国人和猎人，渔人，怎么可以对等并立呢？"七"直是"赋"的同类，不过必须讲起"七"件事情，作"七"回问答。"连珠"也是"赋"的同类，不过有规定的形式，今钞一则于下，以便解释。

臣闻日薄星回，穹天所以纪物；山盈川冲，后士所以播气。五行错而致用；四时违而成岁。是以百官恪居，以赴八音之离；明君执契,以要克谐之会。

前面必须先取譬喻,"是以"以下才是本旨;这样一则一则连续下去,成为一篇。因它"历历如贯珠",所以叫作"连珠"。"七"和连珠"既是"赋"的同类,就该归入"赋"里。现在让它们独立,便不合关于分类的"对等"这一个标准。看了上面所说的,就可知道《文选》里的各类彼此之间不尽有着互排性;如"表"和"上书"、"笺"和"书",仅仅题字的不同,当然不互排;"七"和"连珠"可以隶属于"赋",当然不互排。因此,这个分法是不很"正确"的。

清姚鼐编辑《古文辞类纂》,把所收的文字分做十三类:

　　论辨类　序跋类　奏议类　书说类　赠序类　诏令类　传状类　碑志类　杂记类　箴铭类　颂赞类　辞赋类　哀祭类

"论辨类"相当于现在的学术论文。"序跋类"是书籍的序、跋和读书笔记。"奏议类"包举臣下对君主发表的言论、文字。"书说类"是对话的记录和友朋间的书信。"赠序类"是合于"赠人以言"的旨趣的一类文字。"诏令类"包举君主对臣下发表的言论、文字。"传状类"是叙述人物生平的传记。"碑志类"是纪功颂德,预备刻石的文字。"杂记类"或记人物,或记胜地,相当于现在的小品文。"箴铭类"是用以戒警人己的文字。"颂赞类"是表示赞美的文字。"辞赋类"包括《文选》所列的"赋"和"骚"两类。"哀祭类"是伤悼死者的抒情文字。这样的分法,比较《文选》整齐得多了。然而这些类目的不相"对等"是显然的。如把写在书籍上的序跋作一类,又把刻在石头上的碑志作一类,这是依据写刻的场所来立类;但是,把臣下对君主发表的言论、文字作一类,又把君主对臣下发表的言论、文字作一类,便是依据发言人和对方的关系来立类了;把箴铭作一类,又把辞赋作一类,便是依据文字的特别体式来立类了。并且,"书说"和"赠序"不能并作一类么?"传状"和"碑志"又何必定要分作两类?总之,这个分类法还免不了依据着题字来立类的毛病。

清曾国藩编辑《经史百家杂钞》,又减为十一类:

　　论著类　序跋类　奏议类　书牍类　诏令类　典志类　传志类　叙记类　杂记类　辞赋类　哀祭类

这个分类法,增设和减并都有见地;不论什么事情,大都"后来居上",也并不是曾国藩的识力远胜于萧统。但是,如果依了这个分类法,那末,用书信形式写的学术论著就得归入"书牍类",记述得书的因由、藏书的人物等等的文字就不得归入"杂记类";这仍不免重于形式而轻视实质。并且,"奏议"和"诏令"一定要立为相对的两类,也不过反映出君主时代的文人的见解而已;若论实质,这两类和"书牍类"简直可以合并起来;而"奏议"、"诏令"、"书牍"各类里头有的是叙述事件的,有的是发表意见的,不据此分类,而单从应用上着想,让它们混在一起,也是可议的地方。

我们把文字分为"记述"、"叙述"、"解说"、"议论"四体,这是从文字实质上的不同来区分的。文字写给什么人,文字刻印在什么场所,文字题目上题什么字,我们一概不管。凡在记录人或物的状貌、性德的,便是"记述文"。凡是叙录事件的经过的,便是"叙述文"。凡是述说对于事物的认识、理解的,便是"解说文"。"凡是表白对于事物的主张的,便是"议论文"。这些在以前说得多了,这里总提一声就得了。这样分法可以"包举"一切。试问世间有这么一篇文字,是不记一物、不叙一事、不说一理、不立一论的么?所分各体是彼此平等而互排的,所以又合于"对等"和"正确"的标准。

我们又让"诗"、"戏剧"、"小说"、"小品文"各为独立的一类。这不是说"诗"、"戏剧"、"小说"、"小品文"不属于四体中的任何一体;却因为它们于四体之外,又加上了另外的质素,或者有了特殊的形式的缘故。

于是,仅仅是"记述文"、"叙述文"、"解说文"、"议论文"可以称为"普通文字",与"诗"、"戏剧"、"小说"、"小品文"相并而为五类了。

我国文字一字一音,因而形成一种"吐语必双,遣词皆偶"的文字形式,称为"骈文",在文话第二十一篇里已经提及。与"骈文"相对,则凡一切不讲对偶、语句长短随意的文字称为"散文"。

"散文"又可与"韵文"对立,凡不讲声韵的是"散文",讲声韵的是"韵文"。

这是形式上的分类,与上述的五类不能并列的。

从前人写一篇"记述文"或"叙述文",乃至说明事理,发表议论,都有用"骈文"的。"传奇"里头，往往有"骈文"的说白。而"小说"如《燕山外史》，竟通体是"骈文"。所以把"散文"、"骈文"来区分上述的五类是不可能的。几乎每一类里都有"散文"，也都有"骈文"。

"诗"是韵文，在从前是不成问题的。但自从有了"新体诗"，每语字数随意，又不定要押韵，那末"诗"不尽是韵文了。"戏剧"如"杂剧"，如"传奇"，如"皮黄戏"，都有唱有白，唱的部分都是"韵文"。而现在的"话剧"却全然是"散文"。"小说"通常是"散文"。然如"弹词"之类，便是韵文的"小说"。所以，把"散文"、"韵文"来区分上述的五类也是不可能的。

我们只能这样说：从实质上区分，则得上述的五类；从形式上区分，则有"散文"与"骈文"对立、"散文"与"韵文"对立的两种分类法。

练习　试把萧、姚、曾三家的分类法列成一表。表分三排。要表明这人所立的某类相当于那人所立的某类。

文　选

八七、朱子语录(五则)

天理之浑然既谓之"理"，则便是个有条理底❶名字。故其中所谓"仁""义""礼""智"四者，合下便各有一个道理，不相混杂。以其未发，莫见端绪，不可以一理名，是以谓之"浑然"。非是浑然里面都无分别。而仁、义、礼，智却是后来旋次❷生出四件有形有状之物也。须知天理只是仁、义、礼、智之总名，仁、义，礼、智便是天理之件数。

---

❶　[底]宋儒语录中的"底"字，等于现在语体文中用作形容词尾的"的"字，及用作介词的"底"字。

❷　[旋次]与"渐次"同。

有个天理便有个人欲，盖缘这个天理有个安顿处才安顿得，不恰好便有人欲出来。天理人欲分数有多少，天理本多，人欲也便是天理里面做出来。虽是人欲，人欲中自有天理。

问：莫不是本来全是天理否？

曰：人生都是天理，人欲都是后来没把鼻❶生底。人只个天理、人欲，此胜则彼退，彼胜则此退，无中立不进退之理。凡人不进便退也。譬如刘、项相拒于荥阳、成皋间❷，彼进得一步则此退一步，此进一步则彼退一步。初学者只要牢札定脚与他捱，捱到一毫去则逐旋❸捱将去，此心莫退，终须有胜时。

胜时甚气象？

人只是此一心。今日是，明日非，不是将不是底换了是底；今日不好，明日好，不是将好底换了不好底；只此一心，便看天理、人欲之消长何如尔。以至千载之前，千载之后，与天地相为终始，只此一心。学者须是革尽人欲，复尽天理，方始是学。

又曰：天理、人欲，此长彼必短，此短彼必长。未知学问，此心浑为人欲。既知学问，天理自然发现而人欲渐渐消去者，固是好矣；然克得一层又有一层，大者固不可有，而纤微者尤要密察。

人为学，须要知个是处千定万定。知得这个彻底是，那个彻底不是，方是见得彻、见得是；则心里方有所主。

人须做工夫，方有碍。初做工夫时，欲做此一事，又碍彼一事，便没理会处。只如居敬穷理而事便相碍：居敬是个收敛执持底道理，穷理是个推寻究竟底道理，只此二者便是相妨。若是熟时，则自不相碍矣。

---

❶　［没把鼻］当时俗语，犹言"无把握"。

❷　［刘项相拒于荥阳成皋间］刘、项即刘邦、项籍。荥阳，在今河南荥泽县西南。成皋，在今河南汜水县，又名虎牢，今县北有成皋故城，名上街镇。按：楚汉分争时，相拒于荥阳、成皋间颇久。详可看《史记·项羽本纪》及《高祖本纪》。

❸　［逐旋］即"逐渐"。

致知❶、敬、克己❷,此三事以一家譬之:敬是守门户之人,克己是拒盗,致知却是去推察自家与外来底事。伊川❸不言克己,盖敬胜百邪❹,便自有克。如诚则便不消言闲邪之意❺;犹善守门户,则与拒盗便是一等事,不消更言别有拒盗底。若以涵养对克己言之,则各作一事亦可。涵养则譬如将息❻,克己则譬如服药去病。盖将息不到,然后服药。将息则自无病,何消服药!能纯于敬,则自无邪僻,何用克己!若有邪僻,只是敬心不纯,只可责敬。故敬则无己可克,乃敬之效。若初学则须是工夫都到,无所不用其极。

宋儒讲学,门弟子记其言论,称为"语录",大都用白话记述,如今"讲演录"之类,在文体中别具一格。宋黎靖德编《朱子语类》一百四十卷,分为二十六门,于朱熹门人所记录的师说,大体具备。这里所选的"朱子语录"五则,是根据《朱子语类》及《宋元学案》中的《晦庵语录》。读者于此可见语录体裁之一斑及朱熹学术思想之大概。

我国理学,胚胎于北宋,极盛于南宋,而集大成者则为朱熹。所以朱熹实为两宋理学界的代表人物。他的全部哲学思想,非一二语所能讲明。在修养方面,他主张拿天理来克服人欲,而根本办法便是居敬穷理。这里所选的语录五则,第一则是讲何谓天理,第二则是讲天理与人欲的互相克制,第三至第五则是反覆说明居敬穷理的方法。

---

❶ 〔致知〕推而极之叫做"致"。致知,语本《礼·大学》"致知在格物",就是即物穷理的意思。

❷ 〔克己〕制胜自己的私欲叫做"克己"。语本《论语·颜渊》"克己复礼为仁"。

❸ 〔伊川〕见《宋九贤遗像记》注。

❹ 〔敬胜百邪〕程伊川的话。

❺ 〔如诚则便不消言闲邪之意〕这句话根据《易》乾卦"闲邪存其诚"而言,注见《三习一弊疏》。

❻ 〔将息〕休养。

八八、阳明语录(五则)

爱❶问:"'在亲民',朱子谓当作'新民❷',后章'作新民'之文似亦有据❸。先生以为宜从旧本作'亲民'。亦有所据否?"

先生曰:"'作新民'之'新'是自新之民,与'在新民'之'新'不同,岂足为据!'作'字却与'亲'字相对,然非亲字义。下面治国平天下处,皆于新字无发明❹。如云'君子贤其贤而亲其亲❺,小人乐其乐而利其利','如保赤子','民之所好好之,民之所恶恶之,此之谓民之父母'之类,皆是亲字意。亲民犹《孟子》'亲亲仁民'❻之谓,亲之即仁之也。百姓不亲,舜使契为司徒,敬敷五教❼,所以亲之也。《尧典》❽'克明俊德'便是

---

❶　[爱]徐爱字曰仁,余姚人。正德进士,历官南工部郎中。他是王守仁的妹婿,也是守仁的及门弟子,早年病死,时人比之于孔门的颜回。所著有《横山集》。

❷　[在亲民朱子谓当作新民]《礼记·大学》说:"大学之道,在明明德,在亲民,在止于至善。"朱注引程子曰:"亲当作新。"又说:"新者,革其旧之谓也。言既自明其明德,又当推以及人,使之亦有以去其旧染之污也。止者,必至于是而不迁之意。至善,则事理当然之极也。言明明德新民,皆当止于至善之地而不迁。"

❸　[后章作新民之文似亦有据]《大学》:"汤之盘铭曰:'苟日新,日日新,又日新。'康诰曰:'作新民。'《诗》曰:'周虽旧邦,其命维新。'是故君子,无所不用其极。"朱熹把这一节分为第二章,加以注释曰:"右传之二章。释新民。"

❹　[下面治国平天下处皆于新字无发明]《大学》:"古之欲明明德于天下者,先治其国;欲治其国者,先齐其家;欲齐其家者,先修其身;欲修其身者,先正其心;欲正其心者,先诚其意;欲诚其意者,先致其知;致知在格物。物格而后知至,知至而后意诚,意诚而后心正,心正而后身修,身修而后家齐,家齐而后国治,国治而后天下平。"按:《大学》此段乃承上"在亲民……"而言,但于新字并无发明。

❺　[君子贤其贤而亲其亲]这里及下面所引的"如保赤子""民之所好好之……"等,皆见《大学》。

❻　[亲亲仁民]见《孟子·尽心》章。

❼　[百姓不亲舜使契为司徒敬敷五教]《书·舜典》:"帝曰:'契!百姓不亲,五品不逊,汝作司徒,敬敷五教,在宽。'"契,人名。司徒,官名。敷,布化。五教,五伦之教,即父子有亲,君臣有义,夫妇有别,长幼有序,朋友有信(见《孟子·滕文公》上)。

❽　[尧典]《尚书》篇名。按:今通行本《尚书》的《舜典》,就是从《尧典》中分出来的,又加上"曰若稽古帝舜……乃命以位"二十八字。

'明明德'，'以亲九族'至'平章''协和'❶，便是'亲民'，便是'明明德于天下'。又如孔子言'修己以安百姓❷'，修己便是'明明德'，安百姓便是'亲民'。说'亲民'便是兼教养意，说'新民'便觉偏了。"

爱问："至善❸只求诸心，恐于天下事理有不能尽？"

先生曰："心即理也。天下又有心外之事，心外之理乎？"

爱曰："如事父之孝，事君之忠，交友之信，治民之仁，其间有许多理在，恐亦不可不察？"

先生叹曰："此说之蔽久矣，岂一语所能悟！今姑就所问者言之：且如事父，不成❹去父上求个孝的理；事君，不成去君上求个忠的理；交友治民，不成去友上民上求个信与仁的理；都只在此心。心即理也。此心无私欲之蔽，即是天理，不须外面添一分。以此纯乎天理之心，发之事父便是孝，发之事君便是忠，发之交友治民便是信与仁，只在此心去人欲存天理上用功便是。"

爱曰："闻先生如此说，爱已觉有省悟处。但旧说缠于胸中，尚有未脱然者，如事父母一事，其间温清定省❺之类，有许多节目，不亦须讲求否？"

先生曰："如何不讲求！只是有个头脑。只是就此心去人欲存天理上讲求。就如讲求冬温，也只要尽此心之孝，恐怕有一毫人欲间杂。讲求夏清，也只是要尽此心之孝，恐怕有一毫人欲间杂。只是讲求得此心，此心若无人欲，纯是天理，是个诚于孝亲的心；冬时自然思量父母的寒，便自要去求个温的道理；夏时自然思量父母的热，便自要去求个清的道

---

❶　[以亲九族……平章协和]《书·尧典》："克明俊德，以亲九族；九族既睦，平章百姓；百姓昭明，协和万邦。"

❷　[修己以安百姓]见《论语·卫灵公》章。

❸　[至善]即《大学》"止于至善"的至善，是一种最好的理想境界。

❹　[不成]与"难道"相当。

❺　[温清定省]《礼·曲礼》上："凡为人子之礼，冬温而夏清，昏定而晨省。"言事父母之礼，冬日则温，以御其寒；夏日则清，以致其凉；晚上定其衽席，早上省其安否。清，音清，去声，即寒凉的意思。

理。这都是那诚孝的心发出来的条件。却是须有这诚孝的心，然后有这条件发出来。譬之树木，这诚孝的心便是根，这许多条件便是枝叶。须先有根，然后有枝叶。不是先寻了枝叶，然后去种根。《礼记》言❶'孝子之有深爱者必有和气，有和气者必有愉色，有愉色者必有婉容'，须是有个深爱做根，便自然如此。"

　　爱因未会❷先生"知行合一"之训，与宗贤❸、惟贤❹往复辩论，未能决，以问于先生。

　　先生曰："试举看❺！"

　　爱曰："如今人尽有知得父当孝、兄当弟❻者，却不能孝、不能弟，便是知与行分明是两件。"

　　先生曰："此已被私欲隔断，不是知行的本体了。未有知而不行者。知而不行，只是未知。圣贤教人知行，正是安复那本体，不是着你只恁的便罢❼。故《大学》指个真知行与人看，说'如好好色，如恶恶臭'❽。见好色属知，好好色属行。只是那好色时已自好了，不是见了后又立个心去好。闻恶臭属知，恶恶臭属行。只闻那恶臭时已自恶了，不是闻了后别立个心去恶。如鼻塞人虽见恶臭在前，鼻中不曾闻得，便亦不甚恶，亦只是不曾知臭。就如称某人知孝，某人知弟，必是其人已曾行孝行弟，方可称他知孝知弟。不成只是晓得说些孝弟的话，便可称为知孝弟。又如知痛必已自痛了方知痛，知寒必已自寒了，知饥必已自饥了；知行如何分得

---

❶　[《礼记》言]下所引见《礼·祭义》。

❷　[未会]不懂。

❸　[宗贤]黄绾字宗贤，号久庵，黄岩人。(《理学宗传》作绍兴人。)他是王守仁的及门弟子。所著有《明道编》、《石龙集》等。

❹　[惟贤]顾应祥字惟贤，号笠溪，长兴人。也是王守仁的及门弟子。尝作《传习录疑》，以为"非疑师说，疑门人传录之讹。"黄宗羲说他视知行为二，非师门之旨。

❺　[试举看]试举举例看。

❻　[弟]亦作"悌"。善事兄长叫做"弟"。

❼　[不是着你只恁的便罢]不是教你只如此便罢了。

❽　[如好好色如恶恶臭]上"好"字读去声，爱好的意思。下"好"字读上声，美好的意思。上"恶"字读去声，厌恶的意思。下"恶"字读入声；恶臭即极不堪的臭气。

开？此便是知行的本体，不曾有私意隔断的。圣人教人必要如此方可谓之知，不然只是不知。此却是何等紧切着实的工夫！如今苦苦定要说知行做两个是甚么意？某要说做一个是甚么意？若不知立言宗旨，只管说一个两个，亦有甚用？"

爱曰："古人说知行做两个❶，亦是要人见个分晓。一行做知的功夫，一行做行的工夫，即功夫始有下落。"

先生曰："此却失了古人宗旨也！某尝说知是行的主意，行是知的功夫。知是行之始，行是知之成。若会得时，只说一个知已自有行在，只说一个行已自有知在。古人所以既说一个知，又说一个行者，只为世间有一种人懵懵懂懂的任意去做，全不解思惟省察，也只是个冥行妄作❷，所以必说个知，方才行得是。又有一种人茫茫荡荡悬空去思索，全不肯着实躬行，也只是个揣摸影响，所以必说一个行，方才知得真。此是古人不得已补偏救弊的说话。若见得这个意时，即一言而足。今人却将知行分作两件去做，以为必先知了然后能行，我如今且去讲习讨论做知的工夫，待知得真了方去做行的工夫，故遂终身不行，亦遂终身不知。此不是小病痛，其来已非一日矣。某今说个知行合一，正是对病的药。又不是凿空杜撰❸，知行本体原是如此。今若知得宗旨时，即说两个亦不妨，亦只是一个。若不会宗旨，便说一个亦济得甚事❹？只是闲说话。"

先生曰："人若知良知❺诀窍，随他多少邪思枉念，这里一觉都自消融，真是灵丹一粒，点铁成金。"

---

❶ ［古人说知行做两个］例如《礼·中庸》："或生而知之，或学而知之，或困而知之，及其知之一也。或安而行之，或利而行之，或勉强而行之，及其成功一也。"又孔子曰："好学近乎知，力行近乎仁。"都是把知行分做两起讲的。

❷ ［冥行妄作］就是"胡干"。

❸ ［凿空杜撰］就是"捏造"。

❹ ［济得甚事］做得成什么事。

❺ ［良知］良知二字，见于《孟子》。《孟子·尽心》章说："人之所不学而能者，其良能也；所不虑而知者，其良知也。"但王守仁专提良知，不说良能，他把良能包括在良知之内了。所以"良知"两字，包含甚广，一言以蔽之，则良知便是心的本体。

先生曰："吾教人致良知，在格物❶上用功，却是有根本的学问；日长进一日，愈久愈觉精明。世儒教人事事物物上去寻讨❷，却是无根本的学问；方其壮时，虽暂能外面修饰，不见有过；老则精神衰迈，终须放倒。譬如无根之树，移栽水边，虽暂时鲜好，终久要憔悴。"

明代理学家王守仁，自号阳明子，人称他为阳明先生。他的弟子徐爱等，把他平日论学及问答之语记下来，成《传习录》二卷。这里所选的五则，都是根据《传习录》的。按：明初朱熹一派的学说得当时帝王的维护，特别盛行，当时有敢反对"朱学"的便被认为大逆不道。到了明朝中叶，朱学的流弊日甚，一般人把《四书大全》等书咿唔一番，便自以为懂得朱学的奥妙了，很少有人肯用心研究。本来朱熹教人从事事物物上去推求真理，像这样的为学，根柢浅薄的人，便不容易融会贯通。又，某一派学说受了帝王的维护时，往往不许人家怀疑，因此这一派学说便没有进步了。在这样的情形底下，意志强固的人自然不能安于朱学的藩篱而要别求出路了。王守仁便是不满意朱学而自辟新路的人。他的学说有三大纲领：（一）心即理说；他主张求真理于吾心，和朱熹主张于事事物物上去寻求真理正相反。（二）知行合一说；他主张"知"与"行"只是一体，不能分离，和历来理学家把知与行分别讲的又不同。（三）致良知说；他主张人的"良知"本来是精精明明的，只因有"私欲"，故良知往往被遮蔽了；人若致得良知精明，则私欲自去，真理乃见。这一点虽和朱熹主张去私欲存天理有点相像，但朱熹去私欲的工夫是向外的，而王守仁则是向内的，所以根本上便不相同。又朱熹注《大学》"在亲民"句，主张"亲"字当作"新"字解，王守仁不以为然，他主张复古本《大学》，这一点也是朱、王两派学说争论的所在。这里所选的第一则，是他反对朱熹注《大学》"在亲民"作"在新民"的意见；第二则，是"心即理"的说明；第三则，是"知行合一"说的阐发；第四、第五则，是说明"致良知"的功用与方法。在这里，我们不但可以窥见王守仁学说的一斑，并且可以看出明儒语

---

❶　［格物］即《大学》"致知在格物"的格物。照王守仁的解释："身之主宰便是心，心之所发便是意，意之本体便是知，意之所在便是物。如意在于事亲，即事亲便是一物。意在于事君，即事君便是一物。意在于仁民爱物，即仁民爱物便是一物。意在于视听言动，即视听言动便是一物。"所以凡讲求事亲、事君、仁民、爱物以至于视听言动的，便都是"格物"。

❷　［世儒教人事事物物上去寻讨］这是指当时朱熹一派而言。朱熹教人即物穷理，即是就事事物物上去寻讨。

录和宋儒语录在文体上也有多少不同之处。

王守仁(1472—1528)字伯安,明余姚人。弘治进士,授刑部主事。因事触犯了当权的宦官刘瑾,廷杖四十,谪贵州龙场驿丞。后迁庐陵知县,累擢右金都御史,巡抚南赣,平大帽山诸贼。宁王宸濠作乱,他用兵平定,以功封新建伯。总督两广,破断藤峡诸贼。卒谥文成。因自号阳明子,学者称他为阳明先生。(按《明史》本传说他晚年"游九华归,筑室阳明洞中",后人遂附会了以为他曾筑室阳明洞中,故人家称他为阳明先生。其实今绍兴会稽山之阳明洞,只有石罅,不能筑室。他在龙场时,曾筑室东洞,名该洞为"阳明洞天";又今广西隆安县西北三十里大江崖上亦有阳明洞,是因他征思田时尝泊舟于此而得名。可见所谓"阳明洞"者是洞以人名,并不是因为他曾筑室于阳明洞就称阳明先生。)他少年时喜欢骑马射箭,很想做游侠一流人;又研究词章,诗文都很好;到后来才致力于所谓圣贤之学。所以他不但是理学家,又是文学家。他虽做的是文官,而屡平大乱,明朝文臣用兵,从没有像他那样功业煊赫的。生平著作甚多,后人汇集成《王文成公全书》三十八卷,其首三卷即为《传习录》(《传习录》别有单行本)。

修　辞

七、示现

示现是把实际上不见不闻的事物说得如见如闻的一种表现方式。例如:

> 好猴! 你看他暝目蹲身,将身一纵,径跳入瀑布泉中。(《美猴王》)

说是"你看他",实际上我们是看不到的。我们那里看得到那样淘气那样能干的好猴呢? 便是作者,实际也是不曾看到过的,作者也那里会看得到那样能干那样淘气的好猴呢? 又如:

> 听,那晓钟和缓的清音。(《康桥的早晨》)

这又叫我们"听"了，我们固然听不到英国伦敦的钟声，就是作者也不见得就在听见钟声的时候写，实际上写的时候也是听不见那和缓的清音的。然而这里却也写得如闻其声，正像前例写得如见其行一般。像这样的写法或说法，在修辞学上就都叫做示现。

示现说法写法的特别处就在说者写者所要听者读者看，或要听者读者听的东西的确是听者读者所看不到听不到的。上举的两例就是那样。要是听者读者可以看到听到的，那便只是一种寻常的话，只是一种寻常的说法，不能把它当作示现。例如：

> 到了第三天，他（小雨点）正一人笑着，想回家去，忽听见海公公在屋面上叫他。小雨点跟着那声音升了上去。只见白云紫山，可不是他的家吗？他见了喜得手舞脚蹈的说道，"看呀，看呀！海公公，那不是我的家吗？"（《小雨点》）

又如：

> 小雨点听了，心里很不忍，便答道，"极愿极愿，但是我可不知道应该怎样的救你。"
>
> 青莲花道，"听着呵！我为的是欠少一点水，所以差不多要死。……"

像这种所谓看所谓听，便是可能看到，可能听到的，因为它的前后文所写的正是可能的情境。所以像这两例里的叫人看叫人听，便不能把它看作示现法。

诸君想必知道，所谓示现是说本来没有这种形相，可是忽然显现了这种形相的，如果原来是有可看可听的形相的。那便不成其为示现了。

本来没有形相可看可听的，为什么要用示现法说成可看可听的呢？无非为了作者对于它的印象极强，或者兴味极浓。他自己是强得浓得本来不曾看见的正像看见了（如《美猴王》），或者过去听见过的好像现在还是听见（如《康桥的早晨》）。他就顺兴那样地表现了出来。同时又借此来把我们一激，激得我们也像看见了或者听见了一样。所以这种方式，常是用在作者所特别着重的地方。在旧小说里，描写一个重要的人物出场，或一个重要的场面展开，是常用这种方式的。

八、设　问

设问是没有疑义而问的表现法。疑有而问，是平常的事，如：

众猴围住问道，"里面怎么样？ 水有多深？"石猴道，"没水，没水，原来是一座铁板桥。"(《美猴王》)

借问采薪者，"此人皆焉如？"薪者向我言，"死没无复余。"(《归园田居》)

这种问句，必定有答语，如第一例的"没水没水"，第二例的"死没无复余"。那种答语又必是发自问者以外的人，如第一例答的是问的众猴以外的石猴，第二例的答者是作者以外的薪者。这种设问却不一定要有答语，就是答语也不是问者自己说的。这是设问和普通问语不同的地方。

寻常问语是真问，目的在乎求得别人的答语，那答语一定是自己所不晓得，或者怀疑不决的。这种设问是假问，即假设的问。当他问的时候心里便已有了一定的答语，而且就为提出那一定的答语来才问的。例如：

文明之与奢侈，固若是其密接而不可离乎？ 是不然。(《文明与奢侈》)

所谓"文明之与奢侈，固若是其密接而不可离乎？"这一个问句便是为了下文提出的那一个所谓"不然"的答语而故意问的。这种故意设问的说法，用意也在激动听者或读者，使听者读者对于他所要提出的答语格外留心。故也常用在作者所留意着重的地方。即如《文明与奢侈》这一篇，全篇主旨是在说明文明与奢侈不同。而它的第一段，说的是文明愈进，用途愈奢的表面现象。骤然看去，或者会疑心蔡元培也像章太炎一样在那里做《俱分进化论》了（"俱分"是一个因明学上的名词，"分"就是普通所谓部分，"俱分"就是说"各部分同时"。章太炎曾做过一篇《俱分进化论》说明善恶各部分同时进化的意思），所以在他说过"一若"云云之后，特来一句问语把自己要说不同的意思一提，教我们格外留意。遇到问语会格外留心，也是我们自然的心理。因为平常遇到问语总要替他想想答语的。这样一问，也便可以使我们略为想一想。

这种设问方式有两种用法。第一是用反话来问，叫做激问。例如说：

开明中学讲义里面不是有修辞讲义吗？

或者说：

开明中学讲义里面难道是没有修辞讲义吗？

这种设问，答语就在它的反面，如第一句的答语便是"是"，而第二句的答语便是"不是"。像前面已经引过的

……只见白云紫山，可不是他的家吗？他见了喜得手舞脚蹈的说道，"看呀，看呀，海公公，那不是我的家吗？"（《小雨点》）

那两句问语，也是属于这一种。这种问语，答语便在反面，自然不必再要另外的什么答语。

还有一种叫做提问，就是上面已经提及的一种。这种问语都有问者自己的答语跟在后面。这种设问，在《最苦与最乐》一篇里用得极多。差不多全篇就用这种设问的方式做骨子。要学这种设问的方式或瞭解这种设问的功用，那是最适宜的一篇文章。现在把那篇里面的这种设问句子列举于下：

1. 人生甚么事最苦呢？贫吗？

2. ………………　失意吗？

3. ………………　死吗？

4. 该做的事没有做完……再苦是没有的了。为甚么呢？

5. 答应人办一件事没有办，……这就连这个人的面也几乎不敢见他；纵然不见他的面，睡里梦里都像有他的影子来缠着我。为甚么呢？

6. 翻过来看，甚么事最快乐呢？

7. 然则为甚么孟子又说，"君子有终身之忧"呢？

8. 有人说，"既然这苦是从负责任而生的，我若是将责任卸却，

岂不是就永远没有苦了吗?"

最后一句是提问而兼激问的,性质和上面的七句略乎不同,所以形式上也就略为加了点改变,冒头加了"有人说"三字。这些问语都有作者自己的答语跟在后面,——实际也就是为了那些答语才发出这些问语来的。我们在这一篇里是明明白白可以看出来。假如把那些答语都去掉,那就不过剩了这几个问题,不再成为一篇文章了。

文 选

八九、祭妹文

袁 枚

乾隆丁亥❶冬,葬三妹素文于上元❷之羊山❸,而奠❹以文曰:呜呼!汝生于浙而葬于斯,离吾乡七百里矣。当是时,虽觭❺梦幻想,宁知此为归骨所耶?汝以一念之贞❻,遇人仳离❼,致孤危托落❽,虽命之所存,天实为之;然而累汝至此者,未尝非予之过也。予幼从先生授经,汝差肩❾而坐,爱听古人节义事,一旦长成,遽躬蹈之❿。呜呼!使汝不识诗书,

---

❶ [乾隆丁亥]乾隆,清高宗年号。丁亥,乾隆三十二年,当公元一七六七年。

❷ [上元]县名,清与江宁县同为江苏省治,民国废入江宁县。

❸ [羊山]在栖霞山东侧的一丘陵。

❹ [奠]就是祭。

❺ [觭]同"奇"

❻ [贞]就是节操。

❼ [遇人仳离]即所适非人的意思。《诗·王风·中谷有蓷》:"有女仳离,嘅其叹矣,嘅其叹矣,遇人之艰难矣。……有女仳离,条其啸矣,条其啸矣,遇人之不淑矣。……有女仳离,啜其泣矣,啜其泣矣,何嗟及矣。"即此语所本。

❽ [孤危托落]托落,亦作"落托",寂寞之意。孤危托落,即孤独寂寞之意。

❾ [差肩]即并肩。差,音雌。

❿ [遽躬蹈之]竟自己蹈进了这个境界。

或未必艰贞若是。余捉蟋蟀，汝奋臂出其间，岁寒虫僵，同临其穴❶。今予殓汝葬汝，而当日之情形，憬然赴目❷。予九岁，憩书斋，汝梳双髻，披单缣❸来，温《缁衣》一章❹，适先生奓户❺入，闻两童子音琅琅❻然，不觉莞尔❼，连呼则则❽。此七月望日事也。汝在九原❾，当分明记之。予弱冠粤行❿，汝掎裳⓫悲恸。逾三年，予披宫锦还家⓬，汝从东厢扶案出，一家睟视⓭而笑；不记语从何起，大概说长安登科⓮，函使报信迟早云尔⓯。凡此琐琐，虽为陈迹，然我一日不死，则一日不能忘。旧事填膺，思之凄梗⓰，如影历历，逼取便逝⓱，悔当时不将婴婗⓲情状，罗缕纪存⓳。然而汝已不在人间，则虽年光倒流，儿时可再，而亦无与为证印者矣！

---

❶　［同临其穴］谓寒天蟋蟀僵死后，和她同去葬之于穴。

❷　［憬然赴目］憬然，觉悟貌。谓当时情景，觉得犹在目前。

❸　［单缣］单的绢衣。

❹　［温《缁衣》一章］温习《诗经》的《缁衣》一章。按《缁衣》，《诗·郑风》篇名，其首章云："缁衣之宜兮，敝予又改为兮；适子之馆兮，还予授子之粲兮。"

❺　［奓户］奓，音侈。奓户，即开门。

❻　［琅琅］读书声。

❼　［莞尔］微笑貌。莞，音皖。

❽　［则则］赞叹声。

❾　［九原］坟墓之称（见《宋九贤遗像记》注）。

❿　［弱冠粤行］《礼·曲礼》："二十曰弱冠。"疏："二十成人初加冠，体犹未壮，故曰弱也。"后遂沿为少年之称。粤即今广东、广西的通称。按：袁枚二十一岁时曾到广西去望他的叔父，故称"粤行"。

⓫　［掎裳］牵着衣裳。掎，音几。

⓬　［披宫锦还家］唐时进士及第后，披宫锦袍，后遂谓登进士曰"披宫锦"。按：袁枚于乾隆三年成进士，选翰林院庶吉士，请假南归省亲。

⓭　［睟视］张目直视。

⓮　［长安登科］西汉及隋、唐皆建都长安，后遂以长安为京师之通称。古时分科取士，故士之登进者谓之"登科"，唐时新进士及第，用泥金书帖附家信中，报登科之喜。这里是说他在京师得中进士，点翰林。

⓯　［云尔］云，语末助辞，无义。尔，亦语末助辞，与"而已"同。这里的"云尔"直可解作"而已"。

⓰　［旧事填膺思之凄梗］前事填塞于胸中，回想起来不胜凄楚，几乎连喉头都梗塞了。

⓱　［如影历历逼取便逝］好像影子一般，历历在目，但逼近去察取时便消逝了。

⓲　［婴婗］音伊倪。即"婴儿"之转音。此指幼稚时而言。

⓳　［罗缕纪存］一件一件详细的记下来。

汝之义绝高氏而归也，堂上阿嬭❶，仗汝扶持；家中文墨，眹汝办治❷。尝谓女流中最少明经义、谙雅故❸者；汝嫂非不婉嫕❹，而于此微缺然。故自汝归后，虽为汝悲，实为予喜。予又长汝四岁，或人间长者先亡，可将身后托汝；而不谓汝之先予以去也！前年予病，汝终宵刺探❺，减一分则喜，增一分则忧。后虽小差❻，犹尚殗殜❼，无所娱遣❽，汝来床前，为说稗官野史❾可喜可愕之事，聊资一欢。呜呼！今而后吾将再病，教从何处呼汝耶？

汝之疾也，予信医言无害，远吊扬州。汝又虑戚吾心，阻人走报。及至绵惙❿已极，阿嬭问："望兄归否？"强应曰："诺！"已予先一日梦汝来诀，心知不祥，飞舟渡江。果予以未时还家，而汝以辰时气绝。四支犹温，一目未瞑，盖犹忍死待予也。呜呼痛哉！早知诀汝，则予岂肯远游；即游，亦尚有几许心中言，要汝知闻，共汝筹画也。而今已矣！除吾死外，当无见期。吾又不知何日死，可以见汝；而死后之有知无知与得见不得见，又卒难明也。然则抱此无涯之憾。天乎，天乎，而竟已乎！

汝之诗，吾已付梓⓫；汝之女，吾已代嫁；汝之生平，吾已作传⓬；惟汝

---

❶　[阿嬭] 嬭，音奶，母字之转音。《博雅》："楚人呼母曰嬭。"

❷　[家中文墨眹汝办治] 以目示意叫做"眹"，音舜。这是说，家里有什么书件信札等都叫你去办。

❸　[谙雅故] 熟悉典故。

❹　[婉嫕] 柔顺貌。嫕，音意。

❺　[刺探] 探听消息。

❻　[小差] 病稍减。差读去声。

❼　[殗殜] 音邑叶。《方言》："自关而西，秦晋之间，凡病而不甚者曰殗殜。"质言之，就是病已脱离危险期，但尚偃卧床榻，不能遽起。

❽　[娱遣] 娱乐消遣。

❾　[稗官野史] 稗官，本小官的意思，后来借为小说之称。《汉书·艺文志》："小说家者流盖出于稗官。"注引如淳曰："王者欲知闾巷风俗，故立稗官使称说之。"野史，在野之史，即私人所作的笔记之类。

❿　[绵惙] 病危急而气息仅属之意。惙，音绌。

⓫　[付梓] 付刻。按素文遗稿今附刻《小仓山房全集》中。

⓬　[汝之生平吾已作传] 袁枚有《女弟素文传》，叙述其生平事迹颇详，载全集中。

之窀穸❶未谋耳。先茔❷在杭，江广河深，势难归葬，故请母命而宁汝于斯❸，便祭扫也。其旁葬汝女阿印。其下两冢：一为阿爷侍者朱氏，一为阿兄侍者陶氏。羊山旷渺，南望原隰，西望栖霞❹，风雨晨昏，羁魂❺有伴，当不孤寂。所怜者，吾自戊寅年读汝哭侄诗❻后，至今无男❼；两女牙牙❽，生汝死后，才周晬❾耳。予虽亲在未敢言老❿，而齿危发秃，暗里自知，知在人间尚复几日。阿品远官河南⓫，亦无子女，九族无可继者。汝死我葬；我死谁埋？汝倘有灵，可能告我？呜呼！生前既不可想，身后又不可知；哭汝既不闻汝言，奠汝又不见汝食。纸灰飞扬，朔风野大。阿兄归矣，犹屡屡回头望汝也。呜呼哀哉！呜呼哀哉！

　　袁枚第三妹素文，名机，号青琳居士。幼许配于如皋高氏子。后高氏因其子染恶疾，愿解婚约，但素文坚执不可，竟嫁高氏子。高氏子轻薄喜嫖赌，把素文的妆奁挥霍光了，还想把她卖去以偿赌债。素文不得已，遂归母家。后高氏子死，素文哭泣尽礼，过一年她也死了。素文容貌美丽，举止端庄，又工诗词，而所适非人，抑郁以没。袁枚此文，缠绵悱恻，读之可增骨肉间的情感。

　　袁枚（1716—1797）字子才，号简斋，清钱塘人。乾隆进士。官知县，有能声。年四十即辞职归，作园于江宁小仓山下，号曰随园，故世称随园先生。所著有《小仓山房集》、《随园诗话》、《随园随笔》等书。他对于作诗主张发挥性灵；文

---

　❶　［窀穸］音屯夕。即墓圹。

　❷　［先茔］祖先的坟墓。茔，音营。

　❸　［宁汝于斯］安葬你在这里。

　❹　［栖霞］山名，在江宁县东北，即摄山。

　❺　［羁魂］葬身异地，魂不归于故乡，故称"羁魂"。

　❻　［戊寅年读汝哭侄诗］戊寅，乾隆二三年，当公元一七五八年。按素文遗稿有《阿兄得子不举》诗，所谓"哭侄诗"，当即指此。

　❼　［至今无男］按袁枚六十三岁其妾始生子，命名曰迟。作此祭文时，枚年五十二，尚未有子。

　❽　［牙牙］小儿学语声。

　❾　［周晬］小儿生一岁叫做"周晬"。晬，音粹。

　❿　［亲在未敢言老］语本《礼·曲礼》"父母在不称老"。

　⓫　［阿品远官河南］阿品，袁枚弟袁树的小名。树字豆村，号芗亭，乾隆进士，曾做河南正阳县知县。

亦自成一格,为乾嘉时有名的文学家。

九〇、苗先麓墓志铭

曾国藩

君讳夔,字先麓,肃宁❶苗氏。自幼读书,即异常童。不好为科举文艺❷,而窃嗜六书形声之学❸。读许氏《说文》❹,若有夙悟❺,精研而力索❻,滞解而趣昭❼。已又得顾处士炎武《音学五书》❽,慕之弥笃❾,曰:"吾守此终身矣。"年二十余,即纂❿《毛诗韵订》。继又纂《广籀》一书。授徒穷乡,制艺试帖之属一不中有司程度⓫,学子稍稍引去;君益冥心孤

---

❶ [肃宁]即今河北肃宁县。

❷ [科举文艺]科举时代的诗文,即"八股文""试帖诗"之类。

❸ [六书形声之学]中国造字的方法,据许慎《说文序》说,有所谓象形、指事、会意、形声、转注、假借等,称为"六书"。六书形声之学即就字之形体声韵而研究其异同及会通的学问,亦称"小学"。

❹ [许氏《说文》]汉许慎著《说文解字》,以小篆分五百四十部,推究六书之义。从来讲小学的都以许氏《说文》为宗。

❺ [若有夙悟]好像一向就了解似的。

❻ [精研而力索]精密研究,尽力思考。

❼ [滞解而趣昭]疑滞的地方都能解决,六书的旨趣都能明白。

❽ [顾处士炎武《音学五书》]顾炎武,已见《日知录序》注。凡隐居不仕者称为"处士"。《音学五书》,顾炎武所撰,内包含《音论》三卷,《诗本音》十卷,《易音》三卷,《唐韵正》二十卷,《古音表》二卷,今存。

❾ [慕之弥笃]犹言"特别爱好"。

❿ [纂]与撰述之"撰"同。

⓫ [制艺试帖之属一不中有司程度]制艺即八股文。唐以来科举之诗,大都以古人诗句命题,上加"赋得"二字,叫做"试帖诗",其诗或五言七言,或八韵六韵,皆以刻画为工,于诗中别为一体。有司,官吏之通称,此指考试官。这是说,他所教的应试诗文,一切不合考试官所定的程式。

往❶，孑焉寡俦❷。闲之河间城外❸，得汉时"君子馆砖"❹，又得"开元瓦"于献王墓旁❺，私独欣喜，以为神者饷我以慰寂寞。久之，道光十年❻，县令王君闻而敬异，聘君主讲翼经书院❼。明年，为学使沈侍郎维鐈❽所知，举辛卯科优贡生❾。高邮大儒王氏念孙父子❿，闻君之说，礼先于君⓫，遂与畅论音学源流。由是誉望⓬日隆，督学使者争欲致之幕下，与

---

❶　[冥心孤往] 一心向他所喜欢研究的一方面去探索。

❷　[孑焉寡俦] 孑然一身，很少同调的人。

❸　[闲之河间城外] 之，与"至"同。河间，府名，今河北河间县即其旧治。当时肃宁属河间府。这是说，他空闲的时候，跑到河间城外。

❹　[得汉时君子馆砖] 汉朝时候的字砖，刻有"君子馆"字样。犹刻有"五凤某年"的汉砖称"五凤砖"。

❺　[又得开元瓦于献王墓旁] 在故汉河间献王墓旁得着一张唐朝开元时的瓦片。按开元，唐玄宗年号。瓦片刻有"开元几年"的字样，故称"开元瓦"。献王，汉景帝子，名德，封于河间，卒谥献，世称河间献王。其墓亦在河间。

❻　[道光十年] 道光，清宣宗年号。道光十年，当公元一八三〇年。

❼　[翼经书院] 唐明皇置丽正书院，集文学之士，此为设书院之始。宋时有白鹿、石鼓、应天、岳麓四大书院。元时路、府、州并设书院。其后日益增多。到清朝末年，才改书院为学堂。这翼经书院，当在肃宁县。

❽　[学使沈侍郎维鐈] 学使即提督学政之简称，俗称"学台"，专司全省学政，与督抚并行。清制，各部设左右侍郎满汉各一人，为尚书之副。沈维鐈字子彝，一字鼎甫，号小湖，嘉兴人。嘉庆进士，累官工部左侍郎。五任学使，所提拔的都是知名之士。

❾　[举辛卯科优贡生] 清制，每三年，教官就在学各生中，选举优行者，由学政考定保送，谓之"优贡生"，按：道光十一年（公元一八三一）岁次辛卯，那一年照例荐举优贡生，就称"辛卯科"。

❿　[高邮大儒王氏念孙父子] 高邮，今江苏高邮县，清属扬州府。王念孙字怀祖，学者称石臞先生。乾隆进士，官至永定河道。深通声韵训诂之学，撰《广雅疏证》，凡汉以前《仓雅》古训，皆搜括而通证之。又有《王氏读说文记》及《读书杂志》等。其子引之，字伯申。嘉庆进士，累官工部尚书。通声音文字训诂之学，所著有《经义述闻》、《经传释词》等书。

⓫　[礼先于君] 先致宾礼于苗君。就是先去访问他。

⓬　[誉望] 即"声望"。

共衡校❶。初随编修汪君振基❷衡文山西;继随祁文端公寓藻❸衡文江苏。所至甄拔宿儒❹,周览山水;又以其暇编摩撰述,从事于其所谓声韵之学。道光二十一年❺,祁公还京师,乃醵金❻刻君所著《说文声订》若干卷、《说文声读表》七卷、《毛诗韵订》十卷、《建首字部》一卷。君以为许叔重遗书❼多有为后人妄删或附益者,乃订正《说文》声类八百余事。顾氏《音学》所立《古音表》十部❽,宏纲❾已具,然犹病其太密,而歌麻既杂两音,不应别立一部;于是并耕清及蒸登于东冬部,并歌戈于支脂部,定以七部,檃括❿群经之韵;书出,识者叹其精审。又数年,侍读冯君誉骥视学山东⓫,国藩荐君偕往,役未毕而先归,于是君亦齿衰⓬而倦游矣。

---

❶ [督学使者争欲致之幕下与共衡校]督学使者即"学使"。称量轻重叫做"衡";考检得失叫做"校";这里的"衡校",是指评阅文章品第其高下而言。这是说,那些学使,大家都想聘请他为幕友,和他共同评阅试卷。

❷ [编修汪君振基]编修,官名。宋有史馆编修;明时始属翰林院,位次于修撰,与修撰、检讨同掌修国史;清仍其制。汪振基字艮山,颍上人。道光进士。

❸ [祁文端公寓藻]祁寓藻字叔颖,又字淳甫,后改实甫,号春圃,晚号观斋,寿阳人。嘉庆进士,官至礼部尚书大学士。卒谥文端,故称祁文端公。

❹ [甄拔宿儒]辨别人才而提拔之,叫做"甄拔"。老成博学之士叫做"宿儒"。

❺ [道光二十一年]公元一八四一年。

❻ [醵金]募集金钱。

❼ [许叔重遗书]指许慎所著的《说文解字》。

❽ [顾氏《音学》所立《古音表》十部]顾炎武所著《音学五书》中之《古音表》二卷,凡分十部:以东、冬、钟、江为第一,支、脂、之、微、齐、佳、皆、灰、咍为第二,鱼、虞、模、侯为第三,真、谆、臻、文、殷、元、魂、痕、寒、桓、删、山、先、仙为第四,萧、宵、肴、豪、幽为第五,歌、戈、麻为第六,阳、唐为第七,耕、清、青为第八,蒸、登为第九,侵、覃、谈、盐、添、咸、衔、严、凡为第十。皆以平声为部首,而上、去、入三声随之。其移入之字与割并之部,即附见其中。

❾ [宏纲]大纲。

❿ [檃括]本作"檃栝",正邪曲之器,见《荀子》、《非相》、《大略》、《性恶》诸篇。这里作"包括"解。

⓫ [侍读冯君誉骥视学山东]侍读,官名。清制,翰林院侍读满汉各三人,掌撰述编辑、偻直经幄。冯誉骥字严云,高要人。道光进士,官至陕西巡抚。视学山东,就是到山东任学政。

⓬ [齿衰]人老则牙齿衰落,故以"齿衰"喻年龄高大。

道光之末,京师讲小学❶者:卿贰❷则祁公及元和吴公钟骏❸,庶僚❹则道州何绍基子贞❺、平定张穆石舟❻、晋江陈庆镛颂南❼、武陵胡焯光伯❽、光泽何秋涛愿船❾。君既习于祁公,又与诸君倾抱写诚❿,契合无间⓫。子贞尝命工⓬图己及石舟及君三人貌,蓑笠而处田间:盖三人皆同年优贡,又皆有逸士之风,谓宜与负耒者伍⓭也。君既泊然无营⓮,暇则徒步造访诸君,与辨论前世音学暨近人江、戴、段、孔⓯诸家部分之多寡,意指之得失,褒讥亭决⓰,穷日夜不倦⓱。间亦过余剧谈⓲。归自山东,

---

❶ ［小学］古之小学,教以六艺,故礼、乐、射、御、书、数,都称"小学"。汉以后始专以文字之学为"小学"。

❷ ［卿贰］即六部九卿之官。

❸ ［元和吴公钟骏］元和,县名,清置,与长州、吴县并为苏州府治,民国并入吴县。吴钟骏,字吮声,道光进士,官至礼部左侍郎。

❹ ［庶僚］犹言"群僚"。

❺ ［道州何绍基子贞］道州,清属湖南永洲府,民国改称道县。何绍基字子贞,号东洲,一号蝯叟。道光优贡生。后成进士,官编修。精小学,所著有《说文段注驳正》等书。

❻ ［平定张穆石舟］平定,清直隶州,民国改县。张穆本名瀛暹,字诵风,改名穆,字石舟,一字硕州,号月斋。道光优贡生,官旗学汉教习。于小学外尤精地理,所著有《蒙古游牧记》、《延昌地形志》等书。

❼ ［晋江陈庆镛颂南］晋江,县名,清属福建泉州府治。陈庆镛字乾翔,别字颂南。道光进士,历官江南道、江西道、陕西道监察御史。关于小学方面的著作,有《齐侯罍铭通释》等书。

❽ ［武陵胡焯光伯］武陵,县名,清为湖南常德府治,民国改为常德县。胡焯原名杰,字光伯,号祯轩。道光进士。

❾ ［光泽何秋涛愿船］光泽,县名,清属福建邵武府。何秋涛字愿船,道光进士,官刑部主事。经史小学无不研究,尤长于地理。关于小学方面的著作,有《一镫精舍甲部稿》。

❿ ［倾抱写诚］写,读为"泻"。这是说,把怀抱及诚心都在朋友面前倾泻:就是朋友要好,无话不谈之意。

⓫ ［契合无间］意志相投,毫无隔阂。

⓬ ［工］画工。

⓭ ［与负耒者伍］和负耒耕的农夫为伍。

⓮ ［泊然无营］泊然,恬淡貌。这是说他为人淡泊,无所营求。

⓯ ［江戴段孔］江永字慎修,婺源人。戴震字东原,休宁人。段玉裁字若膺,一字懋堂,金坛人。孔广森字众仲,曲阜人。都是清乾、嘉时的大儒。

⓰ ［褒讥亭决］判断前儒的学说,那几点值得褒奖的,那几点应该批评的。亭决,即判断决定之意。

⓱ ［穷日夜不倦］尽日尽夜没有倦容。

⓲ ［间亦过余剧谈］有时也到我那里来尽量的谈天。

余从容❶问:"东土亦有研究《说文》者乎? 有得见吾子❷箸述者乎?"曰:"有之。""何以知之?"曰:"吾书中有自称'爨按'云者,东人称引及焉,曾不知爨之为谁氏名也。"则相与拊掌大笑❸。君徐又曰❹:"吾家有戆僮❺。昨者日晏❻,吾责竖子何不具食❼,僮辄报以钱物罄矣,欲以何具❽,吾柔声谢之,僮乃不逊❾,竟去。吾今方躬治爨❿耳。"则又相与大笑。盖君处困约⓫有以自怡如此。他日,君又语余曰:"吾穷⓬于世久矣,甘之如饴⓭,死无所恨;独平生箸书,尚有数种未及刊刻,不能无耿耿于怀⓮。"自余咸丰⓯初出京,展转兵间⓰,至同治七年⓱,重入都门,昔之与君游者十人盖八九死。君之嗣子玉璞来告,君以咸丰七年⓲五月初七日逝矣,春秋⓳七十有五。抱君所箸书曰《说文声读考》者,曰《集韵经存》者,曰《韵补正》者,曰《经韵钩沈》者,述君遗命,谓当送国藩观览,且以铭墓之文相属⓴。君且死,戒其子"必葬我众书丛中"。其子乃择君生平尤嗜之书,纳诸棺中以殉。呜呼! 斯亦笃古㉑之征已。铭曰:

---

❶ 〔从容〕闲暇貌。从,音匆。
❷ 〔吾子〕犹语体文说"你"。
❸ 〔拊掌大笑〕拍着手大笑。
❹ 〔君徐又曰〕他慢慢地又说。
❺ 〔戆僮〕愚蠢而刚直的僮仆。
❻ 〔昨者日晏〕昨天快晚的时候。
❼ 〔吾责竖子何不具食〕吾责问他为什么不把饭菜预备好。
❽ 〔僮辄报以钱物罄矣欲以何具〕他冒昧地回答说,钱物都完了,用什么来做饭菜呢?
❾ 〔不逊〕不客气。
❿ 〔躬治爨〕自己烧饭菜。
⓫ 〔困约〕穷困。
⓬ 〔穷〕困厄不遇的意思,与贫穷的"穷"字不同。
⓭ 〔饴〕饧之属,俗称糖浆。
⓮ 〔耿耿于怀〕切记于心。
⓯ 〔咸丰〕清文宗年号,起公元一八五一年,终一八六一年。
⓰ 〔展转兵间〕那时候曾国藩助清廷攻太平天国,往来东南各省指挥军事,所以这样说。
⓱ 〔同治七年〕同治,清穆宗年号。同治七年,当公元一八六八年。
⓲ 〔咸丰七年〕公元一八五七年。
⓳ 〔春秋〕年龄。
⓴ 〔属〕嘱托。
㉑ 〔笃古〕诚壹而不杂叫做"笃"。笃古,即笃信古学。

视以多歧而瞀，听以杂奏而聋❶。技之精者，不能两工。苦思专壹，可与天通。课形而得声，勘异而得同❷。黜陟百世，惟许君是崇❸。胡学之旁达而遇之不丰❹？抱此孤赏，永奠幽宫❺。

墓志铭，志墓文之埋于墓中者，用正方两石相合，一刻志铭，一题死者的姓氏爵里而平放于枢前。西汉杜子夏临终刻石，埋于墓前，已有其例，宋以后始盛行。凡替人作墓志铭的，往往留出底稿，刻入文集中。这篇是从《曾文正公全集》选出的。

> 文　话

二八、材料的来源与处理

人类是社会的动物。把自己的观察、经验、思想、情感等宣示给别人知道，是人类生活上实际的要求。用喉间发声来满足这种要求，便是"说话"。用笔写文字来满足这种要求，便是"写作"。在说话或者写作的当儿，大都存着一种希望：希望所说的、所写的恰正宣示了所要宣示的。实现这一种希望靠着谁呢？当然靠着要说话、要写作的自己；自己如能懂得说话、写作的法度与技术，每逢说话、写作就无不如愿了：这样的回答

---

❶　［视以多歧而瞀听以杂奏而聋］看不亲切叫做"瞀"。听不清楚叫做"聋"。这两句是以视听之歧杂喻为学之不专。

❷　［课形而得声勘异而得同］这两句是赞美他的文字学。说他就文字之形而求得其声，考文字之异同而得其会通。

❸　［黜陟百世惟许君是崇］下降叫做"黜"；上升叫做"陟"；黜陟犹言"上下"。百世，喻年代之多，举成数而言，与"万年""千载"相同。这是说他前后许多年代中只推崇了一个许慎。一本作"黜陟百氏惟许君是崇"。百氏即诸子百家。那是说他进退百家，只推崇许慎。亦通。

❹　［胡学之旁达而遇之不丰］为什么他的学问触类旁通，而境遇却这样的艰啬。

❺　［抱此孤赏永奠幽宫］幽宫，地下的宫室，即坟墓。这是说他在坟墓里永远很安定的抱着那生前所爱赏的书籍。

是谁都要说的。

可是,实际上,我们不能单只考求说话、写作的法度与技术,而不顾到所要宣示的——观察、经验、思想、情感等——的本身。因为我们开口说话、执笔作文,无非想着这些材料值得宣示、具有意义,才来说、才来写的。而这些材料是否值得宣示、具有意义,倘若不加考察,或许是属于负面的也未可知。如果竟属于负面,那末即使在法度与技术上尽量用工夫,也只是心力的虚耗罢了。因此,我们论到说话、作文,就得联带地论到关于材料的问题。必须有精炼的材料,值得宣示,具有意义,方不致枉费了说话、写作的劳力。

或许有人要问:"这么说时,就成为颠倒的情形了。本来宣示观察、经验、等等是目的,而说话、作文是手段;现在为了说话、作文而去讨究观察、经验、等等,岂不是把它们看做说话、作文的手段了么?"

对于这个疑问,可作如下的回答:

观察的怎样历练,经验的怎样积集,思想的怎样构成,情感的怎样陶冶,原是生活上必需考求的事情;否则这个人便不能适当地应付他的环境,他的生活将是虚空的、混乱的。所以一个人即使不想说话、不想作文,他也不能抛开了观察、经验、等等不顾。而实际上,有口舌的谁不想说话?识文字的谁不想作文?讨究观察、经验、等等固然不专为说话、作文,而观察、经验、等等却是说话、作文的泉源。若要分别目的和手段来讲,那末岂只说话、作文是手段,观察、经验、等等本质上原来也是手段;它们有一个共同的目的,便是"应付生活"。

所以,单只研习语法、文法、作文法、修辞学以求说话、作文的进步,单只听别人的讲说、读别人的文字以求说话、作文的进步,是不很能够如愿以偿的。必需探到说话、作文的泉源,注意于观察、经验、等等,说话、作文才会有真实的进步。

所谓观察,就是用自己的耳、目、心思去应接呈现在眼前、正在眼前变动的事物。这是有待于训练的一种习惯,若不经训练,就没有这种习惯;事物明明排列在四周围,竟会"视而不见,听而不闻";而只以传统的法则、笼统的概念来应付生活。这样的人的生活是很可怜的;同时,在说话、作文方面,他是没有丰润的泉源的。所以,我们必须自己训练,使自己有"观察"这一种习惯。观察以敏锐、精密、深至、真确、等等为理想的条件。要能随时发见自己的缺点,随时改进自己的观察方法、增益自己的观察能力,以期渐次接近那些理想的条件。

所谓经验,就是知识、行为的总和,也可以说就是生活。经验要求其丰富;这就是说经验到三分总比经验到一分好,而经验到五分当然更好。经验又求其深入;这就是说门外窥探不如径入门庭,而直达堂奥当然尤胜。经验稀少和浅薄的人,他的生活也是很可怜的,他只能生活在极小的范围里,出了这极小的范围,他就无法应付。同时,在说话、作文方面,他也只有一个近乎干涸的泉源。所以,我们必须使自己的经验丰富化、深入化。要达到这目的,除了在实际生活上致力而外,更可借学问的力量来补充。但得探求那些直接有关于生活的、真切需要的学问。倘若去弄那些装饰品,玩好品似的学问,那末即使涉猎得很广博精微,于经验的丰富化、深入化还是不甚相干的。

观察与经验规定一个人的思想。观察与经验又引起一个人的情感。思想、情感不是"天马行空"的东西,都必须附丽于事物;在处理事物、面对事物的当儿,我们才有思想、情感。所以,凭空说锻炼思想是没有用的,凭空说培养情感也没有用;要达到这些目的,还得从观察和经验上着手。

观察、经验、等等都有相当的磨练,于是说话、作文就有丰润的泉源。顺次下来,才要求所说、所写的恰正宣示了所要宣示的。

那"所要宣示的"蕴蓄在我们心意里头的时候,差不多一瞬之间可以意识到它的全体;譬如面对胜景,印在我们脑际的便是整幅的天然图画,遇人、历事,印在我们的脑际的便是那个人的整个和那件事的全程。但是"用来宣示的"语言和文字却必须由许多音、许多字连续起来,仿佛一条线索,直到一番话语说完、一篇文字写成,才能把"所要宣示的"全体宣示出来。所以,严格地说,说出来的话语,写下来的文字决不能同蕴蓄在我们心意里头的一般无二。我们只能求二者之间的距离减到最少的限度。这一步工夫就得在宣示之前做。怎样把所有的材料组织、配置,怎样把蕴蓄在心意里头的东西联成一条线索，才使"宣示出来的"与"所要宣示的"相差不多，几乎一致呢？语法、文法、作文法、修辞学、等等在这时候才有用处；它们是帮助我们解答这个问题的。

若问组织、配置到怎样才算完善呢？我们可以设一个譬喻：要把一条线索一般的语言、文字组织、配置成一个圆球，才算达到了完善的地步。圆球这东西最是美满，浑凝调和，周遍一致，恰是独立的、有生命的一番语话、一篇文字的象征。圆球有一个中心，各部分都向中心环拱着。而各部分又必密合无间，不容更动，方得成为圆球。我们一番话语、一篇文字的各部分也该环拱于中心（这指所要宣示的"总旨"，如对于一件事情的论断、蕴蓄于中而非吐不可的情感之类），为着中心而存在。而且各部分的定位列次，应取最适当的样式，以期成为圆满的一番话语、一篇文字。

至此，我们可以知道组织、配置的着手方法了。为要使各部分环拱于中心，就得致力于剪裁。为要使各部分密合妥适，就得致力于排次。我们把涌现在心意里头的材料逐一审查，而以是否与"总旨"相一致为标准；这时候自然能知所去取。于是去掉那些不切用的、不相一致的，检定那些必要的、相一致的，或者还补充上一些遗漏的、不容缺少的：这就是剪裁的工夫。经过了剪裁的材料方是确然需用的材料。然后把那些材料排次起来，而以是否可以宣示"总旨"、是否合于论理上的顺序为尺度；这时候自然能有所觉知。于是让某部居开端，某部居末梢，某部与某部互相衔接；而如其某部与某部重复了，或者某部与某部之间有了罅隙，这当儿也会发现出来，并且知道应当怎样去修补。

一番话语、一篇文字的所以独立，不得与另一番、另一篇相合并，也不得剖分为若干番、若干篇，只因为它有一个"总旨"，它是一件完整的东西。据此类推，那末一番话语、一篇文字中间的每一段虽是全体的一部分，必然也自有它的"总旨"与完整的结构，所以不得合并，不得剖分，而成为独立的一段。因此，我们对于每一段也得下一番组织、配置的工夫。逐段经过组织、配置，逐段充分健全、完整，全番话语、全篇文字安有不充分健全、完整之理？若再缩小范围来说，每节的对于一段，每句的对于一节，也无非是这般情形。惟恐不能尽量宣示所要宣示的东西，所以逐部留意组织、配置。及到每一句的组织、配置就绪，蕴蓄在心意里头的东西已经具体化了；换一句说，它已经被缩成一条语言或文字的线索，就这样用口、用笔宣示出来，与它本身相差不多，几乎一致了。

我们可以说，从蓄意要有所宣示到用口、用笔宣示出来，只是一串的组织、配置的工夫。

在演说或写作之先，定下一个纲要，把全体组织完成，配置停当；然后依照这个纲要演说或写作，同时更注意于每节、每句的组织、配置：这样的办法是很有效果的，至少不会使你失望，因为这样之后，宣示出来的必然是你所要宣示的。

或以为大演说家、大文学家可以无须组织、配置，纯任自然，信口倾吐，信笔挥洒，便成绝妙的演说与文字。其实不然。大演说家、大文学家技术纯熟，能在意念中组织，配置，迅速而周密，甚且能不自觉地组织着、配置着，所谓"腹稿"与"宿构"，便是证据；而决非无须组织、配置。

要说一大堆的话的时侯，"信口开河"决不是一种好习惯。临到要写作，提起笔来就涂也不是一种好习惯。这种习惯将使"宣示出来的"与"所要宣示的"差得很远；这是生活上的缺陷！

练习　试先定一个纲要，再依据这个纲要作一篇文字。

［注］本篇大半是编者旧著《作文论》里的话。

文 选

九一、送杨少尹序

韩 愈

昔疏广、受二子，以年老，一朝辞位而去❶。于时公卿设供张❷，祖道❸都门外，车数百两❹；道路观者，多叹息泣下，共言其贤。《汉书》既传其事；而后世工画者，又图其迹❺，至今昭人耳目，赫赫若前日事❻。

国子司业❼杨君巨源，方以［其］❽能诗训后进，一旦以年满七十，亦白丞相，去归其乡。世常说古今人不相及；今杨与二疏，其意岂异也？予忝在公卿后❾，遇病不能出。不知杨侯去时，城外送者几人？车几两？马几匹？道边观者亦有叹息知其为贤以否❿？而太史氏⓫又能张大其事为

---

❶ ［昔疏广受二子以年老一朝辞位而去］疏广字仲翁，汉兰陵人。其侄受，字公子。宣帝地节三年，立皇太子，广为太傅，受为少傅。在官五年，广对受说："吾闻知足不辱，知止不殆，功成身退，天之道也。"遂上疏乞归里。宣帝允许他们还乡，并赐黄金二十斤，太子赠五十斤。他们动身回去的时，公卿大夫，故人邑子，在东门外搭起幕帐，替他们饯行，车子有数百辆之多，一时传为佳话。详可看《汉书》卷七十一《疏广传》。

❷ ［供张］本指张设帏帐，以为道路驻足之所。亦作"供帐"。后遂用为一切供应之意。

❸ ［祖道］即饯行。参看陶潜《自祭文》"祖行"注。

❹ ［两］与"辆"同。

❺ ［后世工画者又图其迹］晋朝的名画家顾恺之、梁朝的名画家张僧繇，并画《群公祖二疏图》。见《旧唐书·褚无量传》。

❻ ［至今昭人耳目赫赫若前日事］到现在，人家耳中听到，眼中见到，很煊赫地好像是昨天的事情。

❼ ［国子司业］司业，古典乐之官，兼教国子。隋置国子监司业，以为国子祭酒之副，历代沿袭其制。

❽ ［其］原无此字，今依姚鼐《古文辞类纂》增入，加括弧以别之。

❾ ［予忝在公卿后］忝，自称谦辞。此序作于长庆二年（公元八二二），时作者为吏部侍郎，侍郎为六卿之副，所以这样说。

❿ ［以否］以，与"与"同。与否，疑问辞。

⓫ ［太史氏］太史氏在三代为历官及史官之长，故称史官为"太史氏"。

传，继二疏踪迹否？不落莫❶否？见❷今世无画工者，而画与不画固不论也。然吾闻杨侯之去，丞相有爱而惜之者，白以为其都少尹，不绝其禄。又为歌诗以劝之❸，京师之长于诗者亦属而和之。又不知当时二疏之去有是事否？古今人同不同未可知也。

中世❹士大夫以官为家，罢则无所于归。杨侯始冠❺，举于其乡❻，歌《鹿鸣》❼而来也。今之归，指其树曰，某树吾先人之所种也；某水某丘吾童子时所钓游也。乡人莫不加敬，诫子孙以杨侯不去其乡为法。古之所谓乡先生没而可祭于社❽者，其在斯人与，其在斯人与！

古人作诗文送朋友，或写离别之感，或致敬爱之忱，或陈忠告之谊，所谓"君子赠人以言"。至唐初才称赠人的文字为"序"，作者甚多，自成一格。清姚鼐编《古文辞类纂》，把"赠序"特立一类，以别于"序跋"之文。这篇为韩愈送杨少尹还故乡的序，选自《昌黎先生集》。杨少尹名巨源，字景山，唐河中人。贞元进士，官至国子司业。后以年老致仕，仍官本府少尹，故称之为"杨少尹"。按：唐于京兆、河南、太原府各置尹及少尹；少尹掌贰府事，以纪纲众务，通判诸曹。又以凤翔、成都、河中、江陵、兴元、兴德、兴唐诸府，或曾经驻跸，或形势厄要，亦置尹及少尹。而河中府于开元间曾兼置中都，故本文称"得为其都少尹"。

---

❶ ［落莫］犹言"寂寞"。

❷ ［见］读为"现"。

❸ ［又为歌诗以劝之］按：当时丞相为李逢吉等，所作诗无考。惟张籍有诗送之，有"官为本府当身荣，因得还乡任野情"之句。

❹ ［中世］别于上古而言，犹言"近代"。

❺ ［冠］古男子年二十而冠，谓之成人。

❻ ［举于其乡］唐取士之法，由州县举选，不由学馆者，叫做"乡贡"。举于其乡，就是举乡贡。

❼ ［歌《鹿鸣》］《鹿鸣》，《诗·小雅》之第一篇。唐时宴乡贡，用少牢，歌《鹿鸣》之章。

❽ ［乡先生没而可祭于社］乡中大夫之致仕者称"乡先生"。社，土谷之神，有德行者则附祭之。此言乡先生之有功于其乡者，死后便附祀于社。

九二、赠偶伯瑞序

沈 承

尝博考古册书传纪所载,姓氏如林❶,但曰名某某,字某某,而不闻曰号某某。何以故?大约古人朴略❷,里中三老❸,其名子弟也,并得与父师等❹,而其间雁行执友❺,或难斥呼❻,则稍稍取义而别为字;字非正嫡❼矣,而不出乎宗,则犹在名之支庶间也,故古人多以字行。至于近古❽,有别号者,不过畸人韵士❾,实实眼界前有此景,胸堂前有此癖,借湖山云树作美题目以拟话❿耳;即不然者,亦时人慕其风流,后人追其轶事,而村墟市巷,两两三三,信口⓫指点相传,以为某子,某翁,某先生,某

---

❶　[姓氏如林]言姓氏之众多。按:上古建国则有姓,其支系别之为氏。后世姓氏并称,氏就是姓,没有什么分别了。

❷　[朴略]质朴简略。

❸　[里中三老]《左传》昭公三年:"三老冻馁。"服虔注:"工老、商老、农老也。"杜预注:"上寿、中寿、下寿也。"这里的里中三老,泛指乡里间的老辈。

❹　[其名子弟也并得与父师等]这是说,里中老辈对里中子弟都直呼其名,和父亲对子女师长对门生一样。

❺　[雁行执友]雁行,谓如雁之有行列,引申为平辈之意。《礼·曲礼》上:"执友,称其仁也。"注:"执友,志同者。"雁行执友,就是平辈的朋友。

❻　[斥呼]直呼其名。

❼　[正嫡]宗法制度,有嫡庶之分,嫡长子代表其始祖称为"正嫡",其余本支旁出者称为"支庶"。

❽　[近古]较后于中古的时代。

❾　[畸人韵士]不同于凡俗的人,叫做"畸人"。《庄子·天下篇》:"南方有畸人焉。"韵士,即风雅之士。

❿　[借湖山云树作美题目以拟话]借湖山云树的好题目来表达自己的意思。譬如有人自取一别号叫做"乘桴客",那么,他确有"乘桴浮于海"的思想,才借这"乘桴"的好题目来表达他自己的意思。

⓫　[信口]随便说说,叫做"信口"。

居士；初非利齿儿可多啖得也❶。末叶浮薄，始成滥觞❷；而吴侬❸好事，更饮狂药❹，家在烟火阛阓❺，而生扭海外不经见❻之名山，身为财虏金夫，而侨装❼邀游五岳❽之胜概，往往灶下厮养❾，横取嘉称，洋洋大人君子上。每见岁时社腊❿，杯酒相暄，主宾杂坐，擎拳龋齿⓫，曰桥，曰楼，曰松，曰竹，嘈嘈⓬耳根，令人欲呕；自古高隐所以逃隐避世，掉头而不顾，真有激乎！余不幸，误以名姓落人齿牙⓭，誉不胜诽⓮，年来颇学痴聋家法⓯，应世大足逍遥。会客有盛称伯瑞偶君者，伯瑞似字，而客曰号诚字也，绰有古人风⓰，即号亦不至学桥、楼、松、竹口头活样子，遂喜而赠之以言。

这篇是作者借题发挥的文章，虽名称上是"赠序"，而内容却与被赠的人全无关系。明自万历以后，边患日亟，盗贼蜂起，灾荒屡见，朝政日非，士大夫目击时艰，不免忧愤，文学作风，遂亦流于偏激，往往作愤世嫉俗之语。这篇的作者，

---

❶ ［初非利齿儿可多啖得也］这是说，凡是有别号的都要和他的身分相称，原来不是那些利口便给的轻薄儿所可随便享受的。

❷ ［末叶浮薄始成滥觞］到了末代，人情浮薄，大家都取起别号来，那就滥了。按：滥觞二字，见于《孔子家语》，"夫江始于岷山，其源可以滥觞，"言其发源之始，仅泛滥一觞之微，后凡称建始者曰"滥觞"。但这里竟作泛滥解，和原意不同了。

❸ ［吴侬］吴人自称为侬，后遂以"吴侬"为吴人之代名词。

❹ ［更饮狂药］这是说吴人都欢喜取别号，像吃了狂药一般。

❺ ［烟火阛阓］人烟稠密的市场。阛阓，已见《机器促进大同说》注。

❻ ［不经见］不常见。

❼ ［侨装］假装。

❽ ［五岳］即中岳嵩山、东岳泰山、西岳华山、南岳衡山、北岳恒山。

❾ ［灶下厮养］厨役火夫之类。《后汉书·刘圣公传》："灶下养，中郎将。"

❿ ［社腊］社日、腊日，都是节令。今俗以立春后五戊为春社，立秋后五戊为秋社，阴历十二月初八为腊日。

⓫ ［擎拳龋齿］举起拳头，露着牙齿。龋音踽（ㄐㄩ）。

⓬ ［嘈嘈］嘈杂的声音。

⓭ ［误以名姓落人齿牙］误把名姓落到人家的嘴里。意思是说他的名姓常常被人提起。

⓮ ［誉不胜诽］赞美者不及诽谤者之多。

⓯ ［痴聋家法］唐代宗尝对郭子仪说："不痴不聋，不为家翁。"后人因谓装聋作哑，假作不理会者为"痴聋家法"。

⓰ ［绰有古人风］绰，宽裕的意思。这是说，大有古人的风度。

生当万历、天启间，又是恃才傲物一流人，所以他的文章，斜枝旁出，不守正格。我们拿这篇和前面韩愈《送杨少尹序》一比较，便可看出前者俨然以"载道"自命，而后者便属于嬉笑怒骂一派了。

沈承字君烈，号即山，明太仓人。诸生。少负异才，以诗文名于时。他尝说："立身无傲骨者，笔下必无飞才，胸中具素心者，舌端斯有警语。"其自负如此。天启四年（公元一六二四）以病死，其生年未详。今存有《即山集》。

修　辞

九、摹状和叠字

有一种直接描摹作者对于事物的感觉的辞，修辞上也是常常用的。如

暧暧远人村，依依墟里烟。（《归园田居》）

盈盈公府步，冉冉府中趋。（《陌上桑》）

这类的辞，多由双叠的字构成。当由双叠的字构成的时候，它那构造，便是修辞上的所谓叠字。如上举的例中，"暧暧""依依""盈盈""冉冉"，便都是所谓叠字的例。叠字，还有一个名字，叫做重言。我们中国向来极其看重。古文中用的也很多。——曾经有人把古文中的叠字重言的例子一一摘录出来，写成专文专书，这种看重叠字的倾向，现在日常说的语言中也还存在。日常语言中也常硬用叠字，如所谓"转转弯弯""高高兴兴"等便是。我们只要肯注意，随时都可发见。

叠字的用处很多。有时用以称呼物，如饽饽，馍馍，鹈鹈，鹳鹳等是，有时用以称呼人，如哥哥，弟弟，公公，婆婆等是。但最常用的，是如上举各例，用以直接描摹作者对于事物的感觉。这种直接描摹作者对于事物感觉的，修辞学上名叫摹状辞。所谓摹状是依据作用说的。修辞上有构造上是叠字，而作用不是摹状的，也有作用上是摹状，而构造上不是叠字的，不过实际上是以构造为叠字而兼作用为摹状的为最常见。所以我们

就把它们集在一起来说明。像"暧暧""依依""盈盈""冉冉"便都是叠字而兼摹状的四个例。

摹状之中又以摹声的为最常见。如下各例都是：

> 门呀……地开了，他所有的世界便完全显现。(《寓楼》)

> 沙头宿鹭联拳静，船头跳鱼拨剌鸣。(杜甫《七绝七首》之二)

> 今年燕子来，谁听呢喃语？(辛弃疾《词四首》之三)

> 风萧萧兮易水寒，壮士一去兮不复还。(《荆轲传》)

> 算来已经是整整的七天七夜了，这秋季的淋雨还是索索地下着。昨夜起，又添了大风。呼呼地吹得帐幕像要倒坍下来似的震摇。偶而风势稍杀，呜呜地像远处的悲笳，那时候，那时候，被盖住了的猖獗的雨声便又突然抬头，腾腾地宛然是军鼓催人上战场。(《大泽乡》)

> 风还是虎虎地吹着，雨还是腾腾地下着。比这风雨更汹涌的，是九百戍卒的鼓噪，现在是一阵紧一阵地送进两位军官的帐幕。(同上)

这类直接摹写声音的摹状辞，就是普通所谓摹声辞。摹声辞的用处，也在直摹作者对于事物的感觉——即听觉，把当时事物所发的声音复写出来，叫人读了仿佛如闻其声。对于文字的运用，一概不照通常的方法，注意文字的音，形，义三方面而只注意于这三方面之中的一面——就是声音。只要声音与所欲描写的事物的声音类似，便可用来描摹。不必再去计较字义如何字形如何。故我们在上举的例中，同是摹写风声的，也可以看到有所谓"萧萧"，有所谓"索索"，有所谓"呼呼"，而"呼呼"在同一篇文章中，又写作"虎虎"。照例类推，当然不写"虎虎"却写"姑姑""胡胡"，也属无妨。

这类摹声辞，也常用叠字的构造。如上举的例中，"萧萧""呼呼"等都是。又这类摹声辞，在对句中，往往和别的摹状做对。如上举的例中用"拨剌"和"联拳"相对便是一例。

一〇、譬喻

譬喻是把别的一种事象来比方我们眼前说的一种事象的修辞法。例如我们眼前说的事象,假定是华北安危,我们假如要说不要漠视华北安危,那我们或许会说:

> 我们不要把那华北安危,当作门外风雨。

如果是这样说,那我们便已用了修辞学上的所谓譬喻法了。那"门外风雨"便是另外的事象,用来比方我们说的华北安危的,从修辞上说来便是譬喻。

譬喻是修辞上用的极多的一种方式。无论什么语言文字之中,都可以发见它的踪迹。即如下列一段,有名重要却又有名颇为难懂的极严格的科学文字之中,我们也可以发见譬喻的修辞法:

> 人们在其生活之社会的生产中窜入于决定的,必然的,与自己意志无关涉的诸关系里,即是生产诸关系里,……这些生产诸关系之总和和形成社会之经济的结构,即是一种法律的和政治的上层建筑之所于以建立,而各种既定的社会的意识形态与之相应的现实的基础。(郭沫若译《经济学批判》序言)

这就是把房屋的建筑来比方社会的构造。我们的社会上有种种经济的关系如生产,分配,交换,消费等,也有种种政治法律的关系,如选举,审判等,此外还有种种意识形态(即精神文化)的现象,如艺术,宗教等。这些事象都彼此互有关系。其关系的结构,正如一座房屋的建筑。经济关系为主,正如房屋的基础。政治,法律,精神文化为从,正如房屋的二层楼,三层楼,即所谓上层建筑。

读者诸君假如肯细心领会,就在这两个例中,便可悟得譬喻为什么常用的理由来。运用譬喻,实际就是就地指点,使人以其所知推其所未知。这种道理,我国早就有人知道。刘向著的《说苑》一部书中载有一个惠施的故事,便是说明这种道理的:

　　　　客谓梁王曰，"惠子之言事也善譬，王使无譬，则不能言矣。"王曰，"诺。"明日见，谓惠子曰，"愿先生言事则直言耳，无譬也。"惠子曰，"今有人于此而不知弹者，曰，弹之状何若？应曰，弹之状如弹，则谕乎？"王曰，"未谕也。"（惠子）于是更应曰，"弹之状如弓，而以竹为弦，则知乎？"王曰，"可知矣。"惠子曰，"夫说者固以其所知谕其所不知而使人知之。今王曰无譬，则不可矣。"王曰，"善。"（《说苑》卷十一）

　　因为譬喻是"以其所知，谕其所不知，而使人知之"的，故取来做譬方的那另外的一个事象，必定要比原来要说的一个事象容易懂些，如第二例的建筑，又必定要比原来要说的一个事象和我们亲近些，如第一例的门外风雨。我写这段文字的时候门外正在滴滴搭搭地下雨呢。譬喻具备这亲近容易懂两个条件的，才可算是够资格的譬喻。不然，便是不够资格的譬喻。像那些什么"光阴如矢"之类的譬喻，当初虽然也是够资格的，因为当初将箭（即所谓矢者）作战，箭在当时也是亲近的事物，一说起箭便会使人想起何时何地曾经看见过一枝箭绝快地飞过，因而自然地立即浮现出所谓快的观念来。而且光阴的飞逝，还会像箭枝的飞驰，仿佛有形可见有声可闻。于是，一个"光阴易逝"的抽象观念便被化成了一个具体的形象。不但容易使人瞭解，也且容易使人感动。这在当初本来也是好的。但是现在打仗，早已不用箭了。虽然游戏场中如上海的新世界，大世界中偶然还会有箭出现，总已不是日常能见的事物。而所谓枪林弹雨，则正像家常便饭。我们即使一定要用那杀人盈城的武器来做光阴飞速的譬喻，为什么又不用弹呢？说"时光像飞弹"不是比说"光阴如矢"亲切得多吗？所谓修辞，无论什么地方都要能够适应情境才好，这里说的便是一个例子。

　　譬喻的构造普通是由三个部分构成：（1）就是要说的事象，在修辞学上，叫做"正文"；（2）就是取来做譬方的另一事象，在修辞学上，叫做"譬喻"；（3）就是联络上述两个部分的语词，在修辞学上，叫做"譬喻语词"。下面所列就是三部分俱全的例：

正文	譬喻语词	譬喻
(1)况刘豫州王室之胄,英才盖世,众士仰慕,	若	水之归海。(《赤壁之战》)
(2)以若所为,求若所欲,	犹	缘木而求鱼也。(《齐桓晋文之事章》)

但是平常说话行文,并不一定要把这三个部分尽行列出,如下列一例省去譬喻语词,譬喻的意思也依旧分明,不致误解:

(3)臣闻骐骥盛壮之时,一日而驰千里;至其衰老,驽马先之。今太子闻光盛壮之时,不知臣精已消亡矣。(《荆轲传》田光语)

又下列各例,把譬喻语词和正文都省去,单留譬喻,譬喻的意思也仍然不致误解:

(4)今为君计,莫若遣腹心自结于东,以共济世业。(《赤壁之战》)

腹心喻亲信人,意谓象腹心一样亲信的人,但把"像……一样""亲信人"等字样都省去了。以下仿此:

(5)其后秦日出兵山东以伐齐,楚,三晋,稍蚕食诸侯,且至于燕。(《荆轲传》)

(6)"我们有多少心腹?"

呵,呵,心腹?从来带惯了子弟兵的这两位,今番却没有一个心腹。(《大泽乡》)

(7)爰整貔貅,驰除狗鼠。(《致史可法书》)

这样的省或不省,也得看情境来定。大抵省的比较简劲有力,不省的比较详密清楚。要有力就得省,要清楚又须不省,究竟应得怎样,必须随时随地斟酌,没有什么刻板的成规可守。

文　选

九三、山中与裴秀才迪书

王　维

　　近腊月下，景气和畅，故山殊可过；足下❶方温经，猥❷不敢相烦。辄便往山中，憩❸感配寺，与山僧饭，讫而去。北涉玄灞❹，清月映郭。夜登华子冈❺，辋水沦涟❻，与月上下，寒山远火，明灭林外，深巷寒犬，吠声如豹，村墟夜舂❼，复与疏钟❽相间，此时独坐，僮仆静默，多思曩昔携手赋诗，步仄径，临清流也。当待春中草木蔓发，春山可望，轻鲦❾出水，白鸥矫翼❿，露湿青皋⓫，麦陇⓬朝雊⓭，斯之不远，倘能从我游乎？非子天机清妙者，岂能以此不急之务相邀。然是中有深趣矣，无忽！因驮黄檗人

---

　　❶　［足下］书翰中称人之敬辞。按：战国时"足下"二字多以称人主，如苏代遗燕昭王书、乐毅报燕惠王书、苏厉与赵惠文王书，都称"足下"，后来朋友间通信亦都互称"足下"了。

　　❷　［猥］书翰中习用的谦辞，如言"猥以不德"之类，无确切意义可解。

　　❸　［憩］休息。

　　❹　［玄灞］即灞水，出陕西蓝田县之蓝田谷，亦称蓝田谷水，经蓝关历白鹿原东下，流入渭。潘岳《西征赋》有"玄灞素浐"之语，故称"玄灞"，犹漳水称"清漳"，渭水称"浊渭"也。

　　❺　［华子冈］为辋川二十景之一。

　　❻　［辋水沦涟］辋水，在陕西蓝田县南八里，乃骊山蓝田山相接处，山峡险隘，凿石为途，商岭水自蓝桥伏流至此，诸水来会，如车辋环辏，自南而北，圆转二十里，西北注于灞水。过此，则豁然开朗，四顾山峦掩映，王维的别墅就在这里。沦涟，是风吹水上所起的小波。

　　❼　［舂］捣粟。

　　❽　［疏钟］疏落的钟声。

　　❾　［鲦］音条，鱼名，形狭而长，俗称"鲹鲦鱼"。

　　❿　［矫翼］举翼。

　　⓫　［皋］原野。

　　⓬　［麦陇］麦田。

　　⓭　［雊］音购，雄雉鸣。按：自"轻鲦出水"至此，皆状春日景。

往❶不二❷。山中人王维白。

裴秀才迪,已见前《辋川闲居赠裴秀才迪》注。作者与裴迪是很好的朋友,这封信极写山中有深趣,邀裴迪于春间草木蔓发时来同游赏。文词清逸,意境萧洒。陈振声在《直斋书录解题》中极赞赏这篇文字,他说:"余每读之,使人有飘然独往之兴。"

九四、答友人书

李慈铭

月之望日,拜手书,欣悉道祉无恙,甚善。别后浃❸月,无少著作,足以相告。顾念春事可怀,未能端坐,屑屑米盐❹,转入俗障❺,良用悼怏。乃券❻同人,各去巾辖❼,遂于春分后五日,置酒柯山❽,道俗毕集。是日微阴养晴,宿雨过润,桃李盛放,若与为期,草绿茵柔,甚便屐齿❾,湖山之秀,极于一醉。所恨阿戎不来,俗物败意❿耳。酒阑花暝,游屐各散;

---

❶ [因驮黄蘗人往]驮,负载也。黄蘗,药名,俗称"黄柏"。蘗,本作"檗",俗加草作"蘖",省写作"柏"。驮黄蘗人犹言采药人。这是说,这封信因采药人之便托他带去。

❷ [不二]当作"不一一",两一字误并为二。不一一,言要说的话还很多,不一一细写了。

❸ [浃]周也。

❹ [屑屑米盐]专门打算柴米油盐等家常琐屑事。

❺ [俗障]佛家语。谓凡俗的障蔽。

❻ [券]约也。

❼ [各击巾辖]巾辖,就是车。(《周礼·春官》序官"巾车"注,巾犹衣也。疏谓以金玉革衣饰其车。晋陶潜《归去来辞》"或命巾车",巾车即装饰其车。这里的"巾辖"意与巾车相仿佛,但径可作"车子"解,不必拘泥。)各去巾辖,谓大家不用车子。

❽ [柯山]在绍兴县西南三十五里。

❾ [屐齿]古时游山穿屐,屐底有齿,略似现在日本人所穿的木屐。

❿ [阿戎不来俗物败意]《晋书·王戎传》:"王戎字濬冲,琅邪临沂人。……父浑,梁州刺史。……阮籍与浑为友。戎年十五,随父在郎舍,戎少籍二十岁,而籍与之交。……谓浑曰:'濬冲清赏,非卿伦也,共卿言不如共阿戎谈。'"这里以阿戎比他的朋友,谓只恨你没有来,游侣中少了像你这样的雅士,未免败兴耳。

鄙意惓惓❶，未忍言去，遂留山中者两日。自朝至暮，时而在山之南，时而在山之北；或穿篱觅树，或隐竹据石，或隔溪看云，或背花临水，或闻鸟声久坐，或循柳阴独行。每至夕阳坠樵，晚风在笛，则携酒一壶、棋一局，求一能领者，相与蹑萝磴❷，坐藤崖，下视菜花万斛，高下积黄，牧童行歌，各在归犊；当此之际，胸膈尘秽，洗涤殆尽，乐趣所及，无非天机，殊觉春融日长，岁丰物茂，悉充洽于方寸之地❸，沂水、濠梁❹，去人不远。又其地多老人，庞眉皓发❺，时时往来，益信山林之中，其人多寿，得于云烟供养也。惟是行乐及时，汉臣以为劝❻，俯仰陈迹，晋贤以致悲❼。吾家元膺❽有言："一年春物，惟梅柳间意味最深，至莺花烂漫时，则春已衰迟，使人无复新意。"旨哉斯言❾！谁能赏之？足下樊川之梦❿，应尚未觉；然故乡之乐，殊足相傲。写以寄视，始知鉴湖博士⓫，自有替人，名士

---

❶ ［惓惓］留连貌。

❷ ［蹑萝磴］走上生满萝蔓的石级。

❸ ［方寸之地］谓心也。

❹ ［沂水濠梁］孔子命弟子各言其志，曾点曰："莫春者，春服既成，冠者五六人，童子六七人，浴乎沂，风乎舞雩，咏而归。"见《子路曾晳冉有公西华侍坐章》。庄子与惠子游于濠梁之上，庄子曰："鲦鱼出游从容，是鱼乐也。"惠子曰："子非鱼，安知鱼之乐？"庄子曰："子非我，安知我不知鱼之乐！"见《庄子·秋水篇》。

❺ ［庞眉皓发］谓老人也。汉武帝辇过郎署，见颜驷庞眉皓发，问曰："叟，何时为郎？何其老也？"见《昭明文选·思玄赋》注。

❻ ［行乐及时汉臣以为劝］汉杨恽失官家居，其友孙会宗劝他闭门养晦，他答会宗书，有"人生行乐耳，须富贵何时"之句。这里的"汉臣"，即指杨恽。

❼ ［俯仰陈迹晋贤以致悲］晋王羲之作《兰亭集序》，有"向之所欣，俛仰之间，已为陈迹"的话。这里的"晋贤"即指王羲之。

❽ ［吾家元膺］李元膺，南宋东平人，曾官南京教官。朱锡鬯等所辑《词综》，曾录其《洞仙歌》等四首。绍兴时李孝美作《墨谱法式》，元膺为之作序，当是南宋绍兴年间人。其他事迹待考。按：作者姓李，故称"吾家元膺"。

❾ ［旨哉斯言］深有味乎其言，故云。

❿ ［樊川之梦］唐杜牧著有《樊川集》，故以樊川称杜牧。杜牧尝有诗云，"十年一觉扬州梦，赢得青楼薄幸名。"故称留连于狭邪游者为"樊川之梦"。

⓫ ［鉴湖博士］唐贺知章曾官太常博士，后请为道士，还乡里，并请赐官湖数顷为放生池，有诏赐镜湖剡川一曲，见《唐书》本传。按：镜湖亦称鉴湖，在今浙江绍兴县南，宋熙宁后，湖渐废为田。

风流,故❶当不坠耳。计书到日,已及春尾,枇杷花前发之。一笑。不宣❷。

本篇选自《萝庵游赏小志》。他叙述作此书的缘起说:

戊午二月十二日,置酒七星岩,招诸友看桃花,饮毕客散,遂留居柯山。自去冬大雪,湖南山桃李,居人多斧作薪,花事遂寂。而七星岩新枝向日,居然代兴,粉展烟霏,春溢洞半,地密景稠,亭榭相簇,较之湖南,虽计树不侔,而得境为胜,西偏春事,移于此间矣。连日绮阴多雨,流连信宿,朝夕忘归,清游之佳,毕臻其最。时有社友寻春沪上,狭邪迷复,适寄书来,夸烟花之胜,因作一牍答之。

文　话

二九、写出自己的东西

我们试问自己:最欢喜说的是那一类的话? 这是不假思索就可以回答的,我们爱说那些必要说的、欢喜说的话。有的时候,我们受了人家的托付,代替他传述一番话;或者为事势所牵,不得不同人家勉强敷衍几句。这些都是不必要说的、未必欢喜说的话,固然未尝不能够说;然而说这些话的时候,我们的兴趣差得远了。要解释这个经验的由来是不难的。语言的作用本是在人群中宣示自我,或者发泄内心的感兴。所以凡是顺着这两个倾向的话,我们自会不容自遏地、高兴地说。至于代人家传话以及勉强同人家敷衍,那既不是宣示什么,又无关乎感兴,原来不必鼓动唇舌的。原来不必而硬要鼓动唇舌,兴趣当然不同了。

作文与说话本是同一源头的,所差者,说话用声音、作文用文字而

---

❶　[故] 连词,有"固然""原来"之意。

❷　[不宣] 书翰中对人之谦词,说自己拙于文辞,不能把原意尽情宣达。

已。所以在关于说话的经验里，我们可以得到关于作文的启示。那启示是什么呢？倘若自己没有什么想要宣示，不对什么发生感兴，我们就没有必要与欢喜，就不用提起笔来写什么文字。一定要有所写，才提起笔来写。从反面说，若不是为着必要与欢喜，而勉强执笔乱涂，这就是一种无聊而又无益的事。

　　勉强写作的事确然有的，而且并不稀少。这或者由于作者的不自觉；或者由于作者为要达到某种目的，非胡乱写一些文字不可。作者多读了几篇别人的文字，受着别人的影响，似乎觉得胸中有物，颇可以把它写出来了。但是写了出来之后，实在同别人的文字没有两样。这是不自觉的勉强写作。至于利用文字来达到某种目的，他自己本来没有什么可写，自不得不去采取别人的情思——那些现成的材料。这是明知故犯的勉强写作。这两类作者的勉强写作虽有不自觉与明知故犯的不同，然而他们的弊病是相同的，就是模仿。我们这么说，不自觉而出于模仿的作者固然要出来申辩，说他写的文字虽然迫于必要与欢喜；而明知故犯趋向模仿的作者或许也要不承认他的模仿，说出"采用现成材料，在写作上本来是容许的"一类的话。可是我们有一种尺度在这里，用着它之后，模仿与否将不辩而自明；那就是"这篇文字的内容是否确实是作者自己的东西？"经这尺度衡量了一下，就可见这两类作者都只是复制了或者拼合了人家的现成东西，自己并没有拿出什么来。并没有拿出什么来，而居然有文字由他们的手写下来，这不是模仿是什么？至此，不自觉而模仿的作者就会爽然自失，感到所谓必要并非真个必要，所谓欢喜其实无可欢喜，这又何必定要写作呢。而明知故犯趋向模仿的作者如果悟到了写作的本旨，也许会遏抑了利用文字来达到某种目的的心思。直到他们确实有所宣示、确实有什么感兴的时候，才提起笔来写作。

　　像那些专门著述和文艺作品，是作者潜心研讨，竭力经营，然后写下来的；他们当然是所谓"写出自己的东西"。但是人间的思想、情感往往不甚相悬殊；现在定要写出自己的东西，仿佛人家说过了、写过了的，就得避去，不说、不写，而必须找人家没有说过、写过的来说、来写。这样，在一般人岂不是很少可说的话，也就是很少可写的文字了么？

其实，所谓写出自己的东西并不是这样讲的；按诸生活的实际，又决不能像这个样子。我们说话、作文，无非使用一些通用的词、语；至于内容方面，也无非古人与今人曾经这样那样用过了的一些意思，虽不能说没有创新，然而决不会全是创新。这是说，人间的语言、文字原来是相差不远的。但是有一点要注意，我们所以要说一番话、写一篇文字，自有我们的内面的根源（就是前面所说的"在人群中宣示自我"以及"发泄内心的感兴"）；并不是要同鹦鹉竞胜，机械地模仿人的说话，也不是要同窃贼为伍，偷了人家的东西去卖钱，这内面的根源与著述家的独得的见解、文艺家的深至的感兴有同等的价值。它是独立的；即使宣示出来时恰与别人的雷同，或且有意地采用了别人的东西，都不受模仿的讥评；因为它自有独立性，正如两个人面貌相似，性情相近，无碍彼此的独立，又正如生物吸收了种种东西来营养自己，而无碍自己的独立。所以，我们只须问自己有没有话要说，不用问这个话曾不曾经人家说过。如果确有要说的话，用来作文，就是写出自己的东西了。

更进一步说，人间的思想、情感诚然不甚相悬殊，但是也决不会全然一致。先天的遗传，后天的教育，师友的熏染，时代的影响，这些都是酿成大同中的小异的原因。原因这么繁复，又是参伍错综地来的，就成大同小异的各人的思想、情感。所以，所写的东西如果是自己的，只要是自己的，实在很难得遇到与人家相雷同的情形。试看许多的文家一样地吟咏风月，描绘山水，竟会有不相雷同而各极其妙的文字，就是很明显的例证。原来他们不去依傍别的，只把自己的心去对着风月、山水；他们又绝对不肯出于勉强，必须有所写时才写；主观的情思与客观的景物揉和，组织、配置的方式千变万殊，自然每有所作，都成独创了。虽然他们的文字里，大部分也只是通用的词、语，也只是古人与今人这样那样用过了的意思，而这些文字的生命是他们所给与的，所以终竟是独创的东西。

到这里，可以知道所谓写出自己的东西是什么意义了。

既然要写出自己的东西，自然会联带地要求所写的东西必须是完好的：假若宣示什么见解，必须合于事理的真际。切乎生活的实况；假若发泄什么感兴，那感兴当然是不倾吐不舒快的，就必须本于内心的郁积，发乎情性的自然。这种要求可以称为求诚。如果只知写出自己的东西而不知求诚，将会有什么事情发生呢？那时候，臆断的见解与浮浅的感兴也许会杂出于我们的笔下而不自觉知。如其终于不觉，徒然多了这一番写作，收不到一点效果，已是很可怜悯的事。如其随后觉察了，更将引起深深的悔恨，这么想道："不切事理的见解，怎能够宣示于人间，贻人以谬误呢！浮荡无着的偶感，怎值得写定为篇章，耗己之劳思呢！"人不愿自陷于可怜的境地，也不愿事后有什么悔恨，所以对于自己所写的文字，总希望它确是完好的。

虚伪、浮夸和玩戏是与"诚"这个字正相反对的。颇有一些人的文字犯着虚伪、浮夸和玩戏的毛病。其原因同前面所说的一样，有无意的，也有有意的。譬如论事，作者为才力所限，自以为竭尽智能了，但是还得不到真际；就此写下来，便成为虚伪或浮夸了。又譬如抒情，作者为素养所拘，自以为他的材料很有价值，但其实近于恶趣；就此写下来，便成为玩戏了。这是所谓无意的，都因为自己有所蒙蔽，写下文字来便犯了毛病。至于所谓有意的，当然也是怀着利用文字的心思，希望达到某种目的。如故意颠倒是非，藉以淆惑人家的听闻，便趋于虚伪；诔墓、祝寿、彰善颂德的话写上一大堆，便涉于浮夸；著书牟利，迎合社会的弱点，便流于玩戏。无论无意或有意，凡犯着这些毛病，总是学行上的缺失、生活上的污点。这班人如能想一想是谁作文，作文应当怎样作的，便将汗流被面，无地自容，不愿再担负这种缺失与污点了。

从正面与反面看，便可知道作文的求诚含着如下的意思：

就内容说，要是充实的、深厚的，不取那些不可征验、浮游无着的东西；就态度说，要是诚恳的、严肃的，不取那些油滑、轻薄、卑鄙可厌的样子。

练习　试自述作文的态度。　　　　　　　　　　　　（文话完）

［注］本篇是编者旧著《作文论》的《诚实的自己的话》全篇，略有修改。

文 选

九五、鼓 词

贾凫西

在下不是逞自己多闻，夸自己多见，但读些古本正传，晓得些古往今来。你看那漫洼里❶十字大路上放响马❷的贼棍，骑着马，兜着弓，撞着那贩货客商，大叱一声，那客商就跪在马前，叫大王爷饶命，双手将金银奉上，那贼棍用弓梢接住，搭在马上，扬鞭径去，到了楚馆秦楼❸，偎红倚翠❹，暖酒温茶，何等快活。像俺谈策之辈❺，也算九流❻中清品，不去仰人家鼻息❼；就在十字街坊，也敢师生对坐❽；只是荒村野店，冬月严天，冷炕绳床，凉席单被，一似僵卧的袁安❾，嚼雪的苏武❿。

像俺这满肚里鼓词，盖着冰冷的被，

倒不如出鞘的钢刀，挑着火炖的荼。

---

❶ ［漫洼里］山东土话，犹普通说的"荒野里"。

❷ ［响马］从前北方多马贼，善骑射，常放响箭以威吓旅客，劫取财物，称为"响马"。

❸ ［楚馆秦楼］陈鹤诗："洛川立处花横水，楚馆歌时声在梁。"又李白词："箫声咽，秦娥梦断秦楼月。"后遂称称歌舞之所为"楚馆秦楼"。

❹ ［偎红倚翠］古人往往以"红""翠"二字形容女子的妆饰，如"红妆""翠袖"之类，其例甚多。这里的偎红倚翠，是形容狎客在妓院里和妓女们亲昵的情状。

❺ ［谈策之辈］善于谈论的人。

❻ ［九流］儒、道、阴阳、法、名、墨、纵横、杂、农九家，亦称"九流"，见《汉书·艺文志》。但这里是指江湖上相面、测字、算命、说书之流。

❼ ［仰人家鼻息］谓倚赖他人，伺其喜怒。

❽ ［师生对坐］言歌鼓词的与听客对坐，像学校里的师生。

❾ ［僵卧的袁安］后汉袁安未显达时，尝客洛阳，适遇大雪，洛阳的县令亲自巡街，见人家门前的雪都已扫除，以便出外求食，独袁安宅双门紧闭，积雪未除，县令以为里面的人已经冻饿死了，便命人扫了门前的雪，进去视察，那袁安却并没有死，僵卧在那里。问他何不出去寻点粮食。他说："大雪，人皆饿，不宜求人。"县令以为他是好人，便荐举他为孝廉。详可看《后汉书·袁安传》注。

❿ ［嚼雪的苏武］汉苏武于武帝时奉命使匈奴，被匈奴王扣留，幽囚在大窟中，断绝饮食，他饿极，把旃毛和雪吞嚼。详可看《汉书·苏建传》。

列位老东主，你听！这却不是异样的事。从来热闹场中，便宜多少鳖羔杂种❶；幽囚世界，埋没无数孝子忠臣。比干、夷、齐❷，谁道他不是清烈忠贞；一个剖腹于地，两个饿死于山。王莽、曹操❸，谁说他不是奸徒贼党；一个窃位十八年，一个传国三四代。还有甚么天理？话犹未了，有一位说道："你说差了。请问那忠臣抱痛，六月飞霜❹，孝妇含冤，三年不雨❺；难道不是天理昭彰么？"我说：咳！忠臣抱痛，已是苦了好人；六月飞霜，为甚么打坏了天下嫩田苗？孝妇含冤，那里还有公道；三年不雨，又何苦饿死许多百姓？况于已经害了的忠臣孝子何益。曾记在某镇上也曾说过这两句话，有人也道："你说错了。倒底积善之家必有余庆，积不善之家必有余殃❻。"我便说：不然！不然！昔春秋有位孔夫子，难道他不是积善之家，只养了一个伯鱼❼，落了个老而无子。有人说他已成了古今文章祖，历代帝王师。依我说来，就留着伯鱼送老，也碍不着文章祖，也少不了帝王师。再说《三国志》里曹操，岂不是积不善之家，共生

---

❶　［鳖羔杂种］骂人之辞。

❷　［比干夷齐］比干，殷纣的诸父（伯叔之通称）。见纣淫乱，正言规劝。纣大怒，说："吾闻圣人心有七窍，不知你有几窍。"便被剖腹而死。夷、齐即伯夷、叔齐，孤竹君之二子。孤竹君死，遗命以叔齐为嗣。叔齐让伯夷，伯夷逃去，叔齐亦逃去。周武王伐殷，伯夷、叔齐以为臣不当弑君，叩马而谏。武王既灭殷，伯夷、叔齐义不食周粟，饿死于首阳山。

❸　［王莽曹操］王莽字巨君，汉孝元皇后之侄。平帝时为大司马，专制朝政。其后弑平帝，立孺子婴，自己摄政，号"假皇帝"。不久即篡位，改国号为新，史称新莽。曹操已见前《赤壁之战》注。按：王莽于公元前六年称假皇帝，至公元二三年，关中兵起，被杀，前后凡十八年。曹操传子曹丕，是为魏文帝。文帝传子曹睿，是为魏明帝。明帝传侄曹芳，为司马师所废，迎立文帝曾孙高贵乡公曹髦。司马昭又弑曹髦而迎立武帝曾孙曹奂。后来把帝位传给司马炎（即晋武帝），魏朝遂亡。所以下面说"一个窃位十八年，一个传国三四代"。

❹　［忠臣抱痛六月飞霜］相传战国时邹衍事燕惠王，尽忠，左右谮之，王系之狱，仰天而哭，夏五月，天为之下霜。（类书皆引《淮南子》，但今本《淮南子》中此段文字已逸。）这里所说的即指此事。

❺　［孝妇含冤三年不雨］汉于定国的父亲为县狱吏郡决曹，判狱很公平。东海有孝妇，为太守冤杀，于定国的父亲力争无效，便辞职而去。孝妇既死，东海地方三年不雨。其后新太守到任，推求天旱的缘故。于定国的父亲对他说："前任太守曾冤杀一个孝妇，天从此就不下雨，大概原因在此。"新太守立刻杀了一头牛，自己到孝妇墓上去祭奠，天果大雨。详见看《汉书·于定国传》。

❻　［积善之家必有余庆积不善之家必有余殃］见《易·坤卦》。

❼　［伯鱼］孔子的儿子，名鲤。年五十，先孔子而死，所以下面说"落了个老而无子"。

了二十五子❶，大儿子做了皇帝，传国五辈，四十六年❷。又说他万世骂名。依我说来，当日在华容道上，撞着关老爷❸，提起青龙偃月刀❹，砍下头来，岂不痛快？可见半空中的天道，也没处捉摸；来世里的因果，也无处对照。你是和谁使性，和谁赌气者！

忠臣孝子是冤家，
杀人放火的天怕他。
仓鼠偷生得宿饱，
耕牛使死把皮剥。
河里游鱼犯了何罪？
刮了鲜鳞还嫌刺札❺。
杀人的古剑成至宝，
看家的狗儿活砸杀。
野鸡兔子不敢惹祸，
剁成肉酱，加上葱花。
杀妻的吴起倒挂了元帅印❻，
可怎么顶灯的裴瑾捱了些嘴巴❼？
玻璃玉盏不中用，
倒不如锡镴壶瓶禁磕打。
打墙板儿翻上下，

———————————————

❶ ［共生了二十五子］曹操共有二十五男，详见《三国志·魏书·武文世王公传》。

❷ ［传国五辈四十六年］曹丕于公元二二○年受汉禅，建立魏国，传五主，至公元二六五年为司马炎所篡，前后共计四十六年。

❸ ［当日在华容道上撞着关老爷］曹操赤壁战败，率其残余部队从华容道步走，遇泥泞，遭不通，天又大风，命嬴兵负草填路，骑乃得过。嬴兵为人马所践踏，死者甚多（见前《赤壁之战》）。《三国演义》附会其事，谓当时关羽奉命守华容道，和曹操相遇，曹操对他诉说了许多过去的交情，关羽重义气，就放他走了。

❹ ［青龙偃月刀］《三国演义》说关羽所使用的刀名"青龙偃月刀"。

❺ ［刺札］鱼骨叫做"刺"。鱼骨鲠喉叫做"刺札"。

❻ ［杀妻的吴起倒挂了元帅印］战国时卫人吴起，善用兵，仕于鲁，齐伐鲁，鲁君欲拜起为将，因为他的妻是齐人，疑虑未决，起自杀其妻以示信，鲁君遂命起为大将。详见《史记·吴起传》。

❼ ［顶灯的裴瑾捱了些嘴巴］相传有裴瑾者，很怕他的妻，其妻命他顶灯作戏，因为动作迟笨，被他的妻打了几下嘴巴。今戏剧中有《滚灯》一剧，即搬演这桩故事。

运去铜钟声也差。

管教他来世的莺莺❶丑如鬼,

石崇托生没有板渣❷。

海外有天,天外有海,

你腰里有几串铜钱休浪夸❸。

俺虽没有临潼斗的无价宝❹,

只这三声鼍鼓❺走天涯。

说罢闲言归正传,

试听俺光头生公讲讲大法❻。

鼓词亦称"鼓儿词"。歌者一手击鼓,一手以木皮(即鼓板)按拍,就是现在北方流行的"大鼓"。这篇的作者本明末遗民,一腔抑郁不平之气无从发泄,就把开天辟地一直到明朝灭亡的史事作成鼓词,从古往今来此兴彼仆的历史故事中,否定了一切天理报应。这里所选的是全篇鼓词中的最后一节。但末了说"说罢闲言归正传,试听俺光头生公讲讲大法",似乎底下还有词句。大概这种歌词,并无刻本,仅凭一时转展传钞,所以残缺不全了。

贾凫西,洛宁人。明末进士,曾官县令,迁部郎,明亡后隐居不仕,自号木皮子,年八十余病死。其他事迹已无考。

---

❶ [莺莺]唐时有女子崔莺莺,字双文,贞元中随母郑氏寓居蒲东佛寺。有张生者,赋诗赠答,情好甚昵。元稹作《会真记》叙其事。元明以后的《西厢记》,即根据《会真记》敷演而成的。按:相传莺莺容貌美丽,所以这里说"管教他来世丑如鬼"。

❷ [石崇托生没有板渣]石崇字季伦,晋南皮人。累官荆州刺史。使客航海致富,置金谷别墅于河阳。后迁卫尉,被赵王伦所杀。板渣,北方土话,犹言"凭藉"。按:石崇生前富有,所以说他来世要托生于没有凭藉的人家。一说,山东人呼豆腐渣为"板渣"。豆腐渣本至贱之物,这是说石崇来世托生人家,将并豆腐渣而无之,所以极言其贫也。亦通。

❸ [休浪夸]不要颠狂浪费之意。

❹ [临潼斗的无价宝]相传隋末时,秦琼押解囚犯至临潼山,在山上伍相国祠休息,梦见二龙因争宝相斗,一龙将败,琼欲救之,忽闻有喊救驾者,遂惊醒。次日,闻山下有喊杀声,琼向下观望,疑是官员被响马打劫,遂下山救护。被救者即唐公李渊。后李渊灭隋有天下,即唐高祖。今戏剧中有《临潼斗宝》一剧,即搬演这桩故事。这里所说,疑即指此。

❺ [鼍鼓]鼍,音驼。鼍鼓,鼍皮所冒的鼓,《诗·灵台》"鼍鼓逢逢",后遂泛称皮鼓为"鼍鼓"。

❻ [光头生公讲讲大法]梁时高僧生公,尝讲经于虎丘寺,聚石为徒,石皆点头,故世有"生公说法,顽石点头"之语。

九六、道情十首

郑　燮

枫叶芦花并客舟,烟波江上使人愁;劝君更尽一杯酒,昨日少年今白头❶。自家板桥道人是也。我先世元和公公,流落人间,教歌度曲❷。我如今也谱得道情十首,无非唤醒痴聋,销除烦恼。每到山青水绿之处,聊以自遣自歌;若遇争名夺利之场,正好觉人觉世。这也是风流事业❸,措大生涯❹。不免将来请教诸公,以当一笑。

老渔翁,一钓竿;靠山崖,傍水湾;扁舟来往无牵绊。沙鸥点点❺轻波远,荻港萧萧❻白昼寒。高歌一曲斜阳晚;一霎时波摇金影❼,蓦抬头❽月上东山。

---

❶ 〔枫叶芦花并客舟……昨日少年今白头〕凡歌曲有说白者,往往先念一首诗,叫做"登场诗",或出自己创作,或集前人成句,这一首是集唐人诗句而成。

❷ 〔我先世元和公公流落人间教歌度曲〕唐白行简著《李娃传》,记天宝中有常州刺史郑某的儿子,赴京应试,和一个姓李的妓女相识,把应试的盘费都挥霍光了,竟被李妓的母亲设计驱逐出院,他流落无所归,就在京里替人家执穗帷、唱挽歌度日。后来他的父亲到京里碰见了,恨他玷辱门第,鞭打一顿,弃之而去。他死而复苏,遂讨饭度日。一天,他讨饭经过李妓门前,被李妓听见了,留他在院里,劝他读书,终成进士,做了大官。元石君宝采取这故事作《曲江池杂剧》,称郑某的儿子名元和,李妓名亚仙;明郑虚舟又作《绣襦记传奇》;这个故事,就流传到今,几于妇孺皆知了。郑燮因道情原是沿门歌唱的曲儿,所以戏认郑元和为他的祖先。

❸ 〔风流事业〕不同于凡俗的事业叫做"风流事业"。

❹ 〔措大生涯〕俗称贫士为"措大"。措大生涯,即贫士的生活。

❺ 〔沙鸥点点〕鸥本水鸟,常栖集沙滩,故诗人往往称之为"沙鸥"。点点,形容物之小而多;如庾信诗:"可怜数行雁,点点远空排。"这里是形容群鸥的飞集水面。

❻ 〔荻港萧萧〕荻生水边,故称水港为"荻港"。萧萧,风吹芦荻声。

❼ 〔波摇金影〕就是月光映在水波中。

❽ 〔蓦抬头〕忽然抬起头来。蓦,音陌(ㄇㄛ`)。

老樵夫，自砍柴；捆青松，夹绿槐；茫茫野草秋山外。丰碑是处成荒冢❶，华表千寻❷卧碧苔，坟前石马磨刀坏。倒不如闲钱沽酒，醉醺醺山径归来。

老头陀❸，古庙中；自烧香，自打钟。兔葵❹燕麦❺闲斋供。山门破落无关锁，斜日苍黄❻有乱松。秋星闪烁颓垣缝；黑漆漆蒲团打坐，夜烧茶炉火通红。

水田衣❼，老道人；背葫芦，戴袱巾❽；棕鞋布袜相厮称❾。修琴卖药般般会，捉鬼拿妖件件能。白云红叶归山径。闻说道悬岩结屋，却教人何处相寻。

老书生，白屋❿中；说唐虞⓫，道古风。许多后辈高科中；门前仆从雄如虎，陌上旌旗去似龙。一朝势落成春梦。倒不如蓬门僻巷，教几个小小蒙童⓬。

尽风流，小乞儿；数莲花，唱竹枝⓭。千门打鼓沿街市。桥边日出犹酣睡，山外斜阳已早归。残杯冷炙饶滋味；醉倒在回廊古庙，一凭他雨打

---

❶　［丰碑是处成荒冢］丰碑，本古下棺之具，筑大木为之，碑端穿孔纳索，引棺徐下于圹者。这里泛指高大的墓碑。凡有高大墓碑的，其人生前必甚煊赫；但现在凡是有丰碑处都已成了荒冢，可见生前的煊赫也是无用的。下面两句"华表千寻卧碧苔，坟前石马磨刀坏"，都是这个意思。

❷　［华表千寻］华表，墓上的石柱。八尺为寻。千寻，形容那石柱之长。

❸　［头陀］梵语称僧为"头陀"。俗亦称僧人之行脚乞食者为"头陀"。

❹　［兔葵］草名。生下泽田间，花白似梅，其茎紫黑，煮食极滑，古人用以为蔬。

❺　［燕麦］谷类植物，俗称"野麦"。叶细长而尖，有平行脉，叶柄作鞘状。实繁密而芒多，离离下垂。秸可织帽。北方多种之。

❻　［苍黄］形容黄昏时的天色。

❼　［水田衣］即袈裟；因衣纹正方，似水田之界划，故名。

❽　［袱巾］即道士巾。

❾　［棕鞋布袜相厮称］穿着棕制的鞋，粗布的袜，和他全身的装束很相称。

❿　［白屋］《汉书·萧望之传》："士或起白屋而致三公。"注："白屋者，白盖之屋，以茅覆之，贱人所居。"

⓫　［唐虞］唐尧、虞舜。

⓬　［蒙童］幼童。

⓭　［数莲花唱竹枝］莲花落（本作莲花乐），乞丐所唱曲名。竹枝，本乐府之名，后人以七绝咏土俗琐事，多称为竹枝词。这是说，或者唱唱莲花落，或者唱唱竹枝词。按：数莲花就是唱莲花，因为下面有"唱"字，故用"数"字以避复。

风吹。

　　掩柴扉，怕出头；剪西风，菊径秋；看看又是重阳后。几行衰草迷山郭，一片残阳下酒楼。栖鸦❶点上萧萧❷柳。撮几句盲辞瞎话，交还他铁板❸歌喉。

　　邈❹唐虞，远夏殷。卷宗周，入暴秦❺。争雄七国相兼并❻。文章两汉空陈迹❼；金粉南朝总废尘❽。李唐赵宋慌忙尽❾。最可叹龙盘虎踞，尽销磨《燕子》《春灯》❿。

---

❶　［鸦］与"鸦"同。

❷　［萧萧］这"萧萧"两字形容秋柳的萧索，和前作风声解的不同。

❸　［铁板］指歌者所用的绰板。《吹剑续录》："苏东坡问歌者：'吾词比柳耆卿何如?'歌者曰：'学士词须关西大汉，抱铜琵琶，执铁绰板，唱大江东去。'"此即"铁板"二字之来历。

❹　［邈］年代久远。

❺　［卷宗周入暴秦］周行封建制，周朝为中央政府，诸侯所宗，故称"宗周"。秦始皇并吞六国，暴虐百姓，故称"暴秦"。卷，与"捲"同。这是说，由宗周而卷入暴秦。

❻　［争雄七国相兼并］战国时，秦、楚、燕、齐、韩、赵、魏七国，并为强国，号称"七雄"，互相争夺兼并。

❼　［文章两汉空陈迹］两汉，即东汉、西汉。两汉文学极盛，文章作家亦多，但汉朝终已灭亡，只空留些文章陈迹了。

❽　［金粉南朝总废尘］东晋之后据有南方之地者。为宋、齐、梁、陈四朝，都是汉族，史称"南朝"。金粉即铅粉，为妇女妆品，故诗家咏妇女事往往用之，如言"南朝金粉，北地胭脂"。但这里借作繁华奢靡的形容词，谓南朝几代的繁华，只留些废墟与尘土而已。

❾　［李唐赵宋慌忙尽］李渊受隋禅，国号唐，史称李唐。赵匡胤受周禅，国号宋，史称赵宋。这是说，唐、宋两朝很匆促地便完了。

❿　［最可叹龙盘虎踞尽销磨《燕子》《春灯》］诸葛亮论金陵地形，谓"钟阜龙蟠，石城虎踞"。盖以龙盘虎踞喻形势之险要。盘，与蟠同义。《燕子》、《春灯》，即《燕子笺》与《春灯谜》之省称。《燕子笺》，《春灯谜》，并传奇名，明末阮大铖所作。《燕子笺》传唐代霍都梁与郦氏女飞云遇合事。《春灯谜》又名《十认错》，记宇文彦及韦氏女，同泊舟黄河驿前，因上岸观灯猜灯谜，及归，船因风移，韦竟误入宇文舟，宇文亦误入韦舟，遂发生种种错误。按：明自清兵入关，思宗殉国，南中拥立福王，建都金陵，阮大铖辈当国，一味用声色诱惑君上，置国家大仇于不顾，没有多少时候，清兵南下，福王被执，明朝国祚就此告终。这两句就是慨叹明末南朝君臣之不知振作。

吊龙逢❶，哭比干❷；羡庄周❸，拜老聃❹。未央宫里王孙惨❺。南来
薏苡徒兴谤❻；七尺珊瑚只自残❼。孔明❽枉作那英雄汉；早知道茅庐高
卧，省多少六出祁山❾。

拨琵琶，续续弹；唤庸愚，警懦顽；四条弦上多哀怨。黄沙白草无人
迹，古戍❿寒云乱鸟还。虞罗⓫惯打孤飞雁；收拾起渔樵事业，任从他风
雪关山。

风流家世元和老，旧曲翻新调。扯碎状元袍，脱却乌纱帽⓬。俺唱

---

❶　［龙逢］关龙逢，夏桀的贤臣。桀为酒池糟丘，龙逢极谏，桀囚而杀之。事见《韩诗外传》。

❷　［比干］见上《鼓词》注。

❸　［庄周］战国蒙人，尝为漆园吏，即《庄子》的作者。

❹　［老聃］姓李名耳，字伯阳，谥曰聃，故称老聃。周苦县人。即《老子》的作者。（按：老子的姓氏、名字及乡里，历史异说甚多，兹不备述。）

❺　［未央宫里王孙惨］未央宫，汉宫名，在今陕西长安县西北。王孙，帝王的子孙。汉成帝后赵飞燕于后宫有子者皆杀之，故当时有"燕啄皇孙"之谣（见《汉书·外戚传》）。这里所说，正指这桩事。

❻　［南来薏苡徒兴谤］薏苡，一年生草，叶狭长，有平行脉。花生于叶腋。实椭圆，其仁白色，可杂米中作粥饭及磨面，并入药。后汉马援从交趾带了许多薏苡回来，有人说他坏话，以为他带来的不是薏苡，而是明珠（见《后汉书·马援传》）。这里所说，正指这桩事。交趾在中国之南，故云"南来"。

❼　［七尺珊瑚只自残］珊瑚，其形如树，分红、白、黑三色，生于暖海中。因暖海中有一种圆筒形小虫，结合营生，其所分泌之石灰质，即为其共同之骨干，形歧出如树枝，故一直称它为珊瑚树，其实不是树。晋朝的石崇家财丰富，奇珍异宝，无所不有，尝和王恺比富，晋武帝帮王恺，特赐他三尺高的珊瑚树一株，叫他拿去给石崇看，不料石崇一见，就用铁如意把那枝珊瑚打得粉碎，王恺非常惋惜。石崇却说，"你不必动气"，就命侍仆把他家里的珊瑚拿出来，原来高三四尺的有六七株之多，而且枝干生得都比王恺那株好，于是王恺爽然自失，知道不能和他比胜了。其后石崇为赵王伦所杀，坐囚车赴东市，他叹道："我没有什么大罪，奴辈利我家财，竟使我到这种地步！"（见《晋书·石苞传》）。这里所说，正指石崇事。

❽　［孔明］诸葛亮的字。

❾　［早知道茅庐高卧省多少六出祁山］茅庐高卧，隐居不出之意。祁山，在今甘肃西和县西北。按：诸葛亮高卧隆中，经刘备三次亲自去请他，遂帮助刘备经营天下；后来曾亲率大军，六次出祁山伐魏，终未成功而死。

❿　［古戍］指古时曾驻兵防守的边境。

⓫　［虞罗］虞人，古掌山泽之官，亦主苑囿田猎。罗氏，《周礼》夏官之属，掌以罗网捕鸟。故以"虞罗"为猎人的代称。

⓬　［扯碎状元袍脱却乌纱帽］科举时代以廷试第一人为状元。东晋时宫官戴乌纱帽，其后贵贱皆戴之，到了唐朝遂为官服。这两句是作者写他看轻功名，无意仕进的本怀。

这道情儿归山去了。

道情，乐歌词之类，本道士所歌，亦称"黄冠体"（见《啸余谱》）。其后流落江湖者，依调谱词，大都寓劝戒之意，沿门歌唱，叫做"唱道情"，江、浙一带今犹有靠唱道情糊口者。这里的《道情》十首为清郑燮一时游戏之作，但以文字优美寓意又极通俗，故为后人所传诵。

郑燮(1691—1765)字克柔，号板桥，清江苏兴化人。乾隆进士，官潍县知县。为人疏宕洒脱。工画兰竹。书法以隶、楷、行三体相参，别成一格。诗近自居易、陆游一派。今存有《板桥集》。

修　辞

一一、借代

借代是假借别的事物来代替要说的事物的修辞法。那借来代的，当然都是原来与要说的事物有着相当关系的事物。如

> 肃径迎之，……致殷勤之意。且问备曰，"豫州今欲何至？"(《赤壁之战》)

用豫州代刘备；

> 肃曰，"孙讨虏聪明仁惠，敬贤礼士，江表英豪，咸归附之。……"(《赤壁之战》)

用讨虏代孙权，都是用官职代人名。又如：

> 大江东去，浪淘尽千古风流人物。(《赤壁怀古》)

用大江代大江里的流水，就是用事物的所在代事物。与平常用厨房二字代厨房里的厨师，用茶房二字代茶房里的听差的用法一样。又如：

> 回眸一笑百媚生，六宫粉黛无颜色。(《长恨歌》)

用粉黛代抹粉点黛的女子；

> 六军不发无奈何，宛转蛾眉马前死。(同上)

用蛾眉代面有蛾眉的女子，都是用特征代有该特征的人物。与平常用秃头、长脚等词称人的用法也是一样。又如：

　　缓歌慢舞凝丝竹，尽日君王看不足。（同上）

用丝代用丝做的弦乐器，如琴瑟之类，用竹代用竹做的管乐器，如箫笛之类，都是用材料代用该材料做成的乐器。而乐器有时又可以代该乐器所奏出的音乐，这又是用工具代由该工具所成的事象。像这句的用法便是由这两重的借代而来。又如：

　　渡头余落日，墟里上孤烟。（王维《五律四首》）

用落日代落日的残光，就是用事物代事物的作用。再如：

　　汉皇重色思倾国，御宇多年求不得。（《长恨歌》）

又用倾国代佳人。按照用这修辞法那人的观念来说，这要算是用结果代原因的一种借代法。因为李延年曾有歌道："北方有佳人，绝世而独立；一顾倾人城，再顾倾人国。"所以人就以为顾佳人就要有倾国的结果。而被顾的佳人便是倾国的原因。所以用倾国代佳人，便是一种用结果代原因的用法。

　　像这样的借代，在我们中国的语言文字中也是极常见的，依照构造分起类来，种类也是异常的多。在《修辞学发凡》中曾将它们分为八组十六种，看去似乎已经很细，但也还不过举其大者而言。如以定数代不定数，像汪中《释三九》篇中所说的，那里便只算它是以特定代普通一种之中的一体，而以定数"三""九"代不定数的又不过是以定数代不定数一体里面的一部分现象。其繁复也就可以想见。读者诸君，如欲晓得详细内容，可参看《修辞学发凡》152—170页。

　　像这样的借代，也要受情境的限制，换句话说，我们要用借代，也得看看情境是否适宜于用借代，不能漫无限制，随便去用——不顾情境随便去用，便要发生美辞堆砌病，这是我国向来用这种修辞法时最容易染上的一种流行病，像这暑天里面的霍乱病一样，我们如要免除传染，必须先打预防针——而要知道自己应该怎样用，又须豫先学习古来用得好的到底怎样用，到底用的怎样与情境有难解难分的联系。例如《长恨歌》以倾国代佳人，是和情境调和的，假如我们说赵匡胤爱花蕊夫人也说是爱倾国,那便不调和了。再如王维《五律四首》,以落日代落日残光,用意是在用落日和孤烟相对,假如无须相对,那也不一定要那样用的。诸如此类,我们每发见一个借代,必当追寻它何以用那样的借代,寻求得熟了,日后自己用来,也就会有分寸,不致乱用。虽然有一部分是随便用也无妨的,如以丝竹代音乐之类;但也要留心的时间久了,才知那一部分可以随便一点。

一二、排比错综等

此外修辞的方式还很多。如

昔也穴居而野处,今则有完善之宫室;昔也饮血茹毛,食鸟兽之肉而寝其皮。今则有烹饪裁缝之术;昔也束薪而为炬,陶土而为灯,而今则行之以煤气及电力;昔也椎轮之车,刳木之舟,为小距离之交通,而今则汽车及汽舟,无远弗届。 (《文明与奢侈》)

这样将相类的事,相并排列的名叫排比。又如:

骑而立者五人;骑而被甲载兵立者十人;一人骑执大旗前立;骑而被甲载兵行且下牵者十人;骑且负者二人;…… (《画记》)

这样特意把"骑而执大旗前立者一人"换成"一人骑执大旗前立"使语言文字前后有变化的名叫错综。单就《文选》上读过的来说,可以指出的修辞方式也还不少。但是比较重要的,我们都已指出了。诸君不妨先就指出的这些,加一点工夫研究。

(修辞完)

开明国文讲义

第三册

夏丏尊、叶圣陶、宋云彬、陈望道合编，
《开明国文讲义》（第三册），开明书店，
民国廿三年十一月初版

目 录

文 选

文学史话

文　选

九七、氓（诗·卫风）

　　氓之蚩蚩，抱布贸丝❶。匪来贸丝，来即我谋❷。送子涉淇，至于顿丘❸。匪我愆期，子无良媒❹。将子无怒，秋以为期❺。

　　乘彼垝垣，以望复关❻。不见复关，泣涕涟涟❼。既见复关，载笑载言❽。尔卜尔筮，体无咎言❾。以尔车来，以我贿迁❿。

---

　　❶　［氓之蚩蚩抱布贸丝］氓，民之通称。蚩蚩，敦厚貌。一说。愚戆貌。布即货布、泉布之属，即古时用以交易的货币。（但《盐铁论·错币篇》说："古者市朝而无刀币，各以其所有易无，抱布贸丝而已"，布与丝对举，则布当解为布帛之布。）贸丝，即买丝。这是说，那个貌似敦厚的男子，拿了布来买丝。

　　❷　［匪来贸丝来即我谋］匪，与"非"同。这是说，他不是来买丝，简直来向我求爱。

　　❸　［送子涉淇至于顿丘］送你渡过淇水，到了顿丘。按：淇水源出河南林县东南临淇镇，东北流经淇阳合淅河，折东南流，经汤阴至淇县，入卫河。顿丘，在今河南濬县，春秋时为卫地。《水经注》云："淇水又东屈而西转，径顿丘北。"顿丘在淇水之南，所以这里说"送子涉淇，至于顿丘"。

　　❹　［匪我愆期子无良媒］不是我要愆期，你没有派正式的媒人来呀。

　　❺　［将子无怒秋以为期］请你不要动气，约定秋天为婚期罢。将字有"愿"或"请"的意思。

　　❻　［乘彼垝垣以望复关］乘，登也。垝垣，已毁坏的墙垣也。复关，地名，据《太平寰宇记》所载，当在今河北濮阳县西六十里。因为那男子住在复关地方，所以就称那男子为复关。这是说，立在那毁坏的墙垣上望那男子到来。

　　❼　［涟涟］泪流貌。

　　❽　［载笑载言］载，语首助辞，无义。载笑载言，犹言说说笑笑。

　　❾　［尔卜尔筮体无咎言］古代占卜，或用龟，或用蓍。用龟者，将龟甲熏灼，视其裂文，以为吉凶的征兆。用蓍者，取蓍草之茎，衍成卦象，以卜吉凶。用龟的叫做"卜"，用蓍的叫做"筮"。体，指已见于卦兆的吉凶之象而言。这是说，你已经卜筮过了，但并无不吉的征兆。

　　❿　［以尔车来以我贿迁］你用车来迎我，我带了所有的财货来归你。贿，财货也。

桑之未落,其叶沃若❶。于嗟鸠兮,无食桑葚❷。于嗟女兮,无与士耽❸。士之耽兮,犹可说也;女之耽兮,不可说也❹。

桑之落矣,其黄而陨❺。自我徂尔,三岁食贫❻。淇水汤汤,渐车帷裳❼。女也不爽,士贰其行❽。士也罔极,二三其德❾。

三岁为妇,靡室劳矣。夙兴夜寐,靡有朝矣❿。言既遂矣,至于暴矣⓫。兄弟不知,咥其笑矣⓬。静言思之,躬自悼矣⓭。

---

❶ 〔桑之未落其叶沃若〕沃若,润泽貌。此以桑未落时叶色之润泽,来喻女子年少时容颜之丰美。

❷ 〔于嗟鸠兮无食桑葚〕于,读为"吁"。吁嗟,叹辞。鸠即斑鸠,一名鹘鸠,体小于祝鸠,羽色淡白,头颈及下面,色灰白微红,自肩脊至尾皆灰褐色,后颈有黑色之斑轮环。桑葚,桑实也。按:此二句借戒鸠之无食桑葚,以兴起下文。

❸ 〔于嗟女兮无与士耽〕士,男子之通称。耽,和乐貌;但这里竟可作恋爱解。这二句承上文而言,是说:"鸠!不要去吃那桑葚!女子们!不要轻易和男子谈恋爱!"

❹ 〔士之耽兮犹可说也女之耽兮不可说也〕男子们谈谈恋爱,还有话可说;女子而谈恋爱,终被男子所诱惑,这话从那里讲起!这是写那女子被弃后无以自解的愧悔之辞。

❺ 〔桑之落矣其黄而陨〕陨,坠落也。这是把桑叶的黄落,喻那女子的色衰被弃。

❻ 〔自我徂尔三岁食贫〕徂,往也。这是说,我到你家后,过了三年贫苦的生括。

❼ 〔淇水汤汤渐车帷裳〕汤汤,水流貌。渐,渍也,湿也。用帏障蔽车之两旁,叫做"帷裳",古时妇人所乘之车都有这种装饰。这是说那女子为男子所弃,坐了车涉淇水而归。

❽ 〔女也不爽士贰其行〕爽,差也,忒也,犹今言"错误"。贰当作"貳",貳为"忒"之借字。忒,更变也,失常也。这是说,女的并没有什么错误或过失,倒是那男子的行为太失常度了。

❾ 〔士也罔极二三其德〕罔,无也。罔极,据旧注说是无所不至的意思。无所不至犹言没有什么做不到的事情。德,行为也。二三其德,即行为前后不一致,犹言朝三暮四。这是说,那男子朝三暮四,不顾信义,什么事情都做得出来。

❿ 〔三岁为妇靡室劳矣夙兴夜寐靡有朝矣〕靡,无也。夙兴即早起。这是说,和你做了三年夫妻,我不辞劳苦的管理家务,早起夜睡,没有一朝休息过。一说,"靡室劳矣"的"靡"字当作"共"字解。(引《易》中孚卦释文引韩诗"靡,共也"。)"靡有朝矣"的"靡"字当作"无"字解。言三年之中,同居共苦,早夜操作,已非一朝。亦通。

⓫ 〔言既遂矣至于暴矣〕言,当作"乃"字解。这是说,乃既遂意矣,而待遇渐见疏薄,且至于酷暴也。

⓬ 〔兄弟不知咥其笑矣〕咥,音戏,大笑也。这是说,兄弟不知我被人虐待,反大大的嘲笑我。

⓭ 〔静言思之躬自悼矣〕此"言"字当作"而"字解。谓静而思之,不禁悲叹自己的身世了。

及尔偕老，老使我怨❶。淇则有岸，隰则有泮❷。总角之宴，言笑晏晏❸。信誓旦旦❹，不思其反❺。反是不思，亦已焉哉❻！

此为《诗·卫风》之第四篇。述一女子被男子所诱惑，约为婚姻。结婚以后，那女子一天到晚操作家事，不辞劳苦。不料男子所愿既遂，对待那女子渐渐酷暴起来。最后那女子竟因年老色衰，被男子所遗弃。诗中先述恋爱经过；次言女子之不当随便与男子恋爱；终写年老被弃，已往誓约竟不复为那男子所忆及，无可奈何，只好悼痛自己的所适非人而已。

《诗》本里巷歌谣与朝庙乐章。相传古有三千多篇，经孔子删为三百又五篇。本有齐鲁韩三家；但今只传《毛诗》，三家诗仅散见于旁的经籍中。《毛诗》即今通行的《诗经》，相传为汉毛公所传，故称《毛诗》。汉时有二毛公：鲁国人毛亨称大毛公，赵国人毛苌称小毛公。传《毛诗》者，据清《四库全书总目提要》说是毛亨。后汉郑玄为《毛诗》作笺，即今所通行的毛传郑笺本。唐孔颖达又为之疏，即今通行的《十三经注疏》本。宋朱熹又有《诗集传》，为科举时代最通行的读本。

《毛诗》分"风"、"雅"、"颂"三种体裁（本分南、风、雅、颂四体，《毛诗序》将《周》《召》二南并入《国风》，所以只有风、雅、颂三体了）。风大都是当时各国的里巷歌谣，故总称为"国风"。雅有"小雅""大雅"之分，说详下篇。颂分"周颂"、"鲁颂"、"商颂"；据清儒阮元说，颂即容也，谓乐章之兼有舞容者，与风、雅之唯歌者有别。《毛诗》自《周南》、《召南》以下至《豳风》，称为"十五国风"。《卫风》乃十五《国风》之一。卫为周朝所封的侯国，初在今河南淇县东北的朝歌城。据清朱右曾的考证，这篇诗里的复关男子，住在朝歌之东，和朝歌隔淇水、顿丘；

---

❶ ［及尔偕老老使我怨］谓本想和你偕老，不料老而见弃，徒使我怨恨也。

❷ ［淇则有岸隰则有泮］低下之地叫做"隰"。泮，读为畔。此言淇水尚有边岸，隰地尚有界畔，独男子之心反覆无常，不可捉摸也。

❸ ［总角之宴言笑晏晏］总角，男女未冠之称，谓总聚其发而结束之也。宴当作"讌"，讌像束发之两角，例如《诗·甫田》"总角讌兮"。讌与古音韵正合，又涉下文"晏晏"二字而误。晏晏，和乐貌。此言总角之时，言笑和乐，毫无隔膜也。

❹ ［信誓旦旦］旦旦当作"怛怛"。怛怛，诚恳貌。言极诚恳的誓相偕老也。

❺ ［不思其反］反，复也。谓今老而见弃，不复念及从前信誓怛怛的时候了。或解"反"为反覆之反，谓想不到他反复一至于此；那便和下文的语气不相属，似乎未合《诗》旨。

❻ ［反是不思亦已焉哉］谓那男子既不复念前言，只好算了，有什么法子呢。

而那女子便是朝歌人。(详见他所著的《诗地理征》。)

九八、绵（诗·大雅）

　　绵绵瓜瓞❶。民之初生，自土沮漆❷。古公亶父❸，陶复陶穴❹；未有家室。

　　古公亶父，来朝走马❺，率西水浒，至于岐下❻。爱及姜女，聿来胥宇❼。

───────────

　　❶〔绵绵瓜瓞〕绵绵，不绝貌。瓞，音迭（ㄉㄧㄝ），小瓜也。这是说，周民族逐渐繁殖，如瓜瓞般的绵绵不绝。

　　❷〔民之初生自土沮漆〕土当作"杜"，古土杜二字往往通用。杜即杜水，源出今陕西麟游县西北杜山下，南流折东经县南，至乾县西与武水合。汉于此置杜阳县，在今麟游县西北。沮、漆，两水名。漆水在今陕西邠县西。沮水即宜君水，出今陕西耀县北境，东南流合漆水为石州河。这是说，周民族最初住在杜水及漆、沮水一带地。

　　❸〔古公亶父〕周文王的祖父，后追尊为太王。

　　❹〔陶复陶穴〕《说文》引诗作"陶窳陶穴"。窳，窟也。复为窳字之省假。抟土为瓦器叫做"陶"，引申之，则挖掘泥土，造成窟室，亦可称"陶"。这是说，那时候的周民族还是住在窟穴里面，未有居室。

　　❺〔来朝走马〕《孟子·梁惠王》下篇："太王居邠，狄人侵之，事之以皮币，不得免焉；事之以珠玉，不得免焉；事之以犬马，不得免焉。乃属其耆而告之曰：'狄人之所欲者，吾土地也。吾闻之也，君子不以其所以养人者害人。二三子（犹言"你们"）何患乎无君！吾将去之。'去邠，逾梁山，邑于岐山之下居焉。邠人曰：'仁人也，不可失也。'从之者如归市。"这里的"来朝走马"，正是说太王受狄人侵逼，一朝带了他的部族，骑着马向岐山逃避。

　　❻〔率西水浒至于岐下〕率，循也。水浒即水厓。岐下，岐山之下，即今陕西岐山县一带地。太王避狄难，自邠（即今陕西邠县）循漆沮水南行，至渭水，又沿渭水而西，止于岐山之下。率西水浒，言循渭水之厓而西去。（关于"率西水浒"这一句的解释，前人争辩甚烈，这里是采陈奂《毛诗传疏》中的意见，而稍加修正。）

　　❼〔爰及姜女聿来胥宇〕爰，用同于"于"。及，与也。姜女，太王之妃姜氏也。聿，语助词。胥，相也。胥宇，犹言"相宅"。这是说，于是他和姜女来察看地势，预备建筑居室了。

周原膴膴，堇荼如饴❶。爰始爰谋，爰契我龟❷。曰止曰时，筑室于兹❸。

迺慰迺止，迺左迺右，迺疆迺理，迺宣迺亩；自西徂东，周爰执事❹。

乃召司空，乃召司徒。俾立室家❺。其绳则直，缩版以载，作庙翼翼❻。

---

❶　[周原膴膴堇荼如饴]周，遍也。周原，本泛指岐山之下的一带平原。因为太王在这一带平原上发迹，后遂以"周"字为国号，而周原也就成为地名了（今陕西岐山县有周原）。膴，音武（ㄨ）。膴膴，肥美貌。（一说，膴膴，当依《韩诗》作"腜腜"，读若梅（ㄇㄟ），与下面"爰契我龟"的龟字为韵。）堇，蔬类食物，一名"旱堇"。俗称"堇堇菜"，茎高尺许，叶阔，夏天开淡紫色的花，茎味苦，但煮熟后则甘而滑。荼音途（ㄊㄨ），即苦菜，茎高三四尺，中空，叶阔而黄，柔软，锯齿甚深，嫩茎叶可食。饴，音寺（ㄙ），甘也。这是说，这一带土地肥美，本来有苦味的堇、荼，也很好吃。

❷　[爰始爰谋爰契我龟]爰，语首助词。爰始爰谋，两"爰"字对举，则"始"与"谋"义亦相同，谋当作"始"字解。以刀刻物叫做"契"，引申之，则凡以刀剖开其物亦可称"契"。古时用龟以卜吉凶，大约先取生龟，祭而杀之，剔取其腹下甲而加以攻治，于是或钻凿，或焦灼，视其裂痕以定吉凶之兆，兆象既见，便刻文字于兆侧以识其事。（详可看董作宾《商代龟卜之推测》，原文载中央研究院《安阳发掘报告》第一期。）这是说，开始把龟剖割，预备占卜了。

❸　[曰止曰时筑室于兹]曰，语首助词。曰止曰时，与上"爰始爰谋"句法正同，两"曰"字对举，则"止"与"时"亦不得异义，时亦当作止字解。古人常用这样的复语，例如"爰居爰处"，"是究是图"。这两句承上文而言，谓太王既经龟卜，便决意止于岐山之下，并预备在这里兴筑一切了。

❹　[迺慰迺止……周爰执事]迺即"乃"字。慰，居也（见《扬子方言》及《广雅》）。迺慰迺止，也是复语，犹言"爰居爰处"。迺左迺右，据郑玄的解释，谓"乃左右而处之"。左右而处之，就是说当时跟太王到岐的人，很有秩序的分别安居下来，不像从前避难时那样凌乱无序了。迺疆迺理，谓整理其经界。宣，发也；引申为以耜发田之意。迺宣迺亩，是说大家把田垦发起来，并且别其畎垄，以便分头耕种。徂，往也，到也。自西徂东，赅括岐周一带的地域而言。（例如《桑柔》篇"自西徂东，靡所定处"，言这区域之内，无可安居之所。）周，遍也。周爰执事，谓遍境内凡应做的事体都在那里动手做了。总括这一章的意思，简单说来，便是这样：大家在这里分别住下了，疆界定了，田亩也划分了，这境内要做的事情都已动手做了。

❺　[乃召司空乃召司徒俾立室家]司空，司徒，皆官名。俾，使也。司空掌营国邑，司徒掌徒役之事，所以召他们来计划并且监视一切。

❻　[其绳则直缩版以载作庙翼翼]缩版即直版。古时筑墙，两端用短版夹住，称为"横版"，两边用长版夹住，称为"直版"。载为"栽"之借字。翼翼，恭敬严肃貌。这是写建造宗庙时筑墙的情形，谓先用绳把位置正直了，然后再树立直版，以便用泥土填成墙，造成一座很庄严的宗庙。

　　捄之陾陾，度之薨薨，筑之登登，削屢冯冯❶。百堵皆兴，鼛鼓
弗胜❷。

　　廼立皋门，皋门有伉❸。廼立应门，应门将将❹。廼立冢土，戎丑
攸行❺。

　　肆不殄厥愠，亦不陨厥问❻。柞棫拔矣，行道兑矣；混夷駾矣，维其
喙矣❼。

---

❶　[捄之陾陾度之薨薨筑之登登削屢冯冯] 捄，音鸠（丩ㄧㄡ）。把泥土放在土蔷里叫做"捄"。陾，音仍（ㄖㄥ），字本作"隔"，或省作"㑐"。度，投也，填也。屢为"娄"字之俗。凡隆起不平者古多称为"娄"，例如人之背曲而骨脊隆起者称为"伛偻"，车盖之中高而旁下者称为"枸篓"，邱之隆起者称为"培塿"，木之臃肿者称为"苻娄"，皆从娄字得声。削屢即削去墙土之隆高者使之平且坚也。冯，音凭（ㄆㄧㄥ）。本章是写建筑城墙的情形。陾陾，薨薨，登登，冯冯，都是形容工作时的声音。谓把泥土放入土蔷时，其声陾陾然；把泥土填入墙版时，其声薨薨然；用力把泥土填实时，其声登登然；把墙上隆起的地方削平时，其声冯冯然。

❷　[百堵皆兴鼛鼓弗胜] 堵，垣也。城之雉堞由堵而起。鼛，通作"皋"，皋者，告也。古时兴役，则击鼓以集众，鼛鼓即取告众以劝役之义。这是说，四周的城墙同时兴筑，工役众多，同时赴工，鼓不胜其击。

❸　[皋门有伉] 皋门，古王宫最外之门。伉，本作"阬"，高貌。有，状物之辞。有伉，犹言"伉然"。（《毛诗》中的"有……"大都作"……然"解。例如《桃夭》篇"有蕡其实"，即"其实蕡然"也。）

❹　[应门将将] 应门，天子所居之正门也。将，音抢（ㄑㄧㄤ）。将将，严正貌。

❺　[廼立冢土戎丑攸行] 冢，大也。冢土，大社也。（社，祭地主的庙。古王者必立社。为天下立社曰"大社"，为自己立社曰"王社"。）戎，大也；丑，众也；戎丑即"大众"。古时天子将出征，必集大众祷告于社。戎丑攸行，谓大众在社中祷告了然后行也。攸，语助词。按：当时太王必有用兵之事，故集大众祷告，现已无可考查了。

❻　[肆不殄厥愠亦不陨厥问] 肆，承接连词。《尔雅》云："肆，故也。"殄，绝也。愠，怒也。厥，其也。问与"闻"通，声誉也。相传文王时西边有混夷常来侵略，文王不得已，卑辞厚币以事之。（见《孟子·梁惠王》章下。）这是说，文王虽一时屈服，但仍不断绝其对混夷的愠怒，也不肯过分屈服，以堕自己的声誉。

❼　[柞棫拔矣行道兑矣混夷駾矣维其喙矣] 柞，常绿灌木，叶小有细齿，光滑而坚韧，干及叶腋皆有针刺，其木古人用以作梳。棫，丛生小木，一名"白桵"，茎叶多细齿，黄花黑实。兑，直也，引为通达之意。混夷，古西戎国名，亦作"昆夷"，"畎夷"，"串夷"（串即古患字），与混字皆一声之转。駾，音蜕（ㄊㄨㄟ），奔突也。喙，读若海（ㄏㄨㄟ），惊奔喘息也。这四句写文王斩伐树木，开通道路，讨伐混夷，混夷都逃走了。

虞芮质厥成，文王蹶厥生❶。予曰有疏附，予曰有先后，予曰有奔奏，予曰有御侮❷。

此为《诗·大雅》"《文王》之什"的第三篇，写周民族兴起的情形颇详细。全篇分九章：一章写周民族初聚居于漆沮一带，巢居穴处，未有家室；二章写古公亶父率其部族，迁居岐山之下；三章写古公亶父见岐山一带土地肥美，便决定在那里久住；四章写开辟荒土，整理农田；五章写兴作居室，建立宗庙；六章写筑城垣；七章写兴王宫，立社稷；八章写文王征服混夷；九章写文王为邻近诸部族所归心。

《诗》分《风》、《雅》、《颂》三体，雅又有《小雅》、《大雅》之分。据《诗大序》说："雅者，正也；言王政之所由废兴也。正有小大，故有《小雅》焉，有《大雅》焉。"梁启超说："雅者，正也。殆周代最通行之乐，公认为正声，故谓之雅。"按：《毛诗》《大小雅》及《周颂》都以十篇为一组（也有以十一篇为一组的，但这是例外），称为"什"。例如《小雅》第一组十篇，第一篇为《鹿鸣》，便称这一组为"《鹿鸣》之什"；《大雅》第一组为《文王》等十篇，便称这一组为"《文王》之什"。《绵》是《大雅》第一组的第三篇。

---

❶　[虞芮质厥成文王蹶厥生] 虞，芮，两国名。虞，即今山西平陆县的虞城。芮，即今山西芮城县。质，就是诉讼时两造相对质的质。成，平也，含有和平解决的意思。蹶，动也，含有感动的意思。生与"性"通。相传文王时，虞芮两国的君长因争田久不解决，闻文王判断公平，邻近的诸侯每有争执，常常来请他解决。便特地跑到文王那里，请他解决这桩案子。不料一到周国境内，见那里的人民都互相谦让，从没有争田夺地的事情。虞芮的君长自己觉得惭愧了，便互相让步，把所争的田作为闲田；争田问题就此解决。这里是说，虞芮两君的争田问题和平解决，因文王感动其本性之故。一说，蹶读为"橛"。橛为门中所竖短木，所以止门，故橛含有止的意思。蹶与橛同音通假。蹶厥生，谓制止他们不许争执。

❷　[予曰有疏附予曰有先后予曰有奔奏予曰有御侮] 予，指文王自己。曰，语中助词。疏附，是当时的口语，意思是说能使生疏的人都来亲附。先后，引先导后，即辅佐的意思。奔奏有两种解释：一说谓宣扬德化，敷奏善言。一说，奔奏即趋赴，使大众多来归化的意思。御侮，即执干戈御外侮的武臣。这是说，我有疏附、先后、奔奏、御侮的臣子们。盖极写周国人才众多，故能辅佐文王，卒成王业。一说，"予曰"，乃诗人自己赞美文王之辞。

九九、卜居（楚辞）

屈原既放，三年不得复见，竭知❶尽忠，而蔽鄣于谗❷，心烦虑乱❸，不知所从。往见太卜❹郑詹尹，曰："余有所疑，愿因先生决之。"

詹尹乃端策拂龟❺，曰："君将何以教之？"

屈原曰："吾宁悃悃款款，朴以忠乎❻？将送往劳来，斯无穷乎❼？宁诛锄草茅，以力耕乎❽？将游大人，以成名乎❾？宁正言不讳，以危身乎？将从俗富贵，以媮生❿乎？宁超然高举⓫，以保真⓬乎？将呢訾栗斯，喔咿

---

❶ 〔知〕一本作"智"。知与智本通用。

❷ 〔蔽鄣于谗〕谓因小人的谗言，使君臣之间有了隔膜。按：《史记·屈原传》云，"上官大夫与之（之字指屈原）同列，争宠，而心害其能。怀王使屈平造为《宪令》，屈平属草稿，未定，上官大夫见而欲夺之，屈平不与。因谗之曰：'王使屈平为令，众莫不知，每一令出，平伐其功，曰，以为非我莫能为也。'王怒而疏屈平。"

❸ 〔心烦虑乱〕犹言心烦意乱。虑，一本作"意"。

❹ 〔太卜〕掌卜筮之官。

❺ 〔端策拂龟〕端，正也。策，蓍茎也。言太卜把蓍茎端正了，把龟拂拭了，预备筮卜。

❻ 〔吾宁悃悃款款朴以忠乎〕悃悃款款，心志诚壹貌。朴，质朴，即诚实之意。按：本篇自此以下至"谁知吾之廉贞"，皆有韵；"朴以忠乎"的"忠"字，与下"斯无穷乎"的穷字叶韵；余类推。

❼ 〔将送往劳来斯无穷乎〕将，或然之辞。劳读去声，即慰劳之劳。劳来，谓对于来者迎劳之。这是说，"还是送往迎来，随随便便，一直这样混下去好呢？"

❽ 〔宁诛锄草茅以力耕乎〕诛锄草茅，就是削去田中的杂草以助苗的生长。这句是借草茅以喻朝中的小人。

❾ 〔将游大人以成名乎〕大人，指当朝的贵官。这是说，"还是去游大人先生之门，借他们的力量以成就自己的功名好呢？"

❿ 〔媮生〕犹言"苟活"。媮字与下"偷以全吾躯乎"的"偷"字，字异而义同。

⓫ 〔超然高举〕即丢去一切功名富贵，不和人家争权夺利的意思。

⓬ 〔保真〕保其天真。

儒儿,以事妇人乎❶? 宁廉洁正直,以自清乎? 将突梯滑稽,如脂如韦,以
絜楹乎❷? 宁昂昂❸若千里之驹乎? 将氾氾❹若水中之凫,与波上下,偷
以全吾躯乎? 宁与骐骥亢轭乎❺? 将随驽马之迹乎❻? 宁与黄鹄比翼
乎❼? 将与鸡鹜争食乎❽?"

"此孰吉孰凶? 何去何从?"

"世溷浊而不清:蝉翼为重,千钧为轻❾;黄钟毁弃,瓦釜雷鸣❿;谗人
高张,贤士无名。吁嗟默默兮⓫,谁知吾之廉贞!"

詹尹乃释策而谢,曰:"夫尺有所短,寸有所长;物有所不足,智有所

---

❶　[将呢訾栗斯喔咿儒儿以事妇人乎]呢訾,音足资,旧注云,以言求媚也。栗斯,旧注云,诡
随也。喔咿,音握伊,旧注云,强笑嚄也。儒儿亦作"嚅呢",音如而,旧注云,强笑貌,曲从貌。按:这
些都是当时的口语,是形容一班承人颜色,强为欢笑的小人。怀王有宠姬郑袖,当时朝中的臣子
都趋奉她以固自己的权位,所以屈原这样说。一说,此谓以谄事妇人之道去亲近楚王的所宠幸的贵
戚,妇人二字不一定是指郑姬。

❷　[将突梯滑稽如脂如韦以絜楹乎]无隅角者叫做"突梯",此借以喻人之随俗沈浮,一无棱
角也。滑,音骨,入声。滑稽的异解甚多;一说,滑,乱也,稽,同也。言辩捷之人,言是若非,说彼若
此,能乱异同,故称"滑稽"。一说。滑稽为流酒之器,转注吐酒,终日不已,故取以喻人之出口成章,
词不穷竭者。《史记》有《滑稽列传》,所传皆东方朔等一班以辩才取悦于君主的人。脂,韦,都是柔
软的东西,故取以喻人之柔弱无气骨者。絜,音缬(ㄒㄧㄝ)。凡直度叫做"度",围度叫做"絜"。楹,
柱也。柱形圆,絜楹即取圆滑之意。屈原这一个问,若用现代语来说,便是:"我还是做一个柔弱而
圆滑的人好呢?"

❸　[昂昂]马行貌。

❹　[氾氾]鸟浮貌。

❺　[宁与骐骥亢轭乎]骐骥,即千里马。轭,车衡两端,作缺月形,用以扼马颈者。与骐骥亢
轭,谓与贤才并列。

❻　[将随驽马之迹]驽马,跑不快走不远的最下等的马,取以喻无才能的人。这是说,"我
还是跟在那些没有才能的人的后面不去和人争胜好呢?"

❼　[宁与黄鹄比翼乎]鹄字古与"鹤"字通。古人盛称"黄鹤高飞一举千里"。与黄鹤比翼,即
高飞远走,不和俗人竞争的意思。

❽　[将与鸡鹜争食乎]鹜,鸭也。与鸡鸭争食,即和俗人争权位的意思。

❾　[蝉翼为重千钧为轻]喻当时时势溷浊,重小人而轻君子。古以三十斤为钧,千钧,三万斤
也。

❿　[黄钟毁弃瓦釜雷鸣]黄钟,乐器名。此喻贤智失时,庸愚在位也。

⓫　[吁嗟默默兮]默默,不言貌。这是说,"咳! 不要说了。"

不明❶;数有所不逮,神有所不通❷。用君之心,行君之意!龟策诚不能
知此事。"

　　此篇相传为屈原所作。屈原,战国楚的同姓贵族(春秋时楚武王子瑕食采
于屈,他的子孙就以地名为氏)。他的名字传说不一:据《史记》说他名平,则原
当是他的字。但他在《离骚》里自己说他名正则,字灵均。而在《卜居》、《渔父》
等篇中则又明明称屈原。他的生年,据学者考证当在周敬王四十三年,即公元
前四七七年;卒年已不可考。楚怀王时,他做左徒(官名),很得怀王宠信。后被
在朝的同官嫉忌,在怀王前说他坏话,怀王竟把他免职。但不久复被召用,曾
奉命出使齐国。秦昭王约楚怀王会于武关,屈原劝他不要去,怀王不听,结果
被秦国扣留,就死在秦国。怀王子顷襄王立,屈原又被放逐。他徘徊于沅湘之
间者好多年,终因不胜悲愤,自投汨罗江死。这篇相传是他被放逐后所作。他
那时候心烦意乱,自己决不定怎样处世才行,所以到太卜那里请他一卜,以便
决定自己今后的处世态度。但我们看这篇的开首就说"屈原既放"明明是第三
者的口气,不像是屈原自己的作品。
　　屈原的作品,《汉书·艺文志》称之为"赋"。刘向衷集屈原及宋玉等的作
品,称之为《楚辞》。王逸有《楚辞章句》十七卷,宋洪兴祖替他补注。朱熹又作
《楚辞集注》及辨证、后语等。本篇选自《楚辞章句》。

---

　　❶ 〔物有所不足智有所不明〕物,指龟。言龟虽神物,但也有许多事为它的智力所不够解决,
不能明白的。
　　❷ 〔数有所不逮神有所不通〕数,指策而言。谓有许多问题,即以策之神,也有不能通达的时
候。

文学史话

一、诗经与楚辞

诗歌的起原

诗歌差不多跟人类的言语同时发展的。在原始时代，人类过着集团生活。当集团劳动时，为使工作上得有规律的暗示，生理上得有调节的功用，发出具有一定节奏的声音，这就是原始的有韵律的歌声。后来渐渐进步，便有种种诗歌：战争时有军歌，求爱时有恋歌，祭祀时有祷祝之歌，喜悦或悲哀时有抒情之歌。但没有文字以前，这些诗歌就无法留传下来。

最古的诗集

最早用文字把古代的诗歌记载下来的，在我国止有一部《诗经》。《诗经》以前的作品，虽相传有唐尧时的《击壤歌》，虞舜时的《卿云歌》等等，然都一望而知其为后人伪作。❶《诗经》以外散见于各书的所谓"逸诗"，统共不过百篇，大都零篇断句，且有许多是古代的谚语，不能当作诗歌的。所以我们研究中国古代诗歌，除《诗经》外找不出第二部可靠的诗集。

诗经的内容

今本《诗经》为汉毛苌所传，故亦称"毛诗"。分"风""雅""颂"三体：

---

❶　《击壤歌》见《论衡》及《帝王世纪》等书，相传为唐尧时一个老人所作。其辞曰："日出而作，日入而息，凿井而饮，耕田而食，帝力于我何有哉！"但我们知道中国农业在商代还幼稚得很，唐尧时怎的会有凿井耕田的事实呢？《卿云歌》见于《尚书大传》，相传为虞舜与八伯唱和之作。其辞曰："卿云烂兮，纠缦缦兮，日月光华，旦复旦兮。"这明明是离骚体，虞舜时代那里会有这类歌曲！此外相传《诗经》以前的逸诗尚多，但都不可靠，兹不一一列举。

属于风者,有《二南》及《王》、《豳》、《郑》、《卫》等十三国风,计一百六十篇;属于雅者,有《小雅》、《大雅》,计一百五篇;属于颂者,有《周颂》、《鲁颂》、《商颂》,计四十篇;总计共三百五篇。这三种体裁,各有其音乐上的特点,不容混淆。据清儒阮元的解说:"颂即容字。风、雅但弦歌笙间,宾主及歌者皆不必因此而为舞容。惟三颂各章皆是舞容,故称为'颂'。若元以后戏曲,歌者舞者与乐器全动作也。风、雅则但若南宋之歌词、弹词而已。不必鼓舞以应铿锵之节也。"❶但古乐久已失传,后人对于风、雅、颂的种种解释,都是揣测之辞。现在我们不妨就三百五篇的本身,分别研究,归纳为若干类。例如把《大雅》的《生民》、《公刘》、《绵》及《小雅》的《采芑》、《六月》等篇合起来,便是一大篇周代的史诗。把《豳风》的《七月》,《小雅》的《甫田》等篇合起来,便是若干篇古代的农歌。此外如《邶风》的《静女》与《郑风》的《将仲子》等篇,都是恋歌;《卫风》的《氓》与《小雅》的《蓼莪》等篇,都是怨歌或悼歌;《周南》的《麟之趾》、《螽斯》等篇,都是颂贺之歌;《大雅》的《云汉》及《周颂》的思文等篇,都是祷祝之歌;《小雅》的《鹿鸣》、《伐木》等篇,都是宴会之歌;《小雅》的《车攻》、《吉日》及《大雅》的《常武》等篇,都是田猎或战争之歌;更有诗人创作的诗篇如《蒸民》、《崧高》、《巷伯》等篇,都可以把他分门别类,另成一个系统。不过这种工作不容易着手的。

诗经的年代

《诗经》中所收的诗歌,似以《商颂》五篇为最古。但我们考查近年发见的龟甲文字,便知商代的文字形式还没有成熟,决不能用以记录当时的诗歌。据后汉卫宏的《毛诗序》说,❷"微子至于戴公,其间礼乐废坏,

---

❶ 见《研经室一集》卷一《释颂》。

❷ 《毛诗》每篇之首,附有序,说明作此诗之意并及作诗之人。首篇《关雎》的序,总论全书旨趣,凡千余言,后人称之为"大序",其余各篇称为"小序",总称为"诗序"。《诗序》的作者是谁,有种种不同的传说:或说序之首句为大毛公(即传《诗经》的毛苌)所作,次句以下为小毛公(毛亨)所作。或说《大序》是子夏作,《小序》是子夏、小毛公合作。或说《大序》为孔子所作,《小序》为当时的国史所作。大家都没有证据,只凭己意在那里争辩。惟《后汉书·儒林传》说卫宏作《毛诗序》此出于正史的传记,较为可信。

有正考甫者得《商颂》十二篇于周太师。"则《商颂》是周太师所保管的先代乐章,时代当在周以前。但《诗序》对于各篇的解题,大都不很正确,未可凭信。我们知道商民族被周民族征服以后,还在宋国保存一支裔。❶这《商颂》五篇当是商民族的支裔的作品,其年代决不会在西周以前的。《诗经》各篇有可以推断其年代的,如《周颂》中的《清庙》、《维天之命》、《维清》、《天作》、《我将》、《雝》、《赍》等篇均有文王之谥,可知系武王时或武王后所作;而《鲁颂》的《閟宫》篇有"周公之孙,庄公之子"之句,则此诗作于鲁僖公时或僖公以后无疑(有人说,这篇是鲁国的史克所作,史克死于鲁襄公六年,则此诗当作于西历纪元前五七〇年顷),那便入于春秋的中期了。又如《大雅》中的《大明》、《文王有声》二篇,均有武王之谥,可知系成王时或成王后所作;而《小雅》的《正月》篇有"赫赫宗周,褒姒灭之"的话,那显然周室东迁后的作品了。又如《豳风》的《破斧》篇有"周公东征"之句,可证为西周初的作品;而《召南》的《何彼秾矣》篇有平王之谥,则是桓王或桓王以后的作品了。此外有正确年代可考的,如《大雅》的《崧高》、《烝民》篇中都有"吉甫作诵"之句,吉甫即尹吉甫,为周宣王时赫赫有名的人物,故知此诗为周宣王时的作品;又如《小雅》的《巷伯》篇中有"寺人孟子,作为此诗"之句,《汉书·古今人表》列寺人孟子于周厉王朝,故知此诗为厉王时的作品。总之,《诗经》虽不是每篇都有年代可考,但据上述各条加以推断,定《诗经》为西周初至春秋中期,约当西历纪元前一一二二年至前五七〇年间的诗歌总集,当不至十分错误的。

诗经的地域

《诗经》时代是周民族全盛的时代,所以《诗经》时代的历史背景便也以周民族为主。周民族向居于沮、漆水及渭水附近,至公刘而卜居于豳。公刘的后裔古公亶父(即周太王)为狄人所逼,由豳迁岐,在那里建筑城垣,起造房屋。到了他的孙子昌(即周文王)势力愈大,又征服了邻近的部落,便实行伐商,不幸中途而死。他的儿子发(即周武王)继续他的使

---

❶　武王灭商,封商贵族微子启之子于宋,在今河南商丘县南。详《史记·宋世家》。

命,终于取商而代之。十一传而至幽王,为犬戎所杀。幽王的儿子平王迁都洛邑,于是周民族在陕西的历史便结束了。以后西北的秦民族及南方的楚民族日益强盛,周室日渐衰微,而诗经时代也就告了结束。

《诗经》时代的历史背景既以周民族为主,故《诗经》里所收的诗歌,也限于周民族势力所及之处。《诗经》里所采集各国的诗歌,即所谓"十五国风"者,除《二南》(即《周南》、《召南》)外,有邶、鄘、卫、王、郑、齐、魏、唐、秦、陈、桧、曹、豳等十三国。王即周室的王畿;豳为周室的发祥地;其地在今陕西、甘肃、及河南的一部。邶、鄘、卫在今河北、山西。郑国在今河南。齐国在今山东。魏、唐在今山西。秦国在今陕西境内。陈、桧在今河南(内有湖北一小部分)。曹国在今河北、山东。此外如《鲁颂》为鲁国的诗歌,鲁国亦在今山东境内。这样看来,全部《诗经》都是北方的作品了。只有附于《国风》中的《周南》、《召南》,有人说他是周室东迁以后的楚诗。那时候南方的楚民族已经强大,《二南》或产生于楚民族的范围以内亦未可知。我们看《二南》二十五篇中涉及地名的,如"在河之洲"(《关雎》),"汉有游女"(《汉广》),"江之永矣"(同上),"遵彼汝坟"(《汝坟》),"江有汜"(《江有汜》),可见《二南》的产生区域最北是黄河,最南是长江,其他便是河与江之间的汝水与汉水,完全在楚民族范围以内的。

诗经的影响

《诗经》是代表中国古代的北方民族文学的,所以春秋、战国时的"北方之学者",每称举《诗经》以作论证。我们常在《论语》、《孟子》等儒家的经典中看到他们引《诗经》的片言只语,以作他们辩论或讽谏时的根据。尤其是孟子,他申斥"南方之学者"陈相时,便举《诗经·鲁颂》的"戎狄是膺,荆舒是惩",来痛骂"南蛮𫛞舌之人"。❶ 可见《诗经》在当时具有无上的权威。秦汉以后,《诗经》的威权渐失,《楚辞》起而代之。但秦汉以来文学家的作风还有不少受着《诗经》的影响的。一直到晋朝的隐逸诗人

---

❶　见《孟子》。

陶渊明,他所作的《停云》等篇如"霭霭停云,濛濛时雨。八表同昏,平路伊阻。静寄东轩,春醪独抚。良朋悠邈,搔首延伫……",显然受《诗经》的影响还是很深的。

楚辞的起原

当北方的周民族渐渐衰微,南方的楚民族渐渐强盛之际,楚民族文学也渐渐兴起,拿他们特创的文体来和北方的周民族的文学相对抗了。所谓"楚辞"便是"作楚声、记楚地、名楚物"的代表楚民族文学的一种诗体。换句话,《楚辞》便是楚民族的文学。

《诗经》中的《二南》虽然有人说他是楚民族的诗歌,但形式上完全和国风一样,看不出什么特色来。和《二南》同时的,据《说苑·至公》篇所载有楚国的令尹名子文者,作楚歌一首;又《正谏》篇载楚昭王筑层台,诸御己劝他不要筑,免得百姓受苦,楚王听了他的话,楚国人便作歌一首,赞美诸御己。但这两首所谓"楚歌"的,都是很呆板的四言诗,其形式完全和《诗经》一样。❶ 到了楚昭王时(约当公元前六一三年至前五九一年),昭王的弟弟鄂君子晳尝用楚国的诗体,翻译一首"越歌",那便和《诗经》完全不同了。这首歌载于《说苑·善说》篇,编《说苑》的刘向替他加上"楚说"二字,后人也公认他为《楚辞》渐次成熟时期的作品。现在把他写在下面:

今夕何夕兮,搴中洲流? 今日何日兮,得与王子同舟? 蒙羞被好兮,不訾诟耻。心几顽而不绝兮,知得王子。山有木兮木有枝,心说(悦)君兮君不知!

楚辞的篇次

"楚辞"的名称最初见于《汉书·朱买臣传》,但泛指楚地歌辞而言。今所传的《楚辞》,标明汉刘向所辑,后汉王逸章句。但王逸所章句的《楚

---

❶　令尹子文所作的楚歌云:"子文之族,犯国法程;廷理释之,子文不听。恤顾怨萌,方正公平。"又楚人赞美诸御己的歌辞云:"薪乎菜乎! 无诸御己,讫无子乎! 菜乎薪乎! 无诸御己,讫无人乎!"

辞》是否汉刘向的原本？又今所传的《楚辞章句》是否王逸的原本？都成问题，现在且不去说他。今所传《楚辞章句》本的篇次为：《离骚经》第一，《九歌》第二，《天问》第三，《九章》第四，《远游》第五，《卜居》第六，《渔父》第七（以上题屈原作），《九辩》第八，《招魂》第九（以上题宋玉作），《大招》第十（题屈原或景差作），《惜誓》第十一（不知谁作）。《招隐士》第十二（题为淮南小山作），《七谏》第十三（题为东方朔作），《哀时命》第十四（题为严夫子所作），《九怀》第十五（题为王褒作），《九叹》第十六（题为刘向作），《九思》第十七（题为王逸作）。则所谓《楚辞》者，乃包括自屈原至王逸许多年代中重要作家的作品。但我们须知道，《楚辞》的大创作家只有一个屈原。屈原以后，有唐勒、景差、宋玉诸人（见《汉书·艺文志》），而唐勒、景差的作品在王逸作《楚辞章句》时已经亡佚了。所以我们研究《楚辞》，须从屈原、宋玉的作品上着眼，汉人的作品，可以存而不论的。

楚辞与屈宋

楚辞在屈原以前已渐发达，但到了屈原，因他所处环境的恶劣及他的情感的丰富，遂产生了像《离骚》那样的伟大作品；其后宋玉等续有创作，《楚辞》遂成为与《诗经》并峙的伟大的文学作品。

记载屈原生平的事迹的只有《史记》的《屈原列传》。但《史记》原文有窜乱及脱落之处，所以考查屈原的事迹颇不容易。我们根据《史记》及屈原自己所作的《离骚》，知道他是楚国的同姓贵族，生于西元前三百四十三年（当周宣王二十六年，楚宣王二十七年戊寅）。初为楚怀王左徒，很得怀王的宠信。后被同朝的上官大夫所谗，怀王免他的职。但不久又复起用，并派他出使齐国。当时楚国的外交界分两派：一是"亲秦派"，一是"亲齐派"，屈原是属于后一派的。他曾劝怀王杀秦国的使者张仪，怀王不听。秦昭王约怀王会于武关，他又劝怀王不要去，怀王又不听。结果怀王被秦国扣留，就死在秦国。怀王的儿子顷襄王立，亲秦派大为得势，屈原终于不能立足，被放逐于沅湘之间。过了几年，他不胜悲愤，自投汩罗江而死。《汉书·艺文志》著录《屈原赋》二十五篇。《汉志》所谓"赋"，就是我们现在所说的"楚辞"。但今本《楚辞》所载的屈原作品不就是《汉志》所著录的"二十五篇"了。例如《九歌》十一篇，虽王逸《章句》本题为屈原所作，但据近人的考证，则《九歌》各篇大都是沅湘之间的祭歌，其时代也许在屈原以前。又如《卜居》、《渔父》等篇，开头都说"屈原既放"，显见不是屈原自己的作品。现在可确定为屈原所作的，只有《离骚》、《天问》及《九章》中的《橘颂》、《抽思》、《哀郢》、《涉江》及《怀沙》等数篇而已。但《天问》一篇也有人发生过疑问。严格的说，只有《离骚》大家公认为屈原作品，毫无问题的。《离骚》全篇计二千四百九十字。先叙他的世系及生年月日。次叙他自己人格的高尚，说他在"党人偷乐"的时候，不得不出来从事政治活动，但当局者不察他的中情。他悔恨之余，想还吾初服，做一个隐士，而他的姊姊又申申地骂他，说他的性情古怪，一定没有好结果。他把自己的志愿对他姊姊详细诉说以后，便叙述他的理想：他想从苍梧出发到上帝那里去扣帝阍；但是帝阍不开。他只得再去求访宓妃一流的女神；但也没有结果。于是他又到灵氛及巫咸那里去问卜，他们都劝他继续不断的上下求索，求出一个真理来。他又跑了许多地方。但他正在上穷碧落的时候，忽望见了他的故乡，于是他的仆夫想念故乡不肯再跟他跑了，他的马也不肯走了，他的理想终于幻灭了。最后他便决心走到"死"的路上。他说："已矣哉！国无人，莫吾知兮，又何怀乎故都！既莫足与为善政兮，吾将从彭咸❶之所居。"在这篇伟大的创作里，把他的狷洁的性格，丰富的思想，及徘徊瞻顾没有决心的智识分子的短处，都写了出来。后人因为尊重他这一篇，便称之为《离骚经》。

《楚辞》的伟大作家，屈原以后，要推宋玉。宋玉的生平。史书上没有详细的记载。据近人陆侃如的考证，以为宋玉生于楚顷襄王时，约当西元二九〇年。楚考烈王时曾为小官，不久失职。西元前二二二年，秦灭楚，宋玉大概就死于那时。但这些话大都是揣测之辞，不能作为定论。他的作品，《汉书·艺文志》著录者有赋十六篇。今《楚辞章句》载他的《九辩》、《招魂》两篇，其余散见于《文选》及《古文苑》，但和《汉志》十六篇的篇数不符，因为他的真作品大半已经亡佚了。今所传宋玉作品，以《九

---

❶ 彭咸，殷贤臣，谏其君不听，投水死。

辩》为最可靠。《九辩》分九段,其中"悲秋"的一段,最为后人赏赞,清王夫之称它为"千秋绝唱"。今节录如下:

悲哉秋之为气也!萧瑟兮草木摇落而变衰,憭慄兮若在远行,登山临水兮送将归。泬寥兮天高而气清,寂寥兮收潦而水清,憯悽增欷兮薄寒之中人。……燕翩翩其辞归兮,蝉寂寞而无声;燕雁雁而南游兮,鹍鸡啁哳而悲鸣。独申旦而不寐兮,哀蟋蟀之宵征。……

楚辞的演化

《楚辞》自前六世纪渐渐萌芽,至《离骚》出遂奠定了他在中国文学史上永久的基础。晚出的作品,大都模仿《离骚》;但如《卜居》、《渔父》等显然是《离骚》的变体,见解与技术都很高明,可以代表《楚辞》最进步时期的作品。从此以后,一直到汉初,《离骚》的模拟还很流行着,最有名的便是文景间的庄忌(即严夫子)和贾谊。庄忌的《哀时命》云:"哀时命之不及古人兮,夫何予生之不遭时!往者不可扳援兮,俫来不可与期。志憾恨而不遥兮,抒中情而属诗。夜炯炯而不寐兮,怀隐忧而历兹。心郁郁而无告兮,众孰可深谋。欲愁悼而委情兮,老冉冉而逮之。……"模仿《离骚》,神情逼肖。贾谊的《吊屈原赋》、《鵩鸟赋》等,也是模仿《离骚》以写自己的抑郁牢愁的。但这样模仿下去,渐渐把《楚辞》的精神失去了。到了汉武帝时,因社会经济的安定与中央政权的巩固,再不能容许士大夫们无病呻吟的模仿《离骚》在那里"露才扬己,显暴君过"了。于是士大夫们便换了一个方向,专用弘丽的体制,夸张的描写来献媚君上。那些作品的形式虽大都沿袭《楚辞》,但完全貌合神离了。到那时候《楚辞》已演变而为"汉赋"。于是屈宋诸人的作品便被班固无端加上一个"赋"的名称,《楚辞》时代就此告了结束。

文　选

一〇〇、谕巴蜀檄

司马相如

告巴蜀太守❶：

蛮夷自擅❷，不讨之日久矣；时侵犯边境，劳士大夫。陛下即位，存抚天下，集安中国❸。然后兴师出兵，北征匈奴❹，单于❺怖骇，交臂受事，屈膝请和❻。康居西域，重译纳贡，稽首来享❼。移师东指，闽越相

---

❶　［巴蜀太守］巴，蜀，两郡名。今四川境内旧保宁、顺庆、夔州、重庆四府及泸州，皆汉时巴郡地。今四川境内旧成都、龙安、潼川、雅州四府及邛州与保宁府之剑阁以西，皆汉时蜀郡地。太守，官名，即秦之郡守，为一郡的长官。

❷　［蛮夷自擅］当时称边境未开化之民族为"蛮夷"。自擅，犹言"自专"。

❸　［集安中国］集安，一本作"辑安"，义同，犹言安抚也。此中国对边境而言，与"中土""中原"意义相同。

❹　［匈奴］见前《大泽乡》注。

❺　［单于］匈奴的君长称"单于"。

❻　［交臂受事屈膝请和］交臂与"交手"同，谓拱手也。受，应也。受事，谓降服后应中国之徭役也。屈膝，谓屈膝跪拜也。按：武帝元光三年（公元前一三〇年），听从王恢的建议，诱击匈奴，但没有成功，详见《汉书·匈奴传》。这里说匈奴"交臂受事，屈膝请和"，都是作者夸饰之辞。

❼　［康居西域重译纳贡稽首来享］康居，西域国名，领有今新疆北境至俄领中亚之地。凡远方言语不通须经过几重的翻译才能了解者叫做"重译"。纳贡，谓贡献方物。拜时头至地曰"稽首"，为跪拜礼中之最重者。享，献也。来享，谓来贡献也。按：汉武帝使张骞通西域，据《史记·张骞传》，骞使西域，以元朔三年（公元前一二六年）归，司马相如作文谕巴蜀时，在元光中，西域康居疑尚未通中国，也是相如夸饰之辞。或者那时候偶有通贡之事，史书失载，亦未可知。

诛❶。右吊番禺，太子入朝❷。南夷之君，西僰之长❸，常效贡职，不敢怠惰；延颈举踵，喁喁然皆乡风慕义❹，欲为臣妾，道里辽远，山川阻深，不能自致❺。夫不顺者已诛，而为善者未赏，故遣中郎将往宾之❻；发巴蜀士民各五百人，以奉币帛，卫使者不然❼，靡有兵革之事，战斗之患。今闻其乃发军兴制❽，惊惧子弟，忧患长老；郡又擅为转粟运输；皆非陛下之意也。当行者或亡逃自贼杀❾，亦非人臣之节也。

夫边郡之士，闻烽举燧燔❿，皆摄弓⓫而驰，荷兵⓬而走，流汗相属，唯恐居后，触白刃，冒流矢，议不反顾，计不旋踵⓭，人怀怒心，如报私仇。

---

❶ ［移师东指闽越相诛］汉初封无诸为闽越王，据有今福建省。又赵佗据今广东、广西地，称南越王。武帝建元六年(公元前一三五年)，闽越王郢攻南越，汉发兵击闽越，越人杀郢以降，事详《汉书·闽粤传》。按：汉都长安，闽越在其东，故云"移师东指"。移师东指，犹言移兵东向。

❷ ［右吊番禺太子入朝］吊，抚慰也。番禺，即今广东番禺县，当时为南越国都。番，音潘(夂ㄢ)。汉既平闽越，使严助往南越宣抚，南越王胡遣太子婴齐入宿卫，事详《汉书·南粤传》。按：南越在闽越之西，故讨伐闽越说"移师东指"，而宣慰南越则云"右吊番禺"。

❸ ［南夷之君西僰之长］僰，音菊(ㄅㄛ)，古西夷。汉武帝通僰道，于其地置县，故址在今四川宜宾县西面，接庆符县界。今云南四川尚有此种僰人，贵州亦间或有之。"南夷之君，西僰之长"，简言之，即西南夷的君长。

❹ ［喁喁然皆乡风慕义］《说文》："喁，鱼口上见。"喁喁然，盖以鱼之张口水面形容西南夷君长的乡风慕义。乡与"向"同。

❺ ［致］至也。

❻ ［故遣中郎将往宾之］中郎将，官名，秦置，汉以来因之，位亚于将军，元代始废。以币帛犒劳慰问之曰"宾"。

❼ ［以奉币帛卫使者不然］《汉书》注引张揖曰："不然之变也。"按：不然之变即未发生的变端，犹所谓"不测之变"也。这是说，征发巴蜀之士各五百人，叫他们供奉币慰劳西南夷的差役，并且保护那使者，以免有什么不测之事。

❽ ［发军兴制］即所谓"用军兴法"，就是用军法来勒束那些被征发的平民。

❾ ［当行者或亡逃自贼杀］那时候巴蜀人民之被征发往西南夷的，怕路远吃苦，又怕军法严酷，往往中途逃亡或自杀，所以相如这样说。

❿ ［烽举燧燔］古人戍守作高土台，台上作桔皋。桔皋头有兜零，以薪草置其中，常低之，有寇即燃火举之以作警号，这就叫做"烽"。或者堆积许多干柴，遇有寇则把它燃烧起来以作警号，这便叫做"燧"。燔，燃烧也。

⓫ ［摄弓］把弓张开了拿在手里，时时预备要发箭，叫做"摄弓"。

⓬ ［荷兵］带了兵器。

⓭ ［议不反顾计不旋踵］一转足之间叫做"旋踵"。这是说一闻寇警，大家都带着兵器出去抵抗，连一回头一转足的顾虑时间都没有。

彼岂乐死恶生，非编列之民❶而与巴蜀异主哉？计深虑远，急国家之难而乐尽人臣之道也。故有剖符之封❷，析圭而爵❸，位为通侯❹，居列东第❺；终则遗显号于后世，传土地于子孙。行事甚忠敬，居位甚安佚❻，名声施于无穷，功名著而不灭。是以贤人君子，肝脑涂中原，膏液润野草而不辞也。

今奉币役❼至南夷，即自贼杀，或亡逃抵诛❽，身死无名，谥为至愚❾，耻及父母，为天下笑。人之度量相越❿，岂不远哉！然此非独行者之罪也，父兄之教不先⓫，子弟之率不谨⓬也；寡廉鲜耻而俗不长厚也。其被刑戮，不亦宜乎！陛下患使者有司⓭之若彼，悼不肖愚民之如此，故遣信使⓮，晓谕百姓以发卒之事，因数⓯之以不忠死亡之罪，让三老孝弟以不教诲之过⓰。方今田时，重烦百姓⓱。已亲见近县⓲，恐远所溪谷山

---

❶　［编列之民］编入户籍的平民。

❷　［剖符之封］符，符节也。剖谓分半与之也，汉高祖剖符封功臣，见《汉书·高帝纪》。

❸　［析圭而爵］圭，玉之剡上方下者。古时国有大事，执以为瑞信之物，故亦谓之"瑞玉"。形制大小，因爵位及所用之事而异，有大圭、镇圭、信圭、桓圭、琬圭之别。析，分也，析圭而爵，言分圭而爵之也。

❹　［通侯］即"彻侯"，本秦时赏军功的最高爵，汉因之，后避武帝讳（武帝名彻），改为通侯。

❺　［居列东第］古时公侯第宅有甲乙次第，汉以东第为甲，位置在帝阙之东；以西第为乙，位置在帝阙之西。居列东第，言其侯位之高贵也。

❻　［安佚］佚，与"逸"字同。安佚，犹言"安乐"。

❼　［奉币役］谓供奉币慰劳西南夷的差役，即上文所云"发巴蜀之士各五百人以奉币"者也。

❽　［亡逃抵诛］抵，当也。言因逃亡有罪当杀。

❾　［谥为至愚］谥，犹"号"也。言死后还被人号为"至愚"。

❿　［相越］即"相去"。

⓫　［父兄之教不先］谓做父兄的平日不先把那些忠君死国的大道理教子弟。

⓬　［子弟之率不谨］而子弟也不知道很谨慎的遵循父兄的教训。率，循也，遵也。

⓭　［有司］官吏之通称，此指巴蜀的长官。

⓮　［信使］诚信的使臣。

⓯　［数］责也。

⓰　［让三老孝弟以不教诲之过］让，责也。三老，乡官掌教化者也。汉制，十里一乡。乡有三老。汉初并置县三老。又汉选举科目有孝弟力田等科，被举为孝弟力田，得免役。《汉书·景帝纪》，"置三老孝弟以导民焉"。可见三老孝弟当时实同负教诲之责。

⓱　［方今田时重烦百姓］言现在正在种田的时候，难以烦扰百姓。重，难也。

⓲　［已亲见近县］言邻近各县已亲自向他们晓谕过了。

泽之民不遍闻,檄到亟下县道❶,使咸知陛下意。毋忽!

汉武帝使唐蒙通西南夷,唐蒙在巴蜀两郡大征夫役至万余人,又用军法勒束之,巴蜀的人民大起恐慌。汉武帝知道了,便遣司马相如往巴蜀,责唐蒙等骚扰百姓;并晓谕巴蜀人民,这样的大征夫役,不是皇帝的意思。司马相如就写了这篇文章,传谕巴蜀人民。按:古代官文书用木简,长尺二寸,用以征召、晓谕或诘责者,叫做"檄",亦称"尺二书"。

司马相如(前179?—前117)字长卿,汉蜀郡成都人。少好读书,学击剑,以赀为郎。事景帝为武骑常侍。时梁孝王来朝,他见梁孝王好客,便称病辞职,到梁孝王那里做食客去,因此得和当时的辞赋作家如枚乘、庄忌之徒相交接。梁孝王死,他归故乡,和临邛的富家女卓文君发生恋爱。文君是一个寡妇,既爱上相如,便跟着他逃走了。但相如家里很穷,没有办法,只好把家私卖去,开了一爿酒店,命文君当垆,自己穿了短裤做酒保。后来卓文君的父亲知道了,便分给他们些财产,相如因此就很富有了。相如尝作《子虚赋》流传入禁中,汉武帝读了很称赞,但不知谁作。时蜀人杨得意为狗监,侍武帝,便对武帝说:"这是我的同乡司马相如做的。"武帝便召见相如,拜为郎,后拜为中郎将,建节使于西南。余详见下《文学史话》。

---

❶ [亟下县道] 亟与"急"同。当时边境有蛮夷之地置道,与县并属于郡。

一〇一、西都赋(节选)

班　固

　　汉之西都，在于雍州❶，实曰长安❷。左据函谷二崤之阻❸，表以太华终南之山❹。右界褒斜陇首之险❺，带以洪河泾渭之川❻。〔众流之

------

❶　〔雍州〕古九州之一，今陕西、甘肃二省及青海额济纳之地皆是。

❷　〔长安〕汉都长安，故城在今陕西长安县西北十三里。

❸　〔左据函谷二崤之阻〕函谷，关名。在河南灵宝县西南里许，汉初置关都尉守之。武帝徙于新安，以故关为弘农县。关城在谷中，深险如函，故名。其中东西十五里，绝崖壁立，崖上柏林荫谷中，殆不见日。关离长安四百里，东自崤山，西至潼津，通名函谷，号称天险。崤山在河南洛宁县西北六十里，西接陕县界，东接渑池县界。崤有东西二陵(《左传》襄公九年："崤有二陵，其南陵，夏后皋之墓，其北陵，文王之所避风雨也。")，故称"二崤"。按：自长安言之，函、崤在其东，故云"左据函谷二崤之阻"。阻，要隘之地也。

❹　〔表以太华终南之山〕太华山在陕西华阴县南十里，即西岳也。以西有少华，故称太华。终南山即南山，在陕西长安县西五十里，东至蓝田县，西至郿县，绵亘八百余里。又有中南、地肺、秦山、秦岭等异称。这是说，汉之西都，既有函谷那样的天险，又有太华终南之山为其外表。

❺　〔右界褒斜陇首之险〕褒斜，即陕西终南山的谷口，南口曰褒，在褒城县北；北口曰斜，在郿县西南；长四百五十里，为往来要道。陇首即陇山，在陕西陇县，西北跨甘肃清水县。山高而长，延亘陇县、静宁、镇原、清水之境，随地异名；山中四险，此为西面之要地。按：褒斜口及陇山都在长安之西，故曰"右界"。

❻　〔带以洪河泾渭之川〕洪，大也。洪河即大河，大河，黄河也。黄河曲折而南，入长城，为山西、陕西之界。行壶口、龙门二山谷中，东会离石水、汾水、涑水，西会葭芦川、无定河、延水，更南至风陵渡西、潼关城北，渭水挟洛水来会。折而东流，南岸为河南境，北岸为山西境。又东经永乐镇，沩汭二水合流来会。泾水东南流入陕西境，经长武、邠县、淳化、醴泉至高陵县入于渭。渭水东南流入陕西境，东经宝鸡、郿县至长安县境，纳黑水、涝水及丰、滈、潏、灞诸水，至高陵会泾水。又东经临潼、渭南、华县、华阴至朝邑县纳洛水。东流至潼关入黄河。

隈,汧涌其西❶。]华实之毛,则九州之上腴焉❷。防御之阻,则天下之奥区焉❸。是故横被六合❹,三成帝畿❺:周以龙兴❻。秦以虎视。及至大汉受命❼而都之也,仰悟东井之精❽,俯协河图之灵❾;奉春建策,留侯演成❿;天人合应,以发皇明⓫;乃眷西顾,实惟作京⓬。于是睎秦岭⓭,睊北

---

❶　[众流之隈汧涌其西]隈,水曲也。汧涌音牵勇(ㄑㄧㄢ ㄩㄥˇ),水涌溢流动貌。按:《后汉书·班固传》无此两句,此从《文选》。以文章的布局论,这里既有此两句,则上面“表以太华、终南之山”以下也应该加上两句,文势方顺,大概转展传抄,把上两句脱去了。现在为读起来顺口起见,不妨依照《后汉书》把这两句删去。

❷　[华实之毛则九州之上腴焉]毛,草也(《左传》隐公三年:“涧溪沼沚之毛”)。华实之毛,茂盛的草木也。古分天下为兖、冀、青、徐、豫、荆、扬、雍、梁九州(按九州之说,《禹贡》和《尔雅》、《周礼》各不同,此从《禹贡》)。《书·禹贡》称“雍州,厥田上上”,所以这里说它是“九州之上腴”。

❸　[防御之阻则天下之奥区焉]说西都形势险要防御巩固,为天下深奥的区域。

❹　[横被六合]横作“广”字解。四方上下叫做“六合”。横被六合,犹言“广被四海”,谓以长安而统治全中国也。

❺　[三成帝畿]帝畿即帝都。周秦汉三朝并建都长安,所以这样说。

❻　[龙兴]和下句的“虎视”,都是形容国势的强盛。

❼　[受命]古代以为皇帝乃受命于天者,故汉灭秦有天下亦称“受命”。

❽　[仰悟东井之精]东井,星名,即井宿也。为二十八宿之一,今小寒节子初初刻十二分之中星。相传汉元年五星聚东井,为汉受天命的符瑞。

❾　[俯协河图之灵]相传伏羲氏王天下,有神龙负图出于河,就是所谓“河图”。因此,凡记载王者受命之符的如西汉末出现的纬书亦可称为“河图”。纬书中记刘季(即汉高祖)受命于天,成功在西,故西都长安(详见《文选》注引纬书《春秋汉含孳》)。按:汉儒最喜讲那些怪诞的话,所谓纬书,完全是荒唐无稽之谈。其目的无非造作诞说,以证明刘邦的做皇帝是受命于天而已。

❿　[奉春建策留侯演成]汉高祖初有天下,拟建都洛阳。戍卒娄敬求见,竭力劝他西都长安。高祖问张良,张良也主张西都长安,于是高祖就决意在长安建都,拜娄敬为奉春君。张良后以功封留侯。此谓汉都长安,乃奉春君娄敬所建议,而留侯张良竭力赞助成功的。

⓫　[无人合应以发皇明]天,指五星聚东井。人,指娄敬建策。皇,指汉高祖。这是说,上天示瑞,人臣建议,天人合应,遂启发了皇帝的聪明,决计西都长安。

⓬　[乃眷西顾实惟作京]这是套《诗·大雅·皇矣篇》“乃眷西顾,此维与宅”。眷亦作顾字解(见《说文》段注)。谓汉高祖因天人合应,遂西顾而建都也。

⓭　[睎秦岭]睎,望也。秦岭即南山。按:今自甘肃皋兰而东,亘陕西南部河渭汉沔之间,直至河南陕县,其间鸟鼠、朱圉、太白、终南、太华、商山诸山,皆秦岭山脉;惟山之专以秦岭名者,则始于天水而终于陕县耳。

阜❶，挟沣灞❷，据龙首❸。图皇基于亿载，度宏规而大起。肇自高而终平❹，世增饰以崇丽；历十二之延祚❺，故穷奢而极侈。建金城其万雉❻，呀周池而成渊❼；披三条之广路❽，立十二之通门❾。内则街衢洞达，闾阎❿且千，九市⓫开场，货别隧⓬分；人不得顾，车不得旋；阗城溢郭⓭，旁流百廛⓮，红尘四起，烟云相连。于是既庶且富，娱乐无疆⓯。都人士女，殊异乎五方⓰。游士拟于公侯⓱，列肆侈于姬姜⓲。乡曲豪俊游侠之

---

❶　［睨北阜］睨，视也。北阜，指今陕西三原县北有高阜，东西横亘者是也。

❷　［挟沣灞］沣水，一作丰水，亦作酆水。为关中八川之一。源出陕西宁陕县东北秦岭，西北流经长安，纳潏水，又西北分流，并注渭水。灞水又作霸水，亦为关中八川之一。源出陕西蓝田县东倒谷中，西南流纳蓝水，折西北流纳辋水，又西北经长安，过灞桥，又西北与浐水会，北流注于渭水。

❸　［龙首］即陇首。

❹　［肇自高而终平］肇，始也。谓始于汉高祖而终于汉平帝。

❺　［历十二之延祚］汉自高祖至平帝凡十二世。

❻　［建金城其万雉］金城，言城之坚，若以金铸成也。古以长三丈高一丈为雉。建金城其万雉，极言其城之坚而大也。

❼　［呀周池而成渊］呀，大空貌（见《玉篇》）。这是说四周的城河大而且深也。

❽　［披三条之广路］披，开也（《史记·五帝纪》，"黄帝披山通道"）。据《周礼》说，国都方九里，旁三门，每门为大路。所以这里说开三条大路。

❾　［立十二之通门］古王城有十二门（见《周礼》地官司门郑注），所以这样说。

❿　［闾阎］闾，里门也。阎，里中门也。

⓫　［九市］《后汉书》章怀注引《汉宫阙疏》曰："长安九市，其六在道西，其三在道东。"

⓬　［隧］街道也。

⓭　［阗城溢郭］谓城郭几乎被阗满，极言其繁盛也。

⓮　［旁流百廛］旁流，作"普及"解。百廛，犹云"一切店家"。

⓯　［无疆］犹言"无尽"。

⓰　［都人士女殊异乎五方］五方，谓四方及中央也。这是说，京师里住着各种地方的人，犹现在人家称上海为五方杂处。

⓱　［游士拟于公侯］游士，游谈之士。这是说，那些游谈之士在京里大都很得意，几乎同公侯一般。

⓲　［列肆侈于姬姜］列肆，犹今言"店铺"。鲁为姬姓，齐为姜姓，姬姜即齐鲁也，齐鲁为文物之邦，亦为古代之大都市。此言西都列肆之众多，陈设之华美，胜于齐鲁也。

雄❶,节慕原尝❷,名亚春陵❸;连交合众,骋骛乎其中。

汉都长安,后汉迁都洛阳,遂称长安为"西都"。明帝时洛阳修起宫室,濬缮城池,而关中父老还在希望汉都西迁。作者乃造《两都赋》,分上下篇:上篇写西都宾在东都主人面前盛称西都的形势如何雄壮,规模如何伟大。下篇写东都主人盛称洛邑制度之美以折服西都宾。后人因称上篇为《西都赋》,下篇为《东都赋》。全文甚长,载《后汉书·班固传》及昭明《文选》。这里止节选《西都赋》的一节,以见汉赋之一斑。

班固(32—92)字孟坚,后汉扶风安陵人。年九岁能属文,博通经史。他的父亲班彪,以《史记》只写到汉武帝初年,以后的事迹阙而不详,续作《后传》数十篇。他以父亲所续未详,努力搜集材料,想做一部完备的史书。不料有人告他改作国史,被逮捕至京,监禁于"京兆狱"中。他的弟弟班超上书皇帝,替他辩诬。明帝召见他,他对明帝说明了继续作史的本意,明帝便命他做兰台令史,不久就迁为郎,典校秘书,命他续成前所著书。永元初,大将军窦宪出征匈奴,他为中护军。后宪败,他被捕,死于狱中。那时候他所作的书,还有几篇没有作成,和帝命他的妹妹班昭(即曹大家)续成之。那部史书便是《史记》以后最有名的著作——《汉书》!《汉书》上起高祖,下讫王莽,凡十有二世、二百三十年,为中国断代史的鼻祖。班固所著除《汉书》外,其他辞赋亦多可观。他不但是史学家,并且是东汉第一个重要的辞赋作家。

---

❶ [乡曲豪俊游侠之雄] 乡曲,谓穷乡僻壤之处,以其偏处一隅,故曰"乡曲"。豪俊,犹言"豪杰"。好交游,急人难者,叫做"游侠"。《史记》有《游侠列传》,所载多藏匿亡命结客复仇等事。这是说,乡里间那些有名的豪杰侠客。如《史记·游侠传》所载朱家、郭解、原涉之流也。

❷ [原尝] 谓平原君、孟尝君也。平原君,战国赵武灵王之子,名胜,平原君是他的封号。相赵,好宾客,至者数千人。详《史记·平原君传》,孟尝君,战国时齐之公族,姓田氏,名文,封于薛,孟尝君是他的称号。相齐,招致贤士,食客数千人。详《史记·孟尝君传》。

❸ [春陵] 谓春申君、信陵君也。春申君,战国时楚相,姓黄,名歇,春申君是他的封号。相楚二十余年,食客三千余人。详《史记·春申君传》。信陵君,战国魏昭王之少子,名无忌,信陵君是他的封号。食客三千人,尝夺魏兵救赵,又率五国兵大破秦军。详《史记·信陵君传》。

一〇二、归田赋

张　衡

游都邑以永久，无明略以佐时❶。徒临川以羡鱼❷，俟河清乎未期❸。感蔡子之慷慨，从唐生以决疑❹。谅天道之微昧，追渔父以同嬉❺。超埃尘以遐逝❻，与世事乎长辞。

---

❶　〔游都邑以永久无明略以佐时〕言久滞京都，没有智略以匡佐时君。

❷　〔徒临川以羡鱼〕汉时有一句俗语："临河羡鱼，不如退而结网。"《文子·上德篇》及《汉书·董仲舒传》皆引用之。(《文子》作临河欲鱼，不若归而织网。《汉书》作临渊羡鱼，不如退而结网。)徒临川以羡鱼，是徒托空想不去实行的意思。

❸　〔俟河清乎未期〕黄河水浊，故一向以河清为天下太平朝政清明的象征。俟河清乎未期，含有未躬逢盛世辅佐明君之意。

❹　〔感蔡子之慷慨从唐生以决疑〕战国时燕人蔡泽，是一个周游列国从事于政治活动的人，但游历了几国都不甚得意，便到一个术士叫做唐举的那里去相面。唐举细细地看了他一回，笑道："先生的尊容实在难看，吾闻得圣人的相貌很难看的，大概就是先生吧?"蔡泽说："你不要取笑，我不是来问未来的富贵，我只要知道我还有几年好活。"唐举道："先生的寿，从今天起还有四十三岁。"蔡泽很高兴，谢了唐举出来，对他的御者说："我倘能一朝得意，身怀金印，腰系紫绶，食肉富贵，四十三年已经很满足了。"后来他到秦国，为秦昭王所赏识，不久就代范雎为相。详见《史记·蔡泽传》。《说文》："慷慨，壮士不得志于心也。"这里作者因仕不得志，故与蔡泽有同感。

❺　〔谅天道之微昧追渔父以同嬉〕谅，信也。微昧，幽隐不明也。父读为"夫"。嬉，乐也。相传屈原被放逐于湘沅之间。一天行吟江畔，有渔夫问他："你不是三闾大夫? 为什么在这里?"屈原告诉他被放逐之故。渔夫便劝他不要这样狷介绝俗，还是随随便便过去罢。屈原却不以为然，他告诉渔夫，情愿蹈湘江而死，葬身鱼腹，不愿把这清白的身体蒙上世俗的尘埃。那渔夫听了，便微笑着鼓棹而去，口里唱着歌道："沧浪之水清兮，可以濯我缨;沧浪之水浊兮，可以濯我足。"详见《楚辞章句·渔父》篇。这里作者因仕不得志，便相信天道是暧昧的;但他不像屈原那样情愿葬身鱼腹，他要追随那渔夫做一个避世的隐士。

❻　〔超埃尘以遐逝〕埃尘，喻世务纷浊。谓将摆脱俗务，超然远引也。

于是仲春令月❶,时和气清。原隰郁茂,百草滋荣。王雎❷鼓翼,鸧鹒❸哀鸣,交颈颉颃❹,关关嘤嘤❺。于焉逍遥❻,聊以娱情。尔乃❼龙吟方泽❽,虎啸山邱,仰飞纤缴❾,俯钓长流;触矢而毙,贪饵吞钩;落云间之逸禽,悬渊沈之鲈鳢❿。

于时曜灵俄景,系以望舒⓫。极盘游⓬之至乐,虽日夕而忘劬⓭。感老氏之遗诫,将回驾乎蓬庐⓮。弹五弦⓯之妙指,咏周孔之图书⓰。挥翰墨以奋藻,陈三皇之轨模⓱。苟纵心于物外,安知荣辱之所如!

---

❶ 〔仲春令月〕阴历二月为"仲春"。令,善也。月称令月,犹节称"佳节",时称"良辰"也。

❷ 〔王雎〕即雎鸠。《诗·周南·关雎篇》:"关关雎鸠,在河之洲。"《尔雅》郭注云:"雕类也,今江东呼之为'鹗',好在江边沚中。"按:鹗鸟,嘴短,趾有连膜,后趾前后转回,栖水边,捕鱼为食。俗称"鱼鹰"。

❸ 〔鸧鹒〕亦作"仓庚",又名"黄鹂",即莺也,俗称"黄莺"。背灰黄色,腹灰白色,尾有黑羽。雌雄常双飞。初春始鸣,声宛转清脆。

❹ 〔颉颃〕颉颃音结杭(ㄐㄧㄝˊ ㄏㄤˊ),鸟飞上下貌。

❺ 〔关关嘤嘤〕皆鸟鸣声。如《诗》言"关关雎鸠""鸟鸣嘤嘤。"

❻ 〔于焉逍遥〕焉犹"是"也。于焉逍遥即于是逍遥。

❼ 〔尔乃〕承接连词。犹语体文中的"那么"。

❽ 〔方泽〕大泽也。(方训大,见《广雅释诂》。)

❾ 〔仰飞纤缴〕以绳系矢而射叫做"缴"。《列子·汤问篇》"蒲且子之弋也,弱弓纤缴,乘风振之,连双鸧于青云之上。"这里就运用这典故,谓以纤缴仰射飞鸟也。

❿ 〔悬渊沈之鲈鳢〕沈音忱(ㄔㄣˊ),深也。渊沈,犹言"深渊",因与上句"云间"二字相对,故不作"沈渊"而倒文为"渊沈"。鲈即"鲨"字,俗名"吹沙鱼",产溪涧中的小鱼。长五寸许,黄白色,有黑斑,鳍大,尾圆,腹鳍能吸附他物,口鳃广大,常张口吹沙。鳢音ㄌㄧㄡ,亦鱼名,其形已不可考。按:自"于是仲春令月"至此,皆写他归隐后及时游猎之乐。

⓫ 〔曜灵俄景系以望舒〕曜灵,日也(见《广雅》)。俄,斜也。望舒,月御也(并见王逸《楚辞注》)。景,与"影"同。这是说,太阳渐渐斜了,月亮上来了。

⓬ 〔盘游〕尽情的游乐。

⓭ 〔忘劬〕忘记了身体的疲劳。

⓮ 〔感老氏之遗诫将回驾乎蓬庐〕《老子》:"驰骋田猎,令人心发狂。"蓬庐别于华屋而言,隐者之所居也。这是说,感到老子的遗诫,不敢纵情于游猎,便预备回去了。按:作者生平最服膺老子,尝作《思玄赋》,以申其志。这篇结句说,"苟纵心于物外,安知荣辱之所如",也是道家的思想。

⓯ 〔五弦〕五弦琴。

⓰ 〔咏周孔之图书〕读读周公、孔子的书。

⓱ 〔挥翰墨以奋藻陈三皇之轨模〕翰墨,笔墨也。藻,辞藻也。三皇,谓伏羲、神农、黄帝也(按,三皇之说不一,此从孔安国说)。轨模,法度也。这是说他退隐以后,预备奋笔为文,专心著作,把古代圣王的法度记下来,以为后来的帝王所取法。

古称辞职还乡里曰"归田",取归治田亩之义。此篇的作者张衡,因做官不甚得意,思辞职还乡里,故作此赋。

张衡(78—139)字平子,后汉南阳西鄂人。他少年时代文章已经写得很好了。后游三辅,入京师,观太学,遂通五经,贯六艺。那时候天下太平,王侯以下都以奢侈相夸尚,他便仿班固《两都赋》作《两京赋》,用以讽谏,精思巧构,十年乃成。安帝时征拜郎中,迁为太史令。和帝时为侍中。当顺、和两帝时,国政渐渐腐败,他想在政治上有所建白,但被专横的宦官所阻挠,郁郁不得志,乃作《思玄赋》以申其志。永和初,出为河间相,在任三年,政绩很好。后征拜尚书,但不久就死了。他所作除辞赋外,其《四愁诗》新体独创,尤为后人所传诵。他不仅是一个文学家,又是一个天文学家,尝作浑天仪、候风地动仪,时人都佩服他的巧妙。

文学史话

二、汉赋的发达及其流变

诗骚赋的递嬗

《诗》三百篇都可被之管弦,协诸音律的,所以《史记·孔子世家》说,"《诗》三百篇,孔子皆弦歌之,以合韶武雅颂之音"。到了战国时,因乐器的进步,❶新乐繁兴,诗和乐的关系渐疏。代《诗》而兴的《楚辞》,其中的祭歌如《九歌》之类虽还合于乐舞,但如《离骚》那样的长篇叙事诗,恐怕只能讽诵,不会入乐的了。和《离骚》的作者时代相去不远的荀况,他做

---

❶ 春秋时代所用乐器与战国时代不同:除琴瑟钟鼓之外,春秋时以木石乐器为多,战国则以丝竹乐器为多,如高渐离击筑(见《国策》及《史记》),齐宣王使人吹竽(见《韩非子》),都是丝竹的乐器。乐器的进步,于此可征。

过楚国的兰陵令,曾用《楚辞》的体裁著成若干篇说理诗,而直称之为"赋"。❶ 据汉班固引古《传》说,"不歌而诵谓之赋",则在战国时专供讽诵而不能入乐的诗篇已渐渐出现了。屈原以后的作家,虽大都模仿《离骚》,但渐渐趋重于铺陈事物,堆砌辞句,和"被之管弦"的《诗》,固相去愈远,和"合于乐舞"的《楚辞》,也貌合神离了。于是所谓不歌而诵的"赋",由动词一变而为名词,继《诗》《骚》而别成一种文体了。

汉赋的初期

汉高祖以马上得天下,看不起儒生,所以汉初的文学界没有什么生气。《汉书·艺文志》所载汉初辞赋作家仅陆贾、朱建、赵幽王等寥寥数人,而作品最多的陆贾也只有三篇;现在他们的作品都已亡佚了。

到了文景时,辞赋的作家渐多。《汉书·艺文志》所载,有庄夫子赋二十四篇,贾谊赋七篇,枚乘赋九篇。庄夫子即庄忌,他所作的赋,现止存《哀时命》一篇。贾谊赋《汉书》本传载《吊屈原赋》、《鵩鸟赋》二篇;他们都是模仿《离骚》的。枚乘赋九篇,今存者不足三分之一。《七发》一篇,载昭明《文选》,其结构极像《楚辞》中的《招魂》、《大招》,但叙事渐涉浮夸,给后来的辞赋以绝大的影响。

汉赋的极盛

汉自文景以来,专事休养生息,到武帝即位之初,七十年间,社会上没有什么大骚动,大有家给人足,天下太平的景象。武帝是一个好大喜功的君主,他自己也是一个辞赋作家,《汉书·艺文志》载有他自作的赋二篇,今虽不存,但我们读他的《秋风歌》:

> 秋风起兮白云飞,草木黄落兮雁南归,兰有秀兮菊有芳,怀佳人兮不能忘。……

及《悼李夫人歌》:

---

❶ 今本《荀子》有《赋》篇,内分五篇,都是借某种事物以说明他的哲理的诗,决不能歌唱的。又有《成相》篇及《赋》篇后面所用的《佹诗》,也都不能歌唱只能讽诵的。所以《汉书·艺文志》说,"不歌而诵谓之赋"。

是邪？非邪？立而望之，偏何姗姗其来迟！

可见其文辞的隽美。处这样安定的环境，再加上一个好大喜功，善作诗歌的君主，铺张扬厉，瑰伟宏丽的辞赋，自然应运而生。当时在武帝左右的文学之士，如司马相如、东方朔、庄助、刘安、吾丘寿王、朱买臣等，都是有名的辞赋作家。所以武帝一代，实为汉赋的极盛时期。梁刘勰《文心雕龙》所谓"遗风余采，莫与比盛"，实非过分的话。

汉代的赋家

汉初的赋家，大都模仿屈宋，自写其哀怨，实为《离骚》的遗风余采。真足以为汉赋的代表作家者，第一当推司马相如。

司马相如字长卿，蜀郡成都人。他在景帝时做过武骑常侍。后和枚乘等在梁孝王那里做食客，著《子虚赋》。那篇赋流传入禁中，汉武帝读了很赞赏，说"朕独不得与此人同时"！时相如的同乡杨得意为狗监，侍武帝，便对武帝说，"这是我的同乡司马相如作的。"于是武帝便召见相如，相如又献《游猎赋》，武帝大悦，命为郎。后为中郎将，建使节于西南。于武帝元狩六年（西元前一一七年）病卒。他所作的赋，今整篇存者，只有《子虚赋》、《哀秦二世赋》、《大人赋》、《长门赋》四篇而已。《古文苑》载有《美人赋》一篇，恐系六朝人伪托。他的赋极尽铺张扬厉的能事，后世作家，凡写游猎之盛，宫室之美者，都逃不出他的典型。

和司马相如同以赋见称于时，而作风却绝不相类者，便是东方朔。朔字曼倩，平原厌次人。武帝时仕为郎。武帝对这班"词臣"，本来和"俳优"同等看待的。东方朔也便以滑稽诙谐，取悦人主。他尝以职位卑小，著《答客难》以自解，全篇充满着滑稽的趣味，后人拟作者颇多。其他作品，尚有《七谏》、《非有先生论》等，都为后世所传诵。

西汉末年有一个专事模拟的辞赋作家叫做扬雄。雄（西元前五三一西元一八）字子云，蜀郡成都人。少好学，博览群书。成帝时召对承明庭，奏《甘泉》、《河东》、《长杨》、《羽猎》四赋。他为人好古乐道，不慕荣利。少年时虽喜作辞赋，但后来以为这些是"雕虫小技，壮夫不为"，便仿《易》作《太玄经》，又仿《论语》作《法言》。所以后来韩愈诸人都推他为孔孟道统中的承前启后者。但他的作品都是出于模仿的,除《法言》、《太玄经》外,辞赋方面如《反离骚》、《广骚》、《畔牢愁》等,是模仿《离骚》的;《解嘲》是模仿东方朔的《答客难》的,《甘泉》、《羽猎》等赋,也不脱《子虚》、《游猎》等赋的窠臼。

东汉辞赋,大都模仿西汉,没有什么特殊的创作。最重要的作家要推班固。固(西元三二—九二)字孟坚,扶风安陵人。年九岁,能属文,为兰台令史。后从窦宪征匈奴,为中护军。宪败,他被牵连,死于狱中。他的不朽之作是《汉书》。辞赋也很有名。其中以《两都赋》为最著。但《两都赋》的结构,全从《子虚赋》脱胎而来。又有《答宾戏》,则是模仿东方朔的《答客难》的。

两汉辞赋作家,当以上述诸家为代表,其他第二流的作家,这里不及细述了。

汉赋的派别

汉代辞赋,作家众多,宏篇巨著,层出不穷,分流别类,约有三派:❶

一、言情派——这派上接《楚辞》,偏重于写述情怀,大都带有消极的色彩,感伤的氛气。汉初庄忌的《哀时命》,贾谊的《吊屈原赋》、《鵩鸟赋》及司马相如的《长门赋》,后汉张衡的《思玄赋》、《归田赋》等皆属之。

二、夸饰派——这派不论写游猎、宫殿或甚至于鸟兽,一例用弘丽的辞句,作夸张的描写。司马相如的《上林赋》及后汉班固的《两都赋》等皆属之。

三、滑稽派——这派往往用滑稽诙谐的辞句,借以讽谏人主或调侃自己,而又带点战国时纵横谈说的色彩。东方朔的《答客难》、扬雄的《解嘲》及班固的《答宾戏》等皆属之。

汉赋的辞藻

汉赋的特色,在搬取许多僻典奇字,造成一篇铺张扬厉的文章。我

---

❶ 《汉书·艺文志》根据《七略》,分赋为四家:一为"屈原赋",二为"陆贾赋",三为"孙卿赋"(孙卿即荀况),四为"杂赋"。现在为便于讲解起见,分汉赋为三派。

们已经略读过班固《西都赋》，现在再举司马相如《上林赋》中写山的一段以示例：

> 于是乎崇山矗矗，龍嵸崔巍，深林巨木，崭岩参差。九嵕嶻嶭，
> 南山峨峨。岩陁甗錡，摧崣崛崎。

他为写山势的高峻，便把"龍嵸""嶻嶭"等形容词堆砌在一处，不管他前后怎样重复。后汉张衡作《两京赋》，十年乃成，为的是遍寻奇字，穷搜典故！所以一篇"赋"，实际上便等于一部类书。而且他们只顾辞句的堆砌，不管所描写的是否合乎环境，切于事实。晋左思尝在他的《三都赋序》里说：

> 相如赋上林而引庐橘夏熟。扬雄赋甘泉而陈玉树青葱。班固赋西都，而叹以出比目。张衡赋西京，而述以游海若。❶ 假称珍怪，以为润色。……考之果木，则生非其壤。校之神物，则出非其所。于辞则易为藻饰，于义则虚而无征。

可见汉赋完全是词藻的修饰，内容却非常空虚的。司马相如尝对人家述他作赋的经验，说：

> 合纂组以成文，列锦绣而为质，一经一纬，一宫一商，此赋之迹也。赋家之心，包括宇宙，总览人物，斯乃得之于内，不可得而传。❷

其实汉赋的空虚已为不可掩之事实。而所谓"纂组成文，锦绣为质"，现在看来，也只等于"人造丝"的织物罢了。

汉赋与骈文

汉赋略内容而重外形，故惟以铺张为事，丽辞为止。司马相如、扬雄辈，专事罗列事物，堆砌排比。至后汉张衡等，四六对偶之调渐多。魏曹植的文章，专尚俪偶；建安七子❸又从而和之。到了晋朝，陆机《文赋》等

---

❶　相传箕山之东，青鸟之所，有庐橘夏熟（《汉书》应劭注引《伊尹书》）。比目，鱼名。古称鲸鱼为"海若"。按，庐橘、玉树、比目及鲸鱼，西京都没有的，而司马相如等引之，故为左思所笑。

❷　见《西京杂记》。

❸　建安，汉献帝年号（一九〇—二一九）。建安中孔融、陈琳、王粲、徐干、阮瑀、应玚、刘桢，都是有名的文学家，世称"建安七子"。

作已用俳体。流风余韵,遂开魏晋以后文辞骈骊之源。吴讷《文章辩体》引祝氏说:

> 西汉之赋,其辞工于《楚辞》。东汉之赋,其辞又工于西汉。以至三国、六朝之赋,一代工于一代。辞愈工则情愈短;而味愈浅则体愈下。建安七子独王仲宣(粲)辞赋有古风。至晋陆士衡(机)辈《文赋》等已用俳体;流至潘岳,首尾绝俳。迨沈休文(约)等四声八病❶起,而俳体又入于律矣。徐(陵)庾(信)继出,又复隔句对联,以为骈四俪六,簇事对偶,以为博物洽闻。有辞无情,义亡体失。

读了这一段文字,则汉赋对于后代骈文的影响如何,便了如指掌了。

赋体末流的变质

汉赋从《诗》《骚》转变而来,已如第一节所述,故后人以其去古未远,称之为“古赋”。魏、晋、六朝以来,崇尚对偶,便有所谓“俳赋”“律赋”等名目。唐杜牧之《阿房宫赋》,脍炙人口,但论其体制,不过有韵之散文,不能专目为“赋”了。到了宋朝,欧阳修、苏轼等在一篇文章里押上几个韵,也称为“赋”。像《秋声赋》、《前、后赤壁赋》之类,后人称之为“文赋”。赋而可以文体为之,和汉赋相去愈远了。总之,汉赋到了六朝已转变而为骈文。后来“赋”的名词虽仍存在,但不能和汉赋相提并论了。

---

❶ 平、上、去、入,叫做“四声”。梁沈约有《四声谱》(今已失传)。又沈约尝从双声叠韵上分辨作诗八病(详见《唐音癸签》)。于是作诗文者于对偶之外,又讲究声律了。

文　选

一〇三、芜城赋

鲍　照

泳迤平原❶：南驰苍梧涨海，北走紫塞雁门❷。栀以漕渠，轴以昆岗❸。重关复江之隩，四会五达之庄❹。当昔全盛之时，车挂轊，人驾肩❺。廛闬扑地❻，歌吹沸天❼。孳货盐田，铲利铜山❽。才力雄富，士马

---

❶　[泳迤平原] 泳迤音弥怡(ㄇㄧˊ)，平坦辽阔之貌。广陵地势平坦，所以说"泳迤平原"。

❷　[南驰苍梧涨海北走紫塞雁门] 南驰，北走，言其所通者远。苍梧，汉郡名，即今广西苍梧县治。涨海，南海的别名。秦所筑长城，土皆紫色，汉塞亦然，故称"紫塞"(据崔豹《古今注》说)。雁门，郡名，战国赵置，秦因之，今山西旧代州宁武的北部及朔平南部、大同东部、北部皆其境。汉以来治所屡迁，但皆在今山西境。金时郡废。

❸　[栀以漕渠轴以昆岗] 栀即拖(ㄊㄨㄛ)，引也。漕渠即运粮河。轴，车轴，引申为"中心"之意。昆岗，本指昆仑山，但此处则借以指广陵之蜀冈(在今江都县西北四里，冈势绵亘四十余里，相传地脉通蜀，故称蜀冈)。这是说，广陵有运河漾洄其间，有蜀冈做它的中心重镇。

❹　[重关复江之隩四会五达之庄] 谓广陵乃津关重叠江流复杂的隩区，又是四方会聚五路通达的康庄大道。按：《文选》作"重江复关之隩"，兹据宋刻《鲍氏集》订正之。

❺　[车挂轊人驾肩] 轊，音卫(ㄨㄟˋ)，车轴也。车挂轊，谓车辆众多，往往两车之轴因拥挤而互相牵缠也。人驾肩，谓行人拥挤，往往肩与肩相陵驾也。

❻　[廛闬扑地] 闬，音翰(ㄏㄢˋ)，里门也；一说，墙垣也。廛闬，盖指屋宇而言。扑，盖也。这是说，屋宇众多。地面几乎被盖住了。

❼　[歌吹沸天] 言歌吹之声如沸，上达于天听，盖极写其繁盛也。

❽　[孳货盐田铲利铜山] 孳，蕃殖也。凡滨海之地，可引海水灌注盐田，曝干或煎煮而成食盐。铲，削平也，引申为发掘之意。铜山，产铜之山也。《史记》称吴有豫章郡铜山。吴王濞盗铸钱，煮海水为盐，广陵郡为吴王濞所筑，故作者依据了这些史实，写成这两句。其意盖谓据有广陵者，有盐田之货可资蕃殖，有铜山之利可资发掘也。

精研。故能奓秦法，佚周令❶，划崇墉，刳濬洫❷，图修世以休命❸。是以板筑雉堞之殷❹，井干烽橹之勤❺。格高五岳，袤广三坟❻。崪若断岸，矗如长云❼。制磁石以御冲❽，糊赪壤以飞文❾。观基扃之固护，将万世而一君❿。出入三代，五百余载，竟瓜剖而豆分⓫。

❶　［奓秦法佚周令］奓与"侈"同。佚与"轶"通，过也。法与令皆指制度而言。此言汉筑广陵城，其制度远过于秦周也。

❷　［划崇墉刳濬洫］筑城墙必用刀划削其不平处，即《诗·大雅·绵》所谓"削屡冯冯"也。崇墉，高大的城垣也。濬，深也。洫，城河也。此谓筑很高的城垣，开极深的城河也。

❸　［图修世以休命］修，长也。休命，谓永久的天命也。此谓当时筑城开河的，无非想世世代代传下去，永保其天命也。

❹　［板筑雉堞之殷］筑墙以两板相夹，置土其中，而以杵筑之，故称"板筑"。殷，盛也，勤也。

❺　［井干烽橹之勤］井干，井上木栏也。烽橹，城楼也。橹本城上望楼，古时举烽火以报寇警，城上望楼也是候望寇警的，故称"烽橹"。按此句与上句，皆写当时兴筑之盛。

❻　［格高五岳袤广三坟］格，比也。五岳，谓中岳嵩山，东岳泰山，西岳华山，南岳衡山，北岳恒山也。袤，音茂（ㄇㄠ）。东西曰"广"，南北曰"袤"。水涯曰"坟"。三坟，据旧注谓指"汝坟""淮坟""河坟"（见《文选》李善注引《毛诗》及《尔雅》），说颇牵强。一说，《书·禹贡》称兖州厥土黑坟，青州厥土白坟，徐州厥土赤埴坟。《禹贡》九州，惟此三州称"坟"，而三州都临东海，与扬州（广陵为《禹贡》扬州之域）接壤，故曰"袤广"。其说似较李注为胜。格高五岳，袤广三坟，谓与五岳比高，与三坟同广，盖极写广陵城之伟大也。

❼　［崪若断岸矗如长云］崪音卒（ㄗㄨ），高峻貌。矗音触（ㄔㄨ），耸上也。此言广陵城高峻如崭绝的畔岸，上耸若接云霄也。

❽　［制磁石以御冲］《三辅黄图》云："阿房宫以磁石为门，怀刃者止之。"此言广陵城阙亦用磁石为门以御冲击也。

❾　［糊赪壤以飞文］赪壤，赤色土也。此言广陵城阙以赤色土涂饰种种生动的文采也。

❿　［观基扃之固护将万世而一君］扃，外闭之关也。凡言基扃，皆泛指城阙而言。此言广陵城阙建筑得这样牢固，看去似乎预备要万代一系的传下去。

⓫　［出入三代五百余载竟瓜剖而豆分］广陵城为汉时吴王濞所筑，自汉迄于晋末，经汉、魏、晋三代，凡五百余年，故云"出入三代，五百余载"。这是说，那里知道只经过三个朝代五百多年，竟如瓜剖豆分般的被人家割据去了。

泽葵依井，荒葛罥涂❶。坛罗虺蜮，阶斗麏麚❷，木魅❸山鬼，野鼠城狐❹。风嗥雨啸，昏见晨趋。饥鹰厉吻❺，寒鸱吓雏❻。伏尨❼藏虎，乳血飧肤❽。崩榛塞路❾，峥嵘古馗❿。白杨早落，塞草前衰⓫。稜稜⓬霜气，蓣蓣⓭风威。孤蓬自振⓮，惊砂坐飞⓯。灌莽⓰杳而无际，丛薄⓱纷其相

---

❶　［泽葵依井荒葛罥涂］泽葵，即生于水边湿地的楚葵（俗称水芹）。荒葛，蔓生于荒地的葛草也。罥音眷（ㄐㄩㄢ），挂也，谓挂碍难行也。按：自此以下，极写广陵乱后之荒芜。泽葵依井，荒葛罥涂，极写户口寥落，人迹稀少也。

❷　［坛罗虺蜮阶斗麏麚］坛，堂也。罗，列也。虺音灰（ㄏㄨㄟ），小蛇也。蜮音域（ㄩ），古称"短狐"，相传能含沙射人为灾，形如鳖，亦名"射工"。麏与麇同，音困（ㄐㄩㄣ），獐也，似鹿而小。麚音吾（ㄨ），鼠属，体长七八寸，背黑褐色，腹白，尾长，密生长毛，前后两肢间有膜，能飞行树上，栖于深山，夜出求食，声如小儿啼，亦名"飞鼠"。

❸　［木魅］魅，音妹（ㄇㄟ）。古人信树木能变妖精，谓之"木魅"。

❹　［城狐］城郭荒芜，往往为狐狸所穴居，故曰"城狐"。例如魏明帝《长歌行》云："久城育狐兔，高墉多鸟声。"

❺　［饥鹰厉吻］厉，磨也。吻，口边也。言饥饿的鹰在那里磨着吻找寻食物。

❻　［寒鸱吓雏］鸱，鸢也。状与鹰略似，惟嘴较短，尾较长。常攫取蛇鼠鸡雏等，亦嗜食腐败之肉，俗谓之"鹞鹰"。雏，鹓雏，鸾凤之属。《庄子·秋水》篇："鸱得腐鼠，鹓雏过之，仰而视之，曰'吓'！"这里应用这典故，故称"吓雏"，但意义和《庄子》不同了。

❼　［尨］音暴（ㄅㄠ），即古文暴字。或作"虣"，虣，音觅，白虎也。

❽　［乳血飧肤］"乳"与"飧"皆动词。乳作饮字解，言猛虎饮人血，食人肉也。（按：肤本为身体的表皮，"当说乳血飧肉"才对。但这里为押韵起见，故不言"飧肉"而云"飧肤"。）

❾　［崩榛塞路］木丛生曰"榛"。这是说，那僵枯了的树木把道路都阻塞了。

❿　［峥嵘古馗］峥嵘，深冥貌（见《广雅》）。馗，音逵（ㄎㄨㄟ），九面通达的道路也。本来是九达之道，现在一变而为深冥的古道，极言其荒芜之甚也。

⓫　［白杨早落塞草前衰］白杨，落叶乔木，产北地，往往植之坟墓，俗呼"大叶杨"。高数丈，叶圆而阔大，有钝锯齿，面青背白。叶柄长，故易动摇，虽遇微风，亦萧萧有声。夏开穗状单性花，雌雄异株。塞外天气寒，故草木先落。按：自此以下至"孤蓬自振，惊砂坐飞"，皆非江南景象，盖以塞外荒凉形容广陵之芜废也。

⓬　［稜稜］霜气萧瑟之貌。

⓭　［蓣蓣］风声劲疾貌。蓣，音宿（ㄙㄨ）。

⓮　［孤蓬自振］蓬草秋枯根拔，风捲自飞，所以说"孤蓬自振"。

⓯　［惊砂坐飞］"惊砂"与"孤蓬"相对成文，惊乃形容词。无故而飞叫做"坐飞"。

⓰　［灌莽］草木深邃也。

⓱　［丛薄］草木丛生也。

依。通池既已夷❶,峻隅又已颓❷。直视千里外,惟见起黄埃❸。凝思寂听,心伤已摧。

若夫藻扃黼帐❹,歌堂舞阁之基;璇渊碧树❺,弋林钓渚之馆❻,吴蔡齐秦之声❼,鱼龙爵❽马之玩;皆薰歇烬灭,光沈响绝。东都妙姬,南国丽人❾,蕙心纨质,玉貌绛唇❿,莫不埋魂幽石,委骨穷尘。岂忆同舆之愉乐,离宫之苦辛⓫哉!天道如何,吞恨⓬者多。抽琴命操,为芜城之歌⓭。歌曰:

边风急兮城上寒,
井径灭兮丘陇残⓮。
千龄兮万代,
共尽兮何言!

---

❶ [通池既已夷]通池,谓城壕也。夷,平也。

❷ [峻隅又已颓]峻隅,城隅也。颓,废坏也。

❸ [黄埃]埃,尘也。尘色黄,故称“黄埃”。

❹ [藻扃黼帐]扃,门户之通称。藻扃,谓加雕饰的门户也。古礼服刺绣如斧形者叫做“黼”。黼帐,即绣花的帐子。

❺ [璇渊碧树]璇,音旋(ㄒㄩㄢ),美玉也。渊,池也。渊称璇渊,犹宫称“璇宫”,闺称“璇闺”,无非形容其富丽耳。碧亦玉属,碧树,玉树也。

❻ [弋林钓渚之馆]弋林,谓树木众多,宜于射飞禽的地方。小洲叫做“渚”。钓渚,谓可供钓游的小洲也。弋林钓渚之馆,盖指可供游钓的地方的离宫别馆。

❼ [吴蔡齐秦之声]吴,在今江苏境。蔡,在今河南东南部。齐,在今山东境。秦,在今陕西境。此谓广陵五方杂处,故“吴歈”“蔡讴”“齐歌”“秦声”,色色都有。

❽ [爵]与“雀”同。

❾ [东都妙姬南国丽人]东都,南国,相对成文。汉时称洛阳为“东都”。晋陆机拟《东城一何高》诗,“京洛多妖丽”,京洛即东都也。又三国魏曹植诗,“南国有佳人”。这里是运用前人成语,泛指当时的宫女。

❿ [蕙心纨质玉貌绛唇]前人往往用“兰心素质”形容女子的聪明纯洁。兰蕙同类,纨素兼名(生绢之洁白者曰素,熟娟曰纨,生熟兼称则曰纨素),变文避俗,则称之为“蕙心纨质”。绛,赤色也。玉貌绛唇,形容女子的颜色白洁唇色红润也。

⓫ [同舆之愉乐离宫之苦辛]古时后妃之得宠者,往往得与皇帝同舆辇;后妃之失宠者,则屏居离宫。得宠者愉乐,失宠者苦辛也。

⓬ [吞恨]有怨恨而不敢出之于口者叫做“吞恨”。

⓭ [抽琴命操为芜城之歌]抽,取也。命,名也。琴曲叫做“操”,如《猗兰操》、《龟山操》之类。这是说,取琴作曲,名之为“芜城之歌”。

⓮ [井径灭兮丘陇残]井径,谓里井与道路,丘陇,谓坟墓也。

刘宋孝武帝大明三年(公元四五七年),竟陵王刘诞(字休文,宋文帝子)据广陵反,沈庆之讨平之。孝武帝命沈庆之把广陵城中的百姓不分老幼,完全杀掉。沈庆之请把年青的男子留下,女子都赏给军士,但被杀的犹有三千余人。广陵本汉广陵国,即清江苏扬州府,今江都县治。当时广陵是一个极繁盛的都会,自经乱后,满目荒凉。作者目睹乱后景象,感而作此赋。

鲍照(？—466)字明远,本上党人,迁东海。少有文名。刘宋孝武帝初年,官海虞令,屡迁至中书舍人。大明五年(公元四六一)以前军行参军的官衔跟临海王刘子顼镇荆州,掌知内命。不久,迁前军行狱参军。宋明帝即位,晋安王刘子勋据寻阳反,临海王等举兵响应。明帝泰始二年(公元四六六年)晋安王败,临海王等都被杀。鲍照在江陵,为乱兵所杀,年五十余。今存有《鲍氏集》。按:唐人避则天(则天名照)讳,故亦作鲍昭。又因他官至参军,故世称鲍参军(唐李白诗"俊逸鲍参军",即指鲍照)。据沈约《宋书》说,他的文章本来做得很好的,因为孝武帝喜做文章,自以为人家都不及他。他怕因文章做得太好而得罪,所以有意用些肤浅而赘累的辞句。当时的人都以为他才尽了,其实不然。

一〇四、玉台新咏序

徐　陵

凌云概日,由余之所未窥❶。万户千门,张衡之所曾赋❷。周王璧台

---

❶　[凌云概日由余之所未窥]凌云概日,言宫室之高也。例如《周书·武帝纪》:"或层台累构,概日凌云。"由余本春秋时晋人,亡入戎。戎王闻秦缪公贤,使由余于秦以观之,秦缪公示以宫室之美,积聚之富(详见《史记·秦本纪》)。这是说,那些上临云霄的宫室,由余所不曾见过的。

❷　[万户千门张衡之所曾赋]张衡《西京赋》有"闳庭诡异,门千户万"之句。

之上❶,汉帝金屋之中❷。玉树以珊瑚作枝❸,珠帘以玳瑁为柙❹。其中有丽人焉:其人也,五陵豪族,充选掖庭❺;四姓良家,驰名永巷❻。亦有颍川新市,河间观津❼,本号娇娥❽,曾名巧笑❾。楚王宫内,无不推其细腰;魏国佳人,俱言讶其纤手❿。阅诗敦礼,非直东邻之自媒⓫;婉约风流,无异西施之被教⓬。弟兄协律,自小学歌⓭;少长河阳,由来能舞⓮。

---

❶ [周王璧台之上] 周王,周穆王也。周第五代国主,在位五五年(公元前一○○一年—前九四七年)。相传穆王为其姬作重璧之台。

❷ [汉帝金屋之中] 汉帝,汉武帝也。武帝年数岁,谓长公主曰:"若得阿娇,当以金屋贮之。"阿娇,长公主的女儿也。(皇帝的姑姊妹称"长公主",此长公主乃武帝之姑。)

❸ [玉树以珊瑚作枝] 汉武帝起神屋于前廷,植玉树,以珊瑚为枝(见《汉武故事》)。

❹ [珠帘以玳瑁为柙] 《汉武故事》:"以白珠为帘玳瑁柙之。"玳瑁,龟类动物,产于海洋,其甲熟之甚柔,可制各种装饰品,柙或作"押",压也,镇帘之具。

❺ [五陵豪族充选掖庭] 皇帝的坟叫做"陵",五陵,谓长陵(汉高祖陵)、安陵(惠帝陵)、阳陵(景帝陵)、茂陵(武帝陵)、平陵(昭帝陵)也,皆在长安。汉时贵族的住宅,大都在五陵附近。掖庭,后宫嫔妃所居之地,此言选五陵贵族的女子充后宫嫔妃也。

❻ [四姓良家驰名永巷] 六朝氏族,以郡望分甲乙丙丁四等为贵族,谓之"四姓"。永巷,宫中长巷也。此泛指后宫而言。谓贵族良家之女,选充嫔妃,往往以貌美而驰名于后宫也。

❼ [颍川新市河间观津] 颍川,秦郡,汉因之,治阳翟,即今河南禹县。新市,汉侯国,故城在今河北新乐县西南。河间,汉侯国,治乐城,即今河北献县。观津,战国赵地,汉置县,在今河北武邑县东南。按:汉时宫女,由这些地方的良家女充选者居多,故作者列举之。

❽ [娇娥] 本指美好的女子而言,但这里别有典故,未详,待考。

❾ [巧笑] 魏文帝宫女有名段巧笑者,见崔豹《古今注》。

❿ [楚王宫内无不推其细腰魏国佳人俱言讶其纤手] 《墨子·兼爱》中篇:"楚灵王好士细腰。"《诗·魏风·葛屦》篇:"掺掺女手,可以缝裳。"《毛传》:"掺掺,犹纤纤也。"《释文》:"好手貌。"这里作者运用这两典故,其意盖谓当时的宫女细腰纤手,合于标准美也。

⓫ [阅诗敦礼非直东邻之自媒] 敦,治也。宋玉《登徒子好色赋》:"臣里之美者莫若臣东家之子……然此女登墙窥臣三年,至今未许也。"非直,犹言"不若"。此言那些宫女,都读诗知礼,不像东邻女子的登墙窥人,无媒自通。

⓬ [婉约风流无异西施之被教] 婉约风流,谓风度美好也。西施,春秋越国苎罗村西的一个村女,越王因她貌美,教以歌舞,献给吴王。详见《越绝书》。

⓭ [弟兄协律自小学歌] 汉武帝李夫人本以倡进。初,夫人兄延年知音善歌舞,武帝爱之,每为新声变曲,听者无不感动。平阳主因言延年有女弟,武帝召见之,实妙丽善舞,因此得宠幸。而以延年为协律都尉。详可看《汉书·外戚传》。

⓮ [少长河阳由来能舞] 河阳当作"阳阿",地名,在今山西晋城县西北四十里。汉赵飞燕学歌舞于阳阿主家,见《汉书·外戚传》。按:阳阿地方多善舞者,《淮南子·俶真》篇云,"足蹀阳阿之舞"。又曹植《箜篌引》,"阳阿奏奇舞"。古人言舞,必举阳阿,可证河阳系阳阿之误。

琵琶新曲，无待石崇；箜篌杂引，非因曹植❶。传鼓瑟于杨家❷，得吹箫于秦女❸。

至若宠闻长乐，陈后知而不平❹；画出天仙，阏氏览而遥妒❺。至如东邻巧笑，来侍寝于更衣❻；西子微颦，将横陈于甲帐❼。陪游馺娑，骋纤腰于结风❽；长乐鸳鸯，奏新声于度曲❾。妆鸣蝉之薄鬓❿，照堕马之垂

---

❶ ［琵琶新曲无待石崇箜篌杂引非因曹植］石崇，已见《鼓词》注。石崇《王明君序》："昔公主嫁乌孙，令琵琶马上作乐以慰其道路之思。其送明君，亦必尔也。其造新曲，多哀怨之声，故序之。"箜篌，乐器名，其器久已失传，旧说谓似瑟而小，用木拨弹之。箜篌杂引，即《箜篌引》，乐曲名。曹植字子建，三国魏文帝之弟。封陈王，卒谥思，故亦称陈思王。《乐府诗集》载有曹植所作的《箜篌引》。这两句的意思，是说当时的宫女都很聪慧，能自制新曲，并不因袭古人陈法。依谱填词也。

❷ ［传鼓瑟于杨家］汉杨恽答孙会宗书，称其妻善鼓瑟（见汉书《杨恽传》）。故云传于杨家。

❸ ［得吹箫于秦女］春秋时有萧史者，善吹箫作凤鸣，秦穆公以女弄玉妻之，遂教弄玉吹箫。后弄玉乘凤萧史乘龙飞升去（见《列仙传》）。

❹ ［宠闻长乐陈后知而不平］长乐，汉宫名。汉武帝宠宫女卫子夫，陈皇后闻之，心中很不平，曾有几次想自杀。详见《汉书·外戚传》。

❺ ［画出天仙阏氏览而遥妒］阏氏读如烟支（l弓ㄓ）。匈奴单于之妻称阏氏，犹汉言"皇后"也。汉高祖被匈奴围困在平城，用陈平计，画一美女，使人持示匈奴阏氏，说汉想把此女献给单于，请求解围。阏氏见画图，恐此女来，将夺其爱，遂劝单于解围一角，高祖得逃去（见桓谭《新论》）。

❻ ［东邻巧笑来侍寝于更衣］更衣，如厕。言那些东邻处子，巧笑美人，来侍寝于更衣之所。《汉书·外戚·卫皇后传》："武帝祓霸上，还过平阳主，主见所侍美人，帝不悦，既饮，讴者进，帝独悦子夫（卫子夫即卫皇后）。帝起更衣，子夫侍尚衣（尚衣，谓侍侯皇帝更换衣服，汉时设有专官）轩中，得幸。"

❼ ［西子微颦将横陈于甲帐］西子即西施。颦，犹俗言"皱眉头"。相传西施病心而颦，其里之丑人见而美之，归亦捧心而颦（见《庄子·天运》篇）。横陈，谓卧也。古人诗赋常用"玉体横陈"等句，以写女子的侍寝。《汉书·西域传赞》，"孝武之世，……兴造甲乙之帐"。注，"其数非一，以甲乙次第名之也"。又《太平御览》引《汉武故事》，"上以琉璃珠玉明月夜光（明月夜光皆珠名），杂错天下珍宝为甲帐，次为乙帐。因此，凡用珍宝作装饰的华美的帐称为"甲帐"。

❽ ［陪游馺娑骋纤腰于结风］馺，音塌（ㄊㄚ）。馺娑，马迅疾貌，汉时用为宫殿名（见《三辅黄图》）。结风，犹言"急风"（据《文选》注），形容歌舞时的回旋迅速。《文选》傅毅《舞赋》，"激楚结风，阳阿之舞"。此言那些宫女陪皇帝游宴时常作跳舞也。

❾ ［长乐鸳鸯奏新声于度曲］鸳鸯，汉时殿名（《渊鉴类函》引《汉宫阙名》）。度，音铎（ㄉㄨㄛ）。依着曲谱歌唱叫做"度曲"。又制曲亦称"度曲"。长乐与上"陪游"对举，谓常常在后宫行乐歌新曲也。

❿ ［妆鸣蝉之薄鬓］魏文帝宫人莫琼树始为薄鬓，望之缥缈如蝉翼，谓之"蝉鬓"（见《古今注》）。

鬟❶。反插金钿❷，横抽宝树❸。南都石黛，最发双蛾❹；北地燕脂，偏开两靥❺。亦有岭上仙童，分丸魏帝❻；腰中宝凤，授历轩辕❼。金星与婺女争华，麝月共嫦娥竞爽❽。惊鸾冶袖，时飘韩掾之香❾；飞燕长裾，宜结陈王之佩❿。虽非图画，入甘泉而不分⓫；言异神仙，戏阳台而无别⓬。

---

❶ ［照堕马之垂鬟］后汉梁冀妻孙寿作堕马髻（见《后汉书》《梁冀传》）。堕马髻侧在一边，形下垂。言当时宫女的发髻下垂，如堕马髻一般也。

❷ ［金钿］妇人首饰也。

❸ ［横抽宝树］横抽，犹言横插，因上句有"插"字，故变文避复。宝树，亦指妇女首饰。

❹ ［南都石黛最发双蛾］石黛是一种矿物质的天然墨，古时女子用以面眉。明田艺蘅《留青日札》："今广东始兴县溪中出石墨，妇女取以画眉，名画眉石。"石墨就是石黛。因为产于南方，故称"南都石黛"。双蛾，喻美人的双眉，言其细而长曲，像蚕蛾的触须也。

❺ ［北地燕脂偏开两靥］燕脂亦作"燕支"，本染红之草也。以其润面，故沿作"燕脂"，今通作"胭脂"。燕脂产于北方，故称"北地燕脂"。靥，音咽（丨ㄝ），颊边微涡也。

❻ ［岭上仙童分丸魏帝］魏文帝《折杨柳行》："西山一何高，高高殊无极。上有两仙童，不饥亦不食。与我一丸药，光耀有五色。服药两三日，身轻生羽翼。"

❼ ［腰中宝凤授历轩辕］黄帝名轩辕，相传黄帝命伶伦作律，取嶰谷之竹，制为十二筒，听凤凰鸣声，以别十二律（见《汉书·律历志》）。又相传黄帝始作历（见《汉书·律历志》）。古时以十二律配十二月，故律与历极有关系。此言黄帝听凤凰鸣声而定律，又依律而造作历书也。一说，古人以为凤知天时，故少皞以凤鸟氏为历正之官（见《左传》昭公十七年注）。此谓知天时的凤鸟授黄帝以历法也。按："腰中宝凤，授历轩辕"与上"岭上仙童，分丸魏帝"相对，作者之意，无非形容那些宫女无异仙童宝凤，足供皇帝的宠爱而已；若必于字句间求其解释，反多隔阂。

❽ ［金星与婺女争华麝月共嫦娥竞爽］金星，指当时女子所贴的"花黄"。陈张正见《艳歌行》："裁金作小靥，散麝起微黄。"又梁简文帝诗："约黄能效月，裁金巧作星。"婺女，星名。《史记·天官书》："婺四星，天少府也，主布帛裁制嫁娶"，故亦称"女宿"。麝月，指女子的双眉，言其细而弯形如初月也。麝为形容词，取其有香气也。相传羿请不死药于西王母，嫦娥窃之以奔月（见《搜神记》）。此言当时宫女所贴的花黄可与星争光，而所画的眉可与月并美也。

❾ ［惊鸾冶袖时飘韩掾之香］惊鸾犹言"惊凤"，喻美人体态之轻盈也。晋韩寿美姿容，贾充辟为掾（掾，属官也），寿与充女恋爱。时武帝赐充西域贡香，著人衣袖经月不散，充女偷以给寿。详见《晋书·贾充传》。

❿ ［飞燕长裾宜结陈王之佩］飞燕即赵飞燕，汉成帝宫人，初学歌舞，以体态轻盈，号曰飞燕，先为婕妤，后立为皇后，其弟合德上遗织成裾（见《西京杂记》）。陈王即魏陈思王曹植。曹植《洛神赋》有"解玉佩以要之"之句，这里就用为典故。

⓫ ［虽非图画入甘泉而不分］汉武帝所宠爱的李夫人早死，武帝图画其形于甘泉宫。

⓬ ［言异神仙戏阳台而无别］言，语首助词。阳台，地名，在今湖北汉川县南，宋玉《高唐赋》云："妾在巫山之阳，高丘之岨，朝朝暮暮，阳台之下。"

真可谓倾国倾城❶,无对无双者也。加以天情开朗❷,逸思雕华❸。妙解文章,尤工诗赋。琉璃砚匣,终日随身;翡翠笔床,无时离手。清文满箧,非惟芍药之花;新制连篇,宁止葡萄之树❹。九日登高❺,时有缘情之作;万年公主,非无诔德之辞❻:其佳丽也如彼,其才情也如此。

　　既而椒房宛转❼,柘馆阴岑❽。绛鹤晨严,铜蠡昼静❾。三星未夕,不事怀衾❿;五日犹赊,谁能理曲⓫。优游少托⓬,寂寞多闲,厌长乐之疏

---

❶　［倾国倾城］见前《长恨歌》"汉皇重色思倾国"注。

❷　［天情开朗］犹言"才情焕发"。一本作"天晴开朗",那是错的。

❸　［逸思雕华］飘逸的思想,修饰的文彩。

❹　［清文满箧非惟芍药之花新制连篇宁止葡萄之树］晋傅统妻有《芍药花颂》(全文已佚,仅传"煜煜芍药,植此前庭,晨润甘露,昼晞阳灵"四句)。前凉张洪茂有《葡萄酒赋》。这是说,那些宫女新作的诗文很多,不但《芍药颂》《葡萄酒赋》一类的作品而已。

❺　［九日登高］重九节登高也。

❻　［万年公主非无诔德之辞］万年公主,晋武帝女。左贵嫔有《万年公主诔》。诔,哀死者之文,犹今之"行状";大都叙其生前之德行,故云"诔德之辞"。

❼　［椒房宛转］汉有椒房殿,在未央宫中。宛转,曲折貌。

❽　［柘馆阴岑］汉上林苑中有柘馆。阴岑,阴深高大貌。

❾　［绛鹤晨严铜蠡昼静］按:《江总集》为《陈六宫谢表》有"鹤钥晨启"之语,则绛鹤似为宫门琐钥的形容词。铜蠡,即铺首。著门上用以衔环者,以铜为之。《风俗通》云:"公输班见水中蠡,引闭其户,终不可开,遂像之立于门户。"晨严昼静,都是形容宫禁森严,盖宫门既非常开,尤不容有喧扰之声也。

❿　［三星未夕不事怀衾］《诗·唐风·绸缪》篇:"三星在天。"三星,旧有两说:一谓三星即参星,一谓三星谓心星;盖参、心二宿,星数皆三,故说有异。又《诗·召南·小星》篇:"抱衾与裯。"衾,大被;裯,床帐也。这里作者运用典故,自铸新辞。意思是说非在晚上,则不抱衾侍寝也。

⓫　［五日犹赊谁能理曲］赊,长久也。言五日为期,犹嫌久长,谁能寂寞独居,自理清曲耶。按:《诗·小雅·采绿》篇"五日为期",又枚乘《杂诗》"当户理清曲",即作者所本。

⓬　［优游少托］相传孔子去鲁,歌曰:"盖优哉游哉,聊以卒岁",后因谓安闲度日为"优游"。此谓日子过得太安适,转觉闲情无所寄托。

钟,劳中宫之缓箭❶。轻身无力,怯南阳之捣衣❷;生长深宫,笑扶风之织锦❸。虽复投壶玉女,为欢尽于百骁❹;争博齐姬,心赏穷于六箸❺;无怡神于暇景,惟属意于新诗。可得代彼萱苏,微蠲愁疾❻。但往世名篇,当今巧制,分诸麟阁❼,散在鸿都❽,不藉篇章,无由披览❾。于是然脂暝写❿,弄墨晨书,撰录艳歌,凡为十卷。曾无参于雅颂⓫,亦靡滥于风人⓬。泾渭之间⓭,若斯而已。

---

❶ [厌长乐之疏钟劳中宫之缓箭]长乐,宫名,已见前。疏钟,疏落的钟声也。中宫,内寝也,别于东西寝而言。但此处则泛指宫中而言。古计时用铜壶滴漏法,壶中置漏箭,箭上刻有计时的度数,水自播水壶缓缓滴入承水壶,漏箭即置承水壶,下面托以箭舟,水渐满,则漏箭渐渐上浮,看漏箭浮至何刻,便可知是什么时候。漏箭缓缓上浮,故曰"缓箭"。这两句是形容宫女的不耐夜长寂寞,怕听钟漏也。

❷ [南阳之捣衣]旧注引《荆州记》"秭归县有屈原宅,女须庙,捣衣石犹存。"秭归县汉属南郡,南阳或系南郡之误。

❸ [扶风之织锦]扶风,郡名,本汉右扶风,今陕西凤翔等处。前秦时,武功女子苏蕙,为窦滔妻,滔仕符坚为秦州刺史,有宠姬赵阳台,蕙嫉之,遂与滔发生意见。后滔移襄阳,带了阳台赴任,和蕙断绝音问。蕙悔恨自伤,遂织锦为文,题诗二百余首,纵横反复,都成章句,名曰"璇玑图",以寄滔。滔看了她的诗,很为感动,遂送阳台至关中,而具礼迎蕙,和好如初。(按此据唐武后《璇玑图序》,《晋书·烈女传》所记,与此稍有不同。)

❹ [投壶玉女为欢尽于百骁]投壶,古宾主燕饮时相与娱乐之戏:设壶一,使宾主以次投矢于其中,胜者酌酒饮不胜者。《礼记》有《投壶》篇,言其制甚详。相传东王公与玉女投壶,每投千二百骁(见《神异经》)。骁即骁。骁者,激其矢令自壶跃出,再以手接之,屡投屡还,一矢百余返而不失坠(见《西京杂记》)。

❺ [争博齐姬心赏穷于六箸]六箸亦作"六著"。古博具,今已失传。《说文》"六博,局戏也;六箸,十二棋也。"《西京杂记》:"许博昌善陆博,窦婴好之,常与居处。法用六箸,或谓之'究',以竹为之,长六分。"齐姬事未详。

❻ [可得代彼萱苏微蠲愁疾]萱,忘忧草也。苏,紫苏也。魏王朗与魏太子书说,"萱草忘忧,皋苏释劳"。蠲,音捐(ㄐㄩㄢ)除去之也。此言新作诗篇,可代萱苏,使人忘其忧愁也。

❼ [麟阁]麒麟阁的省称。麒麟阁在汉未央宫左,萧何建,以藏秘书。

❽ [鸿都]门名,后汉灵帝置鸿都门学士。

❾ [不藉篇章无由披览]言不加以搜集整理而成篇章,则欲披阅而无从也。

❿ [然脂暝写]然,俗作"燃"。然脂,即点烛,谓夜间点了烛从事抄写。

⓫ [曾无参于雅颂]曾,副词,乃也。雅颂即《诗》风、雅、颂的雅颂。谓这些艳诗乃无预于雅颂也。

⓬ [亦靡滥于风人]风人,诗人也。此承上句而言,谓虽无预于雅颂,但亦未溢出诗人温柔敦厚之旨的范围也。

⓭ [泾渭之间]泾水清,渭水浊,故以泾渭喻清浊之别。

于是丽以金箱❶，装之宝轴。三台妙迹，龙伸蠖屈之书❷；五色花笺，河北胶东之纸❸。高楼红粉❹，仍定鲁鱼之文❺，辟恶生香，聊防羽陵之蠹❻。灵飞六甲，高擅玉函❼；《鸿烈》仙方，长推丹枕❽。至如青牛帐❾里，馀曲未终；朱鸟窗❿前，新妆已竟。方当开兹缥帙⓫，散此绍绳⓬；永对玩于书帏，长循环于纤手。岂如邓学《春秋》⓭，儒者之功难习；窦传黄老，金丹之术不成⓮。固胜西蜀豪家，托情穷于鲁殿⓯；东储甲观，流咏止

---

❶　［丽以金箱］丽，附著也。丽以金箱，谓藏之以金箱也。

❷　［三台妙迹龙伸蠖屈之书］汉以尚书为中台，谒者为外台，御史为宪台，谓之"三台"。后汉蔡邕受董卓征辟，由侍御史迁尚书，三日之间，周历三台（见《后汉书・蔡邕传》）。汉灵帝熹平四年，立石经于太学门外，蔡邕书丹。三台妙迹，指蔡邕所书的石经。龙伸蠖屈，形容他的书体。

❸　［五色花笺河北胶东之纸］后赵石虎用五色纸写诏书，令凤凰衔之飞下端门（见《邺中记》）。河北、胶东，都是当时产纸之区。

❹　［高楼红粉］《古诗》："盈盈楼上女，皎皎当窗牖，蛾蛾红粉妆，纤纤出素手。"即此语所本。

❺　［仍定鲁鱼之文］《抱朴子・遐览》篇："书三写，鲁为鱼，虚为虎。"定鲁鱼之文，谓校勘讹字也。

❻　［辟恶生香聊防羽陵之蠹］辟，读为"避"。《穆天子传》："天子东巡，次于雀梁，蠹书于羽陵。"后人因谓书被虫蛀者为"羽陵之蠹"。这是说，放些香料在书中以防虫蛀。

❼　［灵飞六甲高擅玉函］汉武帝受西王母真形六甲灵飞十二事，帝盛以黄巾儿，封以白玉函（见《汉武内传》）。按：六甲灵飞，道家的符箓也。

❽　［《鸿烈》仙方长推丹枕］汉武帝时，淮南王刘安有谋反嫌疑，命刘德查办，得《枕中鸿宝秘书》。刘德的儿子刘向、刘咸读了那部秘书，便相信丹砂可炼黄金，凡人可成神仙（见张华《博物志》）。按：《枕中鸿宝秘书》即所谓"鸿烈解"，今所传《淮南子》是也。

❾　［青牛帐］即绣花的帐子，因为要和下句的"朱鸟窗"相对，故用"青牛"二字，不一定帐子画着青牛的。

❿　［朱鸟窗］相传汉武帝时，王母降于九华殿，东方朔从殿南厢朱鸟牖中偷窥（见《博物志》）。这里应用了这个典故。

⓫　［缥帙］书卷也。

⓬　［绍绳］绍与"缘"同。绍绳，丝带也。

⓭　［邓学《春秋》］后汉邓皇后从曹大家受经传（见《后汉书・邓皇后传》）。殆即指此。

⓮　［窦传黄老金丹之术不成］道家托始于黄帝、老子，故称"黄老"。汉景帝母窦皇后好道家言，详见《汉书・外戚传》。又道家好言炼丹砂为黄金。此言窦皇后虽好道家言，但丹砂炼黄金之术终未成就也。

⓯　［西蜀豪家托情穷于《鲁殿》］鲁殿，即鲁灵光殿，汉景帝子鲁恭王所建，其遗址当在今山东曲阜县东。后汉王延寿有《鲁灵光殿赋》。三国时，蜀刘琰为车骑将军，车服饮食，号为侈靡，侍婢数十，能为声乐，悉教诵读《鲁灵光殿赋》（见《三国志・蜀书》）。

于洞箫❶。娈彼诸姬,聊同弃日❷。猗与彤管❸,丽以香奁❹。

《玉台新咏》,书名,徐陵仕梁时奉命编辑,所收皆梁以前的艳诗,凡十卷,今存。这篇序文全用偶句,盖六朝骈文到那时候已入于成熟时期了。按:《大唐新语》云:"梁简文为太子,好作艳诗,境内化之。晚年欲改作,追之不及,乃今徐陵为《玉台集》以大其体"。可见《玉台新咏》的编辑及此文的撰作,都在徐陵仕梁的时候。

徐陵(507—583)字孝穆,东海郯人。梁简文帝为太子时,他和他的父亲同在东宫,颇蒙礼遇。后奉使魏朝,适齐受魏禅,被留甚久。及南还不久而陈受梁禅,遂仕于陈,官终太子太傅,卒谥章。今存有《徐孝穆集》十卷。他是梁陈之际有名的韵文作家,陈朝初年的文檄诏诰,大都出自他的手笔。史传称他的作品"颇变旧体,多有新意,每一文出,好事者已传写成诵"。可惜后来遭逢乱世,大半散失,今所存诗文已不及三分之一了。

---

❶　[东储甲观流咏止于《洞箫》]太子称为"储君",居于东宫。又太子宫中有甲观(汉元帝为太子时,生成帝于甲观,见《汉书·成帝纪》),言以甲乙丙丁为次也。东储甲观,犹言"太子宫中"。汉王褒作《洞箫颂》,元帝为太子时常令宫人诵读之(见《汉书·王褒传》)。

❷　[娈彼诸姬聊同弃日]娈彼诸姬,语本《诗·邶风·泉水》。弃日,犹言"玩日旷时"也。

❸　[猗与彤管]猗与,叹美之辞。彤管,赤管笔,古女史记事规诲之所执者。

❹　[香奁]放有香料的匣子。

一〇五、古乐府

子 夜 歌❶（节选）❷

落日出前门❸，瞻瞩见子度❹。冶容多姿鬓，芳香已盈路❺。

芳是香所为，冶容不敢当❻。天不夺人愿，故使侬见郎。

宿昔不梳头，丝发被两肩。婉伸郎膝上❼，何处不可怜！

自从别欢❽来，奁器❾了不开。头乱不敢理，粉拂生黄衣❿。

---

　❶　［《子夜歌》］《宋书·乐志》云："《子夜歌》者，有女子名子夜，造此声。晋孝武太元中琅琊王轲之家，有鬼歌《子夜》。殷允为豫章时，豫章侨人庾僧度家，亦有鬼歌《子夜》。殷允为豫章亦是太元中，则子夜是此时以前人也。"按《宋书》所说，荒诞无据，不足凭信。郭茂倩《乐府诗集》载《子夜歌》四十二首，题为"晋宋齐辞"。因为编者不能考定此曲作于何时，以意度之，当是晋宋齐时候的歌辞，故曰"晋宋齐辞"。又后人仿《子夜歌》曲，更作四时行乐之歌，称为《子夜四时歌》。又有《大子夜歌》、《子夜警歌》、《子夜变歌》等，都是此曲的变体。

　❷　［节选］《子夜歌》本有四十二首，写一女子和一男子恋爱，后来那男子出外不归，女子怨慕不已，故有"鬼歌《子夜》"之传说也。全诗过长，这里止选前四首，藉见《子夜歌》的一斑。

　❸　［落日出前门］当黄昏日落之际，跑出门前去眺望。

　❹　［瞻瞩见子度］子，汝也。度，丰度也。言瞻瞩之际看见了你的丰度。按：此与上句是写那女子在黄昏前闲立门前，忽见那丰度翩翩的男子。

　❺　［冶容多姿鬓芳香已盈路］说她那样艳丽的容貌，具有媚态的两鬓，一阵香气布满路上。按：这两句是写那男子见了那女子时的印象。

　❻　［芳是香所为冶容不敢当］这是那女子谦逊的话。意思是说，我身上的香气是因为用了香粉之类的缘故。至于说我容颜美丽，那是不敢当的。

　❼　［婉伸郎膝上］言头发婉转地散在郎的膝上。

　❽　［欢］谓所欢之人，犹今言"爱人"。

　❾　［奁器］梳妆用的镜箱之类。

　❿　［粉拂生黄衣］粉拂，扑粉时所用，今俗称"粉扑"。因为久不梳妆，所以粉拂上面生了一层黄衣了。

杨 白 花❶

阳春二三月,杨柳齐作花。春风一夜入闺闼,杨花飘荡落南家。含情出户脚无力,拾得杨花泪沾臆。秋去春还双燕子,愿衔杨花入窠里。

敕 勒 歌❷

敕勒川,阴山下❸。天如穹庐❹,笼盖四野。天苍苍,野茫茫,风吹草低见牛羊❺。

汉武帝定郊祀之礼,乃立乐府,以李延年为协律都尉,"乐府"之名始此。其后朝庙所用乐章,都称乐府。又其后凡歌曲之被于管弦者,皆以乐府名之(说详下《文学史话》)。这里所选的乐府三种,因没有确定作者为谁,故称之为"古乐府"。其中惟《子夜歌》从四十二首中节选四首,其他都是整篇。

---

❶ [杨白花]古时杨、柳并称。柳花落时,结子成絮,色白,随风飞散,古人以絮为花,称为"杨白花"。相传仇池人杨华,少有勇力,容貌雄伟,北魏胡太后逼他通奸,他怕得罪,便率领其部下南奔投梁。胡太后追念不已,为作《杨白花歌》,使宫人昼夜连臂踏足歌之,声甚凄惋。按:杨华本名白花,奔梁后改名华,魏名将杨大眼之子也。又按:《子夜歌》为南方歌辞,此为北方歌曲,故虽同写男女恋情,而有柔靡与亢爽之别,细读之便能领会。

❷ [《敕勒歌》]敕勒亦称"铁勒",种族名。其先匈奴之苗裔,自西海以东,依山据谷,往往不绝,回纥、薛延陀诸部,皆其族。《乐府诗集》引《乐府广题》曰:"北齐神武(即高欢)攻周玉壁(玉壁城在山西稷山县西南,为北周重镇),士卒死者十四五,神武恚愤疾发。周王(即宇文泰)下令曰:'高欢鼠子,亲犯玉壁,剑弩一发,元凶自毙。'神武闻之,勉坐以安士众,悉引诸贵,使斛律金(人名)唱《敕勒歌》,神武自和之。其歌本鲜卑语,易为齐言,故其句长短不齐。"按:此歌或谓系后人妄作(胡三省《通鉴》注引洪迈说),但辞句亢爽,把北边游牧之区的情景写得很好,终是古乐府中不可多得的名作。

❸ [敕勒川阴山下]阴山,在今绥远省,横障漠北,起宁夏贺兰山,当河套北,亘乌剌特归化城之境,蜿蜒而东,随地易名,盖数千里。敕勒川,指敕勒种人所居之处的河流,今难确指其地。

❹ [天如穹庐]穹庐,毡帐也,其上穹隆,故名。天形中央高而四周下,故云"天如穹庐"。

❺ [风吹草低见牛羊]那些地方一片平原,草生得很长,敕勒人在那里游牧,远望但见青草,风吹草偃,便看见许多牛羊。

文学史话

三、六朝的骈文与乐府

文坛的双轨

魏晋以来的文人，因受两汉辞赋的影响，好用骈辞俪句，四六对偶之调渐多。刘宋元嘉（西元四二四—四五三）以后，渐渐讲究声律，到了梁朝，遂有沈约"四声八病"之说。于是文人作文，于字句整饬之外，还须顾到音节的铿锵。所以魏晋以来，除少数史家如陈寿、范晔之流还保持司马迁班固的散文遗风外，其余文人大都在骈辞俪句顿挫抑扬上用功夫。而骈体文便成了六朝❶贵族文学的正统体裁。

但是，不论两汉的辞赋或六朝的骈文，都只能供少数的特殊阶级的人去欣赏，一般平民是无法了解的。所以当文士们在辞赋或骈文上用功夫的时候，民间也不断地在产生他们自然流露的民歌。这些自然流露的民歌，已有不少被汉武帝采入"乐府"。魏晋以后，文士们受那些民歌的影响，公然仿效乐府歌辞，造作诗歌。这样一来，文坛的进展便成了双轨：一是模拟的，雕琢的贵族文学，一是自然的，真率的民间文学。我们看梁徐陵编《玉台新咏》，收不少民间诗歌，但他自己做的序却是一篇骈四俪六的文章，这便是文坛双轨的好例。

乐府的起源

汉武帝定郊祀之礼，乃立乐府，以李延年为协律都尉，这是"乐府"名

---

❶　三国吴、东晋、宋、齐、梁、陈，相继都建康，史称六朝。

称的来源。但当时的所谓"乐府",是一个机关,等于后代的"教坊"。❶
后来因为乐府所采集的是朝庙乐章及民间乐歌,就把那些朝庙乐章及被
采入的民间乐歌,叫做"乐府";其后文人模仿民歌做的民歌,也叫做"乐
府";最后索性把文人模仿古乐府作的不能入乐的诗歌,也叫做"乐府"或
"新乐府"了。

汉乐府的流别

汉代乐府流传至今者约一百曲,就性质而论,可分为三大类:第一类
是贵族的乐府,"郊庙歌辞""燕射歌辞""舞曲歌辞"等属之;第二类是由
外国输入的乐府,"鼓吹曲辞""横吹曲辞"等属之;第三类是民间的乐府,
"相和歌辞""清商曲辞""杂曲歌辞"等属之。第一类是歌功颂德的朝庙
乐章,大都出于词臣之手,虽间有佳作,但在文学上没有什么价值,这里
且置之不谈。第二类虽或出于汉人自撰,但因所用乐器如短箫之类皆来
自外国,所以其形式音律都和别种乐府不同。这类乐府,今存《铙歌》十
八曲,其中包含着战歌、情歌及祝颂之歌,可以说半贵族半平民的。第三
类都是民间采来的乐歌,最值得我们注意。这类乐歌,流传到今的很多,
宋郭茂倩编《乐府诗集》,把它们分别收入"相和歌辞"及"杂曲歌辞"中。
我们从前曾选读过的《陌上桑》(《乐府诗集》题为《艳歌罗敷行》),便是汉
代有名的民间乐府之一。

南北朝的乐府

汉以后,文人仿效乐府歌辞,造作诗歌,成为一时风气。三国魏曹氏
父子(曹操及其子曹丕、曹植)努力于用乐府的旧曲改作新词,影响很大。
在魏晋之间,不但文人拟作的乐府新辞非常发达,民间也产生了长篇的
故事诗。被郭茂倩收入"杂曲歌辞"的《孔雀东南飞》(郭氏原题为《古
辞》),便是产生于魏晋之间的有名的长篇故事诗。

---

❶　唐朝初年,雅俗之乐,都隶属太常。玄宗以为太常礼乐之司,不应典倡优,乃别置左右教
坊。历代因之,至清雍正时始废。汉武帝立乐府,做协律都尉的李延年,便是倡优一流人。所以拿
汉乐府比后代的教坊,最为得当。

　　晋朝统一中国，不到二三十年，就转入五胡十六国的时代了。那时候的江南江东，早经三国孙吴的经营和开拓，却好供中原大族作退步。于是历东晋、宋、齐、梁、陈，这东南一角，始终为汉族所统治，史称南朝。北方大乱了一百多年，终被鲜卑族的拓跋氏统一起来，史称北魏，亦称北朝。在这南北朝对立的期间，南北民族因生活习惯及气候环境之不同，文学便各有其特色：南朝文学不用说是以南方民族的文学为主体的。但所谓"南方民族的文学"，不是《楚辞》时代的楚民族文学，而是以吴语为主体的吴语文学了。北方的新民族大都未脱游牧时代尚武好勇的习气，慷慨洒脱，是他们的本色。所以南朝文学的特色是婉转缠绵，而北朝文学的特色是慷慨洒脱。这两种不同的色彩，在乐府里可以明白看出来的。

　　南朝乐府，以"清商曲"为主，而清商曲又以"吴声歌"为主。我们选读的《子夜歌》，便是属于"吴声歌"一类的。《子夜歌》之外，更有《懊侬歌》、《华山畿》、《读曲歌》等，都是缠绵悱恻的儿女恋歌，可作南朝民间文学的代表的。

　　北朝乐府以"鼓角横吹曲"为主。虽然郭茂倩《乐府诗集》于"横吹曲辞"上加上一个"梁"字，实际都是北朝的乐府。其中如《企喻歌》、《慕容垂歌》、《陇头歌》、《折杨柳歌》、《木兰》，都有地名或人名可以证明是北朝的乐府。又如《幽州马客吟》云：

　　　　郎着紫裤褶，女着彩夹裙；男女共燕游，黄花生后园。

我们一望而知决不是南方女儿们的情歌，又如《折杨柳歌》：

　　　　敕敕何力力，女子临窗织。不闻机杼声，唯闻女叹息。

　　　　问女何所思，问女何所忆。阿婆许嫁女，今年无消息。

像这种真率爽快的语气，南方的女儿们不会有的。又如我们选读的《敕勒歌》，完全是鲜卑民族的写照。像"风吹草低见牛羊"的写景，南方人那里梦想得到！而北方的有名的民歌《木兰辞》，也和南方的民歌《孔雀东南飞》有亢爽与婉转之别。虽然北魏胡太后的《杨白花》"含情出户脚无力，拾得杨花泪沾臆"，未免带点南方色彩，可是"秋去春还双燕子，愿衔杨花入窠里"，还未脱北方人亢爽的本质。

骈文的利弊

现在我们回头来讲骈文罢。骈文源于汉魏,盛于南北朝,消耗文人学士的心力者足足有四百多年,那不是偶然的。究竟它在文学上的价值如何? 章炳麟尝赞美晋人的骈文,说:

> 彼其修辞安雅,则异于唐;持论精审,则异于汉;起止自在,无首尾呼应之式,则异于宋以后之制科策论。而气息调利,意度冲远,又无迫笮塞吃之病。斯信美也。❶

又近人张世禄著《中国文艺变迁论》,他举出骈文的四种长处:一、符于心理联想之法则。例如《易》"满招损,谦受益",由满及谦,由损及益,这是相反的联想;又如《书》"决九川,距四海",这是类似的联想。两种联想,都合乎心理的自然。二、合于修辞之法则。修辞学上有"对照"与"偶句"两法:一则二事相反,造成排对;一则以字句连诵,口调匀整,都可以兴起美感;骈文便是这二法的极致。三、合于我国文字之特性。我国文字一形具有一义一音;骈文乃利用我国文字特殊的性质,以构成其整饬的形式者。四、合于音乐之原理。骈文二句之中,既长短相同,义取比对;又复准声署字,抑扬相间。散文之佳者,虽或具有音节,而无一定之规矩,终不如骈文的声律绵密,音节铿锵。

然而骈文自有它的不可掩饰的短处。本来说话做文未尝不可用对偶的句子,例如《论语》的"君子喻于义,小人喻于利"。古民歌中的"新人工织缣,故人工织素;织缣日一匹,织素五丈余",都是很自然的对偶句子。但六朝文人的骈辞俪句,大都出于有意的造作,惟求对偶工整,词藻丰富,读起来顺口,听起来悦耳,不顾文章的内容是否充实,有无矛盾;而且为求对偶工整之故,往往"应以一言蔽者,辄足为二言;应以三句成文者,必分为四句";❷不但有"肥辞瘠义"之弊,且有"叠床架屋"之病。齐梁以后,用典之风盛行,声律之论更密,文人的心力又转到什么"平头""上尾""蜂腰""鹤膝"种种把戏上去,于是对偶之外又加上声律的桎梏。

---

❶ 见《菿汉微言》。
❷ 唐刘知几的话。见《史通·叙事》篇。

在这种情形之下，文章作风，自然流于卑弱萎靡，无怪苏轼要有"八代之衰"❶的慨叹了。

骈文的影响

魏晋以来，文人虽崇尚骈偶，但纪事之史如《后汉书》《三国志》等，还都是用散文写作的。后来唐朝的房乔等撰《晋书》，居然用骈四俪六之文。又，我们看六朝的碑版文字大都是骈体的，沿及唐代，还是这样。六朝骈文影响之大，可见一斑。其次，对偶之句，最便于描写景物，刘宋初年，诗歌受骈文的影响，由谈玄说理之诗❷一变而为描写山水。梁刘勰《文心雕龙·明诗篇》云：

> 宋初文咏，老庄告退而山水方滋。俪采百字之偶，争价一句之奇。情必极貌以写物，辞必穷力而追新。

到了齐梁，因沈约四声八病的发见，音韵的规律更严密，字面的对偶更工整。而徐陵庾信一派，竞尚艳丽轻新，号为"宫体"，遂开唐初律诗之源。

文　选

一〇六、神灭论

范　缜

或问："子云：神灭，何以知其灭也？"答曰："神即形也，形即神也。是以形存则神存，形谢则神灭也。"①

问曰："形者无知之称，神者有知之名。知与无知，即事有异；神之与形，理不容一。形神相即，非所闻也。"答曰："形者神之质，神者形之用；

---

❶　唐韩愈反对骈文，提倡散文，苏轼作《韩文公庙碑》，说他"文起八代之衰"。所谓"八代"者，谓东汉、魏、晋、宋、齐、梁、陈、隋也。

❷　汉魏多纪事诗。晋人好清谈，思想偏于老庄一派，故多谈玄说理之诗。

是则形称其质,神言其用,形之与神,不得相异。"②

问曰:"神故非质,形故非用。不得为异,其义安在?"答曰:"名殊❶而体一也。"③

问曰:"名既已殊,体何得一?"答曰:"神之于质,犹利❷之于刃;形之于用,犹刃之于利;利之名非刃也,刃之名非利也;然而舍利无刃,舍刃无利;未闻刃没而利存,岂容形亡而神在。"④

问曰:"刃之与利,或如来说;形之与神,其义不然。何以言之?木之质无知也,人之质有知也。人既有如木之质,而有异木之知,岂非木有其一,人有其二邪?"答曰:"异哉言乎! 人若有如木之质以为形,又有异木之知以为神,则可如来论也。今人之质,质有知也;木之质,质无知也;人之质,非木质也,木之质,非人质也。安有如木之质而复有异木之知!"⑤

问曰:"人之质所以异木质者,以其有知耳。人而无知,与木何异?"答曰:"人无无知之质,犹木无有知之形。"⑥

问曰:"死者之形骸,岂非无知之质邪?"答曰:"是无知之质也。"⑦

问曰:"若然者,人果有如木之质,而有异木之知矣。答曰:"死者有如木之质,而无异木之知;生者有异木之知,而无如木之质。"⑧

问曰:"死者之骨骼,非生者之形骸邪?"答曰:"生形之非死形,死形之非生形,区已革矣❸。安有生人之形骸,而有死人之骨骼哉。"⑨

问曰:"若生者之形骸非死者之骨骼;死者之骨骼,则应不由生者之形骸;不由生者之形骸,则此骨骼从何而至此?"答曰:"是生者之形骸,变为死者之骨骼也。"⑩

问曰:"生者之形骸虽变为死者之骨骼,岂不因生而有死,则知死体犹生体也。"答曰:"如因荣木变为枯木,枯木之质宁是荣木之体?"⑪

问曰:"荣体变为枯体,枯体即是荣体;如丝体变为缕体,缕体即是丝体;有何别焉?"答曰:"若枯即是荣,荣即是枯,则应荣时凋零,枯时结实。又荣木不应变为枯木:以荣即枯,故枯无所复变也。又荣枯是一,何不先

---

❶ [殊] 不同也。

❷ [利] 刃锋也。

❸ [区已革矣] 革,含有分析之意,如言"厘革"。区已革矣,就是说,已经有了区别了。

枯后荣,要先荣后枯,何也? 丝缕之义,亦同此破。"⑫

问曰:"生形之谢,便应豁然都尽,何故方受死形,绵历未已邪❶?"答曰:"生灭之体,要有其次故也。夫欻❷而生者必欻而灭;渐而生者必渐而灭。欻而生者,飘骤❸是也。渐而生者,动植❹是也。有欻有渐,物之理也。"⑬

问曰:"形即是神者,手等亦是邪?"答曰:"皆是神之分也。"⑭

问曰:"若皆是神之分,神既能虑,手等亦应能虑也。"答曰:"手等有痛痒之知,而无是非之虑。"⑮

问曰:"知之与虑,为一为异?"答曰:"知即是虑:浅则为知,深则为虑。"⑯

问曰:"若尔,应有二虑;虑既有二,神有二乎?"答曰:"人体惟一,神何得二!"⑰

问曰:"若不得二,安有痛痒之知,复有是非之虑?"答曰:"如手足虽异,总为一人;是非痛痒虽复有异,亦总为一神矣。"⑱

问曰:"是非之虑,不关手足,当关何也?"答曰:"是非之意,心器所主。"⑲

问曰:"心器是五藏之心,非邪?"答曰:"是也。"⑳

问曰:"五藏❺有何殊别,而心独有是非之虑?,答曰:"七窍❻亦复何殊,而所用不均,何也?"㉑

问曰:"虑思无方,何以是心器所主?"答曰:"心病则思乖,是以心为虑本❼。"㉒

问曰:"何知不寄在眼等分中邪❽?"答曰:"若虑可寄于眼分,眼何故

---

❶ [生形之谢……绵历未已邪]这一段的意思,是说,既然形即是神,神即是形,则人死后,便应精神形体同时消灭,为什么人死后,尚有遗骸。

❷ [欻]音[ㄔㄨㄚ],迅速也,俄顷也。

❸ [飘骤]飘风骤雨,即暴起的风雨,所谓"飘风骤雨不终朝"也。

❹ [动植]动物植物也。

❺ [五藏]即五脏,肝、心、脾、肺、肾也。

❻ [七窍]谓眼、耳、口、鼻也。

❼ [心病则思乖是以心为虑本]一作"五藏各有所思,无有能虑者,是以心为虑本"。

❽ [何知不寄在眼等分中邪]谓为什么知道虑不是寄在眼等部分耶。

不寄于耳分?"㉓

问曰:"虑体无本,故可寄之于眼分。眼目有本,不假寄于他分。"答曰:"眼何故有本而虑无本?苟无本于我形而可遍寄于异地,亦可张甲之情寄王乙之躯,李丙之性托赵丁之体。然乎哉?不然也。"㉔

问曰:"圣人之形犹凡人之形,而有凡圣之殊,故知形神异矣。"答曰:"不然。金之精者能照,秽者不能照;有能照之精金,宁有不照之秽质。又岂有圣人之神,而寄凡人之器;亦无凡人之神,而托圣人之体。是以八彩重瞳,勋华之容❶;龙颜马口,轩皞之状❷,此形表之异也。比干之心,七窍并列❸;伯约之胆,其大若拳❹,此心器之殊也。是以知圣人区分,每绝常品,非惟道革群生❺,乃亦形超万有。凡圣均体,所未敢安。"㉕

问曰:"子云圣人之形,必异于凡。敢问阳货类仲尼❻,项籍如虞帝❼,舜项孔阳,智革形同❽,其故何邪?"答曰:"珉❾似玉而非玉,鸡类凤而非凤,物诚有之,人故宜尔。项阳貌似而非实如,以心器不均,虽貌无益也。"㉖

问曰:"凡圣之殊,形器不一,可也。圣人圆极❿,理无有二,而丘旦

---

❶ 〔八彩重瞳勋华之容〕勋与"勋"同。尧名放勋,舜名重华,勋华就是尧舜。相传尧眉八彩,舜目重瞳。

❷ 〔龙颜马口轩皞之状〕皞与"昊"通。轩皞谓黄帝轩辕氏及太昊伏羲氏也。相传黄帝日角龙颜(见《路史》)。伏羲氏有说蛇首人身(《史记·补三皇纪》),有说龙身牛首(《路史》),有说龟齿龙唇(《拾遗记》),这里又说马口,盖传闻异辞也。

❸ 〔比干之心七窍并列〕比干,殷纣的伯叔。相传殷纣无道,比干苦谏,纣怒曰:"吾闻圣人心有七窍",遂剖其腹而视之。

❹ 〔伯约之胆其大若拳〕三国蜀姜维,天水人。《三国志》本传裴松之注引《世语》,说他死后见剖,胆如斗大。这里说他胆大若拳,也是传闻异辞。

❺ 〔道革群生〕革,改也,变也。言圣人之道,可以感化群生,令其去恶迁善也。

❻ 〔阳货类仲尼〕阳货名虎,春秋鲁季氏的家臣。孔子的面貌很像阳货。有一次孔子路过宋国的匡的地方,被匡人误认为阳货,而加以拘留。因为阳货曾虐待过匡人,匡人很恨他的。

❼ 〔项籍如虞帝〕虞帝即舜也。司马迁在《项羽本纪》的论赞里说:"吾闻之周生曰,'舜目盖重瞳子'。又闻项羽亦重瞳子。羽岂其苗裔耶?何兴之暴也!"后人遂以为项籍貌如虞帝。

❽ 〔智革形同〕谓智慧有别而形貌则相同也。

❾ 〔珉〕石之美者,似玉而非玉。

❿ 〔圣人圆极〕谓既然是圣人,那么一切都圆满而登峰造极的了。

殊姿，汤文异状❶。神不系色，于此益明。"答曰："圣同于心器，形不必同也。犹马殊毛而齐逸，玉异色而均美；是以晋棘荆和，等价连城❷；骅骝盗骊，俱致千里❸。"㉗

　　问曰："形神不二，既闻之矣；形谢神灭，理固宜然。敢问经云'为之宗庙以鬼飨之❹'，何谓也？"答曰："此圣人之教然也。所以明孝子之心，而厉偷薄❺之意。'神而明之❻'，此之谓矣。"㉘

　　问曰："伯有被甲❼，彭生豕见❽，《坟素》❾著共事，宁是设教而已

----

❶　［丘旦殊姿汤文异状］谓孔丘与周公旦面貌不同，而商汤与周文王形状各异也。按：相传孔子顶如反宇（反宇，即翻转的屋面），中低而四傍高，故名曰丘（见《史记·孔子世家·索隐》）。商汤丰下锐上，皙而有须（《竹书纪年》）。周文王龙颜虎眉，日角鸟鼻（《史记·周本纪·正义》）。惟周公的形貌未详。

❷　［晋棘荆和等价连城］春秋时，晋荀息请以屈产之乘，垂棘之璧；假道于虞以伐虢（见《左传·僖公二年》）。晋棘即垂棘之璧也。又，楚文王得和氏所献璧，名为"和氏之璧"（见《韩非子·和氏篇》）。楚亦称荆。荆和即楚和氏璧也。《史记·蔺相如传》："赵得和氏璧，秦昭王遗赵王书曰，'愿以五十城请易璧。'"后因称其璧为"连城之璧"，谓其价值连城也。这是说，垂棘之璧与和氏之璧，同样的价值连城。

❸　［骅骝盗骊俱致千里］骅骝，盗骊，皆良马名。骅骝色如华而赤，盗骊，则浅黑色之马也。相传皆为周穆王八骏之一（见《史记·秦本纪·索隐》）。这是说，骅骝盗骊虽毛色不同，都能日行千里，即所谓"马殊毛而齐逸"也。

❹　［为之宗庙以鬼飨之］见《孝经·丧亲》章。飨，《孝经》作"享"，同。按：宗庙，古天子诸侯祀其先人之所也。庙者貌也，所以彷彿先人之灵貌（见《古今注》）。

❺　［偷薄］风俗不敦厚也。

❻　［神而明之］语本《易·系辞》上。

❼　［伯有被甲］伯有姓良氏，名霄，春秋郑国的公族。尝为卿。被人所杀，死而其鬼为厉。《左传》昭公七年："郑人相惊以伯有。曰，'伯有至矣！'则皆走，不知所往。铸刑书之岁（鲁昭公六年，郑人铸刑书）二月，或梦伯有介而行，曰，'壬子，余将杀带也。明年壬寅，余又将杀段也'。及壬子，驷带卒，国人益惧。齐燕平之月（按即鲁昭公七年正月），壬寅，公孙段卒，国人愈惧。"被甲，即披甲。伯有被甲，即《左传》所谓"伯有介而行也"。

❽　［彭生豕见］彭生，春秋齐国的公族。鲁桓公与其夫人文姜至齐，齐襄公与文姜通奸，事被桓公发觉，齐襄公遂使公子彭生杀桓公。鲁国提抗议，要求齐国严办凶手，齐襄公遂杀彭生。事在鲁桓公九年。过了九年，齐襄公在贝丘地方打猎，见一大豕。他的随从人说："这是公子彭生呀！"襄公大怒，对那豕大声呵斥道："彭生，你敢来作怪！"就用箭射它，那豕便作人立而啼。襄公回去，就被公子无知所弒（见《左传》庄公九年）。

❾　［坟素］即"坟索"。相传古代书籍有所谓《三坟》、《五典》、《八索》、《九丘》等名目，故遂以《坟索》为书籍之代称。

邪?"答曰:"妖怪茫茫,或存或亡,彊死❶者众,不皆为鬼,彭生伯有,何独能然。乍为人豕,未必齐郑之公子也。"㉙

问曰:"《易》称'故知鬼神之情状,与天地相似而不违❷';又曰'载鬼一车❸';其义云何?"答曰:"有禽焉,有兽焉,飞走之别也。有人焉,有鬼焉,幽明之别也。人灭而为鬼,鬼灭而为人,则未之知也。"㉚

问曰:"知此神灭,有何利用?"答曰:"浮屠害政❹,桑门蠹俗❺,风惊雾起,驰荡不休,吾哀其弊,思拯其溺。夫竭财以赴僧,破产以趋佛,而不恤亲戚,不怜穷匮❻者,何也? 良由厚我之情深,济物之意浅❼。是以圭撮涉于贫友,吝情动于颜色;千钟委于富僧,欢意畅于容发❽。岂不以僧有多稌之期,友无遗秉之报❾;务施阙于周急,归德必于在己。又惑以茫昧之言,惧以阿鼻❿之苦,诱以虚诞之辞,欣以兜率⓫之乐,故舍逢掖,袭

---

❶ [彊死]彊读为勉强之强。彊死,谓死于非命也。

❷ [故知鬼神之情状与天地相似而不违]《易·系辞》上:"精气为物,游魂为变,是故知鬼神之情状,与天地相似,故不违。"

❸ [载鬼一车]见《易·睽卦》。

❹ [浮屠害政]浮屠即"佛陀"之异译。佛教为佛所创,古人因称佛教徒为浮屠。作者以当时政治之不清明,皆受佛教影响之故,故云然。

❺ [桑门蠹俗]桑门,佛家语,普通译为"沙门",其意为勤修众善,止息诸恶,出家修佛法者之通称也。作者认出家修法为伤风败俗之事,故云然。

❻ [穷匮]即穷乏。

❼ [良由厚我之情深济物之意浅]实在由于自奉之情太深,博施济众之意太浅,所以"不恤亲戚不怜穷匮"。

❽ [是以圭撮涉于贫友……欢意畅于容发]圭撮,量名。六十四黍为圭,四圭为撮(其量甚少用指可以撮起,故名)。钟,亦量名。一钟可以容纳六斛四斗。这里的意思是说:对于亲戚朋友间的小数的周济,吝惜之情,见于颜色;而布施僧众,虽费千钟之粟,却高兴的了不得。

❾ [僧有多稌之期友无遗秉之报]稌音徒,糯稻也。《诗·大雅·丰年》:"丰年多黍多稌。"禾盈把为秉。《诗·小雅·大田》:"彼有遗秉。"这是说,布施僧众可以希望将来有善报,而周济朋友则连小小的报答都没有。

❿ [阿鼻]佛家有"阿鼻地狱"之说。阿鼻之意为无间断。阿鼻地狱,谓无间断的永远在地狱中也。

⓫ [兜率]佛家有兜率天,亦译作"兜率陀"。为欲界六天之第四天,在须弥山之顶上十二万由旬之处,有七宝宫天,弥勒菩萨在此说法。(道家亦有兜率天,太上老君所居)

横衣❶，废俎豆，列缾钵❷，家家弃其亲爱，人人绝其嗣续。致使兵挫于行间❸，吏空于官府❹，粟罄于惰游❺，货殚于泥木❻。所以奸宄弗胜❼，颂声尚拥❽，惟此之故也。其流莫已❾，其病无限。若陶甄禀于自然❿，森罗均于独化⓫，忽焉自有，怳尔⓬而无，来也不御，去也不追，乘夫天理，各安其性：小人甘其垄亩⓭，君子保其恬素⓮；耕而食，食不可穷也；蚕以衣，衣不可尽也；下有余以奉其上，上无为以待其下；可以全生，可以养亲，可以为己，可以为人，可以匡国⓯，可以霸君，用此道也。"㉛

　　这篇立论要旨，在说明形随神灭，以破佛家精神不灭之说。按：自佛教传入中国以来，至六朝而上自帝王公卿文人学士，下至愚夫愚妇，都受这新教的震荡与蛊惑。梁武帝以皇帝之尊，尚三次舍身佛寺，其他可想而知。作者在全国风靡于佛教的时代，敢做这样辟佛的文章，实为大胆。自此文出后，舆论哗

---

❶　〔舍逢掖袭横衣〕逢掖，古儒者之服。掖同"腋"，谓衣腋下宽大也。横衣，当指袈裟而言。此谓舍去儒者之服而服僧衣也。

❷　〔废俎豆列缾钵〕俎豆，祭祀之具。缾钵，净瓶钵盂之类，皆和尚们用以供养佛菩萨者也。此言出家为僧者但知礼佛不祭祖先也。

❸　〔兵挫于行间〕言出兵征伐，往往挫败也。

❹　〔吏空于官府〕言官府中无良吏也。

❺　〔粟罄于惰游〕言民皆奉佛，不事耕种，故积粟为之罄也。

❻　〔货殚于泥木〕殚，尽也。言起造寺院宝塔，泥工木作，终年不息，材货为之尽也。

❼　〔奸宄弗胜〕宄，音轨（ㄍㄨㄟ），奸也。寇盗自内起者曰奸，自外来者曰宄。奸宄弗胜，言未能剋制寇盗也。

❽　〔颂声尚挤〕言太平歌颂之声尚拥而不闻也。

❾　〔其流莫已〕流弊所极，无有止境。

❿　〔陶甄禀于自然〕陶甄，犹"陶钧"也。《汉书·邹阳传》："圣王制世御俗，独化于陶钧之上。"注："陶家名转者为钧，盖取周回调钧耳。言圣王御天下，亦犹陶者转钧。"按：制为瓦器者曰陶，甄亦瓦器也。陶甄两字引申之即为造就或统治之意，故造就人才可称"陶甄"陶镕"，统治天下亦可称"陶甄"或"陶钧"。陶甄禀于自然，即道家无为而治的主张。

⓫　〔森罗均于独化〕森罗，谓宇宙间存在的各种现象，杂然森罗于前，即所谓"森罗万象"也。均于独化，谓一切皆受造物之主宰也。

⓬　〔怳尔〕与"忽然"同。

⓭　〔小人甘其垄亩〕小人，指一般平民而言。谓平民甘心于耕作。

⓮　〔君子保其恬素〕君子，指在上的士大夫而言。谓士大夫保持其恬淡的素性，没有什么过分的希求。

⓯　〔匡国〕即救国。

然,梁武帝且下诏痛斥其非。可见此文在当时曾受多数人的注意与非难的。

本篇选自《晋书·范缜传》,但有许多地方我们根据萧琛的《难神灭论》所引,加以改正。又本篇用问答体,计分三十一段,为便利读者和下面的《难神灭论》对照起见,在每段下特用数字注明。

范缜字子真,舞阴人。少孤贫,事母孝谨。及长,博通经术,尤精《三礼》。性质直,好危言高论。仕齐为尚书殿中郎。尝出使魏国。入梁以晋安太守迁尚书左丞。坐事徙广州。迁为国子博士卒。

一〇七、难神灭论(并序)

萧 琛

内兄范子缜❶著《神灭论》,以明无佛。自谓辩摧众口,日服千人。予意犹有惑焉,聊欲薄其稽疑❷,询其未悟。论至今,所持者形神,所讼❸者精理。若乃春秋孝享,为之宗庙❹,则以为圣人神道设教,立礼防愚。杜伯关弓❺,伯有被介❻,复谓天地之间自有怪物,非人死为鬼。如此便不得诘以诗书,校以往事;唯可于形神之中,辨其离合。脱形神一体,存

---

❶ 〔内兄范子缜〕俗称妻之兄为"内兄"。子,男子之美称;范子缜犹今言"范君缜"也。按:妻党为外戚,故称妻之母为"外姑",则妻之兄亦当称"外兄",然亦有称内兄者,今观此文,知六朝时已如此矣。

❷ 〔薄其稽疑〕薄与"暴"通。《汉书·宣帝纪》注:"暴室今曰薄室,薄亦暴也,取暴晒为名。"薄其稽疑,谓暴露其疑而未悟之处。

❸ 〔讼〕争辨也。

❹ 〔春秋孝享为之宗庙〕春秋孝享,犹言春秋祭祀。此即指《孝经》"为之宗庙以鬼享之"而言。

❺ 〔杜伯关弓〕杜伯,周宣王臣,无罪被杀。后三年,宣王会诸侯,射猎,日中,忽见杜伯在道左,朱衣朱冠,操失色弓矢,射宣王,中心折脊而死。(《史记·正义》引《周春秋》)。关与"弯"通,《孟子·告子篇》:"越人关弓而射之。"按:范氏原文的"彭生豕见",此云"杜伯关弓",盖以彭生、杜伯皆死为厉鬼,其事又相类,故不妨随便举例也。

❻ 〔被介〕犹言"披甲"。按:《左传》谓"彭生介而行",介即披甲也。此云"被介",于介字之上又加一动词,则介为名词,当作甲胄之甲解。

灭阋昇，则范子奋扬蹈厉，金汤邈然❶。如灵质分途，兴毁区别，则予克敌得俊❷，能事毕矣。又予虽明有佛，不与俗同尔。兼陈本意，系之论左焉。

（范文第一段至第二段）

难曰："今论形神合体，则应有不离之证。而直云'神即形，形即神'，'形之与神，不得相异'，此辨而无征，有乖笃喻❸矣。予今举梦以验形神不得共体：当人寝时，其形是无知之物，而有见焉，此神游之所接也。神不孤立，必凭形器。犹人不露处，须有居室。但形器是秽暗之质，居室是蔽塞之地；神反形内，则其识微惛，惛故以见为梦；人归室中，则其神暂壅，壅故以明为昧。夫人或梦上腾玄虚，远适万里，若非神行，便是形往邪？形既不往，神又弗离，复焉得如此？若谓是想所见者，及其安寐，身似僵木，气若寒灰，呼之不闻，抚之无觉，既云神与形均，则是表里俱倦，既不外接声音，宁能内兴思想，此即形静神驰，断可知矣。又疑凡所梦

---

❶　［脱形神一体至金汤邈然］脱，或然之辞。奋扬蹈厉，犹言"趾高气扬"，形容人之意气发皇也。古称城池坚固为"金城汤池"。金喻坚，汤喻沸热不可近。邈然，无所动之貌。这是说，假使形神果为一体，形存神存，形亡神灭，那么，范君尽可趾高气扬，坚持他的理论，任凭人家怎样攻击，可以兀然不动。

❷　［克敌得俊］犹云"克敌得胜"。语本《左传》"得俊曰克"（庄公十一年）。

❸　［有乖笃喻］谓无实证可取信也。

者,或反中诡遇❶,或理所不容❷,或先觉未兆❸,或假借象类❹,或即事所

---

❶ ［或反中诡遇］原注:"赵简子梦童子裸歌而吴入郢,晋小臣梦负公登天而负出诸厕之类是也。"按:《左传》昭公三十一年,"十二月辛亥朔,日有食之。是夜也,赵简子梦童子裸而转以歌。旦,占诸史墨,曰:'吾梦如是,而今日食,何也?'对曰:'六年及此月也,吴其入郢乎!'"后果如其言。又成公十年,"六月丙午,晋侯欲麦(欲食麦),使甸人献麦,馈人为之召桑田巫,示而杀之(因为桑田巫曾替晋侯占梦,断定他快要死了,不及吃新麦,所以拿新麦给他看,说他占梦不验而杀之)。将食,张(腹涨也),如厕,陷而卒。小臣有晨梦负公以登天,及日中,负晋侯出诸厕,遂以为殉。"赵简子的梦应验在楚国(吴师入郢,郢,楚都也),故曰"反中"。晋小臣梦负公登天,而结果反负晋侯出诸厕,且自己又牺牲了生命,故曰"诡遇"。诡遇犹言"奇遇"也。

❷ ［或理所不容］原注:"吕齮梦射月中之兔,吴后梦肠出绕阊门之类是也。"按:《左传》成公十六年,晋侯伐郑,楚子救之"吕锜梦射月,中之,退入于泥,占之,曰:'姬姓日也,异姓月也,必楚王也。射而中之,退入于泥,亦必死矣。'及战,射共王,中目。王召养由基,与之两矢,使射吕锜,中项。伏弢,以一矢复命。"吕锜,晋大夫。原注作吕齮,是错的。吴后,三国吴孙坚之母也。《三国志·孙坚传》裴注引《吴书》曰:"及母怀妊坚,梦肠出绕吴昌门,寤而觉之,以告邻母。邻母曰:'安知非吉征也。'坚生,容貌不凡,性阔达,好奇节。"梦射月中兔及肠出绕阊门,皆情理所无,故曰"理所不容"。

❸ ［或先觉未兆］原注:"吕姜梦天名其子曰虞,鲁人梦众君子谋欲亡鲁之类是也。"按:《史记·晋世家》,"唐叔虞者,周武王子而成王弟。初武王与叔虞母会时,梦天谓武王曰:'余命汝生子名虞,余与之唐。'及生子,文在其手曰虞,故遂因命之曰虞。"武王后邑姜,齐太公之女,太公姓姜氏,封于吕,所以这里称武王后为"吕姜"。《左传》哀公七年,"初,曹人或梦众君子立于社宫,而谋亡曹,曹叔振铎(曹之始祖)请待公孙强,许之。旦而求之曹,无之。戒其子曰:'我死,尔闻公孙强为政,必去之。'及曹伯阳即位,好田弋。曹鄙人公孙强好弋,获白雁,献之,且言田弋之说(同悦),说(同悦)之;因访政事,大说(同悦)之,有宠,使为司城,以听政。梦者之子乃行。强言霸说于曹伯,曹伯从之,乃背晋而奸宋。……八年春,宋公伐曹。……遂灭曹,执曹伯及司城强以归,杀之。"原注说是"鲁人梦众君子谋亡鲁",鲁字应改为曹。

❹ ［或假借象类］原注:"蔡茂梦禾失为秩,王濬梦三刀为州之类是也。"按:《后汉书·蔡茂传》,"茂代戴涉为司徒。茂初在广陵,梦坐大殿,极上有三穗禾,茂跳取之,得其中穗,辄复失之。以问主簿郭贺。贺离席庆曰:'大殿者,宫府之形象也。极而有禾,人臣之上禄也。取中台之位也(汉以三台当三公之位,中台即司徒之官)。于字,禾失为秩。虽曰失之,乃所以得禄位也。衮职有阙,君其补之。'旬日而茂征焉,乃辟贺为掾。"又《晋书·王濬传》,"濬夜梦三刀于卧室梁上,须臾又益一刀。濬惊觉,甚恶之。主簿李毅再拜贺曰:'三刀为州字,又益一者,明府其临益州乎!'及贼张弘杀益州刺史皇甫晏,果迁濬为益州刺史。"禾失为秩,三刀为州,都用字的形体来解释的,故曰"假借象类"。

无❶，或乍验乍否❷。此皆神化茫渺，幽明不测，易以约通，难用理检❸。若不许以神游，必宜求诸形内，恐块尔潜灵，外绝觊觎❹。虽复扶以六梦，济以想因，理亦不得然也❺。"

（范文第三段至第四段）

难曰："夫刃之有利，砥砺❻之功，故能水截蛟螭❼，陆断兕❽虎。若穷利尽用，必摧其锋锷❾，化成钝刃。如此则利灭而刃存，即是神亡而形在。何云'舍利无刃，名殊而体一'邪？刃利既不俱灭，形神即不共亡。虽能近取譬❿，理实乖矣。"

（范文第五段至第十三段）

难曰："论云'人之质有知也，木之质无知也'。岂不以人识凉燠⓫，

---

❶　[或即事所无]原注："胡人梦舟，越人梦骑之类是也。"按：胡在北方，北方多山；越在南方，南方多水；故胡人梦骑，越人梦舟，于理方合。然胡人亦有梦舟者，越人亦有梦骑者。都不是眼前的境界，故曰"即事所无"。

❷　[或乍验乍否]原注："殷宗梦得傅说，汉文梦得邓通，验也。否事众多，不复具载。"按：殷宗即殷高宗武丁也。《史记·殷本纪》："武丁夜梦得圣人，名曰说。以梦所见，视群臣百吏，皆非也。于是乃使百工营求之野，得说于傅险中。是时说为胥靡于傅险，见于武丁。武丁曰'是也'。得而与之语，果圣人，举以为相，殷国大治。故遂以傅险姓之，号曰傅说。"说，音悦。又《汉书·佞幸·邓通传》："邓通，蜀郡南安人也。以濯船为黄头郎。文帝尝梦欲上天不能，有一黄头郎推上天，顾见其衣尻带后穿，觉而之渐台，以梦中阴自求推者郎，见邓通，其衣后穿，梦中所见也。召问其名姓，姓邓名通。邓犹登也，文帝甚说（同悦），尊幸之。"

❸　[易以约通难以理检]约，含有揣度之意。此谓可以想像得之，难以理智检讨。

❹　[若不许以神游至外绝觊觎]这一节的意思是说：上面所讲的种种梦境，若否认是神游体外，则必求之于形体之内；恐怕潜伏在形体之内的灵感，在外貌上是看不出来的罢！块尔，犹言"块然"，独处貌。此言精神单独潜伏在形体之内也。

❺　[虽复扶以六梦济以想因理亦不得然也]《周礼》春官有占梦之职，"以日月星辰占六梦之吉凶：一曰正梦，二曰噩梦，三曰思梦，四曰寝梦，五曰喜梦，六曰惧梦"。这是说，形神非一体，既如上说，虽再用占六梦之法，更加上种种想像，所求得的真理，也不会是这样的。

❻　[砥砺]皆磨石也，引申为磨炼之义。

❼　[蛟螭]古以蛟为龙类，能发生大水。螭亦蛟龙之类，旧说谓如龙而黄，无角，古人雕刻，多仿其形以为饰，如螭首、蟠螭之类。

❽　[兕]兽名，犀之雌者，顶止一角，文理细腻，其皮坚厚，可以制甲。

❾　[锋锷]《汉书·萧望之传》："底厉锋锷。"注："锋，刃端也。锷，刃旁也。"

❿　[能近取譬]语本《论语》，谓能以近前的事物取作比喻也。

⓫　[燠]暖也。

知痛痒❶；养之则生，伤之则死邪？夫木亦然矣：当春则荣，在秋则枯，树之必生，拔之必死。何谓无知？今人之质犹如木也，神留则形立，神去则形废；立也即是荣木，废也即是枯木。子何以辨此非神知，而为质有知乎？凡万有皆以神知，无以质知者也。但草木蜫虫之性，裁觉荣悴生死❷；生民之识，则通安危利害。何谓'非有如木之质以为形，又有异木之知以为神'邪？此则形神有二，居❸可别也。但木禀阴阳之偏气，人含一灵之精照，其识或同，其神则异矣。骨骼形骸之论，死生授受之说，义既前定，事又不经❹，安用曲辨❺哉！"

（范文第十四段至第二十四段）

难曰："论云'形神不殊，手等皆是神分'。此则神以形为体，体全即神全，体伤则神缺矣。神者何识虑也。今人或断手足，残肌肤，而智思不乱，犹孙膑刖趾，兵略愈明❻。卢浮解腕，儒道方谧❼。此神与形离，形伤神不害之切证也。但神任智以役物，托器以通照，视听香味，各有所凭，而思识归乎心器。譬如人之有宅，东阁延贤，南轩引景，北牖招风，西楞❽映月，主人端居中霤❾，以收四事之用焉。若如来论，口鼻耳目各有神分，一目病即视神毁，二目应俱盲矣；一耳疾即听神伤，二耳俱应聋矣；今则不然。是知神以为器，非以为体也。又云'心为虑本，虑不可寄之他分'。若在于口眼耳鼻，斯论然也。若在于他心，则不然矣。耳鼻虽共此

---

❶　［痒］与"癢"同。

❷　［草木蜫虫之性裁觉荣悴生死］蜫，虫之总称，今作"昆虫"。此谓草木昆虫的本性，只感觉到荣枯生死而已。

❸　［居］不完全内动词，为也。例如《礼·礼器》："二者，居天下之大端矣。"

❹　［不经］事之怪诞异于寻常者曰"不经"。

❺　［曲辨］立论不正确，举例不完备，而强为辩说者，曰"曲辨"。辨，与"辩"通。

❻　［孙膑刖趾兵略愈明］孙膑，战国齐人。与庞涓俱学兵法于鬼谷子。涓为魏将，嫉膑之能，刖其足。齐淳于髡使魏，载膑归，威王以为师（军师）。魏攻齐，膑设计困涓，涓智穷自刭，膑由是名高。

❼　［卢浮解腕儒道方谧］卢浮字子云，晋涿人。尝官太子舍人。病疽截手，遂废。朝廷命他做国子博士，祭酒、秘书监，皆不就。谧，安也。卢浮是一个纯笃的儒者，他虽病疽截手，并不妨碍他的学问和操守，所以作者这样说。

❽　［楞］音灵。阑楯为方格，又于其横直交处为圜子，如绮文珑玲，谓之"楞"。

❾　［中霤］霤，音溜（ㄌ丨ㄡ）。中霤即中室。

体,不可以相杂:以其所司不同,器用各异也。他心虽在彼形,而可得相涉,以其神理均妙,识虑齐功也。故《书》称'启尔心,沃朕心❶';《诗》云'他人有心,予忖度之❷';齐桓师管仲之谋❸,汉祖用张良之策❹;是皆本之于我形,寄之于他分。何云'张甲之情不可托王乙之躯,李丙之性勿得寄赵丁之体'乎?"

（范文二十五段至三十段）

难曰:"论云'岂有圣人之神而寄凡人之器,亦无凡人之神而托圣人之体'。今阳货类仲尼,项籍似帝舜,即是凡人之神托圣人之体也。珉玉鹍❺凤,不得为喻:今珉自名珉,玉实名玉;鹍号鸡鹍,凤曰神凤;名既殊称,貌亦爽实❻。今舜重瞳子,项羽亦重瞳子,非有珉玉二名,唯睹重瞳相类。又有女娲蛇躯❼,皋陶马口❽,非真圣神入于凡器,遂乃托于虫畜之体。此形神殊别,明暗不同,兹益昭显也。若形神为一,理绝前因者,则圣应诞圣,贤必产贤,勇怯智愚,悉类其本,既形神之所陶甄,一气之所孕育,不得有尧睿朱嚚❾,瞍顽舜圣❿矣。论又云,'圣同圣器,而器不必同,犹马殊毛而齐逸'。今毛复是逸气邪?马有同毛色而异驽骏者,如此则毛非逸相,由体无圣器矣。人形骸无凡圣之别,而有贞⓫脆之异。故

---

❶　［启尔心沃朕心］《书·说命》,载武丁对傅说说的话。原作"启乃心沃朕心"。沃,灌溉也。

❷　［他人有心予忖度之］见《诗·小雅·巧言》。忖度,犹言"思量"。言他人的心事,我能思量得之也。

❸　［齐桓师管仲之谋］齐桓,齐桓公的简称。春秋时齐桓公用管仲,遂霸天下。详可看《史记·齐世家》及《管晏列传》。

❹　［汉祖用张良之策］汉祖,汉高祖的简称。汉高祖得天下,大半靠张良的谋划。详可看《史记·留侯世家》及《汉书·张良传》。

❺　［鹍］即鸡鹍,亦作"爰居",海鸟也。按范氏原文《晋书》作"鸡类凤而非凤",观此,则鸡字当鹍作字矣。

❻　［爽实］与实际不同也。

❼　［女娲蛇躯］相传女娲氏蛇身牛首(见《路史》)。

❽　［皋陶马口］皋陶音高谣(ㄍㄠ 丨ㄠ),虞舜之臣,按范氏原文"龙颜马口轩暤之状",轩暤并举,暤与昊通,则暤当指太昊伏羲氏。此云皋陶,是误解原文。又皋陶马口,亦无考。

❾　［尧睿朱嚚］嚚,愚而不忠信也。史称尧其知如神,而其子丹朱嚚讼不类其父。

❿　［瞍顽舜圣］瞍即瞽瞍,亦作"瞽叟",舜之父也。顽,无知识而妄为也。史称舜父顽母嚚。

⓫　［贞］坚也。

遐灵栖于远质,促神寓乎近体❶,唯斯而已耳。向所云圣人之体指,直语近舜之形,不言器有圣智,非矛盾之说,勿近于此惑也❷。"

(范文第三十一段)

难曰:"佛之有无,寄于神理存灭,既有往论,且欲略言。今指辨其损益,语其利害,以弼夫子过正之谈❸。子云'释氏❹蠹俗伤化,费货损役',此惑者为之,非佛之尤❺也。佛之立教,本以好生恶杀,修善务施。好生非止欲繁育鸟兽,以人灵为重;恶杀岂可得缓宥逋逃❻,以哀矜断察❼;修善不必瞻丈六之形❽,以忠信为上;务施不苟使殚材土木,以周给为美。若悉绝嗣续,则必法种不传。如并起浮图❾,又亦播殖无地。凡人且犹知之,况我慈氏❿宁乐尔乎? 今守株⓫桑门,迷瞀⓬俗士,见寒者不施之短褐,遇馁者不锡⓭以糠豆,而兢聚无识之僧,争造众多之佛,亲戚弃而

---

❶ 〔遐灵栖于远质促神寓乎近体〕遐即远也。灵即神也。质即体也。促即近也。栖即寓也。

❷ 〔向所云圣人之体指⋯⋯勿近于此惑也〕这一段意旨不甚明暸,也许版刊有误,也许竟是作者文不能达意之故。大概意思是如此:你向所论,其大体意旨,只说近圣人之形(舜,圣人也),并不说形器亦有圣智。那么,你的话本无矛盾,何必故作巧辨,使人疑惑呢?

❸ 〔以弼夫子过正之谈〕弼,正弓器也。作者认范氏的辟佛未免矫枉过正,所以要著论矫正他。

❹ 〔释氏〕佛号释迦,故称"释氏"。

❺ 〔尤〕过也。

❻ 〔逋逃〕犯罪而逃亡也。

❼ 〔以哀矜断察〕矜,怜也。言审察狱讼,必出于哀怜之心而慎重处断;即曾子所谓"如得其情,哀矜而弗喜"也。(《论语·子张》。)

❽ 〔丈六之形〕即所谓"丈六金身",佛像也。

❾ 〔浮图〕宝塔也。

❿ 〔慈氏〕佛以慈悲说教,故又称之为"慈氏"。

⓫ 〔守株〕《韩非子·五蠹》篇:"宋人有耕田者,田中有株,兔走触株,折颈而死,因释耒守株,冀复得兔,兔不可得,而身为宋国笑。"后人遂以"守株"喻先入为主不知变通者。

⓬ 〔迷瞀〕犹言"迷乱"。瞀,音茂(ㄇㄠ)。

⓭ 〔锡〕赐与也。

弗眄❶，祭祀废而弗修，良缯❷碎于刹❸上，丹金❹糜于塔下，而谓福田❺，期以报业，此并体佛未深，解法不妙，虽呼佛为佛，岂晓归佛之旨，号僧为僧，宁达依僧之意，此亦神不降福，予无取焉。夫六家之术，各有流弊❻：儒失于僻，墨失于蔽，法失于峻，名失于讦，咸由祖述❼者失其传，以致泥溺❽。今子不以僻蔽诛孔墨，峻讦责韩邓❾，而独罪我如来❿，贬此正觉⓫，是忿风涛而毁舟楫也。今悖逆之人，无赖之子，上罔⓬君亲，下虐侪类，或不忌明宪⓭而乍惧幽司⓮，惮阎罗⓯之猛，畏牛头⓰之酷，遂悔其秽恶，化而迁善，此佛之益也。又罪福之理，不应殊于世教，背乎人情。若

---

❶　[眄] 顾盼也。

❷　[缯] 丝织物之总名。古谓之帛，汉谓之缯。

❸　[刹] 梵语"瑟刹"之简称，本为佛寺所立之幡竿。《释氏要览》谓"六朝人谓塔为刹，唐以后则通称佛寺为刹"。

❹　[丹金] 赤色曰"丹"。丹金即赤金。

❺　[福田] 佛家以敬三宝之德为"敬田"，报父母之恩为"恩田"，怜贫者为"悲田"，此三种统称"福田"。

❻　[六家之术各有流弊] 六家即阴阳家、儒家、墨家、名家、法家、道家也。司马谈尝批评六家学术，各有所长，亦各有所短，如：阴阳家多忌讳，使人拘而多所畏；儒家博而寡要，劳而少功；墨家俭而难遵；法家严而少恩；名家使人俭而善失真；这些都是短处（见《史记·自序》。司马谈对道家独多赞美之辞，不说他们的短处）。本文下面所举儒、墨、法、名四家之失，就是根据司马谈的话，不过造句用字略有不同而已。

❼　[祖述] 传述前人的教旨或学说。例如"仲尼祖述尧舜"。

❽　[泥溺] 陷溺。

❾　[韩邓] 韩非、邓析也。韩非为法家之祖，今传有《韩非子》。邓析今传有《邓析子》一卷，其说在法家道家之间，且其文节次不相属，疑亦掇拾重编也。这里韩邓与孔墨对举，似乎认邓析为名家了。

❿　[如来] 佛的赞称，犹言"世尊"。

⓫　[正觉] 佛家称洞明真体到觉悟的境界为"正觉"。

⓬　[罔] 欺也。

⓭　[明宪] 今常用幽明为人鬼界域之义，称阳世为明，冥土为幽。宪，法令也。明宪，即阳世的法令。

⓮　[幽司] 冥土的有司。

⓯　[阎罗] 俗传管地狱之神曰"阎罗"。或以为冥土十王之一（《群书拾唾》），或以为位在十八王上（《戒庵漫笔》）。按梵语阎罗，其义为双王。佛经谓昔有兄及妹，皆作地狱主，兄治男事，妹治女事，故称双王。

⓰　[牛头] 相传狱中鬼卒有牛头、马面。

有事君以忠，奉亲唯孝，与朋友信；如斯人者，犹以一眚掩德❶，蔑而弃之，裁犯虫鱼，陷于地狱，斯必不然矣。夫忠莫踰于伊尹❷，孝莫尚乎曾参❸；若伊公宰一畜以膳汤，曾子烹只禽以养点❹，而皆同趋炎镬❺，俱赴锋树❻，是则大功没于小过，奉上反于惠下。昔弥子矫驾，犹以义弘免戮❼。呜呼，曾谓灵匠不如卫君乎！故知此为忍人之防，而非仁人之诚也。若能凿彼流宕，曑不在佛❽，观此祸福，识悟教诱，思息末以尊本，不拔本以极末，念忘我以弘法，不后法以利我，则虽曰未佛，吾必谓之佛矣。"

范缜的《神灭论》发表后，著论攻击他的很多。萧琛此篇，先引范缜原文，逐段加以驳结，辞锋锐利，旗鼓相当。《弘明集》中所收非难《神灭论》的文章甚多，要以此篇为最有力量。这里为避免重复，把所引《神灭论》原文删去，而别加括弧，注明所删者为范氏原文的第几段，以便读者对照。

萧琛字彦瑜，梁兰陵人。齐永明中为太学博士，累迁少府卿、尚书左丞。中兴初，为骠骑咨议，领录事，迁给事黄门侍郎。入梁为御史中丞。历任江夏、南郡、东阳、吴兴等的郡太守。大通中，为金紫光禄大夫，加特进。中大通元年（公元五二九年）为云麾将军，晋陵太守，改授侍中特进。卒谥平。有《皇览抄》二十卷。

---

❶　[一眚掩德] 眚音省（ㄕㄥˇ），过误也。《左传》僖公三十三年："不以一眚掩大德。"

❷　[伊尹] 商汤之贤臣。相传伊尹以善烹调而进身。

❸　[曾参] 孔子七十二弟子之一，以孝著称。

❹　[点] 曾参父。

❺　[炎镬] 即火锅。相传冥间有十八层地狱，以十八王领之，第七汤谓王，典镬汤（详《七修类稿》）。

❻　[锋树] 即刀山。相传地狱十八王之二为屈遵王，典刀山（见同上）。

❼　[弥子矫驾犹以义弘免戮] 春秋时卫灵公的幸臣弥子瑕，因母病矫驾君车以出。卫国法，窃驾君车者罪当刖，但卫灵公以为弥子瑕的矫驾君车，为母亲有病的缘故，不用国法惩治他，反称赞他孝（见《韩非子·说难篇》）。

❽　[若能凿彼流宕曑不在佛] 假使你能够辟开那些浮宕的说话，那就明白你所指摘的种种过误，全因体佛未深之故，其罪不在佛教的本身。曑与"衅"同，过也，罪也。

一〇八、诗八首

王梵志

　　草屋足风尘，床无破毡卧。客来且唤入，地铺稿荐❶坐。家里元无炭，柳麻且吹火。白酒瓦钵藏，铛子两脚破。鹿脯三四条，石盐❷五六课❸。看客只宁馨❹，从你痛笑我。

　　吾有十亩田，种在南山坡。青松四五树，绿豆两三窠❺。热即池中浴，凉便岸上歌。遨游自取足，谁能奈我何！

　　共受虚假身，共禀太虚气。死去虽更生，回来尽不记。以此好寻思，万事淡无味。不如慰俗心，时时一倒醉。

　　我见那汉死，肚里热如火。不是惜那汉，恐畏还到我。

　　梵志翻着袜，人皆道是错。乍可❻刺你眼，不可隐❼我脚。

　　城外土馒头，馅草在城里。一人吃一个，莫嫌没滋味❽。

---

❶　［稿荐］草荐。

❷　［石盐］凡由盐井盐池所产之盐，叫做"石盐"，亦称"岩盐""山盐"。

❸　［课］应作"颗"。王梵志的诗大都是后人传钞，课与颗音相同，所以就随便写成课字了。

❹　［宁馨］即"那哼"，"那么样"。

❺　［窠］应作"棵"，其误与"颗"作"课"同。

❻　［乍可］犹"宁可"。

❼　［隐］痛也。

❽　［一人吃一个莫嫌没滋味］这首诗是说坟墓如土馒头，人便如馒头的馅子。凡人必有死，死必葬，所以说"一人吃一个，莫嫌没滋味"。黄山谷尝批评此两句说："己且为土馒头，尚谁食之？今改'预先著酒浇，使教有滋味'。"

他人骑大马，我独跨驴子。回顾担柴汉，心下较些子❶。

世无百年人，强作千年调。打铁作门限，鬼见拍手笑。

王梵志的事迹不甚可考。唐人冯翊的《桂苑丛谈》载有"王梵志"一条（《太平广记》卷八十二亦有"王梵志"条，注云出《史遗》。《史遗》不知何书。其文与《桂苑丛谈》所载相同，而稍有异文）。此为关于王梵志历史的仅存的材料，现抄在下面：

> 王梵志，卫州黎阳人也。黎阳城东十五里有王德祖者，当隋之时（五八一—六〇四），家有林檎树，生瘿大如斗，经三年，其瘿朽烂。德祖见之，乃撤其皮，遂见一孩儿抱胎而出。因收养之。至七岁能语，问曰，"谁人育我？"及问姓名，德祖具以实告。因林木而生曰梵天，后改曰志。（曰），我"（王）家长育可姓王也"。作诗讽人，甚有义旨。盖菩萨示化也。

此虽是神话，然可以考见三事：一为梵志生于卫州黎阳，即今河南濬县。一为他生当隋文帝时，约六世纪之末。三可以使我们知道唐朝已有关于梵志的神话，因此又可以想见王梵志的诗在唐朝很风行，民间才有这种神话起来。（这段解题采自胡适《白话文学史》第十一章。）

文学史话

四、印度文化的输入与中世文艺思潮

佛教的传来

一切从国外移植而来的思想，能取得大众的接受，那一定有被接受的条件在着，不是偶然的。正和植物的移植一样：只要这里的土性气候

---

❶ ［较些子］犹今俗言"比较一下罢"。

和那植物生产地的土性气候相去不远，便会生长起来。否则不是枯萎便是"橘逾淮而变枳"。

中国在东汉末年，士大夫们还高兴谈政治，甚且对盘据朝廷的宦官作过一番轰烈的斗争。不幸这一次的斗争失败了，反动势力弥漫全国；接着就来了一个土崩瓦解的局势。于是士大夫们感到自己之无出路，彷徨悲观，相率而走入玄想一途。跟社会的转变而来的思想的转变，恰好给印度文化移殖中土以绝好的机会。所以佛教传入中国，远在东汉以前，而佛教之被大多数人民所接受，却在东汉以后。

佛经的翻译

中国一向没有像佛教那样伟大的宗教，所以佛教传来以后，大家都要知道它究竟讲些什么。而要知道它究竟讲些什么，非从翻译经典着手不可。

佛经的翻译，相传以东汉明帝时天竺僧徒摄摩腾、竺法兰所译的《四十二章经》为最早。但《四十二章经》是一部编纂的书，不是翻译的书。可考的最早的佛经翻译者，当推东汉桓灵时代（西元一四七年以后）的安世高、支娄迦谶及安玄、严佛调等。但他们所译的都是零品断简，不成系统。到了三国时候，维祇难在武昌与竺将炎合译《昙钵经》（今名《法句经》）。《昙钵经》乃是古代沙门从众经中选出四句六句的偈，分类编纂起来的。那些偈语本是众经的精华，所以译成四言五言的诗句后，便觉朴质可喜。那时候又有支谦和康僧铠，一在南方，一在北方，同时译出《阿弥陀经》。此经为佛教"净土宗"的主要经典，影响甚大。西晋时的译经大师竺法护（亦名昙摩罗刹），曾游历西域诸国，学了许多种的语言文字，能直接自译梵文。他所译大乘经典三十余种，小乘经典近百种。《高僧传》说他的译文"虽不辩妙婉显，而宏达欣畅"。

晋室南迁以后，北方大乱，但译经事业仍继续进行。苻秦时，道安在关中，集合许多僧徒，组织译场，翻译佛经。道安死后，其弟子慧远在庐山设般若台继续翻译的事业。后秦姚兴礼迎西域名僧鸠摩罗什来长安，住在长安的西明阁及逍遥园，集合名僧八百余人，以从事译经。当时国立译场的规模,较之现在"国立编译馆",伟大得多了。同时北凉沮渠蒙逊亦提倡佛法,在姑臧设立闲像宫译场,名僧昙无谶主持其事。东晋有建业的道场寺译场,名僧佛驮跋陀罗主持其事。刘宋有建业的祇洹寺和荆州的辛寺两译场,求那跋陀罗主持其事。梁武帝崇信佛法,当时建业的寿光殿、华林园、正观寺、占云馆、扶南馆都有译事。而梁陈间广州刺史欧阳颜,亦在那边设制旨译场,至唐犹存。元魏时则有洛阳的永宁寺译场。北齐则有邺的天平寺译场。至隋立东西两翻经院。唐为玄奘设译场于长安,规模都很宏大的。翻译的经典,如鸠摩罗什所译的《金刚经》、《法华经》、《维摩诘经》,昙无谶所译的《佛所行赞经》,佛驮跋陀罗所译的《华严经》,宝云所译的《佛本行经》,最有影响于中国文学。《维摩诘经》本是一部半小说半戏剧的作品,在唐代竟被人演成伟大的故事诗——《维摩诘经变文》。《佛所行赞经》本是一部用韵文述佛一生故事的书,经昙无谶用五言无韵诗体译出,全诗约九千三百余句,可以说是当时文学作品中最长的故事诗。

佛经的翻译,重在不失本义,使读者明白易晓,不重在辞藻的修饰,文句的古雅。这种新创的文体,自然给骈体文以重大的打击。我们读范缜的《神灭论》及萧琛的《难神灭论》,虽未脱尽骈偶滥调,但和普通的骈文已完全不同了。又,佛教文学最富于想像力,而对形式上的布局与结构也很注意。如《佛所行赞》、《佛本行经》都是伟大的长篇故事,不用说了。其他如《华严》、《涅槃》、《般若》等经,都是以壮阔的文澜,演微妙之教理。此等富于文学性的经典,经译家以特创的文体译出,虽不信或不解教理的人,都很喜欢读它。因此,想像力不期而丰富,写作的方法也不期而革新,其影响乃直接表现于一般文艺。

变文与俗曲

宣传佛教单靠翻译是不够的,因为经典究竟不是一般人所能了解的。因此佛教徒又想出三种宣传方法:(一)经文的转读。(二)梵呗的歌唱。(三)唱导的制度。

所谓"转读",就是打起调子把经文向大众朗读,使大众可以跟着读下去,像现在念经一般。但转读之法,还是不能使大众了解经义,于是更进一步把经文重新敷演一番,变成通俗的唱本,遂造成一种文学新体,现在叫它做"变文"。这种变文的写本,在二十多年前络续发见于敦煌千佛洞的石室里。❶ 就已发现者而言,约有四十余种,现尚陆续出现。这四十余种的变文,有演述佛经的故事的,有演述民间传说的故事的。(可见敷演佛经的变文体裁创立未久,就被一般文士们所采用了。)演述佛经故事的变文,最重要者是《维摩诘经变文》,它把富于文学趣味的《维摩诘经》演述成一部伟大的"史诗",今已发见者有二十余卷之多,虽其间颇有残缺,但无碍于它在文学上的价值。又有《降魔变文》,是依据《贤愚经》叙舍利佛和左师斗法的事。又有《目莲救母变文》,叙述佛弟子目莲,出家为僧,以善因得成罗汉,从地狱里救出他母亲的故事。此外尚有《佛本行经变文》、《八相成道经变文》、《佛本生经变文》、《地狱变文》等等,皆较为简短,且俱首尾残缺。演述非佛经故事的变文,有《列国志变文》,叙述伍子胥的故事;《明妃变文》,叙述王昭君嫁匈奴故事;《舜子至孝变文》,叙述舜的故事。那些变文都是用散文韵文合组而成的。其散文虽未脱六朝对偶的滥调,但已经通俗得多了。今举《降魔变文》一段作例:

> 阿循罗执日月军引前,紧郏罗握刀枪而从后。于时风师使风,雨师下雨;湿却嚣尘,平治道路。神王把棒,金刚执杵;简择骁雄,排比队伍。然后吹法螺,击法鼓,弄刀枪,振威怒。动如电奔,行如云布。

其韵文大都以七言为主。今举《降魔变文》的一段作例:

---

❶ 一九〇七年五月,匈牙利人斯坦因(A. Steine)到中国西陲去从事发掘和探险。便带了一位中国的通事蒋某,到了甘肃敦煌。他凤闻敦煌千佛洞石室里藏有古代各种文字的写本,便到千佛洞去向守洞的王道士要求他出卖。他用了种种方法,居然收买了不少写本回去。这消息传到法国,法国人也派了伯希和(Paul Pelliot)到千佛洞去搜求,也带了不少写本回来。他又带了几种样本到北京,才引起中国官厅的注意,行文到甘肃提取这种写本,但多数被王道士所隐匿,又经各级官厅的私自扣留,所得并不多。后来斯坦因又到千佛洞去搜求,王道士把私藏的写本尽数卖给了他。敦煌石室的写本的发现,至此遂告一结束。教煌石室所藏的写本是很多的,除他种文字的写本外,汉文的写本,在伦敦者有六千卷,在巴黎者有一千五百卷,在北平者有八千五百卷,其他为私人所藏者亦很多,无从统计。这写本里面,关于文学方面的特别多,所谓"变文"及许多民间俗曲,都是从这里面发见的。

六师忿怒情难止,化出宝山难四比。崭岩可有数由旬❶,紫葛金藤而覆地。山花蔚翠锦文成,金石崔嵬碧云起。上有王乔丁令威,香水浮流宝山里。飞仙往往散名花,大王遥见生欢喜。舍利佛见山来入会,安详不动居三昧。夜时化出大金刚,眉高额阔身驱礧。手持金杵水冲天,一拟邪山便纷碎。

这种体裁,便是后来"宝卷"和"弹词"的滥觞;而宋人"话本"也是由变文转变而来的。

梵呗的歌唱,是用梵音来歌唱赞文。据《高僧传》所记,这些赞文有出于当时和尚们自造的,有所谓《皇皇顾维》一契❷、《大慈哀愍》一契等,遂开佛教俗曲的风气。敦煌石室所发见的《太子赞》,叙述释迦出家修道事,以五七言相间成文,如"东匿报耶殊,太子雪山居。路远人稀烟火无,修道甚清虚",显然是为凑合梵呗的音调之故。又如《净土赞》、《五更转》、《十二时》等都属于这一类。此外民间俗曲如《孝子董永》、《季布歌》等,虽所叙述的不是佛教故事,但体制是大体相同的。

唱导是一种斋场的布道会。本有特制的"唱导文",大都还是骈四俪六的文体,没有什么文学上的大影响。但当时为使听众容易感受起见,往往临时制造些浅近的唱导文,于是不知不觉走上俗曲的一条路。另一方面则唱导的本意原是说法布道,所以后来渐渐倾向于白话的讲说,到禅宗大师的白话语录出来,散文方面又创立一种新的体裁。

玄想与颓废

印度文化输入后,中土文艺在形式上起了种种变化,已如上述。但文学是思想的反映,所以文体的变化是跟着思想的转变而来的。自汉武帝罢黜百家独尊儒术以来,儒家哲学统治了中国的思想界,光武中兴,更竭力提倡儒术,表章气节,礼教的束缚达于极点。东汉末年,天下动乱,儒家思想随着社会的动荡而失其支配势力。曹操执政时下诏求贤,公然

---

❶ 由旬,天竺里数名。上由旬六十里,中由旬五十里,下由旬四十里。或云三十里为一由旬。或云六十里为一由旬。

❷ 一契,等于现在称曲子为"一只"。

问"得无有盗嫂受金而未遇无知者乎"，这便是把东汉以来表章气节注重清议的风习宣告一个结束；同时预示着中国思想界将因社会的转变而展开一个新的局面。到了魏正始（二四〇—二四八）间，王弼何晏等遂起而提倡老庄之学；阮籍嵇康等所谓"竹林七贤"者❶继踵而起，遂造成"清谈"之风。当时的士大夫，大都轻视现实，崇尚虚无，非流于玄想，即堕入颓废。阮籍《咏怀诗》云："己身不能保，何况恋妻子"。士大夫在这样的环境里，除了玄想或颓废之外还有什么出路呢？

从虚无论到神不灭论

魏晋间人的重玄想，尚虚无，实自何晏发其端。他尝祖述老庄，为《无为》《无名》之论。他说："天地万物皆以无为本。无也者，开物成务，无往不成者也。阴阳恃以化生，万物恃以成形，贤者恃以成德，不肖恃以免身。"这类浅薄的"虚无论"，本不是老庄的原本思想。但在当时动乱的社会中却正合一般人的心理，所以就风行起来。所谓"口谈虚浮，不遵礼法"在魏晋间的士大夫差不都认为是处世的正当态度。然有一二不为时代潮流所洗荡的人物如裴頠之流，对虚无论下过有力的攻击。他著《崇有论》，以为当时的士大夫"立言籍其虚无，谓之玄妙；处官不亲所司，谓之雅远；奉身散其廉操，谓之旷达。故砥砺之风，弥以凌迟"。他更指当时的士大夫因崇尚虚无之故，"其甚者至裸裎，言笑忘宜"。因此他断言虚无之论，无益于已有之群生，所以必须"崇有"。他以为"贱有则必外形；外形则必遗制；遗制则必忽防；忽防则必忘礼；礼制弗存，则无以为政矣"。但他的主张，在儒家思想被抛弃了的当时，不曾发生什么大效力。

何晏的虚无论在哲学上实在是很浮浅的作品。其后佛教势力渐盛，佛经的翻译渐多，于是士大夫们不敢用"无"字以尚论一切，而进一步相信精神不灭之说。我们读了范缜的《神灭论》和萧琛的《难神灭论》，便可知道在萧梁时代，思想界又来了一个转变：由"虚无论"与"崇有论"之争，一变而为"神灭论"与"神不灭论"之争了。这一个转变很值得注意的：在

---

❶　嵇康和阮籍、阮咸、山涛、向秀、刘伶、王戎等相交好，为竹林之游，世称"竹林七贤"。

虚无论与崇有论相争辩的时候,一方固标榜老庄,一方还带着极浓厚的儒家色彩。但在神灭论与神不灭论争辩的时候,主张形神俱灭的虽引证儒家经典以驳难对方,同时又主张"乘夫天理,各安其性",这正是韩愈所谓"不入于佛,则入于老"了。

魏晋以来,思想界既被佛、道两家所支配,其反映于文学作品的,约有数端:(一)虚无主义者既蔑视现实,便想飞升遐举。如嵇康的《游仙诗》之类,可为代表。(二)相信神随形灭的人,对于死后既无所希冀,便想在生前尽量享乐;而人生几何,来日苦短,又不觉堕入颓废一派。从"人生几何,对酒当歌",一直到"秉烛夜游,良有以也"的及时享乐主义的文学作品,都属于这一类。(三)虽相信精神不灭,但因为"死后虽再生,归来尽不记",所以人生在世,只要模模糊糊,随便过去,便产生像王梵志一流的讽谕劝世的诗歌。而(四)因为魏晋以来长期的战乱,谁都有"生不逢辰"之感。所以妄想飞升,或希冀解脱,在魏晋以下的文学作品中时时可以见到,这便是时代思潮的一致的表现。

文 选

一〇九、咏怀古迹五首

杜 甫

支离东北风尘际;漂泊西南天地间❶。三峡楼台淹日月;五溪衣服

---

❶ 〔支离东北风尘际漂泊西南天地间〕此作者自叹流浪也。按作者避安禄山之乱,自东北而西南:从陷贼谒帝凤翔,旋弃官客秦州入蜀,盖自肃宗乾元二年(公元七五九)至作此诗时已八年了。支离,犹"流离"之意。

共云山❶。羯胡事主终无赖❷；词客哀时且未还❸。庾信平生最萧瑟，暮年诗赋动江关❹。

摇落深知宋玉悲❺，风流儒雅亦吾师。怅望千秋一洒泪，萧条异代不同时❻。江山故宅空文藻❼；云雨荒台岂梦思❽！最是楚宫俱泯灭，舟人指点到今疑❾。

---

❶　[三峡楼台淹日月五溪衣服共云山]此二语见地之僻远。三峡，在四川、湖北间，其说不一：有以巫峡、西陵峡、归峡为三峡者；有以广溪峡、巫峡、西陵峡为三峡者；有以西陵峡、巫峡、瞿唐峡为三峡者。其实自宜昌以上，奉节以下，两岸皆山，无地非峡。西陵峡、黄牛峡、巫峡、瞿唐峡，乃峡中之最著名者。瞿唐峡之滟滪堆，为江路最险处。黄牛峡亦艰险难行。长则以巫峡为最。五溪指汉时武陵五溪蛮地，其地有雄溪、樠溪、酉溪、潕溪、辰溪五溪，故名。今湖南旧辰、沅、永、靖四府州，永绥、凤凰、乾州、晃州四厅，贵州旧思州、思南、镇远、铜仁、犁平五府及松桃厅，皆古五溪地。

❷　[羯胡事主终无赖]羯，匈奴别部，晋时入居羯室之地（今山西辽县境），因称之为羯胡。以下四语，都借庾信以自喻。此语承前"支离"而言，意谓禄山以胡人叛唐，犹侯景之降胡乱梁也。

❸　[词客哀时且未还]承前"漂泊"而言，意思是说他的漂泊流离，轸念故国，犹庾信之"哀江南"也。

❹　[庾信平生最萧瑟暮年诗赋动江关]庾信平生已见前《小园赋》注。按：庾信晚年入周被留，因江关景色而动故国之思，遂作《哀江南》等赋。

❺　[摇落深知宋玉悲]宋玉已见《文学史话》。宋玉《九辩》有"悲哉秋之为气也，萧瑟兮草木摇落而变衰"之句，故云。

❻　[怅望千秋一洒泪萧条异代不同时]谓与宋玉同一萧条而隔于异代，此所以怅望而一洒同情之泪也。

❼　[江山故宅空文藻]湖北江陵、秭归俱相传有宋玉故宅，此当指在秭归者。

❽　[云雨荒台岂梦思]宋玉尝作《高唐赋》，其序中说：楚襄尝游高唐，梦见一妇人，曰，"妾巫山之女也。"王遂幸之。去而辞曰，"妾在巫山之阳，高邱之岨，旦为行云，暮为行雨，朝朝暮暮，阳台之下。"旦朝视之，如其言。故为立庙，号曰朝云。按：宋玉此赋盖假设其事以讽谏淫惑者也。

❾　[最是楚宫俱泯灭舟人指点到今疑]此谓宋玉"云雨荒台"之言，本寓言讽谏，而至今行舟指点徒结念于神女与襄王，宋玉作赋的本心，没有人知道了。

群山万壑赴荆门❶,生长明妃尚有村❷。一去紫台连朔漠❸,独留青冢❹向黄昏。画图省识春风面❺;环珮空归月下魂❻。千载琵琶作胡语❼,分明怨恨曲中论❽。

蜀主窥吴幸三峡,崩年亦在永安宫❾。翠华想像空山里,玉殿虚无野寺中❿。古庙杉松巢水鹤⓫;岁时伏腊走村翁⓬。武侯祠屋常邻近⓭,一体君臣祭祀同。

---

❶ [荆门]山名,在湖北宜都县西北五十里大江南岸,与北岸虎牙山相对,上合下开,为大江绝险处。

❷ [生长明妃尚有村]明妃即汉美人王昭君。昭君名嫱,晋人避司马昭讳,改称明君,后人因称之为明妃。元帝时选入掖庭。呼韩邪单于入朝,求美人为阏氏,帝以赐之。戎服乘马,提琵琶出塞去,号"宁胡阏氏"。今湖北秭归县东北四十里有明妃村,相传为王昭君出生地。

❸ [一去紫台连朔漠]梁江淹《别赋》云:"明妃去时,仰天太息。紫台稍远,关山无极。"此语袭用其意。紫台即"紫宫"。朔漠,北方沙漠也。

❹ [青冢]王昭君死后,葬于匈奴。塞草皆白,昭君墓草独青,世称"青冢"。

❺ [画图省识春风面]此承上"一去紫台连朔漠"而言。相传元帝后宫既多,不得常见,乃使画工图形,按图召幸。宫人皆赂画工,独王嫱不肯,遂不得见。帝既以王嫱赐匈奴单于,召见之,睹其貌为后宫冠。遂穷究其事,画工皆弃市。

❻ [环珮空归月下魂]此承上"独留青冢向黄昏"而言。

❼ [千载琵琶作胡语]琵琶本胡中马上所鼓也。推手前曰"琵"引却曰"琶"。见刘熙《释名》。

❽ [分明怨恨曲中论]昭君在匈奴,恨帝始不见遇,乃作怨思之歌。后人名为《昭君怨》。见《琴操》。

❾ [蜀主窥吴幸三峡崩年亦在永安宫]此二语溯庙祀之由。蜀主即三国蜀先主刘备也。蜀章武二年(公元二二二),刘备忿孙权之袭关羽,遂率诸军伐吴,次秭归。吴遣陆逊御之,大败蜀兵于猇亭。备走还鱼复(即白帝城),改鱼复为永安。明年四月,备死于永安宫。

❿ [翠华想像空山里玉殿虚无野寺中]翠华,皇帝的车驾。玉殿,皇帝的宫殿。今永安行殿已废为卧龙寺,先主庙在永安宫之东(永安宫已改学宫)。

⓫ [古庙杉松巢水鹤]状祀祠之寂,故水鹤得结巢杉松之上也。《鲍朴子》谓:千岁之鹤随时而鸣,能登于木。其未千岁者终不能集于树上。

⓬ [岁时伏腊走村翁]伏日在夏,腊日在冬。为秦汉时令节。此谓岁时令节,仅有村翁走来祭享耳。

⓭ [武侯祠屋常邻近]诸葛亮封武乡侯,谥曰"忠武",故称武侯。武侯祠在先主庙西,故云。

诸葛大名垂宇宙，宗臣❶遗像肃清高。三分割据纡筹策❷，万古云霄一羽毛❸。伯仲之间见伊吕，指挥若定失萧曹❹。福移汉祚难恢复，志决身歼军务劳❺。

此五首乃借古迹以咏怀之诗。庾信避难，由建康至江陵，虽非蜀地，然曾居宋玉故宅，作者的漂泊大类于是，故借以发端。次咏宋玉，以文章同调而相怜。次咏明妃，为高才不遇而寄慨。最后及于先主和武侯，则于君臣遇合之际大抒其感慨了。

一一〇、答李翊书

韩　愈

六月二十六日，愈白，李生足下：

生之书辞甚高，而其问何下而恭也！能如是，谁不欲告生以其道！道德之归也有日矣，况其外之文乎！抑愈所谓望孔子之门墙而不入于其宫者，焉足以知是且非耶！虽然，不可不为生言之。

---

❶　［宗臣］后世所宗仰的名臣。《三国·蜀志·诸葛亮传注》引张俨说："一国之宗臣，霸王之贤佐。"

❷　［三分割据纡筹策］纡，屈也。伤其屈于三分，志未得申也。

❸　［万古云霄一羽毛］《梁书·刘遵传》引昭明太子赞遵的话说："此亦威凤一羽，足以验其五德。"此语盖袭用其意。谓武侯才品之高如云霄鸾凤，世徒以三分功业相矜，不知屈处偏隅，其胸中怀抱，百未一展，万古而下，所及见者，特云霄之一羽毛耳。

❹　［伯仲之间见伊吕指挥若定失萧曹］伊吕，谓伊尹与吕尚也；萧曹，谓萧何与曹参也。伊尹，商之贤相。吕尚即太公望，周初贤臣。萧何，沛人。佐汉高祖定天下。后为相，封酂侯。曹参，沛人，与萧何同佐高祖定天下。初为齐相，萧何卒，入为汉相。对于政治上的设施，完全遵从萧何成法，无所更改，故后世称"萧规曹随"。此谓诸葛亮佐蜀先主成霸业，其功堪与伊吕相伯仲。然诸葛亮死后，继起无人，有失萧规曹随之意。

❺　［福移汉祚难恢复志决身歼军务劳］福，一作"运"。志决身歼，即所谓"鞠躬尽瘁死而后已"之意。

生所谓立言❶者,是也;生所谓者与所期者,甚似而几矣;抑不知生之志,蕲❷胜于人而取于人耶? 将蕲至于古之立言者耶? 蕲胜于人而取于人,则固胜于人而可取于人矣。将蕲至于古之立言者,则无望其速成,无诱于势利,养其根而俟其实,加其膏而希其光。根之茂者其实遂❸;膏之沃者其光晔❹;仁义之人,其言蔼如❺也。

抑又有难者,愈之所为,不自知其至犹未也。虽然,学之二十余年矣。始者,非三代两汉❻之书不敢观,非圣人之志不敢存。处若忘,行若遗;俨乎其若思,茫乎其若迷。当其取于心而注于手也,惟陈言之务去,戛戛❼乎其难哉! 其观于人,不知其非笑之为非笑也。如是者亦有年,犹不改。然后识古书之正伪,与虽正而不至焉者,昭昭然白黑分矣,而务去之,乃徐有得也。当其取于心而注于手也,汩汩❽然来矣。其观于人也,笑之则以为喜,誉之则以为忧,以其犹有人之说者存也。如是者亦有年。然后浩乎其沛然❾矣。吾又惧其杂也,迎而拒之,平心而察之,其皆醇也,然后肆焉。虽然,不可以不养也;行之乎仁义之途,游之乎诗书之源。无迷其途,无绝其源,终吾身而已矣。

气,水也;言,浮物也;水大而物之浮者大小毕浮。气之与言犹是也,气盛则言之短长与声之高下者皆宜。虽如是,其敢自谓几于成乎! 虽几于成,其用于人也,奚取焉?

虽然,待用于人者,其肖于器耶! 用与舍属诸人。君子则不然;处心有道,行己有方,用则施诸人,舍则传诸其徒,垂诸文而为后世法。如是

---

❶ ［立言］《左传》襄公二十四年:"太上有立德,其次有立功,其次有立言,虽久不废,此之谓不朽。"《疏》:"立言,谓言得其要,理足可传,如老、庄、荀、孟、管、晏、杨、墨、屈、宋、马(司马迁)、班制作子书撰集史传文章皆是。"

❷ ［蕲］音机(くｌ),求也;期也。

❸ ［遂］充备也。

❹ ［晔］明亮也。

❺ ［蔼如］和平温厚貌。

❻ ［三代两汉］夏商周为三代。东汉西汉称两汉。

❼ ［戛戛］龃龉貌。戛,音黠(ㄐｌㄚ)。

❽ ［汩汩］音,水流貌。此以喻文思之勃发。

❾ ［沛然］此以水势之滂沛喻文思之充畅。

者,其亦足乐乎? 其无足乐也❶? 有志乎古者希矣! 志乎古必遗乎今,吾诚乐而悲之。亟称其人,所以劝之,非敢褒其可褒而贬其可贬也。

问于愈者多矣,念生之言不志乎利,聊相为言之。

这封信是韩愈自述其做古文的方法及其心得。李翊或云应作李翱。一说,贞元十八年(公元一一一〇),陆傪佐主司权德舆于礼部,愈荐李翊于傪,翊即以是年登第。故李翊也是韩愈的学生。后人因习见李翱之名,遂以为李翊乃李翱之误云。

一一一、高愍女碑

李 翱

愍女姓高,妹妹名也。生七岁,当建中二年❷:父彦昭,以濮阳归天子❸。前此逆贼质妹妹与其母兄,而使彦昭守濮阳,及彦昭以城归,妹妹与其母兄皆死。其母李氏也;将死,怜妹妹之幼无辜,请独免其死,而以为婢于官❹;众皆许之,妹妹不欲,曰:"生而受辱,不如死。母兄皆不免,何独生为!"其母与兄将被刑,咸拜于四方,妹妹独曰:"我家为忠,宗族诛夷,四方神祇❺尚何知!"问其父母所在之方,西向哭,再拜,遂就死。明年,太常❻谥之曰"愍"。当此之时:天下之为父母者闻之,莫不欲愍女之为子也。天下之为夫者闻之,莫不欲愍女之为室家也。天下之为女与妻

---

❶ [其无足乐也] 此"也"字亦当作"乎"字解,古文中上句用"乎"字,下句则用"也"字以避复,其例甚多,兹不备举。

❷ [建中二年] 建中,唐德宗年号。二年,当公元七八一年。

❸ [父彦昭以濮阳归天子] 平卢节度使李正己,使彦昭守濮阳,时正己谋不轨,于建中二年六月死,其子纳秘之,擅领其众,八月,始发丧,奏请袭父位,朝廷不许,濮阳本属平卢军,彦昭乃以归之中央也。濮阳即濮州,故治在今山东濮县东二十里。

❹ [为婢于官] 注见《除肉刑诏》。

❺ [祇] 音其,地神也。

❻ [太常] 官名,掌宗庙礼仪。

者闻之,莫不欲愍女之行在其身也。昔者:曹娥思盱,自沉于江❶。狱吏嗤囚,章女悲号❷。思啼其兄,作诗《载驰》❸。缇萦上书,乃除肉刑。彼四女者,或孝,或智,或义,或仁。噫此愍女,厥生七年,天生其知,四女不伦。向遂推而布之于天下,其谁不从而化焉:虽有逆子必改行;虽有悍妻必易心。赏一女而天下劝,亦王化之大端也。异哉!愍女之行而不家闻户晓也。

贞元十三年❹,翱在汴州❺,——彦昭时为颍州❻刺史,——昌黎韩愈始为余言之。余既悲而嘉之,于是作《高愍女碑》。

谥法,使民悲伤曰愍。这篇文章里所记的高姓女孩子,小小年纪,居然懂得"临难毋苟免"的道理,从容就义,使普天下人都替她悲伤,故谥之曰愍。碑,墓碑也。

李翱字习之,唐赵郡人。韩愈的侄婿。以进士为国子博士、国史馆修撰。后官至山南东道节度使。卒谥文。所著有《李文公集》十八卷。他和李汉、皇甫湜都是韩氏门下做古文的健将。他在答皇甫湜书中自称所作《高愍女碑》、《杨烈妇传》,不在班固、蔡邕之下,其自负如此。

---

❶ [曹娥思盱自沉于江]曹娥,后汉上虞人。以父盱死于江,不得尸骸,娥沿江号哭,昼夜不绝声,十有七日,遂投江而死。县长度尚改葬之,为立碑(见《后汉书·烈女传》)。今绍兴曹娥江即以曹娥而得名。

❷ [狱吏嗤囚章女悲号]汉王章为王凤所构,下狱,妻子皆收系。章小女年十二,夜起号哭曰:"平日狱吏嗤囚,数常至九,今八而止。我君素刚,先死者必君。"明日问之,章果死(见《汉书·王章传》)。

❸ [思啼其兄作诗《载驰》]《诗·鄘风·载驰》:"载驰载驱,归唁卫侯"云云。据小序云:"载驰,许穆夫人作也。……许穆夫人闵卫之亡,伤许之小,力不能救,思归唁其兄,又义不得,故赋是诗也。"按:卫懿公为狄人所杀,国内大乱,宋桓公迎卫之遗民渡河,处之漕邑,而立昭伯之子申为君,是为卫戴公。戴公和许穆夫人是兄妹。

❹ [贞元十三年]公元七九七年。

❺ [汴州]治今河南开封县。

❻ [颍州]唐属河南道。治今安徽阜阳县。

文学史话

五、唐代的律诗与古文

声律的发明

前面讲起过沈约所说的四声八病,其实沈约以前已有四声之说:盖魏晋以来,戎狄杂居内地者渐多,使中土语言大起变化;又值佛教传播,梵文拼音的学理因之输入,遂引起士大夫们研究音韵学的兴趣。魏李登撰《声类》,以五声命字。❶ 晋吕静又仿李登之法,作《韵集》。❷ 所谓五声,就是宫、商、角、徵、羽,也就是指平、上、去、入四声(宫、商是平,徵是上,羽是去,角是入),❸因为那时候没有平、上、去、入的名目,就借用宫、商、角、徵、羽五个字来分别。晋张谅又撰《四声韵林》,著录于《隋书·经籍志》。可见四声并不始于沈约,❹不过沈约开始应用四声的音理来作诗作文罢了。但沈约为声律论的创造者,却是无可否认的事实。封演《闻见记》说:

> 永明中,沈约文辞精拔,盛解音律,遂撰《四声谱》。……由是远近文学转相祖述,而声韵之道大行。

什么叫做"律"? 钱木庵《唐音审体》中有几句话解释得很明白。他说

> 律者,六律也,谓其声之协律也。如用兵之纪律,用刑之法律,严不可犯也。

---

❶ 见封演《闻见记》。

❷ 《魏书·江式传》:吕忱弟静,仿李登之法,作《韵集》,宫、商、角、徵、羽,各为一篇。

❸ 据徐景安《乐书》说。

❹ 赵翼《陔余丛考》有《四声不起于沈约》一则。

律诗的确立

诗贵咏歌，本宜谐协；然晋宋以前，文字上对偶之法未工，作诗者仅知协韵而已，无所谓"律"。自沈约声律之论起，于文字的对偶之外，更加上声调的对偶（如平平仄仄平平仄对仄仄平平仄仄平），便完成了唐以来的"律诗"。

齐梁诗体，往往两句一联，四句一绝，已开律诗的风气。初唐四杰❶的作品中渐多五言律诗。如骆宾王《在狱闻蝉》云：

> 西陆蝉声唱，南冠客思侵。那堪玄鬓影，来对白头吟。露重飞难禁，风多响易沈。无人信高洁，谁为表予心！

已是很完备的律诗了。嗣圣以后（公元六八四年以后），沈佺期、宋之问出，更讲究声律对偶之法，遂定五七言八句的程式，号为"律诗"。所以后人称沈宋为律诗之祖。《唐书·文艺传》说：

> 魏建安后迄江左，诗律屡变。至沈约、庾信，以音韵相婉附，属对精密。及（宋）之问、沈佺期，又加靡丽，回忌声病，约句准篇，如锦绣成文。学者宗之，号为"沈宋"。

现在且举沈宋的七律诗各一首以示例：

> 卢家小妇郁金香，海燕双栖玳瑁梁。九月寒砧催木叶，十年征戍忆辽阳。白狼河北音书断，丹凤城南秋夜长。谁为含愁独不见，更教明月照流黄。——沈佺期《独不见》

> 离宫秘死胜瀛洲，另有仙人洞壑幽。岩边树色含风冷，石上泉声带雨秋。鸟向歌筵来度曲，云依帐殿结为楼。微臣昔忝方明御，今日还陪八骏游。——宋之问《三阳宫石淙侍宴应制》

这些诗并不是第一流的好诗，然可表示律诗在那时候已经成熟了。

---

❶ 论诗体者以唐初至开元（七世纪初至八世纪初）为"初唐"，开元至大历（八世纪初至八世纪中年）为"盛唐"，大历至太和（八世纪中年至九世纪中年）为"中唐"，太和以后（九世纪中年至十世纪初年）为"晚唐"。王勃、杨炯、卢照邻、骆宾王四人，号初唐四杰。杜甫诗云："王杨卢骆当时体，轻薄为文哂未休，尔曹身与名俱灭，不废江河万古流。"盖近体诗至四杰而渐成熟，后人以轻薄哂之，故杜甫云然。

绝句与排律

因律诗之发达，更有所谓"绝句"与"排律"者。绝句不论五言或七言，都以四句为止。它的起源，旧有两说：一说，绝句犹言截句，盖截律诗之半而成者；或截前四句，或截后四句，或截中间四句，或截前后四句。一说，五言绝句从五言古诗蜕变而来，七言绝句从歌行蜕变而来，此二体本在律诗之前。两说都言之成理。但绝诗盛行于唐，这是事实。大概当时的诗人因作"律诗"须"约句准篇"，束缚太严，遂又别创"绝句"，以便写作较短的诗篇。这原是诗体的自然演进的定律；不能因为古时候有类似五七绝的诗篇，遂断定五七绝的产生在律诗之前，正和古代偶有几句对偶的诗，不能就断定律诗为"古已有之"的一样。

绝诗之外，又有所谓"排律"者，也起于唐初，而以五言为多。如沈佺期《钓竿篇》云：

> 朝日敛红烟，垂竿向绿川。人疑天上坐，鱼如镜中悬。避楫时惊透，猜钩每误牵。湍危不理辖，潭静欲留船。钓玉君徒尚，征金我未贤。为看芳饵下，贪得会无筌。

这类排律诗，贵在"排偶栉比，声和律整"。唐人省试，都用这种诗体，本只六韵而止，至杜甫始为长律。其后有延长至百韵者，但大都用之称述公卿，褒功颂德，几乎成为文艺的末流了。

律诗发展与时代背景

律诗开创于唐初，在当时实为一种新体诗，所以诗人们都用全力去创作，至开元天宝间遂蔚为大观。终唐一代，虽诸体诗并盛，而律诗为最。姚鼐《今体诗钞叙》说：

> 陈拾遗（子昂）、杜修文（审言）、沈（佺期）、宋（之问）、曲江（张九龄），此为开元以前之杰。盛唐人诗固无体不妙，而尤以五言律为最，此体中又当以王（维）、孟（浩然）为最，以禅家妙悟论诗者正在此耳。盛唐人禅也，太白（李白）则仙也，于律体中以飞动票姚（同飘

遥)之势,运旷远奇逸之思,此独成一境者。杜公(杜甫)今体四十字中❶,包函万象,不可谓少;数十韵百韵中❷,运掉变化,如龙蛇穿贯,往复如一线,不觉其多,读五言至此,始无余憾。中唐大历诸贤❸,尤刻意于五律,其体实宗王孟,气则弱矣,而韵犹存。……晚唐之才固愈衰,然五律有望见前人妙境者,转贤于长庆诸公❹,此不可以时代限也。元微之(稹)首推子美(杜甫)长律,然与香山(白居易)皆以多为贵,精惊缺焉。……惟玉溪生(李商隐)乃略有杜公遗响耳。

这段话虽专论五律,但已把唐朝一代律诗的演进与递嬗之迹讲得很明白了。简单说来:陈、杜、沈、宋开初唐的风气,李白杜甫集诸家之大成,其余各自成家,至晚唐独李义山犹有杜甫遗风。

唐代律诗之盛,当然有他的时代背景:(一)唐代诸帝,大都能诗。太宗置宏文馆,招延文学之士,讨论诗文,每至夜半。宪宗、穆宗都好延揽文学之士。文宗好为五言诗,特置学士七十二人。专制时代,君主的好尚,每足以造成风气。而(二)唐以诗赋取士,当时的士大夫无不努力做五言六韵的试帖诗,以求考试及第,所以格律谨严,对偶工整的律诗就大量的生产。此外因时势的不同而作风亦跟着变换者,如开元天宝以前,国家承平,人民的生活很优裕,所以那时期的作品,大都是歌舞升平,充满一种愉快的情调。开元天宝以后,唐朝的黄金时代已经过去,诗人经乱离之后,其作品遂多感慨。如上面所选的杜甫的《咏怀古迹五首》,可以说是这一时期的代表作品。到了晚唐,所谓"犹有杜公遗响"的玉溪生,所作诗更加悲感多端,近于亡国之音了。我们且举他的《隋宫》为例:

紫泉宫殿锁烟霞,欲取芜城作帝家。玉玺不缘归日角,锦帆应自到天涯。于今腐草无萤火,终古垂杨有暮鸦。地下若逢陈后主,

---

❶ 律诗亦称"今体"或"近体",盖对古体而言。五言律每首八句,每句五字,故称"今体四十字"。

❷ 指排律言,盖排律有长至数十韵或百韵者。

❸ 大历中,韦应物刘长卿等皆以诗名。而卢纶、吉中孚、韩翃、钱起、司空曙、苗发、崔峒、耿湋、夏侯审、李端,并以诗齐名,称"大历十才子"。

❹ 元和长庆间,元稹、白居易、刘禹锡、李贺、刘枣强、孟郊、贾岛及张籍、姚合等都为一代诗人,所谓"长庆诸公",即指那些人。

岂宜重问《后庭花》！❶

古文运动的成功

从六朝到唐，诗文都向骈偶一方面发展，不但做律诗要"约句准篇"，有一定的格调，文章也由骈俪而进展至"四六"❷。成了一种严格的公式。但一种文体成了公式，那种文体便开始衰退了。骈文进展到"四六"，作家都注意于句法的交错，对偶的工整，往往矫揉造作，堆砌成篇，没有丰富的情绪与充实的内容，稍有才思的人，对于这种文体未免要起反感。到了贞元元和之间，韩愈起而提倡化骈为散，登高一呼，万山皆应。同时柳宗元及韩愈的门人李翱、李汉、皇甫湜等都是反对骈体提倡古文的健将。于是古文运动在韩愈的主持之下，居然成功了。至宋代欧阳修、曾巩、苏氏父子及王安石等并以古文著名，后人把他们合韩愈柳宗元称为"唐宋八大家"。历元明至清末，做古文的大都以八大家为矩矱云。

古文运动的前因后果

古文运动虽成功于韩愈，但其渊源亦甚久远。当南北朝时，北朝的文风已和南朝不同。《北史·文苑传》说：

> 永明天监之际，太和天保之间，❸洛阳江左，文雅尤盛；彼此好尚，雅有异同：江左宫商发越，贵于清绮；河朔词气贞刚，重乎气质。气质则理胜其词，清绮则文过其意。理深者便于时用，文华者宜于咏歌：此其南北词人得失之大较也。

可见当时在北方颇有反骈文的倾向。北周宇文建国，苏绰参赞机密，诏书文告，皆出其手，都不用骈体而模拟《尚书》，已有文体复古的倾向。但

---

❶　李商隐诗过于雕琢，不容易了解，可看《玉溪生诗集注》。

❷　四六文即骈文，但它比六朝的骈文形式上更整齐，即上一句四言，下一句必须六言，其对偶的第三四句，也是四言与六言，盖必须以四字与六字的句子交错成文，故称"四六"。

❸　永明，南朝齐武帝年号，西元四八三年至四九三年。天监，梁武帝年号，西元五〇二年至五一九年。太和，后魏孝文帝年号，西元四七七年至四九九年。天保，北齐文宣帝年号，西元五五〇年至五五九年。

他只懂得模拟,剿袭雷同,徒为貌似,所以没有人理会他。隋文帝时,李谔上书论文体轻薄,非盛世气象,请"屏黜浮词,遏止华伪"。文帝曾下诏命"天下公私文翰,并宜实录"。这可以说是文体改革的先声。可惜炀帝即位,又崇尚浮辞,文体改革运动,遂无成效。至唐武后时,陈子昂曾竭力反对齐梁体,但附和的人太少,不能造成一种势力。开元天宝间,萧颖士、李华、独孤及、梁肃、元结等,竭力排斥骈体,提倡散文,只是没有大张旗鼓的宣传着,所以影响尚小。韩愈是一个天才的宣传家,他俨然以继承儒家道统者自命,起而提倡古文;一方面又提出"陈言务去"的口号,对专事模拟,食古不化的人痛下针砭;同时他自己的作品,确能得心应手,取法古人而不为古人所囿。于是酝酿已久的古文运动,到他手里才收水到渠成之功。

韩愈的古文运动,到宋朝而成效大著:所谓"唐宋八大家"者,宋占其六。当时的作家,都崇尚朴实,屏除浮华,特成一种风气。而自韩愈发表他的《原道》一文后,做古文者都以"载道"自命。所谓"行之乎仁义之途,游之乎诗书之源",是唐宋八大家的一致的目标。我们试一读八大家中曾巩的文章,用事遣辞,差不多没有溢出过《四书》《五经》的范围。"文以载道"的口号,从此被一般古文作家所称引。而流弊所及,便如明唐顺之答茅坤书所说:

> 唐宋以下文人,莫不语性命,谈治道,满纸炫然,一切自托于儒家。然非其有涵养之素,非真有一段千古不可磨灭之见。而影响剿说,盖头窃尾,如贫人借富人之衣,庄农作大贾之饰,极力装做,丑态尽露。是以精光枵焉,而其言遂不久湮灭。

不但如此,唐宋以后的古文作家,多以八大家为矩矱,模仿过甚,遂为格律所拘,失行文自然之妙。到了五四运动时,最讲究格律的"桐城派",至被斥为"谬种";而"文以载道"之说,更为提倡白话文体者所指斥。这虽是时代变迁之故,而唐宋以后的古文作家根本没有什么进步,也是事实。清朝的古文作家刘开,尝在答阮元书中说:

> 盖文章之变,至八家齐出而极盛,文章之道,至八家齐出而始衰。谓之盛者,由其体之备于八家也;为之者各有心得而后乃成为

八家也。谓之衰者，由其美之尽于八家也；学之者不克远溯，而亦限于八家也。

文　选

一一二、词四首

周邦彦

蝶恋花❶　早行

月皎惊乌栖不定，更漏将残，辘辘牵金井❷。唤起两眸清炯炯，泪花落枕红绵冷❸。　　执手霜风吹鬓影，去意徊徨，别语愁难听。楼上栏干横斗柄❹，露寒人远鸡相应❺。

西河　金陵怀古❻

佳丽地，南朝盛事谁记？山围故国❼，绕清江髻鬟❽对起，怒涛寂寞

---

❶　[蝶恋花] 词牌名。这首词是用《蝶恋花》的词牌写早行的情境，故下面又著"早行"二字。

❷　[辘辘牵金牛] 言已有人早起汲水。辘辘，亦作"辘轳"，汲水之器。以轴置于木架之上，一端悬重物，一端贯长毂，上悬汲水之斗，并有曲木，用手转之，引取汲器，以省力者也。

❸　[唤起两眸清炯炯泪花落枕红绵冷] 这是写乌啼声，残漏声，及黎明时的汲水声，把离人惊醒，所以两眸并不惺忪而是"清炯炯"。在未曾合眼之先，别语是万分地缠绵，别泪是不尽地零落，因此浸渍在枕函里红绵上的热泪早已冷了。

❹　[楼上栏干横斗柄] 这句是写行人已上道，楼中人伤心地倚在栏干上望，但见天空尚横着斗星，天还没有大亮哩。斗柄亦称"斗杓"，谓北斗七星中第五星到第七星的三星也。

❺　[露寒人远鸡相应] 这是写行人冒着朝露上道，和楼中人相去愈远，还远远地听得鸡声相应。

❻　[金陵怀古] 这首是用《西河》这词牌来写金陵怀古。按：这首词实在是用刘禹锡的两首绝句的意境（详下注），但是能不被原诗牵制，写出来还是他自己整个的情调。我们读了刘禹锡的诗和这首词，便可看出诗和词的意境情调都是不同的。

❼　[山围故国] 刘禹锡《金陵诗》云："山围故国周遭在，潮打孤城寂寞回。淮水东边旧时月，夜深还过女墙来。"

❽　[髻鬟] 状青山也。

打孤城,风樯遥度天际。　　断崖树,犹倒倚;莫愁艇子曾系❶。空余旧迹,郁苍苍,雾沈半垒。夜深月过女墙❷来,赏心东望淮水❸。　　酒旗戏鼓甚处市? 想依稀王谢邻里❹。燕子不知何世,入寻常巷陌人家,相对如说兴亡斜阳里。

少 年 游❺

并刀如水❻,吴盐胜雪❼;纤手破新橙。锦幄初温,兽香❽不断,相对坐调笙。　　低声问"向谁行❾宿? 城上已三更,马滑霜浓,不如休去,直是少人行。"

红 窗 回❿

几日来真个醉。不知道窗外乱红已深半指,花影被风摇碎。拥春醒乍起。有个人人⓫生得济楚⓬,来向耳畔问道"今朝醒未"? 情性儿慢腾腾地,恼得人又醉。

周邦彦(1057—1121)字美成,号清真,宋钱唐人。元丰初游京师,献《汴都赋》万余言。神宗召赴政事堂,自太学诸生一命为太学正。徽宗朝,官至秘书监,进徽猷阁待制,提举大晟府。后出知顺昌府,徙处州,不久就死了。他的集子,以汲古阁的《片玉词》二卷,补遗一卷,收集最完备。他是个音乐家,《宋史》

---

❶ 〔莫愁艇子曾系〕莫愁,古女子,善歌。乐府诗云:"莫愁在何处? 住在石城西。艇子折两桨,催送莫愁来。"

❷ 〔女墙〕城上短墙也。

❸ 〔赏心东望淮水〕言在赏心亭中东望淮水。赏心亭,在金陵,宋丁谓所筑。

❹ 〔想依稀王谢邻里〕王谢,都是晋代的豪族,所居在金陵,名乌衣巷。刘禹锡《乌衣巷》诗云:"朱雀桥边野草花,乌衣巷口夕阳斜;旧时王谢堂前燕,飞入寻常百姓家。"

❺ 〔少年游〕宋徽宗至妓女李师师家,周邦彦先在,闻帝至,遂匿床下。帝自携新橙一颗,云江南初进来者。遂和师师谑语,完全被邦彦听见,遂作此词。这首词用不着特别标出题目,所以只写上一个"少年游"的词牌名。

❻ 〔并刀如水〕杜甫诗云:"焉得并州快剪刀。"

❼ 〔吴盐胜雪〕李白诗云:"吴盐如花皎如雪。"

❽ 〔兽香〕香炉作兽形,烟自兽口出,故曰"兽香"。

❾ 〔谁行〕犹言谁处谁边。行音杭。

❿ 〔红窗回〕词牌名。这首也止有一词牌名,不另立标题,犹诗之有无题诗也。

⓫ 〔人人〕意同"人"而较昵。

⓬ 〔济楚〕体态端正也。

本传说他"好音乐，能自度曲，……词韵清蔚。"因此他的词注重作风的方面少，而注重音律的方面多。《四库提要》说："邦彦本通音律，下字用韵皆有法度；故方千里和词，一一案谱填腔，不敢稍失尺寸。"可知在当时大部分的词人把他的词当作规矩准绳了。他的词大部分是写儿女之情，离别之感；而以细腻深至见长。

一一三、词四首

姜　夔

长 亭 怨 慢❶

予颇喜自制曲；初率意为长短句，然后协以律，故前后阕❷多不同。桓大司马❸云："昔年种柳，依依汉南，今看摇落，凄怆江潭。树犹如此，人何以堪！"此语予深爱之。

渐吹尽枝头香絮，是处人家，绿深门户。远浦萦回，暮帆零乱向何许？阅人多矣，谁得似长亭树？树若有情时，不会得青青如此。日暮，望高城不见，只见乱山无数。韦郎去也，怎忘得玉环分付❹？第一是早早归来，怕红萼无人为主。算空有并刀，难剪离愁千缕。

扬 州 慢❺

淳熙丙申至日❻，予过维扬❼。夜雪初霁，荠麦相望。入其城，则四顾

---

❶　［《长亭怨慢》］词有短调、长调之别；慢者，长调也。《长亭怨》本是曲牌名，加上一个"慢"字，便表示这首词是属于长调一类，与单调小令不同。

❷　［阕］乐终曰阕，故谓歌曲一首曰一阕。

❸　［桓大司马］晋桓温官至大司马，故称为桓大司马。下所引见《世说新语》。

❹　［韦郎去也怎忘得玉环分付］唐韦皋少游江夏，止于姜使君之馆，有小青衣曰玉箫，常令承侍，因而有情。后韦归，与玉箫约，少则五载，多则七年来取；因留玉指环并诗遗之。至八年春，不至，玉箫叹曰："韦家郎君一别七年，是不来矣！"

❺　［《扬州慢》］这首是姜夔自己创作的慢词，因歌咏当时的扬州，故题为《扬州慢》。

❻　［淳熙丙申至日］淳熙，宋孝宗年号。淳熙三年，岁在丙申，当公元一一七六年。至日，冬至日也。

❼　［维扬］即扬州。因《书·禹贡》有"淮海惟扬州"之句，后人遂称扬州为维扬。

萧条,寒水自碧,暮色渐起。戍角悲吟。予怀怆然,感慨今昔,因自度此曲❶。千岩老人以为有黍离之悲❷也。

淮左名都,竹西佳处❸,解鞍少驻初程。过春风十里,尽荠麦青青。自胡马窥江去后❹,废池乔木犹厌言兵。渐黄昏,清角吹寒,都在空城。

杜郎俊赏❺,算而今重到须惊。纵豆蔻词工,青楼梦好❻,难赋深情。二十四桥❼仍在,波心荡冷月无声。念桥边红药❽,年年知为谁生。

水调歌头　富览亭永嘉作❾

日落爱山紫;沙涨省潮回。平生梦犹不到,一叶眇西来。欲讯桑田成海,人世了无知者,鱼鸟两相推。天外玉笙杳,子晋只空台❿。　　倚阑干,二三子,总仙才。尔欲《远游》⓫章句,云气入吾杯。不问王郎五马⓬,颇忆谢生双屐⓭,处处长青苔。东望赤城⓮近,吾兴亦悠哉!

---

❶　[自度此曲]凡不依旧谱所作之曲,叫做"自度曲"。姜夔集子里自度曲最多。

❷　[黍离之悲]《诗·王风》有《黍离》篇,《小序》云:"闵宗周也。周大夫行役,至于宗周,过故宗庙宫室,尽为禾黍,闵周室之颠覆,傍徨不忍去,而作是诗。"按时周已东迁,故称西周为宗周。宋室南渡,正和周室东迁相仿佛,故云然。

❸　[竹西佳处]唐杜牧《题扬州禅智寺》诗云:"谁知竹西路,歌吹是扬州。"

❹　[自胡马窥江去后]言金人南侵也。

❺　[杜郎俊赏]杜牧在扬州,每夕为狭斜游,所至成欢,无不会意,如是者数年。

❻　[豆蔻词工青楼梦好]杜牧《赠别》诗云:"娉娉袅袅十三余,豆蔻梢头二月初。春风十里扬州路,卷上珠帘总不如。"又《遣怀》诗云:"落魄江湖载酒行,楚腰纤细掌中轻。十年一觉扬州梦,赢得青楼薄倖名。"

❼　[二十四桥]二十四桥,在今江苏江都县西门外。《方舆胜览》谓隋置,以城门坊市为名,后韩令坤省扬州城,分布阡陌,别立梁桥,所谓二十四桥,或存或废,不可得而考矣。或谓二十四桥即吴家砖桥,一名红药桥,古有二十四美人吹箫于此,故名。

❽　[红药]芍药也。

❾　[富览亭永嘉作]这首词在游永嘉的富览亭时所作,用着《水调歌头》的词牌。

❿　[天外仙笙杳子晋只空台]《列仙传》记周灵王太子晋好吹笙作凤凰鸣。游伊洛之间,浮丘生接引上嵩山。后乘白鹤升仙。

⓫　[《远游》]屈原作,叙周历天地,与仙人共游戏之事。

⓬　[王郎五马]晋王羲之为永嘉太守。古称太守五马。

⓭　[谢生双屐]晋谢灵运为永嘉太守,着木屐,遨游山水,往往旬日不归。

⓮　[赤城]山名,在浙江天台县北六里,土色皆赤,状如云霞,望之如雉堞。

汉宫春　次韵稼轩　蓬莱阁❶

一顾倾吴❷，苧萝❸人不见，烟杳重湖。当时事如对奕，此亦天乎！大夫仙去❹，笑人间千古须臾。有倦客扁舟夜泛，犹疑水鸟相呼。

秦山❺对楼自绿；怕越王故垒，时下樵苏。只今倚阑一笑，然则非欤？小丛解唱，倩松风为我吹竽。更坐待千岩月落，城头眇眇啼乌。

姜夔（？—1235）字尧章，号白石道人，宋鄱阳人。幼时从父亲宦游汉阳，后来他全家就流落在夏口。学诗于萧德藻。德藻携之往吴兴，以侄女妻之。他与当时文人杨万里、范成大、吴文英等相友善。往来长沙、汉阳、合肥、扬州、苏州、吴兴、杭州之间，过他优游的布衣生活。庆元中，曾上书乞太常正雅乐。后以疾卒，葬西马塍。有《白石诗》一卷，词五卷。他同周邦彦一样，精通音律。喜欢自制歌曲。尝有句云："自制新词韵最娇，小红低唱我吹箫。"所以他的词音节优婉，读之令人悠然意远。

一一四、词二首

朱　熹

水调歌头　次袁机仲❻韵

长记与君别，丹凤九重城。归来故里愁思，怅望渺难平。今夕不知何夕，得共寒潭烟艇。一笑俯空明。有酒径须醉，无事莫关情。　　寻梅去，疏竹外，一枝横。与君吟弄风月，端不负平生。何处车尘不到，有个江天如许，争肯❼换浮

---

❶　［次韵稼轩蓬莱阁］蓬莱阁在越中。辛稼轩有《汉宫春》词。这首词作者游蓬莱阁时所作，用着辛稼轩的《汉宫春》词的原韵，故曰"次韵稼轩"。

❷　［一顾倾吴］谓西施也。

❸　［苧萝］村名，在今浙江诸暨县南五里，西施所居也。

❹　［大夫仙去］大夫，范蠡也。范蠡既助勾践灭吴，入齐，变姓名为鸱夷子皮；后居陶，自号陶朱公。而传说有陶朱公后登仙也。

❺　［秦山］会稽山之一峰。

❻　［袁机仲］名枢，宋建安人。《通鉴纪事本末》的著者。

❼　［争肯］那里肯。

名！只恐买山隐，却要炼丹成。

西江月　用傅安道❶和朱希真❷韵

堂下水浮新绿，门前树长交枝。晚凉快写一篇诗，不说人间忧喜。身老心闲益壮，形臞道胜还肥。软轮加璧❸未应迟，莫道前非今是。

宋代文人都会作词，像朱熹那样的道学家，他的集子里也载着十六首词。这里选他二首。读了就可知道道学先生的词和词人的词不同：既谈不到什么婉约，也并不怎样豪放。像"身老心闲益壮，形臞道胜还肥"，道学先生的面目完全摆出来了。

文学史话

六、宋词与语录

诗词的递嬗

诗之进步，至律绝已达顶点，代之而兴的便是所谓"长短句"的词。宋陆游跋《花间集》说，"诗至晚唐五季，气格卑陋，千人一律。而长短句独精巧高丽，后世莫及。此事之不可解者"。其实我们如果明白了诗词二者间的递嬗跟音乐的变迁有关系，那便没有什么不可解了。

《诗》三百篇都可以入乐的。其后新乐繁兴，古诗不能入乐，便有乐府代之而兴。乐府既立，诗与乐遂渐分离；诗但用之讽吟，故每篇有一定

---

❶　［傅安道］名自得，宋济源人。以父死于金，从母徙晋江。官至漳州太守。有《至乐斋文集》。

❷　［朱希真］名敦儒，宋洛阳人。绍兴初，以台臣荐，召对称旨，赐进士，累迁两浙东路提点刑狱。绍兴中，辞职归。他是南北宋之交相当有名的词人，今存有《樵歌》三卷，约存词二百数十首。

❸　［软轮加璧］古时征聘贤士，安车蒲轮，束帛加璧。以蒲裹轮，取其软而安，故车曰"安车"，轮曰"软轮"。

的字句；乐府则被之管弦，故必长短其句，以求合律；且每篇必分数解，以便节奏。到了南北朝时，外国的新乐输入更多，古乐府往往不合新音律；且自魏曹植倡"依前曲作新歌"之说，后人便依乐府旧题而自写胸臆，对于音乐上的条件不甚注意，于是乐府的音节全失。乐府既不能歌，唐人的律绝诗遂应运而生。当时的律绝诗大都可以入乐的。张说集子里有几首歌词，都注明乐调，❶便是明证。又《集异记》载有如下的一段故事：

　　开元中，诗人王昌龄、高适、王之涣齐名。时风尘未偶，而游处略同。一日，天寒微雪，三诗人共诣旗亭贳酒小饮。忽有梨园伶官十数人，登楼会宴，三诗人因避席隈映拥炉火以观焉。俄有妙妓四辈，寻续而至，奢华艳曳，都冶颇极。旋则奏乐，皆当时之名部也。昌龄等私相约曰，"我辈各擅诗名，每不自定其甲乙，今者可以密观诸伶所讴，若诗入歌词之多者，则为优矣"。俄而一伶拊节而唱，乃曰，"寒雨连江夜入吴，平明送客楚山孤。洛阳亲友如相问，一片冰心在玉壶"。昌龄则引手画壁曰，"一绝句"。又一伶讴曰，"开箧泪沾臆，见君前日书。夜台何寂寞，犹是子云居"。适则引手画壁曰，"一绝句"。寻又一伶讴曰，"奉带平明金殿开，强将团扇共徘徊。玉颜不及寒鸦色，犹带昭阳日影来"。昌龄则又引手画壁曰，"二绝句"。之涣自以诗名已久，因谓诸人曰，"此辈皆潦倒乐官，所唱皆巴人下俚之词耳，岂阳春白雪之曲，俗物敢近哉"。因指诸妓中之最佳者，曰，"待此子所唱，如非我诗，吾即终身不敢与子争衡矣。脱是我诗，子等当须列拜床下，奉吾为师"。因欢笑而俟之。须臾，次至双鬟，发声则曰，"黄河远上白云间，一片孤城万仞山。羌笛何须怨杨柳，春风不度玉门关"。之涣即揶揄二子曰，"田舍奴，我岂妄哉！"因大谐笑。诸伶不喻其故，皆起诣曰，"不知诸郎君何此欢噱"。昌龄等因话其事。诸伶竞拜曰，"俗眼不识神仙，乞降清重俯就筵席"。三子从之，饮醉竟日。

这故事证明了唐朝有名的诗人所作的诗，都被乐工娼妓拿去谱入乐曲

---

❶　如《苏幕遮》五首，都是七言绝句，下面都注明"忆岁乐"三字。《舞马词》六首都是六言绝句，前二首各注"圣代升平乐"，后四首各注"四海和平乐"。

了。但五七言诗是整齐的,而乐调却是不必整齐的,却可以自由伸缩。因此,诗人所作的整齐的诗篇,到了乐工手里,往往为协律起见,加上许多衬字,于是整齐的诗篇,便变为长短句了。例如相传唐玄宗所作(?)的《好时光》❶,本是字句整齐的诗篇:

> 宝髻宜宫样,脸嫩体红香。黛眉不须画,天教入鬓长。莫倚倾国貌,嫁取有情郎。彼此当年少,莫负好时光。

乐工为协律起见,便加上许多衬字,变成:

> 宝髻偏宜宫样,莲脸嫩体红香。眉黛不须张敞画,天教入鬓长。莫倚倾国貌,嫁取个有情郎。彼此当年少,莫负好时光。

俨然是一首词了。后来通音律的诗人,觉得整齐的律绝诗不很适宜于乐歌,便有长短句的尝试。"词"就是在这种尝试中渐渐成功的。

词的演进

如上所述,词由律绝句蜕变而来,已无疑义,因此,我们推论词的起源,不必远溯到唐朝以前,即在盛唐时,诗人们还在努力做律绝诗,不曾注意到什么长短句。今所传李白的《菩萨蛮》《忆秦娥》等,都出于后人伪托,未可凭信。❷ 比较最早而可靠的,要算张志和的《渔歌子》:

> 西塞山前白鹭飞,桃花流水鳜鱼肥。青箬笠,绿蓑衣,斜风细雨不须归。

他是八世纪到九世纪的人,已经入于中唐时期了。那时候作词的虽不止他一人,但大都以诗得名,偶然作词,也都是小令单调,无论在意境上或辞句上都离诗未远,所以那时候止能说是词的萌芽时期。

到了晚唐,温庭筠始专力于词。他本是一位音乐大家,《唐书》本传称他"能逐弦吹之音,为侧艳之词"。这就是说他能依着弦吹的曲拍,填侧艳之词。因此他所创各体,参差缓急,首首有法度可循,与诗的句调绝不相类。今录他的作品二首以示例:

> 梳洗罢,独倚望江楼,过尽千帆皆不是,斜晖脉脉水悠悠,肠断

---

❶ 《好时光》一首见《尊前集》,相传系唐玄宗所作,但后人都不相信,认为是伪作。

❷ 李白词他的集中不载。近人如胡适陆侃如等都认为系后人托名。

白蘋洲。——《梦江南》

　　玉炉香，红蜡泪，仿照画堂秋思。眉翠薄，鬓云残，夜长衾枕寒。梧桐树，三更雨，不道离情正苦。一叶叶，一声声，空阶滴到明。——《更漏子》。

虽不懂音乐的人，读到"一叶叶，一声声，空阶滴到明"，自然会感到声音上的调和之美。直到五代，词人辈出，大都逃不出他的范围。五代时蜀人赵崇祚编《花间集》，把十八个词人，五百首作品，收集在一起，而以温庭筠为首，后人遂有"花间派"这一个名称。但这时期的词，内容都很简单，不是离情别意，便是绮语艳歌。惟后蜀的韦庄与南唐的李后主、冯延巳，以悲哀的境遇与深刻的情感，抬高了词的意境，加浓词的内容。我们如读过李后主词，像那些"春风秋月何时了，往事知多少？小楼昨夜又东风，故国不堪回首月明中"等缠绵悱恻之作，一定不会忘记的。北宋初年，如晏殊、欧阳修、柳永、张先诸人，都以词名，但仍逃不出"花间派"的范围。惟柳永的《八声甘州》、《醉蓬莱》、《望海潮》、《雨淋铃》诸作，实为"慢词"之祖。而张先与柳永齐名，近人吴梅说他是"上结晏欧之局，下开苏（轼）、秦（观）之先"，在北宋也不愧为一代作家。总之，词由五代而至北宋，已到了成熟时期了。

　　北宋晚年，苏轼以绝顶天才，起而作词，一洗绮靡绸缪之风，词的境界，益发开拓。我们读过他的"大江东去"，便可窥见他的作风和五代词人绝不相同。《吹剑录》载：

　　　　东坡在玉堂日，有幕士善歌，因问我词何如柳七（即柳永）？对曰，"柳郎词只合十七八女郎执红牙板，歌杨柳岸晓风残月。学士词须关西大汉，铜琵琶铁绰板，唱大江东去"。东坡为之绝倒。

所谓"执红牙板歌杨柳岸晓风残月"和"铜琵琶铁绰板唱大江东去"，便是苏轼作风和柳永一派不同之处。虽当时的作家如秦观、贺铸之流，都还未脱"花间"习气；稍后起的有词人周邦彦，也还能作绝好的小词；但风气已开，再关不住了。到了南宋的辛弃疾，益发以豪放激越见长，词的应用的范围，愈扩愈大：无论什么题目，无论何种内容，都可以入词。词体到了那时候，可以咏古，可以写情，可以谈禅说理，可以大发议论。而悲壮、苍凉、感慨、哀艳、颓废、放浪、闲适、诙谐、讥刺、游戏种种风格都呈现在各人的作品里,这是一个词的极盛时期。

宋词的语体化

词本来是歌唱的,所以宋代词家如周邦彦等大都是音乐家,下字用韵,都有法度。姜夔以音乐大家,自制新词,并乐谱而详载之,所谓"自制新词韵最娇,小红低唱我吹箫",正是他的得意话。但他还是"率意为长短句,然后协以律",所以他的词还有很好的意境。到了后来,有些词人,专就音律上做工夫,往往不惜牺牲词的内容来迁就音律上的和谐,于是词的内容贫乏了,意境狭窄了,感情平淡了。但同时苏辛一派却专重内容而不很注意到音律。贺铸尝说苏轼词"横放杰出,自是曲子内缚不住者",这便是说苏轼作词不受音律的拘束。所以苏辛词完全语体化散文化了。我们且举辛弃疾的《贺新郎》(独坐停云作)词为例:

> 甚矣吾衰矣,怅平生交游,零落只今余几!白发空垂三千丈,一笑人间万事。问何物能令公喜?我见青山多妩媚,料青山见我亦如是。情与貌,略相似。   一尊搔首东窗里,想渊明《停云》诗就,此时风味。江山沉酣求名者,岂识浊醪妙理!回首叫云飞风起。不恨古人吾不见,恨古人不见吾狂耳。知我者,二三子。

像这一派词,在当时势力很大,即最讲究音律的姜夔,有少数的词也不免受了他们影响而变却平时的风格。如上面所选的《汉宫春》、《水调歌头》,如果同辛词排在一起,很可乱真。作词而专就音律上做工夫,其流弊已如前述。但专顾内容而不重音律,结果使词和音乐的关系渐疏。到了后来词就不能歌唱,遂有元曲代之而兴。

语录的盛行

宋词的语体化,当然有他的时代背景。我们知道宋代是散文与语体文的盛行时代;韩愈的古文运动,直到宋代才大告成功;同时理学兴盛,理学家以白话说理,所谓"语录体"者,风行一时;其发而为词,当然不能不受此种影响。

　　"语录"的来源很古，《论语》、《孟子》也可以说是这一类的著作。但宋儒的语录却和《论语》、《孟子》又有不同处，因为他们是受了佛家禅宗的影响而特创这一种体裁的。❶ 最初程颢、程颐为谈道说理的方便计，用浅近的口语来抒说他们的意见；门弟子就把他们的意见如实写下来，并且保存了原来的语气，于是儒家也有了"语录"这一种体裁。其后讲道学的如朱熹等都沿其习，于是语录遂风行一时。据《宋史·艺文志》所载，有《程颐语录》二卷，《刘安世语录》二卷，《谢良佐语录》一卷，《张九成语录》十四卷，《尹惇语录》四卷，《朱熹语录》四十三卷，其数量已很可观；而实际上不止这几种，如周敦颐的《通书》，张载的《经学理窟》，虽非问答的纪录，也颇近于语录之体。

　　语录体的文章，从前已经选读过了，这里不再举例，但我们须知道宋儒既以白话说理，同时也以白话填词，而那些道学先生如朱熹等都会填词，也就用词来说理，这其间的相互影响，与中国文学的进化及变迁大有关系的。

文　选

一一五、梁山泊李逵负荆杂剧（节选第二折）

康进之

　　［宋江同吴学究鲁智深❷领卒子上］［宋江诗云］旗帜无非人血染，

---

❶　例如唐朝就有《神会和尚语录》，今上海亚东图书馆有新印本。

❷　［宋江、吴学究、鲁智深］宋江字公明，人称他"呼保义"，又呼"及时雨"，是梁山泊上的大头领。吴学究名用，人称他"智多星"，是梁山泊上的军师。鲁智深原名达，因杀人犯罪，出家做和尚。故号智深，又称"花和尚"，后上梁山泊，为梁山泊众头领之一。

灯油尽是脑浆熬;鸦嗛❶肝肺扎煞❷尾,狗咽❸骷髅抖擞毛。某乃宋江是也。因清明节令,放众头领下山踏青赏玩去了。今日可是三日光景也,在那聚义堂上,三通鼓罢,都要来齐。小喽罗,寨门首觑者❹,看是那一个先来。[卒子云]理会得。[正末❺上云]自家李山儿的便是。将着这红搭膊,见宋江走一遭来。[唱]

[正宫端正好]❻抖擞着黑精神❼,扎煞开黄髭髯❽,则❾今番不许收拾❿。俺可也摩拳擦掌行行里,按不住莽撞心头气。

[滚绣球]⓫宋江唻⓬,这是甚所为,甚道理⓭!不知他主着何意。激的我怒气如雷。可不道他是谁我是谁;俺两个半生来岂有些嫌隙⓮,到今日却做了日月交食⓯。不争几句闲言语;我则怕恶识多年旧面皮,展转猜疑。

[云]小喽罗报复去,道我李山儿来了也。[卒子做报科⓰云]喏,报的哥哥得知,有李山儿来了也。[宋江云]着他过来。[卒子云]着过去。

---

❶ [嗛]同"衔"。

❷ [扎煞]此两字系当时俗语,看下面有"扎煞开黄髭髯"之句,则扎煞两字之意义只可于想象下得之,殊难下确切的定义。

❸ [咽]这是一个元朝人用的俗字。据臧晋叔(名懋循,即刊《元曲选》者)说,音坤上声。其意义大概和衔字差不多。

❹ [觑者]者,读如"著"。觑者即"看着"。

❺ [正末]元剧的男主角称"正末"。亦称"末泥",《梦粱录》:"杂剧中末泥为长。"和皮簧戏里的老生差不多。

❻ [正宫《端正好》]正宫,曲调名。《北词简谱》注云,"笛色用小工调"。相当于现在西洋乐谱的 C 调。《端正好》,曲牌名。(曲调曲牌的分别,已详文选六七《秋思》篇注。)

❼ [抖擞着黑精神]抖擞即振作之意。李逵绰号"黑旋风",故云"黑精神"。

❽ [髭髯]髯字亦不见于字书,据臧晋叔说,音利。髭髯,就是胡须。

❾ [则]同"只"。

❿ [拾]元曲无入声,当读如"箪食壶浆"之"食"。

⓫ [滚绣球]曲牌名。

⓬ [唻]亦作"倈",音兰,称名下之助词。

⓭ [这是甚所为甚道理]这是什么行为,什么道理。

⓮ [隙]音岂。

⓯ [食]音寺。

⓰ [科]戏剧中的动作。

［做见科］［正末云］学究哥哥喏，帽儿光光，今日做个新郎；袖儿窄窄，今日做个娇客❶。俺宋公明在那里请出来和俺拜两拜。俺有些零碎金银在这里，送与嫂嫂做拜见钱。［宋江云］这厮好无礼也！与学究哥哥施礼，不与我施礼。这厮胡言乱语的，有什么说话。［正末唱］

［倘秀才］❷哎，你个刎颈❸的知交庆喜。［宋江云］庆什么喜？［正末唱］则你那压寨的夫人❹在那里？［指鲁智深云］秃驴❺，你做的好事来！［唱］打干净球儿不道的走了你❻！［宋江云］怎么智深兄弟，也有你那？［正末唱］强赌当❼，硬支持。要见个到底。

［宋江云］山儿，你下山去，有什么事。何不就明对我说！［正末做恼不言语科］［宋江云］山儿，既然不好和我说，你就对学究哥哥根前说波❽。［正末唱］

［滚绣球］俺哥哥要娶妻，这秃厮会做媒。［宋江云］智深兄弟，说你会做什么媒来。［鲁智深云］你看这厮，到山下噇❾了多少酒，醉的来似踹不杀的老鼠一般，知他支支的说甚么哩。［正末唱］元来个梁山泊有天无日❿。［做拔斧斫旗科］［唱］就恨不斫倒这一面黄旗！［众做夺斧科］［宋江云］你这铁牛⓫，有什么事，也不查个明白，就提起板斧⓬来，要斫倒我杏黄旗，是何道理？［学究云］山儿，你也忒口快心直哩。［正末唱］你道我忒口快忒心直，还待要献勤出力⓭。［做喊科云］众兄弟们都

---

❶ ［帽儿光光……今日做个娇客］元时俗语，用以嘲笑新婚的男子。

❷ ［倘秀才］曲牌名。

❸ ［刎颈］《史记·廉颇蔺相如列传》"遂相与为刎颈交"，言朋友交好，以性命相许也。

❹ ［压寨夫人］强盗据山寨劫掠，故强盗的老婆称"压寨夫人"。

❺ ［秃驴］鲁智深曾出家做和尚，所以李逵骂他"秃驴"。

❻ ［打干净球儿不道的走了你］打干净球儿，大概是当时的俗语，玩其语气，大概是说鲁智深不能置身事外的意思。

❼ ［当］据臧晋叔注，应读去声。

❽ ［波］同"罢"。

❾ ［噇］音床。"噇了多少酒"犹"喝了多少酒"，但用"噇"字，则带有骂人的口吻。

❿ ［日］北曲无入声，此字当作去声读。

⓫ ［铁牛］也是李逵的绰号。

⓬ ［板斧］李逵常用的武器。

⓭ ［力］音利。

来。[宋江云]都来做什么？[正末唱]则不如做个会六亲庆喜的筵席❶。[宋江云]做什么筵席？[正末唱]走不了你个撮合山❷师父唐三藏❸，更和这新女婿郎君哎你个柳盗跖❹，看那个便❺宜！

[宋江云]山儿，你下山，在那里吃酒，遇着甚人？想必说我些甚么？你从头儿说，只要说的明白。[正末唱]

[倘秀才]不争你抢了他花朵般青春艳质❻，这其间抛闪杀那草桥店白头老的。[宋江云]这事其中必有暗昧。[正末唱]这桩事分明，甚暗昧！生割拾，痛悲悽。[带云]宋江俫，[唱]他其实怨你。

[宋江云]原来是老王林的女孩儿说我抢将来了。休道不是我，便是我抢将来，那老子可是喜欢也。怎么你倒烦恼起来？[正末云]那老子怎不烦恼！[唱]

[叨叨令]❼那老儿，一会家❽，便哭嗁嗁❾在那茅店里；[带云]觑著山寨，宋江，好恨也！[唱]他这般急张拘诸❿的立❶那老儿，一会家，便怒吽吽❷在那柴门外；[带云]哭道，我那满堂娇儿也！[唱]他这般乞留曲律的气。[宋江云]他怎生烦恼那？[正末唱]那老儿，一会家，便闷沈沈在那酒瓮边；[带云]那老儿，拿起瓢来，揭开蒲墩，舀❸一瓢冷酒来，泪

---

❶ [席]此字亦当作去声读。

❷ [撮合山]俗称媒人为"撮合山"，元曲中常用之。

❸ [唐三藏]唐朝的名僧玄奘，号三藏法师。这里借以指鲁智深。

❹ [柳盗跖]盗跖，相传为黄帝时的大盗，其名屡见于《庄子》等书。又相传盗跖为柳下惠之兄，故称他为柳盗跖。这里借以指宋江。

❺ [便]据臧晋叔说，这"便"字应读平声。

❻ [质]读为上声，与盗跖的"跖"字音相同。

❼ [叨叨令]曲牌名。

❽ [一会家]同"一会儿"。

❾ [嗁]即"啼"字。

❿ [急张拘诸]和下面的"乞留曲律""迷留没乱""壹留兀渌"都是形容词，当依声会意，不可即字求解。按，北曲无入声，如"曲""律""没""壹""兀""渌"等入声字，当依国音读。

❶ [立]音利。

❷ [吽]音烘。

❸ [舀]音杳。以瓢取酒也。

泪❶的咽了。〔唱〕他这般迷留没乱的醉。那老儿，托着一片席头，便慢腾腾放在土炕上；〔带云〕他出的门来，看一看，又不见来！哭道，我那满堂娇儿也。〔唱〕他这般壹留兀渌的睡。似这般过不得也么哥❷！似这般过不得也么哥！

〔宋江云〕这厮怎的？〔正末唱〕他道俺梁山泊，水不甜，人不义。

〔宋江云〕学究兄弟，想必有那依草附木，冒着俺家名姓，做这等事情的，也不可知。只是山儿也该讨个显证，才得分晓。〔正末云〕有，有，有，这红搭膊不是显证？〔宋江云〕山儿，我今日和你打个赌赛：若是我抢将他女孩儿来，输我这六阳会首❸。若不是我，你输些什么？〔正末云〕哥，你与我赌头。罢！你兄弟摆一席酒。〔宋江云〕摆一席酒到好了，你须配得上我的。〔正末云〕罢，罢，罢，哥！倘若不是你，我情愿纳这颗牛头。〔宋江云〕既如此，立下军状，学究兄弟收着。〔正末云〕难道花和尚就饶了他？〔鲁智深云〕我这光头不赌了罢，省你的叫不利市。〔做立状科〕〔正末唱〕

〔一煞〕❹只为你两头白面❺般兴废，转背言词说是非。这厮敢狗行狼心❻，虎头蛇尾❼，不是我节外生枝❽，囊里盛锥❾，谁著你夺人爱女，逞己风流，被咱都知。〔宋江云〕你看黑牛，这村沙样势❿那。〔正末唱〕休怪我村沙样势，平地上起孤堆⓫。

〔宋江云〕若不是我呵，我不道的饶了你哩。〔正末唱〕

---

❶〔泪〕音谷。

❷〔也么哥〕曲调用助词，无意义。凡《叨叨令》末句之上，照例有"也么哥"两句。

❸〔六阳会首〕古医书称头为六阳之首，故称头为"六阳会首"。按：六阳，谓手三阳，足三阳也。

❹〔一煞〕元曲章末或用煞，一煞至六煞不等。

❺〔两头白面〕元时俗语。谓作事表里不一，两面掩饰也。

❻〔狗行狼心〕亦当时俗语。犹今言"狼心狗肺"也。

❼〔虎头蛇尾〕亦当时俗语，今犹盛行，谓做事有始无终也。

❽〔节外生枝〕亦当时俗语，今犹盛行，意谓旁枝多事也。

❾〔囊里盛锥〕谓露锋芒也。语本《史记·平原君传》"士之处世，犹锥之处囊中，其末立见"。

❿〔村沙样势〕亦当时俗语。言形状粗俗也。

⓫〔平地上起孤堆〕亦当时俗语。犹今言"平地起风波"也。

〔黄钟尾〕❶那怕你指天画地能瞒鬼，步线行针❷待哄谁？又不是不精细，又不是不伶俐。〔宋江云〕我和你就下山去。〔正末唱〕下山寨到那里，李山儿共质对。认的真觑的实❸，割你头塞你嘴。〔宋江云〕这铁牛怎敢无礼！〔正末唱〕非铁牛敢无礼，既赌赛怎翻悔。莫说这三十六英雄❹，一个个都是弟兄辈。〔云〕众兄弟每❺都来听著！〔宋江云〕你著他听什么？〔正末云〕俺如今和宋江、鲁智深，同到那杏花庄上，只等那老王林道出一个是字儿，你那做媒的花和尚，休要怪我，一斧分开两个瓢❻。谁著你拐了一十八岁满堂娇，单把宋江一个留将下，待我亲手伏侍哥哥这一遭。〔宋江云〕你怎生伏侍我！〔正末云〕我伏侍你！我伏侍你！一只手揪住衣领，一只手揝❼住腰带，滴溜扑，摔个一字，阔脚板踏住胸脯，举起我那板斧来，觑著脖子上，磕叱！

〔唱〕便跳出你那七代先灵，也将我劝不得❽。〔下〕

〔宋江云〕山儿去了也，小喽啰备两匹马来，某和智深兄弟，亲下山寨，与老王林质对去走一遭。

〔诗云〕老王林出乖露丑，李山儿将没作有；

如今去杏花庄前，看谁输六阳会首。〔同下〕

此剧写梁山泊李逵因清明节假下山，至王林酒店沽饮。时王林的女儿满堂娇被二强人劫去。此二强人一冒名宋江，一冒名鲁智深，王林不认识宋江和鲁智深，信以为真，因把这桩事告诉李逵，并把二强人所留下的红搭膊为证。李逵是一个鲁莽人，自然不加深察，怀着愤怒回山去，当面指斥宋江鲁智深，以

---

❶ 〔黄钟尾〕元曲末章例用尾声。正宫调或用"收尾""煞尾""随煞尾""黄钟尾""啄木儿煞"等，不一律。

❷ 〔步线行针〕谓所行事欲如针线之灭迹也。杜甫《白丝行》："美人细意熨贴平，裁缝灭尽针线迹。"鍼与"针"同。

❸ 〔实〕读为平声。

❹ 〔三十六英雄〕梁山泊上有三十六个大头领，故云然。

❺ 〔每〕与"们"同。元曲中"们"字都作"每"。

❻ 〔瓢〕喻头颅被斧分成两半如瓢也。

❼ 〔揝〕音簪，上声。

❽ 〔得〕入声作上声读。

为不应该强抢人家女儿，坏了梁山泊的信义。虽经宋江声辩，李逵只是不信。宋江遂与李逵约，到王林处质对，并以头颅相赌，宋江等到了王林那里，才知道强抢他的女儿者并非真宋江。李逵赌头输了，没奈何，只得对宋江负荆请罪，（荆，杖也。负荆，言愿受杖，表明谢罪之意。语本《史记·廉颇蔺相如传》），自认冒失，请他免予杀头，宋江未许。刚巧冒名宋江、鲁智深的两强人，偕王林的女儿又到王林那里来，王林用酒灌醉了他们，上梁山泊去报告。宋江命李逵去擒拿二强人，以赎冒失之罪。按：宋江、鲁智深、李逵之名，都见《水浒传》，但李逵负荆一事，《水浒传》里却没有记载。又李逵又称李山儿，《水浒传》中也没有这名称。又按：元代杂剧，每本限以四折，不许增多。四折之曲止有一人唱；而唱者非"正旦"即"正末"。此剧扮李逵的脚色是"正末"。这里止选他的第二折。

康进之，一云姓唐，名无考，元棣州人。作剧二种（见《录鬼正音》），今存《梁山泊李逵负荆杂剧》。散曲有《赠妓武林春》一套，见《北宫词纪》。

一一六、宦邸忧思（节选《琵琶记》）

高　明

［正宫引子喜迁莺］❶［生］❷终朝思想，但恨在眉头，人在心上。凤侣添愁❸，鱼书❹绝寄，空劳两处相望。青镜瘦颜羞照；宝瑟清音绝响。归梦杳，绕屏山烟树，那是家乡？［踏莎行］❺怨极愁多，歌慵笑懒，只因

---

❶　［正宫引子喜迁莺］传奇有"引子""过曲""尾声"等名目。这是正宫调的引子，曲牌则名《喜迁莺》。

❷　［生］戏剧脚色名。那生角就是扮蔡伯喈的。

❸　［凤侣添愁］凤侣，指蔡伯喈和牛小姐的结合而言。谓虽有高贵的牛小姐做伴侣，反添了许多愁思也。

❹　［鱼书］谓书札也。《汝南先贤传》："葛元见卖大鱼者，元谓暂烦此鱼到河伯处。鱼主曰：'鱼已死。'元以丹书纸纳鱼口中，掷水中，有顷，鱼跳跃上岸。吐墨书青黑色如木叶而飞。"又《夷白斋诗话》："古诗有'客从远方来，遗我双鲤鱼；呼童烹鲤鱼，中有尺素书。'腹中安得有书？古人以喻隐密也。鱼沈潜之物，故云。"

❺　［踏莎行］词牌名。传奇中往往词一首，由演者干念，不用音乐和唱。

添个鸳鸯伴，他乡游子不能归，高堂❶父母无人管。湘浦鱼沈，衡阳雁断❷，音书要寄无方便。人生光景几多时，蹉跎负却平生愿。

［正宫过曲雁鱼锦］［生］思量：那日离故乡，记临期送别多惆怅。携手共那人❸不厮放，教他好看承我爹娘，料他每❹应不会遗忘。只怕捱不过岁月难存养。若望不见我信音，却把谁倚仗。

［前腔］思量：幼读文章，论事亲为子也须要成模样。真情未讲，怎知道吃尽多魔障。被亲强来赴选场❺；被君强官为议郎❻；被婚强效结鸾凰❼。三被强，我衷肠事说与谁行❽。埋怨难禁这两厢：这壁厢道咱是不撑达❾害羞的乔相❿；那壁厢道咱是个不睹亲负心的薄倖郎⓫。

［前腔］悲伤：鹭序鹓行⓬，怎如那慈乌反哺⓭能终养。谩把金章⓮，绾着紫绶⓯；试问斑衣⓰今在何方？斑衣罢想；纵然归去，又恐怕带麻执

---

❶ ［高堂］谓父母也。李白诗："仗剑辞高堂。"

❷ ［湘浦鱼沈衡阳雁断］汉苏武使匈奴，不屈，徙居北海上牧羝，后匈奴与汉和亲，汉求武等，匈奴诡言武死。常惠教汉使者谓单于，言天子射上林中，得雁，足有系帛书，言武等在某泽中，使者如惠言让单于，单于惊谢。见《汉书》本传。后人言书信，多用此事。如王僧孺诗"尺素在鱼腹，寸心凭雁足"是也。湘浦即湘水。相传衡阳有回雁峰，雁至此不过，遇春而回。见《楚志》。"湘浦鱼沈"与"衡阳雁断"相对成文，皆所以喻家乡音问断绝也。

❸ ［那人］指他的旧妻赵五娘。

❹ ［他每］即"他们"。

❺ ［赴选场］即应试。

❻ ［议郎］官名。秦置。汉制，秩比六百石，特征贤良方正敦朴有道之士任之，掌议论。晋以后废。

❼ ［被婚强效结鸾凰］言被牛相府强招为婿也。

❽ ［行］音杭。有行辈等曹意。

❾ ［不撑达］元时俗语。当与今言"不争气"相近。

❿ ［乔相］假样子。

⓫ ［薄倖郎］薄情的丈夫。

⓬ ［鹭序鹓行］谓朝班。言朝官之行列如鹭与鹓之整齐而有序也。例如《隋书·音乐志》说，"怀黄绾白，鹓鹭成行"。

⓭ ［慈乌反哺］相传慈乌孝鸟，长则反哺其母。

⓮ ［金章］即金印，贵官之印也。

⓯ ［紫绶］绶，组也，即丝绦，以承受印环者。金章紫绶，乃贵官之印绶也。

⓰ ［斑衣］斑斓之衣，老莱子所以娱亲者。

杖。天那只为那云梯月殿多劳攘❶，落得泪雨如珠两鬓霜。

[前腔]几回梦里，忽闻鸡唱。忙惊觉，错呼旧妇，同问寝堂上。待朦胧觉来，依然新人，鸳帏凤衾和象床，怎不怨香愁玉无心绪！更思想，被他拦当，教我怎不悲伤！俺这里欢娱夜宿芙蓉帐，他那里寂寞偏嫌更漏长。谩悒怏，把欢娱翻成闷肠。菽水❷既清凉，我何心贪着美酒肥羊。闪杀人花烛洞房，愁杀我挂名金榜。魆地里❸自思量：正是归家不敢高声哭，只恐猿闻也断肠❹。

　　　院子❺何在？[末云]有问即对，无问不答。相公，有何指挥？[生云]你是我心腹之人，有一件事和你商量，你休要走了我的消息。[末云]小人安敢！[生云]我自从离了父母妻室，来此赴选，不拟一擢高科，拜授当职。将谓数月之后可作归计，谁知又被牛太师招为门婿。一向逗留在此，不得还家见父母一面。故此要和你商量个计策。[末云]相公，自古道"不钻不穴，不道不知"。小人每常间见相公忧闷不乐，岂知道这般就里。相公何不说与夫人知道？[生云]院子，我夫人虽则贤慧，争奈老相公之势，炙手可热，待说与夫人知道，一霎时老相公得知，只道我去了，不知如何肯放我去，姑且隐忍，和夫人都瞒了，且待任满寻个归计。[末云]这的，却是老相公若还知道，如何肯放相公回去。[生云]院公，我如今要寄一封家书去，没个方便的人；欲待使人迳去，又怕老相公知道。你与我出街坊上体探；倘有我乡里人来此做买卖，待我寄一封家书回去。[末云]小人谨领便去。

　　　[生]终朝长相忆，　[末]寻便寄书尺。

　　　[合]眼望旌旗捷，　　　　耳听好消息。

---

❶　[云梯月殿多劳攘]前人以应试及第，得高官厚禄者谓登青云梯。月殿，喻宫殿也。此谓在京做官，每日在名利场中多劳攘也。

❷　[菽水]《礼·檀弓下》："子路曰，伤哉贫也，生无以为养，死无以为礼也。孔子曰，啜菽饮水尽其欢，斯之谓孝。"

❸　[魆地里]魆，音越。魆地里，犹言"暗地里"。

❹　[只恐猿闻也断肠]有人杀猿子，猿母悲啼死，破其腹，肠皆断裂。见《搜神后记》。

❺　[院子]传奇小说中称仆曰"院子"，亦称"院公"。

《琵琶记》,元明间人所作的传奇。其故事大略如此:蔡伯喈(邕)娶妻方两月,以父母命,入京应试。蔡氏家本清贫,自伯喈去后,全赖其妻赵五娘支持着;不幸遭遇荒年,日用渐渐不济,赵五娘四处张罗,仅供给公婆的几口淡饭,自己却背着人在那里吃糠。后来她的公婆相继去世,幸亏经人帮助,勉强成殓。她并剪了头发,当街叫卖,以筹丧用。公婆丧葬事既毕,她便上京寻夫。在路上抱着琵琶,沿街弹唱,得些微资来作路费。她又画了公婆的真容带在身边。一方面则蔡伯喈上京应试,一举及第。奉旨与牛丞相女结婚,伯喈虽上书辞官辞婚,但不蒙皇帝的允许,他只得委曲地做了牛丞相的女婿。但他思念家乡,总是郁郁不乐。他想觅一个便人,带封信到他家里。却有一个拐子,听到这个消息,便冒了他的故乡人,伪造一封家书给他,骗了他的银钱并回信而去。他因此以为家中已得到他的消息了。牛小姐知道了他的郁郁不乐之故,便和她父亲商量,要和他回去省亲。她父亲则坚执未允。后来总算允许派一人去接他的父母妻子来京同住。一天,伯喈骑马出游,恰与赵五娘相遇。五娘并不知道那骑马人就是蔡伯喈,伯喈也未曾注意及五娘。倒是五娘在途中,因见贵人骑马而来,匆匆走避,把她藏在身边的她的公婆的真容失落了。伯喈拾了那幅画,派人追那妇人,已经不及,只得收拾了那幅画回去。五娘打听得那骑在马上的贵官就是蔡伯喈,并且知道他已做了牛相公的女婿,便于第二天亲到牛相府里,和牛小姐相见。牛小姐是一个很贤惠的人,便留她住下,并设法命伯喈和她相见。伯喈知道父母已死,一恸几绝,便别了牛丞相,又上表辞官,和两位夫人一同回家扫墓。他们动身后,差去迎接伯喈家眷的人方回,说起赵五娘的贤孝事迹,牛丞相也很为感动,便将前事一一奏知皇帝。皇帝也很感叹他们的贤孝,授蔡伯喈为中郎将,赵氏牛氏并封郡夫人;伯喈的父母也各有封赠。这是《琵琶记》的第二十四出,写蔡伯喈在客中想念父母,睠怀故乡,拟托人带一家信回去。在全书中这一出比较最简单,止有蔡伯喈和院公两人上场。但就文辞而论,这一出倒是情文并茂,在全书中是不可多得的。按:《琵琶记》所述蔡邕事,于正史无考,要皆出于后人附会。或谓《琵琶记》的作者有友人王四,入京应试及第,即弃其妻而赘于宰相太不花家,作者很厌恶其为人,故造此记以为讽刺。名曰《琵琶记》者,取其头上四"王"字,为王四之隐语,又元人呼牛为"不花",故曰"牛太师"云。但此说亦不可靠。

高明字则诚,元永嘉人。至正五年(一三四五),张士坚榜及第,授处州录事,辟丞相掾。方国珍反元,省臣以温人知海滨事,择以自从,与幕府论事不合。

国珍就抚，欲留置幕下，他便即日解官去，旅寓鄞之栎社。明太祖闻其名，且阅其《琵琶记》而善之，欲召至金陵，他以老病辞。不久便死了。著有《柔克斋集》。按：或有以为作《琵琶记》者系高拭。不知高拭字则成，虽亦尝作曲（见《太和正音谱》），却不是作《琵琶记》的高明。明姚福《清汉暇笔》："元末，永嘉高明避世鄞之栎社，以词曲自娱。见刘后村有'身后是非谁管得，满街听唱蔡中郎'之句，因编《琵琶记》，用雪伯喈之耻。"

一一七、惊梦（节选《还魂记》）

汤显祖

　　［绕地游］❶［旦❷上］梦回莺啭，乱煞年光遍❸，人立小庭深院。［贴］❹注尽沈烟，抛残绣线，恁今春关情似去年❺！

　　［乌夜啼］❻［旦］晓来望断梅关❼宿妆残。［贴］你侧着宜春髻子❽恰凭阑。［旦］剪不断，理还乱，闷无端❾。［贴］已分付催花莺燕借春看。［旦］春香，可曾叫人扫除花径？［贴］分付了。［旦］取镜台衣服来。［贴取镜台衣服上］云髻梳罢还对镜，罗衣欲换更添香❿。镜台衣服在此。

---

❶　［《绕地游》］引子的牌名。据叶堂《纳书楹曲谱》说，应作"绕池游"池与地形近而误。

❷　［旦］扮演杜丽娘的角色。

❸　［梦回莺啭乱煞年光遍］一觉醒来，只听得黄莺儿婉啭地在那里歌唱，年光就这样匆匆地过去了。

❹　［贴］扮演春香的角色。

❺　［恁今春关情似去年］为什么今年对于春的关情胜似去年。

❻　［《乌夜啼》］词牌名。凡曲中夹入一首词，都是由演者干念的。

❼　［望断梅关］梅关，在今江西大庾岭上，时杜丽娘随父在南安府，南安治大庾，故云："望断梅关"。

❽　［宜春髻子］大概指女子春天梳的髻子。

❾　［剪不断理还乱闷无端］李后主词云，"剪不断，理还乱，是离愁，别是一般滋味在心头"，此即本李词而略加变化，意谓一缕情丝，无法斩绝，遂引起无端的烦闷也。按，此处是写梳妆，因梳理头发而想到"剪不断……"云云，即所谓妙语双关也。

❿　［罗衣欲换更添香］古人要衣服有香气，就把它放在薰笼上，薰笼里燃着香料。所以在换新衣之前，先添些香料。

〔步步娇〕❶〔旦〕袅晴丝吹来闲庭院,摇漾春如线❷。停半饷❸,整花钿❹,没揣菱花,偷人半面❺,迤逗的彩云偏❻〔行介❼〕步香闺怎便把全身现。

〔贴〕今日穿插的的好。

〔醉扶归〕〔旦〕你道翠生生出落的裙衫儿茜,艳晶晶花簪八宝填;可知我常一生儿爱好是天然❽。恰三春好处无人见❾。不堤防沈鱼落雁鸟惊喧,则怕的羞花闭月花愁颤❿。

〔贴〕早茶时了,请行。〔行介〕你看:画廊金粉半零星⓫,池馆苍苔一片青。踏草怕泥新绣袜,惜花疼煞小金铃⓬。〔旦〕不到园林,怎知春色如许。

———————

❶ 〔《步步娇》〕曲牌名。

❷ 〔袅晴丝吹来闲庭院摇漾春如线〕晴丝,即"游丝",蜘蛛或青虫所吐的丝飞扬于空中者。这是说,一缕游丝,袅袅地吹入庭院中来,看它在空中摇漾,知道春就似那游丝一般轻轻地来到人间了。

❸ 〔半饷〕亦作"半响",犹言片刻。

❹ 〔花钿〕女子的首饰。

❺ 〔没揣菱花偷人半面〕菱花,镜也。没揣二字费解。大概说她对镜整花钿的时候,镜中照见了她的半面。

❻ 〔迤逗的彩云偏〕迤本音移,但元曲中则音拖,所以现在唱昆腔的仍把这"迤"字唱做"拖"音。迤逗,偏斜貌。彩云即发髻,因发髻亦称"云髻"也。这是说,对着镜子把她的发髻再移偏些。

❼ 〔介〕表示动作。北曲作"科",南曲作"介"。

❽ 〔你道翠生生出落的裙衫儿茜……可知我常一生儿爱好是天然〕"翠生生"和"艳晶晶"都是副词,一是形容她衣服的鲜艳,一是形容她插戴的漂亮。出落的,语助词,犹言"这小姑娘出落的更加漂亮了。"茜,草名,根紫黄可染绛色。但这里是形容她衣服颜色的漂亮。这是说,你以为我穿的裙衫这样鲜艳,插的那八宝镶嵌的花簪这样漂亮,你可知道我一生爱好天然,并不欢喜打扮的。

❾ 〔恰三春好处无人见〕言如此穿插,在这样春光明媚中,却寂居深闺不为人所见。

❿ 〔不堤防沈鱼落雁鸟惊喧则怕的羞花闭月花愁颤〕前人常以"沈鱼落雁闭月羞花"形容女子的美丽,言鱼雁月都将自惭形移也。按,这里既说"沈鱼落雁",又说"鸟惊喧",既说"闭月羞花",又说"花愁颤",犯了叠床架屋的毛病。因为依谱填曲,不能减少字数,往往容易犯这种毛病的。

⓫ 〔画廊金粉半零星〕两廊的彩色,大半已经剥落了。

⓬ 〔惜花疼煞小金铃〕疼,爱也。金铃,即护花铃。《开元遗事》:"宁王至春时,于后园中纫红线为绳,密缀金铃,系于花梢之上,每有鸟鹊翔集,则令园吏掣铃索以惊之。"

　　［皂罗袍］❶［旦］原来姹紫嫣红❷开遍，似这般都付与断井颓垣❸！良辰美景奈何天❹，赏心乐事谁家院❺。恁般景致，我老爷和奶奶再不提起。［合］朝飞暮卷，云霞翠轩❻；雨丝风片，烟波画船❼；锦屏人忒看的这韶光贱❽！

　　［贴］是花都放了，那牡丹还早。

　　［好姐姐］❾［旦］遍青山啼红了杜鹃❿，荼蘼外烟丝醉软⓫。春香呵！牡丹虽好，他春归怎占的先⓬！［贴］成对儿莺燕呵！［合］闲凝眄⓭，生生燕语明如翦⓮，呖呖莺声溜的圆。［旦］去罢。［贴］这园子委是观之不足也！［旦］提他怎的！［行介］

---

　　❶　［《皂罗袍》］曲牌名。

　　❷　［姹紫嫣红］娇艳之义。姹，音彳丫。

　　❸　［似这般都付与断井颓垣］像这样的景色，都交给了断井颓垣。盖深惜满园春色无人鉴赏也。

　　❹　［良辰美景奈何天］作者极写杜小姐对于虚度春光有无限的惆怅，所以用"奈何天"三字，以表达她的惆怅的情绪。

　　❺　［赏心乐事谁家院］春天应当及时行乐的，但我则寂处深闺，不知道那一家在趁这春光做着赏心行乐的事情！

　　❻　［朝飞暮卷云霞翠轩］在翠轩中望着朝飞暮卷的云霞。卷与"捲"同。按，这两句是写春天的晴色。

　　❼　［雨丝风片烟波画船］烟波，喻水也。这两句是写春天的雨景。

　　❽　［锦屏人忒看的这韶光贱］锦屏人形容深居简出的贵族。这里是指她的父母。韶，美也。韶光，指春景而言。这是说，这样好的景致，父亲母亲从来不曾提起过，他们实在对春光太不宝贵了。

　　❾　［《好姐姐》］曲牌名。

　　❿　［遍青山啼红了杜鹃］杜鹃，鸟名，又花名，于春末夏初杜鹃啼时盛开，故名。这是说，杜鹃已经啼了，杜鹃花也开了，极言春光已老也。

　　⓫　［荼蘼外烟丝醉软］荼蘼花名，春末夏初盛开，此句也极写春光已老。

　　⓬　［牡丹虽好他春归怎占的先］凡是花都放了，而牡丹还早，所以她这样说。

　　⓭　［闲凝眄］眄，音面，衺视也。闲凝眄，即随便一凝视的意思，

　　⓮　［生生燕语明如翦］生生，形容词。明如翦，言其鸣声清脆也。

　　[隔尾]❶[旦]观之不足由他缱❷,便赏遍了十二亭台❸是枉然,到不如兴尽回家闲过遣。[作到介][贴]开我西阁门,展我东阁床,瓶插映山紫,炉添沈水香❹。小姐,你歇息片时,俺瞧老夫人去也。[下]

　　《还魂记》亦称《牡丹亭》,凡五十五出,其梗概如此:南宋时有杜甫的后裔杜宝者,为南安太守。夫人甄氏,生一女名丽娘。延师教读,庭训甚严。有一个春天的早上,丽娘偕春香游于后花园,春色动人,颇感惆怅。归后假寐,梦见一青年执着柳枝,诱她在牡丹亭下欢叙。从此丽娘就憧憬着梦中的秀才,竟生起病来了。她见自己的姿容日渐瘦损,便自己画了一幅像,并题上"他年得伴蟾宫客,不是梅边是柳边"的诗句,把它放在牡丹亭下,不久她就死了。会金兵南下,淮上告警,杜宝奉命转安抚使,要到扬州赴任去。便依丽娘遗言,把她葬于后园梅树之下,并为立梅花观,而以石道姑及丽娘的塾师陈最良为看守人,他遂离开南安。时有柳宗元后裔柳春卿者,生长南海,二十余岁即乡试中式。一日,梦在梅花之下见一美人,自谓姻缘有分,发迹有期,遂改名梦梅。偕了他的老仆郭驼子(即柳宗元所著《郭橐驼传》中的郭橐驼的后裔),上临安应试。过南安,遇风雪,投宿于梅花观。时丽娘死已三年了。柳梦梅闲步后园,无意中拾得丽娘的画像,觉与梦中美人相似,遂怀之而归。先是丽娘死后,阎王因她和柳梦梅有姻缘之分,允许她再生。于是丽娘之魂游至梅花观,每夜与柳梦梅续欢,把从前的事,一一对梦梅说了。梦梅谋之于石道姑,依丽娘所教发其墓。丽娘的遗体并未腐败,犹如生前一般,灌以预先备置的药,她居然再生了。于是二人欢然携手赴临安。不久柳梦梅以第一人及第;一方则金兵已退,杜宝凯旋而归。杜氏一家重复团聚,丽娘与柳梦梅亦遂成为夫妇。这个故事,真想入非非,别开生面。这里所选的是第十一出《惊梦》的前半出,写丽娘与春香游园事。这一出本有两个排场,所以现在昆腔戏称前半出为《游园》,而后半出为《惊梦》。

----

　　❶　[隔尾]本出有两个场面,到这里第一个场面已完,而全出未完,故不称"尾声"而曰"隔尾"。

　　❷　[观之不足由他缱]缱字本作缠绵解,例如"缱绻"。但这里的意思说"观之不足由他罢",缱字实不当作缠绵解,大概作者为押韵起见,别无深意,若即字求解,反而讲不通了。

　　❸　[十二亭台]亭台称"十二亭台"犹栏干称"十二栏干"一样,所以见园中亭台非止一二也。

　　❹　[瓶插映山紫炉添沈水香]映山紫与下"沈水香"相对。无非说瓶里插些花,炉中添些香而已。

　　汤显祖(1550—1617)字义仍，号若士。明临川人。万历进士，官至礼部主事，以上疏直谏忤旨，谪广东徐闻典史。后迁遂昌知县，投劾归。居家二十年卒。著有《玉茗堂集》。他所作的传奇，除《还魂记》外，又有《紫箫记》、《紫钗记》、《南柯记》、《邯郸记》等。而《紫钗》、《南柯》、《邯郸》及《还魂记》，合称"临川四梦"。四梦中以《还魂记》为最真挚动人。相传有娄江女子俞二娘喜读《还魂记》，竟惆怅抑郁而死。显祖作诗哀之云："画烛摇金阁，真珠泣绣窗。如何伤此曲，偏只在娄江？"

文学史话

七、北曲与南词

词与曲的关系及其区别

　　词到了宋朝末年，有两种趋势：一则专讲究音律，一则以豪放粗率自炫。前者使词走到单有音律而没有意境与情感的路上去，而后者把词散文化了，使他与音乐渐渐疏远。这两种趋势，都是催促宋词的赶快没落。而况自金元入主中原以来，音乐上的变迁，使宋词更无苟延残喘的余地。王世贞《艺苑卮言》说：

　　　　金元入主中原，旧词之格，往往于喈杂缓急之间不能尽按，乃别创一格以媚之。

于此可见在金元之际，宋词的乐调已经不能供乐工们的应用了。自此以后，便有所谓"小令"者应运而兴。元曲中小令如《青玉案》《捣练子》，都是用宋词的旧牌子，或稍易字句，或只用其名而尽变其调，小令之后，又有套数。所谓"套数"者，盖合一宫调中诸曲为一套，再加上尾声，比较小令繁复多了。套数再变，方才有董解元的《弦索西厢》，❶他是许多不成

---

　　❶　因为用弦子弹唱，故称《弦索西厢》，亦称《西厢搊弹词》。

熟的小令套数联缀而成的。由《弦索西厢》再变而为杂剧,遂成为一代的文学中心。

元曲虽由宋词嬗蜕而来,但词与曲无论在音律上、结构上、作法上都不相同。宋词的歌谱,今仅存《白石词集》旁谱十七支,究竟如何唱法,已不可考;所可知者,诸词都一字一音,并没有繁声介乎其中。词的唱法,大约与唐人歌律绝诗相近;而与北曲的驰骤,南曲的柔缓,绝不相类。其次,作词者每一个牌子写一首词,绝没有合若干牌子联成一套如元人散套一般;也没有用一个牌子联续填下去而文气联贯象元人的小令一般。又,词之作法大都用以自写情怀,而曲则代古人说话(小令套数除外),所以词是自叙式,而曲则为代言体。总之,词与曲虽有相当关系,而文学的方式却绝对不同。

杂剧的形成

由词而小令,再变而为套数,三变而为杂剧,已如上述,但有唱有白有动作的元杂剧,其形式上的演变,则和宋代的大曲及鼓子词有相当的关系。原来宋人歌词,只是歌而不舞。稍后有歌舞相兼的大曲出现,大概先由一人登场,说些吉祥话,随后就指挥男女队出来歌舞。但这只是一种歌舞,和元杂剧的有白有唱,相去尚远。宋末赵德麟作元微之《崔莺莺商调蝶恋花》词,合鼓而歌,又称为"鼓手词"。宋陆游诗云,"斜阳古柳赵家庄,负鼓盲翁正作场;死后是非谁管得,满村听唱蔡中郎。"可见鼓子词在当时很盛行。这类鼓子词,有白有唱,且必排一故事(如崔莺莺、蔡伯喈之类),首尾贯彻,颇有戏曲的意味;但无说白、无动作,犹如大曲一般。至《弦索西厢》出,有白有曲,和杂剧的形式更相近;而所用的牌名如《点绛唇》、《端正好》、《斗鹌鹑》等都是元曲中所常见的。不过《弦索西厢》和杂剧究有几点不同:一、不分折数;二、不分角色,因为《弦索西厢》是由一人弹唱,通体是旁人叙述口气,不像杂剧的代古人说话;三、一切动作,全由弹唱者口中说出,不像杂剧的必由伶工登场扮演。但我们就杂剧的形成而论,则宋时大曲,可以说是杂剧的远祖,而《弦索西厢》则是杂剧的祖若父了。

至于"杂剧"的名称,在辽代的散曲中已经有了,但他的应用是为官家宴会中的一种游艺,和元代的杂剧完全不同。到了宋朝,这些杂剧的内容和结构续有进步,但决不就是元代的杂剧。又金代盛行的院本,也和辽宋杂剧一样,都是歌曲的叙事体,还没有踏进代言体的阶段。但这种体裁与元杂剧的形成也有关系,我们不能把他忽略了的。

元曲发达的原因

词变为曲,曲至元代而极盛,当然有他的时代背景在。

前面已经说过,自金元入主中原以来,词的乐调已不够供乐工的应用。我们再看北曲中的牌子如《者剌古》、《阿纳忽》、《古都白》、《唐兀歹》、《阿忽令》等,一望而知是女真或蒙古的乐曲。可见元曲的发达,大半是受外族的影响的。

其次,蒙古灭金以来,废除科举者差不多有八十年。❶ 当时文人,既不必做诗词文赋,更不必读什么"大经""小经",❷心思精力便都用到戏曲上去了。元曲创作者如关汉卿、马东篱、王实甫、白朴等,大都是那时候的人。如果当时还盛行科举,谁能断定关、马、王、白不是功名利禄场中的健将呢?

复次,蒙古人统治中国后,汉族受到极不平等的待遇。❸ 汉人含着一腔不平之气,无从发泄。而编制戏曲,正可借古人的嬉笑怒骂以抒自己的抑郁牢愁。胡侍《真珠船》说,

> 元曲——声调抑扬,气魄雄壮,后有作者鲜能与京。❹ 盖当时

---

❶　金代的科举制度本很简单,自蒙古灭金(公元一二三四年)以来,便把科举制度废止,到元仁宗延祐二年(一三一五)才复科举,前后有八十多年。又,臧懋循《元曲选序》及沈德符《万历野获编》都说蒙古时代曾以词曲取士,但《元史·选举志》绝不提起,可见这些话是靠不住的。

❷　科举时代有明经一科,应试者非熟读经书不可。唐人分《礼记》、《左传》为大经,《诗》、《周礼》、《仪礼》为中经,《易》、《尚书》、《公羊传》、《穀梁传》为小经。至宋代以经义取士,应试者更非熟读经书不可。所以元以前读书人的精力大都消耗在《五经》的注疏中。

❸　蒙古统治中国后,称西域及欧洲人为色目人,称金亡以后中原的居民为汉人,称宋亡后江南的居民为南人。而对于色目人特别优待。

❹　京,大也。例如《左传》庄公二十二年"莫之与京"。这里的"鲜能与京",就是说"很少有像元曲那样的气魄雄壮的"。

台省元臣、郡邑正官及雄要之职，中州人多不得为之，每抑沉下僚，志不得伸。如关汉卿乃太医院尹，马致远省行务官，……其他屈在簿书老于布素者尚多有之。于是以其有用之才，而一寓于声歌之末，以抒其拂郁感慨之怀，所谓"不得其平则鸣焉"者也。

不但此也，蒙古人乘百胜余威既握到了全中国的统治权，也渐渐趋向于娱乐方面，他们对于戏剧自然十分欢迎。于是一二轻薄之士，为博蒙古人的欢心起见，又便丢开了旧有词调，"别创一格以媚之"，这也是元曲发达的原因之一。

北曲与南词的区别

元曲以杂剧为中心。到了元末明初而南词盛行，兀然为南北两大宗。南词即传奇，亦称"南曲"。谓之"南词"或"南曲"者，盖别于"北曲"的杂剧而言。南词与北曲，体制有别而来源亦不同。王国维《宋元戏曲史》说，"南戏之渊源于宋殆无可疑，至何时进步至此则无可考。吾辈所知，但元季已有此种南戏耳。然渊源所自或返古于元杂剧。"近人郑振铎著《中国文学史》，提出许多证据。证明传奇的体例与组织系由印度输入，所以他断定传奇的产生在杂剧之前❶ 但南词的体制，于北曲实多所改进，就文学进化的原理而论，不应先由繁复的传奇而后有简朴的杂剧。大概南词的渊源或先于元曲，但它的体制，却是因受了北曲的影响而后才扩大的。现在把北曲与南词的区别，略述如下。

北曲与南词的区别，第一在体制的不同。杂剧大都以四折为限，且限于一宫调，又限一人唱，格律森严，不容逾越。南词则一剧无一定的出数，一出无一定的宫调；并且各种脚色都有白有唱，并有数种脚色合唱一曲的。北曲唱者非正末即正旦，而南词则生、旦、净、丑无一不唱。这是南词较北曲进步的地方。

第二是语音的不同。王世贞《艺苑卮言》说，"自北曲兴后，大江南北，渐染胡语，时时采入，而沈约四声遂阙其一。东南之士……稍稍复变

---

❶　详可看郑编《插图本中国文学史》第四十章《戏文的起来》。

新体，号为南曲。"因为元初作曲多北方人，北方止有平上去三声而无入声。而南词则平上去入四声齐全。因南北语音的不同，而作法唱法便都不同了。

第三是风格的不同。王世贞《艺苑卮言》说，"北主劲切雄丽；南主清峭柔远。北字多而调促，促处见筋；南词少而调缓，缓处见眼。北辞情少而声情多，南声情少而辞情多。北力在弦，南力在板。北宜和歌，南宜独奏。北气易粗，南气易弱。"这几句话把南北曲风格不同之处说得很委婉而详尽了。

北曲南词最初是界若鸿沟的。但后来因为全国统一，南北的界限渐泯，南人的势力重又伸张到北方去，遂有用南词作杂剧的，如徐渭《四声猿》便是。更有作南北合套的，如汤显祖《南柯记》中的若干出便是。到了现在，唱"昆腔"的还在讲什么南北曲，他们唱北曲时也居然把入声唱做平、上、或去声，但实际上这所谓"北曲"已不是元代的北曲了。

南北曲的作家

王国维《宋元戏曲史》把元杂剧的作家分为三个时期：一、蒙古时代（约一二六〇——二八〇）；二、一统时代（约一二八〇——三四〇）；三、至正时代（约一三四〇——三六〇）。第一时期作家最盛，所谓"关马郑白"的四大家，除郑氏外都是第一期的人物。关为关汉卿，马为马东篱（致远），郑为郑德辉（光祖）、白为白仁甫（朴）。这四个作家，《元曲选》中选录他们的作品很多。此外如王实甫，以所作《崔莺莺待月西厢记》最有名。而我们前面所选录的康进之的《李逵负荆》，也是第一期中的第一流的作品。大概第一期的作家都生长在北方，因环境的关系，造成一种雄肆奔放的风格。第二期的作家大都住居南方渐失其"天高风紧"的气象，所以除郑德辉等二三家以外，其余作品便无足观。到第三期，则已成强弩之末，其作品更自桧以下了。

明初南词，以《荆》、《刘》、《拜》、《杀》及《琵琶记》最为有名。《荆》即《荆钗记》，为明宁献王朱权所撰。《刘》即《白兔记》，述刘智远与李三娘事，不知撰者何人。《拜》为《拜月亭》，一名《幽闺记》，或谓系元末明初的施君美(惠)所作,但尚有疑问。《杀》为《杀狗记》,为元末明初的淳安人徐仲田所撰。而《琵琶记》尤脍炙人口。其后汤显祖著《紫钗记》、《南柯记》、《邯郸记》、《还魂记》,称"临川四梦",就中以《还魂记》为最著名。朱彝尊《静志居诗话》说,"义仍(显祖字)填词妙绝一时,……其《牡丹亭》曲本尤真挚动人。"同时沈璟亦以南词著名;他著作很多,但现在所传唱者仅《义侠记》、《翠屏山》、《望湖亭》中数出而已。而他又因为深明音律之故,作曲时往往专顾到音律的谐协而忽略了剧本的内容。

元代杂剧及明代传奇的作家,以上述诸人为最有名。就文章而论,则北曲多浑脱自然,而南词则渐近于人工的雕琢。尤其是汤显祖的作品,较之元曲,更显然有人工与天然之别。但人工的雕琢,也有其独到处:我们读《还魂记》的《惊梦》,一定会感到一种缠绵婉转无可奈何的情境。如果撇开了"杂剧必推元人,传奇必推明人"的偏见,则清代康熙中孔尚任所作的《桃花扇》和洪升所作的《长生殿》,其结构遣词实有胜于前人之处;而清人杂剧,虽措词不及元人的浑脱,其结构及布局方面,实较元人进步得多。

戏曲与小说的关系

戏曲与小说的发达是有密切的关系的。宋以前的小说,当推唐代的传奇小说。❶ 那些小说,影响于元明戏剧者很大。如元白朴的《唐明皇秋夜梧桐雨》,取材于《长恨歌传》。王实甫的《西厢记》,取材于《会真记》,关汉卿的《柳毅传书》,取材于《柳毅传》。明汤显祖的《南柯记》《邯郸记》,皆取材于唐人小说,连名称都不曾变换。尤可使我们注意者,唐人小说都是传记体,经戏剧家拿来敷演成复杂的故事,又分之为数折或数十折,宋以后章回小说的发达,实与此有直接的关系。

复次,中国有名的章回小说,如《水浒传》《三国演义》等,皆创作于明初,而元曲中演述梁山泊好汉的故事及三国故事的不知有多少种,这也可证明小说与戏剧的相互助长了。

---

❶ 唐人小说称传奇小说,如前面选读过的《虬髯客传》便是。南词亦称"传奇",但不是传奇小说,不要误会了。

文　选

一一八、智取生辰纲（节选《水浒传》）

却说❶北京大名府梁中书❷，收买了十万贯❸庆贺生辰礼物完备，选日差人起程。当下一日在后堂坐下，只见蔡夫人问道："相公，'生辰纲'几时起程？"梁中书道："礼物都已完备，明后日便可起身。只是一件事，在此踌躇❹未决。"蔡夫人道："有甚❺事踌躇未决？"梁中书道："上年费了十万贯收买金珠宝贝，送上东京❻去，只因用人不着，半路被贼劫将去了，至今无获。今年帐前，眼见得又没个了事❼的人送去。在此踌躇未决。"蔡夫人指着阶下道："你常说这个人十分了得，何不着他委纸领状❽送去走一遭？不致失误。"梁中书看阶下那人时，却是青面兽杨志❾。梁

---

❶　［却说］宋代"说话人"讲说故事，开首叙述人物，或中间另述他事时，每用"却说"二字做冒头。后人依宋人"话本"的体裁编撰小说，虽非出于说话人之口，而犹存旧体，故章回小说中亦多用"却说"二字做冒头（详《文学史话》）。

❷　［北京大名府梁中书］北宋时四京并建：曰东京开封府（今河南省会），曰西京河南府（今河南洛阳县），曰南京应天府（今河南商丘县）（今河南商丘县），曰北京大名府（今河北大名县）。除东京为实际的首都外，西、南、北三京都置留守，掌官钥，及京城修葺弹压之事，畿内钱谷兵之政。梁中书名世杰。时为北京大名府留守司。当时留守司大都由中书省长官兼任，体制在外官中最尊，故称之为"梁中书"或"留守相公"云。

❸　［十万贯］古时计算钱数，以千钱为一贯。十万贯，状其钱多，如唐杜牧诗"腰缠十万贯，骑鹤上扬州"是也。

❹　［踌躇］迟疑不决。

❺　［甚］"甚么"之略称，甚么即什么。

❻　［东京］亦称汴梁，见上"北京大名府"条注。

❼　［了事］办得了事情。

❽　［委纸领状］凡向公家领取钱物，出具领纸以示信而备查，名曰"领状"。委纸领状即具立一纸领状也。

❾　［青面兽杨志］《水浒》中人物都有绰号。杨志时为管军提辖使，因面上有青色瘢记，故人家给他取个绰号叫做"青面兽"。

中书踌躇，便唤杨志上厅，说道："我正忘了你，你若与我送得'生辰纲'去，我自有抬举你处。"杨志又❶向前禀道："恩相差遣，不敢不依，只不知怎地❷打点❸？几时起身？"梁中书道："着落大名府差十辆太平车子；帐前拨十个厢禁军❹监押着车；每辆上各插一把黄旗，上写着'献贺太师生辰纲'；每辆车子，再使个军健❺跟着。三日内便要起身去。"杨志道："非是小人推托，其实去不得，乞钧旨❻别差英雄精细的人去。"梁中书道："我有心要抬举你，这献'生辰纲'的札子❼内，另修一封书在中间，太师眼前重重保你，受道勅命❽回来；如何倒生❾支词❿推辞不去？"杨志道："恩相在上，小人也曾听得上年已被贼人劫去了，至今未获。今岁途中盗贼又多；此去东京又无水路，都是旱路；经过的如紫金山，二龙山，桃花山，伞盖山，黄泥冈，白沙坞，野云渡，赤松林⓫，——这几处都是强人出没的去处；更兼单身客人，亦不敢独自经过，他知道是金银宝物，如何不来抢劫？枉结果了性命；以此去不得。"梁中书道："恁地⓬时，多着军校⓭防护送去便了。杨志道："恩相便差一万人去，也不济事；这厮们⓮一声听得强人来时，都是先走了的。"梁中书道："你这般说时，'生辰纲'不要送去了？"杨志又禀道"若依小人一件事，便敢送去。"梁中书道："我既

---

❶ ［叉手］交手胸前，武职见长官时的敬礼。

❷ ［怎地］即"怎的"。

❸ ［打点］料理检点。

❹ ［厢禁军］宋时军制：挑选诸路精壮入卫京师者名"禁军"；留充当地禁备之用者名"厢军"。其后更番送上，禁军有发往各州路者，厢军亦有调京拱卫者。于是各州路的防军遂混称"厢禁军"。

❺ ［军健］厢禁军中的兵卒。

❻ ［钧旨］犹言"尊意"，下属对上司之尊称也。

❼ ［札手］文牒也。

❽ ［勅命］皇帝授官之词。勅通作"敕"。按明制：授五品以上官曰"诰命"，六品以下官曰"敕命"，清因之。但在明以前则界限不若此之严，故此言"受道勅命回来"，而下又言"受道诰命回来"。

❾ ［倒生］犹言"反而"。

❿ ［支词］即"托词"。

⓫ ［紫金山……赤松林］紫金山……"赤松林"所述地名凡八，皆非确有，不过指出从大名到开封须经过这些有强盗蟠据的山险而已。

⓬ ［恁地］元时口语，犹今日"这样"。

⓭ ［军校］武职偏裨之官。

⓮ ［这厮们］凡给贱役者谓之"厮"。这厮们，犹言"这班下贱东西"。

委在你身上，如何不依你说？"杨志道："若依小人说时，并不要车子，把礼物都装做十余条担子，只做客人的打扮；行货❶也点十个壮健的厢禁军，却装做脚夫挑着；只消一个人和小人去，却打扮做客人，悄悄连夜上东京交付。怎地时方好。"梁中书道："你甚说得是。我写书呈，重重保你，受道诰命回来。"杨志道："深谢恩相抬举。"当时便叫杨志一面打拴担脚，一面选拣军人。次日叫杨志来厅前伺候，梁中书出厅来问道："杨志你几时起身？"杨志禀道："告覆恩相，只在明早准行，就委领状。"梁中书道："夫人也有一担礼物，另送与府中宝眷，也是你领，怕你不知头路，特地再叫嬭公谢都管❷，并两个虞候❸和你一同去。"杨志告道："恩相，杨志去不得了。"梁中书说道："礼物都已拴缚完备，如何又去不得？"杨志禀道："此十担礼物，都在小人身上，和他众人，都由杨志；要早行，便早行；要晚行，便晚行；要住，便住；要歇，便歇，亦依杨志提调❹。如今又叫老都管并虞候和小人去，他是夫人行的人❺"又是太师府门下嬭公，倘或路上与小人撒拗❻起来，杨志如何敢与他争执得？若误了大事时，杨志那其间如何分说？"梁中书道；"这个也容易，我叫他三个都听你提调便了。"杨志答道："若是如此禀过，小人情愿便委领状，倘有疏失，甘当重罪。"梁中书大喜道："我也不枉了抬举你，真个有见识！"随即唤老谢都管并两个虞候出来，当厅分付道："杨志提辖❼，情愿委了一纸领状，监押'生辰纲'，——十一担金珠宝贝——赴京太师府交收。这干系都在他身上。你三人和他做伴去。一路上早起，晚行，住，歇，都要听他言语，不可和他撒拗。夫人处分付的勾当❽，你三人自理会。小心在意，早去早回，休教有失。"老

---

❶　[行货]指备运之货物言。

❷　[嬭公谢都管]嬭，俗作"奶"，奶公，为保育少主之管家仆人，职与乳媪相当。所以称之为"都管"者，言其为仆役首领也。

❸　[虞候]本是掌山泽政令之官。此则为军校之名称，等于明清时抚按辕下传令宣召的旗牌官。

❹　[提调]提挈调拨也。入清定为官名。

❺　[他是夫人行的人]行，辈行也，曹偶也。言其为夫人那一边的人也。

❻　[撒拗]倔强也。撒，音ㄅㄟ　ㄌㄝ。

❼　[提辖]统兵官之称。杨志时为管军提辖使。

❽　[勾当]犹言"干办"。

都管一一都应了。当日杨志领了。次日早起五更,在府里把担仗都摆在厅前;老都管和两个虞候又将一小担财帛,共十一担,拣了十一个壮健的厢禁军,都做脚夫打扮。杨志戴上凉笠儿,穿着青纱衫子,系了缠带,行履麻鞋❶;跨口腰刀,提条朴刀,老都管也打扮做个客人模样。两个虞候假装做跟的伴当,各人都拿了条朴刀,又带几根藤条。梁中书付与了札付书呈。一行人都吃得饱了,在厅上拜辞了。梁中书看那军人担仗起程,杨志和谢都管两个虞候监押着。一行共是十五人,离了梁府,出得北京城门,取大路投东京进发。

此时正是五月半,天气虽是晴明得好,只是酷热难行。杨志一心要取六月十五日生辰,只得在路上趱行❷。自离了这北京五七日,端的❸只是起五更,趁早凉便行,日中热时便歇,五七日后,人家渐少,行路又稀,一站站都是山路。杨志却要辰牌❹起身,申时❺便歇。那十一个厢禁军担子又重,无有一个稍轻,天气热了行不得,见着林子便要去歇息。杨志赶着催促要行,如若停住,轻则痛骂,重则藤条便打,逼赶要行。两个虞候虽只背些包裹行李,也气喘了行不上。杨志便嗔❻道:你两个好不晓事!这干系须是俺的。你们不替洒家❼打这夫子❽,却在背后也慢慢地挨,这路上不是耍处!"那虞候道:"不是我两个要慢走,其实热了行不动;前日只是趁早凉走,如今怎地正热里要行,正是好歹❾不均匀!"杨志道:"你这般说话,却似放屁!前日行的,须是好地面,如今正是尴尬❿去处。若不日里赶过去,谁敢五更半夜走?"两个虞候口里不道,肚中寻思:"这

---

❶ 〔鞋〕鞋之本字。

❷ 〔趱行〕赶也。趱行,犹言"赶路"。

❸ 〔端的〕犹言委实。

❹ 〔辰牌〕即辰时,当上午七时至九时。按:古代司时,每用铜壶滴漏之法,其报时用"漏箭"及"时牌"之属,故言"辰牌"。

❺ 〔申时〕当下午三时至五时。

❻ 〔嗔〕音彳ㄣ,怒也。

❼ 〔洒家〕与"俺"同。为北方人自称之词,或转为"喒家"。

❽ 〔夫子〕俗作"伕子",即脚夫。

❾ 〔歹〕"好"之对。

❿ 〔尴尬〕进退两难之形容词。

厮不直得便骂人！"杨志提了朴刀，拿着藤条，自去赶那担子。两个虞候坐在柳阴树下，等得老都管来。两个虞候告诉道："杨家那厮，强杀❶只是我相公门下一个提辖！直这般会做大！"老都管道："须是相公当面分付道，'休要和他撕拗'，因此我不做声。这两日也看他不得，权且耐他。"两个虞候道："相公也只是人情话儿，都管自做个主便了。"老都管又道，"且耐他一耐。"当日行到申牌时分，寻得一个客店里歇了。那十一个厢禁军，雨汗通流，都叹气吹嘘，对老都管说道："我们不幸做了军健！情知道被差出来，——这般火似热的天气，又挑着重担！这两日又不拣早凉行？动不动老大藤条打来，都是一般父母皮肉！我们直恁地苦！"老都管道："你们不要怨恨，巴到东京时，我自赏你。"那军汉道："若是似都管看待我们时，并不敢怨恨。"又过了一夜，次日天色未明，众人起来，都要乘凉起身去。杨志跳起来喝道："那里去！且睡了，却理会。"诸军汉道："趁早不走，日里热时走不得，却打我们！"杨志大骂道："你们省得❷什么？"拿了藤条要打，众军汉忍气吞声，只得睡了。当日直到辰牌时分，慢慢地打火，吃了饭，走；一路上赶打着，不许投凉处歇。那十一个厢禁军口里喃喃呐呐❸地怨恨；两个虞候在老都管面前，絮絮聒聒❹地搬口❺。老都管听了也不着意，心内自恼他。

话休絮繁。似此行了十四五日，那十四个人没一个不怨恨杨志。当日客店里，辰牌时分，慢慢地打火吃了早饭行。正是六月初四日时节，天气未及晌午❻，一轮红日当天，没半点云彩，其实十分大热。当时行的路，都是山僻崎岖❼小径，南山北岭，却监着那十一个军汉。约行了二十余里路程，那军人们思量要去柳阴树下歇凉，被杨志拿着藤条打将来，喝道："快走！叫你早歇！"众军人看那天时，四下里无半点云彩，其实那热

---

❶ ［强杀］充量之意。

❷ ［省得］懂得。

❸ ［喃喃呐呐］自言自语貌。

❹ ［絮絮聒聒］说话刺刺不休也。

❺ ［搬口］搬弄口舌。

❻ ［晌午］日中时，即正午也。

❼ ［崎岖］路不平貌。

不可当。杨志催促一行人在山中僻路里行，看看日色当午，那石头上热了脚疼走不得，众军汉道："这般天气热，兀的❶不晒杀人！"杨志喝着军汉道："快走！赶过前面冈子去，却再理会。"正行之间，前面迎着那土冈子，一行十五人奔上冈子来，歇下担仗，那十一人都去松林树下睡倒了。杨志说道："苦也！这里是什么去处，他们却在这里歇凉！起来快走！"众军汉道："你便剁做我七八段，也去不得了！"杨志拿起藤条劈头劈脑打去，打得这个起来，那个睡倒，杨志无可奈何，只见两个虞候和老都管气喘急急，也巴到冈子上松树下坐下喘气，看这杨志打那军健。老都管见了，说道："提辖，端的热了走不得！休见他罪过！"杨志道："都管，你不知！这里正是强人出没的去处，地名叫做黄泥冈。闲常太平时节，白日里兀自❷出来劫人；休道是这般光景。谁敢在这里停脚？"两个虞候听杨志说了，便道："我见你说好几遍了，只管把这话来惊吓人！"老都管道："权且叫他们众人歇一歇，略过日中行，如何？"杨志道："你也没分晓了！如何使得？这样下冈子去，兀自有七八里没人家。什么去处！敢在此歇凉？"老都管道："我自坐一坐了走，你自去赶他众人先走。"杨志拿着藤条喝道："一个不走的，吃俺二十棍。"众军汉一齐叫将起来，数内一个分说道："提辖，我们挑着百十斤担子，须不比你空手走的！你端的不把人当人！便是留守相公❸自来监押时，也容我们说一句！你好不知痛痒！只顾逞辩！"杨志道："这畜生呕死❹俺！只是打便了！"拿起藤条劈脸又打去。老都管喝道："杨提辖，且住！你听我说：我在东京太师府里做嫲公时，门下军官见了无千无万，都向着我喏喏连声。不是我口浅，量你是个遭死的军人，相公可怜，抬举你做个提辖，比得芥菜子大小的官职，直得恁地逞能！休说我是相公家都管，便是村庄一个老的，也合依我劝一劝，只顾把他们打，是何看待！"杨志道："都管，你须是城市里人，生长在相府

---

❶ ［兀的］犹言"怎么"。元曲中常用之。

❷ ［兀自］犹言"尚还"。

❸ ［留守相公］指梁中书。

❹ ［呕死］犹言"呕气杀"。

里,那里知道途路上千难万难!"老都管道:"四川、两广❶也曾去来,不曾见你这般卖弄。"杨志道:"如今须不比太平时节。"都管道:"你说这话该剜口割舌! 今日天下怎地不太平?"杨志却待要回言,只见对面松林里影着一个人,在那里舒头探脑价望。杨志道:"俺说什么,兀的不是歹人来了!"撇下藤条,拿了朴刀,赶入松林里来,喝一声道:"你这厮好大胆! 怎敢看俺的行货!"赶来看时,只见松林里一字儿摆着七辆江州车儿❷,六个人脱得赤条条的,在那里乘凉;一个鬓边老大一搭朱砂记❸拿着一条朴刀。见杨志赶入来,七个人齐叫一声"阿也!"都跳起来。杨志喝道:你等是什么人?"那七人道:"你是什么人?"杨志又问道:"你等莫不是歹人?"那七人道:"你颠倒问,我等是小本经纪❹,那里有钱与你?"杨志道:"你等小本经纪人,偏俺有大本钱。"那七人问道:"你端的是什么人?"杨志道:"你等且说那里来的人?"那七人道:"我等弟兄七人,是濠州❺人,贩枣子上东京去,路途打从这里经过。听得多人说这里黄泥冈上,时常有贼打劫客商。我等一面走,一头自说道,'我七个只有些枣子,别无甚财货,只顾过冈子来。'上得冈子,当不过这热,权且在这林子里歇一歇,待晚凉了行。只听得有人上冈子来,我们只怕是歹人,因此使这个兄弟出来看一看。"杨志道:"原来如此,也是一般的客人。却才见你们窥望,惟恐是歹人,因此赶来看一看。"那七个人道:"客官请几个枣子了去。"杨志道:"不必。"提了朴刀,再回担边来,老都管坐着道:"既是有贼,我们去休❻;"杨志说道"我只道是歹人,原来是几个贩枣子的客人。"老都管别了脸❼对众军道:"似你方才说时,他们都是没命的。"杨志道:"不必相闹,俺只要没事便好。你们且歇了,等凉些走。"众军汉都笑了。杨志也

---

❶　[四川两广]宋置益州、梓州、利州、夔州四路于今四川省,称"川峡四路",简称"四川"。又置广南东路、广南西路于今广东、广西,简称"两广"。

❷　[江州车儿]江州,今江西九江县,宋为江州浔阳郡治。江州车儿,谓江州式的车辆也。

❸　[一搭朱砂记]一块朱砂般的色斑。

❹　[小本经纪]俗称牙侩为"经纪"。小本经纪,谓以微薄之本钱而贩卖货物也。

❺　[濠州]宋濠州钟离郡,故治在今安徽凤阳县少北二十里。

❻　[去休]去罢。

❼　[别了脸]背了脸。

把朴刀插在地上,自去一边树下坐了歇凉,没半碗饭时,只见远远地一个汉子挑着一付担桶,唱上冈子来,唱道:

　　赤日炎炎以火烧,野田禾稻半枯焦。

　　农夫心内如汤煮,公子王孙把扇摇!

　　那汉子口里唱着,走上冈子来,松林里头歇下担桶,坐地乘凉。众军看见了,便问那汉子道:"你桶里是什么东西?"那汉子应道,"是白酒。"众军道,"挑往那里去?"那汉子道,"挑出村里卖。"众军道,"多少钱一桶?"那汉子道:"五贯足钱。"众军商量道,"我们又热又渴。何不买些吃? 也解暑气。"正在那里凑钱。杨志见了喝道,"你们又做什么?"众军道,"买碗酒吃。"杨志调过朴刀杆便打,骂道:"你们不得酒家言语,胡乱便要买酒吃,好大胆!"众军道:"没事,又来鸟乱❶! 我们自凑钱买酒吃,干你甚事? 也来打人;"杨志道:"你这村鸟! 理会得甚么! 到来只顾吃嘴,全不晓得路途上的勾当艰难! 多少好汉❷被蒙汗药❸麻翻了。"那挑酒的汉子看着杨志冷笑道:"你这客官好不晓事! 早是我不卖与你吃。却说出这般没气力❹的话来。"正在松树边闹动争说,只见对面松林里那伙贩枣子的客人,都提着朴刀走出来问道,"你们做甚闹?"那挑酒的汉子道:"我自挑这酒,过冈子村里卖,热了在此歇凉。他众人要问我买些吃,我又不曾卖与他,这个客官道我酒里有甚么蒙汗药,你道好笑么? 说出这般话来!"那七个客人说道:"呸! 我只道有歹人出来,原来是如此。说一声,也不打紧。我们正想酒来解渴,既是他们疑心,且卖一桶与我们吃。"那挑酒的道,"不卖! 不卖!"这七个客人道:"你这鸟汉子,也不晓事。我们须不曾说你❺,你左右将到村里去卖,一般还你钱,便卖些与我们,打甚

---

❶　[鸟乱] 俗呼男子阴为"鸟"。鸟乱,谓无故扰乱也,当时下流人之口吻如是。

❷　[好汉] 汉自武帝征伐匈奴,二十余年间匈奴闻汉兵至,无不畏惧,因称汉兵为"汉儿"或"好汉",见《询刍录》。流俗相沿,遂称江湖上好勇斗很之徒为"好汉"。

❸　[蒙汗药] 用风茄为末,投酒中,饮之即沉睡,须酒力尽方醒,谓之"蒙汗药"。见魏浚《岭南琐记》。

❹　[没气力] 含有"没勇气"或"没有意思"之意。

❺　[我们须不曾说你] 即"我们却不曾说你"。

么不紧❶？看你不道得❷舍施了茶汤，便又救了我们热渴。"那挑酒的汉子便道："卖一桶与你不争❸，只是被他们说的不好；又没碗瓢舀❹吃。"那七人道："你这汉子忒认真，便说了一声，打甚么不紧？我们自有椰瓢❺在这里。"只见两个客人去车子前取出两个椰瓢来，一个捧出一大捧枣子来。七个人立在桶边，开了桶盖，轮替换着舀那酒吃，把枣子过口。无一时，一桶酒都吃尽了。七个客人道："正不曾问得你多少价钱！"那汉道："我一了不说价❻，五贯足钱一桶，十贯一担。"七个客人道："五贯便依你五贯，只饶我们一瓢吃。"那汉道："饶不得，做定的价钱！"一个客人把钱还他，一个客人便去揭开桶盖兜了一瓢，拿上便吃。那汉去夺时，这客人手拿半瓢酒，望松林里便走。那汉赶将去，只见这边一个客人从松林里走将出来，手里拿一个瓢，便来桶里舀了一瓢酒，那汉看见，抢来劈手夺住，望桶里一倾，便盖了桶盖，将瓢望地上一丢。口里说道："你这客人好不君子相！戴头识脸❼的，也这般啰唣❽！"那对过众军汉见了，心内痒起来，都待要吃，数中一个看着老都管道："老爷爷，与我们说一声。那卖枣子的客人，买他一桶吃了。我们胡乱也买他这桶吃，润一润喉也好。其实热渴了，没奈何。这里冈子上，又没讨水吃处，老爷方便。"老都管见众军所说，自心里也要吃得些，竟来对杨志说："那贩枣子客人已买了他一桶吃，只有这一桶，胡乱教他们买吃些避暑气。冈子上端的没处讨水吃。"杨志寻思道："俺在远处望这厮们，都买他的酒吃了，那桶酒当面也见吃了半瓢，想是好的。……打了他们半日，胡乱容他买碗吃罢。"杨志道："既然老都管说了，教这厮们买吃了便起身。"众军健听了这话，凑了五贯足钱来买酒吃，那卖酒的汉子道："不卖了！不卖了！这酒里有蒙汗

---

❶　［打什么不紧］有什么要紧。

❷　［不道得］不曾。

❸　［卖一桶与你不争］不争，语助词。犹言卖一桶与你也行。

❹　［舀］音杳。以瓢挹取桶中酒也。

❺　［椰瓢］以椰子所制之瓢。但此处所称之"椰瓢"，当即北地常用之瓠瓢，非必为椰子所制也。

❻　［一了不说价］一句话便了，不虚说高价。

❼　［戴头识脸］有面目之谓，即"不要脸"之反。

❽　［啰唣］犹言"胡闹"。

药在里头!"众军陪着笑说道:"大哥,值得便还言语?"那汉道:"不卖了!休缠!"这贩枣子的客人劝道:"你这个鸟汉子! 他也说得差了。你也忒认真,连累我们也吃你说了几声,须不关他众人之事,胡乱买与他众人吃些。"那汉道:"没事讨别人疑心做甚么?"这贩枣子客人把那卖酒的汉子推开一边,只顾将这桶酒提与众军去吃。那军汉开了桶盖,无甚舀吃,陪个小心问客人借这椰瓢用一用。众客人道:"就送这几个枣子与你们过酒。"众军谢道:"甚么道理?"客人道:"休要相谢,都是一般客人,何争在这百十个枣子上?"众军谢了,先兜两瓢,叫老都管吃一瓢,杨提辖吃一瓢。杨志那里肯吃。老都管自先吃一瓢,两个虞候各吃一瓢,众军汉一发上,那桶酒登时吃尽了。杨志见众人吃了无事,自本不吃:一者天气甚热,二乃口渴难熬,拿起来只吃了一半,枣子分几个吃了。那卖酒的汉子说道:"这桶酒被那客人饶一瓢吃了,少了你些酒,我今饶了你众人半贯钱罢。"众军汉凑出钱来还他。那汉子收了钱,挑了空桶,依然唱着山歌自下冈子去了。那七个贩枣子的客人立在松树旁边,指着这一十五人说道:"倒也! 倒也!"只见这十五个人头重脚轻,一个个面面厮觑,都软倒了。那七个客人从松树林里推出这七辆江州车儿,把车子上枣子都丢在地上,将这十一担金珠宝贝,都装在车子内遮盖好了。叫声"聒噪❶!"一直望黄泥冈下推去了。杨志口里只是叫苦,软了身体,挣扎不起。十五人眼睁睁地看着那七个人都把这金宝装了去;只是起不来,挣不动,说不得。

　　我且问你;这七人端的是谁? 不是别人,原来正是晁盖、吴用、公孙

---

❶ 〔聒噪〕惊扰之意,江湖上打招呼的术语。

胜、刘唐、三阮❶这七个。却才那个挑酒的汉子便是白日鼠白胜❷。却怎地用药？原来挑上冈子时，两桶都是好酒，七个人先吃了一桶，刘唐揭起桶盖，又兜了半瓢吃，故意要他们看着，只是叫人死心塌地。次后吴用去松林里取出药来，抖在瓢里，只做走来饶他酒吃，把瓢去兜时，药已搅在酒里，假意兜半瓢吃，那白胜劈手夺来倾在桶里。——这个便是计策。那计较都是吴用主张。这个唤做"智取生辰纲"。

　　此篇系节录金（圣叹）批《水浒》第十五回，原回目为"杨志押送金银担，吴用智取生辰纲"。纲，本是大绳，凡大宗货物捆扎计件的也叫做"纲"，例如"茶纲""盐纲""花石纲"之类。因此，转运大宗货物，计其车辆船只，以若干数为一批，编立字号，以便稽查者，便叫做"纲运"。宋徽宗时，蔡京当国，专以聚敛为事，纲运遍天下。其党徒仰承意旨，贿赂公行。此篇叙吴用等七人劫取蔡党所贡大批寿礼物事。所谓"生辰纲"者，即纲运赴京庆贺生辰之礼物也。名曰"智取"，言非力夺耳。

　　《水浒传》本为讲史之一种，记北宋末年淮南盗宋江等啸聚郓州梁山泺（今山东寿张县东南的梁山泺，但久已湮为平陆了），为患旁近州邑故事。相传为元施耐庵所编，或云施耐庵作而明人罗贯中所续编者。施之事迹已不可考，而罗则实有其人，但今所存之《水浒传》，早经后人改窜，即使真出于施罗之手，其真面目亦已不可见。《水浒》版本，亦有一百十五回本，一百回本，一百二十回本，七十回本之不同。此篇即选自金圣叹批之七十回本。

---

　　❶　［晁盖吴用公孙胜刘唐三阮］晁盖是郓城县东溪村的保正，他曾把西溪村镇鬼的青石塔独自夺过来安放在东溪村，因此人皆称他为"托塔天王"。吴用也是郓城人，字学究，道号加亮先生，是个坐门馆的秀才，因他足智多谋，人皆称他为"智多星"。公孙胜是走江湖的术士，蓟州人，道号一清先生，江湖上称为"入云龙"。刘唐是东潞州人，因他鬓边有一块朱砂记，人都称他为"赤发鬼"，从小就飘泊江湖，结纳歹人。三阮是住在梁山泺附近碣石村里的阮氏三弟兄：一个叫立地太岁阮小二，一个叫短命二郎阮小五，一个叫活阎罗阮小七，日常以打鱼为生。先是刘唐闻梁中书将有大批寿礼送上东京，便送信给晁盖。商量在中途劫夺，继由吴用设谋，并邀三阮加入，最后公孙胜亦来相助。详可看《水浒传》第十二回至十四回。
　　❷　［白日鼠白胜］白胜是黄泥冈东安乐村里一个闲汉，绰号"白日鼠"，言其矫捷也。白胜曾投奔过晁盖，晁盖也曾资助他，所以吴用就利用他装做挑酒出卖的人。

一一九、灌园叟(节选《今古奇观》)

冯梦龙

　　大宋仁宗❶年间,江南平江府❷东门外长乐村中,——这村离城只有二里之远——村上有个老者,姓秋名先,原是村家出身。有数亩田地,一所草房。妈妈水氏已故,别无儿女。那秋先生来酷好栽花种果,把田业都弃撇了,专于其事。若偶觅得异花,就是拾着珍宝也没有这般欢喜。随你有紧要的事出外,路上逢着人家有树花儿,不管他家容不容,便赔着笑脸,捱进去求玩。若平常花木,或家里也在正开,还转身得快。倘然是一种名花,家中没有的,或虽有开已过了,便将正事放在半边,依依不舍,永日忘归。人都叫他"花痴"。或遇见卖花的有株好花,不论身边有钱没钱,一定要买。无钱时,便脱身上衣服去解当。也有卖花的知其僻性,故高其价,也只得忍贵买回。又有那破落户晓得他是爱花的,各处寻觅好花折来,把泥假捏个根儿哄他,少不得也买。有恁般奇事:将来种下,依然肯活。日积月累,遂成一个大园。

　　那园周围编竹为篱,篱上交缠蔷薇❸、荼蘼、木香❹、刺梅❺、木槿❻、

----

❶ 〔仁宗〕宋第四代皇帝,在位四十一年,起公元一〇二三,讫公元一〇六三。

❷ 〔平江府〕宋置平江军,后升为府,即今江苏吴县治。

❸ 〔蔷薇〕落叶灌木。枝茂多刺,高四五尺。叶为羽状复叶,小叶作椭园形。花五瓣而大,有红、白、黄等色,颇美艳。

❹ 〔木香〕蔓生植物。茎长,常攀附他木。叶为羽状复叶,小叶之数凡五,有细锯齿。春暮开花,小而色白,香甜可爱。花大而黄者香微逊。

❺ 〔刺梅〕未详。

❻ 〔木槿〕落叶小灌木。高七八尺,叶为卵形,三裂互生。夏秋之交开花,五瓣短柄,如蜀葵,色红、紫、白皆备,朝开暮落,人家多种之以为藩篱。

棣棠❶、金雀❷,篱边遍下蜀葵❸、凤仙❹、秋葵❺、莺粟❻等种。更有那金
萱❼、百合❽、翦春萝❾、翦秋萝❿、满地娇⓫、十样锦⓬、美人蕉⓭、山踯

---

❶　[棣棠]即"常棣"。木名。叶狭长。实如樱桃而圆,有微毛,颇酸,初夏熟,北人呼为棠梨子。

❷　[金雀]一名"黄馨",素馨之异种也。花四瓣尖瘦,旁两瓣外张如飞雀,故名。

❸　[蜀葵]多年生草,庭院栽植之。茎高六七尺。叶略带心脏形,五裂至七裂。夏日开花颇大,有红、紫、白等色,亦有重瓣者。

❹　[凤仙]一年生草。茎粗,高尺余。叶如箭镞,有锯齿。夏日开花于叶腋,有红、白等色。实椭圆稍尖,熟则自裂,女子多取其花以染指甲,亦称"指甲花"。

❺　[秋葵]一年生草,亦名"黄蜀葵"。叶掌状深裂。夏末开浅黄色花,紫心五瓣,朝开暮落。结实长二寸许,本大末尖,六棱,有刚毛,老则黑色,其稜自绽,子黑色。

❻　[莺粟]原名"罂粟"。青茎,高三尺。叶如筒蒿。花有大红、桃红、红紫、纯紫、纯白,一种而具数色。又有千叶、单叶,一花而具两类。实为干果,未熟时榨取其液,即鸦片。

❼　[金萱]即萱草。叶似菖蒲而柔狭。花稍类百合,有红黄等色,及单瓣重瓣之别。花茎及单瓣之花,曝干为蔬。俗称"金针菜"。

❽　[百合]多年生草,多栽于园圃中,高二三尺。叶短而阔,似竹叶,互生。夏日开花,色白而无斑点。其红,黄色有斑点者,谓之"卷丹",俗通谓之"百合"。其地下之鳞茎,皆可食,惟以白花者为良。

❾　[翦春萝]多年生草。一名"翦红萝"。叶茎皆有毛,茎高二尺许,叶卵园,端极尖。入夏开花,六瓣,多红色,较石竹梢大,周围缺刻如翦,故名。

❿　[翦秋萝]多年生草。一名"汉宫秋"。茎叶多细毛,茎高二三尺,叶卵圆,端尖。夏秋开花,色深红,瓣分裂。

⓫　[满地娇]未详。按:薛凤翔《亳州牡丹表》有"满地娇"一种,列入逸品,则满地娇殆即牡丹之一种也。

⓬　[十样锦]老少年之全红者名"雁来红",红绿相间者名"十样锦"。按老少年一年生草,庭院多栽种之。高二尺余,茎叶类鸡冠,有红黄等色之斑,并有全红全紫者,至秋尤美丽。叶腋生多数小花,色微黄。

⓭　[美人蕉]多年生草,叶略如芭蕉,夏日由叶心发花,数十苞相鳞次,苞之尖端,多为黄色,花深红,经月不谢,故又名"红蕉"。

躅❶、高良姜❷、白蛱蝶❸、夜落金钱❹、缠枝牡丹❺等类，不可枚举。遇开放之时，烂如锦屏。绕篱数步，尽植名花异草。一花未谢，一花又开。向阳设两扇柴门，门内一条竹径，两边都结柏屏遮护。转过柏屏，便是三间草堂。房虽草覆，却高爽宽敞。窗槅明亮。堂中挂一幅无名小画，设一张白木卧榻，桌凳之类，色也洁净，打扫得地下无纤毫尘垢。堂后精舍数间，卧室在内。

那花草无所不有，十分繁茂，真个四时不谢，八节长春。但见：——

梅标清骨，兰挺幽芳。茶呈雅韵，李谢浓装。杏娇疏雨，菊傲严霜。水仙冰肌玉骨❻，牡丹国色天香❼。玉树亭亭阶砌❽，金莲冉冉❾池塘。芍药芳姿少比，石榴❿丽质无双。丹桂飘香月窟⓫，芙蓉

---

❶ ［山躅躅］木名。一名"映山红"，俗称"红躅躅"，杜鹃之一种，干较低，为小灌木。叶倒长卵形，枝叶皆有毛。夏初开红花，较杜鹃略早，瓣亦五裂。

❷ ［高良姜］多年生草。产于岭南及黔蜀诸省。状类菱荷，高三四尺，叶如长椭圆形。春开白花，有红斑及黄晕，为圆锥花序。此姜旧出高凉郡，故名。惟凉为良。

❸ ［白蛱蝶］即"蝴蝶花"。多年生之常绿草，自生于阴地。茎高二尺许。叶为剑状，叶脉平行，似鸢尾而狭薄。春日开花，花轴分枝，花瓣色白而有紫晕，中心色黄，颇美丽。

❹ ［夜落金钱］即"金香花"，草本。秋开花，色黄，似钱而欠棱廓。午开子落，故又名"子午花"，亦称"夜落金香"。

❺ ［缠枝牡丹］未详。当亦牡丹之一种。

❻ ［冰肌玉骨］形容水仙的清洁淡素。

❼ ［国色天香］形容牡丹的色香无双也。《异人录》："唐玄宗赏牡丹，问侍臣陈正已曰：'牡丹诗谁为称首？'对曰：'李正已诗云，国色朝酣酒，天香夜袭衣。'"

❽ ［玉树亭亭阶砌］《隋唐嘉话》、《长安纪闻》、《国史纂异》等书，皆言汉宫以槐为玉树，是玉树即槐也。晋谢安问他的子侄们："子弟何与人事，正欲使其佳。"谢玄回答说："譬如芝兰玉树，欲其生于庭阶耳。"见《晋书·谢玄传》。这里正运用这典故。亭亭，状树之挺秀也。

❾ ［冉冉］形容莲花在池塘中委宛生动也。

❿ ［石榴］落叶灌木。多植之庭院中，高八九尺。叶为长椭圆形，平滑。夏初开花。萼赤，花瓣深红。实为球状，赤色有黑斑，熟则自裂，可食。

⓫ ［丹桂飘香月窟］丹桂，桂之一种。叶如柏，皮赤。相传月中有桂，高五百丈，见《酉阳杂俎》。

冶艳寒江❶。梨花溶溶夜月❷，桃花灼灼朝阳❸。山茶花宝珠称贵❹，腊梅花罄口方香❺。海棠花西府为正❻，瑞香花金边最良❼。玫瑰❽、杜鹃烂如云锦，绣球❾、郁李❿点缀风光。说不尽千般花草，数不尽万种芬芳。

篱门外正对着一个大湖，名为朝天湖，俗名荷花荡。这湖东连吴淞江⓫，西通震泽⓬，南接庞山湖⓭。湖中景致，四时晴雨皆宜。秋先于岸旁堆土作堤，广植桃柳。每至春时，红绿间发，似西湖胜景。沿湖通插芙蓉，湖中种五色莲花，盛开之日，满湖锦云烂漫，香气袭人。小舟荡桨采

---

❶　[芙蓉冶艳寒江]落叶灌木，干高四五尺。叶掌状浅裂，柄长互生。秋半开花，大而美艳，有红、白、黄等色。按芙蓉秋半开花，故别名"拒霜"，或称之为"秋艳"；冶艳寒江。与"飘香月窟"相对成文，无非说它在秋凉后开着美艳的花朵而已。

❷　[梨花溶溶夜月]梨，果木名。叶作卵形，端尖。夏初开花，五瓣色白。实为浆果，大而圆，至秋成熟。按：梨花色白，在月夜另有一种情趣，古诗有"梨花院落溶溶月，柳絮池塘澹澹风"之句。溶溶，即形容月色与花色的调和也。

❸　[桃花灼灼朝阳]桃花色红，与朝阳相映，更觉美艳，故《诗》曰，"桃之夭夭，灼灼其花。"《文心雕龙》云："灼灼状桃花之貌。"

❹　[山茶花宝珠称贵]山茶，木名。叶如木樨，稍厚而硬，经冬不凋，以其类茶，又可作饮料，故得茶名。花自十月开至二月，种类甚多，有单瓣、重瓣及红、白、斑数色，皆美艳。按：《格物总论》说山茶有宝珠茶、云茶、石榴茶……等，其中以宝珠最佳。

❺　[腊梅花罄口芳香]腊梅本作"蜡梅"，腊时开花，故又名"腊梅"。其花五出，虽盛开，常半含罄口；而香气袭人。

❻　[海棠花西府为正]海棠，落叶亚乔木，高丈余。叶作长卵形，端尖，有锯齿。春日开花，五瓣淡红；萼红色略黑。有数种：早春即开，花小，色深红，紧着枝上者，叫做"贴梗海棠"；花梗细长者，叫做"重丝海棠"；皆重瓣不结实。惟西府海棠单瓣结实，秋间实熟，大如山楂，名"海红"，味酸可食。

❼　[瑞香花金边最良]瑞香，常绿小灌木，茎高四五尺；枝叶繁茂。叶为长椭圆形，厚实有光。春日开花，内白外红紫，香气清远。有一种茎稍高，开黄色管花状，至秋落叶者，叫做"黄瑞香"。《群芳谱》谓叶边有黄色者，名"金莲瑞香"，此云"金边"，当即指金莲瑞香。

❽　[玫瑰]落叶灌木，植于庭院，高二三尺，有刺。叶为羽状复叶，作椭圆形。绝类蔷薇，惟茎较短。花紫，萼绿。亦有白花，花托为台状，外生密刺，香气清烈。

❾　[绣球]落叶灌木。叶为卵圆形，微皱，色深绿。春日开花，五瓣，为头状花序，团栾成球，色多白，间有淡红色。

❿　[郁李]即唐棣，见前"棣棠"注。

⓫　[吴淞江]太湖下流三江之最大者，俗名苏州河。自湖东北流，经吴江、吴县、昆山、青浦、嘉定、上海，合黄浦江入海。

⓬　[震泽]湖名。今太湖也。

⓭　[庞山湖]在吴江、吴县之间。

菱,歌声泠泠❶。遇斜风微起,偎船竞渡,纵横如飞。柳下渔人舣船❷晒网,也有戏儿的,结网的,醉卧船头的,泅水赌胜的,欢笑之音不绝。那赏莲游人,画船箫管鳞集,至黄昏回掉,灯火万点,间以星影萤光,错落难辨。深秋时,霜风初起,枫叶渐染黄碧。野岸衰柳、芙蓉,杂间白蘋❸红蓼❹,掩映水际。芦苇中鸿雁群集,嘹呖干云❺,哀声动人。隆冬天气,彤云❻密布,六花❼飞舞,上下一色。那四时景致,言之不尽,有诗为证:

> 朝天湖畔水连天,不唱渔歌即采莲。
>
> 小小茅屋花万种,主人日日对花眠。

　　本篇原名"灌园叟晚逢仙女",选自《今古奇观》(原载《醒世恒言》第八卷)。灌园叟谓专事灌溉园中花木之老叟也。此老叟爱花成癖,护惜备至。有一宦家子弟张某,素行无赖,闻他园中有名花,前去观赏,竟把那正在盛放的牡丹摧折践踏了一回。老叟悲痛万分,忽有一仙女下降,自称有落花还枝的法术,不一刻,那零落满地的花朵,竟都还归枝上,而且倍觉鲜妍。此事轰动了远近,张某便到县里告他妖术惑众,县令就把他逮捕了。老叟既被逮捕,张某便想占据他的花园,便带了许多人到园里去饮酒赏花。正在饮酒之间,一阵狂风,竟把张某摄入粪窖中,溺死了。事后众邻居都到官府里替老叟剖白,并把张某设计陷害及其惨死的情状报告官府,于是老叟之冤大白。其后老叟依仙女的分付,日饵百花,谢绝烟火之物。不上几年竟白日飞升,成了仙了。原文甚长,这里只选中间一节。宋人说话,本有"讲史"及"小说"等分别(详下《文学史话》)。其后讲史一类的著作最多,小说则殊少流传。到了明末,小说一类的著作复兴,或存旧闻,或出新制,顿又广行世间。这类书之繁富者,最先有"三言",即《喻世明

---

❶ 〔泠泠〕歌声清越也。

❷ 〔舣船〕把船停在岸边。

❸ 〔蘋〕隐花植物,生于浅水。茎细长,入于地中。叶柄甚长。近根处有极坚之囊状物,大如豆,中生胞子。

❹ 〔蓼〕一年生草。多生于水边,叶味辛香,古人食馔以之调味,后世但以为观赏品。种类甚多,有水蓼、马蓼、辣蓼等。

❺ 〔嘹呖干云〕嘹呖,形容鸣声的嘹亮。言鸿雁群集芦苇中,鸣声上干云霄也。

❻ 〔彤云〕本作"同云",雪云也。《诗·小雅·信南山》:"上天同云,雨雪雰雰。"据《西京杂记》谓雪云曰同云。同与彤同音,故互通。

❼ 〔六花〕雪花也。雪花六出,故称"六花"。

言》、《警世通言》、《醒世恒言》是。又有《拍案惊奇》，其体裁与《醒世恒言》同。三言在清初尚通行，后渐晦，然其一小部分，则又有选本流传至今，那选本便是《今古奇观》。凡四十卷四十回。序谓三言与《拍案惊奇》合之共二百事，观览难周，故《抱瓮老人》选刻为此本。校以现存原书，则取《醒世恒言》者十一篇，取《拍案惊奇》者七篇，余二十八篇，自当为《明言》及《通言》之文。近人考得三言及《拍案惊奇》皆冯梦龙作。梦龙字犹龙，明长洲人（《曲品》作吴县人，《顽潭诗话》作常熟人），崇祯中由贡生选授寿宁知县。所著除三言等外，有《双雄记传奇》及《七乐斋诗稿》。又尝补《平妖传》。

一二〇、范进中举人（节选《儒林外史》）

吴敬梓

　　范进进学❶回家，母亲妻子，俱各欢喜。正待烧锅做饭，只见他丈人胡屠户，手里拿着一副大肠和一瓶酒，走了进来。范进向他作揖，坐下。胡屠户道："我自倒运，把个女儿嫁与你这现世宝❷，穷鬼，历年以来，不知累了我多少。如今不知因我积了什么德，带挈你中了个相公❸，我所以带个酒来贺你。"范进唯唯连声，叫浑家把肠子煮了，烫起酒来，在茅草棚下坐着。母亲自和媳妇在厨下造饭。胡屠户又吩咐女婿道："你如今既中了相公，凡事要立起个体统来。比如我这行事里❹都是些正经有脸面的人，又是你的长亲，你怎敢在我跟前装大！若是家门口，这些做田的，扒粪的，不过是平头百姓，你若同他拱手作揖，平起平坐，这就是坏了学校规矩，连我脸上都无光了。你是个烂忠厚没用的人，所以这些话我不得不教导你，免得惹人笑话。"范进道："岳父见教的是。"胡屠户又道："亲家母也来这里坐着吃饭。老人家每日小菜饭，想也难过。我女孩儿也吃些。自从进了你家门，这十几年，不知猪油可曾吃过两三回哩。可

---

❶ ［进学］科举时凡小试录取入府县学肄业者，谓之"入学"，亦称"进学"。

❷ ［现世宝］犹言"宝贝"，詈人之辞。

❸ ［相公］当时进了学便称"相公"。

❹ ［我这行事里］我这一行职业里的事情。

怜！可怜！"说罢，婆媳两个，都来坐着吃了饭。吃到日西时分，胡屠户吃的醺醺的。这里母子两个，千恩万谢。屠户横披了衣服，腆着肚子❶去了。

　　次日，范进少不得拜拜乡邻。魏好古❷又约了一个同案的朋友，彼此来往。因是乡试年❸，做了几个文会❹。不觉到了六月尽头，这些同案的人约范进去乡试。范进因没有盘费，走去同丈人商议，被胡屠户一口啐在脸上，骂了一个狗血喷头道："不要失了你的时了！你自己只觉得中了一个相公，就'癞虾蟆想吃起天鹅屁❺'。我听见人说，就是中相公时，也不是你的文章，还是宗师❻看见你老，不过意，舍与你的。如今痴心就想中起老爷来。这些中老爷的都是天上的文曲星。你不看见城里张府上那些老爷❼，都有万贯家私，一个个方面大耳。像你这尖嘴猴腮，也该撒抛尿自己照照。不三不四，就想天鹅屁吃。趁早收了这心，明年在我们行事里替你寻一个馆，每年寻几两银子养活你那老不死的老娘和你老婆是正经。你问我借盘缠❽，我一天杀一个猪还赚不得钱把银子，都把你去丢在水里，叫我一家老小嗑西北风。"一顿夹七夹八，骂的范进摸门不着，辞了丈人回来。自心里想："宗师说我火候已到❾，自古无场外的举人，如不进去考他一考，如何甘心。"因向几个同案商议，瞒了丈人，到城里乡试。出了场，即便回家，家里已是饿了两三天，被胡屠户知道，又骂了一顿。

　　到了出榜那日，家里没有早饭米，母亲吩咐范进道："我有一只生蛋

---

❶　〔腆着肚子〕犹言"凸着肚子"，腆凸音相近。

❷　〔魏好古〕和范进同时进学的。

❸　〔乡试年〕科举之制：三年，各省集士子于省城，简放考官，试以《四书》文、试帖诗，《五经》问，谓之"乡试"。中式者称"举人"。那年照例要举行乡试，故称"乡试年"。

❹　〔文会〕大家集会做文章，取"以文会友"的意思，故称"文会"。

❺　〔癞虾蟆想吃天鹅屁〕谓觊觎非分也。亦作"癞虾蟆想吃天鹅肉"。

❻　〔宗师〕对于学政之尊称。

❼　〔老爷〕当时中了举人称做"老爷"。

❽　〔盘缠〕犹言"盘费"，即旅费也。

❾　〔火候已到〕火候，道家语，谓炼丹药及修养之事，引伸之，凡人之学力，亦谓之"火候"。火候已到，谓其能力已到家也。

的母鸡,你快拿集上❶去卖了,买几升米来煮餐粥吃。我已是饿的两眼都看不见了。"范进慌忙抱了鸡,走出门去。才去不到两个时辰,只听得一片声的锣响,三匹马闯将来。那三个人下了马,把马拴在茅草棚上,一片声叫道:"快请范老爷出来,恭喜高中了。"母亲不知是甚事,吓得躲在屋里;听见中了,方敢伸出头来说道:"诸位请坐,小儿方才出去了。"那些报录人道:"原来是老太太。"大家簇拥着要喜钱。正在吵闹,又是几匹马,二报三报到了,挤了一屋的人,茅草棚地下都坐满了。邻居都来了,挤着看。老太太没奈何,只得央及一个邻居去寻他儿子。

那邻居飞奔到集上,一地里寻不见;直寻到集东头,见范进抱着鸡,手里插个草标,一步一踱的,东张西望,在那里寻人买。邻居道:"范相公,快些回去。恭喜你中了举人。报喜人挤了一屋里。"范进道是哄他,只装不听见,低着头,往前走。邻居见他不理,走上来,就要夺他手里的鸡。范进道:"你夺我的鸡怎的? 你又不买。"邻居道:"你中了举人,叫你家去打发报子哩。"范进道:"高邻,你晓得我今日没有米,要卖这只鸡去救命,为什么拿这话来混我? 我又不同你玩,你自去罗,莫误了我卖鸡。"邻居见他不信,劈手把鸡夺了,掼在地下,一把拉了回来。报录人见了道:"好了,新贵人回来了。"正要拥着他说话。范进三两步进屋里来,见中间报帖已经升挂起来,上写道:

> "捷报贵府老爷范讳❷进高中广东乡试第七名亚元❸京报❹连
> 登黄甲❺"

范进不看便罢,看了一遍,又念一遍,自己把两手拍了一下,笑了一声道:"噫! 好了! 我中了!"说着,往后一交跌倒,牙关咬紧,不理人事。老太太慌了,忙将几口开水灌了过来。他爬将起来,又拍着手大笑道:"噫!

---

❶ [集上]市上。

❷ [讳]古人生曰名,死称讳,但这里作"名"字解。

❸ [第七名亚元]时称乡试第一名为"解元",第二名为"亚元",第三名之下无"元"之称,这里说"第七名亚元",是不对的。

❹ [京报]京里来的捷报。

❺ [连登黄甲]报单上写的两个报子的姓名。但这并不是那两个报子的真姓名,有意填上"连登黄甲",是替新贵人讨个吉利,祝他会试连捷,登黄榜的魁甲也。

好了！我中了！"笑着，不由分说，就往门外飞跑，把报录人和邻居都吓了一跳。走出大门不多路，一脚踹在塘里，挣起来，头发都散了，两手黄泥，淋淋漓漓一身的水。众人拉他不住，拍着笑着，一直走到集上去。

众人大眼望小眼，一齐道："原来新贵人欢喜疯了。"老太太哭道："怎生这样苦命的事！中了一个甚么举人，就得了这个拙病！这一疯了，几时才得好！"娘子胡氏道："早上好好出去，怎的就得了这样的病？却是如何是好！"众邻居劝道："老太太不要心慌。我们而今且派两个人跟定了范老爷。这里众人家里拿些鸡蛋，酒来，且管待了报子上的老爷们，再为商酌。"当下众邻居，有拿鸡蛋来的，有拿白酒来的，也有背了斗米来的，也有提了两只鸡来的。娘子哭哭啼啼，在厨下收拾齐了，拿在草棚下。邻居又搬些桌凳，请报录的坐着吃酒，商议"他这疯了，如何是好？"报录的内中有一个人道："在下倒有一个主意，不知可以行得行不得？"从人问如何主意。那人道："范老爷平日可有最怕的人？只因他欢喜很了，痰涌上来，迷了心窍。如今只消他怕的这个人来打他一个嘴巴，说：'这报录的话都是哄你，你并不曾中。'他吃这一吓，把痰吐了出来，就明白了。"众人都拍手道："这个主意好得紧，妙得紧！范老爷怕的，莫过于肉案子上胡老爹。好了！快寻胡老爹来。他想是还不知道，在集上卖肉哩。"又一个人道："在集上卖肉，他倒好知道了；他从五更鼓就往东集头上迎猪，还不曾回来。快些迎着去寻他。"

一个人飞奔前去，走到半路，遇着胡屠户来，后面跟着一个烧汤的二汉，提着七八斤肉，四五千钱，正来贺喜。进门见了老太太，老太太哭着告诉一番。胡屠户诧异道："难道这等没福！"外边人一片声请胡老爹说话。胡屠户把肉和钱交与女儿，走了出来。从人如此这般同他商议。胡屠户作难道："虽然是我女婿，如今却做了老爷，就是天上的星宿。天上的星宿是打不得的。我听得斋公们说：'打了天上的星宿，阎王就要拿去打一百铁棍，发在十八层地狱，永不得翻身。'我却不敢做这样的事。"邻居内一个尖酸人说道："罢么！胡老爹！你每日杀猪的营生，白刀子进去，红刀子出来。阎王也不知叫判官在簿子上记了你几千条铁棍。就是添上这一百棍，也打甚么要紧？只恐把铁棍子打完了，也算不到这笔帐上来。或者你救好了女婿的病，阎王叙功，从地狱里把你提上第十七层来也不可知。"报录的人道："不要只管讲笑话。胡老爹，这个事须是这般。你没奈何，权变一权变。"屠户被众人局不过，只得连斟两碗酒喝了，壮一壮胆，把方在这些小心收起，将平日凶恶样子拿出来，卷一卷那油晃晃的衣袖，走上集去。众邻居五六个都跟着走。老太太赶出来叫道："亲家，你只可吓他一吓，不要把他打伤了！"众邻居道："这个自然，何消吩咐。"说着，一直去了。

来到集上，见范进正在一个庙门口站着，散着头发，满脸污泥，鞋都跑掉了一只，兀自拍着掌，口里叫道："中了！中了！"胡屠户凶神一般走到跟前，说道："该死的畜生！你中了甚么？"一个嘴巴打将去。众人和邻居见这模样，忍不住的笑。不想胡屠户虽然大着胆子打了一下，心里到底还是怕的，那手早颤起来，不敢打第二下。范进这一个嘴巴，却也打晕了，昏倒于地。众邻居齐上前替他抹胸口，捶背心，舞了半日，渐渐喘息过来，眼睛明亮，不疯了。众人扶起，借庙门口一个外科郎中跳驼子板凳上坐着。胡屠户站在一边，不觉那只手隐隐的疼将起来，自己看时，把个巴掌仰着，再也弯不过来。自己心里恼道："果然天上文曲星❶是打不得的，而今菩萨计较起来了。"想一想，更疼的狠了，连忙问郎中讨了个膏药贴着。

范进看了众人，说道："我怎么坐在这里？"又道："我这半日昏昏沉沉，如在梦里一般。"众邻居道："老爷，恭喜高中了。适才欢喜的有些引动了痰，方才吐出几口痰来，好了。快请回去打发报录人。"范进说道："是了。我也记得中的第七名。"范进一面自绾了头发，一面问郎中借了一盆水洗洗脸。一个邻居早把那一只鞋寻了来，替他穿上。见丈人在跟前，恐怕又要来骂。胡屠户上前道："贤婿老爷，方才不是我敢大胆，是你老太太的主意，央我来劝你的。"邻居内一个人道："胡老爹方才这个嘴巴打得亲切，少顷范老爷洗脸，还要洗下半盆猪油来。"又一个道："老爹，你这手明日杀不得猪了。"胡屠户道："我那里还杀猪！有我这贤婿老爷，还

---

❶　［文曲星］星宿之主文运者。

怕后半世靠不着么？我每常说，我的这个贤婿，才学又高，品貌又好，就是城里头那张府、周府这些老爷，也没有我女婿这样一个体面的相貌。你们不知道，得罪你们说，我小老这一双眼睛却是认得人的。想着先年，我小女在家里长到三十多岁，多少的富户要和我结亲，我自己觉得女儿有些福气的，毕竟要嫁与个老爷，今日果然不错。"说罢哈哈大笑。众人都笑起来。看着范进洗了脸。郎中又拿茶来吃了，一同回家：范举人先走，胡屠户和邻居跟在后面。屠户见女婿衣裳后襟滚皱了许多，一路低着头替他扯了几十回。到了家门，屠户高声叫道："老爷回府了！"老太太迎着出来，见儿子不疯，喜从天降。众人问报录的❶，已是家里把屠户送来的几千钱打发他们去了。范进见了母亲，复拜谢丈人：胡屠户再三不安道："些须几个钱，还不够你赏人哩。"

本篇节选《儒林外史》第三回，原回目为"周学道校士拔真才，胡屠户行凶闹捷报"。记广东有一老童生姓范名进，自二十岁应考，到五十四岁尚未进学。时广东学道周进，也是一个穷书生而发迹未久的，点名时，见范进年老可怜，看了他的卷子，觉得文章很不差，便取了他第一名。但范进家里很穷，他的丈人又是一个屠户，他虽进了学，丈人还是看他不起。他要向丈人借盘缠到省里去应乡试，结果是捱他丈人一顿臭骂。后来范进瞒了他丈人到城里去应乡试，居然中式，捷报传来，他惊喜过分，忽然发起疯来，便闹出种种笑话。《儒林外史》本是一部是最有名的讽刺小说，此段描写人情势利及科举制度下的种种丑态，可谓无微不至。

吴敬梓(1703—1754)字敏轩，一字文木，清安徽全椒人。他生在一个很阔的世家，家产很富；但他瞧不起金钱，不久就成了一个贫士。后来他贫的不堪，甚至于几日不能得一饱。那时清廷开博学鸿儒科，安徽巡抚赵国麟荐他应试，他不肯去。后来客死扬州。所著有《文木山房诗文集》，及《儒林外史》。今《儒林外史》极为人所传诵，是清代讽刺小说中的第一部杰作。

---

❶ ［众人问报录的］众人问报录的那里去了，底下省去"那里去了"四字。句法比较简洁。

文学史话

八、小说的起原与发展

小说的萌芽与长成

小说实渊源于古代的神话传说。但我国至今还没有人把神话传说辑为专书，仅散见于古籍中。如《山海经》、《逸周书》、《穆天子传》等，所包含神话传说最多。后汉班固依《七略》❶作《汉书·艺文志》，著录小说十五家，而加以说明云，"小说家者流，盖出于稗官，❷街谈巷语，道听途说者之所造也。"此十五家小说今已全佚，其内容不可知，据班固所说，亦不过当时搜集的一些民间传说而已。魏、晋以来，方士势力大盛，文人著书，亦好谈鬼说怪。如题为汉人所作而实出于六朝文人伪托的《神异经》、《十洲记》、《汉武故事》、《汉武内传》、《汉武洞冥记》等，其所叙述都不出乎神仙鬼怪。而张华《博物志》、干宝《搜神记》，尤为谈鬼说怪及记异境、奇物、琐闻、杂事的巨著。到了唐朝，文士们承六朝志怪之余风，竞出新制，大变旧体，所谓"传奇文"者，极盛一时。鲁迅《中国小说史略》说：

> 小说亦如诗，至唐代而一变。虽尚不离于搜奇记逸，然叙述宛转，文辞华艳，与六朝之粗陈梗概者较，演进之迹甚明。而尤显者乃在是时则始有意为小说。……此类文字，当时或为丛集，或为单篇，大率篇幅曼长，记叙委曲，时亦近于诽谐，故论者每訾其卑下，贬之

---

❶　汉成帝时，命刘向检校秘书，向辄论其指要，辨其讹谬，叙而奏之。向死后，哀帝复使他的儿子歆继续父业，歆遂总括群书撮其指要，著为《七略》：一曰"集略"，二曰"六艺略"，三曰"诸子略"，四曰"诗赋略"，五曰"兵书略"，六曰"术数略"，七曰"方技略"。班固著《汉书·艺文志》是根据刘歆《七略》的。

❷　稗，小也。稗官即小官。

曰"传奇"，以别于韩、柳辈之高文。顾世间则甚风行，文人往往有作，投谒时或用之为行卷，今颇存于《太平广记》中者，实唐代特绝之作也。

这类传奇文，唐以后虽多拟作，而流派不昌。到了宋朝，小说发达的方向又变换了。

原来宋代盛行"说话"。说话者，谓口说古今惊听之事。唐时已有之，❶至宋而大盛。执此业者称为"说话人"。灌圃耐得翁《都城记胜》谓说话有四种：一、小说，一、说经，一、说参请，一、讲史书；(以下简称讲史)吴自牧《梦粱录》所载略同。此四种除说经、(即讲说佛经)说参请(即讲参禅悟道的事情)是讲唱佛教故事，和前代禅师们讲唱变文的情形相似外，要以小说和讲史最受人欢迎。小说和讲史的不同处，在一则说一故事而立知结局，一则历叙史实而杂以虚辞。当时那些说话人各有专科，往往自运匠心，随时生发，以博得听众的倾倒；但他们仍有底本以作凭依，这便是所谓"话本"。今所存《通俗小说》残本及《五代史平话》即当时小说与讲史两种不同的话本。南宋亡后，说话消歇，而话本颇多流传，文人遂仿其体以著书。如今所存《大宋宣和遗事》，体裁似讲史，而非全出于说话人，盖由话本而渐蜕为著作了。其后《水浒传》、《三国演义》等讲史及《拍案惊奇》、《醉醒石》等小说出，虽模拟话本，犹存旧体。但读者对于讲史和小说已不复严加区别，通通称之为"白话小说"。

考用白话作小说并不始于宋代。清光绪中，敦煌石室发现唐五代钞本小说数种，如《目连入地狱》故事，现藏于北平图书馆；《唐太宗入冥记》、《秋胡小说》现藏于伦敦博物馆。但当时的小说，意主惩劝，带极浓厚的宗教色彩，和宋代话本之叙述古今惊听之事者有别。而且那些小说虽名为白话，而使用口语的技能幼稚得很。今举《唐太宗入冥记》一节为例：

　　"判官名甚？""判官懆恶，不敢道名字。"帝曰，"卿近前来。"轻道

---

❶ 鲁迅《中国小说史略》："说话者，谓口说古今惊听之事，盖唐时亦已有之，段成式《酉阳杂俎》有云，'予太和末，因弟生日观杂戏，有市人小说，呼扁鹊作褊鹊字，上声……'。李商隐《骄儿诗》亦云，'或谑张飞胡，或笑邓艾吃'，似当时已有说三国故事者，然未详。"

"姓崔，名子玉。""朕当识。"言讫，使人引皇帝至院门。使人奏曰，
"伏惟陛下且立在此，容臣入报判官速来。"言讫，使者到厅拜了，"启
判官，奉大王处□，太宗生魂到，领判官推勘，见在门外，未敢引□。"
判官闻言，惊忙起立。

像这类白话文，和宋人话本比较，幼稚与成熟，相去天渊。所以我们就文
艺的进化而论，则小说的成长时期当推宋朝。

明清小说发达之原因

小说至明清而极盛。最著名的《水浒传》、《三国演义》，皆元明间人
所作而经后人增饰者。此外如《西游记》、《金瓶梅》、《红楼梦》、《儒林外
史》等有名小说，都是明清两代人的作品。我们说明清两朝为小说的黄
金时代，殆无不可。

但小说何以发达于明清两代呢？近人张世禄著《中国文艺变迁论》
尝列举四种原因：一、受君主专制的反响。他以为明代及清初屡兴文字
之狱，当时的文人既不敢明目张胆评骘时政，便不得借已往的史实，溯其
治乱兴废的原由，以期言者无罪，闻者作戒，而稍戢暴君专政的气焰。
二，对于摹拟文字的反响。他以为明代前后七子提倡文学复古❶以来，
文人以摹拟剽窃为能事，沿袭前人，毫无创造，于是才智杰出的人，不得
不另辟新境。三、对于八股文❷的反响。他以为明清以八股文取士，借
此以牢笼天下士子。然恬淡之士，自不为其所引诱，而狂放之士，也不肯
受其羁束；而科举失意者，无所发泄其愤懑。于是不得不借小说以抒其
心胸，泄其才气。四、对于社会动乱的反响。他以为明清末季，政治社会
的动乱，殆不堪问闻。如权奸当国，宦官专权，胥吏害民，官场腐败，盗贼
充斥，道德堕落，无一不足以促吾人之反省。于是有志之士，便借小说发
为愤世嫉俗之语，诙谐诡奇之文，以泄其愤怒的情感；或讽刺当世政俗，

---

❶　明代的文学家李梦阳、何景明、徐祯卿、边贡、康海、王九思、王廷相，号"前七子"。李攀龙、
谢榛、梁有誉、宗臣、王世贞、徐中行、吴国伦，号"后七子"。他们先后提倡文学复古，主张文必秦汉，
诗必盛唐。

❷　详下讲。

以鼓吹革命。我们如果把明清两代小说的流派一加分析,便可知道他所列举的四种原因是很确当的。

明清小说的流派

鲁迅著《中国小说史略》,自第十三篇"宋元之拟话本"以下,把元明以来的小说,分目如后:

(一)元明传来之讲史——《水浒传》等属之。

(二)明之讲史——《三国志演义》、《隋唐志传》、《北宋三遂平妖传》属之。

(三)明之神魔小说——《四游记》❶、《三宝太监西洋记》等属之。

(四)明之人情小说——《金瓶梅》等属之。

(五)明之拟宋市人小说及后来选本——《三言》及《今古奇观》等属之。

(六)清之拟晋唐小说——《聊斋志异》等属之

(七)清之讽刺小说——《儒林外史》等属之。

(八)清之人情小说——《红楼梦》等属之。

(九)清之以小说见才学者——《野叟曝言》、《镜花缘》属之。

(十)清之狭邪小说——《品花宝鉴》、《花月痕》等属之。

(十一)清之侠义小说及公案——《儿女英雄传》、《三侠五义》等属之。

(十二)清末之谴责小说——《官场现形记》、《二十年目睹之怪现状》等属之。

我们根据他的分类和诠次,可把明清小说的进展分为三个时期:第一期在元明之间,由平凡的讲史进步而至《三国志演义》等伟大的长篇小说。这一期可称为历史小说时期。即同时之《水浒传》,亦带有历史小说意

---

❶ 《四游记》即汇集《东游记》、《南游记》、《北游记》、《西游记》四种而刻印者。鲁迅《中国小说史略》云:"今有《四游记》行于世,其书四种,著者三人,不知何人编定,惟观刻本之状,当在明代耳。"按《四游记》中以《西游记》最有名,有种种不同刻本盛行于时。

味。第二期在明中叶间，为神魔小说时期。那时候因叙述历史虽可以杂以虚辞，究易蹈于平实寡味，于是作者离开史实，凭其想象，而写出一些荒诞不经的神魔小说。同时明代中叶，方士李孜，释继晓等皆以方伎杂流拜官，荣耀煊赫，为世人所欣羡，而妖妄之说自盛，其影响遂及于文学。而明代嘉靖以后，倭寇为患，国势不振，一般人便妄想具有神仙法术者出来斩除妖孽，征服外寇。因此《西游记》及《三宝太监西洋记》等神魔小说遂先后盛行。第三期起于明末，为社会小说时期。神魔小说虽盛行一时，但究竟多想象之谈，不切社会实际，于是有描写人情世故的小说出现。最早者当推《金瓶梅》，此书描写下流社会最为切实。其后，《红楼梦》描写贵族家庭的荣华衰败及贵族子女的悲欢离合；《儒林外史》则描写当时士大夫的虚伪浅陋和科举制度的腐败；并称一代绝作。其他如《镜花缘》、《品花宝鉴》、《花月痕》以及清末的《官场现形记》、《二十年目睹之怪现状》等，无论其为讽刺，为狭邪，为谴责，要皆描写社会的一角，归入社会小说，似无不当。至于《今古奇观》，《聊斋志异》等虽都属短篇，而大抵皆有社会问题之隐射。而侠义小说及公案是对胥吏害民、官场腐败的反响，更属显而易见。总之，由神魔小说转变为社会小说，这进步是极自然的。

明清的弹词

明末清初之交，有一种弹词小说发生。那些弹词小说，有说白，有歌词，实介乎叙事诗、戏曲、小说之间的东西，所以鲁迅《中国小说史略》不曾叙及。其实作弹词者，最初虽是供说书人弹唱，到了后来，其底本流传渐广，一般人都拿来当小说读了。更有好事文人，仿其体裁，创作新书，其目的止供人浏览吟哦，并不专为说书人弹唱而作了。因此，我们倘把弹词当作一种韵文的小说，称它为"弹词小说"，亦无不可。

弹词渊源于《西厢搊弹词》。明代杨慎的《廿一史弹词》及清人所作，如《天雨花》、《再生缘》、《珍珠塔》、《白蛇传》等，都很有名。现在江浙一带，以唱弹词为业的人还很多。他们虽不尽依照流传下来的底本弹唱，但大体还没有什么改变。所以弹词小说在一般社会上的潜势力很大，我们要讲"民间文学",则对于这类介乎戏曲与小说之间的弹词小说,不应该忽略了的。

明清小说的地位

小说是把全社会反映于其中的文学的表现样式。但在宋元以前,小说并不曾发达。唐人的传奇文,止是有闲阶级的玩赏品,做这些文章的人,不过借此以自眩其才,或竟借以干谒权贵,根本谈不上什么社会问题。宋代的话本,也不过讲些历史,或杜撰些异闻奇事以耸动听众。到了话本蜕为著作以后便不同了。例如《水浒传》"吴用智取生辰纲"的一回中,便写着一首歌词道:

赤日炎炎似火烧,野田禾稻半枯焦。

农夫心内如汤煮,公子王孙把扇摇。

这首歌词所含的意义何等深刻!明清以来的作者,更把一切社会问题都在小说中提示出来,给我们一个极深刻的印象。我们读了《红楼梦》,便会想到大家庭制度的缺陷;读了《儒林外史》,便会感到科举制度的毒害,以及人情冷暖世态炎凉等等。总之,我们如果承认文学是时代的反映,则明清小说所给予我们的时代的认识,比任何历史书还要深刻。所以明清小说在近代文学上的地位,比什么诗词古文更重要得多。

文　选

一二一、制义丛话（一则）

梁章钜

　　《书香堂笔记》❶云：录前明制义者，自以洪武乙丑科❷分宜❸黄子澄❹元墨❺为第一篇文字。解大绅学士❻批云："庄重典雅，台阁文字❼。"徐存奄❽曰，"时未立闱牍科条❾，行文尚涉颂体，而收纵之机，浩荡之气，已辟易群英❿。况此为文章之始，自应首录，以存制义之河源也。"按：首题为《天下有道则礼乐征伐自天子出》⓫。文云：

　　治道隆于一世，政柄统于一人。夫政之所在，治之所在也；礼乐征伐

----

　　❶　［《书香堂笔记》］梁章钜的祖父梁剑华所撰。剑华字执莹，又字天池，乾隆间诸生。

　　❷　［洪武乙丑科］洪武，明太祖年号，起公元一三六八，讫一四〇二。乙丑，洪武十八年。

　　❸　［分宜］即今江西分宜县。

　　❹　［黄子澄］名湜，以字行。洪武中会试一，官至太常卿，后为燕王（即明成祖）所杀。

　　❺　［元墨］墨，墨卷也。乡会试取中之原卷，叫做"墨卷"；誊录用硃，别称"硃卷"；见《明史·选举志》。第一名曰"元"，元墨，即考试取中第一名的墨卷。

　　❻　［解大绅学士］解大绅名缙，明吉水人。洪武进士，官至翰林学士兼右春坊大学士，后为汉王高煦所陷，下狱死。所著有《文毅集》。

　　❼　［台阁文字］《后汉书·仲长统传》云："光武皇帝政不任下，虽置三公，事归台阁。"谓尚书台出纳诏命，实有宰辅之权也。后世因称阁臣为"台阁"。而庄重典雅的文章，也称之为"台阁文字"。例如明代三杨（杨士奇、杨荣、杨溥）以台阁重臣，主持文坛，提倡雍容平正之体，时称"台阁体"，后人遂泛称这一类文字为"台阁体"，犹言"庙堂文学"也。

　　❽　［徐存奄］名越，字山琢，清江南山阳人。顺治进士，授行人，擢御史，迁兵部督捕左理事官。

　　❾　［闱牍科条］旧称试院曰"闱"。闱牍科条即指科场条规及试卷程式而言。

　　❿　［辟易群英］辟易，退避也。《史记·项羽本纪》："项王嗔目叱之，赤泉侯人马俱惊，辟易数里。"辟易群英，是说黄子澄的科举文章做得好，可使一班英才都退避也。

　　⓫　［天下有道则礼乐征伐自天子出］这试题出自《论语·季氏》章。原文云："孔子曰，天下有道，则礼乐征伐自天子出。天下无道，则礼乐征伐自诸侯出。"意思是说，天下有道，则政令统一；天下无道，则诸侯专擅，政令不统一也。

皆统于天子，非天下有道之世而何哉？

昔圣人通论天下之势，首举其盛为言。若曰❶：——

天下大政，固非一端。

天子至尊，实无二上。是故——

民安物阜❷，群黎❸乐四海之无虞❹。

天开日明，万国仰一人之有庆❺。

主圣而明，臣贤而良，朝廷有穆皇之美❻也。

治隆于上，俗美于下，海宇皆熙皞之休❼也。——

非天下有道之时乎？

当斯时也：

语离明❽，则一人所独居也。

语乾纲❾，则一人所独断也。

若礼若乐，国之大柄，则以天子操之，而掌于宗伯❿。

若征若伐，国之大权，则以天子主之，而掌于司马⓫。

一制度，一声容⓬，议之者天子，不闻以诸侯⓭而变之也。

一生杀，一予夺⓮，制之者天子，不闻以大夫⓯而擅之也。

---

❶ ［若曰］八股文代圣贤立言，所以用"若曰，二字，谓孔子似乎是这样说的。

❷ ［阜］盛也，多也。

❸ ［群黎］百姓。

❹ ［无虞］没有忧患。

❺ ［万国仰一人之有庆］《书·吕刑》："一人有庆，兆民赖之"，一人谓皇帝也。

❻ ［穆皇之美］穆皇，美大之貌。见《礼记·少仪》"穆穆皇皇"疏。

❼ ［熙皞之休］休，美也。熙皞，皆光明貌。熙皞之休，喻盛世也。

❽ ［离明］离亦明也。离明独居，即天子当阳，明照四方之意。《易·离卦》，象曰："明两作离，大人以继明照于四方。"

❾ ［乾纲］乾，君也。乾纲，犹言"君权"。乾纲独断，即君主总揽大权之意。

❿ ［宗伯］古六卿之一，《周礼》春官有大宗伯，掌礼乐。

⓫ ［司马］亦古六卿之一，《周礼》夏官有大司马，掌军旅之事。

⓬ ［声容］谓声音及容仪也。乐尚声音，礼尚容仪，引申为礼乐之意。

⓭ ［诸侯］封建时代之国君。

⓮ ［予夺］予，谓赏赐官爵财帛等事。夺，谓削夺官职等事。

⓯ ［大夫］三代之官，以卿、大夫、士三者为等级。

皇灵丕振❶，而尧封❷之内，咸懔圣主之威严。

王纲独握，而禹甸❸之中，皆仰一王之制度。——

信乎！非天下有道之盛世孰能若此哉？

宋时考试以经文为题，使引申其义，称为"经义"。明清沿之而体裁稍变，俗称"八股"，又叫做"制义"或"制艺"。《制义丛话》二十四卷，清梁章巨著。里面包含八股文的沿革、演变、作法，旁及八股作家的遗文轶事。

梁章钜（1771—1845）字阆中，又字茝林，清福建长乐人。嘉庆进士，道光间官至江苏巡抚，兼署两江总督。他一生著作很多，除《制义丛话》外，有《经尘》、《夏小正通释》、《三国志旁证》及《浪迹丛谈》等七十余种。

一二二、孤山

袁宏道

孤山处士❹，妻梅子鹤❺，是世间第一种便宜人。我辈只为有了妻子，便惹许多闲事，撇之不得，傍之可厌，如衣败絮行荆棘中，步步牵挂。近日雷峰❻下有虞僧孺，亦无妻室，殆是孤山后身。所著《溪上落花诗》，虽不知于和靖如何，然一夜得百五十首，可谓迅捷之极。至于食淡参禅❼，则又加孤山一等矣。何代无奇人哉！

---

❶　[皇灵丕振] 丕，大也。皇灵丕振，谓皇帝总揽一切，威灵显赫也。

❷　[尧封] 谓中国旧有之版图也。《书·舜典》："封十有二山"，旧说谓舜受尧封，每州封表一山，其则地则仍尧之旧也。

❸　[禹甸]《诗·小雅·信南山》"信彼南山，维禹甸之。"毛传训甸为治，郑笺则训六十四井为甸，是谓禹立为丘甸之法也。后人因之，谓中国九州之地为"禹甸"。

❹　[孤山处士] 即指林逋。逋字君复，宋钱塘人。结庐西湖之孤山，恬淡好古，不慕荣利，二十年足不及城市。工书画，善为诗。卒谥和靖先生。

❺　[妻梅子鹤] 林逋隐于孤山，不娶无子，所居多植梅蓄鹤，故云然。

❻　[雷峰] 在杭州西湖旁，道人雷就所居，故称雷峰。峰阴夕照寺，明末所建，即五代时显严院故址。旧有雷峰塔，为吴越王所建。民国十三年忽倒坍。

❼　[食淡参禅] 食无菜茹叫做"食淡"。《史记·叔孙通传》："吕后与陛下攻苦食啖"。注："啖，一作淡。"但这里的食淡竟可作吃素解。参禅，谓参究禅学。食淡参禅，犹今俗言"吃素念佛"耳。

　　孤山,在浙江杭县西湖,位于里外二湖之间,一屿耸立,为湖山胜地。宋林逋隐居于此。此篇选自《解脱集》,虽题为《孤山》,实际是写作者对于林逋一流人的欣羡赞叹。

　　袁宏道字中郎,明公安人。与兄宗道弟中道,并有才名,时称"三袁"。万历二十年(一五九二)进士及第。曾做吴县知县,旋解官去。起授顺天教授,历国子助教,礼部主事,谢病归。久之,起故官,移考功员外郎,迁稽勋郎中。后因病辞职,不久就死。今存有《袁中郎集》等。他们兄弟都反对当时摹仿秦汉的伪古文,而提倡清新流丽的新文体,人称他们的文字为"公安体"或"公安派"。

一二三、扬州清明

张　岱

　　扬州❶清明❷,城中男女毕出,家家展墓❸;虽家有数墓,日必展之。故轻车骏马,箫鼓画船❹,转折再三,不辞往复。监门小户❺,亦携骰核❻纸线,走至墓所。祭毕,席地饮胙❼。自钞关❽、南门、古渡桥❾、天宁

---

❶　[扬州]明改元扬州路为扬州府,领江都等县。清因之,属江苏省。民国废府存县,并甘泉于江都。其地在长江北岸四十里,当运河的西岸,旧为淮南盐业所萃,百年以前,繁华甲于宇内,声色之盛,为举世所艳称。今则商力凋敝,迥非昔比了。

❷　[清明]为阴历三月节,当阳历四月五日或六日。

❸　[展墓]展拜先人的坟墓。因举行祭扫,亦称"扫墓"。

❹　[箫鼓画船]陈饰华丽兼备乐伎的游船。

❺　[监门小户]监门,谓徒隶之家。小户,寻常编户之民也。

❻　[骰核]菜肴的总称。骰与"肴"通。

❼　[饮胙]古礼,祭毕饮供神酒,叫做"饮福",言受神之福荫也。胙,祭肉,祭毕,与祭者均分之,亦称"受胙"。这里说"饮胙",实兼饮福与受胙,即大家共啖祭品也。

❽　[钞关]在江都南门外,为水陆要冲,故尝于此设关稽征。

❾　[南门古渡桥]都是江都城的热闹市口。

寺❶、平山堂❷一带，靓妆藻野❸，袨服缛川❹。……

是日，四方流寓❺及徽商❻，西贾❼，曲中名妓❽，一切好事之徒，无不咸集。长塘丰草，走马放鹰❾；高阜平冈，斗鸡蹴鞠❿；茂林清樾，劈阮弹筝⓫。浪子相扑⓬；童稚纸鸢⓭；老僧因果⓮；瞽者说书⓯；立者林林⓰，蹲者蛰蛰⓱。日暮霞生，车马纷杳⓲。宦门淑秀，车幕尽开⓳；婢媵⓴倦

---

❶　［天宁寺］在城北天宁门外。

❷　［平山堂］在城西北五里蜀冈上。

❸　［靓妆藻野］靓妆，漂亮的妆饰。靓妆藻野，谓是日男女们漂亮的妆饰把原野点缀得很华丽也。

❹　［袨服缛川］袨服，盛服也。缛，音ㅁㄨ，繁采饰也。袨服缛川，谓盛服招展，映川成华采也。

❺　［流寓］别于土著而言，谓客居其地之人也。

❻　［徽商］徽州籍的商人。当时扬州多盐商，而盐商多徽籍。

❼　［西贾］山西帮的客商。他们多设票号、钱庄，为当时金融机关的操纵者。

❽　［曲中名妓］勾栏中有名的妓女。

❾　［长塘丰草走马放鹰］丰草，茂草也。走马放鹰，都是骋猎的玩意儿，所谓走马逐兔，放鹰捕鸟也。此则指踏青游戏之事，谓走马于长塘，放鹰于丰草之间也。

❿　［高阜平冈斗鸡蹴鞠］斗鸡、蹴鞠，俱游戏之事。蹴鞠即今之踢球。此谓或在高阜之上斗鸡，或在平冈之地踢球也。

⓫　［茂林清樾劈阮弹筝］清樾谓林中幽静之地。阮为"阮咸"的省称，乃琵琶一类的乐器，形如月琴，而有长颈十三柱。相传为晋阮咸所作，奏阮咸者手势如劈，故弹阮亦称"劈阮"。筝，亦乐器之一种，古用十二弦，后用十三弦，今皆失传。此谓或在幽静的树林中弄乐器也。

⓬　［浪子相扑］谓有些无赖汉在那里比武打架。

⓭　［童稚纸鸢］纸鸢，俗称"鹞子"。此谓有些童子们在那里放鹞子。

⓮　［老僧因果］谓有老僧在稠人广众中讲说因果报应，劝人为善也。但江湖卖技之流有击小鼓与竹板相节而唱说故事者，亦谓之"说因果"。

⓯　［瞽者说书］谓有些盲子在那里说书。按：江湖买食之徒于神庙、茶肆讲说故事者叫做"说书"，即宋代"说话人"的遗法。

⓰　［林林］众多貌。

⓱　［蛰蛰］亦众多貌。《诗·螽斯》："宜尔子孙蛰蛰兮"，《毛传》训蛰蛰为和集，和集即众多也。

⓲　［纷杳］繁集貌。

⓳　［宦门淑秀车幕尽开］宦门淑秀犹言"大家闺秀"。旧时贵族门第的女眷们乘车过市，必垂幕自掩，使内外不相窥。惟清明扫墓顺作郊游时，乃卷帘眺瞩，略无避忌。

⓴　［婢媵］犹言"婢女"。媵，读如孕，古之从嫁者。

归,山花斜插。臻臻簇簇❶,夺门而入❷。余所见者,惟西湖春❸,秦淮夏❹,虎邱秋❺,差足比拟❻。然彼皆团簇一块,如画家横披❼;此独鱼贯雁比❽,舒长且三十里焉,则画家之手卷❾矣。

　　南宋张择端作《清明上河图》❿,追摹汴京景物,有西方美人之思⓫;而余目盱盱⓬,能无梦想!

　　此篇选自《陶庵梦忆》。写清明日扬州的情形。作者本明末遗民,所以末段追想及张择端的《清明上河图》,不禁动故国之思。

　　张岱字宗子,号陶庵,明末山阴人。一说四川剑州人,侨寓钱塘。入清后,无所归止,披发入山。著有《石匮书》、《嫏嬛文集》、《于越三不朽图赞》、《西湖梦寻》、《陶庵梦忆》等书。

---

❶ 〔臻臻簇簇〕齐集丛列之貌。

❷ 〔夺门而入〕日暮归来,城门将闭,所以大家争先恐后的夺门而入。

❸ 〔西湖春〕西湖在浙江杭县。西湖景色,四时俱佳,而春尤胜,故有“西湖春”之称。

❹ 〔秦淮夏〕秦淮,已见前《水仙》注。旧时秦淮河中于夏夜月上时游客最多,亦最令人流连,故作者以“秦淮夏”对“西湖春”。

❺ 〔虎邱秋〕虎邱山,在江苏吴县西北七里,为苏州游赏胜地。春秋佳日,士女云集,而尤以深秋木落,西南诸山俱得豁现眼前为更盛。画家有以“虎邱秋色”为画题者,故作者云然。

❻ 〔差足比拟〕勉强可以比拟。

❼ 〔横披〕亦称“横幅”,为立轴之横画者。

❽ 〔鱼贯雁比〕言如游鱼那般连贯,飞雁那般排比也。

❾ 〔手卷〕横幅之狭而长者,只可舒卷,不能悬挂,故每装成一卷轴,以便展观。

❿ 〔张择端作《清明上河图》〕张择端字正道,南宋东武人。幼读书,游学京师。后习绘事,自成一家。尝作《清明上河图》,所绘皆汴京士女野景,明李东阳有专篇记述其事,图名因此益著。

⓫ 〔西方美人之思〕《诗·简兮》:“云谁之思,西方美人。”《毛传》谓思得贤人而治,有想望不得之意,这里就运用这典故。但上云“追摹汴京景物”,则西方美人之思即故国之思的转语耳。

⓬ 〔盱盱〕张目貌。

文学史话

九、八股文与小品文

八股文的兴起

我国前代帝王有一种牢笼知识分子的妙法，叫做"科举"。科举是一种考试制度，国家特定了许多科目以为取士的标准，士子就依这标准去练习做诗写文章以备应试。这制度滥觞于隋而完成于唐，❶当时科目很多，而特别注重诗赋。后来时时加以修改，到了宋仁宗熙宁以后，王安石当国，罢诗赋，改用经义取士。《宋文鉴》所载吴自牧《自靖人自献于先王》，便是以经言命题的应试文。❷ 元代国祚短促，前后仅一百多年，停止科举者五十多年（从中统元年算起）。到了仁宗延祐元年（一三一四）才仿宋制行科举，兼以"经义""经疑"❸试士，并规定以四书为题，以朱子章句、集注❹为宗。明洪武初，定科举法，亦兼用经疑，❺后来乃专用经义。所谓"八股文"者，就在那时候兴起的。《明史·选举志》说：

> 科目者沿唐宋之旧，而稍变其试士之法；专取《四子书》及《易》、《书》、《诗》、《春秋》、《礼记》五经命题试士；盖太祖与刘基所定。其文略仿宋经义；然代古人语气为之，体用排偶，谓之"八股"，通谓之"制义"。

但据顾炎武《日知录》所载，则八股文的成熟，实在成化以后（公元一四八

---

❶ 《通鉴纲目》载隋炀帝大业二年（六〇六）始置进士科，是为科举制度的滥觞。到了唐朝，取士的科目多至十余种，科举制度就此大定。

❷ 自靖，人自献于先王，是《书经·微子》篇中语。

❸ 经义，阐发经旨；经疑，则对于经中的疑难，可以随便发挥的。

❹ 朱熹有《大学》、《中庸章句》、《论语》、《孟子集注》。

❺ 顾炎武《日知录》引《太祖实录》："洪武三年八月，京师及各行省开乡试，初场试《四书》疑问、本经义及《四书》义各一道。"

七年以后）。他说：

> 经义之文,流俗谓之"八股",盖始于成化以后。股者对偶之名也。天顺（一四五七——一四六四）以前,经义之文,不过敷演传注,或对或散,初无定式,其单句亦甚少。成化二十三年（一四八七）会试,《乐天者保天下》文,起讲先提三句,即讲"乐天"四股,中间过接四句,复讲"保天下"四股,复收四句,谓之"大结"。……每股之中,一反一正,一虚一实,一浅一深（亦有联属二句四句为对,排比十数对成篇,而不止于八股者）。其两扇立格（谓题本两对,文亦两大对）,则每扇之中,各有四股,其次第之法亦复如之。故今人相传,谓之八股。若长题则不拘此。嘉靖（一五二二——一五六六）以后,文体日变;而问之儒生,不知八股之何谓矣。
>
> 发端二句或三四句,谓之"破题";大抵对句为多,此宋人相传之格（本之唐人赋格）。下申其意,作四五句,谓之"承题";然后提出夫子为何而发此言,谓之"原起"。至万历（一五七三——一六一九）中,破止二句,承止三句,不用原起。篇末敷演圣人,言毕自摅所见,或数十字,或百余字,谓之"大结"。明初之制,可及本朝时事;以后功令益密,恐有藉以自炫者,但许言前代,不及本朝。至万历中,大结止三四句。

他这一段文字,不但告诉我们八股文名称的由来,并且把明代八股文的形式及演变讲得很详细。清代沿用旧制,但八股文的形式和明代稍有不同:除二句破题,三句承题外,并无"大结"的名目。又有所谓"起讲",在承题之后,略同于明代的"原起"。而每篇并不严格地限定八股,有仅六股即完篇者,亦有不止八股者。

八股文的渊源

八股文盛行于明清两朝,但其渊源则甚久远。毛奇龄说：

> 世亦知试文八比之何所自昉乎？汉武以经义对策……此试文所自始也。然而皆散文也。天下无散文而复其句重其语两叠其文

作对待者。惟唐制试士，改汉魏散诗而限于比语，❶有破题，有承题，有领比，有颈比，有腹比，有后比，而后结以收之。六韵❷之首尾，即起结也。其中四韵，即八比也。然则试文之八比视此矣。

毛氏以唐应制诗为八股文所自昉；顾炎武亦说八股文的破题"本之唐人赋格"，那么，沿流讨源，八股文的形成，实和唐代的应制诗赋有关系了。其实不但应制诗赋，即以散文而论，毛奇龄所谓"天下无散文而复其句重其语两叠其文作对待者"，亦不尽然。我们看号称化骈为散的韩愈的文章，便有"两叠其文作对待者"。如《与陈给事书》：

> 亦尝一进谒于左右矣：温乎其容，若加其新也；属于其言，若闵其穷也。退而喜也，以告于人。……

> 亦尝一进谒于左右矣：邈乎其容，若不察其愚也；悄乎其言，若不接其情也；退而惧也，不敢复进。……

如果把它放进八股文里去，倒是很好的一股哩！所以王闿运说，"八家之名，❸始于八股；其所宗者韩也，其实乃起承转合之法耳。"于此可见古代散文中的二组或多组的排比节段，以及古文家的所谓"起承转合"，实无不与八股文息息相通。

八股文的影响

八股文是科举的文章，有一定的格式和腔调；在科举制度底下士大夫要想发迹，便不能不在这种格式、腔调上面用功夫。换句话，就是不能不把心思才力都用到八股文上面去。做八股文又是代圣贤立言，不许发表自己意见的；所以要八股文做得好，先要自己没有思想没有话说才行。影响所及，使中国学术思想由硬化而停滞。即以文学而论，除少数富于天才的人，不甘安居于"八股"的藩篱，居然越出了圣经贤传的范围，写几部小说或戏曲外；所谓"古文"者，哪一篇不是变相的八股？什么"义法"，

---

❶　比，对比也。比语即两两相对的语句。

❷　唐时科举之诗，大抵以古人诗句命题，冠以"赋得"二字，称为"试帖诗"。其诗或五言七言，或八韵六韵。这里的"六韵"，即指试帖诗。

❸　八家即指唐宋八大家。

什么"格律",都逃不出八股的范围。明清两代的古文作家,没有一个不是八股的斫轮老手;如归有光、方苞是最著名的了。八股文和古文既息息相通,所以八股文存在一天,古文也就存在一天。清朝末年,主张废止八股最力的梁启超,他在《新民丛报》上做论文,依旧是二组或多组的排比节段,未脱八股气息。直到现在,八股文废了二十多年,有些中学生读了什么《论说文范》之类,也会写出一篇声调铿锵的变相八股来。

不但在思想方面,文章方面,就是过去士大夫们一些小小玩意,也不脱八股气息。例如灯迷便是脱胎于八股的"破题",❶而诗钟则宛然做八股"搭题"❷了。此外如商店门前贴着的"生意兴隆通四海,财源茂盛达三江"的春联,恐怕也非对于八股相当练习过的人不办哩。八股的影响如此之大而且久,我们讲近代文学倘忽略了八股文,那等于讲西洋近世史而忽略美洲独立、法国革命一般:使全部历史失其系统。

小品文的流行及其渊源

在八股笼罩一切的时候,乃有旁行斜出的所谓"小品文"出现。"小品文"者,别于正统派的古文而言:古文所讲的都是大道理,而小品文则琐琐碎碎,随便写出;作者既没有戴上什么"载道"的大帽子,❸也不想"藏之名山,传之其人"❹更不想借此来应试做官或干谒权贵。所以小品文既和古文不类,更不曾带着八股气息,在近代文学史上,它倒占了一个

---

❶　八股文的破题是用两句话来点破题目。例如题为《梁惠王章句上》,破题云:"以一国僭窃之主,冠七篇仁义之首。"因为梁惠王以诸侯称王,便是一国的僭窃之主。《孟子》七篇,都分上下,《梁惠王章句上》便是《孟子》的第一篇;而《孟子》专讲仁义,所以说"冠七篇仁义之首"。这样两句,把题目的意思都包括了。灯迷也是这样:例如"添寿"射《论语》"加我数年","凡"射《论语》"凤鸟不至"之类。

❷　清代小考,有取经文中意义不连贯的上下句命题,称为"搭题",例如《论语》"以杖叩其胫,阙党童子将命",两句意义本不连贯,但可以作为题目。又有所谓"截题"者。取经文上下各数字命题,例如"叩其胫阙党童子"亦可成为一个题目。诗钟也是这样,往往出两个绝不相干的题目,使作者写成两句对偶工整的诗。

❸　"文以载道"的话,最先见于《周子通书》。载,即以舟车载物的意思。道本是空的,今以文章载它,便有所附丽了。从来古文作家,都以载道自命。

❹　汉司马迁作《史记》,他自己说预备藏之名山,传之其人。见《汉书·司马迁传》。

极重要的地位。

小品文流行于明末清初，而渊源于明代的所谓"公安""竟陵"两派。原来明朝当弘治（一四八八——一五〇五）、正德（一五〇六——一五二一）之际，内外多事，朝政废坏。国家的统治权不稳固，则一切政令甚至于国家所规定的文章格式亦不为人所重视。于是便有前后七子继起，跳出八股的圈子，主张做文章须远追秦汉，想一扫科举文字凡庸腐败的积习。可是他们的路子走错了，其末流俗套，乃至以剿窃为复古，只在那里生吞活剥，结果造出许多貌似秦汉而内容浅陋的假古文来。到了隆庆（一五六七——一五七二）万历间，便有袁宗道及其弟宏道、中道出来，主张做文章重在发抒个人的性灵，不可摹仿古人，当时三袁的作品，无论散文或诗，都从发抒性灵的路上走，务在清新流丽，一时学他们的人很多。因为三袁是公安人，就称之为"公安派"。公安派文章盛行以后，那些摹仿秦汉的假古文几乎绝迹，而清新流丽的小品遂代之而兴。然清新流丽的末流，又难免走入轻纤浅率一路，遂有竟陵人钟惺、谭元春起而提倡做幽深孤峭的文章，是为"竟陵派"。公安派和竟陵派的文章，无论其为清新流丽或幽深孤峭，在正统派看来，都是旁行斜出，不合正轨的；而这两派的作品，也和雍容典雅的台阁文章迥异。因此，公安、竟陵派便自然而然地做了小品文的先导了。

小品文的盛衰及其影响

近人周作人说："小品文的兴盛，必在王纲解纽的时代"。我们看明清两代小品文的盛衰，便可知道周氏所说的话实有至理。明代开国之初，文网严密，自抒性情的小品文当然不会兴盛。永乐（一四〇三——一四三五）以后至成化（一四六五——一四八七）之末，八十余年，海内无事，政权统一，载道主义的文学极盛一时，当时所谓"台阁体"者，统是那些雍容典雅的庙堂文章，小品文几乎绝迹。前后七子的复古运动，实际上是王纲解纽，文学快要走入一新时代前的一个反动。公安、竟陵派兴起时，明朝的国运快要完结了，但许多新思想好文章都在这个时代发生。满清统一中国后数十年间，小品文的余势未衰。后来满清的国势大张，朝廷强盛,政教统一,于是除了埋头做考据功夫的几个学者之外,大家又努力于做八股、写古文,载道主义大占势力,小品文又被人唾弃了。一直到民国初年文学革命运动勃兴,载道文学才在"桐城谬种""选学妖孽"的两个口号❶之下寿终正寝,而小品文又盛行一时。虽然现代的小品文形式内容都和明末清初的小品文不同,但实在还沿着这个系统的。

文 选

一二四、打鱼杀家(皮黄剧本)

(李俊❷、倪荣❸、同上)(李俊)拳打南山猛虎。(倪荣)足踢北湖蛟龙。(李)俺,混江龙李俊,(倪)俺,卷毛虎倪荣。(李)贤弟请了!(倪)请了!(李)今日闲暇无事,不免江边游玩一回。(倪)请!

[李唱摇板❹]忆昔当年擒方腊❺[倪接唱]弟兄猛勇果不差。

[李接唱]蟒袍玉带不愿挂❻。[倪接唱]愿在江湖访豪侠。(同下)

[旦❼内唱倒板❽]海水滔滔波浪发。

[上唱快板❾]父女们河下做生涯。青山绿水难描画,个个渔人船当家。

---

❶ 桐城,指桐城派古文。选学,指以《文选》为正宗的那些古文作家。五四运动前后,《新青年》杂志上常常提出"桐城谬种""选学妖孽"的口号以攻击古文作家。

❷ [李俊]就是《水浒传》中的混江龙李俊。《后水浒》中亦有之。

❸ [倪荣]混号卷毛虎,但《水浒传》中没有这个人,此据《后水浒》。

❹ [摇板]唱戏有板眼,犹唱歌之有音符也。但摇板则没有板,没有过门,亦无一定开口处。

❺ [忆昔当年擒方腊]方腊,宋青溪人。宣和中起兵作乱,自号圣公。后为童贯等所擒诛。相传宋江等受招安后,讨方腊有功,封节度使,李俊等当时都跟宋江打方腊,故云。

❻ [蟒袍玉带不愿挂]做了大官便穿蟒袍,系玉带。蟒袍玉带不愿挂,就是不愿做官的意思。

❼ [旦]扮演桂英的脚色。

❽ [倒板]也没有板眼,开口处亦无一定。

❾ [快板]加快者称为"快板",没有过门。

〔萧恩上唱摇板〕父女打鱼在河下，贫穷那怕人笑咱。桂英儿掌稳舵，父把网撒，怎奈我年纪衰迈，气力不加。

（旦白）爹爹年迈，河下生意不做也罢。（萧白）本当不做这河下买卖，怎奈难以度日。（旦哭）哎吓！（萧）儿吓！不必啼哭，天气炎热，你我父女，找一柳林之下歇歇去罢。儿吓！为父今日打了几条鲜鱼，我儿在船仓收拾了，为父要饮酒。（李、倪同内白）走吓！（同上）

〔李唱摇板〕闲来无事江边游。〔倪接唱〕海水滔滔往东流。〔李接唱〕手搭凉篷用目望。〔倪接唱〕芦苇之下一小舟。

（白）来此江边，看一小舟之上，好似萧兄模样，你我冒叫一声。呐，那傍敢是萧兄？（旦）呵，爹爹，岸上有人叫你！（萧）岸上有人叫我，待我看来：原来是李贤弟，莫非要船上走走？（李、倪同白）正要上船走走。（萧）待愚兄与你搭了扶手。（二人上船，萧白）此位是谁？（李白）这位是卷毛虎倪荣。来！见过萧兄。（倪白）萧兄，这里有礼了！（萧白）这做什么❶？（倪白）试试你的胆量。（萧白）老了，不中用了！（笑）哈哈！儿吓，出仓见过二位叔父。（旦白）参见二位叔父。（倪白）此位是谁？（萧白）小女桂英。（李白）多大年纪？（萧白）一十六岁。（李白）可曾许配人家？（萧白）许配人家了。（李白）但不知许配那一家？（萧白）花荣❷之子，名唤花逢春。（李白）到也门当户对。告辞！（萧白）且慢！愚兄今日打了几尾鲜鱼，你我弟兄，在船头畅饮一回。（李、倪同白）到此就要叨扰。（萧白）自己兄弟，何出此言！儿吓，捧酒在呐！二位贤弟，愚兄做的河下买卖，忌的"干""旱"二字，有人提起"干""旱"二字，不敢说罚，必须要敬酒三杯。（三人同饮）（萧白）请！（李白）干。（萧、倪）哈哈，罚酒三杯。

---

❶ ［这做什么］当倪荣走上萧恩的船上时，萧恩搭着扶手，倪荣要试试萧恩的气力，被萧恩一手架住，便问他："这做什么？"

❷ ［花荣］从前也是梁山泊上的人物，以善射名，见《水浒传》。但那时候花荣已死。他的儿子也很长大了。

〔郭先生❶上唱摇板〕闲来无事江边走,观见河下一小舟。

(白)哎吓!观见小舟之上,有一绝色的女子,待我来偷瞧。(李、倪同白)萧兄,岸上有一人,前去看来。(萧白)二位贤弟少待,待我看来。(下船)呔,做什么的?(郭白)问路的。(萧白)你问的是哪一家?(郭白)问的是丁府?(萧白)你看,前面八字粉墙,黑漆大门楼,两座大旗杆,那就是丁府。咳,听见没有。(郭)哦,哦。(下)(萧白)狗头狗脑,定不是好人。(上船)(李白)干什么的?(萧白)乃是问路的。(倪白)那里是问路的,分明是取❷(萧白)咳,谅他也不敢吓!请吓!(三人同)请!(丁郎上白)离了家下,来到河下,说来说去,总是这两句话。来到河下,也不知道这只船是不是萧恩的船,待我冒叫一声:呔!萧恩,萧恩,萧恩!(李白)岸上有人唤你。(萧白)哦,又有人唤我;再领几杯。(李、倪)酒也够了。(萧登岸)哦,原来是丁郎儿!你前来做甚?(丁)我是前来讨鱼税银子的。(萧白)你看天干水浅,鱼不上网,改日有了银钱,与你送上府去就是。(丁)话倒是两句好话,改日有了银钱,与我送上府去,跑坏了鞋子,谁给我钱买?(萧上船)(李、倪同白)做什么的?(萧白)丁郎儿,前来讨鱼税银子的。(李白)待我唤他回来,问他几句。(萧白)不要与他生气。(李白)晓得了。呔,滚回来!(丁)哦,又出来一个,回来了。(李白)你前来做甚?(丁)前来讨鱼税银子的。(李白)催讨鱼税银子,可有圣上旨意?(丁)没有。(李白)可有六部公文❸?(丁)也没有。(李白)凭着何来?(丁)本县的太爷。(李白)敢是那吕子秋?(丁)本县的太爷。(李白)你回去对他言讲:鱼税银子,免了便罢,如若不然,大街之上,撞见俺,有些儿不便!(丁)你说此大话,你叫什么名字?(李白)俺混江龙李俊!(丁)哦,你就是混堂里屁精。(李

---

❶ 〔郭先生〕是丁员外家里的师爷。

❷ 〔分明是取〕这句话颇费解。大概是说"分明是取……",话还没有讲完,就被萧恩打断了,所以没有说下去。

❸ 〔六部公文〕六部,谓吏、户、礼、兵、刑、工六部也。但这里的所谓"六部公文"就是说部里的公文。

白）我打你这忘八❶的！（萧拦）（倪白）呔，滚回去！（萧白）不要与他生气。（倪白）待我来嘱咐他几句。（丁）吓，这个喉咙比那个还大，转来了，甚事？（倪白）我且问你：这鱼税银子，可有圣上旨意？（丁白）没有？（倪白）六部公文？（丁白）也没有。（倪白）凭着何来？（丁白）本县太爷所断。（倪白）敢是那吕子秋？（丁白）太爷。（倪白）回去言讲，鱼税银子，免了便罢。（丁白）如若不免？（倪白）大街之上，撞着某家，我挖他的眼睛，泡烧酒喝，我剥他的皮，熬狗皮膏药，记下了！（丁白）你不要海外大奇谈❷，你叫什么名字？（倪白）俺叫卷毛虎倪荣！（丁白）哦，你叫卵毛里臭虫。（倪白）什么话？我打你这个忘八的！（丁白）你要打，不要走，等我摘了帽子，脱了衣裳。（倪白）怎样？怎样？（萧劝）（丁白）你拉牢了他，我好逃走。（丁下）（李、倪同白）萧兄，为何这等软弱？（萧白）他们的势力大。（李、倪同白）哪怕他是王位。（萧白）他们人多。（李、倪同白）咱们弟兄人也不少。（萧白）他们有银钱。（李、倪）买咱弟兄不动。（萧白）这就难讲话了。（李、倪同白）这河下生意不做也罢。（萧白）本当不做河下生意，怎奈囊中惭愧❸。（李白）小弟送银十两。（倪白）小弟送白米十担。（萧白）那位贤弟送来？（倪白）小弟送来。（萧白）愧领了。（李、倪同白）告辞了。（萧白）奉送。

［李唱摇板］听说令爱配花家。［倪接唱］门当户对果不差。［李唱］但等令爱来出嫁。［倪接唱］花红彩礼送到家。

（李、倪同下）（萧白）二位贤弟，慢走，愚兄不能远送了！这才是我好朋友呐！（旦白）爹爹！这二位叔父，是何等样人呀？（萧白）儿问的是他二人！儿吓：

［唱摇板］他本江湖一豪侠，诛擒方腊也有他，蟒袍玉带不愿挂，弟兄双双走天涯。

---

❶　［忘八］詈人之词。

❷　［海外大奇谈］喻夸口说大话也。

❸　［囊中惭愧］就是身边没有银钱的意思。

〔旦唱摇板〕昔日子期访伯牙❶，爹爹交友也不差。女儿催舟往前驾。〔萧唱摇板〕猛抬头，见红日坠落西下。

（白）天色不早，将船摇回去罢。（旦）遵命！（萧白）正是，父女扫鱼在江下。（旦白）家贫那怕人笑咱。（萧白）有雾不知天早晚。（旦白）一轮明月转回家。（同下）

（员外❷、郭先生同上）（员外白）家有千担粮。（郭白）前仓堆后仓。（丁白）离了河下，来到家下，还是这么两句话。参见员外！（员外白）罢了！命你催讨鱼税银子，怎么样了？（丁白）待我慢慢的来告诉你呢。我奉了员外之命，去到河下，看见许多船只，我也认不清那只是萧恩的船；我在岸上高叫几声，看见萧恩出来了，到讲的蛮好❸，叫我对员外说，"这几日天旱水浅，鱼不上网，改日有了银钱，送上府去，"这还倒也罢了。我刚要走，出来一个黑胡子的，叫了一声，叫我回来。（员外白）哦，这是什么人呢？（丁白）那时我就回去，问他什么事。他就说了："我且问你，你是那里来的？"我就说了："是丁府上来的，催讨鱼税银子。"他就说了："鱼税银子，可有圣上旨意？"（员外白）无有。（丁白）"六部的公文？"（员外白）也无有。（丁白）"凭着何来？"（员外白）本县太爷所断。（丁白）"敢是那吕子秋？"（员外白）哎，本县的太爷。（丁白）他又说了："将这鱼税银子，免了便罢。"（员外白）如若不免？（丁白）"如若不免，大街之上，撞着与俺，有些不便！"（员外白）你可曾问他的名字？（丁白）我到问了，他叫混堂里屁精。（员外白）哎！敢是混江龙李俊？（丁白）不错。他叫混江龙李俊。正说之间，又出来一个，喉咙比他还要大，叫我滚回来。（员外白）你可曾滚回去？（丁白）我没有滚回去，我是走回去的。我问他什么事，他也是这么两句话，说："这个鱼税银子免了便

----

❶〔昔日子期访伯牙〕伯牙，春秋时人，善弹琴，和钟子期很要好，子期死了，伯牙以为世无知音，从此不弹琴。

❷〔员外〕本谓额外之官；六朝以来，始有员外郎，别于侍郎而言。其后内外各官亦置之。唐李峤为吏部，奏置员外官至数千，亦可以用钱捐取。旧小说称富翁为员外，也因为那时候富翁往往用钱捐官的缘故。

❸〔蛮好〕很好。

罢。"（员外白）如若不免？（丁白）"大街之上，撞着于俺，我挖他的眼睛，泡烧酒喝，剥他的皮，熬狗皮膏药。"（员外白）他叫什么名字？（丁白）他叫卯毛里臭虫。（员外白）哎，卷毛虎倪荣。（丁白）不错！卷毛虎倪荣。他说的。（员外白）有这等事，下面歇息。（丁下）（员外白）来，搭轿！（郭白）且慢，些些小事，待卑职代劳。（员外）小心了。（员外下）（郭）我想此事非要教师爷❶前去走上一趟不可。啊，教师爷？（四小教师上白）郭先生，什么事情？（郭白）你家师父呢？（四教师白）在里头练工夫。（郭白）请他出来，就说郭先生要会会他。（四教师白）晓得了。有请师父！（大教师上白）好吃好喝好睡觉，听说打架我先跑。徒弟们，什么事？（四教师白）郭先生要会会你。（大教师白）郭先生要会我，待我去看看。嗳，郭先生！（郭白）啊，教师爷！（大教师白）你把我们爷儿几个，弄了出来，有什么事情？（郭白）请了出来。（大教师白）不错。"请了出来，"有什么事情？（郭白）员外命丁郎前去催讨鱼税银子，被他们羞辱一场，我想此事要请教师爷们辛苦一趟。（大教师白）我们是来看家护院的，不是来催讨鱼税银子的。（郭白）就是一次。（大教师白）下次不可。那么，你套车子。（郭白）敢是拉银子？（大教师白）拉不了银子，还拉了人么？（郭白）取笑了，哈哈！（下）（大教师白）徒弟们，谁认识萧恩这厮？（四小教师白）我们认识。（大教师白）好，一路捡鸡毛❷（四小教师白）此话怎么讲？（大教师白）凑胆子走。（同下）

［萧上唱西皮快三眼板❸］昨夜晚，吃酒醉，和衣而卧。稼场鸡，惊醒了，梦里南柯❹。二贤弟，在河下，相劝于我。他劝我，把打鱼的事，一旦

---

❶　［教师爷］即拳教师。

❷　［一路捡鸡毛］这是一句歇后语。路上有人挑着鸡毛担子走，一路上凑着这担子拣鸡毛，便是"凑担子走"，担胆同音，就变为"凑胆子走"，意谓小心前去也。

❸　［西皮快三眼板］皮黄戏之唱调，可分两大类，一曰"西皮"，二曰"二黄"。西皮又有"正西皮"与"反西皮"之分。正西皮中有快三眼，即加快之慢板（慢板为一板三眼之调）。

❹　［梦里南柯］唐李公佐作《南柯记》。略言淳于梦梦至槐安国，国王妻以女，命为南柯太守，备极显荣。后与敌战而败，公主亦死，王颇疑忌之，遣其归。既醒，寻槐下穴，见有蚁在其中，所谓南柯郡者，槐树南枝下之蚁穴也。后人谓梦为"南柯"。本此。

丢却。我本当，不打鱼，关门闲坐。怎奈我，家贫穷，无计奈何。清晨起，开柴扉，乌鸦叫过❶。飞过来，叫过去，[转二六板❷]却是为何。将身儿，来至在，草堂内坐。桂英儿，取茶来，为父解渴。

[旦上唱摇板]遭不幸，我的母，早已亡故。撇下我，父女们，奔走江湖。

（白）爹爹用茶。（萧白）儿呀，为父怎样嘱咐于你，不叫儿渔家打扮，儿还是渔家打扮。（旦白）孩儿生在渔家，长在渔家，不叫孩儿渔家打扮，打扮怎样？（萧白）嗖，不听为父之言，儿就为不孝。（旦白）爹爹不必生气，孩儿改过就是。（萧白）这便才是。（大教师小教师同上，大白）走，走，走！（小教师白）不要走了，到了。（大教师白）不要倒，留住喂狗❸。倒那里呢？（小教师白）到了萧恩家里了。（大教师白）怎么到了萧恩家里了。（小教师白）上头挂住鱼网了。（大教师白）待我看来；回去罢，回去罢！（小教师白）干什么回去？（大教师白）萧恩不在家。（小教师白）怎么不在家？（大教师白）关住门了。（小教师白）关住门在家，锁住门不在家。（大教师白）嗄，关住门在家，锁住门不在家。好，去叫门去。（小教师白）师父没有教过我，我们不会。（大教师白）叫门还要教么？看着师父，我的叫门，是这个样子：这叫"拦门式"，你们学着一点。他不出来便罢；他要出来，上头一拳，底下一腿，他会倒了，学着一点！萧恩开门来！来，来，来，开门来咹！开门来！（萧白）外面有人叫门，待我看来。（旦下）（萧白）是那一位？（开门手势，大教师跌交，夹白）地下那里来的西瓜皮？把我师父滑倒了❹。（小教师跌交，夹白）萧恩出来了。（大教师白）怎么萧恩出来了？待我会会他。原来是个糟老头！（萧白）你们是那里来的？（大教师白）我们是丁府上来的教师爷。（萧白）原来是丁府上的教师爷！小老儿不知，多多有罪。（大教师

---

❶ [乌鸦叫过]俗传早上闻乌鸦叫，须防有祸事。

❷ [二六板]一板一眼，唱时第一句皆在板上开口，以下无论上下句，须让板开口。

❸ [不要倒，留住喂狗]他把到了误听为倒了，所以这样说。

❹ [地下那里来的西瓜皮把我师父滑倒了]俗语有"西瓜皮滑倒拳教师"的话，故借以打趣。

白）哦，会两下，不要紧，不要紧。（萧白）你们前来则甚？（大教师
白）一不请安，二不问好，与你讨渔税银子来的。（萧白）你看天旱水
浅，鱼不上网，改日有了银钱，与你送上府去，何必你来？（大教师
白）哦，会点血❶，师父有工夫，不要紧。萧恩，别人来了，三言两语
让你哄回去了，今日教师爷来了，就得要给银子了。（萧白）别人来
了没有，今日教师爷你来了么？哼，哼，越发的没有！（手势介）（大
教师白）哦，他又来了，亏着师父躲的快，又被他点上了。徒弟们，跟
他说软的不行，跟他动硬的，（小教师白）动硬的。（大教师白）链子
带来了没有？（小教师白）带来了。（大教师白）我拿链子一套他的
脖子，你们拉住就走。（小教师白）哦，套上我们拉着就走，晓得了！
晓得了！（大教师白）不要忘了。萧恩，你可认识这个？（萧白）朝廷
的王法，要他则甚？（大教师白）这个不是朝廷王法，是你老老怕你
长不大，与你打了一个百家锁。（萧白）不用。（打落链子，萧踏链
介，大教师白）差一点打了我的脚。徒弟们，去把我的链子拿来。
（小教师白）师父没教过我们。（大教师白）又没教你们，你们真是饭
桶，看师父？的。咳，这老头用的是这一功。萧恩，你可看见？嘘嘘
哈！（萧白）什么嘘嘘哈？（大教师白）一个鹊两个脑袋。（萧白）在
那里？（大教师白）在那边，在这里。（萧看介）（大教师用链套在萧
颈介，萧躲介）（萧白）哼，狗头狗脑的东西！（大教师白）徒弟们，我
套上去，你们拉着。萧恩，有银子便罢，没有银子，我要锁你。（萧
白）娃娃，你当真要锁？（大教师白）当真要锁。（萧白）果然要锁？
（大教师白）果然要锁。（萧白）你与我锁！（锁大教师颈介，小教师
白）拉着跑，拉着跑。（大教师白）不要拉了，你把我拉那里去？（小
教师白）我拉错了。（大教师白）你们几个人，连一个有眼睛的没有。
这个老头，有点札手❷，硬的不行，还是动软的。（小教师白）还是动
软的。（大教师白）萧二太爷，有银子没银子，不要紧，你跟我们爷们
过趟江，见着我们家员外爷，银子给不给在你，要不要在他，把我们

---

❶ ［点血］拳术中有点穴一法，疑点血系点穴之误，待考。

❷ ［札手］犹言"把子"，即拳术上有功夫的意思。

爷们差事可了了呢。你看好不好？（萧白）你说此话老汉明白了，莫非叫老汉跟你们过一趟江，见了你家员外，银子要与不要但凭于他，没有你等事了。你们是也不是？哼哼，你二太爷可惜没有工夫！（大教师白）哦，又跑出一个这么二太爷来了。这个老头软硬不吃，还是打。萧恩，你不识相，跟你要银子，没有，叫你过江，你也不去。你看咱们带的人多。（萧白）人多便怎么样？（大教师白）要讲打。（萧白）娃娃，讲打，老汉幼年之间，听说打架，好比小孩子过新年穿新鞋子的一般；如今我老了，行不动了，哈哈！（大教师白）哦，这个譬解。萧恩吓，年轻力壮，我也打他不动，我也好有一比。（萧白）比作何来？（大教师白）老鼠舐猫鼻子，有一点作死。（萧白）娃娃，你当真要打？（大教师白）当真要打。（萧白）果然要打？（大教师白）果然要打。（萧白）也罢，待老汉将衣帽留在家中，打个样儿，与你们见识见识。

［唱摇板］听一言，不由我，七窍冒火。

（大教师白）听一言，不由你七窍冒火。教师爷，打你个，八孔生烟。

［萧唱摇板］气得我，年迈人，咬碎牙壳。（打小教师介）江湖上，叫萧恩，不才是我。

（大教师白）江湖上，叫萧恩，不才就是你，我教师爷也有一个名。（萧白）叫做什么？（大教师白）我好叫左铜锤。（萧打小教师介）

［萧唱］大战场，小战场，也见过许多。爷本是，出山虎，独自一个。

（萧又打小教师介）（大教师白）什么你是出山虎独自一个。教师爷好有一比，好比那打猎时，单打你这个死老虎。

［萧唱］那怕你，看家犬，一群一窝。你本是，奴下奴，敢来欺我！

（大教师白）打吓，打吓！（小教师白）不要打了，人家骂下来了。（大教师白）骂什么？（小教师白）骂咱们是奴下奴！（大教师白）我去问问他。萧恩，你骂我们是奴下奴。我们是丁府上奴，不是你萧家的奴,这么办? 经的住教师爷三羊头❶,鱼税银子不要了。(萧白)慢说三羊头,就是三狗头,二太爷何惧。(大教师白)人头变狗头了,你站好了,待我运运气。(萧白)咳,小心二太爷的零碎❷!(大教师白)哦,你到夸口,你站好了。(撞三羊头,打介,四小教师打败,逃下)(大教师白)二太爷,我跪下来了,他们都跑了,你也让我过去罢!(萧白)要过去,不难,你是丁府上的教师么? 今日倒要领教领教。(大教师白)有什么本事,无非是混饭吃!(萧白)一定要领教!(大教师白)一定要领教,我用点功夫你看看。(萧白)这叫什么?(大教师白)这叫扁担。(萧白)不好。(大教师白)不好,你再看这个。(萧白)这叫什么?(大教师白)这叫扁担。(萧白)不好。(大教师白)你再看这一个。(萧白)这叫什么?(大教师白)这叫茶壶。(萧白)不好。(大教师)不好,我没有了,你放我过去罢。(萧白)放你过去,不难,你方才撞你二太爷三羊头,如今你二太爷,打你三拳头,放你过去。(大教师白)慢说三拳头,三百拳头,也不要紧,待我运运气。(萧白)你站好了。(大教师白)你把这个东西拿掉。(萧白)照打!(旦上)打。(大教师下)(旦)孩儿打的可好。(萧白)打的好,打出祸来了!(旦白)什么祸来了?(萧白)那贼回去,必不甘心,取为父衣帽过来,待我前去抢他一个原告。(旦白)他乃官宦之家! 不去也罢。(萧白)小孩子家,懂得什么! 看守门户!(旦下)(萧白)正是闭门家里坐,祸从天上来。(下)

　　(大教师小教师同上)(大教师白)打吓!(小教师白)都打坏了,还打什么!(大教师白)找郭先生去。(郭暗上白)啊,教师爷回来了,银子可曾要来?(大教师白)银子到没有要来,我们爷儿几个,都让他们打回来了。(郭白)教师爷不必动怒,明日将他送在有司❸衙门,打他几十板子,出出教师爷的气。(大教师白)你早有这个事,省得我们去了。(郭白)后面歇息。(大教师白)徒弟们,随师父后面养

---

❶　[羊头]把头抵撞,如羊用角抵触一般。

❷　[小心二太爷的零碎]留心我的零碎拳脚。

❸　[有司]职官的通称。

伤去罢。（同下）

[旦上唱原板❶]老爹爹，出门去，无有音信。到叫我桂英女，常挂在心。将身儿，来至在，草堂坐定。等爹爹，回家来，再问分明。

（内搭白）❷一十、二十、三十、四十、赶下堂去。（萧上白）好贼子吓！

[唱摇板]恼恨那，吕子秋，为官不正。他不该，欺压我，安善良民。进衙去，狗奸贼，一言不问。责打我，四十板，还要赔情。没奈何，咬牙关，忙往家奔。叫一声，桂英儿，快来开门。

（旦白）爹爹回来了。为何这等模样？（萧白）为父上得堂去，那贼一言不发，将我责打四十大板。（旦白）好贼子吓，爹爹受屈了。（萧白）这还不算受屈；那贼官言道，叫为父明日过府赔罪。（旦白）爹爹去不去。（萧白）说什么去与不去，为父的恨不得肋插双翅，我要杀！（旦白）禁声！杀什么？（萧白）杀他的全家。（旦白）白日杀人，人不容；黑夜杀人，天不容；爹爹不去也罢！（萧白）小孩子家，懂得什么，取为父衣帽戒刀过来。（旦白）是，衣帽在此。（萧白）好好看守门户。（旦白）孩儿也要去。（萧白）女流之辈，不去也罢。（旦白）壮壮胆量，也是好的。（萧白）好，取你的衣帽过来。（旦白）是。（萧白）随为父的走。（旦白）哎，爹爹，这个门呢？（萧白）这门么，不要管他了。（旦哭）哎呀，爹爹，这动用的家伙呢？（萧白）这动用的家伙么，也不要了。（旦哭）哎呀！（萧白）儿吓，那颗庆顶珠，可曾带在身旁？（旦白）带在身旁了。（萧白）倘有不测，也好逃往你婆家去罢。（旦白）爹爹，你呢？（萧白）为父的么，你不要管了。（旦哭）哎呀！（上船）（萧白）儿吓，夜晚行船，比不得白日，儿要掌稳了舵吓。

[唱快板]为此事，不由我，心中冒火。今夜晚，过江去，将他杀却。恨不得，生双翅，江边越过。我的儿，因何故，撒了篷索？

（旦白）爹爹，此去杀人，是真是假？（萧白）自然是真，那有什么假！（旦白）如此，孩儿不去了。（萧白）呀呸！先前为父不叫儿前来，儿是一定要来；如今身行至半江之中，儿要回去。也罢，待为父

---

❶　[原板]一板一眼之调。

❷　[内搭白]场里面人的说白。

的送儿回去。（旦白）孩儿不回去了。（萧白）为何不去？（旦白）孩儿舍不得爹爹。

［萧唱哭板❶］哎呀，桂英呵，我的儿呀！

（下船介，萧白）儿吓，记好了，在此下船，将衣服穿好，到了那里，为父叫你骂，就骂，叫你打，你就打！（旦白）遵命！（萧白）来此已是。咹，有人么？走出一个来！

［大教师上唱小调］姐在房中绣麒麟，忽然间想起了我们心腹上的人，我就常常挂在心。

（白）是谁？（开门介）咦，二太爷，你怎么打上我们门上来了？（萧白）过府赔罪来了。（大教师白）不怕你不来！（萧白）哽。（大教师白）你退后一点，我好与你通禀。（萧白）哦，退后点。（大教师白）还要退后些！（萧白）哽，叫你二太爷退到那里去？（大教师白）你随便站在那里。有请家爷！（员外、郭先生同上，四小教师跟上，员外白）昨晚一梦梦的丑。（郭白）阎王请我吃烧酒。（员外白）何事？（大教师白）萧恩过府陪罪。（员外白）叫他进来。（大教师白）咹，叫你们进来！（萧白）随为父进来！请了！（员外白）胆大萧恩，将我家下人打的狼狼狈狈，是何道理？（萧白）这鱼税银子可有圣上旨意？（员外白）无有。（萧白）六部公文？（员外白）也无有。（萧白）凭着何来？（员外白）本县太爷所断。（萧白）敢是那吕子秋？（大教师白）太爷！（萧白）呸！（大教师下）

［萧唱摇板］骂一声，吕子秋，作事太恶。责打我，四十板，却是为何？

（白）儿吓，骂，（旦白）奸贼吓！

［唱摇板］骂一声，狗奸贼，天良昧尽。仗势力，欺良民，死无葬身。

（员外白）来，拿下了！（萧白）且慢，我父女有好心献上。（员外白）有什么好心？（萧白）我父女在河下打的一颗庆顶珠，特来献上。（员外白）呈上来。（萧白）耳目甚众。（员外白）两厢退下。（四小教师下）（萧白）在这里。（杀员外郭先生介）儿吓，随为父的杀！（旦

---

❶　［哭板］悲哀的调子，没有板眼。

白)遵命！（四小教师上，萧、旦杀四小教师。大教师上，萧又杀大教师，同下）

　　这是皮黄戏中有名的剧本，一名《庆顶珠》，又名《讨鱼税》。全剧的情节，大略如是：有萧恩者，在江边打鱼为生。他年已半百，膝下只有一女，名桂英，已许婚于花荣之子花逢春，以庆顶珠为聘礼。父女二人，相依为命。土豪丁员外，平日交结地方官长，霸占民地，强收渔税。一天，丁家派人来萧恩处索取渔税，萧以连日鱼产不旺，无钱应付，恳求稍缓时日。适萧之友人李俊等在萧船小饮，代抱不平，把丁仆痛骂一顿，丁仆狼狈而去。明天，丁家的拳教师带了党徒多人，来讨渔税，言语冲突，被萧恩痛打一顿。萧恩知已闯祸，便先往州衙自首，不料州官竟不问情由，将萧恩痛责四十大板。萧恩本是江湖上好汉，曾经上过梁山泊，后来宋江等受了招安，他却不愿去，仍回故乡来做一个渔夫，满想安守本分，终其天年，所以凡事忍耐。但他经过这一次羞辱后，不禁忿火中烧，把他久经沉寂的英雄气概复活起来了。他回到家里，叫他的女儿收拾细软，并带了庆顶珠（预备倘有不测，他女儿可以逃往花家），父女二人，同往丁家，以献庆顶珠为名，出其不意，将丁氏全家杀死，全剧就此告终。按：萧恩即梁山泊阮小七，见《后水浒》。一说，萧恩即《后水浒》中的阮小五，"小五"与"萧恩"声相近。全剧结构紧凑，在皮黄戏中是不可多得的作品。其主旨则在写土豪劣绅的鱼肉平民，以及平民受过分的压迫后所激起的反抗。

一二五、讨渔税

马彦祥

时代　一一二五年❶夏
人物　阮小七
　　　桂英
　　　丁顺

───────────────

❶　[一一二五年] 当宋徽宗宣和七年。

　　教师二名

布景　　渔家门前,竹篱土墙而外,惟板桌一石凳数事点缀其间。
　　　　稍远,有杨柳三四树,垂丝成荫,与夕阳相映,饶有风趣。
　　　　阮小七在门前收拾渔网。

桂　英　(在门内喊)爸爸! 爸爸! 爸爸!

阮小七　(抬头,向门内望)唔? 桂英,干么?

桂　英　(在门内)饭得啦,咱们是在屋里吃呀,外边吃呀?

阮小七　天热,屋子里闷得慌儿,还是在外边吧,凉快点儿。

桂　英　(在门内) 是。

　　　　(阮小七把渔网理好,桂英捧着食具自门内上)

桂　英　(一壁在板桌上安放杯盘,一壁说) 爸爸,今儿还剩着两条
　　　　鱼,你喝两杯好不好?

阮小七　家里还有酒吗?

桂　英　你前儿上梁山,不是带着两坛酒么? 没有喝完,还剩半
　　　　坛呢!

阮小七　(沉默,若有所思)咳!

桂　英　对啦,爸爸,你还没有告诉我呢,那天你在山上,为什么那
　　　　样伤心呀? 这两天你好像有什么心事似的,老是叹气,到
　　　　底是为的什么?

阮小七　你不要管我,桂英。

桂　英　不行,爸爸,您得说。那天我问您,您总不言语,后来被我
　　　　问急了您,才说改天再告诉我。

阮小七　(望下喝酒)迟早你总会明白的。

桂　英　听说,那梁山上,原先都是强盗住着的,对不对,爸爸?

阮小七　小孩子别随便乱讲。

桂　英　不对么? 好些人都这么说,梁山泊是强盗窝。

阮小七　这样说,你爸爸也是强盗了? 梁山上的朋友都是好汉,不
　　　　是强盗。

桂　英　怎么? 难道爸爸同他们是一伙么? 怪不得前儿爸爸还上

梁山呢。可是他们那些人都上那儿去了,怎么现在山上连一个人影都不见,荒得那个样儿?

阮小七　咳!说起来,话长啦。当初我们家原是哥儿三个❶,靠着一身本事,在这石碣湖里❷打渔度日。后来咱们家人口慢慢地多了,过日子也实在不易。恰好那时候东溪村有一位吴学究——人家都叫他智多星,多才多谋,真赛过当年诸葛亮——就是他出的主意,约咱们哥儿几个一块儿去打劫蔡京❸的生辰纲,满想图个下半世的快活。谁知道打劫之后,事机不密,被白日鼠白胜把消息给走漏了,逼得大家无路可走,没有法子只好往梁山上一跑。那时候,你还不过十二岁,因为不愿意让你们也担惊受恐,所以你跟你妈还留在这里过苦日子。

桂　英　要是爸爸不跟他们去打劫,不是就不用上梁山,咱们也不会分离了么?

阮小七　话是不错。可是为什么不去打劫呢?咱们并没有闲着,可是咱们连饭都不能吃饱。他们那班做大官的,什么事也不干,就能那样的享福,做一次生日,都有人去送这么多的珍珠宝物。为什么他们就该有这些东西?为什么我们就不能抢来用呢?

桂　英　爸爸,这是犯法的。

阮小七　犯法?他们阔,有的是钱,用不着去抢别人的,当然就不会犯法啦。你多曾见过他们阔人犯法的?什么法不法,那都是他们为咱们这班穷人定的,咱们为什么一定要守他们给定的法呢?

桂　英　(颇有点同情)所以爸爸就不能不上梁山了。

---

❶　[哥儿三个]即阮小二、阮小五和阮小七,见《智取生辰纲》。

❷　[石碣湖]据《水浒传》说,在梁山泊附近。

❸　[蔡京]字元长,宋仙游人。徽宗时官至司空,拜太师,封魏国公。屡罢屡起,凡四出执国政,专事聚敛,任用私党,朝政大坏,遂有靖康之变。

阮小七　我们上梁山，可不是怕他们；我们实在是看不过这种朝廷。什么人不好用，偏偏会用蔡京做宰相；他一当权，高俅❶，童贯❷，王黼❸，梁师成❹……这班小人自然也得法了。里应外合，凡是可以压迫咱们老百姓的，什么也干出来啦。可就没有一件是治天下的正经事，这样，天下怎么不要乱呢？难怪许多绿林的好汉❺都要起来同他们拼一个你死我活；你爸爸上梁山也正是为此。

桂　英　要是大家都上了梁山同朝廷作对，天下不是更乱了么？

阮小七　那时候梁山上的好汉人数还不多，除了咱们阮家哥儿三个以外，只有铁天王晁盖，智多星吴用，霹雳火秦明❻，赤发鬼刘唐，浪子燕青❼……几位，后来宋公明宋大哥也上山来聚义，弟兄们越来越多了，这才招兵买马，大干起来。那些弟兄们虽说都是绿林出身，可是心怀忠义，正直无私；劫的是不义之财，杀的是贪官污吏。满想得了民心之后，直捣东京，把江山变换一个面目。

桂　英　难道朝廷不派兵来打么？

---

❶　[高俅]据《水浒传》说，他是东京开封府汴梁宣武军的一个浮浪破落户子弟，因为踢毬踢得好，人家都叫他做高毬。宋徽宗没有做皇帝的时候，高毬就做了他的跟随；后来徽宗特别抬举他，做到殿帅府太尉。他觉得高毬的名字不像样，就把"毬"字改为"俅"字。

❷　[童贯]字道辅，宋开封人。徽宗时以供奉官主明金局。蔡京进用，贯实引之。后以平方腊功，进太师，封广阳郡王。金将粘罕南侵，贯以河北宣抚奔入都，遂谪窜吉州。未至，诏数其十大罪，诛之。

❸　[王黼]字将明，宋祥符人。宣和初官至特进少宰。蔡京既致仕，黼秉国政。钦宗即位，以罪被诛。

❹　[梁师成]见《智取生辰纲》"梁中书"注。

❺　[绿林的好汉]西汉末，新市王匡等起兵于绿林山中，号"绿林"；山在今湖北当阳县。后人因称劫盗为"绿林的好汉"。

❻　[霹雳火秦明]据《水浒传》说，他是开州人，因性格急躁，声若雷霆，因此人都呼他做霹雳火秦明。初为青州指挥司、总管本州兵马，后来也上了梁山。

❼　[浪子燕青]据《水浒传》说，他是北京（今河北大名县）卢员外（俊义）的心腹人，北京人口顺，都叫他做浪子燕青。他后来跟卢俊义上了梁山。按：浪子燕青上梁山，在宋江之后，这里说，在宋江之前，是作者记差了。

阮小七　可不是,朝廷不知派过几次兵来攻打,无奈我们早有准备;打一次,败一次,朝廷实在也是没法儿啦,这才想出招安的法子,来骗我们上京去做官。也是我们宋大哥,心眼儿太活动,禁不住几次劝驾,居然答应了。

桂　英　做官总比做老百姓强,有面子。

阮小七　要是当初宋大哥听了咱的话,何至于有今儿呢! 依咱的意思,不受招安,弟兄们同心合力,打破东京,杀尽那些蔽贤嫉能的奸贼,替天下的穷苦百姓伸伸冤,这多痛快! 偏偏宋大哥不听,带着弟兄们投降去了。后来南征北讨,血战多年,替国家出的力真不算少,弟兄们也死亡了一大半。谁知道那班奸贼还饶不过他们,先把卢俊义❶员外宣召到京,暗地里给他吃了毒药,没等回到庐州❷,半路上就毒发死了。害死了卢员外还不算,不久又赐毒酒给宋大哥,宋大哥明知道有毒,恐怕留下李逵❸,惹是招非,坏了一生忠义,就把他骗来,也给他喝了毒酒,死后哥儿俩一块儿葬在楚州❹南门外。这风声不知怎么传到了吴学究同花知寨❺的耳朵里,他们得了信,来到宋大哥的坟上,凭吊了一番,也都在树上吊死了。咳! 当初原是打算做一番大事业的,结果反而被他们算计了!(言下不胜感慨;沉默了一会)你爸爸幸而没有去做官,要不,现在也说不定是怎么下场呢!

桂　英　这样说来,他们做官的还不如咱们打渔的。

阮小七　去年春天那时宋大哥还在世,他打发人来找过几次,总劝我出去,说是辛苦了一辈子,落得个打渔度日,未免太清

---

　❶ 〔卢俊义〕绰号玉麒麟,北京人。他很有钱,人家都称他卢员外。一身好武艺,棍棒天下无双。后被吴用用计骗上梁山。详见《水浒传》。后《水浒》中说他后来受朝廷招安。

　❷ 〔庐州〕今安徽合肥县。

　❸ 〔李逵〕见《梁山泊李逵负荆》杂剧。

　❹ 〔楚州〕宋楚州山阳郡,故治即今江苏淮安县。

　❺ 〔花知寨〕即花荣。据《水浒传》说,青州的三岔路口有清风寨,设文武知寨各一,花荣曾做武知寨,故称他为花知寨。

　　　　苦。可是我都谢绝了。后来不久你的妈又死了,只剩着咱
　　　　们爷儿俩,我更不打那么想啦。我想,只要当道的不来苛
　　　　刻咱们穷人,能将终身在这石碣湖里打渔,也未尝不能安
　　　　居乐业。你看,咱们不是比他们自在得多么?(稍顿)前几
　　　　天听得人说,皇上要派人来这山上建造庙宇,奉祀我们那
　　　　班死了的弟兄,不知道真不真。所以我前儿上山去跑了一
　　　　趟,一来是祭奠众位兄弟的英魂,二来也是到山上看看动
　　　　静,说不定他们又要来捣什么鬼!

桂　英　(忽然想起)爸爸,你喝吧,酒都凉啦。要不要拿去温一温?

阮小七　不必啦。天气太热,喝点儿凉酒,也爽快。

桂　英　真的,天这么热,这几天湖水也浅多了,鱼老是不上网。

阮小七　只要吃得过,少打些鱼也不要紧。明儿清早,咱们早点儿
　　　　起身,到东湖里去撒网子,你看,山那边,天这么红,明儿准
　　　　还得热一天。早去早回,省得晒。桂英,你也吃饭吧。(桂
　　　　英张罗吃饭)

　　　　(丁顺从大路上摇着身子走来。)

丁　顺　(远远地就喊)小七哥,吃饭哪!

阮小七　(忙起招呼)喔,原来是丁爷。

桂　英　丁大叔,你来啦?

阮小七　您来得凑巧,刚喝开,坐下喝两杯。

丁　顺　您请,偏过❶啦。怎么样,小七哥,这两天鱼市的买卖
　　　　好吧?

阮小七　咳,打那儿好起来,还不是照样!

丁　顺　听您的口气,这鱼税银子大概又欠啦?

阮小七　真对不起,请丁爷向员外爷再回一声,就说鱼税银子,改天
　　　　咱亲自送上府去。

丁　顺　小七哥,我前儿个来,你不也是这么说的么?

---

❶　[偏过]"吃过了"的客套话。

阮小七　谁说不是呢！也是没有法子：叫你一趟一趟地跑腿，真过意不去！

丁　顺　我多跑两趟倒没有什么，好在路不远，走不了几步就到了。倒是，你知道，不好往上回话呀！

阮小七　丁爷，费心你啦，只要你肯说一句半句，员外爷还不信么？你就说，这些日子天旱水浅，鱼不上网，等咱多卖了钱，就把鱼税送过去。

丁　顺　我可不是这么说来着，可是，员外爷说，这是多少年来做下的规矩，不能破例。要是大家都照你这么说，到期不缴税银，这事儿还怎么办呢？

阮小七　话是不错，可是丁爷你也亲眼瞧见的，咱阮小七是存心要躲赖这鱼税么？咳！实在没有，有什么法子？咱阮小七一家两口，除了混口饭吃，也没见剩下一个大呀！说到员外爷，他有吃的，有喝的，什么也不用愁，还在乎这几个钱么？把手高抬一点儿，也就过去了。

丁　顺　你说得倒容易；我们员外爷可不是这么打算。那天我空跑了一趟，员外爷就一肚子的不高兴，说是下次要再没有，简直就要不让你在这湖里打渔啦。

阮小七　这是打那儿说起，员外爷会跟我们过不去。咱阮小七就指着这过日子，员外爷不是不知道，为了这几两鱼税银子，真肯伤感情，不让咱在湖里打鱼，还不是存心要咱的好看么？咱阮小七不是没有出息的，梁山上的弟兄们，招安以后，那一个不是升官发财，咱要是肯出去，早抖起来啦！只因为不愿意受那些肮脏气，所以才回到老家来打渔过活，这还图个什么？员外爷无非比我们多几个钱，凭这就能刻扣我们么？

丁　顺　小七哥，何必呢，说这些牢骚话。你志气高，谁不知道？可是，这个年头儿，不讲那个。有钱有势，什么都好办。你当初要跟宋江他们一同进京，今日何至于为了这几两鱼税银子受闲气呢？现在说,可就晚啦!

阮小七　(有点生气了)说什么,也是没有。打鱼,还得缴税,就没有听说过。这石碣湖又不是你家员外一个人的。他无非跟当官的有勾结,就来讹诈我们穷苦老百姓的。说不定往后连一个大的税也不缴了。

丁　顺　(惟恐把事说僵,立即改变口吻)您瞧,生这么大气! 咱们有话慢慢儿商量。您不说往后连一个大的税也不愿意缴了么?(瞟了桂英一眼)

阮小七　(余怒未息)唔,怎么样?

丁　顺　这也好办。我们员外爷早就跟我提过。(以目注视桂英)说小七哥您的境况也很不好,单指打渔过日子顶可怜的,就有意想把您的渔税给免了。

阮小七　这不给啦!

丁　顺　可是有一件事得跟你商量商量。

阮小七　什么事?

丁　顺　这事……我早就想跟你提来着,老是没机会。好在你也不是外人……

阮小七　吞吞吐吐的,到底什么事?

丁　顺　除了您,这话不便给别人听见。(屡以目视桂英)

阮小七　(会意)桂英,你把饭拿进屋里去吃吧。(桂英端着一部分的食具进去)

阮小七　说吧,丁顺。

丁　顺　(低声地)我说,你们姑娘今年多大岁数了?

阮小七　十六啦。

丁　顺　许了人家没有?

阮小七　丁爷,你问这话什么意思?

丁　顺　(带着笑容)小七哥,您也是老江湖了,难道这还不明白?

阮小七　(很严肃地)不明白,你说吧!

丁　顺　是我们员外爷的意思,说您年纪也大啦,真打算指打渔过这一辈子么？眼前有福，干么不享？

阮小七　有什么话，都说出来！咱不爱听这些废话！

丁　顺　你别急，听我告诉您。我们员外爷知道小七哥有一位大姑娘，长得俊，岁数也相当，就有意思想……哈哈哈……跟我丁顺提了好几次啦，我老没机会跟您开口，就是，就是员外爷想收她做个三房❶。

阮小七　（竭力忍耐着）什么？

丁　顺　想收她做个三房。

（阮小七忍不住了，提起手来打了他一巴掌。）

丁　顺　（意料不到）怎么？你打人？

阮小七　打你啦，怎么样？瞎了眼的奴才！你也瞧瞧咱阮小七是什么样儿的人！

丁　顺　（一转念间，便改了面目。一则是想有个转圆余地，一则也是自知不是阮小七的对手）我说，小七哥，咱们有话说话，干么动手打人哪？就说刚才这几句话吧，也没有什么大不了呀！答应不答应在您，说不说在我。再说，我也是一番好意。

阮小七　（被他一说，倒有点不好意思起来，默默无语。）

丁　顺　（以为阮小七是让步了）我们员外爷是怎么样的一个人，小七哥您没见过，总也听说过，有钱，有势，人品好，年纪也不大，今年不过四十来岁，待人是又和气又宽大。要是小七哥肯答应，不用说姑娘是坐享富贵，就是小七哥你自己，这下半世也不用愁吃穿了。

阮小七　丁顺，你的话我都明白了，你也无非是"吃人一碗听人使唤"。我不敢怪你，刚才是咱阮小七的不是，多委屈了你哪！

丁　顺　（又是一种口吻）嘿！小七哥，这就是你的不对啦。这算得

---

❶　［收她做个三房］就是娶她做第三个小老婆。

　　　　　委屈么？刚才是我自个儿没说明白,活该挨打。你要是多心,咱们就算不够交情。早知如此,大家自己人,还麻烦什么渔税银子。小七哥,你说对不对？

阮小七　丁爷,你错会我的意思啦。我是说"冤有头,债有主"。你们员外的意思,与你不相干。费心你,跟你员外说,叫他趁早别打这主意,咱阮小七不是好惹的!

丁　顺　小七哥,别说我做兄弟的又多嘴,您这就有点儿不识抬举。我们员外爷说话向来不打价,是一是二,说出口,就得办。错过是您小七哥,别人哪,还不费这份儿事呢!

阮小七　丁爷,咱是话说在先。这事与您不相干,少在这里废话!不然哪,(突然发作,以拳击桌)哼! 别说你七太爷不留情面!

丁　顺　好,姓阮的,真有你的。给脸,不要脸;说好的,你不理。好,等我们员外爷给你好看!(冷言冷语)不就凭你阮小七么,一个乡下老儿,就敢这样猖狂!

阮小七　猖狂么？(怒不可遏)咱阮小七就猖狂一下,先给你一个好看!(揪住了丁顺就打)

丁　顺　喔! 救命哪! 救命哪! 打死人啰! 救命呀!
　　　　　(桂英从屋里急急地跑出来,拉住了阮小七)

桂　英　爸爸,住手,住手! 什么事?

阮小七　(把丁顺一推)饶了你这条狗命,也让你知道知道七太爷的利害!

丁　顺　(顺势一溜)姓阮的! 是好汉就别跑!

阮小七　咱阮小七一生做事,光明磊落,还怕你这奴才不成! 瞧你敢把咱怎么样?

丁　顺　好! 回头见!(踉跄由原道下)

桂　英　爸爸,什么事,跟他生这么大气?

阮小七　(自言自语,怨恨已极)哼! 穷人就这么好欺负?

桂　英　为什么,爸爸,他什么得罪您啦?

阮小七　桂英,这个年月不讲理的事多啦,少知道一点,少生一点气。谁叫咱们没有钱? 穷人不但得挨饿,还得受有钱人的欺负!

桂　英　爸爸,犯不上跟他们奴才一般见识!

阮小七　(想了一想)哼! 这还是没有拿着咱们什么呀,要是真让他们拿着什么,那才有得受呢!

桂　英　不用怕他们! 有王法,敢把咱们怎么样?

阮小七　桂英,有钱有势,就有王法,没钱没势,上那儿找王法去? 他们眼睛里,要是有王法,今儿咱们也不至于让人这么糟塌啦! (不觉声音凄楚)

桂　英　(默然有感)

阮小七　(悲愤已极,不禁怒从中来)咱阮小七自来没吃过亏! 今儿,活了四十六岁啦。倒把筋斗栽在他们手里,让这些东西作践! (想了一会,一字一吐)我想,人都有个死,拼着这条老命不要啦,瞧一瞧,这世界上的公道究竟在谁的手上!

桂　英　(虽然未必了解,但她确感到一点恐怖)爸爸,爸爸,别介,别介……你别介!

阮小七　(斩钉截铁)不,不,咱这辈子也没有过着一天好日子,难道还有什么指望不成? (突然弯下腰去从裹腿带中抽出一把匕首来)石碣村里打听打听,谁不知道咱阮小七是个有名的活阎罗❶? 仗着一身武艺,生平就好惹是寻非,替别人管闲事。(把匕首拿起看了一看)拿这把刀子说吧,也不知见过多少人头啦。虽说都是为民除害,造的孽可也不算少! 打梁山散伙以后,满想不再干从前的勾当,吃口安稳饭,谁知道连这一点都办不到! 今儿又轮到自己身上啦。

桂　英　爸爸,您别生气啦! 犯得上跟他们斗? 他们有钱有势,咱们什么也没有。算了,爸爸,好汉不吃眼前亏,还是忍耐一

---

❶〔活阎罗〕本是阮小七的绰号。

下吧！

阮小七　忍耐？忍耐得够啦！人不犯我，我不犯人！惹了咱，就得给点利害给他们看看。穷人也不是好欺负的，他们有钱，咱们有血！

桂　英　爸爸，不，不能，现在说已经晚啦。咱还有女儿呢！

阮小七　(想想过去，又想想现在，颇为感动)咳，可不是？晚啦！如今老弟兄们死的死，散的散，只剩下咱姓阮的一个人，孤掌难鸣❶，还成得了什么大事！(叹了口气)咳！早知今日，何必当初？宋大哥在九泉之下，知道弟兄们这样受罪，怕他未必会瞑目，说不定还在后悔不该散伙，落得这般下场！咱姓阮的死不足惜，可是这样结局也太不值得啦。

桂　英　是呀，多一事不如少一事，咱们不跟他们计较。爸爸，您还用饭呢。

阮小七　不用了，你收拾收拾，进去吧。

　　　　(桂英收拾饭具，进去，在门口又回过头来。)

桂　英　爸爸，您也来。(进门里去了)

　　　　(阮小七把渔网背起，随着也走进门来，把门关上。)

　　　　(舞台上的光线已不如先前那样的强烈。冷场约一分钟。)

　　　　(丁顺带着教师二名从大路上走来，手中各携着武器。)

丁　顺　(以手指阮小七的家门)这一家就是。二位教师爷叫门吧。

教师甲　走这几步就到了么，怎么叫？

丁　顺　教师爷连叫门都不会？

教师乙　丁爷，咱哥儿俩是初次出差呀！

丁　顺　只要把姓阮的叫出来，有一个挡住他，一个就进门去劫那个小姑娘。

甲　　　我进去劫。

乙　　　我可不管挡。

---

❶　[孤掌难鸣]喻单独无能为力也。元曲中常用此语。

丁　顺　教师爷,这就不对哟。常言道:"得人钱财,与人消灾",咱
　　　　们吃的是员外爷的,员外爷派咱们来,讲究的是呕气动打;
　　　　要这样你推我辞的,咱们怎么回员外爷呢?

乙　　　丁爷,是你不知道,活阎罗阮小七武艺高强,谁不闻名?

甲　　　别说咱哥儿俩,就是再来上十个八个,也未必敌得了他。

丁　顺　别光长他人志气,灭自己的威风。阮小七不比从前啦,老
　　　　啦,不中用啦!

甲　　　好吧! 干! 不干怕也交不了差。豁出去啦!

乙　　　丁爷,话说在前,要是把老头儿打死了,我可不管打这人命
　　　　官司。

丁　顺　放心,都有咱们员外爷担当!

　　　　(二位教师爷手持武器,慢慢地走到门前。)

甲　　　(对乙)叫门吧!

乙　　　你叫呀!

甲　　　好,我叫门。回头你对付那老头儿。

乙　　　那么还是我来叫。

甲　　　得啦,别现眼啦! 人家还没出来,咱们就吓得这个样儿!
　　　　分什么你我,咱们见机行事吧!

乙　　　对!

甲　　　瞧我的!(高声向门内叫骂)姓阮的! 有种的跑出来见见
　　　　你爷爷!

乙　　　(向门内听了一会,没有回音)没有人,许不在家。

丁　顺　不能的。

　　　　(阮小七开门出来,二位教师吓了一跳,不约而同地各自向
　　　　后倒退两步。)

阮小七　(一见丁顺,便笑着作揖)我道是谁,原来是丁爷。刚才真
　　　　对不起,是多喝了几杯,酒言酒语,把您得罪啦,正打算过
　　　　去给赔礼呢!

丁　顺　姓阮的,别装孩子! 你睁开眼睛瞧瞧,我们是干什么来的?

阮小七　（向二位教师身上打量一番）是要讲打么？

丁　顺　正是！教师爷打呀！

　　　　（教师甲先跳过去，想抓住阮小七，结果反被踢倒在地。教师乙正要抽空溜进门去，也被打了出来。两位教师爷都急了。各人提起武器，抖擞精神，扑将过去，阮小七顺手在裹腿带里拔出匕首来，把教师乙先结果了。教师甲连忙跪下。）

甲　　　（哀求）阮爷爷，饶了小的吧！（叩头如捣蒜）

丁　顺　（心中未免着慌）好小子！胆敢伤人哪！你这杀不尽的梁山强盗，又打算造反么？瞧我替你说好的去，怕你不有口难分？（说完一溜烟跑走了）

　　　　（桂英神色仓皇地从屋里跑出来。）

桂　英　（看见地上躺着一个，又跑着一个，不胜惊异）爷爷，怎么啦……谁呀？

阮小七　咱活阎罗本来就是个强盗，要是怕你们这些秃驴，也不用活着啦！

甲　　　饶命吧。爷爷，下次再也不敢啦！

阮小七　（想起刚才丁顺的话，那奴才回去，也必不干休，罢了，罢了！咱阮小七一不做，二不休，索性给他一个先下手的为强！去你的吧！把教师甲也一刀结果了。）

桂　英　（不禁目瞪口呆）呀！……

阮小七　桂英，把你爸爸床头上的那把朴刀拿来，咱们走吧！

桂　英　走上那儿去？

阮小七　去杀断那些狗东西！

桂　英　爸爸，我怕，我怕！

阮小七　怕什么？反正一样的，咱们不杀他们，他们杀咱们。你不愿意活么？要活命，就跟你爷爷去。去，把刀拿来！

桂　英　（踌躇不决）爸爸！

阮小七　别多说，天不早啦，正好去行事。（见桂英站着不动）你不

　　　　　　　愿意去么?

桂　英　(似有所悟,坚决地)去!跟爸爸去!穷人也要命的!(进
　　　　去不一会,拿着一把刀出来,交给阮小七。)

阮小七　(把刀包好了)好,咱们走吧!

桂　英　怎么?这样就走?我还没换衣服呢。

阮小七　嗳,还换什么衣服!

桂　英　那么等我去拿把锁,把大门锁上。

阮小七　(望了一望大门)大门,也不用锁啦!

桂　英　不锁门,东西丢了呢?

阮小七　咱们不再回这儿来啦,桂英!

桂　英　(不胜惋惜,而且伤感)家里的东西就都不要了么?

阮小七　那里管得这许多!

桂　英　爸爸,今晚咱们住哪儿去?

阮小七　桂英,别尽着问,跟你爸爸走吧!天快黑啦!
　　　　(阮小七带着桂英一直向前走去,桂英不住地还回头望着
　　　　自己的家。他们的背影渐渐地在暮色苍茫中消失了。)

　　　　(幕)

　　此篇选自《现代杂志》一卷三期。取材于二黄戏的《打鱼杀家》,而稍加变
化。全剧只一幕。我们读过了二黄戏的《打鱼杀家》,再读此篇,便可见近代话
剧在艺术上远胜于二黄戏了。

　　马彦祥,现代浙江鄞县人。著有《戏剧概论》、《戏剧作法》等。

文学史话

一〇、近代戏剧的通俗化

昆腔的起来

　　南词起来以后，打破了杂剧限于四折的范围，唱白动作，都有了显著的进步。但南词的唱法，最初并没有一定的规律；又各受地域的限制，往往同一剧本，而各地歌唱的腔调不同。当时在江西有"弋阳腔"，盛行于两京、湖南及闽、广一带，在浙江有"余姚腔"，盛行于浙东及江北一带，又有"海盐腔"，盛行于浙西一带。❶ 后来昆山有魏良辅者，另创一种新的腔调，称为"昆山腔"，简称"昆腔"；最初流行于吴中，不久就风行南北，把弋阳、余姚、海盐等腔都打倒了。

　　昆腔为什么能打倒一切呢？原来当时不但南词的唱法凌乱，乐器也不统一。魏良辅是一个音乐大家，同时他对于字音的清浊，声调的高下，辨别得非常清楚。他既按宫度曲，自创新调，更尽量把南北乐器拿来应用，合箫管弦索于一堂，❷ 无繁声激楚之弊，有抑扬婉转之妙。从此以后，南词便成为一种规则严整、乐调雅正的歌剧，那些近乎"乱弹"的杂腔，自然要被他打倒了。所以昆腔创造不到五六十年，不但弋阳诸腔早被打倒，北剧也受了昆腔的影响而衰亡了。明沈德符在《顾曲杂言》中说，"自吴人重南曲，皆祖昆山魏良辅，而北词几废"。❸

---

　　❶　明徐渭《南词叙录》："今唱家称弋阳腔者，则出于江西；两京、湖南、闽、广用之。称余姚腔者，出于会稽；常、润、池、太、杨、徐用之。称海盐腔者，嘉、湖、温、台用之。"
　　❷　南词的歌唱，以箫管为主器，和北剧之以弦索为主器的恰相对抗。但魏良辅则把箫管弦索合在一起。沈德符《顾曲杂言》说："今吴下皆以三弦合南曲，而箫管叶之。"
　　❸　按：沈氏著《顾曲杂言》的时代，离魏良辅创昆腔之时不过五六十年。而已有"北词几废"的话，可见那时候昆腔势力之大。

魏良辅与梁伯龙

昆腔的创造者是魏良辅。魏良辅的平生事迹,我们已不能详细知道,据各家的记载看来,大约是明正德、嘉靖间人(约当公元十六世纪初)。《虞初新志》载余怀《寄畅园闻歌记》说:

> 南曲盖始于昆山魏良辅云。良辅初习北曲,绌于北人王友山。退而镂心南曲,足迹不下楼十年。当是时,南曲率平直无意旨,良辅转喉押调,度为新声,疾徐高下清浊之数,一依本宫,取字齿唇间,跌换巧掇,恒以深邈助其凄泪。吴中老曲师如袁髯、尤驼者,皆瞠乎自以为不及也。

但魏良辅虽创造新腔,而首先利用这新腔写作曲本者是梁伯龙。伯龙名辰鱼,昆山人。他所作的《浣纱记》,是昆腔的模范剧本。胡应麟《笔丛》说:

> 魏良辅别号尚泉,居太仓南关,能谐声律。……梁伯龙起而效之,考证元剧,自翻新调,作……《浣纱》诸曲。……金紫熠爚之家,取声必宗伯龙氏,谓之“昆腔”。

而朱彝尊《静志居诗话》亦说,“传奇家别本,弋阳子弟可以改调歌之,惟《浣纱》不能。”可见他的曲本,只有用昆腔来歌唱才适宜,不能改调换腔的。

昆曲二黄的递嬗

昆腔到清朝乾(隆)、嘉(庆)时尚盛行,所谓“家家收拾起,户户不提防”,❶便是昆腔盛行的证据。但昆腔全盛时期,也不过是士大夫私家的娱乐品,与平民的关系很少,在平民方面,自然会要求一种相当的艺术的娱乐,于是“二黄戏”遂应运而生。

所谓“二黄戏”者,即现时通称的“京戏”(但最近因为北京已改北平,又改称“平戏”)。因为是湖北黄冈、黄陂人所创,故称“二黄”。又因调有

---

❶ 昆曲《八阳》(即《千忠戮》的《惨睹》)首句云,“收拾起大地山河一担装”,又弹词(《长生殿》曲)首句云,“不提防余年值乱离”,当时这两句大家耳熟能详,都会唱的。

"西皮""二簧"之分，故又称为"皮簧"，亦称"皮黄"。初仅流行于皖、鄂间。清咸丰（一八五———一八六一）初，皖人程长庚（伶界称他为大老板），依二黄戏的唱法而稍加变通：调仍汉调，音用皖音。挟技游京师，每一登场，座为之满。所谓"四大徽班"（春台、三庆、四喜、和春），就是那时候成立的。后来受了北京音的影响，又变为"京二黄"。但无论用什么音，调子是不变的，而且出字收音必须合乎"中州韵"，正和昆腔一样：北宗"中州"，南宗"洪武"，❶决不是专用昆山土音来辨别字音的。

　　二黄虽创始于湖北，但它是受各种腔调的影响，融会贯通而成的。据近人欧阳予倩说，二簧本于弋阳腔，西皮本于秦腔；❷而二黄戏中的牌子都出自昆腔，那是不用说的。总之，二黄戏中应用的腔调，不止一种，无论昆、弋、秦腔，一一借用。往往一出戏里，加入许多腔调来作陪衬，只要支配得当，听去就不觉逆耳。这是二黄戏的特色。

　　自二黄盛行以后，昆腔的势力一落千丈，一般喜听昆曲的人只在那里摇头叹息，以为曲高和寡。其实昆腔之所以衰微与二黄之所以勃兴，是近代戏曲通俗化的自然趋势。近人欧阳予倩尝举出六种原因，说明昆腔之所以衰微与二黄之所以勃兴，颇为中肯。他说，"（一）昆曲的词句已经不能通俗，而一字与一字之间，小腔太多，字为腔所裹，格外不容易听得懂。二黄则词句较为通俗，而行腔多在每句之后，所以容易懂些。（二）昆腔声音太低，只宜于小舞台或私家红氍毹上的演奏，不能普及于大众。二黄从前也用笛子，以正宫调为主，而唱腔属于调面，所以声音大得多，坐较远也能听见。（三）昆腔的腔调，变化细微，往往两支曲子完全不同，不注意听去，好像一样。二黄的腔调，变化较为显著，容易引起注意。（四）昆曲咬字太过，子音同母音往往相隔甚远，听去难以明了。二黄虽粗俗，却近于言语。（五）昆曲本以温和优雅见长，但过于温和则易使人沉闷，要在昆曲中寻出热闹爽快的场子颇不容易。譬如《惊变》中玄宗听见安禄山造反，还只管大段大段的唱，二黄便不是这样办法。又如"思凡""夜奔"这种独脚戏，在二黄中很少的。（六）二黄因为腔调较昆腔

---

❶　明洪武中敕撰《洪武正韵》十六卷，有入声，唱南曲者多宗之（中州韵无入声）。

❷　秦腔亦称"梆子腔"，山西人所创。

简单,容易学习,流传较易。"欧阳氏是一个戏剧家,他的话全是经验之谈。其实只就剧本的词句而言,像我们读过的《还魂记·惊梦》词句固然典雅,但要懂得这中间的好处非对于词曲有过一番研究的不可。二黄戏虽词句比较粗俗,但唱出来一般人都听得懂。例如《打鱼杀家》桂英唱的"青山绿水难描画,个个渔人船当家。"写景写情都好。后来萧恩受人欺侮,不禁把沉寂已久的英雄气概复活了,他的唱句是:"江湖上叫萧恩不才是我。大战场小战场也见过许多。爷本是出山虎独自一个。那怕你看家犬一群一窝。你本是奴下奴,敢来欺我!"这是何等浑脱何等亢爽的词句! 拿元人杂剧来比较,也不见得如何逊色吧。

二黄衰歇与话剧代兴

二黄兴起,昆、弋、秦腔一时都被它打倒。但二黄的本身过于简单,要借多少别的腔调来替它捧场,那许多腔调,渐次联络起来,便起了革命了。❶ 到了民国初年,北方的几个老伶工,还谨守绳墨,而上海方面的所谓"海派"也者。却为招徕顾客起见,一面增加布景,一面自造些非驴非马的新腔,如所谓"五音联弹"之类,于是二黄戏的真面目渐失。同时,因西洋文学的传入,颇有人提倡话剧,一时所谓"文明戏"者,大有取二黄戏而代之的样子。

最初提倡话剧的是一班留日学生,本文中所提及的欧阳予倩亦为当时提倡话剧的中坚分子。他们组织春柳剧社,把西洋小说如《茶花女遗事》等编成剧本(亦有自己创作的),登台表演。没有多少时候,许多话剧社都组织起来了。但演员分子复杂,程度不齐;且所编剧本,大多数还是取材于旧小说,不脱"落难公子中状元,私定终身后花园"等一派陈腐思想。因此,话剧运动如昙花一现,演员们大都改习他业,而所谓"文明戏"者,沦为游戏场中的点缀品了。

五四运动以后。一般人对于文学的见解,渐渐进步,西洋剧本的翻译渐多,自己创作的剧本,也走上了文学的轨道。于是学校学生渐有剧

---

❶ 欧阳予倩的话。

团的组织，一般人对于话剧也有了相当的认识。不与"文明戏"等量齐观了。到最近上海一埠，剧团很多；但他们不常表演，且因政治环境的复杂，往往有好的剧本没有机会演出，所以话剧的勃兴，还须有待于将来咧。

文学的进化与戏剧

文学是人类生活状态的一种记载，人类生活跟着时代变迁，文字也跟着人类生活的变迁而渐渐进化。即以戏剧而论，从古代媚神的歌舞，几经进步而成为结构大致完备的元杂剧。后来南词盛行，于结构、写生、表情各方面都有进步。但南词的剧本，大都出于文人学士的创作，他们往往凭一己的理想，写出一些和当时大众的生活不甚接近的事迹，例如《牡丹亭》之类。又，文人学士们最喜欢堆砌词藻，借以显出自己的本领，而不顾到大众之能否领悟。因此，所谓"昆腔"一类的歌剧，止供少数特殊阶级的玩赏，渐渐和大众脱离关系。从昆腔变成二黄，虽材料还是采取元明以来的杂剧、南词，但字句比较通俗，腔调比较简单，而剧情也比较紧凑，使一般人容易领会，容易感动，可以算是戏剧史上一种进化。同时，二黄戏除了历史剧以外，颇有几出含有社会问题性质的戏，最明显的便是《打鱼杀家》之类，在阶级制度没有废除的社会里，这种剧本最迎合大众心理。词句的通俗化，腔调的简单化，剧情的大众化，便是二黄戏打倒一切的原因，也便是二黄戏比较昆腔更进步的所在。

但二黄戏始终没有脱除旧戏的束缚，如讲究什么"脸谱""台步"等等，未能完全达到自由与自然的地位。而现在一般人的生活日趋紧张，对于那些讲究"唱法"和"做工"而不甚顾到剧情的紧凑与否的二黄戏，大多数人已经没有闲情逸致去领略了。同时因生活的变迁，二黄戏中所表演的剧情，已经觉得离现实生活太远。因此，二黄戏又跟着时代的变迁而归于淘汰。虽然现在话剧还不十分发达，但这是一时的现象，一朝社会环境变换，我们相信新的话剧运动一定要起来的。

文　选

一二六、察变（《天演论》导言一）

赫胥黎 著　严复 译

　　赫胥黎独处一室之中，在英伦之南❶，背山而面野，槛外诸境，历历如在几下。乃悬想二千年前，当罗马大将恺彻未到时❷，此间有何景物：计惟有天造草昧，人功未施。其藉征人境者，不过几处荒坟，散见坡陀起伏间；而灌木丛林，蒙茸❸山麓，未经删治如今日者，则无疑也。怒生之草，交加之藤，势如争长相雄，各据一抔壤土❹。夏与畏日❺争，冬与严霜争。四时之内，飘风❻怒吹，或西发西洋❼，或东起北海❽，旁午❾交扇，无时而息。上有鸟兽之践啄，下有蚁蝝之啮伤，憔悴孤虚，旋生旋灭，菀❿枯顷刻，莫可究详，是离离⓫者，亦各尽天能以自存种族而已。数亩之内，战事炽然。强者后亡，弱者先绝。年年岁岁，偏有留遗。未知始自何年，更不知止于何代。苟人事不施于其间，则莽莽榛榛⓬，长此互相吞并，混逐蔓延而已。而诘之者谁耶？

---

　　❶ ［英伦之南］即英国之南部。按，英国合英格兰、苏格兰、爱尔兰三岛而为一国，英格兰为英国本部之地，音译亦称"英伦"，合译之，即所谓"英伦三岛"也。

　　❷ ［当罗马大将恺彻未到时］英伦三岛古为克勒特（Celt）种人所居。罗马大将恺彻（Caesar, Caius Julius）于纪元前五五年始入征其地。自是至五世纪初年，英伦还有罗马的驻军。

　　❸ ［蒙茸］林木茂貌。

　　❹ ［一抔壤土］谓一握之土，极言其少也。

　　❺ ［畏日］夏日可畏，故称夏天的太阳为畏日。

　　❻ ［飘风］暴起之风，见《诗·小雅·何人斯》："其为飘风"《毛传》。

　　❼ ［西洋］Atlantic Ocean，今译为大西洋。

　　❽ ［北海］North Sea。

　　❾ ［旁午］纵横交错也。今亦谓事务繁杂曰"旁午"。

　　❿ ［菀］茂盛貌。

　　⓫ ［离离］繁盛貌。《诗·王风·黍离》："彼黍离离。"

　　⓬ ［莽莽榛榛］草木茂盛貌。

英之南野，黄芩❶之种为多。此自未有纪载以前，革衣石斧之民所采撷践踏者，兹之所见，其苗裔❷耳。邃古❸之前，坤枢未转❹，英伦诸岛，乃属冰天雪海之区，此物能寒❺，法当较今尤茂。此区区一小草耳，若跻其祖始，远及洪荒❻；则三古❼以还年代方❽之，犹瀼渴之水❾，比诸大江，不啻小支而已。

故事有决无可疑者，则天道变化，不主故常是已。特自皇古迄今，为变盖渐，浅人不察，遂有天地不变之言。实则今兹所见，乃自不可穷诘之变动而来。京垓❿年岁之中，每每员舆⓫，正不知几移几换，而成此最后之奇。且继今以往，陵谷变迁，又属可知之事：此地学不刊之说也。假其惊怖斯言，则索证正不在远。试向立足处所，掘地深逾寻丈，将逢蜃灰⓬。以是蜃灰，知其地之古必为海。盖蜃灰为物，乃蠃蚌脱壳积叠而成；若用显镜察之，其掩旋尚多完具者。使是地不前为海，此恒河沙数⓭

---

❶　［黄芩］多年生草，茎高二尺余，叶箭镞形，略如柳，无柄。夏日开花成穗，有紫白等色。根长四五寸，色深黄。

❷　［苗裔］犹言"后代"。《楚辞·离骚》："帝高阳之苗裔兮。"王逸注："苗者草之茎叶，根所生也；裔者衣裾之末，衣之余也，故以为远末子孙之称。"

❸　［邃古］邃，远也。邃古，犹言"远古"。

❹　［坤枢未转］乾为天，坤为地。坤枢未转，谓地球未转动时。

❺　［此物能寒］能读为"耐"，言此物能耐寒也。

❻　［洪荒］太古时代。

❼　［三古］我国旧有"三古"之说，谓上古、中古、下古也。但此处系指地质年代。自来学者对于最古岩石年岁之臆测，说各不同。赫胥黎则估计为四万万年。约自四万万年前至三万万年间为太古代，绝无生物，又自三万万年至一万八千万年间为元古代，尚无生物显著之迹。又自一万八千万年至一万三千万年间为前古生代，尚无脊椎动物。又自一万三千万至七千万年间为后古生代，为鱼、水蜥及湖沼森林之时期。又自七千万年至二千万年间为中生代，为爬虫时期。又自二千万年前，始为哺乳动物，草及陆地森林之时期，即所谓"洪荒之世"。

❽　［方］比也。

❾　［瀼渴之水］蜀人谓山间之流通江者曰瀼，见《入蜀记》。楚越方言谓水之反流者为渴，见柳文《袁家渴记》。

❿　［京垓］十兆为京，十京为垓。

⓫　［每每员舆］每每，犹昏昏也。员舆，谓地球，按：前人以为天圆地方，故称地为"方舆"。今知地为球形，故改称"员舆"；员与圆同。

⓬　［蜃灰］lime，即垩石灰。

⓭　［恒河沙数］谓极多之数也，佛家语。印度有恒河，两岸皆沙，故佛取以喻最多之数。

嬴蚌者胡从来乎？沧海飚尘，非诞说矣❶。且地学之家，历验各种僵石❷，知动植庶品，率皆递有变迁。特为变至微，其迁极渐，即假吾人彭聃❸之寿，而亦由暂观久，潜移弗知，是犹蟪蛄不识春秋，朝菌不知晦朔❹，遽以不变名之，真瞽说❺也。故知不变一言，决非天运；而悠久成物之理，转在变动不居之中。是当前之所见，经廿年卅年而革焉可也；更二万年三万年而革焉亦可也。特据前事推将来，为变方长，未知所极而已。

　　虽然，天运变矣，而有不变者行乎其中。不变惟何？是名天演。以天演为体，而其用有二：曰物竞❻，曰天择❼，此万物莫不然，而于有生之类为尤著。物竞者，物争自存也；以一物以与物物争，或存或亡，而其效则归于天择。天择者，物争焉而独存，则其存也必有其所以存，必其所得于天之分，自致一己之能，与其所遭值之时与地，及凡周身以外之物力，有其相谋相剂者焉，夫而后独免于亡而足以自立也。而自其效观之，若是物特为天之所厚而择焉以存也者：夫是之谓天择。天择者，择于自然，虽择而莫之择，犹物竞之无所争而实天下之至争也。斯宾塞尔❽曰："天择者，存其最宜者也。"夫物既争存矣，而天又从其争之后而择之。一争一择，而变化之事出矣。

　　此篇为严译《天演论》导言的第一篇。《天演论》原名 *Evolution and Ethics*。

---

　　❶ ［沧海飚尘非诞说矣］葛洪《神仙传》载麻姑云，"接侍以来，已见东海三为桑田。向到蓬莱，又水浅于往日，岂将复陵陆乎？"王远叹曰："圣人皆言海中行复飚尘也。"按：此本道家臆说，今竟与事实暗合矣。

　　❷ ［僵石］即远古动植物之化石。

　　❸ ［彭聃］彭祖、老聃，相传皆数百岁寿。

　　❹ ［蟪蛄不识春秋朝菌不知晦朔］语本《庄子·逍遥游》。蟪蛄，蝉的一类，体长七分许，色青紫。翅有黑白纹，甚美丽，而不透明。夏末自早至暮，鸣声不息。朝菌有数说：一谓即大芝，见日则干；一谓粪上芝，朝生暮死：见《庄子》注。或谓朝菌为朝生暮死之虫，见《淮南子》注。或以为即《广雅》所称之"朝上"，一名鱼粮，白露时最多，亦好扑灯，见《虫荟》。一说即木槿，谓其朝开暮落也。

　　❺ ［瞽说］瞎说。

　　❻ ［物竞］struggle for existence，今译为"生存竞争"。

　　❼ ［天择］natural selection，今译为"天然淘汰"。

　　❽ ［斯宾塞尔］Spencer, Herbert，英国的哲学家，生于一八二〇年，死于一九〇三年。著有《综合哲学系统》(*Stem of Synthetic philosophy*)，严译为《天人会统论》。

Evolution 一词，严氏译为"天演"，近人多译为"进化"。赫胥黎于原书"导言二"中，有一节说明 Evolution 的界说：谓为指进化而言，继则兼包退化之义。严氏于此节略而未译，然其用"天演"二字，实固守赫氏之说者也。

赫胥黎（Thomas Henry Huxley）英国科学家。生于一八二五年，死于一八九五年。任皇家学校博物学教授。达尔文《进化论》出，他大为信服，著书鼓吹，《天演论》就是其中的一部。

严复（1853—1921）字又陵，又字几道，福建侯官人。清光绪二年以福建船政学生派赴英国海军学校。归国后，累官海军协都统一等参谋官。他深通西文，而古文也做得很好。所译除《天演论》外，尚有《原富》、《社会通诠》、《群己权界论》、《孟德斯鸠法意》、《群学肄言》、《名学浅说》、《穆勒名学》，最近商务书馆辑为《严译名著丛刊》行世。

一二七、李迫大梦（选自《拊掌录》）

欧文　原著　林纾　译述

凡人苟渡黑逞河❶者，与言加齿几而山❷，必能忆之。山为亚巴拉姜山❸之分支，耸然蠹河之西岸，其高际天，实为河上之镇山❹。四时代谢及且晚阴晴，山容辄随物候而变；因之村庄中承家之妇❺，恒视此山若寒暑表焉。若在晴稳时，则山色青紫驳露，接于蔚蓝❻之中，空翠爽肌❼；或

---

❶　[黑逞河] Hudson，为美国境内最重要的河流之一。发源于纽约州之阿地龙狄山（Adirondack Mountains）而入于纽约海湾，长凡三百五十英里。一六〇九年为英航海家亨利黑逞（Henry Hudson）所发现，因以为名。

❷　[加齿几而山] Kaatskill Mountains，黑逞河边的大山。

❸　[亚巴拉姜山] Appalacnians，为北美洲的大山，起于圣罗伦司海湾（The Gulf of Lawrence）而达于阿拉巴马州（Alabama）西部。

❹　[镇山]《书·舜典》孔安国《传》："每州之名山殊大者，以为其州之镇。"盖亦取安重镇压之义也。

❺　[承家之妇] 管理家政的妇人。

❻　[蔚蓝] 天色也。杜甫诗："上有蔚蓝天。"

❼　[空翠爽肌] 晴空的苍翠之色，与山色相映，使人肌肤起爽快之感也。

天澹无云,则峰尖如被云巾,翕然作白气,斜日倒烛❶,则片云直幻为圆光,周转岩顶,如仙人之现其圆明❷焉者。

山跌❸之下,村人炊烟缕缕而上,树阴辄出楼角及瓦缝,隐隐若画。是村古矣:方美洲新立❹,荷兰❺人曾于此殖民。年代既久,村人乃不专属荷兰;然荷人遗宅犹有存者。宅之墙墉均砌小砖,砖盖得诸荷兰。窗眼作木格,古制触目。屋角四翘,屋顶置箭羽,乘信风❻而转,用表风色。

村中有李迫樊温格耳者,温驯而寡过,旧望❼也。先烈恒以武功著,而先烈勇质乃不附诸其人之身。其人匪特温驯已也,且睦邻而善事其妻。唯其惧内❽,于是村中之主妇咸谓李迫忠,能事妇人,礼重如长者。天下人苟得阃教❾检束,无不扶服如鼠蝟矣;其处外接物,安能长王❿其气?是犹铁质锻之烈火,长短随锻人⓫所命耳。可知密帐温帏中之教养,较诸牧师⓬之演说,变化气质,为倍十也。由此观之,家有悍妻,转为男子之福。是果名为福也,则李迫之福已殊异于常人矣。

李迫每出遇邻妇,辄呜呜自鸣其苦趣。于是邻妇怜之,偶聚亦诮其妻为过举。其村中小儿,见李迫驯而不忤,辄噪随其后,与之调诙⓭。李

---

❶ 〔烛〕照也。

❷ 〔圆明〕佛菩萨及仙人顶上所放之圆光也。

❸ 〔山跌〕山脚。

❹ 〔美洲新立〕美国本英国殖民地,一六二〇年以后,移民日众,到十八世纪中叶,建州十三,适英政府要收他们苛税,居民群起反抗,十三州结了同盟,于一七七六年七月四日,宣告独立,经过八年的奋斗,才得英国的承认。一七八七年,开联邦会议,制定宪法,设立中央政府,统辖各州。

❺ 〔荷兰〕Holland,在比利时之西,为立宪王国。

❻ 〔信风〕按旧说,东北风叫做"信风";但这里是说自然的风向,并不限于东北风也。

❼ 〔旧望〕旧家望族。

❽ 〔惧内〕俗称"怕老婆"。

❾ 〔阃教〕阃,门限也。妇人居内,故称妇人之教为"阃教"。

❿ 〔王〕与旺同。

⓫ 〔锻人〕打铁的人。

⓬ 〔牧师〕基督新教徒之教职。西文为 Paslor,即牧羊人之义,故译为牧师。谓人之灵如羊一般,全靠教师收养他。旧教徒则称之为"神父"。

⓭ 〔与之调诙〕和他开玩笑。

迫之处儿中亦水乳❶，百窘不见忤状；且助之戏，告以占红人❷之事迹，小儿听者津津然❸。于是李迫每出，则群儿引襟而行，履迹相续，或直趣其背，撚其须，虽狎勿怒。至于狞狗见之，亦噤而弗吠，似悦之也。

李迫之见重于村人如此，而独惰于治生。李迫之为人固非惰：譬如垂竿钓鱼，竟日不得一鱼，李迫亦夷然❹无忤。有时荷枪，登峰入谷，穷日至晚，得数松鼠，即以为足，余无冀也。若邻居有事，则悉力助之，虽秽恶之役及打稻编篱，均踊跃勉趋其事，无有所却。妇人苟授以笺柬，彼即为邮❺；凡其夫所不屑为，苟授李迫，李迫咸诺。总言之，李迫盖忠于为人，而惰于为己者也。苟自行其田，则推却退卸以为苦。自云："吾田硗❻，举村田殆吾田为至硗，即使力耕，岁获亦否❼。"因之己田之篱，委于泥淖，所畜牛即自啮其园蔬，李迫无恤也。盖李迫之田，稂莠❽之长，如得人培植之力，日值增高。李迫有时亦奋迅将行田，而天雨又适至矣。因之广田皆荒，独留二亩，莳秫及薯蓣❾而已。

李迫之子，褴褛❿如孤露⓫。子曰小李迫，性质乃酷肖⓬其父；袭其父之旧衣⓭，宛然一李迫也。出辄随母之跟，服其父之敝袴，袴钜则以手引之，犹贵妇人在雨中之自引其裙裾然。然李迫者，乐天人也，长日汶汶⓮，似机轴之上，濡膏满之，渍不能动。自谓人生度此，时世平安，无忧患事也。食辄不检，遇其贱而易得者，即需为日食；意受一辨尼之馍甘

---

❶ ［水乳］如水与乳之融合也。
❷ ［红人］红种人。
❸ ［津津然］人遇佳味则口津出，故以津津然喻言谈之有味者。
❹ ［夷然］不以为急之貌。
❺ ［为邮］做邮差。
❻ ［硗］土性不肥也。
❼ ［否］音鄙，不好的意思。
❽ ［稂莠］田中的恶草。
❾ ［莳秫及薯蓣］莳，种也。秫即高粱。薯蓣，俗称山药。
❿ ［褴褛］衣衫破旧。
⓫ ［孤露］谓少失怙恃，无庇荫之人也。
⓬ ［酷肖］很像。
⓭ ［袭其父之旧衣］着了他父亲的旧衣服。
⓮ ［汶汶］蒙昧不敏捷之貌。

也,若力一金镑之工则为惫❶。长日摇首噫气,悠悠然心安而理得。设非其妻日呶呶❷用力攻其耳,则李迫于人间初无忧烦之事。李迫一举一动,其妻必丑诋❸之,习为常事而已。方其受诋时,李迫则耸肩举目,摇首而他顾,久乃成为恒性。然尚巧藏而诡笑,不尔,亦得詈责;久之无术,乃潜出舍外而避之。所云舍外,盖直万古怕妇之人之乐土也。

李迫家属之亲李迫者,但有一狗曰狼。狼之慑主妇之威,亦如其主。主妇怒时,辄指狗及李迫言曰:"是二物者,均生而僵;"且斥言李迫之惰,胥狗导之。然是狗一出野次,亦猎猎能敌群狞。顾勇士及狞狗,虽有恣睢❹之力,一经主妇长日呶呶,亦将气索❺而力尽。故此狗一入门,勇状立变;垂尾循墙,斜睨其主妇,行步乃如病狗焉。主妇偶一举帚,即哀鸣出户而奔。李迫积日弥年,自番家庭间情况日蹙,良不易度,而悍妇之威,乃不能与岁月同逝,减其锐力,盖其锋舌且日用而日铦❻焉。

李迫见逼,辄至友朋小会中开拓胸次。会中人亦多无恒业者,会所即在一逆旅门外,壁上写乔治第三❼象,为逆旅之标记。是间树荫浓翳,闲人辄于午后箕踞偃卧,纵论古昔不经之事。苟得过客所遗之报章,拾得之,即大兴浮议❽矣。会中有特立克,微有知识,每得报即对众诵之,众皆引颈以听。特立克自云宿学,凡字典中绝钜之字,见之皆能识,无所悁怯❾。而听者闻数月前之事,则聚而筹画,人人咸出议论;已必延逆旅主人尼古拉司出而断之。主人既断,众喧息然。此主人自晨至暮,辄踞

---

❶ [受一辨尼之馁甘也若力一金镑之工则为惫]辨尼,penny 的音译。今普通译为"辨士",英国币名,为先令十二分之一。鱼烂曰"馁"。二十先令为一金磅。这是说,吃价值一辨尼的腐败食物,觉得很好;倘做有一金磅报酬的工,则以为很疲惫了。总而言之,就是贪吃懒做的意思。

❷ [呶呶]语不休貌。

❸ [丑诋]用不堪的话来讥笑他,斥责他。

❹ [恣睢]《史记·项羽本纪》:"暴戾恣睢",言其勇猛而粗暴也。

❺ [气索]索,尽也。气索,犹言气尽。

❻ [铦]音纤,锋利也。

❼ [乔治第三]George the Third,一七〇七年至一七五一年之威尔士亲王鲁意治(Prederick Lewis)的长子。生于一七三八年。一七六〇年继其父乔治第二为英王。一八一〇年禅位于太子。一八二〇年薨。

❽ [浮议]没有根据的议论。

❾ [悁怯]畏惧。

木榻久坐于门次弗动,唯日脚所及,则移榻稍避;恒人但见主人移榻何向者,即知时为何时,不差累黍。主人寡笑少言,而烟斗则长日不去手。而此树阴谈论之门客,咸知其意之向背;凡言中主人之旨者,则烟斗徐出于口,髥际之烟纹徐徐作重圈,直上于额际而没;若违佛其旨趣,则力吸其斗,烟焰喷郁,直迷漫其面,则主人怒发矣。

李迫见逼于其妇,则趋避是间,如筑坚堡自卫。后此其妻番其地矣,突然来袭,雷奔电扫,会中人立驱而散;即逆旅主人至是亦不能胜,乃见轻如秋叶。李迫之妇且戟手❶而肆詈❷主人,斥为盗薮薮盗❸者也。李迫后此遂穷无所之❹,但荷枪引狗行猎于林中,择树阴浓翳中,出糒❺自饲,并以饲狗,人狗咸不能饱。李迫视狗为同病,因之亲狗甚于亲人。时语狗曰:"伤哉吾狼!尔主妇固视尔狗也,然有我在则汝自不乏友。"狼闻言,摇其尾,仰首视主人,似有所慰藉然。

一日秋高,李迫行猎颇远,至加齿几而山之高处,四觅松鼠,枪发,迥响四动,其声续续然。既罢,遂卧于纤草之上。时天已垂暮,俯视沃壤云连,青绿弥望,远见黑逞河渐渐东逝,云光照水,风帆徐徐而没。内觑但见深谷,人迹弗至,谷底多堕石,以山峭蔽天,日力不及,状至阴沉。李迫凭高四望,垂暮将归,计及家已洞黑,至家必更闻肆詈之事,乃太息将行。

忽闻有人呼李迫樊温格耳不已。李迫狼顾❻,乃不见人;但见暮鸦振翼,掠山而归宿。李迫以为耳鸣也,复行。又闻有人呼李迫樊温格耳,而狗毛尽竖,面深谷中而张其牙。李迫毛发皆竦,亦引目下视。忽见一人,其状至怪,徐徐自谷而上,背上似有所负,状至盘散❼。李迫念是间安得有人。既而曰:"或村人入此求助于我耳。"既近,乃大骇。其人既短

---

❶　［戟手］以手指人,形如戟也;怒骂的样子。

❷　［肆詈］破口谩骂。

❸　［盗薮薮盗］盗薮,犹俗言"强盗巢"。薮盗之薮为动词,言聚集强盗也。

❹　［穷无所之］之,往也。言穷迫无所归宿。

❺　［糒］干粮。

❻　［狼顾］狼性怯,走尚还顾,故人有所畏惧时而回顾者亦称"狼顾"。

❼　［盘散］即"蹒跚"的同音通假。形容走得乏了的样子。《史记·平原君传》:"盘散行汲。"

而博❶;发蓬蓬然;须作灰色;衣饰作古荷兰妆;短衣及腰,腰以下则披围裙,裙上箍密钮,直至于膝;背上木筒,似酒满中。招手引李迫代承其筒。李迫始尚疑骇弗前,然其人本喜助人,则亦力前承其筒。路本仄径,似溜纹所过,荡为小溪者;二人遂同承酒筒行。行时微闻雷声似自山峡中来,而所行路即趋雷声来处而上;李迫以为雨至耳,坦然弗疑。

　　既逾山径,遂入山洞。四立均石壁,仰视见天如窦。二人行时初不交语,李迫虽疑诧,然以心有所怯,亦弗敢问。迫既入洞,为状益奇:石洞中有巨群之人,方立木柱,遥以木球推陷之,以为蒱戏❷。诸人衣服如一,腰际均带刀。而貌皆奇古:或则首巨面博,二睛独小;或则鼻塞其面,如失五官。其人之冠皆白色,作面包形,上植鸡翘❸。人人悉有髯,唯颜色各异。有一丈夫,似群中领袖,年事已多,颜色如历风霜,苍古动人;亦短衣博带而带刀,高冠竖红羽,袜长及膝,革履后高而前狭,上著玫瑰之花。李迫见状,觉荷兰古画中间或见之。其最奇者,众虽博戏,而仪容清肃无笑容,亦不相通问;万声都寂,但有木球推陷木柱之声,隐隐作雷鸣也。

　　李迫既进,众戏遂止,咸怒目睨李迫。李迫亦心震不自已,二股亦颤。时诸老启筒倾酒于巨盆中,示势令李迫司酒。李迫战慄受号令。诸长饮既,复博。李迫侍侧,少释其惧,乘诸老弗见,偷尝其酒;酒力相引,续续而下,乃大醉而寐。

　　既醒,仍卧于草间。自擦其眼,视日候似侵晨,而树间鸣禽相下,鹰翅搏云,作势而飞。李迫曰:"吾睡至经夜耶?"迫思前事,乃历历自咎曰:"我归何以面吾妻,酒之累我至矣。"四觅其枪,枪锈已满,枪机亦落,木已朽腐。自念"彼群盗予我以酒,遂易我枪乎? 狗又安往? 是必见我醉,追松鼠去矣。"噏唇呼狗,狗终不至;呼狼名,亦不之应。思欲觅此数老人,索枪及狗。既起,脚乃弗趐❹。自念"一睡之功,乃成瘫病;吾妻又将哓

---

❶　[博]大也。

❷　[蒱戏]即摴蒱。古博戏,犹后世之掷色,今通称赌博曰"摴蒱戏",或简称"蒱戏"。

❸　[上植鸡翘]翘,鸟尾长毛也。上植鸡翘,即上面插了些鸡毛。

❹　[趐]善走也。

晓斥我矣。"极力盘散❶下空谷中，但见流水，无复洞天，旁行攀萝葛而过，尚欲求洞，卒乃得之，然乱石重叠，非复坦夷，而水声淙淙，即自石间喷出。李迫知不能前，遂立，因又呼狗，而鸦声哑哑应之，且侧目视李迫，似异其作声者。李迫饥不可耐，荷锈枪徐徐而下。

将近村，所遇人恒不之识，始大异。村人亦立而异之，而见李迫时，人人恒自抚其颏。李迫见状，亦自抚其颏，则髯长逾尺矣。既至村畔，群儿争集，指其髯以为笑。狗亦狂吠。而村屋全非，地广而人萃，门户改易，均不之辨。觉前此所经见，渺不复睹，门外署签，一一无识其名者，即窗中外觑之人，亦漠漠如路人。李迫大惊，自念"讵此世界为妖术所迁变耶？然其间果为吾家，胡有沧桑之别！且山水依然，村路如故，独人殊耳。昨日之酒，其异乃至于如此！"

迫寻得赴家之路，且行且惊，似闻其妻申申❷而詈。顾一至则景物全非，屋瓦均陷，窗牖全圮，扉已卧地。有狗似狼，徘徊门外，李迫信口❸呼狼，狗乃大吠。李迫顿足曰；"狗亦不见容矣！"既入门，室虚无人。此时万感交集，而怕妇之心已息。乃大呼"我妻与子"，都不见答。遂奔赴会所，而逆旅亦空，有高屋踞其地，书曰"合众客寓"；逆旅主人曰曲乃商，亦书名其上。逆旅本有大树，垂阴可径亩；今其地则立一巨柱，其上镌红睡巾，上张其旗，缕缕作蓝白色，加以繁星点点，乃愕然❹不知其所以然。逆旅壁上本图乔治第三象，李迫踞树阴，对象吸烟，思之甚稔，今则亦图一象，易绛衣而作蓝色，前此执圭，今则执长铍❺矣，大书曰"大将华盛顿❻"。而门外树阴仍多聚议之人，特李迫一不之识耳。匪特不识，且似其倾吐❼及其性质，一一都非：其始坐者卧者，咸作倦容，咳唾随心，今则气概趰然，言论锋利。李迫四觅逆旅主人，其人肥硕，颏作折叠形，且执

---

❶　［盘散］此"盘散"形容久卧脚僵直，行动不便的样子。

❷　［申申］骂之不休也。《楚辞·离骚》："申申其詈余。"

❸　［信口］顺口。

❹　［愕然］惊异貌。

❺　［铍］剑如刀装者。

❻　［华盛顿］George Washington，美国第一任大总统。生于一七三二年，卒于一七九九年。

❼　［倾吐］独言"谈吐"。

烟斗，其人盖易识也；尚有蒙师特立克；然二人均不之见，但见一长瘦之人，方演说民权选举议会之议员与自由等事，李迫乃一无所解。

迫众见李迫垂胡❶而荷锈枪，衣古代之衣，其后随妇人稚子无数，遂罢演，集视李迫，大以为骇。演说之人遂执李迫之手，言曰："君祖何党？"李迫张目弗省。尚有一侏儒❷仰跂其足，面李迫曰："汝为联合党❸耶，共和党❹耶？"李迫仍瞠目❺不答。

时有矜严之壮士，冠鸡翘，斥众而入。既入，以一手引行杖，而以一手入腰膂间，张目而视，作庄语曰："汝入选举之场，胡为引枪？且引游民，得毋为乱乎？"李迫愕然曰："我为是间土著，为英王不侵不叛之臣，那复为乱！"大众曰："此王党也，行谍❻于是间，趣杀之❼。"鸡翘者拊众而定之，又曰："汝适胡来？"李迫曰："我不能为害，特来此访故人，故人前此亦咸聚谈于此。"鸡翘者曰："何人也？"李迫曰："前此尼古拉司佛特尔安在？"众莫能识。寻有老人曰："彼死且十八年，坟上植木表，今木表亦蠹朽矣。"李迫曰："白老毋特楷又安在？"老人曰："初开战，彼已入尺籍❽，有人言石点❾之战殒矣，尤有人言在安东尼鼻❿见溺，迄今不见其反，则死耗确也。"李迫曰："蒙师特立克又安在？"老人曰："是人有战功，已为大将，入议院矣。"

李迫浩叹，自念："一夕之醉，而世局变幻如是，然则一身于世为畸零⓫矣。但有所问，而所对者咸如隔世。且村人有语，我咸不审，何也？"

---

❶ ［胡］同"髯"。

❷ ［侏儒］矮小的人。

❸ ［联合党］Federal，美国初立国时两大政党之一，其根本政见在增重联合政府之威权。

❹ ［共和党］Democrat，联合党之敌党，主张严格阻制联合政府权力者。

❺ ［瞠目］直视貌。

❻ ［行谍］做间谍。

❼ ［趣杀之］趣，音促。趣杀之，就是说赶快杀掉他。

❽ ［尺籍］书军令之籍，就是应服兵役者的名册。

❾ ［石点］Stony Point，黑逞河一著名土角，在纽约北四十二英里。

❿ ［安东尼鼻］Anthon's Kose，黑逞河东岸之锐土角，距纽约五十七英里。

⓫ ［畸零］指孤独无偶的人。

遂嗫不敢问，但颓然❶语众曰："众中乃不闻村中旧有李迫樊温格耳其人耶？"

众闻语，呼曰："李迫樊温格耳乎？有之，彼倚树而立者是也。"李迫顾视其人，大似当日己身未入山时仪范也，褴褛而惰，一如前状。李迫至是，神志全昏，既疑彼倚树者之非己，复疑己之非己而别为他人。方愕顾间，鸡翘者复问曰："汝何名？"李迫乃瞿然叹曰："此事但有天知，我今非我，另有我矣。"因指倚树者曰："彼即是我，我乃非我，顾我见在，彼倚树者盖他人忽而成我者；且昨日之夕，我明明我也，山行而宿，不审何人朽吾枪，死吾狗，长吾髯，变吾世态，吾乃不能自述其名以告汝。"

众闻言大异，咸拊额思其故。尚有人私议，当先去其枪。此时有中年之妇人，手中抱婴儿，仰首觇李迫。婴儿见长髯而哭，妇人曰："李迫勿哭，彼老者能瞰汝耶！"

李迫闻妇人呼其子曰李迫，且觇此妇之仪度❷，乃忽有所忆，因问妇人曰："汝何名？"妇人曰："我为犹迭司噶滕尼尔。"李迫曰："尔父何名？"妇人曰："吾父曰李迫樊温格耳，二十年前以枪出，遂不返。彼狗归而主人顿渺，莫审其人自殊耶，抑为红人所得。迩时我尚在童娃也。"

李迫此时但有一语，语时颤极，作微声曰"若母无恙乎？"妇人曰："死未久也。吾母与负贩争价，怒极而血管裂耳。"

斯言一出，李迫颇慰，乃进挽此女人曰："我若翁也。前此中年之李迫，今老暮之李迫，讵今者竟已无人识李迫耶？"

忽有龙钟❸老妇盘散❹而至，仰面呼曰："李迫，确也。老友，汝归矣！此二十年中，汝又安往？"

李迫闻老妇言二十年，自审乃一夕睡耳，遂以山中事语此老妇。闻者大骇，佥议❺此间有遗老彼得樊特东克，彼人周知村中故实，其先人又

---

❶　［颓然］丧气貌。
❷　［仪度］容仪态度。
❸　［龙钟］老态的形容辞。
❹　［盘散］此盘散形容老年人行动不方便的样子。
❺　［佥议］大家议。

为史家,居此最久,风土之记,盖其人手笔也;此事当询诸其人。迄彼得一至,即知其果为李迫,辨析其一睡二十年之确有实证。彼得言:"加齿几而山本仙人往来之灵境,第一人觅得黑逗河者,其人曰亨利黑逗❶,以船曰半月至此拓新地,此地因以黑逗名。迫后二十年,黑逗必现形行乐于是,即以木球推仆木柱者。吾父曾目击有古荷兰衣冠之人,作此戏于是间;即吾亦恒闻山中木球滚滚之声,若雷声之殷殷焉。"

众人既散,妇人遂迎李迫归养。既至,其婿亦朴诚而健硕,一问其名,则即当日登背顽童之一也。其子,即向之倚树而立,李迫疑是己身者,方佃于婿家;勤他人之事,而独惰其己事,盖一如李迫当年。

李迫既得温饱,故态仍萌,且觅得老友谈宴。而后生喜异,恒来造访,因之李迫亦得新交。李迫复时时入树阴,以小榻乘凉,村人见其人自仙境来,且谨愿可语,恒就李迫问二十年前故事。顾李迫转于村间之事,愦愦不自审。已闻殖民地已叛英皇,脱其羁绊;而李迫此时亦非复乔治第三之民庶,而为美洲合众国自由之父老矣。李迫为人,于政体无所关系,但自幸已脱悍妻之专制,既脱是专制之国,更何适而非自由者!每日趋走,弗闻勃谿❷之声。至山中之事,问则必答。前此自述时,前后多错迕❸。后乃作简语,综其纲要。我所志者,即其晚年所语者也。或故谓李迫病痫❹,所言乃不可信。然故老则深信其语,以为非伪。至于今日,居民微闻山中隐隐作雷声,辄曰:"黑逗又行乐矣。"而此村中怕妇之人闻声,又甚愿饮李迫所饮之酒,冀逃彼闺帏之专制也。

此篇选自林纾所译的《拊掌录》。《拊掌录》原名 *The Sketch Book of Geof-frey Grayon*, *Gent*,著者为美国文学家欧文,全书计随笔三十四篇,这是最被人

---

❶ [亨利黑逗] Henry Hudson,英国著名航海家,于一六〇九年航行入黑逗河,溯流而上,行一百五十英里之河道而止。一六一〇年,再至此河,直抵黑逗海湾,船中食尽,舟人叛,于一六一一年六月,乘小舟飘流死。

❷ [勃谿] 夫妇间相骂之声,语本《庄子》(《庄子·外物篇》:"室无空虚,则妇姑勃谿",本指婆媳间争噪而言,但后人亦借以形容夫妇间的相骂)。

❸ [错迕] 同"错误"。

❹ [痫] 神经病。

传诵的一篇。林纾不懂西文，但古文做得很好，所以这篇虽由他人口译，而对于原书的诙谐风趣，尚能保持不堕。原书为杂记体，译者因为它足供茶余酒后的谭助，故称之为《拊掌录》。拊与抚同，言喜而拍手也。

欧文（Washington lrving）美国文学家。生于一七八三年，卒于一八五九年。他父亲是一个商人。他早年也经商，于一八一五年赴利物浦管理他的支店，到了后来因无法收拾而破产，遂以著作为生活。生平著作甚多，除《拊掌录》外，有《旅行述异》（*Tales of a Traveller*）、《哥尔斯密司传》（*Life of Goldsmith*）、《华盛顿传》（*The Life of George Washington*）等。

林纾（1852—1924）字琴南，别署冷红生。福建闽县人。清光绪壬午（一八八二）举人。平生致力于古文。曾任京师大学堂、闽学堂等教授。最初译法国小仲马的《茶花女遗事》，颇受人赞颂；遂引起了他的译书的兴趣，从此就以译书售稿为生。他所译书有一百五十余种，出版者在一百三十种以上。他不懂原文，所译书全由他人口述。他在《西利亚郡主别传》序中说："鄙人不审西文，但能笔述，即有错误，均出不知。"但因为他的古文程度很高，又有文学天才，对于原书的旨趣，颇能领会，所以有许多地方颇能保持原书的风趣。

一二八、薙匠述弟事六（选自《天方夜谭》）

奚若　译

予既述五弟事矣，所未言者，尚有六弟之历史在。六弟名斯加开培克，病缺唇。自得予父遗产银一百掘勒钦❶，勤操作，初颇能自给，后渐颠窘，以致乞食。然其乞颇殊别，必先赂大家之仆，以出入于其家，因之得主人怜，而日有以济。

一日，偶经一巨室门，仆从甚夥，即前问为谁氏。阍❷曰："汝胡此问？孰不知此为巴米息特宅耶？"巴米息特者，素慈善，名播远近，予弟亦习闻之。即向阍述来意。阍曰："其入室，当不汝阻。汝往见主人，必能偿汝欲。"

---

❶　［掘勒钦］dirhen 的音译，银币名。

❷　［阍］司阍者，即看门人。

弟深感谢,即侧足行入内,重廊复阁,不知孰为巴米息特之室。旋达一屋,形正方,髹涂精美❶,陈设极奇丽。旁辟门,门外花竹靓雅;道皆砌彩石,陆离光怪❷。门洞辟,簾周垂蔽日。执事者视所向,日光不及,则钩簾引风入。

弟顾而乐甚。更进,至一厅事,承尘❸雕镂,青黄为饰。一白须老人踞榻坐,意必主人巴米息特也,询从者,果为主人。巴米息特以手召弟前,问所欲。弟曰:"主乎,予窭人❹也,穷无所依,故昧然至此。愿悯其困绝而援手焉!"声哀恻,足以动老人。

巴米息特闻弟言,以两手置胸,示哀怜意,曰:"我居报达❺有年矣,而有贫厄若汝者,竟未之知。"予弟闻之,谓难得老人怜,必有厚赐矣。而巴米息特乃曰:"我殊不忍遐弃❻汝。"弟蹙然呼曰:"予自晨起,迄未得食。"巴米息特作惊诧状曰:"噫!君此时尚未进膳,盍早言?必饥欲死矣。"即叠声呼仆取水来盥手,实无仆无水。而巴米息特则两手于空中相摩若洗盥者然,谓弟曰:"请濯手。"弟意彼偶戏耳,既有所求,未便拂其意,亦以两手摩擦效其状。

巴米息特又呼仆曰:"速以食来,不耐久待矣。"实未有食,而彼即两颐大动,宛若食在其口,咀嚼有声;并谓予弟曰:"君枵腹❼久矣,请勿过谦,以快大嚼。"予弟不得已,答曰:"食尽矣。"巴米息特曰:"汝啖面包,佳否?"弟佯答曰:"佳,夙昔未见有精洁若此者。"巴米息特又劝之食,且谓此面包实以重价得之,计需金五百枚。又盛称其女仆制面包,实无与匹。弟唯唯而已。旋闻其又呼仆曰:"速取他食物来。"即谓弟:"汝尝此始知其美,此大麦与燔羊肉也。"弟曰:"美甚,予方大嚼不辍。"曰:"君既嗜此,

❶ [髹涂精美]油漆得很精美。髹,音休,以漆漆物也。

❷ [陆离光怪]形容彩色斑斓,反射耀目。

❸ [承尘]俗称"天花板"。

❹ [窭人]穷人。

❺ [报达]Bagdad 的音译,今为美索不达米首邑,在底格里斯河边。

❻ [遐弃]谓远弃之,与之断绝关系也。《诗·周南·汝坟》:"既见君子,不我遐弃。"

❼ [枵腹]空腹。

盍饱食，勿使虚设。"既又呼取鹅来，须贰以甜酱❶，并取干葡萄、无花果、酸菜豆、蜂蜜诸物，谓弟曰："此鹅殊肥美，今特一翅一股❷耳，汝当食之尽。将以次飨其他。"弟饥火上炎，且闻老人道诸食品之美，馋涎溢吻，愈不能支。不得已，仍佯为吞咀，冀以悦老人。而老人尤极口称小羊，谓"喂以榧实❸，故味胜常畜者。余为口腹计，不惮求精。君舍余所，必无由食此美馔。"乃作自取一脔状，以一脔虚置弟口，谓弟必酷嗜之。弟无如何，舐舌称美。巴米息特曰："予思食谱中膏腴之味莫有过于此者。"弟曰："然。"巴米息特曰："尚有肉醢君试评之。"弟曰："精绝。"巴米息特曰："是中辅以丁香❹、豆蔻❺、姜椒❻诸品，虽融合，尚一一可辨。君必并量食，勿负此精制也。"言次，复命仆再取肉醢来。弟心烦甚，曰，"予已饱德，不能再事刀匕矣❼。"

巴米息特曰："然则少食菓饵何如？"乃少待数分钟，若俟仆整理食案诸物者。巴米息特复曰："此杏仁新收，味绝佳，盍食之？"遂伪为脱皮投口状。又谓"饼糍饧果❽备具，任掇食之❾，勿见外❿。"于是虚握若有所赠，曰："此蜜果，善消导。"弟佯受之，曰："香逾于麝。"巴米息特曰："此果为家制，与得自市肆者迥殊。"复授弟。弟曰："腹果矣⓫，虽有佳制，惟心受而已。"

---

❶ ［贰以甜酱］即佐以甜酱。贰，佐也。

❷ ［股］即腿之本字。

❸ ［喂以榧实］用榧子喂养它。

❹ ［丁香］常绿乔木。一名"鸡舌香"。产于两粤及苏门答腊等处。叶长椭圆形。春开紫花或白花，四瓣。子黑色，以为香料，可佐烹调，可供药用。

❺ ［豆蔻］有草豆蔻、白豆蔻、肉豆蔻三种。其仁皆辛香，可作香料，并入药。

❻ ［姜椒］生姜、花椒，都是烹调用的香料。

❼ ［予既饱德不能再事刀匕矣］《诗·既醉篇序》："醉酒饱德，人有士君子之行焉。"后人遂以"饱德"二字作饱受饮食之赐的谦谢辞。又西人食时不用箸而用刀匕。这是说，我已经吃饱了，不能再动刀匕矣。

❽ ［饼糍饧果］糍，音慈，稻饼也。凡炊米烂后，捣之成饼曰糍。饧，音唐，饴也，如今麦芽糖之类。饼糍饧果，犹今俗言糕饼糖果耳。

❾ ［任掇食之］由你随便拿来吃。

❿ ［勿见外］犹俗言"不要客气"。

⓫ ［腹果矣］肚里饱了。

于是巴米息特曰："盛哉斯会，既饱食，安可不饮酒。汝喜佳酿乎？"弟曰："君请恕予，予夙有酒戒，即涓滴不能饮。"巴米息特曰："何拘谨乃尔？余幸得君必共酌以志雅集。"弟曰："本不敢违盛意，惟量隘，沾醉恐失仪耳。能以杯水代，幸甚。"巴米息特执不可，即命取酒来，伪为启瓶斟琖❶自饮状，更虚酌以醵❷弟，曰："请饮此为我寿，且为我品此酿醇美否。"弟佯受盏，侧睇引鼻，若察色，若辨香，然后就口，貌为欣喜曰："味甘而性和，尚非厚而烈者。"巴米息特曰："予贮酒甚富，不适口，请易之。"亟呼换酒。旋复伪为斟酌，自饮并饮予弟：若是者连叠不止。弟饥渴欲绝，不复能再耐，即佯醉起，扶巴米息特仆地。欲再肆击，而巴米息特执予弟手曰："汝病狂耶？"弟憬然❸曰："君赐食已足，乃必强余以饮，吾先白君，恐酒后失仪也。余不任酒力，其恕我。"巴米息特闻言，鼓掌大笑，谓弟曰："予乃今知妆性质之美。予久欲觅一善性者，不可得，今于子见之，予之所以虚作饮食以困汝者，无他，试汝耳。今将与汝为莫逆交❹。深喜君能坚忍，始终不贰。予甚敬君，愿君主我家。兹当以真食相飨。"即鸣掌数下，旋有数仆自外入。主人命取餐。瞬息间，进馔者鱼贯至，其品类烹饪，皆巴米息特前所口举者也。至是予弟始饱啖，并痛饮。诸侍婢姱容❺丽饰，环而作乐，继之以歌。又易弟以华服。雅意周旋❻，惟恐不至。

巴米息特加知予弟才而诚，数日后，命弟理家政，出入一委之。如是者二十年，未尝有违言❼。及巴卒，无后，遗产入官，并没予弟所蓄。弟穷甚，无以自存，乃随众往麦加❽乞食于瞻拜者。中途复遇盗，掠所有，并执弟去。

---

❶ ［斟琖］斟，音拘。琖即盏之本字。斟琖，谓斟酒于杯中也。

❷ ［醵］音醮，饮酒尽也。

❸ ［憬然］猛然醒悟貌。

❹ ［莫逆交］《庄子》记子桑户、孟子反、子琴张三人相与为友，相视而笑，莫逆于心。后人因称要好的朋友为"莫逆交"。

❺ ［姱容］美貌。

❻ ［雅意周旋］极意的应酬敷衍。

❼ ［违言］以言语而失和也。

❽ ［麦加］Mekka 回教圣地，在红海东岸黑札斯。

予弟为一盗胁作奴❶，盗日笞之，冀速其资赎也❷。弟曰："予既为君奴矣，惟君所命。余婪人子，安有赎我者？日笞我，无益也。"词甚哀，而盗不为动，且因所欲不遂，怒以刀斫予弟唇，唇遂缺。

既而盗出劫，留予弟于家。盗妻颇有姿，百计媚弟，欲与之私。弟惧祸，恒避不敢近。而盗妻眷予弟，见必与戏，久而成习。一日，不自觉于盗前为之。盗疑弟私其妻，大怒，痛责。以驼载予弟，放之荒山之巅。凡至报达者必道此山，有人见告而告予，予设策拯之出，与余同居。

这篇选自《天方夜谭》，记一理发匠讲述他第六个弟弟遇见慈善家巴米息特的一节故事。全篇充满滑稽的趣味，可以说是一篇滑稽的相人术。译笔明白流畅，虽然用古文格调，还不失为一篇很好的翻译小说。

《天方夜谭》又名《一千零一夜》，即英译本 Arabian Nights。是阿拉伯的传说文学，作者和年均不可详考。故事的开端为波斯撒森尼安（Sassanian）王朝有苏丹（回教国君主之称）史加利安发觉了他的后有外遇，以为天下女子都不可靠，就把她杀了；并定例每夜御一新妃，到天明就把那新妃杀掉，借此以泄愤懑。有相国的女儿名史希罕拉才得者，忽自愿进宫为妃，夜间向苏丹讲述新奇的故事，正到紧要关头，天已亮了。苏丹要听完她的故事，特为破例，不下令杀她。从此一天一天的讲下去，竟继续讲了一千零一夜。苏丹受她感动，就把残酷的定律废止。本书所记，就是史希罕拉才得所讲的故事。但前后体裁颇不相同，非出于一人手笔，盖集亚洲古代的传说、寓言而成者。现在差不多各国有它的译本。这里是根据商务出版的奚若译述，叶绍钧校注本而节选的。

奚若字伯绥，清江苏元和人。曾任东吴大学教授、商务书馆编辑。

---

❶ ［胁作奴］被强迫做奴隶。
❷ ［冀速其资赎也］希望他赶快用钱来赎身。

一一、西洋文学的传来

初期的翻译事业

西洋文学的传来，还是近三十年来的事情。原来我国自鸦片战争以后，屡受外人的侵逼，一部分人渐渐觉悟到堂堂华夏也有不及"夷狄"的地方，对于外来文化才肯相当的容纳。到了十九世纪末年，翻译的事业渐渐发达。但当时所译的止限于宗教及应用科学（当时称为格致）和西洋历史与法制一类的书，关于西洋文学还没有人注意到。

但不久我国翻译界有了一个特出的人才，那人便是严复。他是一个古文作家，受桐城派影响很深。同时他曾留学英国，英文程度也很高。他在光绪二十二年（一八九六）译赫胥黎的《天演论》，开始把西洋哲学介绍到中国。后来又络续译了不少西洋哲学名著。因此我国的士大夫渐渐知道西洋除了枪炮兵舰之外还有和先秦诸子抗衡的哲学家，对于西洋文化的认识更进了一步。

严复的翻译西书，一律用古文体的。因为那时候语体文还没有人敢提倡，译书者即使大胆试用语体，定被士大夫们所唾弃，以为不值一顾了。严复对于用何种文体来翻译西洋书这一个问题，事前曾再三斟酌，并且自己先定下"信、达、雅"的标准。他在《天演论》的"例言"中说：

> 译事三难：信、达、雅。求其信已大难矣。顾信矣，不达，虽译犹不译也。则达尚焉。……信达而外，求其尔雅，此不仅行远❶已耳，实则精理微言，用汉以前句法则为达易，用近世利俗文字则求达难，往往抑义就词，毫厘千里。审择于斯二者之间，夫固有所不得已也。

---

❶ 《左传》襄公二十五年："言之无文，行而不远。"意谓文字典雅才能传之久远也。

他所谓"近世利俗文字",即指当时八股式的文体而言。用语体既不可,用八股式的文体更不易求达,则惟有用古文体了。但用古文体直译西洋书是很难的,因此他采用"意译"的办法。在《天演论》"例言"中说:

> 译文取明深义,故词句之间时有所颠倒附益,不斤斤于字比句次,而意义则不背本文。题曰达恉,不云笔译;取便发挥,实非正法。

他不但对于翻译的文体和方法经过严密的考虑才决定,即对于译名,也非常慎重。他说:"一名之立,旬月踟蹰;我罪我知,是存明哲。"像这样的慎重将事,恐怕现在的翻译界还没有这种精神哩。所以严译的书在我国差不多风行了二十多年。

西洋小说的翻译

严复所译限于哲学书,虽其中如《天演论》、《群学肄言》等原文本有文学的价值,他的译文也当有文学意味,但究竟不是纯文学的书。后来林纾用古文体翻译西洋小说,西洋近代文学才开始和中国人接触。

林纾前后所译小说有一百多种,包含英、美、法、俄、挪威、瑞士、比利时、西班牙等许多国度;介绍了欧文(Washington Irving)、狄更司(Charles Dickense)、大仲马(Alexandre Dumas père)、小仲马(Alexandre Dumas fils)、托尔斯泰(N. Tolstoy)等许多著名作家。他不懂西文,翻译时由他人口述。但他的古文做得很好,又有文学天才,对于原书的旨趣,往往有一种深刻的领会,而译笔也有他独特的风格,所以得到好助手时,他译的小说倒比现在粗能读原文即贸然提笔翻译的人好得多。

用古文翻译西洋小说,在当时确是一种尝试,而成绩倒也不坏。胡适在《五十年来中国之文学》中说:"平心而论,林纾用古文翻译西洋小说的试验,总算有成绩的了。古文不曾做过长篇的小说,林纾居然用古文译了一百多种长篇小说;还使许多学他的人也用古文译了许多长篇小说。古文里很少滑稽的风味,林纾居然用古文译了欧文与迭更司的作品。古文不长于写情,林纾居然用古文译了《茶花女》与《迦茵小传》等书。古文的应用,自司马迁以来,从没有这种大成绩。"受林纾的影响,用古文翻译小说的人很多,最著名的便是周作人和他的哥哥(鲁迅)译的

《域外小说集》❶。周氏兄弟的古文作风和林纾不同,自有其独特的风格,而且他们懂得外国文,又和林纾的专靠别人口述不同,虽所译不及林纾那么多,而《域外小说集》至今还被人称诵。

西洋诗歌戏剧的翻译

林纾翻译了许多西洋近代小说,但不曾翻译诗歌。其后马君武、苏曼殊又开始尝试西洋诗歌的翻译。马君武译有拜伦(Lord Baron)的《哀希腊》及歌德(Goethe)的《阿明临海岸哭女诗》等。苏曼殊译有《拜伦诗选》,共收《去国行》、《留别雅典女郎》、《赞大海》、《答美人赠束发醬带诗》、《哀希腊》等五篇。他们都是用我国旧诗体来翻译的,正和林纾等用古文翻译小说一样。今录曼殊译的《去国行》一节以示例:

> 行行去故国,濑远苍波来;
>
> 鸣湍激夕风,沙鸥声凄其。
>
> 落日照远海,游子行随之;
>
> 须臾与尔别,故国从此逝。

诗歌而外,西洋戏剧如莎士比亚(Shakespeare)的剧本,林纾也曾翻译过。但他不懂得小说与剧本的分别,把莎士比亚的剧本《亨利第四》、《雷差得纪》、《亨利第六》、《凯彻遗事》以及易卜生(Ibsen)的《群鬼》,都被译成小说体,剧本的真面目完全抹杀了。其实当时研究西洋文学史的还很少,替林纾当口译的人,对于西洋文学也未曾了了,而我国旧文人本来对于小说和剧本的分别更不曾注意到。这是时代使然,我们对林纾似乎不必苛责。到了后来,李煜瀛在巴黎译波兰寥抗夫(L·Kampf)的《夜未央》,完全用对话式,保存了西洋剧本的本来面目。五四运动以后,翻译西洋剧本的人更多了。

西洋文学传来的影响

我国人关于世界的常识一向很浅窄的。鸦片战争以后,国人对于西

---

❶ 周作人在他的翻译集《点滴》序上说:"我从前翻译小说,很受林琴南先生的影响。"

洋人显然有两种不同的观察:一种依然妄自尊大,把西洋人当夷狄,而加以鄙视;一种认西洋人为天之骄子,以为中国什么都不及西洋。总之,他们对于西洋的社会组织和国民性一点也不明了,总以为西洋和中国什么都不相同,"中"与"西"之间像有一道深沟相隔似的。自从严复翻译西洋的哲学书以后,我国人才知道西洋原来也有像先秦诸子那样的哲学家。林纾等翻译西洋的文学书以后,我国人才知道西洋原来也有像司马迁和李白、杜甫那样的文学家。同时知道西洋文学家所描写的人情世态,原来和我们并不十分歧异。

不但如此,我国传统的见解,总以为小说一类的作品"虽小道犹有可观",但总不登大雅之堂,同时以"载道"自命的文人绝不肯动手做什么小说,偶有所作,也都写着假名,不肯以真姓名给读者知道。林纾居然用古文译小说,马君武、苏曼殊等居然用五七言古诗体来翻译西洋诗,把我国几千年来传统的见解完全打破。

其次,因林纾等的努力于西洋小说、诗歌的翻译,引起了爱好文学者对于西洋文学的研究兴趣;同时对于西洋文学书的翻译,也有许多人继起努力。但用古文翻译西洋书原是不得已办法,严复所谓"用汉以前句法则易达"的话,是对当时的八股文体而言(因为用八股文体更不易达),实际上用古文译西书决不会十分"达"的。尤其是文学作品,要保持原有的风格与趣味,非于古文之外另创新体不可。林纾的古文程度很高,所以他的译书还有相当的成绩。古文程度不及他的,无论对于原书怎样深切了解,决不能翻成一篇很好的古文。因此一般翻译家渐渐摆脱古文的桎梏,试用语体,像伍光建翻译大仲马的《侠隐记》,就全用语体了。五四运动后,许多学者主张改文言为白话,而林纾在那时候却大声指斥白话文的不雅驯,殊不知文体改革的运动,一部分实因他自己努力介绍西洋文学的结果哩。到了最近,不但没有人用古文译西书,连语体文也渐渐欧化了。语体文的欧化,在中国文字的组织上有不少进步,推本溯源,还是受西洋文学的影响。

文　选

一二九、释新民之义

梁启超

新民云者,非欲吾民尽弃其旧以从人也。新之义有二:一曰,淬厉❶其所本有而新之;二曰,采补其所本无而新之。二者缺一,时❷事无功。先哲之立教也,不外因材而笃❸与变化气质❹之两途;斯即吾淬厉所固有,采补所本无之说也。一人如是,众民亦然。

凡一国之能立于世界,必有其国民独具之特质,上自道德、法律,下至风俗、习惯、文学、美术,皆有一种独立之精神,祖父传之,子孙继之。然后群乃结,国乃成:斯实民族主义之根柢源泉也。我同胞能数千年立国于亚洲大陆,必其所具特质,有宏大高尚完美,厘然❺异于群族者,吾人所当保存之而勿失坠也。虽然,保之云者,非任其自生自长,而漫曰"我保之"我保之"云尔。譬诸木然,非岁岁有新芽之苗,则其枯可立待;譬诸井然,非息息有新泉之涌,则其涸不移时。夫新芽、新泉,岂有外来者耶? 旧也,而不得不谓之新。惟其日新,正所以全其旧也,濯之拭之,发其光晶,锻之炼之,成其体段,培之溚之,厚其本原,继长增高,日征月

---

❶　[淬厉] 亦作淬砺,犹言磨练也。

❷　[时] 与"是"同。例如《书·大禹谟》:"满招损,谦受益,时乃天道;"时乃天道即是乃天道也。

❸　[因材而笃] 就是因材施教的意思。《礼·中庸》:"故天之生,必因其材而笃焉;故栽者培之,倾言覆之"即此语所本。

❹　[变化气质] 气质之说,倡自宋儒张载。他说:"为学大益,在自求变化气质。"后来程颐等继续阐发变化气质的道理。浅近点说,例如一个性质粗暴的人,他经过一番学问上或事业上的磨练,就变成一个细心沉着的人了,这便是变化气质。

❺　[厘然] 分明貌。

迈❶，国民之精神于是乎保存，于是乎发达。世或以"守旧"二字为一极可厌之名词，其然岂其然哉！吾所患不在守旧，而患无真能守旧者。真能守旧者何？即吾所谓淬厉其固有而已。

仅淬厉固有而遂足乎？曰，不然。今之世非昔之世，今之人非昔之人。昔者吾中国有部民而无国民；非不能为国民也势使然也。吾国夙巍然屹立于大东，环列皆小蛮夷，与他方大国未一交通。故我民常视其国为天下，耳目所接触，脑筋所濡染，圣哲所训示，祖宗所遗传，皆使之有可以为一个人之资格，有可以为一家人之资格，有可以为一乡一族人之资格，有可以为天下人之资格，而独无可以为一国国民之资格。夫国民之资格虽未必有以远优于此数者，而以今日列国并立，弱肉强食，优胜劣败之时代，苟缺此资格，则决无以自立于天壤。故今日不欲强吾国则已，欲强吾国则不可不博考各国民族所以自立之道，汇择其长者而取之，以补我之所未及。今论者于政治、学术、技艺，皆莫不知取人长以补我短矣，而不知民德、民智、民力实为政治、学术、技艺之大原，不取于此而取于彼，弃其本而摹其末，是何异见他树之葡郁❷而欲移其枝以接我槁干，见他井之汩涌而欲汲其流以实我智源❸也。故采补所本无以新我民之道，不可不深长思也。

世界上万事之现象，不外两大主义：一曰保守，二曰进取。人之运用此两主义者，或偏取甲，或偏取乙，或两者并起而相冲突，或两者并存而相调和。偏取其一，未有能立者也。有冲突则必有调和，冲突者调和之先驱也，善调和者斯为伟大国民，盎格鲁撒逊❹人种是也。譬之颐步❺，以一足立，以一足行；譬之指物，以一手握，以一手取。故吾所谓新民者，必非如心醉西风者流，蔑弃吾数千年之道德、学术、风俗，以求伍于他人；

---

❶　［日征月迈］征，迈，皆行也。《诗·小苑》："吾日斯迈，而月斯征"，即此语所本。日征月迈，即天天在进行中的意思。

❷　［翕郁］枝叶茂盛貌。

❸　［智源］智，音剑（ㄐㄧㄢ）。泉源枯竭，叫做"智源"。

❹　［盎格鲁撒逊］Anglo-Saxons，种族名，古时居欧州北方，是条顿民族的一派，中分数部，中古之初，联合而入英格兰，遂成为一族，就是现在英国人的祖先。

❺　［颐步］颐与跬同。凡人一举足曰跬，跬步，平步也。

亦非如墨守❶故纸者流，谓仅抱此数千年之道德、学术、风俗，遂足以立于大地也。

此篇为梁启超所著《新民说》中之一章。全文载壬寅年（清光绪二十八年，公元一九〇二）《新民丛报》，收入《饮冰室全集》（中华本）论说文类。我们读了这一篇文字，对于那时候的所谓"新文体"已可见一斑。

一三〇、杂感

黄遵宪

大块凿混沌❷，浑浑旋大圜❸。
隶首❹不能算，知有几万年。
羲轩❺造书契，今始岁五千。
以我视后人，若居三代❻先。
俗儒好尊古，日日故纸研。
六经字所无，不敢入诗篇。
古人弃糟粕，见之口流涎。
沿习甘剽盗，妄造丛罪愆。

---

❶　［墨守］固守成见不知变通者，叫做"墨守"。

❷　［大块凿混沌］大块谓天地也。相传天地没有开辟的时候，混沌如鸡子一般，盘古生其中万八千岁而天地开辟。见马氏《绎史》引《三五历记》。

❸　［大圜］亦作"大圆"，谓天也。《管子·心术》篇："能戴大圆者体手大方。"按前人以为天圆地方，所以《管子》这样说。这里说"浑浑旋大圜"，系指地球。

❹　［隶首］相传为黄帝时人，始定算数，成律度量衡。

❺　［羲轩］太昊伏羲氏及黄帝轩辕氏也。相传伏羲氏仰观象于天，俯观法于地，中观万物之宜，始作八卦。又传伏羲氏命臣飞龙氏造六书。又相传黄帝始造书契；他的臣子苍颉创造文字。（均见马氏《绎史》引纬书及《三坟》、《淮南子》、《拾遗记》等书。）

❻　［三代］夏，商，周。

黄土同抟人❶，今古何愚贤。

即今忽已古，断自何代前？

明窗敞流离❷，高炉爇❸香烟；

左陈端溪砚❹，右列薛涛笺❺；

我手写我口，古岂能拘牵！

即今流俗语，我若登简编；

五千年后人，惊为古斓斑。

这是黄遵宪所作杂感诗五篇中的第二篇。胡适说这首诗很可以算是诗界革命的一种宣言。末六句竟是主张用俗话作诗了。

黄遵宪(1848—1905)清嘉应州人。他曾做过外交官，到过日本、英国、美国、南洋等处。当戊戌变法时，他也是这运动中的一个人物。今存有《人境庐诗草》十一卷。

一三一、国语的文学　文学的国语

胡　适

我的"建设新文学论"的唯一宗旨只有十个大字："国语的文学，文学的国语。"我们所提倡的文学革命，只是要替中国创造一种国语的文学。

---

❶　［黄土同抟人］相传天地初开辟，未有人民，女娲抟黄土为人。见《风俗通》。

❷　［流离］即琉璃，今之玻璃也。

❸　［爇］音（ㄖㄜ），入声，烧也。

❹　［端溪砚］端溪在广东高要县东南烂柯山西麓。产砚石，世称"端砚"。唐宋时采砚于此。有上岩，中岩，下岩之别；有水坑，旱坑之分；有旧坑，新坑之目。石质以旧坑为最佳，能得整块无瑕不事雕琢者乃无上上品，今已难得。大致分三种：石色青紫，衬手而润，叩之声清远，有青丝圆小鹳鹆眼，乃岩石，品最贵；次赤色，呵之乃润，鹳鹆眼色紫，纹漫而大，乃西坑石；其下青紫色，向明侧视，有碎星光点如沙中云母，干而少润，为后沥石。今佳品不易得，业石者每以劣材充上品，且刻人物花卉，以掩石之瘢痕。

❺　［薛涛笺］薛涛，唐朝的名妓。本长安良家女，跟她父亲到四川做官，流落他乡，遂入妓籍。韦皋镇蜀，召她来侍酒赋诗，称为校书，出入幕府。后来镇蜀的长官，都爱她的诗才。晚年住在浣花溪，衣女冠服。她善制松花小笺，时号"薛涛笺"。

有了国语的文学,方才可有文学的国语。有了文学的国语,我们的国语才可算得真正国语。国语没有文学,便没有生命,便没有价值,便不能成立,便不能发达。这是我这一篇文字的大旨。

我曾仔细研究:中国这二千年何以没有真有价值真有生命的"文言的文学"? 我自己回答道:"这都因为这二千年的文人所做的文学都是死的,都是用已经死了的语言文字做的。死文字决不能产出活文学。所以中国这二千年只有些死文学,只有些没有价值的死文学。"

我们为什么爱读《木兰辞》❶和《孔雀东南飞》❷呢? 因为这两首诗是用白话做的。为什么爱读陶渊明的诗和李后主的词呢? 因为他们的诗词是用白话做的。为什么爱杜甫的《石壕吏》、《兵车行》❸呢? 因为他们都是用白话做的。为什么不爱韩愈的《南山》❹呢? 因为他用的死字死话。……简单说来,自从《三百篇》到于今,中国的文学凡是有一些价值,有一些儿生命的,都是白话的,或是近于白话的。其余的都是没有生气的古董,都是博物院中的陈列品!

再看近世的文学:何以《水浒传》、《西游记》、《儒林外史》、《红楼梦》可以称为"活文学"呢? 因为他们都是用一种活文字做的。若是施耐庵、邱长春、吴敬梓、曹雪芹都用文言做书,他们的小说一定不会有这样生命,一定不会有这样价值。

读者不要误会:我并不曾说凡是用白话做的书都是有价值、有生命的。我说的是:用死了的文言决不能做出有生命、有价值的文学来。这一千多年的文学,凡是有真正文学价值的,没有一种不带有白话的性质,没有一种不靠这个"白话性质"的帮助。换言之:白话能产出有价值的文学,也能产出没有价值的文学;可以产出《儒林外史》,也可以产出《肉蒲

---

❶ [《木兰辞》]有名的长篇叙事诗,写女子木兰代父从军事。

❷ [《孔雀东南飞》]有名的长篇叙事诗,写汉末焦仲卿夫妇因家庭惨变而死的事情。

❸ [杜甫的《石壕吏》《兵车行》]二诗均见《杜工部集》,写当时人民所受赋税兵役的苦痛。

❹ [韩愈的《南山》]《南山》诗见《韩昌黎集》。全诗凡百有二韵:始总叙四时之变,次叙南山连亘之所止,其末则叙其经历之所见。用古典堆砌而成,所以缺乏诗趣。宋黄庭坚说,"《南山》虽不作,未害也。"可见前人对此书也不满意的。

团》❶。但是那已死的文言只能产出没有价值、没有生命的文学，决不能产出有价值、有生命的文学；只能做几篇"拟韩退之《原道》❷"或"拟陆士衡《拟古》❸"，决不能做出一部《儒林外史》。若有人不信这话，可先读明朝古文大学宋濂的《王冕传》，再读《儒林外史》第一回的《王冕传》，便可知道死文学和活文学的分别了。

　　为什么死文字不能产生活文学呢？这都由于文学的性质。一切语言文字的作用在于达意表情；达意达得妙，表情表得好，便是文学。那些用死文言的人，有了意思，却须把这意思翻成几千年前的典故；有了感情，却须把这感情译为几千年前的文言。明明是客子思家，他们须说"王粲登楼""仲宣作赋"❹。明明是送别，他们却须说"《阳关》三叠""一曲《渭城》"❺。明明是贺陈宝琛❻七十岁生日，他们却须说是贺伊尹、周公、傅说❼。更可笑的：明明是乡下老太婆说话，他们却要打起唐宋八家的古文腔儿；明明是极下流的妓女说话，他们却要他打起胡天游、洪亮吉❽的骈文调子！……请问这样做文字如何能达意表情呢？既不能达意，既不能表情，那里还有文学呢？即如那《儒林外史》里的王冕，是一个有感情，有血气，能生动，能谈笑的人。这都因为做书的人能用活言语、活文字来描写他的生活神情。那宋濂集子里的王冕，便成了一个没有生气，

---

❶　[《肉蒲团》]是一部描写性欲的淫书，而托之于因果报应，久被列为禁书。

❷　[拟韩退之《原道》]韩愈有《原道》一文，是他排斥佛老的大文章，颇为后人传诵，所以竟有人用"拟韩退之《原道》"的题目来做文章。拟，模仿也。

❸　[陆士衡《拟古》]陆机字士衡，晋吴郡人。《文选》收他的《拟古》十二首。

❹　[王粲登楼，仲宣作赋]王粲字仲宣，魏高平人。避乱荆州，依刘表，曾登江陵城楼，因思归故乡而作《登楼赋》。

❺　[《阳关》三叠—一曲《渭城》]唐王维送《元二使安西》诗云："渭城朝雨浥轻尘，客舍青青柳色新。劝君更尽一杯酒，西出阳关无故人。"后来此诗谱入乐府，作为送别之歌，而将"阳关"一句反复歌唱，名为《阳关三叠》，又名《渭城曲》。

❻　[陈宝琛]字弢庵，福建闽侯人。清进士，官至山西巡抚。清亡后，他仍做废帝溥仪的师傅。

❼　[贺伊尹周公傅说]伊尹辅商太甲，周公辅周成王，传说为殷高宗贤相。陈宝琛做清废帝的师傅，人家就把伊尹、周公、傅说来比拟他，其实是拟于不伦的。说，读为"悦"。

❽　[胡天游洪亮吉]胡天游一名骙，字稚威，号云持，清平江人。工骈文，有《石笥山房集》。洪亮吉字稚存，号北江，清阳湖人，工骈文，有《北江全集》。

不能动人的死人。为什么呢？因为宋濂用了二千年前的死文字来写二千年后的活人；所以不能不把这个活人变作二千年前的木偶，才可合那古文家法。古文家法是合了，那王冕也真"作古"了。

因此我说，"死文言决不能产出活文学"。中国若想有活文学，必须用白话，必须用国语，必须做国语的文学。

上节所说，是从文学一方面着想，若要活文学，必须用国语。如今且说从国语一方面着想，国语的文学有何等重要。

有些人说："若要用国语做文学，总须先有国语。如今没有标准的国语，如何能有国语的文学呢？"我说这话似乎有理，其实不然。国语不是单靠几位言语学专门家就能造得成的；也不是单靠几本国语教科书和几部国语字典就能造成的。若要造国语，先须造国语的文学。有了国语的文学，自然有国语。这话初听似乎不通。但是列位仔细想想便可明白了。天下的人谁肯从国语教科书和国语字典里面学习国语？所以国语教科书和国语字典，虽是很要紧，决不是造国语的利器。真正有功效有势力的国语教科书，便是国语的文学；便是国语的小说、诗文、戏本。国语的小说、诗文、戏本通行之日，便是中国国语成立之时。试问我们今日居然能拿起笔来做几篇白话文学，居然能写得好几百个白话的字，可是从什么白话教科书上学来的吗？可不是从《水浒传》、《西游记》、《红楼梦》、《儒林外史》等书学来的吗？这些白话文学的势力，比什么字典、教科书都还大几百倍。字典说"这"字该读"鱼彦反"，我们偏读他做"者个"的者字。字典说"么"字是"细小"，我们偏把他用作"什么""那么"的么字。字典说"没"字是"沉也""尽也"，我们偏用他做"无有"的无字解。字典说"的"字有许多意义，我们偏把他用来代文言的"之"字，"者"字，"所"字和"徐徐尔，纵纵尔"的"尔"字。——总而言之，我们今日所用的"标准白话"，都是这几部白话的文学定下来的。我们今日要想从新规定一种"标准国语"，还须先造无数国语的《水浒传》、《西游记》、《儒林外史》、《红楼梦》。

所以我以为提倡新文学的人，尽可不必问今日中国有无标准国语。我们尽可努力去做白话的文学。我们可尽量采用《水浒传》、《西游记》、

《儒林外史》、《红楼梦》的白话；有不合今日用的，便不用他；有不够用的，便用今日的白话来补助；有不得不用文言的，便用文言来补助。这样做去，决不愁语言不够用，也决不用愁没有标准白话。中国将来的新文学用的白话，就是将来中国的标准国语。造中国将来白话文学的人，就是制定标准国语的人。

我这种议论并不是"向壁虚造❶"的。我这几年来研究欧洲各国国语的历史，没有一种国语不是这样造成的。没有一种国语是教育部的老爷们造成的。没有一种是言语学专家造成的。没有一种不是文学家造成的。我且举几条例为证：

一、意大利　五百年前，欧洲各国但有方言没有"国语"。欧洲最早的国语是意大利文。那时欧洲各国的人多用拉丁文❷著书通信。到了十四世纪的初年，意大利的大文学家但丁❸（Dante）极力主张用意大利话来代拉丁文。他说拉丁文是已死了的文字，不如他本国俗话的优美。所以他自己的杰作"喜剧"，全用脱斯堪尼❹（Tuscany）的俗话。这部"喜剧"风行一世，人都称他做"神圣喜剧"。那"神圣喜剧"的白话后来便成了意大利的标准国语。后来的文学家包卡嘉❺（Boccacio，1313—1375）和洛伦查❻（Lorenzo de Medici）诸人也都用白话作文学。所以不到一百年，意大利的国语便完全成立了。

---

❶　[向壁虚造]《说文序》："乡壁虚造不可知之书。"段注："此谓世人不信壁中书为古文（按汉武帝时，鲁恭王坏孔子壁，得古书若干卷，皆用古体文字书写），非毁之，谓好奇者改易正字，向孔氏之壁，凭空造此不可知之书，指伪古文也。"按乡与向同，今凡称杜撰者，都用此语。

❷　[拉丁文]Latin 亦译作腊丁，古代意大利、罗马附近之民族，其后泛称意大利、法兰西、西班牙、葡萄牙诸国人为"拉丁族"，其言语称"拉丁语"：因为其语根和古代罗马语相关的缘故。凡用拉丁语写出来的文字叫做"拉丁文"。

❸　[但丁]意大利文学家。生于一二六五年，卒于一三二一年。喜剧，原名"*Divira Comme-dia*"，为但丁最伟大的著作，约在一三〇〇年开始创作，分三部：第一部描写在地狱中情形；第二部写赎罪的经过；第三部写入天堂的情形。

❹　[脱斯堪尼]意大利北部的一邦。

❺　[包卡嘉]意大利小说家，所著《十日谈》，已有中译本。

❻　[洛伦查]意大利佛罗棱萨政治家。约生于一四二九年，死于一四九二年。博学工诗，嗜艺术。

二、英国　英伦虽只是一个小岛国，却有无数方言。现在通行全世界的"英文"在五百年前还只是伦敦附近一带的方言，叫做"中部土话"。当十四世纪时，各处的方言都有些人用来做书。后来到了十四世纪的末年，出了两位大文学家，一个是赵叟❶（Chaucer，1340—1400），一个是威克列夫❷（Wycliff，1320—1384）。赵叟做许多诗歌、散文都用这"中部土话"。威克列夫把耶教的《旧约》、《新约》❸也都译成"中部土话"。有了这两个人的文学，便把这"中部土话"变成英国的标准国语。后来到了十五世纪，印刷术输进英国所印的书多用这"中部土话"，国语的标准更确定了。到十六、十七两世纪，萧士比亚❹和"伊里沙白❺时代"的无数文学大家，都用国语创造文学。从此以后，这一部分的"中部土话"，不但成了英国的标准国语，几乎竟成了全地球的世界语了。

此外，法国、德国及其他各国的国语，大都是这样发生的，大都是靠着文学的力量才能变成标准的国语的。我也不去一一的细说了。

意大利国语成立的历史，最可供我们中国人的研究。为什么呢？因为欧洲西部北部的新国，如英吉利、法兰西、德意志，他们的方言和拉丁文相差太远了，所以他们渐渐的用国语著作文学，还不算希奇。只有意大利是当年罗马帝国的京畿近地，在拉丁文的故乡；各处的方言又和拉丁文最近。在意大利提倡用白话代拉丁文，真正和在中国提倡用白话代汉文，有同样的艰难。所以英、法、德各国语，一经文学发达以后，便不知不觉的成为国语了。在意大利却不然。当时反对的人很多，所以那时的新文学家，一方面努力创造国语的文学，一方面还要做文章鼓吹何以当

---

❶　［赵叟］英国诗人，为"英吉利诗体"的创作者。

❷　［威克列夫］英国的宗教改革家。

❸　［《旧约》《新约》］即《旧约全书》与《新约全书》的简称。《旧约》为耶苏基督以前之经典，犹太教徒所纂集，凡三十九卷，分为律法部，历史部，诗歌部，预言部，都是关于犹太民族的事情，乃西方最完善的古书。《新约》总集基督以后百年内所作之文，对于《旧约全书》，称为《新约》。内有《基督言行录》，《使徒传道记》及弟子书翰等。两书今世界各国都有译本。

❹　［萧士比亚］普通都译为莎士比亚。

❺　［伊里沙白］Elizabeth 英国女皇。在位时期自一五五八年至一六〇三年。

废古文，何以不可不用白话。有了这种有意的主张，（最有力的是但丁和阿儿白狄❶［Alberti］两个人。）又有了那些有价值的文学，才可造出意大利的"文学的国语"。

我常问我自己道："自从施耐庵以来，很有了些极风行的白话文学，何以中国至今还不曾有一种标准的国语呢？"我想来想去，只有一个答案。这一千年来，中国固然有了一些有价值的白话文学，但是没有一个人出来明目张胆的主张用白话为中国的"文学的国语"。有时陆放翁❷高兴了，便做一首白话诗；有时柳耆卿❸高兴了，便做一首白话词；有时朱晦庵❹高兴了，便写几封白话信，做几条白话札记；有时施耐庵、吴敬梓高兴了，便做一两部白话小说。这都是不知不觉的自然出产品，并非是有意的主张。因为没有"有意的主张"，所以做白话的只管做白话，做古文的只管做古文，做八股的只管做八股。因为没有"有意的主张"，所以白话文学从不曾和那些"死文学"争那"文学正宗"的位置。白话文学不成为文学正宗，故白话不曾成为标准国语。

我们今日提倡国语的文学，是有意的主张。要使国语成为"文学的国语"。有了文学的国语，方有标准的国语。

这篇是胡适所作《建设的文学革命论》的第二、三两节，全文在民国六年发表于《新青年》杂志，后收入《胡适文存》第一集。因为这两节是讲"国语的文学，文学的国语"，所以替他加上这个题目。

---

❶　［阿儿白狄］意大利艺术理论家。生于一四〇四年，死于一四七二年。
❷　［陆放翁］即陆游。
❸　［柳耆卿］即柳永。
❹　［朱晦庵］即朱熹。

文学史话

一二、文学革命

文学革命的前夜

我国自鸦片战争(一八四〇)以来,屡受帝国主义的侵略,其中以英法联军之役(一八六〇)及中日战争(一八九四)的惨败受创最深。明白时势的人都知道中国有改革的必要;甚至于清帝德宗也感觉到封建政权的动摇,居然于戊戌(一八九八)下变法维新之诏,重用一班新进少年:这就是戊戌变法运动。这个运动虽遭守旧党的反对,不久即归失败,但国内的思想界已起了极大的变动,同时文学方面也有革新的趋向。

戊戌变法运动的主要人物是康有为、谭嗣同、梁启超等。康有为是经今文家的重要代表,他的关于经学方面的著作,在我国近代思想史上占极重要的位置。但在文学革新方面,则康有为没有谭嗣同、梁启超那样的努力。谭嗣同、梁启超早年受过桐城派的影响,但他们后来都不满意于桐城派,而思自创新文体。谭嗣同主张做文章不必模仿古人,以为"古而可好,何必为今之人哉"。❶ 他所著的《仁学》,在思想方面固然是大胆的作品,在文体方面也渐渐打破了所谓"古文义法"的羁绊。梁启超于戊戌变法失败后,亡命日本,创办《清议报》,不久又办《新民丛报》,鼓吹立宪。他是一个有力的政论家,所做的文章,奔放流畅,言无不尽,在当时影响最大。近人胡适说:"梁启超最能运用各种字句语调来做应用的文章。他不避排偶,不避长比,不避佛书的名词,不避诗词的典故,不避日本输入的新名词。因此,他的文章最不合古文义法,但他的应用的魔力最大"。❷ 总之,谭嗣同、梁启超(尤其是梁启超)在文体方面,打破

---

❶ 见《仁学》上。

❷ 《五十年来中国之文学》,载申报馆出版之《最近之五十年》及《胡适文存三集》。

了一切"义法""家法"，打破了一切"古文""时文""散文""骈文"的界限，替后来文学革命建立了一个根基，所以我们讲文学革命不能不追溯到他们。

谭嗣同、梁启超在散文方面既打破了一切"义法""家法"，同时在韵文方面也主张有所改革。他们最初把新名词用到诗里去，后来更进一步主张"以旧风格含新意境"。梁启超在《饮冰室诗话》中说：

> 过渡时代必有革命。然革命者当革其精神，非革其形式。吾党近好言诗界革命；虽然，若以堆积满纸新名词为革命，是满洲政府变法维新之类也。能以旧风格含新意境，斯可以举革命之实矣。

以旧风格含新意境，在当时他们的同志中，只有黄遵宪能真正做到。上面选读的那首《感怀诗》，可以算是当时诗界革命的一种宣言，同时也可以算是白话诗的先导。

文学革命的起来

戊戌政变是因封建政权的动荡而起来的。戊戌政变失败后，封建政权并不曾稳固；过了十多年，遂有辛亥革命的爆发。辛亥革命虽推翻了满洲政府，结束了专制政体，但因为和帝国主义妥协之故，封建势力没有铲除，帝国主义对中国的侵略也未缓和；反之，封建势力倒靠了帝国主义的暗中扶植而更加巩固，欧洲大战爆发后，帝国主义对我国的侵略暂时缓和（但日本除外），使我国的民族工业（特别是纺织业、航业、面粉业）乘机发展。于是封建势力之外又添出一个新兴的势力。那时候，封建势力已成为新兴工业发展的障碍物，要发展新兴工业不得不铲除封建势力。于是觉悟的知识分子开始作反封建势力的运动：他们菲薄固有文化；反对维持封建势力的儒家学说；甚至对旧道德，旧伦理都加以非难。这一个新旧势力的意识形态的斗争，在政治上便是"五四运动"，在文学方面便是文学革命运动。

文学革命，本来梁启超等已有这个倾向；但他们主张"当革其精神，非革其形式"。这正和他们在政治上只主张变法，不赞成革命一样的不彻底。其实精神和形式是一致的，要革新精神，便不能不革新形式，用骈体文或八股文的旧形式,决写不出代表新时代的文学作品。所以梁启超在《新民丛报》时代所做的文章,虽已打破古文义法,但仍带着一点八股文的气息,而黄遵宪等也未敢昌言用白话做诗。到了民国五六年间便不同了:当陈独秀等创刊《新青年》杂志,排斥孔教,反对旧道德,旧伦理的时候,就有胡适等起来主张革新文学。因为他们懂得革命者当革其精神,同时亦当革其形式。这一点便是当时的知识分子,其见解比十多年前提倡变法维新的士大夫们更进步的地方。胡适最初撰《文学改良刍议》,载《新青年》杂志。他提出八个条件:

一、不用典;

二、不用陈套语;

三、不讲对仗(文当废骈,诗当废律);

四、不避俗字俗语(不嫌以白话作诗词);

五、须讲求文法之结构;

六、不作无病之呻吟;

七、不摹仿古人,语语须有个我在;

八、须言之有物。

《新青年》的主编者陈独秀见了他的提议,立刻赞同,并更进一步提出"文学革命"的口号。他在《文学革命论》中说:

　　……孔教问题方喧呶于国中,此伦理、道德革命之先声也。文学革命之气运酝酿已非一日,其首举义旗之急先锋,则为吾友胡适。余甘冒全国学究之敌,高张文学革命大旗,以为吾友之声援。旗上大书特书吾革命军三大主义:曰,推倒雕琢的、阿谀的贵族文学,建设平易的、抒情的国民文学;曰,推倒陈腐的、铺张的古典文学,建设新鲜的、立诚的写实文学;曰,推倒迂晦的,艰涩的山林文学,建设明了的、通俗的社会文学。……

　　际兹文学革新之时代,凡属贵族文学、古典文学、山林文学,均在排斥之列。以何理由而排斥此三种文学耶? 曰,贵族文学藻饰依他,失独立自尊之气象也;古典文学铺张堆砌,失抒情写实之旨也;山林文学深晦艰涩,自以为名山著述,于其群之大多数无裨益也。

其形体则陈陈相因,有肉无骨,有形无神,乃装饰品而非实用品;其内容则目光不越帝王、权贵、神仙、鬼怪及其个人之穷通利达;所谓宇宙,所谓人生,所谓社会,举非其构思所及,此三种文学共同之缺点也。此种文学,盖与吾阿谀、夸张、虚伪、迂阔之国民性互相为因果。今欲革新政治,势不得不革新盘踞于运用此政治者精神界之文学。使吾人不张目以观世界社会文学之趋势及时代之精神,日夜埋头故纸堆中所目注心营者,不越帝王、权贵、鬼怪、神仙与夫个人之穷通利达,以此而求革新文学,革新政治,是缚手足而敌孟贲也。

这篇文章发表后,胡适寄信给陈独秀,以为"此事之是非,非一朝一夕所能定,亦非一二人所能定。甚愿国中人士能平心静气与吾辈同力研究此问题。讨论既熟,是非自明。"但陈独秀态度坚决,他回答说:"容纳异议,自由讨论,固为学术发达之原则;独至改良中国文学当以白话文学为正宗之说,其是非甚明,必不容反对者有讨论之余地;必以吾辈所主张为绝对之是而不容他人之匡正也。"这是民国六年的事情。明年,《新青年》为实行其主张起见,完全登载白话文。同时胡适、周作人、刘复等开始用白话做诗。那年冬天,陈独秀办《每周评论》,北京大学傅斯年等办《新潮》月刊,都登载白话文。又明年为民国八年,五四运动的起来就在那一年。经过了五四运动后,各种刊物大都登载白话文,白话文的传布真有一日千里之势,到那时候文学革命差不多已经成功了。当时反对白话文的人虽还不少,最著名的如林纾给北大校长蔡元培信,反对"尽废古书,行用土语为文学",但他的抗议,不为一般进步的青年所重视。到了民国九年、十年之间,白话文公然被称为国语了。

新文学的建设

胡适于民国七年发表他的《建设的文学革命论》。这篇文章虽名为"建设的",其实还是破坏方面最有力。但不久因许多人的努力,新体诗、白话散文、新体小说渐渐成立了。最初胡适试用白话做诗,但完全是尝试性质;因为工具不曾伏手,技术尚未精熟,所以没有好的作品。其后周作人作《小河》一首,沈尹默作《三弦》一首,技术已渐成熟,康白情等继起,新诗方面居然有不少成熟的作品。徐志摩作诗尤多,人家曾向他开玩笑称之为"诗哲",但实际上白话诗在那时候已走上成功之路了。白话散文的进步,在长篇议论方面是很显然的,不用多讲;可注意的便是周作人等所提倡的"小品散文"。这一类小品文,用平淡的文句,写出深刻的意思。这一类作品,在新文学的建设方面有了极大的成绩。新体小说的创作,最初是鲁迅的《狂人日记》,颇受人注意,他就继续创作,到《阿 Q 正传》发表,已经有十多篇,差不多没有一篇不是代表时代的作品。后来从事创作小说的人渐多,好的作品也不少。新文学建设的方面,可以说小说的成绩最大了。

我们的"文学史话"就讲到这里为止。今后我国文学将走上怎样的路线,现在似乎未便妄断,留待事实证明罢。

(完)